馔®

东周列国志 上册

[明]冯梦龙 著

广东人民出版社
·广州·

图书在版编目（CIP）数据

东周列国志．上册 ／（明）冯梦龙著．—广州：广东人民出版社，2023.6（2025.7重印）
ISBN 978-7-218-16423-6

Ⅰ．①东… Ⅱ．①冯… Ⅲ．①章回小说—中国—明代 Ⅳ．①I242.4

中国版本图书馆CIP数据核字（2022）第253185号

DONGZHOU LIEGUO ZHI SHANGCE
东周列国志　上册
[明] 冯梦龙　著

版权所有　翻印必究

出 版 人：肖风华

责任编辑：范先鋆
责任技编：吴彦斌

出版发行：广东人民出版社
地　　址：广州市越秀区大沙头四马路10号（邮政编码：510199）
电　　话：（020）85716809（总编室）
传　　真：（020）83289585
网　　址：http://www.gdpph.com
印　　刷：三河市龙大印装有限公司
开　　本：880毫米×1230毫米　1/32
印　　张：36　　字　　数：840千
版　　次：2023年6月第1版
印　　次：2025年7月第4次印刷
定　　价：98.00元（全2册）

如发现印装质量问题，影响阅读，请与出版社（020-87712513）联系调换。
售书热线：（020）87717307

国家兴亡成败，个人命运浮沉

目　录
CONTENTS

第一回　周宣王闻谣轻杀，杜大夫化厉鸣冤 / 001

第二回　褒人赎罪献美女，幽王烽火戏诸侯 / 010

第三回　犬戎主大闹镐京，周平王东迁洛邑 / 020

第四回　秦文公郊天应梦，郑庄公掘地见母 / 030

第五回　宠虢公周郑交质，助卫逆鲁宋兴兵 / 039

第六回　卫石碏大义灭亲，郑庄公假命伐宋 / 048

第七回　公孙阏争车射考叔，公子翚献谄贼隐公 / 057

第八回　立新君华督行赂，败戎兵郑忽辞婚 / 067

第九回　齐侯送文姜婚鲁，祝聘射周王中肩 / 074

第十回　楚熊通僭号称王，郑祭足被胁立庶 / 082

第十一回　宋庄公贪赂搏兵，郑祭足杀婿逐主 / 090

第十二回　卫宣公筑台纳媳，高渠弥乘间易君 / 100

第十三回　鲁桓公夫妇如齐，郑子亶君臣为戮 / 109

第十四回　卫侯朔抗王入国，齐襄公出猎遇鬼 / 116

第十五回　雍大夫计杀无知，鲁庄公乾时大战 / 127

第十六回　释槛囚鲍叔荐仲，战长勺曹刿败齐 / 134

第十七回　宋国纳赂诛长万，楚王杯酒虏息妫 / 142

第十八回　曹沫手剑劫齐侯，桓公举火爵甯戚 / 152

第十九回　擒傅瑕厉公复国，杀子颓惠王反正 / 162

第二十回　晋献公违卜立骊姬，楚成王平乱相子文 / 171

第二十一回　管夷吾智辨俞儿，齐桓公兵定孤竹 / 182

第二十二回　公子友两定鲁君，齐皇子独对委蛇 / 195

第二十三回　卫懿公好鹤亡国，齐桓公兴兵伐楚 / 205

第二十四回　盟召陵礼款楚大夫，会葵丘义戴周天子 / 217

第二十五回　智荀息假途灭虢，穷百里饲牛拜相 / 229

第二十六回　歌扊扅百里认妻，获陈宝穆公证梦 / 240

第二十七回　骊姬巧计杀申生，献公临终嘱荀息 / 249

第二十八回　里克两弑孤主，穆公一平晋乱 / 258

第二十九回　晋惠公大诛群臣，管夷吾病榻论相 / 266

第三十回　秦晋大战龙门山，穆姬登台要大赦 / 275

第三十一回　晋惠公怒杀庆郑，介子推割股啖君 / 285

第三十二回　晏蛾儿逾墙殉节，群公子大闹朝堂 / 293

第三十三回　宋公伐齐纳子昭，楚人伏兵劫盟主 / 304

第三十四回　宋襄公假仁失众，齐姜氏乘醉遣夫 / 314

第三十五回　晋重耳周游列国，秦怀嬴重婚公子 / 325

第三十六回　晋吕郤夜焚公宫，秦穆公再平晋乱 / 335

第三十七回　介子推守志焚绵上，太叔带怙宠入宫中 / 346

第三十八回　周襄王避乱居郑，晋文公守信降原 / 358

第三十九回　柳下惠授词却敌，晋文公伐卫破曹 / 368

第四十回　先轸诡谋激子玉，晋楚城濮大交兵 / 379

第四十一回　连谷城子玉自杀，践土坛晋侯主盟 / 391

第四十二回　周襄王河阳受觐，卫元晅公馆对狱 / 401

第四十三回　智甯俞假鸩复卫，老烛武缒城说秦 / 410

第四十四回　叔詹据鼎抗晋侯，弦高假命犒秦军 / 419

第四十五回　晋襄公墨縗败秦，先元帅免胄殉翟 / 428

第四十六回　楚商臣宫中弑父，秦穆公崤谷封尸 / 439

第四十七回　弄玉吹箫双跨凤，赵盾背秦立灵公 / 448

第四十八回　刺先克五将乱晋，召士会寿余绐秦 / 459

第四十九回　公子鲍厚施买国，齐懿公竹池遇变 / 470

第五十回　东门遂援立子倭，赵宣子桃园强谏 / 480

第五十一回　责赵盾董狐直笔，诛鬬椒绝缨大会 / 492

第五十二回　公子宋尝鼋构逆，陈灵公衵服戏朝 / 503

第五十三回　楚庄王纳谏复陈，晋景公出师救郑 / 513

第五十四回　荀林父纵属亡师，孟侏儒托优悟主 / 523

第一回
周宣王闻谣轻杀，杜大夫化厉鸣冤

词曰：

道德三皇五帝，功名夏后商周。英雄五霸闹春秋，顷刻兴亡过手！

青史几行名姓，北邙无数荒丘。前人田地后人收，说甚龙争虎斗。

话说周朝，自武王伐纣，即天子位，成康继之，那都是守成令主。又有周公、召公、毕公、史佚等一班贤臣辅政，真个文修武偃，物阜民安。自武王八传至于夷王，觐礼不明，诸侯渐渐强大。到九传厉王，暴虐无道，为国人所杀。此乃千百年民变之始，又亏周召二公同心协力，立太子靖为王，是为宣王。那一朝天子，却又英明有道，任用贤臣方叔、召虎、尹吉甫、申伯、仲山甫等，复修文、武、成、康之政，周室赫然中兴。有诗为证：

夷厉相仍政不纲，任贤图治赖宣王。
共和若没中兴主，周历安能八百长！

却说宣王虽说勤政，也到不得武王丹书受戒，户牖置铭；虽说中兴，也到不得成康时教化大行，重译献雉。至三十九年，姜戎抗命，宣王御驾亲征，败绩于千亩，车徒大损，思为再举之计，又恐军数不充，亲自料民于太原。——那太原，即今固原州，正是邻近戎狄之地。料民者，将本地户口，按籍查阅，观其人数之多少，车马粟刍之饶乏，好做准备，征调出征。——太宰仲山甫进谏不听。后人有诗云：

犬彘何须辱剑铓？隋珠弹雀总堪伤！
皇威褒尽无能报，枉自将民料一场。

再说宣王在太原料民回来，离镐京不远，催趱车辇，连夜进城。忽见市上小儿数十为群，拍手作歌，其声如一。宣王乃停辇而听之。歌曰：

月将升，日将没；檿弧箕箙，几亡周国。

宣王甚恶其语。使御者传令，尽拘众小儿来问，群儿当时惊散，止拿得长幼二人，跪于辇下。宣王问曰："此语何人所造？"幼儿战惧不言；那年长的答曰："非出吾等所造。三日前，有红衣小儿，到于市中，教吾等念此四句，不知何故，一时传遍，满京城小儿不约而同，不止一处为然也。"宣王问曰："如今红衣小儿何在？"答曰："自教歌之后，不知去向。"宣王嘿然良久，叱去两儿。即召司市官吩咐传谕禁止："若有小儿再歌此词者，连父兄同罪。"当夜回宫无话。

次日早朝，三公六卿，齐集殿下，拜舞起居毕。宣王将夜来所闻小儿之歌，述于众臣："此语如何解说？"大宗伯召虎对曰："檿，是山桑木名，可以为弓，故曰檿弧。箕，草名，可结之以为箭袋，故曰箕箙。据臣愚见：国家恐有弓矢之变。"太宰仲山甫奏曰："弓矢，乃国家用武之器。王今料民太原，思欲报犬戎之仇，若兵连不解，必有亡国之患矣！"宣王口虽不言，点头道是。又问："此语传自红衣小儿。那红衣小儿，还是何人？"太史伯阳父奏曰："凡街市无根之语，谓之谣言。上天儆戒人君，命荧惑星化为小儿，造作谣言，使群儿习之，谓之童谣。小则寓一人之吉凶，大则系国家之兴败。荧惑火星，是以色红。今日亡国之谣；乃天所以儆王也。"宣王曰："朕今赦姜戎之罪，罢太原之兵，将武库内所藏弧矢，尽行焚弃，再令国中不许造卖。其祸可息乎？"伯阳父答曰："臣观天象，其兆已成，似在王宫之内，非关外间弓矢之事，必主后世有女主乱国之祸，况谣言曰：'月将升，日将没'，日者人君之象，月乃阴类，日没月升，阴进阳衰，其为女主干政明矣。"宣王又曰："朕赖姜后主六宫之政，甚有贤德，其进御宫嫔，皆出选择，女祸从何而来耶？"伯阳父答曰："谣言'将升''将没'原非目前之事。况'将'之为言，且然而未必之词。王今修德以禳之，自然化凶为吉。弧矢不须焚弃。"宣王闻奏，且信且疑，不乐而罢，起驾回宫。

姜后迎入。坐定，宣王遂将群臣之语，备细述于姜后。姜后曰："宫中有一异事，正欲启奏。"王问："有何异事？"姜后奏曰："今有先王手内老宫人，年五十余，自先朝怀孕，到今四十余年，昨夜方生一女。"宣王大惊，问曰："此女何在？"姜后曰："妾思此乃不祥之物，已令人将草席包裹，抛弃于二十里外清水河中矣。"宣王即宣老宫人到宫，问其得孕之故。老宫人跪而答曰："婢子闻夏桀王末年，褒城有神人化为二龙，降于王庭，口流涎沫，忽作人言，谓桀王曰：'吾乃褒城之二君也。'桀王恐惧，欲杀二龙，命太史占之，不吉。欲逐去之，再占，又不吉。太史奏道：'神人下降，必主祯祥，王何不请其漦而藏之？漦乃龙之精气，藏之必主获福。'桀王命太史再占，得大吉之兆。乃布币设祭于龙前，取金盘收其涎沫，置于朱椟之中。忽然风雨大作，二龙飞去，桀王命收藏于内库。自殷世历六百四十四年，传二十八主，至于我周，又将三百年，未尝开观。到先王末年，椟内放出毫光，有掌库官奏知先王。先王问：'椟中何物？'掌库官取簿籍献上，具载藏漦之因。先王命发而观之。佐臣打开金椟，手捧金盘呈上。先王将手接盘，一时失手堕地，所藏涎沫，横流庭下。忽化成小小元鼋一个，盘旋于庭中，内侍逐之，直入王宫，忽然不见。那时婢子年才一十二岁，偶践鼋迹，心中如有所感，从此肚腹渐大，如怀孕一般。先王怪婢子不夫而孕，囚于幽室，到今四十年矣。夜来腹中作痛，忽生一女，守宫侍者，不敢隐瞒，只得奏知娘娘。娘娘道此怪物，不可容留，随命侍者领去，弃之沟渎。婢子罪该万死！"宣王曰："此乃先朝之事，与你何干。"遂将老宫人喝退。随唤守宫侍者，往清水河看视女婴下落。不一时，侍者回报："已被流水漂去矣。"宣王不疑。

次日早朝，召太史伯阳父告以龙漦之事，因曰："此女婴已死于沟渎，卿试占之，以观妖气消灭何如？"伯阳父布卦已毕，献上繇词，词曰：

> 哭又笑，笑又哭。羊被鬼吞，马逢犬逐。慎之慎之，
> 檿弧箕箙！

宣王不解其说。伯阳父奏曰："以十二支所属推之：羊为未，马为午。哭笑者，悲喜之象。其应当在午未之年。据臣推详，妖气虽然出宫，未曾除也。"宣王闻奏，怏怏不悦。遂出令："城内城外，挨户查问女婴。不拘死活，有人捞取来献者，赏布、帛各三百匹；有收养不报者，邻里举首，首人给赏如数，本犯全家斩首。"命上大夫杜伯专督其事，因谣词又有"檿弧箕箙"之语，再命下大夫左儒，督令司市官巡行廛肆，不许造卖山桑木弓，箕草箭袋，违者处死。

司市官不敢怠慢，引着一班胥役，一面晓谕，一面巡绰。那时城中百姓，无不遵依，止有乡民，尚未通晓。巡至次日，有一妇人，抱着几个箭袋，正是箕草织成的，一男子背着山桑木弓十来把，跟随于后。他夫妻两口，住在远乡，赶着日中做市，上城买卖。尚未进城门，被司市官劈面撞见，喝声："拿下！"手下胥役，先将妇人擒住。那男子见不是头，抛下桑弓在地，飞步走脱。司市官将妇人锁押，连桑弓箕袋，一齐解到大夫左儒处。左儒想："所获二物，正应在谣言，况太史言女人为祸，今已拿到妇人，也可回复王旨。"遂隐下男子不题，单奏妇人违禁造卖，法宜处死。宣王命将此女斩讫。其桑弓箕袋，焚弃于市，以为造卖者之戒。不在话下。后人有诗云：

> 不将美政消天变，却泥谣言害妇人！
> 谩道中兴多补阙，此番直谏是何臣？

话分两头。再说那卖桑木弓的男子,急忙逃走,正不知:"官司拿我夫妇,是甚缘故?"还要打听妻子消息。是夜宿于十里之外。次早有人传说:"昨日北门有个妇人,违禁造卖桑弓箕袋,拿到即时决了。"方知妻子已死。走到旷野无人之处,落了几点痛泪。且喜自己脱祸,放步而行。约十里许,来到清水河边。远远望见百鸟飞鸣,近前观看,乃是一个草席包儿,浮于水面,众鸟以喙衔之,且衔且叫,将次拖近岸来。那男子叫声:"奇怪!"赶开众鸟,带水取起席包,到草坡中解看。但闻一声啼哭,原来是一个女婴。想道:"此女不知何人抛弃,有众鸟衔出水来,定是大贵之人。我今取回养育,倘得成人,亦有所望。"遂解下布衫,将此女婴包裹,抱于怀中。思想避难之处,乃望褒城投奔相识而去。髯翁有诗,单道此女得生之异:

怀孕迟迟四十年,水中三日尚安然。
生成妖物殃家国,王法如何胜得天!

宣王自诛了卖桑弓箕袋的妇人,以为童谣之言已应,心中坦然,也不复议太原发兵之事。自此连年无话。到四十三年,时当大祭,宣王宿于斋宫。夜漏二鼓,人声寂然。忽见一美貌女子,自西方冉冉而来,直至官庭。宣王怪他干犯斋禁,大声呵喝,急唤左右擒拿,并无一人答应。那女子全无惧色,走入太庙之中,大笑三声,又大哭三声,不慌不忙,将七庙神主,做一束儿捆着,望东而去。王起身自行追赶,忽然惊醒,乃是一梦。自觉心神恍惚,勉强入庙行礼。九献已毕,回至斋宫更衣,遣左右密召太史伯阳父,告以梦中所见。伯阳父奏曰:"三年前童谣之语,王岂忘之耶?臣固言：'主有女祸，妖气未除。'䌑词有哭笑之语，王今复有此梦，正相符合矣。"宣王曰："前所诛妇人，不足消'檿弧箕箙'之谶耶？"伯阳父又奏曰："天道玄远，候至方验。一村妇何关气数哉！"

宣王沉吟不语。忽然想起三年前，曾命上大夫杜伯督率司市，查访妖女，全无下落。颁胙之后，宣王还朝，百官谢胙。宣王问杜伯："妖女消息，如何久不回话？"杜伯奏曰："臣体访此女，并无影响。以为妖妇正罪，童谣已验，诚恐搜索不休，必然惊动国人，故此中止。"宣王大怒曰："既然如此，何不明白奏闻，分明是怠弃朕命，行止自由。如此不忠之臣，要他何用！喝教武士："押出朝门，斩首示众！"吓得百官面如土色。忽然文班中走出一位官员，忙将杜伯扯住，连声："不可，不可！"宣王视之，乃下大夫左儒——是杜伯的好友，举荐同朝的。左儒叩头奏曰："臣闻尧有九年之水，不失为帝；汤有七年之旱，不害为王。天变尚然不妨，人妖宁可尽信？吾王若杀了杜伯，臣恐国人将妖言传播，外夷闻之，亦起轻慢之心。望乞恕之！"宣王曰："汝为朋友而逆朕命，是重友而轻君也。"左儒曰："君是友非，则当逆友而顺君；友是君非，则当违君而顺友。杜伯无可杀之罪，吾王若杀之，天下必以王为不明。臣若不能谏止，天下必以臣为不忠。吾王若必杀杜伯，臣请与杜伯俱死。"宣王怒犹未息，曰："朕杀杜伯，如去藁草，何须多费唇舌？"喝教："快斩！"武士将杜伯推出朝门斩了。左儒回到家中，自刎而死。髯翁有赞云：

贤哉左儒，直谏批鳞。
是则顺友，非则违君。
弹冠谊重，刎颈交真。

> 名高千古，用式彝伦。

杜伯之子隰叔，奔晋，后仕晋为士师之官。子孙遂为士氏，食邑于范，又为范氏。后人哀杜伯之忠，立祠于杜陵，号为杜主，又曰右将军庙，至今尚存。此是后话。

再说宣王，次日闻说左儒自刎，亦有悔杀杜伯之意，闷闷还宫。其夜寝不能寐。遂得一恍惚之疾，语言无次，事多遗忘，每每辍朝。姜后知其有疾，不复进谏。至四十六年秋七月，玉体稍豫，意欲出郊游猎，以快心神。左右传命：司空整备法驾，司马戒饬车徒，太史卜个吉日。至期，王乘玉辂，驾六骀，右有尹吉甫，左有召虎，旌旗对对，甲仗森森，一齐往东郊进发。那东郊一带，平原旷野，原是从来游猎之地。宣王久不行幸，到此自觉精神开爽，传命扎住营寨。吩咐军士："一不许践踏禾稼；二不许焚毁树木；三不许侵扰民居。获禽多少，尽数献纳，照次给赏；如有私匿，追出重罪！"号令一出，人人贾勇，个个争先。进退周旋，御车者出尽驰驱之巧；左右前后，弯弧者尽夸纵送之能，鹰犬借势而猖狂，狐兔畏威而乱窜。弓响处血肉狼藉，箭到处毛羽纷飞。这一场打围，好不热闹！宣王心中大喜。日已烨西，传令散围。众军士各将所获走兽飞禽之类，束缚齐备，奏凯而回。

行不上三四里，宣王在玉辇之上，打个眼眯，忽见远远一辆小车，当面冲突而来。车上站着两个人，臂挂朱弓，手持赤矢，向着宣王声喏曰："吾王别来无恙？"宣王定睛看时，乃上大夫杜伯，下大夫左儒。宣王吃这一惊不小，抹眼之间，人车俱不见。问左右人等，都说："并不曾见。"宣王正在惊疑。那杜伯左儒又驾着小车子，往来不离玉辇之前。宣王大怒，喝道："罪鬼，敢来犯驾！"拔出太阿宝剑,望空挥之。只见杜伯左儒齐声骂曰:"无道昏君!你不修德政,妄戮无辜,今日大数已尽,吾等专来报冤。还我命来!"话未绝声,挽起朱弓,搭上赤矢,望宣王心窝内射来。宣王大叫一声,昏倒于玉辇之上。慌得尹公脚麻,召公眼跳,同一班左右,将姜汤救醒,兀自叫心痛不已。当下飞驾入城,扶着宣王进宫。各军士未及领赏,草草而散。正是:

乘兴而来,败兴而返。

髯翁有诗云:

赤矢朱弓貌似神,千军队里骋飞轮。
君王枉杀还须报,何况区区平等人。

不知宣王性命如何,且看下回分解。

第二回
褒人赎罪献美女，幽王烽火戏诸侯

　　话说宣王自东郊游猎，遇了杜伯左儒阴魂索命，得疾回宫，合眼便见杜伯左儒，自知不起，不肯服药。三日之后，病势愈甚。其时周公久已告老，仲山甫已卒。乃召老臣尹吉甫、召虎托孤。二臣直至榻前，稽首问安。宣王命内侍扶起。靠于绣褥之上，谓二臣曰："朕赖诸卿之力，在位四十六年，南征北伐，四海安宁。不料一病不起！太子宫涅，年虽已长，性颇暗昧，卿等竭力辅佐，勿替世业！"二臣稽首受命。

　　方出宫门，遇太史伯阳父。召虎私谓伯阳父曰："前童谣之语，吾曾说过恐有弓矢之变。今王亲见厉鬼操朱弓赤矢射之，以致病笃。其兆已应，王必不起。"伯阳父曰："吾夜观乾象，妖星隐伏于紫微之垣，国家更有他变，王身未足以当之。"尹吉甫曰："'天定胜人，人定亦胜天。'诸君但言天道而废人事，置三公六卿于何地乎？"言罢各散。

　　不隔一时，各官复集宫门候问，闻御体沉重，不敢回家了。是夜王崩。姜后懿旨，召顾命老臣尹吉甫、召虎，率领百官，扶太子宫涅行举哀礼，即位于柩前。是为幽王。诏以明年为元年，立申伯之女为王后，子宜臼为太子，进后父申伯为申侯。史臣有诗赞宣王中兴之美云：

> 于赫宣王，令德茂世。
> 威震穷荒，变消鼎雉。
> 外仲内姜，克襄隆治。
> 干父之蛊，中兴立帜。

却说姜后因悲恸太过，未几亦薨。幽王为人，暴戾寡恩，动静无常。方谅阴之时，狎昵群小，饮酒食肉，全无哀戚之心。自姜后去世，益无忌惮，耽于声色，不理朝政。申侯屡谏不听，退归申国去了。也是西周气数将尽，尹吉甫、召虎一班老臣，相继而亡。幽王另用虢公、祭公与尹吉甫之子尹球，并列三公。三人皆谀谄面谀之人，贪位慕禄之辈，惟王所欲，逢迎不暇。其时只有司徒郑伯友，是个正人，幽王不加信用。

一日，幽王视朝，岐山守臣申奏："泾、河、洛三川，同日地震。"幽王笑曰："山崩地震，此乃常事，何必告朕。"遂退朝还宫。太史伯阳父执大夫赵叔带手叹曰："三川发原于岐山，胡可震也！昔伊洛竭而夏亡，河竭而商亡。今三川皆震，川源将塞，川既塞竭，其山必崩。夫岐山乃太王发迹之地，此山一崩，西周能无恙乎？"赵叔带曰："若国家有变，当在何时？"伯阳父屈指曰："不出十年之内。"叔带曰："何以知之？"伯阳父曰："善盈而后福，恶盈而后祸。十者，数之盈也。"叔带曰："天子不恤国政，任用佞臣，我职居言路，必尽臣节以谏之。"伯阳父曰："但恐言而无益。"二人私语多时，早有人报知虢公石父。石父恐叔带进谏，说破他奸佞；直入深宫，都将伯阳父与赵叔带私相议论之语，述与幽王，说他谤毁朝廷，妖言惑众。幽王曰："愚人妄说国政，如野田泄气，何足听哉！"

却说赵叔带怀着一股忠义之心，屡欲进谏，未得其便。过了数日，岐山守臣又有表章申奏说："三川俱竭，岐山复崩，压坏民居无数。"幽王全不畏惧；方命左右访求美色，以充后宫。赵叔带乃上表谏曰："山崩川竭，其象为脂血俱枯，高危下坠，乃国家不祥之兆。况岐山王业所基，一旦崩颓，事非小故。及今勤政恤民，求贤辅政，尚可望消弭天变。奈何不访贤才而访美女乎？"虢石父奏曰："国朝定都丰镐，千秋万岁！那岐山如已弃之屣，有何关系？叔带久有慢君之心，借端谤讪，望吾王详察。"幽王曰："石父之言是也。"遂将叔带免官，逐归田野。叔带叹曰："危邦不入，乱邦不居。吾不忍坐见西周有《麦秀》之歌。"于是携家竟往晋国——是为晋国大夫赵氏之祖，赵衰、赵盾即其后裔也。后来赵氏与韩氏三分晋国，列为诸侯。此是后话。后人有诗叹曰：

忠臣避乱先归北，世运凌夷渐欲东。
自古老臣当爱惜，仁贤一去国虚空。

却说大夫褒珦，自褒城来，闻赵叔带被逐，急忙入朝进谏："吾王不畏天变，黜逐贤臣，恐国家空虚，社稷不保。"幽王大怒，命囚珦于狱中。自此谏诤路绝，贤豪解体。

话分两头。却说卖桑木弓箕草袋的男子，怀抱妖女，逃奔褒地，欲行抚养，因乏乳食，恰好有个姒大的妻子，生女不育，就送些布

第二回 褒人赎罪献美女，幽王烽火戏诸侯

匹之类，转乞此女过门。抚养成人，取名褒姒。论年纪虽则一十四岁，身材长成，倒像十六七岁及笄的模样。更兼目秀眉清，唇红齿白，发挽乌云，指排削玉，有如花如月之容，倾国倾城之貌。一来姒大住居乡僻，二来褒姒年纪幼小，所以虽有绝色，无人聘定。

却说褒珦之子洪德，偶因收敛，来到乡间。凑巧褒姒门外汲水，虽然村妆野束，不掩国色天姿。洪德大惊："如此穷乡，乃有此等丽色！"因私计："父亲囚于镐京狱中，三年尚未释放。若得此女贡献天子，可以赎父罪矣。"遂于邻舍访问姓名的实，归家告母曰："吾父以直谏忤主，非犯不赦之辟。今天子荒淫无道，购四方美色，以充后之宫。有姒大之女，非常绝色。若多将金帛买来献上，求宽父狱，此散宜生救文王出狱之计也。"其母曰："此计如果可行，何惜财帛。汝当速往。"

洪德遂亲至姒家，与姒大讲就布帛三百匹，买得褒姒回家。香汤沐浴，食以膏粱之味，饰以文绣之衣，教以礼数，携至镐京。先用金银打通虢公关节，求其转奏，言："臣珦自知罪当万死。珦子洪德，痛父死者不可复生，特访求美人，名曰褒姒，进上以赎父罪。万望吾王赦宥！"幽王闻奏，即宣褒姒上殿，拜舞已毕。幽王抬头观看；姿容态度，目所未睹，流盼之际，光艳照人。龙颜大喜。四方虽贡献有人，不及褒姒万分之一。遂不通申后得知，留褒姒于别宫，降旨赦褒珦出狱，复其官爵。是夜幽王与褒姒同寝，鱼水之乐，所不必言。自此坐则叠股，立则并肩，饮则交杯，食则同器。一连十日不朝。群臣伺候朝门者，皆不得望见颜色，莫不叹息而去。此乃幽王四年之事。有诗为证：

折得名花字国香，布荆一旦荐匡床。

风流天子浑闲事，不过龙漦已伏殃。

幽王自从得了褒姒，迷恋其色，居之琼台，约有三月，更不进申后之宫，早有人报知申后，如此如此。申后不胜其愤，忽一日引着宫娥，径到琼台。正遇幽王与褒姒联膝而坐，并不起身迎接。申后忍气不过，便骂："何方贱婢，到此浊乱宫闱！"幽王恐申后动手，将身蔽于褒姒之前，代答曰："此朕新取美人，未定位次，所以未曾朝见。不必发怒。"申后骂了一场，恨恨而去。褒姒问曰："适来者何人？"幽王曰："此王后也。汝明日可往谒之。"褒姒嘿然无言。至明日，仍不往朝正宫。

再说申后在宫中忧闷不已。太子宜臼跪而问曰："吾母贵为六宫之主，有何不乐？"申后曰："汝父宠幸褒姒，全不顾嫡妾之分。将来此婢得志，我母子无置足之处矣！"遂将褒姒不来朝见，及不起身迎接之事，备细诉与太子，不觉泪下。太子曰："此事不难。明日乃朔日，父王必然视朝。吾母可着宫人往琼台采摘花朵，引那贱婢出台观看，待孩儿将他毒打一顿，以出吾母之气。便父王嗔怪，罪责在我，与母无干也。"申后曰："吾儿不可造次，还须从容再商。"太子怀忿出宫，又过了一晚。

次早，幽王果然出朝，群臣贺朔。太子故意遣数十宫人，往琼台之下，不问情由，将花朵乱摘。台中走出一群宫人拦住道："此花乃万岁栽种与褒娘娘不时赏玩，休得毁坏，得罪不小！"这边宫人道："吾等奉东宫令旨，要采花供奉正宫娘娘，谁敢拦阻！"彼此两下争嚷起来。惊动褒妃，亲自出外观看，怒从心起，正要发作，不期太子突然而至，褒妃全不提防。那太子仇人相见，分外眼睁，赶上一步，揪住乌云宝髻，大骂："贱婢！你是何等之人？无名无位，

第二回　褒人赎罪献美女，幽王烽火戏诸侯

也要妄称娘娘，眼底无人！今日也教你认得我！"捻着拳便打。才打得几拳，众宫娥惧幽王见罪，一齐跪下叩首，高叫："千岁，求饶！万事须看王爷面上！"太子亦恐伤命，即时住手。褒妃含羞忍痛，回入台中，已知是太子替母亲出气，双行流泪。宫娥劝解曰："娘娘不须悲泣，自有王爷做主。"说声未毕，幽王退朝，直入琼台。看见褒姒两鬓蓬松，眼流珠泪，问道："爱卿何故今日还不梳妆？"褒姒扯住幽王袍袖，放声大哭，诉称："太子引着宫人在台下摘花，贱妾又未曾得罪，太子一见贱妾，便加打骂，若非宫娥苦劝，性命难存。望乞我王做主！"说罢，呜呜咽咽，痛哭不已。那幽王心下倒也明白，谓褒姒曰："汝不朝其母，以致如此。此乃王后所遣，非出太子之意，休得错怪了人。"褒姒曰："太子为母报怨，其意不杀妾不止。妾一身死不足惜，但自蒙爱幸，身怀六甲，已两月矣。妾之一命，即二命也。求王放妾出宫，保全母子二命。"幽王曰："爱卿请将息，朕自有处分。"即日传旨道："太子宜臼，好勇无礼，不能将顺，权发去申国，听申侯教训。东宫太傅、少傅等官，辅导无状，并行削职！"太子欲入宫诉明。幽王吩咐宫门，不许通报。只得驾车自往申国去讫。申后久不见太子进宫，着宫人询问，方知已贬去申国。孤掌难鸣，终日怨夫思子，含泪过日。

却说褒姒怀孕十月满足，生下一子。幽王爱如珍宝，名曰伯服。遂有废嫡立庶之意。奈事无其因，难于启齿。虢石父揣知王意，遂与尹球商议，暗通褒姒说："太子既逐去外家，合当伯服为嗣。内有娘娘枕边之言，外有我二人协力相扶，何愁事不成就？"褒姒大喜，答言："全仗二卿用心维持。若得伯服嗣位，天下当与二卿共之。"褒姒自此密遣心腹左右，日夜伺申后之短。宫门内外，俱置耳目，风吹草动，无不悉知。

再说申后独居无侣，终日流泪。有一年长宫人，知其心事，跪而奏曰："娘娘既思想殿下，何不修书一封，密寄申国，使殿下上表谢罪？若得感动万岁，召还东宫，母子相聚，岂不美哉！"申后曰："此言固好，但恨无人传寄。"宫人曰："妾母温媪，颇知医术，娘娘诈称有病，召媪入宫看脉，令带出此信，使妾兄送去，万无一失。"申后依允，遂修起书信一通，内中大略言："天子无道，宠信妖婢，使我母子分离。今妖婢生子，其宠愈固。汝可上表佯认己罪：'今已悔悟自新，愿父王宽赦！'若天赐还朝，母子重逢，别作计较。"修书已毕，假称有病卧床，召温媪看脉。

早有人报知褒妃。褒妃曰："此必有传递消息之事。候温媪出宫，搜检其身，便知端的。"却说温媪来到正宫，宫人先已说知如此如此。申后佯为诊脉，遂于枕边，取出书信，嘱咐："星夜送至申国，不可迟误！"当下赐彩缯二端。温媪将那书信怀揣，手捧彩缯，洋洋出宫。被守门宫监盘住，问："此缯从何而得？"媪曰："老妾诊视后脉，此乃王后所赐也。内监曰："别有夹带否？"曰："没有。"方欲放去。又有一人曰："不搜检，何以知其有无乎？"遂牵媪手转来。媪东遮西闪，似有慌张之色。宫监心疑，越要搜检。一齐上前，扯裂衣襟，那书角便露将出来。早被宫监搜出申后这封书，即时连人押至琼台，来见褒妃。褒妃拆书观看，心中大怒。命将温媪锁禁空房，不许走漏消息。却将彩缯二匹，手自剪扯，裂为寸寸。幽王进宫，见破缯满案，问其来历。褒姒含泪面对曰："妾不幸身入深宫，谬蒙宠爱，以致正宫妒忌。又不幸生子，取忌益深。今正宫寄书太子，书尾云：'别作计较。'必有谋妾母子性命之事，愿王为妾做主！"说罢，将书呈与幽王观看。幽王认得申后笔迹，问其通书之人。褒妃曰："现有温媪在此。"幽王即命牵出，不由分说，拔剑挥为两段。髯翁有诗曰：

未寄深宫信一封，先将冤血溅霜锋。
他年若问安储事，温媪应居第一功。

是夜，褒妃又在幽王前撒娇撒痴说："贱妾母子性命，悬于太子之手。"幽王曰："有朕做主，太子何能为也？"褒姒曰："吾王千秋万岁之后，少不得太子为君。今王后日夜在宫怨望咒诅，万一他母子当权，妾与伯服，死无葬身之地矣！"言罢，呜呜咽咽，又啼哭起来。幽王曰："吾欲废王后太子，立汝为正宫，伯服为东宫。只恐群臣不从，如之奈何？"褒妃曰："臣听君，顺也。君听臣，逆也。吾王将此意晓谕大臣，只看公议如何？"幽王曰："卿言是也。"是夜，褒妃先遣心腹传言与虢、尹二人，来朝预办登答。

次日，早朝礼毕，幽王宣公卿上殿，开言问曰："王后嫉妒怨望，咒诅朕躬，难为天下之母，可以拘来问罪乎？"虢石父奏曰："王后六宫之主，虽然有罪，不可拘问。如果德不称位，但当传旨废之；另择贤德，母仪天下，实为万世之福。"尹球奏曰："臣闻褒妃德性贞静，堪主中宫。"幽王曰："太子在申，若废申后，如太子何？"虢石父奏曰："臣闻母以子贵，子以母贵。今太子避罪居申，温清之礼久废。况既废其母，焉用其子？臣等愿扶伯服为东宫。社稷有幸！"幽王大喜，传旨将申后退入冷宫，废太子宜臼为庶人，立褒妃为后，伯服为太子。如有进谏者，即系宜臼之党，治以重辟。此乃幽王九年之事。两班文武，心怀不平，知幽王主意已决，徒取杀身之祸，无益于事，尽皆缄口。太史伯阳父叹曰："三纲已绝，周亡可立而待矣！"即日告老去位。群臣弃职归田者甚众。朝中惟尹球、虢石父、祭公易一班佞臣在侧。幽王朝夕与褒妃在宫作乐。

褒妃虽篡位正宫，有专席之宠，从未开颜一笑。幽王欲取其欢，召乐工鸣钟击鼓，品竹弹丝，宫人歌舞进觞，褒妃全无悦色。幽王问曰："爱卿恶闻音乐，所好何事？"褒妃曰："妾无好也。曾记昔日手裂彩缯，其声爽然可听。"幽王曰："既喜闻裂缯之声，何不早言？"即命司库日进彩缯百匹，使宫娥有力者裂之，以悦褒妃。可怪褒妃虽好裂缯，依旧不见笑脸。幽王问曰："卿何故不笑？"褒妃答曰："妾生平不笑。"幽王曰："朕必欲卿一开笑口。"遂出令："不拘宫内宫外，有能致褒后一笑者，赏赐千金。"虢石父献计曰："先王昔年因西戎强盛，恐彼入寇，乃于骊山之下，置烟墩二十余所，又置大鼓数十架，但有贼寇，放起狼烟，直冲霄汉，附近诸侯，发兵相救，又鸣起大鼓，催趱前来。今数年以来，天下太平，烽火皆熄。吾主若要王后启齿，必须同后游玩骊山，夜举烽烟，诸侯援兵必至，至而无寇，王后必笑无疑矣。"幽王曰："此计甚善！"乃同褒后并驾往骊山游玩，至晚设宴骊宫，传令举烽。

时郑伯友正在朝中，以司徒为前导，闻命大惊，急趋至骊宫奏曰："烟墩者，先王所设以备缓急，所以取信于诸侯。今无故举烽，是戏诸侯也。异日倘有不虞，即使举烽，诸侯必不信矣。将何物征兵以救急哉？"幽王怒曰："今天下太平，何事征兵！朕今与王后出游骊宫，无可消遣，聊与诸侯为戏。他日有事，与卿无与！"遂不听郑伯之谏。大举烽火，复擂起大鼓。鼓声如雷，火光烛天。

畿内诸侯疑镐京有变，一个个即时领兵点将，连夜赶至骊山，但闻楼阁管簫之音。幽王与褒妃饮酒作乐，使人谢诸侯曰："幸无外寇，不劳跋涉。"诸侯面面相觑，卷旗而回。褒妃在楼上，凭栏望见诸侯忙去忙回，并无一事，不觉抚掌大笑。幽王曰："爱卿一笑，百媚俱生，此虢石父之力也！"遂以千金赏之。至今俗语相传"千金买笑"，盖本于此。髯翁有诗，单咏"烽火戏诸侯"之事。诗曰：

良夜骊宫奏管簧，无端烽火烛穹苍。
可怜列国奔驰苦，止博褒妃笑一场！

却说申侯闻知幽王废申后立褒妃，上疏谏曰："昔桀宠妹喜以亡夏，纣宠妲己以亡商。王今宠信褒妃，废嫡立庶，既乖夫妇之义，又伤父子之情。桀纣之事，复见于今，夏商之祸，不在异日。望吾王收回乱命，庶可免亡国之殃也。"幽王览奏，拍案大怒曰："此贼何敢乱言！"虢石父奏曰："申侯见太子被逐。久怀怨望。今闻后与太子俱废，意在谋叛，故敢暴王之过。"幽王曰："如此何以处之？"石父奏曰："申侯本无他功，因后进爵。今后与太子俱废，申侯亦宜贬爵，仍旧为伯。发兵讨罪，庶无后患。"幽王准奏，下令削去申侯之爵。命石父为将，简兵蒐乘，欲举伐申之师。

毕竟胜负如何，且看下回分解。

第三回
犬戎主大闹镐京，周平王东迁洛邑

　　话说申侯进表之后，有人在镐京探信，闻知幽王命虢公为将，不日领兵伐申，星夜奔回，报知申侯。申侯大惊曰："国小兵微，安能抵敌王师？"大夫吕章进曰："天子无道，废嫡立庶，忠良去位，万民皆怨，此孤立之势也。今西戎兵力方强，与申国接壤，主公速致书戎主，借兵向镐，以救王后，必要天子传位于故太子，此伊、周之业也。语云：先发制人，机不可失。"申侯曰："此言甚当。"遂备下金缯一车，遣人赍书与犬戎借兵，许以破镐之日，府库金帛，任凭搬取。戎主曰："中国天子失政，申侯国舅，召我以诛无道，扶立东宫，此我志也。"遂发戎兵一万五千，分为三队，右先锋孛丁，左先锋满也速，戎主自将中军。枪刀塞路，旌旆蔽空，申侯亦起本国之兵相助，浩浩荡荡，杀奔镐京而来。出其不意，将王城围绕三匝，水泄不通。

　　幽王闻变，大惊曰："机不密，祸先发，我兵未起，戎兵先动，此事如何？"虢石父奏曰："吾王速遣人于骊山举起烽烟，诸侯救兵必至，内外夹攻，可取必胜。"幽王从其言，遣人举烽。诸侯之兵，无片甲来者,盖因前被烽火所戏,是时又以为诈,所以皆不起兵也。幽王见救兵不至,犬戎日夜攻城,即谓石父曰:"贼势未知强弱,卿可试之。朕当简阅壮勇,以继其后。"虢公本非能战之将,只得勉强应命,率领兵车二百乘,开门杀出。申侯在阵上望见石父出城,指谓戎主曰:"此欺君误国之贼,不可走了。"戎主闻之曰:"谁为我擒之?"孛丁曰:"小将愿往。"舞刀拍马,直取石父,斗不上十合,石父被孛丁一刀斩于车下。戎主与满也速一齐杀将前进,喊声大举,乱杀入城,逢屋放火,逢人举刀,连申侯也阻当他不住,只得任其所为。城中大乱。

幽王未及阅军,见势头不好,以小车载褒姒和伯服,开后宰门出走。司徒郑伯友自后赶上,大叫:"吾王勿惊,臣当保驾。"出了北门,迤逦望骊山而去。途中又遇尹球来到,言:"犬戎焚烧宫室,抢掠库藏,祭公已死于乱军之中矣!"幽王心胆俱裂。郑伯友再令举烽,烽烟透入九霄,救兵依旧不到。犬戎兵追至骊山之下,将骊宫团团围住,口中只叫:"休走了昏君!"幽王与褒姒唬做一堆,相对而泣。郑伯友进曰:"事急矣,臣拼微命保驾,杀出重围,竟投臣国,以图后举!"幽王曰:"朕不听叔父之言,以至于此。朕今日夫妻父子之命,俱付之叔父矣!"当下郑伯教人至骊宫前,放起一把火来,以惑戎兵,自引幽王从宫后冲出。郑伯手持长矛,当先开路,尹球保着褒后母子,紧随幽王之后。行不多步,早有犬戎兵拦住,乃是小将古里赤。郑伯咬牙大怒,便接住交战。战不数合,一矛刺古里赤于马下,戎兵见郑伯骁勇,一时惊散。约行半里,背后喊声又起,先锋孛丁引大兵追来。郑伯叫尹球保驾先行,亲自断后,且战且走。却被犬戎铁骑横冲,分为两截。郑伯困在垓心,全无惧怯,这根矛神出鬼没,但当先者无不着手。犬戎主教四面放箭,箭如雨点,不分玉石,可怜一国贤侯,今日死于万镞之下。左先锋满也速,早把幽王车仗拥住。犬戎主看见衮袍玉带,知是幽王,就车中一刀砍死,并杀伯服。褒姒美貌饶死,以轻车载之,带归毡帐取乐。尹球躲在车箱之内,亦被戎兵牵出斩之。

统计幽王在位共一十一年。因卖桑木弓箕草袋的男子,拾取清水河边妖女,逃于褒国,此女即褒姒也,蛊惑君心,欺凌嫡母,害得幽王今日身亡国破。昔童谣所云:"月将升,日将没,檿弧箕箙,实亡周国。"正应其兆。天数已定于宣王之时矣。东屏先生有诗曰:

> 多方图笑掖庭中,烽火光摇粉黛红。
> 自绝诸侯犹似可,忍教国祚丧羌戎。

又陇西居士咏史诗曰:

> 骊山一笑犬戎嗔,弧矢童谣已验真。
> 十八年来犹报应,挽回造化是何人?

又有一绝,单道尹球等无一善终,可为奸臣之戒。诗云:

> 巧话谗言媚暗君,满图富贵百年身。
> 一朝骈首同诛戮,落得千秋骂佞臣。

又有一绝,咏郑伯友之忠。诗曰:

石父捐躯尹氏亡，郑桓今日死勤王。
三人总为周家死，白骨风前那个香？

且说申侯在城内，见宫中火起，忙引本国之兵入宫，一路扑灭，先将申后放出冷宫。巡到琼台，不见幽王、褒姒踪迹。有人指说："已出北门去矣！"料走骊山，慌忙追赶。于路上正迎着戎主，车马相凑，各问劳苦。说及昏君已杀，申侯大惊曰："孤初心止欲纠正王慝，不意遂及于此。后世不忠于君者，必以孤为口实矣！"亟令从人收殓其尸，备礼葬之。戎主笑曰："国舅所谓妇人之仁也！"

却说申侯回到京师，安排筵席，款待戎主。库中宝玉，搬取一空，又敛聚金缯十车为赠，指望他满欲而归。谁想戎主把杀幽王一件，自以为不世之功，人马盘踞京城，终日饮酒作乐，绝无还军归国之意。百姓皆归怨申侯。申侯无可奈何，乃写密书三封，发人往三路诸侯处，约会勤王。那三路诸侯？北路晋侯姬仇，东路卫侯姬和，西路秦君嬴开。又遣人到郑国，将郑伯死难之事，报知世子掘突，教他起兵复仇。不在话下。

单说世子掘突，年方二十三岁，生得身长八尺，英毅非常。一闻父亲战死，不胜哀愤，遂素袍缟带，帅车三百乘，星夜奔驰而来。早有探马报知犬戎主，预作准备。掘突一到，便欲进兵。公子成谏曰："我兵兼程而进，疲劳未息，宜深沟固垒，待诸侯兵集，然后合攻，此万全之策也！"掘突曰："君父之仇，礼不反兵。况犬戎志骄意满，我以锐击惰，往无不克。若待诸侯兵集，岂不慢了军心？"遂麾军直逼城下。城上偃旗息鼓，全无动静。掘突大骂："犬羊之贼，何不出城决一死战？"城上并不答应。掘突喝教左右打点攻城。忽闻丛林深处，叵锣声响，一支军从后杀来。乃犬戎主定计，预先埋伏在外者。掘突大惊，慌忙挺枪来战。城上叵锣声又起，城门大开，又有一支军杀出。掘突前有孛丁，后有满也速，两下夹攻，抵当不住，大败而走。戎兵追赶三十余里方回。掘突收拾残兵，谓公子成曰："孤不听卿言，以至失利，今计将何出？"公子成曰："此去濮阳不远，卫侯老诚经事，何不投之。郑卫合兵，可以得志。"掘突依言，吩咐望濮阳一路而进。

约行二日，尘头起处，望见无数兵车，如墙而至，中间坐着一位诸侯，锦袍金带，苍颜白发，飘飘然有神仙之态。那位诸侯，正是卫武公姬和，时已八十余岁矣。掘突停车高叫曰："我郑世子掘突也。犬戎兵犯京师，吾父死于战场，我兵又败，特来求救。"武公拱手答曰："世子放心，孤倾国勤王，闻秦、晋之兵，不久亦当至矣，何忧犬羊哉？"掘突让卫侯先行，拨转车辕，重回镐京，离二十里，分两处下寨。教人打听秦、晋二国起兵消息。探子报道："西角上金鼓大鸣，车声轰地，绣旗上大书'秦'字。"武公曰："秦爵虽附庸，然习于戎俗，其兵勇悍善战，犬戎之所畏也！"言未毕，北路探子又报："晋兵亦至，已于北门立寨。"武公大喜曰："二国兵来，大事济矣！"即遣人与秦、晋二君相闻。须臾之间，二君皆到武公营中，互相劳苦。二君见掘突浑身素缟，问："此位何人？"武公曰："此郑世子也。"遂将郑伯死难，与幽王被杀之事，述了一遍，二君叹息不已。武公曰："老夫年迈无识，止为臣子，义不容辞，勉力来此。扫荡腥膻，全仗上国。今计将安出？"秦襄公曰："犬戎之志，在于剽掠子女金帛而已。彼谓我兵初至，必不提防，今夜三更，宜分兵东南北三路攻打，独缺西门，放他一条走路。却教郑世子伏兵彼处，候其出奔，从后掩击，必获全胜。"武公曰："此计甚善。"

话分两头。再说申侯在城中闻知四国兵到，心中大喜。遂与小周公咺密议："只等攻城，这里开门接应。"却劝戎主先将宝货金缯，差右先锋孛丁分兵押送回国，以削其势；又教左先锋满也速尽数领兵出城迎敌。犬戎主认作好话，一一听从。

却说满也速营于东门之外，正与卫兵对垒，约会明日交战，不期三更之后，被卫兵劫入大寨，满也速提刀上马，急来迎敌。其奈戎兵四散乱窜，双拳两臂，撑持不住，只得一同奔走。三路诸侯，呐喊攻城，忽然城门大开，三路军马一拥而入，毫无撑御，此乃申侯之计也。戎主在梦中惊觉，跨着划马，径出西城，随身不数百人。又遇郑世子掘突拦住厮战，正在危急，却得满也速收拾败兵来到，混战一场，方得脱身。掘突不敢穷追，入城与诸侯相见，恰好天色大明。褒姒不及随行，自缢而亡。胡曾先生有诗叹云：

锦绣围中称国母，腥膻队里作番婆。
到头不免投缳苦，争似为妃快乐多！

申侯大排筵席，管待四路诸侯。只见首席卫武公推箸而起，谓诸侯曰："今日君亡国破，岂臣子饮酒之时耶？"众人齐声拱立曰："某等愿受教训。"武公曰："国不可一日无君，今故太子在申，宜奉之以即王位，诸君以为如何？"襄公曰："君侯此言，文、武、成、康之灵也。"世子掘突曰："小子身无寸功，迎立一事，愿效微劳，以成先司徒之志。"武公大喜，举爵劳之。遂于席上草成表章，备下法驾，各国皆欲以兵相助。掘突曰："原非赴敌，安用多徒。只用本兵足矣。"申侯曰："下国有车三百乘，愿为引导。"次日，掘突遂往申国，迎太子宜臼为王。

却说宜臼在申，终日纳闷，正不知国舅此去，凶吉如何。忽报郑世子掘突着国舅申侯同诸侯连名表章，奉迎还京，心下倒吃了一惊。展开看时，乃知幽王已被犬戎所杀，父子之情，不觉放声大哭。掘突奏曰："太子当以社稷为重，望早正大位，以安人心。"宜臼曰："孤今负不孝之名于天下矣。事已如此，只索起程。"

不一日，到了镐京。周公先驱入城，扫除宫殿，国舅申侯引着卫、晋、秦三国诸侯，同郑世子及一班在朝文武，出郭三十里迎接，卜定吉日进城。宜臼见宫室残毁，凄然泪下，当下先见了申侯，禀命过了，然后服衮冕告庙，即王位，是为平王。

平王升殿，众诸侯百官朝贺已毕，平王宣申伯上殿，谓曰："朕以废弃之人，获承宗祧，皆舅氏之力也。"进爵为申公。申伯辞曰："赏罚不明，国政不清，镐京亡而复存，乃众诸侯勤王之功；臣不能禁戢犬戎，获罪先王，臣当万死。敢领赏乎？"坚辞三次，平王令复侯爵。卫武公又奏曰："褒姒母子恃宠乱伦。虢石父、尹球等欺君误国，虽则身死，均当追贬。"平王一一准奏。卫侯和进爵为公；晋侯仇加封河内附庸之地；郑伯友死于王事，赐谥为桓，世子掘突袭爵为伯，加封祊田千顷；秦君原是附庸，加封秦伯，列于诸侯；小周公咺拜太宰之职；申后号为太后；褒姒与伯服，俱废为庶人；虢石父、尹球、祭公，姑念其先世有功，兼死于王事，止削其本身爵号，仍许子孙袭位。又出安民榜，抚慰京师被害百姓，大宴群臣，尽欢而散。有诗为证：

百官此日逢恩主，万姓今朝喜太平。
自是累朝功德厚，山河再整望中兴。

次日，诸侯谢恩。平王再封卫侯为司徒，郑伯掘突为卿士，留朝与太宰咺一同辅政；惟申、晋二君，以本国迫近戎、狄，拜辞而归；申侯见郑世子掘突英毅非常，以女妻之，是为武姜。此话搁过不提。

却说犬戎自到镐京扰乱一番，识熟了中国的道路，虽则被诸侯驱逐出城，其锋未曾挫折，又自谓劳而无功，心怀怨恨，遂大起戎兵，侵占周疆。岐丰之地，半为戎有，渐渐逼近镐京，连月烽火不绝。又宫阙自焚烧之后，十不存五，颓墙败栋，光景甚是凄凉。平王一来府库空虚，无力建造宫室，二来怕犬戎早晚入寇，遂萌迁都洛邑之念。一日朝罢，谓群臣曰："昔王祖成王，既定镐京，又营洛邑，此何意也？"群臣齐声奏曰："洛邑为天下之中，四方入贡，道里适均，所以成王命召公相宅，周公兴筑，号曰东都；宫室制度，与镐京同，每朝会之年，天子行幸东都，接见诸侯，此乃便民之政也。"平王曰："今犬戎逼近镐京，祸且不测，朕欲迁都于洛何如？"太宰咺奏曰："今宫阙焚毁，营建不易，劳民伤财，百姓嗟怨，西戎乘衅而起，何以御之？迁都于洛，实为至便。"两班文武，俱以犬戎为虑，齐声曰："太宰之言是也。"惟司徒卫武公低头长叹。平王曰："老司徒何独无言？"武公乃奏曰："老臣年逾九十，蒙君王不弃老耄，备位六卿，若知而不言，是不忠于君也；若违众而言，是不和于友也。然宁得罪于友，不敢得罪于君。夫镐京左有崤、函，右有陇、蜀，披山带河，沃野千里，天下形胜，莫过于此。洛邑虽天下之中，其势平衍，四面受敌之地，所以先王虽并建两都，然宅西京，以振天下之要，留东都以备一时之巡。吾王若弃镐京而迁洛，恐王室自是衰弱矣！"平王曰："犬戎侵夺岐丰，势甚猖獗，且宫阙残毁，无以壮观。朕之东迁，实非得已。"武公奏曰："犬戎豺狼之性，不当引入卧闼。申公借兵失策，开门揖盗，使其焚烧宫阙，戮及先王，此不共之仇也。王今励志自强，节用爱民，练兵训武，效先王之北伐南征，俘彼戎主，以献七庙，尚可湔雪前耻。若隐忍避仇，弃此适彼，我退一尺，敌进一尺，恐蚕食之忧，不止于岐丰而已。昔尧、舜在位，茅茨土阶，禹居卑宫，不以为陋。京师壮观，岂在宫室？惟吾王熟思之！"太宰咺又奏曰："老司徒乃安常之论，非通变之言也。先王怠政灭伦，自招寇贼，其事已不足深咎。今王扫除煨烬，仅正名号，而府库空虚，兵力单弱，百姓畏惧犬戎，如畏豺虎，一旦戎骑长驱，民心瓦解，误国之罪，谁能任之？"武公又奏曰："申公既能召戎，定能退戎。王遣人问之，必有良策。"

正商议间，国舅申公遣人赍告急表文来到。平王展开看之，大意谓"犬戎侵扰不已，将有亡国之祸。伏乞我王怜念瓜葛，发兵救援"。平王曰："舅氏自顾不暇，安能顾朕。东迁之事，朕今决矣！"乃命太史择日东行。卫武公曰："臣职在司徒，若主上一行，民生离散，臣之咎难辞矣！"遂先期出榜示谕百姓："如愿随驾东迁者，作速准备，一齐起程。"祝史作文，先将迁都缘由，祭告宗庙。

至期，大宗伯抱着七庙神主，登车先导。秦伯嬴开闻平王东迁，亲自领兵护驾，百姓携老扶幼，相从者不计其数。当时宣王大祭之夜，梦见美貌女子，大笑三声，大哭三声，不慌不忙，将七庙神主，捆做一束，冉冉望东而去。大笑三声，应褒姒骊山烽火戏诸侯事；大哭三声者，幽王、褒姒、伯服三命俱绝；神主捆束往东，正应今日东迁。此梦无一不验。又太史伯阳父辞云："哭又笑，笑又哭，羊被鬼吞，马逢犬逐。慎之，慎之。檿弧箕箙。"羊被鬼吞者,宣王四十六年遇鬼而亡,乃己未年;马逢犬逐,犬戎入寇,幽王十一年庚午也。自此西周遂亡,天数有定如此,亦见伯阳父之神占矣。

东迁后事如何,且看下回分解。

第四回
秦文公郊天应梦,郑庄公掘地见母

话说平王东迁,车驾至于洛阳,见市井稠密,宫阙壮丽,与镐京无异,心中大喜。京都既定,四方诸侯莫不进表称贺,贡献方物。惟有荆国不到,平王议欲征之。群臣谏曰:"蛮荆久在化外,宣王始讨而服之。每年止贡菁茅一车,以供祭祀缩酒之用,不责他物,所以示羁縻之意。今迁都方始,人心未定,倘王师远讨,未卜顺逆,且宜包容,使彼怀德而来。如或始终不悛,俟兵力既足,讨之未晚。"自此南征之议遂息。

秦襄公告辞回国。平王曰:"今岐丰之地,半被犬戎侵据,卿若能驱逐犬戎,此地尽以赐卿,少酬扈从之劳。永作西藩,岂不美哉?"秦襄公稽首受命而归,即整顿戎马,为灭戎之计。不及三年,杀得犬戎七零八落,其大将孛丁、满也速等,俱死于战阵,戎主远遁西荒,岐丰一片,尽为秦有。辟地千里,遂成大国。髯翁有诗云:

文武当年发迹乡,如何轻弃畀秦邦。
岐丰形胜如依旧,安得秦强号始皇?

第四回　秦文公郊天应梦，郑庄公掘地见母

却说秦乃帝颛顼之裔，其后人名皋陶，自唐尧时为士师官。皋陶子伯翳，佐大禹治水，烈山焚泽，驱逐猛兽，以功赐姓曰嬴，为舜主畜牧之事。伯翳生二子：若木、大廉。若木封国于徐，夏商以来，世为诸侯。至纣王时，大廉之后，有蜚廉者，善走，日行五百里；其子恶来有绝力，能手裂虎豹之皮。父子俱以材勇，为纣幸臣，相助为虐。武王克商，诛蜚廉并及恶来。蜚廉少子曰季胜，其曾孙名造父，以善御得幸于周穆王，封于赵，为晋赵氏之祖。其后有非子者，居犬丘，善于养马，周孝王用之，命畜马于汧、渭二水之间，马大蕃息。孝王大喜，以秦地封非子为附庸之君，使续嬴祀，号为嬴秦。传六世至襄公，以勤王功封秦伯，又得岐丰之地，势益强大，定都于雍，始与诸侯通聘。襄公薨，子文公立，时平王十五年也。

一日，文公梦鄜邑之野，有黄蛇自天而降，止于山陂，头如车轮，下属于地，其尾连天，俄顷化为小儿。谓文公曰："我上帝之子也，帝命汝为白帝，以主西方之祀。"言讫不见。明日，召太史敦占之，敦奏曰："白者，西方之色；君奄有西方，上帝所命，祠之必当获福。"乃于鄜邑筑高台，立白帝庙，号曰鄜畤，用白牛祭之。又陈仓人猎得一兽，似猪而多刺，击之不死，不知其名，欲牵以献文公。路间，遇二童子，指曰："此兽名曰'猬'。常伏地中，啖死人脑，若搥其首即死。"猬亦作人言曰："二童乃雉精，名曰'陈宝'，得雄者王，得雌者霸。"二童子被说破，即化为野鸡飞去。其雌者，止于陈仓山之北阪，化为石鸡。视猬，亦失去矣。猎人惊异，奔告文公，文公复立陈宝祠于陈仓山。又终南山，有大梓树，文公欲伐为殿材，锯之不断，砍之不入。忽大风雨，乃止。有一人夜宿山下，闻众鬼向树贺喜，树神亦应之，一鬼曰："秦若使人被其发，

以朱丝绕树，将奈之何？"树神默然，明日，此人以鬼语告于文公，文公依其说，复使人伐之，树随锯而断，有青牛从树中走出，径投雍水。其后近水居民，时见青牛出水中，文公闻之，使骑士候而击之，牛力大，触骑士倒地，骑士发散被面，牛惧更不敢出，文公乃制髦头于军中，复立怒特祠，以祭大梓之神。

时鲁惠公闻秦国僭祀上帝，亦遣太宰让到周，请用郊禘之礼，平王不许。惠公曰："吾祖周公有大勋劳于王室，礼乐吾祖之所制作，子孙用之何伤？况天子不能禁秦，安能禁鲁？"遂僭用郊禘，比于王室。平王知之，不敢问也。自此王室日益卑弱，诸侯各自擅权，互相侵伐，天下纷纷多事矣。史官有诗叹曰：

自古王侯礼数悬，未闻侯国可郊天。
一从秦鲁开端僭，列国纷纷窃大权。

再说郑世子掘突嗣位，是为武公。武公乘周乱，并有东虢及郐地，迁都于郐，谓之新郑，以荥阳为京城，设关于制邑，郑自是亦遂强大，与卫武公同为周朝卿士。平王十三年，卫武公薨，郑武公独秉周政，只为郑都荥阳，与洛邑邻近，或在朝，或在国，往来不一，这也不在话下。

却说郑武公夫人，是申侯之女姜氏，所生二子，长曰寤生，次曰段。为何唤做寤生？原来姜氏夫人分娩之时，不曾坐蓐，在睡梦中产下了，醒觉方知，姜氏吃了一惊，以此取名寤生，心中便有不快之意。及生次子段，长成得一表人才，面如傅粉，唇若涂朱，又且多力善射，武艺高强，姜氏心中偏爱此子："若袭位为君，岂不胜寤生十倍？"屡次向其夫武公称道次子之贤，宜立为嗣。武公曰：

"长幼有序，不可紊乱。况寤生无过，岂可废长而立幼乎？"遂立寤生为世子，只以小小共城，为段之食邑，号曰共叔。姜氏心中愈加不悦。及武公薨，寤生即位，是为郑庄公，仍代父为周卿士。姜氏夫人见共叔无权，心中怏怏，乃谓庄公曰："汝承父位，享地数百里，使同胞之弟，容身蕞尔，于心何忍？"庄公曰："惟母所欲。"姜氏曰："何不以制邑封之？"庄公曰："制邑岩险著名，先王遗命，不许分封。除此之外，无不奉命。"姜氏曰："其次则京城亦可。"庄公默然不语。姜氏作色曰："再若不允，惟有逐之他国，使其别图仕进，以糊口耳！"庄公连声曰："不敢，不敢。"遂唯唯而退。

次日，升殿即宣共叔段，欲封之。大夫祭足谏曰："不可。天无二日，民无二君。京城有百雉之雄，地广民众，与荥阳相等。况共叔，夫人之爱子，若封之大邑，是二君也，恃其内宠，恐有后患。"庄公曰："我母之命，何敢拒之？"遂封共叔于京城。共叔谢恩已毕，入宫来辞姜氏。姜氏屏去左右，私谓段曰："汝兄不念同胞之情，待汝甚薄。今日之封，我再三恳求，虽则勉从，中心未必和顺。汝到京城，宜聚兵蒐乘，阴为准备，倘有机会可乘，我当相约，汝兴袭郑之师，我为内应，国可得也。汝若代了寤生之位，我死无憾矣！"共叔领命，遂往京城居住。自此国人改口，俱称为京城太叔。

开府之日，西鄙、北鄙之宰，俱来称贺。太叔段谓二宰曰："汝二人所掌之地，如今属我封土，自今贡税，俱要到我处交纳，兵车俱要听我征调，不可违误。"二宰久知太叔为国母爱子，有嗣位之望，今日见他丰采昂昂，人才出众，不敢违抗，且自应承。太叔托名射猎，逐日出城训练士卒，并收二鄙之众，一齐造入军册。又假出猎为由，袭取鄢及廪延。两处邑宰逃入郑国，遂将太叔引兵取邑之事，备细奏闻庄公，庄公微笑不言。班中有一位官员，高声叫曰：

"段可诛也！"庄公抬头观看，乃是上卿公子吕。庄公曰："子封有何高论？"公子吕奏曰："臣闻'人臣无将，将则必诛'，今太叔内挟母后之宠，外恃京城之固，日夜训兵讲武，其志不篡夺不已。主公假臣偏师，直造京城，缚段而归，方绝后患。"庄公曰："段恶未著，安可加诛？"子封曰："今两鄙被收，直至廪延，先君土地，岂容日割？"庄公笑曰："段乃姜氏之爱子，寡人之爱弟。寡人宁可失地，岂可伤兄弟之情，拂国母之意乎？"公子吕又奏曰："臣非虑失地，实虑失国也。今人心皇皇，见太叔势大力强，尽怀观望，不久都城之民，亦将贰心。主公今日能容太叔，恐异日太叔不能容主公，悔之何及？"庄公曰："卿勿妄言，寡人当思之。"公子吕出外，谓正卿祭足曰："主公以宫闱之私情，而忽社稷之大计，吾甚忧之。"祭足曰："主公才智兼人，此事必非坐视，只因大庭耳目之地，不便泄露。子贵戚之卿也，若私叩之，必有定见。"

公子吕依言，直叩宫门，再请庄公求见。庄公曰："卿此来何意？"公子吕曰："主公嗣位，非国母之意也。万一中外合谋，变生肘腋，郑国非主公之有矣。臣寝食不宁，是以再请。"庄公曰："此事干碍国母。"公子吕曰："主公岂不闻周公诛管、蔡之事乎？'当断不断，反受其乱。'望早早决计。"庄公曰："寡人筹之熟矣。段虽不道，尚未显然叛逆，我若加诛，姜氏必从中阻挠，徒惹外人议论，不惟说我不友，又说我不孝。我今置之度外，任其所为，彼恃宠得志，肆无忌惮。待其造逆，那时明正其罪，则国人必不敢助，而姜氏亦无辞矣！"公子吕曰："主公远见，非臣所及。但恐日复一日，养成势大，如蔓草不可芟除，可奈何？主公若必欲俟其先发，宜挑之速来。"庄公曰："计将安出？"公子吕曰："主公久不入朝，无非为太叔故也。今声言如周，太叔必谓国内空虚，兴兵争郑。臣预先引兵伏于京城近处，乘其出城，入而据之。主公从廪延一路杀来，腹背受敌，太叔虽有冲天之翼，能飞去乎？"庄公曰："卿计甚善，慎毋泄之他人。"公子吕辞出宫门，叹曰："祭足料事，可谓如神矣！"

次日早朝，庄公假传一令，使大夫祭足监国，自己往周朝面君辅政。姜氏闻知此信，心中大喜曰："段有福为君矣！"遂写密信一通，遣心腹送到京城，约太叔五月初旬，兴兵袭郑，时四月下旬事也。公子吕预先差人伏于要路，获住赍书之人，登时杀了，将书密送庄公。庄公启缄看毕，重加封固，别遣人假作姜氏所差，送达太叔。索有回书，以五月初五日为期，要立白旗一面于城楼，便知接应之处。庄公得书，喜曰："段之供招在此，姜氏岂能庇护耶？"遂入宫辞别姜氏，只说往周，却望廪延一路徐徐而进。公子吕率车二百乘，于京城邻近埋伏，自不必说。

却说太叔接了母夫人姜氏密信，与其子公孙滑商议，使滑往卫国借兵，许以重赂。自家尽率京城二鄙之众，托言奉郑伯之命，使段监国，祭纛犒军，扬扬出城。公子吕预遣兵车十乘，扮作商贾模样，潜入京城，只等太叔兵动，便于城楼放火。公子吕望见火光，即便杀来，城中之人，开门纳之，不劳余力，得了京城。即时出榜安民，榜中备说庄公孝友，太叔背义忘恩之事，满城人都说太叔不是。

再说太叔出兵，不上二日，就闻了京城失事之信，心下慌忙，星夜回辕，屯扎城外，打点攻城，只见手下士卒纷纷耳语。原来军伍中有人接了城中家信，说："庄公如此厚德，太叔不仁不义。"一人传十，十人传百，都道："我等背正从逆，天理难容。"哄然而散。太叔点兵，去其大半，知人心已变，急望鄢邑奔走，再欲聚众。不道庄公兵已在鄢。乃曰:"共吾故封也。"于是走入共城,闭门自守。庄公引兵攻之,那共城区区小邑,怎当得两路大军?如泰山压卵一般,须臾攻破。太叔闻庄公将至,叹曰:"姜氏误我矣,何面目见吾兄乎?"遂自刎而亡。胡曾先生有诗曰:

> 宠弟多才占大封,况兼内应在宫中。
> 谁知公论难容逆,生在京城死在共。

又有诗说庄公养成段恶,以塞姜氏之口,真千古奸雄也。诗曰:

> 子弟全凭教育功,养成稔恶陷灾凶。
> 一从京邑分封日,太叔先操掌握中。

庄公抚段之尸,大哭一场,曰:"痴儿何至如此?"遂简其行装,姜氏所寄之书尚在。将太叔回书,总作一封,使人驰至郑国,教祭足呈与姜氏观看。即命将姜氏送去颍地安置,遗以誓言曰:"不及黄泉,无相见也!"姜氏见了二书,羞惭无措,自家亦无颜与庄公相见,即时离了宫门,出居颍地。庄公回至国都,目中不见姜氏,不觉良心顿萌,叹曰:"吾不得已而杀弟,何忍又离其母。诚天伦之罪人矣!"

却说颍谷封人,名曰颍考叔,为人正直无私,素有孝友之誉。见庄公安置姜氏于颍,谓人曰:"母虽不母,子不可以不子。主公此举,伤化极矣!"乃觅鸮鸟数头,假以献野味为名,来见庄公。庄公问曰:"此何鸟也?"颍考叔对曰:"此鸟名鸮,昼不见泰山,夜能察秋毫,明于细而暗于大也。小时其母哺之,既长,乃啄食其母,此乃不孝之鸟，故捕而食之。"庄公默然。适宰夫进蒸羊，庄公命割一肩，赐考叔食之。考叔只拣好肉，用纸包裹，藏之袖内。庄公怪而问之，考叔对曰："小臣家有老母，小臣家贫，每日取野味以悦其口，未尝享此厚味。今君赐及小臣，而老母不沾一脔之惠，小臣念及老母，何能下咽？故此携归，欲作羹以进母耳。"庄公曰："卿可谓孝子矣！"言罢，不觉凄然长叹。考叔问曰："主公何为而叹？"庄公曰："你有母奉养，得尽人子之心。寡人贵为诸侯，反不如你。"考叔佯为不知，又问曰："姜夫人在堂无恙，何为无母？"庄公将姜氏与太叔共谋袭郑，及安置颍邑之事，细述一遍："已设下黄泉之誓，悔之无及。"考叔对曰："太叔已亡，姜夫人止存主公一子，又不奉养，与鸱鸟何异？倘以黄泉相见为嫌，臣有一计，可以解之。"庄公问："何计可解？"考叔对曰："掘地见泉，建一地室，先迎姜夫人在内居住，告以主公想念之情，料夫人念子，不减主公之念母，主公在地室中相见，于及泉之誓，未尝违也。"庄公大喜，遂命考叔发壮士五百人，于曲洧牛脾山下，掘地深十余丈，泉水涌出，因于泉侧架木为室，室成，设下长梯一座，考叔往见武姜，曲道庄公悔恨之意，如今欲迎归孝养，武姜且悲且喜，考叔先奉武姜至牛脾山地室中，庄公乘舆亦至，从梯而下，拜倒在地，口称："寤生不孝，久缺定省，求国母恕罪！"武姜曰："此乃老身之罪，与汝无与。"用手扶起，母子抱头大哭，遂升梯出穴，庄公亲扶武姜登辇，自己执辔随侍。国人见庄公母子同归，无不以手加额，称庄公之孝，此皆考叔调停之力也。胡曾先生有诗云：

黄泉誓母绝彝伦，大隧犹疑隔世人。
考叔不行怀肉计，庄公安肯认天亲。

庄公感考叔全其母子之爱,赐爵大夫,与公孙阏同掌兵权,不在话下。

再说共叔之子公孙滑,请得卫师,行至半途,闻共叔见杀,遂逃奔卫,诉说伯父杀弟囚母之事。卫桓公曰:"郑伯无道,当为公孙讨之。"遂兴师伐郑。

不知胜负如何?且看下回分解。

第五回
宠虢公周郑交质，助卫逆鲁宋兴兵

却说郑庄公闻公孙滑起兵前来侵伐，问计于群臣。公子吕曰："斩草留根，逢春再发。公孙滑逃死为幸，反兴卫师，此卫侯不知共叔袭郑之罪，故起兵助滑，以救祖母为辞也，依臣愚见，莫如修尺一之书，致于卫侯，说明其故，卫侯必抽兵回国。滑势既孤，可不战而擒矣。"公曰："然。"遂遣使致书于卫。卫桓公得书，读曰：

寤生再拜奉书卫侯贤侯殿下，家门不幸，骨肉相残，诚有愧于邻国。然封京赐土，非寡人之不友；恃宠作乱，实叔段之不恭。寡人念先人世守为重，不得不除。母姜氏，以溺爱叔段之故，内怀不安，避居颍城，寡人已自迎归奉养。今逆滑昧父之非，奔投大国，贤侯不知其非义，师徒下临敝邑，自反并无得罪，惟贤侯同声乱贼之诛，勿伤唇齿之谊。敝邑幸甚！

卫桓公览罢，大惊曰："叔段不义，自取灭亡，寡人为滑兴师，实为助逆。"遂遣使收回本国之兵。

使者未到，滑兵乘廪延无备，已攻下了。郑庄公大怒，命大夫高渠弥出车二百乘，来争廪延。时卫兵已撤回，公孙滑势孤不敌，弃了廪延，仍奔卫国。公子吕乘胜追逐，直抵卫郊。卫桓公大集群臣，问战守之计。公子州吁进曰："水来土掩，兵至将迎，又何疑焉？"大夫石碏奏曰："不可，不可！郑兵之来，由我助滑为逆所致。前郑伯有书到，我不若以书答之，引咎谢罪，不劳师徒，可却郑兵。"卫侯曰："卿言是也。"即命石碏作书，致于郑伯。书曰：

完再拜上王卿士郑贤侯殿下。寡人误听公孙滑之言，谓上国杀弟囚母，使孙侄无容身之地，是以兴师。今读来书，备知京城太叔之逆，悔不可言。即日收回廪延之兵，倘蒙鉴察，当缚滑以献，复修旧好。惟贤侯图之！

郑庄公览书，曰："卫既服罪，寡人又何求焉？"

却说国母姜氏。闻庄公兴师伐卫。恐公孙滑被杀。绝了太叔之后。遂向庄公哀求："乞念先君武公遗体，存其一命。"庄公既碍姜氏之面。又度公孙滑孤立无援。不能有为。乃回书卫侯。书中但言："奉教撤兵，言归于好。滑虽有罪，但逆弟止此一子，乞留上国，以延段祀。"一面取回高渠弥之兵。公孙滑老死于卫。此是后话。

却说周平王因郑庄公久不在位，偶因虢公忌父来朝，言语相投，遂谓虢公曰："郑侯父子秉政有年。今久不供职，朕欲卿权理政务，卿不可辞！"虢公叩首曰："郑伯不来，必国中有事故也。臣若代之，郑伯不惟怨臣，且将怨及王矣！臣不敢奉命。"再三谢辞，退归本国。原来郑庄公身虽在国，留人于王都，打听朝中之事，动息传报。今日平王欲分政于虢公，如何不知？即日驾车如周，朝见已毕，奏曰："臣荷圣恩，父子相继秉政。臣实不才，有忝职位。愿拜还卿士之爵，退就藩封，以守臣节。"平王曰："卿久不莅任，朕心悬悬。今见卿来，如鱼得水，卿何故出此言耶？"庄公又奏曰："臣国中有逆弟之变，旷职日久，今国事粗完，星夜趋朝。闻道路相传。谓吾王有委政虢公之意。臣才万分不及虢公。安敢尸位。以获罪于王乎？"平王见庄公说及虢公之事，心惭面赤，勉强言曰："朕别卿许久，亦知卿国中有事，欲使虢公权管数日，以候卿来。虢公再三辞让，朕已听其还国矣。卿又何疑焉？"庄公又奏曰："夫政者，王之政也。非臣一家之政也。用人之柄，王自操之。虢公才堪佐理，臣理当避位。不然，群臣必以臣为贪于权势，昧于进退，惟王察之！"平王曰："卿父子有大功于国，故相继付以大政，四十余年，君臣相得，今卿有疑朕之心，朕何以自明？卿如必不见信，朕当命太子狐，为质于郑，何如？"庄公再拜辞曰："从政罢政，乃臣下之职，焉有天子委质于臣之礼？恐天下以臣为要君，臣当万死！"平王曰："不然，卿治国有方，朕欲使太子观风于郑，因以释目下之疑。卿若固辞，是罪朕也！"庄公再三不敢受旨。群臣奏曰："依臣等公议，王不委质，无以释郑伯之疑；若独委质，又使郑伯乖臣子之义。莫若君臣交质，两释猜忌，方可全上下之恩。"平王曰："如此甚善。"庄公使人先取世子忽待质于周，然后谢恩。周太子狐，亦如郑为质。史官评论周郑交质之事，以为君臣之分，至此尽废矣！诗曰：

腹心手足本无私，一体相猜事可嗤。
交质分明同市贾，王纲从此遂陵夷。

自交质以后，郑伯留周辅政，一向无事。平王在位五十一年而崩，郑伯与周公黑肩同摄朝政。使世子忽归郑，迎回太子狐来周嗣位。太子狐痛父之死，未得侍疾含殓，哀痛过甚，到周而薨。其子林嗣立，是为桓王。众诸侯俱来奔丧，并谒新天子。虢公忌父先到，举动皆合礼数，人人爱之。

桓王伤其父以质郑身死，且见郑伯久专朝政，心中疑惧，私与周公黑肩商议曰："郑伯曾质先太子于国，意必轻朕，君臣之间，恐不相安。虢公执事甚恭，朕欲畀之以政，卿意以为何如？"周公黑肩奏曰："郑伯为人惨刻少恩，非忠顺之臣也。但我周东迁洛邑，晋、郑功劳甚大，今改元之日，遽夺郑政，付于他手，郑伯愤怒，必有跋扈之举，不可不虑。"桓王曰："朕不能坐而受制，朕意决矣。"

次日，桓王早朝，谓郑伯曰："卿乃先王之臣，朕不敢屈在班僚，卿其自安。"庄公奏曰："臣久当谢政，今即拜辞。"遂忿忿出朝，谓人曰："孺子负心，不足辅也。"即日驾车回国。世子忽率领众官员出郭迎接，问其归国之故，庄公将桓王不用之语，述了一遍，人人俱有不平之意。大夫高渠弥进曰："吾主两世辅周，功劳甚大，况前太子质于吾国，未尝缺礼。今舍吾主而用虢公，大不义也。何不兴师打破周城，废了今王，而别立贤胤？天下诸侯，谁不畏郑，方伯之业可成矣！"颍考叔曰："不可！君臣之伦，比于母子。主公不忍仇其母，何忍仇其君？但隐忍岁余，入周朝觐，周王必有悔心，主公勿以一朝之忿，而伤先公死节之义。"大夫祭足曰："以臣愚见，二臣之言，当兼用之。臣愿帅兵直抵周疆，托言岁凶，就食温、洛之间。若周王遣使责让，吾有辞矣。如其无言，主公入朝未晚。"庄公准奏，命祭足领了一支军马，听其便宜行事。

祭足巡到温、洛界首，说："本国岁凶乏食，向温大夫求粟千锺。"温大夫以未奉王命，不许。祭足曰："方今二麦正熟，尽可资食，我自能取，何必求之？"遂遣士卒各备镰刀，分头将田中之麦，尽行割取，满载而回。祭足自领精兵，往来接应。温大夫知郑兵强盛，不敢相争。祭足于界上休兵三月有余，再巡至成周地方。时秋七月中旬，见田中早稻已熟，吩咐军士假扮作商人模样，将车埋伏各村里，三更时分，一齐用力将禾头割下，五鼓取齐，成周郊外，稻禾一空。比及守将知觉，点兵出城，郑兵已去之远矣。两处俱有文书到于洛京，奏闻桓王，说郑兵盗割麦禾之事。桓王大怒，便欲兴兵问罪。周公黑肩奏曰："郑祭足虽然盗取禾麦，乃边庭小事，郑伯未必得知。以小忿而弃懿亲，甚不可也。若郑伯心中不安，必然亲来谢罪修好。"桓王准奏，但命沿边所在，加意提防，勿容客兵入境。其芟麦刈禾一事，并不计较。

郑伯见周王全无责备之意，果然心怀不安，遂定入朝之议。正欲起行，忽报"齐国有使臣到来。"庄公接见之间，使臣致其君僖公之命，约郑伯至石门相会。庄公正欲与齐相结，遂赴石门之约。二君相见，歃血订盟，约为兄弟，有事相偕。齐侯因问："世子忽曾婚娶否？"郑伯对以"未曾。"僖公曰："吾有爱女，年虽未笄，颇有才慧，倘不弃嫌，愿为待年之妇。"郑庄公唯唯称谢。及返国之日，向世子忽言之，忽对曰："妻者齐也，故曰配偶。今郑小齐大，大小不伦，孩儿不敢仰攀！"庄公曰："请婚出于彼意，若与齐为甥舅，每事可以仰仗，吾儿何以辞之？"忽又对曰："丈夫志在自立，岂可仰仗于婚姻耶？"庄公喜其有志，遂不强之。后来齐使至郑，闻郑世子不愿就婚，归国奏知僖公。僖公叹曰："郑世子可谓谦让之至矣。吾女年幼，且俟异日再议可也。"后人有诗嘲富室攀高，不如郑忽辞婚之善，诗曰：

婚姻门户要相当，大小须当自酌量。
却笑攀高庸俗子，拼财但买一巾方！

忽一日，郑庄公正与群臣商议朝周之事，适有卫桓公讣音到来，庄公诘问来使，备知公子州吁弑君之事。庄公顿足叹曰："吾国行且被兵矣！"群臣问曰："主公何以料之？"庄公曰："州吁素好弄兵，今既行篡逆，必以兵威逞志。郑、卫素有嫌隙，其试兵必先及郑，宜预备之。"

且说卫州吁如何弑君。原来卫庄公之夫人，乃齐东宫得臣之妹，名曰庄姜，貌美而无子；次妃乃陈国之女，名曰厉妫，亦不生育；厉妫之妹，名曰戴妫，随姊嫁卫，生子曰完，曰晋。庄姜性不嫉妒，育完为己子，又进宫女于庄公，庄公嬖幸之，生子州吁。州吁性暴戾好武，喜于谈兵。庄公溺爱州吁，任其所为。大夫石碏尝谏庄公曰："臣闻爱子者，教以义方，弗纳于邪。夫宠过必骄，骄必生乱。主公若欲传位于吁，便当立为世子，如其不然，当稍裁抑之，庶无骄奢淫佚之祸！"庄公不听。石碏之子石厚，与州吁交好，时尝并车出猎，骚扰民居，石碏将厚鞭责五十，锁禁空房，不许出入。厚逾墙而出，遂住州吁府中，一饭必同，竟不回家，石碏无可奈何。后庄公薨，公子完嗣位，是为桓公。桓公生性懦弱，石碏知其不能有为，告老在家，不与朝政。州吁益无忌惮，日夜与石厚商量篡夺之计。其时平王崩讣适至，桓王林新立，卫桓公欲如周吊贺。石厚谓州吁曰："大事可成矣。明日主公往周，公子可设饯于西门，预伏甲士五百于门外，酒至数巡，袖出短剑而刺之，手下有不从者，即时斩首，诸侯之位，唾手可得！"州吁大悦。预命石厚领壮士五百，埋伏西门之外。

州吁自驾车，迎桓公至于行馆，早已排下筵席。州吁躬身进酒曰："兄侯远行，薄酒奉饯。"桓公曰："又教贤弟费心。我此行不过月余便回，烦贤弟暂摄朝政，小心在意。"州吁曰："兄侯放心。"酒至半巡，州吁起身满斟金盏，进于桓公。桓公一饮而尽，亦斟满杯回敬州吁。州吁双手去接，诈为失手，坠盏于地，慌忙拾取，亲自洗涤。桓公不知其诈，命取盏更斟，欲再送州吁。州吁乘此机会，急腾步闪至桓公背后，抽出短剑，从后刺之，刃透于胸，即时伤重而薨，时周桓王元年春三月戊申也。从驾诸臣，素知州吁武力胜众，石厚又引五百名甲士围住公馆，众人自度气力不加，只得降顺。以空车载尸殡殓，托言暴疾，州吁遂代立为君，拜石厚为上大夫。桓公之弟晋，逃奔邢国去了。史臣有诗叹卫庄公宠吁致乱，诗云：

　　　　教子须知有义方，养成骄佚必生殃。
　　　　郑庄克段天伦薄，犹胜桓侯束手亡。

州吁即位三日，闻外边沸沸扬扬，尽传说弑兄之事，乃召上大夫石厚商议曰："欲立威邻国，以胁制国人，问何国当伐？"石厚奏："邻国俱无嫌隙，惟郑国昔年讨公孙滑之乱，曾来攻伐，先君庄公服罪求免，此乃吾国之耻，主公若用兵，非郑不可。"州吁曰："齐、郑有石门之盟，二国结连为党，卫若伐郑，齐必救之，一卫岂能敌二国？"石厚奏曰："当今异姓之国，惟宋称公为大；同姓之国，惟鲁称叔父为尊；主公欲伐郑，必须遣使于宋、鲁，求其出兵相助，并合陈、蔡之师，五国同事，何忧不胜？"州吁曰："陈、蔡小国，素顺周王，郑与周新隙，陈、蔡必知之，呼使伐郑，不愁不来。若宋、鲁大邦，焉能强乎？"石厚又奏曰："主公但知其一，不知其二。昔宋穆公受位于其兄宣公，穆公将死，思报兄之德，乃舍其子冯，而传位于兄之子与夷。冯怨父而嫉与夷，出奔于郑。郑伯纳之，常欲为冯起兵伐宋，夺取与夷之位。今日勾连伐郑，正中其怀；若鲁之国事，乃公子翚秉之。翚兵权在手，觑鲁君如无物，如以重赂结公子翚，鲁兵必动无疑矣。"

州吁大悦，即日遣使往鲁、陈、蔡三处去讫，独难使宋之人，石厚荐一人姓宁，名翊，乃中牟人也！"此人甚有口辨，可以遣之！"州吁依言，命宁翊如宋请兵。宋殇公问曰："伐郑何意？"宁翊曰："郑伯无道，诛弟囚母。公孙滑亡命敝邑，又不能容，兴兵来讨，先君畏其强力，腆颜谢服。今寡君欲雪先君之耻，以大国同仇，是以借助。"殇公曰："寡人与郑素无嫌隙，子曰同仇，得无过乎？"宁翊曰："请屏左右，翊得毕其说。"殇公即麾去左右，侧席问曰："何以教之？"宁翊曰："君侯之位，受之谁乎？"殇公曰："传之吾叔穆公也！"宁翊曰："父死子继，古之常理。穆公虽有尧舜之心，奈公子冯每以失位为恨，身居邻国，其心须臾未尝忘宋也。郑纳公子冯，其交已固，一旦拥冯兴师，国人感穆公之恩，不忘其子，内外生变，君侯之位危矣！今日之举，名曰伐郑，实为君侯除心腹之患也。君侯若主其事，敝邑悉起师徒，连鲁、陈、蔡三国之兵一齐效劳，郑之灭亡可待矣！"宋殇公原有忌公子冯之心，这一席话，正投其意，遂许兴师。大司马孔父嘉乃殷汤王之后裔，为人正直无私，闻殇公听卫起兵，谏曰："卫使不可听也。若以郑伯弑弟囚母为罪，则州吁弑兄篡位，独非罪乎？愿主公思之！"殇公已许下宁翊，遂不听孔父嘉之谏，刻日兴师。

鲁公子翚接了卫国重贿，不繇隐公作主，亦起重兵来会。陈、蔡如期而至，自不必说。宋公爵尊，推为盟主。卫石厚为先锋，州吁自引兵打后，多赍粮草，犒劳四国之兵。五国共甲车一千三百乘，将郑东门围得水泄不通。郑庄公问计于群臣，言战言和，纷纷不一。庄公笑曰："诸君皆非良策也。州吁新行篡逆，未得民心，故托言旧怨，借兵四国，欲立威以压众耳；鲁公子翚贪卫之贿，事不由君；陈、蔡与郑无仇，皆无必战之意。只有宋国忌公子冯在郑，实心协助。吾将公子冯出居长葛，宋兵必移；再令子封引徒兵五百，出东门单搦卫战，诈败而走，州吁有战胜之名，其志已得，国事未定，岂能久留军中，其归必速。吾闻卫大夫石碏，大有忠心，不久卫将有内变，州吁自顾不暇，安能害我乎？"乃使大夫瑕叔盈引兵一支，护送公子冯往长葛去讫。庄公使人于宋曰："公子冯逃死敝邑，敝邑不忍加诛，今令伏罪于长葛，惟君自图之。"宋殇公果然移兵去围长葛。蔡、陈、鲁三国之兵，见宋兵移动，俱有返斾之意。忽报公子吕出东门单搦卫战，三国登壁垒上袖手观之。

却说石厚引兵与公子吕交锋，未及数合，公子吕倒拖画戟而走，石厚追至东门，门内接应入去。厚将东门外禾稻尽行芟刈，以劳军士，传令班师。州吁曰："未见大胜，如何便回？"厚屏去左右，说出班师之故，州吁大悦。

毕竟石厚所说甚话？且看下回分解。

第六回
卫石碏大义灭亲，郑庄公假命伐宋

　　话说石厚才胜郑兵一阵，便欲传令班师，诸将皆不解其意，齐来禀复州吁曰："我兵锐气方盛，正好乘胜进兵，如何遽退？"州吁亦以为疑，召厚问之。厚对曰："臣有一言，请屏左右。"州吁麾左右使退。厚乃曰："郑兵素强，且其君乃王朝卿士也。今为我所胜，足以立威。主公初立，国事未定，若久在外方，恐有内变。"州吁曰："微卿言，寡人虑不及此。"少顷，鲁、陈、蔡三国，俱来贺胜，各请班师，遂解围而去。计合围至解围，才五日耳。石厚自矜有功，令三军齐唱凯歌，拥卫州吁扬扬归国。但闻野人歌曰：

　　　一雄毙，一雄兴。歌舞变刀兵，何时见太平？恨无人
　　兮诉洛京！

　　州吁曰："国人尚不和也，奈何？"石厚曰："臣父碏，昔位上卿，素为国人所信服，主公若征之入朝，与共国政，位必定矣。"州吁命取白璧一双，白粟五百锺，候问石碏，即征碏入朝议事。石碏

托言病笃，坚辞不受。州吁又问石厚曰："卿父不肯入朝，寡人欲就而问计，何如？"石厚曰："主公虽往，未必相见，臣当以君命叩之。"乃回家见父，致新君敬慕之意。石碏曰："新主相召，欲何为也？"石厚曰："只为人心未和，恐君位不定，欲求父亲决一良策。"石碏曰："诸侯即位，以禀命于王朝为正。新主若能觐周，得周王锡以黻冕车服，奉命为君，国人更有何说？"石厚曰："此言甚当，但无故入朝，周王必然起疑，必先得人通情于王方可。"石碏曰："今陈侯忠顺周王，朝聘不缺，王甚嘉宠之。吾国与陈素相亲睦，近又有借兵之好，若新主亲往朝陈，央陈侯通情周王，然后入觐，有何难哉？"石厚即将父碏之言，述于州吁。州吁大喜，当备玉帛礼仪，命上大夫石厚护驾，往陈国进发。

石碏与陈国大夫子针，素相厚善，乃割指沥血，写下一书，密遣心腹人，竟到子针处，托彼呈达陈桓公。书曰：

> 外臣石碏百拜致书陈贤侯殿下：卫国褊小，天降重殃，不幸有弑君之祸。此虽逆弟州吁所为，实臣之逆子厚贪位助桀。二逆不诛，乱臣贼子，行将接踵于天下矣。老夫年耄，力不能制，负罪先公。今二逆联车入朝上国，实出老夫之谋。幸上国拘执正罪，以正臣子之纲，实天下之幸，不独臣国之幸也！

陈桓公看毕，问子针曰："此事如何？"子针对曰："卫之恶，犹陈之恶。今之来陈，乃自送死，不能纵之。"桓公曰："善。"遂定下擒州吁之计。

却说州吁同石厚到陈，尚未知石碏之谋。一君一臣昂然而入。

陈侯使公子佗出郭迎接，留于客馆安置，遂致陈侯之命，请来日太庙中相见。州吁见陈侯礼意殷勤，不胜之喜。

次日，设庭燎于太庙，陈桓公立于主位，左傧右相，摆列得甚是整齐。石厚先到，见太庙门首立着白牌一面，上写："为臣不忠，为子不孝者，不许入庙！"石厚大惊，问大夫子针曰："立此牌者何意？"子针曰："此吾先之训，吾君不敢忘也。"石厚遂不疑。须臾，州吁驾到，石厚导引下车，立于宾位，俟相启请入庙。州吁佩玉秉圭，方欲鞠躬行礼，只见子针立于陈侯之侧，大声喝曰："周天子有命：只拿弑君贼州吁、石厚二人，余人俱免！"说声未毕，先将州吁擒下。石厚急拔佩剑，一时着忙，不能出鞘，只用手格斗，打倒二人。庙中左右壁厢，俱伏有甲士，一齐拢来，将石厚绑缚，从车兵众，尚然在庙外观望。子针将石碏来书宣扬一遍，众人方知吁、厚被擒，皆石碏主谋，假手于陈，天理当然，遂纷然而散。史官有诗叹曰：

州吁昔日残桓公，今日朝陈受祸同。
屈指为君能几日，好将天理质苍穹。

陈侯即欲将吁、厚行戮正罪，群臣皆曰："石厚乃石碏亲子，未知碏意如何，不若请卫自来议罪，庶无后言。"陈侯曰："诸卿之言是也。"乃将君臣二人，分作两处监禁，州吁因于濮邑，石厚因于本国，使其音信隔绝。遣人星夜驰报卫国，竟投石碏。

却说石碏自告老之后，未曾出户，见陈侯有使命至，即命舆人驾车伺候，一面请诸大夫朝中相见，众各骇然。石碏亲到朝中，会集百官，方将陈侯书信启看，知吁、厚已拘执在陈，专等卫大夫到，公同议罪。百官齐声曰："此社稷大计，全凭国老主持。"石碏曰："二逆罪俱不赦，明正典刑，以谢先灵，谁肯往任其事？"右宰丑曰："乱臣贼子，人得而诛之。丑虽不才，窃有公愤，逆吁之戮，丑当莅之。"诸大夫皆曰："右宰足办此事矣。但首恶州吁既已正法，石厚从逆，可从轻议。"石碏大怒曰："州吁之恶，皆逆子所酿成，诸君请从轻典，得无疑我有舐犊之私乎？老夫当亲自一行，手诛此贼，不然无面目见先人之庙也！"家臣獳羊肩曰："国老不必发怒，某当代往。"石碏乃使右宰丑往濮莅杀州吁，獳羊肩往陈莅杀石厚，一面整备法驾，迎公子晋于邢。左丘明修《传》至此，称石碏"为大义而灭亲，真纯臣也。"史臣诗曰：

公义私情不两全，甘心杀子报君冤。
世人溺爱偏多昧，安得芳名寿万年？

陇西居士又有诗，言石碏不先杀石厚，正为今日并杀州吁之地，诗曰：

明知造逆有根株，何不先将逆子除？
自是老臣怀远虑，故留子厚误州吁。

再说右宰丑同獳羊肩同造陈都，先谒见陈桓公，谢其除乱之恩，然后分头干事。右宰丑至濮，将州吁押赴市曹，州吁见丑大呼曰："汝吾臣也，何敢犯吾？"右宰丑曰："卫先有臣弑君者，吾效之耳！"州吁俯首受刑。獳羊肩往陈都，莅杀石厚，石厚曰："死吾分内，愿上囚车，一见父亲之面，然后就死。"獳羊肩曰："吾奉汝父之命，来诛逆子，汝如念父，当携汝头相见也。"遂拔剑斩之。

公子晋自邢归卫，以诛吁告于武宫，重为桓公发丧，即侯位，是为宣公，尊石碏为国老，世世为卿。从此陈、卫益相亲睦。

却说郑庄公见五国兵解，正欲遣人打探长葛消息，忽报："公子冯自长葛逃回，在朝门外候见。"庄公召而问之，公子冯诉言："长葛已被宋兵打破，占据了城池，逃命到此，乞求覆护。"言罢痛哭不已。庄公抚慰一番，仍令冯住居馆舍，厚其廪饩。不一日，闻州吁被杀于濮，卫已立新君。庄公乃曰："州吁之事，与新君无干，但主兵伐郑者，宋也，寡人当先伐之。"乃大集群臣，问以伐宋之策。祭足进曰："前者，五国连兵伐郑，今我若伐宋，四国必惧，合兵救宋，非胜算也，为今之计，先使人请成于陈，再以利结鲁，若鲁、陈结好，则宋势孤矣。"庄公从之，遂遣使如陈请成。陈侯不许，公子佗谏曰："亲仁善邻，国之宝也，郑来讲好，不可违之。"陈侯曰："郑伯狡诈不测，岂可轻信？不然，宋、卫皆大国，不闻讲和，何乃先及我国？此乃离间之计也，况我曾从宋伐郑，今与郑成，宋国必怒，得郑失宋，有何利焉？"遂却郑使不见。庄公见陈不许成，怒曰："陈所恃者，宋、卫耳，卫乱初定，自顾不暇，岂能为人？俟我结好鲁国，当合齐、鲁之众，先报宋仇，次及于陈，此破竹之势也。"祭足奏曰："不然。郑强陈弱，请成自我，陈必疑离间之计，所以不从，若命边人乘其不备，侵入其境，必当大获。因使舌辨之士，还其俘获，以明不欺，彼必听从，平陈之后，徐议伐宋为当。"庄公曰："善。"乃使两鄙宰率徒兵五千，假装出猎，潜入陈界，大掠男女辎重，约百余车。陈疆吏申报桓公，桓公大惊，正集群臣商议，忽报："有郑使颍考叔在朝门外，赍本国书求见，纳还俘获。"陈桓公问公子佗曰："郑使此来如何？"公子佗曰："通

使美意,不可再却。"桓公乃召颍考叔进见,考叔再拜,将国书呈上。桓公启而观之,略曰:

> 寤生再拜奉书陈贤侯殿下:君方膺王宠,寡人亦忝为王臣,理宜相好,共效屏藩。近者请成不获,边吏遂妄疑吾二国有隙,擅行侵掠,寡人闻之,卧不安枕,今将所俘人口辎重,尽数纳还,遣下臣颍考叔谢罪,寡人愿与君结兄弟之好,惟君许焉。

陈侯看毕,方知郑之修好,出于至诚,遂优礼颍考叔,遣公子佗报聘,自是陈、郑和好。

郑庄公谓祭足曰:"陈已平矣,伐宋奈何?"祭足奏曰:"宋爵尊国大,王朝且待以宾礼,不可轻伐,主公向欲朝觐,只因齐侯约会石门,又遇州吁兵至,耽搁至今,今日宜先入周,朝见周王,然后假称王命,号召齐、鲁,合兵加宋,兵至有名,万无不胜矣。"郑庄公大喜曰:"卿之谋事,可谓万全。"时周桓王即位已三年矣。

庄公命世子忽监国,自与祭足如周,朝见周王。正值冬十一月朔,乃贺正之期,周公黑肩劝王加礼于郑,以劝列国,桓王素不喜郑,又想起侵夺麦禾之事,怒气勃勃,谓庄公曰:"卿国今岁收成何如?"庄公对曰:"托赖吾王如天之福,水旱不侵。"桓王曰:"幸而有年,温之麦、成周之禾,朕可留以自食矣。"庄公见桓王言语相侵,闭口无言,当下辞退,桓王也不设宴,也不赠贿,使人以黍米十车遗之曰:"聊以为备荒之资。"庄公甚悔此来,谓祭足曰:"大夫劝寡人入朝,今周王如此怠慢,口出怨言,以黍禾见讪,寡人欲却而不受,当用何辞?"祭足对曰:"诸侯所以重郑者,以世为卿士，在王左右也，王者所赐，不论厚薄，总曰'天宠'。主公若辞而不受，分明与周为隙；郑既失周，何以取重于诸侯乎？"正议论间，忽报周公黑肩相访，私以彩缯二车为赠，言语之际，备极款曲，良久辞去。庄公问祭足曰："周公此来何意？"祭足对曰："周王有二子，长曰沱，次曰克，周王宠爱次子，属周公使辅翼之，将来必有夺嫡之谋，故周公今日先结好我国，以为外援，主公受其彩缯，正有用处。"庄公曰："何用？"祭足曰："郑之朝王，邻国莫不知之，今将周公所赠彩帛，分布于十车之上，外用锦袱覆盖，出都之日，宣言'王赐'，再加彤弓弧矢，假说：'宋公久缺朝贡，主公亲承王命，率兵讨之！'以此号召列国，责以从兵，有不应者，即系抗命，重大其事，诸侯必然信从。宋虽大国，其能当奉命之师乎？"庄公拍祭足肩曰："卿真智士也，寡人一一听卿而行。"陇西居士咏史诗曰：

彩缯禾黍不相当，无命如何假托王。
毕竟虚名能动众，睢阳行作战争场。

庄公出了周境，一路宣扬王命，声播宋公不臣之罪，闻者无不以为真。这话直传至宋国，殇公心中惊惧，遣使密告于卫宣公，宣公乃纠合齐僖公，欲与宋、郑两国讲和，约定月日在瓦屋之地相会，歃血订盟，各释旧憾，宋殇公使人以重币遗卫，约先期在犬丘一面，商议郑事，然后并驾至于瓦屋，齐僖公亦如期而至。惟郑庄公不到，齐侯曰："郑伯不来，和议败矣！"便欲驾车回国，宋公强留与盟，齐侯外虽应承，中怀观望之意，惟宋、卫交情已久，深相结纳而散。是时周桓王欲罢郑伯之政，以虢公忌父代之，周公黑肩力谏,乃用忌父为右卿士,任以国政,郑伯为左卿士,虚名而已。庄公闻之,笑曰:"料周王不能夺吾爵也!"后闻齐、宋合党,谋于祭足,祭足对曰:"齐、宋原非深交,皆因卫侯居间纠合,虽然同盟,实非本心,主公今以王命并布于齐、鲁,即托鲁侯纠合齐侯,协力讨宋,鲁与齐连壤,世为婚姻,鲁侯同事,齐必不违,蔡、卫、郕、许诸国,亦当传檄召之,方见公讨,有不赴者,移师伐之。"庄公依计,遣使至鲁,许以用兵之日,侵夺宋地,尽归鲁国。公子翚乃贪横之徒,欣然诺之,奏过鲁君,转约齐侯,与郑在中丘取齐。齐侯使其弟夷仲年为将,出车三百乘,鲁侯使公子翚为将,出车二百乘,前来助郑。

郑庄公亲统着公子吕、高渠弥、颍考叔、公孙阏等一班将士,自为中军,建大纛一面,名曰"蝥弧",上书"奉天讨罪"四大字,以辂车载之,将彤弓弧矢,悬于车上,号为卿士讨罪,夷仲年将左军,公子翚将右军,扬威耀武,杀奔宋国。公子翚先到老桃地方,守将引兵出迎,被公子翚奋勇当先,只一阵杀得宋兵弃甲曳兵,逃命不迭,被俘者二百五十余人。公子翚将捷书飞报郑伯,就迎至老桃下寨,相见之际,献上俘获。庄公大喜,称赞不绝口,命幕府填上第一功,杀牛犒士,安歇三日,然后分兵进取。命颍考叔同公子翚领兵攻打郜城,公子吕接应;命公孙阏同夷仲年领兵攻打防城,高渠弥接应。将老营安扎老桃,专听报捷。

却说宋殇公闻三国兵已入境,惊得面如土色,急召司马孔父嘉问计,孔父嘉奏曰:"臣曾遣人到王城打听,并无伐宋之命,郑托言奉命,非真命也,齐、鲁特堕其术中耳,然三国既合,其势诚不可争锋。为今之计,惟有一策,可令郑不战而退。"殇公曰:"郑已得利,肯遽退乎?"孔父嘉曰:"郑假托王命,遍召列国。今相从者,惟齐、鲁两国耳,东门之役,宋、蔡、陈、鲁同事,鲁贪郑赂,陈与郑平,皆入郑党,所不致者,蔡、卫也。郑君亲将在此,车徒必盛,其国空虚。主公诚以重赂,遣使告急于卫,使纠合蔡国,轻兵袭郑,郑君闻己国受兵,必返旆自救。郑师既退,齐、鲁能独留乎?"殇公曰:"卿策虽善,然非卿亲往,卫兵未必即动。"孔父嘉曰:"臣当引一支兵,为蔡乡导。"殇公即简车徒二百乘,命孔父嘉为将,携带黄金、白璧、彩缎等物,星夜来到卫国,求卫君出师袭郑。卫宣公受了礼物,遣右宰丑率兵同孔父嘉从间道出其不意,直逼荥阳。世子忽同祭足急忙传令守城,已被宋、卫之兵,在郭外大掠一番,掳去人畜辎重无算。右宰丑便欲攻城,孔父嘉曰:"凡袭人之兵,不过乘其无备,得利即止,若顿师坚城之下,郑伯还兵来救,我腹背受敌,是坐困耳,不若借径于戴,全军而返,度我兵去郑之时,郑君亦当去宋矣!"右宰丑从其言,使人假道于戴,戴人疑其来袭己国,闭上城门,授兵登陴。孔父嘉大怒,离戴城十里,同右宰丑分作前后两寨,准备攻城,戴人固守,屡次出城交战,互有斩获。孔父嘉遣使往蔡国乞兵相助,不在话下。

此时颍考叔等已打破郜城,公孙阏等亦打破防城,各遣人于郑伯老营报捷,恰好世子忽告急文书到来。

不知郑伯如何处置?再看下回分解。

第七回
公孙阏争车射考叔，公子翚献谄贼隐公

话说郑庄公得了世子忽告急文书，即时传令班师，夷仲年、公子翚等，亲到老营来见郑伯曰："小将等乘胜正欲进取，忽闻班师之命，何也？"庄公奸雄多智，隐下宋、卫袭郑之事，只云："寡人奉命讨宋，今仰仗上国兵威，割取二邑，已足当削地之刑矣。宾王上爵，王室素所尊礼，寡人何敢多求？所取郜、防两邑，齐鲁各得其一，寡人毫不敢私。"夷仲年曰："上国以王命征师，敝邑奔走恐后，少效微劳，礼所当然，决不敢受邑。"谦让再三。庄公曰："既公子不肯受地，二邑俱奉鲁侯，以酬公子老桃首功之劳。"公子翚更不推辞，拱手称谢。另差别将，领兵分守郜、防二邑，不在话下。庄公大犒三军，临别与夷仲年、公子翚刑牲而盟："三国同患相恤，后有军事各出兵车为助，如背此言，神明不宥！"

单说夷仲年归国，见齐僖公，备述取防之事。僖公曰："石门之盟，有事相偕。今虽取邑，理当归郑。"夷仲年曰："郑伯不受，并归鲁侯矣。"僖公以郑伯为至公，称叹不已。

再说郑伯班师，行至中途，又接得本国文书一道，内称："宋、

卫已移兵向戴矣。"庄公笑曰："吾固知二国无能为也。然孔父嘉不知兵，乌有自救而复迁怒者？吾当以计取之。"乃传令四将，分为四队，各各授计，衔枚卧鼓，并望戴国进发。

再说宋、卫合兵攻戴，又请得蔡国领兵助战，满望一鼓成功。忽报："郑国遣上将公子吕领兵救戴，离城五十里下寨。"右宰丑曰："此乃石厚手中败将，全不耐战，何足惧哉？"少顷又报："戴君知郑兵来救，开门接入去了。"孔父嘉曰："此城唾手可得，不意郑兵相助，又费时日，奈何？"右宰丑曰："戴既有帮手，必然合兵索战，你我同升壁垒，察城中之动静，好做准备。"二将方在壁垒之上，指手画脚，忽听连珠炮响，城上遍插郑国旗号，公子吕全装披挂，倚着城楼外槛，高声叫曰："多赖三位将军气力，寡君已得戴城，多多致谢！"原来郑庄公设计，假称公子吕领兵救戴，其实庄公亲在戎车之中，只要哄进戴城，就将戴君逐出，并了戴国之军。城中连日战守困倦，素闻郑伯威名，谁敢抵敌？几百世相传之城池，不劳余力，归于郑国，戴君引了宫眷，投奔西秦去了。

孔父嘉见郑伯白占了戴城，忿气填胸，将兜鍪掷地曰："吾今日与郑誓不两立！"右宰丑曰："此老奸最善用兵，必有后继，倘内外夹攻，吾辈危矣！"孔父嘉曰："右宰之言，何太怯也！"正说间，忽报："城中着人下战书。"孔父嘉即批来日决战。一面约会卫、蔡二国，要将三路军马，齐退后二十里，以防冲突。孔父嘉居中，蔡、卫左右营，离隔不过三里。立寨甫毕，喘息未定，忽闻寨后一声炮响，火光接天，车声震耳。谍者报："郑兵到了！"孔父嘉大怒，手持方天画戟，登车迎敌。只见车声顿息，火光俱灭了。才欲回营，左边炮声又响，火光不绝。孔父嘉出营观看，左边火光又灭,右边炮响连声,一片火光,隐隐在树林之外。孔父嘉曰:"此老奸疑军之计!"传令:"乱动者斩!"少顷左边火光又起,喊声震地,忽报:"左营蔡军被劫!"孔父嘉曰:"吾当亲往救之!"才出营门,只见右边火光复炽,正不知何处军到。孔父嘉喝教御人:"只顾推车向左!"御人着忙,反推向右去,遇着一队兵车,互相击刺,约莫更余,方知是卫国之兵。彼此说明,合兵一处,同到中营,那中营已被高渠弥据了。急回辕时,右有颍考叔,左有公孙阏,两路兵到。公孙阏接住右宰丑,颍考叔接住孔父嘉,做两队厮杀。东方渐晓,孔父嘉无心恋战,夺路而走。遇着高渠弥,又杀一阵。孔父嘉弃了乘车,跟随者止存二十余人,徒步奔脱。右宰丑阵亡。三国车徒,悉为郑所俘获。所掳郑国郊外人畜辎重,仍旧为郑所有。此庄公之妙计也。史官有诗云:

主客雌雄尚未分,庄公智计妙如神。
分明鹬蚌相持势,得利还归结网人。

庄公得了戴城,又兼了三国之师,大军奏凯,满载而归。庄公大排筵宴,款待从行诸将。诸将轮番献卮上寿,庄公面有德色,举酒沥地曰:"寡人赖天地祖宗之灵,诸卿之力,战则必胜,威加上公,于古之方伯如何?"群臣皆称千岁,惟颍考叔嘿然。庄公睁目视之,考叔奏曰:"君言失矣。夫方伯者,受王命为一方诸侯之长,得专征伐,令无不行,呼无不应。今主公托言王命,声罪于宋,周天子实不与闻;况传檄征兵,蔡、卫反助宋侵郑,郕、许小国,公然不至。方伯之威,固如是乎?"庄公笑曰:"卿言是也。蔡、卫全军覆没,已足小惩;今欲问罪郕、许,二国孰先?"颍考叔曰:"郕邻于齐，许邻于郑。主公既欲加以违命之名，宜正告其罪，遣一将助齐伐郕，请齐兵同来伐许。得郕则归之齐，得许则归之郑，庶不失两国共事之谊。俟事毕，献捷于周，亦可遮饰四方之耳目。"庄公曰："善。但当次第行之。"乃先遣使将问罪郕、许之情，告于齐侯，齐侯欣然听允，遣夷仲年将兵伐郕，郑遣大将公子吕率兵助之，直入其都。郕人大惧，请成于齐，齐侯受之，就遣使跟随公子吕到郑，叩问伐许之期。庄公约齐侯在时来地方会面，转央齐侯去订鲁侯同事。时周桓王八年之春也。公子吕途中得病归国，未几而死。庄公哭之恸曰："子封不禄，吾失右臂矣！"乃厚恤其家，录其弟公子元为大夫。时正卿位缺，庄公欲用高渠弥，世子忽密谏曰："渠弥贪而狠，非正人也，不可重任。"庄公点首，乃改用祭足为上卿，以代公子吕之位。高渠弥为亚卿，不在话下。

且说是夏，齐、鲁二侯皆至时来，与郑伯面订师期，以秋七月朔，在许地取齐，二侯领命而别。郑庄公回国，大阅军马，择日祭告于太宫，聚集诸将于教场，重制"蝥弧"大旗，建于大车之上，用铁绠之。这大旗以锦为之，锦方一丈二尺，缀金铃二十四个，旗上绣"奉天讨罪"四大字，旗竿长三丈三尺。庄公传令："有能手执大旗，步履如常者，拜为先锋，即以辂车赐之。"言未毕，班中走出一员大将，头带银盔，身穿紫袍金甲，生得黑面虬须，浓眉大眼，众视之，乃大夫瑕叔盈也。上前奏曰："臣能执之。"只手拔起旗竿，紧紧握定，上前三步，退后三步，仍竖立车中，略不气喘，军士无不喝采。瑕叔盈大叫："御人何在？为我驾车！"方欲谢恩，班中又走出一员大将，头带雉冠，绿锦抹额，身穿绯袍犀甲，口称："执旗展步，未为希罕，臣能舞之。"众人上前观看，乃大夫颖考叔也。御者见考叔口出大言，更不敢上前，且立住脚观看。只见考叔

第七回　公孙阏争车射考叔，公子翚献谄贼隐公

左手撩衣，将右手打开铁绾，从背后倒拔那旗，踊身一跳，那旗竿早拔起到手。忙将左手搭住，顺势打个转身，将右手托起，左旋右转如长枪一般，舞得呼呼的响。那面旗卷而复舒，舒而复卷，观者尽皆骇然。庄公大喜曰："真虎臣也！当受此车为先锋。"言犹未毕，班中又走出一员少年将军，面如傅粉，唇若涂朱，头带束发紫金冠，身穿织金绿袍，指着考叔大喝道："你能舞旗，偏我不会舞，这车且留下！"大踏步上前。考叔见他来势凶猛，一手把着旗竿，一手挟着车辕，飞也似跑去了。那少年将军不舍，在兵器架上绰起一柄方天画戟，随后赶出教场。将至大路，庄公使大夫公孙获传语解劝，那将军见考叔已去远，恨恨而返，曰："此人藐我姬姓无人，吾必杀之！"那少年将军是谁？乃是公族大夫名唤公孙阏，字子都，乃男子中第一的美色，为郑庄公所宠。孟子云："不知子都之姣者，无目者也！"正是此人。平日恃宠骄横，兼有勇力，与考叔素不相睦。当下回转教场，兀自怒气勃勃，庄公夸奖其勇曰："二虎不得相斗，寡人自有区处。"另以车马赐公孙阏，并赐瑕叔盈。两个各各谢恩而散。髯翁有诗云：

> 军法从来贵整齐，挟辕拔戟敢胡为？
> 郑庭虽是多骁勇，无礼之人命必危！

至七月朔日，庄公留祭足同世子忽守国，自统大兵望许城进发。齐、鲁二侯已先在近城二十里下寨等候。三君相见叙礼，让齐侯居中，鲁侯居右，郑伯居左。是日，庄公大排筵席，以当接风。齐侯袖中出檄书一纸，书中数许男不共职贡之罪，今奉王命来讨。鲁、郑二君俱看过，一齐拱手曰："必如此，师出方为有名。"约定

来日庚辰协力攻城,先遣人将讨檄射进城去。

次早,三营各各放炮起兵。那许本男爵,小小国都,城不高,池不深,被三国兵车密密扎扎,围得水泄不漏,城内好生惊怕。只因许庄公是个有道之君,素得民心,愿为固守,所以急切未下。齐、鲁二君,原非主谋,不甚用力。到底是郑将出力,人人奋勇,个个夸强。就中颍考叔因公孙阏夺车一事,越要施逞手段。到第三日壬午,考叔在车轏车上,将"蝥弧"大旗挟于胁下,踊身一跳,早登许城。公孙阏眼明手快,见考叔先已登城,忌其有功,在人丛中认定考叔,飕的发一冷箭,也是考叔合当命尽,正中后心,从城上连旗倒跌下来。瑕叔盈只道考叔为守城军士所伤,一股愤气,太阳中迸出火星,就地取过大旗,一踊而上,绕城一转,大呼:"郑君已登城矣!"众军士望见绣旗飘扬,认郑伯真个登城,勇气百倍,一齐上城,砍开城门,放齐、鲁之兵入来。随后三君并入,许庄公易服,杂于军民中,逃奔卫国去了。

齐侯出榜安民,将许国土地让与鲁侯。鲁隐公坚辞不受。齐僖公曰:"本谋出郑,既鲁侯不受,宜归郑国。"郑庄公满念贪许,因见齐、鲁二君交让,只索佯推假逊。正在议论之际,传报:"有许大夫百里引着一个小儿求见。"三君同声唤入,百里哭倒在地,叩首乞哀:"愿延太岳一线之祀。"齐侯问:"小儿何人?"百里曰:"吾君无子,此君之弟名新臣。"齐、鲁二侯各凄然有怜悯之意。郑庄公见景生情,将计就计,就转口曰:"寡人本迫于王命,从君讨罪,若利其土地,非义举也。今许君虽窜,其世祀不可灭绝。既其弟见在,且有许大夫可托,有君有臣,当以许归之。"百里曰:"臣止为君亡国破,求保全六尺之孤耳。土地已属君掌握,岂敢复望?"郑庄公曰:"吾之复许,乃真心也,恐叔年幼,不任国事,寡人当遣人相助。"乃分许为二,其东偏,使百里奉新臣以居之,其西偏,使郑大夫公孙获居之,名为助许,实是监守一般,齐、鲁二侯不知是计,以为处置妥当,称善不已。百里同许叔拜谢了三君,三君亦各自归国。髯翁有诗单道郑庄公之诈,诗曰:

残忍全无骨肉恩,区区许国有何亲?
二偏分处如监守,却把虚名哄外人!

许庄公老死于卫,许叔在东偏受郑制缚,直待郑庄公薨后,公子忽、突相争数年,突入而复出,忽出而复入,那时郑国扰乱,公孙获病死,许叔方才与百里用计,乘机潜入许都,复整宗庙。此是后话。

再说郑庄公归国,厚赏瑕叔盈,思念颍考叔不置。深恨射考叔之人,而不得其名,乃使从征之众,每百人为卒,出猪一头,二十五人为行,出犬、鸡各一只,召巫史为文,以咒诅之。公孙阏暗暗匿笑,如此咒诅,三日将毕,郑庄公亲率诸大夫往观,才焚祝文,只见一人蓬首垢面,径造郑伯面前,跪哭而言曰:"臣考叔先登许城,何负于国?被奸臣子都挟争车之仇,冷箭射死。臣已得请于上帝,许偿臣命。蒙主君垂念,九泉怀德!"言讫,以手自探其喉,喉中喷血如注,登时气绝。庄公认得此人是公孙阏,急使人救之,已呼唤不醒。原来公孙阏被颍考叔附魂索命,自诉于郑伯之前,到此方知射考叔者,即阏也。郑庄公嗟叹不已,感考叔之灵,命于颍谷立庙祀之,今河南府登封县即颍谷故地,有颍大夫庙,又名纯孝庙,洧川亦有之。陇西居士有诗讥庄公云:

争车方罢复伤身，乱国全然不忌君。
若使群臣知畏法，何须鸡犬聚神明？

庄公又分遣二使，将礼币往齐、鲁二国称谢。齐国无话。单说所遣鲁国使臣回来，缴上礼币，原书不启，庄公问其缘故，使者奏曰："臣方入鲁境，闻知鲁侯被公子翚所弑，已立新君，国书不合，不敢轻投。"庄公曰："鲁侯谦让宽柔，乃贤君也，何以见弑？"使者曰："其故臣备闻之。鲁先君惠公元妃早薨，宠妾仲子立为继室，生子名轨，欲立为嗣，鲁侯乃他妾之子也。惠公薨，群臣以鲁侯年长，奉之为君，鲁侯承父之志，每言：'国乃轨之国也，因其年幼，寡人暂时居摄耳。'子翚求为太宰之官，鲁侯曰：'俟轨居君位，汝自求之。'公子翚反疑鲁侯有忌轨之心，密奏鲁侯曰：'臣闻利器入手，不可假人。主公已嗣爵为君，国人悦服，千岁而后，便当传之子孙，何得以居摄为名，起人非望？今轨年长，恐将来不利于主，臣请杀之，为主公除此隐忧，何如？'鲁侯掩耳曰：'汝非痴狂，安得出此乱言？吾已使人于菟裘筑下宫室，为养老计，不日当传位于轨矣！'翚默然而退，自悔失言，诚恐鲁侯将此一段话告轨，轨即位，必当治罪，寅夜往见轨，反说：'主公见汝年齿渐长，恐来争位，今日召我入宫，密嘱行害于汝。'轨惧而问计，翚曰：'他无仁，我无义。公子必欲免祸，非行大事不可！'轨曰：'彼为君已十一年矣，臣民信服，若大事不成，反受其殃。'翚曰：'吾已为公子定计矣。主公未立之先，曾与郑君战狐壤，被郑所获，囚于郑大夫尹氏之家，尹氏素奉祀一神，名曰钟巫，主公暗地祈祷，谋逃归于鲁国，卜卦得吉，乃将实情告于尹氏，那时尹氏正不得志于郑，乃与主公共逃至鲁，遂立钟巫之庙于城外，每岁冬月，必亲自往祭。今其时矣，祭则必馆于𫖯大夫之家。预使勇士充作徒役，杂居左右，主公不疑，俟其睡熟刺之，一夫之力耳。'轨曰：'此计虽善，然恶名何以自解？'翚曰：'吾预嘱勇士潜逃，归罪于𫖯大夫，有何不可？'子轨下拜曰：'大事若成，当以太宰相屈。'子翚如计而行，果弑鲁侯。今轨已嗣为君，翚为太宰，讨𫖯氏以解罪，国人无不知之，但畏翚权势，不敢言耳。"庄公乃问于群臣曰："讨鲁与和鲁，二者孰利？"祭仲曰："鲁、郑世好，不如和之，臣料鲁国不日有使命至矣。"言未毕，鲁使已及馆驿，庄公使人先叩其来意，言："新君即位，特来修先君之好，且约两国君面会订盟。"庄公厚礼其使，约定夏四月中，于越地相见，歃血立誓，永好无渝。自是鲁、郑信使不绝。时周桓王之九年也。

髯翁读史至此，论公子翚兵权在手，伐郑伐宋，专行无忌，逆端已见。及请杀弟轨，隐公亦谓其乱言矣，若暴明其罪，肆诸市朝，弟轨亦必感德，乃告以让位。激成弑逆之恶，岂非优柔不断，自取其祸？有诗叹云：

跋扈将军素横行，履霜全不戒坚冰！
菟裘空筑人难老，𫖯氏谁为抱不平？

又有诗讥钟巫之祭无益，诗曰：

狐壤逃归庙额题，年年设祭报神私。
钟巫灵感能相助，应起天雷击子翚。

却说宋穆公之子冯，自周平王末年奔郑，至今尚在郑国。忽一日传言:"有宋使至郑,迎公子冯回国,欲立为君。"庄公曰:"莫非宋君臣哄冯回去,欲行杀害?"祭仲曰:"且待接见使臣,自有国书。"

不知书中如何,且看下回分解。

第八回
立新君华督行赂，败戎兵郑忽辞婚

话说宋殇公与夷，自即位以来，屡屡用兵，单说伐郑，已是三次了，只为公子冯在郑，故忌而伐之。太宰华督素与公子冯有交，见殇公用兵于郑，口中虽不敢谏阻，心上好生不乐。孔父嘉是主兵之官，华督如何不怪他？每思寻端杀害，只为他是殇公重用之人，掌握兵权，不敢动手。自伐戴一出，全军覆没，孔父嘉只身逃归，国人颇有怨言，尽说："宋君不恤百姓，轻师好战，害得国中妻寡子孤，户口耗减。"华督又使心腹人于里巷布散流言，说："屡次用兵，皆出孔司马主意。"国人信以为然，皆怨司马，华督正中其怀。又闻说孔父嘉继室魏氏，美艳非常，世无其比，只恨不能一见。忽一日，魏氏归宁，随外家出郊省墓。时值春月，柳色如烟，花光似锦，正士女踏青之候，魏氏不合揭起车幰，偷觑外边光景。华督正在郊外游玩，蓦然相遇，询知是孔司马家眷，大惊曰："世间有此尤物，名不虚传矣。"日夜思想，魂魄俱销。"若后房得此一位美人，足够下半世受用！除是杀其夫，方可以夺其妻。"由此害嘉之谋益决。

时周桓王十年春蒐之期，孔父嘉简阅车马，号令颇严，华督又使心腹人在军中扬言："司马又将起兵伐郑，昨日与太宰会议已定，所以今日治兵。"军士人人恐惧，三三两两，俱往太宰门上诉苦，求其进言于君，休动干戈。华督故意将门闭紧，但遣阍人于门隙中，以好言抚慰。军士求见愈切，人越聚得多了，多有带器械者。看看天晚，不得见太宰，呐喊起来。自古道"聚人易，散人难"。华督知军心已变，衷甲佩剑而出，传命开门，教军士立定，不许喧哗。自己当门而立，先将一番假慈悲的话，稳住众心，然后说："孔司马主张用兵，殃民毒众。主君偏于信任，不从吾谏，三日之内，又要大举伐郑。宋国百姓何罪，受此劳苦？"激得众军士咬牙切齿，声声叫："杀！"华督假意解劝："你们不可造次，若司马闻知，奏知主公，性命难保！"众军士纷纷都道："我们父子亲戚，连岁争战，死亡过半。今又大举出征，那郑国将勇兵强，如何敌得他过？左右是死，不如杀却此贼，与民除害，死而无怨！"华督又曰："投鼠者当忌其器。司马虽恶，实主公宠幸之臣，此事决不可行！"众军士曰："若得太宰做主，便是那无道昏君，吾等也不怕他！"一头说，一头扯住华督袍袖不放。齐曰："愿随太宰杀害民贼！"当下众军士帮助舆人，驾起车来。

华督被众军士簇拥登车，车中自有心腹紧随，一路呼哨，直至孔司马私宅，将宅子团团围住。华督吩咐："且不要声张，待我叩门，于中取事。"其时黄昏将尽，孔父在内室饮酒，闻外面叩门声急，使人传问，说是："华太宰亲自到门，有机密事相商。"孔父嘉忙整衣冠，出堂迎接。才启大门，外边一片声呐喊，军士蜂拥而入。孔父嘉心慌，却待转步，华督早已登堂，大叫："害民贼在此，何不动手？"嘉未及开言，头已落地。华督自引心腹，直入内室，抢了魏氏，登车而去。魏氏在车中无计可施，暗解束带，自系其喉，比及到华氏之门，气已绝矣。华督叹息不已，吩咐载去郊外藁葬，严戒同行人从，不许宣扬其事。嗟乎！不得一夕之欢，徒造万劫之怨，岂不悔哉？众军士乘机将孔氏家私，掳掠罄尽。孔父嘉止一子，名木金父，年尚幼，其家臣抱之奔鲁，后来以字为氏，曰孔氏。孔圣仲尼，即其六世之孙也。

且说宋殇公闻司马被杀，手足无措。又闻华督同往，大怒，即遣人召之，欲正其罪。华督称疾不赴。殇公传令驾车，欲亲临孔父之丧。华督闻之，急召军正谓曰："主公宠信司马，汝所知也。汝曹擅杀司马，乌得无罪？先君穆公舍其子而立主公，主公以德为怨，任用司马，伐郑不休。今司马受戮，天理昭彰，不若并行大事，迎立先君之子，转祸为福，岂不美哉？"军正曰："太宰之言，正合众意。"于是号召军士，齐伏孔氏之门，只等宋公一到，鼓噪而起，侍卫惊散，殇公遂死于乱军之手。华督闻报，衰服而至，举哀者再。乃鸣鼓以聚群臣，胡乱将军中一二人坐罪行诛，以掩众目。倡言："先君之子冯，见在郑国，人心不忘先君，合当迎立其子。"百官唯唯而退。华督遂遣使往郑报丧，且迎公子冯。一面将宋国宝库中重器，行赂各国，告明立冯之故。

且说郑庄公见了宋使，接了国书，已知来意，便整备法驾，送公子冯归宋为君。公子冯临行，泣拜于地曰："冯之残喘皆君所留，幸而返国，得延先祀，当世为陪臣，不敢贰心。"庄公亦为呜咽。公子冯回宋，华督奉之为君，是为庄公。华督仍为太宰，分赂各国，无不受纳。齐侯、鲁侯、郑伯同会于稷，以定宋公之位，使华督为相。史官有诗叹曰：

> 春秋篡弑叹纷然，宋鲁奇闻只隔年。
> 列国若能辞贿赂，乱臣贼子岂安眠？

又有诗单说宋殇公背义忌冯，今日见弑，乃天也！诗曰：

> 穆公让国乃公心，可恨殇公反忌冯。
> 今日殇亡冯即位，九泉羞见父和兄。

单表齐僖公自会稷回来，中途接得警报："今有北戎主，遣元帅大良、小良，帅戎兵一万来犯齐界，已破祝阿，直攻历下。守臣不能抵当，连连告急，乞主公速回。"僖公曰："北戎屡次侵扰，不过鼠窃狗偷而已。今番大举入犯，若使得利而去，将来北鄙必无宁岁。"乃分遣人于鲁卫郑三处借兵，一面同公子元、公孙戴仲等，前去历城拒敌。

却说郑庄公闻齐有戎患，乃召世子忽谓曰："齐与郑同盟，且郑每用兵，齐必相从。今来乞师，宜速往救。"乃选车三百乘，使世子忽为大将，高渠弥副之，祝聃为先锋，星夜望齐国进发。闻齐僖公在历下，径来相见。时鲁、卫二国之师，尚未曾到。僖公感激无已，亲自出城犒军，与世子忽商议退戎之策。世子忽曰："戎用徒，易进亦易败；我用车，难败亦难进。然虽如此，戎性轻而不整，贪而无亲，胜不相让，败不相救，是可诱而取也。况彼恃胜，必然轻进，若以偏师当敌，诈为败走，戎必来追，吾预伏兵以待之。追兵遇伏，必骇而奔，奔而逐之，必获全胜。"僖公曰："此计甚妙。齐兵伏于东，以遏其前；郑兵伏于北，以逐其后。首尾攻击，万无一失。"世子忽领命自去北路，分作两处埋伏去了。

僖公召公子元授计："汝可领兵伏于东门，只等戎军来追即忙杀出。"使公孙戴仲引一军诱敌："只要输不要赢，诱至东门伏兵之处便算有功。"分拨已定，公孙戴仲开关搦战。戎帅小良持刀跃马，领着戎兵三千，出寨迎敌。两下交锋约二十合，戴仲气力不加，回车便走，却不进北关，绕城向东路而去。小良不舍，尽力来追，大良见戎兵得胜，尽起大军随后。将近东门忽然炮声大震，金鼓喧天，茨苇中都是伏兵，如蜂攒蝇集。小良急叫："中计！"拨回马头便走，反将大良后队冲动，立脚不牢一齐都奔。公孙戴仲与公子元合兵追赶。大良吩咐小良上前开路，自己断后，且战且走，落后者俱被齐兵擒斩。戎兵行至鹊山，回顾追军渐远，喘息方定，正欲埋锅造饭，山坳里喊声大举，一支军马冲出，口称："郑国上将高渠弥在此。"大良、小良慌忙上马，无心恋战，夺路奔逃，高渠弥随后掩杀。约行数里之程，前面喊声又起，却是世子忽引兵杀到，后面公子元率领齐兵亦至，杀得戎兵七零八落，四散逃命。小良被祝聘一箭，正中脑袋，坠马而死。大良匹马溃围而出，正遇着世子忽戎车，措手不及，亦被世子忽斩之。生擒甲首三百，死者无算。世子忽将大良、小良首级并甲首，都解到齐侯军前献功。

僖公大喜曰："若非世子如此英雄，戎兵安得便退？今日社稷安靖，皆世子之所赐也！"世子忽曰："偶效微劳，何烦过誉？"于是僖公遣使止住鲁、卫之兵，免劳跋涉。命大排筵席，专待世子忽。席间又说起："小女愿备箕帚。"世子忽再三谦让。席散之后，僖公使夷仲年私谓高渠弥曰："寡君慕世子英雄，愿结姻好。前番遣使，未蒙见允，今日寡君亲与世子言之，世子执意不从，不知何意？大夫能玉成其事，请以白璧二双，黄金百镒为献！"高渠弥领命，来见世子，备道齐侯相慕之意："若谐婚好，异日得此大国相助，亦是美事！"世子忽曰："昔年无事之日，蒙齐侯欲婚我，我尚然不敢仰攀；今奉命救齐，幸而成功，乃受室而归，外人必谓我挟功求娶，何以自明？"高渠弥再三撺掇，只是不允。次日，齐僖公又使夷仲年来议婚，世子忽辞曰："未禀父命，私婚有罪。"即日辞回本国。齐僖公怒曰："吾有女如此，何患无夫？"

再说郑世子忽回国，将辞婚之事，禀知庄公。庄公曰："吾儿能自立功业，不患无良姻也。"祭足私谓高渠弥曰："君多内宠，公子突，公子仪，公子亹三人，皆有觊觎之志。世子若结婚大国，犹可借其助援，齐不议婚，犹当请之，奈何自剪羽翼耶？吾子从行，何不谏之？"高渠弥曰："吾亦言之，奈不听何？"祭足叹息而去。髯翁有诗，单论子忽辞婚之事。诗曰：

丈夫作事有刚柔，未必辞婚便失谋。
试咏《载驱》并《敝笱》，鲁桓可是得长筹？

高渠弥素与公子亹相厚，闻祭足之语，益相交结。世子忽言于庄公曰："渠弥与子亹私通，往来甚密，其心不可测也！"庄公以世子忽之言，面责渠弥。渠弥讳言无有，转背即与子亹言之。子亹曰："吾父欲用汝为正卿，为世子所阻而止，今又欲断吾两人之往来。父在日犹然，若父百年之后，岂复能相容乎？"高渠弥曰："世子优柔不断，不能害人，公子勿忧也！"子亹与高渠弥自此与世子忽有隙。后来高渠弥弑忽立亹，盖本于此。

再说祭足为世子忽画策，使之结婚于陈，修好于卫，"陈、卫二国方睦，若与郑成鼎足之势，亦足自固。"世子忽以为然。祭足乃言于庄公，遣使如陈求婚，陈侯从之。世子忽至陈，亲迎妫氏以归。鲁桓公亦遣使求婚于齐。只因齐侯将女文姜许婚鲁侯，又生出许多事来。

要知后事，且看下回分解。

第九回
齐侯送文姜婚鲁，祝聃射周王中肩

　　话说齐僖公生有二女，皆绝色也。长女嫁于卫，即卫宣姜，另有表白在后。单说次女文姜，生得秋水为神，芙蓉如面，比花花解语，比玉玉生香，真乃绝世佳人，古今国色。兼且通今博古，出口成文，因此号为文姜。世子诸儿，原是个酒色之徒，与文姜虽为兄妹，各自一母。诸儿长于文姜只二岁，自小在宫中同行同坐，戏耍顽皮。及文姜渐已长成，出落得如花似玉，诸儿已通情窦，见文姜如此才貌，况且举动轻薄，每有调戏之意。那文姜妖淫成性，又是个不顾礼义的人，语言戏谑，时及闾巷秽亵，全不避忌。诸儿生得长身伟干，粉面朱唇，天生的美男子，与文姜倒是一对人品。可惜产于一家，分为兄妹，不得配合成双。如今聚于一处，男女无别，遂至并肩携手，无所不至。只因碍着左右宫人，单少得同衾贴肉了。也是齐侯夫妇溺爱子女，不预为防范，以致儿女成禽兽之行，后来诸儿身弑国危，祸皆由此。自郑世子忽大败戎师，齐僖公在文姜面前，夸奖他许多英雄，今与议婚，文姜不胜之喜。及闻世子忽坚辞不允，心中郁闷，染成一疾，暮热朝凉，精神恍惚，半坐半眠，寝食俱废。有诗为证：

> 二八深闺不解羞，一桩情事锁眉头。
> 鸾凰不入情丝网，野鸟家鸡总是愁。

世子诸儿以候病为名，时时闯入闺中，挨坐床头，遍体抚摩，指问疾苦，但耳目之际，仅不及乱。一日，齐僖公偶到文姜处看视，见诸儿在房，责之曰："汝虽则兄妹，礼宜避嫌。今后但遣宫人致候，不必自到。"诸儿唯唯而出，自此相见遂稀。未几，僖公为诸儿娶宋女，鲁、莒俱有媵。诸儿爱恋新婚，兄妹踪迹益疏。文姜深闺寂寞，怀念诸儿，病势愈加，却是胸中展转，难以出口。正是：

> 哑子漫尝黄柏味，自家有苦自家知。

有诗为证：

> 春草醉春烟，深闺人独眠。
> 积恨颜将老，相思心欲燃。
> 几回明月夜，飞梦到郎边。

却说鲁桓公即位之年，年齿已长，尚未聘有夫人。大夫臧孙达进曰："古者，国君年十五而生子。今君内主尚虚，异日主器何望？非所以重宗庙也。"公子翚曰："臣闻齐侯有爱女文姜，欲妻郑世子忽而不果，君盍求之？"桓公曰："诺。"即使公子翚求婚于齐。齐僖公以文姜病中，请缓其期。宫人却将鲁侯请婚的喜信，报知文姜。文姜本是过时思想之症，得此消息，心下稍舒，病觉渐减。及齐、鲁为宋公一事，共会于稷，鲁侯当面又以姻事为请，齐侯期以明岁。至鲁桓公三年，又亲至嬴地，与齐侯为会。齐僖公感其殷勤，许之。鲁侯遂于嬴地纳币，视常礼加倍隆重。僖公大喜，约定秋九月，自送文姜至鲁成婚，鲁侯乃使公子翚至齐迎女。齐世子诸儿闻文姜将嫁他国，从前狂心，不觉复萌，使宫人假送花朵于文姜，附以诗曰：

桃有华，灿灿其霞。当户不折，飘而为苴。吁嗟兮复吁嗟！

文姜得诗，已解其情，亦复以诗曰：

桃有英，烨烨其灵。今兹不折，讵无来春。叮咛兮复叮咛！

诸儿读其答诗，知文姜有心于彼，想慕转切。未几，鲁使上卿公子翚如齐，迎取文姜。齐僖公以爱女之故，欲亲自往送。诸儿闻之，请于父曰："闻妹子将适鲁侯，齐、鲁世好，此诚美事。但鲁侯既不亲迎，必须亲人往送。父亲国事在身，不便远离，孩儿不才，愿代一行。"僖公曰："吾已亲口许下自往送亲，安可失信？"说犹未毕，人报："鲁侯停驾讙邑，专候迎亲。"僖公曰："鲁，礼义之国，中道迎亲，正恐劳吾入境。吾不可以不往。"诸儿默然而退，姜氏心中亦如有所失。

其时秋九月初旬，吉期已迫，文姜别过六宫妃眷，到东宫来别哥哥诸儿。诸儿整酒相待，四目相视，各不相舍，只多了元妃在坐。且其父僖公遣宫人守候，不能交言，暗暗嗟叹。临别之际，诸儿挨至车前，单道个"妹子留心，莫忘'叮咛'之句"。文姜答言："哥哥保重，相见有日。"齐僖公命诸儿守国，亲送文姜至谨，与鲁侯相见。鲁侯叙甥舅之礼，设席款待，从人皆有厚赐。僖公辞归，鲁侯引文姜到国成亲。一来，齐是个大国，二来，文姜如花绝色，鲁侯十分爱重。三朝见庙，大夫宗妇，俱来朝见君夫人。僖公复使其弟夷仲年聘鲁，问候姜氏。自此齐、鲁亲密，不在话下。无名子有诗，单道文姜出嫁事。诗云：

从来男女慎嫌微，兄妹如何不隔离。
只为临歧言保重，致令他日玷中闱。

话分两头。再说周桓王自闻郑伯假命伐宋，心中大怒，竟使虢公林父独秉朝政，不用郑伯。郑庄公闻知此信，心怨桓王，一连五年不朝。桓王曰："郑寤生无礼甚矣。若不讨之，人将效尤。朕当亲帅六军，往声其罪。"虢公林父谏曰："郑有累世卿士之劳，今日夺其政柄，是以不朝。且宜下诏征之，不必自往，以亵天威。"桓王忿然作色曰："寤生欺朕，非止一次，朕与寤生誓不两立！"乃召蔡、卫、陈三国，一同兴师伐郑。

是时，陈侯鲍方薨，其弟公子佗字伍父，弑太子免而自立，谥鲍为桓公。国人不服，纷纷逃散。周使征兵，公子佗初即位，不敢违王之命，只得纠集车徒，遣大夫伯爰诸统领，望郑国进发。蔡、卫各遣兵从征。桓王使虢公林父将右军，以蔡、卫之兵属之；使周公黑肩将左军，陈兵属之。王自统大兵为中军，左右策应。

郑庄公闻王师将至，乃集诸大夫问计。群臣莫敢先应。正卿祭足曰："天子亲自将兵，责我不朝，名正言顺，不如遣使谢罪，转祸为福。"庄公怒曰："王夺我政权，又加兵于我，三世勤王之绩，付与东流。此番若不挫其锐气，宗社难保！"高渠弥曰："陈与郑素睦，其助兵乃不得已也。蔡、卫与我夙仇，必然效力。天子震怒自将，其锋不可当，宜坚壁以待之，俟其意怠，或战或和，可以如意。"大夫公子元进曰："以臣战君，于理不直，宜速不宜迟也。臣虽不才，愿献一计。"庄公曰："卿计如何。"子元曰："王师既分为三，亦当为三军以应之。左右二师，皆结方阵，以左军当其右军，以右军当其左军，主公自率中军以当王。"庄公曰："如此可必胜乎？"子元曰："陈佗弑君新立，国人不顺，勉从征调，其心必离，若令右军先犯陈师，出其不意，必然奔窜。再令左军径奔蔡、卫，蔡、卫闻陈败，亦将溃矣，然后合兵以攻王卒，万无不胜。"庄公曰："卿料敌如指掌，子封不死矣。"

正商议间，疆吏报："王师已至𦈡葛，三营联络不断。"庄公曰："但须破其一营，余不足破也。"乃使大夫曼伯，引一军为右拒；使正卿祭足引一军为左拒；自领上将高渠弥、原繁、瑕叔盈、祝聃等，建"蝥弧"大旗于中军。祭足进曰："'蝥弧'所以胜宋、许也。'奉天讨罪'，以伐诸侯则可，以伐王则不可。"庄公曰："寡人思不及此。"即命以大旆易之，仍使瑕叔盈执掌，其"蝥弧"置于武库，自后不用。高渠弥曰："臣观周王颇知兵法，今番交战，不比寻常。请为'鱼丽'之阵。"庄公曰："'鱼丽阵'如何？"高渠弥曰："甲车二十五乘为偏，甲士五人为伍，每车一偏在前，别用甲士五五二十五人随后，塞其阙漏。车伤一人，伍即补之，有进无退。此阵法极坚极密，难败易胜。"庄公曰："善。"三军将近𦈡葛，扎住营寨。桓王闻郑伯出师抵敌，怒不可言，便欲亲自出战，虢公林父谏止之。次日，各排阵势，庄公传令："左右二军，不可轻动，只看军中大旆展动，一齐进兵。"

且说桓王打点一番责郑的说话，专待郑君出头打话，当阵诉说，以折其气。郑君虽列阵，只把住阵门，绝无动静。桓王使人挑战，并无人应。将至午后，庄公度王卒已怠，教瑕叔盈把大旆麾动，左右二拒，一齐鸣鼓，鼓声如雷，各各奋勇前进。

且说曼伯杀入左军，陈兵原无斗志，即时奔散，反将周兵冲动，周公黑肩阻遏不住，大败而走。再说祭足杀入右军，只看蔡、卫旗号冲突将去，二国不能抵当，各自觅路奔逃。虢公林父仗剑立于车前，约束军人："如有乱动者斩！"祭足不敢逼。林父缓缓而退，不折一兵。

再说桓王在中军，闻敌营鼓声震天，知是出战，准备相持。只见士卒纷纷耳语，队伍早乱。原来望见溃兵，知左右二营有失，连中军也立脚不住。却被郑兵如墙而进，祝聃在前，原繁在后，曼伯、祭足亦领得胜之兵，并力合攻。杀得车倾马毙，将陨兵亡。桓王传令速退，亲自断后，且战且走。祝聃望见绣盖之下，料是周王，尽着眼力觑真，一箭射去，正中周王左肩。幸裹甲坚厚，伤不甚重。祝聃催车前进，正在危急，却得虢公林父前来救驾，与祝聃交锋。原繁、曼伯一齐来前，各骋英雄，忽闻郑中军鸣金甚急，遂各收军。桓王引兵退三十里下寨。周公黑肩亦至，诉称："陈人不肯用力，以至于败。"桓王赧然曰："此朕用人不明之过也。"

祝聃等回军，见郑庄公曰："臣已射王肩，周王胆落，正待追赶，生擒那厮，何以鸣金？"庄公曰："本为天子不明，将德为怨，今日应敌，万非得已。赖诸卿之力，社稷无陨足矣，何敢多求？依你说取回天子，如何发落？即射王亦不可也。万一重伤殒命，寡人有弑君之名矣。"祭足曰："主公之言是也。今吾国兵威已立，料周王必当畏惧。宜遣使问安，稍与殷勤，使知射肩，非出主公之意。"庄公曰："此行非仲不可。"命备牛十二头，羊百只，粟刍之物共百余车，连夜到周王营内。祭足叩首再三，口称："死罪臣寤生，不忍社稷之陨，勒兵自卫，不料军中不戒，有犯王躬，寤生不胜战兢觳觫之至！谨遣陪臣足，待罪辕门，敬问无恙，不腆敝赋，聊充劳军之用，惟天王怜而赦之。"桓王默然，自有惭色。虢公林父从旁代答曰："寤生既知其罪，当从宽宥，来使便可谢恩。"祭足再拜，稽首而出，遍历各营，俱问："安否？"史官有诗叹云：

漫夸神箭集王肩，不想君臣等地天。
对垒公然全不让，却将虚礼媚王前。

又髯翁有诗讥桓王，不当轻兵伐郑，自取其辱。诗云：

明珠弹雀古来讥，岂有天王自出车？
传檄四方兼贬爵，郑人宁不惧王威！

桓王兵败归周。不胜其忿。便欲传檄四方，共声郑寤生无王之罪。虢公林父谏曰："王轻举丧功。若传檄四方，是自彰其败也。诸侯自陈、卫、蔡三国而外，莫非郑党。征兵不至，徒为郑笑。且郑已遣祭足劳军谢罪，可借此赦宥，开郑自新之路。"桓王默然，自此更不言郑事。

却说蔡侯因遣兵从周伐郑，军中探听得陈国篡乱，人心不服公子佗。于是引兵袭陈。

不知胜败如何，且看下回分解。

第十回
楚熊通僭号称王，郑祭足被胁立庶

　　话说陈桓公之庶子名跃，系蔡姬所出，蔡侯封人之甥也。因陈、蔡之兵一同伐郑，陈国是大夫伯爰诸为将，蔡国是蔡侯之弟蔡季为将。蔡季向伯爰诸私问陈事，伯爰诸曰："新君佗虽然篡立，然人心不服，又性好田猎，每每微服从禽于郊外，不恤国政，将来国中必然有变。"蔡季曰："何不讨其罪而戮之？"伯爰诸曰："心非不欲，恨力不逮耳！"及周王兵败，三国之师各回本国。蔡季将伯爰诸所言，奏闻蔡侯。蔡侯曰："太子免既死，次当吾甥即位。佗乃篡弑之贼，岂容久窃富贵耶？"蔡季奏曰："佗好猎，俟其出可袭而弑也。"蔡侯以为然，乃密遣蔡季率兵车百乘待于界口，只等逆佗出猎便往袭之。蔡季遣谍打探，回报："陈君三日前出猎，见屯界口。"蔡季曰："吾计成矣。"乃将车马分为十队，都扮作猎人模样一路打围前去，正遇陈君队中射倒一鹿，蔡季驰车夺之。陈君怒，轻身来擒蔡季。季回车便走，陈君招引车徒赶来。只听得金锣一声响亮，十队猎人一齐上前，将陈君拿住。蔡季大叫道："吾非别人，乃蔡侯亲弟蔡季是也。因汝国逆佗弑君，奉吾兄之命，来此讨贼，止诛一人，余俱不问。"众人俱拜伏于地,蔡季一一抚慰,言:"故君之子跃是我蔡侯外甥,今扶立为君何如?"众人齐声答曰:"如此甚合公心,某等情愿前导。"蔡季将逆佗即时枭首,悬头于车上长驱入陈。在先跟随陈君出猎的一班人众为之开路,表明蔡人讨贼立君之意。于是市井不惊,百姓欢呼载道。蔡季至陈,命以逆佗之首,祭于陈桓公之庙,拥立公子跃为君,是为厉公,此周桓王十四年之事也。——公子佗篡位才一年零六个月,为此须臾富贵,甘受万载恶名,岂不愚哉?有诗为证:

弑君指望千年贵,淫猎谁知一旦诛?
若是凶人无显戮,乱臣贼子定纷如!

陈自公子跃即位,与蔡甚睦,数年无事。这段话缴过不提。

且说南方之国曰楚,芈姓,子爵。出自颛顼帝孙重黎,为高辛氏火正之官,能光融天下,命曰祝融。重黎死,其弟吴回嗣为祝融。生子陆终,娶鬼方国君之女,得孕怀十一年,开左胁,生下三子,又开右胁,复生下三子。长曰樊,己姓,封于卫墟,为夏伯,汤伐桀,灭之;次曰参胡,董姓,封于韩墟,周时为胡国,后灭于楚;三曰彭祖,彭姓,封于韩墟,为商伯,商末始亡;四曰会人,妘姓,封于郑墟;五曰安,曹姓,封于邾墟;六曰季连,芈姓,乃季连之苗裔。有名鬻熊者,博学有道,周文王、武王俱师之,后世以熊为氏。成王时,举文武勤劳之后,得鬻熊之曾孙熊绎,封于荆蛮,胙以子男之田,都于丹阳。五传至熊渠,甚得江汉间民和,僭号称王。周厉王暴虐,熊渠畏其侵伐,去王号不敢称。又八传至于熊仪,是为若敖。又再传至熊眴,是为蚡冒。蚡冒卒,其弟熊通,弑蚡冒之子而自立。

熊通强暴好战，有僭号称王之志。见诸侯戴周，朝聘不绝，以此犹怀观望。及周桓王兵败于郑，熊通益无忌惮，僭谋遂决。令尹鬬伯比进曰："楚去王号已久，今欲复称，恐骇观听，必先以威力制服诸侯方可。"熊通曰："其道如何？"伯比对曰："汉东之国，惟随为大。君姑以兵临随，而遣使求成焉。随服，则汉淮诸国，无不顺矣。"熊通从之，乃亲率大军，屯于瑕，遣大夫薳章，求成于随。随有一贤臣，名曰季梁，又有一谀臣，名曰少师。随侯喜谀而疏贤，所以少师有宠。及楚使至随，随侯召二臣问之。季梁奏曰："楚强随弱，今来求成，其心不可测也。姑外为应承，而内修备御，方保无虞。"少师曰："臣请奉成约，往探楚军。"随侯乃使少师至瑕，与楚结盟。鬬伯比闻少师将至，奏熊通曰："臣闻少师乃浅近之徒，以谀得宠。今奉使来此探吾虚实，宜藏其壮锐，以老弱示之，彼将轻我，其气必骄，骄必怠，然后我可以得志。"大夫熊率比曰："季梁在彼，何益于事？"伯比曰："非为今日，吾以图其后也。"熊通从其计。

少师入楚营，左右瞻视，见戈甲朽敝，人或老或弱，不堪战斗，遂有矜高之色，谓熊通曰："吾两国各守疆宇，不识上国之求成何意？"熊通谬应曰："敝邑连年荒歉，百姓疲羸，诚恐小国合党为梗，故欲与上国约为兄弟，为唇齿之援耳。"少师对曰："汉东小国，皆敝邑号令所及，君不必虑也。"熊通遂与少师结盟"。少师行后，熊通传令班师。

少师还见随侯，述楚军羸弱之状："幸而得盟，即刻班师，其惧我甚矣。愿假臣偏师追袭之，纵不能悉俘以归，亦可掠取其半，使楚今后不敢正眼视随。"随侯以为然。方欲起师，季梁闻之，趋入谏曰："不可，不可！楚自若敖、蚡冒以来，世修其政，冯陵江汉，积有岁年。熊通弑侄而自立，凶暴更甚，无故请成，包藏祸心。今以老弱示我，盖诱我耳。若追之，必堕其计。"随侯卜之，不吉，遂不追楚师。

熊通闻季梁谏止追兵，复召鬬伯比问计。伯比献策曰："请合诸侯于沈鹿。若随人来会，服从必矣，如其不至，则以叛盟伐之。"熊通遂遣使遍告汉东诸国，以孟夏之朔，于沈鹿取齐。至期，巴、庸、濮、邓、鄾、绞、罗、郧、贰、轸、申、江诸国毕集，惟黄、随二国不至。楚子使薳章责黄，黄子遣使告罪。又使屈瑕责随，随侯不服。熊通乃率师伐随，军于汉、淮二水之间。随侯集群臣问拒楚之策。季梁进曰："楚初合诸侯，以兵临我，其锋方锐，未可轻敌，不如卑辞以请成。楚苟听我，复修旧好足矣。其或不听，曲在于楚。楚欺我之辞卑，士有怠心，我见楚之拒请，士有怒气，我怒彼怠，庶可一战，以图侥幸乎。"少师从旁攘臂言曰："尔何怯之甚也？楚人远来，乃自送死耳。若不速战，恐楚人复如前番遁逃，岂不可惜。"随侯感其言，乃以少师为戎右，以季梁为御，亲自出师御楚，布阵于青林山之下。

季梁升车以望楚师，谓随侯曰："楚兵分左右二军。楚俗以左为上，其君必在左，君之所在，精兵聚焉。请专攻其右军，若右败，则左亦丧气矣！"少师曰："避楚君而不攻，宁不贻笑于楚人乎？"随侯从其言，先攻楚左军，楚开阵以纳随侯。随侯杀入阵中，楚四面伏兵皆起，人人勇猛，个个精强。少师与楚将鬬丹交锋，不十合，被鬬丹斩于车下，季梁保着随侯死战，楚兵不退。随侯弃了戎车，微服混于小军之中，季梁杀条血路，方脱重围，点视军卒，十分不存三四。随侯谓季梁曰："孤不听汝言，以至于此！"问："少师何在?"有军人见其被杀,奏知随侯,随侯叹息不已。季梁曰:"此误国之人,君何惜焉?为今之计,作速请成为上。"随侯曰:"孤今以国听子。"

季梁乃入楚军求成。熊通大怒曰:"汝主叛盟拒会,以兵相抗。今兵败求成,非诚心也。"季梁面不改色,从容进曰:"昔者奸臣少师,恃宠贪功,强寡君于行阵,实非出寡君之意。今少师已死,寡君自知其罪,遣下臣稽首于麾下。君若赦宥,当倡率汉东君长,朝夕在庭,永为南服,惟君裁之。"鬬伯比曰:"天意不欲亡随,故去其谀佞,随未可灭也。不若许成,使倡率汉东君长,颂楚功绩于周,因假位号,以镇服蛮夷,于楚无不利焉。"熊通曰:"善。"乃使薳章私谓季梁曰:"寡君奄有江汉,欲假位号以镇服蛮夷。若徼惠上国,率群蛮以请于周室,幸而得请,寡君之荣,实惟上国之赐。寡君戢兵以待命。"

季梁归,言于随侯,随侯不敢不从。乃自以汉东诸侯之意,颂楚功绩,请王室以王号假楚,弹压蛮夷。桓王不许,熊通闻之,怒曰:"吾先人熊鬻,有辅导二王之劳,仅封微国,远在荆山,今地辟民众,蛮夷莫不臣服,而王不加位,是无赏也;郑人射王肩,而王不能讨,是无罚也。无赏无罚,何以为王?且王号,我先君熊渠之所自称也,孤亦光复旧号,安用周为?"遂即中军自立为楚武王,与随人结盟而去,汉东诸国,各遣使称贺。桓王虽怒楚,无如之何。自此周室愈弱,而楚益无厌。熊通卒,传子熊赀,迁都于郢,役属群蛮,骎骎乎有侵犯中国之势,后来若非召陵之师,城濮之战,则其势不可遏矣。

话分两头。再说郑庄公自胜王师,深嘉公子元之功,大城栎邑,使之居守,比于附庸,诸大夫各有封赏,惟祝聃之功不录,祝聃自言于庄公,公曰:"射王而录其功,人将议我。"祝聃忿恨,疽发于背而死,庄公私给其家,命厚葬之。

周桓王十九年夏,庄公有疾,召祭足至床头,谓曰:"寡人有子十一人,自世子忽之外,子突、子亹、子仪,皆有贵征,子突才智福禄,似又出三子之上,三子皆非令终之相也,寡人意欲传位于突,何如?"祭足曰:"邓曼,元妃也,子忽嫡长,久居储位,且屡建大功,国人信从,废嫡立庶,臣不敢奉命。"庄公曰:"突志非安于下位者,若立忽,惟有出突于外家耳。"祭足曰:"知子莫如父,惟君命之。"庄公叹曰:"郑国自此多事矣!"乃使公子突出居于宋。五月,庄公薨,世子忽即位,是为昭公,使诸大夫分聘各国,祭足聘宋,因便察子突之变。

却说公子突之母,乃宋雍氏之女,名曰雍姞。雍氏宗族,多仕于宋,宋庄公甚宠任之,公子突被出在宋,思念其母雍姞,与雍氏商议归郑之策,雍氏告于宋公,宋公许为之计,适祭足行聘至宋。宋公喜曰:"子突之归,只在祭仲身上也。"乃使南宫长万伏甲士于朝,以待祭足入朝,致聘行礼毕,甲士趋出,将祭足拘执,祭足大呼:"外臣何罪?"宋公曰:"姑至军府言之。"

是日,祭足被囚于军府,甲士周围把守,水泄不通,祭足疑惧,坐不安席,至晚,太宰华督携酒亲至军府,与祭足压惊,祭足曰:"寡君使足修好上国,未有开罪,不知何以触怒?将寡君之礼,或有所缺,抑使臣之不职乎?"华督曰:"皆非也,公子突之出于雍,谁不知之,今子突窜伏在宋,寡君悯焉。且子忽柔懦,不堪为君,吾子若能行废立之事,寡君愿与吾子世修姻好,惟吾子图之!"祭足曰:"寡君之立,先君所命也,以臣废君,诸侯将讨吾罪矣。"华督曰:"雍姞有宠于郑先君,母宠子贵,不亦可乎?且弑逆之事,何国蔑有？惟力是视，谁加罪焉？"因附祭足之耳曰："吾寡君之立，亦有废而后兴。子必行之，寡君当任其无咎。"祭足皱眉不答，华督又曰："子必不从，寡君将命南宫长万为将，发车六百乘，纳公子突于郑。出军之日，斩吾子以殉于军，吾见子止于今日矣。"祭足大惧，只得应诺，华督复要之立誓。祭足曰："所不立公子突者，神明殛之。"史官有诗讥祭足云：

丈夫宠辱不能惊，国相如何受胁陵？
若是忠臣拼一死，宋人未必敢相轻。

华督连夜还报宋公，说："祭足已听命了！"

次日，宋公使人召公子突至于密室，谓曰："寡人与雍氏有言，许归吾子。今郑国告立新君，有密书及寡人曰：'必杀之，愿割三城为谢。'寡人不忍，故私告子。"公子突拜曰："突不幸，越在上国。突之死生，已属于君。若以君之灵，使得重见先人之宗庙，惟君所命，岂惟三城？"宋公曰："寡人囚祭仲于军府，正惟公子之故。此大事非仲不成，寡人将盟之。"乃并召祭足使与子突相见，亦召雍氏，将废忽立突之事说明。三人歃血定盟，宋公自为司盟，太宰华督莅事。宋公使子突立下誓约，三城之外，定要白璧百双，黄金万镒，每岁输谷三万锺，以为酬谢之礼。祭足书名为证。公子突急于得国，无不应承。宋公又要公子突将国政尽委祭足，突亦允之。又闻祭足有女，使许配雍氏之子雍纠，就教带雍纠归国成亲，仕以大夫之职，祭足亦不敢不从。

公子突与雍纠皆微服，诈为商贾，驾车跟随祭足，以九月朔日至郑，藏于祭足之家。祭足伪称有疾，不能趋朝，诸大夫俱至祭府问安。祭足伏死士百人于壁衣之中,请诸大夫至内室相见。诸大夫见祭足面色充盈,衣冠齐整,大惊曰:"相君无恙,何不入朝?"祭足曰:"足非身病,乃国病也。先君宠爱子突,嘱诸宋公,今宋将遣南宫长万为将,率车六百乘,辅突伐郑。郑国未宁,何以当之?"诸大夫面面相觑,不敢置对。祭足曰:"今日欲解宋兵,惟有废立可免耳。公子突见在,诸君从否,愿一言而决!"高渠弥因世子忽谏止上卿之位,素与子忽有隙,挺身抚剑而言曰:"相君此言,社稷之福,吾等愿见新君!"

众人闻高渠弥之言,疑与祭足有约,又窥见壁衣有人,各怀悚惧,齐声唯唯。祭足乃呼公子突至,纳之上坐,祭足与高渠弥先下拜。诸大夫没奈何,只得同拜伏于地。祭足预先写就连名表章,使人上之,言:"宋人以重兵纳突,臣等不能事君矣。"又自作密启,启中言:"主君之立,实非先君之意,乃臣足主之。今宋因臣而纳突,要臣以盟,臣恐身死无益于君,已口许之。今兵将及郊,群臣畏宋之强,协谋往迎。主公不若从权,暂时避位,容臣乘间再图迎复。"末写一誓云:"违此言者,有如日。"郑昭公接了表文及密启,自知孤立无助,与妫妃泣别,出奔卫国去了。

九月己亥日,祭足奉公子突即位,是为厉公。大小政事,皆决于祭足。以女妻雍纠,谓之雍姬。言于厉公,官雍纠以大夫之职。雍氏原是厉公外家,厉公在宋时,与雍氏亲密往来,所以厉公宠信雍纠,亚于祭足。自厉公即位,国人俱已安服。惟公子亹、公子仪二人心怀不平,又恐厉公加害,是月,公子亹奔蔡、公子仪奔陈。宋公闻子突定位。遣人致书来贺。

因此一番使命,挑起两国干戈,且听下回分解。

第十一回
宋庄公贪赂搏兵，郑祭足杀婿逐主

却说宋庄公遣人致书称贺，就索取三城，及白璧、黄金、岁输谷数。厉公召祭足商议。厉公曰："当初急于得国，以此恣其需索，不敢违命。今寡人即位方新，就来责偿。若依其言，府库一空矣。况嗣位之始，便失三城，岂不贻笑邻国？"祭足曰："可辞以'人心未定，恐割地生变，愿以三城之贡赋，代输于宋'。其白璧、黄金，姑与以三分之一，婉言谢之。岁输谷数，请以来年为始。"厉公从其言，作书报之，先贡上白璧三十双，黄金三千镒，其三城贡赋，约定冬初交纳。使者还报，宋庄公大怒曰："突死而吾生之，突贫贱而吾富贵之，区区所许，乃子忽之物，于突何与，而敢吝惜？"即日，又遣使往郑坐索，必欲如数，且立要交割三城，不愿输赋。厉公又与祭足商议，再贡去谷二万钟。宋使去而复来，传言："若不满所许之数，要祭足自来回话。"祭足谓厉公曰："宋受我先君大德，未报分毫，今乃恃立君之功，贪求无厌，且出言无礼，不可听也。臣请奉使齐、鲁，求其宛转。"厉公曰："齐、鲁肯为郑用乎？"祭足曰："往年我先君伐许伐宋，无役不与齐、鲁同事。况鲁侯之立，我先君实成之，即齐不厚郑，鲁自无辞。"厉公曰："宛转之策何在？"祭足曰："当初华督弑君而立子冯，吾先君与齐、鲁，并受贿赂，玉成其事。鲁受郜之大鼎，吾国亦受商彝。今当诉告齐、鲁，以商彝还宋，宋公追想前情，必愧而自止。"厉公大喜曰："寡人闻仲之言，如梦初醒。"即遣使赍了礼币，分头往齐、鲁二国，告立新君，且诉以宋人忘恩背德，索赂不休之事。使人到鲁致命，鲁桓公笑曰："昔者，宋君行赂于敝邑，止用一鼎，今得郑赂已多，犹未满意乎？寡人当身任之，即日亲往宋，为汝君求解。"使者谢别。

再说郑使至齐致命，齐僖公向以败戎之功，感激子忽，欲以次女文姜连姻，虽然子忽坚辞，到底齐侯心内，还偏向他一分。今日郑国废忽立突，齐侯自然不喜，谓使者曰："郑君何罪，辄行废立？为汝君者，不亦难乎！寡人当亲率诸侯，相见于城下！"礼币俱不受。使者回报厉公，厉公大惊，谓祭足曰："齐侯见责，必有干戈之事，何以待之？"祭足曰："臣请简兵蒐乘，预作准备，敌至则迎，又何惧焉？"

且说鲁桓公遣公子柔往宋，订期相会。宋庄公曰："既鲁君有言相订，寡人当躬造鲁境，岂肯烦君远辱？"公子柔返命。鲁侯再遣人往约，酌地之中，在扶钟为会，时周桓王二十年秋九月也。

宋庄公与鲁侯会于扶钟。鲁侯代郑称谢，并为求宽。宋公曰："郑君受寡人之恩深矣！譬之鸡卵，寡人抱而翼之，所许酬劳，出彼本心。今归国篡位，直欲负诺，寡人岂能忘情乎？"鲁侯曰："大国所以赐郑者，郑岂忘之？但以嗣服未久，府库空虚，一时未得如约，然迟速之间，决不负诺，此事寡人可以力保！"宋公又曰："金玉之物，或以府库不充为辞，若三城交割，只在片言，何以不决？"鲁侯曰："郑君惧失守故业，遗笑列国，故愿以赋税代之，闻已纳粟万钟矣！"宋公曰："二万钟之入，原在岁输数内，与三城无涉，况所许诸物，完未及半。今日尚然，异日事冷，寡人便何望焉？惟君早为寡人图之！"鲁侯见宋公十分固执，怏怏而罢。

鲁侯归国，即遣公子柔使郑，致宋公不肯相宽之语。郑伯又遣大夫雍纠捧着商彝，呈上鲁侯，言："此乃宋国故物，寡君不敢擅留，请纳还宋府库，以当三城。更进白璧三十双，黄金二千镒，求君侯善言解释！"鲁桓公情不能已，只得亲至宋国，约宋公于谷丘之地相会。二君相见礼毕，鲁侯又代郑伯致不安之意，呈上白璧、黄金如数。鲁侯曰："君谓郑所许诸物，完未及半，寡人正言责郑，郑是以勉力输纳。"宋公并不称谢，但问："三城何日交割？"鲁侯曰："郑君念先人世守，不敢以私恩之故，轻弃封疆。今奉一物，可以相当。"即命左右将黄锦袱包裹一物，高高捧着，跪献于宋公之前。宋公闻说"私恩"二字，眉头微皱，已有不悦之意。及启袱观看，认得商彝，乃当初宋国赂郑之物，勃然变色，佯为不知，问："此物何用？"鲁侯曰："此大国故府之珍，郑先君庄公，向曾效力于上国，蒙上国赆以重器，藏为世宝，嗣君不敢自爱，仍归上国。乞念昔日更事之情，免其纳地。郑先君咸受其赐，岂惟嗣君？"宋公见提起旧事，不觉两颊发赤，应曰："往事寡人已忘之矣，将归问之故府。"正议论间，忽报："燕伯朝宋，驾到谷丘。"宋公即请燕伯与鲁侯一处相见。燕伯见宋公，诉称："地邻于齐，尝被齐国侵伐，寡人愿邀君之灵，请成于齐，以保社稷。"宋公许之。鲁侯谓宋公曰："齐与纪世仇，尝有袭纪之心，君若为燕请成，寡人亦愿为纪乞好，各修和睦，免构干戈。"三君遂一同于谷丘结盟。鲁桓公回国，自秋至冬，并不见宋国回音。

郑国因宋使督促财贿，不绝于道，又遣人求鲁侯。鲁侯只得又约宋公于虚、龟之境面会，以决平郑之事。宋公不至，遣使报鲁曰："寡君与郑自有成约，君勿与闻可也。"鲁侯大怒，骂曰："匹夫贪而无信，尚然不可，况国君乎？"遂转辕至郑，与郑伯会于武父之地，约定连兵伐宋。髯仙有诗云：

逐忽弑隐并元凶，同恶相求意自浓。
只为宋庄贪诈甚，致令鲁郑起兵锋。

宋庄公闻鲁侯发怒，料想欢好不终，又闻齐侯不肯助突，乃遣公子游往齐结好，诉以子突负德之事："寡君有悔于心，愿与君协力攻突，以复故君忽之位，并为燕伯求平。"使者未返，宋疆吏报："鲁、郑二国兴兵来伐，其锋甚锐，将近睢阳。"宋公大惊，遂召诸大夫计议迎敌。公子御说谏曰："师之老壮，在乎曲直。我贪郑赂，又弃鲁好，彼有词矣。不如请罪求和，息兵罢战，乃为上策！"南宫长万曰："兵至城下，不发一矢自救，是示弱也，何以为国？"太宰督曰："长万言是也！"宋公遂不听御说之言，命南宫长万为将，长万荐猛获为先锋，出车三百乘，两下排开阵势。鲁侯、郑伯并驾而出，停车阵前，单搦宋君打话。宋公心下怀惭，托病不出。南宫长万远远望见两支绣盖飘扬，知是二国之君，乃抚猛获之背曰："今日尔不建功，更待何时？"猛获应命，手握浑铁点钢矛，麾车直进。鲁、郑二君看见来势凶猛，将车退后一步，左右拥出二员上将，鲁有公子溺，郑有原繁，各驾戎车迎住。先问姓名，答曰："吾乃先锋猛获是也！"原繁笑曰："无名小卒，不得污吾刀斧，换你正将来决一死敌！"猛获大怒，举矛直刺原繁，原繁抡刀接战，子溺指引鲁军，铁叶般裹来。猛获力战二将，全无惧怯，鲁将秦子、梁子、郑将檀伯，一齐俱上。猛获力不能加，被梁子一箭射着右臂，不能持矛，束手受缚。兵车甲士，尽为俘获，只逃走得步卒五十余人。

南宫长万闻败，咬牙切齿曰："不取回猛获，何面目入城？"乃命长子南宫牛，引车三十乘搦战："佯输诈败，诱得敌军追至西门，我自有计！"南宫牛应声而出，横戟大骂："郑突背义之贼，自来送死，何不速降？"刚遇郑将引着弓弩手数人，单车巡阵，欺南宫牛年少，便与交锋。未及三合，南宫牛回车便走，郑将不舍，随后赶来。将近西门，炮声大举，南宫长万从后截住，南宫牛回车，两下夹攻。郑将连发数箭，射南宫牛不着，心里落慌，被南宫长万跃入车中，只手擒来。郑将原繁，闻知本营偏将单车赴敌，恐其有失，同檀伯引军疾驱而前，只见宋国城门大开，太宰华督自率大军，出城接应。这里鲁将公子溺，亦引秦子、梁子助战。两下各秉火炬，混杀一场，直杀至鸡鸣方止，宋兵折损极多。南宫长万将郑将献功，请宋公遣使到郑营，愿以郑将换回猛获，宋公许之。宋使至于郑营，说明交换之事，郑伯应允，各将槛车推出阵前，彼此互换。郑将归于郑营，猛获仍归宋城去了。是日，各自休息不战。

却说公子游往齐致命，齐僖公曰："郑突逐兄而立，寡人之所恶也。但寡人方有事于纪，未暇及此，倘贵国肯出师助寡人伐纪，寡人敢不相助伐郑？"公子游辞了齐侯，回复宋公去讫。再说鲁侯与郑伯在营中，正商议攻宋之策，忽报纪国有人告急。鲁侯召见，呈上国书，内言："齐兵攻纪至急，亡在旦夕，乞念婚姻世好，以一旅拔之水火！"鲁桓公大惊，谓郑伯曰："纪君告急，孤不得不救。宋城亦未可猝拔，不如撤兵。量宋公亦不敢复来索赂矣！"郑厉公曰："君既移兵救纪，寡人亦愿悉率敝赋以从！"鲁侯大喜，即时传令拔寨，齐望纪国进发。鲁侯先行三十里，郑伯引军断后。宋国先得了公子游回音，后知敌营移动，恐别有诱兵之计，不来追赶，只遣谍远探。回报："敌兵尽已出境，果往纪国。"方才放心。太宰华督奏曰："齐既许助攻郑，我国亦当助其攻纪。"南宫长万曰："臣愿往。"宋公发兵车二百乘，仍命猛获为先锋，星夜前来助齐。

却说齐僖公约会卫侯，并征燕兵。卫方欲发兵，而宣公适病薨，世子朔即位，是为惠公。惠公虽在丧中，不敢推辞，遣兵车二百乘相助。燕伯惧齐吞并，正欲借此修好，遂亲自引兵来会。纪侯见三国兵多，不敢出战，只深沟高垒，坚守以待。忽一日报到："鲁、郑二君，前来救纪。"纪侯登城而望，心中大喜，安排接应。

再说鲁侯先至，与齐侯相遇于军前。鲁侯曰："纪乃敝邑世姻，闻得罪于上国，寡人躬来请赦。"齐侯曰："吾先祖哀公为纪所谮，见烹于周，于今八世，此仇未报。君助其亲，我报其仇，今日之事，惟有战耳！"鲁侯大怒，即命公子溺出车。齐将公子彭生接住厮杀。彭生有万夫不当之勇，公子溺如何敌得过？秦子、梁子二将，并力向前，未能取胜，刚办得架隔遮拦。卫、燕二主，闻齐、鲁交战，亦来合攻。却得后队郑伯大军已到，原繁引檀伯众将，直冲齐侯老营。纪侯亦使其弟嬴季，引军出城相助，喊声震天。公子彭生不敢恋战，急急回辕。六国兵车，混做一处相杀。鲁侯遇见燕伯谓曰："谷丘之盟，宋、鲁、燕三国同事，口血未干，宋人背盟，寡人伐之。君亦效宋所为，但知媚齐目前，独不为国家长计乎？"燕伯自知失信，垂首避去，托言兵败奔逃。卫无大将,其师先溃,齐侯之师亦败,杀得尸横遍野,血流成河,彭生中箭几死。正在危急,又得宋国兵到,鲁、郑方才收军。胡曾先生咏史诗云:

明欺弱小恣贪谋,只道孤城顷刻收。
他国未亡我已败,令人千载笑齐侯。

宋军方到,喘息未定,却被鲁、郑各遣一军冲突前来,宋军不能立营,亦大败而去。各国收拾残兵,分头回国。齐侯回顾纪城,誓曰:"有我无纪,有纪无我,决不两存也!"纪侯迎接鲁、郑二君入城,设享款待,军士皆重加赏犒。嬴季进曰:"齐兵失利,恨纪愈深。今两君在堂,愿求保全之策。"鲁侯曰:"今未可也,当徐图之。"次日,纪侯远送出城三十里,垂泪而别。

鲁侯归国后,郑厉公又使人来修好,寻武父之盟。自此鲁、郑为一党,宋、齐为一党。时郑国守栎大夫子元已卒,祭足奏过厉公,以檀伯代之。此周桓王二十二年也。

齐僖公为兵败于纪,怀愤成疾,是冬病笃,召世子诸儿至榻前,嘱曰:"纪,吾世仇也,能灭纪者,方为孝子。汝今嗣位,当以此为第一件事。不能报此仇者,勿入吾庙!"诸儿顿首受教。僖公又召夷仲年之子无知,使拜诸儿,嘱曰:"吾同母弟,只此一点骨血,汝当善视之。衣服礼秩,一如我生前可也。"言毕,目遂瞑。诸大夫奉世子诸儿成丧即位,是为襄公。宋庄公恨郑入骨,复遣使将郑国所纳金玉,分赂齐、蔡、卫、陈四国,乞兵复仇。齐因新丧,止遣大夫雍廪,率车一百五十乘相助;蔡、卫亦各遣将同宋伐郑。郑厉公欲战,上卿祭足曰:"不可。宋大国也,起倾国之兵,盛气而来，若战而失利，社稷难保；幸而胜，将结没世之怨，吾国无宁日矣！不如纵之。"厉公意犹未决。祭足遂发令，使百姓守城，有请战者罪之。宋公见郑师不出，乃大掠东郊，以火攻破渠门，入及大逵，至于太宫，尽取其椽以归，为宋卢门之椽以辱之。郑伯郁郁不乐，叹曰："吾为祭仲所制，何乐乎为君？"于是阴有杀祭足之意。

明年春三月，周桓王病笃，召周公黑肩于床前，谓曰："立子以嫡，礼也。然次子克，朕所钟爱，今以托卿。异日兄终弟及，惟卿主持。"言讫遂崩。周公遵命，奉世子佗即王位，是为庄王。

郑厉公闻周有丧，欲遣使行吊。祭足固谏，以为"周乃先君之仇，祝聃曾射王肩，若遣人往吊，只取其辱"。厉公虽然依允，心中愈怒。一日，游于后圃，止有大夫雍纠相从。厉公见飞鸟翔鸣，凄然而叹。雍纠进曰："当此春景融和，百鸟莫不得意，主公贵为诸侯，似有不乐之色，何也？"厉公曰："百鸟飞鸣自繇，全不受制于人。寡人反不如鸟，是以不乐。"雍纠曰："主公所虑，岂非秉钧之人耶？"厉公嘿然。雍纠又曰："吾闻'君犹父也，臣犹子也'。子不能为父分忧，即为不孝，臣不能为君排难，即为不忠。倘主公不以纠为不肖，有事相委，不敢不竭死力！"厉公屏去左右，谓雍纠曰："卿非仲之爱婿乎？"纠曰："婿则有之，爱则未也。纠之婚于祭氏，实出宋君所迫，非祭足本心。足每言及旧君，犹有依恋之心，但畏宋不敢改图耳。"厉公曰："卿能杀仲，吾以卿代之，但不知计将安出？"雍纠曰："今东郊被宋兵残破，民居未复。主公明日命司徒修整廛舍，却教祭足赍粟帛往彼安抚居民。臣当于东郊设享，以鸩酒毒之。"厉公曰："寡人委命于卿，卿当仔细。"

雍纠归家，见其妻祭氏，不觉有皇遽之色。祭氏心疑，问：

"朝中今日有何事？"纠曰："无也。"祭氏曰："妾未察其言，先观其色，今日朝中，必无无事之理。夫妇同体，事无大小，妾当与知。"纠曰："君欲使汝父往东郊安抚居民，至期，吾当设享于彼，与汝父称寿，别无他事。"祭氏曰："子欲享吾父，何必郊外？"纠曰："此君命也，汝不必问。"祭氏愈疑，乃醉纠以酒，乘其昏睡，佯问曰："君命汝杀祭仲，汝忘之耶？"纠梦中糊涂应曰："此事如何敢忘？"早起，祭氏谓纠曰："子欲杀吾父，吾已尽知矣。"纠曰："未尝有此。"祭氏曰："夜来子醉后自言，不必讳也。"纠曰："设有此事，与尔何如？"祭氏曰："既嫁从夫，又何说焉？"纠乃尽以其谋告于祭氏。祭氏曰："吾父恐行止未定，至期，吾当先一日归宁，怂恿其行。"纠曰："事若成，吾代其位，于尔亦有荣也。"

祭氏果先一日回至父家，问其母曰："父与夫二者孰亲？"其母曰："皆亲。"又问："二者亲情孰甚？"其母曰："父甚于夫。"祭氏曰："何也？"其母曰："未嫁之女，夫无定而父有定；已嫁之女，有再嫁而无再生。夫合于人，父合于天，夫安得比于父哉？"其母虽则无心之言，却点醒了祭氏有心之听，遂双眼流泪曰："吾今日为父，不能复顾夫矣！"遂以雍纠之谋，密告其母，其母大惊，转告于祭足。祭足曰："汝等勿言，临时吾自能处分。"至期，祭足使心腹强鉏，带勇士十余人，暗藏利刃跟随，再命公子阏率家甲百余，郊外接应防变。祭足行至东郊，雍纠半路迎迓，设享甚丰。祭足曰："国事奔走，礼之当然，何劳大享。"雍纠曰："郊外春色可娱，聊具一酌节劳耳。"言讫，满斟大觥，跪于祭足之前，满脸笑容，口称百寿。祭足假作相搀，先将右手握纠之臂，左手接杯浇地，火光迸裂，遂大喝曰："匹夫何敢弄吾？"叱左右："为我动手！"强鉏与众勇士一拥而上，擒雍纠缚而斩之，以其尸弃于周池。厉公伏有甲士在于郊外，帮助雍纠做事，早被公子阏搜着，杀得七零八落。厉公闻之，大惊曰："祭仲不吾容也！"乃出奔蔡国。后有人言及雍纠通知祭氏，以致祭足预作准备，厉公乃叹曰："国家大事，谋及妇人，其死宜矣！"且说祭足闻厉公已出，乃使公父定叔往卫国迎昭公忽复位，曰："吾不失信于旧君也！"

不知后事如何，且看下回分解。

第十二回
卫宣公筑台纳媳，高渠弥乘间易君

却说卫宣公名晋，为人淫纵不检。自为公子时，与其父庄公之妾名夷姜者私通，生下一子，寄养于民间，取名曰急子。宣公即位之日，元配邢妃无宠，只有夷姜得幸，如同夫妇，就许立急子为嗣，属之于右公子职。时急子长成，已一十六岁，为之聘齐僖公长女。使者返国，宣公闻齐女有绝世之姿，心贪其色，而难于启口，乃构名匠筑高台于淇河之上，朱栏华栋，重宫复室，极其华丽，名曰新台。先以聘宋为名，遣开急子，然后使左公子泄如齐，迎姜氏径至新台，自己纳之，是为宣姜。时人作新台之诗，以刺其淫乱：

> 新台有泚，河水弥弥。
> 燕婉之求，籧篨不鲜。
> 鱼网之设，鸿则离之。
> 燕婉之求，得此戚施。

籧篨、戚施，皆丑恶之貌，以喻宣公。言姜氏本求佳偶，不意乃配此丑恶也。后人读史至此，言齐僖公二女，长宣姜，次文姜，宣姜淫于舅，文姜淫于兄，人伦天理，至此灭绝矣！有诗叹曰：

妖艳春秋首二姜，致令齐卫紊纲常。
天生尤物殃人国，不及无盐佐伯王！

急子自宋回家，复命于新台，宣公命以庶母之礼谒见姜氏，急子全无几微怨恨之意。宣公自纳齐女，只往新台朝欢暮乐，将夷姜又撇一边，一住三年，与齐姜连生二子，长曰寿，次曰朔。自古道："母爱子贵"，宣公因偏宠齐姜，将昔日怜爱急子之情，都移在寿与朔身上，心中便想百年之后，把卫国江山传与寿、朔兄弟，他便心满意足，反似多了急子一人。只因公子寿天性孝友，与急子如同胞一般相爱，每在父母面前，周旋其兄。那急子又温柔敬慎，无有失德，所以宣公未曾显露其意。私下将公子寿嘱托左公子泄，异日扶他为君。那公子朔虽与寿一母所生，贤愚迥然不同，年齿尚幼，天生狡猾，恃其母之得宠，阴畜死士，心怀非望。不惟憎嫌急子，并亲兄公子寿，也像赘疣一般。只是事有缓急，先除急子要紧。常把说话挑激母亲，说："父亲眼下虽然将我母子看待，有急子在先，他为兄，我等为弟，异日传位，蔑不得长幼之序。况夷姜被你夺宠，心怀积怨，若急子为君，彼为国母，我母子无安身之地矣！"

齐姜原是急子所聘，今日跟随宣公，生子得时，也觉急子与己有碍，遂与公子朔合谋，每每谗谮急子于父亲之前。

一日，急子诞日，公子寿治酒相贺，朔亦与席。坐间急子与公子寿说话甚密。公子朔插嘴不下，托病先别，一径到母亲齐姜面前，双眼垂泪，扯个大谎，告诉道："孩儿好意同自己哥哥与急子上寿，急子饮酒半酣，戏谑之间，呼孩儿为儿子。孩儿心中不平，说他几句，他说：'你母亲原是我的妻子，你便称我为父，于理应该。'孩儿再待开口，他便奋臂要打，亏自己哥哥劝住，孩儿逃席而来。受此大辱，望母亲禀知父侯，与孩儿做主！"齐姜信以为然，待宣公入宫，呜呜咽咽的告诉出来，如此如此，这般这般，又装点几句道："他还要玷污妾身，说：'我母夷姜，原是父亲的庶母，尚然收纳为妻。况你母亲原是我旧妻，父亲只算借贷一般，少不得与卫国江山一同还我。'"宣公召公子寿问之，寿答曰："并无此说。"宣公半疑半信，但遣内侍传谕夷姜，责备他不能教训其子。夷姜怨气填胸，无处伸诉，投缳而死。髯翁有诗叹曰：

父妾如何与子通？聚麀传笑卫淫风。
夷姜此日投缳晚，何似当初守节终！

急子痛念其母，惟恐父亲嗔怪，暗地啼哭。公子朔又与齐姜谮说急子，因生母死于非命，口出怨言，日后要将母子偿命。宣公本不信有此事，无奈妒妾逆子，日夜撺掇，定要宣公杀急子，以绝后患，不由宣公不听。但展转踌躇，终是杀之无名，必须假手他人，死于道路，方可掩人耳目。其时，适齐僖公约会伐纪，征兵于卫。宣公乃与公子朔商议，假以往订师期为名，遣急子如齐，授以白旄。此去莘野，是往齐的要路，舟行至此，必然登陆，在彼安排急子，他必不作准备。公子朔向来私蓄死士，今日正用得着，教他假装盗贼，伏于莘野，只认白旄过去，便赶出一齐下手，以旄复命，自有重赏。公子朔处分已定，回复齐姜，齐姜心下十分欢喜。

却说公子寿见父亲屏去从人，独召弟朔议事，心怀疑惑。入宫来见母亲，探其语气。齐姜不知隐瞒，尽吐其实。嘱咐曰："此乃汝父主意，欲除我母子后患，不可泄漏他人。"公子寿知其计已成，谏之无益，私下来见急子，告以父亲之计："此去莘野必由之路，多凶少吉。不如出奔他国，别作良图。"急子曰："为人子者，以从命为孝。弃父之命，即为逆子。世间岂有无父之国？即欲出奔，将安往哉？"遂束装下舟，毅然就道。公子寿泣劝不从，思想："吾兄真仁人也！此行若死于盗贼之手，父亲立我为嗣，何以自明？子不可以无父，弟不可以无兄，吾当先兄而行，代他一死，吾兄必然获免。父亲闻吾之死，倘能感悟，慈孝两全，落得留名万古！"于是别以一舟载酒，亟往河下，请急子饯别。急子辞以："君命在身，不敢逗遛。"公子寿乃移樽过舟，满斟以进。未及开言，不觉泪珠堕于杯中，急子忙接而饮之。公子寿曰："酒已污矣！"急子曰："正欲饮吾弟之情也！"公子寿拭泪言曰："今日此酒，乃吾弟兄永诀之酒。哥哥若鉴小弟之情，多饮几杯！"急子曰："敢不尽量？"两人泪眼相对，彼此劝酬。公子寿有心留量，急子到手便吞，不觉尽醉，倒于席上，鼾鼾睡去。公子寿谓从人曰："君命不可迟也，我当代往！"即取急子手中白旄，故意建于舟首，用自己仆从相随。嘱咐急子随行人众，好生守候。袖中出一简，付之曰："俟世子酒醒后，可呈看也！"即命发舟。行近莘野，方欲整车登岸，那些埋伏的死士，望见河中行旌飘飐，认得白旄，定是急子到来，一声呼哨，如蜂而集。公子寿挺然出喝曰："吾乃本国卫侯长子，奉使往齐，汝等何人，敢来邀截？"众贼齐声曰："吾等奉卫侯密旨，来取汝首！"挺刀便砍。从者见势头凶猛，不知来历，一时惊散。可怜寿子引颈受刀，贼党取头，盛于木匣，一齐下船，偃旄而归。

再说急子酒量原浅，一时便醒，不见了公子寿，从人将简缄呈上，急子拆而看之，简上只有八个字云："弟已代行，兄宜速避！"急子不觉堕泪曰："弟为我犯难，吾当速往，不然恐误杀吾弟也！"喜得仆从俱在，就乘了公子寿之舟，催趱舟人速行，真个似电流光绝，鸟逝超群。其夜月明如水，急子心念其弟，目不交睫，注视鹢鸟首之前，望见公子寿之舟，喜曰："天幸吾弟尚在。"从人禀曰："此来舟，非去舟也！"急子心疑，教拢船上去。两船相近，楼橹俱明，只见舟中一班贼党，并不见公子寿之面。急子愈疑，乃佯问曰："主公所命，曾了事否？"众贼听得说出秘密，却认为公子朔差来接应的，乃捧函以对曰："事已了矣！"急子取函启视，见是公子寿之首，仰天大哭曰："天乎冤哉！"众贼骇然，问曰："父杀其子，何故称冤？"急子曰："我乃真急子也，得罪于父，父命杀我。此吾弟寿也，何罪而杀之？可速断我头，归献父亲，可赎误杀之罪！"贼党中有认得二公子者，于月下细认之曰："真误矣！"众贼遂将急子斩首，并纳函中，从人亦皆四散。《卫风》有《乘舟》之诗，正咏兄弟争死之事。诗曰：

二子乘舟，泛泛其景，
愿言思子，中心养养。
二子乘舟，泛泛其逝，
愿言思子，不瑕有害。

诗人不敢明言，但追想乘舟之人，以寓悲思之意也。

再说众贼连夜奔入卫城，先见公子朔，呈上白旄，然后将二子先后被杀事情，细述一遍，犹恐误杀得罪。谁知一箭射双雕，正中了公子朔的隐怀，自出金帛，厚赏众贼，却入宫来见母亲说："公子寿载旌先行，自损其命，喜得急子后到，天教他自吐真名，偿了哥哥之命。"齐姜虽痛公子寿，却幸除了急子，拔去眼中之钉，正是忧喜相半。母子商量，且教慢与宣公说知。

却说左公子泄，原受急子之托；右公子职，原受公子寿之托，二人各自关心，遣人打探消息，回报如此如此。起先未免各为其主，至此同病相怜，合在一处商议。候宣公早朝，二人直入朝堂，拜倒在地，放声大哭。宣公惊问何故，公子泄、公子职二人一辞，将急子与公子寿被杀情由，细述一遍："乞收拾尸首埋葬，以尽当初相托之情。"说罢哭声转高。宣公虽怪急子，却还怜爱公子寿，忽闻二子同时被害，吓得面如土色，半晌不言。痛定生悲，泪如雨下，连声叹曰："齐姜误我，齐姜误我！"即召公子朔问之，朔辞不知。宣公大怒，就着公子朔拘拿杀人之贼，公子朔口中应承，只是支吾，哪肯献出贼党？

宣公自受惊之后，又想念公子寿，感成一病，闭眼便见夷姜、急子、寿子一班，在前啼啼哭哭。祈祷不效，半月而亡。公子朔发丧袭位，是为惠公。时朔年一十五岁，将左右二公子罢官不用。庶兄公子硕字昭伯，心中不服，连夜奔齐。公子泄与公子职怨恨惠公，每思为急子及公子寿报仇，未得其便。

话分两头。却说卫侯朔初即位之年，因助齐攻纪，为郑所败，正在衔恨，忽闻郑国有使命至，问其来意，知郑厉公出奔，群臣迎故君忽复位，心中大喜，即发车徒，护送昭公还国。祭足再拜，谢昔日不能保护之罪。昭公虽不治罪，心中怏怏，恩礼稍减于昔日。祭足亦觉踧踖不安，每每称疾不朝。高渠弥素失爱于昭公，及昭公复国，恐为所害，阴养死士，为弑忽立亹之计。时郑厉公在蔡，亦厚结蔡人，遣人传语檀伯，欲借栎为巢窟，檀伯不从。于是使蔡人假作商贾，于栎地往来交易，因而厚结栎人，暗约为助，乘机杀了檀伯。厉公遂居栎，增城浚池，大治甲兵，将谋袭郑，遂为敌国。祭足闻报大惊，急奏昭公，命大夫傅瑕屯兵大陵，以遏厉公来路。厉公知郑有备，遣人转央鲁侯，谢罪于宋，许以复国之后，仍补前赂未纳之数。鲁使至宋，宋庄公贪心又起，结连蔡、卫共纳厉公。时卫侯朔有送昭公复国之劳，昭公并不修礼往谢，所以亦怨昭公，反与宋公协谋。因即位以来，并未与诸侯相会，乃自将而往。公子泄谓公子职曰："国君远出，吾等举事，此其时矣！"公子职曰："如欲举事，先定所立，人民有主，方保不乱。"正密议间，阍人报："大夫宁跪有事相访。"两公子迎入。宁跪曰："二公子忘乘舟之冤乎？今日机会，不可失也。"公子职曰："正议拥戴，未得其人。"宁跪曰："吾观群公子中，惟黔牟仁厚可辅，且周王之婿，可以弹压国人。"三人遂歃血定议，乃暗约急子、寿子原旧一班从人，假传一个谍报，只说："卫侯伐郑，兵败身死。"于是迎公子黔牟即位。百官朝见已毕，然后宣播卫朔构陷二兄，致父忿死之恶，重为急、寿二子发丧，改葬其柩，遣使告立君于周。宁跪引兵营于郊外，以遏惠公归路。公子泄欲杀宣姜，公子职止之曰："姜虽有罪，然齐侯之妹也，杀之恐得罪于齐，不如留之，以结齐好。"乃使宣姜出居别宫，月致廪饩无缺。

再说宋、鲁、蔡、卫，共是四国合兵伐郑。祭足自引兵至大陵，与傅瑕合力拒敌，随机应变，未尝挫失。四国不能取胜，只得引回。

单说卫侯朔伐郑无功，回至中途，闻二公子作乱，已立黔牟，乃出奔于齐国。齐襄公曰："吾甥也。"厚其馆饩，许以兴兵复国。朔遂与襄公立约："如归国之日，内府宝玉，尽作酬仪。"襄公大喜。忽报："鲁侯使到。"因齐侯求婚于周，周王允之，使鲁侯主婚，要以王姬下嫁。鲁侯欲亲自至齐，面议其事。襄公想起妹子文姜，久不相会，何不一同请来，遂遣使至鲁，并迎文姜。诸大夫请问伐卫之期？襄公曰："黔牟亦天子婿也，寡人方图婚于周，此事姑且迟之。"但恐卫人杀害宣姜，遣公孙无知纳公子硕于卫，私嘱无知，要公子硕烝于宣姜，以为复朔之地。公孙无知领命，同公子硕归卫，与新君黔牟相见。时公子硕内子已卒，无知将齐侯之意，遍致卫国君臣，并致宣姜，那宣姜倒也心肯。卫国众臣，素恶宣姜僭位中宫，今日欲贬其名号，无不乐从。只是公子硕念父子之伦，坚不允从。无知私言于公子职曰："此事不谐，何以复寡君之命？"公子职恐失齐欢，定下计策，请公子硕饮宴，使女乐侑酒，灌得他烂醉，扶入别宫，与宣姜同宿，醉中成就其事，醒后悔之，已无及矣，宣姜与公子硕遂为夫妇。后生男女五人：长男齐子早卒，次戴公申，次文公毁；女二，为宋桓公、许穆公夫人。史臣有诗叹曰：

子妇如何攘作妻，子烝庶母报非迟。
夷姜生子宣姜继，家法源流未足奇。

此诗言昔日宣公烝父妾夷姜，而生急子；今其子昭伯，亦烝宣姜而生男女五人。家法相传，不但新台之报也。

话分两头。再说郑祭足自大陵回，因旧君子突在栎，终为郑患，思一制御之策。想齐与厉公原有战纪之仇，今日谋纳厉公，惟齐不与。况且新君嗣位，正好修睦。又闻鲁侯为齐主婚，齐、鲁之交将合，于是奏知昭公，自赍礼帛，往齐结好，因而结鲁，若得二国相助，可以敌宋。自古道："智者千虑，必有一失。"祭足但知防备厉公，却不知高渠弥毒谋已就，只虑祭足多智，不敢动手，今见祭足远行，肆无忌惮，乃密使人迎公子亹在家，乘昭公冬行蒸祭，伏死士于半路，突起弑之，托言为盗所杀。遂奉公子亹为君，使人以公子亹之命，召祭足回国，与高渠弥并执国政。可怜昭公复国，未满三载，遂遭逆臣之祸。

髯仙读史至此，论昭公自为世子时，已知高渠弥之恶，及两次为君，不能剪除凶人，留以自祸，岂非优柔不断之祸？有诗叹云：

> 明知恶草自当锄，蛇虎如何与共居？
> 我不制人人制我，当年枉自识高渠。

不知郑子亹如何结末，且看下回分解。

第十三回
鲁桓公夫妇如齐，郑子亹君臣为戮

却说齐襄公见祭足来聘，欣然接之。正欲报聘，忽闻高渠弥弑了昭公，援立子亹，心中大怒，便有兴兵诛讨之意。因鲁侯夫妇将至齐国，且将郑事搁起，亲至泺水迎候。

却说鲁夫人文姜见齐使来迎，心下亦想念其兄，欲借归宁之名，与桓公同行。桓公溺爱其妻，不敢不从。大夫申繻谏曰："女有室，男有家，古之制也。礼无相渎，渎则有乱。女子出嫁，父母若在，每岁一归宁。今夫人父母俱亡，无以妹宁兄之理。鲁以秉礼为国，岂可行此非礼之事？"桓公已许文姜，遂不从申繻之谏，夫妇同行。车至泺水，齐襄公早先在矣。殷勤相接，各叙寒温，一同发驾，来到临淄。鲁侯致周王之命，将婚事议定。齐侯十分感激，先设大享，款待鲁侯夫妇。然后迎文姜至于宫中，只说与旧日宫嫔相会。谁知襄公预造下密室，另治私宴，与文姜叙情。饮酒中间，四目相视，你贪我爱，不顾天伦，遂成苟且之事。两下迷恋不舍，遂留宿宫中，日上三竿，尚相抱未起，撇却鲁桓公在外，冷冷清清。鲁侯心中疑虑，遣人至宫门细访，回报："齐侯未娶正妃，止有偏宫连氏，乃大夫连称之从妹，向来失宠，齐侯不与相处。姜夫人自入齐宫，只是兄妹叙情，并无他宫嫔相聚。"鲁侯情知不做好事，恨不得一步跨进齐宫，观其动静。恰好人报："国母出宫来了。"鲁侯盛气以待，便问姜氏曰："夜来宫中共谁饮酒？"答曰："同连妃。"又问："几时散席？"答："久别话长，直到粉墙月上，可半夜矣。"又问："你兄曾来陪饮否？"答曰："我兄不曾来。"鲁侯笑而问曰："难道兄妹之情，不来相陪？"姜氏曰："饮至中间，曾来相劝一杯，即时便去。"鲁侯曰："你席散如何不出宫？"姜氏曰："夜深不便。"鲁侯又问曰："你在何处安置？"姜氏曰："君侯差矣，何必盘问至此。宫中许多空房，岂少下榻之处，妾自在西宫过宿，即昔年守闺之所也。"鲁侯曰："你今日如何起得恁迟？"姜氏曰："夜来饮酒劳倦，今早梳妆，不觉过时。"鲁侯又问："宿处谁人相伴？"姜氏曰："宫娥耳。"鲁侯又曰："你兄在何处睡？"姜氏不觉面赤曰："为妹的怎管哥哥睡处，言之可笑！"鲁侯曰："只怕为哥的倒要管妹子睡处。"姜氏曰："是何言也？"鲁侯曰："自古男女有别，你留宿宫中，兄妹同宿，寡人已尽知之，休得瞒隐。"姜氏口中虽是含糊抵赖，啼啼哭哭，心中却也十分惭愧。"鲁桓公身在齐国，无可奈何，心中虽然忿恨，却不好发作出来。正是"敢怒而不敢言"，即遣人告辞齐侯，且待归国，再作区处。

却说齐襄公自知做下不是，姜氏出宫之时，难以放心，便密遣心腹力士石之纷如跟随，打听鲁侯夫妇相见有何说话。石之纷如回复："鲁侯与夫人角口，如此如此。"襄公大惊曰："亦料鲁侯久后必知，何其早也！"少顷，见鲁使来辞，明知事泄之故，乃固请于牛山一游，便作饯行，使人连逼几次，鲁侯只得命驾出郊，文姜自留邸舍，闷闷不悦。

却说齐襄公一来舍不得文姜回去，二来惧鲁侯怀恨成仇，一不做，二不休，吩咐公子彭生待席散之后，送鲁侯回邸，要在车中结果鲁侯性命。彭生记起战纪时一箭之恨，欣然领命。是日牛山大宴，盛陈歌舞，襄公意倍殷勤，鲁侯只低头无语，襄公教诸大夫轮流把盏，又教宫娥内侍，捧樽跪劝，鲁侯心中愤郁，也要借杯浇闷，不觉酩酊大醉，别时不能成礼，襄公使公子彭生抱之上车，彭生遂与鲁侯同载，离国门约有二里，彭生见鲁侯熟睡，挺臂以拉其胁，彭生力大，其臂如铁，鲁侯被拉胁折，大叫一声，血流满车而死。彭生谓众人曰："鲁侯醉后中恶，速驰入城，报知主公。"众人虽觉蹊跷，谁敢多言。史臣有诗云：

男女嫌微最要明，夫妻越境太胡行。
当时若听申繻谏，何至车中六尺横？

齐襄公闻鲁侯暴薨，佯啼假哭，即命厚殓入棺，使人报鲁迎丧，鲁之从人回国，备言车中被弑之由。大夫申繻曰："国不可一日无君，且扶世子同主张丧事，候丧车到日，行即位礼。"公子庆父字孟，乃桓公之庶长子，攘臂言曰："齐侯乱伦无礼，祸及君父，愿假我戎车三百乘，伐齐声罪。"大夫申繻感其言，私以问谋士施伯曰："可伐齐否？"施伯曰："此暧昧之事，不可闻于邻国。况鲁弱齐强，伐未可必胜，反彰其丑。不如含忍，姑请究车中之故，使齐杀公子彭生，以解说于列国。齐必听从。"申繻告于庆父，遂使施伯草成国书之稿，世子居丧不言，乃用大夫出名遣人如齐，致书迎丧。齐襄公启书看之，书曰：

外臣申繻等，拜上齐侯殿下：寡君奉天子之命，不敢宁居，来议大婚。今出而不入，道路纷纷，皆以车中之变为言。无所归咎，耻辱播于诸侯。请以彭生正罪。

襄公览毕，即遣人召彭生入朝。彭生自谓有功，昂然而入。襄公当鲁使之面骂曰："寡人以鲁侯过酒，命尔扶持上车，何不小心伏侍，使其暴薨。尔罪难辞！"喝令左右缚之，斩于市曹。彭生大呼曰："淫其妹而杀其夫，皆出汝无道昏君所为，今日又委罪于我。死而有知，必为妖孽，以取尔命！"襄公遽自掩其耳，左右皆笑。襄公一面遣人往周王处谢婚，并订娶期；一面遣人送鲁侯丧车回国，文姜仍留齐不归。鲁大夫申繻率世子同迎柩至郊，即于柩前行礼成丧，然后嗣位，是为庄公。申繻、颛孙生、公子溺、公子偃、曹沫一班文武，重整朝纲。庶兄公子庆父、庶弟公子牙、嫡弟季友俱参国政。申繻荐施伯之才，亦拜上士之职。以明年改元，实周庄王之四年也。

鲁庄公集群臣商议，为齐迎婚之事。施伯曰："国有三耻，君知之乎？"庄公曰："何谓三耻？"施伯曰："先君虽已成服，恶名在口，一耻也；君夫人留齐未归，引人议论，二耻也；齐为仇国，况君在衰绖之中，乃为主婚，辞之则逆王命，不辞则贻笑于人，三耻也！"鲁庄公蹴然曰："此三耻何以免之？"施伯曰："欲人勿恶，必先自美；欲人勿疑，必先自信。先君之立，未膺王命，若乘主婚之机，请命于周，以荣名被之九泉，则一耻免矣！君夫人在齐，宜以礼迎之，以成主公之孝，则二耻免矣！惟主婚一事，最难两全，然亦有策。"庄公曰："其策何如？"施伯曰："可将王姬馆舍，筑于郊外，使上大夫迎而送之，君以丧辞。上不逆天王之命，下不拂大国之情，中不失居丧之礼，如此则三耻亦免矣！"庄公曰："申繻言汝'智过于腹'，果然！"遂一一依策而行。却说鲁使大夫颛孙生至周，请迎王姬，因请以黻冕圭璧，为先君泉下之荣。周庄王许之，择人使鲁，锡桓公命。周公黑肩愿行，庄王不许，别遣大夫荣叔。原来庄王之弟王子克，有宠于先王，周公黑肩曾受临终之托，庄王疑黑肩有外心，恐其私交外国，树成王子克之党，所以不用。黑肩知庄王疑己，夜诣王子克家，商议欲乘嫁王姬之日，聚众作乱，弑庄王而立子克。大夫辛伯闻其谋，以告庄王，乃杀黑肩，而逐子克，子克奔燕。此事表过不提。

且说鲁颛孙生送王姬至齐，就奉鲁侯之命，迎接夫人姜氏。齐襄公十分难舍，碍于公论，只得放回。临行之际，把袂留连，千声珍重："相见有日！"各各洒泪而别。姜氏一者贪欢恋爱，不舍齐侯；二者背理贼伦，羞回故里。行一步，懒一步，车至禚地，见行馆整洁，叹曰："此地不鲁不齐，正吾家也！"吩咐从人，回复鲁侯："未亡人性贪闲适，不乐还宫。要吾回归，除非死后！"鲁侯知其无颜归国，乃为筑馆于祝丘，迎姜氏居之。姜氏遂往来于两地，鲁侯馈问，四时不绝。后来史官议论，以为鲁庄公之于文姜，论情则生身之母，论义则杀父之仇，若文姜归鲁，反是难处之事，只合徘徊两地，乃所以全鲁侯之孝也。髯翁诗曰：

弑夫无面返东蒙，禚地徘徊齐鲁中。
若使腆颜归故国，亲仇两字怎融通。

话分两头。再说齐襄公拉杀鲁桓公，国人沸沸扬扬，尽说："齐侯无道，干此淫残蔑理之事。"襄公心中暗愧，急使人迎王姬至齐成婚。国人议犹未息，欲行一二义举，以服众心。想："郑弑其君，卫逐其君，两件都是大题目。但卫公子黔牟，是周王之婿，方娶王姬，未可便与黔牟作对；不若先讨郑罪，诸侯必然畏服！"又恐起兵伐郑，胜负未卜，乃佯遣人致书子亹，约于首止，相会为盟。子亹大喜曰："齐侯下交，吾国安如泰山矣！"欲使高渠弥、祭足同往，祭足称疾不行。原繁私问于祭足曰："新君欲结好齐侯，君宜辅之，何以不往？"祭足曰："齐侯勇悍残忍，嗣守大国，侈然有图伯之心。况先君昭公有功于齐，齐所念也。夫大国难测，以大结小，必有奸谋。此行也，君臣其为戮乎？"原繁曰："君言果信，郑国谁属？"祭足曰："必子仪也，是有君人之相，先君庄公曾言之矣。"原繁曰："人言君多智，吾姑以此试之。"

　　至期，齐襄公遣王子成父、管至父二将，各率死士百余，环侍左右，力士石之纷如紧随于后；高渠弥引着子亹同登盟坛，与齐侯叙礼已毕，嬖臣孟阳手捧血盂，跪而请歃，襄公目视之，孟阳遽起，襄公执子亹手问曰："先君昭公，因甚而殂？"子亹变色，惊颤不能出词，高渠弥代答曰："先君因病而殂，何烦君问？"襄公曰："闻蒸祭遇贼，非关病也。"高渠弥遮掩不过，只得对曰："原有寒疾，复受贼惊，是以暴亡耳。"襄公曰："君行必有警备，此贼从何而来？"高渠弥对曰："嫡庶争立，已非一日，各有私党，乘机窃发，谁能防之？"襄公又曰："曾获得贼人否？"高渠弥曰："至今尚在缉访，未有踪迹。"襄公大怒曰："贼在眼前，何烦缉访？汝受国家爵位，乃以私怨弑君，到寡人面前，还敢以言语支吾！寡人今日为汝先君报仇！"叫力士："快与我下手！"高渠弥不敢分辩，石之纷如先将高渠弥绑缚。子亹叩首乞哀曰："此事与孤无干，皆高渠弥所为也。乞恕一命！"襄公曰："既知高渠弥所为，何不讨之？

汝今日自往地下分辩！"把手一招，王子成父与管至父引着死士百余，一齐上前，将子亹乱砍，死于非命，随行人众，见齐人势大，谁敢动手？一时尽皆逃散。襄公谓高渠弥曰："汝君已了，汝犹望活乎？"高渠弥对曰："自知罪重，只求赐死。"襄公曰："只与你一刀，便宜了你。"乃带至国中，命车裂于南门。车裂者，将罪人头与四肢，缚于五辆车辕之上，各自分向，各驾一牛，然后以鞭打牛，牛走车行，其人肢体裂而为五。俗言"五牛分尸"，此乃极重之刑。襄公欲以义举闻于诸侯，故意用此极刑，张大其事也。高渠弥已死，襄公命将其首，号令南门，榜曰："逆臣视此！"一面使人收拾子亹尸首，藁葬于东郭之外；一面遣使告于郑曰："贼臣逆子，周有常刑，汝国高渠弥主谋弑君，擅立庶孽，寡君痛郑先君之不吊，已为郑讨而戮之矣。愿改立新君，以邀旧好。"原繁闻之，叹曰："祭仲之智，吾不及也！"诸大夫共议立君。叔詹曰："故君在栎，何不迎之？"祭足曰："出亡之君，不可再辱宗庙。不如立公子仪！"原繁亦赞成之，于是迎公子仪于陈，以嗣君位。祭足为上大夫，叔詹为中大夫，原繁为下大夫。子仪既即位，乃委国于祭足，恤民修备，遣使修聘于齐、陈诸国。又受命于楚，许以年年纳贡，永为属国。厉公无间可乘，自此郑国稍安。

不知后事如何，且看下回分解。

第十四回
卫侯朔抗王入国，齐襄公出猎遇鬼

却说王姬至齐，与襄公成婚。那王姬生性贞静幽闲，言动不苟，襄公是个狂淫之辈，不甚相得。王姬在宫数月，备闻襄公淫妹之事，默然自叹："似此蔑伦悖理，禽兽不如！吾不幸错嫁匪人，是吾命也！"郁郁成疾，不及一年，遂卒。

襄公自王姬之死，益无忌惮。心下思想文姜，伪以狩猎为名，不时往禚，遣人往祝邱，密迎文姜到禚，昼夜淫乐。恐鲁庄公发怒，欲以兵威胁之，乃亲率重兵袭纪，取其郱、鄑、郚三邑之地。兵移酅城，使人告纪侯："速写降书，免至灭绝！"纪侯叹曰："齐，吾世仇，吾不能屈膝仇人之庭，以求苟活也！"乃使夫人伯姬作书，遣人往鲁求救。齐襄公出令曰："有救纪者，寡人先移兵伐之！"鲁庄公遣使如郑，约他同力救纪。郑伯子仪因厉公在栎，谋袭郑国，不敢出师，使人来辞。鲁侯孤掌难鸣，行至滑地，惧齐兵威，留宿三日而返。纪侯闻鲁兵退回，度不能守，将城池、妻子交付其弟嬴季，拜别宗庙，大哭一场，半夜开门而出，不知所终。嬴季谓诸大臣曰："死国与存祀，二者孰重？"诸大夫皆曰："存祀为重！"嬴季曰:"苟能存纪宗庙,吾何惜自屈?"即写降书,愿为齐外臣,守鄑宗庙。齐侯许之。嬴季遂将纪国土地、户口之数,尽纳于齐,叩首乞哀。齐襄公收其版籍,于纪庙之旁,割三十户以供纪祭祀,号嬴季为庙主。纪伯姬惊悸而卒,襄公命葬以夫人之礼,以媚于鲁。伯姬之娣叔姬,乃昔日从嫁者,襄公欲送之归鲁。叔姬曰:"妇人之义,既嫁从夫。生为嬴氏妇,死为嬴氏鬼,舍此安归乎?"襄公乃听其居鄑守节,后数年而卒。史官赞云:

> 世衰俗敝,淫风相袭。
> 齐公乱妹,新台娶媳。
> 禽行兽心,伦亡纪佚。
> 小邦妄媵,矢节从一。
> 宁守故庙,不归宗国。
> 卓哉叔姬,柏舟同式。

按:齐襄公灭纪之岁,乃周庄王七年也。

是年,楚武王熊通,以随侯不朝,复兴兵伐随,未至而薨。令尹鬬祈、莫敖屈重,秘不发丧,出奇兵从间道直逼随城,随惧行成。屈重伪以王命,入盟随侯。大军既济汉水,然后发丧。子熊赀即位,是为文王。此事不提。

再说齐襄公灭纪凯旋,文姜于路迎接其兄,至于祝丘,盛为燕享。用两君相见之礼,彼此酬酢,大犒齐军。又与襄公同至禚地,留连欢宿。襄公乃使文姜作书,召鲁庄公来禚地相会,庄公恐违母命,遂至禚谒见文姜。文姜使庄公以甥舅之礼见齐襄公,且谢葬纪伯姬之事。庄公亦不能拒,勉强从之。襄公大喜,亦具享礼款待庄公。时襄公新生一女,文姜以庄公内主尚虚,令其订约为婚。庄公曰:"彼女尚血胞,非吾配也。"文姜怒曰:"汝欲疏母族耶?"襄公亦以长幼悬隔为嫌。文姜曰:"待二十年而嫁,亦未晚也。"襄公惧失文姜之意,庄公亦不敢违母命,两下只得依允。甥舅之亲,复加甥舅,情愈亲密。二君并车驰猎于禚地之野,庄公矢不虚发,九射九中。襄公称赞不已。野人窃指鲁庄公戏曰:"此吾君假子也。"庄公怒,使左右踪迹其人杀之,襄公亦不嗔怪。史臣论庄公有母无父,忘亲事仇,作诗诮云:

车中饮恨已多年,甘与仇雠共戴天。
莫怪野人呼假子,已同假父作姻缘。

文姜自鲁、齐同狩之后,益无忌惮,不时与齐襄公聚于一处。或于防,或于谷,或时直至齐都,公然留宿宫中,俨如夫妇。国人作《载驱》之诗,以刺文姜。诗云:

载驱薄薄,簟茀朱鞹。
鲁道有荡,齐子发夕。
汶水滔滔,行人儦儦。
鲁道有荡,齐子游遨。

薄薄者,疾驱之貌;簟,席,所以铺车;茀,车后户;朱鞹者,以朱漆兽皮,皆车饰也。齐子指文姜,言文姜乘此车而至齐;儦儦众貌,言其仆从之多也。又有《敝笱》之诗,以刺庄公。诗云:

> 敝笱在梁，其鱼鲂鳏。
> 齐子归止，其从如云。
> 敝笱在梁，其鱼鲂鱮。
> 齐子归止，其从如水。

笱者，取鱼之器。言敝坏之罟，不能制大鱼，以喻鲁庄公不能防闲文姜，任其仆从出入无禁也。

且说齐襄公自禚回国，卫侯朔迎贺灭纪之功，再请伐卫之期。襄公曰："今王姬已卒，此举无碍。但非连合诸侯，不为公举，君少待之。"卫侯称谢。过数日，襄公遣使约会宋、鲁、陈、蔡四国之君，一同伐卫，共纳惠公。其檄云：

> 天祸卫国，生逆臣泄、职，擅行废立，致卫君越在敝邑，于今七年。孤坐不安席，以疆场多事，不即诛讨。今幸少闲，悉索敝赋，愿从诸君之后，左右卫君，以诛卫之不当立者。

时周庄王八年之冬也。

齐襄公出车五百乘，同卫侯朔先至卫境。四国之君，各引兵来会。那四路诸侯？宋闵公捷、鲁庄公同、陈宣公杵臼、蔡哀侯献舞。卫侯闻五国兵至，与公子泄、公子职商议，遣大夫宁跪告急于周。庄王问群臣："谁能为我救卫者？"周公忌父、西虢公伯皆曰："王室自伐郑损威以后，号令不行。今齐侯诸儿不念王姬一脉之亲，鸠合四国，以纳君为名，名顺兵强，不可敌也。"左班中最下一人挺身出曰："二公之言差矣！四国但只强耳，安得言名顺乎？"众人视之，乃下士子突也。周公曰："诸侯失国，诸侯纳之，何为不顺？"子突曰："黔牟之立，已禀王命。既立黔牟，必废子朔。二公不以王命为顺，而以纳诸侯为顺，诚突所不解也！"虢公曰："兵戎大事，量力而行。王室不振，已非一日。伐郑之役，先王亲在军中，尚中祝聃之矢，至今两世，未能问罪。况四国之力，十倍于郑，孤军赴援，如以卵抵石，徒自亵威，何益于事？"子突曰："天下之事，理胜力为常，力胜理为变。王命所在。理所萃也。一时之强弱在力，千古之胜负在理。若蔑理而可以得志，无一人起而问之，千古是非，从此颠倒，天下不复有王矣！诸公亦何面目号为王朝卿士乎？"虢公不能答。周公曰："倘今日兴救卫之师，汝能任其事否？"子突曰："九伐之法，司马掌之。突位微才劣，诚非其任；必无人肯往，突不敢爱死，愿代司马一行！"周公又曰："汝救卫能保必胜乎？"子突曰："突今日出师，已据胜理。若以文、武、宣、平之灵，仗义执言，四国悔罪，王室之福，非突敢必也！"大夫富辰曰："突言甚壮，可令一往，亦使天下知王室有人。"周王从之。乃先遣宁跪归报卫国，王师随后起行。

却说周、虢二公，忌子突之成功，仅给戎车二百乘。子突并不推诿，告于太庙而行。时五国之师，已至卫城下，攻围甚急。公子泄、公子职昼夜巡守，悬望王朝大兵解围。谁知子突兵微将寡，怎当五国如虎之众？不等子突安营，大杀一场。二百乘兵车，如汤泼雪。子突叹曰："吾奉王命而战死，不失为忠义之鬼也！"乃手杀数十人，然后自刎而亡。髯翁有诗赞曰：

虽然只旅未成功，王命昭昭耳目中。
见义勇为真汉子，莫将成败论英雄！

卫国守城军士，闻王师已败，先自奔窜。齐兵首先登城，四国继之，砍开城门，放卫侯朔入城。公子泄、公子职同宁跪收拾散兵，拥公子黔牟出走，正遇鲁兵，又杀一场。宁跪夺路先奔，三公子俱被鲁兵所擒。宁跪知力不能救，叹口气，奔往秦国逃难去讫。鲁侯将三公子献俘于卫，卫不敢决，转献于齐。齐襄公喝教刀斧手，将泄、职二公子斩讫，公子黔牟是周王之婿，于齐有连襟之情，赦之不诛，放归于周。卫侯朔鸣钟击鼓，重登侯位。将府库所藏宝玉，厚赂齐襄公。襄公曰："鲁侯擒三公子，其劳不浅。"乃以所赂之半，分赠鲁侯。复使卫侯另出器贿，散于宋、陈、蔡三国。此周庄王九年之事。

却说齐襄公自败子突，放黔牟之后，诚恐周王来讨，乃使大夫连称为将军，管至父为副，领兵戍葵丘，以遏东南之路。二将临行，请于襄公曰："戍守劳苦，臣不敢辞，以何期为满？"时襄公方食瓜，乃曰："今此瓜熟之时，明岁瓜再熟，当遣人代汝。"二将往葵丘驻扎。不觉一年光景，忽一日，戍卒进瓜尝新，二将想起瓜熟之约："此时正该交代，如何主公不遣人来？"特地差心腹往国中探信，闻齐侯在谷城与文姜欢乐，有一月不回。连称大怒曰："王姬薨后，吾妹当为继室，无道昏君，不顾伦理，在外日事淫媟，使吾等暴露边鄙，吾必杀之！"谓管至父曰："汝可助吾一臂。"管至父曰："及瓜而代，主公所亲许也。恐其忘之，不如请代。请而不许，军心胥怨，乃可用也。"连称曰："善。"乃使人献瓜于襄公，因求交代。襄公怒曰："代出孤意，奈何请耶？再候瓜一熟可也。"使人回报，连称恨恨不已，谓管至父曰："今欲行大事，计将安出？"至父曰："凡举事必先有所奉，然后成。公孙无知，乃公子夷仲年之子，先君僖公以同母之故，宠爱仲年，并爱无知，从幼畜养宫中，衣服礼数，与世子无别。自主公即位，因无知向在宫中，与主公角力，无知足勾主公仆地，主公不悦。一日，无知又与大夫雍廪争道，主公怒其不逊，遂疏黜之，品秩裁减大半，无知衔恨于心久矣。每思作乱，恨无帮手。我等不若密通无知，内应外合，事可必济。"连称曰："当于何时？"管至父曰："主上性喜用兵，又好游猎，如猛虎离穴，易为制耳。但得预闻出外之期，方不失机会也。"连称曰："吾妹在宫中，失宠于主公，亦怀怨望。今嘱无知阴与吾妹合计，伺主公之间隙，星夜相闻，可无误事。"于是再遣心腹，致书于公孙无知。书曰：

> 贤公孙受先公如嫡之宠，一旦削夺，行路之人，皆为不平。况君淫昏日甚，政令无常，葵丘久戍，及瓜不代，三军之士，愤愤思乱。如有间可图，称等愿效犬马，竭力推戴。称之从妹，在宫失宠衔怨，天助公孙以内应之资，机不可失。

公孙无知得书大喜，即复书曰：

> 天厌淫人，以启将军之衷，敬佩里言，迟疾奉报。

无知阴使女侍通信于连妃，且以连称之书示之："若事成之日，当立为夫人。"连妃许之。

周庄王十一年冬十月，齐襄公知姑棼之野有山名贝丘，禽兽所聚，可以游猎，乃预戒徒人费等，整顿车徒，将以次月往彼田狩。连妃遣宫人送信于公孙无知，无知星夜传信葵丘，通知连、管二将军,约定十一月初旬,一齐举事。连称曰:"主上出猎,国中空虚,吾等率兵直入都门,拥立公孙何如!"管至父曰:"主上睦于邻国,若乞师来讨,何以御之?不若伏兵于姑棼,先杀昏君,然后奉公孙即位,事可万全也。"那时葵丘戍卒,因久役在外,无不思家,连称密传号令,各备干粮,往贝丘行事,军士人人乐从,不在话下。

再说齐襄公于十一月朔日,驾车出游,止带力士石之纷如,及幸臣孟阳一班,架鹰牵犬,准备射猎,不用一大臣相随。先至姑棼,原建有离宫,游玩竟日。居民馈献酒肉,襄公欢饮至夜,遂留宿焉。次日起驾,往贝丘来。见一路树木蒙茸,藤萝翳郁,襄公驻车高阜,传令举火焚林,然后合围校射,纵放鹰犬。火烈风猛,狐兔之类,东奔西逸,忽有大豕一只,如牛无角,似虎无斑,从火中奔出,竟上高阜,蹲踞于车驾之前。时众人俱往驰射,惟孟阳立于襄公之侧。襄公顾孟阳曰:"汝为我射此豕。"孟阳瞪目视之,大惊曰:"非豕也,乃公子彭生也!"襄公大怒曰:"彭生何敢见我!"夺孟阳之弓,亲自射之,连发三矢不中。那大豕直立起来,双拱前蹄,效人行步,放声而啼,哀惨难闻,吓得襄公毛骨俱悚,从车中倒撞下来,跌损左足,脱落了丝文屦一只,被大豕衔之而去,忽然不见。髯翁有诗曰:

鲁桓昔日死车中,今日车中遇鬼雄。
枉杀彭生应化厉,诸儿空自引雕弓。

徒人费与从人等,扶起襄公,卧于车中,传令罢猎,复回姑棼离宫住宿。

襄公自觉精神恍惚,心下烦躁。时军中已打二更,襄公因左足疼痛，展转不寐，谓孟阳曰："汝可扶我缓行几步。"先前坠车，匆忙之际，不知失屦，到此方觉，问徒人费取讨。费曰："屦为大豕衔去矣。"襄公心恶其言，乃大怒曰："汝既跟随寡人，岂不看屦之有无？若果衔去，当时何不早言？"自执皮鞭，鞭费之背，血流满地方止。徒人费被鞭，含泪出门，正遇连称引着数人打探动静，将徒人费一索捆住。问曰："无道昏君何在？"费曰："在寝室。"又问："已卧乎？"曰："尚未卧也。"连称举刀欲砍，费曰："勿杀我，我当先入，为汝耳目。"连称不信，费曰："我适被鞭伤，亦欲杀此贼耳！"乃袒衣以背示之。连称见其血肉淋漓，遂信其言，解费之缚，嘱以内应，随即招管至父引着众军士，杀入离宫。

且说徒人费翻身入门，正遇石之纷如，告以连称作乱之事。遂造寝室，告于襄公。襄公惊惶无措，费曰："事已急矣。若使一人伪作主公，卧于床上，主公潜伏户后，幸而仓卒不辨，或可脱也！"孟阳曰："臣受恩逾分，愿以身代，不敢恤死！"孟阳即卧于床，以面向内，襄公亲解锦袍覆之，伏身户后，问徒人费："汝将何如？"费曰："臣当与纷如协力拒贼！"襄公曰："不苦背创乎？"费曰："臣死且不避，何有于创？"襄公叹曰："忠臣也！"徒人费令石之纷如引众拒守中门，自己单身挟着利刃，诈为迎贼，欲刺连称。其时众贼已攻进大门，连称挺剑当先开路，管至父列兵门外，以防他变。徒人费见连称来势凶猛，不暇致详，上前一步便刺。谁知连称身被重铠，刃刺不入，却被连称一剑劈去，断其二指，还复一剑，劈下半个头颅，死于门中。石之纷如便挺矛来斗，约战十余合，连称转斗转进，纷如渐渐退步，误绊石阶脚跮，亦被连称一剑砍倒。遂入寝室，侍卫先已惊散，团花帐中，卧着一人，锦袍遮盖，连称手起剑落，头离枕畔，举火烛之，年少无须，连称曰："此非君也！"使人遍搜房中，并无踪影。连称自引烛照之，忽见户槛之下，露出丝文履一只，知户后藏躲有人，不是诸儿是谁？打开户后看时，那昏君因足疼，做一堆儿蹲着，那一只丝文履，仍在足上。连称所见之履，乃是先前大豕衔去的，不知如何在槛下，分明是冤鬼所为，可不畏哉？连称认得诸儿，似鸡雏一般，一把提出户外，掷于地下，大骂："无道昏君！汝连年用兵，黩武殃民，是不仁也；背父之命，疏远公孙，是不孝也；兄妹宣淫，公行不忌，是无礼也；不念远戍，瓜期不代，是无信也！仁孝礼信，四德皆失，何以为人？吾今日为鲁桓公报仇！"遂砍襄公为数段，以床褥裹其尸，与孟阳同埋于户下。计襄公在位只五年。

史官评论此事，谓襄公疏远大臣，亲昵群小，石之纷如、孟阳、徒人费等，平日受其私恩，从于昏乱，虽视死如归，不得为忠臣之大节。连称、管至父，徒以久戍不代，遂行篡弑，当是襄公恶贯已满，假手二人耳！彭生临刑大呼："死为妖孽，以取尔命！"大豕见形，非偶然也。髯翁有诗咏费、石等死难之事，诗云：

> 捐生殉主是忠贞，费石千秋无令名。
> 假使从昏称死节，飞廉崇虎亦堪旌！

又诗叹齐襄公云：

> 方张恶焰君侯死，将熄凶威大豕狂。
> 恶贯满盈无不毙，劝人作善莫商量。

连称、管至父重整军容，长驱齐国。公孙无知预集私甲，一闻襄公凶信，引兵开门，接应连、管二将入城。二将托言："曾受先君僖公遗命，奉公孙无知即位。"立连妃为夫人。连称为正卿，号为国舅；管至父为亚卿。诸大夫虽勉强排班，心中不服，惟雍廪再三稽首，谢往日争道之罪，极其卑顺。无知赦之，仍为大夫。高、国称病不朝，无知亦不敢黜之。至父劝无知悬榜招贤，以收人望，因荐其族子管夷吾之才，无知使人召之。

未知夷吾肯应召否，且听下回分解。

第十五回
雍大夫计杀无知，鲁庄公乾时大战

却说管夷吾字仲，生得相貌魁梧，精神俊爽，博通坟典，淹贯古今，有经天纬地之才，济世匡时之略。与鲍叔牙同贾，至分金时，夷吾多取一倍，鲍叔之从人心怀不平。鲍叔曰："仲非贪此区区之金，因家贫不给，我自愿让之耳！"又曾领兵随征，每至战阵，辄居后队，及还兵之日，又为先驱。多有笑其怯者。鲍叔曰："仲有老母在堂，留身奉养，岂真怯斗耶！"又数与鲍叔计事，往往相左。鲍叔曰："人固有遇不遇，使仲遇其时，定当百不失一矣！"夷吾闻之，叹曰："生我者父母，知我者鲍叔哉！"遂结为生死之交。

值襄公诸儿即位，长子曰纠，鲁女所生，次子小白，莒女所生，虽皆庶出，俱已成立，欲为立傅以辅导之。管夷吾谓鲍叔牙曰："君生二子，异日为嗣，非纠即白。吾与尔各傅一人。若嗣立之日，互相荐举。"叔牙然其言。于是管夷吾同召忽为公子纠之傅，叔牙为公子小白之傅。襄公欲迎文姜至禚相会，叔牙谓小白曰："君以淫闻，为国人笑，及今止之，犹可掩饰。更相往来，如水决堤，将成泛溢，子必进谏！"小白果入谏襄公，曰："鲁侯之死，啧有烦言，男女嫌疑不可不避！"襄公怒曰："孺子何得多言！"以屦蹴之。小白趋而出。鲍叔曰："吾闻之：'有奇淫者，必有奇祸'，吾当与子适他国，以俟后图！"小白问："当适何国？"鲍叔曰："大国喜怒不常，不如适莒。莒小而近齐，小则不敢慢我，近则且暮可归！"小白曰："善！"乃奔莒国。襄公闻之，亦不追还。及公孙无知篡位，来召管夷吾。夷吾曰："此辈兵已在颈，尚欲累人耶？"遂与召忽共计，以鲁为子纠之母家，乃奉纠奔鲁。鲁庄公居之于生窦，月给廪饩。

鲁庄公十二年春二月，齐公孙无知元年，百官贺旦，俱集朝房，见连、管二人公然压班，人人皆有怨愤之意。雍廪知众心不附，佯言曰："有客自鲁来，传言公子纠将以鲁师伐齐，诸君闻之否？"诸大夫皆曰："不闻。"雍遂不复言。既朝退，诸大夫互相约会，俱到雍廪家，叩问公子纠伐齐之信。雍廪曰："诸君谓此事如何？"东郭牙曰："先君虽无道，其子何罪？吾等日望其来也。"诸大夫有泣下者。雍廪曰："廪之屈膝，宁无人心？正欲委曲以图事耳！诸君若能相助，共除弑逆之贼，复立先君子，岂非义举？"东郭牙问计，雍廪曰："高敬仲，国之世臣，素有才望，为人信服。连、管二贼得其片言奖借，重于千钧，恨不能耳。诚使敬仲置酒，以招二贼，必欣然往赴。吾伪以子纠兵信，面启公孙，彼愚而无勇，俟其相就，卒然刺之，谁为救者？然后举火为号，阖门而诛二贼，易如反掌。"东郭牙曰："敬仲虽疾恶如仇，然为国自贬，当不靳也，吾力能必之。"遂以雍廪之谋，告于高傒，高傒许诺。即命东郭牙往连、管二家致意，俱如期而至。高傒执觯言曰："先君行多失德，老夫日虞国之丧亡。今幸大夫援立新君，老夫亦获守家庙，向因老病，不与朝班，今幸贱体稍康，特治一酌，以报私恩，兼以子孙为托。"连

第十五回　雍大夫计杀无知，鲁庄公乾时大战

称与管至父谦让不已。高傒命将重门紧闭："今日饮酒，不尽欢不已。"预戒阍人："勿通外信，直待城中举火，方来传报。"

却说雍廪怀匕首直叩宫门，见了无知，奏言："公子纠率领鲁兵，旦晚将至，幸早图应敌之计。"无知问："国舅何在？"雍廪曰："国舅与管大夫郊饮未回，百官俱集朝中，专候主公议事。"无知信之，方出朝堂，尚未坐定，诸大夫一拥而前，雍廪自后刺之，血流公座，登时气绝。计无知为君，才一月余耳，哀哉！连夫人闻变，自缢于宫中。史官诗云：

只因无宠间襄公，谁料无知宠不终？
一月夫人三尺帛，何如寂寞守空宫！

当时雍廪教人于朝外放起一股狼烟，烟透九霄。高傒正欲款客，忽闻门外传板，报说："外厢举火。"高傒即便起身，往内而走。连称、管至父出其不意，却待要问其缘故，庑下预伏壮士，突然杀出，将二人砍为数段。虽有从人，身无寸铁，一时毕命。雍廪与诸大夫，陆续俱到高府，公同商议，将二人心肝剖出，祭奠襄公。一面遣人于姑棼离宫，取出襄公之尸，重新殡殓。一面遣人于鲁国迎公子纠为君。鲁庄公闻之大喜，便欲为公子纠起兵。施伯谏曰："齐鲁互为强弱，齐之无君，鲁之利也。请勿动，以观其变。"庄公踌躇未决。时夫人文姜因襄公被弑，自祝丘归于鲁国，日夜劝其子兴兵伐齐，讨无知之罪，为其兄报仇，及闻无知受戮，齐使来迎公子纠为君，不胜之喜。主定纳纠，催促庄公起程。庄公为母命所迫，遂不听施伯之言，亲率兵车三百乘，用曹沫为大将，秦子、梁子为左右，护送公子纠入齐。管夷吾谓鲁侯曰："公子小白在莒，莒地比

鲁为近，倘彼先入，主客分矣！乞假臣良马，先往邀之！"鲁侯曰："甲卒几何？"夷吾曰："三十乘足矣！"

却说公子小白闻国乱无君，与鲍叔牙计议，向莒子借得兵车百乘，护送还齐。这里管夷吾引兵昼夜奔驰，行至即墨，闻莒兵已过，从后追之。又行三十余里，正遇莒兵停车造饭，管夷吾见小白端坐车中，上前鞠躬曰："公子别来无恙，今将何往？"小白曰："欲奔父丧耳！"管夷吾曰："纠居长，分应主丧。公子幸少留，无自劳苦！"鲍叔牙曰："仲且退，各为其主，不必多言。"夷吾见莒兵睁眉怒目，有争斗之色，诚恐众寡不敌，乃佯诺而退。蓦地弯弓搭箭，觑定小白，飕的射来。小白大喊一声，口吐鲜血，倒于车上。鲍叔牙急忙来救，从人尽叫道："不好了！"一齐啼哭起来。管夷吾率领那三十乘，加鞭飞跑去了。夷吾在路叹曰："子纠有福，合为君也！"还报鲁侯，酌酒与子纠称庆。此时放心落意，一路邑长献饩进馔，遂缓缓而行。

谁知这一箭只射中小白的带钩。小白知夷吾妙手，恐他又射，一时急智，嚼破舌尖，喷血诈倒，连鲍叔牙都瞒过了。鲍叔牙曰："夷吾虽去，恐其又来，此行不可迟也！"乃使小白变服，载以温车，从小路疾驰。将近临淄，鲍叔牙单车先入城中，遍谒诸大夫，盛称公子小白之贤。诸大夫曰："子纠将至，何以处之？"鲍叔牙曰："齐连弑二君，非贤者不能定乱，况迎子纠而小白先至，天也！鲁君纳纠，其望报不浅。昔宋立子突，索赂无厌，兵连数年。吾国多难之余，能堪鲁之征求乎？"诸大夫曰："然则何以谢鲁侯？"叔牙曰："吾已有君，彼自退矣！"大夫隰朋、东郭牙齐声曰："叔言是也！"于是迎小白入城即位，是为桓公。髯翁有诗单咏射钩之事。诗曰：

第十五回　雍大夫计杀无知，鲁庄公乾时大战

鲁公欢喜莒人愁，谁道区区中带钩？
但看一时权变处，便知有智合诸侯。

鲍叔牙曰："鲁兵未至，宜预止之！"乃遣仲孙湫往迎鲁庄公，告以有君。庄公知小白未死，大怒曰："立子以长，孺子安得为君？孤不能空以三军退也！"仲孙湫回报。齐桓公曰："鲁兵不退，奈何？"鲍叔牙曰："以兵拒之！"乃使王子成父将右军，宁越副之；东郭牙将左军，仲孙湫副之。鲍叔牙奉桓公亲将中军。雍廪为先锋。兵车共五百乘。分拨已定，东郭牙请曰："鲁君虑吾有备，必不长驱，乾时水草方便，此驻兵之处也。"若设伏以待，乘其不备，破之必矣！"鲍叔牙曰："善！"使宁越、仲孙湫各率本部，分路埋伏；使王子成父、东郭牙从他路抄出鲁兵之后，雍廪挑战诱敌。

却说鲁庄公同子纠行至乾时，管夷吾进曰："小白初立，人心未定。宜速乘之，必有内变。"庄公曰："如仲之言，小白已射死久矣。"遂出令于乾时安营。鲁侯营于前、子纠营于后，相去二十里。次早谍报："齐兵已到，先锋雍廪索战。"鲁庄公曰："先破齐师，城中自然寒胆也！"遂引秦子、梁子驾戎车而前，呼雍廪亲数之，曰："汝首谋诛贼，求君于我，今又改图，信义安在？"挽弓欲射雍廪。雍廪佯作羞惭，抱头鼠窜，庄公命曹沫逐之，雍廪转辕来战，不几合又走。曹沫不舍，奋生平之勇，挺着画戟赶来，却被鲍叔牙大兵围住。曹沫深入重围，左冲右突，身中两箭，死战方脱。却说鲁将秦子、梁子恐曹沫有失，正待接应，忽闻左右炮声齐震，宁越、仲孙湫两路伏兵齐起，鲍叔牙率领中军，如墙而进。三面受敌，鲁兵不能抵当，渐渐奔散。鲍叔牙传令："有能获鲁侯者，赏以万家之邑。"使军中大声传呼。秦子急取鲁侯绣字黄旗，偃之于地。梁子复

取旗建于自车之上,秦子问其故。梁子曰:"吾将以误齐也。"鲁庄公见事急,跳下戎车,别乘辎车,微服而逃。秦子紧紧跟定,杀出重围。宁越望见绣旗,伏于下道,认是鲁君,麾兵围之数重。梁子免胄以面示曰:"吾鲁将也,吾君已去远矣。"鲍叔牙知齐军已全胜,鸣金收军。仲孙湫献戎辂,宁越献梁子,齐侯命斩于军前。齐侯因王子成父、东郭牙两路兵尚无下落,留宁越、仲孙湫屯于乾时,大军奏凯先回。

再说管夷吾等管辖辎重,在于后营。闻前营战败,教召忽同公子纠守营,悉起兵车自来接应,正遇鲁庄公,合兵一处,曹沫亦收拾残车败卒奔回。计点之时,十停折去其七,夷吾曰:"军气已丧,不可留矣!"乃连夜拔营而起。行不二日,忽见兵车当路。乃是王子成父、东郭牙抄出鲁兵之后。曹沫挺戟大呼曰:"主公速行,吾死于此!"顾秦子曰:"汝当助吾!"秦子便接住王子成父厮杀。曹沫便接住东郭牙厮杀。管夷吾保着鲁庄公,召忽保着公子纠,夺路而行。有红袍小将追鲁侯至急,鲁庄公一箭,正中其额;又有一白袍者追来,庄公亦射杀之。齐兵稍却,管仲教把辎重甲兵乘马之类,连路委弃,恣齐兵抢掠,方才得脱。曹沫左膊,复中一刀,尚刺杀齐军无数,溃围而出。秦子战死于阵。史官论鲁庄公乾时之败,实为自取。有诗叹云:

> 子纠本是仇人胤,何必勤兵往纳之?
> 若念深仇天不戴,助纠不若助无知!

鲁庄公等脱离虎口,如漏网之鱼,急急奔走,隰朋、东郭牙从后赶来,直追过汶水,将鲁境内汶阳之田,尽侵夺之,设守而去。

鲁人不敢争较，齐兵大胜而归。

齐侯小白早朝，百官称贺。鲍叔牙进曰："子纠在鲁，有管夷吾、召忽为辅，鲁又助之，心腹之疾尚在，未可贺也。"齐侯小白曰："为之奈何？"鲍叔牙曰："乾时一战，鲁君臣胆寒矣。臣当统三军之众，压鲁境上，请讨子纠，鲁必惧而从也。"齐侯曰："寡人请举国以听子。"鲍叔牙乃简阅车马，率领大军，直至汶阳，清理疆界。遣公孙隰朋，致书于鲁侯曰：

外臣鲍叔牙，百拜鲁贤侯殿下：家无二主，国无二君。寡君已奉宗庙，公子纠欲行争夺，非不二之谊也。寡君以兄弟之亲，不忍加戮，愿假手于上国。管仲、召忽，寡君之仇，请受而戮于太庙。

隰朋临行，鲍叔牙嘱之曰："管夷吾天下奇才，吾言于君，将召而用之，必令无死。"隰朋曰："倘鲁欲杀之如何？"鲍叔曰："但提起射钩之事，鲁必信矣。"隰朋唯唯而去。鲁侯得书，即召施伯。不知如何计议，再听下回分解。

第十六回
释槛囚鲍叔荐仲，战长勺曹刿败齐

却说鲁庄公得鲍叔牙之书，即召施伯计议曰："向不听子言，以致兵败。今杀纠与存纠孰利？"施伯曰："小白初立，即能用人，败我兵于乾时，此非子纠之比也。况齐兵压境，不如杀纠，与之讲和！"时公子纠与管夷吾、召忽俱在生窦，鲁庄公使公子偃将兵袭之，杀公子纠，执召忽、管仲至鲁，将纳槛车。召忽仰天大恸曰："为子死孝，为臣死忠，分也。忽将从子纠于地下，安能受桎梏之辱？"遂以头触殿柱而死。管夷吾曰："自古人君，有死臣必有生臣，吾且生入齐国，为子纠白冤！"便束身入槛车之中。施伯私谓鲁庄公曰："臣观管子之容，似有内援，必将不死。此人天下奇才，若不死，必大用于齐，必霸天下，鲁自此奉奔走矣。君不如请于齐而生之。管子生，则必德我；德我而为我用，齐不足虑也！"庄公曰："齐君之仇，而我留之，虽杀纠，怒未解也！"施伯曰："君以为不可用，不如杀之，以其尸授齐！"庄公曰："善。"公孙隰朋闻鲁将杀管夷吾，疾趋鲁庭，来见庄公曰："夷吾射寡君中钩，寡君恨之切骨，欲亲加刃，以快其志。若以尸还，犹不杀也。"庄公信其言，遂囚夷吾，并函封子纠、召忽之首，交付隰朋。隰朋称谢而行。

却说管夷吾在槛车中，已知鲍叔牙之谋，诚恐："施伯智士，虽然释放，倘或翻悔，重复追还，吾命休矣！"心生一计，制成《黄鹄》之词，教役人歌之。词曰：

> 黄鹄黄鹄，戢其翼，絷其足，不飞不鸣兮笼中伏。高天何跼兮，厚地何蹐？丁阳九兮逢百六，引颈长呼兮，继之以哭！
>
> 黄鹄黄鹄，天生汝翼兮能飞，天生汝足兮能逐，遭此网罗兮谁与赎？一朝破樊而出兮，吾不知其升衢而渐陆。嗟彼弋人兮，徒旁观而踯躅。

役人既得此词，且歌且走，乐而忘倦，车驰马奔，计一日得两日之程，遂出鲁境。鲁庄公果然追悔，使公子偃追之，不及而返。夷吾仰天叹曰："吾今日乃更生也！"行至堂阜，鲍叔牙先在，见夷吾如获至宝，迎之入馆，曰："仲幸无恙！"即命破槛出之，夷吾曰："非奉君命，未可擅脱。"鲍叔牙曰："无伤也，吾行且荐子。"夷吾曰："吾与召忽同事子纠，既不能奉以君位，又不能死于其难，臣节已亏矣。况复反面而事仇人？召忽有知，将笑我于地下！"鲍叔牙曰："'成大事者，不恤小耻；立大功者，不拘小谅。'子有治天下之才，未遇其时，主公志大识高，若得子为辅，以经营齐国，霸业不足道也，功盖天下，名显诸侯，孰与守匹夫之节，成无益之事哉？"夷吾嘿然不语，乃解其束缚，留之于堂阜。

鲍叔遂回临淄见桓公，先吊后贺。桓公曰："何吊也？"鲍叔牙曰："子纠，君之兄也，君为国灭亲，诚非得已，臣敢不吊？"桓公曰："虽然，何以贺寡人？"鲍叔牙曰："管子天下奇才，非召忽比也，臣已生致之。君得一贤相，臣敢不贺？"桓公曰："夷吾射寡人中钩，其矢尚在。寡人每戚戚于心，得食其肉不厌，况可用乎？"鲍叔牙曰："人臣者各为其主，射钩之时，知有纠不知有君，君若用之，当为君射天下，岂特一人之钩哉？"桓公曰："寡人姑听之，赦勿诛。"鲍叔牙乃迎管夷吾至于其家，朝夕谈论。

却说齐桓公修援立之功，高、国世卿，皆加采邑。欲拜鲍叔牙为上卿，任以国政，鲍叔牙曰："君加惠于臣，使不冻馁，则君之赐也。至于治国家，则非臣之所能也。"桓公曰："寡人知卿，卿不可辞。"鲍叔牙曰："所谓知臣者，小心敬慎，循礼守法而已，此具臣之事，非治国家之才也；夫治国家者，内安百姓，外抚四夷，勋加于王室，泽布于诸侯，国有泰山之安，君享无疆之福，功垂金石，名播千秋，此帝臣王佐之任，臣何以堪之？"桓公不觉欣然动色，促膝而前曰："如卿所言，当今亦有其人否？"鲍叔牙曰："君不求其人则已；必求其人，其管夷吾乎？臣所不若夷吾者有五：宽柔惠民，弗若也；治国家，不失其柄，弗若也；忠信可结于百姓，弗若也；制礼义可施于四方，弗若也；执枹鼓立于军门，使百姓敢战无退，弗若也。"桓公曰："卿即召来，寡人将叩其所学？"鲍叔牙曰："臣闻'贱不能临贵，贫不能役富，疏不能制亲。'君欲用夷吾，非置之相位，厚其禄入，隆以父兄之礼不可！夫相者，君之亚也。相而召之，是轻之也；相轻则君亦轻。夫非常之人，必待以非常之礼，君其卜日而郊迎之，四方闻君之尊贤礼士而不计私仇，谁不思效用于齐者？"桓公曰："寡人听子。"乃命太卜择吉日,郊迎管子,鲍叔牙仍送管夷吾于郊外公馆之中。至期,三浴而三衅衣,衣冠袍笏,比于上大夫,桓公亲自出郊迎之,与之同载入朝。百姓观者如堵,无不骇然。史官有诗云:

争贺君侯得相臣,谁知即是槛车人?
只因此日捐私忿,四海欣然号霸君。

管夷吾已入朝,稽首谢罪,桓公亲手扶起,赐之以坐。夷吾曰:"臣乃俘戮之余,得蒙宥死,实为万幸,敢辱过礼!"桓公曰:"寡人有问于子,子必坐,然后敢请。"夷吾再拜就坐。桓公曰:"齐,千乘之国,先僖公威服诸侯,号为小霸。自先襄公政令无常,遂构大变。寡人获主社稷,人心未定,国势不张。今欲修理国政,立纲陈纪,其道何先?"夷吾对曰:"礼义廉耻,国之四维;四维不张,国乃灭亡。今日君欲立国之纲纪,必张四维,以使其民,则纪纲立而国势振矣。"桓公曰:"如何而能使民?"夷吾对曰:"欲使民者,必先爱民,而后有以处之。"桓公曰:"爱民之道若何?"对曰:"公修公族,家修家族,相连以事,相及以禄,则民相亲矣。赦旧罪,修旧宗,立无后,则民殖矣;省刑罚,薄税敛,则民富矣;卿建贤士,使教于国,则民有礼矣;出令不改,则民正矣。此爱民之道也。"桓公曰:"爱民之道既行,处民之道若何?"对曰:"士农工商,谓之四民。士之子常为士,农之子常为农,工商之子常为工商,习焉安焉,不迁其业,则民自安矣。"桓公曰:"民既安矣,甲兵不足,奈何?"对曰:"欲足甲兵,当制赎刑,重罪赎以犀甲一戟,轻罪赎以鞼盾一戟,小罪分别入金，疑罪则宥之。讼理相等者，令纳束矢，许其平。金既聚矣，美者以铸剑戟，试诸犬马；恶者以铸锄夷斤欘，试诸壤土。"桓公曰："甲兵既定，财用不足如何？"对曰："销山为钱，煮海为盐，其利通于天下；因收天下百物之贱者而居之，以时贸易；为女闾三百，以安行商；商旅如归，百货骈集，因而税之，以佐军兴；如是而财用可足矣。"桓公曰："财用既足，然军旅不多，兵势不振，如何而可？"对曰："兵贵于精，不贵于多；强于心，不强于力。君若正卒伍，修甲兵，天下诸侯皆将正卒伍，修甲兵。臣未见其胜也！君若强兵，莫若隐其名而修其实，臣请作内政而寄之以军令焉。"桓公曰："内政若何？"对曰："内政之法，制国以二十为一乡，工商之乡六，士之乡十五。工商足财，士足兵。"桓公曰："何以足兵？"对曰："五家为轨，轨为之长；十轨为里，里设有司；四里为连，连为之长；十连为乡，乡有良人焉。即以此为军令。五家为轨，故五人为伍，轨长率之；十轨为里，故五十人为小戎，里有司率之；四里为连，故二百人为卒，连长率之；十连为乡，故二千人为旅，乡良人率之；五乡立一师，故万人为一军，五乡之师率之。十五乡出三万人，以为三军。君主中军，高、国二子各主一军。四时之隙，从事田猎。春曰蒐，以索不孕之兽；夏曰苗，以除五谷之灾；秋曰狝，行杀以顺秋气；冬曰狩，围守以告成功。使民习于武事。是故军伍整于里，军旅整于郊。内教既成，勿令迁徙。伍之人祭祀同福，死丧同恤，人与人相俦，家与家相俦，世同居，少同游。故夜战声相闻，足以不乖；昼战目相识，足以不散。其欢欣足以相死。居则同乐，死则同哀，守则同固，战则同强。有此三万人，足以横行于天下。"桓公曰："兵势既强，可以征天下诸侯乎？"对曰："未可也。周室未屏，邻国未附，君欲从事于天下诸侯，莫若尊周而亲邻国。"桓公曰："其道若何？"对曰："审吾疆场，而反其侵地，重为皮币以聘问，而勿受其贽，则四邻之国亲我矣。请以游士八十人，奉之以车马衣裘，多其赍帛，使周游于四方，以号召天下之贤士；又使人以皮币玩好，鬻行四方，以察其上下之所好。择其瑕者而攻之，可以益地；择其淫乱篡弑者而诛之，可以立威。如此，则天下诸侯，皆相率而朝于齐矣。然后率诸侯以事周，使修职贡，则王室尊矣。方伯之名，君虽欲辞之，不可得也！"桓公与管夷吾连语三日三夜，字字投机，全不知倦。

桓公大悦，乃复斋戒三日，告于太庙，欲拜管夷吾为相。夷吾辞而不受。桓公曰："吾纳子之伯策，欲成吾志，故拜子为相，何为不受？"对曰："臣闻大厦之成，非一木之材也；大海之润，非一流之归也。君必欲成其大志，则用五杰。"桓公曰："五杰为谁？"对曰："升降揖逊，进退闲习，辨辞之刚柔，臣不如隰朋，请立为大司行；垦草莱，辟土地，聚粟众多，尽地之利，臣不如宁越，请立为大司田；平原广牧，车不结辙，士不旋踵，鼓之而三军之士视死如归，臣不如王子成父，请立为大司马；决狱执中，不杀无辜，不诬无罪，臣不如宾须无，请立为大司理；犯君颜色，进谏必忠，不避死亡，不挠富贵，臣不如东郭牙，请立为大谏之官。君若欲治国强兵，则五子者存矣。若欲霸王，臣虽不才，强成君命，以效区区。"桓公遂拜管夷吾为相国，赐以国中市租一年。其隰朋以下五人，皆依夷吾所荐，一一拜官，各治其事。遂悬榜国门，凡所奏富强之策，次第尽举而行之。

他日，桓公又问于管夷吾曰："寡人不幸而好田，又好色，得毋害于霸乎？"夷吾对曰："无害也！"桓公曰："然则何为而害霸？"夷吾对曰："不知贤，害霸；知贤而不用，害霸；用而不任，害霸；任而复以小人参之，害霸。"桓公曰："善。"于是专任夷吾，尊其号曰仲父，恩礼在高国之上："国有大政，先告仲父，次及寡人。有所施行，一凭仲父裁决。"又禁国人语言，不许犯夷吾之名，不问贵贱，皆称仲。盖古人以称字为敬也。

却说鲁庄公闻齐国拜管仲为相，大怒曰："悔不从施伯之言，反为孺子所欺。"乃简车蒐乘，谋伐齐以报乾时之仇。齐桓公闻之，谓管仲曰："孤新嗣位，不欲频受干戈，请先伐鲁何如？"管仲对曰："军政未定，未可用也。"桓公不听，遂拜鲍叔牙为将，率师直犯长勺。鲁庄公问于施伯曰："齐欺吾太甚，何以御之？"施伯曰："臣荐一人，可以敌齐。"庄公曰："卿所荐何人？"施伯对曰："臣识一人，姓曹名刿，隐于东平之乡，从未出仕，其人真将相之才也！"庄公命施伯往招之。刿笑曰："肉食者无谋，乃谋及藿食耶？"施伯曰："藿食能谋，行且肉食矣。"遂同见庄公。庄公问曰："何以战齐？"曹刿曰："兵事临机制胜，非可预言，愿假臣一乘，使得预谋于行间。"庄公喜其言，与之共载，直趋长勺。

鲍叔牙闻鲁侯引兵而来，乃严阵以待，庄公亦列阵相持。鲍叔牙因乾时得胜，有轻鲁之心，下令击鼓进兵，先陷者重赏。庄公闻鼓声震地，亦教鸣鼓对敌，曹刿止之曰："齐师方锐，宜静以待之。"传令军中："有敢喧哗者斩。"齐兵来冲鲁阵，阵如铁桶，不能冲动，只得退后。少顷，对阵鼓声又震。鲁军寂如不闻，齐师又退。鲍叔牙曰："鲁怯战耳，再鼓之，必走。"曹刿又闻鼓响，谓庄公曰："败齐此其时矣，可速鼓之！"论鲁是初次鸣鼓，论齐已是第三通鼓了。齐兵见鲁兵两次不动，以为不战，都不在意了，谁知鼓声一起突然而来，刀砍箭射、势如疾雷不及掩耳，杀得齐兵七零八落，大败而奔，庄公欲行追逐。曹刿曰："未可也，臣当察之。"乃下车，将齐兵列阵之处周围看了一遍，复登车轼远望。良久曰："可追矣。"庄公乃驱车而进，追三十余里方还，所获辎重甲兵无算。

不知后事如何，再看下回分解。

第十七回
宋国纳赂诛长万，楚王杯酒虏息妫

话说鲁庄公大败齐师，乃问于曹刿曰："卿何以一鼓而胜三鼓，有说乎？"曹刿曰："夫战以气为主，气勇则胜，气衰则败。鼓，所以作气也。一鼓气方盛，再鼓则气衰，三鼓则气竭。吾不鼓以养三军之气，彼三鼓而已竭，我一鼓而方盈，以盈御竭，不胜何为？"庄公曰："齐师既败，始何所见而不追，继何所见而追？请言其故。"曹刿曰："齐人多诈，恐有伏兵，其败走未可信也。吾视其辙迹纵横，军心已乱；又望其旌旗不整，急于奔驰，是以逐之！"庄公曰："卿可谓知兵矣！"乃拜为大夫，厚赏施伯荐贤之功。髯翁有诗云：

强齐压境举朝忧，韦布谁知握胜筹？
莫怪边庭捷报杳，由来肉食少佳谋。

时周庄王十三年之春，齐师败归。桓公怒曰："兵出无功，何以服诸侯乎？"鲍叔牙曰："齐、鲁皆千乘之国，势不相下，以主客为强弱。昔乾时之战，我为主，是以胜鲁；今长勺之战，鲁为主，是以败于鲁。臣愿以君命乞师于宋，齐、宋同兵，可以得志！"桓公许之，乃遣使行聘于宋，请出宋师。宋闵公捷，自齐襄公时，两国时常共事，今闻小白即位，正欲通好，遂订师期，以夏六月初旬，兵至郎城相会。

至期，宋使南宫长万为将，猛获副之，齐使鲍叔牙为将，仲孙湫副之，各统大兵，集于郎城。齐军于东北，宋军于东南。鲁庄公曰："鲍叔牙挟忿而来，加以宋助，南宫长万有触山举鼎之力，吾国无其对手，两军并峙，互为犄角，何以御之？"大夫公子偃进曰："容臣自出觇其军！"还报曰："鲍叔牙有戒心，军容甚整；南宫长万自恃其勇，以为无敌，其行伍杂乱。倘自雩门窃出，掩其不备，宋可败也。宋败，齐不能独留矣！"庄公曰："汝非长万敌也！"公子偃曰："臣请试之！"庄公曰："寡人自为接应！"

公子偃乃以虎皮百余，冒于马上，乘月色朦胧，偃旗息鼓，开雩门而出，将近宋营，宋兵全然不觉。公子偃命军中举火，一时金鼓喧天，直前冲突，火光之下，遥见一队猛虎咆哮，宋营人马，无不股栗，四下惊皇，争先驰奔。南宫长万虽勇，争奈车徒先散，只得驱车而退。鲁庄公后队已到，合兵一处，连夜追逐。到乘丘地方，南宫长万谓猛获曰："今日必须死战，不然不免！"猛获应声而出，刚遇公子偃，两下对杀，南宫长万挺起长戟，直撞入鲁侯大军，逢人便刺，鲁兵惧其骁勇，无敢近前。庄公谓戎右颛孙生曰："汝素以力闻，能与长万决一胜负乎！"颛孙生亦挺大戟，径寻长万交锋。庄公登轼望之，见颛孙生战长万不下，顾左右曰："取我金仆姑来！"金仆姑者，鲁军府之劲矢也。左右捧矢以进，庄公搭上弓箭，觑得长万亲切，飕的一箭，正中右肩，深入于骨，长万用手拔箭，颛孙生乘其手慢，复尽力一戟，刺透左股，长万倒撞于地，急欲挣扎，被颛孙生跳下车来，双手紧紧按定，众军一拥上前擒住。猛获见主将被擒，弃车而逃。鲁庄公大获全胜，鸣金收军，颛孙生解长万献功。长万肩股被创，尚能挺立，毫无痛楚之态。庄公爱其勇，厚礼待之。鲍叔牙知宋师失利，全军而返。

是年，齐桓公遣大行隰朋，告即位于周，且求婚焉。明年，周使鲁庄公主婚，将王姬下嫁于齐。徐、蔡、卫各以其女来媵。因鲁有主婚之劳，故此齐、鲁复通，各捐两败之辱，约为兄弟。其秋，宋大水，鲁庄公曰："齐既通好，何恶于宋？"使人吊之。宋感鲁恤灾之情，亦遣人来谢，因请南宫长万，鲁庄公释之归国。自此三国和好，各消前隙。髯翁有诗曰：

乾时长勺互雄雌，又见乘丘覆宋师。
胜负无常终有失，何如修好两无危？

却说南宫长万归宋，宋闵公戏之曰："始吾敬子，今子鲁囚也，吾弗敬子矣！"长万大惭而退。大夫仇牧私谏闵公曰："君臣之间，以礼相交，不可戏也！戏则不敬，不敬则慢，慢而无礼，悖逆将生，君必戒之！"闵公曰："孤与长万习狎，无伤也！"

再说周庄王十五年，王有疾，崩。太子胡齐立，是为僖王。讣告至宋，时宋闵公与宫人游于蒙泽，使南宫长万掷戟为戏。原来长万有一绝技，能掷戟于空中，高数丈，以手接之，百不失一。宫人欲观其技，所以闵公召长万同游。长万奉命耍弄了一回，宫人都夸奖不已。闵公微有妒恨之意，命内侍取博局与长万决赌，以大金斗盛酒为罚。这博戏却是闵公所长，长万连负五局，罚酒五斗，已醉到八九分地位了，心中不服，再请覆局。闵公曰："囚乃常败之家，安敢复与寡人赌胜？"长万心怀惭忿，嘿嘿无言。忽宫侍报道："周王有使命到！"闵公问其来意，乃是报庄王之丧，且告立新王。闵公曰："周已更立新王，即当遣使吊贺！"长万奏曰："臣未睹王都之盛，愿奉使一往。"闵公笑曰："宋国即无人，何至以囚奉使？"宫人皆大笑。长万面颊发赤，羞变成怒，兼乘酒醉，一时性起，不顾君臣之分，大骂曰："无道昏君，汝知囚能杀人乎？"闵公亦怒曰："贼囚怎敢无礼？"便去抢长万之戟，欲以刺之。长万也不来夺戟，径提博局，把闵公打倒，再复挥拳，呜呼哀哉，闵公死于长万拳下。宫人惊散。长万怒气犹勃勃未息，提戟步行，及于朝门，遇大夫仇牧，问："主公何在？"长万曰："昏君无礼，吾已杀之矣！"仇牧笑曰："将军醉耶？"长万曰："吾非醉，乃实话也！"遂以手中血污示之。仇牧勃然变色，大骂："弑逆之贼，天理不容！"便举笏来击长万。怎当得长万有力如虎，掷戟于地，以手来迎，左手将笏打落，右手一挥，正中其头，头如齑粉，齿折，随手跃去，嵌入门内三寸，真绝力也！仇牧已死，长万乃拾起画戟，缓步登车，傍若无人。宋闵公即位共十年，只因一句戏言，遂遭逆臣毒手。春秋世乱，视弑君不啻割鸡，可叹，可叹！史臣有《仇牧赞》云：

> 世降道斁，纲常扫地。
>
> 堂帘不隔，君臣交戏。
>
> 君戏以言，臣戏以戟。
>
> 壮哉仇牧，以笏击贼。
>
> 不畏强御，忠肝沥血。
>
> 死重泰山，名光日月。

太宰华督闻变，挺剑登车，将起兵讨乱，行至东宫之西，正遇长万，长万并不交言，一戟刺去，华督坠于车下，又复一戟杀之。遂奉闵公之从弟公子游为君，尽逐戴、武、宣、穆、庄之族。群公子出奔萧，公子御说奔亳。长万曰："御说文而有才，且君之嫡弟，今在亳，必有变。若杀御说，群公子不足虑也！"乃使其子南宫牛同猛获率师围亳。

冬十月，萧叔大心率戴、武、宣、穆、庄五族之众，又合曹国之师救亳。公子御说悉起亳人，开城接应。内外夹攻，南宫牛大败被杀，宋兵尽降于御说。猛获不敢回宋，径投卫国去了。戴叔皮献策于御说："即用降兵旗号，假称南宫牛等已克亳邑，擒了御说，得胜回朝！"先使数人一路传言，南宫长万信之，不做准备。群公子兵到，赚开城门，一拥而入，只叫："单要拿逆贼长万一人，余人勿得惊慌！"长万仓忙无计，急奔朝中，欲奉子游出奔。见满朝俱是甲士填塞，有内侍走出，言："子游已被众军所杀！"长万长叹一声，思列国惟陈与宋无交，欲待奔陈。又想家有八十余岁老母，叹曰："天伦不可弃也！"复翻身至家，扶母登辇，左手挟戟，右手推辇而行，斩门而出，其行如风，无人敢拦阻者。宋国至陈，相去二百六十余里，长万推辇，一日便到，如此神力，古今罕有。

却说群公子即杀子游，遂奉公子御说即位，是为桓公。拜戴叔皮为大夫，选五族之贤者为公族大夫，萧叔大心仍归守萧。遣使往卫，请执猛获；再遣使往陈，请执南宫长万。公子目夷时止五岁，侍于宋桓公之侧，笑曰："长万不来矣！"宋公曰："童子何以知之？"目夷曰："勇力人所敬也，宋之所弃，陈必庇之。空手而行，何爱于我？"宋公大悟，乃命赍重宝以赂之。

先说宋使至卫，卫惠公问于群臣曰："与猛获，与不与孰便？"群臣皆曰："人急而投我，奈何弃之？"大夫公孙耳谏曰："天下之恶，一也。宋之恶，犹卫之恶，留一恶人，于卫何益？况卫、宋之好旧矣，不遣获宋必怒？庇一人之恶而失一国之欢，非计之善也！"卫侯曰："善！"乃缚猛获以畀宋。

再说宋使至陈，以重宝献于陈宣公。宣公贪其赂，许送长万。又虑长万绝力难制，必须以计困之。乃使公子结谓长万曰："寡君得吾子，犹获十城，宋人虽百请，犹不从也。寡君恐吾子见疑，使结布腹心，如以陈国褊小，更适大国，亦愿从容数月，为吾子治车乘！"长万泣曰："君能容万，万又何求？"公子结乃携酒为欢，结为兄弟。明日长万亲至公子结之家称谢，公子结复留款，酒半，大出婢妾劝酬，长万欢饮大醉，卧于坐席。公子结使力士以犀革包裹，用牛筋束之，并囚其老母，星夜传至于宋。至半路，长万方醒，奋身蹴踏，革坚缚固，终不能脱。将及宋城，犀革俱被挣破，手足皆露于外，押送军人以槌击之，胫骨俱折。宋桓公命与猛获一同绑至市曹，剁为肉泥，使庖人治为醢，遍赐群臣曰："人臣有不能事君者，视此醢矣！"八十岁老母，亦并诛之。髯翁有诗叹曰：

可惜赳赳力绝伦，但知母子昧君臣。
到头骈戮难追悔，好谕将来造逆人。

宋桓公以萧叔大心有救亳之功，升萧为附庸，称大心为萧君。念华督死难，仍用其子家为司马，自是华氏世为宋大夫。

再说齐桓公自长勺大挫之后，深悔用兵。乃委国管仲，日与妇人饮酒为乐。有以国事来告者，桓公曰："何不告仲父？"时有竖貂者，乃桓公之幸童。因欲亲近内庭，不便往来，乃自宫以进。桓公怜之，宠信愈加，不离左右。又齐之雍邑人名巫者，谓之雍巫，字易牙，为人多权术，工射御，兼精于烹调之技。一日，卫姬病，易牙和五味以进，卫姬食之而愈，因爱近之。易牙又以滋味媚竖貂，貂荐之于桓公。桓公召易牙而问曰："汝善调味乎？"对曰："然！"桓公戏曰："寡人尝鸟兽虫鱼之味几遍矣，所不知者，人肉味何如耳？"易牙既退，及午膳，献蒸肉一盘，嫩如乳羊，而甘美过之。桓公食之尽，问易牙曰："此何肉，而美至此？"易牙跪而对曰："此人肉也。"桓公大惊，问："何从得之？"易牙曰："臣之长子三岁矣。臣闻'忠君者不有其家'，君未尝人味，臣故杀子以适君之口。"桓公曰："子退矣！"桓公以易牙为爱己，亦宠信之。卫姬复从中称誉。自此竖貂、易牙内外用事，阴忌管仲。至是，竖貂与易牙合词进曰："闻'君出令，臣奉令'，今君一则仲父，二则仲父，齐国疑于无君矣。"桓公笑曰："寡人于仲父，犹身之有股肱也。有股肱方成其身，有仲父方成其君。尔等小人何知？"二人乃不敢再言。管仲秉政三年，齐国大治。髯仙有诗云：

疑人勿用用无疑，仲父当年独制齐。
都似桓公能信任，貂巫百口亦何为？

是时，楚方强盛，灭邓、克权、服随、败郧、盟绞、役息，凡汉东小国，无不称臣纳贡。惟蔡侯与齐侯婚姻，中国诸侯通盟同兵，未曾服楚。至文王熊赀，称王已及二世，有鬬祈、屈重、鬬伯比、薳章、鬬廉、鬻拳诸人为辅，虎视汉阳，渐有侵轶中原之意。

却说蔡哀侯献舞，与息侯同娶陈女为夫人。蔡娶在先，息娶在后。息夫人妫氏有绝世之貌，因归宁于陈，道经蔡国。蔡哀侯曰："吾姨至此，岂可不一相见？"乃使人要至宫中款待，语及戏谑，全无敬客之意，息妫大怒而去。及自陈返息，遂不入蔡国。息侯闻蔡侯怠慢其妻，思有以报之，乃遣使入贡于楚，因密告楚文王曰："蔡恃中国，不肯纳款。若楚兵加我，我因求救于蔡，蔡君勇而轻，必然亲来相救。我因与楚合兵攻之，献舞可虏也。既虏献舞，不患蔡不朝贡矣。"楚文王大喜，乃兴兵伐息。息侯求救于蔡，蔡哀侯果起大兵，亲来救息。安营未定，楚伏兵齐起，哀侯不能抵当，急走息城。息侯闭门不纳，乃大败而走。楚兵从后追赶，直至莘野，活虏哀侯归国。息侯大犒楚军，送楚文王出境而返。蔡哀侯始知中了息侯之计，恨之入骨。楚文王回国，欲杀蔡哀侯，烹之以飨太庙。鬻拳谏曰："王方有事中原，若杀献舞，诸侯皆惧矣。不如归之，以取成焉。"再四苦谏，楚文王只是不从。鬻拳愤气勃发，乃左手执王之袖，右手拔佩刀拟王曰："臣当与王俱死，不忍见王之失诸侯也！"楚王惧，连声曰："孤听汝！"遂舍蔡侯。鬻拳曰："王幸听臣言，楚国之福。然臣而劫君，罪当万死，请伏斧锧！"楚王曰："卿忠心贯日，孤不罪也。"鬻拳曰："王虽赦臣，臣何敢自赦？"即以佩刀自断其足，大呼曰："人臣有无礼于君者，视此！"楚王命藏其足于大府，"以识孤违谏之！"使医人疗治鬻拳之病。虽愈不能行走，楚王使为大阍，以掌城门，尊之曰太伯。遂释蔡侯归国，大排筵席，为之饯行。席中盛张女乐，有弹筝女子，仪容秀丽，楚王指谓蔡侯曰："此女色技俱胜，可进一觞！"即命此女以大觥送蔡侯，蔡侯一饮而尽，还斟大觥，亲为楚王寿。楚王笑曰："君生平所见，有绝世美色否？"蔡侯想起息侯导楚败蔡之仇，乃曰："天下女色未有如息妫之美者，真天人也！"楚王曰："其色何如？"蔡侯曰："目如秋水，脸似桃花，长短适中，举动生态，目中未见其二。"楚王曰："寡人得一见息夫人，死不恨矣！"蔡侯曰："以君之威，虽齐姬宋子，致之不难，何况宇下一妇人乎？"楚王大悦。是日，尽欢而散，蔡侯遂辞归本国。

楚王思蔡侯之言，欲得息妫，假以巡方为名，来至息国。息侯迎谒道左，极其恭敬，亲自辟除馆舍，设大飨于朝堂，息侯执爵而前，为楚王寿。楚王接爵在手，微笑而言曰："昔者寡人曾效微劳于君夫人，今寡人至此，君夫人何惜为寡人进一觞乎？"息侯惧楚之威，不敢违拒，连声唯唯，即时传语宫中。不一时，但闻环佩之声，夫人妫氏盛服而至。别设毯褥，再拜称谢。楚王答礼不迭。妫氏取白玉卮满斟以进，素手与玉色相映，楚王视之大惊。果然天上徒闻，人间罕见，便欲以手亲接其卮，那妫氏不慌不忙，将卮递与宫人，转递楚王，楚王一饮而尽，妫氏复再拜请辞回宫。楚王心念息妫，反未尽欢。席散归馆，寝不能寐。

次日，楚王亦设享于馆舍，名为答礼，暗伏兵甲。息侯赴席，酒至半酣，楚王假醉，谓息侯曰："寡人有大功于君夫人，今三军在此，君夫人不能为寡人一犒劳乎？"息侯辞曰："敝邑褊小，不足以供从者，容与寡小君图之！"楚王拍案曰："匹夫背义，敢巧言拒我！左右何不为我擒下？"息侯正待分诉，伏甲猝起，蔿章、鬭丹二将，就席间擒息侯而絷之。楚王自引兵径入息宫，来寻息妫。息妫闻变，叹曰："引虎入室，吾自取也！"遂奔入后园中，欲投井而死，被鬭丹抢前一步，牵住衣裾曰："夫人不欲全息侯之命乎？何为夫妇俱死？"息妫嘿然。鬭丹引见楚王，楚王以好言抚慰，许以不杀息侯，不斩息祀，遂即军中立息妫为夫人，载以后车。以其脸

似桃花,又曰桃花夫人。今汉阳府城外有桃花洞,上有桃花夫人庙,即息妫也。唐人杜牧有诗云:

> 细腰宫里露桃新,脉脉无言几度春?
> 毕竟息亡缘底事,可怜金谷坠楼人。

楚王安置息侯于汝水,封以十家之邑,使守息祀。息侯忿郁而死。楚之无道,至此极矣。

要知后事,且看下回分解。

第十八回
曹沫手剑劫齐侯,桓公举火爵甯戚

周釐王元年春正月,齐桓公设朝,群臣拜贺已毕,问管仲曰:"寡人承仲父之教,更张国政。今国中兵精粮足,百姓皆知礼义,意欲立盟定伯,何如?"管仲对曰:"当今诸侯,强于齐者甚众:南有荆、楚,西有秦、晋,然皆自逞其雄,不知尊奉周王,所以不能成霸。周虽衰微,乃天下之共主。东迁以来,诸侯不朝,不贡方物。故郑伯射桓王之肩,五国拒庄王之命,遂令列国臣子,不知君父。熊通僭号,宋、郑弑君,习为故然,莫敢征讨。今庄王初崩,新王即位;宋国近遭南宫长万之乱,贼臣虽戮,宋君未定。君可遣使朝周,请天子之旨,大会诸侯,立定宋君。宋君一定,然后奉天子以令诸侯,内尊王室,外攘四夷。列国之中,衰弱者扶之,强横者抑之,昏乱不共命者,率诸侯讨之。海内诸侯,皆知我之无私,必相率而朝于齐。不动兵车,而霸可成矣!"桓公大悦。

于是,遣使至洛阳朝贺釐王,因请奉命为会,以定宋君。釐王曰:"伯舅不忘周室,朕之幸也。泗上诸侯,惟伯舅左右之,朕岂有爱焉?"使者回报桓公。桓公遂以王命布告宋、鲁、陈、蔡、卫、郑、曹、邾诸国,约以三月朔日,共会北杏之地。桓公问管仲曰:"此番赴会,用兵车多少?"管仲曰:"君奉王命,以临诸侯,安用兵车?请为衣裳之会!"桓公曰:"诺!"乃使军士先筑坛三层,高起三丈,左悬钟,右设鼓,先陈天子虚位于上,旁设反坫,玉帛器具,加倍整齐。又预备馆舍数处,悉要高敞合式。

至期,宋桓公御说先到,与齐桓公相见,谢其定位之意。次日,陈宣公杵臼、邾子克二君继到。蔡哀侯献舞,恨楚见执,亦来赴会。四国见齐无兵车,相顾曰:"齐侯推诚待人,一至于此!"乃各将兵车退在二十里之外。时二月将尽,桓公谓管仲曰:"诸侯未集,改期待之,如何?"管仲曰:"语云:'三人成众。'今至者四国,不为不众矣。若改期,是无信也;待而不至,是辱王命也。初合诸侯,而以不信闻,且辱王命,何以图霸?"桓公曰:"盟乎?会乎?"管仲曰:"人心未一,俟会而不散,乃可盟耳!"桓公曰:"善。"

三月朔,昧爽,五国诸侯俱集于坛下。相见礼毕,桓公拱手告诸侯曰:"王政久废,叛乱相寻。孤奉周天子之命,会群公以匡王室。今日之事,必推一人为主,然后权有所属,而政令可施于天下。"诸侯纷纷私议,欲推齐,则宋爵上公,齐止称侯,尊卑有序;欲推宋,则宋公新立,赖齐定位,未敢自尊。事在两难,陈宣公杵臼越席言曰:"天子以纠合之命,属诸齐侯,谁敢代之?宜推齐侯为盟会之主。"诸侯皆曰:"非齐侯不堪此任,陈侯之言是也。"桓公再三谦让,然后登坛,齐侯为主,次宋公,次陈侯,次蔡侯,次邾子。排列已定,鸣钟击鼓,先于天子位前行礼,然后交拜,叙兄弟之情。仲孙湫捧约简一函,跪而读之曰:

某年月日，齐小白、宋御说、陈杵臼、蔡献舞、邾克，以天子命，会于北杏，共奖王室，济弱扶倾，有败约者，列国共征之。

诸侯拱手受命。《论语》称桓公九合诸侯，此其第一会也。髯翁有诗云：

济济冠裳集五君，临淄事业赫然新。
局中先着谁能识，只为推尊第一人。

诸侯献酬甫毕，管仲历阶而上曰："鲁、卫、郑、曹，故违王命，不来赴会，不可不讨。"齐桓公举手向四君曰："敝邑兵车不足，愿诸君同事。"陈、蔡、邾三君齐声应曰："敢不率敝赋以从。"惟宋桓公嘿然。

是晚，宋公回馆，谓大夫戴叔皮曰："齐侯妄自尊大，越次主会，便欲调遣各国之兵，将来吾国且疲于奔命矣。"叔皮曰："诸侯从违相半，齐势未集，若征服鲁、郑，霸业成矣。齐之霸，非宋福也，与会四国，惟宋为大；宋不从兵，三国亦将解体。况吾今日之来，止欲得王命，以定位耳。已列于会，又何俟焉，不如先归。"宋公从其言，遂于五更登车而去。

齐桓公闻宋公背会逃归，大怒，欲遣仲孙湫追之。管仲曰："追之非义，可请王师伐之，乃为有名，然事更有急于此者。"桓公曰："何事更急于此？"管仲曰："宋远而鲁近，且王室宗盟，不先服鲁，何以服宋？"桓公曰："伐鲁当从何路？"管仲曰："济之东北有遂者，乃鲁之附庸，国小而弱，才四姓耳，若以重兵压之，可不崇朝而下，遂下，鲁必悚惧，然后遣一介之使，责其不会，再遣人通信于鲁夫人，鲁夫人欲其子亲厚于外家，自当极力怂恿，鲁侯内迫母命，外怵兵威，必将求盟，俟其来求，因而许之，平鲁之后，移兵于宋，临以王臣，此破竹之势也。"桓公曰："善。"乃亲自率师至遂城，一鼓而下，因驻兵于济水。

鲁庄公果惧，大集群臣问计。公子庆父曰："齐兵两至吾国，未尝得利，臣愿出兵拒之。"班中一人出曰："不可，不可。"庄公视之，乃施伯也。庄公曰："汝计将安出？"施伯曰："臣尝言之，管子天下奇才，今得齐政，兵有节制，其不可一也；北杏之会，以奉命尊王为名，今责违命，理曲在我，其不可二也；子纠之戮，君有功焉，王姬之嫁，君有劳焉，弃往日之功劳，结将来之仇怨，其不可三也。为今之计，不若修和请盟，齐可不战而退。"曹刿曰："臣意亦如此。"正议论间，报道："齐侯有书至。"庄公视之，大意曰：

　　寡人与君并事周室，情同昆弟，且婚姻也。北杏之会，君不与焉，寡人敢请其故？若有二心，亦惟命。

齐侯另有书通信于文姜。文姜召庄公语之曰："齐、鲁世为甥舅，使其恶我，犹将乞好，况取平乎？"庄公唯唯，乃使施伯答书，略曰：

　　孤有犬马之疾，未获奔命。君以大义责之，孤知罪矣。然城下之盟，孤实耻之，若退舍于君之境上，孤敢不捧玉帛以从！

齐侯得书大悦，传令退兵于柯。

鲁庄公将往会齐侯，问群臣："谁能从者？"将军曹沫请往，庄公曰："汝三败于齐，不虑齐人笑耶？"曹沫曰："惟耻三败，是以愿往，将一朝而雪之。"庄公曰："雪之何如？"曹沫曰："君当其君，臣当其臣。"庄公曰："寡人越境求盟，犹再败也，若能雪耻，寡人听子矣。"遂偕曹沫而行。至于柯地，齐侯预筑土为坛以待。鲁侯先使人谢罪请盟，齐侯亦使人订期。

是日，齐侯将雄兵布列坛下，青红黑白旗，按东西南北四方，各自分队，各有将官统领，仲孙湫掌之；阶级七层，每层俱有壮士，执着黄旗把守，坛上建大黄旗一面，绣出"方伯"二字，旁置大鼓，王子成父掌之；坛中间设香案，排列着朱盘玉盂盛牲歃盟之器，隰朋掌之；两旁反坫，设有金尊玉斝，寺人貂掌之；坛西立石柱二根，系着乌牛白马，屠人准备宰杀，司庖易牙掌之。东郭牙为傧，立于阶下迎宾；管仲为相，气象十分整肃。齐侯传令："鲁君若到，止许一君一臣登坛，余人息屏坛下。"

曹沫衷甲，手提利剑，紧随着鲁庄公。庄公一步一战，曹沫全无惧色，将次升阶。东郭牙进曰："今日两君好会，两相赞礼，安用凶器？请去剑。"曹沫睁目视之，两眦尽裂。东郭牙倒退几步。庄公君臣历阶而上，两君相见，各叙通好之意。三通鼓毕，对香案行礼。隰朋将玉盂盛血，跪而请歃，曹沫右手按剑，左手揽桓公之袖，怒形于色，管仲急以身蔽桓公，问曰："大夫何为者？"曹沫曰："鲁连次受兵，国将亡矣，君以济弱扶倾为会，独不为敝邑念乎？"管仲曰："然则大夫何求？"曹沫曰："齐恃强欺弱，夺我汶阳之田，今日请还，吾君乃就歃耳！"管仲顾桓公曰："君可许之！"桓公曰："大夫休矣，寡人许子。"曹沫乃释剑，代隰朋捧盂以进。两君俱已歃讫，曹沫曰："仲主齐国之政，臣愿与仲歃。"桓公曰："何必仲父？寡人与子立誓。"乃向天指日曰："所不反汶阳田于鲁者，有如此日！"曹沫受歃，再拜称谢，献酬甚欢。

既毕事，王子成父诸人俱愤愤不平，请于桓公，欲劫鲁侯，以报曹沫之辱。桓公曰："寡人已许曹沫矣。匹夫约言，尚不失信，况君乎！"众人乃止。明日，桓公复置酒公馆，与庄公欢饮而别。即命南鄙邑宰，将原侵汶阳田，尽数交割还鲁。昔人论要盟可犯，而桓公不欺；曹子可仇，而桓公不怨。此所以服诸侯、霸天下也！有诗云：

巍巍霸气吞东鲁，尺剑如何能用武？
要将信义服群雄，不吝汶阳一片土！

又有诗单道曹沫劫齐桓公一事，此乃后世侠客之祖。诗云：

森森戈甲拥如潮，仗剑登坛意气豪。
三败羞颜一日洗，千秋侠客首称曹。

诸侯闻盟柯之事，皆服桓公之信义。于是卫、曹二国，皆遣人谢罪请盟。桓公约以伐宋之后，相订为会。乃再遣使如周，告以宋公不尊王命，不来赴会，请王师下临，同往问罪。周釐王使大夫单蔑，率师会齐伐宋。谍报陈、曹二国引兵从征，愿为前部。桓公使管仲先率一军，前会陈、曹，自引隰朋、王子成父、东郭牙等，统领大军继进，于商丘取齐。时周釐王二年之春也。

却说管仲有爱妾名婧，钟离人，通文有智。桓公好色，每出行必以姬嫔自随；管仲亦以婧从行。是日，管仲军出南门，约行三十余里，至峱山，见一野夫，短褐单衣，破笠赤脚，放牛于山下。此人叩牛角而歌，管仲在车上，察其人不凡，使人以酒食劳之。野夫食毕，言："欲见相君仲父。"使者曰："相国车已过去矣。"野夫曰："某有一语，幸传于相君：'浩浩乎白水'。"使者追及管仲之车，以其语述之。管仲茫然，不解所谓，以问妾婧。婧曰："妾闻古有《白水》之诗云：'浩浩白水，儵儵之鱼。君来召我，我将安居'，此人殆欲仕也。"管仲即命停车，使人召之。野夫将牛寄于村家，随使者来见管仲，长揖不拜。管仲问其姓名，曰："卫之野人也，姓甯名戚。慕相君好贤礼士，不惮跋涉至此，无由自达，为村人牧牛耳。"管仲叩其所学，应对如流，叹曰："豪杰辱于泥涂，不遇汲引，何以自显？吾君大军在后，不日当过此，吾当作书，子持以谒吾君，必当重用。"管仲即作书缄，就交付甯戚，彼此各别。甯戚仍牧牛于峱山之下。

齐桓公大军三日后方到，甯戚依前短褐单衣，破笠赤脚，立于路旁，全不畏避。桓公乘舆将近，甯戚遂叩牛角而歌之曰：

> 沧浪之水白石粲，中有鲤鱼长尺半。
> 生不逢尧与舜禅，短褐单衣才至骭。
> 从昏饭牛至夜半，长夜漫漫何时旦？

桓公闻而异之，命左右拥至车前，问其姓名居处，戚以实对曰："姓甯名戚。"桓公曰："汝牧夫，何得讥刺时政？"甯戚曰："臣小人，安敢讥刺？"桓公曰："当今天子在上，寡人率诸侯宾服于下，百姓乐业，草木沾春，舜日尧天，不过如此。汝谓'不逢尧舜'；

又曰,'长夜不旦',非讥刺而何?"宁戚曰:"臣虽村夫,不睹先王之政,然尝闻尧舜之世,十日一风,五日一雨,百姓耕田而食,凿井而饮,所谓'不识不知,顺帝之则'是也。今值纪纲不振,教化不行之世,而曰'舜日尧天',诚小人所不解也。且又闻尧舜之世,正百官而诸侯服,去四凶而天下安,不言而信,不怒而威;今明公一举而宋背会,再举而鲁劫盟。用兵不息,民劳财敝,而曰'百姓乐业,草木沾春',又小人所未解也。小人又闻尧弃其子丹朱,而让天下于舜,舜又避于南河,百姓趋而奉之,不得已即帝位;今君杀兄得国,假天子以令诸侯,小人又不知于唐虞揖让何如也?"桓公大怒曰:"匹夫出言不逊!"喝令斩之,左右缚宁戚去,将行刑,戚颜色不变,了无惧色,仰天叹曰:"桀杀龙逄,纣杀比干,今宁戚与之为三矣!"隰朋奏曰:"此人见势不趋,见威不惕,非寻常牧夫也,君其赦之!"桓公念头一转,怒气顿平,遂命释宁戚之缚,谓戚曰:"寡人聊以试子,子诚佳士。"宁戚因探怀中,出管仲之书,桓公拆而观之。书略云:

> 臣奉命出师,行至峱山,得卫人宁戚。此人非牧竖者流,乃当世有用之才,君宜留以自辅。若弃之使见用于邻国,则齐悔无及矣!

桓公曰:"子既有仲父之书,何不遂呈寡人?"宁戚曰:"臣闻'贤君择人为佐,贤臣亦择主而辅',君如恶直好谀,以怒色加臣,臣宁死,必不出相国之书矣。"桓公大悦,命以后车载之。是晚,下寨休军,桓公命举火,索衣冠甚急。寺人貂曰:"君索衣冠,为爵宁戚乎?"桓公曰:"然。"寺人貂曰:"卫去齐不远,何不使人访之。

使其人果贤，爵之未晚。"桓公曰："此人廓达之才，不拘小节，恐其在卫，或有细过。访得其过，爵之则不光，弃之则可惜！"即于灯烛之下，拜甯戚为大夫，使与管仲同参国政。甯戚改换衣冠，谢恩而出。髯翁有诗曰：

> 短褐单衣牧竖穷，不逢尧舜遇桓公。
> 自从叩角歌声歇，无复飞熊入梦中。

桓公兵至宋界，陈宣公杵臼、曹庄公射姑先在，随后周单子兵亦至。相见已毕，商议攻宋之策。甯戚进曰："明公奉天子之命，纠合诸侯，以威胜，不如以德胜。依臣愚见，且不必进兵，臣虽不才，请掉三寸之舌，前去说宋公行成。"桓公大悦，传令扎寨于界上，命甯戚入宋。

戚乃乘一小车，与从者数人，直至睢阳，来见宋公。宋公问于戴叔皮曰："甯戚何人也？"叔皮曰："臣闻此人乃牧牛村夫，齐侯新拔之于位，必其口才过人，此来乃使其游说也。"宋公曰："何以待之？"叔皮曰："主公召入，勿以礼待之，观其动静，若开口一不当，臣请引绅为号，便令武士擒而囚之，则齐侯之计沮矣。"宋公点首，吩咐武士伺候。

甯戚宽衣大带，昂然而入，向宋公长揖。宋公端坐不答，戚乃仰面长叹曰："危哉乎，宋国也！"宋公骇然曰："孤位备上公，忝为诸侯之首，危何从至？"戚曰："明公自比与周公孰贤？"宋公曰："周公圣人也，孤焉敢比之？"戚曰："周公在周盛时，天下太平，四夷宾服，犹且吐哺握发，以纳天下贤士。明公以亡国之余，处群雄角力之秋，继两世弑逆之后，即效法周公，卑躬下士，犹恐士之不至；乃妄自矜大，简贤慢客，虽有忠言，安能至明公之前乎？不危何待！"宋公愕然，离坐曰："孤嗣位日浅，未闻君子之训，先生勿罪！"叔皮在旁，见宋公为甯戚所动，连连举其带绅，宋公不顾，乃谓甯戚曰："先生此来，何以教我？"戚曰："天子失权，诸侯星散，君臣无等，篡弑日闻。齐侯不忍天下之乱，恭承王命，以主夏盟。明公列名于会，以定位也；若又背之，犹不定也。今天子赫然震怒，特遣王臣，驱率诸侯，以讨于宋。明公既叛王命于前，又抗王师于后，不待交兵，臣已卜胜负之有在矣。"宋公曰："先生之见如何？"戚曰："以臣愚计，勿惜一束之贽，与齐会盟。上不失臣周之礼，下可结盟主之欢，兵甲不动，宋国安于泰山。"宋公曰："孤一时失计，不终会好，今齐方加兵于我，安肯受吾之贽？"戚曰："齐侯宽仁大度，不录人过，不念旧恶。如鲁不赴会，一盟于柯，遂举侵田而返之。况明公在会之人，焉有不纳？"宋公曰："将何为贽？"戚曰："齐侯以礼睦邻，厚往薄来，即束脯可贽，岂必倾府库之藏哉？"宋公大悦，乃遣使随甯戚至齐军中请成。叔皮满面羞惭而退。

却说宋使见了齐侯，言谢罪请盟之事，献白玉十珏，黄金千镒，齐桓公曰："天子有命，寡人安敢自专。必须烦王臣转奏于王方可。"桓公即以所献金玉，转送单子，致宋公取成之意。单子曰："苟君侯赦宥，有所藉手，以复于天王，敢不如命？"桓公乃使宋公修聘于周，然后再订会期。单子辞齐侯而归。齐与陈、曹二君各回本国。

要知后事如何，且看下回分解。

第十九回
擒傅瑕厉公复国，杀子颓惠王反正

话说齐桓公归国，管仲奏曰："东迁以来，莫强于郑。郑灭东虢而都之，前嵩后河，右洛左济，虎牢之险，闻于天下。故在昔庄公恃之，以伐宋兼许，抗拒王师，今又与楚为党。楚，僭国也，地大兵强，吞噬汉阳诸国，与周为敌。君若欲屏王室而霸诸侯，非攘楚不可；欲攘楚，必先得郑！"桓公曰："吾知郑为中国之枢，久欲收之，恨无计耳！"甯戚进曰："郑公子突为君二载，祭足逐之而立子忽，高渠弥弑忽而立子亹，我先君杀子亹，祭足又立子仪。祭足以臣逐君，子仪以弟篡兄，犯分逆伦，皆当声讨。今子突在栎，日谋袭郑；况祭足已死，郑国无人。主公命一将往栎，送突入郑，则突必怀主公之德，北面而朝齐矣！"桓公然之。遂命宾须无引兵车二百乘，屯于栎城二十里之外。宾须无预遣人致齐侯之意。

郑厉公突先闻祭足死信，密差心腹到郑国打听消息，忽闻齐侯遣兵送己归国，心中大喜，出城远接，大排宴会。二人叙话间，郑国差人已转，回说："祭仲已死，如今叔詹为上大夫。"宾须无曰："叔詹何人？"郑伯突曰："治国之良，非将才也！"差人又禀："郑城有一奇事，南门之内，有一蛇长八尺，青头黄尾；门外又有一蛇，长丈余，红头绿尾，斗于门阙之中，三日三夜，不分胜负。国人观者如市，莫敢近之。后十七日，内蛇被外蛇咬死，外蛇竟奔入城，至太庙之中，忽然不见。"须无欠身贺郑伯曰："君位定矣。"郑伯突曰："何以知之？"须无曰："郑国外蛇即君也，长丈余，君居长也。内蛇子仪也，长八尺，弟也。十七日而内蛇被伤，外蛇入城者，君出亡以甲申之夏，今当辛丑之夏，恰十有七年矣。内蛇伤死，此子仪失位之兆，外蛇入于太庙，君主宗祀之征也。我主方申大义于天下，将纳君于正位，蛇斗适当其时，殆天意乎！"郑伯突曰："诚如将军之言，没世不敢负德！"宾须无乃与郑伯定计，夜袭大陵。傅瑕率兵出战，两下交锋，不虞宾须无绕出背后，先打破大陵，插了齐国旗号。傅瑕知力不敌，只得下车投降。郑伯突衔傅瑕十七年相拒之恨，咬牙切齿，叱左右："斩讫报来！"傅瑕大呼曰："君不欲入郑耶，何为杀我？"郑伯突唤转问之，傅瑕曰："君若赦臣一命，臣愿枭子仪之首。"郑伯突曰："汝有何策，能杀子仪？不过以甘言哄寡人，欲脱身归郑耳。"瑕曰："当今郑政皆叔詹所掌，臣与叔詹至厚，君能赦我，我潜入郑国，与詹谋之，子仪之首，必献于座下。"郑伯突大骂："老贼奸诈，焉敢诳吾！吾今放汝入城，汝将与叔詹起兵拒我矣。"宾须无曰："瑕之妻孥，见在大陵，可囚于栎城为质。"傅瑕叩头求哀："如臣失信，诛臣妻子。"且指天日为誓。郑伯突乃从之。

　　傅瑕至郑，夜见叔詹。詹见瑕，大惊曰："汝守大陵，何以至此？"瑕曰："齐侯欲正郑位，命大将宾须无统领大军，送公子突归国。大陵已失，瑕连夜逃命至此，齐兵旦晚当至，事在危急。子能斩子仪之首，开城迎之，富贵可保，亦免生灵涂炭。转祸为福，在此一时。不然，悔无及矣！"詹闻言嘿然，良久曰："吾向日原主迎立故君之议，为祭仲所阻；今祭仲物故，是天助故君，违天必有咎，但不知计将安出？"瑕曰："可通信栎城，令速进兵，子出城，伪为拒敌，子仪必临城观战，吾觑便图之，子引故君入城，大事定矣。"叔詹从其谋，密使人致书于突，傅瑕然后参见子仪，诉以齐兵助突，大陵失陷之事，子仪大惊曰："孤当以重赂求救于楚，待楚兵到日，内外夹攻，齐兵可退。"叔詹故缓其事，过二日，尚未发使往。谍报："栎军已至城下。"叔詹曰："臣当引兵出战，君同傅瑕登城固守。"子仪信以为然。

却说郑伯突引兵先到，叔詹略战数合，宾须无引齐兵大进，叔詹回车便走，傅瑕从城上大叫曰："郑师败矣！"子仪素无胆勇，便欲下城，瑕从后刺之，子仪死于城上。叔詹叫开城门，郑伯同宾须无一同入城。傅瑕先往清宫，遇子仪二子，俱杀之。迎突复位，国人素附厉公，欢声震地，厉公厚赂宾须无，约以冬十月亲至齐庭乞盟。须无辞归。

厉公复位数日，人心大定，乃谓傅瑕曰："汝守大陵，十有七年，力拒寡人，可谓忠于旧君矣；今贪生畏死，复为寡人而弑旧君，汝心不可测也，寡人当为子仪报仇！"喝令力士押出，斩于市曹，其妻孥姑赦弗诛。髯翁有诗叹云：

郑突奸雄世所无，借人成事又行诛。
傅瑕不爱须臾活，赢得忠名万古呼。

原繁当先赞立子仪，恐其得罪，称疾告老，厉公使人责之，乃自缢而死。厉公复治逐君之罪：杀公子阏；强鉏避于叔詹之家，叔詹为之求生，乃免死，刖其足；公父定叔出奔卫国。后三年，厉公召而复之，曰："不可使共叔无后也！"祭足已死勿论。叔詹仍为正卿，堵叔、师叔并为大夫，郑人谓之"三良"。

再说齐桓公知郑伯突已复国，卫、曹二国，去冬亦曾请盟，欲大合诸侯，刑牲定约。管仲曰："君新举霸事，必以简便为政。"桓公曰："简便如何？"管仲曰："陈、蔡、邾自北杏之后，事齐不贰；曹伯虽未会，已同伐宋之举，此四国，不必再烦奔走。惟宋、卫未尝与会，且当一见。俟诸国齐心，方举盟约可也。"言未毕，忽传报："周王再遣单蔑报宋之聘，已至卫国。"管仲曰："宋可成矣。卫居道路之中，君当亲至卫地为会，以亲诸侯。"桓公乃约宋、卫、郑三国，会于鄄地，连单子、齐侯，共是五位，不用歃血，揖让而散。诸侯大悦。齐侯知人心悦从，乃大合宋、鲁、陈、卫、郑、许诸国于幽地，歃血为盟，始定盟主之号。此周釐王三年之冬也。

却说楚文王熊赀，自得息妫立为夫人，宠幸无比，三年之内，生下二子，长曰熊囏，次曰熊恽。息妫虽在楚宫三载，从不与楚王说话。楚王怪之，一日，问其不言之故。息妫垂泪不答，楚王固请言之，对曰："吾一妇人而事二夫，纵不能守节而死，又何面目向人言语乎？"言讫泪下不止。胡曾先生有诗云：

息亡身入楚王家，回看春风一面花。
感旧不言常掩泪，只应翻恨有容华。

楚王曰："此皆蔡献舞之故，孤当为夫人报此仇也，夫人勿忧。"乃兴兵伐蔡，入其郛，蔡侯献舞肉袒伏罪，尽出其库藏宝玉以赂楚，楚师方退。

适郑伯突遣使告复国于楚，楚王曰："突复位二年，乃始告孤，慢孤甚矣。"复兴兵伐郑，郑谢罪请成，楚王许之。周釐王四年，郑伯突畏楚，不敢朝齐，齐桓公使人让之，郑伯使上卿叔詹如齐，谓桓公曰："敝邑困于楚兵，早夜城守，未获息肩，是以未修岁事。君若能以威加楚，寡君敢不朝夕立于齐庭乎？"桓公恶其不逊，囚詹于军府，詹视隙逃回郑国，自是郑背齐事楚，不在话下。

再说周釐王在位五年崩，子阆立，是为惠王。惠王之二年，楚文王熊赀淫暴无政，喜于用兵。先年，曾与巴君同伐申国，而惊扰巴师，巴君怒，遂袭那处，克之，守将阎敖游涌水而遁，楚王杀阎敖，阎氏之族怨王，至是，约巴人伐楚，愿为内应，巴兵伐楚，楚王亲将迎之，大战于津，不提防阎族数百人，假作楚军，混入阵中，竟来跟寻楚王，楚军大乱，巴兵乘之，遂大败楚，楚王面颊中箭而奔，巴君不敢追逐，收兵回国。阎氏之族从之，遂为巴人。

楚王回至方城，夜叩城门，鬻拳在门内问曰："君得胜乎！"楚王曰："败矣！"鬻拳曰："自先王以来，楚兵战无不胜。巴，小国也，王自将而见败，宁不为人笑乎？今黄不朝楚，若伐黄而胜，犹可自解。"遂闭门不纳。楚王愤然谓军士曰："此行再不胜，寡人不归矣！"乃移兵伐黄，王亲鼓，士卒死战，败黄师于踖陵。是夜，宿于营中，梦息侯怒气勃勃而前曰："孤何罪而见杀？又占吾疆土，淫吾妻室，吾已请于上帝矣。"乃以手批楚王之颊，楚王大叫一声，醒来箭疮迸裂，血流不止，急传令回军，至于湫地，夜半而薨。鬻拳迎丧归葬，长子熊囏立。鬻拳曰："吾犯王二次，纵王不加诛，吾敢偷生乎？吾将从王于地下！"乃谓家人曰："我死，必葬我经皇，使子孙知我守门也。"遂自刭而死。熊囏怜之，使其子孙世为大阍。先儒左氏称鬻拳为爱君，史官有诗驳之曰：

第十九回 擒傅瑕厉公复国，杀子颓惠王反正

谏主如何敢用兵，闭门不纳亦堪惊。
若将此事称忠爱，乱贼纷纷尽借名！

郑厉公闻楚文王凶信，大喜曰："吾无忧矣。"叔詹进曰："臣闻'依人者危，臣人者辱'，今立国于齐、楚之间，不辱即危，非长计也。先君桓、武及庄，三世为王朝卿士，是以冠冕列国，征服诸侯。今新王嗣统，闻虢、晋二国朝王，王为之飨醴命宥，又赐玉五珏，马三匹。君不若朝贡于周，若赖王之宠，以修先世卿士之业，虽有大国，不足畏也。"厉公曰："善。"乃遣大夫师叔如周请朝。师叔回报："周室大乱。"厉公问："乱形如何？"对曰："昔周庄王嬖妾姚姬，谓之王姚，生子颓，庄王爱之，使大夫芮国为之师傅。子颓性好牛，尝养牛数百，亲自喂养，饲以五谷，被以文绣，谓之'文兽'。凡有出入，仆从皆乘牛而行，践踏无忌，又阴结大夫芮国、边伯、子禽、祝跪、詹父，往来甚密。釐王之世，未尝禁止。今新王即位，子颓恃在叔行，骄横益甚，新王恶之，乃裁抑其党，夺子禽、祝跪、詹父之田。新王又因筑苑囿于宫侧，芮国有圃，边伯有室，皆近王宫。王俱取之，以广其囿。又膳夫石速进膳不精，王怒，革其禄，石速亦憾王。故五大夫同石速作乱，奉子颓为君以攻王，赖周公忌父同召伯廖等死力拒敌，众人不能取胜，乃出奔于苏。先周武王时，苏忿生为王司寇有功，谓之苏公，授以南阳之田为采地。忿生死，其子孙为狄所制，乃叛王而事狄，又不缴还采地于周。桓王八年，乃以苏子之田，畀我先君庄公，易我近周之田，于是苏子与周嫌隙益深。卫侯朔恶周之立黔牟，亦有夙怨，苏子因奉子颓奔卫，同卫侯帅师伐王城。周公忌父战败，同召伯廖等奉王出奔于鄢。五大夫等尊子颓为王，人心不服。君若兴兵纳王，

此万世之功也！"厉公曰："善。虽然，子颓懦弱，所恃者卫、燕之众耳，五大夫无能为也，寡人再使人以理谕之，若悔祸反正，免动干戈，岂不美哉？"一面使人如鄢迎王，暂幸栎邑。因厉公向居栎十七年，宫室齐整故也。一面使人致书于王子颓，书曰：

> 突闻以臣犯君，谓之不忠；以弟奸兄，谓之不顺。不忠不顺，天殃及之，王子误听奸臣之计，放逐其君。若能悔祸之延，奉迎天子，束身归罪，不失富贵。不然，退处一隅，比于藩服，犹可谢天下之口，惟王子速图之。

子颓得书，犹豫未决，五大夫曰："骑虎者势不能复下，岂有尊居万乘，而复退居臣位者？此郑伯欺人之语，不可听之！"颓遂逐出郑使。郑厉公乃朝王于栎，遂奉王袭入成周，取传国宝器，复还栎城。时惠王三年也。

是冬，郑厉公遣人约会西虢公，同起义兵纳王，虢公许之。惠王四年之春，郑、虢二君，会兵于弭。夏四月，同伐王城，郑厉公亲率兵攻南门，虢公率兵攻北门。芮国忙叩宫门，来见子颓。子颓因饲牛未毕，不即相见。芮国曰："事急矣！"乃假传子颓之命，使边伯、子禽、祝跪、詹父登陴守御。周人不顺子颓，闻王至，欢声如雷，争开城门迎接。芮国方草国书，谋遣人往卫求救，书未写就，闻钟鼓之声，人报："旧王已入城坐朝矣！"芮国自刎而死，祝跪、子禽死于乱军之中，边伯、詹父被周人绑缚献功。子颓出奔西门，使石速押文牛为前队，牛体肥行迟，悉为追兵所获，与边伯、詹父一同斩首。髯翁有诗叹子颓之愚云：

第十九回　擒傅瑕厉公复国，杀子颓惠王反正

挟宠横行意未休，私交乘衅起奸谋。
一年南面成何事？只合关门去饲牛。

又一诗说齐桓公既称盟主，合倡义纳王，不应让之郑、虢也。诗云：

天子蒙尘九庙羞，纷纷郑虢效忠谋。
如何仲父无遗策？却让当时第一筹。

惠王复位，赏郑虎牢以东之地，及后之鞶鉴；赏西虢公以酒泉之邑，及酒爵数器。二君谢恩而归。郑厉公于路得疾，归国而薨。群臣奉世子捷即位，是为文公。

周惠王五年，陈宣公疑公子御寇谋叛，杀之。公子完，字敬仲，乃厉公之子，与御寇相善，惧诛奔齐，齐桓公拜为主正。一日，桓公就敬仲家饮酒甚乐，天色已晚，索烛尽欢，敬仲辞曰："臣止卜昼，未卜夜，不敢继以烛也。"桓公曰："敬仲有礼哉！"赞叹而去。桓公以敬仲为贤，使食采于田，是为田氏之祖。是年，鲁庄公为图婚之事，会齐大夫高傒于防地。

却说鲁夫人文姜，自齐襄公变后，日夜哀痛想忆，遂得嗽疾，内侍进莒医察脉。文姜久旷之后，欲心难制，遂留莒医饮食，与之私通。后莒医回国，文姜托言就医，两次如莒，馆于莒医之家。莒医复荐人以自代，文姜老而愈淫，然终以不及襄公为恨。周惠王四年秋七月，文姜病愈剧，遂薨于鲁之别寝。临终谓庄公曰："齐女今长成十八岁矣。汝当速娶，以正六宫之位。万勿拘终丧之制，使我九泉之下，悬念不了。"又曰："齐方图伯，汝谨事之，勿替世好。"

言讫而逝。庄公丧葬如常礼，遵依遗命，其年便欲议婚。大夫曹刿曰："大丧在殡，未可骤也。请俟三年丧毕行之。"庄公曰："吾母命我矣。乘凶则骤，终丧则迟，酌其中可也。"遂以期年之后，与高傒申订前约，请自如齐，行纳币之礼。齐桓公亦以鲁丧未终，请缓其期。直至惠王七年，其议始定，以秋为吉。时庄公在位二十四年，年已三十有七岁矣。意欲取悦齐女，凡事极其奢侈。又念父桓公薨于齐国，今复娶齐女，心终不安，乃重建桓宫，丹其楹，刻其桷，欲以媚亡者之灵。大夫御孙切谏，不听。是夏，庄公如齐亲迎，至秋八月，姜氏至鲁，立为夫人，是为哀姜。大夫宗妇，行见小君之礼，一概用币。

御孙私叹曰："男贽大者玉帛，小者禽鸟，以章物采；女贽不过榛栗枣脩，以告虔也。今男女同贽，是无别也。男女之别，国之大节，而由夫人乱之，其不终乎？"

自姜氏归鲁后，齐、鲁之好愈固矣。齐桓公复同鲁庄公合兵伐徐、伐戎，徐、戎俱臣服于齐。郑文公见齐势愈大，恐其侵伐，遂遣使请盟。

不知后事如何，且看下回分解。

第二十回
晋献公违卜立骊姬，楚成王平乱相子文

周惠王十年，徐、戎俱已臣服于齐。郑文公见齐势愈大，恐其侵伐，遣使请盟。乃复会宋、鲁、陈、郑四国之君，同盟于幽，天下莫不归心于齐。齐桓公归国，大设宴以劳群臣。酒至半酣，鲍叔牙执卮至桓公之前，满斟为寿。桓公曰："乐哉，今日之饮！"鲍叔牙曰："臣闻'明主贤臣，虽乐不忘其忧。'臣愿君毋忘出奔，管仲毋忘槛囚，甯戚毋忘饭牛车下之日。"桓公遽起离席再拜曰："寡人与诸大夫，皆能毋忘，此齐国社稷无穷之福也！"是日，极欢而散。

忽一日，报："周王遣召伯廖来到。"桓公迎接入馆。召伯廖宣惠王之命，赐齐侯为方伯，修太公之职，得专征伐。因言："卫朔援立子颓，助逆犯顺，朕怀之十年，迄今天讨未彰，烦伯舅为朕图之。"惠王十一年，齐桓公亲率车徒伐卫。时卫惠公朔先薨，子赤立，已三年矣，是为懿公。懿公不问来由，率兵接战，大败而归，桓公乃直抵城下，宣扬王命，数其罪状。懿公曰："然则先君之过，与寡人无与也。"乃使其长子开方，辇金帛五车，纳于齐军，求其讲和免罪。桓公曰："先王之制，罪不及子孙，苟遵王命，寡人何多

求于卫耶？"公子开方见齐国强盛，愿仕于齐。齐侯曰："子乃卫侯长子，论次序当为国储，奈何舍南面之尊，而北面于寡人乎？"开方对曰："明公乃天下之贤侯，倘得执鞭侍左右，荣幸已甚，岂不胜于为君？"桓公以开方为爱己，拜为大夫，宠之与竖貂、易牙等，齐人谓之"三贵"。开方复言卫侯少女之美。卫惠公先曾以女媵齐，此其妹也。桓公遣使纳币，求之为妾。卫懿公不敢辞却，即送卫姬至齐，齐侯纳之。因以长卫姬、少卫姬别之，姊妹俱有宠。髯翁有诗云：

卫侯罪案重如山，奉命如何取赂还？
漫说尊王申大义，到来功利在心间。

话分两头。却说晋国姬姓，侯爵，自周成王时，剪桐叶为珪，封其弟叔虞于此，传九世至穆侯。穆侯生二子，长曰仇，次曰成师。穆侯薨，子仇立，是为文侯。文侯薨，子昭侯立，畏其叔父桓叔之强，乃割曲沃以封之，谓之曲沃伯，改晋号曰翼，谓之二晋。昭侯立七年，大夫潘父弑之，而纳曲沃伯，翼人不受，杀潘父而立昭侯之弟平，是为孝侯。孝侯之八年，桓叔薨，子鱓立，是为曲沃庄伯。孝侯立十五年，庄伯伐翼，孝侯逆战大败，为庄伯所杀。翼人立其弟郄，是为鄂侯。鄂侯立二年，率兵伐曲沃，战败，出奔随国，子光嗣位，是为哀侯。哀侯之二年，庄伯薨，子称代立，是为曲沃武公。哀侯九年，武公率其将韩万、梁宏伐翼，哀侯逆战被杀。周桓王命卿士虢公林父立其弟缗，是为小子侯。小子侯立四年，武公复诱而杀之，遂并其国，定都于绛，仍号曰晋，悉取晋库藏宝器，辇入于周，献于釐王，釐王贪其赂，遂命称代以一军为晋侯。称代凡

第二十回　晋献公违卜立骊姬，楚成王平乱相子文

立三十九年，薨，子佹诸立，是为晋献公。献公忌桓、庄之族，虑其为患，大夫士芮献计散其党，因诱而尽杀之。献公嘉其功，命为大司空。因使大城绛邑，规模极其壮丽，比于大国之都。

先献公为世子时，娶贾姬为妃，久而无子，又娶犬戎主之侄女曰狐姬，生子曰重耳；小戎允姓之女，生子曰夷吾。当武公晚年，求妾于齐，齐桓公以宗女归之，是为齐姜。时武公已老，不能御女，齐姜年少而美，献公悦而烝之，与生一子，私寄养于申氏，因名申生。献公即位之年，贾姬已薨，遂立齐姜为夫人，时重耳已二十一岁矣，夷吾年亦长于申生，因申生是夫人之子，论嫡庶不论长幼，乃立申生为世子，以大夫杜原款为太傅，大夫里克为少傅，相与辅导世子。齐姜又生一女而卒，献公复纳贾姬之娣曰贾君，亦无子，因以齐姜所生之女，使贾君育之。献公十五年，兴兵伐骊戎，骊戎乃请和，纳其二女于献公，长曰骊姬，次曰少姬。那骊姬生得貌比息妫，妖同妲己，智计千条，诡诈百出，在献公前，小忠小信，贡媚取怜，又时常参与政事，十言九中，所以献公宠爱无二。一饮一食，必与之俱。逾年，骊姬生一子，名曰奚齐。又逾年，少姬亦生一子，名曰卓子。献公既心惑骊姬，又喜其有子，遂忘齐姜一段恩情，欲立骊姬为夫人，使太卜郭偃以龟卜之。郭偃献兆，其繇曰：

专之渝，攘公之羭。一薰一莸，十年尚有臭。

献公曰："何谓也？"郭偃曰："渝者，变也。意所专尚，心亦变乱。故曰'专之渝'；攘，夺也，羭，美也，心变则美恶倒置，故曰'攘公之羭'；草之香者曰薰，臭者曰莸，香不胜臭，秽气久而未消，故曰'十年尚有臭'也。"献公一心溺爱骊姬，不信其言，

更命史苏筮之，得《观卦》之六二，爻词曰："窥观，利女贞。"献公曰："居内观外，女子之正，吉孰大焉？"卜偃曰："开辟以来，先有象，后有数。龟，象也；筮，数也。从筮不如从龟。"史苏曰："礼无二嫡，诸侯不再娶，所谓观也。继称夫人，何以为正？不正，何利之有？以《易》言之，亦未见吉。"献公曰："若卜筮有定，尽鬼谋矣！"竟不听史苏、卜偃之言。择日告庙，立骊姬为夫人，少姬封为次妃。

史苏私谓大夫里克曰："晋国将亡，奈何？"里克大惊，问曰："亡晋者何人？"史苏曰："其骊戎乎？"里克不解其说，史苏曰："昔夏桀伐有施，有施人以女妹喜归之，桀宠妹喜，遂以亡夏；殷辛伐有苏，有苏氏以女妲己归之，纣宠妲己，遂以亡殷；周幽王伐有褒，有褒人以女褒姒归之，幽王宠褒姒，西周遂亡。今晋伐骊戎而获其女，又加宠焉，不亡得乎？"适太卜郭偃亦至，里克述史苏之言，郭偃曰："晋乱而已，亡则未也。昔唐叔之封，卜曰：'尹正诸夏，再造王国。'晋业方大，何亡之患？"里克曰："若乱，当在何时？"郭偃曰："善恶之报，不出十年，十者，盈数也。"里克识其言于简。

再说献公爱骊姬，欲立其子奚齐为嗣。一日，与骊姬言之，骊姬心中甚欲，只因申生已立做世子，无故更变，恐群臣不服，必然谏沮，又且重耳、夷吾，与申生相与友爱，三公子俱在左右，若说而不行，反被提防，岂不误事？乃跪而对曰："太子之立，诸侯莫不闻。且贤而无罪，君必以妾母子之故，欲行废立，妾宁自杀。"献公以为真心，遂置不言。

献公有嬖幸大夫二人，曰梁五、东关五，并与献公察听外事，挟宠弄权，晋人谓之"二五"。又有优人名施者，少年美姿，伶俐多智，能言快语，献公尤嬖之，出入宫禁，不知防范，骊姬遂与施私通，情好甚密，因告以心腹之事，谋离间三公子，徐为夺嗣之计。优施为之画策："必须以封疆为名，使三公子远远出镇，然后可居中行事。然此事又必须外臣开口，方见忠谋，今'二五'用事，夫人诚以金币结之，俾彼相与进言，则主公无不听矣。"骊姬乃出金帛付优施，使分送"二五"。优施先见梁五曰："君夫人愿交欢于大夫，使施致不腆之敬。"梁五大惊曰："君夫人何须于我。必有嘱也，子不言，吾必不受。"优施乃尽以骊姬之谋告之，梁五曰："必得东关为助乃可。"施曰："夫人亦有馈，如大夫也。"于是同诣东关五之门，三人做一处商议停当。

次日，梁五进言于献公曰："曲沃始封之地，先君宗庙之所在也；蒲与屈，地近戎狄，边疆之要地也。此三邑者，不可无人以主之。宗邑无主，则民无畏威之心；边疆无主，则戎狄有窥伺之意。若使太子主曲沃，重耳、夷吾分主蒲、屈，君居中制驭，此磐石之安矣。"献公曰："世子出外可乎？"东关五曰："太子，君之贰也，曲沃，国之贰也，非太子其谁居之？"献公曰："曲沃则然矣。蒲、屈乃荒野之地，如何可守？"东关五又曰："不城则为荒野，城之即为都邑。"二人又齐声赞美曰："一朝而增二都，内可屏蔽封内，而外可开拓疆宇，晋自此益大矣！"献公信其言，使世子申生居曲沃，以主宗邑，太傅杜原款从行。使重耳居蒲，夷吾居屈，以主边疆。狐毛从重耳于蒲，吕饴甥从夷吾于屈。又使赵夙为太子城曲沃，比旧益加高广，谓之新城。使士蒍监筑蒲、屈二城。士蒍聚薪筑土，草草完事。或言："恐不坚固。"士蒍笑曰："数年之后，此为仇敌，何以固为？"因赋诗曰：

狐裘龙茸，一国三公，吾谁适从？

狐裘，贵者之服；龙茸，乱貌。言贵者之多，喻嫡庶长幼无分别也。士芳预知骊姬必有夺嫡之谋，故为此语。申生与二公子，俱远居晋鄙，惟奚齐、卓子在君左右。骊姬益献媚取宠，以蛊献公之心。髯翁有诗云：

女色从来是祸根，骊姬宠爱献公昏。
空劳畚筑疆场远，不道干戈伏禁门。

时献公新作二军，自将上军。使世子申生将下军，率领大夫赵夙、毕万攻耿、霍、魏三国，灭之。以耿赐赵夙，魏赐毕万为采邑。太子功益高，骊姬忌之益甚，而谋愈深且毒矣。此事搁过一边。

却说楚熊囏、熊恽兄弟，虽同是文夫人所生，熊恽才智胜于其兄，为文夫人所爱，国人亦推服之。熊囏既嗣位，心忌其弟，每欲因事诛之，以绝后患。左右多有为熊恽周旋者，是以因循不决。熊囏怠于政事，专好游猎，在位三年，无所施设。熊恽嫌隙已成，私畜死士，乘其兄出猎，袭而杀之，以病薨告于文夫人。文夫人虽则心疑，不欲明白其事，遂使诸大夫拥立熊恽为君，是为成王。以熊囏未尝治国，不成为君，号为"堵敖"，不以王礼葬之。任其叔王子善为令尹，即子元也。子元自其兄文王之死，便有篡立之意，兼慕其嫂息妫，天下绝色，欲与私通。况熊囏、熊恽二子，年齿俱幼，自恃尊行，全不在眼。只畏大夫鬬伯比正直无私，且多才智，故此不敢纵肆。至是，周惠王十一年，鬬伯比病卒。子元意无忌惮，遂于王宫之旁，大筑馆舍，每日歌舞奏乐，欲以蛊惑文夫人之意。文夫人闻之，问侍人曰："宫外乐舞之声何来？"侍人曰："此令尹之新馆也！"文夫人曰："先君舞干以习武事，以征诸侯，是以朝贡不绝于庭。今楚兵不至中国者十年矣。令尹不图雪耻，而乐舞于未亡人之侧，不亦异乎？"侍人述其言于子元，子元曰："妇人尚不忘中原，我反忘之，不伐郑，非丈夫也！"遂发兵车六百乘，自为中军，鬬御疆、鬬梧建大旆为前队，王孙游、王孙嘉为后队。浩浩荡荡，杀奔郑国而来。

郑文公闻楚师大至，急召百官商议。堵叔曰："楚兵众盛，未可敌也，不如请成。"师叔曰："吾新与齐盟，齐必来救，且宜坚壁以待之。"世子华年少方刚，请背城一战。叔詹曰："三人之言，吾取师叔。然以臣愚见，楚兵不久自退。"郑文公曰："令尹自将，安肯退乎？"叔詹曰："自楚加兵人国，未有用六百乘者。公子元操必胜之心，欲以媚息夫人耳。夫求胜者，亦必畏败。楚兵若来，臣自有计退之。"正商议间，谍报："楚师斩桔柣关而进，已破外郭，入纯门，将及逵市。"堵叔曰："楚兵逼矣，如行成不可，且奔桐丘以避之。"叔詹曰："无惧也！"乃使甲士埋伏于城内，大开城门，街市百姓来往如常，并无惧色。鬬御疆等前队先到，见如此模样，城上绝无动静，心中疑惑，谓鬬梧曰："郑闲暇如此，必有诡计，哄吾入城，不可轻进，且待令尹来议之。"遂离城五里，扎住营寨。须臾，子元大兵已到，鬬御疆等禀知城中如此。子元亲自登高阜处以望郑城，忽见旌旗整肃，甲士林立，看了一回，叹曰："郑有'三良'在，其谋叵测，万一失利，何面目见文夫人乎？更探听虚实，方可攻城也！"次日，后队王孙游遣人来报说："谍探得齐侯同宋、鲁二国诸侯，亲率大军，前来救郑，鬬将军等不敢前进，特候军令，准备迎敌。"子元大惊，谓诸将曰："诸侯若截吾去路，吾腹背受敌，必致损折，吾侵郑及于逵市，可谓全胜矣。"乃暗传号令，人衔枚，马摘铃，是夜拔寨都起。犹恐郑兵追赶，命勿撤军幕，仍建大旆，以疑郑人。大军潜出郑界，乃始鸣钟击鼓，唱凯歌而还。先遣报文夫人曰："令尹全胜而回矣！"夫人谢曰："令尹若能歼敌成功，宜宣示国人，以彰明罚；告诸太庙，以慰先王之灵。未亡人何与焉？"子元大惭。楚王熊恽，闻子元不战而还，自是有不悦之意。

却说郑叔詹亲督军士巡城，彻夜不睡。至晓，望见楚幕，指曰："此空营也，楚师遁矣。"众犹未信，问："何以知之？"叔詹曰："幕乃大将所居，鸣钲设儆，军声震动。今见群鸟栖噪于上，故知其为空幕也。吾度诸侯救兵必至，楚先闻信，是以遁耳！"未几，谍报："诸侯救兵果到，未及郑境，闻楚师已去，各散回本国去了。"众始服叔詹之智。郑遣使致谢齐侯救援之劳，自此感服齐国，不敢怀贰。

再说楚子元自伐郑无功，内不自安，篡谋益急，欲先通文夫人，然后行事。适文夫人有小恙，子元假称问安，来至王宫，遂移卧具寝处宫中，三日不出。家甲数百，环列宫外。大夫鬬廉闻之，闯入宫门，直至卧榻，见子元方对镜整鬓，让之曰："此岂人臣栉沐之所耶？令尹宜速退！"子元曰："此吾家宫室，与射师何与？"鬬廉曰："王侯之贵，弟兄不得通属，令尹虽介弟，亦人臣也。人臣过阙则下，过庙则趋，咳唾其地，犹为不敬，况寝处乎？且寡夫人密迩于此，男女别嫌，令尹岂未闻耶？"子元大怒曰："楚国之政，在吾掌握，汝何敢多言？"命左右梏其手，拘于虎下，不放出宫。文夫人使侍人告急于鬬伯比之子鬬穀於菟，使其入宫靖难。鬬穀於菟密奏楚王，约会鬬梧、鬬御疆及其子鬬班，半夜率甲以围王宫，将家甲乱砍，众俱惊散。子元方拥宫人醉寝，梦中惊起，仗剑而出，恰遇鬬班亦仗剑而入。子元喝曰："作乱乃孺子耶？"鬬班曰："我非作乱，特来诛乱者耳！"两下就在宫中争战。不数合，鬬御疆、鬬梧齐到，子元度不能胜，夺门欲走，被鬬班一剑砍下头来。鬬縠於菟将鬬廉开梏放出，一齐至文夫人寝室之外，稽首问安而退。次早，楚成王熊恽御殿，百官朝见已毕，楚王命灭子元之家，榜其罪状于通衢。髯翁论公子元欲蛊文夫人之事，有诗曰：

堪嗟色胆大于身，不论尊分不论亲。
莫怪狂且轻动念，楚夫人是息夫人。

却说鬬縠於菟之祖曰鬬若敖，娶䢵子之女，生鬬伯比。若敖卒，伯比尚幼，随母居于䢵国，往来宫中，䢵夫人爱之如子。䢵夫人有女与伯比为表兄妹之亲，自小宫中作伴游耍，长亦不禁，遂成私情。䢵女有孕，䢵夫人方才知觉，乃禁绝伯比不许入宫，使其女诈称有病，屏居一室。及诞期已满，产下一子，䢵夫人潜使侍人用衣服包裹，将出宫外，弃于梦泽之中，意欲瞒过䢵子，且不欲扬其女之丑名也。伯比羞惭，与其母归于楚国去讫。其时䢵子适往梦泽田猎，见泽中有猛虎蹲踞，使左右放箭，箭从旁落，一矢不中，其虎全不动掸。䢵子心疑，使人至泽察之，回报："虎方抱一婴儿，喂之以乳，见人亦不畏避。"䢵子曰："是神物，不可惊之！"猎毕而归，谓夫人曰："适至梦泽，见一奇事。"夫人问曰："何事？"䢵子遂将猛虎乳儿之事，述了一遍。夫人曰："夫君不知，此儿乃妾所弃也。"䢵子骇然曰："夫人安得此儿而弃之？"夫人曰："夫君勿罪。此儿实吾女与鬬甥所生，妾恐污吾女之名，故命侍者弃于梦泽。妾闻姜嫄履巨人迹而生子，弃之冰上，飞鸟以翼覆之，姜嫄以为神，收养成人，名之曰弃，官为后稷，遂为周代之祖。此儿既有虎乳之异，必是大贵人也！"郧子从之，使人收回，命其女抚养。逾年，送其女于楚，与鬬伯比成亲。楚人乡谈，呼乳曰"穀"，呼虎曰"於菟"，取乳虎为义，名其子曰穀於菟。表字子文。今云梦县有於菟乡，即子文生处也。穀於菟既长，有安民治国之才，经文纬武之略。父伯比，仕楚为大夫。伯比死，穀於菟嗣为大夫。及子元之死，令尹官缺，楚王欲用鬬廉。鬬廉辞曰："方今与楚为敌者，齐也。齐用管仲、甯戚，国富兵强，臣才非管、甯之流明矣，王欲改纪楚政，与中原抗衡，非鬬穀於菟不可。"百官齐声保奏："必须此人，方称其职。"楚王准奏，遂拜鬬穀於菟为令尹，楚王曰："齐用管仲，号为仲父，今穀於菟尊显于楚，亦当字之。"乃呼为子文而不名。时周惠王之十三年也。

　　子文既为令尹，倡言曰："国家之祸，皆由君弱臣强所致，凡百官采邑，皆以半纳还公家。"子文先于鬬氏行之，诸人不敢不从。又以郢城南极湘潭，北据汉江，形胜之地，自丹阳徙都之，号曰郢都。治兵训武，进贤任能，以公族屈完为贤，使为大夫，族人鬬章才而有智，使与诸鬬同治军旅，以其子鬬班为申公。楚国大治。齐桓公闻楚王任贤图治，恐其争胜中原，欲起诸侯之兵伐楚，问管仲。管仲对曰："楚称王南海，地大兵强，周天子不能制。今又任子文为政，四境安堵，非可以兵威得志也。且君新得诸侯，非有存亡兴灭之德，深入人心，恐诸侯之兵，不为我用，今当益广威德，待时而动，方保万全。"桓公曰："自我先君报九世之仇，剪灭纪国，奄有其地；鄣为纪附庸，至今未服。寡人欲并灭之，何如？"管仲曰："鄣虽小国，其先乃太公之支孙，为齐同姓，灭同姓，非义也。君可命王子成父率大军巡视纪城，示以欲伐之状，鄣必畏而来降，是无灭亲之名，而有得地之实矣。"桓公用其策，鄀君果畏惧求降，桓公曰："仲父之谋，百不失一！"君臣正计议国事，忽近臣来报："燕国被山戎用兵侵伐，特遣人求救。"管仲曰："君欲伐楚，必先定戎，戎患既熄，乃可专事于南方矣。"

毕竟桓公如何服戎，且听下回分解。

第二十一回
管夷吾智辨俞儿，齐桓公兵定孤竹

话说山戎乃北戎之一种，国于令支，亦曰离支。其西为燕，其东南为齐鲁，令支界于三国之间，恃其地险兵强，不臣不贡，屡犯中国。先时曾侵齐界，为郑公子忽所败。至是闻齐侯图伯，遂统戎兵万骑，侵扰燕国，欲绝其通齐之路。燕庄公抵敌不住，遣人走间道告急于齐。齐桓公问于管仲，管仲对曰："方今为患，南有楚，北有戎，西有狄，此皆中国之忧，盟主之责也。即戎不病燕，犹思膺之；况燕人被师，又求救乎？"

桓公乃率师救燕。师过济水，鲁庄公迎之于鲁济。桓公告以伐戎之事，鲁侯曰："君剪豺狼，以靖北方，敝邑均受其赐，岂惟燕人？寡人愿索敝赋以从。"桓公曰："北方险远之地，寡人不敢劳君玉趾。若遂有功，君之灵也。不然，而借兵于君未晚。"鲁侯曰："敬诺。"桓公别了鲁侯，望西北进发。

却说令支子名密卢，蹂躏燕境，已及二月，掳掠子女，不可胜计。闻齐师大至，解围而去。桓公兵至蓟门关，燕庄公出迎，谢齐侯远救之劳，管仲曰："山戎得志而去，未经挫折，我兵若退，戎兵必然又来。不如乘此伐之，以除一方之患可也。"桓公曰："善。"燕庄公请率本国之兵为前队。桓公曰："燕方经兵困，何忍复令冲锋？君姑将后军，为寡人声势足矣。"燕庄公曰："此去东八十里，国名无终，虽戎种，不附山戎，可以招致，使为向导。"桓公乃大出金帛，遣公孙隰朋召之。无终子即遣大将虎儿斑，率领骑兵二千，前来助战。桓公复厚赏之，使为前队。约行将二百里，桓公见山路逼险，问于燕伯。燕伯曰："此地名葵兹，乃北戎出入之要路也。"桓公与管仲商议，将辎重资粮，分其一半，屯聚于葵兹。令士卒伐木筑土为关，留鲍叔牙把守，委以转运之事。休兵三日，汰下疲病，只用精壮，兼程而进。

却说令支子密卢闻齐兵来伐，召其将速买计议。速买曰："彼兵远来疲困，乘其安营未定，突然冲之，可获全胜"。密卢与之三千骑。速买传下号令，四散埋伏于山谷之中，只等齐兵到来行事。虎儿斑前队先到，速买只引百余骑迎敌，虎儿斑奋勇，手持长柄铁瓜锤，望速买当头便打。速买大叫："且慢来。"亦挺大杆刀相迎。略斗数合，速买诈败，引入林中，一声呼哨，山谷皆应，把虎儿斑之兵，截为二段。虎儿斑死战，马复被伤，束手待缚。恰遇齐侯大军已到，王子成父大逞神威，杀散速买之兵，将虎儿斑救出，速买大败而去。虎儿斑先领戎兵，多有损折，来见桓公，面有愧色。桓公曰："胜负常事，将军勿以为意"。乃以名马赐之，虎儿斑感谢不已。大军东进三十里，地名伏龙山，桓公和燕庄公结寨于山上，王子成父、宾须无立二营于山下。皆以大车联络为城，巡警甚严。

次日，令支子密卢亲自带领速买，引着骑兵万余，前来挑战。一连冲突数次，皆被车城隔住，不能得入。延至午后，管仲在山头望见戎兵渐渐稀少,皆下马卧地,口中谩骂,管仲抚虎儿斑之背曰:"将军今日可雪耻也"。虎儿斑应诺,车城开处,虎儿斑引本国人马飞奔杀出。隰朋曰:"恐戎兵有计"。管仲曰:"吾已料之矣。"即命王子成父率一军出左,宾须无率一军出右,两路接应,专杀伏兵。原来山戎惯用埋伏之计,见齐兵坚壁不动,乃伏兵于谷中,故意下马谩骂,以诱齐兵。虎儿斑马头到处,戎兵皆弃马而奔。虎儿斑正欲追赶,闻大寨鸣金,即时勒马而回。密卢见虎儿斑不来追赶,一声呼哨,招引谷中人马,指望悉力来攻,却被王子成父和宾须无两路兵到,杀得七零八落,戎兵又大败而回,干折了许多马匹。速买献计曰:"齐欲进兵,必由黄台山谷口而入。吾将木石擂断,外面多掘坑堑,以重兵守之,虽有百万之众,不能飞越也。伏龙山二十余里皆无水泉,必仰汲于濡水。若将濡流坝断,彼军中乏水饮,必乱,乱则必溃。吾因溃而乘之,无有不胜。一面再遣人求救于孤竹国,借兵助战,此万全之策也。"密卢大喜,依计而行。

却说管仲见戎兵退后,一连三日不见动静,心下怀疑,使谍者探听。回言:"黄台山大路已断塞了。"管仲乃召虎儿斑问曰:"尚有别径可入否?"虎儿斑曰:"此去黄台山不过十五里,便可以直捣其国,若要寻别径,须从西南打大宽转,由芝麻岭抄出青山口,复转东数里,方是令支巢穴。但山高路险,车马不便转动耳"。正商议间,牙将连挚禀道:"戎主断吾汲道,军中乏水,如何?"虎儿斑曰:"芝麻岭一派都是山路,非数日不到,若无水携载,亦自难往。"桓公传令,教军士凿山取水,先得水者重赏。公孙隰朋进曰:"臣闻蚁穴居知水,当视蚁垤处掘之。"军士各处搜寻,并无蚁垤,又来禀复。隰朋曰:"蚁冬则就暖。居山之阳;

夏则就凉，居山之阴。今冬月，必于山之阳，不可乱掘。"军士如其言，果于山腰掘得水泉，其味清冽。桓公曰："隰朋可谓圣矣。"因号其泉曰圣泉，伏龙山改为龙泉山。军中得水，欢呼相庆。

密卢打听得齐军未尝乏水，大骇曰："中国岂有神助耶？"速买曰："齐兵虽然有水，然涉远而来，粮必不继。吾坚守不战，彼粮尽自然退矣。"密卢从之。管仲使宾须无假托转回葵兹取粮，却用虎儿斑领路，引一军取芝麻岭进发，以六日为期；却教牙将连挚，日往黄台山挑战，以缀密卢之兵，使之不疑。如此六日，戎兵并不接战。管仲曰："以日计之，宾将军西路将达矣，彼既不战，我不可以坐守。"乃使士卒各负一囊，实土其中，先使人驾空车二百乘前探，遇堑坑处，即以土囊填满。大军直至谷口，发声喊，齐将木石搬运而进。

密卢自以为无患，日与速买饮酒为乐。忽闻齐军杀入，连忙跨马迎敌，未及交锋，戎兵报："西路又有敌军杀到。"速买知小路有失，无心恋战，保着密卢望东南而走。宾须无追赶数里，见山路崎岖，戎人驰马如飞，不及而还。马匹器仗，牛羊帐幕之类，遗弃无算，俱为齐有。夺还燕国子女，不可胜计。令支国人，从未见此兵威，无不箪食壶浆，迎降于马首，桓公一一抚慰，吩咐不许杀戮降夷一人，戎人大悦。桓公召降戎问曰："汝主此去，当投何国？"降戎曰："我国与孤竹为邻，素相亲睦，近亦曾遣人乞师未到，此行必投孤竹也！"桓公问孤竹强弱并路之远近，降戎曰："孤竹乃东南大国，自商朝便有城郭。从此去约百余里，有溪名曰卑耳，过溪便是孤竹界内，但山路险峻难行耳。"桓公曰："孤竹党山戎为暴，既在密迩，宜前讨之。"适鲍叔牙遣牙将高黑运干糒五十车到，桓公即留高黑军前听用。于降戎中挑选精壮千人，付虎儿斑帐下，以补前损折之数，休兵三日，然后起程。

再说密卢等行至孤竹，见其主答里呵，哭倒在地，备言："齐兵恃强，侵夺我国，意欲乞兵报仇。"答里呵曰："俺这里正欲起兵相助，因有小恙，迟这几日，不意你吃了大亏。此处有卑耳之溪，深不可渡。俺这里将竹筏尽行拘回港中，齐兵插翅亦飞不过。俟他退兵之后，俺和你领兵杀去，恢复你的疆土，岂不稳便？"大将黄花元帅曰："恐彼造筏而渡，宜以兵守溪口，昼夜巡行，方保无事。"答里呵曰："彼若造筏，吾岂不知？"遂不听黄花之言。

再说齐桓公大军起程，行不十里，望见顽山连路，怪石嵯峨，草木蒙茸，竹箐塞路。有诗为证：

盘盘曲曲接青云，怪石嵯岈路不分。
任是胡儿须下马，还愁石窟有山君。

管仲教取硫黄焰硝引火之物，撒入草树之间，放起火来，哔哔剥剥，烧得一片声响，真个草木无根，狐兔绝影，火光透天，五日夜不绝。火熄之后，命凿山开道，以便进车，诸将禀称："山高且险，车行费力！"管仲曰："戎马便于驱驰，惟车可以制之！"乃制上山下山之歌，使军人歌之。《上山歌》曰：

山嵬嵬兮路盘盘，木濯濯兮顽石如栏。云薄薄兮日生寒，我驱车兮上巉岏。风伯为驭兮俞儿操竿，如飞鸟兮生羽翰，跋彼山巅兮不为难！

第二十一回　管夷吾智辨俞儿，齐桓公兵定孤竹

《下山歌》曰：

上山难兮下山易，轮如环兮蹄如坠。声辚辚兮人吐气，历几盘兮顷刻而平地。捣彼戎庐兮消烽燧，勒勋孤竹兮亿万世！

人夫唱起歌来，你唱我和，轮转如飞。

桓公与管仲、隰朋等，登卑耳之巅，观其上下之势。桓公叹曰："寡人今日知人力可以歌取也！"管仲对曰："臣昔在槛车之时，恐鲁人见追，亦作歌以教军夫，乐而忘倦，遂有兼程之功！"桓公曰："其故何也？"对曰："凡人劳其形者疲其神，悦其神者忘其形！"桓公曰："仲父通达人情，一至于此！"于是催趱车徒，一齐进发。行过了几处山头，又上一岭，只见前面大小车辆，俱塞不进。军士禀称："两边天生石壁，中间一径，止容单骑，不通车辆！"桓公面有惧色，谓管仲曰："此处倘有伏兵，吾必败矣！"

正在踌躇，忽见山凹里走出一件东西来，桓公睁眼看之，似人非人，似兽非兽，约长一尺有余，朱衣玄冠，赤着两脚，向桓公面前再三拱揖，如相迓之状，然后以右手抠衣，竟向石壁中间疾驰而去。桓公大惊，问管仲曰："卿有所见乎？"管仲曰："臣无所见！"桓公述其形状，管仲曰："此正臣所制歌词中'俞儿'者是也！"桓公曰："俞儿若何？"管仲曰："臣闻北方有登山之神，名曰'俞儿'，有霸王之主则出见，君之所见，其殆是乎！拱揖相迓者，欲君往伐也；抠衣者，示前有水也；右手者，水右必深，教君以向左也！"髯翁有诗论管仲识"俞儿"之事，诗云：

春秋典籍数而知，仲父何从识俞儿？
岂有异人传异事，张华博物总堪疑。

管仲又曰："既有水阻，幸石壁可守，且屯军山上，使人探明水势，然后进兵！"探水者去之良久，回报："下山不五里，即卑耳溪，溪水大而且深，虽冬不竭，原有竹筏以渡，今被戎主拘收矣，右去水愈深，不啻丈余，若从左而行，约去三里，水面虽阔而浅，涉之没不及膝！"桓公抚掌曰："俞儿之兆验矣！"燕庄公曰："卑耳溪不闻有浅处可涉，此殆神助君侯成功也！"桓公曰："此去孤竹城，有路多少？"燕庄公曰："过溪东去，先团子山，次马鞭山，又次双子山，三山连络，约三十里，此乃商朝孤竹三君之墓；过了三山，更二十五里，便是无棣城，即孤竹国君之都也。"虎儿斑请率本部兵先涉，管仲曰："兵行一处，万一遇敌，进退两难，须分两路而行。"乃令军人伐竹，以藤贯之，顷刻之间，成筏数百，留下车辆，以为载筏，军士牵之。下了山头，将军马分为两队：王子成父同高黑引着一军，从右乘筏而渡为正兵；公子开方、竖貂随着齐桓公亲自接应。宾须无同虎儿斑引着一军，从左涉水而渡为奇兵，管仲同连挚随着燕庄公接应。俱于团子山下取齐。

却说答里呵在无棣城中，不知齐兵去来消息，差小番到溪中打听，见满溪俱是竹筏，兵马纷纷而渡，慌忙报知城中，答里呵大惊，即令黄花元帅率兵五千拒敌，密卢曰："俺在此无功，愿引速买为前部。"黄花元帅曰："屡败之人，难与同事。"跨马径行。答里呵谓密卢曰："西北团子山，乃东来要路，相烦贤君臣把守，就便接应，俺这里随后也到。"密卢口虽应诺，却怪黄花元帅轻薄了他，心中颇有不悦之意。

却说黄花元帅兵未到溪口，便遇了高黑前队，两下接住厮杀。高黑战黄花不过，却待要走，王子成父已到，黄花撇了高黑，便与王子成父厮杀，大战五十余合，不分胜负。后面齐侯大军俱到，公子开方在右，竖貂在左，一齐卷上，黄花元帅心慌，弃军而走。五千人马，被齐兵掩杀大半，余者尽降。黄花单骑奔逃，将近团子山，见兵马如林，都打着齐、燕、无终三国旗号，乃是宾须无等涉水而渡，先据了团子山了。黄花不敢过山，弃了马匹，扮作樵采之人，从小路爬山得脱。齐桓公大胜，进兵至团子山，与左路军马做一处列营，再议征进。

却说密卢引军刚到马鞭山，前哨报道："团子山已被齐兵所占。"只得就马鞭山屯扎。黄花元帅逃命至马鞭山，认做自家军马，投入营中，却是密卢。密卢曰："元帅屡胜之将，何以单身至此？"黄花羞惭无极，索酒食不得，与以炒麦一升，又索马骑，与之漏蹄。黄花大恨，回至无棣城，见答里呵，请兵报仇。答里呵曰："吾不听元帅之言，以至如此。"黄花曰："齐侯所恨，在于令支，今日之计，惟有斩密卢君臣之首，献于齐君，与之讲和，可不战而退。"答里呵曰："密卢穷而归我，何忍卖之。"宰相兀律古进曰："臣有一计，可以反败为攻。"答里呵问："何计？"兀律古曰："国之北有地名曰旱海，又谓之迷谷，乃砂碛之地，一望无水草，从来国人死者，弃之于此，白骨相望，白昼常见鬼；又时时发冷风，风过处，人马俱不能存立，中人毛发辄死；又风沙刮起，咫尺不辨。若误入迷谷，谷路纡曲难认，急不能出，兼有毒蛇猛兽之患。诚得一人诈降，诱至彼地，不须厮杀，管取死亡八九，吾等整顿军马，坐待其敝，岂非妙计？"答里呵曰："齐兵安肯至彼乎？"兀律古曰："主公同宫眷暂伏阳山，令城中百姓，俱往山谷避兵，空其城市。然后使降人告于齐侯，只说'吾主逃往砂碛借兵'，彼必来追赶，堕吾计矣。"黄花元帅欣然愿往，更与骑兵千人，依计而行。黄花元帅在路思想："不斩密卢之首，齐侯如何肯信？若使成功，主公亦必不加罪。"遂至马鞭山来见密卢。

却说密卢正与齐兵相持未决，且喜黄花救兵来到，欣然出迎。黄花出其不意，即于马上斩密卢之首。速买大怒，绰刀上马来斗黄花。两家军兵，各助其主，自相击斗，互有杀伤。速买料不能胜，单刀独马，径奔虎儿斑营中投降，虎儿斑不信，叱军士缚而斩之。可怜令支国君臣，只因侵扰中原，一朝俱死于非命，岂不哀哉？史官有诗云：

山有黄台水有濡，周围百里令支居。
燕山卤获今何在，国灭身亡可叹吁！

黄花元帅并有密卢之众，直奔齐军，献上密卢首级，备言："国主倾国逃去砂碛，与外国借兵报仇。臣劝之投降不听，今自斩密卢之首，投于帐下，乞收为小卒。情愿率本部兵马为向导，追赶国主，以效微劳。"桓公见了密卢首级，不由不信，即用黄花为前部，引大军进发，直抵无棣，果是个空城，益信其言为不谬。诚恐答里呵去远，止留燕庄公兵一支守城，其余尽发，连夜追袭。黄花请先行探路，桓公使高黑同之，大军继后。已到砂碛，桓公催军速进。行了许久，不见黄花消息。看看天晚，但见"白茫茫一片平沙，黑黯黯千重惨雾，冷凄凄数群啼鬼，乱飒飒几阵悲风"。寒气

第二十一回 管夷吾智辨俞儿，齐桓公兵定孤竹

逼人，毛骨俱悚，狂飙刮地，人马俱惊，军马多有中恶而倒者。时桓公与管仲并马而行，仲谓桓公曰："臣久闻北方有旱海，是极厉害之处，恐此是也，不可前行。"桓公急教传令收军，前后队已自相失。带来火种，遇风即灭，吹之不燃。管仲保着桓公，带转马头急走。随行军士，各各敲金击鼓，一来以屏阴气，二来使各队闻声来集。只见天昏地惨，东西南北，茫然不辨。不知走了多少路，且喜风息雾散，空中现出半轮新月，众将闻金鼓之声，追随而至，屯扎一处。挨至天晓，计点众将不缺，止不见隰朋一人，其军马七断八续，损折无数。幸而隆冬闭蛰，毒蛇不出；军声喧闹，猛兽潜藏。不然，真个不死带伤，所存无几矣！管仲见山谷险恶，绝无人行，急教寻路出去。奈东冲西撞，盘盘曲曲，全无出路。桓公心下早已着忙。管仲进曰："臣闻老马识途，无终与山戎连界，其马多从漠北而来，可使虎儿斑择老马数头，观其所往而随之，宜可得路也。"桓公依其言，取老马数匹，纵之先行，委委曲曲，遂出谷口。髯翁有诗云：

蚁能知水马知途，异类能将危困扶。
堪笑浅夫多自用，谁能舍己听忠谟？

再说黄花元帅引齐将高黑先行，径走阳山一路，高黑不见后队大军来到，教黄花暂住，等候一齐进发，黄花只顾催趱，高黑心疑，勒马不行，被黄花执之，来见孤竹主答里呵。黄花瞒过杀密卢之事，只说："密卢在马鞭山兵败被杀，臣用诈降之计，已诱齐侯大军，陷于旱海，又擒得齐将高黑在此，听凭发落。"答里呵谓高黑曰："汝若投降，吾当重用。"高黑睁目大骂曰："吾世受齐恩，

安肯臣汝犬羊哉？"又骂黄花："汝诱吾至此，我一身死不足惜，吾主兵到，汝君臣国亡身死，只在早晚，教你悔之无及！"黄花大怒，拔剑亲斩其首。真忠臣也！答里呵再整军容，来夺无棣城。燕庄公因兵少城空，不能固守，令人四面放火，乘乱杀出，直退回团子山下寨。

再说齐桓公大军出了迷谷，行不十里，遇见一支军马，使人探之，乃公孙隰朋也，于是合兵一处，径奔无棣城来。一路看见百姓扶老携幼，纷纷行走，管仲使人问之，答曰："孤竹主逐去燕兵，已回城中，吾等向避山谷，今亦归井里耳。"管仲曰："吾有计破之矣！"乃使虎儿斑选心腹军士数人，假扮做城中百姓，随着众人，混入城中，只待夜半举火为应。虎儿斑依计去后，管仲使竖貂攻打南门，连挚攻打西门，公子开方攻打东门，只留北门与他做走路，却教王子成父和隰朋分作两路，埋伏于北门之外，只等答里呵出城，截住擒杀。管仲与齐桓公离城十里下寨。

时答里呵方救灭城中之火，招回百姓复业，一面使黄花整顿兵马，以备厮杀。是夜黄昏时候，忽闻炮声四举，报言："齐兵已到，将城门围住。"黄花不意齐兵即至，大吃一惊，驱率军民，登城守望。延至半夜，城中四五路火起，黄花使人搜索放火之人，虎儿斑率十余人，径至南门，将城门砍开，放竖貂军马入来。黄花知事不济，扶答里呵上马，觅路奔走，闻北路无兵，乃开北门而去，行不二里，但见火把纵横，鼓声震地，王子成父和隰朋两路军马杀来，开方、竖貂、虎儿斑得了城池，亦各统兵追袭，黄花元帅死战良久，力尽被杀。答里呵为王子成父所获，兀律古死于乱兵之中。至天明，迎接桓公入城，桓公数答里呵助恶之罪，亲斩其首，悬之北门，以警戒夷。安抚百姓，戎人言高黑不屈被杀之事，桓公十分叹息，即命录其忠节，待回国再议恤典。

燕庄公闻齐侯兵胜入城，亦自团子山飞马来会。称贺已毕，桓公曰："寡人赴君之急，跋涉千里，幸而成功，令支、孤竹，一朝殄灭，辟地五百里，然寡人非能越国而有之也，请以益君之封。"燕庄公曰："寡人借君之灵，得保宗社足矣，敢望益地？惟君建置之！"桓公曰："北陲僻远，若更立夷种，必然复叛，君其勿辞，东道已通，勉修先召公之业，贡献于周，长为北藩，寡人与有荣施矣。"燕伯乃不敢辞。桓公即无棣城大赏三军，以无终国有助战之功，命以小泉山下之田畀之，虎儿斑拜谢先归。桓公休兵五日而行，再渡卑耳之溪，于石壁取下车辆，整顿停当，缓缓而行。见令支一路荒烟余烬，不觉惨然，谓燕伯曰："戎主无道，殃及草木，不可不戒。"鲍叔牙自葵兹关来迎，桓公曰："饷馈不乏，皆大夫之功也！"又盼咐燕伯设戍葵兹关，遂将齐兵撤回。燕伯送桓公出境，恋恋不舍，不觉送入齐界，去燕界五十余里，桓公曰："自古诸侯相送，不出境外，寡人不可无礼于燕君。"乃割地至所送之处畀燕，以为谢过之意。燕伯苦辞不允，只得受地而还，在其地筑城，名曰燕留，言留齐侯之德于燕也。燕自此西北增地五百里，东增地五十余里，始为北方大国。诸侯因桓公救燕，又不贪其地，莫不畏齐之威，感齐之德。史官有诗云：

千里提兵治犬羊，要将职贡达周王。
休言黩武非良策，尊攘须知定一匡。

桓公还至鲁济，鲁庄公迎劳于水次，设飨称贺。桓公以庄公亲厚，特分二戎卤获之半以赠鲁。庄公知管仲有采邑，名曰小谷，在鲁界首，乃发丁夫代为筑城，以悦管仲之意。时鲁庄公三十二年，周惠王之十五年也。

是年秋八月，鲁庄公薨，鲁国大乱。

欲知鲁事如何，且看下回分解。

第二十二回
公子友两定鲁君，齐皇子独对委蛇

话说公子庆父字仲，鲁庄公之庶兄，其同母弟名牙字叔，则庄公之庶弟。庄公之同母弟曰公子友，因手掌中生成一"友"字文，遂以为名，字季，谓之季友。虽则兄弟三人同为大夫，一来嫡庶之分，二来惟季友最贤，所以庄公独亲信季友。庄公即位之三年，曾游郎台，于台上窥见党氏之子孟任，容色殊丽，使内侍召之，孟任不从，庄公曰："苟从我，当立汝为夫人也。"孟任请立盟誓，庄公许之，孟任遂割臂血誓神，与庄公同宿于台上，遂载回宫。岁余生下一子，名般。庄公欲立孟任为夫人，请命于母文姜，文姜不许，必欲其子与母家联姻，遂定下襄公始生之女为婚，只因姜氏年幼，直待二十岁上，方才娶归，所以孟任虽未立为夫人，那二十余年，却也权主六宫之政。比及姜氏入鲁为夫人，孟任已病废不能起，未几，卒，以妾礼葬之。姜氏久而无子，其娣叔姜从嫁，生一子曰启。先有妾风氏，乃须句子之女，生一子名申。风氏将申托于季友，谋立为嗣。季友曰："子般年长。"乃止。姜氏虽为夫人，庄公念是杀父仇家，外虽礼貌，心中不甚宠爱。公子庆父生得魁伟轩昂，姜氏看上了他，阴使内侍往来通语，遂与庆父私通，情好甚密，因与叔牙为一党，相约异日共扶庆父为君，叔牙为相。髯翁有诗云：

淫风郑卫只寻常，更有齐风不可当。
堪笑鲁邦偏缔好，文姜之后有哀姜。

庄公三十一年，一冬无雨，欲行雩祭祈祷。先一日，演乐于大夫梁氏之庭。梁氏有女，色甚美，公子般悦之，阴与往来，亦有约为夫人之誓。是日，梁女梯墙而观演乐，圉人荦在墙外窥见梁女姿色，立于墙下，故作歌以挑之，歌曰：

桃之夭夭兮，凌冬而益芳。中心如结兮，不能逾墙。
愿同翼羽兮，化为鸳鸯。

公子般亦在梁氏观雩，闻歌声出看，见圉人荦大怒，命左右擒下，鞭之三百，血流满地，荦再三哀求，乃释之。公子般诉之于庄公，庄公曰："荦无礼，便当杀之，不可鞭也，荦之勇捷，天下无比，鞭之，必怀恨于汝矣。"原来圉人荦有名绝力，曾登稷门城楼，飞身而下，及地，复踊身一跃，遂手攀楼屋之角，以手撼之，楼俱震动。庄公劝杀荦，亦畏其勇故也。子般曰："彼匹夫耳，何虑焉？"圉人荦果恨子般，遂投庆父门下。

次年秋，庄公疾笃，心疑庆父，故意先召叔牙，问以身后之事，叔牙果盛称庆父之才："若主鲁国，社稷有赖。况一生一及，鲁之常也。"庄公不应。叔牙出，复召季友问之。季友对曰："君与孟任有盟矣，既降其母，可复废其子乎？"庄公曰："叔牙劝寡人立庆父何如？"季友曰："庆父残忍无亲，非人君之器。叔牙私于其兄，不可听之，臣当以死奉般。"庄公点首，遂不能言。

季友出宫，急命内侍传庄公口语，使叔牙待于大夫鍼季之家，即有君命来到。叔牙果往鍼氏，季友乃封鸩酒一瓶，使鍼季毒死叔牙，复手书致牙曰："君有命，赐公子死，公子饮此而死，子孙世不失其位，不然，族且灭矣！"叔牙犹不肯服，鍼氏执耳灌之，须臾，九窍流血而死。史官有诗论鸩牙之事，曰：

周公诛管安周室，季友牙酖靖鲁邦。
为国灭亲真大义，六朝底事忍相戕。

是夕，庄公薨，季友奉公子般主丧，谕国人以明年改元，各国遣吊，自不必说。

至冬十月，子般念外家党氏之恩，闻外祖党臣病死，往临其丧。庆父密召圉人荦谓曰："汝不记鞭背之恨乎？夫蛟龙离水，匹夫可制，汝何不报之于党氏？吾为汝主。"荦曰："苟公子相助，敢不如命！"乃怀利刃，黉夜奔党大夫家。时已三更，逾墙而入，伏于舍外。至天明时，小内侍启门取水，圉人荦突入寝室。子般方下床穿履，惊问曰："汝何至此？"荦曰："来报去年鞭背之恨耳！"子般急取床头剑劈之，伤额破脑，荦左手格剑，右手握刃刺般，中胁而死，内侍惊报党氏，党氏家众操兵齐来攻荦，荦因脑破不能战，被众人乱斫为泥。季友闻子般之变，知是庆父所为，恐及于祸，乃出奔陈国以避难。庆父佯为不知，归罪于圉人荦，灭其家，以解说于国人。夫人姜氏欲遂立庆父，庆父曰："二公子犹在，不尽杀绝，未可代也。"姜氏曰:"当立申乎?"庆父曰:"申年长难制,不如立启。"乃为子般发丧,假讣告为名,亲至齐国,告以子般之变,纳贿于竖貂,立子启为君,时年八岁,是为闵公。闵公乃叔姜之子,叔姜是夫人姜氏之娣也。闵公为齐桓公外甥,闵公内畏哀姜,外畏庆父,欲借外家为重,故使人订齐桓公,会于落姑之地。闵公牵桓公之衣,密诉以庆父内乱之事,垂泪不止。桓公曰:"今者鲁大夫谁最贤?"闵公曰:"惟季友最贤,今避难于陈国。"桓公曰:"何不召而复之?"闵公曰:"恐庆父见疑。"桓公曰:"但出寡人之意,谁敢违者?"乃使人以桓公之命,召季友于陈,闵公次于郎地,候季友至郎,并载归国,立季友为相,托言齐侯所命,不敢不从。时周惠王之六年,鲁闵公之元年也。

是冬,齐侯复恐鲁之君臣不安其位,使大夫仲孙湫来候问,且窥庆父之动静。闵公见了仲孙湫,流涕不能成语;后见公子申,与之谈论鲁事,甚有条理,仲孙曰:"此治国之器也!"嘱季友善视之,因劝季友早除庆父,季友伸一掌示之,仲孙已悟孤掌难鸣之意,曰:"湫当言于吾君,倘有缓急,不敢坐视。"庆父以重赂来见仲孙,仲孙曰:"苟公子能忠于社稷,寡君亦受其赐,岂惟湫乎?"固辞不受。庆父悚惧而退。仲孙辞闵公归,谓桓公曰:"不去庆父,鲁难未已也!"桓公曰:"寡人以兵去之,何如?"仲孙曰:"庆父凶恶未彰,讨之无名,臣观其志,不安于为下,必复有变,乘其变而诛之,此霸王之业也。"桓公曰:"善。"

闵公二年,庆父谋篡益急,只为闵公是齐侯外甥,又且季友忠心相辅,不敢轻动。忽一日,阍人报:"大夫卜齮相访。"庆父迎进书房,见卜齮怒气勃勃,问其来意,卜齮诉曰:"我有田与太傅慎不害田庄相近,被慎不害用强夺去,我去告诉主公,主公偏护师傅,反劝我让他，以此不甘，特来投公子，求于主公前一言。"庆父屏去从人，谓卜齮曰："主公年幼无知，虽言不听，子若能行大事，我为子杀慎不害何如？"卜齮曰："季友在，惧不免。"庆父曰："主公有童心，尝夜出武闱，游行街市，子伏人于武闱，候其出而刺之，但云盗贼，谁能知者。吾以国母之命，代立为君，逐季友如反掌耳。"卜齮许诺，乃求勇士，得秋亚，授以利匕首，使伏武闱。闵公果夜出，秋亚突起，刺杀闵公。左右惊呼，擒住秋亚，卜齮领家甲至夺去，庆父杀慎不害于家。季友闻变，夜叩公子申之门，蹴之起，告以庆父之乱，两人同奔邾国避难。髯翁有诗云：

子般遭弑闵公戕，操刃当时谁主张？
鲁乱尽由宫闱起，娶妻何必定齐姜！

却说国人素服季友，闻鲁侯被杀，相国出奔，举国若狂，皆怨卜齮而恨庆父，是日国中罢市。一聚千人，先围卜齮之家，满门遭戮，将攻庆父，聚者益众，庆父知人心不附，欲谋出奔，想起齐侯曾藉莒力以复国，齐、莒有恩，可因莒以自解于齐。况文姜原有莒医一脉交情；今夫人姜氏，即文姜之侄女，有此因缘，凡事可托。遂微服扮作商人，载了货赂满车，出奔莒国。

夫人姜氏闻庆父奔莒，安身不牢，亦想至莒国躲避。左右曰："夫人以仲故得罪国人，今复聚一国，谁能容之？季友在邾，众所与也，夫人不如适邾，以乞怜于季。"乃奔邾国求见季友。季友拒之弗见，季友闻庆父、姜氏俱出，遂将公子申归鲁，一面使人告难于齐。齐桓公谓仲孙湫曰："今鲁国无君，取之如何？"仲孙湫曰："鲁，秉礼之国，虽遭弑乱，一时之变，人心未忘周公，不可取也。况公子申明习国事，季友有戡乱之才，必能安集众庶，不如因而守之。"桓公曰："诺。"乃命上卿高傒，率南阳甲士三千人。吩咐高傒相机而动："公子申堪主社稷，即当扶立为君，以修邻好。不然，便可并兼其地。"高傒领命而行，来至鲁国，恰好公子申、季友亦到。高傒见公子申相貌端庄，议论条理，心中十分敬重，遂与季友定计，拥立公子申为君，是为僖公。使甲士帮助鲁人，筑鹿门之城，以防邾、莒之变。季友使公子奚斯，随高傒至齐，谢齐侯定国之功，一面使人如莒，要假手莒人以戮庆父，啖以重赂。

却说庆父奔莒之时，载有鲁国宝器，因莒医以献于莒子。莒子纳之，至是复贪鲁重赂，使人谓庆父曰："莒国褊小，惧以公子为兵端，请公子改适他国。"庆父犹未行，莒子下令逐之。庆父思竖貂曾受赂相好，乃自邾如齐，齐疆吏素知庆父之恶，不敢擅纳，乃寓居于汶水之上。恰好公子奚斯谢齐事毕，还至汶水，与庆父相见，欲载之归国。庆父曰："季友必不见容，子鱼能为我代言，乞念先君一脉，愿留性命，长为匹夫，死且不朽！"奚斯至鲁复命，遂致庆父之言，僖公欲许之。季友曰："使弑君者不诛，何以戒后？"因私谓奚斯曰："庆父若自裁，尚可为立后，不绝世祀也。"奚斯领命，再往汶上，欲告庆父，而难于启齿，乃于门外号啕大哭。庆父闻其声，知是奚斯，乃叹曰："子鱼不入见而哭甚哀，吾不免矣。"乃解带自缢于树而死。奚斯乃入而殓之，还报僖公。僖公叹息不已，忽报："莒子遣其弟赢拏，领兵临境，闻庆父已死，特索谢赂。"季友曰："莒人未尝擒送庆父，安得居功？"乃自请率师迎敌，僖公解所佩宝刀相赠，谓曰："此刀名曰'孟劳'，长不满尺，锋利无比，叔父宝之。"季友悬于腰胯之间，谢恩而出。行至郦地，莒公子嬴拏列阵以待。季友曰："鲁新立君，国事未定，若战而不胜，人心动摇矣，莒拏贪而无谋，吾当以计取之。"乃出阵前，请嬴拏面话，因谓之曰："我二人不相悦，士卒何罪。闻公子多力善搏，友请各释器械，与公子徒手赌一雌雄，何如？"嬴拏曰："甚善。"两下约退军士，就于战场放对，一来一往，各无破绽，约斗五十余合，季友之子行父，时年八岁，友甚爱之，俱至军中。时在旁观斗，见父亲不能取胜，连呼："'孟劳'何在？"季友忽然醒悟，故意卖个破绽，让嬴拏赶入一步，季友略一转身，于腰间拔出"孟劳"，回手一挥，连眉带额削去天灵盖半边，刃无血痕，真宝刀也！莒军见主将劈倒，不待交锋，各自逃命。季友全胜，唱凯还朝。

僖公亲自迎之于郊，立为上相，赐费邑为之采地，季友奏曰："臣与庆父、叔牙并是桓公之孙，臣以社稷之故，酖叔牙，缢庆父，大义灭亲，诚非得已，今二子俱绝后，而臣独叨荣爵，受大邑，臣何颜见桓公于地下？"僖公曰："二子造逆，封之得无非典？"季友曰："二子有逆心，无逆形，且其死非有刀锯之戮也，宜并建之，以明亲亲之谊。"僖公从之，乃以公孙敖继庆父之后，是为孟孙氏。庆父字仲，后人以字为氏，本曰仲孙，因讳庆父之恶，改为孟也。孟孙氏食采于成；以公孙兹继叔牙之后，是为叔孙氏，食采于郈。季友食采于费，加封以汶阳之田，是为季孙氏。于是季、孟、叔三家，鼎足而立，并执鲁政，谓之"三桓"。

是日，鲁南门无故自崩，识者以为高而忽倾，异日必有凌替之祸，兆已见矣。史官有诗云：

手文征异已褒功，孟叔如何亦并封？

乱世天心偏助逆，三家宗裔是桓公。

话说齐桓公知姜氏在邾，谓管仲曰："鲁桓、闵二公不得令终，皆以我姜之故，若不行讨，鲁人必以为戒，姻好绝矣。"管仲曰："女子既嫁从夫，得罪夫家，非外家所得讨也，君欲讨之，宜隐其事。"桓公曰："善。"乃使竖貂往邾，送姜氏归鲁。姜氏行至夷，宿馆舍，竖貂告姜氏曰："夫人与弑二君，齐、鲁莫不闻之，夫人即归，何面目见太庙乎？不如自裁，犹可自盖也。"姜氏闻之，闭门哭泣，至半夜寂然，竖貂启门视之，已自缢死矣，竖貂告夷宰。使治殡事，飞报僖公。僖公迎其丧以归，葬之成礼，曰："母子之情，不可绝也。"谥之曰哀，故曰哀姜。后八年，僖公以庄公无配，仍祔哀姜于太庙，此乃过厚之处。

却说齐桓公自救燕定鲁以后，威名愈振，诸侯悦服。桓公益信任管仲，专事饮猎为乐。一日，猎于大泽之陂，竖貂为御，车驰马骤，较射方欢，桓公忽然停目而视，半晌无言，若有惧容。竖貂问曰："君瞪目何所视也？"桓公曰："寡人适见一鬼物。其状甚怪而可畏。良久忽灭。殆不祥乎？"竖貂曰："鬼阴物。安敢昼见？"桓公曰："先君田姑棼而见大豕。是亦昼也。汝为我亟召仲父！"竖貂曰："仲父非圣人。乌能悉知鬼神之事？"桓公曰："仲父能识'俞儿'，何谓非圣？"竖貂曰："君前者先言俞儿之状。仲父因逢君之意，饰美说以劝君之行也，君今但言见鬼。勿泄其状。如仲父言与君合。则仲父信圣不欺矣！"桓公曰："诺！"乃趋驾归，心怀疑惧，是夜遂大病如疟。明日，管仲与诸大夫问疾。桓公召管仲，与之言见鬼："寡人心中畏恶，不能出口。仲父试道其状！"管仲不能答，曰："容臣询之！"竖貂在旁笑曰："臣固知仲父之不能言也！"桓公病益增。管仲忧之，悬书于门："如有能言公所见之鬼者。当赠以封邑三分之一。"

有一人，荷笠悬鹑而来，求见管仲。管仲揖而进之，其人曰："君有恙乎？"管仲曰："然！"其人曰："君病见鬼乎？"管仲又曰："然！"其人曰："君见鬼于大泽之中乎？"管仲曰："子能言鬼之状否？吾当与子共家！"其人曰："请见君而言之！"管仲见桓公于寝室。桓公方累重裀而坐。使两妇人摩背，两妇人捶足。竖貂捧汤，立而候饮。管仲曰："君之病。有能言者。臣已与之俱来。君可召之！"桓公召入。见其荷笠悬鹑，心殊不喜。遽问曰："仲父言识鬼者乃汝乎？"对曰："公则自伤耳。鬼安能伤公？"桓公曰："然则有鬼否？"对曰："有之。水有'罔象'，邱有'峷'，山有'夔'，野有'彷徨'，泽有'委蛇'。"桓公曰："汝试言'委蛇'之状！"对曰："夫'委蛇'者，其大如毂，其长如辕，紫衣而朱冠。其为物也，恶闻轰车之声，闻则捧其首而立。此不轻见，见之者必霸天下！"桓公辗然而笑，不觉起立曰："此正寡人之所见也！"于是顿觉精神开爽，不知病之何往矣。桓公曰："子何名？"对曰："臣名皇子，齐西鄙之农夫也！"桓公曰："子可留仕寡人！"遂欲爵为大夫。皇子固辞曰："公尊王室，攘四夷，安中国，抚百姓，使臣常为治世之民，不妨农务足矣，不愿居官！"桓公曰："高士也！"赐之粟帛，命有司复其家。复重赏管仲。竖貂曰："仲父不能言，而皇子言之，仲父安得受赏乎？"桓公曰："寡人闻之：'任独者暗，任众者明，微仲父，寡人固不得闻皇子之言也！"竖貂乃服。

时周惠王十七年，狄人侵犯邢邦，又移兵伐卫，卫懿公使人如齐告急。诸大夫请救之，桓公曰："伐戎之役，疮痍未息。且俟来春,合诸侯往救可也!"其冬,卫大夫甯速至齐,言:"狄已破卫,杀卫懿公,今欲迎公子燬为君。"齐侯大惊曰:"不早救卫,孤罪无辞矣!"

不知狄如何破卫,且看下回分解。

第二十三回
卫懿公好鹤亡国,齐桓公兴兵伐楚

话说卫惠公之子懿公,自周惠王九年嗣立,在位九年,般乐怠傲,不恤国政。最好的是羽族中一物,其名曰鹤。按:浮丘伯《相鹤经》云:

> 鹤,阳鸟也,而游于阴,因金气,乘火精以自养。金数九,火数七,故鹤七年一小变,十六年一大变,百六十年变止,千六百年形定。体尚洁,故其色白;声闻天,故其头赤;食于水,故其喙长;栖于陆,故其足高;翔于云,故毛丰而肉疏。大喉以吐故,修颈以纳新,故寿不可量。行必依洲渚,止不集林木,盖羽族之宗长,仙家之骐骥也。鹤之上相:隆鼻短口则少眠,高脚疏节则多力,露眼赤睛则视远,凤翼雀毛则喜飞,龟背鳖腹则能产,轻前重后则善舞,洪髀纤趾则能行。

那鹤色洁形清,能鸣善舞,所以懿公好之。俗谚云:"上人不好,下人不要。"因懿公偏好那鹤,凡献鹤者皆有重赏,弋人百方罗致,都来进献,自苑囿宫廷,处处养鹤,何止数百。有齐高帝咏鹤诗为证:

八风舞遥翩,九野弄清音。
一摧云间志,为君苑中禽。

懿公所畜之鹤,皆有品位俸禄,上者食大夫俸,次者食士俸。懿公若出游,其鹤亦分班从幸,命以大轩,载于车前,号曰"鹤将军"。养鹤之人,亦有常俸,厚敛于民,以充鹤粮,民有饥冻,全不抚恤。

大夫石祁子,乃石碏之后、石骀仲之子,为人忠直有名,与甯庄子名速同秉国政,皆贤臣也。二人进谏屡次,俱不听。公子燬乃惠公庶兄,公子硕烝于宣姜而生者,即文公也。燬知卫必亡,托故如齐,齐桓公妻以宗女,竟留齐国。卫人向来心怜故太子急子之冤,自惠公复位之后,百姓日夜咒诅:"若天道有知,必不终于禄位也!"因急子与寿俱未有子,公子硕早死,黔牟已绝,惟燬有贤德,人心阴归附之。及懿公失政,公子燬出奔,卫人无不含怨。

却说北狄自周太王之时,獯鬻已强盛,逼太王迁都于岐。及武王一统,周公南惩荆、舒、北膺戎、狄,中国久安。迨平王东迁之后,南蛮北狄,交肆其横。单说北狄主名曰瞍瞒,控弦数万,常有迭荡中原之意。及闻齐伐山戎,瞍瞒怒曰:"齐兵远伐,必有轻我之心,当先发制之。"乃驱胡骑二万伐邢,残破其国,闻齐谋救邢,遂移兵向卫。

时卫懿公正欲载鹤出游,谍报:"狄人入寇。"懿公大惊,即时敛兵授甲，为战守计。百姓皆逃避村野，不肯即戎，懿公使司徒拘执之。须臾，擒百余人来，问其逃避之故，众人曰："君用一物，足以御狄，安用我等？"懿公问："何物？"众人曰："鹤。"懿公曰："鹤何能御狄耶？"众人曰："鹤既不能战，是无用之物。君敝有用以养无用，百姓所以不服也。"懿公曰："寡人知罪矣。愿散鹤以从民，可乎？"石祁子曰："君亟行之，犹恐其晚也。"

懿公果使人纵鹤，鹤素受豢养，盘旋故处，终不肯去。石、甯二大夫，亲往街市，述卫侯悔过之意，百姓始稍稍复集。狄兵已杀至荧泽，顷刻三报。石祁子奏曰："狄兵骁勇，不可轻敌，臣请求救于齐。"懿公曰："齐昔日奉命来伐，虽然退兵，我国并未修聘谢，安肯相救？不如一战，以决存亡！"甯速曰："臣请率师御狄，君居守。"懿公曰："孤不亲行，恐人不用心。"乃与石祁子玉玦，使代理国政，曰："卿决断如此玦矣！"与甯速矢，使专力守御，又曰："国中之事全委二卿，寡人不胜狄，不能归也。"石、甯二大夫皆垂泪。

懿公吩咐已毕，乃大集车徒，使大夫渠孔为将，于伯副之，黄夷为先锋，孔婴齐为后队。一路军人口出怨言，懿公夜往察之，军中歌曰：

鹤食禄，民力耕，鹤乘轩，民操兵。狄锋厉兮不可撄，欲战兮九死而一生。鹤今何在兮？而我瞿瞿为此行！

懿公闻歌，闷闷不已。大夫渠孔用法太严，人心益离，行近荧泽，见敌军千余，左右分驰，全无行次。渠孔曰："人言狄勇，虚名耳！"即命鼓行而进，狄人诈败，引入伏中，一时呼哨而起，如天崩地塌，将卫兵截做三处，你我不能相顾，卫兵原无心交战，见敌势凶猛，尽弃车仗而逃，懿公被狄兵围之数重。渠孔曰："事急矣！请偃大旆，君微服下车，尚可脱也。"懿公叹曰："二三子苟能相救，以旆为识，不然，去旆无益也！孤宁一死，以谢百姓耳！"须臾，卫兵前后队俱败，黄夷战死，孔婴齐自刎而亡，狄军围益厚，于伯中箭坠车，懿公与渠孔先后被害，被狄人砍为肉泥，全军俱没。髯翁有诗云：

曾闻古训戒禽荒，一鹤谁知便丧邦。
荧泽当时遍磷火，可能骑鹤返仙乡？

狄人囚卫太史华龙滑、礼孔，欲杀之。华、礼二人知胡俗信鬼，绐之曰："我太史也，当掌国之祭祀，我先往为汝白神。不然，鬼神不汝祐，国不可得也。"瞍瞒信其言，遂纵之登车。甯速方戎服巡城，望见单车驰到，认是二太史，大惊，问："主公何在？"曰："已全军覆没矣！狄师强盛，不可坐待灭亡，宜且避其锋。"甯速欲开门纳之，礼孔曰："与君俱出，不与君俱入，人臣之义谓何？吾将事吾君于地下。"遂拔剑自刎。华龙滑曰："不可失史氏之籍。"乃入城。甯速与石祁子商议，引着卫侯宫眷及公子申，乘夜乘小车出城东走，华龙滑抱典籍从之。国人闻二大夫已行，各各携男抱女，随后逃命，哭声震天。狄兵乘胜长驱，直入卫城，百姓奔走落后者，尽被杀戮。又分兵追逐。石祁子保宫眷先行，甯速断后，且战且走，从行之民，半罹狄刃。将及黄河，喜得宋桓公遣兵来迎，备下船只，星夜渡河，狄兵方才退去，将卫国府库，及民间存留金粟之类，劫掠一空，堕其城郭，满载而归。不在话下。

却说卫大夫弘演，先奉使聘陈，比及反役，卫已破灭。闻卫侯死于荧泽，往觅其尸，一路看见骸骨暴露，血肉狼藉，不胜伤感。行至一处，见大旆倒于荒泽之旁，弘演曰："旆在此，尸当不远矣。"未数步，闻呻吟之声，前往察之，见一小内侍折足而卧。弘演问曰："汝认得主公死处否？"内侍指一堆血肉曰："此即主公之尸也。吾亲见主公被杀，为足伤不能行走，故卧守于此，欲俟国人来而示之。"弘演视其尸体，俱已零落不全，惟一肝完好。弘演对之再拜大哭，乃复命于肝前，如生时之礼。事毕，弘演曰："主公无人收葬，吾将以身为棺耳。"嘱从人曰："我死后，埋我于林下，俟有新君，方可告之。"遂拔佩刀自剖其腹，手取懿公之肝，纳于腹中，须臾而绝。从者如言埋掩，因以车载小内侍渡河，察听新君消息。

却说石祁子先扶公子申登舟，甯速收拾遗民，随后赶上，至于漕邑，点查男女，才存得七百有二十人。狄人杀戮之多，岂不悲哉！二大夫相议："国不可一日无君，其奈遗民太少！"乃于共、滕二邑，十抽其三，共得四千有余人，连遗民凑成五千之数，即于漕邑创立庐舍，扶立公子申为君，是为戴公。宋桓公御说、许桓公新臣，各遣人致唁。戴公先已有疾，立数日遂薨。甯速如齐，迎公子燬嗣位。齐桓公曰："公子归自敝邑，将守宗庙，若器用不具，皆寡人之过也。"乃遗以良马一乘，祭服五称，牛、羊、豕、鸡、狗各三百只，又以鱼轩赠其夫人，兼美锦三十端，命公子无亏帅车三百乘送之，并致门材，使立门户。公子燬至漕邑。弘演之从人，同折足小内侍俱到，备述纳肝之事，公子燬先遣使具棺，往荧泽收殓，一面为懿公、戴公发丧，追封弘演，录用其子，以旌其忠，诸侯重齐桓公之义，多有吊赙。时周惠王十八年冬十二月也。

其明年，春正月，卫侯燬改元，是为文公。才有车三十乘，寄居民间，甚是荒凉。文公布衣帛冠，蔬食菜羹，早起夜息，抚安百姓，人称其贤。公子无亏辞归齐国，留甲士三千人，协戍漕邑，以防狄患。无亏回见桓公，言卫毁草创之状，并述弘演纳肝之事。桓公叹曰："无道之君，亦有忠臣如此者乎？其国正未艾也。"管仲进曰："今留戍劳民，不如择地筑城，一劳永逸。"桓公以为然。正欲纠合诸侯同役，忽邢国遣人告急，言："狄兵又到本国，势不能支，伏望救援！"桓公问管仲曰："邢可救乎？"管仲对曰："诸侯所以事齐，谓齐能拯其灾患也，不能救卫，又不救邢，霸业陨矣！"桓公曰："然则邢、卫之急孰先？"管仲对曰："俟邢患既平，因而城卫，此百世之功也。"桓公曰："善。"即传檄宋、鲁、曹、邾各国，合兵救邢，俱于聂北取齐。宋、曹二国兵先到。管仲又曰："狄寇方张，邢力未竭，敌方张之寇，其劳倍，助未竭之力，其功少，不如待之，邢不支狄，必溃，狄胜邢，必疲，驱疲狄而援溃邢，所谓力省而功多者也。"桓公用其谋，托言待鲁、邾兵到，乃屯兵于聂北，遣谍打探邢、狄攻守消息。史臣有诗讥管仲不早救邢、卫，乃霸者养乱为功之谋也。诗云：

救患如同解倒悬，提兵那可复迁延？
从来霸事逊王事，功利偏居道义先！

话说三国驻兵聂北，约及两月，狄兵攻邢，昼夜不息，邢人力竭，溃围而出。谍报方到，邢国男女，填涌而来，俱投奔齐营求救。内一人哭倒在地，乃邢侯叔颜也。桓公扶起，慰之曰："寡人相援不早，以致如此，罪在寡人，当请宋公、曹伯共议，驱逐狄人。"即日拔寨都起。狄主瞍瞒掳掠满欲，无心恋战，闻三国大兵将至，放起一把火,望北飞驰而去。比及各国兵到,只见一派火光,狄人已遁。桓公传令将火扑灭,问叔颜:"故城尚可居否?"叔颜曰:"百姓逃难者,大半在夷仪地方,愿迁夷仪,以从民欲。"桓公乃命三国各具版筑,筑夷仪城,使叔颜居之,更为建立朝庙,添设庐舍,牛马粟帛之类,皆从齐国运至,充牣其中,邢国君臣如归故国,欢祝之声彻耳。事毕,宋、曹欲辞齐归国,桓公曰:"卫国未定,城邢而不城卫,卫其谓我何?"诸侯曰:"惟霸君命。"桓公传令,移兵向卫,凡畚锸之属,尽携带随身。卫文公燬远远相接,桓公见其大布为衣,大帛为冠,不改丧服,恻然久之,乃曰:"寡人借诸君之力,欲为君定都,未审何地为吉?"文公燬曰:"孤已卜得吉地,在于楚丘。但版筑之费,非亡国所能办耳!"桓公曰:"此事寡人力任之!"即日传令三国之兵,俱往楚丘兴工,复运门材,重立朝庙,谓之"封卫",卫文公感齐再造之恩,为《木瓜》之诗以咏之。诗云:

> 投我以木瓜兮,报之以琼琚。
> 投我以木桃兮,报之以琼瑶。
> 投我以木李兮,报之以琼玖。

当时称桓公存三亡国,谓立僖公以存鲁,城夷仪以存邢,城楚丘以存卫。有此三大功劳,此所以为五霸之首也。潜渊先生读史诗云:

> 周室东迁纲纪摧,桓公纠合振倾颓。
> 兴灭继绝存三国,大义堂堂五霸魁。

时楚成王熊恽，任用令尹子文图治，修明国政，有志争霸。闻齐侯救邢存卫，颂声传至荆襄。楚成王心甚不乐，谓子文曰："齐侯布德沽名，人心归向。寡人伏处汉东，德不足以怀人，威不足以慑众，当今之时，有齐无楚，寡人耻之！"子文对曰："齐侯经营伯业，于今几三十年矣。彼以尊王为名，诸侯乐附，未可敌也。郑居南北之间，为中原屏蔽，王若欲图中原，非得郑不可！"成王曰："谁能为寡人任伐郑之事者？"大夫鬬章愿往，成王与车二百乘，长驱至郑。

却说郑自纯门受师以后，日夜提防楚兵，探知楚国兴师，郑伯大惧，即遣大夫聃伯率师把守纯门，使人星夜告急于齐。齐侯传檄，大合诸侯于柽，将谋救郑。鬬章知郑有准备，又闻齐救将至，恐其失利，至界而返。楚成王大怒，解佩剑赐鬬廉，使即军中斩鬬章之首。鬬廉乃鬬章之兄也，既至军中，且隐下楚王之命，密与鬬章商议："欲免国法，必须立功，方可自赎！"鬬章跪而请教，鬬廉曰："郑知退兵，谓汝必不骤来，若疾走袭之，可得志也！"鬬章分军为二队，自率前队先行，鬬廉率后队接应。

却说鬬章衔枚卧鼓，悄地侵入郑界，恰遇聃伯在界上点阅兵马。聃伯闻有寇兵，正不知何国，慌忙点兵，在界上迎住厮杀，不期鬬廉后队已到，反抄出郑师之后，腹背夹攻。聃伯力不能支，被鬬章只一铁简打倒，双手拿来。鬬廉乘胜掩杀，郑兵折其大半。鬬章将聃伯上了囚车，便欲长驱入郑，鬬廉曰："此番掩袭成功，且图免死，敢侥幸从事耶？"乃即日班师。

鬬章归见楚成王，叩首请罪，奏曰："臣回军是诱敌之计，非怯战也！"成王曰："既有擒将之功，权许准罪。但郑国未服，如何撤兵？"鬬廉曰："恐兵少不能成功，惧亵国威。"成王怒曰："汝以兵少为辞,明是怯敌,今添兵车二百乘,汝可再往,若不得郑成,休见寡人之面。"鬬廉奏曰:"臣愿兄弟同往,若郑不投降,当缚郑伯以献。"成王壮其言,许之。乃拜鬬廉为大将,鬬章副之,共率车四百乘,重望郑国杀来。史臣有诗云:

荆襄自帝势炎炎,蚕食多邦志未厌。
溱洧何辜三受伐,解悬只把霸君瞻。

且说郑伯闻聘伯被囚,复遣人如齐请救。管仲进曰:"君数年以来,救燕存鲁,城邢封卫,恩德加于百姓,大义布于诸侯,若欲用诸侯之兵,此其时矣。君若救郑,不如伐楚,伐楚必须大合诸侯。"桓公曰:"大合诸侯,楚必为备,可必胜乎?"管仲曰:"蔡人得罪于君,君欲讨之久矣。楚、蔡接壤,诚以讨蔡为名,因而及楚,兵法所谓'出其不意'者也。"

先时,蔡穆公以其妹嫁桓公为第三夫人。一日,桓公与蔡姬共登小舟,游于池上,采莲为乐。蔡姬戏以水洒公,公止之。姬知公畏水,故荡其舟,水溅公衣,公大怒曰:'婢子不能事君'。"乃遣竖貂送蔡姬归国,蔡穆公亦怒曰:"已嫁而归,是绝之也。"竟将其妹更嫁于楚国,为楚成王夫人。桓公深恨蔡侯,故管仲言及之。桓公曰:"江、黄二国,不堪楚暴,遣使纳款,寡人欲与会盟,伐楚之日,约为内应,何如?"管仲曰:"江、黄远齐而近楚,一向服楚,所以仅存。今背而从齐,楚人必怒,怒必加讨。当此时,我欲救,则阻道路之遥;不救,则乖同盟之义。况中国诸侯,五合六聚,尽可成功,何必借助蕞尔。不如以好言辞之。"桓公曰:"远国慕义而来,辞之将失人心。"管仲曰:"君但识吾言于壁,异日勿忘江、黄之急也。"桓公遂与江、黄二君盟会，密订伐楚之约，以明年春正月为期。二君言："舒人助楚为疟，天下称为'荆、舒'，不可不讨。"桓公曰："寡人当先取舒国，以剪楚翼。"乃密写一书，付于徐子。徐与舒近，徐嬴嫁为齐桓公第二夫人，有婚姻之好，一向归附于齐，故桓公以舒事嘱之。徐果引兵袭取舒国，桓公即命徐子屯兵舒城，以备缓急。江、黄二君，各守本界，以候调遣。鲁僖公遣季友至齐谢罪，称："有郏、莒之隙，不得共邢、卫之役，今闻会盟江、黄，特来申好。嗣有征伐，愿执鞭前驱。"桓公大喜，亦以伐楚之事，密与订约。

时楚兵再至郑国，郑文公请成，以纾民祸。大夫孔叔曰："不可。齐方有事于楚，以我故也。人有德于我，弃之不祥，宜坚壁以待之。"于是再遣使如齐告急，桓公授之以计，使扬言齐救即至，以缓楚，至期，或君或臣，率一军出虎牢，于上蔡取齐，等候协力攻楚。于是遍约宋、鲁、陈、卫、曹、许之君，俱要如期起兵，名为讨蔡，实为伐楚。

明年，为周惠王之十三年，春正月元旦，齐桓公朝贺已毕，便议讨蔡一事。命管仲为大将，率领隰朋、宾须无、鲍叔牙、公子开方、竖人貂等，出车三百乘，甲士万人，分队进发。太史奏："七日出军上吉。"竖貂请先率一军，潜行掠蔡，就会集各国车马，桓公许之。蔡人恃楚，全不设备，直待齐兵到时，方才敛兵设守。竖貂在城下耀武扬威，喝令攻城，至夜方退。蔡穆公认得是竖貂，先年在齐宫曾伏侍蔡姬，受其恩惠，蔡姬退回，又是他送去的，晓得是宵小之辈，乃于夜深使人密送金帛一车，求其缓兵。竖貂受了，遂私将齐侯纠合七路诸侯，先侵蔡，后伐楚一段军机，备细泄漏于蔡："不日各国军到，将蔡城踩为平地，不如及早逃遁为上。"使者回报，蔡侯大惊，当夜率领宫眷，开门出奔楚国。百姓无主，即时溃散。竖貂自以为功，飞报齐侯去讫。

却说蔡侯至楚，见了成王，备述竖貂之语。成王方省齐谋，传令简阅兵车，准备战守，一面撤回斗章伐郑之兵。数日后，齐侯兵至上蔡，竖貂谒见已毕，七路诸侯陆续俱到，一个个躬率车徒，前来助战，军威甚壮。那七路：宋桓公御说、鲁僖公申、陈宣公杵臼、卫文公燬、郑文公捷、曹昭公班、许穆公新臣，连主伯齐桓公小白，共是八位。内许穆公抱病，力疾率师先到蔡地，桓公嘉其劳，使序于曹伯之上。是夜，许穆公薨，齐侯留蔡三日，为之发丧，命许国以侯礼葬之。

七国之师望南而进，直达楚界。只见界上早有一人衣冠整肃，停车道左，磬折而言曰："来者可是齐侯？可传言楚国使臣奉候久矣。"那人姓屈名完，乃楚之公族，官拜大夫，今奉楚王之命为行人，使于齐师。桓公曰："楚人何以预知吾军之至也？"管仲曰："此必有人漏泄消息，既彼遣使，必有所陈。臣当以大义责之，使彼自愧屈，可不战而降矣。"管仲亦乘车而出，与屈完车上拱手。屈完开言曰："寡君闻上国车徒辱于敝邑，使下臣完致命。寡君命使臣辞曰：'齐、楚各君其国，齐居于北海，楚近于南海，虽风马牛不相及也，不知君何以涉于吾地。'敢请其故？"管仲对曰："昔周成王封吾先君太公于齐，使召康公赐之命，辞曰：'五侯九伯，汝世掌征伐，以夹辅周室，其地东至海，西至河，南至穆陵，北至无棣，凡有不共王职，汝勿赦宥！'自周室东迁，诸侯放恣，寡君奉命主盟，修复先业，尔楚国于南荆，当岁贡包茅，以助王祭。自尔缺贡，无以缩酒，寡人是征，且昭王南征而不返，亦尔故也，尔其何辞？"屈完对曰："周失其纲，朝贡废缺，天下皆然，岂惟南荆？

虽然，包茅不入，寡君知罪矣！敢不共给，以承君命？若夫昭王不返，惟胶舟之故，君其问诸水滨，寡君不敢任咎，完将复于寡君。"言毕，麾车而退。管仲告桓公曰："楚人倔强，未可以口舌屈也，宜进逼之。"乃传令八军同发，直至陉山，离汉水不远。管仲下令："就此屯扎，不可前行。"诸侯皆曰："兵已深入，何不济汉，决一死战，而逗留于此？"管仲曰："楚既遣使，必然有备，兵锋一交，不可复解。今吾顿兵此地，遥张其势。楚惧吾之众，将复遣使，吾因取成焉。以讨楚出，以服楚归，不亦可乎？"诸侯犹未深信，议论纷纷不一。

却说楚成王已拜鬬子文为大将，搜甲厉兵，屯于汉南，只等诸侯济汉，便来邀击。谍报："八国之兵，屯驻陉地。"子文进曰："管仲知兵，不万全不发。今以八国之众，逗留不进，是必有谋，当遣使再往，探其强弱，察其意向，或战或和，决计未晚。"成王曰："此番何人可使？"子文曰："屈完既与夷吾识面，宜再遣之。"屈完奏曰："缺贡包茅，臣前承其咎矣。君若请盟，臣当勉行，以解两国之纷；若欲请战，别遣能者。"成王曰："战盟任卿自裁，寡人不汝制也！"屈完乃再至齐军。

毕竟齐、楚如何，且看下回分解。

第二十四回
盟召陵礼款楚大夫，会葵丘义戴周天子

话说屈完再至齐军，请面见齐侯言事。管仲曰："楚使复来，请盟必矣，君其礼之！"屈完见齐桓公再拜，桓公答礼，问其来意。屈完曰："寡君以不贡之故，致干君讨，寡君已知罪矣。君若肯退师一舍，寡君敢不惟命是听！"桓公曰："大夫能辅尔君以修旧职，俾寡人有辞于天子，又何求焉！"屈完称谢而去，归报楚王，言："齐侯已许臣退师矣，臣亦许以入贡，君不可失信也！"少顷，谍报："八路军马，拔寨俱起！"成王再使探实，回言："退三十里，在召陵驻扎！"楚王曰："齐师之退，必畏我也！"欲悔入贡之事，子文曰："彼八国之君，尚不失信于匹夫，君可使匹夫食言于国君乎！"楚王嘿然，乃命屈完赍金帛八车，再往召陵犒八路之师，复备菁茅一车，在齐军前呈样过了，然后具表，如周进贡。

却说许穆公丧至本国，世子业嗣位主丧，是为僖公。感桓公之德，遣大夫百佗率师会于召陵。桓公闻屈完再到，吩咐诸侯："将各国车徒，分为七队，分列七方，齐国之兵，屯于南方，以当楚冲，俟齐军中鼓起，七路一齐鸣鼓，器械盔甲，务要十分整齐，以

强中国之威势！"屈完既入，见齐侯陈上犒军之物，桓公命分派八军，其菁茅验过，仍令屈完收管，自行进贡。桓公曰："大夫亦曾观我中国之兵乎！"屈完曰："完僻居南服，未及睹中国之盛，愿借一观！"桓公与屈完同登戎辂，望见各国之兵，各占一方，联络数十里不绝。齐军中一声鼓起，七路鼓声相应，正如雷霆震击，骇地惊天。桓公喜形于色，谓屈完曰："寡人有此兵众，以战，何患不胜？以攻何患不克！"屈完对曰："君所以主盟中夏者，为天子宣布德意，抚恤黎元也，君若以德绥诸侯，谁敢不服？若恃众逞力，楚国虽褊小，有方城为城，汉水为池，池深城峻，虽有百万之众，正未知所用耳！"桓公面有惭色，谓屈完曰："大夫诚楚之良也！寡人愿与汝国修先君之好，如何？"屈完对曰："君惠徼福于敝邑之社稷，辱收寡君于同盟，寡君其敢自外？请与君定盟可乎？"桓公曰："可。"

是晚留屈完宿于营中，设宴款待。次日，立坛于召陵，桓公执牛耳为主盟，管仲为司盟，屈完称楚君之命，同立载书："自今以后，世通盟好。"桓公先歃，七国与屈完以次受歃。礼毕，屈完再拜致谢。管仲私与屈完言，请放聃伯还郑，屈完亦代蔡侯谢罪，两下各许诺。管仲下令班师。途中鲍叔牙问于管仲曰："楚之罪，僭号为大，吾子以包茅为辞，吾所未解。"管仲对曰："楚僭号已三世矣，我是以摈之，同于蛮夷。倘责其革号，楚肯俯首而听我乎？若其不听，势必交兵；兵端一开，彼此报复，其祸非数年不解，南北从此骚然矣！吾以包茅为辞，使彼易于共命。苟有服罪之名，亦足以夸耀诸侯，还报天子，不愈于兵连祸结，无已时乎？"鲍叔牙嗟叹不已。胡曾先生有诗曰：

楚王南海目无周，仲父当年善运筹。
不用寸兵成款约，千秋伯业诵齐侯。

又髯翁有诗讥桓、仲苟且结局，无害于楚，所以齐兵退后，楚兵犯侵中原如故，桓、仲不能再兴伐楚之师矣！诗云：

南望踌躇数十年，远交近合各纷然。
大声罪状谋方壮，直革淫名局始全。
昭庙孤魂终负痛，江黄义举但贻愆。
不知一歃成何事，依旧中原战血鲜。

陈大夫辕涛涂闻班师之令，与郑大夫申侯商议曰："师若取道于陈、郑，粮食衣屦，所费不赀，国必甚病。不若东循海道而归，使徐、莒承供给之劳，吾二国可以少安。"申侯曰："善，子试言之。"涛涂言于桓公曰："君北伐戎，南伐楚，若以诸侯之众，观兵于东夷，东方诸侯，畏君之威，敢不奉朝请乎？"桓公曰："大夫之言是也。"少顷，申侯请见。桓公召入，申侯进曰："臣闻'师不逾时'，惧劳民也。今自春徂夏，霜露风雨，师力疲矣。若取道于陈、郑，粮食衣屦，取之犹外府也；若出于东方，倘东夷梗路，恐不堪战，将若之何？涛涂自恤其国，非善计也，君其察之！"桓公曰："微大夫之言，几误吾事。"乃命执涛涂于军，使郑伯以虎牢之地，赏申侯之功，因使申侯大其城邑，为南北藩蔽。郑伯虽然从命，自此心中有不乐之意。陈侯遣使纳赂，再三请罪，桓公乃赦涛涂，诸侯各归本国。桓公以管仲功高，乃夺大夫伯氏之骈邑三百户，以益其封焉。

楚王见诸侯兵退，不欲贡茅。屈完曰："不可以失信于齐。且楚惟绝周，故使齐得私之以为重，若假此以自通于周，则我与齐共之矣。"楚王曰："奈二王何。"屈完曰："不序爵，但称远臣某可也。"楚王从之，即使屈完为使，赍菁茅十车，加以金帛，贡献天子。周惠王大喜曰："楚不共职久矣，今效顺如此，殆先王之灵乎？"乃告于文武之庙，因以胙赐楚，谓屈完曰："镇尔南方，毋侵中国。"屈完再拜稽首而退。

屈完方去后，齐桓公遣隰朋随至，以服楚告。惠王待隰朋有加礼，隰朋因请见世子，惠王便有不乐之色，乃使次子带与世子郑一同出见，隰朋微窥惠王神色，似有仓皇无主之意。隰朋自周归，谓桓公曰："周将乱矣。"桓公曰："何故？"隰朋曰："周王长子名郑，先皇后姜氏所生，已正位东宫矣，姜后薨，次妃陈妫有宠，立为继后，有子名带，带善于趋奉，周王爱之，呼为太叔，遂欲废世子而立带，臣观其神色仓皇，必然此事在心故也，恐《小弁》之事，复见于今日。君为盟主，不可不图。"桓公乃召管仲谋之，管仲对曰："臣有一计，可以定周。"桓公曰："仲父计将安出？"管仲对曰："世子危疑，其党孤也，君今具表周王，言：'诸侯愿见世子，请世子出会诸侯！'世子一出，君臣之分已定，王虽欲废立，亦难行矣。"桓公曰："善。"乃传檄诸侯，以明年夏月会于首止，再遣隰朋如周，言："诸侯愿见世子，以申尊王之情。"周惠王本不欲子郑出会，因齐势强大，且名正言顺，难以辞之，只得许诺。隰朋归报。

至次年春，桓公遣陈敬仲先至首止，筑宫以待世子驾临。夏五月，齐、宋、鲁、陈、卫、郑、许、曹八国诸侯并集首止，世子郑亦至，停驾于行宫，桓公率诸侯起居。子郑再三谦让，欲以宾主之礼相见。桓公曰："小白等忝在藩室，见世子如见王也，敢不稽首?"子郑谢曰:"诸君且休矣。"是夜,子郑使人邀桓公至于行宫,诉以太叔带谋欲夺位之事,桓公曰:"小白当与诸臣立盟,共戴世子,世子勿忧也。"子郑感谢不已,遂留于行宫。诸侯亦不敢归国,各就馆舍,轮番进献酒食,及犒劳舆从之属。子郑恐久劳诸国,便欲辞归京师。桓公曰:"所以愿与世子留连者,欲使天王知吾等爱戴世子,不忍相舍之意,所以杜其邪谋也。方今夏月大暑,稍俟秋凉,当送驾还朝耳。"遂预择盟期,用秋八月之吉。

却说周惠王见世子郑久不还辕,知是齐侯推戴,心中不悦,更兼惠后与叔带朝夕在旁,将言语浸润惠王。太宰周公孔来见,谓之曰:"齐侯名虽伐楚,其实不能有加于楚;今楚人贡献效顺,大非昔比,未见楚之不如齐也。齐又率诸侯拥留世子,不知何意,将置朕于何地?朕欲烦太宰通一密信于郑伯,使郑伯弃齐从楚,因为孤致意楚君,努力事周,无负朕意。"宰孔奏曰:"楚之效顺,亦齐力也,王奈何弃久昵之伯舅,而就乍附之蛮夷乎?"惠王曰:"郑伯不离,诸侯不散,能保齐之无异谋乎?朕志决矣,太宰无辞。"宰孔不敢复言。

惠王乃为玺书一通,封函甚固,密授宰孔,宰孔不知书中何语,只得使人星夜达于郑伯,郑文公启函读之,言:"子郑违背父命,植党树私,不堪为嗣,朕意在次子带也,叔父若能舍齐从楚,共辅少子,朕愿委国以听。"郑伯喜曰:"吾先公武、庄,世为王卿士,领袖诸侯,不意中绝,夷于小国;厉公又有纳王之劳,未蒙召用。今王命独临于我,政将及焉,诸大夫可以贺我矣!"大夫孔叔谏曰:"齐以我故,勤兵于楚,今乃反齐事楚,是悖德也,况翼戴世子,天下大义,君不可以独异。"郑伯曰:"从霸何如从王?且王意不在世子,孤何爱焉!"孔叔曰:"周之主祀,惟嫡与长。幽王之爱伯服,桓王之爱子克,庄王之爱子颓,皆君所知也,人心不附,身死无成。君不惟大义是从,而乃蹈五大夫之覆辙乎?后必悔之!"大夫申侯曰:"天子所命,谁敢违之?若从齐盟,是弃王命也,我去,诸侯必疑,疑则必散,盟未必成。且世子有外党,太叔亦有内党,二子成败,事未可知,不如且归,以观其变。"郑文公乃从申侯之言,托言国中有事,不辞而行。

齐桓公闻郑伯逃去,大怒,便欲奉世子以讨郑。管仲进曰:"郑与周接壤,此必周有人诱之,一人去留,不足以阻大计,且盟期已及,俟成盟而后图之。"桓公曰:"善。"于是即首止旧坛,歃血为盟,齐、宋、鲁、陈、卫、许、曹,共是七国诸侯,世子郑临之,不与歃,示诸侯不敢与世子敌也。盟词曰:"凡我同盟,共翼王储,匡靖王室,有背盟者,神明殛之!"事毕,世子郑降阶揖谢曰:"诸君以先王之灵,不忘周室,昵就寡人,自文武以下,咸嘉赖之!况寡人其敢忘诸君之赐?"诸侯皆降拜稽首。

次日,世子郑欲归,各国各具车徒护送,齐桓公同卫侯亲自送出卫境,世子郑垂泪而别。史官有诗赞云:

君王溺爱冢嗣危,郑伯甘将大义违。
首止一盟储位定,纲常赖此免凌夷。

郑文公闻诸侯会盟,且将讨郑,遂不敢从楚。

却说楚成王闻郑不与首止之盟,喜曰:"吾得郑矣!"遂遣使通于申侯,欲与郑修好。原来申侯先曾仕楚,有口才,贪而善媚,楚文王甚宠信之,及文王临终之时,恐后人不能容他,赠以白璧,使投奔他国避祸,申侯奔郑,事厉公于栎,厉公复宠信如在楚时,及厉公复国，遂为大夫。楚臣俱与申侯有旧，所以今日打通这个关节，要申侯从中怂恿，背齐事楚。申侯密言于郑伯，言："非楚不能敌齐。况王命乎？不然齐、楚二国皆将仇郑。郑不支矣！"郑文公感其言，乃阴遣申侯输款于楚。

周惠王二十三年，齐桓公率同盟诸侯伐郑，围新密。时申侯尚在楚。言于楚成王曰："郑所以愿归宇下者，正谓惟楚足以抗齐也。王不救郑，臣无辞以复命矣！"楚王谋于群臣，令尹子文进曰："召陵之役，许穆公卒于军中，齐所怜也。许事齐最勤，王若加兵于许，诸侯必救，则郑围自解矣！"楚王从之，乃亲将伐许，亦围许城。诸侯闻许被围，果去郑而救许，楚师遂退。申侯归郑，自以为有全郑之功，扬扬得意，满望加封。郑伯以虎牢之役，谓申侯已过分，不加爵赏，申侯口中不免有怨望之言。明年春，齐桓公复率师伐郑。陈大夫辕涛涂，自伐楚归时与申侯有隙，乃为书致孔叔曰：

> 申侯前以国媚齐，独擅虎牢之赏。今又以国媚楚，使子之君，负德背义，自召干戈，祸及民社。必杀申侯，齐兵可不战而罢。

孔叔以书呈于郑文公。郑伯为前日不听孔叔之言，逃归不盟，以致齐兵两次至郑，心怀愧悔，亦归咎于申侯。乃召申侯责之曰："汝言惟楚能抗齐，今齐兵屡至，楚救安在？"申侯方欲措辩，郑伯喝教武士推出斩之。函其首，使孔叔献于齐军曰："寡君昔者误听申侯之言，不终君好，今谨行诛，使下臣请罪于幕下，惟君侯赦宥之！"齐侯素知孔叔之贤，乃许郑平。遂会诸侯于宁母。郑文公终以王命为疑，不敢公然赴会，使其世子华代行，至宁母听命。

子华与弟子臧皆嫡夫人所出，夫人初有宠，故立华为世子。后复立两夫人，皆有子，嫡夫人宠渐衰，未几病死。又有南燕姞氏之女，为媵于郑宫，向未进御。一夕，梦一伟丈夫，手持兰草谓女曰："余为伯鯈，乃尔祖也。今以国香赠尔为子，以昌尔国。"遂以兰授之。及觉，满室皆香，且言其梦，同伴嘲之曰："当生贵子！"是日，郑文公入宫，见此女而悦之，左右皆相顾而笑。文公问其故，乃以梦对，文公曰："此佳兆也，寡人为汝成之！"遂命采兰蕊佩之，曰："以此为符。"夜召幸之，有娠，生子名之曰兰。此女亦渐有宠，谓之燕姞。世子华见其父多宠，恐他日有废立之事，乃私谋之于叔詹。叔詹曰："得失有命，子亦行孝而已。"又谋之于孔叔，孔叔亦劝之以尽孝，子华不悦而去。子臧性好奇诡，集鹬羽以为冠，师叔曰："此非礼之服，愿公子勿服！"子臧恶其直言，诉于其兄，故子华与叔詹、孔叔、师叔三大夫，心中俱有芥蒂。

至是，郑伯使子华代行赴会，子华虑齐侯见怪，不愿往。叔詹促之使速行。子华心中益恨，思为自全之术。既见齐桓公，请屏去左右，然后言曰："郑国之政，皆听于泄氏、孔氏、子人氏三族。逃盟之役，三族者实主之。若以君侯之灵，除此三臣，我愿以郑附齐，比于附庸。"桓公曰："诺。"遂以子华之谋，告于管仲。管仲连声曰："不可，不可。诸侯所以服齐者，礼与信也。子奸父命，不可谓礼；以好来而谋乱其国，不可谓信。且臣闻此三族皆贤大夫，郑人称为'三良'。所贵盟主，顺人心也。违人自逞，灾祸必及。以臣观之，子华且将不免，君其勿许。"桓公乃谓子华曰："世子所言，诚国家大事，俟子之君至，当与计之。"子华面皮发赤，汗流浃背，遂辞归郑。管仲恶子华之奸，故泄其语于郑人，先有人报知郑伯。比及子华复命，诡言："齐侯深怪君不亲行，不肯许成，不如从楚。"

郑伯大喝曰："逆子几卖吾国，尚敢谬说耶？"叱左右将子华囚禁于幽室之中。子华穴墙谋遁，郑伯杀之，果如管仲所料。公子臧奔宋，郑伯使人追杀之于途中。郑伯感齐不听子华之德，再遣孔叔如齐致谢，并乞受盟。胡曾先生咏史诗曰：

> 郑用三良似屋楹，一朝楹撤屋难撑。
> 子华奸命思专国，身死徒留不孝名。

此周惠王二十四年事也。

是冬，周惠王疾笃。王世子郑恐惠后有变，先遣下士王子虎告难于齐。未几，惠王崩。子郑与周公孔、召伯廖商议，且不发丧，星夜遣人密报于王子虎，王子虎言于齐侯，乃大合诸侯于洮，郑文公亦亲来受盟。同歃者，齐、宋、鲁、卫、陈、郑、曹、许，共八国诸侯。各各修表，遣其大夫如周。那几位大夫：齐大夫隰朋、宋大夫华秀老、鲁大夫公孙敖、卫大夫甯速、陈大夫辕选、郑大夫子人师、曹大夫公子戊、许大夫百佗。八国大夫连毂而至，羽仪甚盛，假以问安为名，集于王城之外。王子虎先驱报信，王世子郑使召伯廖问劳，然后发丧。诸大夫固请谒见新王，周、召二公奉子郑主丧，诸大夫假便宜，称君命以吊。遂公请王世子嗣位，百官朝贺，是为襄王。惠后与叔带暗暗叫苦，不敢复萌异志矣。襄王乃以明年改元，传谕各国。

襄王元年，春祭毕，命宰周公孔赐胙于齐，以彰翼戴之功。齐桓公先期闻信，复大合诸侯于葵丘。时齐桓公在路上，偶与管仲论及周事。管仲曰："周室嫡庶不分，几至祸乱。今君储位尚虚，亦宜早建，以杜后患。"桓公曰："寡人六子，皆庶出也。以长则无亏，以贤则昭。长卫姬事寡人最久，寡人已许之立无亏矣。易牙、竖貂二人，亦屡屡言之；寡人爱昭之贤，意尚未决，今决之于仲父。"管仲知易牙、竖貂二人奸佞，且素得宠于长卫姬，恐无亏异日为君，内外合党，必乱国政。公子昭，郑姬所出，郑方受盟，假此又可结好，乃对曰："欲嗣伯业，非贤不可。君既知昭之贤，立之可也。"桓公曰："恐无亏挟长来争，奈何！"管仲曰："周王之位，待君而定，今番会盟，君试择诸侯中之最贤者，以昭托之，又何患焉！"桓公点首。

比至葵丘，诸侯毕集，宰周公孔亦到，各就馆舍。时宋桓公御说薨，世子兹父让国于公子目夷，目夷不受，兹父即位，是为襄公。襄公遵盟主之命，虽在新丧，不敢不至，乃墨衰赴会。管仲谓桓公曰："宋子有让国之美，可谓贤矣。且墨衰赴会，其事齐甚恭，储贰之事，可以托之。"桓公从其言，即命管仲私诣宋襄公馆舍，致齐侯之意。襄公亲自来见齐侯，齐侯握其手，谆谆以公子昭嘱之："异日仗君主持，使主社稷。"襄公愧谢不敢当，然心感齐侯相托之意，已心许之矣。

至会日，衣冠济济，环珮锵锵。诸侯先让天使升坛，然后以次而升。坛上设有天王虚位，诸侯北面拜稽，如朝觐之仪，然后各就位次。宰周公孔捧胙东向而立，传新王之命曰："天子有事于文、武，使孔赐伯舅胙。"齐侯将下阶拜受，宰孔止之曰："天子有后命，以伯舅耋老，加劳，赐一级，无下拜。"桓公欲从之，管仲从旁进曰："君虽谦，臣不可以不敬。"桓公乃对曰："天威不违颜咫尺，小白敢贪王命，而废臣职乎！"疾趋下阶，再拜稽首，然后登堂受胙，诸侯皆服齐之有礼。桓公因诸侯未散，复申盟好，颂周《五禁》曰："毋壅泉，毋遏籴，毋易树子，毋以妾为妻，毋以妇人与国事。"誓曰："凡我同盟，言归于好。"但以载书，加于牲上，使人宣读，不复杀牲歃血。诸侯无不信服。髯翁有诗云：

纷纷疑叛说春秋，攘楚尊周握胜筹。
不是桓公功业盛，谁能不歃信诸侯？

盟事已毕，桓公忽谓宰孔曰："寡人闻三代有封禅之事，其典何如。可得闻乎？"宰孔曰："古者封泰山，禅梁父。封泰山者，筑土为坛，金泥玉简以祭天，报天之功；天处高，故崇其土以象高也。禅梁父者，扫地而祭，以象地之卑；以蒲为车，蒩秸为藉，祭而掩之，所以报地。三代受命而兴，获祐于天地，故隆此美报也。"桓公曰："夏都于安邑，商都于亳，周都于丰镐。泰山、梁父去都城甚远，犹且封之禅之。今二山在寡人之封内，寡人欲微宠天王，举此旷典，诸君以为何如？"宰孔视桓公足高气扬，似有矜高之色，乃应曰："君以为可，谁敢曰不可！"桓公曰："俟明日更与诸君议之。"诸侯皆散。

宰孔私诣管仲曰："夫封禅之事，非诸侯所宜言也，仲父不能发一言谏止乎？"管仲曰："吾君好胜，可以隐夺，难以正格也。夷吾今且言之矣！"乃夜造桓公之前，问曰："君欲封禅，信乎？"桓公曰："何为不信？"管仲曰："古者封禅，自无怀氏至于周成王，可考者七十二家，皆以受命，然后得封。"桓公艴然曰："寡人南伐楚，至于召陵；北伐山戎、刜令支、斩孤竹；西涉流沙，至于太行，诸侯莫余违也。寡人兵车之会三，衣裳之会六，九合诸侯，一匡天下，虽三代受命，何以过于此？封泰山，禅梁父，以示子孙，不亦可乎？"管仲曰："古之受命者，先有祯祥示征，然后备物而封,其典甚隆备也,鄗上之嘉黍,北里之嘉禾,所以为盛;江淮之间,一茅三脊,谓之'灵茅',王者受命则生焉,所以为籍;东海致比目之鱼,西海致比翼之鸟,祥瑞之物,有不召而致者,十有五焉。以书史册,为子孙荣,今凤凰、麒麟不来,而鸱鸮数至;嘉禾不生而蓬蒿繁植,如此而欲行封禅,恐列国有识者必归笑于君矣!"桓公嘿然,明日,遂不言封禅之事。

桓公既归,自谓功高无比,益治宫室,务为壮丽。凡乘舆服御之制,比于王者。国人颇议其僭。管仲乃于府中筑台三层,号为"三归之台",言民人归、诸侯归、四夷归也。又树塞门,以蔽内外;设反坫,以待列国之使臣。鲍叔牙疑其事,问曰:"君奢亦奢,君僭亦僭,毋乃不可乎?"管仲曰:"夫人主不惜勤劳,以成功业,亦图一日之快意为乐耳。若以礼绳之,彼将苦而生怠。吾之所以为此,亦聊为吾君分谤也。"鲍叔口虽唯唯,心中不以为然。

话分两头。却说周太宰孔自葵丘辞归,于中途遇见晋献公亦来赴会。宰孔曰:"会已撤矣。"献公顿足恨曰:"敝邑辽远,不及观衣裳之盛,何无缘也?"宰孔曰:"君不必恨。今者齐侯自恃功高,有骄人之意。夫月满则亏,水满则溢,齐之亏且溢,可立而待,不会亦何伤乎?"献公乃回辕西向,于路得疾,回至晋国而薨,晋乃大乱。

欲知晋乱始末,且看下回分解。

第二十五回
智荀息假途灭虢，穷百里饲牛拜相

话说晋献公内蛊于骊姬，外感于"二五"，益疏太子，而亲爱奚齐。只因申生小心承顺，又数将兵有功，无间可乘。骊姬乃召优施，告以心腹之事："今欲废太子而立奚齐，何策而可？"施曰："三公子皆在远鄙，谁敢为夫人难者？"骊姬曰："三公子年皆强壮，历事已深，朝中多为之左右，吾未敢动也！"施曰："然则，当以次去之！"骊姬曰："去之孰先？"施曰："必先申生。其为人也，慈仁而精洁。精洁则耻于自污，慈仁则惮于贼人。耻于自污，则愤不能忍；惮于贼人，其自贼易也。然世子迹虽见疏，君素知其为人，谤以异谋必不信。夫人必以夜半泣而诉君，若为誉世子者，而因加诬焉，庶几说可售矣！"

骊姬果夜半而泣，献公惊问其故，再三不肯言。献公迫之，骊姬对曰："妾虽言之，君必不信也。妾所以泣者，恐妾不能久侍君为欢耳！"献公曰："何出此不祥之言？"骊姬收泪而对曰："妾闻申生为人，外仁而内忍。其在曲沃，甚加惠于民，民乐为之死，其意欲有所用之也。申生每为人言，君惑于妾，必乱国，举朝皆闻之，独君不闻耳！毋乃以靖国之故，而祸及于君，君何不杀妾以谢申生，可塞其谋，勿以一妾乱百姓！"献公曰："申生仁于庶民，岂反不仁父乎？"骊姬对曰："妾亦疑之。然妾闻外人之言曰，匹夫为仁，与在上不同：匹夫以爱亲为仁，在上者以利国为仁。苟利于国，何亲之有？"献公曰："彼好洁，不惧恶名乎？"骊姬对曰："昔幽王不杀宜臼，放之于申，申侯召犬戎，杀幽王于骊山之下，立宜臼为君，是为平王，为东周始祖，至于今，幽王之恶益彰，谁复以不洁之名，加之平王者哉？"献公意悚然，遂披衣起坐，曰："夫人言是也，若何而可？"骊姬曰："君不若称耄而以国授之。彼得国而厌其欲，其或可以释君。且昔者，曲沃之兼翼，非骨肉乎？武公惟不顾其亲，故能有晋。申生之志，亦犹是也，君其让之。"献公曰："不可，我有武与威以临诸侯。今当吾身而失国，不可谓武；有子而不胜，不可谓威。失武与威，人能制我，虽生不如死。尔勿忧，吾将图之。"骊姬曰："今赤狄皋落氏屡侵吾国，君何不使之将兵伐狄，以观其能用众与否也。若其不胜，罪之有名；若胜，则信得众矣。彼恃其功，必有异谋，因而图之，国人必服。夫胜敌以靖边鄙，又以识世子之能否，君何为不使？"献公曰："善。"乃传令使申生率曲沃之众，以伐皋落氏。少傅里克在朝，谏曰："太子，君之贰也，故君行则太子监国。夫朝夕视膳，太子之职，远之犹不可，况可使帅师乎？"献公曰："申生已屡将兵矣。"里克曰："向者从君于行，今专制，固不可也。"献公仰面而叹曰："寡人有子九人，尚未定孰为太子，卿勿多言。"里克嘿然而退，告于狐突。狐突曰："危哉乎，公子也！"乃遗书申生，劝使勿战，战而胜滋忌，不如逃之。申生得书，叹曰："君之以兵事使我，非好我也，欲测我心耳。违君之命，我罪大矣，战而幸死，犹有令名。"乃与皋落大战于稷桑之地，皋落氏败走，申生献捷于献公。骊姬曰："世子果能用众矣，奈何？"献公曰："罪未著也，姑待之。"狐突料晋国将乱，乃托言痼疾，杜门不出。

时有虞、虢二国，乃是同姓比邻，唇齿相依，其地皆连晋界。虢公名丑，好兵而骄，屡侵晋之南鄙，边人告急，献公谋欲伐虢。骊姬请曰："何不更使申生？彼威名素著，士卒为用，可必成功也。"献公已入骊姬之言，诚恐申生胜虢之后，益立威难制，踌躇未决，问于大夫荀息曰："虢可伐乎？"荀息对曰："虞、虢方睦，吾攻虢，虞必救之；若移而攻虞，虢又救之，以一敌二，臣未见其必胜也。"献公曰："然则寡人无如虢何矣。"荀息对曰："臣闻虢公淫于色。君诚求国中之美女，教之歌舞，盛其车服，以进于虢，卑词请平，虢公必喜而受之，彼耽于声色，将怠弃政事，疏斥忠良，我更行赂犬戎，使侵扰虢境，然后乘隙而图之，虢可灭也。"献公用其策，以女乐遗虢，虢公欲受之，大夫舟之侨谏曰："此晋所以钓虢也，君奈何吞其饵乎？"虢公不听，竟许晋平。自此，日听淫声，夜接美色，视朝稀疏矣。舟之侨复谏，虢公怒，使出守下阳之关。未几，犬戎贪晋之赂，果侵扰虢境，兵至渭汭，为虢兵所败，犬戎主遂起倾国之师，虢公恃其前胜，亦率兵拒之，相持于桑田之地。

献公复问于荀息曰："今戎、虢相持，寡人可以伐虢否？"荀息对曰："虞、虢之交未离也，臣有一策，可以今日取虢，而明日取虞。"献公曰："卿策如何？"荀息曰："君厚赂虞，而假道以伐虢。"献公曰："吾新与虢成，伐之无名，虞肯信我乎？"荀息曰："君密使北鄙之人，生事于虢，虢之边吏，必有责言，吾因以为名，而请于虞。"献公又用其策，虢之边吏，果来责让，两下遂治兵相攻。虢公方有犬戎之患，不暇照管。献公曰："今伐虢不患无名矣，但不知赂虞当用何物？"荀息对曰："虞公性虽贪，然非至宝，不可动之。必须用二物前去，但恐君之不舍耳。"献公曰："卿试言所用何物？"荀息曰："虞公最爱者，璧、马之良也。君不有垂棘之璧、屈产之乘乎？请以此二物，假道于虞。虞贪于璧、马，坠吾计矣。"献公曰："此二物，乃吾至宝，何忍弃之他人？"荀息曰："臣固知君之不舍也。虽然，假吾道以伐虢，虢无虞救必灭；虢亡，虞不独存，璧、马安往乎？夫寄璧外府，养马外厩，特暂事耳。"大夫里克曰："虞有贤臣二人，曰宫之奇、百里奚，明于料事，恐其谏阻，奈何？"荀息曰："虞公贪而愚，虽谏必不从也！"献公即以璧、马交付荀息，使如虞假道。

虞公初闻晋来假道，欲以伐虢，意甚怒。及见璧、马，不觉回嗔作喜，手弄璧而目视马，问荀息曰："此乃汝国至宝，天下罕有，奈何以惠寡人？"荀息曰："寡君慕君之贤，畏君之强，故不敢自私其宝，愿邀欢于大国。"虞公曰："虽然，必有所言于寡人也！"荀息曰："虢人屡侵我南鄙，寡君以社稷之故，屈意请平。今约誓未寒，责让日至，寡君欲假道以请罪焉。倘幸而胜虢，所有卤获尽以归君，寡君愿与君世敦盟好。"虞公大悦。宫之奇谏曰："君勿许也。谚云'唇亡齿寒'，晋吞噬同姓，非一国矣，独不敢加于虞、虢者，以有唇齿之助耳。虢今日亡，则明日祸必中于虞矣。"虞公曰："晋君不爱重宝，以交欢于寡人，寡人其爱此尺寸之径乎。且晋强于虢十倍，失虢而得晋，何不利焉？子退，勿预吾事。"宫之奇再欲进谏，百里奚牵其裾，乃止。宫之奇退谓百里奚曰："子不助我一言，而更止我，何故？"百里奚曰："吾闻进嘉言于愚人之前，犹委珠玉于道也。桀杀关龙逢，纣杀比干，惟强谏耳。子其危哉！"宫之奇曰："然则虞必亡矣，吾与子盍去乎？"百里奚曰："子去则可矣，

第二十五回　智荀息假途灭虢，穷百里饲牛拜相

又偕一人，不重子罪乎？吾宁徐耳。"宫之奇尽族而行，不言所之。

荀息归报晋侯，言："虞公已受璧、马，许以假道。"献公便欲亲将伐虢，里克入见曰："虢，易与也，毋烦君往。"献公曰："灭虢之策何如？"里克曰："虢都上阳，其门户在于下阳，下阳一破，无完虢矣。臣虽不才，愿效此微劳，如无功甘罪。"献公乃拜里克为大将，荀息副之，率车四百乘伐虢，先使人报虞以兵至之期。虞公曰："寡人辱受重宝，无以为报，愿以兵从。"荀息曰："君以兵从，不如献下阳之关。"虞公曰："下阳，虢所守也，寡人安得献之？"荀息曰："臣闻虢君方与犬戎大战于桑田，胜败未决。君托言助战，以车乘献之，阴纳晋兵，则关可得也。臣有铁叶车百乘，惟君所用。"虞公从其计。守将舟之侨信以为然，开关纳车。车中藏有晋甲，入关后一齐发作，欲闭关已无及矣。里克驱兵直进，舟之侨既失下阳，恐虢公见罪，遂以兵降晋。里克用为向导，望上阳进发。

却说虢公在桑田，闻晋师破关，急急班师，被犬戎兵掩杀一阵，大败而走，随身仅数十乘。奔至上阳守御，茫然无策。晋兵至，筑长围以困之。自八月至十二月，城中樵采俱绝，连战不胜，士卒疲敝，百姓日夜号哭。里克使舟之侨为书，射入城中，谕虢公使降。虢公曰："吾先君为王卿士，吾不能为降诸侯！"乘夜开城，率家眷奔京师去讫。里克等亦不追赶，百姓香花灯烛，迎里克等进城。克安集百姓，秋毫无犯，留兵戍守。将府库宝藏，尽数装载，以十分之三并女乐献于虞公，虞公益大喜。里克一面遣人驰报晋侯，自己托言有疾，休兵城外，俟病愈方行。虞公不时馈药，候问不绝，如此月余。忽谍报："晋侯兵在郊外。"虞公问其来意，报者曰："恐伐虢无功，亲来接应耳。"虞公曰："寡人正欲面与晋君讲好，今晋君自来，寡人之愿也。"慌忙郊迎致饩，两君相见，彼此称谢，自

不必说。

献公约与虞公较猎于箕山。虞公欲夸耀晋人，尽出城中之甲及坚车良马，与晋侯驰逐赌胜。是日，自辰及申，围尚未撤，忽有人报："城中火起。"献公曰："此必民间漏火，不久扑灭耳。"固请再打一围。大夫百里奚密奏曰："传闻城中有乱，君不可留矣！"虞公乃辞晋侯先行。半路见人民纷纷逃窜，言"城池已被晋兵乘虚袭破"，虞公大怒，喝教"驱车速进"，来至城边，只见城楼上一员大将，倚栏而立，盔甲鲜明，威风凛凛，向虞公言曰："前蒙君假我以道，今再假我以国，敬谢明赐。"虞公转怒，便欲攻门，城头上一声梆响，箭如雨下，虞公命车速退，使人催趱后面车马。军人报曰："后军行迟者，俱被晋兵截住，或降或杀，车马皆为晋有，晋侯大军即到矣！"虞公进退两难，叹曰："悔不听宫之奇之谏也！"顾百里奚在侧，问曰："彼时卿何不言？"百里奚曰："君不听之奇，其能听奚乎？臣之不言，正留身以从君于今日耳！"

虞公正在危急之际，见后有单车驱至，视之，乃虢国降将舟之侨也。虞公不觉面有惭色。舟之侨曰："君误听弃虢，失已在前。今日之计，与其出奔他国，不如归晋。晋君德量宽洪，必无相害，且怜君必厚待君，君其勿疑。"虞公踌躇未决，晋献公随后来到，使人请虞公相见。虞公不得不往。献公笑曰："寡人此来，为取璧、马之值耳。"命以后车，载虞公宿于军中。百里奚紧紧相随。或讽其去，曰："吾食其禄久，所以报也。"献公入城安民，荀息左手托璧，右手牵马而前曰："臣谋已行，今请还璧于府，还马于厩。"献公大悦。髯翁有诗云：

璧马区区虽至宝，请将社稷较何如？

不夸荀息多奇计，还笑虞公真是愚。

献公以虞公归，欲杀之。荀息曰："此呆骏竖子耳，何能为？"于是待以寓公之礼，别以他璧及他马赠之，曰："吾不忘假道之惠也。"舟之侨至晋，拜为大夫，侨荐百里奚之贤。献公欲用奚，使侨通意，奚曰："终旧君之世，乃可。"侨去，奚叹曰："君子违，不适仇国，况仕乎？吾即仕，不于晋也！"舟之侨闻其言，恶形其短，意甚不悦。

时秦穆公任好即位六年，尚未有中宫，使大夫公子絷求婚于晋，欲得晋侯长女伯姬为夫人。献公使太史苏筮之，得《雷泽归妹》卦第六爻，其繇曰：

士刲羊，亦无盋也；女承筐，亦无贶也；西邻责言，不可偿也。

太史苏玩其辞，以为秦国在西，而有责言，非和睦之兆。况《归妹》嫁娶之事，而《震》变为《离》，其卦为《睽》，《睽》《离》皆非吉名，此亲不可许。献公更使太卜郭偃以龟卜之。偃献其兆，上吉。断词曰：

松柏为邻，世作舅甥，三定我君。利于婚媾，不利寇。

史苏犹据筮词争之。献公曰："向者固云：'从筮不如从卜。'卜既吉矣，又可违乎？吾闻秦受帝命，其后将大，不可拒也！"遂许之。

公子縶归复命，路遇一人，面如噀血，隆准虬须，以两手握两锄而耕，入土累尺，命索其锄观之，左右皆不能举。公子縶问其姓名，对曰："公孙氏名枝，字子桑，晋君之疏族也。"縶曰："以子之才，何以屈于陇亩！"枝对曰："无人荐引耳。"縶曰："肯从我游于秦乎！"公孙枝曰："'士为知己者死'，若能见挈，固所愿也。"縶与之同载归秦，言于穆公，穆公使为大夫。穆公闻晋已许婚，复遣公子縶如晋纳币，遂迎伯姬。晋侯问媵于群臣，舟之侨进曰："百里奚不愿仕晋，其心不测，不如远之。"乃用奚为媵。

却说百里奚是虞国人，字井伯，年三十余，娶妻杜氏，生一子。奚家贫不遇，欲出游，念其妻子无依，恋恋不舍。杜氏曰："妾闻'男子志在四方'，君壮年不出图仕，乃区区守妻子坐困乎？妾能自给，毋相念也！"家只有一伏雌，杜氏宰之以饯行。厨下乏薪，乃取扊扅炊之。舂黄齑，煮脱粟饭。奚饱餐一顿，临别，妻抱其子，牵袂而泣曰："富贵勿相忘！"奚遂去。游于齐，求事襄公，无人荐引。久之，穷困乞食于铚，时奚年四十矣。铚人有蹇叔者，奇其貌，曰："子非乞人也！"叩其姓名，因留饭，与谈时事，奚应对如流，指画井井有叙。蹇叔叹曰："以子之才，而穷困乃尔，岂非命乎？"遂留奚于家，结为兄弟。蹇叔长奚一岁，奚呼叔为兄。蹇叔家亦贫，奚乃为村中养牛，以佐饔飧之费。值公子无知弑襄公，新立为君，悬榜招贤，奚欲往应招。蹇叔曰："先君有子在外，无知非分窃立，终必无成。"奚乃止。后闻周王子颓好牛，其饲牛者皆获厚糈，乃辞蹇叔如周。蹇叔戒之曰："丈夫不可轻失身于人。仕而弃之，则不忠；与同患难，则不智。此行弟其慎之！吾料理家事，当至周相看也。"

奚至周，谒见王子颓，以饲牛之术进。颓大喜，欲用为家臣。

蹇叔自侄而至，奚与之同见子颓。退谓奚曰："颓志大而才疏，其所与皆逸谄之人，必有觊觎非望之事，吾立见其败也，不如去之。"奚因久别妻子，意欲还虞。蹇叔曰："虞有贤臣宫之奇者，吾之故人也，相别已久，吾亦欲访之。弟若还虞，吾当同行。"遂与奚同至虞国。时奚妻杜氏，贫极不能自给，已流落他方，不知去处，奚感伤不已。蹇叔与宫之奇相见，因言百里奚之贤，宫之奇遂荐奚于虞公，虞公拜奚为中大夫。蹇叔曰："吾观虞君见小而自用，亦非可与有为之主。"奚曰："弟久贫困，譬之鱼在陆地，急欲得勺水自濡矣！"蹇叔曰："弟为贫而仕，吾难阻汝。异日若见访，当于宋之鸣鹿村，其地幽雅，吾将卜居于此。"蹇叔辞去，奚遂留事虞公。及虞公失国，奚周旋不舍，曰："吾既不智矣，敢不忠乎？"至是，晋用奚为媵于秦。奚叹曰："吾抱济世之才，不遇明主，而展其大志，又临老为人媵，比于仆妾，辱莫大焉！"行至中途而逃。将适宋，道阻，乃适楚。及宛城，宛之野人出猎，疑为奸细，执而缚之。奚曰："我虞人也，因国亡逃难至此。"野人问："何能？"奚曰："善饲牛。"野人释其缚，使之喂牛，牛日肥泽。野人大悦，闻于楚王。楚王召奚问曰："饲牛有道乎？"奚对曰："时其食，恤其力，心与牛而为一。"楚王曰："善哉，子之言。非独牛也，可通于马。"乃使为圉人，牧马于南海。

却说秦穆公见晋媵有百里奚之名，而无其人，怪之。公子絷曰："故虞臣也，今逃矣。"穆公谓公孙枝曰："子桑在晋，必知百里奚之略，是何等人也？"公孙枝对曰："贤人也。知虞公之不可谏而不谏，是其智；从虞公于晋，而义不臣晋，是其忠。且其人有经世之才，但不遇其时耳！"穆公曰："寡人安得百里奚而用之？"公孙枝曰："臣闻奚之妻子在楚，其亡必于楚，何不使人往楚访之？"使者往楚，还报："奚在海滨，为楚君牧马。"穆公曰："孤以重币求之，楚其许我乎？"公孙枝曰："百里奚不来矣！"穆公曰："何故？"公孙枝曰："楚之使奚牧马者，为不知奚之贤也。君以重币求之，是告以奚之贤也。楚知奚之贤，必自用之，肯畀我乎？君不若以逃媵为罪，而贱赎之，此管夷吾所以脱身于鲁也！"穆公曰："善！"乃使人持牂羊之皮五，进于楚王曰："敝邑有贱臣百里奚者，逃在上国。寡人欲得而加罪，以警亡者，请以五羊皮赎归！"楚王恐失秦欢，乃使东海人囚百里奚以付秦人。百里奚将行，东海人谓其就戮，持之而泣。奚笑曰："吾闻秦君有伯王之志，彼何急于一媵，夫求我于楚，将以用我也。此行且富贵矣，又何泣焉？"遽上囚车而去。

将及秦境，秦穆公使公孙枝往迎于郊，先释其囚，然后召而见之。问："年几何？"奚对曰："才七十岁。"穆公叹曰："惜乎老矣！"奚曰："使奚逐飞鸟，搏猛兽，则臣已老；若使臣坐而策国事，臣尚少也。昔吕尚年八十，钓于渭滨，文王载之以归，拜为尚父，卒定周鼎。臣今日遇君，较吕尚不更早十年乎？"穆公壮其言，正容而问曰："敝邑介在戎、狄，不与中国会盟，叟何以教寡人，俾敝邑不后于诸侯？幸甚！"奚对曰："君不以臣为亡国之虏，衰残之年，乃虚心下问，臣敢不竭其愚。夫雍、岐之地，文、武所兴，山如犬牙，原如长蛇，周不能守，而以畀之秦，此天所以开秦也。且夫介在戎狄，则兵强；不与会盟，则力聚。今西戎之间，为国不啻数十，并其地足以耕，籍其民可以战，此中国诸侯所不能与君争者。君以德抚而以力征，既全有西陲，然后陁山川之险，以临中国，俟隙而进，则恩威在君掌中，而伯业成矣！"穆公不觉起立曰："孤之有井伯，犹齐之得仲父也！"一连与语三日，言无不合。遂爵为上卿，任以国政。因此秦人都称奚为"五羖大夫"。又相传以为穆公举奚于牛口之下，以奚曾饲牛于楚，秦用五羖皮赎回故也。髯翁有诗云：

> 脱囚拜相事真奇，仲后重闻百里奚。
> 从此西秦名显赫，不亏身价五羊皮。

百里奚辞上卿之位，举荐一人以自代。
不知所举何人，且听下回分解。

第二十六回
歌飯牛百里认妻，获陈宝穆公证梦

　　话说秦穆公深知百里奚之才，欲爵为上卿，百里奚辞曰："臣之才，不如臣友蹇叔十倍，君欲治国家，请任蹇叔而臣佐之。"穆公曰："子之才，寡人见之真矣，未闻蹇叔之贤也。"奚对曰："蹇叔之贤，岂惟君未之闻。虽齐、宋之人，亦莫之闻也，然而臣独知之。臣尝出游于齐，欲委贽于公子无知。蹇叔止臣曰：'不可。'臣因去齐，得脱无知之祸。嗣游于周，欲委质于王子颓，蹇叔复止臣曰：'不可。'臣复去周，得脱子颓之祸。后臣归虞，欲委贽于虞公，蹇叔又止臣曰：'不可。'臣时贫甚，利其爵禄，姑且留事，遂为晋俘。夫再用其言，以脱于祸，一不用其言，几至杀身，此其智胜于中人远矣。今隐于宋之鸣鹿村，宜速召之。"穆公乃遣公子絷假作商人，以重币聘蹇叔于宋，百里奚另自作书致意。

　　公子絷收拾行囊，驾起犊车二乘，径投鸣鹿村来。见数人息耕于陇上，相赓而歌。歌曰：

　　　　山之高兮无撑，途之泞兮无烛。相将陇上兮，泉甘而土沃。勤吾四体兮,分吾五谷。三时不害兮饔飧足,乐此天命兮无荣辱!

縶在车中,听其音韵,有绝尘之致,乃叹谓御者曰:"古云:'里有君子,而鄙俗化。'今入蹇叔之乡,其耕者皆有高遁之风,信乎其贤也。"乃下车,问耕者曰:"蹇叔之居安在?"耕者曰:"子问之何为?"縶曰:"其故人百里奚有书,托吾致之。"耕者指示曰:"前去竹林深处,左泉右石,中间一小茅庐,乃其所也。"縶拱手称谢,复登车,行将半里,来至其处。縶举目观看,风景果是幽雅。陇西居士有隐居诗云:

翠竹林中景最幽,人生此乐更何求?
数方白石堆云起,一道清泉接涧流。
得趣猿猴堪共乐,忘机麋鹿可同游。
红尘一任漫天去,高卧先生百不忧。

縶停车于草庐之外,使从者叩其柴扉。有一小童子,启门而问曰:"佳客何来?"縶曰:"吾访蹇先生来也。"童子曰:"吾主不在。"縶曰:"先生何往?"童子曰:"与邻叟观泉于石梁,少顷便回。"縶不敢轻造其庐,遂坐于石上以待之。童子将门半掩,自入户内。须臾之间,见一大汉,浓眉环眼,方面长身,背负鹿蹄二只,从田塍西路而来。縶见其容貌不凡,起身迎之,那大汉即置鹿蹄于地,与縶施礼。縶因叩其姓名,大汉答曰:"某蹇氏,丙名,字白乙。"縶曰:"蹇叔是君何人?"对曰:"乃某父也。"縶重复施礼,口称:"久仰。"大汉曰:"足下何人,到此贵干?"縶曰:"有故人百里奚，今仕于秦，有书信托某奉候尊公。"蹇丙曰："先生请入草堂少坐，吾父即至矣。"言毕，推开双扉，让公子絷先入。蹇丙复取鹿蹄负之，至于草堂。童子收进鹿蹄。蹇丙又复施礼，分宾主坐定。公子絷与蹇丙谈论些农桑之事，因及武艺，丙讲说甚有次第，絷暗暗称奇，想道："有其父方有其子，井伯之荐不虚也。"献茶方罢，蹇丙使童子往门首伺候其父。少顷，童子报曰："翁归矣！"

却说蹇叔与邻叟二人，肩随而至，见门前有车二乘，骇曰："吾村中安得有此车耶？"蹇丙趋出门外，先道其故。蹇叔同二叟进入草堂，各各相见，叙次坐定。蹇叔曰："适小儿言吾弟井伯有书，乞以见示。"公子絷遂将百里奚书信呈上，蹇叔启缄观之，略曰：

奚不听兄言，几蹈虞难。幸秦君好贤，赎奚于牧竖之中，委以秦政。奚自量才智不逮恩兄，举兄同事。秦君敬慕若渴，特命大夫公子絷布币奉迎。惟冀幡然出山，以酬生平之志。如兄恋恋山林，奚亦当弃爵禄相从于鸣鹿之乡矣。

蹇叔曰："井伯何以见知于秦君也？"公子絷将百里奚为媵逃楚，秦君闻其贤，以五羊皮赎归始末，叙述一遍："今寡君欲爵以上卿，井伯自言不及先生，必求先生至秦，方敢登仕。寡君有不腆之币，使絷致命。"言讫，即唤左右于车厢中取出征书礼币，排列草堂之中。邻叟俱山野农夫，从未见此盛仪，相顾惊骇，谓公子絷曰："吾等不知贵人至此，有失回避。"絷曰："何出此言？寡君望蹇先生之临，如枯苗望雨，烦二位老叟相劝一声，受赐多矣！"二叟谓蹇叔曰："既秦邦如此重贤，不可虚贵人来意。"蹇叔曰："昔虞公不用井伯,以致败亡。若秦君肯虚心仕贤,一井伯已足。老夫用世之念久绝,不得相从,所赐礼币,望乞收回,求大夫善为我辞。"公子絷曰:"若先生不往,井伯亦必不独留!"蹇叔沉吟半响,叹曰:"井伯怀才未试,求仕已久,今适遇明主,吾不得不成其志。勉为井伯一行,不久仍归耕于此耳!"童子报:"鹿蹄已熟!"蹇叔命取床头新酿,酾之以奉客。公子絷西席,二叟相陪,瓦杯木箸,宾主劝酬,欣然醉饱。不觉天色已晚,遂留絷于草堂安宿。次早,二叟携樽饯行,依前叙坐。良久,公子絷夸白乙之才,亦要他同至秦邦,蹇叔许之。乃以秦君所赠礼币,分赠二叟,嘱咐看觑家间:"此去不久,便再得相叙!"再吩咐家人:"勤力稼穑,勿致荒芜!"二叟珍重而别。

蹇叔登车,白乙丙为御。公子絷另自一车,并驾而行。夜宿晓驰,将近秦郊,公子絷先驱入朝,参谒了秦穆公,言:"蹇先生已到郊外,其子蹇丙亦有挥霍之才,臣并取至,以备任使!"穆公大喜,乃命百里奚往迎。

蹇叔既至,穆公降阶加礼,赐坐而问之曰:"井伯数言先生之贤,先生何以教寡人乎?"蹇叔对曰:"秦僻在西土,邻于戎、狄,地险而兵强,进足以战,退足以守。所以不列于中华者,威德不及故也!非威何畏,非德何怀,不畏不怀,何以成霸?"穆公曰:"威与德,二者孰先?"蹇叔对曰:"德为本,威济之;德而不威,其国外削;威而不德,其民内溃。"穆公曰:"寡人欲布德而立威,何道而可?"蹇叔对曰:"秦杂戎俗,民鲜礼教,等威不辨,贵贱不明,臣请为君先教化而后刑罚。教化既行,民知尊敬其上,然后恩施而知感,刑用而知惧,上下之间,如手足头目之相为。管夷吾节制之师,所以号令天下而无敌也!"穆公曰:"诚如先生之言,遂可以霸天下乎？"蹇叔对曰："未也！夫霸天下者有三戒：毋贪、毋忿、毋急。贪则多失，忿则多难，急则多蹶。夫审大小而图之，乌用贪？衡彼己而施之，乌用忿？酌缓急而布之，乌用急？君能戒此三者，于霸也近矣！"穆公曰："善哉言乎。请为寡人酌今日之缓急！"蹇叔对曰："秦立国西戎，此祸福之本也。今齐侯已耄，霸业将衰。君诚善抚雍、渭之众，以号召诸戎，而征其不服者。诸戎既服，然后敛兵以俟中原之变，拾齐之遗，而布其德义，君虽不欲霸，不可得而辞矣！"穆公大悦曰："寡人得二老，真庶民之长也。"乃封蹇叔为右庶长，百里奚为左庶长，位皆上卿，谓之"二相"。并召白乙丙为大夫。自二相兼政，立法教民，兴利除害，秦国大治。史官有诗云：

子縶荐奚奚荐叔，转相汲引布秦庭。
但能好士如秦穆，人杰何须问地灵？

穆公见贤才多出于异国，益加采访。公子縶荐秦人西乞术之贤，穆公亦召用之。百里奚素闻晋人繇余负经纶之略，私询于公孙枝。枝曰："繇余在晋不遇，今已仕于西戎矣。"奚叹惜不已。

却说百里奚之妻杜氏，自从其夫出游，纺绩度日，后遇饥荒，不能存活，携其子趁食他乡。展转流离，遂入秦国，以浣衣为活。其子名视，字孟明，日与乡人打猎角艺，不肯营生，杜氏屡谕不从。及百里奚相秦，杜氏闻其姓名，曾于车中望见，未敢相认。因府中求浣衣妇，杜氏自愿入府浣衣。勤于捣濯，府中人皆喜，然未得见奚之面也。

一日，奚坐于堂上，乐工在庑下作乐，杜氏向府中人曰："老

第二十六回　歌麽麆百里认妻，获陈宝穆公证梦

妾颇知音律，愿引至庑，一听其声。"府中人引至庑下，言于乐工，问其所习，杜氏曰："能琴亦能歌。"乃以琴授之。杜氏援琴而鼓，其声凄怨，乐工俱倾耳静听，自谓不及，再使之歌，杜氏曰："老妾自流移至此，未尝发声，愿言于相君，请得升堂而歌之。"乐工禀知百里奚，奚命之立于堂左，杜氏低眉敛袖，扬声而歌，歌曰：

> 百里奚，五羊皮！忆别时，烹伏雌，舂黄齑，炊扊扅。今日富贵忘我为？百里奚，五羊皮！父梁肉，子啼饥，夫文绣，妻浣衣。嗟乎！富贵忘我为？百里奚，五羊皮！昔之日，君行而我啼；今之日，君坐而我离。嗟乎！富贵忘我为？

百里奚闻歌愕然，召至前询之，正其妻也。遂相持大恸，良久，问："儿子何在？"杜氏曰："村中射猎。"使人召之。是日，夫妻父子再得完聚。穆公闻百里奚妻子俱到，赐以粟千钟，金帛一车。次日，奚率其子孟明视朝见谢恩，穆公亦拜视为大夫，与西乞术、白乙丙并号将军，谓之"三帅"，专掌征伐之事。

姜戎子吾离，桀骜侵掠，三帅统兵征之，吾离兵败奔晋，遂尽有瓜州之地。时西戎主赤斑见秦人强盛，使其臣繇余聘秦，以观穆公之为人，穆公与之游于苑囿，登三休之台，夸以宫室苑囿之美。繇余曰："君之为此者，役鬼耶，抑役人耶？役鬼劳神，役人劳民。"穆公异其言，曰："汝戎夷无礼乐法度，何以为治？"繇余笑曰："礼乐法度，此乃中国所以乱也。自上圣创为文法，以约束百姓，仅仅小治，其后日渐骄淫，借礼乐之名，以粉饰其身；假法度之威，以督责其下。人民怨望，因生篡夺。若戎夷则不然，上含淳

德以遇其下，下怀忠信以事其上，上下一体，无形迹之相欺，无文法之相扰，不见其治，乃为至治。"

穆公默然，退而述其言于百里奚。奚对曰："此晋国之大贤人，臣熟闻其名矣。"穆公蹴然不悦曰："寡人闻之：'邻国有圣人，敌国之忧也。'今繇余贤而用于戎，将为秦患奈何？"奚对曰："内史廖多奇智，君可谋之。"穆公即召内史廖，告以其故。廖对曰："戎主僻处荒徼，未闻中国之声。君试遗之女乐，以夺其志；留繇余不遣，以爽其期。使其政事怠废，上下相疑。虽其国可取，况其臣乎？"穆公曰："善。"乃与繇余同席而坐，共器而食，居常使蹇叔、百里奚、公孙枝等，轮流作伴，叩其地形险夷，兵势强弱之实，一面装饰美女能音乐者六人，遣内史廖至戎报聘，以女乐献之。戎主赤斑大悦，日听音而夜御女，遂疏于政事。

繇余留秦一年乃归。戎主怪其来迟，繇余曰："臣日夜求归，秦君固留不遣。"戎主疑其有二心于秦，意颇疏之。繇余见戎主耽于女乐，不理政事，不免苦口进谏，戎主拒而不纳。穆公因密遣人招之，繇余弃戎归秦，即擢亚卿，与二相同事。繇余遂献伐戎之策，三帅兵至戎境，宛如熟路，戎主赤斑不能抵敌，遂降于秦。后人有诗云：

虞违百里终成虏，戎失繇余亦丧邦。
毕竟贤才能干国，请看齐霸与秦强！

西戎主赤斑，乃诸戎之领袖，向者诸戎俱受服役。及闻赤斑归秦，无不悚惧，纳土称臣者，相继不绝。穆公论功行赏，大宴群臣，群臣更番上寿，不觉大醉，回宫一卧不醒，宫人惊骇。事闻于外，群臣皆叩宫门问安。世子罃召太医入宫诊脉,脉息如常,但闭目不能言动。太医曰:"是有鬼神。"欲命内史廖行祷,内史廖曰:"此是尸厥,必有异梦,须俟其自复,不可惊之,祷亦无益。"世子罃守于床席之侧,寝食俱不敢离,直候至第五日,穆公方醒,颡间汗出如雨,连叫:"怪哉!"世子罃跪而问曰:"君体安否,何睡之久也?"穆公曰:"顷刻耳。"罃曰:"君睡已越五日,得无有异梦乎?"穆公惊问曰:"汝何以知之?"世子罃曰:"内史廖固言之。"

穆公乃召廖至榻前,言曰:"寡人今者梦一妇人,妆束宛如妃嫔,容貌端好,肌如冰雪,手握天符,言奉上帝之命,来召寡人,寡人从之,忽若身在云中,缥缈无际,至一宫阙,丹青炳焕,玉阶九尺,上悬珠帘,妇人引寡人拜于阶下,须臾帘卷,见殿上黄金为柱,壁衣锦绣,精光夺目。有王者冕旒华衮,凭玉几上坐,左右侍立,威仪甚盛,王者传命:'赐礼!'有如内侍者,以碧玉斝赐寡人酒,甘香无比。王者以一简授左右,即闻堂上大声呼寡人名曰:'任好听旨,尔平晋乱!'如是者再。妇人遂教寡人拜谢,复引出宫阙。寡人问妇人何名,对曰:'妾乃宝夫人也,居于太白山之西麓,在君宇下,君不闻乎?妾夫叶君,别居南阳,或一二岁来会妾,君能为妾立祠,当使君霸,传名万载。'寡人因问:'晋有何乱,乃使寡人平之?'宝夫人曰:'此天机不可预泄。'已闻鸡鸣,声大如雷霆,寡人遂惊觉。不知此何祥也?"廖对曰:"晋侯方宠骊姬,疏太子,保无乱乎?天命及君,君之福也!"穆公曰:"宝夫人何为者?"廖对曰:"臣闻先君文公之时,有陈仓人于土中得一异物,形如满囊,色间黄白,短尾多足,嘴有利喙。陈仓人谋献之先君,中途遇二童子,拍手笑曰:'汝虐于死人,今乃遭生人之手乎?'陈仓人请问其说,二童子曰:'此物名猬,在地下惯食死人之脑,得其精气,遂能变化，汝谨持之。'猵亦张喙忽作人言曰：'彼二童子者，一雌一雄，名曰陈宝，乃野雉之精，得雄者王，得雌者霸。'陈仓人遂舍猵而逐童子，二童子忽化为雉飞去。陈仓人以告先君，命书其事于简，藏之内府，臣实掌之，可启而视也。夫陈仓正在太白山之西，君试猎于两山之间，以求其迹，则可明矣！"穆公命取文公藏简观之，果如廖之语，因使廖详记其梦，并藏内府。

次日，穆公视朝，群臣毕贺。穆公遂命驾车，猎于太白山。迤逦而西，将至陈仓山，猎人举网得一雉鸡，玉色无瑕，光采照人，须臾化为石鸡，色光不减，猎者献于穆公。内史廖贺曰："此所谓宝夫人也。得雌者霸，殆霸征乎？君可建祠于陈仓，必获其福。"穆公大悦，命沐以兰汤，覆以锦衾，盛以玉匮。即日鸠工伐木，建祠于山上，名其祠曰：宝夫人祠。改陈仓山为宝鸡山，有司春秋二祭，每祭之晨，山上闻鸡鸣，其声彻三里之外。间一年或二年，望见赤光长十余丈，雷声殷殷然，此乃叶君来会之期。叶君者，即雄雉之神，所谓别居南阳者也。至四百余年后，汉光武生于南阳，起兵诛王莽，复汉祚，为后汉皇帝，乃是得雄者王之验。

毕竟秦穆公如何定晋乱，再看下回分解。

第二十七回
骊姬巧计杀申生，献公临终嘱荀息

话说晋献公既并虞、虢二国，群臣皆贺，惟骊姬心中不乐。他本意欲遣世子申生伐虢，却被里克代行，又一举成功，一时间无题目可做。乃复与优施相议，言："里克乃申生之党，功高位重，我无以敌之，奈何？"优施曰："荀息以一璧、马，灭虞、虢二国，其智在里克之上，其功亦不在里克之下，若求荀息为奚齐、卓子之傅，则可以敌里克有余矣。"骊姬请于献公，遂使荀息傅奚齐、卓子。骊姬又谓优施曰："荀息已入我党矣，里克在朝，必破我谋，何计可以去之？克去而申生乃可图也。"优施曰："里克为人，外强而中多顾虑，诚以利害动之，彼必持两端，然后可收而为我用。克好饮，夫人能为我具特羊之飨，我因侍饮而以言探之。其入，则夫人之福也；即不入，我优人亦聊与为戏，何罪焉？"骊姬曰："善。"乃代为优施治饮具。

优施预请于里克曰："大夫驱驰虞、虢间，劳苦甚。施有一杯之献，愿取闲邀大夫片刻之欢，何如？"里克许之。乃携酒至克家，克与内子孟，皆西坐为客。施再拜进觞，因侍饮于侧，调笑甚洽。

酒至半酣，施起舞为寿，因谓孟曰："主啖我，我有新歌，为主歌之。"孟酌兕觥以赐施，啖以羊脾，问曰："新歌何名？"施对曰："名《暇豫》，大夫得此事君，可保富贵也。"乃顿嗓而歌。歌曰：

　　暇豫之吾吾兮，不如鸟乌。众皆集于菀兮，尔独于枯。菀何荣且茂兮？枯招斧柯！斧柯行及兮，奈尔枯何！

歌讫，里克笑曰："何谓菀？何谓枯？"施曰："譬之于人，其母为夫人，其子将为君。本深枝茂，众鸟依托，所谓菀也！若其母已死，其子又得谤，祸害将及，本摇叶落，鸟无所栖，斯为枯矣。"言罢，遂出门。

里克心中怏怏，即命撤馔，起身径入书房，独步庭中，回旋良久。是夕不用晚餐，挑灯就寝，展转床褥，不能成寐，左思右想："优施内外俱宠，出入宫禁，今日之歌，必非无谓而发，彼欲言未竟，俟天明当再叩之。"捱至半夜，心中急不能忍，遂盼咐左右："密唤优施到此问话。"优施已心知其故，连忙衣冠整齐，跟着来人直达寝所，里克召优施坐于床间，以手抚其膝，问曰："适来'菀枯'之说，我已略喻，岂非谓曲沃乎？汝必有所闻，可与我详言，不可隐也。"施对曰："久欲告知，因大夫乃曲沃之傅，且未敢直言，恐见怪耳。"里克曰："使我预图免祸之地，是汝爱我也，何怪之有？"施乃俯首就枕畔低语曰："君已许夫人，杀太子而立奚齐，有成谋矣。"里克曰："犹可止乎？"施对曰："君夫人之得君，子所知也；中大夫之得君，亦子所知也。夫人主乎内，中大夫主乎外。虽欲止，得乎？"里克曰："从君而杀太子，我不忍也，辅太子以抗君，我不及也，中立而两无所为，可以自脱否？"施对曰：

"可。"施退,里克坐以待旦,取往日所书之简视之,屈指恰是十年。叹曰:"卜筮之理,何其神也!"遂造大夫丕郑父之家,屏去左右告之曰:"史苏、卜偃之言,验于今矣!"丕郑父曰:"有闻乎?"里克曰:"夜来优施告我曰:'君将杀太子而立奚齐也。'"丕郑父曰:"子何以复之?"里克曰:"我告以中立。"丕郑父曰:"子之言,如见火而益之薪也。为子计,宜阳为不信,彼见子不信,必中忌而缓其谋,子乃多树太子之党,以固其位,然后乘间而进言,以夺君之志,成败犹未有定。今子曰中立,则太子孤矣,祸可立而待也。"里克顿足曰:"惜哉,不早与吾子商之。"里克别去登车,诈坠于车下,次日遂称伤足,不能赴朝。史臣有诗云:

特羊具享优人舞,断送储君一曲歌。
堪笑大臣无远识,却将中立佐操戈。

优施回复骊姬,骊姬大悦,乃夜谓献公曰:"太子久居曲沃,君何不召之,但言妾之思见太子,妾因以为德于太子,冀免旦夕何如?"献公果如其言,以召申生。申生应呼而至,先见献公,再拜问安,礼毕,入宫参见骊姬,骊姬设飨待之,言语甚欢。次日,申生入宫谢宴,骊姬又留饭。是夜,骊姬复向献公垂泪言曰:"妾欲回太子之心,故召而礼之,不意太子无礼更甚。"献公曰:"何如?"骊姬曰:"妾留太子午餐,索饮,半酣,戏谓妾曰:'我父老矣,若母何?'妾怒而不应,太子又曰:'昔我祖老,而以我母姜氏,遗于我父。今我父老,必有所遗,非子而谁?'欲前执妾手,妾拒之乃免。君若不信,妾试与太子同游于囿,君从台上观之,必有睹焉。"献公曰:"诺。"及明,骊姬召申生同游于囿,骊姬预以蜜涂其发,蜂蝶纷纷，皆集其鬓，姬曰："太子盍为我驱蜂蝶乎？"申生从后以袖麾之。献公望见，以为真有调戏之事矣。心中大怒，即欲执申生行诛。骊姬跪而告曰："妾召之而杀之，是妾杀太子也。且宫中暧昧之事，外人未知。姑忍之。"献公乃使申生还曲沃，而使人阴求其罪。

过数日，献公出田于翟桓，骊姬与优施商议，使人谓太子曰："君梦齐姜诉曰：'苦饥无食。'必速祭之。"齐姜别有祠在曲沃，申生乃设祭，祭齐姜，使人送胙于献公。献公未归，乃留胙于宫中。六日后，献公回宫。骊姬以鸩入酒，以毒药傅肉，而献之曰："妾梦齐姜苦饥不可忍，因君之出也，以告太子而使祭焉，今致胙于此，待君久矣。"献公取觯，欲尝酒，骊姬跪而止之曰："酒食自外来者，不可不试。"献公曰："然。"乃以酒沥地，地即坟起。又呼犬，取一脔肉掷之，犬啖肉立死。骊姬佯为不信，再呼小内侍，使尝酒肉。小内侍不肯，强之，才下口，七窍流血亦死。骊姬佯大惊，疾趋下堂而呼曰："天乎！天乎！国固太子之国也。君老矣，岂旦暮之不能待，而必欲弑之！"言罢，双泪俱下，复跪于献公之前，带噎而言曰："太子所以设此谋者，徒以妾母子故也。愿君以此酒肉赐妾，妾宁代君而死，以快太子之志！"即取酒欲饮。献公夺而覆之，气咽不能出语。骊姬哭倒在地，恨曰："太子真忍心哉！其父而且欲弑之，况他人乎？始君欲废之，妾固不肯。后囿中戏我，君又欲杀之，我犹力劝。今几害我君，妾误君甚矣！"献公半晌方言，以手扶骊姬曰："尔起！孤便当暴之群臣，诛此贼子。"

当时出朝，召诸大夫议事，惟狐突久杜门，里克称足疾，丕郑父托以他出不至。其余毕集朝堂。献公以申生逆谋，告诉群臣。群臣知献公畜谋已久，皆面面相觑，不敢置对。东关五进曰："太子无道,臣请为君讨之。"献公乃使东关五为将,梁五副之,率车二百乘,以讨曲沃。嘱之曰:"太子数将兵,善用众,尔其慎之。"狐突虽然杜门,时刻使人打听朝事,闻"二五"戒车,心知必往曲沃,急使人密报太子申生,申生以告太傅杜原款。原款曰:"胙已留宫六日,其为宫中置毒明矣。子必以状自理,群臣岂无相明者,毋束手就死为也。"申生曰:"君非姬氏,居不安,食不饱。我自理而不明,是增罪也。幸而明,君护姬,未必加罪,又以伤君之心。不如我死。"原款曰:"且适他国,以俟后图如何?"申生曰:"君不察其无罪,而行讨于我,我被弑父之名以出,人将以我为鸱鸮矣!若出而归罪于君,是恶君也。且彰君父之恶,必见笑于诸侯。内困于父母,外困于诸侯,是重困也。弃君脱罪,是逃死也。我闻之:'仁不恶君,智不重困,勇不逃死。'"乃为书以复狐突曰:"申生有罪,不敢爱死。虽然,君老矣,子少,国家多难,伯氏努力以辅国家,申生虽死,受伯氏之赐实多。"于是北向再拜,自缢而死。

死之明日,东关五兵到,知申生已死,乃执杜原款囚之,以报献公曰:"世子自知罪不可逃,乃先死也。"献公使原款证成太子之罪,原款大呼曰:"天乎冤哉!原款所以不死而就俘者,正欲明太子之心也,胙留宫六日,岂有毒而久不变者乎?"骊姬从屏后急呼曰:"原款辅导无状,何不速杀之?"献公使力士以铜锤击破其脑而死,群臣皆暗暗流涕。

梁五、东关五谓优施曰:"重耳、夷吾与太子一体也,太子虽死,二公子尚在,我窃忧之。"优施言于骊姬,使引二公子。骊姬夜半复泣诉献公曰:"妾闻重耳、夷吾,实同申生之谋,申生之死,二公子归罪于妾,终日治兵,欲袭晋而杀妾,以图大事,君不可不察。"献公意犹未信。蚤朝,近臣报:"蒲、屈二公子来觐,已至关闻太子之变，即时俱回辕去矣。"献公曰："不辞而去，必同谋也。"乃遣寺人勃鞮率师往蒲，擒拿公子重耳；贾华率师往屈，擒拿公子夷吾。狐突唤其次子狐偃至前，谓曰："重耳骈胁重瞳，状貌伟异，又素贤明，他日必能成事，且太子既死，次当及之。汝可速往蒲，助之出奔，与汝兄毛同心辅佐，以图后举。"狐偃遵命，星夜奔蒲城来投重耳。重耳大惊，与狐毛、狐偃方商议出奔之事，勃鞮车马已到，蒲人欲闭门拒守，重耳曰："君命不可抗也。"勃鞮攻入蒲城，围重耳之宅，重耳与毛、偃趋后园，勃鞮挺剑逐之，毛偃先逾墙出，推墙以招重耳，勃鞮执重耳衣袂，剑起袂绝，重耳得脱去，勃鞮收袂回报。三人遂出奔翟国。

翟君先梦苍龙蟠于城上，见晋公子来到，欣然纳之。须臾，城下有小车数乘，相继而至，叫开城甚急。重耳疑是追兵，便教城上放箭，城下大叫曰："我等非追兵，乃晋臣愿追随公子者！"重耳登城观看，认得为首一人，姓赵，名衰，字子余，乃大夫赵夙之弟，仕晋朝为大夫。重耳曰："子余到此，孤无虑矣。"即命开门放入，余人乃胥臣、魏犨、狐射姑、颠颉、介子推、先轸，皆知名之士。其他愿执鞭负橐，奔走效劳，又有壶叔等数十人。重耳大惊曰："公等在朝，何以至此？"赵衰等齐声曰："主上失德，宠妖姬，杀世子，晋国旦晚必有大乱，素知公子宽仁下士，所以愿从出亡。"翟君教开门放入，众人进见。重耳泣曰："诸君子能协心相辅，如肉傅骨，生死不敢忘德。"魏犨攘臂前曰："公子居蒲数年，蒲人咸乐为公子死，若借助于狄，以用蒲人之众，杀入绛城，朝中积愤已深，必有起为内应者，因以除君侧之恶，安社稷而抚民人，岂不胜于流离道途为逋客哉？"重耳曰："子言虽壮，然震惊君父，非亡人所敢出也。"魏犨乃一勇之夫，见重耳不从，遂咬牙切齿，以足顿地曰：

"公子畏骊姬辈如猛虎蛇蝎,何日能成大事乎?"狐偃谓犨曰:"公子非畏骊姬,畏名义耳。"犨乃不言。昔人有古风一篇,单道重耳从亡诸臣之盛:

> 蒲城公子遭谗变,轮蹄西指奔如电。
> 担囊仗剑何纷纷,英雄尽是山西彦。
> 山西诸彦争相从,吞云吐雨星罗胸。
> 文臣高等擎天柱,武将雄夸驾海虹。
> 君不见,赵成子,冬日之温彻人髓?
> 又不见,司空季,六韬三略饶经济。
> 二狐肺腑兼尊亲,出奇制变圆如轮。
> 魏犨矫矫人中虎,贾佗强力轻千钧。
> 颠颉昂藏独行意,直哉先轸胸无滞。
> 子推介节谁与俦,百炼坚金任磨砺。
> 颉颃上下如掌股,周流遍历秦齐楚。
> 行居寝食无相离,患难之中定臣主。
> 古来真主百灵扶,风虎云龙自不孤。
> 梧桐种就鸾凤集,何问朝中菀共枯?

重耳自幼谦恭下士,自十七岁时,已父事狐偃,师事赵衰,长事狐射姑,凡朝野知名之士,无不纳交,故虽出亡,患难之际,豪杰愿从者甚众。惟大夫郤芮与吕饴甥腹心之契,虢射是夷吾之母舅,三人独奔屈以就夷吾。相见之间,告以"贾华之兵,且暮且至"。夷吾即令敛兵为城守计。贾华原无必获夷吾之意,及兵到故缓其围,使人阴告夷吾曰:"公子宜速去,不然晋兵继至,不可当也。"夷吾谓郤芮曰："重耳在翟，今奔翟何如？"郤芮曰："君固言二公子同谋，以是为讨。今异出而同走，骊姬有辞矣，晋兵且至翟。不如之梁，梁与秦近，秦方强盛，且婚姻之国，君百岁后，可借其力以图归也。"夷吾乃奔梁国。

贾华佯追之不及，以逃奔复命。献公大怒曰："二子不获其一，何以用兵？"叱左右欲缚贾华斩之。丕郑父奏曰："君前使人筑二城，使得聚兵为备，非贾华之罪也。"梁五亦奏曰："夷吾庸才无足虑。重耳有贤名，多士从之，朝堂为之一空，且翟吾世仇，不伐翟除重耳，后必为患。"献公乃赦贾华，使召勃鞮。鞮闻贾华几不免，乃自请率军伐翟，献公许之。勃鞮兵至翟城，翟君亦盛陈兵于采桑，相守二月余。丕郑父进曰："父子无绝恩之理。二公子罪恶未彰，既已出奔，而必追杀之，得无已甚乎？且翟未可必胜，徒老我师，为邻国笑。"献公意稍转，即召勃鞮还师。

献公疑群公子多重耳、夷吾之党，异日必为奚齐之梗，乃下令尽逐群公子，晋之公族无敢留者。于是立奚齐为世子，百官自"二五"及荀息之外，无不人人扼腕，多有称疾告老者。时周襄王之元年，晋献公之二十六年也。

是秋九月，献公奔赴葵丘之会不果，于中途得疾，至国还宫。骊姬坐于足，泣曰："君遭骨肉之衅，尽逐公族，而立妾之子，一旦设有不讳，我妇人也，奚齐年又幼，倘群公子挟外援以求入，妾母子所靠何人？"献公曰："夫人勿忧。太傅荀息，忠臣也，忠不二心，孤当以幼君托之。"于是召荀息至于榻前，问曰："寡人闻，'士之立身，忠信为本'。何以谓之忠信？"荀息对曰："尽心事主曰忠，死不食言曰信。"献公曰："寡人欲以弱孤累大夫，大夫其许我乎？"荀息稽首对曰："敢不竭死力？"献公不觉堕泪，骊姬哭声闻幕外。数日，献公薨。骊姬抱奚齐以授荀息，时年才十一岁，荀息遵遗命，奉奚齐主丧，百官俱就位哭泣。骊姬亦以遗命，拜荀息为上卿，梁五、东关五加左右司马，敛兵巡行国中，以备非常。国中大小事体，俱关白荀息而后行。以明年为新君元年，告讣诸侯。

毕竟奚齐能得几日为君，且看下回分解。

第二十八回
里克两弑孤主，穆公一平晋乱

话说荀息拥立公子奚齐，百官都至丧次哭临，惟狐突托言病笃不至，里克私谓丕郑父曰："孺子遂立矣，其若亡公子何？"丕郑父曰："此事全在荀叔，姑与探之。"二人登车，同往荀息府中，息延入，里克告曰："主上晏驾，重耳、夷吾俱在外，叔为国大臣，乃不迎长公子嗣位，而立嬖人之子，何以服人？且三公子之党，怨奚齐子母入于骨髓，只碍主上耳，今闻大变，必有异谋。秦、翟辅之于外，国人应之于内，子何策以御之？"荀息曰："我受先君遗托而傅奚齐，则奚齐乃我君矣，此外不知更有他人！万一力不从心，惟有一死，以谢先君而已。"丕郑父曰："死无益也，何不改图？"荀息曰："我既以忠信许先君矣，虽无益，敢食言乎？"二人再三劝谕，荀息心如铁石，终不改言，乃相辞而去。

里克谓郑父曰："我以叔有同僚之谊，故明告以利害，彼坚执不听，奈何？"郑父曰："彼为奚齐，我为重耳，各成其志，有何不可。"于是二人密约，使心腹力士，变服杂于侍卫服役之中，乘奚齐在丧次，就刺杀于苫块之侧，时优施在旁，挺剑来救，亦被杀，一时幕间大乱。荀息哭临方退,闻变大惊,疾忙趋入,抚尸大恸曰:"我受遗命托孤,不能保护太子,我之罪也。"便欲触柱而死,骊姬急使人止之曰:"君柩在殡,大夫独不念乎?且奚齐虽死,尚有卓子在,可辅也。"荀息乃诛守幕者数十人,即日与百官会议,更扶卓子为君,时年才九岁。

里克、丕郑父佯为不知,独不与议。梁五曰"孺子之死,实里、丕二人为先太子报仇也。今不与公议,其迹昭然,请以兵讨之。"荀息曰:"二人者,晋之老臣,根深党固,七舆大夫,半出其门,讨而不胜,大事去矣,不如姑隐之,以安其心而缓其谋,俟丧事既毕,改元正位,外结邻国,内散其党,然后乃可图矣。"梁五退谓东关五曰:"荀卿忠而少谋,作事迂缓,不可恃也。里、丕虽同志,而克为先太子之冤,衔怨独深。若除克,则丕氏之心惰矣。"东关五曰:"何策除之?"梁五曰:"今丧事在迩,诚伏甲东门,视其送葬,突起攻之。此一夫之力也。"东关五曰:"善。我有客屠岸夷者,能负三千钧绝地而驰,若啖以爵禄,此人可使也。"乃召屠岸夷而语之。

夷素与大夫䣝遄相厚,密以其谋告于䣝遄,问:"此事可行否?"遄曰:"故太子之冤,举国莫不痛之,皆因骊姬母子之故。今里、丕二大夫,欲歼骊姬之党,迎立公子重耳为君,此义举也。汝若辅佞仇忠,干此不义之事,我等必不容汝。徒受万代骂名,不可,不可!"夷曰:"我侪小人不知也,今辞之何如?"䣝遄曰:"辞之,则必复遣他人矣。子不如佯诺,而反戈以诛逆党,我以迎立之功与子。子不失富贵,而且有令名,与为不义杀身,孰得?"屠岸夷曰:"大夫之教是也。"䣝遄曰:"得无变否?"夷曰:"大夫见疑,则请盟!"乃割鸡而为盟。夷去,遄即与丕郑父言之,郑父亦言于里克,各整顿家甲，约定送葬日齐发。

至期，里克称病不会葬，屠岸夷谓东关五曰："诸大夫皆在葬，惟里克独留，此天夺其命也，请授甲兵三百人，围其宫而歼之。"东关五大悦，与甲士三百，伪围里克之家。里克故意使人如墓告变。荀息惊问其故，东关五曰："闻里克将乘隙为乱，五等辄使家客，以兵守之。成则大夫之功，不成不相累也。"荀息心如芒刺，草草毕葬，即使"二五"勒兵助攻，自己奉卓子坐于朝堂，以俟好音。

东关五之兵先至东市，屠岸夷来见，托言禀事，猝以臂拉其颈，颈折坠，军中大乱。屠岸夷大呼曰："公子重耳引秦、翟之兵，已在城外，我奉里大夫之命，为故太子申生伸冤，诛奸佞之党，迎立重耳为君，汝等愿从者皆来，不愿者自去。"军士闻重耳为君，无不踊跃愿从者。梁五闻东关五被杀，急趋朝堂，欲同荀息奉卓子出奔，却被屠岸夷追及。里克、丕郑父、雅遄各率家甲，一时亦到。梁五料不能脱，拔剑自刎，不断，被屠岸夷只手擒来，里克趁势挥刀，劈为两段。时左行大夫共华，亦统家甲来助，一齐杀入朝门，里克仗剑先行，众人随之，左右皆惊散。荀息面不改色，左手抱卓子，右手举袖掩之，卓子惧而啼。荀息谓里克曰："孺子何罪？宁杀我，乞留此先君一块肉！"里克曰："申生安在？亦先君一块肉也！"顾屠岸夷曰："还不下手！"屠岸夷就荀息手中夺来，掷之于阶，但闻趷蹋一声，化为肉饼。荀息大怒，挺佩剑来斗里克，亦被屠岸夷斩之。遂杀入宫中，骊姬先奔贾君之宫，贾君闭门不纳，走入后园，从桥上投水中而死。里克命戮其尸。骊姬之娣虽生卓子，无宠无权，恕不杀，锢之别室。尽灭"二五"及优施之族。髯仙有诗叹骊姬云：

谮杀申生意若何？要将稚子掌山河。
一朝母子遭骈戮，笑杀当年暇豫歌！

又有诗叹荀息从君之乱命，而立庶孽，虽死不足道也。诗云：

昏君乱命岂宜从？犹说硁硁效死忠。
璧马智谋何处去，君臣束手一场空。

里克大集百官于朝堂，议曰："今庶孽已除，公子中惟重耳最长且贤，当立。诸大夫同心者，请书名于简。"丕郑父曰："此事非狐老大夫不可。"里克即使人以车迎之。狐突辞曰："老夫二子从亡，若与迎，是同弑也。突老矣，惟诸大夫之命是听。"里克遂执笔先书己名，次丕郑父，以下共华、贾华、雅遄等共三十余人，后至者俱不及书。以上士之衔假屠岸夷，使之奉表往翟，奉迎公子重耳。重耳见表上无狐突名，疑之，魏犨曰："迎而不往，欲长为客乎？"重耳曰："非尔所知也。群公子尚多，何必我，且二孺子新诛，其党未尽，入而求出，何可得也？天若祚我，岂患无国？"狐偃亦以乘丧因乱，皆非美名，劝公子勿行。乃谢使者曰："重耳得罪于父，逃死四方，生既不得展问安侍膳之诚，死又不得尽视含哭位之礼，何敢乘乱而贪国？大夫其更立他子，重耳不敢违。"屠岸夷还报，里克欲遣使再往，大夫梁繇靡曰："公子孰非君者，盍迎夷吾乎？"里克曰："夷吾贪而忍，贪则无信，忍则无亲，不如重耳。"梁繇靡曰："不犹愈于群公子乎？"众人俱唯唯，里克不得已，乃使屠岸夷辅梁繇靡迎夷吾于梁。

且说公子夷吾在梁，梁伯以女妻之，生一子，名曰圉。夷吾安居于梁，日夜望国中有变，乘机求入，闻献公已薨，即命吕饴甥袭屈城据之。荀息为国中多事，亦不暇问。及闻奚齐、卓子被杀，诸大夫往迎重耳，吕饴甥以书报夷吾，夷吾与虢射、郤芮商议，要来争国。忽见梁繇靡等来迎，以手加额曰："天夺国于重耳，以授我也。"不觉喜形于色。郤芮进曰："重耳非恶得国者，其不行，必有疑也，君勿轻信。夫在内而外求君者，是皆有大欲焉。方今晋臣用事，里、丕为首，君宜捐厚赂以啖之，虽然，犹有危。夫入虎穴者，必操利器。君欲入国，非借强国之力为助不可。邻晋之国，惟秦最强，子盍遣使卑辞以求纳于秦乎，秦许我，则国可入矣。"

夷吾用其言，乃许里克以汾阳之田百万，许丕郑父以负蔡之田七十万，皆书契而缄之。先使屠岸夷还报，留梁繇靡使达手书于秦，并道晋国诸大夫奉迎之意。秦穆公谓蹇叔曰："晋乱待寡人而平，上帝先示梦矣。寡人闻重耳、夷吾皆贤公子也，寡人将择而纳之。未知孰胜？"蹇叔曰："重耳在翟，夷吾在梁，地皆密迩，君何不使人往吊。以观二公子之为人？"穆公曰："诺。"乃使公子絷先吊重耳，次吊夷吾。

公子絷至翟，见公子重耳，以秦君之命称吊，礼毕，重耳即退，絷使阍者传语："公子宜乘时图入，寡君愿以敝赋为前驱。"重耳以告赵衰。赵衰曰："却内之迎，而借外宠以求入，虽入不光矣。"重耳乃出见使者曰："君惠吊亡臣重耳，辱以后命。亡人无宝，仁亲为宝，父死之谓何，而敢有他志。"遂伏地大哭，稽颡而退，绝无一私语。公子絷见重耳不从，心知其贤，叹息而去。遂吊夷吾于梁，礼毕，夷吾谓絷曰："大夫以君命下吊亡人，亦何以教亡人乎？"絷亦以"乘时图入"相劝，夷吾稽颡称谢，入告郤芮曰："秦人许纳我矣。"郤芮曰："秦人何私于我，亦将有取于我也。君必大割地以赂之。"夷吾曰："大割地不损晋乎？"郤芮曰："公子不返国，则梁山一匹夫耳，能有晋尺寸之土乎？他人之物，公子何惜焉。"夷吾复出见公子絷，握其手谓曰："里克、丕郑皆许我矣，亡人皆有以酬之，且不敢薄也，苟假君之宠，入主社稷，惟是河外五城，所以便君之东游者。东尽虢地，南及华山，内以解梁为界，愿入之于君，以报君德于万一。"出契于袖中，面有德色，公子絷方欲谦让，夷吾又曰："亡人另有黄金四十镒，白玉之珩六双，愿纳于公子之左右，乞公子好言于君，亡人不忘公子之赐。"公子絷乃皆受之。史臣有诗云：

重耳忧亲为丧亲，夷吾利国喜津津。
但看受吊相悬处，成败分明定两人。

絷返命于穆公，备述两公子相见之状。穆公曰："重耳之贤，过夷吾远矣。必纳重耳。"公子絷对曰："君之纳晋君也，忧晋乎？抑欲成名于天下乎？"穆公曰："晋何与我事？寡人亦欲成名于天下耳。"公子絷曰："君如忧晋，则为之择贤君。第欲成名于天下，则不如置不贤者。均之有置君之名，而贤者出我上，不贤者出我下，二者孰利？"穆公曰："子之言，开我肺腑。"乃使公孙枝出车三百乘，以纳夷吾。秦穆公夫人，乃晋世子申生之娣，是为穆姬，幼育于献公次妃贾君之宫，甚有贤德，闻公孙枝将纳夷吾于晋，遂为手书以属夷吾，言："公子入为晋君，必厚视贾君。其群公子因乱出奔，皆无罪。闻叶茂者本荣，必尽纳之，亦所以固我藩也。"夷吾恐失穆姬之意，随以手书复之，一一如命。

时齐桓公闻晋国有乱，欲合诸侯谋之，乃亲至高梁之地，又闻秦师已出，周惠王亦遣大夫王子党率师至晋，乃遣公孙隰朋会周、秦之师，同纳夷吾。吕饴甥亦自屈城来会，桓公遂回齐。里克、丕郑父请出国舅狐突做主，率群臣备法驾，迎夷吾于晋界。夷吾入绛都即位，是为惠公，即以本年为元年。按：晋惠公之元年，实周襄王之二年也。国人素慕重耳之贤，欲得为君，及失重耳得夷吾，乃大失望。

惠公既即位，遂立子圉为世子，以狐突、虢射为上大夫，吕饴甥、郤芮俱为中大夫，屠岸夷为下大夫，其余在国诸臣，一从其旧。使梁繇靡从王子党如周，韩简从隰朋如齐，各拜谢纳国之恩。惟公孙枝以索取河西五城之地，尚留晋国。惠公有不舍之意，乃集群臣议之。虢射目视吕饴甥，饴甥进曰："君所以赂秦者，为未入，则国非君之国也，今既入矣，国乃君之国矣，虽不畀秦，秦其奈君何？"里克曰："君始得国，而失信于强邻，不可，不如与之。"郤芮曰："去五城是去半晋矣，秦虽极兵力，必不能取五城于我。且先君百战经营，始有此地，不可弃也。"里克曰："既知先君之地，何以许之？许而不与，不怒秦乎？且先君立国于曲沃，地不过蕞尔，惟自强于政，故能兼并小国，以成其大。君能修政而善邻，何患无五城哉？"郤芮大喝曰："里克之言，非为秦也，为取汾阳之田百万，恐君不与，故以秦为例耳。"丕郑父以臂推里克，克遂不敢复言。惠公曰："不与则失信，与之则自弱，畀一二城可乎？"吕饴甥曰："畀一二城，未为全信也，而适以挑秦之争，不如辞之。"惠公乃命吕饴甥作书辞秦。书略曰：

始夷吾以河西五城许君，今幸入守社稷，夷吾念君之赐，欲即践言。大臣皆曰："地者，先君之地，君出亡在外,何得擅许他人?"寡人争之弗能得。惟君少缓其期,寡人不敢忘也。

惠公问:"谁人能为寡人谢秦者?"丕郑父愿往,惠公从之。

原来惠公求入国时,亦曾许丕郑父负蔡之田七十万,惠公既不与秦城,安肯与里、丕二人之田?郑父口虽不言,心中怨恨,特地讨此一差,欲诉于秦耳。郑父随公孙枝至于秦国,见了穆公,呈上国书。穆公览毕,拍案大怒曰:"寡人固知夷吾不堪为君,今果被此贼所欺!"欲斩丕郑父。公孙枝奏曰:"此非郑父之罪也,望君恕之。"穆公余怒未尽,问曰:"谁使夷吾负寡人者?寡人愿得而手刃之?"丕郑父曰:"君请屏左右,臣有所言。"穆公色稍和,命左右退于帘下,揖郑父进而问之。郑父对曰:"晋之诸大夫,无不感君之恩,愿归地者,惟吕饴甥、郤芮二人从中阻挠。君若重币聘问,而以好言召此二人,二人至,则杀之。君纳重耳,臣与里克逐夷吾,为君内应,请得世世事君,何如?"穆公曰:"此计妙哉,固寡人之本心也。"于是遣大夫泠至随丕郑父行聘于晋,欲诱吕饴甥、郤芮而杀之。

不知吕、郤性命何如,且看下回分解。

第二十九回
晋惠公大诛群臣，管夷吾病榻论相

　　话说里克主意，原要奉迎公子重耳，因重耳辞不肯就，夷吾又以重赂求入，因此只得随众行事。谁知惠公即位之后，所许之田，分毫不给，又任用虢射、吕饴甥、郤芮一班私人，将先世旧臣，一概疏远，里克心中已自不服。及劝惠公畀地于秦，分明是公道话，郤芮反说他为己而设，好生不忿，忍了一肚子气，敢怒而不敢言。出了朝门，颜色之间，不免露些怨望之意。及丕郑父使秦，郤芮等恐其与里克有谋，私下遣人窥瞰，郑父亦虑郤芮等有人伺察，遂不别里克而行。里克使人邀郑父说话，则郑父已出城矣，克自往追之，不及而还，早有人报知郤芮。芮求见惠公，奏曰："里克谓君夺其权政，又不与汾阳之田，心怀怨望。今闻丕郑父聘秦，自驾往追，其中必有异谋。臣素闻里克善于重耳，君之立非其本意，万一与重耳内应外合，何以防之？不若赐死，以绝其患。"惠公曰："里克有功于寡人，今何辞以戮之？"郤芮曰："克弑奚齐，又弑卓子，又杀顾命之臣荀息，其罪大矣。念其入国之功，私劳也。讨其弑逆之罪，公义也。明君不以私劳而废公议，臣请奉君命行讨。"惠公曰："大夫往矣。"郤芮遂诣里克之家，谓里克曰："晋侯有命，使芮致之吾子。晋侯云：'微子，寡人不得立，寡人不敢忘子之功。虽然，子弑二君，杀一大夫，为尔君者难矣。寡人奉先君之遗命，不敢以私劳而废大义，惟子自图之。'"里克曰："不有所废，君何以兴？欲加之罪，何患无辞？臣闻命矣。"郤芮复迫之。克乃拔佩剑跃地大呼曰："天乎，冤哉！忠而获罪，死若有知，何面目见荀息乎？"遂自刎其喉而死。郤芮还报惠公，惠公大悦。髯仙有诗云：

才入夷吾身受兵，当初何不死申生？
方知中立非完策，不及荀家有令名。

惠公杀了里克，群臣多有不服者。祁举、共华、贾华、骓遄辈，俱口出怨言，惠公欲诛之。郤芮曰："丕郑父在外，而多行诛戮，以启其疑叛之心，不可。君且忍之！"惠公曰："秦夫人有言，托寡人善视贾君，而尽纳群公子。何如？"郤芮曰："群公子谁无争心，不可纳也，善视贾君，以报秦夫人可矣！"惠公乃入见贾君。时贾君色尚未衰，惠公忽动淫心，谓贾君曰："秦夫人属寡人与君为欢，君其无拒！"即往抱持贾君，宫人皆含笑避去。贾君畏惠公之威，勉强从命。事毕，贾君垂泪言曰："妾不幸事先君不终，今又失身于君，妾身不足惜，但乞君为故太子申生白冤，妾得复于秦夫人，以赎失身之罪。"惠公曰："二竖子见杀，先太子之冤已白矣！"贾君曰："闻先太子尚藁葬新城，君必迁冢而为之立谥，庶冤魂获安，亦国人之所望于君者也！"惠公许之，乃命郤芮之从弟郤乞，往曲沃择地改葬，使太史议谥，以其孝敬，谥曰"共世子"，再使狐突往彼设祭告墓。

先说邳乞至曲沃,别制衣衾棺椁及冥器木偶之类,极其整齐,掘起申生之尸,面色如生,但臭不可当,役人俱掩鼻欲呕,不能用力。邳乞焚香再拜曰:"世子生而洁,死而不洁乎?若不洁,不在世子,愿无骇众。"言讫,臭气顿息,转为异香。遂重殓入棺,葬于高原,曲沃之人,空城来送,无不堕泪。葬之三日,狐突赍祭品来到,以惠公之命设位拜奠,题其墓曰:"晋共太子之墓。"

事毕,狐突方欲还国,忽见旌旗对对,戈甲层层,簇拥一队车马,狐突不知是谁,仓忙欲避。只见副车一人,须发斑白,袍笏整齐,从容下车,至于狐突之前,揖曰:"太子有话奉迎,请国舅那步。"突视之,太傅杜原款也。恍惚中忘其已死,问曰:"太子何在?"原款指后面大车曰:"此即太子之车矣!"突乃随至车前。见太子申生冠缨剑佩,宛如生前,使御者下引狐突升车,谓曰:"国舅亦念申生否?"突垂泪对曰:"太子之冤,行道之人,无不悲涕。突何人,能勿念乎?"申生曰:"上帝怜我仁孝,已命我为乔山之主矣。夷吾行无礼于贾君,吾恶其不洁,欲却其葬,恐违众意而止。今秦君甚贤,吾欲以晋畀秦,使秦人奉吾之祀,舅以为何如?"突对曰:"太子虽恶晋君,其民何罪?且晋之先君又何罪?太子舍同姓而求食于异姓,恐乖仁孝之德也。"申生曰:"舅言亦是,然吾已具奏于上帝矣。今当再奏,舅为姑留七日,新城之西偏有巫者,吾将托之以复舅也!"杜原款在车下唤曰:"国舅可别矣。"牵狐突下车,失足跌仆于地,车马一时不见,突身乃卧于新城外馆。心中大惊,问左右:"吾何得在此?"左右曰:"国舅祭奠方毕,焚祝辞神,忽然仆于席上,呼唤不醒,吾等扶至车中,载归此处安息,今幸无恙!"狐突心知是梦,暗暗称异,不与人言,只推抱恙,留车外馆。至第七日未、申之交,门上报:"有城西巫者求见。"突命召入,预屏左右以待之。巫者入见，自言："素与鬼神通语，今有乔山主者，乃晋国故太子申生，托传语致意国舅：'今已覆奏上帝，但辱其身，斩其胤，以示罚罪而已，无害于晋。'"狐突佯为不知，问曰："所罚者，何人之罪？"巫曰："太子但命传语如此，我亦不知所指何事也。"突命左右以金帛酬巫者，戒勿妄言。巫者叩谢而去。狐突归国，私与丕郑父之子丕豹言之。豹曰："君举动乖张，必不克终。有晋国者，其重耳乎？"正叙谈间，阍人来报："丕大夫使秦已归，见在朝中复命。"二人遂各别而归。

却说丕郑父同秦大夫泠至，赍着礼币数车，如晋报聘，行及绛郊，忽闻诛里克之信。郑父心中疑虑，意欲转回秦国，再作商量，又念其子豹在绛城，"我一走，必累及豹。"因此去住两难，踌躇不决，恰遇大夫共华在于郊外，遂邀与相见。郑父叩问里克缘由，共华一一叙述了。郑父曰："吾今犹可入否？"共华曰："里克同事之人尚多，如华亦在其内，今止诛克一人，其余并不波及，况子出使在秦，若为不知可也，如惧而不入，是自供其罪矣。"郑父从其言，乃催车入城，郑父先复命讫，引进泠至朝见，呈上国书礼物，惠公启书看之。略曰：

> 晋、秦甥舅之国，地之在晋，犹在秦也，诸大夫亦各忠其国。寡人何敢曰必得地，以伤诸大夫之义，但寡人有疆场之事，欲与吕、郤二大夫面议。幸旦暮一来，以慰寡人之望。

书尾又一行云："原地券纳还。"

惠公是见小之人，看见礼币隆厚，又且缴还地券，心中甚喜，便欲遣吕饴甥、郤芮报秦。郤芮私谓饴甥曰："秦使此来，不是好意，其币重而言甘，殆诱我也，吾等若往，必劫我以取地矣。"饴甥曰："吾亦料秦之欢晋，不至若是，此必丕郑父闻里克之诛，自惧不免，与秦共为此谋，欲使秦人杀吾等而后作乱耳。"郤芮曰："郑父与克，同功一体之人，克诛，郑父安得不惧？子金之料是也，今群臣半是里、丕之党，若郑父有谋，必更有同谋之人，且先归秦使而徐察之。"饴甥曰："善。"乃言于惠公，先遣泠至回秦，言："晋国未定，稍待二臣之暇，即当趋命。"泠至只得回秦。

吕、郤二人使心腹每夜伏于丕郑父之门，伺察动静，郑父见吕、郤全无行色，乃密请祁举、共华、贾华、骓遄等，夜至其家议事，五鼓方回。心腹回报所见，如此如此，郤芮曰："诸人有何难决之事？必逆谋也。"乃与饴甥商议，使人请屠岸夷至，谓曰："子祸至矣，奈何？"屠岸夷大惊曰："祸从何来？"郤芮曰："子前助里克弑幼君，今克已伏法，君将有讨于子，吾等以子有迎立之功，不忍见子之受诛，是以告也。"屠岸夷泣曰："夷乃一勇之夫。听人驱遣。不知罪之所在。惟大夫救之。"郤芮曰："君怒不可解也。独有一计，可以脱祸。"夷遂跪而问计。郤芮慌忙扶起，密告曰："今丕郑父党于里克，有迎立之心，与七舆大夫阴谋作乱，欲逐君而纳公子重耳。子诚伪为惧诛者，而见郑父，与之同谋。若尽得其情，先事出首，吾即以所许郑父负蔡之田，割三十万以酬子功，子且重用，又何罪之足患乎？"夷喜曰："夷死而得生，大夫之赐也。敢不效力，但我不善为辞，奈何？"吕饴甥曰："吾当教子。"乃拟为问答之语，使夷熟记。

是夜，夷遂叩丕郑父之门，言有密事。郑父辞以醉寝，不与相见。夷守门内，更深犹不去，乃延之入。夷一见郑父，便下跪曰：

"大夫救我一命。"郑父惊问其故,夷曰:"君以我助里克弑卓子,将加戮于我,奈何?"郑父曰:"吕、郤二人为政,何不求之?"夷曰:"此皆吕、郤之谋也,吾恨不得食二人之肉。求之何益?"郑父犹未深信,又问曰:"汝意欲何如?"夷曰:"公子重耳仁孝,能得士心,国人皆愿戴之为君。而秦人恶夷吾之背约,亦欲改立重耳,诚得大夫手书,夷星夜往致重耳,使合秦、翟之众,大夫亦纠故太子之党,从中而起,先斩吕、郤之首,然后逐君而纳重耳,无不济矣!"郑父曰:"子意得无变否?"夷即啮一指出血,誓曰:"夷若有贰心,当使合族受诛。"郑父方才信之。约次日三更,再会定议。至期,屠岸夷复往。则祁举、共华、贾华、骓遄皆先在,又有叔坚、累虎、特宫、田祁四人,皆故太子申生门下,与郑父、屠岸夷共是十人,重复对天歃血,共扶公子重耳为君。后人有诗云:

只疑屠岸来求救,谁料奸谋吕郤为?
强中更有强中手,一人行诈九人危。

丕郑父款待众人,尽醉而别。

屠岸夷私下回报郤芮,芮曰:"汝言无据,必得郑父手书,方可正罪。"夷次夜再至郑父之家,索其手书,往迎重耳,郑父已写就了,简后署名,共是十位,其九人俱先有花押,第十屠岸夷也。夷亦请笔书押。郑父缄封停当,交付夷手,嘱他:"小心在意,不可漏泄。"屠岸夷得书,如获至宝,一径投郤芮家,呈上芮看。芮乃匿夷于家,将书怀于袖中,同吕饴甥往见国舅虢射,备言如此如此:"若不早除,变生不测。"虢射夜叩宫门,见了惠公,细述丕郑父之谋:"明日早朝,便可面正其罪,以手书为证。"

次日，惠公早朝，吕、郤等预伏武士于壁衣之内。百官行礼已毕，惠公召丕郑父问曰："知汝欲逐寡人而迎重耳，寡人敢请其罪。"郑父方欲致辩，郤芮仗剑大喝曰："汝遣屠岸夷将手书迎重耳，赖吾君洪福，屠岸夷已被吾等伺候于城外拿下，搜出其书。同事共是十人，今屠岸夷已招出，汝等不必辩矣！"惠公将原书掷于案下，吕饴甥拾起，按简呼名，命武士擒下。只有共华告假，在家未到，另行捕拿。见在八人，面面相觑，真个是有口难开，无地可入，惠公喝教："押出朝门斩首！"内中贾华大呼曰："臣先年奉命伐屈，曾有私放吾君之功，求免一死，可乎？"吕饴甥曰："汝事先君而私放吾主；今事吾主，复私通重耳。此反覆小人，速宜就戮。"贾华语塞，八人束手受刑。

却说共华在家，闻郑父等事泄被诛，即忙拜辞家庙，欲赴朝中领罪。其弟共赐谓曰："往则就死，盍逃乎？"共华曰："丕大夫之入，吾实劝之。陷人于死，而己独生，非丈夫也。吾非不爱生，不敢负丕大夫耳。"遂不待捕至，疾趋入朝请死，惠公亦斩之。丕豹闻父遭诛，飞奔秦国逃难，惠公欲尽诛里、丕诸大夫之族。郤芮曰："罪人不孥，古之制也；乱人行诛，足以儆众矣。何必多杀，以惧众心？"惠公乃赦各族不诛，进屠岸夷为中大夫，赏以负蔡之田三十万。

却说丕豹至秦，见了穆公，伏地大哭。穆公问其故，丕豹将其父始谋，及被害缘由，细述一遍，乃献策曰："晋侯背秦之大恩，而修国之小怨，百官耸惧，百姓不服，若以偏师往伐，其众必内溃，废置惟君所欲耳。"穆公问于群臣，蹇叔对曰："以丕豹之言而伐晋，是助臣伐君，于义不可。"百里奚曰："若百姓不服，必有内变，君且俟其变而图之。"穆公曰："寡人亦疑此言，彼一朝而杀九大夫，岂众心不附，而能如此。况兵无内应，可必有功乎？"丕豹遂留仕秦为大夫。时晋惠公之二年，周襄王之三年也。

是年，周王子带以赂结好伊、雒之戎，使戎伐京师，而己从中应之。戎遂入寇，围王城，周公孔与召伯廖悉力固守，带不敢出会戎师。襄王遣使告急于诸侯。秦穆公、晋惠公皆欲结好周王，各率师伐戎以救周，戎知诸侯兵至，焚掠东门而去。惠公与穆公相见，面有惭色。惠公又接得穆姬密书，书中数晋侯无礼于贾君，又不纳群公子，许多不是，教他速改前非，不失旧好。惠公遂有疑秦之心，急急班师。丕豹果劝穆公夜袭晋师。穆公曰："同为勤王而来此，虽有私怨，未可动也。"乃各归其国。

时齐桓公亦遣管仲将兵救周。闻戎兵已解，乃遣人诘责戎主，戎主惧齐兵威，使人谢曰："我诸戎何敢犯京师？尔甘叔招我来耳。"襄王于是逐王子带，子带出奔齐国。戎主使人诣京师，请罪求和，襄王许之。襄王追念管仲定位之功，今又有和戎之劳，乃大飨管仲，待以上卿之礼。管仲逊曰："有国、高二子在，臣不敢当。"再三谦让，受下卿之礼而还。

是冬，管仲疾，桓公亲往问之。见其瘠甚，乃执其手曰："仲父之疾甚矣，不幸而不起，寡人将委政于何人？"时甯戚、宾须无先后俱卒，管仲叹曰："惜哉乎，甯戚也！"桓公曰："甯戚之外，岂无人乎。吾欲任鲍叔牙，何如？"仲对曰："鲍叔牙，君子也。虽然，不可以为政。其人善恶过于分明。夫好善可也，恶恶已甚，人谁堪之。鲍叔牙见人之一恶，终身不忘，是其短也。"桓公曰："隰朋何如？"仲对曰："庶乎可矣。隰朋不耻下问，居其家不忘公门。"言毕，喟然叹曰："天生隰朋，以为夷吾舌也。身死，舌安得独存。恐君之用隰朋不能久耳。"桓公曰："然则易牙何如？"仲对曰："君即不问,臣亦将言之。彼易牙、竖刁、开方三人,必不可近也。"桓公曰:"易牙烹其子,以适寡人之口,是爱寡人胜于爱子,尚可疑耶?"仲对曰:"人情莫爱于子。其子且忍之,何有于君?"桓公曰:"竖刁自宫以事寡人,是爱寡人胜于爱身,尚可疑耶?"仲对曰:"人情莫重于身,其身且忍之,何有于君?"桓公曰:"卫公子开方,去其千乘之太子,而臣于寡人,以寡人之爱幸之也。父母死不奔丧,是爱寡人胜于父母,无可疑矣!"仲对曰:"人情莫亲于父母,其父母且忍之,又何有于君?且千乘之封,人之大欲也。弃千乘而就君,其所望有过于千乘者矣。君必去之勿近,近必乱国。"桓公曰:"此三人者,事寡人久矣。仲父平日何不闻一言乎?"仲对曰:"臣之不言,将以适君之意也。譬之于水,臣为之堤防焉,勿令泛溢。今堤防去矣,将有横流之患,君必远之。"桓公默然而退。

毕竟管仲性命如何,且看下回分解。

第三十回
秦晋大战龙门山，穆姬登台要大赦

　　话说管仲于病中，嘱桓公斥远易牙、竖刁、开方三人，荐隰朋为政。左右有闻其言者，以告易牙。易牙见鲍叔牙谓曰："仲父之相，叔所荐也，今仲病，君往问之，乃言叔不可以为政，而荐隰朋，吾意甚不平焉。"鲍叔牙笑曰："是乃牙之所以荐仲也。仲忠于为国，不私其友。夫使牙为司寇，驱逐佞人，则有余矣；若使当国为政，即尔等何所容身乎？"易牙大惭而退。

　　逾一日，桓公复往视仲，仲已不能言。鲍叔牙、隰朋莫不垂泪。是夜，仲卒，桓公哭之恸，曰："哀哉，仲父！是天折吾臂也。"使上卿高虎董其丧，殡葬从厚，生前采邑，悉与其子，令世为大夫。易牙谓大夫伯氏曰："昔君夺子骈邑三百，以赏仲之功；今仲父已亡，子何不言于君，而取还其邑？吾当从旁助子。"伯氏泣曰："吾惟无功，是以失邑。仲虽死，仲之功尚在也，吾何面目求邑于君乎？"易牙叹曰："仲死犹能使伯氏心服，吾侪真小人矣。"

　　且说桓公念管仲遗言，乃使公孙隰朋为政。未一月，隰朋病卒，桓公曰："仲父其圣人乎？何以知朋之用于吾不久也？"于是使鲍叔牙代朋之位，牙固辞。桓公曰："今举朝无过于卿者，卿欲让之何人？"牙对曰："臣之好善恶恶，君所知也。君必用臣，请远易牙、竖刁、开方，乃敢奉命。"桓公曰："仲父固言之矣，寡人敢不从子。"即日罢斥三人，不许入朝相见。鲍叔牙乃受事。时有淮夷侵犯杞国，杞人告急于齐。齐桓公合宋、鲁、陈、卫、郑、许、曹七国之君，亲往救杞，迁其都于缘陵。诸侯尚从齐之令，以能用鲍叔，不改管仲之政故也。

话分两头。却说晋自惠公即位，连岁麦禾不熟，至五年，复大荒，仓廪空虚，民间绝食，惠公欲乞籴于他邦，思想惟秦毗邻地近，且婚姻之国，但先前负约未偿，不便开言。郤芮进曰："吾非负秦约也，特告缓其期耳。若乞籴而秦不与，秦先绝我，我乃负之有名矣。"惠公曰："卿言是也。"乃使大夫庆郑持宝玉如秦告籴。穆公集群臣计议："晋许五城不与，今因饥乞籴，当与之否？"蹇叔、百里奚同声对曰："天灾流行，何国无之，救灾恤邻，理之常也。顺理而行，天必福我。"穆公曰："吾之施于晋已重矣。"公孙枝对曰："若重施而获报，何损于秦；其或不报，曲在彼矣。民憎其上，孰与我敌？君必与之。"丕豹思念父仇，攘臂言曰："晋侯无道，天降之灾，乘其饥而伐之，可以灭晋，此机不可失。"繇余曰："仁者不乘危以邀利，智者不侥幸以成功。与之为当。"穆公曰："负我者，晋君也。饥者，晋民也。吾不忍以君故，迁祸于民。"于是运粟数万斛于渭水，直达河、汾、雍、绛之间，舳舻相接，命曰"泛舟之役"，以救晋之饥。晋人无不感悦。史官有诗称穆公之善云：

晋君无道致天灾，雍绛纷纷送粟来。
谁肯将恩施怨者？穆公德量果奇哉！

明年冬，秦国年荒，晋反大熟。穆公谓蹇叔、百里奚曰："寡人今日乃思二卿之言也，丰凶互有。若寡人去冬遏晋之籴，今日岁饥，亦难乞于晋矣。"丕豹曰："晋君贪而无信，虽乞之，必不与。"穆公不以为然，乃使泠至赍宝玉，如晋告籴。惠公将发河西之粟，以应秦命。郤芮进曰："君与秦粟，亦将与秦地乎？"惠公曰："寡人但与粟耳，岂与地哉！"芮曰："君之与粟为何？"惠公曰："亦报其'泛舟之役'也。"芮曰："如以泛舟为秦德，则昔年纳君，其德更大。君舍其大而报其小，何哉？"庆郑曰："臣去岁奉命乞籴于秦，秦君一诺无辞，其意甚美。今乃闭籴不与，秦怨我矣！"吕饴甥曰："秦与晋粟，非好晋也，为求地也。不与粟而秦怨，与粟而不与地，秦亦怨，均之怨也，何为与之？"庆郑曰："幸人之灾，不仁；背人之施，不义。不义不仁，何以守国？"韩简曰："郑之言是也。使去岁秦闭我籴，君意何如？"虢射曰："去岁天饥晋以授秦，秦弗知取，而贷我粟，是甚愚也；今岁天饥秦以授晋，晋奈何逆天而不取？以臣愚意，不如约会梁伯，乘机伐秦，共分其地，是为上策。"惠公从虢射之言，乃辞泠至，曰："敝邑连岁饥馑，百姓流离，今冬稍稔，流亡者渐归故里，仅能自给，不足以相济也。"泠至曰："寡君念婚姻之谊，不责地，不闭籴，固曰：'同患相恤也。'寡君济君之急，而不得报于君，下臣难以复命。"吕饴甥、郤芮大喝曰："汝前与丕郑父合谋，以重币诱我，幸天破奸谋，不堕汝计，今番又来饶舌！可归语汝君，要食晋粟，除非用兵来取。"泠至含愤而退。庆郑出朝，谓太史郭偃曰："晋侯背德怒邻，祸立至矣。"郭偃曰："今秋沙鹿山崩，草木俱偃。夫山川，国之主也，晋将有亡国之祸，其在此乎？"史臣有诗讥晋惠公云：

泛舟远道赈饥穷，偏遇秦饥意不同。
自古负恩人不少，无如晋惠负秦公。

冷至回复秦君，言："晋不与秦粟，反欲纠合梁伯，共兴伐秦之师。"穆公大怒曰："人之无道，乃至出于意料若此！寡人将先破梁，而后伐晋。"百里奚曰："梁伯好土功，国之旷地，皆筑城建室，而无民以实之，百姓胥怨，此其不能用众助晋明矣。晋君虽无道，而吕、郤俱强力自任，若起绛州之众，必然震惊西鄙。《兵法》云：'先发制人。'今以君之贤，诸大夫之用命，往声晋侯负德之罪，胜可必也。因以余威，乘梁之敝，如振槁叶耳。"穆公然之。乃大起三军，留蹇叔、繇余辅太子罃守国，孟明视引兵巡边，弹压诸戎。穆公同百里奚亲将中军，西乞术、白乙丙保驾，公孙枝将右军，公子絷将左军，共车四百乘，浩浩荡荡，杀奔晋国来。

晋之西鄙告急于惠公，惠公问于群臣曰："秦无故兴兵犯界，何以御之。"庆郑进曰："秦兵为主上背德之故，是以来讨，何谓无故，依臣愚见，只宜引罪请和，割五城以全信，免动干戈。"惠公大怒曰："以堂堂千乘之国，而割地求和，寡人何面目为君哉。"喝令："先斩庆郑，然后发兵迎敌。"虢射曰："未出兵，先斩将，于军不利。姑赦令从征，将功折罪。"惠公准奏。

当日，大阅车马，选六百乘，命郤步扬、家仆徒、庆郑、蛾晰分将左右，己与虢射居中军调度，屠岸夷为先锋，离绛州望西进发。晋侯所驾之马，名曰"小驷"，乃郑国所献。其马身材小巧，毛鬣润泽，步骤安稳，惠公平昔甚爱之。庆郑又谏曰："古者出征大事，必乘本国出产之马，其马生在本土，解人心意，安其教训，服习道路，故遇战随人所使，无不如志。今君临大敌，而乘异产之马，恐不利也。"惠公叱曰："此吾惯乘，汝勿多言。"

却说秦兵已渡河东，三战三胜，守将皆奔窜。长驱而进，直至韩原下寨。晋惠公闻秦军至韩，乃蹙额曰："寇已深矣，奈何？"庆郑曰："君自招之，又何问焉？"惠公曰："郑无礼，可退。"晋兵离韩原十里下寨，使韩简往探秦兵多少。简回报曰："秦师虽少于我，然其斗气十倍于我。"惠公曰："何故？"简对曰："君始以秦近而奔梁，继以秦援而得国，又以秦赈而免饥，三受秦施而无一报。君臣积愤，是以来伐，三军皆有责负之心，其气锐甚，岂止十倍而已？"惠公愠曰："此乃庆郑之语，定伯亦为此言乎，寡人当与秦决一死敌。"遂命韩简往秦军请战曰："寡人有甲车六百乘，足以待君。君若退师，寡人之愿；若其不退，寡人即欲避君，其奈此三军之士何。"穆公笑曰："孺子何骄也。"乃使公孙枝代对曰："君欲国，寡人纳之；君欲粟，寡人给之；今君欲战，寡人敢拒命乎？"韩简退曰："秦理直。吾不知死所矣。"晋惠公使郭偃卜车右。诸人莫吉，惟庆郑为可。惠公曰："郑党于秦，岂可任哉？"乃改用家仆徒为车右，而使郤步扬御车，逆秦师于韩原。

百里奚登垒，望见晋师甚众，谓穆公曰："晋侯将致死于我，君其勿战。"穆公指天曰："晋负我已甚。若无天道则已，天而有知，吾必胜之。"乃于龙门山下，整列以待。须臾，晋兵亦布阵毕。两阵对圆，中军各鸣鼓进兵，屠岸夷恃勇，手握浑铁枪一条，何止百斤之重，先撞入对阵，逢人便刺，秦军披靡。正遇白乙丙，两下交战，约莫五十余合，杀得性起，各跳下车来，互相扭结，屠岸夷曰："我与你拼个死活，要人帮助的，不为好汉。"白乙丙曰："正要独手擒拿你，方是英雄。"吩咐众人："都莫来！"两个拳搥脚踢，直扭入阵后去了。晋惠公见屠岸夷陷阵，急叫韩简、梁繇靡引军冲其左，自引家仆徒等冲其右，约于中军取齐。穆公见晋分兵两路冲来，亦分作两路迎敌。

且说惠公之车，正遇见公孙枝。惠公遂使家仆徒接战。那公孙枝有万夫不当之勇，家仆徒如何斗得过？惠公教步扬："用心执辔，寡人亲自助战！"公孙枝横戟大喝曰："会战者一齐上来！"只这一声喝，如霹雳震天，把个国舅虢射吓得伏于车中，不敢出气。那小驷未经战阵，亦被惊吓，不繇御人做主，向前乱跑，遂陷于泥泞之中。步扬用力鞭打，奈马小力微，拔脚不起。正在危急，恰好庆郑之车，从前而过，惠公呼曰："郑速救我！"庆郑曰："虢射何在？乃呼郑耶。"惠公又呼曰："郑速将车来载寡人。"郑曰："君稳乘小驷，臣当报他人来救也。"遂催辕转左而去。步扬欲往觅他车，争奈秦兵围裹将来，不能得出。

再说韩简一军冲入，恰遇着秦穆公中军，遂与秦将西乞术交战，三十余合，未分胜败，蛾晰引军又到，两下夹攻，西乞术不能当，被韩简一戟刺于车下。梁繇靡大叫："败将无用之物，可协力擒捉秦君。"韩简不顾西乞术，驱率晋兵，径奔戎辂，来捉穆公。穆公叹曰："我今日反为晋俘，天道何在？"才叹一声，只见正西角上一队勇士，约三百余人，高叫："勿伤吾恩主。"穆公抬头看之，见那三百余人，一个个蓬首袒肩，脚穿草履，步行如飞，手中皆执大砍刀，腰悬弓箭，如混世魔王手下鬼兵一般，脚踪到处，将晋兵乱砍，韩简与梁繇靡慌忙迎敌。又见一人飞车从北而至，乃庆郑也，高叫："勿得恋战，主公已被秦兵困于龙门山泥泞之中，可速往救驾。"韩简等无心厮杀，撇了那一伙壮士，径奔龙门山来救晋侯。谁知晋惠公已被公孙枝所获，并家仆徒、虢射、步扬等，一齐就缚，已归大寨去了。韩简顿足曰："获秦君犹可相抵。庆郑误我矣！"梁虢鹿曰："君已在此。我辈何归？"遂与韩简各弃兵仗，来投秦寨。与惠公做一处。

再说那壮士三百余人，救了秦穆公，又救了西乞术。秦兵乘胜掩杀，晋兵大溃，龙门山下尸积如山，六百乘得脱者，十分中之二三耳。庆郑闻晋君见擒，遂偷出秦军，遇蛾晰被伤在地，扶之登车，同回晋国。髯翁有诗咏韩原大战之事。诗曰：

> 龙门山下叹舆尸，只为昏君不报施。
> 善恶两家分胜败，明明天道岂无知？

却说秦穆公还于大寨，谓百里奚曰："不听井伯之言，几为晋笑。"那壮士三百余人，一齐到营前叩首。穆公问曰："汝等何人，乃肯为寡人出死力耶？"壮士对曰："君不记昔年亡善马乎？吾等皆食马肉之人也。"原来穆公曾出猎于梁山，夜失良马数匹，使吏求之。寻至岐山之下，有野人三百余，群聚而食马肉。吏不敢惊之，趋报穆公："速遣兵往捕，可尽得。"穆公叹曰："马已死矣，又因而戮人，百姓将谓寡人贵畜而贱人也。"乃索军中美酒数十瓮，使人赍往岐下，宣君命而赐之曰："寡君有言：'食良马肉，不饮酒则伤人。'今以美酒赐汝。"野人叩头谢恩，分饮其酒，齐叹曰："盗马不罪，更虑我等之伤，而赐以美酒，君之恩大矣，何以报之？"至是，闻穆公伐晋，三百余人，皆舍命趋至韩原，前来助战。恰遇穆公被围，一齐奋勇救出。真个是：

> 种瓜得瓜，种豆得豆。
> 施薄报薄，施厚报厚。

有施无报，何异禽兽？

穆公仰天叹曰："野人且有报德之义，晋侯独何人哉？"乃问众人中："有愿仕者，寡人能爵禄之！"壮士齐声应曰："吾侪野人，但报恩主一时之惠，不愿仕也。"穆公各赠金帛，野人不受而去，穆公叹息不已。后人有诗云：

韩原山下两交锋，晋甲重重困穆公。
当日若诛牧马士，今朝焉得出樊笼。

穆公点视将校不缺，单不见白乙丙一人。使军士遍处搜寻，闻土窟中有哼声，趋往视之，乃是白乙丙与屠岸夷相持滚入窟中，各各力尽气绝，尚扭定不放手。军士将两下拆开，抬放两个车上，载回本寨。穆公问白乙丙，已不能言。有人看见他两人拼命之事，向前奏知如此如此。穆公叹曰："两人皆好汉也！"问左右："有识晋将姓名者乎？"公子絷就车中观看，奏曰："此乃勇士屠岸夷也。臣前吊晋二公子，夷亦奉本国大臣之命来迎，相遇于旅次，是以识之。"穆公曰："此人可留为秦用乎？"公子絷曰："弑卓子，杀里克，皆出其手；今日正当顺天行诛。"穆公乃下令将屠岸夷斩首。亲解锦袍以覆白乙丙，命百里奚先以温车载回秦国就医，丙服药，吐血数斗，半年之后，方才平复，此是后话。

再说穆公大获全胜，拔寨都起，使人谓晋侯曰："君不欲避寡人，寡人今亦不能避君，愿至敝邑而请罪焉。"惠公俯首无言。穆公使公孙枝率车百乘，押送晋君至秦，虢射、韩简、梁繇靡、家仆徒、郤步扬、郭偃、郤乞等，皆披发垢面，草行露宿相随，如奔丧之状。穆公复使人吊诸大夫,且慰之曰:"尔君臣谓要食晋粟,用兵来取,寡人之留尔君,聊以致晋之粟耳,敢为已甚乎?二三子何患无君?勿过戚也!"韩简等再拜稽首曰:"君怜寡君之愚,及于宽政,不为已甚,皇天后土,实闻君语,臣等敢不拜赐。"

秦兵回至雍州界上,穆公集群臣议曰:"寡人受上帝之命,以平晋乱,而立夷吾,今晋君背寡人之德,即得罪于上帝也,寡人欲用晋君,郊祀上帝,以答天贶,何如?"公子絷曰:"君言甚当。"公孙枝进曰:"不可,晋,大国也。吾俘虏其民,已取怨矣;又杀其君,以益其忿。晋之报秦,将甚于秦之报晋也!"公子絷曰:"臣意非徒杀晋君已也,且将以公子重耳代之,杀无道而立有道,晋人德我不暇,又何怨焉?"公孙枝曰:"公子重耳,仁人也,父子兄弟,相去一间耳,重耳不肯以父丧为利,其肯以弟死为利乎?若重耳不入,别立他人,与夷吾何择?如其肯入,必且为弟而仇秦。君废前德于夷吾,而树新仇于重耳,臣窃以为不可。"穆公曰:"然则逐之乎?囚之乎?抑复之乎?三者孰利?"公孙枝对曰:"囚之,一匹夫耳,于秦何益?逐之,必有谋纳者,不如复之。"穆公曰:"不丧功乎?"枝对曰:"臣意亦非徒复之已也,必使归吾河西五城之地,又使其世子圉留质于吾国,然后许成焉,如是,则晋君终身不敢恶秦,且异日父死子继,吾又以为德于圉,晋世世戴秦,利孰大乎?"穆公曰:"子桑之算,及于数世矣。"乃安置惠公于灵台山之离宫,以千人守之。

穆公发遣晋侯,方欲起程,忽见一班内侍,皆服衰绖而至,穆公意谓有夫人之变,方欲问之,那内侍口述夫人之命,曰:"上天降灾,使秦、晋两君,弃好即戎。晋君之获,亦婢子之羞也,若晋君朝入,则婢子朝死,夕入,则婢子夕死!今特使内侍以丧服迎君之师，若赦晋侯，犹赦婢子，惟君裁之。"穆公大惊，问："夫人在宫作何状？"内侍奏曰："夫人自闻晋君见获，便携太子服丧服，徒步出宫，至于后园崇台之上，立草舍而居，台下俱积薪数十层，送饔飧者履薪上下，吩咐：'只待晋君入城，便自杀于台上，纵火焚吾尸，以表兄弟之情也。'"穆公叹曰："子桑劝我勿杀晋君，不然几丧夫人之命矣。"于是使内侍去其衰绖，以报穆姬曰："寡人不日归晋侯也。"穆姬方才回宫。内侍跪而问曰："晋侯见利忘义，背吾君之约，又负君夫人之托，今日乃自取囚辱，夫人何为哀痛如此？"穆姬曰："吾闻'仁者虽怨不忘亲，虽怒不弃礼'。若晋侯遂死于秦，吾亦与有罪矣。"内侍无不诵君夫人之贤德。

毕竟晋侯如何回国，且看下回分解。

第三十一回
晋惠公怒杀庆郑，介子推割股啖君

话说晋惠公囚于灵台山，只道穆姬见怪，全不知衰绖逆君之事，遂谓韩简曰："昔先君与秦议婚时，史苏已有'西邻责言，不利婚媾'之占；若从其言，必无今日之事矣！"简对曰："先君之败德，岂在婚秦哉！且秦不念婚姻，君何以得入？入而又伐，以好成仇，秦必不然，君其察之。"惠公嘿然。未几，穆公使公孙枝至灵台山问候晋侯，许以复归。公孙枝曰："敝邑群臣，无不欲甘心于君者。寡君独以君夫人登台请死之故，不敢伤婚姻之好。前约河外五城，可速交割，再使太子圉为质，君可归矣！"惠公方才晓得穆姬用情，愧惭无地，即遣大夫郤乞归晋，吩咐吕省以割地质子之事。

省特至王城，会秦穆公，将五城地图，及钱谷户口之数献之，情愿纳质归君。穆公问："太子如何不到？"省对曰："国中不和，故太子暂留敝邑，俟寡君入境之日，太子即出境矣！"穆公曰："晋国为何不和？"省对曰："君子自知其罪，惟思感秦之德，小人不知其罪，但欲报秦之仇，以此不和也。"穆公曰："汝国犹望君之归乎？"省对曰："君子以为必归，便欲送太子以和秦；小人以为必不归,坚欲立太子以拒秦。然以臣愚见,执吾君可以立威,舍吾君又可以见德,德威兼济,此伯主之所以行乎诸侯也。伤君子之心,而激小人之怒,于秦何益?弃前功而坠伯业,料君之必不然矣!"穆公笑曰:"寡人意与饴甥正合。"命孟明往定五城之界,设官分守,迁晋侯于郊外之公馆,以宾礼待之,馈以七牢,遣公孙枝引兵同吕省护送晋侯归国。——凡牛羊豕各一,谓之一牢,七牢,礼之厚者,此乃穆公修好之意也。

惠公自九月战败,囚于秦,至十一月才得释。与难诸臣,一同归国,惟虢射病死于秦,不得归。蛾晰闻惠公将入,谓庆郑曰:"子以救君误韩简,君是以被获,今君归,子必不免,盍奔他国以避?"庆郑曰:"军法:'兵败当死,将为虏当死',况误君而贻以大辱,又罪之甚者?君若不还,吾亦将率其家属以死于秦,况君归矣,乃令失刑乎?吾之留此,将使君行法于我,以快君之心,使人臣知有罪之无所逃也,又何避焉?"蛾晰叹息而去。

惠公将至绛,太子圉率领狐突、郤芮、庆郑、蛾晰、司马说、寺人勃鞮等,出郊迎接。惠公在车中望见庆郑,怒从心起,使家仆徒召之来前,问曰:"郑何敢来见寡人?"庆郑对曰:"君始从臣言,报秦之施,必不伐;继从臣言,与秦讲和,必不战;三从臣言,不乘'小驷',必不败。臣之忠于君也至矣。何为不见?"惠公曰:"汝今尚有何言?"庆郑对曰:"臣有死罪三:有忠言而不能使君必听,罪之一也;卜车右吉,而不能使君必用,罪之二也;以救君召二三子,而不能使君必不为人擒,罪之三也。臣请受刑,以明臣罪。"惠公不能答,使梁繇靡代数其罪。梁繇靡曰:"郑所言,皆非死法也。郑有死罪三,汝不自知乎?君在泥泞之中,急而呼汝,汝不顾,一宜死;我几获秦君,汝以救君误之,二宜死;二三子俱受执缚,汝不力战,不面伤,全身逃归,三宜死。"庆郑曰:"三军之士皆在此,听郑一言。有人能坐以待刑,而不能力战面伤者乎?"蛾晰谏曰:"郑死不避刑,可谓勇矣。君可赦之,使报韩原之仇。"梁繇靡曰:"战已败矣,又用罪人以报其仇,天下不笑晋为无人乎?"家仆徒亦谏曰:"郑有忠言三,可以赎死,与其杀之以行君之法,不若赦之以成君之仁。"梁繇靡又曰:"国所以强,惟法行也。失刑乱法,谁复知惧?不诛郑,今后再不能用兵矣!"惠公顾司马说,使速行刑。庆郑引颈受戮。髯仙有诗叹惠公器量之浅,不能容一庆郑也。诗曰:

闭籴谁教负泛舟,反容奸佞杀忠谋。
惠公褊急无君德,只合灵台永作囚。

梁繇靡当时围住秦穆公,自谓必获,却被庆郑呼云:"急救主公!"遂弃之而去。以此深恨庆郑,必欲诛之。诛郑之时,天昏地惨,日色无光,诸大夫中多有流涕者。蛾晰请其尸葬之,曰:"吾以报载我之恩也。"

惠公既归国,遂使世子圉随公孙枝入秦为质,因请屠岸夷之尸,葬以上大夫之礼,命其子嗣为中大夫。

惠公一日谓郤芮曰:"寡人在秦三月,所忧者惟重耳,恐其乘变求入,今日才放心也。"郤芮曰:"重耳在外,终是心腹之疾,必除了此人,方绝后患。"惠公问:"何人能为寡人杀重耳者?寡人不吝重赏。"郤芮曰:"寺人勃鞮,向年伐蒲,曾斩重耳之衣袂,常恐重耳入国,或治其罪。君欲杀重耳,除非此人可用。"惠公召勃鞮,密告以杀重耳之事。勃鞮对曰:"重耳在翟十二年矣。翟人伐咎如,获其二女,曰叔隗、季隗,皆有美色,以季隗妻重耳,而以叔隗妻赵衰,各生有子,君臣安于室家之乐,无复虞我之意,臣今往伐,翟人必助重耳兴兵拒战,胜负未卜,愿得力士数人,微行至翟,乘其出游,刺而杀之。"惠公曰:"此计大妙。"遂与勃鞮黄金百镒,使购求力士,自去行事:"限汝三日内,便要起身,事毕之日,当加重用。"自古道:若要不知,除非莫为;若要不闻,除非莫言。惠公所托,虽是勃鞮一人,内侍中多有闻其谋者。狐突闻勃鞮挥金如土,购求力士,心怀疑惑,密地里访问其故。那狐突是老国舅,哪个内侍不相熟?不免把这密谋来泄漏于狐突之耳。狐突大惊,即时密写一信,遣人星夜往翟,报与公子重耳知道。

却说重耳,是日正与翟君猎于渭水之滨,忽有一人冒围而入,求见狐氏兄弟,说:"有老国舅家书在此。"狐毛、狐偃曰:"吾父素不通外信,今有家书,必然国中有事。"即召其人至前,那人呈上书信,叩了一头,转身就走,毛、偃心疑,启函读之,书中云:"主公谋刺公子,已遣寺人勃鞮,限三日内起身。汝兄弟禀知公子,速往他国,无得久延取祸。"二狐大惊,将书禀知重耳。重耳曰:"吾妻子皆在此,此吾家矣,欲去将何之?"狐偃曰:"吾之适此,非以营家,将以图国也,以力不能适远,故暂休足于此。今为日已久,宜徙大国。勃鞮之来,殆天遣之以促公子之行乎?"重耳曰:"即行,适何国为可?"狐偃曰:"齐侯虽耄,伯业尚存,收恤诸侯,录用贤士,今管仲、隰朋新亡,国无贤佐,公子若至齐,齐侯必然加礼。倘晋有变,又可借齐之力,以图复也。"重耳以为然,乃罢猎归,告其妻季隗曰:"晋君将使人行刺于我,恐遭毒手,将远适大国,结连秦、楚,为复国之计。子宜尽心抚育二子,待我二十五年不至,方可别嫁他人。"季隗泣曰:"男子志在四方,非妾敢留。然妾今二十五岁矣，再过二十五年，妾当老死，尚嫁人乎？妾自当待子，子勿虑也。"赵衰亦嘱咐叔隗，不必尽述。

次日，重耳命壶叔整顿车乘，守藏小吏头须收拾金帛，正吩咐间，只见狐毛、狐偃仓皇而至，言："父亲老国舅见勃鞮受命次日，即便起身，诚恐公子未行，难以提防，不及写书，又遣能行快走之人，星夜赶至，催促公子速速逃避，勿淹时刻。"重耳闻信，大惊曰："鞮来何速也！"不及装束，遂与二狐徒步出于城外。壶叔见公子已行，止备犊车一乘，追上与公子乘坐。赵衰、臼季诸人，陆续赶上，不及乘车，都是步行。重耳问："头须如何不来？"有人说："头须席卷藏中所有逃去，不知所向了。"重耳已失窠巢，又没盘费，此时情绪，好不愁闷。事已如此，不得不行。正是：

忙忙似丧家之犬，急急如漏网之鱼。

公子出城半日。翟君始知。欲赠资装。已无及矣，有诗为证：

流落夷邦十二年，困龙伏蛰未升天。
豆萁何事相煎急，道路于今又播迁。

却说惠公原限寺人勃鞮三日内起身，往翟干事，如何次日便行？

那勃鞮原是个寺人，专以献勤取宠为事，前番献公差他伐蒲，失了公子重耳，仅割取衣袂而回，料想重耳必然衔恨，今番又奉惠公之差，若能够杀却重耳，不惟与惠公立功，兼可除自己之患，故此纠合力士数人，先期疾走，正要公子不知防备，好去结果他性命，谁知老国舅两番送信，漏泄其情，比及勃鞮到翟，访问公子消息，公子已不在了，翟君亦为公子面上，吩咐关津，凡过往之人，加意盘诘，十分严紧。勃鞮在晋国，还是个近侍的宦者，今日为杀重耳而来，做了奸人刺客之流，若被盘诘，如何答应？因此过不得翟国，只得怏怏而回，复命于惠公。惠公没法，只得暂时搁起。

再说公子重耳一心要往齐邦，却先要经躔卫国，这是"登高必自卑，行远必自迩"。重耳离了翟境，一路穷苦之状，自不必说。数日，至于卫界，关吏叩其来历，赵衰曰："吾主乃晋公子重耳，避难在外，今欲往齐，假道于上国耳。"吏开关延入，飞报卫侯，上卿甯速，请迎之入城。卫文公曰："寡人立国楚丘，并不曾借晋人半臂之力，卫、晋虽为同姓，未通盟好，况出亡之人，何关轻重？若迎之，必当设宴赠贿，费多少事，不如逐之。"乃吩咐守门阍者，不许放晋公子入城，重耳乃从城外而行。魏犨、颠颉进曰："卫燬无礼，公子宜临城责之。"赵衰曰："蛟龙失势，比于蚯蚓，公子且宜含忍，无徒责礼于他人也。"犨、颉曰："既彼不尽主人之礼，剽掠村落，以助朝夕，彼亦难怪我矣。"重耳曰："剽掠者谓之盗，吾宁忍饿，岂可行盗贼之事乎？"

是日，公子君臣尚未早餐，忍饥而行。看看过午，到一处地名五鹿，见一伙田夫，同饭于陇上，重耳令狐偃问之求食。田夫问："客从何来？"偃曰："吾乃晋客，车上者乃吾主也。远行无粮，愿求一餐。"田夫笑曰："堂堂男子，不能自资，而问吾求食耶？吾等乃村农，饱食方能荷锄，焉有余食及于他人？"偃曰："纵不得食，乞赐一食器。"田夫乃戏以土块与之曰："此土可以器也。"魏犨大骂："村夫焉敢辱吾！"夺其食器，掷而碎之。重耳亦大怒，将加鞭扑。偃急止之曰："得饭易，得土难，土地国之基也，天假手野人，以土地授公子,此乃得国之兆,又何怒焉?公子可降拜受之!"重耳果依其言,下车拜受,田夫不解其意,乃群聚而笑曰:"此诚痴人耳!"后人有诗曰:

> 土地应为国本基,皇天假手慰艰危。
> 高明子犯窥先兆,田野愚民反笑痴。

再行约十余里,从者饥不能行,乃休于树下。重耳饥困,枕狐毛之膝而卧。狐毛曰:"子余尚携有壶餐,其行在后,可俟之。"魏犨曰:"虽有壶餐,不够子余一人之食,料无存矣。"众人争采蕨薇煮食,重耳不能下咽,忽见介子推捧肉汤一盂以进,重耳食之而美,食毕,问:"此处何从得肉?"介子推曰:"臣之股肉也。臣闻:'孝子杀身以事其亲,忠臣杀身以事其君。'今公子乏食,臣故割股以饱公子之腹。"重耳垂泪曰:"亡人累子甚矣!将何以报?"子推曰:"但愿公子早归晋国,以成臣等股肱之义,臣岂望报哉?"髯仙有诗赞云:

> 孝子重归全,亏体谓亲辱。
> 嗟嗟介子推,割股充君腹。
> 委质称股肱,腹心同祸福。
> 岂不念亲遗?忠孝难兼局!
> 彼哉私身家,何以食君禄。

良久,赵衰始至。众人问其行迟之故,衰曰:"被棘刺损足胫,故不能前。"乃出竹筒中壶餐,以献于重耳。重耳曰:"子余不苦饥耶；何不自食？"衰对曰："臣虽饥，岂敢背君而自食耶？"狐毛戏魏犨曰："此浆若落子手，在腹中且化矣。"魏犨惭而退。重耳即以壶浆赐赵衰，衰汲水调之，遍食从者，重耳叹服。重耳君臣一路觅食，半饥半饱，至于齐国。

齐桓公素闻重耳贤名，一知公子进关，即遣使往郊，迎入公馆，设宴款待。席间问："公子带有内眷否？"重耳对曰："亡人一身不能自卫，安能携家乎！"桓公曰："寡人独处一宵，如度一年，公子绌在行旅，而无人以侍巾栉，寡人为公子忧之。"于是择宗女中之美者，纳于重耳，赠马二十乘，自是从行之众，皆有车马。桓公又使虞人致粟，庖人致肉，日以为常。重耳大悦，叹曰："向闻齐侯好贤礼士，今始信之。其成伯，不亦宜乎！"其时周襄王之八年，乃齐桓公之四十二年也。

桓公自从前岁委政鲍叔牙，一依管仲遗言，将竖刁、雍巫、开方三人逐去，食不甘味，夜不酣寝，口无谑语，面无笑容。长卫姬进曰："君逐竖刁诸人，而国不加治，容颜日悴，意者左右使令，不能体君之心，何不召之？"公曰："寡人亦思念此三人，但已逐之，而又召之，恐拂鲍叔牙之意也。"长卫姬曰："鲍叔牙左右，岂无给使令者？君老矣，奈何自苦如此？但以调味，先召易牙，则开方、竖刁可不烦招而致也。"桓公从其言，乃召雍巫和五味。鲍叔牙谏曰："君岂忘仲父遗言乎？何召之。"桓公曰："此三人有益于寡人，无害于国。仲父之言，无乃太过？"遂不听叔牙之言，并召开方、竖刁，三人同时皆令复职，给事左右。鲍叔牙愤郁发病而死。齐事从此大坏矣。

后来毕竟如何，且看下回分解。

第三十二回
晏蛾儿逾墙殉节，群公子大闹朝堂

话说齐桓公背了管仲遗言，复用竖刁、雍巫、开方三人，鲍叔牙谏诤不从，发病而死，三人益无忌惮，欺桓公老耄无能，遂专权用事。顺三人者，不贵亦富，逆三人者，不死亦逐。这话且搁过一边。

且说是时有郑国名医，姓秦名缓，字越人，寓于齐之卢村，因号卢医。少时开邸舍，有长桑君来寓，秦缓知其异人，厚待之，不责其直。长桑君感之，授以神药，以上池水服之，眼目如镜，暗中能见鬼物，虽人在隔墙，亦能见之，以此视人病症，五脏六腑，无不洞烛，特以诊脉为名耳。古时有个扁鹊，与轩辕黄帝同时，精于医药。人见卢医手段高强，遂比之古人，亦号为扁鹊。

先年扁鹊曾游虢国，适值虢太子暴蹶而死，扁鹊过其宫中，自言能医，内侍曰："太子已死矣，安能复生？"扁鹊曰："请试之。"内侍报知虢公，虢公流泪沾襟，延扁鹊入视。扁鹊教其弟子阳厉，用砭石针之，须臾，太子苏，更进以汤药，过二旬复故。世人共称扁鹊有回生起死之术。扁鹊周游天下，救人无数。一日，游至临淄，谒见齐桓公。奏曰："君有病在腠理，不治将深。"桓公曰："寡人不曾有疾。"扁鹊出。后五日复见，奏曰："君病在血脉，不可不治。"桓公不应。后五日又见，奏曰："君之病已在肠胃矣，宜速治也。"桓公复不应。扁鹊退，桓公叹曰："甚矣，医人之喜于见功也。无疾而谓之有疾。"过五日，扁鹊又求见，望见桓公之色，退而却走，桓公使人问其故。曰："君之病在骨髓矣。夫腠理，汤熨之所及也。血脉，针砭之所及也。肠胃，酒醪之所及也。今在骨髓，虽司命其奈之何？臣是以不言而退也。"又过五日，桓公果病，使人召扁鹊，其馆人曰："秦先生五日前已束装而去矣。"桓公懊悔无已。

桓公先有三位夫人，曰王姬、徐姬、蔡姬，皆无子。王姬、徐姬相继行卒，蔡姬退回蔡国。以下又有如夫人六位，俱因他得君宠爱，礼数与夫人无别，故谓之如夫人。六位各生一子，第一位长卫姬，生公子无亏；第二位少卫姬，生公子元；第三位郑姬，生公子昭；第四位葛嬴，生公子潘；第五位密姬，生公子商人；第六位宋华子，生公子雍。其余妾媵，有子者尚多，不在六位如夫人之数。那六位如夫人中，惟长卫姬事桓公最久。六位公子中，亦惟无亏年齿最长。桓公嬖臣雍巫、竖刁，俱与卫姬相善，巫、刁因请于桓公，许立无亏为嗣。后又爱公子昭之贤，与管仲商议，在葵丘会上，嘱咐宋襄公，以昭为太子。卫公子开方，独与公子潘相善，亦为潘谋嗣立。公子商人性喜施予，颇得民心，因母密姬有宠，未免萌觊觎之心。内中只公子雍出身微贱，安分守己。其他五位公子，各树党羽，互相猜忌，如五只大虫，各藏牙爪，专等人来搏噬。桓公虽然是个英主，却不道剑老无芒，人老无刚，他做了多年的侯伯，志足意满，且是耽于酒色之人，不是个清心寡欲的，到今日衰耄之年，志气自然昏惰了。况又小人用事，蒙蔽耳目，但知乐境无忧境，不听忠言听谀言。那五位公子，各使其母求为太子，桓公也一味含糊答应，全没个处分的道理。正所谓：

> 人无远虑，必有近忧。

忽然桓公疾病，卧于寝室。雍巫见扁鹊不辞而去，料也难治了，遂与竖刁商议出一条计策，悬牌宫门，假传桓公之语。牌上写道：

> 寡人有怔忡之疾，恶闻人声，不论群臣子姓，一概不许入宫，着寺貂紧守宫门，雍巫率领宫甲巡逻。一应国政，俱俟寡人病痊日奏闻。

巫、刁二人假写悬牌，把住宫门，单留公子无亏，住长卫姬宫中，他公子问安，不容入宫相见。过三日，桓公未死，巫、刁将他左右侍卫之人，不问男女，尽行逐出，把宫门塞断。又于寝室周围，筑起高墙三丈，内外隔绝，风缝不通。止存墙下一穴，如狗窦一般，早晚使小内侍钻入，打探生死消息。一面整顿宫甲，以防群公子之变。不在话下。

再说桓公伏于床上，起身不得，呼唤左右，不听得一人答应，光着两眼，呆呆而看，只见扑蹋一声，似有人自上而坠，须臾推窗入来，桓公睁目视之，乃贱妾晏蛾儿也。桓公曰："我腹中觉饿，正思粥饮，为我取之。"蛾儿对曰："无处觅粥饮。"桓公曰："得热水亦可救渴。"蛾儿对曰："热水亦不可得。"桓公曰："何故？"蛾儿对曰："易牙与竖刁作乱，守禁宫门，筑起三丈高墙，隔绝内外，不许人通，饮食从何处而来？"桓公曰："汝如何得至于此？"蛾儿对曰："妾曾受主公一幸之恩，是以不顾性命，逾墙而至，欲以视君之瞑也。"桓公曰："太子昭安在？"蛾儿对曰："被二人阻挡在外，不得入宫。"桓公叹曰："仲父不亦圣乎！圣人所见，岂不远哉。寡人不明，宜有今日。乃奋气大呼曰："天乎！天乎！小白乃如此终乎？"连叫数声，吐血数口。谓蛾儿曰："我有宠妾六人，子十余人，无一人在目前者，单只你一人送终。深愧平日未曾厚汝。"蛾儿对曰："主公请自保重。万一不幸，妾情愿以死送君。"桓公叹曰："我死若无知则已。若有知，何面目见仲父于地下！"乃以衣袂自掩其面，连叹数声而绝。计桓公即位于周庄王十二年之夏五月，薨于周襄王九年之冬十月，在位共四十有三年，寿七十三岁。潜渊先生有诗单赞桓公好处：

> 姬辙东迁纲纪亡，首倡列国共尊王。
> 南征僭楚包茅贡，北启顽戎朔漠疆。
> 立卫存邢仁德著，定储明禁义声扬。
> 正而不谲春秋许，五伯之中业最强。

髯仙又有一绝，叹桓公一生英雄，到头没些结果。诗云：

> 四十余年号方伯，南摧西抑雄无敌！
> 一朝疾卧牙刁狂，仲父原来死不得。

晏蛾儿见桓公命绝，痛哭一场，欲待叫唤外人，奈墙高声不得达，欲待逾墙而出，奈墙内没有衬脚之物。左思右想，叹口气曰："吾曾有言，'以死送君'，若殡殓之事，非妇人所知也。"乃解衣以覆桓公之尸，复肩负窗槅二扇以盖之，权当掩覆之意。向床下叩头曰："君魂且勿远去，待妾相随！"遂以头触柱，脑裂而死。贤哉，此妇也！

是夜，小内侍钻墙穴而入，见寝室堂柱之下，血泊中挺着一个尸首，惊忙而出，报与巫、刁二人曰："主公已触柱自尽矣。"巫、刁二人不信，使内侍辈掘开墙垣，二人亲自来看，见是个妇人尸首，大惊。内侍中有认得者，指曰："此晏蛾儿也。"再看牙床之上，两扇窗槅，掩盖着个不言不动、无知无觉的齐桓公。呜呼哀哉，正不知几时气绝的。竖刁便商议发丧之事。雍巫曰："且慢，且慢，必须先定了长公子的君位，然后发丧，庶免争竞。"竖刁以为然。

当下二人同到长卫姬宫中，密奏曰："先公已薨逝矣。以长幼为序，合当夫人之子。但先公存日，曾将公子昭嘱托宋公，立为太子，群臣多有知者。倘闻先公之变，必然辅助太子。依臣等之计，莫若乘今夜仓卒之际，即率本宫甲士，逐杀太子，而奉长公子即位，则大事定矣。"长卫姬曰："我妇人也，惟卿等好为之！"于是雍巫、竖刁各率宫甲数百，杀入东宫，来擒世子。

且说世子昭不得入宫问疾，闷闷不悦。是夕，方挑灯独坐，恍惚之间，似梦非梦，见一妇人前来谓曰："太子还不速走，祸立至矣，妾乃晏蛾儿也，奉先公之命，特来相报。"昭方欲叩之，妇人把昭一推，如坠万丈深渊，忽然惊醒，不见了妇人。此兆甚奇，不可不信。忙呼侍者取行灯相随，开了便门，步至上卿高虎之家，急扣其门。高虎迎入，问其来意。公子昭诉称如此。高虎曰："主公抱病半月，被奸臣隔绝内外，声息不通。世子此梦，凶多吉少，梦中口称先公，主公必已薨逝了。宁可信其有，不可信其无，世子且宜暂出境外，以防不测。"昭曰："何处可以安身？"高虎曰："主公曾将世子嘱咐宋公,今宜适宋,宋公必能相助。虎乃守国之臣,不敢同世子出奔。吾有门下士崔夭,见管东门锁钥,吾使人吩咐开门,世子可乘夜出城也。"言之未已,阍人传报:"宫甲围了东宫。"吓得世子昭面如土色。高虎使昭变服,与从人一般,差心腹人相随,至于东门,传谕崔夭,令开钥放出世子。崔夭曰:"主公存亡未知,吾私放太子,罪亦不免。太子无人侍从,如不弃崔夭,愿一同奔宋。"世子昭大喜曰:"汝若同行,吾之愿也。"当下开了城门,崔夭见有随身车仗,让世子登车,自己执辔,望宋国急急而去。

话分两头。却说巫、刁二人,率领宫甲,围了东宫,遍处搜寻,不见世子昭的踪影。看看鼓打四更,雍巫曰:"吾等擅围东宫,不过出其不意,若还迟至天明,被他公子知觉,先据朝堂,大事去矣。不如且归宫,拥立长公子,看群情如何,再作道理。"竖刁曰:"此言正合吾意。"二人收甲,未及还宫,但见朝门大开,百官纷纷而集,不过是高氏、国氏、管氏、鲍氏、陈氏、隰氏、南郭氏、北郭氏、闾丘氏这一班子孙臣庶,其名也不可尽述。这些众官员闻说巫、刁二人,率领许多甲士出宫,料必宫中有变,都到朝房打听消息,宫内已漏出齐侯凶信了。又闻东宫被围,不消说得,是奸臣乘机作乱。"那世子是先公所立,若世子有失,吾等何面目为齐臣?"三三两两,正商议去救护世子。恰好巫、刁二人兵转,众官员一拥而前,七嘴八张的,都问道:"世子何在?"雍巫拱手答曰:"世子无亏,今在宫中。"众人曰:"无亏未曾受命册立,非吾主也。还我世子昭来!"竖刁仗剑大言曰:"昭已逐去了,今奉先公临终遗命,立长子无亏为君,有不从者,剑下诛之。"众人愤愤不平,乱嚷乱骂:"都是你这班奸佞,欺死蔑生,擅权废置。你若立了无亏,吾等誓不为臣!"大夫管平挺身出曰:"今日先打死这两个奸臣,除却祸

第三十二回　晏蛾儿逾墙殉节，群公子大闹朝堂　　299

根，再作商议。"手挺牙笏，望竖刁顶门便打，竖刁用剑架住。众官员却待上前相助，只见雍巫大喝曰："甲士们，今番还不动手，平日养你们何干？"数百名甲士，各挺器械，一齐发作，将众官员乱砍。众人手无兵器，况且寡不敌众，弱不敌强，如何支架得来。正是："白玉阶前为战地，金銮殿上见阎王。"百官死于乱军之手者，十分之三，其余带伤者甚多，俱乱窜出朝门去了。

再说巫、刁二人，杀散了众百官，天已大明，遂于宫中扶出公子无亏，至朝堂即位。内侍们鸣钟击鼓，甲士环列两边，阶下拜舞称贺者，刚刚只有雍巫、竖刁二人，无亏又惭又怒。雍巫奏曰："大丧未发，群臣尚未知送旧，安知迎新乎。此事必须召国、高二老入朝，方可号召百官，压服人众。"无亏准奏，即遣内侍分头宣召右卿国懿仲、左卿高虎。这两位是周天子所命监国之臣，世为上卿，群僚钦服，所以召之。国懿仲与高虎闻内侍将命，知齐侯已死，且不具朝服，即时披麻带孝，入朝奔丧。巫、刁二人，急忙迎住于门外，谓曰："今日新君御殿，老大夫权且从吉。"国、高二老齐声答曰："未殡旧君，先拜新君，非礼也。谁非先公之子，老夫何择，惟能主丧者，则从之。"巫、刁语塞。国、高乃就门外，望空再拜，大哭而出。无亏曰："大丧未殡，群臣又不服，如之奈何？"竖刁曰："今日之事，譬如搏虎，有力者胜。主上但据住正殿，臣等列兵两庑，俟公子有入朝者，即以兵劫之。"无亏从其言。长卫姬尽出本宫之甲，凡内侍悉令军装，宫女长大有力者，亦凑甲士之数。巫、刁各统一半，分布两庑。不在话下。

且说卫公子开方，闻巫、刁拥立无亏，谓葛嬴之子潘曰："太子昭不知何往。若无亏可立，公子独不可立乎？"乃悉起家丁死士，列营于右殿。密姬之子商人，与少卫姬之子元共议："同是先公骨血，江山莫不有分。公子潘已据右殿，吾等同据左殿。世子昭若到，大家让位。若其不来，把齐国四分均分。"元以为然。亦各起家甲，及平素所养门下之士，成队而来。公子元列营于左殿，公子商人列营于朝门，相约为犄角之势。巫、刁畏三公子之众，牢把正殿，不敢出攻。三公子又畏巫、刁之强，各守军营，谨防冲突。正是："朝中成敌国，路上绝行人。"有诗为证：

凤阁龙楼虎豹嘶，纷纷戈甲满丹墀。
分明四虎争残肉，那个降心肯伏低。

其时，只有公子雍怕事，出奔秦国去讫，秦穆公用为大夫，不在话下。

且说众官知世子出奔，无所朝宗，皆闭门不出。惟有老臣国懿仲、高虎心如刀刺，只想解结，未得其策。如此相持，不觉两月有余。高虎曰："诸公子但知夺位，不思治丧，吾今日当以死争。"国懿仲曰："子先入言，我则继之，同舍一命，以报累朝爵禄之恩可也。"高虎曰："只我两人开口，济得甚事，凡食齐禄者，莫非臣子，吾等沿门唤集，同到朝堂，且奉公子无亏主丧何如？"懿仲曰："'立子以长'，立无亏不为无名。"于是分头四下，招呼群臣，同去哭灵。众官员见两位老大夫做主，放着胆各具丧服，相率入朝。寺貂拦住问曰："老大夫此来何意？"高虎曰："彼此相持，无有了期，吾等专请公子主丧而来，无他意也。"貂乃揖虎而进。虎将手一招，国懿仲同群臣俱入，直至朝堂，告无亏曰："臣等闻：'父母之恩，犹天地也。'故为人子者，生则致敬，死则殡葬，未闻父死不殓，而争富贵者。且君者臣之表，君既不孝，臣何忠焉？今先君已死六十七日矣，尚未入棺，公子虽御正殿，于心安乎？"言罢，群臣皆伏地痛哭。无亏亦泣下曰："孤之不孝，罪通于天。孤非不欲成丧礼，其如元等之见逼何？"国懿仲曰："太子已外奔。惟公子最长，公子若能主丧事，收殓先君，大位自属。公子元等，虽分据殿门，老臣当以义责之，谁敢与公子争者？"无亏收泪下拜曰："此孤之愿也。"高虎吩咐雍巫仍守殿戺。群公子但衰麻入灵者，便放入宫；如带挟兵仗者，即时拿住正罪。寺貂先至寝宫，安排殡殓。

却说桓公尸在床上，日久无人照顾，虽则冬天，血肉狼藉，尸气所蒸，生虫如蚁，直散出于墙外。起初众人尚不知虫从何来，及入寝室，发开窗槅，见虫攒尸骨，无不凄惨。无亏放声大哭，群臣皆哭，即日取梓棺盛殓，皮肉皆腐，仅以袍带裹之，草草而已。惟晏蛾儿面色如生，形体不变，高虎等知为忠烈之妇，叹息不已，亦命取棺殓之。高虎等率群臣奉无亏居主丧之位，众人各依次哭灵。是夜，同宿于柩侧。

却说公子元、公子潘、公子商人，列营在外，见高、国老臣率群臣丧服入内，不知何事。后闻桓公已殡，群臣俱奉无亏主丧，戴以为君，各相传语，言："高、国为主，吾等不能与争矣。"乃各散去兵众，俱衰麻入宫奔丧，兄弟相见，各各大哭。当时若无高、国说下无亏，此事不知如何结局也。胡曾先生有诗叹曰：

违背忠臣宠佞臣，致令骨肉肆纷争。
若非高国行和局，白骨堆床葬不成。

却说齐世子昭逃奔宋国，见了宋襄公，哭拜于地，诉以雍巫、竖刁作乱之事。其时宋襄公乃集群臣问曰："昔齐桓公曾以公子昭嘱托寡人，立为太子，屈指十年矣。寡人中心藏之，不敢忘也。今巫、刁内乱，太子见逐，寡人欲约会诸侯，共讨齐罪，纳昭于齐，定其君位而返。此举若遂，名动诸侯，便可倡率会盟，以绍桓公之伯业，卿等以为何如？"忽有一大臣出班奏曰："宋国有三不如齐，焉能伯诸侯乎？"襄公视之，其人乃桓公之长子，襄公之庶兄，因先年让国不立，襄公以为上卿，公子目夷字子鱼也。襄公曰："子鱼言'三不如齐'，其故安在？"目夷曰："齐有泰山、渤海之险，琅琊、即墨之饶，我国小土薄，兵少粮稀，一不如也；齐有高、国世卿，以干其国；有管仲、甯戚、隰朋、鲍叔牙以谋其事，我文武不具，贤才不登，二不如也；桓公北伐山戎，俞儿开道，猎于郊外，委蛇现形，我今年春正月，五星陨地，俱化为石，二月又有大风之异，六鹢退飞，此乃上而降下，求进反退之象，三不如也。有此三不如齐，自保且不暇，何暇顾他人乎？"襄公曰："寡人以仁义为主，不救遗孤，非仁也；受人嘱而弃之，非义也。"遂以纳太子昭传檄诸侯，约以来年春正月，共集齐郊。檄至卫国，卫大夫甯速进曰："立子以嫡，无嫡立长，礼之常也。无亏年长，且有戍卫之劳，于我有恩，愿君勿与。"卫文公曰："昭已立为世子，天下莫不知之。夫戍卫，私恩也；立世子，公义也。以私废公，寡人不为也。"檄至鲁国，鲁僖公曰："齐侯托昭于宋，不托寡人，寡人惟知长幼之序矣。若宋伐无亏，寡人当救之。"

周襄王十年，齐公子无亏元年三月，宋襄公亲合卫、曹、邾三国之师，奉世子昭伐齐，屯兵于郊。时雍巫已进位中大夫，为司马，掌兵权矣。无亏使统兵出城御敌，寺貂居中调度，高、国二卿分守城池。高虎谓国懿仲曰："吾之立无亏，为先君之未殡，非奉之也。今世子已至，又得宋助，论理则彼顺，较势则彼强，且巫、刁戕杀百官，专权乱政，必为齐患，不若乘此除之，迎世子奉以为君，则诸公子绝觊觎之望，而齐有泰山之安矣。"懿仲曰："易牙统兵驻郊，吾召竖刁，托以议事，因而杀之。率百官奉迎世子，以代无亏之位，吾谅易牙无能为也。"高虎曰："此计大妙。"乃伏壮士于城楼，托言机密重事，使人请竖刁相会。正是：做就机关擒猛虎，安排香饵钓鳌鱼。

不知竖刁性命如何，且看下回分解。

第三十三回
宋公伐齐纳子昭,楚人伏兵劫盟主

话说高虎乘雍巫统兵出城,遂伏壮士于城楼,使人请竖刁议事。竖刁不疑,昂然而来。高虎置酒楼中相待,三杯之后,高虎开言:"今宋公纠合诸侯,起大兵送太子到此,何以御之?"竖刁曰:"已有易牙统兵出郊迎敌矣。"虎曰:"众寡不敌,奈何!老夫欲借重吾子,以救齐难。"竖刁曰:"刁何能为,如老大夫有差遣,惟命是听!"虎曰:"欲借子之头,以谢罪于宋耳!"刁愕然遽起。虎顾左右喝曰:"还不下手?"壁间壮士突出,执竖刁斩之。虎遂大开城门,使人传呼曰:"世子已至城外,愿往迎者随我!"国人素恶雍巫、竖刁之为人,因此不附无亏;见高虎出迎世子,无不攘臂乐从,随行者何止千人。

国懿仲入朝,直叩宫门,求见无亏,奏言:"人心思戴世子,相率奉迎,老臣不能阻当,主公宜速为避难之计。"无亏问:"雍巫、竖刁安在?"懿仲曰:"雍巫胜败未知。竖刁已为国人所杀矣。"无亏大怒曰:"国人杀竖刁,汝安得不知?"顾左右欲执懿仲,懿仲奔出朝门。无亏带领内侍数十人,乘一小车,愤然仗剑出宫,下令欲发丁壮授甲，亲往御敌。内侍辈东唤西呼，国中无一人肯应，反叫出许多冤家出来。正是：

恩德终须报，冤仇撒不开。
从前作过事，没兴一齐来。

这些冤家，无非是高氏、国氏、管氏、鲍氏、宁氏、陈氏、晏氏、东郭氏、南郭氏、北郭氏、公孙氏、闾丘氏众官员子姓。当初只为不附无亏，被雍巫、竖刁杀害的，其家属人人含怨，个个衔冤，今日闻宋君送太子入国，雍巫统兵拒战，论起私心，巴不得雍巫兵败，又怕宋国兵到，别有一番杀戮之惨，大家怀着鬼胎。及闻高老相国杀了竖刁，往迎太子，无不喜欢，都道："今日天眼方开！"齐带器械防身，到东门打探太子来信，恰好撞见无亏乘车而至。仇人相见，分外眼睁。一人为首，众人相助，各各挺着器械，将无亏围住。内侍喝道："主公在此，诸人不得无礼。"众人道："那里是我主公。"便将内侍乱砍，无亏抵挡不住，急忙下车逃走，亦被众人所杀。东门鼎沸，却得国懿仲来抚慰一番，众人方才分散。懿仲将无亏尸首抬至别馆殡殓，一面差人飞报高虎。

再说雍巫正屯兵东关，与宋相持，忽然军中夜乱，传说："无亏、竖刁俱死，高虎相国率领国人，迎接太子昭为君，吾等不可助逆。"雍巫知军心已变，心如芒刺，急引心腹数人，连夜逃奔鲁国去讫。天明，高虎已到，安抚雍巫所领之众，直至郊外，迎接世子昭，与宋、卫、曹、邾四国请和，四国退兵。高虎奉世子昭行至临淄城外，暂停公馆，使人报国懿仲整备法驾，同百官出迎。

却说公子元、公子潘闻知其事，约会公子商人，一同出郭奉迎新君。公子商人咈然曰："我等在国奔丧，昭不与哭泣之位，今乃借宋兵威，以少凌长，强夺齐国，于理不顺；闻诸侯之兵已退，我等不如各率家甲，声言为无亏报仇，逐杀子昭。吾等三人中，凭大臣公议一人为君，也免得受宋国箝制，灭了先公盟主的志气。"公子元曰："若然，当奉宫中之令而行，庶为有名。"乃入宫禀知长卫姬。长卫姬泣曰："汝能为无亏报仇，我死无恨矣。"即命纠集无亏旧日一班左右人众，合着三位公子之党，同拒世子。竖刁手下亦有心腹，欲为其主报仇，也来相助，分头据住临淄城各门。国懿仲畏四家人众，将府门紧闭，不敢出头了。高虎谓世子昭曰："无亏、竖刁虽死，余党尚存，况有三公子为主，闭门不纳，若欲求入，必须交战；倘战而不胜，前功尽弃，不如仍走宋国求救为上。"世子昭曰："但凭国老主张。"高虎乃奉世子昭复奔宋国。

宋襄公才班师及境，见世子昭来到，大惊，问其来意，高虎一一告诉明白。襄公曰："此寡人班师太早之故也。世子放心，有寡人在，何愁不入临淄哉！"即时命大将公孙固增添车马。先前有卫、曹、邾三国同事，止用二百乘，今日独自出车，加至四百乘。公子荡为先锋，华御事为合后，亲将中军，护送世子，重离宋境，再入齐郊。时有高虎前驱，把关将吏，望见是高相国，即时开门延入，直逼临淄下寨。

宋襄公见国门紧闭，吩咐三军准备攻城器具。城内公子商人谓公子元、公子潘曰："宋若攻城，必然惊动百姓。我等率四家之众，乘其安息未定，合力攻之，幸而胜固善，不幸而败，权且各图避难，再作区处。强如死守于此，万一诸侯之师毕集，如之奈何？"元、潘以为然。乃于是日，夜开城门，各引军出来劫宋寨，不知虚实，单劫了先锋公子荡的前营。荡措手不及，弃寨而奔。中军大将公孙固闻前寨有失，急引大军来救。后军华御事同齐国老大夫高虎，亦各率部下接应，两下混战，直至天明。四家党羽虽众，各为其主，人心不齐，怎当得宋国大兵。当下混战了一夜，四家人众，被宋兵杀得七零八落。公子元恐世子昭入国，不免于祸，乘乱引心腹数人，逃奔卫国避难去讫。公子潘、公子商人收拾败兵入城，宋兵紧随其后，不能闭门，崔夭为世子昭御车，长驱直入。上卿国懿仲闻四家兵散，世子已进城，乃聚集百官，同高虎拥立世子昭即位，即以本年为元年，是为孝公。孝公嗣位，论功行赏，进崔夭为大夫。大出金帛，厚犒宋军。襄公留齐境五日，方才回宋。时鲁僖公起大兵来救无亏，闻孝公已立，中道而返。自此鲁、齐有隙，不在话下。

再说公子潘与公子商人计议，将出兵拒敌之事，都推在公子元身上。国、高二国老，明知四家同谋，欲孝公释怨修好，单治首乱雍巫、竖刁二人之罪，尽诛其党，余人俱赦不问。

是秋八月，葬桓公于牛首岗之上，连起三大坟。以晏蛾儿附葬于旁，另起一小坟。又为无亏、公子元之故，将长卫姬、少卫姬两宫内侍宫人，悉令从葬，死者数百人。后至晋永嘉末年，天下大乱，有村人发桓公塚，塚前有水银池，寒气触鼻，人不敢入。经数日，其气渐消，乃牵猛犬入塚中，得金蚕数十斛，珠襦玉匣，缯彩军器，不可胜数，塚中骸骨狼藉，皆殉葬之人也。足知孝公当日葬父之厚矣。亦何益哉！髯仙有诗云：

疑塚三堆峻似山，金蚕玉匣出人间。
从来厚蓄多遭发，薄葬须知不是悭。

话分两头。却说宋襄公自败了齐兵，纳世子昭为君，自以为不世奇功，便想号召诸侯，代齐桓公为盟主。又恐大国难致，先约滕、曹、邾、鄫小国，为盟于曹国之南。曹、邾二君到后，滕子婴齐方至，宋襄公不许婴齐与盟，拘之一室。鄫君惧宋之威，亦来赴会，已逾期二日矣。宋襄公问于群臣曰："寡人甫倡盟好，鄫小国，辄敢怠慢，后期二日，不重惩之，何以立威？"大夫公子荡进曰："向者齐桓公南征北讨，独未服东夷之众。君欲威中国，必先服东夷；欲服东夷，必用鄫子。"襄公曰："用之何如？"公子荡曰："睢水之次，有神能致风雨，东夷皆立社祠之，四时不缺。君诚用鄫子为牺牲，以祭睢神，不惟神将降福，使东夷闻之，皆谓君能生杀诸侯，谁不耸惧来服？然后借东夷，之力，以征诸侯，伯业成矣。"上卿公子目夷谏曰："不可，不可。古者小事不用大牲，重物命也，况于人乎？夫祭祀，以为人祈福也。杀人以祈人福，神必不飨。且国有常祀，宗伯所掌。睢水河神，不过妖鬼耳！夷俗所祀，君亦祀之，未见君之胜于夷也，而谁肯服之？齐桓公主盟四十年，存亡继绝，岁有德施于天下。今君才一举盟会，而遂戮诸侯以媚妖神。臣见诸侯之惧而叛我，未见其服也。"公子荡曰："子鱼之言谬矣。君之图伯与齐异，齐桓公制国二十余年，然后主盟，君能待乎？夫缓则用德，急则用威。迟速之序，不可不察也！不同夷，夷将疑我；不惧诸侯，诸侯将玩我。内玩而外疑，何以成伯？昔武王斩纣头，悬之太白旗，以得天下，此诸侯之行于天子者也。而何有于小国之君？君必用之！"襄公本心急于欲得诸侯，遂不听目夷之言。使邾文公执鄫子杀而烹之，以祭睢水之神，遣人召东夷君长，俱来睢水会祀。东夷素不习宋公之政，莫有至者，滕子婴齐大惊，使人以重赂求释，乃解婴齐之囚。

曹大夫僖负羁谓曹共公襄曰："宋躁而虐，事必无成，不如归也。"共公辞归,遂不具地主之礼。襄公怒,使人责之曰:"古者国君相见,有脯资饩牢,以修宾主之好。寡君逗留于君之境上,非一日矣。三军之众,尚未知主人之所属。愿君图之。"僖负羁对曰:"夫授馆致饩,朝聘之常礼也。今君以公事涉于南鄙,寡人亟于奔命,未及他图。今君责以主人之礼,寡君愧甚,惟君恕之。"曹共公遂归。襄公大怒,传令移兵伐曹。公子目夷又谏曰:"昔齐桓公会盟之迹,遍于列国。厚往薄来,不责其施,不诛其不及,所以宽人之力,而恤人之情也。曹之缺礼,于君无损,何必用兵?"襄公不听。使公子荡将兵车三百乘,伐曹围其城。僖负羁随方设备,与公子荡相持三月,荡不能取胜。是时,郑文公首先朝楚,约鲁、齐、陈、蔡四国之君,与楚成王为盟于齐境。宋襄公闻之大惊。一来恐齐、鲁两国之中,或有倡伯者,宋不能与争;二来又恐公子荡攻曹失利,挫了锐气,贻笑于诸侯。乃召荡归,曹共公亦恐宋师再至,遣人至宋谢罪。自此宋、曹相睦如初。

再说宋襄公一心求伯,见小国诸侯纷纷不服,大国反远与楚盟,心中愤急,与公子荡商议。公子荡进曰:"当今大国,无过齐、楚,齐虽伯主之后,然纷争方定,国势未张;楚僭王号,乍通中国,诸侯所畏。君诚不惜卑词厚币,以求诸侯于楚,楚必许之。借楚力以聚诸侯,复借诸侯以压楚,此一时权宜之计也。"公子目夷又谏曰:"楚有诸侯,安肯与我?我求诸侯于楚,楚安肯下我?恐争端从此开矣。"襄公不以为然,即命公子荡以厚赂如楚,求见楚成王。成王问其来意,许以明年之春,相会于鹿上之地。公子荡归报襄公,襄公曰:"鹿上,齐地,不可不闻之齐侯。"复遣公子荡如齐修聘,述楚王期会之事,齐孝公亦许之。时宋襄公之十一年,乃周襄王之十二年也。

次年春正月，宋襄公先至鹿上，筑盟坛以待齐、楚之君。二月初旬，齐孝公始至。襄公自负有纳孝公之功，相见之间，颇有德色；孝公感宋之德，亦颇尽地主之礼。又二十余日，楚成王方到。宋、齐二君接见之间，以爵为序，楚虽僭王号，实是子爵，宋公为首，齐侯次之，楚子又次之，这是宋襄公定的位次。至期，共登鹿上之坛。襄公毅然以主盟自居，先执牛耳，并不谦让；楚成王心中不悦，勉强受歃。襄公拱手言曰："兹父忝先代之后，作宾王家。不自揣德薄力微。窃欲修举盟会之政，恐人心不肃，欲借重二君之余威，以合诸侯于敝邑之盂地。以秋八月为期，若君不弃，倡率诸侯，徼惠于盟，寡人愿世敦兄弟之好。自殷先王以下，咸拜君之赐，岂独寡人乎？"齐孝公拱手以让楚成王，成王亦拱手以让孝公，二君互相推让，良久不决。襄公曰："二君若不弃寡人，请同署之。"乃出征会之牍，不送齐侯，却先送楚成王求署。孝公心中亦怀怏怏。楚成王举目观览，牍中叙合诸侯修会盟之意，效齐桓公衣裳之会，不以兵车，牍尾宋公先已署名。楚成王暗暗含笑，谓襄公曰："诸侯君自能致，何必寡人？"襄公曰："郑、许久在君之宇下，而陈、蔡近者复受盟于齐。非乞君之灵，惧有异同。寡人是以借重于上国。"楚成王曰："然则齐君当署，次及寡人可也。"孝公曰："寡人于宋，犹宇下也，所难致者，上国之威令耳。"楚王笑而署名，以笔授孝公。孝公曰："有楚不必有齐。寡人流离万死之余，幸社稷不陨，得从末歃为荣，何足重轻？而亵此简牍为耶？"坚不肯署。论齐孝公心事，却是怪宋襄公先送楚王求署，识透他重楚轻齐，所以不署。宋襄公自负有恩于齐，却认孝公是衷肠之语，遂收牍而藏之。三君于鹿上又叙数日，丁宁而别。髯仙有诗叹曰：

第三十三回　宋公伐齐纳子昭，楚人伏兵劫盟主

诸侯原自属中华，何用纷纷乞楚家。
错认同根成一树，谁知各自有丫叉？

楚成王既归，述其事于令尹子文。子文曰："宋君狂甚。吾王何以征会许之？"楚王笑曰："寡人欲主中华之政久矣，恨不得其便耳。今宋公倡衣裳之会，寡人因之以合诸侯，不亦可乎？"大夫成得臣进曰："宋公为人好名而无实，轻信而寡谋。若伏甲以劫之，其人可虏也。"楚王曰："寡人意正如此。"子文曰："许人以会而复劫之，人谓楚无信矣。何以服诸侯？"得臣曰："宋喜于主盟。必有傲诸侯之心，诸侯未习宋政，莫之与也。劫之以示威，劫而释之，又可以示德。诸侯耻宋之无能，不归楚，将谁归乎？夫拘小信而丧大功，非策也！"子文奏曰："子玉之计，非臣所及。"楚王乃使成得臣、斗勃二人为将，各选勇士五百人操演听令，预定劫盟之计，不必详说，下文便见。

且说宋襄公归自鹿上，欣然有喜色，谓公子目夷曰："楚已许我诸侯矣。"目夷谏曰："楚，蛮夷也，其心不测。君得其口，未得其心，臣恐君之见欺也。"襄公曰："子鱼太多心了。寡人以忠信待人，人其忍欺寡人哉？"遂不听目夷之言，传檄征会。先遣人于盂地筑起坛壝，增修公馆，务极华丽。仓场中储积刍粮，以待各国军马食费。凡献享犒劳之仪，一一从厚，无不预备。

至秋七月，宋襄公命乘车赴会。目夷又谏曰："楚强而无义，请以兵车往。"襄公曰："寡人与诸侯约为'衣裳之会'，若用兵车，自我约之，自我堕之，异日无以示信于诸侯矣！"目夷曰："君以乘车全信，臣请伏兵车百乘于三里之外，以备缓急何如？"襄公曰："子用兵车，与寡人用之何异，必不可。"临行之际，襄公又恐目夷在

国起兵接应，失了他信义，遂要目夷同往。目夷曰："臣亦放心不下，也要同去。"于是君臣同至会所。楚、陈、蔡、许、曹、郑六国之君，如期而至，惟齐孝公心怀怏怏，鲁僖公未与楚通，二君不到。襄公使候人迎接六国诸侯，分馆安歇。回报："都用乘车，楚王侍从虽众，亦是乘车。"襄公曰："吾知楚不欺吾也。"

太史卜盟日之吉，襄公命传知各国。先数日，预派定坛上执事人等。是早五鼓，坛之上下，皆设庭燎，照耀如同白日。坛之旁，另有憩息之所，襄公先往以待，陈穆公款、蔡庄公甲午、郑文公捷、许僖公业、曹共公襄五位诸侯，陆续而至。伺候良久，天色将明，楚成王熊恽方到。襄公且循地主之礼，揖让了一番，分左右两阶登坛。右阶宾登，众诸侯不敢僭楚成王，让之居首。成得臣、斗勃二将相随，众诸侯亦各有从行之臣，不必细说。左阶主登，单只宋襄公及公子目夷君臣二人。方才升阶之时，论个宾主，既登盟坛之上，陈牲歃血，要天矢日，列名载书，便要推盟主为尊了。宋襄公指望楚王开口，以目视之。楚王低头不语，陈、蔡诸国面面相觑，莫敢先发。襄公忍不住了，乃昂然而出曰："今日之举，寡人欲修先伯主齐桓公故业，尊王安民，息兵罢战，与天下同享太平之福，诸君以为何如？"诸侯尚未答应，楚王挺身而前曰："君言甚善。但不知主盟今属何人？"襄公曰："有功论功，无功论爵，更有何言？"楚王曰："寡人冒爵为王久矣。宋虽上公，难列王前，寡人告罪占先了。"便立在第一个位次。目夷扯襄公之袖，欲其权且忍耐，再作区处。襄公把个盟主捏在掌中，临时变卦，如何不恼。包着一肚子气，不免疾言遽色，谓楚王曰："寡人微福先代，忝为上公，天子亦待以宾客之礼。君言冒爵，乃僭号也，奈何以假王而压真公乎！"楚王曰："寡人既是假王，谁教你请寡人来此？"襄公曰：

"君之至此，亦是鹿上先有成议，非寡人之谩约也。"成得臣在旁大喝曰："今日之事，只问众诸侯，为楚来乎？为宋来乎！"陈，蔡各国。平素畏服于楚，齐声曰："吾等实奉楚命，不敢不至。"楚王呵呵大笑曰："宋君更有何说？"襄公见不是头，欲待与他讲理，他又不管理之长短，欲作脱身之计，又无片甲相护，正在踌躇，只见成得臣、鬬勃卸去礼服，内穿重铠，腰间各插小红旗一面，将旗向坛下一招，那跟随楚王人众，何止千人，一个个俱脱衣露甲，手执暗器，如蜂攒蚁聚，飞奔上坛。各国诸侯，俱吓得魂不附体。成得臣先把宋襄公两袖紧紧捻定，同鬬勃指挥众甲士，掳掠坛上所陈设玉帛器皿之类。一班执事，乱窜奔逃，宋襄公见公子目夷紧随在旁。低声谓曰："悔不听子言，以至如此，速归守国，勿以寡人为念。"目夷料想跟随无益，乃乘乱逃回。

不知宋襄公如何脱身，且看下回分解。

第三十四回
宋襄公假仁失众，齐姜氏乘醉遣夫

话说楚成王假饰乘车赴会，跟随人众，俱是壮丁，内穿暗甲，身带暗器，都是成得臣、鬬勃选练来的，好不勇猛。又遣芳吕臣、鬬般二将统领大军，随后而进，准备大大厮杀。宋襄公全然不知，堕其圈套。正是"没心人遇有心人，要脱身时难脱身"了。楚王拿住了襄公，众甲士将公馆中所备献享犒劳之仪，及仓中积粟，掳掠一空，随行车乘，皆为楚有。陈、蔡、郑、许、曹五位诸侯，人人悚惧，谁敢上前说个方便！楚成王邀众诸侯至于馆寓，面数宋襄公六罪，曰："汝伐齐之丧，擅行废置，一罪也；滕子赴会稍迟，辄加縶辱，二罪也；用人代牲，以祭淫鬼，三罪也；曹缺地主之仪，其事甚小，汝乃恃强围之，四罪也；以亡国之余，不能度德量力，天象示戒，犹思图伯，五罪也；求诸侯于寡人，而妄自尊大，全无逊让之礼，六罪也。天夺其魄，单车赴会，寡人今日统甲车千乘，战将千员，踏碎睢阳城，为齐、鄫各国报仇。诸君但少驻车驾，看寡人取宋而回，更与诸君痛饮十日方散。"众诸侯莫不唯唯。襄公顿口无言，似木雕泥塑一般，只多着两行珠泪。须臾，楚国大兵俱

第三十四回　宋襄公假仁失众，齐姜氏乘醉遣夫

集，号曰千乘，实五百乘。楚成王赏劳了军士，拔寨都起，带了宋襄公，杀向睢阳城来。列国诸侯，奉楚王之命，俱屯盂地，无敢归者。史官有诗讥宋襄之失。诗云：

无端媚楚反遭殃，引得睢阳做战场。
昔日齐桓曾九合，何尝容楚近封疆。

却说公子目夷自盂地盟坛逃回本国，向司马公孙固说知宋公被劫一事："楚兵旦暮且到，速速调兵，登陴把守。"公孙固曰："国不可一日无君，公子须暂摄君位，然后号令赏罚，人心始肃。"目夷附公孙固之耳曰："楚人执我君以伐我，有挟而求也。必须如此如此，楚人必放吾君归国。"固曰："此言甚当。"乃向群臣言："吾君未必能归矣。我等宜推戴公子目夷，以主国事。"群臣知目夷之贤，无不欣然，公子目夷告于太庙，南面摄政。三军用命，铃柝严明。睢阳各路城门，把守得铁桶相似。

方才安排停当，楚王大军已到。立住营寨，使将军鬬勃向前打话，言："尔君已被我拘执在此，生杀在我手。早早献土纳降，保全汝君性命。"公孙固在城楼答曰："赖社稷神灵，国人已立新君矣。生杀任你，欲降不可得也。"鬬勃曰："汝君见在，安得复立一君乎？"公孙固曰："立君以主社稷也。社稷无主，安得不立新君？"鬬勃曰："某等愿送汝君归国，何以相酬？"公孙固曰："故君被执，已辱社稷。虽归亦不得为君矣。归与不归，惟楚所命，若要决战，我城中甲车未曾损折，情愿决一死敌。"鬬勃见公孙固答语硬挣，回报楚王，楚王大怒，喝教攻城，城上矢石如雨，楚兵多有损伤。连攻三日，干折便宜，不能取胜。楚王曰："彼国既不用宋君，杀之何

如？"成得臣对曰："王以杀鄫子为宋罪。今杀宋公，是效尤也。杀宋公犹杀匹夫耳，不能得宋，而徒取怨，不如释之。"楚王曰："攻宋不下，又释其君，何以为名？"得臣对曰："臣有计矣，今不与盂之会者，惟齐、鲁二国，齐与我已两次通好，且不必较；鲁礼义之邦，一向辅齐定伯，目中无楚，若以宋之俘获献鲁，请鲁君于亳都相会，鲁见宋俘。必恐惧而来，鲁、宋是葵丘同盟之人，况鲁侯甚贤，必然为宋求情，我因以为鲁君之德，是我一举而兼得宋、鲁也。"楚王鼓掌大笑曰："子玉真有见识。"乃退兵屯于亳都。用宜申为使，将卤获数车，如曲阜献捷，其书云：

宋公傲慢无礼，寡人已幽之于亳，不敢擅功，谨献捷于上国，望君辱临，同决其狱。

鲁僖公览书大惊，正是"兔死狐悲，物伤其类"。明知楚使献捷，词意夸张，是恐吓之意，但鲁弱楚强，若不往会，恐其移师来伐，悔无及矣。乃厚待宜申，先发回书，驰报楚王，言："鲁侯如命，即日赴会。"

鲁僖公随后发驾，大夫仲遂从行，来至亳都，仲遂因宜申先容，用私礼先见了成得臣，嘱其于楚王前，每事方便。得臣引鲁僖公与楚成王相见，各致敬慕之意，其时，陈、蔡、郑、许、曹五位诸侯，俱自盂地来会，和鲁僖公共是六位，聚于一处商议。郑文公开言，欲尊楚王为盟主。诸侯嗫嚅未应，鲁僖公奋然曰："盟主须仁义布闻，人心悦服，今楚王恃兵车之众，袭执上公，有威无德，人心疑惧。吾等与宋俱有同盟之谊，若坐视不救，惟知奉楚，恐被天下豪杰耻笑。楚若能释宋公之囚，终此盟好，寡人敢不惟命是听？"众诸侯皆曰："鲁侯之言甚善。"仲遂将这话私告于成得臣，得臣转闻于楚王。楚王曰："诸侯以盟主之义责寡人，寡人其可违乎？"乃于亳郊更筑盟坛，期以十二月癸丑日，歃血要神，同赦宋罪。

约会已定，先一日将宋公释放，与众诸侯相见。宋襄公且羞且愤，满肚不乐，却又不得不向诸侯称谢。至日，郑文公拉众诸侯敦请楚成王登坛主盟。成王执牛耳，宋、鲁以下次第受歃。襄公敢怒而不敢言。事毕，诸侯各散。宋襄公讹闻公子目夷已即君位，将奔卫以避之。公子目夷遣使已到，致词曰："臣所以摄位者，为君守也。国固君之国，何为不入？"须臾，法驾齐备，迎襄公以归。目夷退就臣列。胡曾先生论襄公之释，全亏公子目夷定计，神闲气定，全不以旧君为意。若手忙脚乱，求归襄公，楚益视为奇货，岂肯轻放。有诗赞云：

金注何如瓦注奇？新君能解旧君围。
为君守位仍推位，千古贤名诵目夷。

又有诗说六位诸侯公然媚楚求宽，明明把中国操纵之权，授之于楚，楚目中尚有中国乎？诗云：

从来兔死自狐悲，被劫何人劫是谁？
用夏媚夷全不耻，还夸释宋得便宜。

宋襄公志欲求伯，被楚人捉弄一场，反受大辱，怨恨之情，痛入骨髓，但恨力不能报。又怪郑伯倡议，尊楚王为盟主，不胜其愤，正要与郑国作对。时周襄王之十四年春三月，郑文公如楚行朝礼，宋襄公闻之大怒，遂起倾国之兵，亲讨郑罪。使上卿公子目夷辅世子王臣居守。目夷谏曰："楚、郑方睦，宋若伐郑，楚必救之，此行恐不能取胜。不如修德待时为上。"大司马公孙固亦谏。襄公怒曰："司马不愿行，寡人将独往。"固不敢复言。遂出师伐郑。襄公自将中军，公孙固为副，大夫乐仆伊、华秀老、公子荡、向訾守等皆从行。谍人报知郑文公，文公大惊，急遣人告急于楚。楚成王曰："郑事我如父，宜亟救之。"成得臣进曰："救郑不如伐宋。"楚成王曰："何故？"得臣对曰："宋公被执，国人已破胆矣。今复不自量，以大兵伐郑，其国必虚，乘虚而捣之，其国必惧。此不待战而知胜负者也。若宋还而自救，彼亦劳矣，以逸制劳，安往而不得志耶？"楚王以为然。即命得臣为大将，鬬勃副之，兴兵伐宋。

宋襄公正与郑相持，得了楚兵之信，兼程而归，列营于泓水之南以拒楚。成得臣使人下战书。公孙固谓襄公曰："楚师之来，为救郑也。吾以释郑谢楚，楚必归。不可与战。"襄公曰："昔齐桓公兴兵伐楚，今楚来伐而不与战，何以继桓公之业乎？"公孙固又曰："臣闻'一姓不再兴'，天之弃商久矣，君欲兴之，得乎？且吾之甲不如楚坚，兵不如楚利，人不如楚强，宋人畏楚如畏蛇蝎，君何恃以胜楚？"襄公曰："楚兵甲有余，仁义不足；寡人兵甲不足，仁义有余。昔武王虎贲三千，而胜殷亿万之众，惟仁义也。以有道之君，而避无道之臣，寡人虽生不如死矣。"乃批战书之尾，约以十一月朔日，交战于泓阳，命建大旗一面于辂车，旗上写"仁义"二字。公孙固暗暗叫苦，私谓乐仆伊曰："战主杀而言仁义，吾不知君之仁义何在也？天夺君魄矣，窃为危之。吾等必戒慎其事，毋致丧国足矣。"至期，公孙固未鸡鸣而起，请于襄公，严阵以待。

且说楚将成得臣屯兵于泓水之北，鬬勃请"五鼓济师，防宋人先布阵以扼我"。得臣笑曰："宋公专务迂阔，全不知兵，吾早济早战，晚济晚战，何所惧哉？"天明，甲乘始陆续渡水，公孙固请于襄公曰："楚兵天明始渡，其意甚轻我，今乘其半渡，突前击之，是吾以全军而制楚之半也。若令皆济，楚众我寡恐不敌，奈何？"襄公指大旗曰："汝见'仁义'二字否？寡人堂堂之阵，岂有半济而击之理？"公孙固又暗暗叫苦。须臾，楚兵尽济，成得臣服琼弁，结玉缨，绣袍软甲，腰挂雕弓，手执长鞭，指挥军士，东西布阵，气宇昂昂，旁若无人。公孙固又请于襄公曰："楚方布阵，尚未成列，急鼓之必乱。"襄公唾其面曰："咄！汝贪一击之利，不顾万世之仁义耶？寡人堂堂之阵，岂有未成列而鼓之之理？"公孙固又暗暗叫苦。楚兵阵势已成，人强马壮，漫山遍野，宋兵皆有惧色。襄公使军中发鼓，楚军中亦发鼓，襄公自挺长戈，带着公子荡、向訾守二将，及门官之众，催车直冲楚阵，得臣见来势凶猛，暗传号令，开了阵门，只放襄公一队车骑进来，公孙固随后赶上护驾，襄公已杀入阵内去了。只见一员上将挡住阵门，口口声声叫道："有本事的快来决战！"那员将乃鬬勃也，公孙固大怒，挺戟直刺鬬勃，勃即举刀相迎。两下交战，未及二十合，宋将乐仆伊引军来到，鬬勃微有着忙之意，恰好阵中又冲出一员上将芳氏吕臣，接住乐仆伊厮杀。公孙固乘忙，觑个方便，拨开刀头，驰入楚军。鬬勃提刀来赶，宋将华秀老又到，牵住鬬勃，两对儿在阵前厮杀。公孙固在楚阵中，左冲右突，良久，望见东北角上甲士如林，围裹甚紧，疾驱赴之，正遇宋将向訾守，流血被面，急呼曰："司马可速来救主！"

公孙固随着䈂守，杀入重围，只见门官之众，一个个身带重伤，兀自与楚军死战不退。原来襄公待下人极有恩，所以门官皆尽死力，楚军见公孙固英勇，稍稍退却，公孙固上前看时，公子荡要害被伤，卧于车下。"仁义"大旗已被楚军夺去了。襄公身被数创，右股中箭，射断膝筋，不能起立。公子荡见公孙固到来，张目曰："司马好扶主公，吾死于此矣。"言讫而绝，公孙固感伤不已。扶襄公于自己车上，以身蔽之，奋勇杀出。向䈂守为后殿，门官等一路拥卫，且战且走，比及脱离楚阵，门官之众，无一存者。宋之甲车，十丧八九。乐仆伊、华秀老见宋公已离虎穴，各自逃回，成得臣乘胜追之，宋军大败，辎重器械，委弃殆尽。

公孙固同襄公连夜奔回。宋兵死者甚众，其父母妻子，皆相讪于朝外，怨襄公不听司马之言，以致于败。襄公闻之，叹曰："君子不重伤，不擒二毛。寡人将以仁义行师，岂效此乘危扼险之举哉？"举国无不讥笑。后人相传，以为宋襄公行仁义，失众而亡，正指战泓之事。髯翁有诗叹云：

不恤滕鄫恤楚兵，宁甘伤股博虚名。
宋襄若可称仁义，盗跖文王两不明。

楚兵大获全胜，复渡泓水，奏凯而还。方出宋界，哨马报："楚王亲率大军接应，见屯柯泽。"得臣即于柯泽谒见楚王献捷。楚成王曰："明日郑君将率其夫人，至此劳军，当大陈俘馘以夸示之。"原来郑文公的夫人芈氏，正是楚成王之妹，是为文芈。以兄妹之亲，驾了辇，随郑文公至于柯泽，相会楚王。楚王示以俘获之盛。郑文公夫妇称贺，大出金帛，犒赏三军。郑文公敦请楚王来日赴宴。

次早，郑文公亲自出郭，邀楚王进城，设享于太庙之中，行九献礼，比于天子。食品数百，外加笾豆六器，宴享之侈，列国所未有也。文芈所生二女，曰伯芈、叔芈，未嫁在室。文芈又率之以甥礼见舅，楚王大喜。郑文公同妻女更番进寿，自午至戌，吃得楚王酩酊大醉。楚王谓文芈曰："寡人领情过厚，已逾量矣。妹与二甥，送我一程何如？"文芈曰："如命。"郑文公送楚王出城，先别，文芈及二女，与楚王并驾而行，直至军营。原来楚王看上了二甥美貌，是夜拉入寝室，遂成枕席之欢。文芈彷徨于帐中，一夜不寐，然畏楚王之威，不敢出声。以舅纳甥，真禽兽也！次日，楚王将军获之半，赠于文芈，载其二女以归，纳之后宫。郑大夫叔詹叹曰："楚王其不得令终乎？享以成礼，礼而无别，是不终也。"且不说楚、宋之事。

再表晋公子重耳，自周襄王八年适齐，至襄王十四年，前后留齐共七年了。遭桓公之变，诸子争立，国内大乱，及至孝公嗣位，又反先人之所为，附楚仇宋，纷纷多事，诸侯多与齐不睦。赵衰等私议曰："吾等适齐，谓伯主之力，可借以图复也。今嗣君失业，诸侯皆叛，此其不能为公子谋，亦明矣。不如更适他国，别作良图。"乃相与见公子，欲言其事。公子重耳溺爱齐姜，朝夕欢宴，不问外事，众豪杰伺候十日，尚不能见。魏犨怒曰："吾等以公子有为，故不惮劳苦，执鞭从游，今留齐七载，偷安惰志，日月如流，吾等十日不能一见，安能成其大事哉？"狐偃曰："此非聚谈之处，诸君都随我来。"乃共出东门外里许，其地名曰桑阴，一望都是老桑，绿荫重重，日色不至。赵衰等九位豪杰，打一圈儿席地而坐。赵衰曰："子犯计将安出？"狐偃曰："公子之行，在我而已。我等商议停妥，预备行装，一等公子出来，只说邀他郊外打猎，出了齐城，大家齐心劫他上路便了。但不知此行，得力在于何国？"赵衰曰："宋方图伯，且其君好名之人，盍往投之，如不得志，更适秦、楚，必有遇焉。"狐偃曰："吾与公孙司马有旧，且看如何。"众人商议许久方散。只道幽僻之处，无人知觉，却不道："若要不闻，除非莫说；若要不知，除非莫作。"其时姜氏的婢妾十余人，正在树上采桑喂蚕，见众人环坐议事，停手而听之，尽得其语，回宫时，如此恁般，都述于姜氏知道。姜氏喝道："那有此话，不得乱道。"乃命蚕妾十余人，幽之一室，至夜半尽杀之，以灭其口。蹴公子重耳起，告之曰："从者将以公子更适他国，有蚕妾闻其谋，吾恐泄漏其机，或有阻当，今已除却矣。公子宜早定行计。"重耳曰："人生安乐，谁知其他，吾将老此，誓不他往。"姜氏曰："自公子出亡以来，晋国未有宁岁。夷吾无道，兵败身辱，国人不悦，领国不亲，此天所以待公子也。公子此行，必得晋国，万勿迟疑。"重耳迷恋姜氏，犹弗肯。

次早，赵衰、狐偃、臼季、魏犨四人立宫门之外，传语："请公子郊外射猎。"重耳尚高卧未起，使宫人报曰："公子偶有微恙，尚未梳栉，不能往也。"齐姜闻言，急使人单召狐偃入宫，姜氏屏去左右，问其来意。狐偃曰："公子向在翟国，无日不驰车骤马，伐狐击兔，今在齐，久不出猎，恐其四肢懒惰，故来相请，别无他意。"姜氏微笑曰："此番出猎，非宋即秦、楚耶？"狐偃大惊曰："一猎安得如此之远？"姜氏曰："汝等欲劫公子逃归，吾已尽知，不得讳也。吾夜来亦曾苦劝公子，奈彼执意不从。今晚吾当设宴，灌醉公子，汝等以车夜载出城，事必谐矣。"狐偃顿首曰："夫人割房闱之爱，以成公子之名，贤德千古罕有。"狐偃辞出，与赵衰等说知其事，凡车马人众鞭刀糗糒之类，收拾一一完备。赵衰、狐毛等先押往郊外停泊。只留狐偃、魏犨、颠颉三人,将小车二乘伏于宫门左右,专等姜氏送信,即便行事。正是:"要为天下奇男子,须历人间万里程。"

是晚,姜氏置酒宫中,与公子把盏。重耳曰:"此酒为何而设?"姜氏曰:"知公子有四方之志,特具一杯饯行耳。"重耳曰:"人生如白驹过隙,苟可适志,何必他求?"姜氏曰:"纵欲怀安,非丈夫之事也。从者乃忠谋,子必从之。"重耳勃然变色,搁杯不饮。姜氏曰:"子真不欲行乎?抑诳妾也?"重耳曰:"吾不行,谁诳汝?"姜氏带笑言曰:"行者,公子之志;不行者,公子之情。此酒为饯公子。今且以留公子矣。愿与公子尽欢可乎?"重耳大喜。夫妇交酢,更使侍女歌舞进觞。重耳已不胜饮,再四强之,不觉酩酊大醉倒于席上。姜氏覆之以衾,使人召狐偃。狐偃知公子已醉,急引魏犨、颠颉二人入宫,和衾连席,抬出宫中。先用重褥衬贴,安顿车上停当,狐偃拜辞姜氏。姜氏不觉泪流,有诗为证:

公子贪欢乐,佳人慕远行。
要成鸿鹄志,生割凤鸾情。

狐偃等催趱小车二乘,赶黄昏离了齐城,与赵衰等合做一处,连夜驱驰。约行五六十里,但闻得鸡声四起,东方微白,重耳方才在车儿上翻身,唤宫人取水解渴。时狐偃执辔在旁,对曰:"要水须待天明。"重耳自觉摇动不安,曰:"可扶我下床。"狐偃曰:"非床也,车也。"重耳张目曰:"汝为谁?"对曰:"狐偃。"重耳心下恍然,知为偃等所算,推衾而起,大骂子犯:"汝等如何不通知我,将我出城,意欲何为?"狐偃曰:"将以晋国奉公子也。"重耳曰:"未得晋,先失齐,吾不愿行。"狐偃诳曰:"离齐已百里矣,齐侯知公子之逃,必发兵来追,不可复也。"重耳勃然发怒,见魏犨执戈侍卫,乃夺其戈以刺狐偃。

不知生死如何,且看下回分解。

第三十五回
晋重耳周游列国，秦怀嬴重婚公子

话说公子重耳怪狐偃用计去齐，夺魏犨之戈以刺偃，偃急忙下车走避，重耳亦跳下车挺戈逐之。赵衰、臼季、狐射姑、介子推等，一齐下车解劝。重耳投戟于地，恨恨不已。狐偃叩首请罪曰："杀偃以成公子，偃死愈于生矣！"重耳曰："此行有成则已，如无所成，吾必食舅氏之肉。"狐偃笑而答曰："事若不济，偃不知死在何处，焉得与尔食之；如其克济，子当列鼎而食，偃肉腥臊，何足食？"赵衰等并进曰："某等以公子负大有为之志，故舍骨肉，弃乡里，奔走道途，相随不舍，亦望垂功名于竹帛耳。今晋君无道，国人孰不愿戴公子为君。公子自不求人，谁走齐国而迎公子者？今日之事，实出吾等公议，非子犯一人之谋，公子勿错怪也。"魏犨亦厉声曰："大丈夫当努力成名，声施后世，奈何恋恋儿女子目前之乐，而不思终身之计耶？"重耳改容曰："事既如此，惟诸君命。"狐毛进干糒，介子推捧水以进，重耳与诸人各饱食。壶叔等割草饲马，重施衔勒，再整轮辕，望前进发。有诗为证：

> 凤脱鸡群翔万仞，虎离豹穴奔千山。
> 要知重耳能成伯，只在周游列国间。

不一日，行至曹国。却说曹共公为人，专好游嬉，不理朝政，亲小人，远君子，以谀佞为腹心，视爵位如粪土。朝中服赤芾乘轩车者，三百余人，皆里巷市井之徒，胁肩谄笑之辈。见晋公子带领一班豪杰到来，正是"薰莸不同器"了，惟恐其久留曹国，都阻挡曹共公不要延接他。大夫僖负羁谏曰："晋、曹同姓，公子穷而过我，宜厚礼之。"曹共公曰："曹，小国也，而居列国之中，子弟往来，何国无之？若一一待之以礼，则国微费重，何以支吾？"负羁又曰："晋公子贤德闻于天下，且重瞳骈胁，大贵之征，不可以寻常子弟视也。"曹共公一团稚气，说贤德他也不管，说到重瞳骈胁，便道："重瞳寡人知之，未知骈胁如何？"负羁对曰："骈胁者，骈胁骨相合如一，乃异相也。"曹共公曰："寡人不信，姑留馆中，俟其浴而观之。"乃使馆人自延公子进馆，以水饭相待，不致饩，不设享，不讲宾主之礼，重耳怒而不食。馆人进澡盆请浴，重耳道路腌臜，正想洗涤尘垢，乃解衣就浴。曹共公与嬖幸数人，微服至馆，突入浴堂，迫近公子，看他的骈胁，言三语四，嘈杂一番而去。狐偃等闻有外人，急忙来看，犹闻嬉笑之声，询问馆人，乃曹君也，君臣无不愠怒。

却说僖负羁谏曹伯不听，归到家中，其妻吕氏迎之，见其面有忧色，问："朝中何事？"负羁以晋公子过曹，曹君不礼为言。吕氏曰："妾适往郊外采桑，正值晋公子车从过去。妾观晋公子犹未的，但从行者数人，皆英杰也。吾闻：'有其君者，必有其臣；有其臣者，必有其君。'以从行诸子观之，晋公子必能光复晋国。此时兴

第三十五回　晋重耳周游列国，秦怀嬴重婚公子

兵伐曹，玉石俱焚，悔之无及。曹君既不听忠言，子当私自结纳可也。妾已备下食品数盘，可藏白璧于中，以为贽见之礼，结交在未遇之先，子宜速往。"僖负羁从其言，夜叩公馆。重耳腹中方馁，含怒而坐，闻曹大夫僖负羁求见馈飧，乃召之入。负羁再拜，先为曹君请罪，然后述自家致敬之意。重耳大悦，叹曰："不意曹国有此贤臣。亡人幸而返国，当图相报。"重耳进食，得盘中白璧，谓负羁曰："大夫惠顾亡人，使不饥饿于土地足矣，何用重贿。"负羁曰："此外臣一点敬心，公子万乞勿弃。"重耳再三不受。负羁退而叹曰："晋公子穷困如此，而不贪吾璧，其志不可量也。"次日，重耳即行。负羁私送出城十里方回。史官有诗云：

错看龙虎作豵豜，盲眼曹共识见微。
堪叹乘轩三百辈，无人及得负羁妻。

　　重耳去曹适宋。狐偃前驱先到，与司马公孙固相会。公孙固曰："寡君不自量，与楚争胜，兵败股伤，至今病不能起。然闻公子之名，向慕久矣，必当扫除馆舍，以候车驾。"公孙固入告于宋襄公，襄公正恨楚国，日夜求贤人相助，以为报仇之计，闻晋公子远来，晋乃大国，公子又有贤名，不胜之喜。其奈伤股未痊，难以面会，随命公孙固郊迎授馆，待以国君之礼，馈之七牢。

　　次日，重耳欲行，公孙固奉襄公之命，再三请其宽留。私问狐偃："当初齐桓公如何相待？"偃备细告以纳姬赠马之事。公孙固回复宋公。宋公曰："公子昔年已婚宋国矣，纳女吾不能，马则如数可也。"亦以马二十乘相赠，重耳感激不已。住了数日，馈问不绝。狐偃见宋襄公病体没有痊好之期，私与公孙固商议复国一事。公孙

固曰："公子若惮风尘之劳，敝邑虽小，亦可以息足。如有大志，敝邑新遭丧败，力不能振，更求他大国，方可济耳。"狐偃曰："子之言，肺腑也。"即日告知公子，束装起程，宋襄公闻公子欲行，复厚赠资粮衣履之类，从人无不欢喜。

自晋公子去后，襄公箭疮日甚一日，不久而薨。临终谓世子王臣曰："吾不听子鱼之言，以及于此。汝嗣位，当以国委之。楚，大仇也，世世勿与通好。晋公子若返国，必然得位，得位必能合诸侯，吾子孙谦事之，可以少安。"王臣再拜受命，襄公在位十四年薨。王臣主丧即位，是为成公。髯仙有诗论宋襄公德力俱无，不当列于五伯之内。诗云：

一事无成身死伤，但将迂语自称扬。
腐儒全不稽名实，五伯犹然列宋襄。

再说重耳去宋，将至郑国，早有人报知郑文公。文公谓群臣曰："重耳叛父而逃，列国不纳，屡至饥馁，此不肖之人，不必礼之。"上卿叔詹谏曰："晋公子有三助，乃天祐之人，不可慢也。"郑伯曰："何为三助？"叔詹对曰："'同姓为婚，其类不蕃'，今重耳及狐女所生，狐与姬同宗，而生重耳，处有贤名，出无祸患，此一助也；自重耳出亡，国家不靖，岂非天意有待治国之人乎？此二助也；赵衰、狐偃，皆当世英杰，重耳得而臣之，此三助也。有此三助，君其礼之。礼同姓，恤困穷，尊贤才，顺天命，四者皆美事也。"郑伯曰："重耳且老矣，是何能为？"叔詹对曰："君若不能尽礼，则请杀之，毋留仇雠，以遗后患。"郑伯笑曰："大夫之言甚矣。既使寡人礼之，又使寡人杀之，礼之何恩，杀之何怨！"乃传令门官，闭门勿纳。重耳见郑不相延接,遂驱车竟过。行至楚国,谒见楚成王。成王亦待以国君之礼,设享九献,重耳谦让不敢当。赵衰侍立,谓公子曰:"公子出亡在外十余年矣,小国犹轻慢,况大国乎。此天命也,子勿让。"重耳乃受其享。终席,楚王恭敬不衰,重耳言词亦愈逊,由此两人甚相得,重耳遂安居于楚。

一日,楚王与重耳猎于云梦之泽。楚王卖弄武艺,连射一鹿一兔,俱获之,诸将皆伏地称贺。适有人熊一头,冲车而过,楚王谓重耳曰:"公子何不射之!"重耳拈弓搭箭,暗暗祝祷:"某若能归晋为君,此箭去,中其右掌。"飕的一箭,正穿右掌之上,军士取熊以献。楚王惊服曰:"公子真神箭也!"须臾,围场中发起喊来,楚王使左右视之,回报道:"山谷中赶出一兽,似熊非熊,其鼻如象,其头似狮,其足似虎,其发如豺,其鬣似野豕,其尾似牛,其身大于马,其文黑白斑驳,剑戟刀箭,俱不能伤。嚼铁如泥,车轴裹铁,俱被啮食,矫捷无伦,人不能制,以此喧闹。"楚王谓重耳曰:"公子生长中原,博闻多识,必知此兽之名。"重耳回顾赵衰,衰前进曰:"臣能知之。此兽其名曰'貘',秉天地之金气而生,头小足卑,好食铜铁,便溺所至,五金见之,皆消化为水。其骨实无髓,可以代槌。取其皮为褥,能辟瘟去湿。"楚王曰:"然则何以制之?"赵衰曰:"皮肉皆铁所结,惟鼻孔中有虚窍,可以纯钢之物刺之;或以火炙,立死,金性畏火故也。"言毕,魏犨厉声曰:"臣不用兵器,活擒此兽,献于驾前。"跳下车来,飞奔去了。楚王谓重耳曰:"寡人与公子同往观之。"即命驰车而往。

且说魏犨赶入西北角围中,一见那兽,便挥拳连击几下。那兽全然不怕,大叫一声,如牛鸣之响,直立起来,用舌一舐,将魏犨腰间鎏金锃带舐去一段。魏犨大怒曰:"孽畜不得无礼!"耸身一跃,离地约五尺许,那兽就地打一滚,又蹲在一边。魏犨心中愈怒,再复跃起,趁这一跃之势,用尽平生威力,腾身跨在那兽身上,双手将他项子抱住,那兽奋力踯躅,魏犨随之上下,只不放手。挣扎多时,那兽力势渐衰,魏犨凶猛有余,两臂抱持愈紧,那兽项子被勒,气塞不通,全不动弹。魏犨乃跳下身来,再舒铜筋铁骨,两只臂膊,将那兽的象鼻一手捻定,如牵犬羊一般,直至二君之前。真虎将也!赵衰命军士取火薰其鼻端,火气透入,那兽便软做一堆。魏犨方才放手,拔起腰间宝剑砍之,剑光迸起,兽毛亦不损伤。赵衰曰:"欲杀此兽取皮,亦当用火围而炙之。"楚王依其言,那兽皮肉如铁,经四围火炙,渐渐柔软,可以开剥。楚王曰:"公子相从诸杰,文武俱备,吾国中万不及一也!"时楚将成得臣在旁,颇有不服之意,即奏楚王曰:"吾王夸晋臣之武,臣愿与之比较。"楚王不许,曰:"晋君臣,客也,汝当敬之。"

是日,猎罢会饮,大欢。楚王谓重耳曰:"公子若返晋国,何以报寡人?"重耳曰:"子女玉帛,君所余也;羽毛齿革,则楚地之所产。何以报君王?"楚王笑曰:"虽然,必有所报,寡人愿闻之。"重耳曰:"若以君王之灵,得复晋国,愿同欢好,以安百姓。倘不得已,与君王以兵车会于平原广泽之间,请避君王三舍。"按:行军三十里一停,谓之一舍,三舍九十里,言异日晋、楚交兵,当退避三舍,不敢即战,以报楚相待之恩。

当日饮罢,楚将成得臣怒言于楚王曰:"王遇晋公子甚厚,今重耳出言不逊,异日归晋,必负楚恩,臣请杀之。"楚王曰:"晋公子贤,其从者皆国器,似有天助,楚其敢违天乎?"得臣曰:"王即不杀重耳,且拘留狐偃、赵衰数人,勿令与虎添翼。"楚王曰:"留之不为吾用,徒取怨焉。寡人方施德于公子,以怨易德,非计也!"

于是待晋公子益厚。

话分两头。却说周襄王十五年，实晋惠公之十四年。是岁惠公抱病在身，不能视朝，其太子圉久质秦国。圉之母家乃梁国也，梁君无道，不恤民力，日以筑凿为事，万民嗟怨，往往流徙入秦，以逃苛役。秦穆公乘民心之变，命百里奚兴兵袭梁灭之，梁君为乱民所杀。太子圉闻梁见灭，叹曰："秦灭我外家，是轻我也？"遂有怨秦之意，及闻惠公有疾，思想："只身在外，外无哀怜之交，内无腹心之援，万一君父不测，诸大夫更立他公子，我终身客死于秦，与草木何异？不如逃归侍疾，以安国人之心。"乃夜与其妻怀嬴，枕席之间，说明其事："我如今欲不逃归，晋国非我之有，欲逃归，又割舍不得夫妇之情，你可与我同归晋国，公私两尽。"怀嬴泣下，对曰："子一国太子，乃拘辱于此，其欲归不亦宜乎？寡君使婢子侍巾栉，欲以固子之心也，今从子而归，背弃君命，妾罪大矣，子自择便，勿与妾言，妾不敢从，亦不敢泄子之语于他人也。"太子圉遂逃归于晋。秦穆公闻子圉不别而行，大骂："背义之贼，天不祐汝！"乃谓诸大夫曰："夷吾父子，俱负寡人，寡人必有以报之！"自悔当时不纳重耳，乃使人访重耳踪迹，知其在楚已数月矣。于是遣公孙枝聘于楚王，因迎重耳至秦，欲以纳之。重耳假意谓楚王曰："亡人委命于君王，不愿入秦。"楚王曰："楚、晋隔远，公子若求入晋，必须更历数国，秦与晋接境，朝发夕到，且秦君素贤，又与晋君相恶，此公子天赞之会也，公子其勉行！"重耳拜谢，楚王厚赠金帛车马，以壮其行色。重耳在路复数月，方至秦界，虽然经历尚有数国，都是秦、楚所属，况有公孙枝同行，一路安稳，自不必说。

秦穆公闻重耳来信，喜形于色，郊迎授馆，礼数极丰。秦夫人穆姬亦敬爱重耳，而恨子圉，劝穆公以怀嬴妻重耳，结为姻好。穆公使夫人告于怀嬴，怀嬴曰："妾已失身公子圉矣，可再字乎？"穆姬曰："子圉不来矣，重耳贤而多助，必得晋国，得晋国必以汝为夫人，是秦、晋世为婚姻也。"怀嬴默然良久，曰："诚如此，妾何惜一身，不以成两国之好？"穆公乃使公孙枝通语于重耳。子圉与重耳有叔侄之分，怀嬴是嫡亲侄妇，重耳恐干碍伦理，欲辞不受。赵衰进曰："吾闻怀嬴美而才，秦君及夫人之所爱也。不纳秦女，无以结秦欢，臣闻之：'欲人爱己，必先爱人；欲人从己，必先从人。'无以结秦欢，而欲用秦之力，必不可得也，公子其毋辞。"重耳曰："同姓为婚，犹有避焉，况犹子乎？"臼季进曰："古之同姓，为同德也，非谓族也。昔黄帝、炎帝俱有熊国君少典之子，黄帝生于姬水，炎帝生于姜水，二帝异德，故黄帝为姬姓，炎帝为姜姓。姬、姜之族，世为婚姻，黄帝之子二十五人，得姓者十四人，惟姬、己各二，同德故也。德同姓同，族虽远，婚姻不通；德异姓异，族虽近，男女不避。尧为帝喾之子，黄帝五代之孙，而舜为黄帝八代之孙，尧之女于舜为祖姑，而尧以妻舜，舜未尝辞。古人婚姻之道若此。以德言，子圉之德，岂同公子；以亲言，秦女之亲，不比祖姑。况收其所弃，非夺其所欢，是何伤哉？"重耳复谋于狐偃曰："舅犯以为可否？"狐偃问曰："公子今求入，欲事之乎？抑代之也？"重耳不应。狐偃曰："晋之统系，将在圉矣。如欲事之，是为国母；如欲代之，则仇雠之妻。又何问焉？"重耳犹有惭色。赵衰曰："方夺其国，何囿于妻？成大事而惜小节，后悔何及？"重耳意乃决。公孙枝复命于穆公，重耳择吉布币，就公馆中成婚，怀嬴之貌，更美于齐姜，又妙选宗女四名为媵，俱有颜色，重耳喜出望外，遂不知有道路之苦矣。史官有诗论怀嬴之事云：

第三十五回　晋重耳周游列国，秦怀嬴重婚公子

一女如何有二天？况于叔侄分相悬。
只因要结秦欢好，不恤人言礼义愆。

秦穆公素重晋公子之品，又添上甥舅之亲，情谊愈笃。三日一宴，五日一飨。秦世子亦敬事重耳，时时馈问。赵衰、狐偃等因与秦臣蹇叔、百里奚、公孙枝等深相结纳，共踌躇复国之事。一来公子新婚，二来晋国无衅，以此不敢轻易举动。自古道"运到时来，铁树花开"。天生下公子重耳，有晋君之分，有名的伯主，自然生出机会。

再说太子圉自秦逃归，见了父亲晋惠公。惠公大喜曰："吾抱病已久，正愁付托无人，今吾子得脱樊笼，复还储位，吾心安矣。"是秋九月，惠公病笃，托孤于吕省、郤芮二人，使辅子圉："群公子不足虑，只要谨防重耳。"吕、郤二人，顿首受命。是夜，惠公薨，太子圉主丧即位，是为怀公。怀公恐重耳在外为变，乃出令："凡晋臣从重耳出亡者，因亲及亲，限三个月内俱要唤回。如期回者，仍复旧职，既往不咎，若过期不至，禄籍除名，丹书注死。父子兄弟坐视不召者，并死不赦。"老国舅狐突二子狐毛、狐偃，俱从重耳在秦，郤芮私劝狐突作书，唤二子归国。狐突再三不肯，郤芮乃谓怀公曰："二狐有将相之才，今从重耳，如虎得翼，突不肯唤归，其意不测，主公当自与言之。"怀公即使人召狐突，突与家人诀别而行，来见怀公，奏曰："老臣病废在家，不知宣召何言？"怀公曰："毛、偃在外，老国舅曾有家信去唤否？"突对曰："未曾。"怀公曰："寡人有令，'过期不至者，罪及亲党'，老国舅岂不闻乎？"突对曰："臣二子委质重耳，非一日矣，忠臣事君，有死无二。二子之忠于重耳，犹在朝诸臣之忠于君也，即使逃归，臣犹将数其不忠，戮于

家庙，况召之乎？"怀公大怒，喝令二力士以白刃交加其颈，谓曰："二子若来，免汝一死。"因索简置突前，郤芮执其手，使书之。突呼曰："勿执我手，我当自书。"乃大书"子无二父，臣无二君"八字。怀公大怒曰："汝不惧耶？"突对曰："为子不孝，为臣不忠，老臣之所惧也。若死，乃臣子之常事，有何惧焉？"舒颈受刑。怀公命斩于市曹。太卜郭偃见其尸，叹曰："君初嗣位，德未及于匹夫，而诛戮老臣，其败不久矣！"即日称疾不出。狐氏家臣。急忙逃奔秦国，报与毛、偃知道。

不知毛、偃如何，且看下回分解。

第三十六回
晋吕郤夜焚公宫，秦穆公再平晋乱

话说狐毛、狐偃兄弟，从公子重耳在秦，闻知父亲狐突被子圉所害，捶胸大哭。赵衰，臼季等都来问慰。赵衰曰："死者不可复生，悲之何益？且同见公子，商议大事。"毛、偃收泪，同赵衰等来见重耳。毛、偃言："惠公已薨，子圉即位，凡晋臣从亡者，立限唤回，如不回，罪在亲党，怪老父不召臣等兄弟，将来杀害。"说罢，痛上心来，重复大哭。重耳曰："二舅不必过伤，孤有复国之日，为汝父报仇。"即时驾车来见穆公，诉以晋国之事。穆公曰："此天以晋国授公子，不可失也，寡人当身任之。"赵衰代对曰："君若庇荫重耳，幸速图之；若待子圉改元告庙，君臣之分已定，恐动摇不易也。"穆公深然其言。

重耳辞回甥馆，方才坐定，只见门官通报："晋国有人到此，说有机密事，求见公子。"公子召入，问其姓名，其人拜而言曰："臣乃晋大夫栾枝之子栾盾也。因新君性多猜忌，以杀为威，百姓胥怨，群臣不服，臣父特遣盾私送款于公子。子圉心腹，只有吕省、郤芮二人，旧臣郤步扬、韩简等一班老臣，俱疏远不用，不足为虑。臣父已约会郤溱、舟之侨等，敛集私甲，只等公子到来，便为内应。"重耳大喜，与之订约，以明年岁首为期，决至河上。栾盾辞去。重耳对天祷祝，以蓍布筮，得《泰卦》六爻安静。重耳疑之，召狐偃占其吉凶。偃拜贺曰："是为天地配享，小往大来，上吉之兆。公子此行，不惟得国，且有主盟之分。"重耳乃以栾盾之言告狐偃，偃曰："公子明日便与秦公请兵，事不宜迟。"重耳乃于次日复入朝谒秦穆公，穆公不待开言，便曰："寡人知公子急于归国矣，恐诸臣不任其事，寡人当亲送公子至河。"重耳拜谢而出。丕豹闻穆公将纳公子重耳，愿为先锋效力。穆公许之。太史择吉于冬之十二月。先三日，穆公设宴，饯公子于九龙山，赠以白璧十双，马四百匹，帷席器用，百物俱备，粮草自不必说。赵衰等九人，各白璧一双，马四匹。重耳君臣俱再拜称谢。

至日，穆公自统谋臣百里奚、繇余，大将公子絷、公孙枝，先锋丕豹等，率兵车四百乘，送公子重耳离了雍州城，望东进发，秦世子䓨与重耳素本相得，依依不舍，直送至渭阳，垂泪而别，诗曰：

猛将精兵似虎狼，共扶公子立边疆。
怀公空自诛狐突，只手安能掩太阳？

周襄王十六年，晋怀公圉之元年，春正月，秦穆公同晋公子重耳行至黄河岸口，渡河船只，俱已预备齐整，穆公重设饯筵，丁宁重耳曰："公子返国，毋忘寡人夫妇也。"乃分军一半，命公子絷、丕豹护送公子济河，自己大军屯于河西。正是：

眼望捷旌旗，耳听好消息。

却说壶叔主公子行李之事，自出奔以来，曹、卫之间，担饥受饿，不止一次，正是无衣惜衣，无食惜食，今日渡河之际，收拾行装，将日用的坏筻残豆、敝席破帏，件件搬运入船，有吃不尽的酒铺之类，亦皆爱惜如宝，摆列船内。重耳见了，呵呵大笑，曰："吾今日入晋为君，玉食一方，要这些残敝之物何用？"喝教抛弃于岸，不留一些。狐偃私叹曰："公子未得富贵，先忘贫贱，他日怜新弃旧，把我等同守患难之人，看做残敝器物一般，可不枉了这十九年辛苦？乘今日尚未济河，不如辞之，异时还有相念之日。"乃以秦公所赠白璧一双，跪献于重耳之前曰："公子今已渡河，便是晋界，内有诸臣，外有秦将，不愁晋国不入公子之手。臣之一身，相从无益，愿留秦邦，为公子外臣，所有白璧一双，聊表寸意。"重耳大惊曰："孤方与舅氏共享富贵，何出此言？"狐偃曰："臣自知有三罪于公子，不敢相从。"重耳曰："三罪何在？"狐偃对曰："臣闻'圣臣能使其君尊，贤臣能使其君安'，今臣不肖，使公子困于五鹿，一罪也；受曹、卫二君之慢，二罪也；乘醉出公子于齐城，致触公子之怒，三罪也。向以公子尚在羁旅，臣不敢辞；今入晋矣，臣奔走数年，惊魂几绝，必力并耗，譬之余筻残豆，不可再陈，敝席破帏，不可再设。留臣无益，去臣无损，臣是以求去耳。"重耳垂泪而言曰："舅氏责孤甚当，乃孤之过也。"即命壶叔将已弃之物，一一取回。复向河设誓曰："孤返国，若忘了舅氏之劳，不与同心共政者，子孙不昌。"即取白璧投之于河曰："河伯为盟证也。"时介子推在他船中，闻重耳与狐偃立盟，笑曰："公子之归，乃天意也，子犯欲窃以为己功乎，此等贪图富贵之辈，吾羞与同朝。"自此有栖隐之意。

重耳济了黄河，东行至于令狐，其宰邓惛，发兵登城拒守，秦兵围之，丕豹奋勇先登，遂破其城，获邓惛斩之，桑泉、臼衰望风迎降。晋怀公闻谍报大惊，悉起境内车乘甲兵，命吕省为大将，郤芮副之，屯于庐柳，以拒秦兵。畏秦之强，不敢交战。公子絷乃为秦穆公书，使人送吕、郤军中，略曰：

> 寡人之为德于晋，可谓至矣。父子背恩，视秦如仇，寡人忍其父，不能复忍其子。今公子重耳，贤德著闻，多士为辅，天人交助，内外归心。寡人亲率大军，屯于河上，命絷护送公子归晋，主其社稷。子大夫若能别识贤愚，倒戈来迎，转祸为福，在此一举！

吕、郤二人览书，半晌不语。欲接战，诚恐敌不过秦兵，又如龙门山故事；欲迎降，又恐重耳记着前仇，将他偿里克、丕郑父之命。踌躇了多时，商量出一个计较来。乃答书于公子絷，其略云：

> 某等自知获罪公子，不敢释甲。然翼戴公子，实某等之愿也，倘得与从亡诸子，共矢天日，各无相害，子大夫任其无咎，敢不如命。

公子絷读其回书，已识透其狐疑之意，乃单车造于庐柳，来见吕、郤，吕、郤欣然出迎，告以衷腹曰："某等非不欲迎降，惧公子不能相容，欲以盟为信耳。"絷曰："大夫若退军于西北，絷将以大夫之诚，告于公子，而盟可成也。"吕、郤应诺，候公子絷别去，即便出令，退屯于郇城。重耳使狐偃同公子絷至郇城，与吕、郤相会。是日，刑牲歃血，立誓共扶重耳为君，各无二心。盟讫，即遣

第三十六回　晋吕郤夜焚公宫，秦穆公再平晋乱

人相随狐偃至臼衰，迎接重耳到郇城大军之中，发号施令。

怀公不见吕、郤捷音，使寺人勃鞮至晋军催战。行至中途，闻吕、郤退军郇城，与狐偃、公子絷讲和，叛了怀公，迎立重耳，慌忙回报。怀公大惊，急集郤步扬、韩简、栾枝、士会等一班朝臣计议。那一班朝臣，都是向着公子重耳的，平昔见怀公专任吕、郤，心中不忿："今吕、郤等尚且背叛，事到临头，召我等何用？"一个个托辞，有推病的，有推事的，没半个肯上前。怀公叹了一口气道："孤不该私自逃回，失了秦欢，以致如此。"勃鞮奏曰："群臣私约共迎新君，主公不可留矣！臣请为御，暂适高梁避难，再作区处。"

不说怀公出奔高梁。再说公子重耳，因吕、郤遣人来迎，遂入晋军。吕省、郤芮叩首谢罪，重耳将好言抚慰。赵衰、臼季等从亡诸臣，各各相见，吐露心腹，共保无虞。吕、郤大悦，乃奉重耳入曲沃城中，朝于武公之庙。绛都旧臣，栾枝、郤溱为首，引着士会、舟之侨、羊舌职、荀林父、先蔑、箕郑、先都等三十余人，俱至曲沃迎驾。郤步扬、梁繇靡、韩简、家仆徒等，另做一班，俱往绛都郊外邀接。重耳入绛城即位，是为文公。按：重耳四十三岁奔翟，五十五岁适齐，六十一岁适秦，及复国为君，年已六十二岁矣。

文公既立，遣人至高梁刺杀怀公。子圉自去年九月嗣位，至今年二月被杀，首尾为君，不满六个月，哀哉！寺人勃鞮收而葬之，然后逃回。不在话下。

却说文公宴劳秦将公子絷等，厚犒其军。有丕豹哭拜于地，请改葬其父丕郑父，文公许之。文公欲留用丕豹，豹辞曰："臣已委质于秦庭，不敢事二君也。"乃随公子絷到河西，回复秦穆公。穆公班师回国。史臣有诗美秦穆公云：

辚辚车骑过河东，龙虎乘时气象雄。
假使雍州无义旅，纵然多助怎成功？

却说吕省、郤芮迫于秦势，虽然一时迎降，心中疑虑，到底不能释然，对着赵衰、臼季诸人，未免有惭愧之意。又见文公即位数日，并不曾爵一有功，戮一有罪，举动不测，怀疑益甚，乃相与计较，欲率家甲造反，焚烧公宫，弑了重耳，别立他公子为君。思想："在朝无可与商者，惟寺人勃鞮乃重耳之深仇，今重耳即位，勃鞮必然惧诛，此人胆力过人，可邀与共事。"使人招之，勃鞮随呼而至。吕、郤告以焚宫之事，勃鞮欣然领命，三人歃血为盟，约定二月晦日会齐，夜半一齐举事。吕、郤二人，各往封邑，暗集人众，不在话下。

却说勃鞮虽然当面应承，心中不以为然，思量道："当初奉献公之命，去伐蒲城，又奉惠公所差，去刺重耳。这是桀犬吠尧，各为其主。今日怀公已死，重耳即位，晋国方定，又干此大逆无道之事，莫说重耳有天人之助，未必成事，纵使杀了重耳，他从亡许多豪杰，休想轻轻放过了我。不如私下往新君处出首，把这话头，反做个进身之阶，此计甚妙。"又想："自己是个有罪之人，不便直叩公宫。"遂于深夜往见狐偃。狐偃大惊，问曰："汝得罪新君甚矣！不思远引避祸，而黉夜至此何也？"勃鞮曰："某之此来，正欲见新君，求国舅一引进耳。"狐偃曰："汝见主公，乃自投死也。"勃鞮曰："某有机密事来告，欲救一国人性命，必面见主公，方可言之。"狐偃遂引至公宫门首，偃叩门先入，见了文公，述勃鞮求见之语。文公曰："鞮有何事，救得一国人性命？此必托言求见，借舅氏作面情讨饶耳。"狐偃曰："'刍荛之言，圣人择焉。'主公新立，正

第三十六回　晋吕郤夜焚公宫，秦穆公再平晋乱

宜捐弃小忿，广纳忠告，不可拒之。"文公意犹未释，乃使近侍传语责之曰："汝斩寡人之袂，此衣犹在，寡人每一见之寒心。汝又至翟行刺寡人，惠公限汝三日起身，汝次日即行，幸我天命见祐，不遭毒手。今寡人入国，汝有何面目来见？可速逃遁，迟则执汝付刑矣！"勃鞮呵呵大笑曰："主公在外奔走十九年，世情尚未熟透耶？先君献公，与君父子；惠公，则君之弟也。父仇其子，弟仇其兄，况勃鞮乎？勃鞮小臣，此时惟知有献、惠，安知有君哉？昔管仲为公子纠射桓公中其钩，桓公用之，遂伯天下，如君所见。将修射钩之怨，而失盟主之业矣。不见臣，不为臣损，但恐臣去，而君之祸不远也。"狐偃奏曰："勃鞮必有所闻而来，君必见之。"文公乃召勃鞮入宫。勃鞮并不谢罪，但再拜口称："贺喜！"文公曰："寡人嗣位久矣，汝今日方称贺，不已晚乎？"勃鞮对曰："君虽即位，未足贺也。得勃鞮，此位方稳，乃可贺耳！"文公怪其言，屏开左右，愿闻其说。勃鞮将吕、郤之谋，如此恁般，细述一遍，"今其党布满城中，二贼又往往封邑聚兵，主公不若乘间与狐国舅微服出城，往秦国起兵，方可平此难也。臣请留此，为诛二贼之内应。"狐偃曰："事已迫矣，臣请从行，国中之事，子余必能料理。"文公叮嘱勃鞮："凡事留心，当有重赏。"勃鞮叩首辞出。

　　文公与狐偃商议了多时，使狐偃预备温车于宫之后门，只用数人相随。文公召心腹内侍，吩咐如此如此，不可泄漏。是晚，依旧如常就寝。至五鼓，托言感寒疾腹病，使小内侍执灯如厕，遂出后门，与狐偃登车出城而去。

　　次早，宫中俱传主公有病，各来寝室问安，俱辞不见。宫中无有知其出外者。天明，百官齐集朝门，不见文公视朝，来至公宫询问，只见朱扉双闭，门上挂着一面免朝牌。守门者曰："主公夜来

偶染寒疾，不能下床，直待三月朔视朝，方可接见列位也。"赵衰曰："主公新立，百事未举，忽有此疾，正是'天有不测风云，人有旦夕祸福'。"众人信以为真，各各叹息而去。吕、郤二人闻知文公患病不出，直至三月朔方才视朝，暗暗欢喜曰："天教我杀重耳也！"

且说晋文公。狐偃潜行，离了晋界，直入秦邦，遣人致密书于秦穆公，约于王城相会。穆公闻晋侯微行来到，心知国中有变。乃托言出猎，即日命驾，竟至王城来会晋侯。相见之间，说明来意。穆公笑曰："天命已定，吕、郤辈何能为哉？吾料子余诸人，必能办贼，君勿虑也！"乃遣大将公孙枝屯兵河口，打探绛都消息，便宜行事。晋侯权住王城。

却说勃鞮恐吕、郤二人见疑，数日前，便寄宿于郤芮之家，假作商量。至二月晦日，勃鞮说郤芮曰："主公约来早视朝，想病当小愈，宫中火起，必然出外，吕大夫守住前门，郤大夫守住后门，我领家众据朝门，以遏救火之人，重耳虽插翅难逃也。"郤芮以为然，言于吕省。

是晚，家众各带兵器火种，分头四散埋伏。约莫三更时分，于宫门放起火来，那火势好不凶猛。宫人都在睡梦中惊醒，只道宫中遗漏，大惊小怪，一齐都乱起来。火光中但见戈甲纷纷，东冲西撞，口内大呼："不要走了重耳！"宫人遇火者，烂额焦头；逢兵者，伤肢损体。哀哭之声，耳不忍闻。吕省仗剑直入寝宫，来寻文公，并无踪影；撞见郤芮，亦仗剑从后宰门入来，问吕省："曾了事否？"吕省对答不出，只是摇头。二人又冒火覆身搜寻一遍，忽闻外面喊声大举，勃鞮仓忙来报曰："狐、赵、栾、魏等各家，悉起兵众前来救火，若至天明，恐国人俱集，我等难以脱身，不如乘乱出城，候至天明,打听晋侯死生的确,再作区处。"吕、郤此时,不曾杀得重耳,心中早已着忙了,全无主意,只得号召其党,杀出朝门而去。史官有诗云:

> 毒火无情弑械成,谁知车驾在王城?
> 晋侯若记留袂恨,安得潜行会舅甥?

且说狐、赵、栾、魏等各位大夫,望见宫中失火,急忙敛集兵众,准备挠钩水桶,前来救火,原不曾打帐厮杀。直至天明,将火扑灭,方知吕、郤二人造反,不见了晋侯,好大吃惊。有先前盼咐心腹内侍,火中逃出,告知:"主公数日前,于五鼓微服出宫,不知去向。"赵衰曰:"此事问狐国舅便知。"狐毛曰:"吾弟子犯,亦于数日前入宫,是夜便不曾归家。想君臣相随,必然预知二贼之逆谋。吾等只索严守都城,修葺宫寝,以待主公之归可也。"魏犨曰:"贼臣造逆,焚宫弑主,今虽逃不远,乞付我一旅之师,追而斩之。"赵衰曰:"甲兵,国家大权,主公不在,谁敢擅动?二贼虽逃,不久当授首矣。"

再说吕、郤等屯兵郊外,打听得晋君未死,诸大夫闭城谨守。恐其来追,欲奔他国,但未决所向。勃鞮绐之曰:"晋君废置,从来皆出秦意,况二位与秦君原有旧识,今假说公宫失火,重耳焚死,去投秦君,迎公子雍而立之。重耳虽不死,亦难再入矣。"吕省曰:"秦君向与我有王城之盟,今日只合投之。但未知秦肯容纳否?"勃鞮曰:"吾当先往道意,如其慨许,即当偕往;不然,再作计较。"勃鞮行至河口,闻公孙枝屯兵河西,即渡河求见,各各吐露心腹,说出真情。公孙枝曰:"既贼臣见投,当诱而诛之,以正国法，无负便宜之托可也。"乃为书托勃鞮往召吕、郤。书略曰：

> 新君入国，与寡君原有割地之约。寡君使枝宿兵河西，理明疆界，恐新君复如惠公故事也。今闻新君火厄，二大夫有意于公子雍，此寡君之所愿闻，大夫其速来共计。

吕、郤得书，欣然而往。至河西军中，公孙枝出迎，叙话之后，设席相款。吕、郤坦然不疑。谁知公孙枝预遣人报知秦穆公，先至王城等候，吕、郤等留连三日，愿见秦君。公孙枝曰："寡君驾在王城，同往可也；车徒暂屯此地，俟大夫返驾，一同济河何如？"吕、郤从其言。行至王城，勃鞮同公孙枝先驱入城，见了秦穆公，使丕豹往迎吕、郤。穆公伏晋文公于围屏之后。吕、郤等继至，谒见已毕，说起迎立子雍之事。穆公曰："公子雍已在此了。"吕、郤齐声曰："愿求一见。"穆公呼曰："新君可出矣！"只见围屏后一位贵人，不慌不忙，叉手步出。吕、郤睁眼看之，乃文公重耳也。吓得吕省、郤芮魂不附体，口称："该死！"叩头不已。穆公邀文公同坐。文公大骂："逆贼！寡人何负于汝而反。若非勃鞮出首，潜出宫门，寡人已为灰烬矣。"吕、郤此时方知为勃鞮所卖。报称："勃鞮实歃血同谋，愿与俱死。"文公笑曰："勃鞮若不共歃，安知汝谋如此？"喝叫武士拿下，就命勃鞮监斩。须臾，二颗人头献于阶下。

可怜吕省、郤芮辅佐惠、怀，也算一时豪杰，索性屯军庐柳之时，与重耳做个头敌，不失为从一忠臣。既已迎降，又复背叛，今日为公孙枝所诱，死于王城，身名俱败，岂不哀哉？文公即遣勃鞮，将吕、郄首级往河西招抚其众，一面将捷音驰报国中。众大夫皆喜曰："不出子余所料也！"赵衰等忙备法驾，往河东迎接晋侯。

要知后事如何，且看下回分解。

第三十七回
介子推守志焚绵上，太叔带怙宠入宫中

　　话说晋文公在王城诛了吕省、郄芮，向秦穆公再拜称谢。因以亲迎夫人之礼，请逆怀嬴归国。穆公曰："弱女已失身子圉，恐不敢辱君之宗庙，得备嫔嫱之数足矣！"文公曰："秦、晋世好，非此不足以主宗祀，舅其勿辞。且重耳之出，国人莫知，今以大婚为名，不亦美乎。"穆公大喜，乃邀文公复至雍都，盛饰辎轿，以怀嬴等五人归之。又亲送其女，至于河上，以精兵三千护送，谓之"纪纲之仆"。今人称管家为纪纲，盖始于此。文公同怀嬴等济河，赵衰诸臣，早备法驾于河口，迎接夫妇升车。百官扈从，旌旗蔽日，鼓乐喧天，好不闹热。昔时宫中夜遁，如入土之龟，缩头缩尾；今番河上荣归，如出冈之凤，双宿双飞。正所谓"彼一时，此一时"也！文公至绛，国人无不额手称庆。百官朝贺，自不必说。遂立怀嬴为夫人。

　　当初，晋献公嫁女伯姬之时，使郭偃卜卦，其繇云："世作甥舅，三定我君。"伯姬为秦穆公夫人，穆公女怀嬴，又为晋文公夫人，岂不是"世作甥舅"？穆公先送夷吾归国，又送重耳归国。今

日文公避难而出,又亏穆公诱诛吕、郤,重整山河,岂不是"三定我君"?又穆公曾梦宝夫人,引之游于天阙,谒见上帝,遥闻殿上呼穆公之名曰:"任好听旨,汝平晋乱!"如是者再。穆公先平里克之乱,复平吕、郤之乱,一筮一梦,无不应验。诗云:

万物荣枯皆有定,浮生碌碌空奔忙。
笑彼愚人不安命,强觅冬雷和夏霜。

文公追恨吕、郤二人,欲尽诛其党,赵衰谏曰:"惠、怀以严刻失人心,君宜更之以宽。"文公从其言,乃颁行大赦。吕、郤之党甚众,虽见赦文,犹不自安,讹言日起,文公心以为忧。忽一日侵晨,小吏头须叩宫门求见。文公方解发而沐,闻之怒曰:"此人窃吾库藏,致寡人行资缺乏,乞食曹、卫,今日尚何见为?"阍人如命辞之。头须曰:"主公得无方沐乎?"阍者惊曰:"汝何以知之?"头须曰:"夫沐者,俯首曲躬,其心必覆,心覆则出言颠倒,宜我之求见而不得也。且主公能容勃鞮,得免吕、郤之难;今独不能容头须耶?头须此来,有安晋国之策,君必拒之,头须从此逃矣!"阍人遽以其言告于文公。文公曰:"是吾过也。"亟索冠带装束,召头须入见。头须叩头请罪讫,然后言曰:"主公知吕、郤之党几何?"文公蹙眉而言曰:"众甚。"头须奏曰:"此辈自知罪重,虽奉赦犹在怀疑。主公当思所以安之。"文公曰:"安之何策?"头须奏曰:"臣窃主公之财,使主公饥饿,臣之获罪,国人尽知。若主公出游而用臣为御,使举国之人,闻且见之。皆知主公之不念旧恶,而群疑尽释矣!"文公曰:"善。"乃托言巡城,用头须为御。吕、郤之党见之,皆私语曰:"头须窃君之藏,今且仍旧录用,况他人乎!"自是讹言顿息。文公仍用头须掌库藏之事。因有恁般容人之量,所以能安定晋国。

文公先为公子时,已娶过二妻:初娶徐嬴,早卒;再娶偪姞,生一子一女,子名驩,女曰伯姬。偪姞亦薨于蒲城。文公出亡时,子女俱幼,弃之于蒲,亦是头须收留,寄养于蒲民遂氏之家,岁给粟帛无缺。一日,乘间言于文公。文公大惊曰:"寡人以为死于兵刃久矣,今犹在乎,何不早言?"头须奏曰:"臣闻'母以子贵,子以母贵',君周游列国,所至送女,生育已繁。公子虽在,未卜君意何如,是以不敢遽白耳。"文公曰:"汝如不言,寡人几负不慈之名。"即命头须往蒲,厚赐遂氏,迎其子女以归。使怀嬴母之,遂立驩为太子,以伯姬赐与赵衰为妻,谓之赵姬。

翟君闻晋侯嗣位,遣使称贺。送季隗归晋。文公问季隗之年。对曰:"别来八载,今三十有二矣!"文公戏曰:"犹幸不及二十五年也!"齐孝公亦遣使送姜氏于晋,晋侯谢其玉成之美。姜氏曰:"妾非不贪夫妇之乐,所以劝驾者,正为今日耳。"文公将齐、翟二姬平昔贤德,述于怀嬴。怀嬴称赞不已,固请让夫人之位于二姬。于是更定宫中之位。立齐女为夫人,翟女次之,怀嬴又次之。赵姬闻季隗之归,亦劝其夫赵衰迎接叔隗母子。衰辞曰:"蒙主公赐婚,不敢复念翟女也。"赵姬曰:"此世俗薄德之语,非妾所愿闻也。妾虽贵,然叔隗先配,且有子矣。岂可怜新而弃旧乎!"赵衰口虽唯唯,意犹未决。赵姬乃入宫奏于文公曰:"妾夫不迎叔隗,欲以不贤之名遗妾,望父侯作主。"文公乃使人至翟,迎叔隗母子以归。赵姬以内子之位让翟女,赵衰又不可。赵姬曰:"彼长而妾幼,彼先而妾后,长幼先后之序,不可乱也。且闻子盾,齿已长矣,而又有才,自当立为嫡子。妾居偏房,理所当然。若必不从,妾惟有退居宫中耳。"衰不得已,以姬言奏于文公。文公曰:"吾女能推让如此,虽周太妊莫能过也。"遂宣叔隗母子入朝,立叔隗为内子,立盾为嫡子,叔隗亦固辞,文公喻以赵姬之意,乃拜受谢恩而出。盾时年十七岁,生得气宇轩昂,举动有则,通诗书,精射御,赵衰甚爱之。后赵姬生三子,曰同,曰括,曰婴,其才皆不及盾,此是后话。史官叙赵姬之贤德,赞云:

> 阴姓好闭,不嫉则妒。
> 惑夫逞骄,篡嫡敢怒。
> 褒进申绌,服欢臼怖。
> 理显势穷,误人自误。
> 贵而自贱,高而自卑。
> 同括下盾,隗压于姬。
> 谦谦令德,君子所师。
> 文公之女,成季之妻。

再说晋文公欲行复国之赏,乃大会群臣,分为三等,以从亡为首功,送款者次之,迎降者又次之。三等之中,又各别其劳之轻重,而上下其赏。第一等从亡中,以赵衰、狐偃为最,其他狐毛、胥臣、魏犨、狐射姑、先轸、颠颉,以次而叙。第二等送款者,以栾枝、郤溱为最,其他士会、舟之侨、孙伯纠、祁满等,以次而叙。第三等迎降者,郤步扬、韩简为最,其他梁繇靡、家仆徒、郤乞、先蔑、屠击等,以次而叙。无采地者赐地,有采地者益封。别以白璧五双赐狐偃曰:"向者投璧于河,以此为报。"又念狐突冤死,立庙于晋阳之马鞍山,后人因名其山曰狐突山。又出诏令于国门:"倘有遗下功劳未叙者，许其自言。"小臣壶叔进曰："臣自蒲城相从主公，奔走四方，足踵俱裂。居则侍寝食，出则戒车马，未尝顷刻离左右也。今主公行从亡之赏，而不及于臣，意者臣有罪乎？"文公曰："汝来前，寡人为汝明之。夫导我以仁义，使我肺腑开通者，此受上赏；辅我以谋议，使我不辱诸侯者，此受次赏；冒矢石，犯锋镝，以身卫寡人者，此复受次赏。故上赏赏德，其次赏才，又其次赏功。若夫奔走之劳，匹夫之力，又在其次。三赏之后，行且及汝矣。"壶叔愧服而退。

文公乃大出金帛，遍赏舆儓、仆隶之辈，受赏者无不感悦。惟魏犫、颠颉二人，自恃才勇，见赵衰、狐偃都是文臣，以辞令为事，其赏却在己上，心中不悦，口内稍有怨言。文公念其功劳，全不计较。又有介子推，原是从亡人数，他为人狷介无比，因济河之时，见狐偃有居功之语，心怀鄙薄，耻居其列，自随班朝贺一次以后，托病居家，甘守清贫，躬自织屦，以侍奉其老母。晋侯大会群臣，论功行赏，不见子推，偶尔忘怀，竟置不问了。邻人解张，见子推无赏，心怀不平。又见国门之上，悬有诏令："倘有遗下功劳未叙，许其自言。"特地叩子推之门，报此消息，子推笑而不答。老母在厨下闻之，谓子推曰："汝效劳十九年，且曾割股救君，劳苦不小，今日何不自言？亦可冀数钟之粟米，共朝夕之饔飧，岂不胜于织屦乎？"子推对曰："献公之子九人，惟主公最贤。惠、怀不德，天夺其助，以国属于主公。诸臣不知天意，争据其功，吾方耻之。吾宁终身织屦，不敢贪天之功以为己力也。"老母曰："汝虽不求禄，亦宜入朝一见，庶不没我割股之劳。"子推曰："孩儿既无求于君，何以见为。"老母曰："汝能为廉士，吾岂不能为廉士之母。吾母子当隐于深山，毋溷于市井中也。"子推大喜曰："孩儿素爱绵上，高山深谷，今当归此。"乃负其母奔绵上，结庐于深谷之中，草衣木食，将终其身焉。邻舍无知其去迹者，惟解张知之，乃作书夜悬于朝门。文公设朝，近臣收得此书，献于文公。文公读之，其词曰：

> 有龙矫矫，悲失其所；
> 数蛇从之，周流天下。
> 龙饥乏食，一蛇割股，
> 龙返于渊，安其壤土；
> 数蛇入穴，皆有宁宇，
> 一蛇无穴，号于中野。

文公览毕，大惊曰："此介子推之怨词也。昔寡人过卫乏食，子推割股以进。今寡人大赏功臣，而独遗子推，寡人之过何辞？"即使人往召子推，子推已不在矣。文公拘其邻舍，诘问子推去处："有能言者，寡人并官之。"解张进曰："此书亦非子推之书，乃小人所代也。子推耻于求赏，负其母隐于绵上深谷之中，小人恐其功劳泯没，是以悬书代为白之。"文公曰："若非汝悬书，寡人几忘子推之功矣。"遂拜解张为下大夫，即日驾车，用解张为前导，亲往绵山，访求子推。只见峰峦叠叠，草树萋萋，流水潺潺，行云片片，林鸟群噪，山谷应声，竟不得子推踪迹。正是：

> 只在此山中，云深不知处。

左右拘得农夫数人到来，文公亲自问之。农夫曰："数日前，曾有人见一汉子，负一老妪，息于此山之足，汲水饮之，复负之登山而去,今则不知所之也。"文公命停车于山下,使人遍访,数日不得。文公面有愠色,谓解张曰:"子推何恨寡人之深耶?吾闻子推甚孝,若举火焚林,必当负其母而出矣。"魏犨进曰:"从亡之日,众人皆有功劳,岂独子推哉?今子推隐身以要君,逗留车驾,虚费时日,待其避火而出,臣当羞之。"乃使军士于山前山后,周围放火,火烈风猛,延烧数里,三日方息。子推终不肯出,子母相抱,死于枯柳之下。军士寻得其骸骨,文公见之,为之流涕,命葬于绵山之下,立祠祀之,环山一境之田,皆作祠田,使农夫掌其岁祀:"改绵山曰介山,以志寡人之过。"后世于绵上立县,谓之介休,言介子推休息于此也。

焚林之日,乃三月五日清明之候,国人思慕子推,以其死于火,不忍举火,为之冷食一月,后渐减至三日。至今太原、上党、西河、雁门各处,每岁冬至后一百五日,预作干糒,以冷水食之,谓之"禁火",亦曰"禁烟"。因以清明前一日为寒食节,遇节,家家插柳于门,以招子推之魂;或设野祭,焚纸钱,皆为子推也。胡曾有诗云:

羁绁从游十九年,天涯奔走备颠连。
食君剑股心何赤?辞禄焚躯志甚坚!
绵上烟高标气节,介山祠壮表忠贤。
只今禁火悲寒食,胜却年年挂纸钱。

文公既定君臣之赏,大修国政,举善任能,省刑薄敛,通商礼宾,拯寡救乏,国中大治。周襄王使太宰周公孔,及内史叔兴,赐文公以侯伯之命,文公待之有加礼。叔兴归见襄王,言:"晋侯必伯诸侯，不可不善也。"襄王自此疏齐而亲晋，不在话下。

是时，郑文公臣服于楚，不通中国，恃强凌弱。怪滑伯事卫不事郑，乃兴师伐之。滑伯惧而请成，郑师方退，滑仍旧事卫，不肯服郑，郑文公大怒，命公子士泄为将，堵俞弥副之，再起大军伐滑。卫文公与周方睦，诉郑于周。周襄王使大夫游孙伯、伯服至郑，为滑求解。未至，郑文公闻之，怒曰："郑、卫一体也，王何厚于卫，而薄于郑耶？"命拘游孙伯、伯服于境上，俟破滑凯旋，方可释之。孙伯被拘，其左右奔回，诉知周襄王，襄王骂曰："郑捷欺朕太甚，朕必报之。"问群臣："谁能为朕问罪于郑者？"大夫颓叔、桃子二人进曰："郑自先王兵败，益无忌惮，今又挟荆蛮为重，虐执王臣。若兴兵问罪，难保必胜。以臣之愚，必借兵于翟，方可伸威。"大夫富辰连声曰："不可，不可。古人云：'疏不间亲。'郑虽无道，乃子友之后，于天子兄弟也。武公著东迁之劳，厉公平子颓之乱，其德均不可忘。翟乃戎狄豺狼，非我同类。用异类而蔑同姓，修小怨而置大德，臣见其害，未见其利也。"颓叔、桃子曰："昔武王伐商，九夷俱来助战，何必同姓？东山之征，实因管、蔡。郑之横逆，犹管、蔡也；翟之事周，未尝失礼。以顺诛逆，不亦可乎？"襄王曰："二卿之言是也。"乃使颓叔、桃子如翟，谕以伐郑之事。翟君欣然奉命，假以出猎为名，突入郑地，攻破栎城，以兵戍之，遣使同二大夫告捷于周。周襄王曰："翟有功于朕，朕今中宫新丧，欲以翟为婚姻何如？"颓叔、桃子曰："臣闻翟人之歌曰：'前叔隗，后叔隗，如珠比玉生光辉。'言翟有二女，皆名叔隗，并有殊色。前叔隗乃咎如国之女，已嫁晋侯；后叔隗乃翟君所生，今尚未聘，王可求之。"襄王大喜，复命颓叔、桃子往翟求婚。翟人送叔隗至周，襄王欲立为继后。富辰又谏曰："王以翟为有功，劳之可也。今以天子之尊，下配夷女，翟恃其功，加以姻亲，必有窥伺之患矣。"襄王不听，遂以叔隗主中宫之政。

说起那叔隗，虽有韶颜，素无闺德。在本国专好驰马射箭，翟君每出猎，必自请随行，日与将士每驰逐原野，全无拘束。今日嫁与周王，居于深宫，如笼中之鸟，槛内之兽，甚不自在。一日，请于襄王曰："妾幼习射猎，吾父未尝禁也。今郁郁宫中，四肢懈倦，将有痿痹之疾，王何不举大狩，使妾观之？"襄王宠爱方新，言无不从。遂命太史择日，大集车徒，较猎于北邙山。有司张幕于山腰，襄王与隗后坐而观之。襄王欲悦隗后之意，出令曰："日中为期，得三十禽者，赏辎车三乘，得二十禽者，赏以辎车二乘，得十禽者，赏以辎车一乘，不逾十禽者，无赏。"一时王子王孙及大小将士，击狐伐兔，无不各逞其能，以邀厚赏。打围良久，太史奏："日已中矣。"襄王传令撤回，诸将各献所获之禽，或一十，或二十，惟有一位贵人，所献逾三十之外。那贵人生得仪容俊伟，一表人物，乃襄王之庶弟，名曰带，国人皆称曰太叔，爵封甘公。因先年夺嫡不遂，又召戎师以伐周，事败出奔齐国，后来惠后再三在襄王面前辩解求恕，大夫富辰亦劝襄王兄弟修好，襄王不得已，召而复之。今日在打围中，施逞精神，拔了个头筹，襄王大喜，即赐辎车如数。其余计获多少，各有赐赉。隗后坐于王侧，见甘公带才貌不凡，射艺出众，夸奖不迭。问之襄王，知是金枝玉叶，十分心爱。遂言于襄王曰："天色尚早，妾意欲自打一围，以健筋骨，幸吾王降旨。"襄王本意欲取悦隗后，怎好不准其奏，即命将士重整围场。隗后解下绣袍，原来袍内，预穿就窄袖短衫，罩上异样黄金锁子轻细之甲，腰系五彩纯丝绣带，用玄色轻绡六尺，周围抹额，笼蔽凤笄，以防尘土。腰悬箭箙，手执朱弓，妆束得好不齐整。有诗为证：

第三十七回　介子推守志焚绵上，太叔带怙宠入宫中

花般绰约玉般肌，幻出戎装态更奇。
仕女班中夸武艺，将军队里擅娇姿。

隗后这回装束，别是一般丰采，喜得襄王微微含笑，左右驾戎辂以待。隗后曰："车行不如骑迅，妾随行诸婢，凡翟国来的，俱惯驰马，请于王前试之。"襄王命多选良马，鞴勒停当，侍婢陪骑者，约有数人。隗后方欲跨马，襄王曰："且慢。"遂问同姓诸卿中："谁人善骑？保护王后下场。"甘公带奏曰："臣当效劳。"这一差，正暗合了隗后之意。侍婢簇拥隗后，做一队儿骑马先行。甘公带随后跨着名驹赶上，不离左右。隗后要在太叔面前，施逞精神，太叔亦要在隗后面前，夸张手段。未试弓箭，且试跑马。隗后将马连鞭几下，那马腾空一般去了，太叔亦跃马而前。转过山腰，刚刚两骑马，讨个并头。隗后将丝缰勒住，夸奖甘公曰："久慕王子大才，今始见之。"太叔马上欠身曰："臣乃学骑耳，不及王后万分之一。"隗后曰："太叔明早可到太后宫中问安，妾有话讲。"言犹未毕，侍女数骑俱到，隗后以目送情，甘公轻轻点头，各勒马而回。恰好山坡下，赶出一群麋鹿来，太叔左射麋，右射鹿，俱中之。隗后亦射中一鹿，众人喝采一番。隗后复跑马至于山腰，襄王出幕相迎曰："王后辛苦。"隗后以所射之鹿，拜献襄王；太叔亦以一麋一鹿呈献。襄王大悦。众将及军士，又驰射一番，方才撤围。御庖将野味，烹调以进，襄王颁赐群臣，欢饮而散。

次日，甘公带入朝谢赐，遂至惠后宫中问安，其时隗后已先在矣。隗后预将贿赂买嘱随行宫侍，遂与太叔眉来眼去，两下意会，托言起身，遂私合于侧室之中。男贪女爱，极其眷恋之情，临别两不相舍。隗后嘱咐太叔："不时入宫相会。"太叔曰："恐王见疑。"

隗后曰："妾自能周旋，不必虑也。"惠后宫人颇知其事，只因太叔是太后的爱子，况且事体重大，不敢多口。惠后心上亦自觉着，反吩咐宫人："闲话少说。"隗后的宫侍，已自遍受赏赐，做了一路，为之耳目。太叔连宵达旦，潜住宫中，只瞒得襄王一人。史官有诗叹曰：

> 太叔无兄何有嫂，襄王爱弟不防妻。
> 一朝射猎成私约，始悔中宫女是夷。

又有诗讥襄王不该召太叔回来，自惹其祸。诗云：

> 明知篡逆性难悛，便不行诛也绝亲。
> 引虎入门谁不噬，襄王真是梦中人。

大凡做好事的心，一日小一日；做歹事的胆，一日大一日。甘公带与隗后私通，走得路熟，做得事惯，渐渐不避耳目，不顾利害，自然败露出来。那隗后少年贪欲，襄王虽则宠爱，五旬之人到底年力不相当了，不时在别寝休息。太叔用些贿，使些势，那把守宫门的，无过是内侍之辈，都想道："太叔是太后的爱子，周王一旦晏驾，就是太叔为王了，落得他些赏赐，管他甚账。"以此不分早晚，出入自如。

却说宫婢中有个小东，颇有几分颜色，善于音律。太叔一夕欢宴之际，使小东吹玉箫，太叔歌而和之。是夕开怀畅饮，醉后不觉狂荡，便按住小东求欢，小东惧怕隗后，解衣脱身，太叔大怒，拔剑赶逐，欲寻小东杀之。小东竟奔襄王别寝，叩门哭诉，说太叔如此恁般,如今见在宫中。襄王大怒,取了床头宝剑,趋至中宫,要杀太叔。

毕竟性命如何,且看下回分解。

第三十八回
周襄王避乱居郑，晋文公守信降原

话说周襄王闻宫人小东之语，心头一时火起，急取床头宝剑，趋至中宫，来杀太叔。才行数步，忽然转念："太叔乃太后所爱，我若杀之，外人不知其罪，必以我为不孝矣。况太叔武艺高强，倘然不逊，挺剑相持，反为不美。不如暂时隐忍，俟明日询有实迹，将隗后贬退，谅太叔亦无颜复留，必然出奔外境，岂不稳便。"叹了一口气，掷剑于地，复回寝宫，使随身内侍，打探太叔消息。回报："太叔知小东来诉我王，已脱身出宫去矣。"襄王曰："宫门出入，如何不禀命于朕？亦朕之疏于防范也！"次早，襄王命拘中宫侍妾审问，初时抵赖，唤出小东面证，遂不能隐，将前后丑情，一一招出。襄王将隗后贬入冷宫，封锁其门，穴墙以通饮食，太叔带自知有罪，逃奔翟国去了。惠太后惊成心疾，自此抱病不起。

却说颓叔、桃子闻隗后被贬，大惊曰："当初请兵伐郑，是我二人；请婚隗氏，又是我二人。今忽然被斥，翟君必然见怪。太叔今出奔在翟，定有一番假话，哄动翟君。倘然翟兵到来问罪，我等何以自解？"即日乘轻车疾驰，赶上太叔，做一路商量："若见翟君,须得如此如此。"不一日,行到翟国,太叔停驾于郊外,颓叔、桃子先入城见了翟君,告诉道:"当初我等原为太叔请婚,周王闻知美色,乃自取之,立为正宫。只为往太后处问安,与太叔相遇,偶然太叔叙起前因,说话良久,被宫人言语诬谤,周王轻信,不念贵国伐郑之劳,遂将王后贬入冷宫,太叔逐出境外。忘亲背德,无义无恩,乞假一旅之师,杀入王城,扶立太叔为王,救出王后,仍为国母,诚贵国之义举也。"翟君信其言,问:"太叔何在?"颓叔、桃子曰:"现在郊外候命。"翟君遂迎太叔入城。太叔请以甥舅之礼相见,翟君大喜,遂拨步骑五千,使大将赤丁同颓叔、桃子,奉太叔以伐周。

周襄王闻翟兵临境,遣大夫谭伯为使,至翟军中,谕以太叔内乱之罪。赤丁杀之,驱兵直逼王城之下。襄王大怒,乃拜卿士原伯贯为将,毛卫副之,率车三百乘,出城御敌。伯贯知翟兵勇猛,将轮车联络为营,如坚城一般,赤丁冲突数次,俱不能入,连日搦战,亦不出应。赤丁愤甚,乃定下计策,于翠云山搭起高台,上建天子旌旗,使军士假扮太叔,在台上饮宴歌舞为乐,却教颓叔、桃子各领一千骑兵,伏于山之左右,只等周兵到时,台上放炮为号,一齐拢杀将来。又教亲儿赤风子引骑兵五百,直逼其营辱骂,以激其怒,若彼开营出战,佯输诈败,引他走翠云山一路,便算功劳。赤丁与太叔引大队在后,准备接应,分拨停当。

却说赤风子引五百骑兵搦战,原伯贯登垒望之,欺其寡少,便欲出战。毛卫谏曰:"翟人诡诈多端,只宜持重,俟其懈怠,方可击也。"挨至午牌时分,翟军皆下马坐地,口中大骂:"周王无道之君,用这般无能之将,降又不降,战又不战,待要何如?"亦有卧地而骂者。原伯贯忍耐不住,喝教开营,营门开处,涌出车乘百余,车上立着一员大将,金盔绣袄,手执大杆刀,乃原伯贯也。赤风子忙叫:"孩儿们快上马。"自挺铁挪来迎战,不上十合,拨马往西而走。军士多有上马不及者,周军乱抢马匹,全无行列。赤风子回马,又战数合,渐渐引至翠云山相近。赤风子委弃马匹,器械殆尽,引数骑奔山后去了。原伯贯抬头一望,见山上飞龙赤旗飘贴,绣伞之下,盖着太叔,大吹大擂饮酒。原伯贯曰:"此贼命合尽于吾手。"乃拣平坦处驱车欲上,山上檑木炮石打将下来,原伯正没计较,忽闻山坳中连珠炮响,左有颓叔,右有桃子,两路铁骑,如狂风骤雨,围裹将来。原伯心知中计,急教回车,来路上已被翟军砍下乱木,纵横道路,车不能行。原伯喝令步卒开路,军士都心慌胆落,不战而溃。原伯无计可施。卸下绣袍,欲杂于众中逃命。有小军叫曰:"将军到这里来。"颓叔听得叫声,疑为原伯,指挥翟骑追之,擒获三十余人,原伯果在其内。比及赤丁大军到时,已大获全胜,车马器械,悉为所俘。有逃脱的军士,回营报知毛卫,毛卫只教坚守,一面遣人驰奏周王,求其添兵助将,不在话下。

　　颓叔将原伯贯绑缚献功于太叔,太叔命囚之于营。颓叔曰:"今伯贯被擒,毛卫必然丧胆,若夜半往劫其营,以火攻之,卫可擒也。"太叔以为然,言于赤丁。赤丁用其策,暗传号令,是夜三鼓之后,赤丁自引步军千余,俱用利斧,劈开索链,劫入大营,就各车上,将芦苇放起火来。顷刻延烧,遍营中火球乱滚,军士大乱。颓叔、桃子各引精骑,乘势杀入,锐不可当。毛卫急乘小车,从营后而遁,正遇着步卒一队,为首乃是太叔带,大喝:"毛卫那里走?"毛卫着忙,被太叔一枪刺于车下,翟军大获全胜,遂围王城。

　　周襄王闻二将被擒,谓富辰曰:"早不从卿言,致有此祸。"富辰曰:"翟势甚狂,吾王暂尔出巡,诸侯必有倡义纳王者。"周公孔奏曰:"王师虽败,若悉起百官家属,尚可背城一战。奈何轻弃社稷,委命于诸侯乎?"召公过奏曰:"言战者,乃危计也。以臣愚见,此祸皆本于叔隗,吾王先正其诛,然后坚守以待诸侯之救,可以万全。"襄王叹曰:"朕之不明,自取其祸。今太后病危,朕暂当避位,以慰其意。若人心不忘朕,听诸侯自图之可也。"因谓周、召二公曰:"太叔此来,为隗后耳。若取隗氏,必惧国人之谤,不敢居于王城,二卿为朕缮兵固守,以待朕之归可也。"周、召二公顿首受命。襄王问于富辰曰:"周之接壤,惟郑、卫、陈三国,朕将安适?"富辰对曰:"陈、卫弱,不如适郑。"襄王曰:"朕曾用翟伐郑,郑得无怨乎?"富辰曰:"臣之劝王适郑者,正为此也。郑之先世,有功于周,其嗣必不忘。王以翟伐郑,郑心不平,固日夜望翟之背周,以自明其顺也。今王适郑,彼必喜于奉迎,又何怨焉?"襄王意乃决。富辰又请曰:"王犯翟锋而出,恐翟人悉众与王为难,奈何?臣愿率家属与翟决战,王乘机出避可也。"乃尽召子弟亲党,约数百人,勉以忠义,开门直犯翟营,牵住翟兵。襄王同简师父、左鄢父等十余人,出城望郑国而去。富辰与赤丁大战,所杀伤翟兵甚众,辰亦身被重伤,遇颓叔、桃子,慰之曰:"子之忠谏,天下所知也,今日可以无死。"富辰曰:"昔吾屡谏王,王不听,以及此。若我不死战,王必以我为怼矣。"复力战多时,力尽而死。子弟亲党,同死者三百余人。史官有诗赞曰:

用夷凌夏岂良谋?纳女宣淫祸自求。
骤谏不从仍死战,富辰忠义播《春秋》。

富辰死后,翟人方知襄王已出王城,时城门复闭,太叔命释原伯贯之囚，使于门外呼之。周、召二公立于城楼之上，谓太叔曰："本欲开门奉迎，恐翟兵入城剽掠，是以不敢。"太叔请于赤丁，求其屯兵城外，当出府库之藏为犒，赤丁许之。太叔遂入王城，先至冷宫，放出隗后，然后往谒惠太后。太后见了太叔，喜之不胜，一笑而绝。太叔且不治丧，先与隗后宫中聚阔。欲寻小东杀之，小东惧罪，先已投井自尽矣。呜呼哀哉！

次日，太叔假传太后遗命，自立为王，以叔隗为王后，临朝受贺。发府藏大犒翟军，然后为太后发丧。国人为之歌曰：

暮丧母，旦娶妇；妇得嫂，臣娶后。为不惭，言可丑。谁其逐之，我与尔左右。

太叔闻国人之歌，自知众论不服，恐生他变，乃与隗氏移驻于温，大治宫室，日夜取乐。王城内国事，悉委周、召二公料理，名虽为王，实未尝与臣民相接也。原伯贯逃往原城去了。此段话且搁过不提。

且说周襄王避出王城，虽然望郑国而行，心中未知郑意好歹。行至氾地，其地多竹而无公馆，一名竹川。襄王询土人，知入郑界，即命停车，借宿于农民封氏草堂之内。封氏问："官居何职？"襄王言曰："我周天子也。为国中有难，避而到此。"封氏大惊，叩头谢罪曰："吾家二郎，夜来梦红日照于草堂，果有贵人下降。"即命二郎杀鸡为黍。襄王问："二郎何人？"对曰："民之后母弟也。与民同居于此，共爨同耕，以奉养后母。"襄王叹曰："汝农家兄弟，如此和睦；朕贵为天子，反受母弟之害。朕不如此农民多矣。"因凄然泪下。大夫左鄢父进曰："周公大圣，尚有骨肉之变。吾主不必

自伤,作速告难于诸侯,料诸侯必不坐视。"襄王乃亲作书稿,使人分告齐、宋、陈、郑、卫诸国。略曰:

不穀不德,得罪于母之宠子带,越在郑地汜。敢告。

简师父奏曰:"今日诸侯有志图伯者,惟秦与晋。秦有蹇叔、百里奚、公孙枝诸贤为政,晋有赵衰、狐偃、胥臣诸贤为政,必能劝其君以勤王之义,他国非所望也。"襄王乃命简师父告于晋,使左鄢父告于秦。

且说郑文公闻襄王居汜,笑曰:"天子今日方知翟之不如郑也。"即日使工师往汜地创立庐舍,亲往起居,省视器具,一切供应,不敢菲薄。襄王见郑文公,颇有惭色。鲁、宋诸国,亦遣使问安,各有馈献,惟卫文公不至。鲁大夫臧孙辰,字文仲,闻之叹曰:"卫侯将死矣。诸侯之有王,犹木之有本,水之有源也。木无本必枯,水无源必竭,不死何为?"时襄王十八年之冬十月也。至明年春,卫文公薨,世子郑立,是为成公,果应臧文仲之言。此是后话。

再说简师父奉命告晋。晋文公询于狐偃,偃对曰:"昔齐桓之能合诸侯,惟尊王也。况晋数易其君,民以为常,不知有君臣之大义。君盍纳王而讨太叔之罪,使民知君之不可贰乎?继文侯辅周之勋,光武公启晋之烈,皆在于此。若晋不纳,秦必纳之,则伯业独归于秦矣。"文公使太史郭偃卜之。偃曰:"大吉。此黄帝战于阪泉之兆。"文公曰:"寡人何敢当此?"偃对曰:"周室虽衰,天命未改。今之王,古之帝也。其克叔带必矣。"文公曰:"更为我筮之。"得《乾》下《离》上,《大有》之卦,第三爻动,变为《兑》下《离》上《睽》卦。偃断之曰:"《大有》之九三云:'公用享于天子。'战克而王享，吉莫大焉。《乾》为天，《离》为日，日丽于天，昭明之象。《乾》变而《兑》，《兑》为《泽》，《泽》在下，以当《离》日之照，是天子之恩光照临晋国。又何疑焉？"文公大悦，乃大阅车徒，分左右二军，使赵衰将左军，魏犨佐之，郤溱将右军，颠颉佐之。文公引狐偃、栾枝等，左右策应。临发时，河东守臣报称："秦伯亲统大兵勤王，已在河上，不日渡河矣。"狐偃进曰："秦公志在勤王，所以顿兵河上者，为东道之不通故也，夫草中之戎，丽土之狄，皆车马必由之路，秦素未与通，恐其不顺，是以怀疑不进。君诚行赂于二夷，谕以假道勤王之意，二夷必听，更使人谢秦君，言晋师已发，秦必退矣。"文公然其言，一面使狐偃之子狐射姑，赍金帛之类，行赂于戎、狄，一面使胥臣往河上辞秦。胥臣谒见穆公，致晋侯之命曰："天子蒙尘在外，君之忧，即寡君之忧也，寡君已扫境内兴师，代君之劳，已有成算，毋敢烦大军远涉。"穆公曰："寡人恐晋君新立，军师未集，是以奔走在此，以御天子之难，既晋君克举大义，寡人当静听捷音。"蹇叔、百里奚皆曰："晋侯欲专大义，以服诸侯，恐主公分其功业，故遣人止我之师，不如乘势而下，共迎天子，岂不美哉？"穆公曰："寡人非不知勤王美事，但东道未通，恐戎、狄为梗，晋初为政，无大功何以定国，不如让之。"乃遣公子絷随左鄢父至氾，问劳襄王，穆公班师而回。

却说胥臣以秦君退师回报，晋兵遂进屯阳樊，守臣苍葛出郊外劳军，文公使右军将军郤溱等围温，左军将军赵衰等迎襄王于氾。襄王以夏四月丁巳日复至王城，周、召二公迎之入朝，不在话下。

温人闻周王复位，乃群聚攻颓叔、桃子，杀之，大开城门以纳晋师，太叔带忙携隗后登车，欲夺门出走翟国，守门军士闭门不容其去，太叔仗剑砍倒数人，却得魏犨追到，大喝："逆贼走那里去?"太叔曰:"汝放孤出城,异日厚报。"魏犨曰:"问天子肯放你时,魏犨就做人情。"太叔大怒,挺剑刺来,被魏犨跃上其车,一刀斩之。军士擒隗氏来见,犨曰:"此淫妇留他何用?"命众军乱箭攒射,可怜如花夷女,与太叔带半载欢娱,今日死于万箭之下。胡曾先生咏史诗云:

逐兄盗嫂据南阳,半载欢娱并罹殃。
淫逆倘然无速报,世间不复有纲常。

魏犨带二尸以报郤溱,溱曰:"何不槛送天子,明正其戮?"魏犨曰:"天子避杀弟之名,假手于晋,不如速诛之为快也!"郤溱叹息不已,乃埋二尸于神农涧之侧,一面安抚温民,一面使人报捷于阳樊。

晋文公闻太叔和隗氏俱已伏诛,乃命驾亲至王城,朝见襄王奏捷,襄王设醴酒以飨之,复大出金帛相赠。文公再拜谢曰:"臣重耳不敢受赐,但死后得用隧葬,臣沐恩于地下无穷矣!"襄王曰:"先王制礼,以限隔上下,止有此生死之文,朕不敢以私劳而乱大典,叔父大功,朕不敢忘。"乃割畿内温、原、阳樊、攒茅四邑,以益其封。文公谢恩而退,百姓携老扶幼,填塞街市,争来识认晋侯,叹曰:"齐桓公今复出也!"

晋文公下令两路俱班师,大军屯于太行山之南,使魏犨定阳樊之田,颠颉定攒茅之田,栾枝定温之田,晋侯亲率赵衰定原之田。为何定原之田,文公亲往?那原乃周卿士原伯贯之封邑,原伯贯兵败无功,襄王夺其邑以与晋。伯贯见在原城,恐其不服,所以必须亲往。颠颉至攒茅,栾枝至温,守臣俱携酒食出迎。

却说魏犨至阳樊，守臣苍葛谓其下曰："周弃岐、丰，余地几何；而晋复受四邑耶？我与晋同是王臣，岂可服之。"遂率百姓持械登城，魏犨大怒，引兵围之，大叫："早早降顺，万事俱休，若打破城池，尽皆屠戮！"苍葛在城上答曰："吾闻'德以柔中国，刑以威四夷'，今此乃王畿之地，畿内百姓，非王之宗族，即王之亲戚。晋亦周之臣子，忍以兵威相劫耶？"魏犨感其言，遣人驰报文公，文公致书于苍葛，略曰：

四邑之地，乃天子之赐，寡人不敢违命，将军若念天子之姻亲，率以归国，亦惟将军之命是听。

因谕魏犨缓其攻，听阳民迁徙。苍葛得书，命城中百姓："愿归周者去，愿从晋者留。"百姓愿去者大半，苍葛尽率之，迁于轵村，魏犨定其疆界而还。

再说文公同赵衰略地至原。原伯贯绐其下曰："晋兵围阳樊，尽屠其民矣。"原人恐惧，共誓死守，晋兵围之。赵衰曰："民所以不服晋者，不信故也，君示之以信，将不攻而下矣！"文公曰："示信若何？"赵衰对曰："请下令，军士各持三日之粮，若三日攻原不下，即当解围而去。"文公依其言，到第三日，军吏告禀："军中只有今日之粮了。"文公不答，是日夜半，有原民缒城而下，言："城中已探知阳樊之民未尝遭戮，相约于明晚献门。"文公曰："寡人原约攻城以三日为期，三日不下，解围去之。今满三日矣，寡人明早退师，尔百姓自尽守城之事，不必又怀二念。"军吏请曰："原民约明晚献门，主公何不暂留一日，拔一城而归？即使粮尽，阳樊去此不远，可驰取也。"文公曰："信，国之宝也，民之所凭也。三日之令,谁不闻之?若复留一日,是失信矣。得原而失信,民尚何凭于寡人?"黎明,即解原围,原民相顾曰:"晋侯宁失城,不失信,此有道之君。"乃争建降旗于城楼,缒城以追文公之军者,纷纷不绝,原伯贯不能禁止,只得开城出降。髯仙有诗云:

> 口血犹含起战戈,谁将片语作山河?
> 去原毕竟原来服,谲诈何如信义多。

晋军行三十里,原民追至,原伯贯降书亦到。文公命扎住车马,以单车直入原城,百姓鼓舞称庆。原伯贯来见,文公待以王朝卿士之礼,迁其家于河北。文公择四邑之守曰:"昔子余以壶飧从寡人于卫,忍饥不食,此信士也。寡人以信得原,还以信守之。"使赵衰为原大夫,兼领阳樊。又谓郤溱曰:"子不私其族,首同栾氏通款于寡人,寡人不敢忘。"乃以郤溱为温大夫,兼守欑茅。各留兵二千戍其地而还。

后人论文公纳王示义,伐原示信,乃图伯之首事也。

毕竟何时称伯,且看下回分解。

第三十九回
柳下惠授词却敌，晋文公伐卫破曹

　　话说晋文公定了温、原、阳樊、攒茅四邑封境，直通太行山之南，谓之南阳，此周襄王十七年之冬也。时齐孝公亦有嗣伯之意。自无亏之死，恶了鲁僖公；鹿上不署，弊了宋襄公；盂会不赴，背了楚成王。诸侯离心，朝聘不至。孝公心怀愤怒，欲用兵中原，以振先业，乃集群臣问曰："先君桓公在日，无岁不征，无日不战。今寡人安坐朝堂，如居蜗壳之中，不知外事，寡人愧之。昔年鲁侯谋救无亏，与寡人为难。此仇未报，今鲁北与卫结，南与楚通。倘结连伐齐，何以当之？闻鲁岁饥，寡人意欲乘此加兵，以杜其谋。诸卿以为何如？"上卿高虎奏曰："鲁方多助，伐之未必有功。"孝公曰："虽无功，且试一行，以观诸侯离合之状。"乃亲率车徒二百乘，欲侵鲁之北鄙。

　　边人闻信，先来告急。鲁正值饥馑之际，民不胜兵。大夫臧孙辰言于僖公曰："齐挟忿深入，未可与争胜负也。请以辞令谢之。"僖公曰："当今善为辞令者何人？"臧孙辰对曰："臣举一人。乃先朝司空无骇之子，展氏获名，字子禽，官拜士师，食邑柳下。此人外和内介，博文达理，因居官执法，不合于时，弃职归隐。若得此人为使，定可不辱君命，取重于齐矣。"僖公曰："寡人亦素知其人，今安在？"曰："见在柳下。"使人召之，展获辞以病不能行。臧孙辰曰："禽有从弟名喜，虽在下僚，颇有口辩。若令喜就获之家，请其指授，必有可听。"僖公从之。展喜至柳下，见了展获，道达君命。展获曰："齐之伐我，欲绍桓公之伯业也。夫图伯莫如尊王，若以先王之命责之，何患无辞。"展喜复于僖公曰："臣知所以却齐矣。"僖公已具下犒师之物，无非是牲醴、粟帛之类，装做数车，交与展喜。

喜至北鄙，齐师尚未入境，乃迎将上去。至汶南地方，刚遇齐兵前队。乃崔夭为先锋，展喜先将礼物呈送崔夭。崔夭引至大军，谒见齐侯，呈上犒军礼物，曰："寡君闻君亲举玉趾，将辱临于敝邑，使下臣喜奉犒执事。"孝公曰："鲁人闻寡人兴师，亦胆寒乎！"喜答曰："小人则或者胆寒，下臣不知也。若君子，则全无惧意。"孝公曰："汝国文无施伯之智，武无曹刿之勇，况正逢饥馑，野无青草，何所恃而不惧？"喜答曰："敝邑别无所恃，所恃者先王之命耳。昔周先王封太公于齐，封我先君伯禽于鲁，使周公与太公割牲为盟，誓曰：'世世子孙，同奖王室，无相害也。'此语载在盟府，太史掌之，桓公是以九合诸侯，而先与庄公为柯之盟，奉王命也。君嗣位九年，敝邑君臣引领望齐曰：'庶几修先伯主之业，以亲睦诸侯。'若弃成王之命，违太公之誓，堕桓公之业，以好为仇，度君侯之必不然也，敝邑恃此不惧。"孝公曰："子归语鲁侯，寡人愿修睦，不复用兵矣。"即日传令班师。潜渊有诗，讥臧孙辰知柳下惠之贤，不能荐引同朝。诗云：

北望烽烟鲁势危,片言退敌奏功奇。
臧孙不肯开贤路,柳下仍淹展士师。

展喜还鲁,复命于僖公。臧孙辰曰:"齐师虽退,然其意实轻鲁。臣请偕仲遂如楚,乞师伐齐,使齐侯不敢正眼觑鲁,此数年之福也。"僖公以为然,乃使公子遂为正使,臧孙辰为副使,行聘于楚。

臧孙辰素与楚将成得臣相识,使得臣先容于楚王,谓楚王曰:"齐背鹿上之约,宋为泓水之战,二国者,皆楚仇也,王若问罪于二国,寡君愿悉索敝赋,为王前驱。"楚成王大喜,即拜成得臣为大将,申公叔侯副之,率兵伐齐,取阳谷之地,以封齐桓公之子雍,使雍巫相之。留甲士千人,从申公叔侯屯戍,以为鲁之声援,成得臣奏凯还朝。令尹子文时已年老,请让政于得臣。楚王曰:"寡人怨宋,甚于怨齐。子玉已为我报齐矣;卿为我伐宋,以报郑之仇。俟凯旋之日,听卿自便何如?"子文曰:"臣才万不及子玉,愿以自代,必不误君王之事。"楚王曰:"宋方事晋,楚若伐宋,晋必救之。两当晋、宋,非卿不可,卿强为寡人一行。"乃命子文治兵于暌,简阅车马,申明军法。子文满意欲显子玉之能,是日草草完事,终朝毕事,不戮一人。楚王曰:"卿阅武而不戮一人,何以立威?"子文奏曰:"臣之才力,比于强弩之末矣。必欲立威,非子玉不可。"楚王更使得臣治兵于蒍。得臣简阅精细,用法严肃,有犯不赦,竟一日之长,方才事毕。总计鞭七人之背,贯三人之耳,真个钟鼓添声,旌旗改色。楚王喜曰:"子玉果将才也。"子文复请致政,楚王许之。乃以得臣为令尹,掌中军元帅事。群臣皆造子文之宅,贺其举荐得人,致酒相欵。

时文武毕集，惟大夫芳吕臣有微恙不至。酒至半酣，阍人报："门外有一小儿求见。"子文命召入。那小儿举手鞠躬，竟造末席而坐，饮酒啖炙，旁若无人。有人认识此儿，乃芳吕臣之子，名曰贾，年方一十三岁。子文异之，问曰："某为国得一大将，国老无不贺，尔小子独不贺，何也？"贾曰："诸公以为可贺，愚以为可吊耳。"子文怒曰："汝谓可吊，有何说？"贾曰："愚观子玉为人，勇于任事，而昧于决机；能进而不能退，可使佐斗，不可专任也。若以军政委之，必至偾事。谚云'太刚则折'，子玉之谓矣！举一人而败国，又何贺焉？如其不败，贺未晚也！"左右曰："此小儿狂言，不须听之。"芳贾大笑而出，众公卿俱散。

明日，楚王拜得臣为大将，亲统大兵，纠合陈、蔡、郑、许四路诸侯，一同伐宋，围其缗邑。宋成公使司马公孙固如晋告急。晋文公集群臣问计。先轸进曰："方今惟楚强横，而于君有私恩。今楚成谷伐宋，生事中原，此天授我以救灾恤患之名也。取威定伯，在此举矣！"文公曰："寡人欲解齐、宋之患，如何而可？"狐偃进曰："楚始得曹而新婚于卫，是二国又皆主公之仇也。若兴师以伐曹、卫，楚必移兵来救，则齐、宋宽矣。"文公曰："善。"乃以其谋告公孙固，使回报宋公，令其坚守，公孙固领命去了。文公以兵少为虑。赵衰进曰："古者大国三军，次国二军，小国一军。我曲沃武公，始以一军受命，献公始作二军，以灭霍、魏、虞、虢诸国，拓地千里。晋在今日，不得为次国，宜作三军。"文公曰："三军既作，遂可用否？"赵衰曰："未也。民未知礼，虽聚而易散，君盍大蒐以示之礼，使民知尊卑长幼之序，动亲上死长之心，然后可用。"文公曰："作三军，必须立元帅，谁堪其任？"赵衰对曰："夫为将者，有勇不如有智，有智不如有学。君如求智勇之将，不患无人；若求有学者，臣所见惟郤縠一人耳。縠年五十余矣，好学不倦，说《礼》《乐》而敦《诗》《书》。夫《礼》《乐》《诗》《书》，先王之法，德义之府也。民生以德义为本，兵事以民为本。惟有德义者，方能恤民，能恤民者，方能用兵。"文公曰："善。"乃召郤縠为元帅，縠辞不受。文公曰："寡人知卿，卿不可辞。"强之再三，乃就职。

择日，大搜于被庐，作中、上、下三军。郤縠将中军，郤溱佐之，祁瞒掌大将旗鼓。使狐偃将上军，偃辞曰："臣兄在前，弟不可以先兄。"乃命狐毛将上军，狐偃佐之。使赵衰将下军，衰辞曰："臣贞慎不如栾枝，有谋不如先轸，多闻不如胥臣。"乃命栾枝将下军，先轸佐之。荀林父御戎，魏犨为车右，赵衰为大司马。郤縠登坛发令，三通鼓罢，操演阵法，少者在前，长者在后，坐作进退，皆有成规。有不能者，教之；三教而不遵，以违令论，然后用刑。一连操演三日，奇正变化，指挥如意，众将见郤縠宽严得体，无不悦服。方欲鸣金收军，忽将台之下，起一阵旋风，竟将大帅旗杆，吹为两段，众皆变色。郤縠曰："帅旗倒折，主将当应之。吾不能久与诸子同事，然主公必成大功。"众问其故，縠但笑而不答。时周襄王十九年冬十二月之事也。

明年春，晋文公议分兵以伐曹、卫，谋于郤縠。縠对曰："臣已与先轸商议停当矣。今日非与曹、卫为难也，分兵可以当曹、卫，而不可以当楚，主公宜以伐曹为名，假道于卫，卫、曹方睦，必然不允。我乃从南河济师，出其不意，直捣卫境，所谓'迅雷不及掩耳'，胜有八九。既胜卫，然后乘势而临曹。曹伯素失民心，又惕于败卫之威，其破曹必矣。"文公喜曰："子真有学之将也！"即使人如卫假道伐曹。卫大夫元咺请于成公曰："始晋君出亡过我，先君未尝加礼，今来假道，君必听之，不然，彼将先卫而后曹矣。"

第三十九回　柳下惠授词却敌，晋文公伐卫破曹

成公曰："寡人与曹共服于楚，若假以伐曹之路，恐未结晋欢，而先取楚怒也。怒晋，犹恃有楚，并怒楚，将何恃乎？"遂不许，晋使回报文公。文公曰："不出元帅所料也！"乃命迂道南行。渡了黄河，行至五鹿之野，文公曰："嘻，此介子推割股处也！"不觉凄然泪下，诸将皆感叹助悲。魏犨曰："吾等当拔城取邑，为君雪往年之耻，何用叹息？"先轸曰："武子之言是也。臣愿率本部之兵，独取五鹿。"文公壮其言，许之。魏犨曰："吾当助子一臂。"二将升车前进。先轸令军士多带旗帜，凡所过山林，高阜之处，便教悬插，务要透出林表。魏犨曰："吾闻'兵行诡道'，今遍张旗表，反使敌人知备，不知何意？"先轸曰："卫素臣服于齐，近改事荆蛮，国人不顺，每虞中国之来讨，吾主欲继齐图伯，不可示弱，当以先声夺之。"

却说五鹿百姓，不意晋兵猝然来到，登城了望，但见旌旗布满山林，正不知兵有多少。不论城内城外居民，争先逃窜，守臣禁止不住。先轸兵到，无人守御，一鼓拔之。遣人报捷于文公。文公喜形于色，谓狐偃曰："舅云得土，今日验矣。"乃留老将郤步扬屯守五鹿，大军移营，进屯敛盂。郤縠忽然得病，文公亲往视之。郤縠曰："臣蒙主公不世之遇，本欲涂肝裂脑，以报知己。奈天命有限，当应折旗之兆，死在旦夕。尚有一言奉启。"文公曰："卿有何言，寡人无不听教。"縠曰："君之伐曹、卫，本谋固以致楚也。致楚必先计战，计战必先合齐、秦。秦远而齐近，君速遣一使结好齐侯，愿与结盟，齐方恶楚，亦思结晋，倘得齐侯降临，则卫、曹必惧而请成，因而收秦，此制楚之全策也。"文公曰："善。"遂遣使通好于齐，叙述桓公先世之好，愿与结盟，同攘荆蛮。

时齐孝公已薨，国人推立其弟潘，是为昭公。潘，葛嬴所生也，

新嗣大位,以取谷之故,正欲结晋以抗楚。闻知晋侯屯军敛盂,即日命驾至卫地相会。卫成公见五鹿已失,忙使甯速之子甯俞,前来谢罪请成。文公曰:"卫不容假道,今惧而求成,非其本心,寡人且夕当踏平楚丘矣!"甯俞还报卫侯,时楚丘城中,讹传晋兵将到,一夕五惊,俞谓卫成公曰:"晋怒方盛,国人震恐,君不如暂出城避之,晋知主公已出,必不来攻楚丘,然后再乞晋好,保全社稷可也。"成公叹曰:"先君不幸失礼于亡公子,寡人又一时不明,不允假道,以至如此,累及国人,寡人亦无面目居于国中。"乃使大夫咺同其弟叔武摄国事,自己避居襄牛之地。一面使大夫孙炎求救于楚,时乃春二月也。髯翁有诗云:

患难何须具主宾?纳姬赠马怪纷纷。
谁知五鹿开疆者,便是当年求乞人?

是月,郤縠卒于军。晋文公悼惜不已,使人护送其丧归国,以先轸有取五鹿之功,升为元帅,用胥臣佐下军,以补先轸之缺。因赵衰前荐胥臣多闻,是以任之。文公欲遂灭卫国,先轸谏曰:"本为楚困齐、宋,来拯其危,今齐、宋之患未解,而先覆人国,非伯者存亡恤小之义也。况卫虽无道,其君已出,废置在我,不如移兵东伐曹,比及楚师救卫,则我已在曹矣!"文公然其言。

三月,晋师围曹。曹共公集群臣问计,僖负羁进曰:"晋君此行,为报观胁之怨也,其怒方深,不可较力,臣愿奉使谢罪请平,以救一国百姓之难。"曹共公曰:"晋不纳卫,肯独纳曹乎?"大夫于朗进曰:"臣闻晋侯出亡过曹,负羁私馈饮食,今又自请奉使,此乃卖国之计,不可听之,主公先斩负羁,臣自有计退晋。"曹共公曰："负羁谋国不忠，姑念世臣，免杀罢官。"负羁谢恩出朝去了。正是：

> 闭门不管窗前月，吩咐梅花自主张。

共公问于朗："计将安出？"于朗曰："晋侯恃胜，其气必骄，臣请诈为密书，约以黄昏献门，预使精兵挟弓弩，伏于城墉之内，哄得晋侯入城，将悬门放下，万矢俱发，不愁不为齑粉。"曹共公从其计。

晋侯得于朗降书，便欲进城。先轸曰："曹力未亏，安知非诈？臣请试之。"乃择军中长须伟貌者，穿晋侯衣冠代行，寺人勃鞮自请为御，黄昏左侧，城上竖起降旗一面，城门大开，假晋侯引着五百余人，长驱而入，未及一半，但闻城墉之内，梆声乱响，箭如飞蝗射来。急欲回车，门已下闸，可惜勃鞮及三百余人，死做一堆，幸得晋侯不去，不然，"昆岗失火，玉石俱焚"了。

晋文公先年过曹，曹人多有认得的，其夜仓卒不辨真伪。于朗只道晋侯已死，在曹共公面前，好不夸嘴，及至天明辨验，方知是假的，早减了一半兴。其未曾入城者，逃命来见晋侯。晋侯怒上加怒，攻城愈急。于朗又献计曰："可将射死晋兵，暴尸于城上，彼军见之，必然惨沮，攻不尽力。再延数日，楚救必至，此乃摇动军心之计也。"曹共公从之。晋军见城头用桁竿悬尸，累累相望，口中怨叹不绝。文公谓先轸曰："军心恐变，如之奈何？"先轸对曰："曹国坟墓，俱在西门之外，请分军一半，列营于墓地，若将发掘者，城中必惧，惧必乱，而后乃可乘也。"文公曰："善。"乃令军中扬言："将发曹人之墓。"使狐毛、狐偃率所部之众，移屯墓地，备下锹锄，限定来日午时，各以墓中髑髅献功。城内闻知此信，心胆俱裂。曹共公使人于城上大叫："休要发墓，今番真正愿降。"先轸亦使人应曰："汝诱杀我军，复磔尸城上，众心不忍，故将发墓，以报此恨，汝能殡殓死者，以棺送还吾军，吾当敛兵而退矣。"曹人复曰："既如此，请宽限三日。"先轸应曰："三日内不送尸棺，难怪我辱汝祖宗也！"曹共公果然收取城上尸骸，计点数目，各备棺木，三日之内，盛敛得停停当当，装载乘车之上。先轸定下计策，预令狐毛、狐偃、栾枝、胥臣整顿兵车，分作四路埋伏，只等曹人开门出棺，四门一齐攻打进去。

到第四日，先轸使人于城下大叫："今日还我尸棺否？"曹人城上应曰："请解围退兵五里，即当交纳。"先轸禀知文公，传令退兵，果退五里之远。城门开处，棺车分四门推出，才出得三分之一，忽闻炮声大举，四路伏兵一齐发作，城门被丧车填塞，急切不能关闭，晋兵乘乱攻入。曹共公方在城上弹压，魏犨在城外看见，从车中一跃登城，劈胸揪住，缚做一束。于朗越城欲遁，被颠颉获住斩之。晋文公率众将登城楼受捷，魏犨献曹伯襄，颠颉献于朗首级，众将各有擒获。晋文公命取仕籍观之，乘轩者三百人，各有姓名，按籍拘拿，无一脱者。籍中不见僖负羁名字，有人说："负羁为劝曹君行成，已除籍为民矣。"文公乃面数曹伯之罪曰："汝国只有一贤臣，汝不能用，却任用一班宵小，如小儿嬉戏，不亡何待？"喝教："幽于大寨，俟胜楚之后，待听处分。"其乘轩三百人，尽行诛戮，抄没其家，以赏劳军士。僖负羁有盘飧之惠，家住北门，环北门一带，传令："不许惊动，如有犯僖氏一草一木者，斩首！"晋侯分调诸将，一半守城，一半随驾，出屯大寨。胡曾先生咏史诗云：

第三十九回　柳下惠授词却敌，晋文公伐卫破曹

曹伯慢贤遭絷虏，负羁行惠免诛夷。
眼前不肯行方便，到后方知是与非。

却说魏犨、颠颉二人，素有挟功骄恣之意，今日见晋侯保全僖氏之令，魏犨忿然曰："吾等今日擒君斩将，主公并无一言褒奖，些须盘飧，所惠几何，却如此用情，真个轻重不分了！"颠颉曰："此人若仕于晋，必当重用，我等被他欺压，不如一把火烧死了他，免其后患。便主公晓得，难道真个斩首不成？"魏犨曰："言之有理。"二人相与饮酒，候至夜静，私领军卒，围住僖负羁之家，前后门放起火来，火焰冲天。魏犨乘醉恃勇，跃上门楼，冒着火势，在檐溜上奔走如飞，欲寻僖负羁杀之。谁知栋榱焚毁，倒塌下来，扑陆一声，魏犨失脚坠地，跌个仰面朝天。只听得天崩地裂之声，一根败栋刮喇的，正打在魏犨胸脯上，魏犨大痛无声，登时口吐鲜血，前后左右，火球乱滚，只得挣闱起来，兀自攀着庭柱，仍跃上屋，盘旋而出。满身衣服，俱带着火，扯得赤条条，方免焚身之祸。魏犨虽然勇猛，此时不由不困倒了。刚遇颠颉来到，扶到空闲去处，解衣衣之，一同上车，回寓安歇。

却说狐偃、胥臣在城内，见北门火起，疑有军变，慌忙引兵来视，见僖负羁家中被火，急教军士扑灭，已自焚烧得七零八落。僖负羁率家人救火，触烟而倒，比及救起，已中火毒，不省人事。其妻曰："不可使僖氏无后！"乃抱五岁孩儿僖禄奔后园，立污池中得免。乱到五更，其火方熄。僖氏家丁死者数人，残毁房舍民居数十余家。狐偃、胥臣访知是魏犨、颠颉二人放的火，大惊，不敢隐瞒，飞报大寨。那大寨离城五里，是夜虽望见城中火光，不甚明白，直到天明，文公接得申报，方知其故。即刻驾车入城，先到北门来看

僖负羁，负羁张目一看，遂瞑。文公叹息不已。负羁妻抱着五岁孩儿僖禄，哭拜于地。文公亦为垂泪，谓曰："贤嫂不必愁烦，寡人为汝育之。"即怀中拜为大夫，厚赠金帛，殡葬负羁，携其妻子归晋。直待曹伯归附之后，负羁妻愿归乡省墓，乃遣人送归。僖禄长成，仍仕于曹为大夫，此是后话。

当日，文公命司马赵衰，议违命放火之罪，欲诛魏犨、颠颉。赵衰奏曰："此二人有十九年从亡奔走之劳，近又立有大功，可以赦之！"文公怒曰："寡人所以取信于民者，令也。臣不遵令，不谓之臣，君不能行令于臣，不谓之君。不君不臣，何以立国？诸大夫有劳于寡人者甚众，若皆可犯令擅行，寡人自今不复能出一令矣！"赵衰复奏曰："主公之言甚当。然魏犨材勇，诸将莫及，杀之诚为可惜；且罪有首从，臣以为借颠颉一人，亦足警众，何必并诛？"文公曰："闻魏犨伤胸不能起，何惜此旦暮将死之人，而不以行吾法乎？"赵衰曰："臣请以君命问之，如其必死，诚如君言。倘尚可驱驰，愿留此虎将，以备缓急。"文公点头道："是。"乃使荀林父往召颠颉，使赵衰视魏犨之病。

不知魏犨性命如何，且看下回分解。

第四十回
先轸诡谋激子玉，晋楚城濮大交兵

话说赵衰奉了晋侯密旨，乘车来看魏犨。时魏犨胸脯伤重，病卧于床，问："来者是几人？"左右曰："止赵司马单车至此。"魏犨曰："此探吾死生，欲以我行法耳！"乃命左右取匹帛："为我束胸，我当出见使者。"左右曰："将军病甚，不宜轻动。"魏犨大喝曰："病不至死，决勿多言！"如常装束而出。赵衰问曰："闻将军病，犹能起乎？主公使衰问子所苦。"魏犨曰："君命至此，不敢不敬，故勉强束胸以见吾子。犨自知有罪当死，万一获赦，尚将以余息报君父之恩。其敢自逸！"于是距跃者三，曲踊者三。赵衰曰："将军保重，衰当为主公言之。"乃复命于文公，言："魏犨虽伤，尚能跃踊，且不失臣礼，不忘报效。君若赦之，后必得其死力。"文公曰："苟足以申法而警众，寡人亦何乐乎多杀？"须臾，荀林父拘颠颉至，文公骂曰："汝焚僖大夫之家何意？"颠颉曰："介子推割股啖君，亦遭焚死，况盘飧乎？臣欲使僖负羁附于介山之庙也！"文公大怒曰："介子推逃禄不仕，何与寡人？"乃问赵衰曰："颠颉主谋放火，违命擅刑，合当何罪？"赵衰应曰："如令当斩首！"文公喝命军正用刑，刀斧手将颠颉拥出辕门斩之，命以其首祭负羁于僖氏之家，悬其首于北门，号令曰："今后有违寡人之令者，视此！"文公又问赵衰曰："魏犨与颠颉同行，不能谏阻，合当何罪？"赵衰应曰："当革职，使立功赎罪。"文公乃革魏犨右戎之职，以舟之侨代之。将士皆相顾曰："颠、魏二将，有十九年从亡大功，一违君命，或诛或革，况他人乎？国法无私，各宜谨慎！"自此三军肃然知畏。史官有诗云：

乱国全凭用法严，私劳公议两难兼。
只因违命功难赎，岂为盘飧一夕淹！

话分两头。却说楚成王伐宋，克了缗邑，直至睢阳，四面筑起长围，欲俟其困，迫而降之。忽报："卫国遣使臣孙炎告急。"楚王召问其事，孙炎将晋取五鹿，及卫君出居襄牛之事，备细诉说，"如救兵稍迟，楚丘不守。"楚王曰："吾舅受困，不得不救。"乃分申、息二邑之兵，留元帅成得臣及鬬越椒、鬬勃、宛春一班将佐，同各路诸侯围宋，自统芳吕臣、鬬宜申等，率中军两广，亲往救卫。四路诸侯，亦虑本国有事，各各辞回，止留其将统兵。陈将辕选、蔡将公子印、郑将石癸、许将百畴，俱听得臣调度。

单说楚王行至半途，闻晋兵已移向曹国，正议救曹。未几，报至："晋兵已破曹，执其君。"楚王大惊曰："晋之用兵，何神速乃尔？"遂驻军于申城，遣人往谷，取回公子雍及易牙等，以谷地仍复归齐，使申公叔侯与齐讲和，撤戍而还；又遣人往宋，取回成得臣之师，且戒谕之曰："晋侯在外十九年矣，年逾六旬，而果得晋国，备尝险阻，通达民情，殆天假之年，以昌大晋国之业，非楚所

第四十回　先轸诡谋激子玉，晋楚城濮大交兵

能敌也，不如让之。"使命至谷，申公叔侯致谷修好于齐，班师回楚。惟成得臣自恃其才，愤愤不平，谓众诸侯曰："宋城且暮且破，奈何去之？"鬬越椒亦以为然，得臣使回见楚王，"愿少待破宋，奏凯而回，如遇晋师，请决一死战，若不能取胜，甘伏军法。"楚王召子文问曰："孤欲召子玉还，而子玉请战，于卿何如？"子文曰："晋之救宋，志在图伯。然晋之伯，非楚利也，能与晋抗者惟楚，楚若避晋，则晋遂伯矣。且曹、卫我之与国，见楚避晋，必惧而附晋。姑令相持，以坚曹、卫之心，不亦可乎？王但戒子玉勿轻与晋战，若讲和而退，犹不失南北之局也。"楚王如其言，吩咐越椒，戒得臣勿轻战，可和则和。成得臣闻越椒回复之话，且喜不即班师，攻宋愈急，昼夜不息。

宋成公初时，得公孙固报言，晋侯将伐曹、卫以解宋围，乃悉力固守。及楚成王分兵一半，救卫去了，得臣之围愈急，心下转慌，大夫门尹般进曰："晋知救卫之师已行，未知围宋之师未退也，臣请冒死出城，再见晋君，乞其救援。"宋成公曰："求人至再，岂可以空言往乎？"乃籍库藏中宝玉重器之数，造成册籍，献于晋侯，以求进兵。只等楚兵宁静，便照册输纳。门尹般再要一人帮行，宋公使华秀老同之。二人辞了宋公，觑个方便，缒城而出，偷过敌寨，一路挨访晋军，到于何处，径奔军前告急。门尹般、华秀老二人见了晋侯，涕泣而言："敝邑亡在旦夕，寡君惟是不腆宗器，愿纳左右，乞赐哀怜。"文公谓先轸曰："宋事急矣。若不往救，是无宋也；若往救，必须战楚。郤縠曾为寡人策之，非合齐、秦为助不可。今楚归谷地于齐，与之通好，秦、楚又无隙，未肯合谋，将若之何？"先轸对曰："臣有一策，能使齐、秦自来战楚！"文公欣然，问："卿有何妙计，使齐、秦自来战楚？"先轸对

曰："宋之赂我，可谓厚矣。受赂而救，君何义焉？不如辞之，使宋以赂晋之物，分赂齐、秦，求二国向楚宛转，乞其解围。二国自谓力能得之于楚，必遣使至楚。楚若不从，则齐、秦之隙成矣！"文公曰："倘请之而从，齐、秦将以宋奉楚，与我何利焉？"先轸对曰："臣又有一策，能使楚必不从齐、秦之请！"文公曰："卿又有何计，使楚必不从齐、秦之请？"先轸曰："曹、卫，楚所爱也，宋，楚所嫉也。我已逐卫侯，执曹伯矣。二国土地，在我掌握，与宋连界。诚割取二国田土，以畀宋人，则楚之恨宋愈甚，齐、秦虽请，其肯从乎？齐、秦怜宋而怒楚，虽欲不与晋合，不可得也！"文公抚掌称善。乃使门尹般以宝玉重器之数，分作二籍，转献齐、秦二国，门尹般如秦，华秀老如齐，约定一般说话。相见之间，须要极其哀恳。

秀老至齐，参见了昭公，言："晋、楚方恶，此难非上国不解。若因上国得保社稷，不惟先朝重器不敢爱，愿年年聘好，子孙无间！"齐昭公问曰："今楚君何在？"华秀老曰："楚王亦肯解围，已退师于申矣。惟楚令尹成得臣新得楚政，谓敝邑旦暮可下，贪功不退，是以乞怜于上国耳。"昭公曰："楚王前日取我谷邑，近日复归于我，结好而退，此无贪功之心。既令尹成得臣不肯解围，寡人为宋曲意请之！"乃命崔夭为使，径至宋地，往见得臣，为宋求释。门尹般到秦，亦如华秀老之言。秦穆公亦遣公子絷为使，如楚军与得臣讨情。齐、秦两不相照，各自遣使。

门尹般和华秀老俱转到晋军回话。文公谓之曰："寡人已灭曹、卫，其田近宋者，不敢自私！"乃命狐偃同门尹般收取卫田，命胥臣同华秀老收取曹田，把两国守臣，尽行赶逐。崔夭、公子絷正在成得臣幕下替宋讲和，恰好那些被逐的守臣，纷纷来诉，说："宋

第四十回　先轸诡谋激子玉，晋楚城濮大交兵

大夫门尹般、华秀老倚晋之威，将本国田土，都割据去了！"得臣大怒，谓齐、秦使者曰："宋人如此欺负曹、卫，岂像个讲和的？不敢奉命，休怪，休怪！"崔夭和公子絷一场没趣，即时辞回。晋侯闻得臣不准齐、秦二国之请，预遣人于中途邀迎二国使臣，到于营中，盛席款待，诉以"楚将骄悍无礼，即日与晋交战，望二国出兵相助"。崔夭、公子絷领命去了。

且说得臣誓于众曰："不复曹、卫，宁死必不回军！"楚将宛春献策曰："小将有一计，可以不劳兵刃，而复曹、卫之封！"得臣问曰："子有何计？"宛春曰："晋之逐卫君，执曹伯，皆为宋也。元帅诚遣一使至晋军，好言讲解，要晋复了曹、卫之君，还其田土，我这里亦解宋围，大家罢战休兵，岂不为美？"得臣曰："倘晋不见听如何？"宛春曰："元帅先以解围之说，明告宋人，姑缓其攻。宋人思脱楚祸，如倒悬之望解，若晋侯不允，不惟曹、卫二国怨晋，宋亦怒之。聚三怨以敌一晋，我之胜数多矣。"得臣曰："谁人敢使晋军？"宛春曰："元帅若以见委，春不敢辞。"

得臣乃缓宋国之攻，命宛春为使，乘单车直造晋军，谓文公曰："君之外臣得臣，再拜君侯麾下，楚之有曹、卫，犹晋之有宋也。君若复卫封曹，得臣亦愿解围去宋，彼此修睦，各免生灵涂炭之苦。"言犹未毕，只见狐偃在旁，咬牙怒目骂道："子玉好没道理。你释了一个未亡之宋，却要我这里复两个已亡之国，你直恁便宜！"先轸急蹑狐偃之足，谓宛春曰："曹、卫罪不至灭亡，寡君亦欲复之，且请暂住后营，容我君臣计议施行。"栾枝引宛春归于后营。狐偃问于先轸曰："子载真欲听宛春之请乎？"轸曰："宛春之请，不可听，不可不听。"偃曰："何谓也？"轸曰："宛春此来，盖子玉奸计，欲居德于己，而归怨于晋也。不听，则弃三国，

怨在晋矣；听之，则复三国，德又在楚矣。为今之计，不如私许曹、卫，以离其党，再拘执宛春以激其怒，得臣性刚而躁，必移兵索战于我，是宋围不求解而自解也。倘子玉自与宋通和，则我遂失宋矣。"文公曰："子载之计甚善。但寡人前受楚君之惠，今拘执其使，恐于报施之理有碍。"栾枝对曰："楚吞噬小国，凌辱大邦，此皆中原之大耻。君不图伯则已，如欲图伯，耻在于君。乃怀区区之小惠乎？"文公曰："微卿言，寡人不知也！"遂命栾枝押送宛春于五鹿，交付守将郤步扬小心看管。其原来车骑从人尽行驱回，教他传话令尹曰："宛春无礼，已行囚禁，待拿得令尹，一同诛戮。"从人抱头鼠窜而去。

文公打发宛春事毕，使人告曹共公曰："寡人岂为出亡小忿，求过于君？所以不释然于君者，以君之附楚故也。君若遣一介告绝于楚，以明君之与晋，即当送君还曹耳。"曹共公急于求释，信以为然，遂为书遗得臣云：

孤惧社稷之陨，死亡不免，不得已即安于晋，不得复事上国。上国若能驱晋以为孤宁宇，孤敢有二心耶？

文公又使人往襄牛见卫成公，亦以复国许之。成公大喜，甯俞谏曰："此晋国反间之计，不可信之！"成公不听，亦致书得臣，大约如曹伯之语。时得臣方闻宛春被拘之报，咆哮叫跳，大骂："晋重耳，你是跑不伤、饿不死的老贼！当初在我国中，是我刀砧上一块肉，今才得返国为君，辄如此欺负人！自古'两国相争，不罪来使'，如何将我使臣拿住？吾当亲往与他讲理！"正在发怒，帐外小卒报道："曹、卫二国，各有书札上达元帅。"得臣想道："卫侯、曹伯流离之际，有甚书来通我，必是打探得晋国什么破绽，私来报我，此乃天助我成功也。"启书看时，如此恁般，却是从晋绝楚的话头，气得心头一片无明火，直透上三千丈不止，大叫道："这两封书，又是老贼逼他写的。老贼，老贼！今日不是你就是我，定要拼个死活！"吩咐大小三军，撤了宋围，且去寻晋重耳做对。"等我败了晋军，怕残宋走往那里去？"鬬越椒曰："吾王曾叮咛'不可轻战'，若元帅要战之时，还须禀命而行。况齐、秦二国曾为宋求情，恨元帅不从，必然遣兵助晋。我国虽有陈、蔡、郑、许相帮，恐非齐、秦之敌，必须入朝请添兵益将，方可赴敌。"得臣曰："就烦大夫一行，以速为贵。"

越椒奉元帅将令，径到申邑，来见楚王，奏知请兵交战之意。楚王怒曰："寡人戒勿与战，子玉强要出师，能保必胜乎？"越椒对曰："得臣有言在前，'如若不胜，甘当军令'。"楚王终不快意，乃使鬬宜申将西广之兵而往。楚兵二广，东广在左，西广在右，凡精兵俱在东广，止分西广之兵，不过千人，又非精卒，乃是楚王疑其兵败，不肯多发之意。成得臣之子成大心，聚集宗人之兵，约六百人，自请助战，楚王许之。

鬬宜申同越椒领兵至宋，得臣看兵少，心中愈怒，大言曰："便不添兵，难道我胜不得晋？"即日约会四路诸侯之兵，拔寨都起。这一去，正中了先轸的机谋了。髯翁有诗云：

久困睢阳功未收，勃然一怒战群侯。
得臣纵有冲天志，怎脱今朝先轸谋？

得臣以西广戎车，兼成氏本宗之兵，自将中军。使鬬宜申率申邑之师，同郑、许二路兵将为左军，使斗勃率息邑之兵，同陈、蔡二路兵将为右军。雨骤风驰，直逼晋侯大寨，做三处屯聚。

晋文公集诸将问计。先轸曰："本谋致楚，欲以挫之。且楚自伐齐围宋，以至于今，其师老矣。必战楚，毋失敌。"狐偃曰："主公昔日在楚君面前，曾有一言：'他日治兵中原，请避君三舍。'今遂与楚战，是无信也。主公向不失信于原人，乃失信于楚君乎。必避楚。"诸将皆艴然曰："以君避臣，辱甚矣。不可，不可！"狐偃曰："子玉虽刚狠，然楚君之惠，不可忘也！吾避楚，非避子玉。"诸将又曰："倘楚兵追至，奈何？"狐偃曰："若我退，楚亦退，必不能复围宋矣。如我退而楚进，则以臣逼君，其曲在彼。避而不得，人有怒心，彼骄我怒，不胜何为？"文公曰："子犯之言是也。"传令："三军俱退！"晋军退三十里，军吏来禀曰："已退一舍之地矣。"文公曰："未也。"又退三十里，文公仍不许驻军，直退到九十里之程，地名城濮，恰是三舍之远，方教安营息马。

时齐孝公命上卿国懿仲之子国归父为大将，崔夭副之；秦穆公使其次子小子慭为大将，白乙丙副之。各率大兵，协同晋师战楚，俱于城濮下寨。宋围已解，宋成公亦遣司马公孙固如晋军拜谢，就留军中助战。

却说楚军见晋军移营退避，各有喜色。斗勃曰："晋侯以君避臣，于我亦有荣名矣。不如借此旋师，虽无功，亦免于罪。"得臣怒曰："吾已请添兵将，若不一战，何以复命？晋军既退，其气已怯，宜疾追之。"传令速进。楚军行九十里，恰与晋军相遇，得臣相度地势，凭山阻泽，据险为营。晋诸将言于先轸曰："楚若据险，攻之难拔，宜出兵争之。"先轸曰："夫据险以固守也。子玉远来，志在战而不在守，虽据险，安所用之？"时文公亦以战楚为疑。狐偃奏曰：

"今日对垒，势在必战，战而胜，可以伯诸侯；即使不胜，我国外河内山，足以自固。楚其奈我何！"文公意犹未决。是夜就寝，忽得一梦，梦见如先年出亡之时，身在楚国，与楚王手搏为戏，气力不加，仰面倒地，楚王伏于身上，击破其脑，以口喋之。既觉，大惧。时狐偃同宿帐中，文公呼而告之，如此恁般："梦中斗楚不胜，彼饮吾脑，恐非吉兆乎？"狐偃称贺曰："此大吉之兆也，君必胜矣。"文公曰："吉在何处？"狐偃对曰："君仰面倒地，得天相照。楚王伏于身上，乃伏地请罪也。脑所以柔物，君以脑予楚，柔服之矣，非胜而何？"文公意乃释然。

天色乍明，军吏报："楚国使人来下战书。"文公启而观之，书云：

请与君之士戏，君凭轼而观之，得臣与寓目焉。

狐偃曰："战，危事也，而曰戏，彼不敬其事矣，能无败乎？"文公使栾枝答其书云：

寡人未忘楚君之惠，是以敬退三舍，不敢与大夫对垒。大夫必欲观兵，敢不惟命？诘朝相见。

楚使者去后，文公使先轸再阅兵车，共七百乘，精兵五万余人，齐、秦之众，不在其内。文公登有莘之墟，以望其师，见其少长有序，进退有节，叹曰："此郤縠之遗教也，以此应敌可矣！"使人伐其山木，以备战具。

先轸分拨兵将，使狐毛、狐偃引上军，同秦国副将白乙丙攻楚左师，与鬬宜申交战；使栾枝、胥臣引下军，同齐国副将崔夭，攻楚右师，与鬬勃交战；各授计策行事。自与郤溱、祁瞒中军结阵，与成得臣相持。却教荀林父、士会，各率五千人为左右翼，准备接应。再教国归父、小子慭各引本国之兵，从间道抄出楚军背后埋伏，只等楚军败北，便杀入据其大寨。时魏犨胸疾已愈，自请为先锋。先轸曰："留老将军有用处。从有莘南去，地名空桑，与楚连谷地面接壤，老将军可引一支兵，伏于彼处，截楚败兵归路，擒拿楚将。"魏犨欣然去了。赵衰、孙伯纠、羊舌突、茅茷等一班文武，保护晋文公于有莘山上观战。再教舟之侨于南河整顿船只，伺候装载楚军辎重，临期无误。次日黎明，晋军列阵于有莘之北，楚军列阵于南，彼此三军，各自成列。得臣传令，教："左右二军先进，中军继之。"

且说晋下军大夫栾枝，打探楚右师用陈、蔡为前队，喜曰："元帅密谓我曰：'陈、蔡怯战而易动。'先挫陈、蔡，则右师不攻而自溃矣。"乃使白乙丙出战。陈辕选、蔡公子印，欲在鬬勃前建功，争先出车。未及交锋，晋兵忽然退后，二将方欲追赶，只见对阵门旗开处，一声炮响，胥臣领着一阵大车，冲将出来。驾车之马，都用虎皮蒙背，敌马见之，认为真虎，惊惶跳踯，执辔者拿把不住，牵车回走，反冲动鬬勃后队。胥臣和白乙丙乘乱掩杀，胥臣斧劈公子印于车下，白乙丙箭射鬬勃中颊。鬬勃带箭而逃，楚右师大败，死者枕藉，不计其数。栾枝遣军卒，假扮作陈、蔡军人，执着彼处旗号，往报楚军，说："右师已得胜，速速进兵，共成大功。"得臣凭轼望之，但见晋军北奔，烟尘蔽天，喜曰："晋下军果败矣！"急催左师并力前进。鬬宜申见对阵大旆高悬，料是主将，抖擞精神，冲杀过来。这里狐偃迎住，略战数合，只见阵后大乱，狐偃回辕便走，大旆亦往后退行。鬬宜申只道晋军已溃，指引郑、许二将尽力追逐。忽然鼓声大震，先轸、郤溱引精兵一支，从半腰里横冲过来，将楚军截做二段。狐毛、狐偃翻身复战，两下夹攻。郑、许之兵先自惊溃，宜申支架不住，拼死命杀出，遇着齐将崔夭，又杀一阵，尽弃其车马器械，杂于步卒之中，爬山而遁。

原来晋下军伪作北奔，烟尘蔽天，却是栾枝砍下有莘山之木，曳于车后，车驰木走，自然刮地尘飞，哄得左军贪功求战。狐毛又诈设大旆，教人曳之而走，装作奔溃之形。狐偃佯败，诱其驱逐。先轸早已算定，吩咐祁瞒虚建大将旗，守定中军，任他敌军搦战，切不可出应。自引兵从阵后抄出，横冲过来，恰与二狐夹攻，遂获全胜。这都是先轸预定下的计策。有诗为证：

临机何用阵堂堂？先轸奇谋不可当。
只用虎皮蒙马计，楚军左右尽奔亡。

话说楚元帅成得臣虽则恃勇求战，想着楚王两番教诫之语，却也十分持重。传闻左右二军，俱已进战得利，追逐晋兵，遂令中军击鼓，使其子小将军成大心出阵。祁瞒先时也守着先轸之戒，坚守阵门，全不招架。楚中军又发第二通鼓，成大心手提画戟，在阵前耀武扬威。祁瞒忍耐不住，使人察之，回报："是十五岁的孩子。"祁瞒曰："谅童子有何本事？手到拿来，也算我中军一功。"喝教："擂鼓！"战鼓一鸣，阵门开处，祁瞒舞刀而出。小将军便迎住交锋，约斗二十余合，不分胜败。鬬越椒在门旗之下，见小将军未能取胜，即忙驾车而出，拈弓搭箭，觑得较亲，一箭正射中祁瞒的盔缨。祁瞒吃了一惊，欲待退回本阵，恐冲动了大军，只得绕阵而走。鬬越椒大叫："此败将不须追之，可杀入中军，擒拿先轸！"

不知胜负如何？且看下回分解。

第四十一回
连谷城子玉自杀，践土坛晋侯主盟

话说楚将鬭越椒与小将军成大心，不去追赶祁瞒，竟杀入中军，越椒见大将旗迎风荡扬，一箭射将下来。晋军不见了帅旗，即时大乱，却得荀林父、先蔑两路接应兵到，荀林父接住鬭越椒厮杀，先蔑便接住成大心厮杀。成得臣麾军大进，攘臂大呼曰："今日若容晋军一个生还，誓不回军！"正在施设，先轸、郤溱兵到，两下混战多时。栾枝、胥臣、狐毛、狐偃一齐都到，如铜墙铁壁，团裹将来。得臣方知左右二军已溃，无心恋战，急急传令鸣金收军。怎当得晋兵众盛，把楚家兵将，分做十来处围住。小将军成大心一支画戟，神出鬼没，率领宗兵六百人，无不一以当百，保护其父得臣，拼命杀出重围，不见了鬭越椒，复翻身杀入。那鬭越椒，乃是子文之从弟，生得状如熊虎，声若豺狼，有万夫不当之勇，精于射艺，矢无虚发。在晋军中左冲右突，正寻觅成家父子，恰好成大心遇见，说："元帅有了，将军可快行！"两个遂合做一处，各奋神威，复救出许多楚军，溃围而出。

晋文公在有莘山上，观见晋兵得胜，忙使人教先轸传谕各军：

"但逐楚兵出了宋、卫之境足矣,不必多事擒杀,以伤两国之情,负了楚王施惠之意。"先轸遂约住诸军,不行追赶。祁瞒违令出战,囚于后军,伺候发落。胡曾先生有诗云:

避兵三舍为酬恩,又诫穷追免楚军。
两敌交锋尚如此,平居负义是何人?

陈、蔡、郑、许四国,损兵折将,各自逃生,回本国去了。

单说成得臣同成大心、鬭越椒出了重围,急投大寨,前哨报:"寨中已竖起齐、秦两家旗号了!"原来国归父、小子憗二将杀散楚兵,据了大寨,辎重粮草,尽归其手。得臣不敢经过,只得倒转从有莘山后,沿睢水一路而行,鬭宜申、鬭勃各引残兵来会。行至空桑地面,忽然连珠炮响,一军当路,旗上写"大将魏"字。魏犨先在楚国,独制貘兽,楚人无不服其神勇。今日路当险处,遇此劲敌,那残兵又都是个伤弓之鸟,谁人不丧胆消魂?早已望风而溃了。鬭越椒大怒,叫小将军保护元帅,奋起精神,独力拒战。鬭宜申、鬭勃也只得勉强相帮。魏犨力战三将,水泄不漏。正在相持,忽见北来一人,飞马而至,大叫:"将军罢战,先元帅奉主公之命,放楚将生还本国,以报出亡时款待之德。"魏犨方才住手,教军士分开两下,大喝:"饶你去!"得臣等奔走不迭,回至连谷,点检残军,中军虽有损折,尚十存六七。其申、息之师,分属左右二军者,所存十无一二,哀哉!古人有吊战场诗云:

胜败兵家不可常,英雄几个老沙场?
禽奔兽骇投坑阱,肉颤筋飞饱剑铓。

第四十一回　连谷城子玉自杀，践土坛晋侯主盟

鬼火荧荧魂宿草，悲风飒飒骨侵霜。
劝君莫羡封侯事，一将功成万命亡。

得臣大恸曰："本图为楚国扬万里之威，不意中晋人诡谋，贪功败绩，罪复何辞？"乃与鬬宜申、鬬勃俱自囚于连谷，使其子大心部领残军，去见楚王，自请受诛。

时楚成王尚在申城，见成大心至，大怒曰："汝父有言在前：'不胜甘当军令。'今又何言？"大心叩头曰："臣父自知其罪，便欲自杀，臣实止之。欲使就君之戮，以申国法也。"楚王曰："楚国之法，兵败者死。诸将速宜自裁，毋污吾斧锧。"大心见楚王无怜赦之意，号泣而出，回复得臣。得臣叹曰："纵楚王赦我，我亦何面目见申、息之父老乎？"乃北向再拜，拔佩剑自刎而死。

却说芳贾在家，问其父芳吕臣曰："闻令尹兵败，信乎？"吕臣曰："信。"芳贾曰："王何以处之？"吕臣曰："子玉与诸将请死，王听之矣。"贾曰："子玉刚愎而骄，不可独任。然其人强毅不屈，使得智谋之士，以为之辅，可使立功。今虽兵败，他日能报晋仇者，必子玉也。父亲何不谏而留之？"芳吕臣曰："王怒甚，恐言之无益。"芳贾曰："父亲不记范巫矞似之言乎？"吕臣曰："汝试言之。"芳贾曰："矞似善相人。主上为公子时，矞似曾言：'主上与子玉、子西三人，日后皆不得其死。'主上切记其言，即位之日，即赐子玉、子西免死牌各一面，欲使矞似之言不验也。主上怒中，偶忘之耳。父亲若言及此，主上必留二臣无疑矣。"吕臣即时往见楚王，奏曰："子玉罪虽当死，然吾王曾有免死牌在彼，可以赦之。"楚王愕然曰："岂非范巫矞似之故耶？微子言，寡人几忘之矣！"乃使大夫潘尫同成大心乘急传宣楚王命："败将一概免死。"比及到连谷时，

得臣先死半日矣。左师将军鬬宜申悬梁自缢，因身躯重大，悬帛断绝，恰好免死命至，留下性命。鬬勃原要收殓子玉、子西之尸，方才自尽，故此亦不曾死。单死了个成得臣，岂非命乎？潜渊居士有诗吊之云：

楚国昂藏一丈夫，气吞全晋挟雄图。
一朝失足身躯丧，始信坚强是死徒。

成大心殡殓父尸，鬬宜申、鬬勃、鬬越椒等，随潘尪到申城谒楚王，伏地拜谢不杀之恩。楚王知得臣自杀，懊悔不已。还驾郢都，升芳吕臣为令尹；贬鬬宜申为商邑尹，谓之商公；鬬勃出守襄城。楚王转怜得臣之死，拜其子成大心、成嘉俱为大夫。令尹子文致政居家，闻得臣兵败，叹曰："不出芳贾所料。吾之识见，反不如童子，宁不自羞？"呕血数升，伏床不起，召其子鬬般嘱曰："吾死在旦夕，惟有一言嘱汝。汝叔越椒，自初生之日，已有熊虎之状，豺狼之声，此灭族之相也。吾此时曾劝汝祖勿育之，汝祖不听。吾观芳吕臣不寿，勃与宜申，皆非善终之相，楚国为政，非汝则越椒。越椒傲狠好杀，若为政，必有非理之望，鬬氏之祖宗其不祀乎？吾死后，椒若为政，汝必逃之，无与其祸也。"般再拜受命，子文遂卒。未几，芳吕臣亦死。成王追念子文之功，使鬬般嗣为令尹，越椒为司马，芳贾为工正。不在话下。

却说晋文公既败楚师，移屯于楚大寨。寨中所遗粮草甚广，各军资之以食，戏曰："此楚人馆谷我也。"齐、秦及诸将等，皆北面称贺。文公谢不受，面有忧色。诸将曰："君胜敌而忧，何也？"文公曰："子玉非甘出人下者，胜不可恃，能勿惧乎？"国归父、小子

第四十一回 连谷城子玉自杀 践土坛晋侯主盟

憗等辞归，文公以军获之半遗之，二国奏凯而还。宋公孙固亦归本国，宋公自遣使拜谢齐、秦。不在话下。

先轸囚祁瞒至文公之前，奏其违命辱师之罪。文公曰："若非上下二军先胜，楚兵尚可制乎？"命司马赵衰定其罪，斩祁瞒以徇于军，号令曰："今后有违元帅之令者，视此！"军中益加悚惧。大军留有莘三日，然后下令班师。行至南河，哨马禀复："河下船只，尚未齐备。"文公使召舟之侨，侨亦不在。原来舟之侨是虢国降将，事晋已久，满望重用立功，却差他南河拘集船只，心中不平。恰好接得家报，其妻在家病重，侨料晋、楚相持，必然日久，未必便能班师，因此暂且回国看视。不想夏四月戊辰，师至城濮，己巳交战，便大败楚师，休兵三日，至癸酉大军遂还，前后不过六日，晋侯便至河下，遂误了济河之事。文公大怒，欲令军士四下搜捕民船。先轸曰："南河百姓，闻吾败楚，谁不震恐？若使搜捕，必然逃匿，不若出令以厚赏募之。"文公曰："善。"才悬赏军门，百姓争舣船应募，顷刻舟集如蚁，大军遂渡了黄河。文公谓赵衰曰："曹、卫之耻已雪矣，惟郑仇未报，奈何！"赵衰对曰："君旋师过郑，不患郑之不来也。"文公从之。

行不数日，遥见一队车马，簇拥着一位贵人，从东而来。前队栾枝迎住，问："来者何人！"答曰："吾乃周天子之卿士王子虎也。闻晋侯伐楚得胜，少安中国，故天子亲驾銮舆，来犒三军，先令虎来报知。"栾枝即引子虎来见文公。文公问于群下曰："今天子下劳寡人，道路之间，如何行礼！"赵衰曰："此去衡雍不远，有地名践土，其地宽平，连夜建造王宫于此，然后主公引列国诸侯迎驾，以行朝礼，庶不失君臣之义也。"文公遂与王子虎订期，约以五月之吉，于践土候周王驾临，子虎辞去。大军望衡雍而进，途中又见车马一队，有一使臣来迎，乃是郑大夫子人九。奉郑伯之命，恐晋兵来讨其罪，特遣行成。晋文公怒曰："郑闻楚败而惧，非出本心，寡人俟觐王之后，当亲率师徒，至于城下。"赵衰进曰："自我出师以来，逐卫君，执曹伯，败楚师，兵威已大震矣。又求多于郑，奈劳师何？君必许之。若郑坚心来归，赦之可也。如其复贰，姑休息数月，讨之未晚。"文公乃许郑成。大军至衡雍下寨，一面使狐毛、狐偃帅本部兵，往践土筑造王宫；一面使栾枝入郑城，与郑伯为盟。郑伯亲至衡雍，致饩谢罪。文公复与歃血订好。话间，因夸美子玉之英勇。郑伯曰："已自杀于连谷矣。"文公叹息久之。郑伯既退，文公私谓诸臣曰："吾今日不喜得郑，喜楚之失子玉也。子玉死，余人不足虑，诸卿可高枕而卧矣。"髯翁有诗云：

得臣虽是莽男儿，胜负将来未可知。
尽说楚兵今再败，可怜连谷有舆尸。

却说狐毛、狐偃筑王宫于践土，照依明堂之制。怎见得？有《明堂赋》为证：

赫赫明堂，居国之阳。巍峨特立，镇压殊方。所以施一人之政令，朝万国之侯王。面室有三，总数惟九。间太庙于正位，处太室于中霤。启闭乎三十六户，罗列乎七十二牖。左个右个，为季孟之交分；上圆下方，法天地之奇偶。及夫诸位散设，三公最崇；当中阶而列位，与群臣而不同。诸侯东阶之东，西面而北上；诸伯西阶之西，东面而相向。诸子应门之东而鹄立，诸男应门之西而鹤望。戎夷金木之户外，蛮狄水火而位配。九采外屏之右以成列，四塞外屏之左而遥对。朱干玉戚，森耸以相参；龙旗豹韬，抑扬而相错。肃肃沉沉，岜崇壑深。烟收而卿士齐列，日出而天颜始临。戴冕疏以当轩，见八纮之稽颡；负斧扆而南面，知万国之归心。

王宫左右，又别建馆舍数处。昼夜并工，月余而毕。传檄诸侯："俱要五月朔日，践土取齐。"

是时，宋成公王臣、齐昭公潘，俱系旧好；郑文公捷，是新附之国，率先来赴；他如鲁僖公申，与楚通好；陈穆公款、蔡庄公甲午，与楚连兵，都是楚党，至是惧罪，亦来赴会。邾、莒小国，自不必说。惟许僖公业，事楚最久，不愿从晋；秦穆公任好，虽与晋合，从未与中国会盟，迟疑不至；卫成公郑，出在襄牛；曹共公襄，见拘五鹿，晋侯曾许以复国，尚未明赦，亦不与会。

单说卫成公闻晋将合诸侯，谓甯俞曰："征会不及于卫，晋怒尚未息也，寡人不可留矣。"甯俞对曰："君徒出奔，谁纳君者？不如让位于叔武，使元咺奉之，以乞盟于践土，君若为逊避而出，天如祚卫，武获与盟，武之有国，犹君有之。况武素孝友，岂忍代立？必当为复君之计矣。"卫侯心虽不愿，到此地位，无可奈何，使孙炎以君命致国于叔武，如甯俞之言。孙炎领命，往楚丘去了。卫侯又问于甯俞曰："寡人今欲出奔，何国而可？"俞踌躇未答，卫侯又曰："适楚何如？"俞对曰："楚虽婚姻，实晋仇也，且前已告绝，不可复往。不如适陈，陈将事晋，又可藉为通晋之地也。"卫侯曰："不然，告绝非寡人意，楚必谅之。晋、楚将来，事未可定，使武事晋，而我托于楚，两途观望不亦可乎？"卫侯遂适楚，楚边人追而詈之，乃改适陈，始服甯俞之先见矣。

孙炎见叔武，致卫侯之命，武曰："吾之守国，摄也，敢受让乎？"即同元咺赴会，使孙炎回复卫侯，言："见晋之时，必当为兄乞怜求复也。"元咺曰："君性多猜忌，吾不遣亲子弟相从，何以取信？"乃使其子元角，伴孙炎以往，名虽问侯，实则留质之意。公子歂犬私谓元咺曰："君之不复，亦可知矣，子何不以让国之事，明告国人，拥立夷叔而相之。晋人必喜，子挟晋之重以临卫，是子与武共卫也。"元咺曰："叔武不敢无兄，吾敢无君乎？此行且请复吾君矣。"歂犬语塞而退。恐卫侯一旦复国，元咺泄其言，未免得罪，乃私往陈国，密报卫侯，反说："元咺已立叔武为君，谋会晋以定其位。"卫成公感其言，以问孙炎，孙炎对曰："臣不知也，元角见在君所，其父有谋，角必与闻，君何不问之？"卫侯复问于元角，角言并无是事。甯俞亦言曰："咺若不忠于君，肯遣子出侍乎？君勿疑也。"公子歂犬私见卫侯曰："咺之设谋拒君，非一日矣，其遣子，非忠于君也，将以窥君之动静，而为之备也，若使乞怜于晋，以求复吾君，必辞会而不敢与，如公然与会，则为君信矣，君其察之。"卫侯果阴使人往践土，伺察叔武、元咺之事。胡曾先生有诗云：

弟友臣忠无间然，何堪歂犬肆谗言？
从来富贵生猜忌，忠孝常含万古冤。

却说周襄王以夏五月丁未日驾幸践土。晋侯率诸侯，预于三十里外迎接，驻跸王宫。襄王御殿，诸侯谒拜稽首。起居礼毕，晋文公献所获楚俘于王：被甲之马凡百乘，步卒千人，器械衣甲十余车。襄王大悦，亲劳之曰："自伯舅齐侯即世之后，荆楚复强，凭陵中夏，得叔父仗义翦伐，以尊王室，自文、武以下，皆赖叔父之休，岂惟朕躬？"晋侯再拜稽首曰："臣重耳幸歼楚寇，皆仗天子之灵，臣何功焉？"

次日，襄王设醴酒以享晋侯。使上卿尹武公，内史叔兴，策命晋侯为方伯，赐大辂之服，服鷩冕；戎辂之服，服韦弁；彤弓一，彤矢百，玈弓十，玈矢千，秬鬯一卣，虎贲之士三百人。宣命曰："俾尔晋侯，得专征伐，以纠王慝。"晋侯逊谢再三，然后敢受。遂以王命布告于诸侯。襄王复命王子虎册封晋侯为盟主，合诸侯修盟会之政。晋侯于王宫之侧，设下盟坛，诸侯先至王宫行觐礼，然后各趋会所。王子虎监临其事，晋侯先登，执牛耳，诸侯以次而登。元咺已引叔武谒过晋侯了。是日，叔武摄卫君之位，附于载书之末，子虎读誓词曰："凡兹同盟，皆奖王室，毋相害也。有背盟者，明神殛之，殃及子孙，陨命绝祀。"诸侯齐声曰："王命修睦，敢不敬承！"各各歃血为信。潜渊读史诗云：

> 晋国君臣建大猷，取威定伯服诸侯。
> 扬旌城濮观俘馘，连袂王宫觐冕旒。
> 更美今朝盟践土，谩夸当日会葵丘。
> 桓公末路留遗恨，重耳能将此志酬。

盟事既毕，晋侯欲以叔武见襄王，立为卫君，以代成公。叔武涕泣辞曰："昔宁母之会，郑子华以子奸父，齐桓公拒之。今君方继桓公之业，乃令武以弟奸兄乎？君侯若嘉惠于武，赐之矜怜，乞复臣兄郑之位，臣兄郑事君侯，不敢不尽！"元咺亦叩头哀请，晋侯方才首肯。

不知卫侯何时复国，再看下回分解。

第四十二回
周襄王河阳受觐，卫元咺公馆对狱

话说周襄王二十年，下劳晋文公于践土，事毕归周。诸侯亦各辞回本国。卫成公疑歂犬之言，遣人密地打探，见元咺奉叔武入盟，名列载书，不暇致详，即时回报卫侯，卫侯大怒曰："叔武果自立矣。"大骂："元咺背君之贼，自己贪图富贵，扶立新君，却又使儿子来窥吾动静，吾岂容汝父子乎？"元角方欲置辨，卫侯拔剑一挥，头已坠地。冤哉！元角从人，慌忙逃回，报知其父咺，咺曰："子之生死，命也！君虽负咺，咺岂可负太叔乎？"司马瞒谓元咺曰："君既疑子，子亦当避嫌，何不辞位而去，以明子之心耶？"咺叹曰："咺若辞位，谁与太叔共守此国者？夫杀子，私怨也；守国，大事也。以私怨而废大事，非人臣所以报国之义也。"乃言于叔武，使奉书晋侯，求其复成公之位。此乃是元咺的好处，这事暂且搁过一边。

再说晋文公受了册命而回，虎贲弓矢，摆列前后，另是一番气象。入国之日，一路百姓扶老携幼，争睹威仪，箪食壶浆，共迎师旅，叹声啧啧，都夸"吾主英雄"。喜色欣欣，尽道"晋家兴旺"。

正是：

> 捍艰复缵文侯绪，攘楚重修桓伯勋。
> 十九年前流落客，一朝声价上青云。

晋文公临朝受贺，论功行赏，以狐偃为首功，先轸次之。诸将请曰："城濮之役，设奇破楚，皆先轸之功，今反以狐偃为首，何也？"文公曰："城濮之役，轸曰：'必战楚，毋失敌。'偃曰：'必避楚，毋失信。'夫胜敌者，一时之功也；全信者，万世之利也。奈何以一时之功，而加万世之利乎？是以先之。"诸将无不悦服。狐偃又奏："先臣荀息，死于奚齐、卓子之难，忠节可嘉，宜录其后，以励臣节。"文公准奏，遂召荀息之子荀林父为大夫。舟之侨正在家中守着妻子，闻晋侯将到，赶至半路相迎，文公命囚之后车，行赏已毕，使司马赵衰议罪，当诛。舟之侨自陈妻病求宽，文公曰："事君者不顾其身，况妻子乎？"喝命斩首示众。文公此番出军，第一次斩了颠颉，第二次斩了祁瞒，今日第三次，又斩了舟之侨。这三个都是有名的宿将，违令必诛，全不轻宥，所以三军畏服，诸将用命。正所谓"赏罚不明，百事不成；赏罚若明，四方可行"。此文公所以能伯诸侯也。文公与先轸等商议，欲增军额，以强其国，又不敢上同天子之六军，乃假名添作"三行"。以荀林父为中行大夫，先蔑、屠击为左右行大夫。前后三军三行，分明是六军，但避其名而已。以此兵多将广，天下莫比其强。

一日，文公坐朝，正与狐偃等议曹、卫之事，近臣奏："卫国有书到。"文公曰："此必叔武为兄求宽也。"启而观之，书曰："君侯不泯卫之社稷，许复故君，举国臣民，咸引领以望高义，惟君侯早图之。"陈穆公亦有使命至晋,代卫、郑致悔罪自新之意。文公乃各发回书,听其复归故国,谕郤步扬不必领兵邀阻。叔武得晋侯宽释之信,急发车骑如陈,往迎卫侯。陈穆公亦遣人劝驾。公子歂犬谓成公曰:"太叔为君已久,国人归附,邻国同盟,此番来迎,不可轻信。"卫侯曰:"寡人亦虑之。"乃遣甯俞先到楚丘,探其实信,甯俞只得奉命而行。至卫,正值叔武在朝中议政。甯俞入朝,望见叔武设座于殿堂之东,西向而坐。一见甯俞,降坐而迎,叙礼甚恭。甯俞佯问曰:"太叔摄位而不御正,何以示观瞻耶?"叔武曰:"此正位吾兄所御,吾虽侧其旁,尚栗栗不自安,敢居正乎?"甯俞曰:"俞今日方见太叔之心矣。"叔武曰:"吾思兄念切,朝暮悬悬,望大夫早劝君兄还朝,以慰我心也。"俞遂与订期,约以六月辛未吉日入城。甯俞出朝,采听人言,但闻得百官之众,纷纷议论,言:"故君若复入,未免分别居、行二项,行者有功,居者有罪,如何是好?"甯俞曰:"我奉故君来此传谕尔众:'不论行居,有功无罪。'如或不信,当歃血立誓。"众皆曰:"若能共盟,更有何疑。"俞遂对天设誓曰:"行者卫主,居者守国,若内若外,各宣其力。君臣和协,共保社稷,倘有相欺,明神是殛。"众皆欣然而散,曰:"甯子不欺吾也。"叔武又遣大夫长牂,专守国门,吩咐:"如有南来人到,不拘早晚,立刻放入。"

却说甯俞回复卫侯,言:"叔武真心奉迎,并无歹意。"卫侯也自信得过了,怎奈歂犬谗毁在前,恐临时不合,反获欺谤之罪,又说卫侯曰:"太叔与甯大夫定约,焉知不预作准备,以加害于君?君不如先期而往,出其不意,可必入也。"卫侯从其言,即时发驾。歂犬请为前驱,除宫备难,卫侯许之。甯俞奏曰:"臣已与国人订期矣,君若先期而往,国人必疑。"歂犬大喝曰:"俞不欲吾君速入,是何主意？"甯俞乃不敢复谏，只得奏言："君驾若即发，臣请先行一程，以晓谕臣民，而安上下之心。"卫侯曰："卿为国人言之，寡人不过欲早见臣民一面，并无他故。"甯俞去后，歂犬曰："甯之先行，事可疑也，君行不宜迟矣。"卫侯催促御人，并力而驰。

再说甯俞先到国门，长牂询知是卫侯之使，即时放入，甯俞曰："君即至矣！"长牂曰："前约辛未，今尚戊辰，何速也？子先入城报信，吾当奉迎。"甯才转身时，歂犬前驱已至，言："卫侯只在后面。"长牂急整车从，迎将上去，歂犬先入城去了，时叔武方亲督舆隶，扫除宫室，就便在庭中沐发，闻甯俞报言："君至。"且惊且喜，仓卒之间，正欲问先期之故，忽闻前驱车马之声，认是卫侯已到，心中喜极，发尚未干，等不得挽髻，急将一手握发，疾趋而出，正撞了歂犬，歂犬恐留下叔武，恐其兄弟相逢，叙出前因，远远望见叔武到来，遂弯弓搭箭，飕的发去，射个正好，叔武被箭中心窝，望后便倒，甯俞急忙上前扶救，已无及矣。哀哉！元咺闻叔武被杀，吃了一惊，大骂："无道昏君，枉杀无辜，天理岂能容汝？吾当投诉晋侯，看你坐位可稳？"痛哭了一场，急忙逃奔晋国去了。髯翁有诗云：

坚心守国为君兄，弓矢无情害有情。
不是卫侯多忌忮，前驱安敢擅加兵？

却说成公至城下，见长牂来迎，叩其来意，长牂述叔武吩咐之语，早来早入，晚来晚入，卫侯叹曰："吾弟果无他意也。"比及入城，只见甯俞带泪而来，言："叔武喜主公之至，不等沐完，握发出迎，谁知枉被前驱所杀，使臣失信于国人，臣该万死！"卫侯面有惭色,答曰:"寡人已知夷叔之冤矣。卿勿复言!"趋车入朝,百官尚未知觉,一路迎谒,先后不齐,甯俞引卫侯视叔武之尸,两目睁开如生,卫侯枕其头于膝上,不觉失声大哭,以手抚之曰:"夷叔,夷叔!我因尔归,尔为我死!哀哉,痛哉!"只见尸目闪烁有光,渐渐而瞑,甯俞曰:"不杀前驱,何以谢太叔之灵?"卫侯即命拘之。时歂犬谋欲逃遁,被甯俞遣人擒至,歂犬曰:"臣杀太叔,亦为君也。"卫侯大怒曰:"汝谤毁吾弟,擅杀无辜,今又归罪于寡人。"命左右将歂犬斩首号令,吩咐以君礼厚葬叔武。国人初时,闻叔武被杀,议论哄然,及闻诛歂犬,葬叔武,群心始定。

话分两头。再说卫大夫元咺,逃奔晋国,见了晋文公,伏地大哭,诉说卫侯疑忌叔武,故遣前驱射杀之事。说了又哭,哭了又说,说得晋文公发恼起来,把几句好话,安慰了元咺,留在馆驿。因大集群臣,问曰:"寡人赖诸卿之力,一战胜楚。践土之会,天子下劳,诸侯景从。伯业之盛,窃比齐桓。奈秦人不赴约,许人不会朝,郑虽受盟,尚怀疑贰之心,卫方复国,擅杀受盟之弟。若不再申约誓,严行诛讨,诸侯虽合必离,诸卿计将安出?"先轸进曰:"征会讨贰,伯主之职。臣请厉兵秣马,以待君命。"狐偃曰:"不然。伯主所以行乎诸侯者,莫不挟天子之威。今天子下劳,而君之觐礼未修,我实有缺,何以服人?为君计,莫若以朝王为名,号召诸侯,视其不至者,以天子之命临之。朝王,大礼也。讨慢王之罪,大名也。行大礼而举大名,又大业也。君其图之。"赵衰曰:"子犯之言甚善。然以臣愚见,恐入朝之举,未必遂也。"文公曰:"何为不遂?"赵衰曰:"朝觐之礼,不行久矣。以晋之强,五合六聚,以临京师,所过之地,谁不震惊?臣惧天子之疑君而谢君也。谢而不受,君之威亵矣。莫若致王于温,而率诸侯以见之,君臣无猜,其便一也。诸侯不劳,其便二也。温有叔带之新宫,不烦造作,其便三也。"文公曰:"王可致乎?"赵衰曰:"王喜于亲晋,而乐于受朝,何为不可?臣请为君使于周,而商入朝之事,度天子之计,亦必出此。"文公大悦,乃命赵衰如周,谒见周襄王,稽首再拜,奏言:"寡君重耳,感天王下劳锡命之恩,欲率诸侯至京师,修朝觐之礼,伏乞圣鉴!"襄王嘿然,命赵衰就使馆安歇,即召王子虎计议,言:"晋侯拥众入朝,其心不测,何以辞之?"子虎对曰:"臣请面见晋使而探其意,可辞则辞。"子虎辞了襄王,到馆驿见了赵衰,叙起入朝之事。子虎曰:"晋侯倡率诸姬,尊奖天子,举累朝废坠之旷典,诚王室之大幸也。但列国鳞集,行李充塞,车徒众盛,士民目未经见,妄加猜度,讹言易起,或相讥讪,反负晋侯一片忠爱之意。不如已之。"赵衰曰:"寡君思见天子,实出至诚。下臣行日,已传檄各国,相会于温邑取齐。若废而不举,是以王事为戏也,下臣不敢复命。"子虎曰:"然则奈何?"赵衰曰:"下臣有策于此,但不敢言耳。"子虎曰:"子余有何良策?敢不如命!"赵衰曰:"古者,天子有时巡之典,省方观民,况温亦畿内故地也。天子若以巡狩为名,驾临河阳,寡君因率诸侯以展觐,上不失王室尊严之体,下不负寡君忠敬之诚。未知可否?"子虎曰:"子余之策,诚为两便,虎即当转达天子。"子虎入朝,述其语于襄王,襄王大喜,约于冬十月之吉,驾幸河阳。赵衰回复晋侯。晋文公以朝王之举,播告诸侯,俱约冬十月朔,于温地取齐。

至期,齐昭公潘、宋成公王臣、鲁僖公申、蔡庄公甲午、秦穆公任好、郑文公捷,陆续俱到。秦穆公言:"前此践土之会,因惮路远后期,是以不果,今番愿从诸侯之后。"晋文公称谢。时陈穆公款新卒,子共公朔新立,畏晋之威,墨衰而至。邾、莒小国,无不毕集。卫侯郑自知有罪，意不欲往。甯俞谏曰："若不往，是益罪也，晋讨必至矣。"成公乃行，甯俞与鍼庄子、士荣，三人相从。比至温邑，文公不许相见，以兵守之。惟许人终于负固，不奉晋命。总计晋、齐、宋、鲁、蔡、秦、郑、陈、邾、莒，共是十国，先于温地叙会。不一日，周襄王驾到，晋文公率众诸侯迎至新宫驻跸，上前起居，再拜稽首。次日五鼓，十路诸侯，冠裳佩玉，整整齐齐，舞蹈扬尘，锵锵济济。方物有贡，各伸地主之仪；就位惟恭，争睹天颜之喜。这一朝，比践土更加严肃，有诗为证：

衣冠济济集河阳，争睹云车降上方。
虎拜朝天鸣素节，龙颜垂地沐恩光。
酆宫胜事空前代，郏鄏虚名慨下堂。
虽则致王非正典，托言巡狩亦何妨？

朝礼既毕，晋文公将卫叔武冤情，诉于襄王，遂请王子虎同决其狱。襄王许之。文公邀子虎至于公馆，宾主叙坐，使人以王命呼卫侯，卫侯囚服而至，卫大夫元咺亦到。子虎曰："君臣不便对理，可以代之。"乃停卫侯于庑下，甯俞侍卫侯之侧，寸步不离，鍼庄子代卫侯，与元咺对理。士荣摄治狱之官，质正其事，元咺口如悬河，将卫侯自出奔襄牛起首，如何嘱咐太叔守国，以后如何先杀元角，次杀太叔，备细铺叙出来。

鍼庄子曰："此皆歂犬谗谮之言，以致卫君误听，不全系卫君之事。"元咺曰："歂犬初与咺言，要拥立太叔，咺若从之，君岂得复入？只为咺仰体太叔爱兄之心，所以拒歂犬之请，不意彼反肆离间。卫君若无猜忌太叔之意，歂犬之谮，何由而入？咺遣儿子角，往从吾君，正是自明心迹。本是一团美意，乃无辜被杀。就他杀吾子角之心，便是杀太叔之心了。"士荣折之曰："汝挟杀子之怨，非为太叔也。"元咺曰："咺常言：'杀子私怨，守国大事。'咺虽不肖，不敢以私怨而废大事，当日太叔作书致晋，求复其兄，此书稿出于咺手，若咺挟怨，岂肯如此？只道吾君一时之误，还指望他悔心之萌，不意又累太叔受此大枉。"士荣又曰："太叔无篡位之情，吾君亦已谅之，误遭歂犬之手，非出君意。"元咺曰："君既知太叔无篡位之情，从前歂犬所言，都是虚谬，便当加罪，如何又听他先期而行？比及入国，又用为前驱，明明是假手歂犬，难言不知。"鍼庄子低首不出一语。士荣又折之曰："太叔虽受枉杀，然太叔，臣也，卫侯，君也。古来人臣被君枉杀者，不可胜计。况卫侯已诛歂犬，又于太叔加礼厚葬，赏罚分明，尚有何罪？"元咺曰："昔者桀枉杀关龙逢，汤放之。纣枉杀比干，武王伐之。汤与武王，并为桀、纣之臣子，目击忠良受枉，遂兴义旅，诛其君而吊其民。况太叔同气，又有守国之功，非龙逢、比干之比。卫不过侯封，上制于天王，下制于方伯，又非桀、纣贵为天子，富有四海之比。安得云无罪乎？"士荣语塞，又转口曰："卫君固然不是，汝为其臣，既然忠心为君，如何君入国，汝便出奔，不朝不贺，是何道理？"元咺曰："咺奉太叔守国，实出君命，君且不能容太叔，能容咺乎？咺之逃，非贪生怕死，实欲为太叔伸不白之冤耳！"晋文公在座，谓子虎曰："观士荣、元咺往复数端，种种皆是元咺的理长。卫郑乃天子之臣，不敢擅决，可先将卫臣行刑。"喝教左右："凡相从卫君者，尽加诛戮。"子虎曰："吾闻甯俞，卫之贤大夫，其调停于兄弟君臣之间，大费苦心，无如卫君不听何？且此狱与甯俞无干，不可累之。士荣摄为士师，断狱不明，合当首坐。鍼庄子不发一言，自知理曲，可从末减,惟君侯鉴裁。"文公依其言,乃将士荣斩首,"庄子刖足,甯俞姑赦不问。

卫侯上了槛车,文公同子虎带了卫侯,来见襄王,备陈卫家君臣两造狱词:"如此冤情,若不诛卫郑,天理不容,人心不服。乞命司寇行刑,以彰天罚。"襄王曰:"叔父之断狱明矣,虽然,不可以训。朕闻:'《周官》设两造以讯平民,惟君臣无狱,父子无狱。'若臣与君讼,是无上下也。又加胜焉,为臣而诛君,为逆已甚。朕恐其无以彰罚,而适以教逆也。朕亦何私于卫哉!"文公惶恐谢曰:"重耳见不及此。既天王不加诛,当槛送京师,以听裁决。"文公仍带卫侯,回至公馆,使军士看守如初,一面打发元咺归卫,听其别立贤君,以代卫郑之位。

元咺至卫,与群臣计议,诡言:"卫侯已定大辟,今奉王命,选立贤君。"群臣共举一人,乃是叔武之弟名适,字子瑕,为人仁厚。元咺曰:"立此人,正合'兄终弟及'之礼。"乃奉公子瑕即位,元咺相之。司马瞒、孙炎、周歂、冶廑一班文武相助,卫国粗定。

毕竟卫事如何结束,且看下回分解。

第四十三回
智甯俞假鸩复卫，老烛武缒城说秦

话说周襄王受朝已毕，欲返洛阳。众诸侯送襄王出河阳之境，就命先蔑押送卫侯于京师。时卫成公有微疾，晋文公使随行医衍，与卫侯同行，假以视疾为名，实使之鸩杀卫侯，以泄胸中之忿："若不用心，必死无赦！"又盼咐先蔑："作急在意，了事之日，一同医衍回话。"

襄王行后，众诸侯未散，晋文公曰："寡人奉天子之命，得专征伐。今许人一心事楚，不通中国。王驾再临，诸君趋走不暇，颍阳密迩，置若不闻，怠慢莫甚。愿偕诸君问罪于许。"众诸侯皆曰："敬从君命。"

时晋侯为主，齐、宋、鲁、蔡、陈、秦、莒、邾八国诸侯，皆率车徒听命，一齐向颍阳进发。只有郑文公捷，原是楚王姻党，惧晋来附，见晋文公处置曹、卫太过，心中有不平之意，思想："晋侯出亡之时，自家也曾失礼于他，看他亲口许复曹、卫，兀自不肯放手。如此怀恨，未必便忘情于郑也。不如且留楚国一路，做个退步，后来患难之时，也有个依靠。"上卿叔詹见郑伯踌躇，似有背晋

第四十三回 智宁俞假鸩复卫，老烛武缒城说秦

之意，遂进谏曰："晋幸辱收郑矣，君勿贰也，贰且获罪不赦。"郑伯不听，使人扬言："国中有疫。"托言祈祷，遂辞晋先归，阴使人通款于楚曰："晋侯恶许之昵就上国也，驱率诸侯，将问罪焉。寡君畏上国之威，不敢从兵，敢告。"许人闻有诸侯之兵，亦遣人告急于楚。楚成王曰："吾兵新败，勿与晋争。俟其厌兵之后，而求成焉。"遂不救许。诸侯之兵，围了颍阳，水泄不漏。

时曹共公襄，尚羁五鹿城中，不见晋侯赦令，欲求能言之人，往说晋侯。小臣侯獳，请携重赂以行，曹共公许之。侯獳闻诸侯在许，径至颍阳，欲求见晋文公。适文公以积劳之故，因染寒疾，梦有衣冠之鬼，向文公求食，叱之而退。病势愈加，卧不能起，方召太卜郭偃，占问吉凶。侯獳遂以金帛一车，致于郭偃，告之以情，使借鬼神之事，为曹求解，须如此恁般进言。郭偃受其贿嘱，许为讲解。既见，晋侯示之以梦。布卦得"天泽"之象，阴变为阳。偃献繇于文公，其词曰：

阴极生阳，蛰虫开张；
大赦天下，钟鼓堂堂。

文公问曰："何谓也？"郭偃对曰："以卦合之于梦，必有失祀之鬼神，求赦于君也。"文公曰："寡人于祀事，有举无废。且鬼神何罪，而求赦耶？"偃曰："以臣之愚度之，其曹乎？曹叔振铎，文之昭也。晋先君唐叔，武之穆也。昔齐桓公为会，而封邢、卫异姓之国。今君为会，而灭曹、卫同姓之国。况二国已蒙许复矣。践土之盟，君复卫而不复曹，同罪异罚，振铎失祀，其见梦不亦宜乎？君若复曹伯，以安振铎之灵，布宽仁之令，享钟鼓之乐，又何疾之

足患？"这一席话，说得文公心下豁然，觉病势顿去其半。即日遣人召曹伯襄于五鹿，使复归本国为君，所畀宋国田土，亦吐还之。曹伯襄得释，如笼鸟得翔于霄汉，槛猿复升于林木，即统本国之兵，趋至颍阳，面谢晋侯复国之恩，遂协助众诸侯围许。文公病亦渐愈。许僖公见楚救不至，乃面缚衔璧，向晋军中乞降，大出金帛犒军。文公乃与诸侯解围而去。

秦穆公临别，与晋文公相约："异日若有军旅之事，秦兵出，晋必助之；晋兵出，秦亦助之。彼此同心协力，不得坐视。"二君相约已定，各自分路。晋文公在半途，闻郑国遣使复通款于楚，勃然大怒，便欲移兵伐郑。赵衰谏曰："君玉体乍平，未可习劳，且士卒久敝，诸侯皆散，不如且归，休息一年，而后图之。"文公乃归。

话分两头。再表周襄王回至京师，群臣谒见称贺毕。先蔑稽首，致晋侯之命，乞以卫侯付司寇。时周公阅为太宰秉政，阅请羁卫侯于馆舍，听其修省。襄王曰："置大狱太重，舍公馆太轻。"乃于民间空房，别立囚室而幽之。襄王本欲保全卫侯，只因晋文公十分忿恨，又有先蔑监押，恐拂其意，故幽之别室，名为囚禁，实宽之也。甯俞紧随其君，寝处必偕，一步不离，凡饮食之类，必亲尝过，方才进用。先蔑催促医衍数次，奈甯俞防范甚密，无处下手。医衍没奈何，只得以实情告于甯俞曰："晋君之强明，子所知也。有犯必诛，有怨必报。衍之此行，实奉命用鸩，不然，衍且得罪。衍将为脱死之计，子勿与知可也。"甯俞附耳言曰："子既剖腹心以教我，敢不曲为子谋乎。子之君老矣，远于人谋，而近于鬼谋。近闻曹君获宥，特以巫史一言，子若薄其鸩以进，而托言鬼神，君必不罪，寡君当有薄献。"医衍会意而去。甯俞假以卫侯之命，向衍取药酒疗疾，因密致宝玉一函。衍告先蔑曰："卫侯死期至矣。"遂调鸩于瓯以进，用毒甚少，杂他药以乱其色。甯俞请尝，衍佯不许，强逼卫侯而灌之。才灌下两三口，衍张目仰看庭中，忽然大叫倒地，口吐鲜血，不省人事，仆瓯于地，鸩酒狼藉。甯俞故意大惊小怪，命左右将太医扶起，半晌方苏，问其缘故，衍言："方灌酒时，忽见一神人，身长丈余，头大如斛，装束威严，自天而下，直入室中，言：'奉唐叔之命，来救卫侯。'遂用金锤，击落酒瓯，使我魂魄俱丧也！"卫侯自言所见，与衍相同。甯俞佯怒曰："汝原来用毒以害吾君，若非神人相救，几不免矣。我与汝义不俱生！"即奋臂欲与衍斗，左右为之劝解。先蔑闻其事，亦飞驾来视，谓甯俞曰："汝君既获神祐，后禄未艾，蔑当复于寡君。"卫侯服鸩，又薄又少，以此受毒不深，略略患病，随即痊安。先蔑与医衍还晋，将此事回复文公。文公信以为然，赦医衍不诛。史臣有诗云：

鸩酒何名毒卫侯，漫教医衍碎磁瓯。
文公怒气虽如火，怎脱今朝甯武谋？

却说鲁僖公原与卫世相亲睦，闻得医衍进鸩不死，晋文公不加责罪，乃问于臧孙辰曰："卫侯尚可复乎？"辰对曰："可复。"僖公曰："何以见之？"辰对曰："凡五刑之用，大者甲兵斧钺，次者刀锯钻笮，最下鞭扑，或陈之原野，或肆之市朝，与百姓共明其罪。今晋侯于卫，不用刑而私鸩焉。又不诛医衍，是讳杀卫侯之名也。卫侯不死，其能老于周乎？若有诸侯请之，晋必赦卫。卫侯复国，必益亲于鲁，诸侯谁不诵鲁之高义？"僖公大悦，使臧孙辰先以白璧十双，献于周襄王，为卫求解。襄王曰："此晋侯之意也。若晋无后言，朕何恶于卫君？"辰对曰："寡君将使辰哀请于晋，然非天王有命，下臣不敢自往。"襄王受了白璧，明是依允之意。臧孙辰随到晋国，见了文公，亦以白璧十双为献，曰："寡君与卫，兄弟也，卫侯得罪君侯，寡君不遑宁处。今闻君已释曹伯，寡君愿以不腆之赋，为卫君赎罪。"文公曰："卫侯已在京师，王之罪人，寡人何得自专乎？"臧孙辰曰："君侯代天子以令诸侯，君侯如释其罪，虽王命又何殊也？"先蔑进曰："鲁亲于卫，君为鲁而释卫，二国交亲，以附于晋，君何不利焉？"文公许之，即命先蔑再同臧孙辰如周，共请于襄王。乃释卫成公之囚，放之回国。

时元咺已奉公子瑕为君，修城缮备，出入稽察甚严。卫成公恐归国之日，元咺发兵相拒，密谋于甯俞。俞对曰："闻周歂、冶廑以拥子瑕之功，求为卿而不得，中怀怨望，此可结为内援也。臣有交厚一人，姓孔名达，此人乃宋忠臣孔父之后，胸中广有经纶，周、冶二人，亦是孔父相识。若使孔达奉君之命，以卿位啖二人，使杀元咺，其余俱不足惧矣。"卫侯曰："子为我密致之，若事成，卿位固不吝也。"

甯俞乃使心腹人一路扬言："卫侯虽蒙宽释，无颜回国，将往楚国避难矣。"因取卫侯手书，付孔达为信，教他私结周歂、冶廑二人，如此恁般。歂、廑相与谋曰："元咺每夜必亲自巡城，设伏兵丁城闉隐处，突起刺之，因而杀入宫中，并杀子瑕，扫清宫室，以迎卫侯，功无出我二人上者。"两家各自约会家丁，埋伏停当。

黄昏左侧，元咺巡至东门，只见周歂、冶廑二人一齐来迎。元咺惊曰："二位为何在此！"周歂曰："外人传言故君已入卫境，且晚至此，大夫不闻乎？"元咺愕然曰："此言从何来！"冶廑曰："闻甯大夫有人入城，约在位诸臣往迎，大夫何以处之！"元咺曰："此乱言，不可信之。况大位已定，岂有复迎故君之理！"周歂曰："大夫身为正卿,当洞观万里,如此大事,尚然不知,要你则甚?"冶廑便拿住元咺双手,元咺急待挣扎,周歂手拔佩刀,大喝一声,劈头砍来,去了半个天灵盖。伏兵齐起,左右一时惊逃。周歂、冶廑率领家丁,沿途大呼:"卫侯引齐、鲁之兵,见集城外矣!尔百姓各宜安居,勿得扰动。"百姓家家闭户,处处关门。便是为官在朝的,此时也半疑半信,正不知甚么缘故,一个个袖手静坐,以待消息。周歂、冶廑二人,杀入宫中,公子适方与其弟子仪在宫中饮酒,闻外面有兵变,子仪拔剑在手,出宫探信。正遇周歂,亦被所杀。寻觅公子适不见。宫中乱了一夜,至天明,方知子适已投井中死矣。周歂、冶廑将卫侯手书,榜于朝堂,大集百官,迎接卫成公入城复位。后人论甯武子,能委曲以求复成公,可谓智矣。然使当此之时,能谕之让国于子瑕,瑕知卫君之归,未必引兵相拒,或退居臣位,岂不两全。乃导周歂、冶廑行袭取之事,遂及弑逆,骨肉相残,虽卫成公之薄,武子不为无罪也。有诗叹曰:

前驱一矢正含冤,又迫新君赴井泉。
终始贪残无谏阻,千秋空说甯俞贤。

卫成公复位之后,择日祭享太庙。不负前约,封周歂、冶廑并受卿职,使之服卿服,陪祭于庙。是日五鼓,周歂升车先行,将及庙门,忽然目睛反视,大叫:"周歂穿窬小人,蛇豕奸贼。我父子尽忠为国,汝贪卿位之荣,戕害我命。我父子含冤九泉,汝盛服陪祀,好不快活。我拿你去见太叔及子瑕,看你有何理说?吾乃上大夫元咺是也!"言毕,九窍流血,僵死车中。冶廑后到,吃一大惊,慌忙脱卸卿服,托言中寒而返。卫成公至太庙,改命甯俞、孔达陪祀。还朝之时，冶廑辞爵表章已至。卫侯知周歂死得希奇，遂不强其受。未逾月，冶廑亦病亡。可怜周、冶二人止为贪图卿位，干此不义之事，未享一日荣华，徒取千年唾骂，岂不愚哉？卫侯以甯俞有保护之功，欲用为上卿，俞让于孔达，乃以达为上卿，甯俞为亚卿，达为卫侯画策，将咺、瑕之死，悉推在已死周歂、冶廑二人身上，遣使往谢晋侯，晋侯亦付之不问。

时周襄王十二年，晋兵已休息岁余。文公一日坐朝，谓群臣曰："郑人不礼之仇未报，今又背晋款楚，吾欲合诸侯问罪，何如？"先轸曰："诸侯屡勤矣，今以郑故，又行征发，非所以靖中国也。况我军行无缺，将士用命，何必外求？"文公曰："秦君临行有约，必与同事。"先轸对曰："郑为中国咽喉，故齐桓欲伯天下，每争郑地，今若使秦共伐，秦必争之，不如独用本国之兵。"文公曰："郑邻晋而远于秦，秦何利焉？"乃使人以兵期告秦，约于九月上旬，同集郑境。文公临发，以公子兰从行。兰乃郑伯捷之庶弟，向年逃晋，仕为大夫。及文公即位，兰周旋左右，忠谨无比，故文公爱近之，此行盖欲借为向导也。兰辞曰："臣闻'君子虽在他乡，不忘父母之国。'君有讨于郑，臣不敢与其事。"文公曰："卿可谓不背本矣。"乃留公子兰于东鄙，自此有扶持他为郑君之意。

晋师既入郑境，秦穆公亦引着谋臣百里奚，大将孟明视，副将杞子、逢孙、杨孙等，车二百乘来会。两下合兵攻破郊关，直逼曲洧，筑长围而守之。晋兵营于函陵，在郑城之西；秦兵营于氾南，在郑城之东。游兵日夜巡警，樵采俱断。慌得郑文公手足无措。大夫叔詹进曰："秦、晋合兵，其势甚锐，不可与争，但得一舌辩之士，往说秦公，使之退兵，秦若退师，晋势已孤，不足畏矣。"郑伯曰："谁可往说秦公者？"叔詹对曰："佚之狐可。"郑伯命佚之狐。

狐对曰："臣不堪也，臣愿举一人以自代，此人乃口悬河汉、舌摇山岳之士，但其老不见用，主公若加其官爵，使之往说，不患秦公不听矣。"郑伯问："是何人？"狐曰："考城人也，姓烛名武，年过七十，事郑国为圉正，三世不迁官。乞主公加礼而遣之。"

郑伯遂召烛武入朝，见其须眉尽白，伛偻其身，蹒跚其步，左右无不含笑。烛武拜见了郑伯，奏曰："主公召老臣何事？"郑伯曰："佚之狐言子舌辩过人，欲烦子说退秦师，寡人将与子共国。"烛武再拜辞曰："臣学疏才拙，当少壮时，尚不能建立尺寸之功，况今老耄，筋力既竭，语言发喘，安能犯颜进说，动千乘之听乎？"郑伯曰："子事郑三世，老不见用，孤之过也，今封子为亚卿，强为寡人一行。"佚之狐在旁赞言曰："大丈夫老不遇时，委之于命，今君知先生而用之，先生不可再辞。"烛乃受命而出。

时二国围城甚急，烛武知秦东晋西，各不相照，是夜命壮士以绳索缒下东门，径奔秦寨，将士把持，不容入见。武从营外放声大哭，营吏擒来禀见穆公。穆公问："是谁人？"武曰："老臣乃郑之大夫烛武是也。"穆公曰："所哭何事？"武曰："哭郑之将亡耳！"穆公曰："郑亡。汝安得在吾寨外号哭？"武曰："老臣哭郑，兼亦哭秦。郑亡不足惜，独可惜者秦耳！"穆公大怒。叱曰："吾国有何可惜？言不合理，即当斩首！"武面无惧色，叠着两个指头，指东画西，说出一段利害来。正是：

> 说时石汉皆开眼，道破泥人也点头。
> 红日朝升能夜出，黄河东逝可西流。

烛武曰："秦晋合兵临郑，郑之亡，不待言矣。若亡郑而有益于秦，老臣又何敢言？不惟无益，又且有损，君何为劳师费财，以供他人之役乎？"穆公曰："汝言无益有损，何说也？"烛武曰："郑在晋之东界，秦在晋之西界，东西相距，千里之遥。秦东隔于晋，南隔于周，能越周、晋而有郑乎？郑虽亡，尺土皆晋之有，于秦何与？夫秦、晋两国，毗邻并立，势不相下。晋益强，则秦益弱矣。为人兼地，以自弱其国，智者计不出此。且晋惠公曾以河外五城许君，既入而旋背之，君所知也。君之施于晋者，累世矣，曾见晋有分毫之报于君乎？晋侯自复国以来，增兵设将，日务兼并为强，今日拓地于东，既亡郑矣，异日必思拓地于西，患且及秦。君不闻虞、虢之事乎？假虞君以灭虢，旋反戈而中虞。虞公不智，助晋自灭，可不鉴哉？君之施晋，既不足恃；晋之用秦，又不可测。以君之贤智，而甘堕晋之术中，此臣所谓'无益而有损'，所以痛哭者此也！"穆公静听良久，耸然动色，频频点首曰："大夫之言是也！"百里奚进曰："烛武辩士，欲离吾两国之好，君不可听之。"烛武曰："君若肯宽目下之围，定立盟誓，弃楚降秦。君如有东方之事，行李往来，取给于郑，犹君外府也。"穆公大悦，遂与烛武歃血为誓，反使杞子、逢孙、杨孙三将留卒二千人助郑戍守，不告于晋，密地班师而去。早有探骑报入晋营，文公大怒，狐偃在旁，请追击秦师。

不知文公从否，且看下回分解。

第四十四回
叔詹据鼎抗晋侯，弦高假命犒秦军

话说秦穆公私与郑盟，背晋退兵，晋文公大怒。狐偃进曰："秦虽去不远，臣请率偏师追击之。军有归心，必无斗志，可一战而胜也。既胜秦，郑必丧胆，将不攻自下矣。"文公曰："不可。寡人昔赖其力，以抚有社稷。若非秦君，寡人何能及此？以子玉之无礼于寡人，寡人犹避之三舍，以报其施，况婚姻乎？且无秦，何患不能围郑？"乃分兵一半，营于函陵，攻围如故。

郑伯谓烛武曰："秦兵之退，子之力也。晋兵未退，如之奈何？"烛武对曰："闻公子兰有宠于晋侯，若使人迎公子兰归国，以请成于晋，晋必从矣。"郑伯曰："此非老大夫，亦不堪使也。"石申父曰："武劳矣，臣愿代一行。"乃携重宝出城，直叩晋营求见。文公命之入。石申父再拜，将重宝上献，致郑伯之命曰："寡君以密迩荆蛮，不敢显绝，然实不敢离君侯之宇下也。君侯赫然震怒，寡君知罪矣。不腆世藏，愿效贽于左右。寡君有弟兰，获侍左右，今愿因兰以乞君侯之怜。君侯使兰监郑之国，当朝夕在庭，其敢有二心！"文公曰："汝离我于秦，明欺我不能独下郑也。今又来求成，莫非缓兵之计,欲俟楚救耶?若欲我退兵,必依我二事方可。"石申父曰:"请君侯命之!"文公曰:"必迎立公子兰为世子,且献谋臣叔詹出来,方表汝诚心也。"

石申父领了晋侯言语,入城回复郑伯。郑伯曰:"孤未有子,闻子兰昔有梦征,立为世子,社稷必享之。但叔詹乃吾股肱之臣,岂可去孤左右?"叔詹对曰:"臣闻'主忧则臣辱,主辱则臣死。'今晋人索臣,臣不往,兵必不解。是臣避死不忠,而遗君以忧辱也。臣请往!"郑伯曰:"子往必死,孤不忍也!"叔詹对曰:"君不忍于一詹,而忍于百姓之危困,社稷之陨坠乎?舍一臣以救百姓而安社稷,君何爱焉?"郑伯涕泪而遣之。石申父同侯宣多,送叔詹于晋军,言:"寡君畏君之灵,二事俱不敢违。今使詹听罪于幕下,惟君侯处裁!且求赐公子兰为敝邑之適嗣,以终上国之德。"晋侯大悦,即命狐偃召公子兰于东鄙,命石申父、侯宣多在营中等候。

且说晋侯见了叔詹,大喝:"汝执郑国之柄,使其君失礼于宾客,一罪也;受盟而复怀贰心,二罪也。"命左右速具鼎镬,将烹之。叔詹面不改色,拱手谓文公曰:"臣愿得尽言而死。"文公曰:"汝有何言?"詹对曰:"君侯辱临敝邑,臣常言于君曰:'晋公子贤明,其左右皆卿才,若返国,必伯诸侯。'及温之盟,臣又劝吾君:'必终事晋,无得罪,罪且不赦。'天降郑祸,言不见纳。今君侯委罪于执政,寡君明其非辜,坚不肯遣;臣引'主辱臣死'之义,自请就诛,以救一城之难。夫料事能中,智也;尽心谋国,忠也;临难不避,勇也;杀身救国,仁也。仁智忠勇俱全,有臣如此,在晋国之法,固宜烹矣!"乃据鼎耳而号曰:"自今已往,事君者以詹为戒!"文公悚然,命赦勿杀,曰:"寡人聊以试子,子真烈士也!"加礼甚厚。不一日,公子兰取至,文公告以相召之意;使叔詹同石

第四十四回　叔詹据鼎抗晋侯，弦高假命犒秦军

申父、侯宣多等，即以世子之礼相见，然后跟随入城。郑伯立公子兰为世子，晋师方退。自是秦、晋有隙。髯翁有诗叹云：

甥舅同兵意不欺，却因烛武片言移。
为贪东道蝇头利，数世兵连那得知？

是年，魏犨醉后，坠车折臂，内伤病复发，呕血斗余死。文公录其子魏颗嗣爵。未几，狐毛、狐偃亦相继而卒。晋文公哭之恸曰："寡人得脱患难，以有今日，多赖舅氏之力。不意弃我而去，使寡人失其右臂矣。哀哉！"胥臣进曰："主公惜二狐之才，臣举一人，可为卿相，惟主公主裁！"文公曰："卿所举何人也？"胥臣曰："臣前奉使，舍于冀野，见一人方秉耒而耨，其妻馈以午餐，双手捧献，夫亦敛容接之。夫祭而后食，其妻侍立于旁。良久食毕，夫俟其妻行而后复耨，始终无惰容。夫妻之间，相敬如宾，况他人乎？臣闻'能敬者必有德'。往问姓名，乃郤芮之子郤缺也。此人若用于晋，不弱于子犯。"文公曰："其父有大罪，安可用其子乎？"胥臣曰："以尧、舜为父，而有丹朱、商均之不肖；以鲧为父，而有禹之圣；贤不肖之间，父子不相及也。君奈何因已往之恶，而弃有用之才乎？"文公曰："善。卿为我召之。"胥臣曰："臣恐其逃奔他国，为敌所用，已携归在臣家中矣。君以使命往，方是礼贤之道。"文公依其言，使内侍以簪缨袍服，往召郤缺。郤缺再拜稽首，辞曰："臣乃冀野农夫，君不以先臣之罪，加之罪戮，已荷宽宥，况敢赖宠以玷朝班？"内侍再三传命劝驾，郤缺乃簪佩入朝。郤缺生得身长九尺，隆准丰颐，声如洪钟。文公一见大喜，乃迁胥臣为下军元帅，使郤缺佐之。复改二行为二军，谓之"新上""新下"。以赵衰

将"新上军",箕郑佐之;胥臣之子胥婴将"新下军",先都佐之。旧有三军,今又添二军,共是五军,亚于天子之制,豪杰向用,军政无阙。楚成王闻之而惧,乃使大夫斗章请平于晋。晋文公念其旧德,许之通好,使大夫阳处父报聘于楚。不在话下。

周襄王二十四年,郑文公捷薨。群臣奉其弟公子兰即位,是为穆公,果应昔日梦兰之兆。是冬,晋文公有疾,召赵衰、先轸、狐射姑、阳处父诸臣,入受顾命,使辅世子骧为君,勿替伯业。复恐诸子不安于国,预遣公子雍出仕于秦,公子乐出仕于陈。雍乃杜祁所生,乐乃辰嬴所生也。又使其幼子黑臀,出仕于周,以亲王室。文公薨,在位八年,享年六十八岁。史臣有诗赞云:

> 道路奔驰十九年,神龙返穴遂乘权。
> 河阳再觐忠心显,城濮三军义问宣。
> 雪耻酬恩中始快,赏功罚罪政无偏。
> 虽然广俭繇天授,左右匡扶赖众贤。

世子骧主丧即位,是为襄公。襄公奉文公之柩,殡于曲沃。方出绛城,柩中忽作大声,如牛鸣然,其柩重如泰山,车不能动。群臣无不大骇。太卜郭偃卜之,献其繇曰:

> 有鼠西来,越我垣墙。
> 我有巨梃,一击三伤。

偃曰:"数日内,必有兵信自西方来。我军击之,大捷。此先君有灵,以告我也。"群臣皆下拜,柩中声顿止,亦觉不重,遂如常而行。先轸曰："西方者，秦也。"随使人密往秦国探信，不题。

话分两头。却说秦将杞子、逢孙、杨孙三人，屯戍于郑之北门。见晋国送公子兰归郑，立为世子，忿然曰："我等为他戍守，以拒晋兵。他又降服晋国，显得我等无功了。"已将密报知会本国。秦穆公心亦不忿，只碍着晋侯，敢怒而不敢言。及公子兰即位，待杞子等无加礼。杞子遂与逢孙、杨孙商议："我等屯戍在外，终无了期。不若劝吾主潜师袭郑，吾等皆可厚获而归。"正商议间，又闻晋文公亦薨，举手加额曰："此天赞吾成功也！"前遣心腹人归秦，言于穆公曰："郑人使我掌北门之管，若遣兵潜来袭郑，我为内应，郑可灭也。晋有大丧，必不能救郑。况郑君嗣位方新，守备未修，此机不可失。"秦穆公接此密报，遂与蹇叔及百里奚商议。二臣同声进谏曰："秦去郑千里之遥，非能得其地也，特利其俘获耳。夫千里劳师，跋涉日久，岂能掩人耳目？若彼闻吾谋，而为之备，劳而无功，中途必有变。夫以兵戍人，还而谋之，非信也；乘人之丧而伐之，非仁也；成则利小，不成则害大，非智也；失此三者，臣不知其可也！"穆公艴然曰："寡人三置晋君，再平晋乱，威名著于天下。只因晋侯败楚城濮，遂以伯业让之。今晋侯即世，天下谁为秦难者？郑如困鸟依人，终当飞去。乘此时灭郑，以易晋河东之地，晋必听之。何不利之有？"蹇叔又曰："君何不使人行吊于晋，因而吊郑，以窥郑之可攻与否？毋为杞子辈虚言所惑也。"穆公曰："若待行吊而后出师，往返之间，又几一载。夫用兵之道，疾雷不及掩耳，汝老耄何知？"乃阴约来人："以二月上旬，师至北门，里应外合，不得有误。"

于是召孟明视为大将，西乞术、白乙丙副之，挑选精兵三千余人，车三百乘，出东门之外。孟明乃百里奚之子，白乙乃蹇叔之子。

出师之日，蹇叔与百里奚号哭而送之曰："哀哉，痛哉！吾见尔之出，而不见尔之入也！"穆公闻之大怒，使人让二臣曰："尔何为哭吾师？敢沮吾军心耶？"蹇叔、百里奚并对曰："臣安敢哭君之师？臣自哭吾子耳！"白乙见父亲哀哭，欲辞不行。蹇叔曰："吾父子食秦重禄，汝死自分内事也。"乃密授以一简，封识甚固，嘱之曰："汝可依吾简中之言。"白乙领命而行，心下又惶惑，又凄楚。惟孟明自恃才勇，以为成功可必，恬不为意。

大军既发，蹇叔谢病不朝，遂请致政。穆公强之。蹇叔遂称病笃，求还铚村。百里奚造其家问病，谓蹇叔曰："奚非不知见几之道，所以苟留于此者，尚冀吾子生还一面耳！吾兄何以教我？"蹇叔曰："秦兵此去必败。贤弟可密告子桑，备舟辑于河下，万一得脱，接应西还。切记，切记！"百里奚曰："贤兄之言，即当奉行。"穆公闻蹇叔决意归田，赠以黄金二十斤，彩缎百束，群臣俱送出郊关而返。百里奚握公孙枝之手，告以蹇叔之言，如此恁般："吾兄不托他人，而托子桑，以将军忠勇，能分国家之忧也。将军不可泄漏，当密图之！"公孙枝曰："敬如命。"自去准备船只。不在话下。

却说孟明见白乙领父密简，疑有破郑奇计在内，是夜安营已毕，特来索看。白乙丙启而观之，内有字二行曰："此行郑不足虑，可虑者晋也。崤山地险，尔宜谨慎。我当收尔骸骨于此！"孟明掩目急走，连声曰："咄咄！晦气，晦气！"白乙意亦以为未必然。三帅自冬十二月丙戌日出师，至明年春正月，从周北门而过，孟明曰："天子在是，虽不敢以戎事谒见，敢不敬乎？"传令左右，皆免胄下车。前哨牙将褒蛮子，骁勇无比，才过都门，即从平地超越登车，疾如飞鸟，车不停轨。孟明叹曰："使人人皆褒蛮子，何事不成？"众将士哗然曰："吾等何以不如褒蛮子？"于是争先攘臂呼于众曰:"有不能超乘者,退之殿后!"凡行军以殿为怯,军败则以殿为勇。此言殿后者,辱之也。一军凡三百乘,无不超腾而上者。登车之后,车行迅速,如疾风闪电一般,霎时不见。

时周襄王使王子虎同王孙满,往观秦师。过讫,回复襄王。王子虎叹曰:"臣观秦师骁健如此,谁能敌者?此去郑必无幸矣!"王孙满时年甚小,含笑而不言。襄王问曰:"尔童子以为何如?"满对曰:"礼,过天子门,必卷甲束兵而趋。今止于免胄,是无礼也。又超乘而上,其轻甚矣。轻则寡谋,无礼则易乱。此行也,秦必有败衂之辱,不能害人,只自害耳!"

却说郑国有一商人,名曰弦高,以贩牛为业。自昔王子颓爱牛,郑、卫各国商人,贩牛至周,颇得重利。今日弦高尚袭其业。此人虽则商贾之流,倒也有些忠君爱国之心、排患解纷之略。只为无人荐引,屈于市井之中。今日贩了数百肥牛,往周买卖。行近黎阳津,遇一故人,名曰蹇他,乃新从秦国而来。弦高与蹇他相见,问:"秦国近有何事?"他曰:"秦遣三帅袭郑,以十二月丙戌日出兵,不久即至矣。"弦高大惊曰:"吾父母之邦,忽有此难,不闻则已,若闻而不救,万一宗社沦亡,我何面目回故乡也?"遂心生一计,辞别了蹇他,一面使人星夜奔告郑国,教他速作准备。一面打点犒军之礼,选下肥牛二十头随身,余牛俱寄顿客舍。弦高自乘小车,一路迎秦师上去。来至滑国,地名延津,恰好遇见秦兵前哨,弦高拦住前路,高叫:"郑国有使臣在此,愿求一见!"前哨报入中军。孟明倒吃一惊,想道:"郑国如何便知我兵到来,遣使臣远远来接?且看他来意如何。"遂与弦高车前相见。弦高诈传郑君之命,谓孟明曰:"寡君闻三位将军,将行师出于敝邑,不腆之赋,敬使下臣高远犒从者。敝邑摄乎大国之间,外侮迭至,为久劳远戍,恐一旦不戒，或有不测，以得罪于上国，日夜儆备，不敢安寝。惟执事谅之！"孟明曰："郑君既犒师，何无国书？"弦高曰："执事以冬十二月丙戌日出兵，寡君闻从者驱驰甚力，恐俟词命之修，或失迎犒，遂口授下臣，匍匐请罪，非有他也。"孟明附耳言曰："寡君之遣视，为滑故也，岂敢及郑？"传令："住军于延津！"弦高称谢而退。西乞、白乙问孟明："驻军延津何意？"孟明曰："吾师千里远涉，止以出郑人之不意，可以得志。今郑人已知吾出军之日，其为备也久矣。攻之则城固而难克，围之则兵少而无继。今滑国无备，不若袭滑而破之。得其卤获，犹可还报吾君，师出不为无名也。"是夜三更，三帅兵分作三路，并力袭破滑城。滑君奔翟。秦兵大肆掳掠，子女玉帛，为之一空。史臣论此事，谓秦师目中已无郑矣。若非弦高矫命犒师，以杜三帅之谋，则灭国之祸，当在郑而不在滑也。有诗赞云：

千里驱兵狠似狼，岂因小滑逞锋铓。
弦高不假军前犒，郑国安能免灭亡？

滑自被残破，其君不能复国。秦兵去后，其地遂为卫国所并。不在话下。

却说郑穆公接了商人弦高密报，犹未深信。时当二月上旬，使人往客馆，窥觇杞子、逢孙、杨孙所为。则已收束车乘，厉兵秣马，整顿器械。人人装束，个个抖擞。只等秦兵到来，这里准备献门。使者回报，郑伯大惊。乃使老大夫烛武，先见杞子、逢孙、杨孙，各以束帛为赆。谓之曰："吾子淹久于敝邑，敝邑以供给之故，原圃之麋鹿俱竭矣。今闻吾子戒严，意者有行色乎？孟明诸将在周、滑之间，盍往从之？"杞子大惊，暗思："吾谋已泄，师至无功，反将得罪，不惟郑不可留，秦亦不可归矣。"乃缓词以谢烛武，即日引亲随数十人，逃奔齐国。逢孙、杨孙亦奔宋国避罪。戍卒无主，屯聚于北门，欲为乱。郑穆公使佚之狐，多赍行粮，分散众人，导之还乡。郑穆公录弦高之功，拜为军尉。自此郑国安靖。

却说晋襄公在曲沃殡宫守丧，闻谍报："秦国孟明将军，统兵东去，不知何往？"襄公大惊，即使人召群臣商议。先轸预已打听明白，备知秦君袭郑之谋，遂来见襄公。

不知先轸如何计较，且看下回分解。

第四十五回
晋襄公墨缞败秦，先元帅免胄殉翟

话说中军元帅先轸，已备知秦国袭郑之谋，遂来见襄公曰："秦违蹇叔、百里奚之谏，千里袭人。此卜偃所谓'有鼠西来，越我垣墙'者也。急击之，不可失。"栾枝进曰："秦有大惠于先君，未报其德，而伐其师，如先君何？"先轸曰："此正所以继先君之志也。先君之丧，同盟方吊恤之不暇，秦不加哀悯，而兵越吾境，以伐我同姓之国，秦之无礼甚矣！先君亦必含恨于九泉，又何德之足报？且两国有约，彼此同兵。围郑之役，背我而去；秦之交情，亦可知矣？彼不顾信，我岂顾德？"栾枝又曰："秦未犯吾境，击之毋乃太过？"先轸曰："秦之树吾先君于晋，非好晋也，以自辅也。君之伯诸侯，秦虽面从，心实忌之。今乘丧用兵，明欺我之不能庇郑也。我兵不出，真不能矣。袭郑不已，势将袭晋。谚云：'一日纵敌，数世贻殃。'若不击秦，何以自立？"赵衰曰："秦虽可击，但吾主苫块之中，遽兴兵革，恐非居丧之礼。"先轸曰："礼，人子居丧，寝处苫块，以尽孝也。剪强敌以安社稷，孝孰大焉？诸卿若云不可，臣请独往。"胥臣等皆赞成其谋，先轸遂请襄公墨缞治兵。襄公曰："元帅料秦兵何时当返？从何路行？"先轸屈指算之曰："臣料秦兵必不能克郑，远行无继，势不可久。总计往返之期，四月有余，初夏必过渑池。渑池乃秦晋之界，其西有崤山两座，自东崤至于西崤，相去三十五里，此乃秦归必由之路。其地树木丛杂，山石崚嶒，有数处车不可行，必当解骖下走。若伏兵于此处，出其不意，可使秦之兵将，尽为俘虏。"襄公曰："但凭元帅调度。"

先轸乃使其子先且居，同屠击引兵五千，伏于崤山之左；使胥臣之子胥婴，同狐鞫居引兵五千，伏于崤山之右。候秦兵到日，左右夹攻。使狐偃之子狐射姑同韩子舆引兵五千，伏于西崤山，预先砍伐树木，塞其归路；使梁繇靡之子梁弘同莱驹引兵五千，伏于东崤山，只等秦兵尽过，以兵追之。先轸同赵衰、栾枝、胥臣、阳处父、先蔑一班宿将，跟随晋襄公，离崤山二十里下寨，各分队伍，准备四下接应。正是：

> 整顿窝弓射猛虎，安排香饵钓鳌鱼。

再说秦兵于春二月中，灭了滑国，掳其辎重，满载而归，只为袭郑无功，指望以此赎罪。时夏四月初旬，行及渑池，白乙丙言于孟明曰："此去从渑池而西，正是崤山险峻之路，吾父谆谆叮嘱谨慎，主帅不可轻忽。"孟明曰："吾驱驰千里，尚然不惧。况过了崤山，便是秦境，家乡密迩，缓急可恃，又何虑哉！"西乞术曰："主帅虽然虎威，然慎之无失。恐晋有埋伏，卒然而起，何以御之？"孟明曰："将军畏晋如此，吾当先行，如有伏兵，吾自当之。"乃遣骁将褒蛮子，打着元帅百里旗号，前往开路；孟明做第二队，西乞第三队，白乙第四队，相离不过一二里之程。

却说褒蛮子惯使着八十斤重的一柄方天画戟,抡动如飞,自谓天下无敌。驱车过了渑池,望西路进发,行至东崤山,忽然山凹里鼓声大震,飞出一队车马,车上立着一员大将,当先拦路,问:"汝是秦将孟明否?吾等候多时矣!"褒蛮子曰:"来将可通姓名。"那将答曰:"吾乃晋国大将莱驹是也,"蛮子曰:"教汝国栾枝、魏犨来到,还斗上几合戏耍。汝乃无名小卒,何敢拦吾归路?快快闪开,让我过去,若迟慢时,怕你捱不得我一戟。"莱驹大怒,挺长戈劈胸刺去,蛮子轻轻拨开,就势一戟刺来,莱驹急闪,那戟来势太重,就刺在那车衡之上,蛮子将戟一绞,把衡木折做两段。莱驹见其神勇,不觉赞叹一声道:"好孟明,名不虚传。"蛮子呵呵大笑曰:"我乃孟明元帅部下牙将褒蛮子便是。我元帅岂肯与汝鼠辈交锋耶?汝速速躲避,我元帅随后兵到,汝无噍类矣。"莱驹吓得魂不附体,想道:"牙将且如此英雄,不知孟明还是如何?"遂高声叫曰:"我放汝过去,不可伤害吾军。"遂将车马约在一边,让褒蛮子前队过去。蛮子即差军士传报主帅孟明,言:"有些小晋军埋伏,已被吾杀退,可速上前合兵一处,过了崤山,便没事了。"孟明得报大喜,遂催趱西乞、白乙两军,一同进发。

且说莱驹引兵来见梁弘,盛述褒蛮子之勇,梁弘笑曰:"虽有鲸鲛,已入铁网,安能施其变化哉?吾等按兵勿动,俟其尽过,从后驱之,可获全胜。"

再说孟明等三帅,进了东崤,约行数里,地名上天梯、堕马崖、绝命岩、落魂涧、鬼愁窟、断云峪,一路都是有名的险处,车马不能通行。前哨褒蛮子,已自去得远了。孟明曰:"蛮子已去,料无埋伏矣!"吩咐军将,解了辔索,卸了甲胄,或牵马而行,或扶车而过,一步两跌,备极艰难,七断八续,全无行伍。有人问道:

"秦兵当日出行，也从崤山过去的。不见许多艰阻？今番回转，何说得恁般？"这有个缘故，当初秦兵出行之日，乘着一股锐气，且没有晋兵拦阻。轻车快马，缓步徐行，任意经过，不觉其苦。今日往来千里，人马俱疲困了。又掳掠得滑国许多子女金帛，行装重滞；况且遇过晋兵一次，虽然硬过，还怕前面有伏，心下慌忙，倍加艰阻，自然之理也。孟明等过了上天梯第一层险隘，正行之间，隐隐闻鼓角之声，后队有人报道："晋兵从后追至矣！"孟明曰："我既难行，他亦不易，但愁前阻，何怕后追？吩咐各军，速速前进便了。"教白乙前行，"我当亲自断后，以御追兵。"又蓦过了堕马崖，将近绝命岩了，众人发起喊来，报道："前面有乱木塞路，人马俱不能通，如何是好？"孟明想："这乱木从何而来？莫非前面果有埋伏？"乃亲自上前来看，但见岩旁有一碑，镌上五字道："文王避雨处。"碑旁竖立红旗一面，旗竿约长三丈有余，旗上有一"晋"字，旗下都是纵横乱木，孟明曰："此是疑兵之计也，事已至此，便有埋伏，只索上前。"遂传令教军士先将旗竿放倒，然后搬开柴木，以便跋涉。谁知这面晋字红旗，乃是伏军的记号。他伏于岩谷僻处，望见旗倒，便知秦兵已到，一齐发作。秦军方才搬运柴木，只闻前面鼓声如雷，远远望见旌旗闪烁，正不知多少军马，白乙丙且教安排器械，为冲突之计。只见山岩高处，立着一位将军，姓狐名射姑，字贾季，大叫道："汝家先锋褒蛮子，已被缚在此了，来将早早投降，免遭屠戮。"

原来褒蛮子恃勇前进，堕于陷坑之中，被晋军将挠钩搭起，绑缚上囚车了。白乙丙大惊，使人报知西乞术与主将孟明，商议并力夺路。孟明看这条路径，只有尺许之阔，一边是危峰峻石，一边临着万丈深溪，便是落魂涧了，虽有千军万马，无处展施。心生一计,传令:"此非交锋之地,教大军一齐退转东崤宽展处,决一死战,再作区处。"白乙丙奉了将令,将军马退回,一路闻金鼓之声,不绝于耳。才退至堕马崖,只见东路旌旗,连接不断,却是大将梁弘同副将莱驹,引着五千人马,从后一步步袭来。秦军过不得堕马崖,只得又转,此时好像蚂蚁在热盘之上,东旋西转,没有个定处。孟明教军士从左右两旁,爬山越溪,寻个出路。只见左边山头上金鼓乱鸣,左有一支军占住,叫道:"大将先且居在此,孟明早早投降。"右边隔溪一声炮响,山谷俱应,又竖起大将胥婴的旗号。孟明此时,如万箭攒心,没摆布一头处,军士每分头乱窜,爬山越溪,都被晋兵斩获。孟明大怒,同西乞、白乙二将,仍杀到堕马崖来。那柴木上都掺有硫黄焰硝引火之物,被韩子舆放起火来,烧得焰腾腾烟涨迷天,红赫赫火星撒地,后面梁弘军马已到,逼得孟明等三帅叫苦不迭,左右前后,都是晋兵布满。孟明谓白乙丙曰:"汝父真神算也。今日困于绝地,我死必矣。你二人变服,各自逃生,万一天幸,有一人得回秦国,奏知吾主,兴兵报仇,九泉之下,亦得吐气。"西乞术、白乙丙哭曰:"吾等生则同生,死则同死,纵使得脱,何面目独归故国?"言之未已,手下军兵,看看散尽,委弃车仗器械,连路堆积。孟明等三帅,无计可施,聚于岩下,坐以待缚,晋兵四下围裹将来,如馒头一般,把秦家兵将,做个馂子,一个个束手受擒。杀得血污溪流,尸横山径,匹马只轮,一些不曾走漏。髯翁有诗云:

千里雄心一旦灰,西崤无复只轮回。
休夸晋帅多奇计,蹇叔先曾堕泪来。

第四十五回　晋襄公墨缞败秦，先元帅免胄殉翟

先且居诸将会集于东崤之下，将三帅及褒蛮子上了囚车，俘获军士及车马，并滑国掳掠来许多子女玉帛，尽数解到晋襄公大营。襄公墨缞受俘，军中欢呼动地，襄公问了三帅姓名，又问："褒蛮子何人也？"梁弘曰："此人虽则牙将，有兼人之勇，莱驹曾失利一阵，若非落于陷坑，亦难制缚。"襄公骇然曰："既如此骁勇，留之恐有他变。"唤莱驹上前，"汝前日战输与他，今日在寡人面前，可斩其头以泄恨。"莱驹领命，将褒蛮子缚于庭柱，手握大刀，方欲砍去。那蛮子大呼曰："汝是我手下败将，安敢犯吾？"这一声，就如半空中起个霹雳一般，屋宇俱震动。蛮子就呼声中，将两臂一撑，麻索俱断，莱驹吃一大惊，不觉手颤，堕刀于地。蛮子便来抢这把大刀。有个小校，名曰狼瞫，从旁观见，先抢刀在手，将蛮子一刀劈倒，再复一刀，将头割下，献于晋侯之前。襄公大喜曰："莱驹之勇，不及一小校也？"乃黜退莱驹不用，立狼瞫为车右之职。狼瞫谢恩而出，自谓亲受知于君，不往元帅先轸处拜谢。先轸心中，颇有不悦之意。

次日，襄公同诸将奏凯而归，因殡在曲沃，且回曲沃。欲俟还绛之后，将秦帅孟明等三人献俘于太庙，然后施刑，先以败秦之功，告于殡宫，遂治窀穸之事。襄公墨缞视葬，以表战功。母夫人嬴氏，因会葬亦在曲沃，已知三帅被擒之信，故意问襄公曰："闻我兵得胜，孟明等俱被囚执，此社稷之福也，但不知已曾诛戮否？"襄公曰："尚未。"文嬴曰："秦、晋世为婚姻，相与甚欢，孟明等贪功起衅，妄动干戈，使两国恩变为怨，吾量秦君，必深恨此三人，我国杀之无益，不如纵之还秦，使其君自加诛戮，以释二国之怨，岂不美哉？"襄公曰："三帅用事于秦，获而纵之，恐贻晋患。"文嬴曰："'兵败者死'，国有常刑。楚兵一败，得臣伏诛，岂秦国独无

军法乎？况当时晋惠公被执于秦，秦君且礼而归之，秦之有礼于我如此。区区败将，必欲自我行戮，显见我国无情也。"襄公初时不肯，闻说到放还惠公之事，悚然动心。即时诏有司释三帅之囚，纵归秦国。孟明等得脱囚系，更不入谢，抱头鼠窜而逃。

先轸方在家用饭，闻晋侯已赦三帅，吐哺入见，怒气冲冲，问襄公："秦囚何在？"襄公曰："母夫人请放归即刑，寡人已从之矣。"先轸勃然唾襄公之面曰："咄！孺子不知事如此。武夫千辛万苦，方获此囚，乃坏于妇人之片言耶？放虎归山，异日悔之晚矣！"襄公方才醒悟，拭面而谢，曰："寡人之过也！"遂问班部中，"谁人敢追秦囚者？"阳处父愿往。先轸曰："将军用心，若追得，便是第一功也！"阳处父驾起追风马，抡起斩将刀，出了曲沃西门，来追孟明。史臣有诗赞襄公能容先轸，所以能嗣伯业。诗曰：

> 妇人轻丧武夫功，先轸当时怒气冲。
> 拭面容言无愠意，方知嗣伯属襄公。

却说孟明等三人得脱大难，路上相议曰："我等若得渡河，便是再生，不然，犹恐晋君追悔，如之奈何？"比到河下，并无一个船只，叹曰："天绝我矣！"叹声未绝，见一渔翁，荡着小艇，从西而来，口中唱歌曰：

> 囚猿离槛兮，囚鸟出笼；
> 有人遇我兮，反败为功。

孟明异其言，呼曰："渔翁渡我！"渔翁曰："我渡秦人，不渡

第四十五回　晋襄公墨缞败秦，先元帅免胄殉翟

晋人！"孟明曰："吾等正是秦人，可速渡我！"渔翁曰："子非崤中失事之人耶？"孟明应曰："然。"渔翁曰："吾奉公孙将军将令，特舣舟在此相候，已非一日矣，此舟小，不堪重载，前行半里之程有大舟，将军可速往。"说罢，那渔翁反棹而西，飞也似去了。

三帅循河而西，未及半里，果有大船数只泊于河中，离岸有半箭之地，那渔舟已自在彼招呼。孟明和西乞、白乙跣足下船，未及撑开，东岸上早有一位将官，乘车而至，乃大将阳处父也，大叫："秦将且住！"孟明等各各吃惊。须臾之间，阳处父停车河岸，见孟明已在舟中，心生一计，解自家所乘左骖之马，假托襄公之命，赐与孟明："寡君恐将军不给于乘，使处父将此良马，追赠将军，聊表相敬之意。伏乞将军俯纳！"阳处父本意要哄孟明上岸相见，收马拜谢，乘机缚之。那孟明漏网之鱼，"脱却金钩去，回头再不来"，心上也防这一着，如何再肯登岸？乃立于船头上，遥望阳处父，稽首拜谢曰："蒙君不杀之恩，为惠已多，岂敢复受良马之赐。此行寡君若不加戮，三年之后，当亲至上国，拜君之赐耳！"阳处父再欲开口，只见舟师水手运桨下篙，船已荡入中流去了。阳处父惘然如有所失，闷闷而回，以孟明之言，奏闻于襄公。先轸忿然进曰："彼云'三年之后，拜君之赐'者，盖将伐晋报仇也，不如乘其新败丧气之日，先往伐之，以杜其谋。"襄公以为然，遂商议伐秦之事。

话分两头。再说秦穆公闻三帅为晋所获，又闷又怒，寝食俱废，过了数日，又闻三帅已释放还归，喜形于色。左右皆曰："孟明等丧师辱国，其罪当诛，昔楚杀得臣以警三军，君亦当行此法也。"穆公曰："孤自不听蹇叔、百里奚之言，以累及三帅，罪在于孤，不在他人。"乃素服迎之于郊，哭而唁之，复用三帅主兵，愈加礼待。百里奚叹曰："吾父子复得相会，已出望外矣！"遂告老致政，穆公

乃以繇余、公孙枝为左右庶长，代蹇叔、百里奚之位。此话且搁过一边。

再说晋襄公正议伐秦，忽边吏驰报："今有翟主白部胡，引兵犯界，已过箕城，望乞发兵防御！"襄公大惊曰："翟、晋无隙，如何相犯？"先轸曰："先君文公出亡在翟，翟君以二隗妻我君臣，一住十二年，礼遇甚厚，及先君返国，翟君又遣人拜贺，送二隗还晋。先君之世，从无一介束帛，以及于翟，翟君念先君之好，隐忍不言。今其子白部胡嗣位，自恃其勇，故乘丧来伐耳。"襄公曰："先君勤劳王事，未暇报及私恩，今翟君伐我之丧，是我仇也，子盍为寡人创之！"先轸再拜辞曰："臣忿秦帅之归，一时怒激，唾君之面，无礼甚矣！臣闻'兵事尚整，惟礼可以整民'。无礼之人，不堪为帅，愿主公罢臣之职，别择良将！"襄公曰："卿为国发愤，乃忠心所激，寡人岂不谅之。今御翟之举，非卿不可，卿其勿辞！"先轸不得已，领命而出。叹曰："我本欲死于秦，谁知却死于翟也！"闻者亦莫会其意，襄公自回绛都去了。

单说先轸升了中军帐，点集诸军，问众将："谁肯为前部先锋者？"一人昂然而出曰："某愿往。"先轸视之，乃新拜右车将军狼瞫也，先轸因他不来谒谢，已有不悦之意，今番自请冲锋，愈加不喜，遂骂曰："尔新进小卒，偶斩一囚，遂获重用。今大敌在境，汝全无退让之意，岂藐我帐下无一良将耶？"狼瞫曰："小将愿为国家出力，元帅何故见阻？"先轸曰："眼前亦不少出力之人，汝有何谋勇，辄敢掩诸将之上？"遂叱去不用。以狐鞫居有崤山夹战之功，用以代之。狼瞫垂首叹气，恨恨而出，遇其友人鲜伯于途，问曰："闻元帅选将御敌，子安能在此闲行？"狼瞫曰："我自请冲锋，本为国家出力，谁知反触了先轸那厮之怒。他道我有何谋勇，不该掩诸将之上，已将我罢职不用矣！"鲜伯大怒曰："先轸妒贤嫉能，我与你共起家丁，刺杀那厮，以出胸中不平之气，便死也落得爽快！"狼瞫曰："不可，不可！大丈夫死必有名。死而不义，非勇也。我以勇受知于君，得为戎右。先轸以为无勇而黜之。若死于不义，则我今日之被黜，乃黜一不义之人，反使嫉妒者得藉其口矣，子姑待之。"鲜伯叹曰："子之高见，吾不及也。"遂与狼瞫同归，不在话下。后人有诗议先轸黜狼瞫之非，诗曰：

> 提戈斩将勇如贲，车右超升属主恩。
> 效力何辜遭黜逐？从来忠勇有冤吞。

再说先轸用其子先且居为先锋，栾盾、郤缺为左右队，狐溱、狐鞫居为合后，发车四百乘，出绛都北门，望箕城进发。两军相遇，各安营停当，先轸唤集诸将授计曰："箕城有地名曰大谷，谷中宽衍，正乃车战之地。其旁多树木，可以伏兵，栾、郤二将可分兵左右埋伏。待且居与翟交战佯败，引至谷中，伏兵齐起，翟主可擒也。二狐引兵接应，以防翟兵驰救。"诸将如计而行。先轸将大营移后十余里安扎。

次早，两下结阵，翟主白部胡亲自索战。先且居略战数合，引车而退。白部胡引着百余骑，奋勇来追，被先且居诱入大谷，左右伏兵俱起。白部胡施逞精神，左一冲，右一突，胡骑百余，看看折尽，晋兵亦多损伤。良久，白部胡杀出重围，众莫能御，将至谷口，遇着一员大将，刺斜里飕的一箭，正中白部胡面门，翻身落马，军士上前擒之。射箭者，乃新拜下军大夫郤缺也。箭透脑后，白部胡登时身死，郤缺认得是翟主，割下首级献功。时先轸在中营，闻知白部胡被获，举首向天连声曰："晋侯有福，晋侯有福！"遂索纸笔，写表章一道，置于案上。不通诸将得知，竟与营中心腹数人，乘单车驰入翟阵。

却说白部胡之弟白暾，尚不知其兄之死，正欲引兵上前接应。忽见有单车驰到，认是诱敌之兵，白暾急提刀出迎。先轸横戈于肩，瞪目大喝一声，目眦尽裂，血流及面。白暾大惊，倒退数十步，见其无继，传令弓箭手围而射之。先轸奋起神威，往来驰骤，手杀头目三人，兵士二十余人，身上并无点伤。原来这些弓箭手惧怕先轸之勇，先自手软，箭发的没力了。又且先轸身被重铠，如何射得入去？先轸见射不能伤，自叹曰："吾不杀敌，无以明吾勇；既知吾勇矣，多杀何为？吾将就死于此。"乃自解其甲以受箭，箭集如猬，身死而尸不僵仆。白暾欲断其首，见其怒目扬须，不异生时，心中大惧。有军士认得的，言："此乃晋中军元帅先轸！"白暾乃率众罗拜，叹曰："真神人也！"祝曰："神许我归翟供养乎？则仆！"尸僵立如故。乃改祝曰："神莫非欲还晋国否？我当送回！"祝毕，尸遂仆于车上。

要知如何送回晋国，且看下回分解。

第四十六回
楚商臣宫中弑父，秦穆公崤谷封尸

话说翟主白部胡被杀，有逃命的败军，报知其弟白暾。白暾涕泣曰："俺说：'晋有天助，不可伐之'，吾兄不听，今果遭难也！"欲将先轸尸首，与晋打换部胡之尸，遣人到晋军打话。

且说郤缺提了白部胡首级，同诸将到中军献功，不见了元帅，有守营军士说道："元帅乘单车出营去了，但吩咐'紧守寨门'，不知何往。"先且居心疑，偶于案上见表章一道，取而观之。云：

> 臣中军大夫先轸奏言：臣自知无礼于君，君不加诛讨，而复用之。幸而战胜，赏赉将及矣。臣归而不受赏，是有功而不赏也；若归而受赏，是无礼而亦可论功也。有功不赏，何以劝功；无礼论功，何以惩罪？功罪紊乱，何以为国？臣将驰入翟军，假手翟人，以代君之讨。臣子且居有将略，足以代臣，臣轸临死冒昧。

且居曰："吾父驰翟师死矣？"放声大哭，便欲乘车闯入翟军，查看其父下落。此时郤缺、栾盾、狐鞫居、狐射姑等,毕集营中,死劝方住。众人商议:"必先使人打听元帅生死,方可进兵。"忽报:"翟主之弟白暾,差人打话。"召而问之,乃是彼此换尸之事,且居知死信真实,又复痛哭了一场。约定:"明日军前,各抬亡灵,彼此交换。"翟使回复去后,先且居曰:"戎狄多诈,来日不可不备。"乃商议令郤缺、栾盾仍旧张两翼于左右,但有交战之事,便来夹攻。二狐同守中军。

次日,两边结阵相持。先且居素服登车,独出阵前,迎接父尸。白暾畏先轸之灵,拔去箭翎,将香水浴净,自脱锦袍包裹,装载车上,如生人一般,推出阵前,付先且居收领。晋军中亦将白部胡首级,交割还翟。翟送还的,是香喷喷一具全尸;晋送去的,只是血淋淋一颗首级。白暾心怀不忍,便叫道:"你晋家好欺负人,如何不把全尸还我?"先且居使人应曰:"若要取全尸,你自去大谷中乱尸内寻认。"白暾大怒,手执开山大斧,指挥翟骑冲杀过来。这里用辎车结阵,如墙一般,连冲突数次,皆不能入。引得白暾踯躅咆哮,有气莫吐。

忽然晋军中鼓声骤起,阵门开处,一员大将,横戟而出,乃狐射姑也。白暾便与交锋,战不多合,左有郤缺,右有栾盾,两翼军士围裹将来。白暾见晋兵众盛,急忙拨转马头,晋军从后掩杀。翟兵死者不计其数。狐射姑认定白暾,紧紧追赶,白暾恐冲动本营,拍马从刺斜里跑去。射姑不舍,随着马尾赶来。白暾回首一看,带转马头,问曰:"将军面善,莫非贾季乎?"射姑答曰:"然也。"白暾曰:"将军别来无恙?将军父子,俱住吾国十二年,相待不薄,今日留情,异日岂无相见。我乃白部胡之弟白暾是也。"狐射姑见提起旧话,心中不忍,便答道:"我放汝一条生路,汝速速回军,无得淹久于此。"言毕回车，至于大营。晋兵已自得胜，便拿不着白暾，众俱无话。是夜，白暾潜师回翟。白部胡无子，白暾为之发丧，遂嗣位为君。此是后话。

且说晋师凯旋而归，参见晋襄公，呈上先轸的遗表。襄公怜轸之死，亲殓其尸。只见两目复开，勃勃有生气。襄公抚其尸曰："将军死于国事，英灵不泯，遗表所言，足见忠爱，寡人不敢忘也！"乃即柩前，拜先且居为中军元帅，以代父职，其目遂瞑。后人于箕城立庙祀之。襄公嘉郤缺杀白部胡之功，仍以冀为之食邑，谓曰："尔能盖父之愆，故还尔父之封也！"又谓胥臣曰："举郤缺者，吾子之功。微子，寡人何由任缺？"乃以先茅之县赏之。诸将见襄公赏当其功，无不悦服。

时许、蔡二国，因晋文公之变，复受盟于楚。晋襄公拜阳处父为大将，帅师伐许，因而侵蔡。楚成王命鬬勃同成大心，帅师救之。行及泜水，隔岸望见晋军，遂逼泜水下寨。晋军营于泜水之北，两军只隔得一层水面，击柝之声，彼此相闻。晋军为楚师所拒，不能前进，如此相持，约有两月。看看岁终，晋军粮食将尽，阳处父意欲退军，既恐为楚所乘，又嫌于避楚，为人所笑。乃使人渡泜水，直入楚军，传语鬬勃曰："谚云：'来者不惧，惧者不来'，将军若欲与吾战，吾当退去一舍之地，让将军济水而阵，决一死敌。如将军不肯济，将军可退一舍之地，让我渡河南岸，以请战期。若不进不退，劳师费财，何益于事？处父今驾马于车，以候将军之命，惟速裁决。"鬬勃忿然曰："晋欺我不敢渡河耶？"便欲渡河索战。成大心急止曰："晋人无信，其言退舍，殆诱我耳。若乘我半济而击之，我进退俱无据矣。不如姑退，以让晋涉。我为主，晋为客，不亦可乎？"鬬勃悟曰："孙伯之言是也！"乃传令军中，退三十里下寨，让晋济水，使人回复阳处父。处父使改其词，宣言于众，只说："楚将鬬勃，畏晋不敢涉水，已遁去矣。"军中一时传遍，处父曰："楚师已遁，我何济为？岁暮天寒，且归休息，以俟再举可也。"遂班师还晋。鬬勃退舍二日，不见晋师动静，使人侦之，已去远矣，亦下令班师而回。

却说楚成王之长子，名曰商臣。先时欲立为太子，问于鬬勃，勃对曰："楚国之嗣，利于少，不利于长，历世皆然。且商臣之相，蜂目豺声，其性残忍，今日受而立之，异日复恶而黜之，其为乱必矣。"成王不听，竟立为嗣，使潘崇傅之。商臣闻鬬勃不欲立己，心怀怨恨，及鬬勃救蔡，不战而归，商臣谮于成王曰："子上受阳处父之赂，故避之以为晋名。"成王信其言，遂不许鬬勃相见，使人赐之以剑。鬬勃不能自明，以剑刎喉而死。成大心自诣成王之前，叩头涕泣，备述退师之故，如此恁般："并无受赂之事，若以退为罪，罪宜坐臣。"成王曰："卿不必引咎，孤亦悔之矣！"自此成王有疑太子商臣之意。后又爱少子职，遂欲废商臣而立职，诚恐商臣谋乱，思寻其过失而诛之。宫人颇闻其语，传播于外，商臣犹豫未信，以告于太傅潘崇。崇曰："吾有一计，可察其说之真假。"商臣问："计将安出？"潘崇曰："王妹芈氏，嫁于江国，近以归宁来楚，久住宫中，必知其事。江芈性最躁急，太子诚为设享，故加怠慢，以激其怒，怒中之言，必有泄漏。"商臣从其谋，乃具享以待江芈。芈氏来至东宫，商臣迎拜甚恭，三献之后，渐渐疏慢，中馈但使庖人供馔，自不起身，又故意与行酒侍儿，窃窃私语，芈氏两次问话，俱失应答。芈氏大怒，拍案而起，骂曰："役夫不肖如此，宜王之欲杀汝而立职也！"商臣假意谢罪，芈氏不顾，竟上车而去，骂声犹不绝口。

商臣连夜告于潘崇，因叩以自免之策，潘崇曰："子能北面而事职乎？"商臣曰："吾不能以长事少也。"潘崇曰："若不能屈首事人，盍适他国？"商臣曰："无因也，只取辱焉。"潘崇曰："舍此二者，别无策矣！"商臣固请不已，潘崇曰："有一策，甚便捷，但恐汝不忍耳。"商臣曰："死生之际，有何不忍？"潘崇附耳曰："除非行大事，乃可转祸为福。"商臣曰："此事吾能之。"乃部署宫甲，至夜半，托言宫中有变，遂围王宫，潘崇仗剑，同力士数人入宫，径造成王之前，左右皆惊散。成王问曰："卿来何事？"潘崇答曰："王在位四十七年矣，成功者退，今国人思得新王，请传位于太子！"成王惶遽答曰："孤即当让位，但不知能相活否？"潘崇曰："一君死，一君立，国岂有二君耶，何王之老而不达也！"成王曰："孤方命庖人治熊掌，俟其熟而食之，虽死不恨。"潘崇厉声曰："熊掌难熟，王欲延时刻，以待外救乎？请王自便，勿俟臣动手！"言毕，解束带投于王前。成王仰天呼曰："好鬬勃！好鬬勃！孤不听忠言，自取其祸，复何言哉！"遂以带自挽其颈，潘崇命左右拽之，须臾气绝。江芈曰："杀吾兄者，我也！"亦自缢而死。时周襄王二十六年，冬十月之丁未日也。髯翁论此事，谓成王以弟弑兄，其子商臣，遂以子弑父，天理报应，昭昭不爽。有诗叹曰：

> 楚君昔日弑熊艰，今日商臣报叔冤。
> 天遣潘崇为逆傅，痴心犹想食熊蹯。

商臣既弑其父，遂以暴疾讣于诸侯，自立为王，是为穆王。加潘崇之爵为太师，使掌环列之尹，复以为太子之室赐之。令尹鬬般等，皆知成王被弑，无人敢言。商公鬬宜申闻成王之变，托言奔丧，因来郢都，与大夫仲归谋弑穆王，事露，穆王使司马鬭越椒擒宜申仲归杀之。巫者范貑似言："楚成王与子玉、子西三人，俱不得其死。"至是，其言果验矣。

鬭越椒觊令尹之位，乃说穆王曰："子扬常向人言：'父子世秉楚政，受先王莫大之恩，愧不能成先王之志。'其意欲扶公子职为君，子西之来，子扬实召之，今西上伏诛，子扬意不自安，恐有他谋，不可不备。"穆王疑之，乃召鬭般使杀公子职，鬭般辞以不能。穆王怒曰："汝欲成先王之志耶？"自举铜锤击杀之。公子职欲奔晋，鬭越椒追杀之于郊外。穆王拜成大心为令尹。未几，大心亦卒。遂迁鬭越椒为令尹，芳贾为司马。后穆王复念子文治楚之功，录鬭克黄为箴尹。克黄字子仪，乃鬭般之子，子文之孙也。

晋襄公闻楚成王之死，问于赵盾曰："天其遂厌楚乎？"赵盾对曰："楚君虽横，犹可以礼义化诲。商臣不爱其父，况其他乎？臣恐诸侯之祸，方未艾耳！"不几年，穆王遣兵四出，先灭江，次灭六，灭蓼，又用兵陈、郑，中原多事，果如赵盾之言。此是后话。

却说周襄王二十七年，春二月，秦孟明视请于穆公，欲兴师伐晋，以报崤山之败。穆公壮其志，许之。孟明遂同西乞、白乙，率车四百乘伐晋。晋襄公虑秦有报怨之举，每日使人远探，一得此信，笑曰："秦之拜赐者至矣。"遂拜先且居为大将，赵衰为副，狐鞫居为车右，迎秦师于境上。大军将发之际，狼瞫自请以私属效劳，先且居许之。时孟明等尚未出境，先且居曰："与其俟秦至而战，不如伐秦。"遂西行至于彭衙，方与秦兵相遇，两边各排成阵势。狼瞫请于先且居曰："昔先元帅以瞫为无勇，罢黜不用。今日瞫请自试，非敢求录功，但以雪前之耻耳。"言毕，遂与其友鲜伯等百余人，直犯秦阵，所向披靡，杀死秦兵无算。鲜伯为白乙所杀。先且居登车，望见秦阵已乱,遂驱大军掩杀前去,孟明等不能当。大败而走,先且居救出狼瞫。瞫遍体皆伤,呕血斗余,逾日而亡。晋兵凯歌还朝,且居奏于襄公曰:"今日之胜,狼瞫之力,与臣无与也。"襄公命以上大夫之礼,葬狼瞫于西郭。使群臣皆送其葬,此是襄公激励人才的好处。史臣有诗夸狼瞫之勇云:

> 壮哉狼车右,斩囚如割鸡。
> 被黜不妄怒,轻身犯敌威。
> 一死表生平,秦师因以摧。
> 重泉若有知,先轸应低眉。

却说孟明兵败回秦,自分必死。谁知穆公一意引咎,全无嗔怪之意,依旧使人郊迎慰劳,任以国政如初。孟明自愧不胜,乃增修国政,尽出家财,以恤阵亡之家。每日操演军士,勉以忠义,期来年大举伐晋。

是冬,晋襄公复命先且居,纠合宋大夫公子成、陈大夫辕选、郑大夫公子归生,率师伐秦,取江及彭衙二邑而还。戏曰:"吾以报拜赐之役也。"昔郭偃卜繇,有'一击三伤'之语,至是三败秦师,其言果验。孟明不请师御晋,秦人皆以为怯。惟穆公深信之,谓群臣曰:"孟明必能报晋,但时未至耳。"至明年夏五月,孟明补卒蒐乘,训练已精,请穆公自往督战,"若今次不能雪耻,誓不生还!"穆公曰:"寡人凡三见败于晋矣,若再无功,寡人亦无面目返国也!"乃选车五百乘,择日兴师。凡军士从行者,皆厚赠其家。三军踊跃,皆愿效死。兵由蒲津关而出,既渡黄河,孟明出令,使尽焚其舟,穆公怪而问曰:"元帅焚舟,何意也?"孟明视奏曰:"'兵以气胜'，吾屡挫之后，气已衰矣，幸而胜，何患不济？吾之焚舟，示三军之必死，有进无退，所以作其气也。"穆公曰："善。"孟明自为先锋，长驱直入，破王官城，取之。

谍报至绛州，晋襄公大集群臣，商议出兵拒敌。赵衰曰："秦怒已甚，此番起倾国之兵，将致死于我，且其君亲行，不可当也，不如避之。使稍逞其志，可以息两国之争。"先且居亦曰："困兽犹能斗，况大国乎？秦君耻败，而三帅俱好勇，其志不胜不已，兵连祸结，未有已时，子余之言是也。"襄公乃传谕四境坚守，毋与秦战。繇余谓穆公曰："晋惧我矣，君可乘此兵威，收崤山死士之骨，可以盖昔之耻。"穆公从之，遂引兵渡黄河上岸，自茅津济师，屯于东崤，晋兵无一人一骑敢相迎者。穆公命军士于堕马崖、绝命岩、落魂涧等处，收检尸骨，用草为衬，埋藏于山谷僻坳之处。宰牛杀马，大陈祭享。穆公素服，亲自沥酒，放声大哭。孟明诸将伏地不能起，哀动三军，无不堕泪。髯仙有诗云：

> 曾嗔二老哭吾师，今日如何自哭之？
> 莫道封尸豪举事，崤山虽险本无尸。

江及彭衙二邑百姓，闻穆公伐晋得胜，哄然相聚，逐去晋之守将，还复归秦。秦穆公奏凯班师，以孟明为亚卿，与二相同秉国政。西乞、白乙俱加封赏，改蒲津关为大庆关，以志军功。

却说西戎主赤班，初时见秦兵屡败，欺秦之弱，欲倡率诸戎叛秦。及伐晋回来，穆公遂欲移师伐戎。繇余请传檄戎中，征其朝贡，若其不至，然后攻之。赤班打听孟明得胜，正怀忧惧，一见檄文，遂率西方二十余国，纳地请朝，尊穆公为西戎伯主。史臣论秦事,以为"千军易得,一将难求",穆公信孟明之贤,能始终任用,所以卒成伯业。

是时,秦之威名,直达京师。周襄王谓尹武公曰:"秦、晋匹也,其先世皆有功于王室,昔重耳主盟中夏,朕册命为侯伯;今秦伯任好,强盛不亚于晋,朕亦欲册之如晋,卿以为何如?"尹武公曰:"秦自伯西戎,未若晋之能勤王也。今秦、晋方恶,而晋侯驩能继父业,若册命秦,则失晋欢矣,不若遣使颁赐以贺秦,则秦知感,而晋亦无怨。"襄王从之。

要知后事如何,再看下回分解。

第四十七回
弄玉吹箫双跨凤，赵盾背秦立灵公

话说秦穆公并国二十，遂伯西戎。周襄王命尹武公赐金、鼓以贺之。秦伯自称年老，不便入朝，使公孙枝如周谢恩。是年，蹊余病卒，穆公心加痛惜，遂以孟明为右庶长。公孙枝自周还，知穆公意向孟明，亦告老致政，不在话下。

却说秦穆公有幼女，生时适有人献璞，琢之，得碧色美玉。女周岁，宫中陈晬盘，女独取此玉，弄之不舍，因名弄玉。稍长，姿容绝世，且又聪明无比，善于吹笙，不由乐师，自成音调。穆公命巧匠，剖此美玉为笙，女吹之，声如凤鸣。穆公钟爱其女，筑重楼以居之，名曰凤楼。楼前有高台，亦名凤台。弄玉年十五，穆公欲为之求佳婿。弄玉自誓曰："必是善笙人，能与我唱和者，方是我夫，他非所愿也！"穆公使人遍访，不得其人。

忽一日，弄玉于楼上卷帘闲看，见天净云空，月明如镜，呼侍儿焚香一炷，取碧玉笙，临窗吹之。声音清越，响入天际，微风拂拂，忽若有和之者。其声若远若近，弄玉心异之，乃停吹而听，其声亦止，余音犹袅袅不断。弄玉临风惘然，如有所失。徙倚夜半，

第四十七回　弄玉吹箫双跨凤，赵盾背秦立灵公

月昃香消，乃将玉笙置于床头，勉强就寝。梦见西南方，天门洞开，五色霞光，照耀如昼，一美丈夫羽冠鹤氅，骑彩凤自天而下，立于凤台之上，谓弄玉曰："我乃太华山之主也。上帝命我与尔结为婚姻，当以中秋日相见，宿缘应尔。"乃于腰间解赤玉箫，倚栏吹之。其彩凤亦舒翼鸣舞，凤声与箫声，唱和如一，宫商协调，喤喤盈耳。弄玉神思俱迷，不觉问曰："此何曲也？"美丈夫对曰："此《华山吟》第一弄也！"弄玉又问曰："曲可学乎？"美丈夫对曰："既成姻契，何难相授？"言毕，直前执弄玉之手。弄玉猛然惊觉，梦中景象，宛然在目。

及旦，自言于穆公，乃使孟明以梦中形象，于太华山访之。有野夫指之曰："山上明星岩，有一异人，自七月十五日至此，结庐独居，每日下山沽酒自酌。至晚，必吹箫一曲，箫声四彻，闻者忘卧，不知何处人也！"孟明登太华山，至明星岩下，果见一人羽冠鹤氅，玉貌丹唇，飘飘然有超尘出俗之姿。孟明知是异人，上前揖之，问其姓名。对曰："某萧姓，史名。足下何人？来此何事？"孟明曰："某乃本国右庶长，百里视是也。吾主为爱女择婿，女善吹笙，必求其匹。闻足下精于音乐，吾主渴欲一见，命某奉迎。"萧史曰："某粗解宫商，别无他长，不敢辱命。"孟明曰："同见吾主，自有分晓。"乃与共载而回。

孟明先见穆公，奏知其事，然后引萧史入谒。穆公坐于凤台之上，萧史拜见曰："臣山野匹夫，不知礼法，伏祈矜宥！"穆公视萧史形容潇洒，有离尘绝俗之韵，心中先有三分欢喜，乃赐坐于旁，问曰："闻子善箫，亦善笙乎？"萧史曰："臣止能箫，不能笙也！"穆公曰："本欲觅吹笙之侣，今箫与笙不同器，非吾女匹也！"顾孟明使引退。弄玉遣侍者传语穆公曰："箫与笙一类也。客既善箫，

何不一试其长？奈何令怀技而去乎？"穆公以为然，乃命箫史奏之。箫史取出赤玉箫一支，玉色温润，赤光照耀人目，诚希世之珍也。才品一曲，清风习习而来；奏第二曲，彩云四合。奏至第三曲，见白鹤成对，翔舞于空中；孔雀数双，栖集于林际；百鸟和鸣，经时方散。穆公大悦。时弄玉于帘内，窥见其异，亦喜曰："此真吾夫矣！"穆公复问箫史曰："子知笙、箫何为而作？始于何时？"箫史对曰："笙者，生也，女娲氏所作，义取发生，律应太簇。箫者，肃也，伏羲氏所作，义取肃清，律应仲吕。"穆公曰："试详言之！"箫史对曰："臣执艺在箫，请但言箫。昔伏羲氏，编竹为箫，其形参差，以象凤翼；其声和美，以象凤鸣。大者谓之'雅箫'，编二十三管，长尺有四寸；小者谓之'颂箫'，编十六管，长尺有二寸，总谓之箫管。其无底者，谓之'洞箫'。其后黄帝使伶伦伐竹于昆溪，制为笛，横七孔，吹之亦象凤鸣，其形甚简。后人厌箫管之繁，专用一管而竖吹之。又以长者名箫，短者名管。今之箫，非古之箫矣。"穆公曰："卿吹箫，何以能致珍禽也？"史又对曰："箫制虽减，其声不变，作者以象凤鸣。凤乃百鸟之王，故皆闻凤声而翔集也。昔舜作《箫韶》之乐，凤凰应声而来仪，凤且可致，况他鸟乎？"箫史应对如流，音声洪亮，穆公愈悦，谓史曰："寡人有爱女弄玉，颇通音律，不欲归之盲婿，愿以室吾子。"箫史敛容再拜辞曰："史本山僻野人，安敢当王侯之贵乎？"穆公曰："小女有誓愿在前，欲择善笙者为偶，今吾子之箫，能通天地，格万物，更胜于笙多矣。况吾女复有梦征，今日正是八月十五中秋之日，此天缘也，卿不能辞！"箫史乃拜谢。穆公命太史择日婚配，太史奏今夕中秋上吉，月圆于上，人圆于下。乃使左右具汤沐，引箫史洁体，赐新衣冠更换，送至凤楼，与弄玉成亲。夫妻和顺，自不必说。

次早，穆公拜萧史为中大夫。萧史虽列朝班，不与国政，日居凤楼之中，不食火食，时或饮酒数杯耳。弄玉学其导气之方，亦渐能绝粒，萧史教弄玉吹箫，为《来凤》之曲。约居半载，忽然一夜，夫妇于月下吹箫，遂有紫凤集于台之左，赤龙盘于台之右。萧史曰："吾本上界仙人，上帝以人间史籍散乱，命吾整理。乃以周宣王十七年五月五日，降生于周之萧氏，为萧三郎。至宣王末年，史官失职，吾乃连缀本末，备典籍之遗漏。周人以吾有功于史，遂称吾为萧史，今历一百十余年矣。上帝命我为华山之主，与子有夙缘，故以箫声作合，然不应久住人间。今龙凤来迎，可以去矣！"弄玉欲辞其父，萧史不可，曰："既为神仙，当脱然无虑，岂容于眷属生系恋耶？"于是萧史乘赤龙，弄玉乘紫凤，自凤台翔云而去。今人称佳婿为"乘龙"，正谓此也。

是夜，有人于太华山闻凤鸣焉。次早，宫侍报知穆公。穆公惘然，徐叹曰："神仙之事，果有之也。倘此时有龙凤迎寡人，寡人视弃山河，如弃敝屣耳！"命人于太华踪迹之，杳然无所见闻。遂立祠于明星岩，岁时以酒果祀之，至今称为萧女祠，祠中时闻凤鸣也。六朝鲍照有《萧史曲》云：

> 萧史爱少年，嬴女吝童颜。
> 火粒愿排弃，霞雾好登攀。
> 龙飞逸天路，凤起出秦关。
> 身去长不返，箫声时往还。

又江总亦有诗云：

> 弄玉秦家女，萧史仙处童。
> 来时兔月满，去后凤楼空。
> 密笑开还敛，浮声咽更通。
> 相期红粉色，飞向紫烟中。

穆公自是厌言兵革，遂超然有世外之想。以国政专任孟明，日修清净无为之业。未几，公孙枝亦卒。孟明荐子车氏之三子奄息、仲行、鍼虎，并有贤德，国中称为"三良"，穆公皆拜为大夫，恩礼甚厚。又三年，为周襄王三十一年春二月望日，穆公坐于凤台观月，想念其女弄玉，不知何往，更无会期，蓦然睡去。梦见萧史与弄玉控一凤来迎，同游广寒之宫，清冷彻骨。既醒，遂得寒疾，不数日薨，人以为仙去矣。在位三十九年，年六十九岁。

穆公初娶晋献公女，生太子䓨，至是即位，是为康公。葬穆公于雍。用西戎之俗，以生人殉葬，凡用一百七十七人，子车氏之三子亦与其数。国人哀之，为赋《黄鸟》之诗。诗见《毛诗·国风》。后人论穆公用"三良"殉葬，以为死而弃贤，失贻谋之道；惟宋苏东坡学士有题秦穆公墓诗，出人意表。诗云：

> 橐泉在城东，墓在城中无百步。乃知昔未有此城，秦人以此识公墓。昔公生不诛孟明，岂有死之日，而忍用其良？乃知三子殉公意，亦如齐之二子从田横。古人感一饭，尚能杀其身。今人不复见此等，乃以所见疑古人。古人不可望，今人益可伤？

话分两头。却说晋襄公六年，立其子夷皋为世子，使庶弟公子乐出仕于陈。是年，赵衰、栾枝、先且居、胥臣先后皆卒，连丧四卿，位署俱虚。明年，乃大蒐车徒于夷，舍二军，仍复三军之旧。襄公欲使士縠、梁益耳将中军，使箕郑父、先都将上军。先且居之子先克进曰："狐、赵有大功于晋，其子不可废也。且士縠位司空，与梁益耳俱未有战功，骤为大将，恐人心不服。"襄公从之，乃以狐射姑为中军元帅，赵盾佐之；以箕郑父为上军元帅，荀林父佐之；以先蔑为下军元帅，先都佐之。狐射姑登坛号令，指挥如意，旁若无人。其部下军司马臾骈谏曰："骈闻之：'师克在和。'今三军之帅，非夙将，即世臣也。元帅宜虚心谘访，常存谦退。夫刚而自矜，子玉所以败于晋也，不可不戒。"射姑大怒，喝曰："吾发令之始，匹夫何敢乱言，以慢军士！"叱左右鞭之一百，众人俱有不服之意。

再说士縠、梁益耳闻先克阻其进用，心中大恨。先都不得上军元帅之职，亦深恨之。时太傅阳处父聘于卫，不与其事。及处父归国，闻狐射姑为元帅，乃密奏于襄公曰："射姑刚而好上，不得民心，此非大将之才也。臣曾佐子余之军，与其子盾相善，极知盾贤而且能。夫尊贤使能，国之令典。君如择帅，无如盾者。"襄公用其言，乃使阳处父改蒐于董。狐射姑未知易帅之事，欣然长中军之班。襄公呼其字曰："贾季，向也寡人使盾佐吾子，今吾子佐盾。射姑不敢言，唯唯而退。襄公乃拜赵盾为中军元帅，而使狐射姑佐之，其上军、下军如故。赵盾自此当国，大修政令，国人悦服。有人谓阳处父曰："子孟言无隐，忠则忠矣，独不虞取怨于人乎？"处父曰："苟利国家，何敢避私怨也？"次日，狐射姑独见襄公，问曰："蒙主公念先人之微劳，不以臣为不肖，使司戎政，忽然更易，臣未知罪。意者以先臣偃之勋，不如衰乎？抑别有所谓耶？"襄公曰："无他也。阳处父谓寡人，言吾子不得民心，难为大将，是以易之。"射姑默然而退。

是年秋八月，晋襄公病，将死。召太傅阳处父，上卿赵盾及诸臣，在榻前嘱曰："寡人承父业，破狄伐秦，未尝挫锐气于外国。今不幸命之不长，将与诸卿长别。太子夷皋年幼，卿等宜尽心辅佐，和好邻国，不失盟主之业可也！"群臣再拜受命。襄公遂薨。

次日，群臣欲奉太子即位，赵盾曰："国家多难，秦、狄为仇，不可以立幼主。今杜祁之子公子雍，见仕于秦，好善而长，可迎之以嗣大位。"群臣莫对，狐射姑曰："不如立公子乐。其母，君之嬖也，乐仕于陈，而陈素睦于晋，非若秦之为怨。迎之，则朝发而夕至矣。"赵盾曰："不然。陈小而远。秦大而近。迎君于陈不加睦，而迎于秦，可以释怨而树援。必公子雍乃可！"众议方息。乃使先蔑为正使，士会副之，如秦报丧，因迎公子雍为君。将行，荀林父止之曰："夫人、太子皆在，而欲迎君于他国。恐事之不成。将有他变。子何不托疾以辞之？"先蔑曰："政在赵氏。何变之有？"林父谓人曰："'同官为僚'，吾与士伯为同僚，不敢不尽吾心。彼不听吾言。恐有去日。无来日矣！"

不说先蔑往秦。且说狐射姑见赵盾不从其言，怒曰："狐、赵等也。今有赵其无狐耶？"亦阴使人召公子乐于陈，将为争立之计。早有人报知赵盾。盾使其客公孙杵臼，率家丁百人，伏于中路，候公子乐行过，要而杀之。狐射姑益怒曰："使赵孟有权者，阳处父也。处父族微无援，今出宿郊外，主诸国会葬之事，刺之易耳。盾杀公子乐，我杀处父，不亦可乎？"乃与其弟狐鞫居谋，鞫居曰："此事吾力能任之！"与家人诈为盗。夜半逾墙而入。处父尚秉烛观书，鞫居直前击之，中肩。处父惊而走。鞫居逐杀之，取其首以归。阳处父之从人，有认得鞫居者，走报赵盾。盾佯为不信。叱曰：

"阳太傅为盗所害,安敢诬人?"令人收殓其尸。此九月中事。

至冬十月,葬襄公于曲沃。襄夫人穆嬴同太子夷皋送葬,谓赵盾曰:"先君何罪?其适嗣亦何罪?乃舍此一块肉,而外求君于他国耶?"赵盾曰:"此国家大事。非盾一人之私也!"葬毕,奉主入庙,赵宣子即庙中谓诸大夫曰:"先君惟能用刑赏,以伯诸侯。今君柩在殡,而狐鞫居擅杀太傅。为诸臣者,谁不自危?此不可不讨也!"乃执鞫居付司寇,数其罪而斩之。即于其家,搜出阳处父之首,以线缝于颈而葬之。狐射姑惧赵盾已知其谋,乃夜乘小车出奔翟国,投翟主白暾去讫。

时翟国有长人曰侨如,身长一丈五尺,谓之长翟,力举千钧,铜头铁额,瓦砾不能伤害。白暾用之为将,使之侵鲁,文公使叔孙得臣帅师拒之。时值冬月,冻雾漫天。大夫富父终甥,知将雨雪,进计曰:"长翟骁勇异常,但可智取,不可力敌。"乃于要道,深掘陷坑数处,将草荐掩盖,上用浮土。是夜果降大雪,铺平地面,不辨虚实。富父终甥引一支军,去劫侨如之寨。侨如出战,终甥诈败,侨如奋勇追杀,终甥留下暗号,认得路径,沿坑而走。侨如随后赶来,遂坠于深坑之中,得臣伏兵悉起,杀散翟兵。终甥以戈刺侨如之喉而杀之,取其尸载以大车,见者都骇,以为防风氏之骨,不是过也。得臣适生长子,遂名曰叔孙侨如,以志军功。自此鲁与齐、卫合兵伐翟,白暾走死,遂灭其国。

狐射姑转入赤翟潞国,依潞大夫酆舒。赵盾曰:"贾季,吾先人同时出亡者,左右先君,功劳不浅。吾诛鞫居,正以安贾季也。彼惧罪而亡,何忍使孤身栖止于翟境乎!"乃使臾骈送其妻子往潞。臾骈唤集家丁,将欲起行,众家丁禀曰:"昔蒐夷之日,主人尽忠于狐帅,反被其辱,此仇不可不报,今元帅使主人押送其妻孥,此天赐我也。当尽杀之，以雪其恨！"臾骈连声曰："不可，不可！元帅以送孥见委，宠我也。元帅送之，而我杀之，元帅不怒我乎？乘人之危，非仁也；取人之怒，非智也！"乃迎其妻子登车，将家财细细登籍，亲送出境，毫无遗失。射姑闻之，叹曰："吾有贤人而不知，吾之出奔，宜也！"赵盾自此重臾骈之人品，有重用之意。

再说先蔑同士会如秦，迎公子雍为君。秦康公喜曰："吾先君两定晋君，当寡人之身，复立公子雍，是晋君世世自秦出也！"乃使白乙丙率车四百乘，送公子雍于晋。

却说襄夫人穆嬴自送葬归朝之后，每日侵晨，必抱太子夷皋于怀，至朝堂大哭，谓诸大夫曰："此先君嫡子也，奈何弃之？"既散朝，则命车适于赵氏，向赵盾顿首曰："先君临终，以此子嘱卿，尽心辅佐。君虽弃世，言犹在耳，若立他人，将置此子于何地耶？不立吾儿，吾子母有死而已。"言毕，号哭不已。国人闻之，无不哀怜穆嬴，而归咎于赵盾。诸大夫亦以迎雍失策为言。赵盾患之，谋于郤缺曰："士伯已往秦迎长君矣，何可再立太子！"缺曰："今日舍幼子而立长君，异日幼子渐长，必然有变。可亟遣人往秦，止住士伯为上。"盾曰："先定君，然后发使，方为有名。"即时会集群臣，奉夷皋即位，是为灵公，时年才七岁耳。

百官朝贺方毕，忽边谍报称："秦遣大兵送公子雍已至河下。"诸大夫曰："我失信于秦矣，何以谢之？"赵盾曰："我若立公子雍，则秦吾宾客也，既不受其纳，是敌国矣。使人往谢，彼反有辞于我，不如以兵拒之！"乃使上军元帅箕郑父辅灵公居守；盾自将中军，先克为副，以代狐射姑之职；荀林父独将上军；先都因先蔑往秦，亦独将下军。三军整顿，出迎秦师，屯于堇阴。秦师已济河而东，至令狐下寨。闻前有晋军，犹以为迎公子雍而来，全不戒备。

先蔑先至晋军来见赵盾,盾告以立太子之故,先蔑睁目视曰:"谋迎公子,是谁主之?今又立太子而拒我乎?"拂袖而出,见荀林父曰:"吾悔不听子言,以至今日。"林父止之曰:"子,晋臣也,舍晋安归?"先蔑曰:"我受命往秦迎雍,则雍是我主,秦为吾主之辅,岂可自背前言,苟图故乡之富贵乎?"遂奔秦寨。赵盾曰:"士伯不肯留晋,来日秦师必然进逼,不如乘夜往劫秦寨,出其不意,可以得志。"遂出令秣谷饲马,军士于寝蓐饱食,衔枚疾走,比至秦寨,恰好三更,一声呐喊,鼓角齐鸣,杀入营门。秦师在睡梦中惊觉,马不及披甲,人不及操戈,四下乱窜。晋兵直追至刳首之地,白乙丙死战得脱,公子雍死于乱军之中。先蔑叹曰:"赵孟背我,我不可背秦!"乃奔秦,士会亦叹曰:"吾与士伯同事,士伯既往秦,吾不可以独归也!"亦从秦师而归,秦康公俱拜为大夫。荀林父言于赵盾曰:"昔贾季奔狄,相国念同僚之义,归其妻孥。今士伯、随季与某亦有僚谊,愿效相国昔日之事!"赵盾曰:"荀伯重义,正合吾意。"遂令卫士送两宅家眷及家财于秦。胡曾先生有诗云:

> 谁当越境送妻孥?只为同僚义气多。
> 近日人情相忌刻,一般僚谊却如何?

又髯翁有诗讥赵宣子轻于迎雍,以宾为寇:

> 弈棋下子必踌躇,有嫡如何又外求?
> 宾寇须臾成反覆,赵宣谋国是何筹?

按:此一战,各军将皆有俘获,惟先克部下骁将蒯得,贪进不顾，为秦所败，反丧失其车五乘。先克欲按军法斩之，诸将皆代为哀请。先克言于赵盾，乃夺其田禄，蒯得恨恨不已。

再说箕郑父与士縠、梁益耳素相厚善，自赵盾升为中军元帅，士縠、梁益耳俱失了兵柄，连箕郑父也有不平之意。时郑父居守，士縠、梁益耳俱聚做一处，说起："赵盾废置自由，目中无人。今闻秦以重兵送公子雍，若两军相持，急未能解，我这里从中为乱，反了赵盾，废夷皋迎公子雍，大权皆归于吾党之手。"商议已定。

不知成败如何，且看下回分解。

第四十八回
刺先克五将乱晋，召士会寿余绐秦

话说箕郑父、士縠、梁益耳三人商议，只等秦兵紧急，便从中作乱，欲更赵盾之位。不意赵盾袭败秦兵，奏凯而回，心中愈愤。先都为下军佐，因主将先蔑为赵盾所卖，出奔于秦，亦恨赵盾。凑着蒯得被先克以军事夺其田禄，中怀怨望，诉于士縠。縠曰："先克倚恃赵孟之属，故敢横行如此。盾所专制，惟中军耳，诚得一死士，先往刺克，则盾势孤矣。此事非得先子会不可！"蒯得曰："子会因主帅为盾所卖，意亦恨之。"士縠曰："既如此，则克不难办也！"遂附耳曰："只须如此恁般，便可了事。"蒯得大喜曰："吾当即往言之！"蒯得往见先都。倒是先都开口说起："赵孟背了士季，袭败秦师，全无信义，难与同事。"蒯得遂以士縠之言，告于先都，都曰："诚如此，晋国之幸也！"

时冬月将尽，约至新春，先克往箕城，谒拜其祖先轸之祠。先都使家丁伏于箕城之外，只等先克过去，远远跟定，觑个空隙，群起刺杀之，从人惊散。赵盾闻先克为贼所杀，大怒，严令司寇缉获，五日一比。先都等情慌，与蒯得商议，怂恿士縠、梁益耳等作速举事，梁益耳醉中泄其语于梁弘，弘大惊曰："此灭族之事也！"乃密告于臾骈，骈转闻于赵盾，盾即聚甲戒车，吩咐伺候听令。先都闻赵氏聚甲戒车，疑其谋已泄，急走士穀处，催并速发。箕郑父欲借上元节晋侯赐酺，乘乱行事，议久不决。赵盾先遣臾骈围先都之家，执都付狱。梁益耳、蒯得慌忙之际，欲与箕郑父、士穀团集四族家丁，劫出先都，一同为乱。赵盾使人反以先都之谋，告于箕郑父，请他入朝商议。箕郑父曰："赵孟见召，殆不疑我也！"遂轻身而往。

原来赵孟为箕郑父见为上军元帅，恐其鼓众同乱，假意召之。郑父不知是计，坦然入朝，赵盾留住于朝房，与之议先都之事。密遣荀林父、郤缺、栾盾领着三支军马，分头拿捕士穀、梁益耳、蒯得三人，俱下狱讫，荀林父等三将至朝房回话。林父大声喝曰："箕郑父亦在作乱数内，如何还不就狱？"郑父曰："我有居守之劳，彼时三军在外，我独居中，不以此时为乱，今日诸卿济济，乃求死耶？"赵盾曰："汝之迟于为乱，正欲待先都、蒯得也。我已访知的实，不须多辩！"箕郑父俯首就狱。

赵盾奏闻晋灵公，欲将先都等五人行诛。灵公年幼，唯唯而已。灵公既入宫，襄夫人闻五人在狱，问灵公曰："相国如何处置？"灵公曰："相国言：'罪并应诛。'"襄夫人曰："此辈事起争权，原无篡逆之谋，且主谋杀先克者，不过一二人，罪有首从，岂可一概诛戮？迩年老成雕丧，人才稀少，一朝而戮五臣，恐朝堂之位遂虚矣，可不虑乎？"明日，灵公以襄夫人之言述于赵盾，盾奏曰："主少国疑，大臣擅杀，不大诛戮，何以惩后？"遂将先都、士穀、箕郑父、梁益耳、蒯得五人，坐以不君之罪，斩于市曹，录先克之子先縠为大夫。国人畏赵盾之严，无不股栗。狐射姑在潞国闻其事，骇曰："幸哉！我之得免于死也！"

一日，潞大夫酆舒问于狐射姑曰："赵盾比赵衰二人孰贤？"射姑曰："赵衰乃冬日之日，赵盾乃夏日之日。冬日赖其温，夏日畏其烈。"酆舒笑曰："卿宿将，亦畏赵孟耶？"闲话休提。

却说楚穆王自篡位之后，亦有争伯中原之志。闻谍报："晋君新立，赵盾专政，诸大夫自相争杀。"乃召群臣计议，欲加兵于郑。大夫范山进曰："晋君年幼，其臣志在争权，不在诸侯。乘此时出兵以争北方，谁能当者？"穆王大悦。使鬬越椒为大将，芳贾副之，帅车三百乘伐郑。自引两广精兵，屯于狼渊，以为声援。别遣息公子朱为大将，公子茂副之，帅车三百乘伐陈。

且说郑穆公闻楚兵临境，急遣大夫公子坚、公子庞、乐耳三人，引兵拒楚于境上，嘱以固守勿战，别遣人告急于晋。越椒连日挑战，郑兵不出。芳贾密言于越椒曰："自城濮之后，楚兵久不至郑矣。郑人恃有晋救，不与我战。乘晋之未至，诱而擒之，可以雪往日之耻。不然，迁延日久，诸侯毕集，恐复如子玉故事，将奈何？"越椒曰："今欲诱之，当用何计？"芳贾附耳曰："必须如此恁般。"越椒从其谋，乃传令军中，言："粮食将缺，可于村落掠取，以供食用。"自于帐中鼓乐饮酒，每日至夜半方散。有人传至狼渊，楚穆王疑鬬越椒玩敌，欲自往督战，范山曰："伯嬴智士，此必有计，不出数日，捷音当至矣！"

再说公子坚等见楚兵不来搦战，心中疑虑，使人探听，回言："楚兵四出掳掠为食，鬬元帅中军，日逐鼓乐饮酒，酒后谩骂，言郑人无用，不堪厮杀。"公子坚喜曰："楚兵四出掳掠，其营必虚；楚将鼓乐饮酒，其心必懈。若夜劫其营，可获全胜。"公子庞、乐耳皆以为然。是夜，结束饱食，公子庞欲分作前中后三队，次第而进。

公子坚曰："劫营与对阵不同，乃一时袭击之计，可分左右，不可分前后也！"于是三将并进。将及楚营，远远望见灯烛辉煌，笙歌嘹亮，公子坚曰："伯棼命合休矣！"麾车直进，楚军全不抵当，公子坚先冲入寨中，乐人四散奔走，惟越椒呆坐不动，上前看时，吃一大惊，乃是束草为人，假扮作越椒模样。公子坚急叫："中计！"退出寨时，忽闻寨后炮声大震，一员大将领军杀来，大叫："鬬越椒在此！"公子坚奔走不迭，会合公子庞及乐耳二将，做一路逃奔。行不一里，对面炮声又起，却是芳贾预先埋伏一支军马，在于中路，邀截郑兵。前有芳贾，后有越椒，首尾夹攻，郑兵大败。公子庞、乐耳先被擒，公子坚舍命来救，马踬车覆，亦为楚兵所获。郑穆公大惧，谓群臣曰："三将被擒，晋救不至，如何？"群臣皆曰："楚势甚盛，若不乞降，早晚打破城池，虽晋亦无如之何矣！"郑穆公乃遣公子丰至楚营谢罪，纳赂求和，誓不反叛。鬬越椒使人请命于穆王，穆王许之，乃释公子坚、公子庞、乐耳三人之囚，放还郑国。

楚穆王传令班师，行至中途，楚公子朱伐陈兵败，副将公子茷为陈所获，打从狼渊一路来见穆王，请兵复仇。穆王大怒，正欲加兵于陈，忽报："陈有使命，送公子茷还楚，上书乞降。"穆王拆书看之，略曰：

> 寡人朔，壤地褊小，未获接待君王之左右。蒙君王一旅讨定。边人愚蠢，获罪于公子，朔惶悚，寝不能寐，敬使一介，具车马致之大国，朔愿终依宇下，以求荫庇，惟君王辱收之。

穆王笑曰:"陈惧我讨罪,是以乞附,可谓见机之士矣!"乃准其降,传檄征取郑、陈二国之君,同蔡侯以冬十月朔,于厥貉取齐相会。

却说晋赵盾因郑人告急,遣人约宋、鲁、卫、许四国之兵,一同救郑。未及郑境,闻郑人降楚,楚师已还,又闻陈亦降楚。宋大夫华耦、鲁大夫公子遂俱请伐陈、郑,赵盾曰:"我实不能驰救,以失二国,彼何罪焉?不如退而修政。"乃班师。髯翁有诗叹云:

谁专国柄主诸侯?却令荆蛮肆蠢谋。
今日郑陈连臂去,中原伯气黯然收。

再说陈侯朔与郑伯兰,于秋末齐至息地,候楚穆王驾到。相见礼毕,穆王问曰:"原订厥貉相会,如何逗遛此地?"陈侯、郑伯齐声答曰:"蒙君王相约,诚恐后期获罪,故预于此地奉候随行。"穆王大喜。忽谍报:"蔡侯甲午已先到厥貉境上。"穆王遂同陈、郑二君登车疾走。蔡侯迎穆王于厥貉,以臣礼见,再拜稽首。陈侯、郑伯大惊,私语曰:"蔡屈礼如此,楚必以我为慢矣!"乃相与请于穆王曰:"君王税驾于此,宋君不来参谒,君王可以伐之。"穆王笑曰:"孤之顿兵于此,正欲为伐宋计也。"早有人报入宋国。

时宋成公王臣已卒,子昭公杵臼已立三年。信用小人,疏斥公族。穆、襄之党作乱,杀司马公子卬,司城荡意诸奔鲁,宋国大乱。赖司寇华御事调停国事,请复意诸之官,国以粗安。至是,闻楚合诸侯于厥貉,有窥宋之意。华御事请于宋公曰:"臣闻,'小不事大,国所以亡'。今楚臣服陈、郑,所不得者宋耳。请先往迎之。若待其见伐,然后请成,无及也。"宋公以为然。乃亲造厥貉,迎谒楚王。且治田猎之具,请较猎于孟诸之薮。穆王大悦。陈侯请为前队开路,宋公为右阵,郑伯为左阵,蔡侯为后队,相从楚穆王出猎。穆王出令,命诸侯从田者,于侵晨驾车,车中各载燧,以备取火之用。合围良久,穆王驰入右师,偶赶逐群狐,狐入深窟,穆王回顾宋公,取燧熏之。车中无燧,楚司马申无畏奏曰:"宋公违令,君不可以加刑,请治其仆。"乃叱宋公之御者,挞之三百,以儆于诸侯。宋公大惭。此周顷王二年事。是时,楚最强横,遣鬬越椒行聘于齐、鲁,俨然以中原伯主自待,晋不能制也。

周顷王四年,秦康公集群臣议曰:"寡人衔令狐之恨,五年于兹矣。今赵盾诛戮大臣,不修边政,陈、蔡、郑、宋交臂事楚,晋莫能禁,其弱可知。此时不伐晋,更何待乎?"诸大夫皆曰:"愿效死力!"康公乃大阅车徒,使孟明居守,拜西乞术为大将,白乙丙副之,士会为参谋,出车五百乘,浩浩荡荡,济河而东。攻羁马,拔之。赵盾闻报,急为应敌之计。自将中军,迁上军大夫荀林父为中军佐,以补先克之缺。用提弥明为车右,使郤缺代箕郑父为上军元帅。盾有从弟赵穿,乃晋襄公之爱婿。自请为上军之佐。盾曰:"汝年少好勇,未曾历练,姑待异日。"乃用臾骈为之。使栾盾为下军元帅,补先蔑之缺,胥臣之子胥甲为副,补先都之缺。赵穿又自请以其私属,附于上军,立功报效。赵盾许之。军中缺司马,韩子舆之子韩厥,自幼育于赵盾之家,长为门客,贤而有才,盾乃荐于灵公而用之。

三军方出绛城,甚是整肃。行不十里,忽有乘车冲入中军。韩厥使人问之,御者对曰:"赵相国忘携饮具,奉军令来取,特此追送。"韩厥怒曰:"兵车行列已定,岂容乘车擅入?法当斩!"御者涕泣曰:"此相国之命也!"韩厥曰:"厥忝为司马,但知有军法,不知有相国也！"斩御者而毁其车。诸帅言于赵盾曰："相国举韩厥，而厥戮相国之车。此人负恩，恐不可用。"赵盾微笑，即使人召韩厥。诸将以盾必辱厥以报其怨。厥既至，盾乃降席而礼之曰："吾闻'事君者，比而不党'，子能执法如此，不负吾举矣。勉之！"厥拜谢而退。盾又谓诸将曰："他日执晋政者，必厥也，韩氏其将昌矣！"晋师营于河曲。臾骈献策曰："秦师蓄锐数年，而为此举，其锋不可当。请深沟高垒，固守勿战。彼不能持久，必退。退而击之，胜可万全。"赵盾从其计。

秦康公求战不得，问计于士会。士会对曰："赵氏新任一人。姓臾名骈，此人广有智谋。今日坚壁不战，盖用其谋，以老我师也。赵有庶子赵穿，晋先君之爱婿，闻其求佐上军，赵孟不从而用骈。穿意必然怀恨，今赵孟用骈之谋，穿必不服，故自以私属从行，其意欲夺臾骈之功也。若使轻兵挑其上军，即臾骈不出，赵穿必恃勇来追，因之以求一战。不亦可乎？"秦康公从其谋。乃使白乙丙率车百乘，袭晋上军挑战。郤缺与臾骈俱坚持不动，赵穿闻秦兵掩至，即率私属百乘出迎。白乙丙回车便走，车行甚速，赵穿追十余里，不及而返。怪臾骈等不肯协力同追。乃召军吏大骂曰："裹粮披甲，本欲求战，今敌来而不出击，岂上军皆妇人乎？"军吏曰："主帅自有破敌之谋，不在今日。"穿复大骂曰："鼠辈有何深谋？直是畏死耳！别人怕秦，我赵穿偏不怕，我将独奔秦军，拼死一战，以雪坚壁之耻！"遂驱车复进，呼号于众曰："有志气者，都跟我来！"三军莫应。惟有下军副将胥甲叹曰："此人真正好汉，吾当助之。"正欲出军。却说上军元帅郤缺，急使人以赵穿之事报之赵盾。盾大惊曰："狂夫独出，必为秦擒，不可不救也！"乃传令三军，一时并出，与秦交战。

再说赵穿驰入秦壁,白乙丙接住交锋,约战三十余合,彼此互有杀伤。西乞术方欲夹攻,见对面大军齐至,两下不敢混战,各鸣金收军。赵穿回至本阵,问于赵盾曰:"我欲独破秦军,为诸将雪耻,何以鸣金之骤也?"盾曰:"秦大国,未可轻敌,当以计破之。"穿曰:"用计用计,吃了一肚子好气!"言犹未毕,报:"秦国有人来下战书。"赵盾使臾骈接之,使者将书呈上,臾骈转呈于赵盾。盾启而观之,书曰:"两国战士皆未有缺,请以来日决一胜负!"盾曰:"谨如命!"使者去后,臾骈谓赵盾曰:"秦使者口虽请战,然其目彷徨四顾,似有不宁之状,殆惧我也,夜必遁矣。请伏兵于河口,乘其将济而击之,必大获全胜。"赵盾曰:"此计甚妙!"正欲发令埋伏,胥甲闻其谋,告于赵穿,穿遂与胥甲同至军门,大呼曰:"众军士听吾一言,我晋国兵强将广,岂在西秦之下?秦来约战,已许之矣。又欲伏兵河口,为掩袭之计。是岂大丈夫所为耶?"赵盾闻之,召谓曰:"我原无此意。勿得挠乱军心也!"秦谍者探得赵穿和胥甲军门之语,乃连夜遁走。复侵入瑕邑,出桃林塞而归。赵盾亦班师。回国治泄漏军情之罪,以赵穿为君婿,且是从弟,特免其议。专委罪于胥甲,削其官爵,逐去卫国安置。又曰:"臼季之功,不可斩也!"仍用胥甲之子胥克为下军佐。髯仙有诗议赵盾之不公。诗云:

同呼军门罪不殊,独将胥甲正刑书。
相君庇族非无意,请把桃园问董狐!

周顷王五年,赵盾惧秦师复至,使大夫詹嘉居瑕邑,以守桃林之塞。臾骈进曰:"河曲之战,为秦画策者士会也。此人在秦,吾辈岂能高枕而卧耶？"赵盾以为然。乃于诸浮之别馆，大集六卿而议之。那六卿？赵盾、郤缺、栾盾、荀林父、臾骈、胥克。

是日，六卿毕至。赵盾开言曰："今狐射姑在狄，士会在秦。二人谋害晋国。当何策以待之！"荀林父曰："请召射姑而复之。射姑堪境外之事，且子犯旧勋，宜延其赏。"郤缺曰："不然，射姑虽系宿勋，然有擅杀大臣之罪。若复之，何以儆将来乎？不如召士会。士会顺柔而多智，且奔秦非其罪也。狄远而秦逼，欲除秦害，先去其助。言召士会者是。"赵盾曰："秦方宠任士会，请之必不从。何计而可复之！"臾骈曰："骈所善一人，乃先臣毕万之孙，名寿余，即魏犨之从子也。见今食邑于魏。虽在国中带名世爵，未有职任。此人颇能权变，要招来士会，只在此人身上。"乃附赵盾之耳曰："如此恁般，何如？"盾大喜曰："烦吾子为我致之。"六卿既散。臾骈即夕往叩寿余之门。寿余相迎坐定。臾骈请至密室，以招士会之策，告于寿余。寿余应允。臾骈回复了赵盾。

次早，赵盾奏知灵公，言："秦人屡次侵晋，宜令河东诸邑宰，各各团练甲伍，结寨于黄河岸口，轮番戍守。并责成食采之人，往督其事，倘有失利，即行削夺，庶肯用心防范。"灵公准奏。赵盾又曰："魏，大邑也。魏倡之，诸邑无敢不从矣！"乃以灵公之命召魏寿余，使督责有司，团兵出戍。寿余奏曰："臣蒙主上录先世之功，衣食大县，从未知军旅之事。况河上绵延百余里，处处可济。暴露军士，守之无益。"赵盾怒曰："小臣何敢挠吾大计？限汝三日内，取军籍呈报。再若抗违，当正军法！"寿余叹息而出。回家闷闷不悦，妻子叩问其故。寿余曰："赵盾无道，欲我督戍河口。何日了期？汝可收拾家资，随我往秦国，从士会去可也。"吩咐家人整备车马，是夜索酒痛饮，以进馔不洁，鞭膳夫百余，犹恨恨不绝，言欲杀之。膳夫奔赵府，首告寿余欲叛晋奔秦之事。赵盾使韩厥帅兵往捕之，厥放走寿余，只擒获其妻子，下于狱中。寿余连夜遁往秦国，见秦康公，告诉赵盾如此恁般，强横无道。"妻子陷狱，某孤身走脱，特来投降。"康公问士会："真否？"士会曰："晋人多诈，不可信也，若寿余果真降，当以何物献功？"寿余于袖中出一文书，乃是魏邑土地人民之数，献于康公曰："明公能收寿余，愿以食邑奉献。"康公又问士会："魏可取否？"寿余以目盼士会，且蹑其足，士会虽奔在秦，然心亦思晋，见寿余如此光景，阴会其意，乃对曰："秦弃河东五城，为姻好也。今两国治兵相攻，数年不息，攻城取邑，惟力是视。河东诸城，无大于魏者，若得魏而据之，以渐收河东之地，亦是长策，只恐魏有司惧晋之讨，不肯来归耳！"寿余曰："魏有司虽晋臣，实魏氏之私也，若明公率一军屯于河西，遥为声援，臣力能致之。"秦康公顾士会曰："卿熟知晋事，须同寡人一行！"乃拜西乞术为将，士会副之，亲率大军前进。

既至河口，安营了毕，前哨报："河东有一支军屯扎，不知何意？"寿余曰："此必魏人闻有秦兵，故为备耳。彼未知臣之在秦也，诚得一东方之人，熟知晋事者，与臣先往，谕以祸福，不愁魏有司不从！"康公命士会同往，士会顿首辞曰："晋人虎狼之性，暴不可测，倘臣往谕而从，是国家之福也；万一不从，拘执臣身，君复以臣不堪事之故，加罪于臣之妻孥，无益于君，而臣之身家，枉被其殃，九泉之下，可追悔乎？"康公不知士会为诈，乃曰："卿宜尽心前往，若得魏地，重加封赏，倘被晋人拘留，寡人当送还家口，以表相与之情！"与士会指黄河为誓，秦大夫绕朝谏曰："士会，晋之谋臣，此去如巨鱼纵壑，必不来矣，君奈何轻信寿余之言，而以谋臣资敌乎？"康公曰："此事寡人能任之，卿其勿疑！"士会同寿余辞康公而行，绕朝慌忙驾车追送，以皮鞭赠士会曰："子莫欺秦国无智士也，但主公不听吾言耳，子持此鞭马速回，迟则有祸！"士会拜谢，遂驰车急走。史臣有诗云：

策马挥衣古道前，殷勤赠友有长鞭。
休言秦国无名士，争奈康公不纳言。

士会等渡河而东……
未知如何归晋，再看下回分解。

第四十九回
公子鲍厚施买国，齐懿公竹池遇变

话说士会同寿余济了黄河，望东而行。未及里许，只见一位年少将军，引着一队军马来迎，在车上欠身曰："随季别来无恙？"士会近前视之，那将军姓赵名朔，乃赵相国盾之子也。三人下车相见，士会问其来意，朔曰："吾奉父命，前来接应吾子还朝，后面复有大军至矣！"当下一声炮响，车如水，马如龙，簇拥士会同寿余入晋去了。秦康公使人隔河了望，回报康公。大怒，便欲济河伐晋。前哨又报："探得河东复有大军到来，大将乃是荀林父、郤缺二人。"西乞术曰："晋既有大军接应，必不容我济河，不如归也。"乃班师。荀林父等见秦军已去，亦还晋国。

士会去秦三载，今日复进绛城，不胜感慨。入见灵公，肉袒谢罪，灵公曰："卿无罪也。"使列于六卿之间。赵盾嘉魏寿余之劳，言于灵公，赐车十乘。秦康公使人送士会之妻孥于晋，曰："吾不负黄河之誓也！"士会感康公之义，致书称谢，且劝以息兵养民，各保四境。康公从之。自此秦、晋不交兵者数十年。

周顷王六年，崩，太子班即位，是为匡王，即晋灵公之八年也。时楚穆王薨,世子旅嗣位,是为庄王。赵盾以楚新有丧,乘此机会,思复先世盟主之业,乃大合诸侯于新城。宋昭公杵臼、鲁文公兴、陈灵公平国、卫成公郑、郑穆公兰、许昭公锡我,并至会所。宋、陈、郑三国之君,各诉前日从楚之情,出于不得已。赵盾亦各各抚慰,诸侯始复附于晋。惟蔡侯附楚如故,不肯赴会。赵盾使郤缺引军伐之,蔡人求和,乃还。

齐昭公潘本欲赴会,适患病,未及盟期,昭公遂薨,太子舍即位。其母乃鲁女子叔姬,谓之昭姬。昭姬虽为昭公夫人,不甚得宠。世子舍才望庸常,亦不为国人所敬重。公子商人,齐桓公之妾密姬所生,素有篡位之志,赖昭公待之甚厚,此念中沮,欲候昭公死后,方举大事。昭公末年,召公子元于卫,任以国政。商人忌公子元之贤,意欲结纳人心,乃尽出其家财,周恤贫民,如有不给,借贷以继之。百姓无不感激。又多聚死士在家,朝夕训练,出入跟随。及世子舍即位,适彗星出于北斗。商人使人占之,曰:"宋、齐、晋三国之君,皆将死乱。"商人曰:"乱齐者,非我而谁?"命死士即于丧幕中,刺杀世子舍,商人以公子元年长,乃伪言曰:"舍无人君之威,不可居大位,吾此举为兄故也!"公子元大惊曰:"吾知尔之求为君也久矣,何乃累我?我能事尔,尔不能事我也。但尔为君以后,得容我为齐国匹夫,以寿终足矣!"商人即位,是为懿公。子元心恶商人之所为,闭门托病,并不入朝。此乃是公子元的好处。

且说昭姬痛其子死于非命,日夜悲啼。懿公恶之,乃囚于别室,节其饮食,昭姬阴赂宫人,使通信于鲁。鲁文公畏齐之强,命大夫东门遂如周,告于匡王,欲借天子恩宠,以求释昭姬之囚。匡王命单伯往齐,谓懿公曰:"既杀其子,焉用其母,何不纵之还鲁,以明齐之宽德!"懿公讳弑舍之事,闻"杀子"之语,面颊发赤,嘿然无语。单伯退就客馆,懿公迁昭姬于他宫,使人诱单伯曰:"寡君于国母未之敢慢,况承天子降谕,敢不承顺?吾子何不谒见国母,使知天子眷顾宗国之意!"单伯只道是好话,遂驾车随使者入宫谒见昭姬。昭姬垂涕,略诉苦情,单伯尚未及答,不虞懿公在外掩至,大骂曰:"单伯如何擅入吾宫,私会国母,欲行苟且之事耶?寡人将讼之天子!"遂并单伯拘禁,与昭姬各囚于一室。恨鲁人以王命压之,兴兵伐鲁。

论者谓:"懿公弑幼主,囚国母,拘天使,虐邻国,穷凶极恶,天理岂能容乎?"但当时高、国世臣,济济在朝,何不奉子元以声商人之罪,而乃纵其凶恶,绝无一言?时事至此,可叹矣。有诗云:

欲图大位欺孤主,先散家财买细民。
堪恨朝中绶若若,也随市井媚凶人。

鲁使上卿季孙行父如晋告急。晋赵盾奉灵公合宋、卫、蔡、陈、郑、曹、许共八国诸侯,聚于扈地,商议伐齐。齐懿公纳赂于晋,且释单伯还周,昭姬还鲁,诸侯遂散归本国。鲁闻晋不果伐齐,亦使公子遂纳赂于齐以求和。不在话下。

却说宋襄公夫人王姬,乃周襄王之女兄,宋成公王臣之母,昭公杵臼之祖母也。昭公自为世子时,与公子卬、公孙孔叔、公孙钟离三人,以田猎游戏相善。既即位,惟三人之言是听,不任六卿,不朝祖母,疏远公族,怠弃民事,日以从田为乐。司马乐豫知宋国必乱,以其官让于公子卬;司城公孙寿亦虑祸及,告老致政。昭公

第四十九回　公子鲍厚施买国，齐懿公竹池遇变

即用其子荡意诸，嗣为司城之官。襄夫人王姬老而好淫，昭公有庶弟公子鲍，美艳胜于妇人，襄夫人心爱之，醉以酒，因逼与之通，许以扶立为君，遂欲废昭公而立公子鲍，昭公畏穆、襄之族太盛，与公子卬等谋逐之，王姬阴告于二族，遂作乱，围公子卬、公孙钟离二人于朝门而杀之。司城荡意诸惧而奔鲁。公子鲍素能敬事六卿，至是，同在国诸卿，与二族讲和，不究擅杀之事，召荡意诸于鲁，复其位。

公子鲍闻齐公子商人，以厚施买众心，得篡齐位，乃效其所为，亦散家财，以周给贫民。昭公七年，宋国岁饥，公子鲍尽出其仓廪之粟，以济贫者；又敬老尊贤，凡国中年七十以上，月致粟帛，加以饮食珍味，使人慰问安否。其有一才一艺之人，皆收致门下，厚糈管待；公卿大夫之门，月有馈送；宗族无亲疏，凡有吉凶之费，倾囊助之。昭公八年，宋复大饥，公子鲍仓廪已竭，襄夫人尽出宫中之藏以助之施，举国无不颂公子鲍之仁。宋国之人，不论亲疏贵贱，人人愿得公子鲍为君。公子鲍知国人助己，密告于襄夫人，谋弑昭公。襄夫人曰："闻杵臼将猎于孟诸之薮，乘其驾出，我使公子须闭门，子帅国人以攻之，无不克矣！"鲍依其言。

司城荡意诸，颇有贤名，公子鲍素敬礼之。至是，闻襄夫人之谋，以告昭公曰："君不可出猎，若出猎，恐不能返。"昭公曰："彼若为逆，虽在国中，其能免乎？"乃使右师华元、左师公孙友居守，遂尽载府库之宝，与其左右，以冬十一月望孟诸进发。才出城，襄夫人召华元、公孙友留之宫中，而使公子须闭门，公子鲍使司马华耦号于军中曰："襄夫人有命：'今日扶立公子鲍为君'，吾等除了无道昏君，共戴有道之主，众议以为何如？"军士皆踊跃曰："愿从

命。"国人亦无不乐从。华耦率众出城，追赶昭公。昭公行至半途闻变，荡意诸劝昭公出奔他国，以图后举。昭公曰："上自祖母，下及国人，无不与寡人为仇，诸侯谁纳我者？与其死于他国，宁死于故乡耳！"乃下令停车治餐，使从田者皆饱食。食毕，昭公谓左右曰："罪在寡人一身，与汝等何与？汝等相从数年，无以为赠，今国中宝玉，俱在于此，分赐汝等，各自逃生，毋与寡人同死也！"左右皆哀泣曰："请君前行，倘有追兵，我等愿拼死一战。"昭公曰："徒杀身，无益也，寡人死于此，汝等勿恋寡人。"少顷，华耦之兵已至，将昭公围住，口传襄夫人之命："单诛无道昏君，不关众人之事。"昭公急麾左右，奔散者大半，惟荡意诸仗剑立于昭公之侧。华耦再传襄夫人之命，独召意诸。意诸叹曰："为人臣而避其难，虽生不如死。"华耦乃操戈直逼昭公，荡意诸以身蔽之，挺剑格斗。众军民齐上，先杀意诸，后杀昭公。左右不去者，尽遭屠戮。伤哉！史臣有诗云：

昔年华督弑殇公，华耦今朝又助凶。
贼子乱臣原有种，蔷薇桃李不相同。

华耦引军回报襄夫人，右师华元、左师公孙友等合班启奏："公子鲍仁厚得民，宜嗣大位。"遂拥公子鲍为君，是为文公。华耦朝贺毕，回家患心疼暴卒，文公嘉荡意诸之忠，用其弟荡虺为司马，以代华耦。母弟公子须为司城，以补荡意诸之缺。

赵盾闻宋有弑君之乱，乃命荀林父为将，合卫、陈、郑之师伐宋。宋右师华元至晋军，备陈国人愿戴公子鲍之情，且敛金帛数车，为犒军之礼，求与晋和。荀林父欲受之，郑穆公曰："我等鸣钟击鼓,以从将军于宋,讨无君也。若许其和,乱贼将得志矣!"荀林父曰:"齐、宋一体也,吾已宽齐,安得独诛宋乎?且国人所愿,因而定之,不亦可乎?"遂与宋华元盟,定文公之位而还。郑穆公退而言曰:"晋惟赂是贪,有名无实,不能复伯诸侯矣。楚王新立,将有事于征伐,不如弃晋从楚,可以自安。"乃遣人通款于楚,晋亦无如之何也。髯仙有诗云:

仗义除残是伯图,兴师翻把乱臣扶。

商人无恙鲍安位,笑杀中原少丈夫。

再说齐懿公商人,赋性贪横。自其父桓公在位时,曾与大夫邴原争田邑之界。桓公使管仲断其曲直,管仲以商人理曲,将田断归邴氏,商人一向衔恨于心。及是弑舍而自立,乃尽夺邴氏之田,又恨管仲党于邴氏,亦削其封邑之半。管氏之族惧罪,逃奔楚国,子孙遂仕于楚。懿公犹恨邴原不已,时邴原已死,知其墓在东郊,因出猎过其墓所,使军士掘墓,出其尸,断其足。邴原之子邴歜随侍左右,懿公问曰:"尔父罪合断足否?卿得无怨寡人乎?"歜应曰:"臣父生免刑诛,已出望外,况此朽骨,臣何敢怨?"懿公大悦曰:"卿可谓干蛊之子矣!"乃以所夺之田还之,邴歜请掩其父,懿公许之。复购求国中美色,淫乐惟日不足。有人誉大夫阎职之妻甚美,因元旦出令,凡大夫内子俱令朝于中宫。阎职之妻,亦在其内,懿公见而悦之,因留宫中,不遣之归,谓阎职曰:"中宫爱尔妻为伴,可别娶也。"阎职敢怒而不敢言。

齐西南门有地名申池,池水清洁可浴,池旁竹木甚茂。时夏五月,懿公欲往申池避暑,乃命邴歜御车,阎职骖乘。右师华元私谏曰："君刖邴歜之父，纳阎职之妻，此二人者，安知不衔怨于君？而君乃亲近之！齐臣中未尝缺员，何必此二人也！"懿公曰："二子未尝敢怨寡人也，卿勿疑。"乃驾车游于申池。饮酒甚乐，懿公醉甚，苦热，命取绣榻，置竹林密处，卧而乘凉。邴歜与阎职浴于申池之中，邴歜恨懿公甚深，每欲弑之，以报父仇，未得同事之人。知阎职有夺妻之怨，欲与商量，而难于启口，因在池中同浴，心生一计，故意以折竹击阎职之头。职怒曰："奈何欺我？"邴歜带笑言曰："夺汝之妻，尚然不怒，一击何伤，乃不能忍耶？"阎职曰："失妻虽吾之耻，然视刖父之尸，轻重何如？子忍于父，而责我不能忍于妻，何其昧也！"邴歜曰："我有心腹之言，正欲语子，一向隐忍不言，惟恐子已忘前耻，吾虽言之，无益于事耳！"阎职曰："人各有心，何日忘之，但恨力不及也！"邴歜曰："今凶人醉卧竹中，从游者惟吾二人，此天遣我以报复之机，时不可失！"阎职曰："子能行大事，吾当相助。"二人拭体穿衣，相与入竹林中。看时，懿公正在熟睡，鼻息如雷，内侍守于左右。邴歜曰："主公酒醒，必觅汤水，汝辈可预备以待。"内侍往备汤水，阎职执懿公之手，邴歜扼其喉，以佩剑刎之，头坠于地。二人扶其尸，藏于竹林之深处，弃其头于池中。懿公在位才四年耳。内侍取水至，邴歜谓之曰："商人弑君而立，齐先君使我行诛，公子元贤孝，可立为君也！"左右等唯唯，不敢出一言。邴歜与阎职驾车入城，复置酒痛饮，欢呼相庆。早有人报知上卿高倾、国归父，高倾曰："盍讨其罪而戮之，以戒后人。"国归父曰："弑君之人，吾不能讨，而人讨之，又何罪焉？"邴、阎二人饮毕，命以大车装其家资，以辁车载其妻子，行出南门。家人劝使速驰，邴歜曰："商人无道，国人方幸其死，吾何惧哉？"徐徐而行，俱往楚国去讫。高倾与国归父聚集群臣商议，请公子元为君，是为惠公。髯翁有诗云：

仇人岂可与同游？密迩仇人仇报仇。
不是逆臣无远计，天教二憗逞凶谋。

话分两头。却说鲁文公名兴，乃僖公嫡夫人声姜之子，于周襄王二十六年嗣位。文公娶齐昭公女姜氏为夫人，生二子，曰恶，曰视；其嬖妾秦女敬嬴，亦生二子，曰倭，曰叔肸。四子中惟倭年长，而恶乃嫡夫人所生。故文公立恶为世子。

时鲁国任用"三桓"为政。孟孙氏曰公孙敖，生子曰榖，曰难；叔孙氏曰公孙兹，生子曰叔仲彭生，曰叔孙得臣。文公以彭生为世子太傅；季孙氏曰季无佚，乃季友之子，无佚生行父，即季文子也。鲁庄公有庶子曰公子遂，亦曰仲遂，住居东门，亦曰东门遂。自僖公之世，已与"三桓"一同用事，论起辈数，公孙敖与仲遂为再从兄弟，季孙行父又是下一辈了。因公孙敖得罪于仲遂，客死于外，故孟孙氏失权，反是仲孙氏、叔孙氏、季孙氏三家为政。

且说公孙敖如何得罪。敖娶莒女戴己为内子，即榖之母。其娣声己，即难之母也。戴己病卒。敖性淫，复往聘己氏之女，莒人辞曰："声己尚在，当为继室。"敖曰："吾弟仲遂未娶，即与遂纳聘可也！"莒人许之。

鲁文公七年，公孙敖奉君命如莒修聘，因顺便为仲遂逆女。及鄢陵，敖登城而望，见己氏色甚美，是夜竟就己氏同宿，自娶归家。仲遂见夺其妻，大怒，诉于文公，请以兵攻之。叔仲彭生谏曰："不可。臣闻之：'兵在内为乱，在外为寇'。幸而无寇，可启乱乎？"文公乃召公孙敖，使退还己氏于莒，以释仲遂之憾。敖与遂兄弟讲和如故。敖一心思念己氏，至次年，奉命如周奔襄王之丧，不至京师，竟携吊币，私往莒国，与己氏夫妇相聚。鲁文公亦不追究，立其子穀主孟氏之祀。其后敖忽思故国，使人言于穀，穀转请于其叔仲遂，遂曰："汝父若欲归，必依我三件事乃可：无入朝，无与国政，无携带己氏。"穀使人回复公孙敖，敖急于求归，欣然许之。

敖归鲁三年，果然闭户不出。忽一日，尽取家中宝货金帛，复往莒国，孟孙穀想念其父，逾年病死。其子仲孙蔑尚幼，乃立孟孙难为卿。未几，己氏卒，公孙敖复思归鲁，悉以家财纳于文公，并及仲遂，使其子难为父请命。文公许之，遂复归。至齐，病不能行，死于堂阜。孟孙难固请归其丧于鲁，难乃罪人之后，又权主宗祀，以待仲蔑之长，所以不甚与事。季孙行父让仲遂与彭生得臣是叔父行，每事不敢自专。而彭生仁厚，居师傅之任，得臣屡掌兵权，所以仲遂、得臣二人，尤当权用事。敬嬴恃文公之宠，恨其子不得为嗣，乃以重赂交结仲遂，因以其子倭托之，曰："异日倭得为君，鲁国当与子共之！"仲遂感其相托之意，有心要推戴公子倭，念："叔仲彭生，乃是世子恶之傅，必不肯同谋。而叔孙得臣，性贪贿赂，可以利动。"时时以敬嬴所赐分赠之，曰："此嬴氏夫人命我赠子者。"又使公子倭时时诣得臣之门，谦恭请教，故得臣亦心向之。

周匡王四年，鲁文公十有八年也。是年春，文公薨，世子恶主丧即位，各国皆遣使吊问，时齐惠公元新即大位，欲反商人之暴政，特地遣人至鲁，会文公之葬，仲遂谓叔孙得臣曰："齐、鲁世好也，桓、僖二公，欢若兄弟，孝公结怨，延及商人，遂为仇敌。今公子元新立，我国未曾致贺，而彼先遣人会葬，此修好之美意，不可不往谢之，乘此机会，结齐为援，以立公子倭，此一策也！"叔孙得臣曰："子去，我当同行。"

毕竟二人如齐，商量出甚事来，且看下回分解。

第五十回
东门遂援立子倭,赵宣子桃园强谏

话说仲孙遂同叔孙得臣二人如齐拜贺新君,且谢会葬之情。行礼已毕,齐惠公赐宴,因问及鲁国新君:"何以名恶?世间嘉名颇多,何偏用此不美之字。"仲遂对曰:"先寡君初生此子,使太史占之,言:'当恶死,不得享国。'故先寡君名之曰恶,欲以厌之,然此子非先寡君所爱也,所爱者长子名倭,为人贤孝,能敬礼大臣,国人皆思奉之为君,但压于嫡耳。"惠公曰:"古来亦有'立子以长'之义,况所爱乎?"叔孙得臣曰:"鲁国故事,立子以嫡,无嫡方立长。先寡君狃于常礼,置倭而立恶,国人皆不顺焉。上国若有意为鲁改立贤君,愿结婚姻之好,专事上国,岁时朝聘,不敢有阙。"惠公大悦曰:"大夫能主持于内,寡人惟命是从,岂敢有违?"仲遂、叔孙得臣请歃血立誓,因设婚约,惠公许之。

遂等既返,谓季孙行父曰:"方今晋业已替,齐将复强,彼欲以嫡女室公子倭,此厚援不可失也。"行父曰:"嗣君,齐侯之甥也。齐侯有女,何不室嗣君,而乃归之公子乎?"仲遂曰:"齐侯闻公子倭之贤,立心与倭交欢,愿为甥舅。若夫人姜氏,乃昭公之女，桓公诸子，相攻如仇敌，故四世皆以弟代兄，彼不有其兄，何有于甥？"行父嘿然，归而叹曰："东门氏将有他志矣。"仲遂家住东门，故呼为东门氏。行父密告于叔仲彭生，彭生曰："大位已定，谁敢贰心耶？"殊不以为意。仲遂与敬嬴私自定计，伏勇士于厩中，使圉人伪报："马生驹，甚良。"敬嬴使公子倭同恶与视，往厩看驹毛色，勇士突起，以木棍击恶杀之，并杀视。仲遂曰："太傅彭生尚在，此人不除，事犹未了。"乃使内侍假传嗣君有命，召叔仲彭生入宫。彭生将行，其家臣公冉务人，素知仲遂结交宫禁之事，疑其有诈，止之曰："太傅勿入，入必死。"彭生曰："有君命，虽死其可逃乎？"公冉务人曰："果君命，则太傅不死矣。若非君命而死，死之何名？"彭生不听。务人牵其袂而泣。彭生绝袂登车，径造宫中，问："嗣君何在？"内侍诡对曰："内厩马生驹，在彼阅之。"即引彭生往厩所，勇士复攒击杀之，埋其尸于马粪之中。敬嬴使人告姜氏曰："君与公子视，被劣马蹄啮，俱死矣！"姜氏大哭，往厩视之，则二尸俱已移出于宫门之外。

季孙行父闻恶、视之死，心知仲遂所为，不敢明言，私谓仲遂曰："子作事太毒，吾不忍闻也！"仲遂曰："此嬴氏夫人所为，与某无与！"行父曰："晋若来讨，何以待之？"仲遂曰："齐、宋往事，已可知矣。彼弑其长君，尚不成讨，今二孺子死，又何讨焉？"行父抚嗣君之尸，哭之不觉失声。仲遂曰："大臣当议大事，乃效儿女子悲啼何益！"行父乃收泪，叔孙得臣亦至，问其兄彭生何在？仲遂辞以不知。得臣笑曰："吾兄死为忠臣，是其志也，何必讳哉？"仲遂乃私告以尸处，且曰："今日之事，立君为急。公子倭贤而且长，宜嗣大位！"百官莫不唯唯。乃奉公子倭为君，是为宣公。百官朝贺。胡曾先生咏史诗云：

外权内宠私谋合，无罪嗣君一旦休。
可笑模棱季文子，三思不复有良谋。

得臣掘马粪，出彭生之尸而殡之，不在话下。

再说嫡夫人姜氏，闻二子俱被杀，仲遂扶公子倭为君，捶胸大哭，绝而复苏者几次。仲遂又献媚于宣公，引"母以子贵"之文，尊敬嬴为夫人，百官致贺。姜夫人不安于宫，日夜啼哭，命左右收拾车仗，为归齐之计。仲遂伪使人留之曰："新君虽非夫人所出，然夫人嫡母也，孝养自当不缺，奈何向外家寄活乎？"姜氏骂曰："贼遂，我母子何负于汝，而行此惨毒之事？今乃以虚言留我！鬼神有知，决不汝宥也！"姜氏不与敬嬴相见，一径出了宫门，登车而去。经过大市通衢，放声大哭，叫曰："天乎，天乎！二孺子何罪？婢子又何罪？贼遂蔑理丧心，杀嫡立庶！婢子今与国人永辞，不复再至鲁国矣！"路人闻者，莫不哀之，多有泣下者。是日，鲁国为之罢市。因称姜氏为哀姜，又以出归于齐，谓之出姜。出姜至齐，与昭公夫人母子相见，各诉其子之冤，抱头而哭。齐惠公恶闻哭声，另筑室以迁其母子。出姜竟终于齐。

却说鲁宣公同母之弟叔肸，为人忠直，见其兄藉仲遂之力，杀弟自立，意甚非之，不往朝贺。宣公使人召之，欲加重用。肸坚辞不往，有友人问其故，肸曰："吾非恶富贵，但见吾兄，即思吾弟，是以不忍耳！"友人曰："子既不义其兄，盍适他国乎？"肸曰："兄未尝绝我，我何敢于绝兄乎？"适宣公使有司候问，且以粟帛赠之，肸对使者拜辞曰："肸幸不至冻饿，不敢费公帑！"使者再三致命，肸曰："俟有缺乏，当来乞取，今决不敢受也！"友人曰："子不受爵禄，亦足以明志矣。家无余财，稍领馈遗，以给朝夕饔飧之资，未为伤廉。并却之,不已甚乎!"肸笑而不答,友人叹息而去。使者不敢留,回复宣公。宣公曰:"吾弟素贫,不知何以为生?"使人夜伺其所为,方挑灯织屦,俟明早卖之,以治朝餐。宣公叹曰:"此子欲学伯夷、叔齐,采首阳之薇耶?吾当成其志可也!"肸至宣公末年方卒。终其身未尝受其兄一寸之丝,一粒之粟,亦终其身未尝言兄之过。史臣有赞云:

> 贤者叔肸,感时泣血。
> 织屦自赡,于公不屑。
> 顽民耻周,采薇甘绝。
> 惟叔嗣音,入而不涅。
> 一乳同枝,兄顽弟洁。
> 形彼东门,言之污舌。

鲁人高叔肸之义,称颂不置。成公初年,用其子公孙婴齐为大夫,于是叔孙氏之外,另有叔氏。叔老、叔弓、叔辄、叔鞅、叔诣,皆其后也。此是后话,搁过一边。

再说周匡王五年,为宣公元年。正旦,朝贺方毕,仲遂启奏:"君内主尚虚,臣前与齐侯,原有婚媾之约,事不容缓。"宣公曰:"谁为寡人使齐者?"仲遂对曰:"约出自臣,臣愿独往。"乃使仲遂如齐,请婚纳币。遂于正月至齐,二月迎夫人姜氏以归。因密奏宣公曰:"齐虽为甥舅,将来好恶,未可测也。况国有大故者,必列会盟,方成诸侯。臣曾与齐侯歃血为盟,约以岁时朝聘,不敢有阙,盖预以定位嘱之。君必无恤重赂,请齐为会。若彼受赂而许会,因恭谨以事之,则两国相亲,有唇齿之固,君位安于泰山矣。"宣公然其言，随遣季孙行父往齐谢婚，致词曰：

> 寡君赖君之灵宠，备守宗庙，恐恐焉惧不得列于诸侯，以为君羞。君若惠顾寡君，赐以会好，所有不腆济西之田，晋文公所以贶先君者，愿效贽于上国，惟君辱收之。

齐惠公大悦，乃约鲁君以夏五月，会于平州之地。至期，鲁宣公先往，齐侯继至，先叙甥舅之情，再行两君相见之礼。仲遂捧济西土田之籍以进，齐侯并不推辞。事毕，宣公辞齐侯回鲁，仲遂曰："吾今日始安枕而卧矣。"自此，鲁或朝或聘，君臣如齐，殆无虚日，无令不从，无役不共。至齐惠公晚年，感鲁侯承顺之意，仍以济西田还之，此是后话。

话分两头。却说楚庄王旅即位三年，不出号令，日事田猎。及在宫中，惟日夜与妇人饮酒为乐，悬令于朝门曰："有敢谏者，死无赦！"大夫申无畏入，庄王右抱郑姬，左抱蔡女，踞坐于钟鼓之间，问曰："大夫之来，欲饮酒乎？闻乐乎？抑有所欲言也？"申无畏曰："臣非饮酒听乐也。适臣行于郊，有以隐语进臣者，臣不能解，愿闻之于大王！"庄王曰："噫！是何隐语，而大夫不能解，盍为寡人言之？"申无畏曰："有大鸟，身被五色，止于楚之高阜三年矣，不见其飞，不闻其鸣，不知此何鸟也！"庄王知其讽己，笑曰："寡人知之矣，是非凡鸟也。三年不飞，飞必冲天；三年不鸣，鸣必惊人。子其俟之！"申无畏再拜而退。

居数日，庄王淫乐如故。大夫苏从请间，见庄王而大哭。庄王曰："苏子何哀之甚也？"苏从对曰："臣哭夫身死而楚国之将亡也！"庄王曰："子何为而死？楚国又何为而亡乎？"苏从曰："臣欲进谏于王，王不听，必杀臣，臣死而楚国更无谏者。恣王之意，以堕楚政，楚之亡可立而待矣！"庄王勃然变色曰："寡人有令：'敢谏者死！'明知谏之必死，而又欲入犯寡人，不亦愚乎？"苏从曰："臣之愚，不及王之愚之甚也！"庄王益怒曰："寡人胡以愚甚？"苏从曰："大王居万乘之尊，享千里之税，士马精强，诸侯畏服，四时贡献，不绝于庭，此万世之利也。今荒于酒色，溺于音乐，不理朝政，不亲贤才，大国攻于外，小国叛于内，乐在目前，患在日后。夫以一时之乐，而弃万世之利，非甚愚而何？臣之愚，不过杀身。然大王杀臣，后世将呼臣为忠臣，与龙逄、比干并肩，臣不愚也。君之愚，乃至求为匹夫而不可得。臣言毕于此矣，请借大王之佩剑，臣当刎颈王前，以信大王之令！"庄王幡然起立曰："大夫休矣！大夫之言，忠言也，寡人听子！"乃绝钟鼓之悬，屏郑姬，疏蔡女，立樊姬为夫人，使主宫政。曰："寡人好猎，樊姬谏我不从，遂不食鸟兽之肉，此吾贤内助也！"任芳贾、潘尪、屈荡，以分令尹鬬越椒之权。早朝宴罢，发号施令。令郑公子归生伐宋，战于大棘，获宋右师华元。命芳贾救郑，与晋师战于北林，获晋将解扬以归，逾年放还。自是楚势日强，庄王遂侈然有争伯中原之志。

却说晋上卿赵盾，因楚日强横，欲结好于秦以拒楚。赵穿献谋曰："秦有属国曰崇，附秦最久，诚得偏师以侵崇国，秦必来救，因与讲和，如此，则我占上风矣！"赵盾从之。乃言于灵公，出车三百乘，遣赵穿为将，侵崇。赵朔曰："秦、晋之仇深矣，又侵其属国，秦必益怒，焉肯与我议和。"赵盾曰："吾已许之矣！"朔复言于韩厥，厥微微冷笑，附朔耳言曰："尊公此举，欲树穿以固赵宗，非为和秦也！"赵朔嘿然而退。秦闻晋侵崇，竟不来救，兴兵伐晋，围焦。赵穿还兵救焦，秦师始退。穿自此始与兵政。臾骈病卒，穿遂代之。

是时，晋灵公年长，荒淫暴虐，厚敛于民，广兴土木，好为游戏。宠任一位大夫，名屠岸贾，乃屠击之子，屠岸夷之孙。岸贾阿谀取悦，言无不纳。命岸贾于绛州城内起一座花园，遍求奇花异草，种植其中。惟桃花最盛，春间开放，烂如锦绣，名曰桃园。园中筑起三层高台，中间建起一座绛霄楼，画栋雕梁，丹楹刻桷，四围朱栏曲槛，凭栏四望，市井俱在目前，灵公览而乐之，不时登临，或张弓弹鸟，与岸贾赌赛饮酒取乐。一日，召优人呈百戏于台上，园外百姓聚观，灵公谓岸贾曰："弹鸟何如弹人？寡人与卿试之，中目者为胜，中肩臂者免，不中者以大斗罚之。"灵公弹右，岸贾弹左，台上高叫一声："看弹！"弓如月满，弹似流星，人丛中一人弹去了半只耳朵，一个弹中了左腮，吓得众百姓每乱惊乱逃，乱嚷乱挤，齐叫道："弹又来了！"灵公大怒，索性教左右会放弹的，一齐都放。那弹丸如雨点一般飞去，百姓躲避不迭，也有破头的，伤额的，弹出眼乌珠的，打落门牙的，啼哭号呼之声，耳不忍闻，又有唤爹的，叫娘的，抱头鼠窜的，推挤跌倒的，仓忙奔避之状，目不忍见。灵公在台望见，投弓于地，呵呵大笑，谓岸贾曰："寡人登台，游玩数遍，无如今日之乐也！"自此百姓每望见台上有人，便不敢在桃园前行走，市中为之谚云：

莫看台，飞丸来。出门笑且忻，归家哭且哀。

此时又有周人所进猛犬，名曰灵獒，身高三尺，色如红炭，能解人意，左右有过，灵公即呼獒使噬之。獒起立啮其颡，不死不已。有一奴专饲此犬，每日喂以羊肉数斤，犬亦听其指使。其人名獒奴，使食中大夫之俸。灵公废了外朝,命诸大夫皆朝于内寝,每视朝或出游,则獒奴以细链牵犬,侍于左右,见者无不悚然。其时列国离心,万民嗟怨。赵盾等屡屡进谏,劝灵公礼贤远佞,勤政亲民,灵公如填充耳,全然不听,反有疑忌之意。

忽一日,灵公朝罢,诸大夫皆散,惟赵盾与士会,尚在寝门,商议国家之事,互相怨叹。只见有二内侍抬一竹笼,自闱而出,赵盾曰:"宫中安有竹笼出外?此必有故。"遥呼:"来,来!"内侍只低头不应,盾问曰:"竹笼中所置何物?"内侍曰:"尔相国也,欲看时可自来看,我不敢言。"盾心中愈疑,邀士会同往察之,但见人手一只,微露笼外,二位大夫拉住竹笼细看,乃支解过的一个死人。赵盾大惊,问其来历,内侍还不肯说,盾曰:"汝再不言,吾先斩汝矣!"内侍方才告诉道:"此人乃宰夫也,主公命煮熊蹯,急欲下酒,催促数次,宰夫只得献上,主公尝之,嫌其未熟,以铜斗击杀之,又砍为数段,命我等弃于野外,立限时刻回报,迟则获罪矣!"赵盾乃放内侍依旧扛抬而去,盾谓士会曰:"主上无道,视人命如草菅。国家危亡,只在旦夕。我与子同往苦谏一番,何如?"士会曰:"我二人谏而不从,更无继者。会请先入谏,若不听,子当继之。"时灵公尚在中堂,士会直入,灵公望见,知其必有谏诤之言,乃迎而谓曰:"大夫勿言,寡人已知过矣,今当改之。"士会稽首对曰:"人谁无过,过而能改,社稷之福也,臣等不胜欣幸!"言毕而退,述于赵盾,盾曰:"主公若果悔过,旦晚必有施行。"

至次日,灵公免朝,命驾车往桃园游玩。赵盾曰:"主公如此举动,岂像改过之人?吾今日不得不言矣!"乃先往桃园门外,候灵公至,上前参谒。灵公讶曰:"寡人未尝召卿,卿何以至此?"赵盾稽首再拜,口称:"死罪!微臣有言启奏,望主公宽容采纳。臣闻:

'有道之君，以乐乐人；无道之君，以乐乐身。'夫宫室嬖幸，田猎游乐，一身之乐止此矣，未有以杀人为乐者。今主公纵犬噬人，放弹打人，又以小过支解膳夫，此有道之君所不为也，而主公为之。人命至重，滥杀如此，百姓内叛，诸侯外离，桀、纣灭亡之祸，将及君身。臣今日不言，更无人言矣，臣不忍坐视君国之危亡，故敢直言无隐。乞主公回辇入朝，改革前非，毋荒游，毋嗜杀，使晋国危而复安，臣虽死不恨。"灵公大惭，以袖掩面曰："卿且退，容寡人只今日游玩，下次当依卿言！"赵盾身蔽园门，不放灵公进去。屠岸贾在旁言曰："相国进谏，虽是好意，然车驾既已至此，岂可空回，被人耻笑？相国暂请方便，如有政事，俟主公明日早朝，于朝堂议之，何如？"灵公接口曰："明日早朝，当召卿也！"赵盾不得已，将身闪开，放灵公进园，瞋目视岸贾曰："亡国败家，皆由此辈。"恨恨不已。

岸贾侍灵公游戏，正在欢笑之际，岸贾忽然叹曰："此乐不可再矣！"灵公问曰："大夫何发此叹？"岸贾曰："赵相国明早必然又来聒絮，岂容主公复出耶？"灵公忿然作色曰："自古臣制于君，不闻君制于臣。此老在，甚不便于寡人，何计可以除之？"岸贾曰："臣有客鉏麑者，家贫，臣常周给之，感臣之惠，愿效死力。若使行刺于相国，主公任意行乐，又何患哉？"灵公曰："此事若成，卿功非小。"

是夜，岸贾密召鉏麑，赐以酒食，告以："赵盾专权欺主，今奉晋侯之命，使汝往刺。汝可伏于赵相国之门，俟其五鼓赴朝刺杀，不可误事。"鉏麑领命而行，扎缚停当，带了雪花般匕首，潜伏赵府左右，闻谯鼓已交五更，便踅到赵府门首，见重门洞开，乘车已驾于门外，望见堂上灯光影影。鉏麑乘间踅进中门，躲在暗处，仔细观看，堂上有一位官员，朝衣朝冠，垂绅正笏，端然而坐。此位官员正是相国赵盾，因欲趋朝，天色尚早，坐以待旦。钼麑大惊，退出门外，叹曰："不忘恭敬，民之主也。贼杀民主，则为不忠；受君命而弃之，则为不信。不忠不信，何以立于天地之间哉？"乃呼于门曰："我，钼麑也，宁违君命，不忍杀忠臣，我今自杀。恐有后来者，相国谨防之！"言罢，望着门前一株大槐，一头触去，脑浆迸裂而死。史臣有赞云：

> 壮哉钼麑，刺客之魁。
> 闻义能徙，视死如归。
> 报屠存赵，身灭名垂。
> 槐阴所在，生气依依。

此时惊动了守门人役，将钼麑如此恁般，报知赵盾，盾之车右提弥明曰："相国今日不可入朝，恐有他变。"赵盾曰："主公许我早朝，我若不往，是无礼也，死生有命，吾何虑哉？"吩咐家人，暂将钼麑浅埋于槐树之侧。

赵盾登车入朝，随班行礼，灵公见赵盾不死，问屠岸贾以钼麑之事。岸贾答曰："钼麑去而不返，有人说道触槐而死，不知何故。"灵公曰："此计不成，奈何？"岸贾奏曰："臣尚有一计，可杀赵盾，万无一失。"灵公曰："卿有何计？"岸贾曰："主公来日，召赵盾饮于宫中，先伏甲士于后壁，俟三爵之后，主公可向赵盾索佩剑观看，盾必捧剑呈上，臣从旁喝破：'赵盾拔剑于君前，欲行不轨，左右可救驾！'甲士齐出，缚而斩之，外人皆谓赵盾自取诛戮，主公可免杀大臣之名，此计如何？"灵公曰："妙哉，妙哉！可依计而行。"

明日,复视朝,灵公谓赵盾曰:"寡人赖吾子直言,以得亲于群臣,敬治薄享,以劳吾子。"遂命屠岸贾引入宫中,车右提弥明从之。将升阶,岸贾曰:"君宴相国,余人不得登堂。"弥明乃立于堂下,赵盾再拜,就坐于灵公之右,屠岸贾侍于君左,庖人献馔,酒三巡,灵公谓赵盾曰:"寡人闻吾子所佩之剑,盖利剑也,幸解下与寡人观之!"赵盾不知是计,方欲解剑,提弥明在堂下望见,大呼曰:"臣侍君宴,礼不过三爵,何为酒后拔剑于君前耶?"赵盾悟,遂起立,弥明怒气勃勃,直趋上堂,扶盾而下。岸贾呼獒奴纵灵獒,令逐紫袍者。獒疾走如飞,追及盾于宫门之内,弥明力举千钧,双手搏獒,折其颈,獒死。灵公怒甚,出壁中伏甲以攻盾,弥明以身蔽盾,教盾急走。弥明留身独战,寡不敌众,遍体被伤,力尽而死。史臣赞云:

> 君有獒,臣亦有獒。君之獒,不如臣之獒。君之獒,能害人;臣之獒,克保身。呜呼二獒!吾谁与亲?

话说赵盾亏弥明与甲士格斗,脱身先走,忽有一人狂追及盾,盾惧甚。其人曰:"相国无畏,我来相救,非相害也!"盾问曰:"汝何人?"对曰:"相国不记翳桑之饿人乎?则我灵辄便是。"

原来五年之前,赵盾曾往九原山打猎而回,休于翳桑之下,见有一男子卧地,盾疑为刺客,使人执之。其人饿不能起,问其姓名,曰:"灵辄也,游学于卫三年,今日始归,囊空无所得食,已饿三日矣。"盾怜之,与之饭及脯,辄出一小筐,先藏其半而后食。盾问曰:"汝藏其半何意?"辄对曰:"家有老母,住于西门,小人出外日久,未知母存亡何如?今近不数里,倘幸而母存,愿以大人之馔,充老母之腹。"盾叹曰:"此孝子也!"使尽食其余,别取箪食与肉,置囊中授之,灵辄拜谢而去。今绛州有哺饥坂,因此得名。

后灵辄应募为公徒,适在甲士之数,念赵盾昔日之恩,特地上前相救。时从人闻变,俱已逃散,灵辄背负赵盾,趋出朝门。众甲士杀了提弥明,合力来追。恰好赵朔悉起家丁,驾车来迎,扶盾登车。盾急召灵辄欲共载,辄已逃去矣。甲士见赵府人众,不敢追逐,赵盾谓朔曰:"吾不得复顾家矣。此去或翟或秦,寻一托身之处可也!"于是父子同出西门,望西路而进。

不知赵宣子出奔何处,再看下回分解。

第五十一回
责赵盾董狐直笔，诛斗椒绝缨大会

话说晋灵公谋杀赵盾，虽然其事不成，却喜得赵盾离了绛城，如村童离师，顽竖离主，觉得胸怀舒畅，快不可言，遂携带宫眷于桃园住宿，日夜不归。

再说赵穿在西郊射猎而回，正遇见盾、朔父子，停车相见，询问缘由。赵穿曰："叔父且莫出境，数日之内，穿有信到，再决行止。"赵盾曰："既然如此，吾权住首阳山，专待好音。汝凡事谨慎，莫使祸上加祸。"赵穿别了盾、朔父子，回至绛城，知灵公住于桃园，假意谒见，稽首谢罪，言："臣穿虽忝宗戚，然罪人之族，不敢复侍左右，乞赐罢斥！"灵公信为真诚，乃慰之曰："盾累次欺蔑寡人，寡人实不能堪，与卿何与？卿可安心供职。"穿谢恩毕，复奏曰："臣闻：'所贵为人主者，惟能极人生声色之乐也！'主公钟鼓虽悬，而内宫不备，何乐之有？齐桓公嬖幸满宫，正娶之外，如夫人者六人。先君文公虽出亡，患难之际，所至纳姬，迄于返国，年逾六旬，尚且妾媵无数。主公既有高台广囿，以为寝处之所，何不多选良家女子，充牣其中，使明师教之歌舞，以备娱乐，岂不美哉！"灵公曰："卿所言正合寡人之意。今欲搜括国中女色，何人可使？"穿对曰："大夫屠岸贾可使。"灵公遂命屠岸贾专任其事，不拘城内城外，有颜色女子，年二十以内未嫁者，咸令报名选择，限一月内回话。赵穿借此公差，遣开了屠岸贾，又奏于灵公曰："桃园侍卫单弱，臣于军中精选骁勇二百人，愿充宿卫，伏乞主裁。"灵公复准其奏。

赵穿回营，果然挑选了二百名甲士，那甲士问道："将军有何差遣？"赵穿曰："主上不恤民情，终日在桃园行乐，命我挑选汝等，替他巡警，汝等俱有室家，此去立风宿露，何日了期？"军士皆嗟怨曰："如此无道昏君，何不速死？若相国在此，必无此事。"赵穿曰："吾有一语，与汝等商量，不知可否？"众军士皆曰："将军能救拔我等之苦，恩同再生。"穿曰："桃园不比深宫邃密，汝等以二更为候，攻入园中，托言讨赏，我挥袖为号，汝等杀了晋侯，我当迎还相国，别立新君，此计何如？"军士皆曰："甚善。"赵穿皆劳以酒食，使列于桃园之外，入告灵公。灵公登台阅之，人人精勇，个个刚强。灵公大喜，即留赵穿侍酒。饮至二更，外面忽闻喊声，灵公惊问其故。赵穿曰："此必宿卫军士，驱逐夜行之人耳。臣往谕之，勿惊圣驾？"当下赵穿命掌灯，步下层台，甲士二百人，已毁门而入。赵穿稳住了众人，引至台前，升楼奏曰："军士知主公饮宴，欲求余沥犒劳，别无他意。"公传旨，教内侍取酒分犒众人，倚栏看给。赵穿在旁呼曰："主公亲犒汝等，可各领受。"言毕，以袖麾之。众甲士认定了晋侯，一涌而上。灵公心中着忙，谓赵穿曰："甲士登台何意，卿可传谕速退。"赵穿曰："众人思见相国盾，意欲主公召还归国耳！"灵公未及答言，戟已攒刺，登时身死，左右俱各惊走。赵穿曰："昏君已除，汝等勿得妄杀一人，宜随我往迎相国还朝也。"只为晋侯无道好杀，近侍朝夕惧诛，所以甲士行逆，莫有救者。百姓怨苦日久，反以晋侯之死为快，绝无一人归罪于赵穿。七年之前，彗星入北斗，占云："齐、宋、晋三国之君，皆将死乱"，至是验矣。髯翁有诗云：

崇台歌管未停声，血溅朱楼起外兵。
莫怪台前无救者，避丸之后绝人行。

屠岸贾正在郊外，挨门挨户的访问美色女子，忽报："晋侯被弑。"吃了大惊，心知赵穿所为，不敢声张，潜回府第。士会等闻变，趋至桃园，寂无一人，亦料赵穿往迎相国，将园门封锁，静以待之。不一日，赵盾回车，入于绛城，巡到桃园，百官一时并集。赵盾伏于灵公之尸，痛哭了一场，哀声闻于园外。百姓闻者皆曰："相国忠爱如此，晋侯自取其祸，非相国之过也。"赵盾吩咐将灵公殡殓，归葬曲沃。一面会集群臣，议立新君。时灵公尚未有子，赵盾曰："先君襄公之殁，吾常倡言欲立长君，众谋不协，以及今日，此番不可不慎。"士会曰："国有长君，社稷之福，诚如相国之言。"赵盾曰："文公尚有一子，始生之时，其母梦神人以黑手涂其臀，因名曰黑臀。今仕于周，其齿已长，吾意欲迎立之，何如？"百官不敢异言，皆曰："相国处分甚当。"赵盾欲解赵穿弑君之罪，乃使穿如周，迎公子黑臀归晋，朝于太庙，即晋侯之位，是为成公。

成公既立，专任赵盾以国政，以其女妻赵朔，是为庄姬。盾因奏曰："臣母乃狄女，君姬氏有逊让之美，遣人迎臣母子归晋，臣得僭居適子，遂主中军。今君姬氏三子同、括、婴皆长，愿以位归之！"成公曰："卿之弟，乃吾娣所钟爱，自当并用，毋劳过让！"乃以赵同、赵括、赵婴并为大夫，赵穿佐中军如故。穿私谓盾曰："屠岸贾谄事先君，与赵氏为仇，桃园之事，惟岸贾心怀不顺，若不除此人，恐赵氏不安。"盾曰："人不罪汝，汝反罪人耶？吾宗族贵盛，但当与同朝修睦，毋用寻仇为也！"赵穿乃止。岸贾亦谨事赵氏，以求自免。

赵盾终以桃园之事为歉。一日，步至史馆，见太史董狐，索简观之，董狐将史简呈上，赵盾观简上，明写："秋七月乙丑，赵盾弑其君夷皋于桃园！"盾大惊曰："太史误矣。吾已出奔河东，去绛城二百余里，安知弑君之事？而子乃归罪于我，不亦诬乎？"董狐曰："子为相国，出亡未尝越境，返国又不讨贼，谓此事非子主谋，谁其信之？"盾曰："犹可改乎？"狐曰："是是非非，号为信史，吾头可断，此简不可改也！"盾叹曰："嗟乎！史臣之权，乃重于卿相。恨吾未即出境，不免受万世之恶名，悔之无及！"自是赵盾事成公益加敬谨。赵穿自恃其功，求为正卿，盾恐碍公论，不许。穿愤恚，疽发于背而死，穿子赵旃，求嗣父职，盾曰："待汝他日有功，虽卿位不难致也！"史臣论赵盾不私赵穿父子，皆董狐直笔所致。有赞云：

> 庸史纪事，良史诛意。
> 穿弑其君，盾蒙其罪。
> 宁断吾头，敢以笔媚？
> 卓哉董狐，是非可畏！

时乃周匡王之六年也。是年，匡王崩，其弟瑜立，是为定王。

定王元年，楚庄王兴师伐陆浑之戎，遂涉雒水，扬兵于周之疆界，欲以威胁天子，与周分制天下。定王使大夫王孙满问劳庄王，庄王问曰："寡人闻大禹铸有九鼎，三代相传，以为世宝，今在雒阳，不知鼎形大小与其轻重何如？寡人愿一闻之。"王孙满曰："三代以德相传，岂在鼎哉？昔禹有天下，九牧贡金，取铸九鼎。夏桀无道，鼎迁于商；商纣暴虐，鼎又迁于周。若其有德，鼎虽小亦重；如其无德，虽大犹轻。成王定鼎于郏鄏，卜世三十，卜年七百，天命有在，鼎未可问也！"庄王惭而退，自是不敢复萌窥周之志。

却说楚令尹鬬越椒，自庄王分其政权，心怀怨望，嫌隙已成，自恃才勇无双，且先世功劳，人民信服，久有谋叛之意。常言："楚国人才，惟司马伯嬴一人，余不足数也。"庄王伐陆浑时，亦虑越椒有变，特留芳贾在国。越椒见庄王统兵出征，遂决意作乱。欲尽发本族之众，鬬克不从，杀之，遂袭杀司马芳贾。贾子敖扶其母奔于梦泽以避难，越椒出屯蒸野之地，欲邀截庄王归路。庄王闻变，兼程而行，将及漳澨，越椒引兵来拒，军威甚壮，越椒贯弓挺戟，在本阵往来驰骤，楚兵望之，皆有惧色。庄王曰："鬬氏世有功勋于楚，宁伯棼负寡人，寡人不负伯棼也！"乃使大夫苏从造越椒之营，与之讲和，赦其擅杀司马之罪，且许以王子为质。越椒曰："吾耻为令尹耳，非望赦也，能战则来。"苏从再三谕之，不听。苏从去后，越椒命军士击鼓前进，庄王问诸将："何人可退越椒？"大将乐伯应声而出，越椒之子鬬贲皇便接住厮杀，潘尪见乐伯战贲皇不下，即忙驱车出阵，越椒之从弟鬬旗亦驱车应之。庄王在戎辂之上，亲自执枹，鸣鼓督战。越椒远远望见，飞车直奔庄王，弯着劲弓，一箭射来，那支箭直飞过车辕，刚刚中在鼓架之上，骇得庄王连鼓槌掉下车来，庄王急教避箭，左右各将大笠前遮。越椒又复一箭，恰恰的把左笠射个对穿。庄王且教回车，鸣金收兵。越椒奋勇赶来，却得右军大将公子侧、左军大将公子婴齐，两军一齐杀到，越椒方退。乐伯、潘尪闻金声，亦弃阵而回。楚军颇有损折，退至皇浒下寨，取越椒箭视之，其长半倍于他箭，鹳翎为羽，豹齿为镞，锋利非常，左右传观，无不吐舌。至夜，庄王自出巡营，闻营中军卒，三三五五相聚，都说："鬭令尹神箭可畏，难以取胜。"庄王乃使人谬言于众曰："昔先君文王之世，闻戎蛮造箭最利，使人问之，戎蛮乃献箭样二支，名'透骨风'，藏于太庙，为越椒所窃得，今尽于两射矣，不必虑也，明日当破之。"众心始定。庄王乃下令退兵随国，扬言："欲起汉东诸国之众，以讨鬭氏。"苏从曰："强敌在前，一退必为所乘，王失计矣。"公子侧曰："此王之谬言耳，吾等入见，必别有处分。"乃与公子婴齐夜见庄王，庄王曰："逆椒势锐，可计取，不可力敌也。"吩咐二将，如此恁般，埋伏预备，二将领计去了。

次早鸡鸣，庄王引大军退走。越椒探听得实，率众来追。楚军兼程疾走，已过竟陵而北。越椒一日一夜，行二百余里，至清河桥，楚军在桥北晨炊，望见追兵来到，充其釜甑而遁，越椒令曰："擒了楚王，方许朝餐。"众人劳困之后，又忍着饥饿，勉强前进，追及后队潘尪之军。潘尪立于车中，谓越椒曰："吾子志在取王，何不速驰？"越椒信为好语，乃舍潘尪，前驰六十里，至青山遇楚将熊负羁，问："楚王安在？"负羁曰："王尚未至也。"越椒心疑，谓负羁曰："子肯为我伺王，如得国，当与子分治。"负羁曰："吾观子众饥困，且饱食，乃可战耳。"越椒以为然，乃停车治爨。爨尚未熟，只见公子侧、公子婴齐两路军杀到，越椒之军不能复战，只得南走，回至清河桥。桥已拆断。原来楚庄王亲自引兵，伏于桥之左右，只等越椒过去，便将桥梁拆断，绝其归路。越椒大惊，吩咐左右测水深浅，欲为渡河之计，只见隔河一声炮响，楚军于河畔大叫："乐伯在此，逆椒速速下马受缚！"越椒大怒，命隔河放箭。

乐伯军中有一小校，精于射艺，姓养名繇基，军中称为神箭养叔，自请于乐伯，愿与越椒较射，乃立于河口大叫曰："河阔如此，箭何能及？闻令尹善射，吾当与比较高低，可立于桥堵之上，各射三矢，死生听命！"越椒问曰："汝何人也？"应曰："吾乃乐将军部下小将养繇基也！"越椒欺其无名，乃曰："汝要与我比箭，须让我先射三矢！"养繇基曰："莫说三矢，就射百矢，吾何惧哉？躲闪的不算好汉！"乃各约住后队，分立于桥堵之南北。越椒挽弓先发一箭，恨不得将养繇基连头带脑射下河来，谁知"忙者不会，会者不忙"，养繇基见箭来，将弓梢一拨，那箭早落在水中。高叫："快射，快射！"越椒又将第二箭搭上弓弦，觑得亲切，嗖的发来。养繇基将身一蹲，那支箭从头而过，越椒叫曰："你说不许躲闪，如何蹲身躲箭？非丈夫也！"繇基答曰："你还有一箭，吾今不躲，你若这箭不中，须还我射来！"越椒想道："他若不躲闪，这支箭管情射着！"便取第三支箭，端端正正的射去，叫声："着了！"养繇基两脚站定，并不转动，箭到之时，张开大口，刚刚的将箭镞咬住。越椒三箭都不中，心下早已着慌，只是大丈夫出言在前，不好失信，乃叫道："让你也射三箭，若射不着，还当我射！"养繇基笑曰："要三箭方射着你，便是初学了。我只须一箭，管教你性命遭于我手！"越椒曰："你口出大言，必有些本事,好歹由你射来!"心下想道:"那里一箭便射得正中?若一箭不中,我便喝住他!"大着胆由他射出。谁知养繇基的箭,百发百中,那时养繇基取箭在手,叫一声:"令尹看射!"虚把弓拽一拽,却不曾放箭。越椒听得弓弦响,只说箭来,将身往左一闪,养繇基曰:"箭还在我手,不曾上弓,讲过'躲闪的,不算好汉',你如何又闪去?"越椒曰:"怕人躲闪的,也不算会射!"繇基又虚把弓弦拽响,越椒又往右一闪。养繇基乘他那一闪时,接手放一箭来,斗越椒不知箭到,躲闪不及,这箭直贯其脑。可怜好个斗越椒,做了楚国数年令尹,今日死于小将养繇基的一箭之下。髯仙有诗云:

人生知足最为良,令尹贪心又想王。

神箭将军聊试技,越椒已在隔桥亡。

斗家军已自饥困,看见主将中箭,慌得四散奔走。楚将公子侧、公子婴齐分路追逐,杀得尸同山积,血染河红。越椒子斗贲皇,逃奔晋国,晋侯用为大夫,食邑于苗,谓之苗贲皇。

庄王已获全胜,传令班师,有被擒者,即于军前斩首。凯歌还于郢都,将斗氏宗族,不拘大小,尽行斩首。只有斗班之子,名曰克黄,官拜箴尹,是时庄王遣使行聘齐、秦二国。斗克黄领命使齐,归及宋国,闻越椒作乱之事,左右曰:"不可入矣!"克黄曰:"君,犹天也,天命其可弃乎?"命驰入郢都。复命毕,自诣司寇请囚,曰:"吾祖子文曾言'越椒有反相,必主灭族',临终嘱吾父逃避他国。吾父世受楚恩,不忍他适,为越椒所诛,今日果应吾祖之口。既不幸为逆臣之族,又不幸违先祖之训,今日死其分也,安敢逃刑耶？"庄王闻之，叹曰："子文真神人也，况治楚功大，何忍绝其嗣乎？"乃赦克黄之罪，曰："克黄死不逃刑，乃忠臣也。命复其官，改名曰斗生，言其宜死而得生也。

庄王嘉蔾基一箭之功，厚加赏赐，使将亲军，掌车右之职。因令尹未得其人，闻沈尹虞邱之贤，使权主国事，置酒大宴群臣于渐台之上，妃嫔皆从。庄王曰："寡人不御钟鼓，已六年于此矣，今日叛臣授首，四境安靖，愿与诸卿同一日之游，名曰'太平宴'，文武大小官员，俱来设席，务要尽欢而止。"群臣皆再拜，依次就坐。庖人进食，太史奏乐，饮至日落西山，兴尚未已，庄王命秉烛再酌，使所幸许姬姜氏，遍送诸大夫之酒，众俱起席立饮。忽然一阵怪风，将堂烛尽灭，左右取火未至，席中有一人，见许姬美貌，暗中以手牵其袂，许姬左手绝袂，右手揽其冠缨，缨绝，其人惊惧放手。许姬取缨在手，循步至庄王之前，附耳奏曰："妾奉大王命，敬百官之酒，内有一人无礼，乘烛灭强牵妾袖，妾已揽得其缨，王可促火察之。"庄王急命掌灯者："且莫点烛，寡人今日之会，约与诸卿尽欢，诸卿俱去缨痛饮，不绝缨者不欢。"于是百官皆去其缨，方许秉烛，竟不知牵袖者为何人也。席散回宫，许姬奏曰："妾闻'男女不渎'，况君臣乎？今大王使妾献觞于诸臣，以示敬也。牵妾之袂，而王不加察，何以肃上下之礼，而正男女之别乎？"庄王笑曰："此非妇人所知也。古者，君臣为享，礼不过三爵，但卜其昼，不卜其夜。今寡人使群臣尽欢，继之以烛，酒后狂态，人情之常，若察而罪之，显妇人之节，而伤国士之心，使群臣俱不欢，非寡人出令之意也。"许姬叹服，后世名此宴为"绝缨会"。髯翁有诗云：

暗中牵袂醉中情，玉手如风已绝缨。
尽说君王江海量，畜鱼水忌十分清。

一日，与虞邱论政，至于夜分，方始回宫。夫人樊姬问曰："朝中今日何事，而晏罢如此？"庄王曰："寡人与虞邱论政，殊不觉其晏也。"樊姬曰："虞邱何如人？"庄王曰："楚之贤者。"樊姬曰："以妾观之，虞邱未必贤矣！"庄王曰："子何以知虞邱之非贤？"樊姬曰："臣之事君，犹妇之事夫也。妾备位中宫，凡宫中有美色者，未常不进于王前。今虞邱与王论政，动至夜分，然未闻进一贤者。夫一人之智有限，而楚国之士无穷，虞邱欲役一人之智，以掩无穷之士，又乌得为贤乎？"庄王善其言，明早以樊姬之言述于虞邱，虞邱曰："臣智不及此，当即图之。"乃遍访于群臣。鬭生言芳贾之子芳敖之贤，"为避鬭越椒之难，隐居梦泽，此人将相才也"！虞邱言于庄王，庄王曰："伯嬴智士，其子必不凡。微子言，吾几忘之。"即命虞邱同鬭生驾车往梦泽，取芳敖入朝听用。

却说芳敖字孙叔，人称为孙叔敖，奉母逃难，居于梦泽，力耕自给。一日，荷锄而出，见田中有蛇两头，骇曰："吾闻两头蛇不祥之物，见者必死，吾其殆矣。"又想道："若留此蛇，倘后人复见之，又丧其命，不如我一人自当。"乃挥锄杀蛇，埋于田岸，奔归向母而泣。母问其故，敖对曰："闻见两头蛇者必死，儿今已见之，恐不能终母之养，是以泣也。"母曰："蛇今安在？"敖对曰："儿恐后人复见，已杀而埋之矣！"母曰："人有一念之善，天必祐之。汝见两头蛇，恐累后人，杀而埋之，此其善岂止一念哉，汝必不死，且将获福矣！"

逾数日，虞邱等奉使命至，取用孙叔敖。母笑曰："此埋蛇之报也！"敖与其母随虞邱归郢。庄王一见，与语竟日，大悦曰："楚国诸臣，无卿之比。"即日拜为令尹。孙叔敖辞曰："臣起自田野，骤执大政，何以服人？请从诸大夫之后。"庄王曰："寡人知卿，卿可不辞！"叔敖谦让再三，乃受命为令尹。考求楚国制度，立为军法：凡军行，在军右者，挟辕为战备；在军左者，追求草蓐，为宿备。前茅虑无，中权后劲。前茅虑无者，旌帜在前，以觇贼之有无，而为之谋虑；中权者，权谋皆出中军，不得旁挠；后劲者，以劲兵为后殿，战则用为奇兵，归则用为断后。王之亲兵分为二广，每广车十五乘，每乘用步卒百人，后以二十五人为游兵。右广管丑、寅、卯、辰、巳五时，左广管午、未、申、酉、戌五时。每日鸡鸣时分，右广驾马以备驱驰，至于日中，则左广代之，黄昏而止。内宫分班捱次，专主巡亥、子二时，以防非常之变。用虞邱将中军，公子婴齐将左军，公子侧将右军，养繇基将右广，屈荡将左广。四时蒐阅，各有常典，三军严肃，百姓无扰。又筑芍陂以兴水利，六、蓼之境，灌田万顷，民咸颂之。

楚诸臣见庄王宠任叔敖，心中不服，及见叔敖行事井井有条，无不叹息曰："楚国有幸，得此贤臣，子文其复起矣！"当初，令尹子文，善治楚国，今得叔敖，如子文之再生也。

是时，郑穆公兰薨，世子夷即位，是为灵公。公子宋与公子归生当国，尚依违于晋、楚之间，未决所事。楚庄王与孙叔敖商议欲兴兵伐郑，忽闻郑灵公被公子归生所弑，庄王曰："吾伐郑益有名矣！"

不知归生如何弑君？且看下回分解。

第五十二回
公子宋尝鼋构逆，陈灵公衵服戏朝

话说公子归生字子家，公子宋字子公，二人皆郑国贵戚之卿也。郑灵公夷元年，公子宋与归生相约早起，将入见灵公。公子宋之食指，忽然翕翕自动。何谓食指？第一指曰拇指，第三指曰中指，第四指曰无名指，第五指曰小指。惟第二指，大凡取食必用着他，故曰食指。公子宋将食指跳动之状，与归生观看，归生异之。公子宋曰："无他。我每常若跳动，是日必尝异味。前使晋食石花鱼，后使楚一食天鹅，一食合欢橘，指皆预动，无次不验。不知今日尝何味耶？"

将入朝门，内侍传命，唤宰夫甚急。公子宋问之曰："汝唤宰夫何事？"内侍曰："有郑客从汉江来，得一大鼋，重二百余斤，献于主公，主公受而赏之。今缚于堂下，使我召宰夫割烹，欲以享诸大夫也。"公子宋曰："异味在此，吾食指岂虚动耶？"既入朝，见堂柱缚鼋甚大，二人相视而笑，谒见之际，余笑尚在。灵公问曰："卿二人今日何得有喜容？"公子归生对曰："宋与臣入朝时，其食指忽动，言'每常如此，必得异味而尝之'。今见堂下有巨鼋，度主公烹食，必将波及诸臣，食指有验，所以笑耳。"灵公戏之曰："验与不验，权尚在寡人也！"二人既退，归生谓宋曰："异味虽有，倘君不召子，如何？"宋曰："既享众，能独遗我乎？"

至日晡，内侍果遍召诸大夫。公子宋欣然而入，见归生笑曰："吾固知君之不得不召我也。"已而，诸臣皆集，灵公命布席叙坐，谓曰："鼋乃水族佳味，寡人不敢独享，愿与诸卿共之。"诸臣合词谢曰："主公一食不忘，臣等何以为报？"坐定，宰夫告鼋味已调，乃先献灵公，公尝而美之。命人赐鼋羹一鼎，象箸一双，自下席派起，至于上席，恰到第一第二席，止剩得一鼎，宰夫禀道："羹已尽矣，只有一鼎，请命赐与何人？"灵公曰："赐子家。"宰夫将羹致归生之前"灵公大笑曰："寡人命遍赐诸卿，而偏缺子公。是子公数不当食鼋也，食指何尝验耶？"原来灵公故意吩咐庖人，缺此一鼎，欲使宋之食指不验，以为笑端。却不知公子宋已在归生面前说了满话。今日百官俱得赐食，己独不与，羞变成怒，径趋至灵公面前，以指探其鼎，取鼋肉一块啖之，曰："臣已得尝矣，食指何尝不验也！"言毕，直趋而出。灵公亦怒，投箸曰："宋不逊，乃欺寡人，岂以郑无尺寸之刃，不能斩其头耶？"归生等俱下席俯伏曰："宋恃肺腑之爱，欲均沾君惠，聊以为戏，何敢行无礼于君乎？愿君恕之！"灵公恨恨不已，君臣皆不乐而散。

归生即趋至公子宋之家，告以君怒之意。"明日可入朝谢罪。"公子宋曰："吾闻'慢人者，人亦慢之'。君先慢我，乃不自责而责我耶？"归生曰："虽然如此，君臣之间，不可不谢。"次日，二人一同入朝。公子宋随班行礼，全无觳觫伏罪之语。倒是归生心上不安，奏曰："宋惧主公责其染指之失，特来告罪。战兢不能措辞，望主公宽容之！"灵公曰："寡人恐得罪子公，子公岂惧寡人耶？"拂衣而起。

公子宋出朝，邀归生至家，密语曰："主公怒我甚矣，恐见诛，不如先作难，事成可以免死。"归生掩耳曰："六畜岁久，犹不忍杀之。况一国之君，敢轻言弑逆乎？"公子宋曰："吾戏言，子勿泄也。"归生辞去。公子宋探知归生与灵公之弟公子去疾相厚，数有往来，乃扬言于朝曰："子家与子良早夜相聚，不知所谋何事，恐不利于社稷也。"归生急牵宋之臂，至于静处，谓曰："是何言与？"公子宋曰："子不与我协谋，吾必使子先我一日而死。"归生素性懦弱，不能决断，闻宋之言，大惧曰："汝意欲何如？"公子宋曰："主上无道之端，已见于分鼋。若行大事，吾与子共扶子良为君，以亲昵于晋，郑国可保数年之安矣。"归生想了一回，徐答曰："任子所为，吾不汝泄也。"公子宋乃阴聚家众，乘灵公秋祭斋宿，用重赂结其左右，夜半潜入斋宫，以土囊压灵公而杀之，托言"中魇暴死"。归生知其事而不敢言。按：孔子作《春秋》，书"郑公子归生弑其君夷"，释公子宋而罪归生，以其身为执政，惧谮从逆，所谓"任重者，责亦重"也。圣人书法，垂戒人臣，可不畏哉。

次日，归生与公子宋共议，欲奉公子去疾为君。去疾大惊，辞曰："先君尚有八子，若立贤，则去疾无德可称；若立长，则有公子坚在。去疾有死，不敢越也。"于是逆公子坚即位，是为襄公。总计穆公共有子十三人。灵公夷被弑，襄公坚嗣立，以下尚有十一子，曰公子去疾字子良，曰公子喜字子罕，曰公子骈字子驷，曰公子发字子国，曰公子嘉字子孔，曰公子偃字子游，曰公子舒字子印，又有公子丰，公子羽，公子然，公子志。

襄公忌诸弟觉盛，恐他日生变，私与公子去疾商议，欲独留去疾，而尽逐其诸弟。去疾曰："先君梦兰而生，卜曰：'是必昌姬氏之宗。'夫兄弟为公族,譬如枝叶盛茂,本是以荣。若剪枝去叶,本根俱露,枯槁可立而待矣。君能容之,固所愿也;若不能容,吾将同行,岂忍独留于此,异日何面目见先君于地下乎?"襄公感悟,乃拜其弟十一人皆为大夫,并知郑政。公子宋遣使求成于晋,以求安其国。此周定王二年事也。

明年,为郑襄公元年,楚庄王使公子婴齐为将,率师伐郑。问曰:"何故弑君?"晋使荀林父救之,楚遂移兵伐陈,郑襄公从晋成公盟于黑壤。

周定王三年,晋上卿赵盾卒,郤缺代为中军元帅。闻陈与楚平,乃言于成公,使荀林父从成公率宋、卫、郑、曹四国伐陈。晋成公于中途病薨,乃班师。立世子獳为君,是为景公。

是年,楚庄王亲统大军,复伐郑师于柳棼。晋郤缺率师救之,袭败楚师,郑人皆喜。公子去疾独有忧色,襄公怪而问之,去疾对曰:"晋之败楚,偶也;楚将泄怒于郑,晋可长恃乎。行见楚兵之在郊矣!"

明年,楚庄王复伐郑,屯兵于颍水之北。适公子归生病卒,公子去疾追治尝鼋之事,杀公子宋,暴其尸于朝,斫子家之棺,而逐其族,遣使谢楚王曰:"寡人有逆臣归生与宋,今俱伏诛。寡君愿因陈侯而受歃于上国。"庄王许之,遂欲合陈、郑同盟于辰陵之地,遣使约会陈侯。使者自陈还,言:"陈侯为大夫夏徵舒所弑,国内大乱。"有诗为证:

周室东迁世乱离,纷纷篡弑岁无虚。
妖星入斗征三国,又报陈侯遇夏舒。

第五十二回　公子宋尝鼋构逆，陈灵公袒服戏朝

话说陈灵公讳平国，乃陈共公朔之子，在周顷王六年嗣位。为人轻佻惰慢，绝无威仪。且又耽于酒色，逐于游戏，国家政务，全然不理。宠着两位大夫，一个姓孔名宁，一个姓仪名行父，都是酒色队里打锣鼓的。一君二臣，志同气合，语言戏亵，各无顾忌。

其时朝中有个贤臣，姓泄名冶，是个忠良正直之辈，遇事敢言，陈侯君臣甚畏惮之。又有个大夫夏御叔，其父公子少西，乃是陈定公之子，少西字子夏，故御叔以夏为字，又曰少西氏，世为陈国司马之官，食采于株林。御叔娶郑穆公之女为妻，谓之夏姬，那夏姬生得蛾眉凤眼，杏脸桃腮，有骊姬、息妫之容貌，兼妲己、文姜之妖淫，见者无不消魂丧魄，颠之倒之。更有一桩奇事，十五岁时，梦见一伟丈夫，星冠羽服，自称上界天仙，与之交合，教以吸精导气之法，与人交接，曲尽其欢，就中采阳补阴，却老还少，名为"素女采战之术"。在国未嫁，先与郑灵公庶兄公子蛮兄妹私通，不勾三年，子蛮夭死。后嫁于夏御叔为内子，生下一男，名曰徵舒。徵舒字子南，年十二岁上，御叔病亡。夏姬因有外交，留徵舒于城内，从师习学，自家退居株林。

孔宁、仪行父向与御叔同朝相善，曾窥见夏姬之色，各有窥诱之意。夏姬有侍女荷华，伶俐风骚，惯与主母做脚揽主顾。孔宁一日与徵舒射猎郊外，因送徵舒至于株林，留宿其家。孔宁费一片心机，先勾搭上了荷华，赠以簪珥，求荐于主母，遂得入马，窃穿其锦裆以出，夸示于仪行父。行父慕之，亦以厚币交结荷华，求其通款。夏姬平日窥见仪行父身材长大，鼻准丰隆，也有其心，遂遣荷华约他私会。仪行父广求助战奇药，以媚夏姬，夏姬爱之，倍于孔宁。仪行父谓夏姬曰："孔大夫有锦裆之赐，今既蒙垂盼，亦欲乞一物为表记，以见均爱。"夏姬笑曰："锦裆彼自窃去，非妾所赠也。"

因附耳曰:"虽在同床,岂无厚薄?"乃自解所穿碧罗襦为赠。仪行父大悦,自此行父往来甚密,孔宁不免稍疏矣。有古诗为证:

郑风何其淫?桓武化已渺。
士女竞私奔,里巷失昏晓。
仲子墙欲逾,子充性偏狡。
东门忆茹藘,野外生蔓草。
褰裳望匪遥,驾车去何杳?
青衿萦我心,琼琚破人老。
风雨鸡鸣时,相会密以巧。
扬水流束薪,谗言莫相搅!
习气多感人,安能自美好?

仪行父为孔宁将锦裆骄了他,今得了碧罗襦,亦夸示于孔宁。孔宁私叩荷华,知夏姬与仪行父相密,心怀妒忌,无计拆他,想出一条计策来:"那陈侯性贪淫药,久闻夏姬美色,屡次言之,相慕颇切,恨不到手,不如引他一同入马,陈侯必然感我。况陈侯有个暗疾,医书上名曰'狐臭',亦名'腋气',夏姬定不喜欢。我去做个贴身帮闲,落得捉空调情,讨些便宜。少不得仪大夫稀疏一二分,出了我这点捻酸的恶气。好计,好计!"遂独见灵公,闲话间,说及夏姬之美,天下绝无。灵公曰:"寡人亦久闻其名,但年齿已及四旬,恐三月桃花,未免改色矣!"孔宁曰:"夏姬熟晓房中之术,容颜转嫩,常如十七八岁好女子模样。且交接之妙,大异寻常,主公一试,自当魂消也。"灵公不觉欲火上炎,面颊发赤,向孔宁曰:"卿何策使寡人与夏姬一会?寡人誓不相负!"孔宁奏曰:"夏氏一向居株林,其地竹木繁盛,可以游玩。主公明早只说要幸株林,夏氏必然设享相迎。夏姬有婢,名曰荷华,颇知情事,臣当以主公之意达之,万无不谐之理。"灵公笑曰:"此事全仗爱卿作成!"

次日,传旨驾车,微服出游株林,只教大夫孔宁相随。孔宁先送信于夏姬,教他治具相候。又露其意于荷华,使之转达。那边夏姬,也是个不怕事的主顾,凡事预备停当。灵公一心贪着夏姬,把游幸当个名色。正是:

窃玉偷香真有意,观山玩水本无心。

略蹬一时,就转到夏家。夏姬具礼服出迎,入于厅坐,拜谒致词曰:"妾男徵舒,出就外傅,不知主公驾临,有失迎接。"其声如新莺巧啭,呖呖可听。灵公视其貌,真天人也,六宫妃嫔罕有其匹。灵公曰:"寡人偶尔闲游,轻造尊府,幸勿惊讶。"夏姬敛衽对曰:"主公玉趾下临,敝庐增色,贱妾备有蔬酒,未敢献上。"灵公曰:"既费庖厨,不须礼席,闻尊府园亭幽雅,愿入观之,主人盛馔,就彼相扰可也!"夏姬对曰:"自亡夫即世,荒圃久废扫除,恐慢大驾,贱妾预先告罪!"夏姬应对有序,灵公心中愈加爱重,命夏姬,"换去礼服,引寡人园中一游。"夏姬卸下礼服,露出一身淡妆,如月下梨花,雪中梅蕊,别是一般雅致。夏姬前导,至于后园,虽然地段不宽,却有乔松秀柏,奇石名葩,池沼一方,花亭几座。中间高轩一区,朱栏绣幕,甚是开爽,此乃宴客之所。左右俱有厢房。轩后曲房数层,回廊周折,直通内寝。园中立有马厩,乃是养马去处。园西空地一片,留为射圃。灵公观看了一回,轩中筵席已具,夏姬执盏定席,灵公赐坐于旁,夏姬谦让不敢。灵公曰:"主人岂可不坐？"乃命孔宁坐右，夏姬坐左，"今日略去君臣之分，图个尽欢！"饮酒中间，灵公目不转睛，夏姬亦流波送盼。灵公酒兴带了痴情，又有孔大夫从旁打和事鼓，酒落快肠，不觉其多。日落西山，左右进烛，洗盏更酌，灵公大醉，倒于席上，鼾鼾睡去。孔宁私谓夏姬曰："主公久慕容色，今日此来，立心与你求欢，不可违拗。"夏姬微笑不答。孔宁便宜行事，出外安顿随驾人心，就便宿歇。夏姬整备锦衾绣枕，假意送入轩中，自己香汤沐浴，以备召幸，止留荷华侍驾。

少顷，灵公睡醒，张目问："是何人？"荷华跪而应曰："贱婢乃荷华也。奉主母之命，伏侍千岁爷爷。"因取酸梅醒酒汤以进。灵公曰："此汤何人所造？"荷华答曰："婢所煎也！"灵公曰："汝能造梅汤，能为寡人作媒乎？"荷华佯为不知，对曰："贱婢虽不惯为媒，亦颇知效奔走，但不知千岁爷属意何人？"灵公曰："寡人为汝主母神魂俱乱矣！汝能成就吾事，当厚赐汝。"荷华对曰："主母残体，恐不足当贵人，倘蒙不弃，贱婢即当引入。"灵公大喜，即命荷华掌灯引导，曲曲弯弯，直入内室。夏姬明灯独坐，如有所待，忽闻脚步之声，方欲启问，灵公已入户内。荷华便将银灯携出，灵公更不攀话，拥夏姬入帷，解衣共寝，肌肤柔腻，着体欲融，欢会之时，宛如处女。灵公怪而问之，夏姬对曰："妾有内视之法，虽产子之后，不过三日，充实如故。"灵公叹曰："寡人虽遇天上神仙，亦只如此矣！"论起灵公淫具，本不及孔、仪二大夫，况带有暗疾，没讨好处，因他是一国之君，妇人家未免带三分势利，不敢嗔嫌，枕席上虚意奉承，灵公遂以为不世之奇遇矣。

睡至鸡鸣，夏姬促灵公起身，灵公曰："寡人得交爱卿，回视六宫，有如粪土。但不知爱卿心下有分毫及寡人否？"夏姬疑灵公已知孔、仪二人往来之事，乃对曰："贱妾实不相欺，自丧先夫，不能自制，未免失身他人。今既获侍君侯，从兹当永谢外交，敢复有二心，以取罪戾！"灵公欣然曰："爱卿平日所交，试为寡人悉数之，不必隐讳。"夏姬对曰："孔、仪二大夫因抚遗孤，遂及于乱，他实未有也！"灵公笑曰："怪道孔宁说卿交接之妙，大异寻常，若非亲试，何以知之？"夏姬对曰："贱妾得罪在先，望乞宽宥！"灵公曰："孔宁有荐贤之美，寡人方怀感激，卿其勿疑。但愿与卿常常相见，此情不绝，其任卿所为，不汝禁也！"夏姬对曰："主公能源源而来，何难常常而见乎？"须臾，灵公起身，夏姬抽自己贴体汗衫，与灵公穿上，曰："主公见此衫，如见贱妾矣！"荷华取灯，由旧路送归轩下。天明后，厅事上已备早膳，孔宁率从人驾车伺候。夏姬请灵公登堂，起居问安，庖人进馔，众人俱有酒食犒劳。食毕，孔宁为灵公御车回朝，百官知陈侯野宿，是日俱集朝门伺候。灵公传令："免朝。"径入宫门去了。仪行父扯住孔宁，盘问主公夜来宿处，孔宁不能讳，只得直言。仪行父知是孔宁所荐，顿足曰："如此好人情，如何让你独做？"孔宁曰："主公十分得意，第二次你做人情便了。"二人大笑而散。

次日，灵公早朝，礼毕，百官俱散，召孔宁至前，谢其荐举夏姬之事。又召仪行父问曰："如此乐事，何不早奏寡人。你二人却占先头，是何道理？"孔宁、仪行父齐曰："臣等并无此事。"灵公曰："是美人亲口所言，卿等不必讳矣。"孔宁对曰："譬如君有味，臣先尝之；父有味，子先尝之。若尝而不美，不敢进于君也！"灵公笑曰："不然。譬如熊掌，就让寡人先尝也不妨。"孔、仪二人俱笑。灵公又曰："汝二人虽曾入马，他偏有表记送我。"乃扯衬衣示之曰："此乃美人所赠，你二人可有么？"孔宁曰："臣亦有之。"灵公曰:"赠卿何物?"孔宁撩衣,见其锦裆,曰:"此姬所赠,不但臣有,行父亦有之。"灵公问行父:"卿又是何物?"行父解开碧罗襦,与灵公观看。灵公大笑曰:"我等三人,随身俱有质证,异日同往株林,可作连床大会矣!"

一君二臣正在朝堂戏谑,把这话传出朝门,恼了一位正直之臣,咬牙切齿,大叫道:"朝廷法纪之地,却如此胡乱,陈国之亡,屈指可待矣!"遂整衣端简,复身闯入朝门进谏。

不知那位官员是谁,再看下回分解。

第五十三回
楚庄王纳谏复陈，晋景公出师救郑

却说陈灵公与孔宁，仪行父二大夫，俱穿了夏姬所赠衷衣，在朝堂上戏谑，大夫泄冶闻之，乃整襟端笏，复身趋入朝门。孔、仪二人，素惮泄冶正直，今日不宣自至，必有规谏，遂先辞灵公而出。灵公抽身欲起御座，泄冶腾步上前，牵住其衣，跪而奏曰："臣闻'君臣主敬，男女有别。今主公无《周南》之化，使国中有失节之妇。而又君臣宣淫，互相标榜，朝堂之上，秽语难闻，廉耻尽丧，体统俱失。君臣之敬，男女之别，沦灭已极！夫不敬则慢，不别则乱，慢而且乱，亡国之道也。君必改之！"灵公自觉汗颜，以袖掩面曰："卿勿多言，寡人行且悔之矣！"泄冶辞出朝门，孔、仪二人尚在门外打探，见泄冶怒气冲冲出来，闪入人丛中避之。泄冶早已看见，将二人唤出，责之曰："君有善，臣宜宣之；君有不善，臣宜掩之。今子自为不善，以诱其君，而复宣扬其事，使士民公然见闻，何以为训？宁不羞耶？"二人不能措对，唯唯谢教。泄冶去了，孔、仪二人求见灵公，述泄冶责备其君之语："主公自今更勿为株林之游矣！"灵公曰："卿二人还往否？"

孔、仪二人对曰："彼以臣谏君，与臣等无与，臣等可往，君不可往！"灵公奋然曰："寡人宁得罪于泄冶，安肯舍此乐地乎？"孔、仪二人复奏曰："主公若再往，恐难当泄冶絮聒，如何？"灵公曰："二卿有何策，能止泄冶勿言？"孔宁曰："若要泄冶勿言，除非使他开口不得。"灵公笑曰："彼自有口，寡人安能禁之使不开乎？"仪行父曰："宁之言，臣能知之。夫人死则口闭，主公何不传旨，杀了泄冶，则终身之乐无穷矣！"灵公曰："寡人不能也！"孔宁曰："臣使人刺之何如？"灵公点首曰："由卿自为！"二人辞出朝门，做一处商议，将重贿买出刺客，伏于要路，候泄冶入朝，突起杀之。国人皆认为陈侯所使，不知为孔、仪二人之谋也。史臣有赞云：

> 陈丧明德，君臣宣淫，
> 缨绅衵服，大廷株林。
> 壮哉泄冶，独矢直音，
> 身死名高，龙血比心！

自泄冶死后，君臣益无忌惮，三人不时同往株林，一二次还是私偷，以后习以为常，公然不避，国人作《株林》之诗以讥之，诗曰：

> 胡为乎株林？从夏南？匪适株林，从夏南！

徵舒字子南。诗人忠厚，故不曰夏姬，而曰夏南，言从南而来也。

陈侯本是个没偢僽的人，孔、仪二人一味奉承帮衬，不顾廉耻，更兼夏姬善于调停，打成和局，弄做了一妇三夫，同欢同乐，不以为怪。徵舒渐渐长大知事，见其母之所为，心如刀刺，只是干碍陈侯，无可奈何。每闻陈侯欲到株林，往往托故避出，落得眼中清净。那一班淫乐的男女，亦以徵舒不在为方便。

光阴似箭，徵舒年一十八岁，生得长躯伟干，多力善射，灵公欲悦夏姬之意，使嗣父职为司马，执掌兵权。徵舒谢恩毕，回株林拜见其母夏姬，夏姬曰："此陈侯恩典，汝当恪供乃职，为国分忧，不必以家事分念！"徵舒辞了母亲，入朝理事。

忽一日，陈灵公与孔、仪二人复游株林，宿于夏氏。徵舒因感嗣爵之恩，特地回家设享，款待灵公。夏姬因其子在坐，不敢出陪，酒酣之后，君臣复相嘲谑，手舞足蹈，徵舒厌恶其状，退入屏后，潜听其言。灵公谓仪行父曰："徵舒躯干魁伟，有些象你，莫不是你生的？"仪行父笑曰："徵舒两目炯炯，极像主公，还是主公所生。"孔宁从旁插嘴曰："主公与仪大夫年纪小，生他不出，他的爹极多，是个杂种，便是夏夫人自家也记不起了！"三人拍掌大笑。徵舒不听犹可，听见之时，不觉羞恶之心，勃然难遏。正是：

怒从心上起，恶向胆边生。

暗将夏姬锁于内室，却从便门溜出，盼咐随行军众："把府第团团围住，不许走了陈侯及孔、宁二人。"军众得令，发一声喊，围了夏府。徵舒戎装披挂，手执利刃，引着得力家丁数人，从大门杀进，口中大叫："快拿淫贼！"陈灵公口中还在那里不三不四，要笑弄酒，却是孔宁听见了，说道："主公不好了！徵舒此席不是好意，如今引兵杀来，要拿淫贼，快跑罢！"仪行父曰："前门围断，须走后门！"三人常在夏家穿房入户，道路都是识熟的，陈侯还指望跑入内室，求救于夏姬。见中门锁断，慌上加慌，急向后园奔走。徵舒随后赶来，陈侯记得东边马厩，有短墙可越，遂望马厩而奔。徵舒叫道："昏君休走！"攀起弓来，飕的一箭，却射不中。陈侯奔入马厩，意欲藏躲，却被群马惊嘶起来，即忙退身而出。徵舒刚刚赶近，又复一箭，正中当心。可怜陈侯平国，做了一十五年诸侯，今日死于马厩之下。孔宁、仪行父先见陈侯向东走，知徵舒必然追赶，遂望西边奔入射圃，徵舒果然只赶陈侯。孔、仪二人遂从狗窦中钻出，不到家中，赤身奔入楚国去了。徵舒既射杀了陈侯，拥兵入城，只说陈侯酒后暴疾身亡，遗命立世子午为君，是为成公。成公心恨徵舒，力不能制，隐忍不言。徵舒亦惧诸侯之讨，乃强逼陈侯往朝于晋，以结其好。

再说楚国使臣，奉命约陈侯赴盟辰陵，未到陈国，闻乱而返。恰好孔宁、仪行父二人逃到，见了庄王，瞒过君臣淫乱之情，只说："夏徵舒造反，弑了陈侯平国。"与使臣之言相合。庄王遂集群臣商议。

却说楚国一位公族大夫，屈氏名巫，字子灵，乃屈荡之子。此人仪容秀美，文武全材，只有一件毛病，贪淫好色，专讲彭祖房中之术。数年前，曾出使陈国，遇夏姬出游，窥见其貌，且闻其善于采炼，却老还少，心甚慕之。及闻徵舒弑逆，欲借此端，掳取夏姬，力劝庄王兴师伐陈。令尹孙叔敖亦言："陈罪宜讨！"庄王之意遂决。时周定王九年，陈成公午之元年也。楚庄王先传一檄，至于陈国，檄上写道：

楚王示尔：少西氏弑其君，神人共愤。尔国不能讨，寡人将为尔讨之。罪有专归，其余臣民，静听无扰。

陈国见了檄文，人人归咎徵舒，巴不能勾假手于楚，遂不为御敌之计。

楚庄王亲引三军，带领公子婴齐、公子侧、屈巫一班大将，云卷风驰，直造陈都，如入无人之境，所至安慰居民，秋毫无犯。夏徵舒知人心怨己，潜奔株林。

时陈成公尚在晋国未归，大夫辕颇，与诸臣商议："楚王为我讨罪，诛止徵舒，不如执徵舒献于楚军，遣使求和，保全社稷，此为上策。"群臣皆以为然。辕颇乃命其子侨如统兵往株林，擒拿徵舒。侨如未行，楚兵已至城下。陈国久无政令，况陈侯不在国，百姓做主开门迎楚。楚庄王整队而入，诸将将辕颇等拥至庄王面前，庄王问："徵舒何在？"辕颇对曰："在株林。"庄王问曰："谁非臣子，如何容此逆贼，不加诛讨？"辕颇对曰："非不欲讨，力不加也。"庄王即命辕颇为向导，自引大军往株林进发，却留公子婴齐一军，屯扎城中。

再说徵舒正欲收拾家财，奉了母亲夏姬，逃奔郑国。只争一刻，楚兵围住株林，将徵舒拿住，庄王命囚于后车，问："何以不见夏姬？"使将士搜其家，于园中得之。荷华逃去，不知所适。夏姬向庄王再拜言曰："不幸国乱家亡，贱妾妇人，命悬大王之手。倘赐矜宥，愿充婢役。"夏姬颜色妍丽，语复详雅，庄王一见，心志迷惑，谓诸将曰："楚国后宫虽多，如夏姬者绝少，寡人意欲纳之，以备妃嫔，诸卿以为何如？"屈巫谏曰："不可，不可！吾主用兵于陈，讨其罪也；若纳夏姬，是贪其色也。讨罪为义，贪色为淫，以义始而以淫终,伯主举动,不当如此。"庄王曰:"子灵之言甚正,寡人不敢纳矣。只是此妇世间尤物,若再经寡人之眼,必然不能自制。"叫军士凿开后垣,纵其所之。

时将军公子侧在旁,亦贪夏姬美貌,见庄王已不收用,跪而请曰:"臣中年无妻,乞我王赐臣为室。"屈巫又奏曰:"吾王不可许也!"公子侧怒曰:"子灵不容我娶夏姬,是何缘故?"屈巫曰:"此妇乃天地间不祥之物,据吾所知者言之:夭子蛮,杀御叔,弑陈侯,戮夏南,出孔、仪,丧陈国,不祥莫大焉?天下多美妇人,何必取此淫物,以贻后悔?"庄王曰:"如子灵所言,寡人亦畏之矣!"公子侧曰:"既如此,我亦不娶了。只是一件,你说主公娶不得,我亦娶不得,难道你娶了不成?"屈巫连声曰:"不敢,不敢!"庄王曰:"物无所主,人必争之,闻连尹襄老,近日丧偶,赐为继室可也!"时襄老引兵从征,在于后队,庄王召至,以夏姬赐之,夫妇谢恩而出,公子侧倒也罢了,只是屈巫谏止庄王,打断公子侧,本欲留与自家。见庄王赐与襄老,暗暗叫道:"可惜,可惜!"又暗想道:"这个老儿,如何当得起那妇人?少不得一年半载,仍做寡妇,到其间再作区处。"这是屈巫意中之事,口里却不曾说出。庄王居株林一宿,仍至陈国,公子婴齐迎接入城,庄王传令将徵舒囚出栗门,车裂以殉,如齐襄公处高渠弥之刑。史臣有诗云:

陈主荒淫虽自取,徵舒弑逆亦违条。
庄王吊伐如时雨,泗上诸侯望羽旄。

庄王号令徵舒已毕,将陈国版图查明,灭陈以为楚县,拜公子婴齐为陈公，使守其地，陈大夫辕颇等，悉带回郢都。南方属国，闻楚王灭陈而归，俱来朝贺，各处县公，自不必说。独有大夫申叔时使齐未归，其时齐惠公甍，公子无野即位，是为顷公，齐、楚一向交好，故庄王遣申叔时，往行吊旧贺新之礼，这一差还在未伐陈以前。及庄王归楚三日之后，申叔方才回转，复命而退，并无庆贺之言。庄王使内侍传语责之曰："夏徵舒无道，弑其君，寡人讨其罪而戮之，版图收于国中，义声闻于天下，诸侯县公，无不称贺，汝独无一言，岂以寡人讨陈之举为非耶？"申叔时随使者求见楚王，请面毕其辞，庄王许之。申叔时曰："王闻'蹊田夺牛'之说乎？"庄王曰："未闻也！"申叔时曰："今有人牵牛取径于他人之田者，践其禾稼，田主怒夺其牛。此狱若在王前，何以断之？"庄王曰："牵牛践田，所伤未多也，夺其牛，太甚矣！寡人若断此狱，薄责牵牛者，而还其牛，子以为当否？"申叔时曰："王何明于断狱，而昧于断陈也。夫徵舒有罪，止于弑君，未至亡国也，王讨其罪足矣，又取其国，此与牵牛何异，又何贺乎？"庄王顿足曰："善哉，此言。寡人未之闻也！"申叔时曰："王既以臣言为善，何不效反牛之事？"庄王立召陈大夫辕颇，问："陈君何在？"颇答曰："向往晋国，今不知何在。"言讫，不觉泪下。庄王惨然曰："吾当复封汝国，汝可迎陈君而立之。世世附楚，勿依违南北，有负寡人之德。"又召孔宁、仪行父吩咐："放汝归国，共辅陈君。"辕颇明知孔、仪二人是个祸根，不敢在楚王面前说明，只是含糊一同拜谢而行。将出楚境，正遇陈侯午自晋而归，闻其国已灭，亦欲如楚，面见楚王。辕颇乃述楚王之美意，君臣并驾至陈。守将公子婴齐，已接得楚王之命，召还本国，遂将版图交割还陈，自归楚国去了。此乃楚庄王第一件好处。髯翁有诗云：

县陈谁料复封陈？踬舜还从一念新。
南楚义声驰四海，须知贤主赖贤臣！

孔宁归国，未一月，白日见夏徵舒来索命，因得狂疾，自赴池中而死。死之后，仪行父梦见陈灵公、孔宁与徵舒三人，来拘他到帝廷对狱，梦中大惊，自此亦得暴疾卒。此乃淫人之报也。

再说公子婴齐既返楚国，入见庄王，犹自称陈公婴齐。庄王曰："寡人已复陈国矣，当别图所以偿卿也。"婴齐遂请申、吕之田，庄王将许之。屈巫奏曰："此北方之赋，国家所恃以御晋寇者，不可以充赏。"庄王乃止。及申叔时告老，庄王封屈巫为申公，屈巫并不推辞，婴齐由是与屈巫有隙。周定王十年，楚庄王之十七年也。

庄王以陈虽南附，郑犹从晋，未肯服楚，乃与诸大夫计议。令尹孙叔敖曰："我伐郑，晋救必至，非大军不可。"庄王曰："寡人意正如此。"乃悉起三军两广之众，浩浩荡荡，杀奔荥阳而来。连尹襄老为前部。临发时，健将唐狡请曰："郑小国，不足烦大军，狡愿自率部下百人，前行一日，为三军开路。"襄老壮其志，许之。唐狡所至力战，当者辄败，兵不留行，每夕扫除营地，以待大军。庄王率诸将直抵郑郊，未曾有一兵之阻，一日之稽。庄王怪其神速，谓襄老曰："不意卿老而益壮，勇于前进如此！"襄老对曰："非臣之力，乃副将唐狡力战所致也！"庄王即召唐狡，欲厚赏之。唐狡对曰："臣受君王之赐已厚，今日聊以报效，敢复叨赏乎？"庄王讶曰："寡人未尝识卿，何处受寡人之赐？"唐狡对曰："绝缨会上，牵美人之袂者，即臣也。蒙君王不杀之恩，故舍命相报。"庄王叹息曰："嗟乎！使寡人当时明烛治罪，安得此人之死力哉？"命军正纪其首功，俟平郑之后，将重用之。唐狡谓人曰："吾得死罪于君，君隐而不诛，是以报之。然既已明言，不敢以罪人徼后日之赏。即夜遁去，不知所往。庄王闻之，叹曰："真烈士矣！"

大军攻破郊关，直抵城下，庄王传令，四面筑长围攻之，凡十有七日，昼夜不息。郑襄公恃晋之救，不即行成。军士死伤者甚众。城东北角崩陷数十丈，楚兵将登，庄王闻城内哭声震地，心中不忍，麾军退十里。公子婴齐进曰："城陷正可乘势，何以退师？"庄王曰："郑知吾威，未知吾德，姑退以示德，视其从违，以为进退可也！"郑襄公闻楚师退，疑晋救已至，乃驱百姓修筑城垣，男女皆上城巡守。庄王知郑无乞降之意，复进兵围之。郑坚守三月，力不能支，楚将乐伯率众自皇门先登，劈开城门。庄王下令，不许掳掠，三军肃然。行至逵路，郑襄公肉袒牵羊，以迎楚师，辞曰："孤不德，不能服事大国，使君王怀怒，以降师于敝邑，孤知罪矣。存亡生死，一惟君王命，若惠顾先人之好，不遽剪灭，延其宗祀，使得比于附庸，君王之惠也！"公子婴齐进曰："郑力穷而降，赦之复叛，不如灭之！"庄王曰："申公若在，又将以蹊田夺牛见诮矣！"即麾军退三十里，郑襄公亲至楚军，谢罪请盟，留其弟公子去疾为质。

庄王班师北行，次于郔，谍报："晋国拜荀林父为大将，先縠为副，出车六百乘，前来救郑，已过黄河。"庄王问于诸将曰："晋师将至，归乎？抑战乎？"令尹孙叔敖对曰："郑之未成，战晋宜也；已得郑矣，又寻仇于晋，焉用之。不如全师而归，万无一失。"

嬖人伍参奏曰："令尹之言非也。郑谓我力不及，是以从晋；若晋来而避之，真我不及矣。且晋知郑之从楚，必以兵临郑，晋以救来，我亦以救往，不亦可乎？"孙叔敖曰："昔岁入陈，今岁入郑，楚兵已劳敝矣，若战而不捷，虽食参之肉，岂足赎罪？"伍参曰："若战而捷，令尹为无谋矣；如其不捷，参之肉将为晋军所食，何能及楚人之口？"庄王乃遍问诸将，各授以笔，使书其掌，主战者写"战"字，主退者写"退"字，诸将写讫，庄王使开掌验之，惟中军元帅虞邱，及连尹襄老、裨将蔡鸠居、彭名四人，掌中写"退"字，其他公子婴齐、公子侧、公子榖臣、屈荡、潘党、乐伯、养繇基、许伯、熊负羁、许偃等二十余人，俱"战"字。庄王曰："虞邱老臣之见，与令尹合，言'退'者是矣！"乃传令南辕反旆，来日饮马于河而归。

伍参夜求见庄王曰："君王何畏于晋，而弃郑以畀之也？"庄王曰："寡人未尝弃郑也！"伍参曰："楚兵顿郑城下九十日，而仅得郑成，今晋来而楚去，使晋得以救郑为功而收郑，楚自此不复有郑矣，非弃郑而何？"庄王曰："令尹言战晋未必捷，是以去之。"伍参曰："臣已料之审矣。荀林父新将中军，威信未孚于众；其佐先縠，先轸之孙，先且居之子，恃其世勋，且刚愎不仁，非用命之将也。栾、赵之辈，皆累世名将，各行其意，号令不一，晋师虽多，败之易耳。且王以一国之主，而避晋之诸臣，将遗笑于天下，况能有郑乎？"庄王愕然曰："寡人虽不能军，何至出晋诸臣之下？寡人从子战矣！"即夜使人告令尹孙叔敖，将乘辕一齐改为北向，进至管城，以待晋师。

不知胜负如何，且看下回分解。

第五十四回
荀林父纵属亡师，孟侏儒托优悟主

话说晋景公即位三年，闻楚王亲自伐郑，谋欲救之。乃拜荀林父为中军元帅，先縠副之；士会为上军元帅，郤克副之；赵朔为下军元帅，栾书副之。赵括、赵婴齐为中军大夫，巩朔、韩穿为上军大夫，荀首、赵同为下军大夫，韩厥为司马。更有部将魏锜、赵旃、荀罃、逢伯、鲍癸等数十员，起兵车共六百乘，以夏六月自绛州进发。到黄河口，前哨探得郑城被楚久困，待救不至，已出降于楚，楚兵亦将北归矣。荀林父召诸将商议行止，士会曰："救之不及，战楚无名。不如班师，以俟再举。"林父善之，遂命诸将班师。中军一员上将，挺身出曰："不可，不可！晋能伯诸侯者，以其能扶倾救难故也，今郑待救不至，不得已而降楚；我若挫楚，郑必归晋。今弃郑而逃楚，小国何恃之有？晋不复能伯诸侯矣！元帅必欲班师，小将情愿自率本部前进。"荀林父视之，乃中军副将先縠，字彘子。林父曰："楚王亲在军中，兵强将广，汝偏师独济，如以肉投馁虎，何益于事？"先縠咆哮大叫曰："我若不往，使人谓堂堂晋国，没一个敢战之人，岂不可耻？此行虽死于阵前，犹不失志气！"

说罢竟出营门,遇赵同、赵括兄弟,告以"元帅畏楚班师,我将独济"。同、括曰:"大丈夫正当如此,我弟兄愿率本部相从。"三人不秉将令,引军济河,荀罃不见了赵同,军士报道:"已随先将军去迎楚军矣。"荀罃大惊,告于司马韩厥。韩厥特造中军,来见荀林父,曰:"元帅不闻彘子之济河乎?如遇楚师,必败。子总中军,而彘子丧师,咎专在子,将若之何?"林父悚然问计。韩厥曰:"事已至此,不如三军俱进,如其捷,子有功矣,万一不捷,六人均分其责,不犹愈于专罪乎?"林父下拜曰:"子言是也。"遂传令三军并济,立营于敖、鄗二山之间。先谷喜曰:"固知元帅不能违吾之言也。"

话分两头。且说郑襄公探知晋兵众盛,恐一旦战胜,将讨郑从楚之罪,乃集群臣计议。大夫皇戌进曰:"臣请为君使于晋军,劝之战楚。晋胜则从晋,楚胜则从楚。择强而事,何患焉?"郑伯善其谋,遂使皇戌往晋军中,致郑伯之命曰:"寡君待上国之救,如望时雨。以社稷之将危,偷安于楚,聊以救亡,非敢背晋也。楚师胜郑而骄,且久出疲敝,晋若击之,敝邑愿为后继。"先縠曰:"败楚服郑,在此一举矣。"栾书曰:"郑人反覆,其言未可信也!"赵同、赵括曰:"属国助战,此机不可失,彘子之言是也!"遂不由林父之命,同先縠竟与皇戌定战楚之约。

谁知郑襄公又别遣使往楚军中,亦劝楚王与晋交战。是两边挑斗,坐观成败的意思。孙叔敖虑晋兵之盛,言于楚王曰:"晋人无决战之意,不如请成。请而不获。然后交兵,则曲在晋矣。"庄王以为然,使蔡鸠居往晋请罢战修和,荀林父喜曰:"此两国之福也!"先縠对蔡鸠居骂曰:"汝夺我属国。又以和局缓我。便是我元帅肯和,我先縠决不肯,务要杀得你片甲不回,方见我先縠手段!

第五十四回　荀林父纵属亡师，孟侏儒托优悟主　525

快去报与楚君，教他早早逃走，饶他性命！"蔡鸠居被骂一场，抱头而窜，将出营门，又遇赵同、赵括兄弟，以剑指之曰："汝若再来，先教你吃我一剑！"鸠居出了晋营，又遇晋将赵旃，弯弓向之，说道："你是我箭头之肉，少不得早晚擒到。烦你传话，只教你蛮王仔细！"

鸠居回转本寨，奏知庄王，庄王大怒，问众将："谁人敢去挑战？"大将乐伯应声而出曰："臣愿往！"乐伯乘单车，许伯为御，摄叔为车右。许伯驱车如风，径逼晋垒。乐伯故意代御执辔，使许伯下车饰马正鞅，以示闲暇。有游兵十余人过之，乐伯不慌不忙，一箭发去，射倒一人。摄叔跳下车，又只手生擒一人，飞身上车，余兵发声喊都走。许伯仍为御，望本营而驰，晋军知楚将挑战杀人，分为三路追赶将来，鲍癸居中，左有逢宁，右有逢盖。乐伯大喝曰："吾左射马，右射人，射错了，就算我输！"乃将雕弓挽满，左一箭，右一箭，忙忙射去，有分有寸，不差一些。左边连射倒三四匹马，马倒，车遂不能行动，右边逢盖面门亦中一箭，军士被箭伤者甚多。左右二路追兵，俱不能进，只有鲍癸紧紧随后。看看赶着，乐伯只存下一箭了，搭上弓靶，欲射鲍癸，想道："我这箭若不中，必遭来将之手！"正转念间，车驰马骤之际，赶出一头麋来，在乐伯面前经过，乐伯心下转变，一箭望麋射去，刚刚的直贯麋心，乃使摄叔下车取麋，以献鲍癸曰："愿充从者之膳！"鲍癸见乐伯矢无虚发，心中正在惊惧，因其献麋，遂假意叹曰："楚将有礼，我不可犯也！"麾左右回车，乐伯徐行而返。有诗为证：

单车挑战骋豪雄，车似雷轰马似龙。

神箭将军谁不怕？追军缩首去如风。

晋将魏锜知鲍癸放走了乐伯，心中大怒曰："楚来挑战，晋国独无一人敢出军前，恐被楚人所笑也，小将亦愿以单车，探楚之强弱。"赵旃曰："小将愿同魏将军走遭。"林父曰："楚来求和，然后挑战，子若至楚军，也将和议开谈，方是答礼。"魏锜答曰："小将便去请和。"赵旃先送魏锜登车，谓魏锜曰："将军报鸠居之使，我报乐伯，各任其事可也！"

却说上军元帅士会，闻赵、魏二将讨差往楚，慌忙来见荀林父，欲止其行。比到中军，二将已去矣。士会私谓林父曰："魏锜、赵旃自恃先世之功，不得重用，每怀怨望之心，况血气方刚，不知进退，此行必触楚怒，倘楚兵猝然乘我，何以御之？"时副将郤克亦来言："楚意难测，不可不备。"先縠大叫曰："且晚厮杀，何以备为？"荀林父不能决。士会退谓郤克曰："荀伯木偶耳！我等宜自为计。"乃使郤克约会上军大夫巩朔、韩穿，各率本部兵，分作三处，伏于敖山之前，中军大夫赵婴齐，亦虑晋师之败，预遣人具舟于黄河之口。

话分两头。再说魏锜一心忌荀林父为将，欲败其名，在林父面前只说请和，到楚军中，竟自请战而还。楚将潘党知蔡鸠居出使晋营，受了晋将辱骂，今日魏锜到此，正好报仇，忙趋入中军，魏锜已自出营去了，乃策马追之。魏锜行及大泽，见追将甚紧，方欲对敌，忽见泽中有麋六头，因想起楚将战麋之事，弯起弓来，也射倒一麋，使御者献于潘党曰："前承乐将军赐鲜，敬以相报。"潘党笑曰："彼欲我描旧样耳。我若追之，显得我楚人无礼。"亦命御者回车而返。魏锜还营，诡说："楚王不准讲和，定要交锋，决一胜负。"

荀林父问："赵旃何在？"魏锜曰："我先行，彼在后，未曾相值。"林父曰："楚既不准和，赵将军必然吃亏。"乃使荀罃率轫车二十乘，步卒千五百人，往迎赵旃。

却说赵旃夜至楚军，布席于军门之外，车中取酒，坐而饮之，命随从二十余人，效楚语，四下巡绰，得其军号，混入营中。有兵士觉其伪，盘诘之，其人拔刀伤兵士。营中乱嚷起来，举火搜贼，被获一十余人，其余逃出，见赵旃尚安坐席上，扶之起，登车，觅御人，已没于楚军矣。天色渐明，赵旃亲自执辔鞭马，马饿不能驰。楚庄王闻营中有贼遁去，自驾戎辂，引兵追赶，其行甚速。赵旃恐为所及，弃其车，奔入万松林内，为楚将屈荡所见，亦下车逐之。赵旃将甲裳挂于小小松树之上，轻身走脱。屈荡取甲裳并车马，以献庄王，方欲回辕，望见单车风驰而至。视之，乃潘党也，党指北向车尘，谓楚王曰："晋师大至矣！"这车尘却是荀林父所遣轫车，迎接赵旃者，潘党远远望见，误认以为大军，未免轻事重报，吓得庄王面如土色。忽听得南方鼓角喧天，为首一员大臣，领着一队车马飞到。这员大臣是谁？乃是令尹孙叔敖。庄王心下稍安，问："相国何以知晋军之至，而来救寡人？"孙叔敖对曰："臣不知也。但恐君王轻进，误入晋军，臣先来救驾，随后三军俱至矣！"庄王北向再看时，见尘头不高，曰："非大军也。"孙叔敖对曰："兵法有云：'宁可我迫人，莫使人迫我。'诸将既已到齐，吾王可传令，只顾杀向前去，若挫其中军，余二军皆不能存扎矣！"庄王果然传令：使公子婴齐同副将蔡鸠居，以左军攻晋上军；公子侧同副将工尹齐，以右军攻晋下军；自引中军两广之众，直捣荀林父大营。

庄王亲自援枹击鼓，众军一齐擂鼓，鼓声如雷，车驰马骤，步卒随着车马，飞奔前行。晋军全没准备。荀林父闻鼓声，才欲探听，楚军漫山遍野，已布满于营外。真是出其不意了！林父仓忙无计，传令并力混战。楚兵人人耀武，个个扬威，分明似海啸山崩，天摧地塌。晋兵如久梦乍回，大醉方醒，还不知东西南北，"没心人遇有心人"，怎生抵敌得过？一时鱼奔鸟散，被楚兵砍瓜切菜，乱杀一回，杀得四分五裂，七零八碎。荀䓨乘着轺车，迎不着赵旃，却撞着楚将熊负羁，两下交锋。楚兵大至，寡不敌众，步卒奔散，荀䓨所乘左骖，中箭先倒，遂为熊负羁所擒。

再说晋将逢伯，引其二子逢宁、逢盖，共载一小车，正在逃奔。恰好赵旃脱身走到，两趾俱裂，看见前面有乘车者，大叫："车中何人？望乞挈带！"逢伯认得是赵旃声音，吩咐二子："速速驰去，勿得反顾。"二子不解其父之意，回头看之，赵旃即呼曰："逢君可载我！"二子谓父曰："赵叟在后相呼。"逢伯大怒曰："汝既见赵叟，合当让载也！"叱二子下车，以辔援赵旃，使登车同载而去。逢宁、逢盖失车，遂死于乱军之中。

荀林父同韩厥，从后营登车，引着败残军卒，取路山右，沿河而走，弃下车马器仗无算。先縠自后赶上，额中一箭，鲜血淋漓，扯战袍裹之。林父指曰："敢战者亦如是乎？"行至河口，赵括亦到，诉称其兄赵婴齐，私下预备船只，先自济河："不通我每得知，是何道理？"林父曰："死生之际，何暇相闻也？"赵括恨恨不已，自此与婴齐有隙。林父曰："我兵不能复战矣。目前之计，济河为急。"乃命先縠往河下招集船只，那船俱四散安泊，一时不能取齐。正扰攘之际，沿河无数人马，纷纷来到。林父视之，乃是下军正副将赵朔、栾书，被楚将公子侧袭败，驱率残兵，亦取此路而来。两军一齐在岸，那一个不要渡河的，船数一发少了。南向一望，尘头又起。林父恐楚兵乘胜穷追，乃击鼓出令曰："先济河者有赏。"两军夺舟，自相争杀。及至船上人满了，后来者攀附不绝，连船覆水，又坏了三十余艘。先縠在舟中喝令军士："但有攀舷扯桨的，用刀乱砍其手！"各船俱效之，手指砍落舟中，如飞花片片，数掬不尽，皆投河中。岸上哭声震响，山谷俱应，天昏地惨，日色无光。史臣有诗云：

舟翻巨浪连帆倒，人逐洪波带血流。
可怜数万山西卒，半丧黄河作水囚。

后面尘头又起。乃是荀首、赵同、魏锜、逢伯、鲍癸一班败将，陆续逃至。荀首已登舟，不见其子荀罃，使人于岸呼之。有小军看见荀罃被楚所获，报知荀首。荀首曰："吾子既失，吾不可以空返！"乃重复上岸，整车欲行。荀林父阻之曰："已陷楚，往亦无益。"荀首曰："得他人之子，犹可换回吾子也！"魏锜素与荀罃相厚，亦愿同行。荀首甚喜，聚起荀氏家兵，尚有数百人。更兼他平昔恤民爱士，大得军心。故下军之众，在岸者无不乐从；即已在舟中者，闻说下军荀大夫欲入楚军寻小将军，亦皆上岸相从，愿效死力。此时一股锐气，比着全军初下寨时，反觉强旺。荀首在晋，亦算是数一数二的射手，多带良箭，撞入楚军。遇着老将连尹襄老，正在掠取遗车弃仗，不意晋兵猝至，不作整备，被荀首一箭射去，恰穿其颊，倒于车上。公子縠臣看见襄老中箭，驰车来救，魏锜就迎住厮杀。荀首从旁觑定，又复一箭，中其右腕。縠臣负痛拔箭，被魏锜乘势将縠臣活捉过来，并载襄老之尸。荀首曰："有此二物，可以赎吾子矣！楚师强甚，不可当也。"乃策马急驰。比及楚军知觉，欲追之，已无及矣。

且说公子婴齐来攻上军，士会预料有事，探信最早，先已结阵，且战且走。婴齐追及敖山之下，忽闻炮声大震，一军杀出，当头一员大将在车中高叫："巩朔在此，等候多时矣！"婴齐倒吃了一惊。巩朔接住婴齐厮杀，约斗二十余合，不敢恋战，保着士会，徐徐而走。婴齐不舍，再复追来，前面炮声又起，韩穿起兵来到。偏将蔡鸠居出车迎敌，方欲交锋，山凹里炮声又震，旗旆如云，大将郤克引兵又至。婴齐见埋伏甚众，恐堕晋计，鸣金退师。士会点查将士，并不曾伤折一人。遂依敖山之险，结成七个小寨，连络如七星，楚不敢逼。直到楚兵尽退，方才整旆而还。此是后话。

再说荀首兵转河口，林父大兵尚未济尽，心甚惊惶，却喜得赵婴齐渡过北岸，打发空船南来接应。时天已昏黑，楚军已至邲城，伍参请速追晋师。庄王曰："楚自城濮失利，贻羞社稷，此一战可雪前耻矣。晋、楚终当讲和，何必多杀？"乃下令安营，晋军乘夜济河，纷纷扰扰，直乱到天明方止。史臣论荀林父智不能料敌，才不能御将，不进不退，以至此败，遂使中原伯气，尽归于楚，岂不伤哉？有诗云：

阃外元戎无地天，如何裨将敢挠权？
舟中掬指真堪痛，纵渡黄河也腼然！

郑襄公知楚师得胜，亲自至邲城劳军，迎楚王至于衡雍，僭居王宫，大设筵席庆贺。潘党请收晋尸，筑为"京观"，以彰武功于万世。庄王曰："晋非有罪可讨，寡人幸而胜之，何武功之足称耶？"命军士随在掩埋遗骨，为文祭祀河神。奏凯而还。论功行赏，嘉伍参之谋，用为大夫。伍举、伍奢、伍尚、伍员即其后也。令尹孙叔敖叹曰："胜晋大功，出自嬖人，吾当愧死矣！"遂郁郁成疾。

话分两头。却说荀林父引败兵还见景公，景公欲斩林父，群臣力保曰："林父先朝大臣，虽有丧师之罪，皆是先縠故违军令，所以致败，主公但斩先縠，以戒将来足矣！昔楚杀得臣而文公喜，秦留孟明而襄公惧，望主公赦林父之罪，使图后效。"景公从其言，遂斩先縠，复林父原职，命六卿治兵练将，为异日报仇之举。此周定王十年事也。

定王十二年春三月，楚令尹孙叔敖病笃，嘱其子孙安曰："吾有遗表一通，死后为我达于楚王，楚王若封汝官爵，汝不可受，汝碌碌庸才，非经济之具，不可滥厕冠裳也。若封汝以大邑，汝当固辞，辞之不得，则可以寝丘为请，此地瘠薄，非人所欲，庶几可延后世之禄耳。"言毕遂卒。孙安取遗表呈上，楚庄王启而读之。表曰：

> 臣以罪废之余，蒙君王拔之相位。数年以来，愧乏大功，有负重任。今赖君王之灵，获死牖下，臣之幸矣。臣止一子，不肖，不足以玷冠裳；臣之从子蒍凭，颇有才能，可任一职。晋号世伯，虽偶败绩，不可轻视，民苦战斗已久，惟息兵安民为上。"人之将死，其言也善"，愿王察之。

庄王读罢，叹曰："孙叔死不忘国，寡人无福，天夺我良臣也？"即命驾往视其殓，抚棺痛哭，从行者莫不垂泪。次日，以公子婴齐为令尹；召蒍凭为箴尹，是为蒍氏。庄王欲以孙安为工正，安守遗命,力辞不拜,退耕于野。

庄王所宠优人孟侏儒,谓之优孟,身不满五尺,平日以滑稽调笑,取欢左右。一日出郊,见孙安砍下柴薪,自负而归。优孟迎而问曰:"公子何自劳苦负薪?"孙安曰:"父为相数年,一钱不入私门,死后家无余财,吾安得不负薪乎?"优孟叹曰:"公子勉之,王行且召子矣!"乃制孙叔敖衣冠、剑履一具,并习其生前言动,摹拟三日,无一不肖,宛如叔敖之再生也。值庄王宴于宫中,召群优为戏。优孟先使他优扮为楚王,为思慕叔敖之状,自己扮叔敖登场。楚王一见,大惊曰:"孙叔无恙乎,寡人思卿至切,可仍来辅相寡人也!"优孟对曰:"臣非真叔敖,偶似之耳。"楚王曰:"寡人思叔敖不得见,见似叔敖者,亦足少慰寡人之思,卿勿辞,可即就相位。"优孟对曰:"王果用臣,于臣甚愿。但家有老妻,颇能通达世情,容归与老妻商议,方敢奉诏。"乃下场,复上曰:"臣适与老妻议之,老妻劝臣勿就。"楚王问曰:"何故?"优孟对曰:"老妻有村歌劝臣,臣请歌之。"遂歌曰:

> 贪吏不可为而可为,廉吏可为而不可为。贪吏不可为者,污且卑;而可为者,子孙乘坚而策肥!廉吏可为者,高且洁;而不可为者,子孙衣单而食缺!君不见楚之令尹孙叔敖,生前私殖无分毫,一朝身没家凌替,子孙丐食栖蓬蒿!劝君勿学孙叔敖,君王不念前功劳。

庄王在席上见优孟问答,宛似叔敖,心中已是凄然。及闻优孟歌毕,不觉潸然泪下曰:"孙叔之功,寡人不敢忘也!"即命优孟往召孙安。孙安敝衣草屦而至,拜见庄王。庄王曰:"子穷困至此乎?"优孟从旁答曰:"不穷困,不见前令尹之贤。"庄王曰:"孙安不愿就职,当封以万家之邑。"安固辞。庄王曰:"寡人主意已定,卿不可却。"孙安奏曰:"君王倘念先臣尺寸之劳,给臣衣食,愿得封寝丘,臣愿足矣。庄王曰:"寝丘瘠恶之土,卿何利焉?"孙安曰:"先臣有遗命,非此不敢受也。"庄王乃从之。后人以寝丘非善地,无人争夺,遂为孙氏世守,此乃孙叔敖先见之明。史臣有诗单道优孟之事,诗曰:

清官追计子孙贫,身死褒崇赖主君。
不是侏儒能讽谏,庄王安肯念先臣?

却说晋臣荀林父,闻孙叔敖新故,知楚兵不能骤出,乃请师伐郑,大掠郑郊,扬兵而还。诸将请遂围郑,林父曰:"围之未可遽克,万一楚救忽至,是求敌也。姑使郑人惧而自谋耳。"郑襄公果大惧,遣使谋之于楚,且以其弟公子张,换公子去疾回郑,共理国事。庄王曰:"郑苟有信,岂在质乎?"乃悉遣之,因大集群臣计议。

不知所议何事,且看下回分解。

出品人：许　永
责任编辑：李幼萍
特邀编辑：黎福安
封面设计：海　云
内文排版：百　朗
印制总监：蒋　波
发行总监：田峰峥

投稿信箱：cmsdbj@163.com
发　　行：北京创美汇品图书有限公司
发行热线：010-59799930

创美工厂　　创美工厂
官方微博　　微信公众号

馔广®

东周列国志 下册

[明]冯梦龙 著

广东人民出版社

·广州·

图书在版编目（CIP）数据

东周列国志. 下册 /（明）冯梦龙著. ——广州：广东人民出版社，2023.6（2025.7重印）
ISBN 978-7-218-16423-6

Ⅰ. ①东… Ⅱ. ①冯… Ⅲ. ①章回小说—中国—明代 Ⅳ. ①I242.4

中国版本图书馆CIP数据核字（2022）第253184号

DONGZHOU LIEGUO ZHI XIACE
东周列国志　下册
[明] 冯梦龙　著

版权所有　翻印必究

出 版 人：肖风华

责任编辑：范先鋆
责任技编：吴彦斌

出版发行：广东人民出版社
地　　址：广州市越秀区大沙头四马路10号（邮政编码：510199）
电　　话：（020）85716809（总编室）
传　　真：（020）83289585
网　　址：http://www.gdpph.com
印　　刷：三河市龙大印装有限公司
开　　本：880毫米×1230毫米　1/32
印　　张：36　　字　　数：840千
版　　次：2023年6月第1版
印　　次：2025年7月第4次印刷
定　　价：98.00元（全2册）

如发现印装质量问题，影响阅读，请与出版社（020-87712513）联系调换。
售书热线：（020）87717307

目 录
CONTENTS

第五十五回　华元登床劫子反，老人结草亢杜回 / 535

第五十六回　萧夫人登台笑客，逢丑父易服免君 / 545

第五十七回　娶夏姬巫臣逃晋，围下宫程婴匿孤 / 555

第五十八回　说秦伯魏相迎医，报魏锜养叔献艺 / 565

第五十九回　宠胥童晋国大乱，诛岸贾赵氏复兴 / 576

第六十回　智武子分军肆敌，偪阳城三将斗力 / 586

第六十一回　晋悼公驾楚会萧鱼，孙林父因歌逐献公 / 596

第六十二回　诸侯同心围齐国，晋臣合计逐栾盈 / 608

第六十三回　老祁奚力救羊舌，小范鞅智劫魏舒 / 618

第六十四回　曲沃城栾盈灭族，且于门杞梁死战 / 628

第六十五回　弑齐光崔庆专权，纳卫衎甯喜擅政 / 640

第六十六回　杀甯喜子鱄出奔，戮崔杼庆封独相 / 650

第六十七回　卢蒲癸计逐庆封，楚灵王大合诸侯 / 660

第六十八回　贺虒祁师旷辨新声，散家财陈氏买齐国 / 672

第六十九回　楚灵王挟诈灭陈蔡，晏平仲巧辩服荆蛮 / 681

第七十回　杀三兄楚平王即位，劫齐鲁晋昭公寻盟 / 694

第七十一回　晏平仲二桃杀三士，楚平王娶媳逐世子 / 706

第七十二回　棠公尚捐躯奔父难，伍子胥微服过昭关 / 718

第七十三回　伍员吹箫乞吴市，专诸进炙刺王僚 / 729

第七十四回　囊瓦惧谤诛无极，要离贪名刺庆忌 / 743

第七十五回　孙武子演阵斩美姬，蔡昭侯纳质乞吴师 / 754

第七十六回　楚昭王弃郢西奔，伍子胥掘墓鞭尸 / 765

第七十七回　泣秦庭申包胥借兵，退吴师楚昭王返国 / 777

第七十八回　会夹谷孔子却齐，堕三都闻人伏法 / 789

第七十九回　归女乐黎弥阻孔子，栖会稽文种通宰嚭 / 802

第八十回　夫差违谏释越，勾践竭力事吴 / 816

第八十一回　美人计吴宫宠西施，言语科子贡说列国 / 828

第八十二回　杀子胥夫差争歃，纳蒯聩子路结缨 / 839

第八十三回　诛芈胜叶公定楚，灭夫差越王称霸 / 853

第八十四回　智伯决水灌晋阳，豫让击衣报襄子 / 866

第八十五回　乐羊子怒餟中山羹，西门豹乔送河伯妇 / 878

第八十六回　吴起杀妻求将，驺忌鼓琴取相 / 888

第八十七回　说秦君卫鞅变法，辞鬼谷孙膑下山 / 900

第八十八回　孙膑佯狂脱祸，庞涓兵败桂陵 / 912

第八十九回　马陵道万弩射庞涓，咸阳市五牛分商鞅 / 923

第九十回　苏秦合从相六国，张仪被激往秦邦 / 934

第九十一回　学让国燕哙召兵，伪献地张仪欺楚 / 945

第九十二回　赛举鼎秦武王绝脰，莽赴会楚怀王陷秦 / 956

第九十三回　赵主父饿死沙丘宫，孟尝君偷过函谷关 / 966

第九十四回　冯谖弹铗客孟尝，齐王纠兵伐桀宋 / 977

第九十五回　说四国乐毅灭齐，驱火牛田单破燕 / 989

第九十六回　蔺相如两屈秦王，马服君单解韩围 / 998

第九十七回　死范雎计逃秦国，假张禄延辱魏使 / 1008

第九十八回　质平原秦王索魏齐，败长平白起坑赵卒 / 1020

第九十九回　武安君含冤死杜邮，吕不韦巧计归异人 / 1034

第一百回　鲁仲连不肯帝秦，信陵君窃符救赵 / 1046

第一百一回　秦王灭周迁九鼎，廉颇败燕杀二将 / 1056

第一百二回　华阴道信陵败蒙骜，胡卢河庞煖斩剧辛 / 1066

第一百三回　李国舅争权除黄歇，樊於期传檄讨秦王 / 1077

第一百四回　甘罗童年取高位，嫪毐伪腐乱秦宫 / 1086

第一百五回　茅焦解衣谏秦王，李牧坚壁却桓齮 / 1096

第一百六回　王敖反间杀李牧，田光刎颈荐荆轲 / 1106

第一百七回　献地图荆轲闹秦庭，论兵法王翦代李信 / 1115

第一百八回　兼六国混一舆图，号始皇建立郡县 / 1125

第五十五回
华元登床劫子反，老人结草亢杜回

话说楚庄王大集群臣，计议却晋之事。公子侧进曰："楚所善无如齐，而事晋之坚，无过于宋。若我兴师伐宋，晋方救宋不暇，敢与我争郑乎？"庄王曰："子策虽善，然未有隙也。自先君败宋于泓，伤其君股，宋能忍之，及厥貉之会，宋君亲受服役。其后昭公见弑，子鲍嗣立，今十八年矣，伐之当奉何名？"公子婴齐对曰："是不难。齐君屡次来聘，尚未一答。今宜遣使报聘于齐，竟自过宋，令勿假道，且以探之。若彼不较，是惧我也，君之会盟，必不拒矣。如以无礼之故，辱我使臣，我借此为辞，何患无名哉？"庄王曰："何人可使？"婴齐对曰："申无畏曾从厥貉之会，此人可使也。"

庄王乃命无畏如齐修聘。无畏奏曰："聘齐必经宋国，须有假道文书送验，方可过关。"庄王曰："汝畏阻绝使臣耶？"无畏答曰："向者厥貉之会，诸君田于孟诸，宋君违令，臣执其仆而戮之，宋恨臣必深。此行若无假道文书，必然杀臣。"庄王曰："文书上与汝改名曰申舟，不用无畏旧名可矣。"无畏犹不肯行，曰："名可改，面不可改。"庄王怒曰:"若杀子,我当兴兵破灭其国,为子报仇!"无畏乃不敢复辞。

明日,率其子申犀,谒见庄王曰:"臣以死殉国,分也,但愿王善视此子。"庄王曰:"此寡人之事,子勿多虑!"申舟领了出使礼物,拜辞出城。子犀送至郊外,申舟吩咐曰:"汝父此行,必死于宋。汝必请于君王,为我报仇,切记吾言!"父子洒泪而别。

不一日,行至睢阳。关吏知是楚国使臣,要索假道文验。申舟答言:"奉楚王之命,但有聘齐文书,却没有假道文书。"关吏遂将申舟留住,飞报宋文公。时华元为政,奏于文公曰:"楚,吾世仇也。今遣使公然过宋,不循假道之礼,欺我甚矣,请杀之!"宋公曰:"杀楚使,楚必伐我,奈何?"华元对曰:"欺我之耻,甚于受伐,况欺我,势必伐我,均之受伐,且雪吾耻。"乃使人执申舟至宋廷。华元一见,认得就是申无畏,怒上加怒,责之曰:"汝曾戮我先公之仆,今改名,欲逃死耶?"申舟自知必死,大骂宋鲍:"汝奸祖母,弑嫡侄,幸免天诛。又妄杀大国之使,楚兵一到,汝君臣为齑粉矣!"华元命先割其舌,而后杀之,将聘齐的文书、礼物,焚弃于郊外。

从人弃车而遁,回报庄王。庄王方进午膳,闻申舟见杀,投箸于席,奋袂而起,即拜司马公子侧为大将,申叔时副之,立刻整车,亲自伐宋。使申犀为军正,从征。按:申舟以夏四月被杀,楚兵以秋九月即造宋境,可谓速之至矣。潜渊有诗云:

明知欺宋必遭屯,君命如天敢惜身!
投袂兴师风雨至,华元应悔杀行人。

第五十五回　华元登床劫子反，老人结草亢杜回

楚兵将睢阳城围困，造楼车高与城等，四面攻城。华元率兵民巡守，一面遣大夫乐婴齐奔晋告急。晋景公欲发兵救之，谋臣伯宗谏曰："林父以六百乘而败于邲城，此天助楚也，往救未必有功。"景公曰："当今惟宋与晋亲，若不救，则失宋矣。"伯宗曰："楚距宋二千里之遥，粮运不继，必不能久。今遣一使往宋，只说：'晋已起大军来救。'谕使坚守，不过数月，楚师将去，是我无敌楚之劳，而有救宋之功也。"景公然其言，问："谁能与我使宋国者？"大夫解扬请行。景公曰："非子虎不胜此任也！"

解扬微服，行及宋郊，被楚之游兵盘诘获住，献于庄王。庄王认得是晋将解扬，问曰："汝来何事？"解扬曰："奉晋侯之命，来谕宋国，坚守待救。"楚庄王曰："原来是晋使臣。尔前者北林之役，汝为我将芍贾所擒，寡人不杀，放汝回国，今番又来自投罗网，有何理说？"解扬曰："晋、楚仇敌，见杀分也，又何说乎？"庄王搜得身边文书，看毕，谓曰："宋城破在旦夕矣，汝能反书中之言，说汝国中有事，'急切不能相救，恐误你国之事，特遣我口传相报'。如此，则宋人绝望，必然出降，省得两国人民屠戮之惨。事成之日，当封你为县公，留仕楚国。"解扬低头不应。庄王曰："不然，当斩汝矣！"解扬本欲不从，恐身死于楚军，无人达晋君之命，乃佯许曰："诺。"庄王升解扬于楼车之上，使人从旁促之。扬遂呼宋人曰："我晋国使臣解扬也，被楚军所获，使我诱汝出降，汝切不可！我主公亲率大军来救，不久必至矣。"庄王闻其言，命速牵下楼车，责之曰："尔既许寡人，而又背之，尔自无信，非寡人之过也。"叱左右斩讫报来。解扬全无惧色，徐声答曰："臣未尝无信也。臣若全信于楚，必然失信于晋；假使楚有臣而背其主之言，以取赂于外国，君以为信乎？不信乎？臣请就诛，以明楚国之信，在

外不在内。"庄王叹曰:"'忠臣不惧死。'子之谓矣!"纵之使归。

宋华元因解扬之告,缮守益坚。公子侧使军士筑土埋于外,如敌楼之状,亲自居之,以阚城内,一举一动皆知。华元亦于城内筑土埋以向之。自秋九月围起,至明年之夏五月,彼此相拒九个月头,睢阳城中,粮草俱尽,人多饿死。华元但以忠义激劝其下,百姓感泣,甚至易子为食,拾骸骨为爨,全无变志。庄王没奈何了。军吏禀道:"营中只有七日之粮矣!"庄王曰:"吾不意宋国难下如此!"乃亲自登车,阅视宋城,见守陴军士,甚是严整,叹了一口气,即召公子侧议班师。

申犀哭拜于马前曰:"臣父以死奉王之命,王乃失信于臣父乎?"庄王面有惭色。申叔时时为庄王执辔在车,乃献计曰:"宋之不降,度我不能久耳。若使军士筑室耕田,示以长久之计,宋必惧矣。"庄王曰:"此计甚善!"乃下令,军士沿城一带起建营房,即拆城外民居,并砍伐竹木为之。每军十名,留五名攻城,五名耕种,十日一更番,军士互相传说。华元闻之,谓宋文公曰:"楚王无去志矣。晋救不至,奈何?臣请入楚营,面见子反,劫之以和,或可侥幸成事也!"宋文公曰:"社稷存亡,在此一行,小心在意。"

华元探知公子侧在土埋敌楼上住宿,预得其左右姓名,及奉差守宿备细,捱至夜分,扮作谒者模样,悄地从城上缒下,直到土埋边。遇巡军击柝而来,华元问曰:"主帅在上乎?"巡军曰:"在。"又问曰:"已睡乎?"巡军曰:"连日辛苦,今夜大王赐酒一樽,饮之已就枕矣。"华元走上土埋,守埋军士阻之。华元曰:"我谒者庸僚也。大王有紧要机密事吩咐主帅,因适才赐酒,恐其醉卧,特遣我来当面叮嘱,立等回复。"军士认以为真,让华元登埋。埋内灯烛尚明,公子侧和衣睡倒。华元径上其床,轻轻的以手推之。公子侧醒来,要转动时,两袖被华元坐住了,急问:"汝是何人?"华元低声答曰:"元帅勿惊,吾乃宋国右师华元也。奉主公之命,特地夜至求和。元帅若见从,当世从盟好;若还不允,元与元帅之命,俱尽于今夜矣!"言毕,左手按住卧席,右手于袖中掣出雪白一柄匕首,灯光之下,晃上两晃。公子侧慌忙答曰:"有事大家商量,不须粗卤。"华元收了匕首,谢曰:"死罪勿怪!情势已急,不得从容也。"公子侧曰:"子国中如何光景?"华元曰:"易子而食,拾骨而爨,已十分狼狈矣!"公子侧惊曰:"宋之困敝,一至此乎?吾闻军事'虚者实之,实者虚之'。子奈何以实情告我?"华元曰:"'君子矜人之厄,小人利人之危。'元帅乃君子,非小人,元是以不敢匿情。"公子侧曰:"然则何以不降?"华元曰:"国有已困之形,人有不困之志。君民效死,与城俱碎,岂肯为城下之盟哉?倘蒙矜厄之仁,退师三十里,寡君愿以国从,誓无二志!"公子侧曰:"我不相欺,军中亦止有七日之粮矣。若过七日,城不下,亦将班师。筑室耕田之令,聊以相恐耳。明日我当奏知楚王,退军一舍。尔君臣亦不可失信!"华元曰:"元情愿以身为质,与元帅共立誓词,各无反悔!"二人设誓已毕,公子侧遂与华元结为兄弟,将令箭一支付与华元,吩咐:"速行!"华元有了令箭,公然行走,直到城下,口中一个暗号,城上便放下兜子,将华元吊上城堙去了。华元连夜回复宋公,欢欢喜喜,专等明日退军消息。

次早天明,公子侧将夜来华元所言,告于庄王,言:"臣之一命,几丧于匕首,幸华元仁心,将国情实告于我,哀恳退师。臣已许之,乞我王降旨!"庄王曰:"宋困惫如此,寡人当取此而归!"公子侧顿首曰:"我军止有七日之粮,臣已告之矣!"庄王勃然怒曰:"子何为以实情输敌?"公子侧对曰:"区区弱宋,尚有不欺人之臣，岂堂堂大楚，而反无之？臣故不敢隐讳！"庄王颜色顿霁，曰："司马之言是也！"即降旨退军，屯于三十里之外。申犀见军令已出，不敢复阻，捶胸大哭。庄王使人安慰之曰："子勿悲，终当成汝之孝！"楚军安营已定，华元先到楚军，致宋公之命，请受盟约。公子侧随华元入城，与宋文公歃血为誓。宋公遣华元送申舟之棺于楚营，即留身为质。庄王班师归楚，厚葬申舟，举朝皆往送葬。葬毕，使申犀嗣为大夫。

华元在楚，因公子侧又结交公子婴齐，与婴齐相善。一日，聚会之间，论及时事，公子婴齐叹曰："今晋、楚分争，日寻干戈，天下何时得太平耶？"华元曰："以愚观之，晋、楚互为雌雄，不相上下，诚得一人合二国之成，各朝其属，息兵修好，生民免于涂炭，诚为世道之大幸！"婴齐曰："此事子能任之乎？"华元曰："元与晋将栾书相善，向年聘晋时，亦曾言及于此，奈无人从中联合耳。"明日，婴齐以华元之言，告于公子侧。侧曰："二国尚未厌兵，此事殆未可轻议也。"华元留楚凡六年，至周定王十八年，宋文公鲍卒，子共公固立，华元请归奔丧，始返宋国。此是后话。

却说晋景公闻楚人围宋，经年不解，谓伯宗曰："宋之城守倦矣，寡人不可失信于宋，当往救之！"正欲发兵，忽报："潞国有密书送到。"按：潞国乃赤狄别种，隗姓，子爵，与黎国为邻。周平王时，潞君逐黎侯而有其地，于是赤狄益强。此时潞子名婴儿，娶晋景公之娣伯姬为夫人。婴儿微弱，其国相酆舒专权用事。先时，狐射姑奔在彼国，他是晋国勋臣，识多才广，酆舒还怕他三分，不敢放恣。自射姑死后，酆舒益无忌惮，欲潞子绝晋之好，诬伯姬以罪，逼其君使缢杀之。又与潞子出猎郊外，醉后君臣打弹为戏，赌弹飞鸟。酆舒放弹，误伤潞子之目，投弓于地，笑曰："弹得不准，

第五十五回　华元登床劫子反，老人结草亢杜回

臣当罚酒一卮！"潞子不堪其虐，力不能制，遂写密书送晋，求晋起兵来讨酆舒之罪。谋臣伯宗进曰："若戮酆舒，兼并潞地，因及旁国，尽有狄土，则西南之疆益拓，而晋之兵赋益充，此机不可失也！"景公亦怒潞子婴儿不能庇其妻，乃命荀林父为大将，魏颗副之，出车三百乘伐潞。

酆舒率兵拒于曲梁，战败奔卫。卫穆公速方与晋睦，囚酆舒以献于晋军。荀林父令缚至绛都，杀之。晋师长驱直入潞城，潞子婴儿迎于马首，林父数其诬杀伯姬之罪，并执以归，托言曰："黎人思其君久矣！"乃访黎侯之裔，割五百家，筑城以居之，名为复黎，实则灭潞也。婴儿痛其国亡，自刎而死，潞人哀之，为之立祠。今黎城南十五里，有潞祠山是也。

晋景公恐林父未能成功，自率大军屯于稷山。林父先至稷山献捷，留副将魏颗略定赤狄之地。还至辅氏之泽，忽见尘头蔽日，喊杀连天，晋兵不知为谁，前哨飞报："秦国遣大将杜回起兵来到！"按：秦康公薨于周匡王之四年，子共公稻立，因赵穿侵崇起衅，秦兵围焦无功，遂厚结酆舒，共图晋国。共公立四年薨，子桓公荣立，此时乃秦桓公之十一年，闻晋伐酆舒，方欲起兵来救，又闻晋已杀酆舒，执潞子，遂遣杜回引兵来争潞地。

那杜回是秦国有名的力士，生得牙张银凿，眼突金睛，拳似铜锤，脸如铁钵，虬须卷发，身长一丈有余，力举千钧，惯使一柄开山大斧，重一百二十斤，本白翟人氏，曾于青眉山，一日拳打五虎，皆剥其皮以归。秦桓公闻其勇，聘为车右将军。又以三百人破嵯峨山贼寇万余，威名大振，遂为大将。

魏颗排开阵势，等待交锋。杜回却不用车马，手执大斧，领着惯战杀手三百人，大踏步直冲入阵来，下砍马足，上劈甲将，分明

是天降下神煞一般。晋兵从来未见此凶狠，遮拦不住，大败一阵。魏颗下令，扎住营垒，且莫出战。杜回领着一队刀斧手，在营外跳跃叫骂，一连三日，魏颗不敢出应。忽报本国有兵来到，其将乃颗弟魏锜也。锜曰："主公恐赤狄之党，结连秦国生变，特遣弟来帮助！"魏颗述秦将杜回，如此恁般，勇不可当，正欲遣人请兵。魏锜不信，曰："彼草寇何能为？来日弟当见阵，管取胜之！"

至明日，杜回又来挑战，魏锜忿然欲出，魏颗止之，不听。当下领着新来甲士，驱车直进，秦兵却四散奔走，魏锜分车逐之。忽然呼哨一声，三百个杀手，复合为一，都跟着杜回，大刀阔斧，下砍马足，上劈甲将，北边步卒随车行转，辂车不便转折，被他左右前后，觑便就砍，魏锜大败，亏着魏颗引兵接应，回营去了。是夜，魏颗在营中闷坐，左思右想，没有良策。坐至三更困倦，朦胧睡去，耳边似有人言"青草坡"三字，醒来不解其义。再睡，仍复如前，乃向魏锜言之。魏锜曰："辅氏左去十里，有个大坡，名为青草坡，或者秦军合败于此地也！弟先引一军往彼埋伏，兄诱敌军至此，左右夹攻，可以取胜！"魏锜自去行埋伏之事。魏颗传令："拔寨都起。"扬言："且回黎城！"杜回果然来追，魏颗略斗数合，回车就走，渐渐引近青草坡来。一声炮响，魏锜伏兵俱起。魏颗复身转来，将杜回团团围住，两下夹攻。杜回全不畏惧，抡着一百二十斤的开山大斧，横劈竖劈，当者辄死，虽然众杀手颇有损伤，不能取胜。二魏督率众军，力战杜回不退。看看杀至青草坡中间，杜回忽然一步一跌，如油靴踏着层冰，立脚不住，军中发起喊来。魏颗举眼看时，遥见一老人，布袍芒履，似庄家之状，将青草一路挽结，以攀杜回之足。魏颗、魏锜双车碾到，二戟并举，把杜回搠倒在地，活捉过来。众杀手见主将被擒，四散逃奔，俱为晋兵追而获

第五十五回　华元登床劫子反，老人结草亢杜回

之，三百人逃不得四五十人。魏颗问杜回曰："汝自逞英雄，何以见擒？"杜回曰："吾双足似有物攀住，不能展动，乃天绝我命，非力不及也！"魏颗暗暗称奇。魏锜曰："彼既有绝力，留于军中，恐有他变！"魏颗曰："吾意正虑及此！"即时将杜回斩首，解往稷山请功。

是夜，魏颗始得安睡，梦日间所见老人，前来致揖曰："将军知杜回所以获乎？是老汉结草以御之，所以颠踬被获耳！"魏颗大惊曰："素不识叟面，乃蒙相助，何以奉酬？"老人曰："我乃祖姬之父也。尔用先人之治命，善嫁吾女，老汉九泉之下，感子活女之命，特效微力，助将军成此军功。将军勉之，后当世世荣显，子孙贵为王侯，无忘吾言。"

原来魏颗之父魏犨，有一爱妾，名曰祖姬。犨每出征，必嘱魏颗曰："吾若战死沙场，汝当为我选择良配，以嫁此女，勿令失所，吾死亦瞑目矣。"乃魏犨病笃之时，又嘱颗曰："此女吾所爱惜，必用以殉吾葬，使吾泉下有伴也。"言讫而卒。魏颗营葬其父，并不用祖姬为殉。魏锜曰："不记父临终之嘱乎？"颗曰："父平日吩咐必嫁此女，临终乃昏乱之言。孝子从治命，不从乱命。"葬事毕，遂择士人而嫁之。有此阴德，所以老人有结草之报。魏颗梦觉，述于魏锜曰："吾当时曲体亲心，不杀此女，不意女父衔恩地下如此。"魏锜叹息不已。髯仙有诗云：

结草何人亢杜回？梦中明说报恩来。
劝人广积阴功事，理顺心安福自该。

秦国败兵，回到雍州，知杜回战死，君臣丧气。晋景公嘉魏颗

之功，封以令狐之地，复铸大钟，以纪其事，备载年月。后人因晋景公所铸，因名曰"景钟"。晋景公复遣士会领兵攻灭赤狄余种，共灭三国：曰甲氏，曰留吁，及留吁之属国曰铎辰。自是赤狄之土，尽归于晋。

时晋国岁饥，盗贼蜂起，荀林父访国中之能察盗者，得一人，乃郤氏之族，名雍。此人善于亿逆，尝游市井间，忽指一人为盗，使人拘而审之，果真盗也。林父问："何以知之？"郤雍曰："吾察其眉睫之间，见市中之物有贪色，见市中之人有愧色，闻吾之至，而有惧色，是以知之。"郤雍每日获盗数十人，市井悚惧，而盗贼愈多。大夫羊舌职谓林父曰："元帅任郤雍以获盗也，盗未尽获，而郤雍之死期至矣。"林父惊问："何故？"

不知羊舌职说出甚话来，且看下回分解。

第五十六回
萧夫人登台笑客，逢丑父易服免君

话说荀林父用郤雍治盗，羊舌职度郤雍必不得其死，林父请问其说。羊舌职对曰："周谚有云：'察见渊鱼者不祥，智料隐匿者有殃。'恃郤雍一人之察，不可以尽群盗，而合群盗之力，反可以制郤雍，不死何为？"未及三日，郤雍偶行郊外，群盗数十人，合而攻之，割其头以去。荀林父忧愤成疾而死。晋景公闻羊舌职之言，召而问曰："子之料郤雍当矣，然弭盗何策？"羊舌职对曰："夫以智御智，如用石压草，草必罅生；以暴禁暴，如用石击石，石必两碎。故弭盗之方，在乎化其心术，使知廉耻，非以多获为能也。君如择朝中之善人，显荣之于民上，彼不善者将自化，何盗之足患哉？"景公又问曰："当今晋之善人，何者为最？卿试举之。"羊舌职曰："无如士会。其为人，言依于信，行依于义，和而不谄，廉而不矫，直而不亢，威而不猛，君必用之！"及士会定赤狄而还，晋景公献狄俘于周，以士会之功，奏闻周定王。定王赐士会以黻冕之服，位为上卿。遂代林父之任，为中军元帅，且加太傅之职，改封于范，是为范氏之始。士会将缉盗科条，尽行除削，专以教化劝民为善。于是奸民皆逃奔秦国，无一盗贼，晋国大治。

景公复有图伯之意，谋臣伯宗进曰："先君文公，始盟践土，列国景从。襄公之世，犹受盟新城，未敢贰也。自令狐失信，始绝秦欢。及齐、宋弑逆，我不能讨，山东诸国，遂轻晋而附楚。至救郑无功，救宋不果，复失二国。晋之宇下，惟卫、曹寥寥三四国耳！夫齐、鲁天下之望，君欲复盟主之业，莫如亲齐、鲁。盍使人行聘于二国，以联属其情，而伺楚之间，可以得志！"晋景公以为然，乃遣上军元帅郤克，使鲁及齐，厚其礼币。

却说鲁宣公以齐惠公定位之故，奉事惟谨，朝聘俱有常期。至顷公无野嗣立，犹循旧规，未曾缺礼。郤克至鲁修聘，礼毕，辞欲往齐，鲁宣公亦当聘齐之期，乃使上卿季孙行父，同郤克一齐启行。方及齐郊，只见卫上卿孙良夫、曹大夫公子首，也为聘齐来到。四人相见，各道来由，不期而会，足见同志了。四位大夫下了客馆，次日朝见，各致主君之意。礼毕，齐顷公看见四位大夫容貌，暗暗称怪，道："大夫请暂归公馆，即容设飨相待。"四位大夫退出朝门。

顷公入宫，见其母萧太夫人，忍笑不住。太夫人乃萧君之女，嫁于齐惠公，自惠公薨后，萧夫人日夜悲泣。顷公事母至孝，每事求悦其意，即闾巷中有可笑之事，亦必形容称述，博其一启颜也。是日，顷公干笑，不言其故，萧太夫人问曰："外面有何乐事，而欢笑如此？"顷公对曰："外面别无乐事，乃见一怪事耳。今有晋、鲁、卫、曹四国，各遣大夫来聘。晋大夫郤克，是个瞎子，只有一只眼光着看人；鲁大夫季孙行父，是个秃子，没一根毛发；卫大夫孙良夫，是个跛子，两脚高低的；曹公子首，是个驼背，两眼观地。吾想生人抱疾，五形四体，不全者有之，但四人各占一病，又同时至于吾国，堂上聚着一班鬼怪，岂不可笑？"萧太夫人不信，曰:"吾欲一观之可乎?"顷公曰:"使臣至国,公宴后,例有私享,来日儿命设宴于后苑,诸大夫赴宴,必从崇台之下经过,母亲登于台上,张帷而窃观之,有何难哉?"

话中略过公宴不题,单说私宴。萧太夫人已在崇台之上了。旧例:使臣来到,凡车马仆从,都是主国供应,以暂息客人之劳。顷公主意,专欲发其母之一笑,乃于国中密选眇者、秃者、跛者、驼者各一人,使分御四位大夫之车。郤克眇,即用眇者为御;行父秃,即用秃者为御;孙良夫跛,即用跛者为御;公子首驼,即用驼者为御。齐上卿国佐谏曰:"朝聘,国之大事。宾主主敬,敬以成礼,不可戏也。"顷公不听。车中两眇、两秃、双驼、双跛行过台下,萧夫人启帷望见,不觉大笑,左右侍女,无不掩口,笑声直达于外。

郤克初见御者眇目,亦认为偶然,不以为怪,及闻台上有妇女嬉笑之声,心中大疑,草草数杯,即忙起身,回至馆舍,使人诘问:"台上何人?""乃国母萧太夫人也。"须臾,鲁、卫、曹三国使臣,皆来告诉郤克,言:"齐国故意使执鞭之人,戏弄我等,以供妇人观笑,是何道理?"郤克曰:"我等好意修聘,反被其辱,若不报此仇,非丈夫也!"行父等三人齐声曰:"大夫若兴师伐齐,我等奏过寡君,当倾国相助。"郤克曰:"众大夫果有同心,便当歃血为盟,伐齐之日,有不竭力共事者,明神殛之!"四位大夫聚于一处,竟夜商量,直至天明,不辞齐侯,竟自登车,命御人星驰,各还本国而去。国佐叹曰:"齐患自此始矣!"史臣有诗云:

主宾相见敬为先,残疾何当配执鞭?
台上笑声犹未寂,四郊已报起烽烟!

是时，鲁卿东门仲遂、叔孙得臣俱卒，季孙行父为正卿，执政当权，自聘齐被笑而归，誓欲报仇。闻郤克请兵于晋侯，因与太傅士会主意不合，故晋侯未许。行父心下躁急，乃奏知宣公，使人往楚借兵。值楚庄王旅病薨，世子审即位，时年才十岁，是为共王。史臣有楚庄王赞云：

> 于赫庄王，干父之蛊。
> 始不飞鸣，终能张楚。
> 樊姬内助，孙叔外辅。
> 戮舒播义，纽晋觌武。
> 窥周围宋，威声如虎。
> 蠢尔荆蛮，桓文为伍。

楚共王方有新丧，辞不出师。行父正在愤懑之际，有人自晋国来述："郤克日夜言伐齐之利，不伐齐难以图伯，晋侯感之。士会知郤克意不可回，乃告老让之以政。今郤克为中军元帅，主晋国之事，不日兴师报齐仇。"

行父大喜，乃使仲遂之子公孙归父行聘于晋，一来答郤克之礼，二来订伐齐之期。鲁宣公因仲遂得国，故宠任归父，异于群臣。时鲁孟孙、叔孙、季孙三家，子孙众盛，宣公每以为忧，知子孙必为三家所凌，乃于归父临行之日，握其手密嘱之曰："三桓日盛，公室日卑，子所知也。公孙此行，觑便与晋君臣密诉其情，倘能借彼兵力，为我逐去三家，情愿岁输币帛，以报晋德，永不贰志，卿小心在意，不可泄漏！"

归父领命，赍重赂至晋，闻屠岸贾复以谀佞得宠于景公，官拜司寇，乃纳赂于岸贾，告以主君欲逐三家之意。岸贾为得罪赵氏，立心结交栾、郤二族，往来甚密，乃以归父之言，告于栾书。书曰："元帅方与季孙氏同仇，恐此谋未必协也，吾试探之。"栾书乘间言于郤克，克曰："此人欲乱鲁国，不可听之。"遂写密书一封，遣人星夜至鲁，飞报季孙行父。行父大怒曰："当年弑杀公子恶及公子视，皆是东门遂主谋，我欲图国家安靖，隐忍其事，为之庇护。今其子乃欲见逐，岂非养虎留患耶？"乃以郤克密书，面致叔孙侨如看之，侨如曰："主公不视朝，将一月矣，言有疾病，殆托词也。吾等同往问疾，而造主公榻前请罪，看他如何？"亦使人邀仲孙蔑。蔑辞曰："君臣无对质是非之理，蔑不敢往。"乃拉司寇臧孙许同行。三人行至宫门，闻宣公病笃，不及请见，但致问候而返。

次日，宣公报薨矣，时周定王之十六年也。季孙行父等拥立世子黑肱，时年一十三岁，是为成公。成公年幼，凡事皆决于季氏。季孙行父集诸大夫于朝堂，议曰："君幼国弱，非大明政刑不可。当初杀嫡立庶，专意媚齐，致失晋好，皆东门遂所为也。仲遂有误国大罪，宜追治之。"诸大夫皆唯唯听命。行父遂使司寇臧孙许逐东门氏之族。公孙归父自晋归鲁，未及境知宣公已薨，季氏方治其先人之罪，乃出奔于齐国，族人俱从之。后儒论仲遂躬行弑逆，援立宣公，身死未几，子孙被逐，作恶者亦何益哉？髯翁有诗叹云：

援宣富贵望千秋，谁料三桓作寇仇？
楹折"东门"乔木萎，独余青简恶名留！

鲁成公即位二年，齐顷公闻鲁与晋合谋伐齐，一面遣使结好于楚，以为齐缓急之助，一面整顿车徒，躬先伐鲁，由平阴进兵，直至龙邑。齐侯之嬖人卢蒲就魁轻进，为北门军士所获。顷公使人登车，呼城上人语之曰："还我卢蒲将军，即当退师。"龙人不信，杀就魁，磔其尸于城楼之上。顷公大怒，令三军四面攻之，三日夜不息。城破，顷公将城北一角，不论军民，尽皆杀死，以泄就魁之恨。正欲深入，哨马探得卫国大将孙良夫，统兵将入齐境。顷公曰："卫窥吾之虚，来犯吾界，合当反戈迎之。"乃留兵戍龙邑，班师而南。行至新筑界口，恰遇卫兵前队副将石稷已到，两下各结营垒。石稷诣中军告于孙良夫曰："吾受命侵齐，乘其虚也。今齐师已归，其君亲在，不可轻敌。不如退兵，让其归路，俟晋、鲁合力并举，可以万全。"孙良夫曰："本欲报齐君一笑之仇，今仇人在前，奈何避之？"遂不听石稷之谏，是夜率中军往劫齐寨。齐人也虑卫军来袭，已有整备。良夫杀入营门，劫了空营。方欲回车，左有国佐，右有高固，两员大将，围裹将来。齐侯自率大军掩至，大叫："跛夫，且留下头颅！"良夫死命相持，没抵当一头处。正在危急，却得宁相、向禽两队车马前来接应，救出良夫北奔，卫军大败。齐侯招引二将从后追来，卫将石稷之兵亦至，迎着孙良夫叫道："元帅只顾前行，吾当断后！"良夫引军急走，未及一里，只见前面尘头起处，车声如雷。良夫叹曰："齐更有伏兵，吾命休矣！"车马看看近前，一员将在车中鞠躬言曰："小将不知元帅交兵，救援迟误，伏乞恕罪！"良夫问曰："子何人也？"那员将答曰："某乃守新筑大夫，仲叔于奚是也。悉起本境之众，有百余乘在此，足以一战，元帅勿忧！"良夫方才放心，谓于奚曰："石将军在后，子可助之。"仲叔于奚应声麾车而去。

再说齐兵遇石稷断后之兵，正欲交战，见北路车尘蔽天，探是仲叔于奚领兵来到。齐顷公身在卫地，恐兵力不继，遂鸣金收军，止掠取辎重而回。石稷和于奚亦不追赶。后与晋人胜齐归国，卫侯因于奚有救孙良夫之功，欲以邑赏之。于奚辞曰："邑不愿受，得赐'曲县''繁缨'，以光宠于缙绅之中，于愿足矣！"按：《周礼》：天子之乐，四面皆县，谓之"宫县"；诸侯之乐，止县三面，独缺南方，谓之"曲县"，亦曰"轩县"；大夫则左右县耳。"繁缨"，乃诸侯所以饰马者。二件皆诸侯之制，于奚自恃其功，以此为请。卫侯笑而从之。孔子修《春秋》论此事，以为惟名器分别贵贱，不可假人，卫侯为失其赏矣。此是后话，表过不提。

却说孙良夫收拾败军，入新筑城中，歇息数日。诸将请示归期，良夫曰："吾本欲报齐，反为所败，何面目归见吾主？便当乞师晋国，生缚齐君，方出我胸中之气！"乃留石稷等屯兵新筑，自己亲往晋国借兵。适值鲁司寇臧宣叔亦在晋请师，二人先通了郤克，然后谒见晋景公，内外同心，彼唱此和，不由晋景公不从。郤克虑齐之强，请车八百乘，晋侯许之。郤克将中军，解张为御，郑丘缓为车右；士燮将上军，栾书将下军，韩厥为司马。于周定王十八年夏六月，师出绛州城，望东路进发。臧孙许先期归报，季孙行父同叔孙侨如帅师来会，同至新筑。孙良夫复约会曹公子首，各军俱于新筑取齐，摆成队伍，次第前行，连接三十余里，车声不绝。

齐顷公预先使人于鲁境上觇探，已知臧司寇乞得晋兵消息。顷公曰："若待晋师入境，百姓震惊，当以兵逆之于境上！"乃大阅车徒，挑选五百乘，三日三夜，行五百余里，直至鞍地扎营。前哨报："晋军已屯于靡笄山下。"顷公遣使请战，郤克许来日决战。大将高固请于顷公曰："齐、晋从未交兵，未知晋人之勇怯，臣请探之。"乃驾单车，径入晋垒挑战。有末将亦乘车自营门而出，高固取巨石掷之，正中其脑，倒于车上，御人惊走。高固腾身一跃，早跳在晋车之上，脚踹晋囚，手挽辔索，驰还齐垒，周围一转，大呼曰："出卖余勇！"齐军皆笑。晋军中觉而逐之，已无及矣。高固谓顷公曰："晋师虽众，能战者少，不足畏也！"

次日，齐顷公亲自披甲出阵，邴夏御车，逢丑父为车右。两家各结阵于鞌。国佐率右军以遏鲁，高固帅左军以遏卫、曹，两下相持，各不交锋，专候中军消息。齐侯自恃其勇，目无晋人，身穿锦袍绣甲，乘着金舆，令军士俱控弓以俟，曰："视吾马足到处，万矢俱发！"一声鼓响，驰车直冲入晋阵，箭如飞蝗，晋兵死者极多。解张手肘，连中二箭，血流下及车轮，犹自忍痛，勉强执辔。郤克正击鼓进军，亦被箭伤左胁，摽血及屦，鼓声顿缓。解张曰："师之耳目，在于中军之旗鼓，三军因之以为进退。伤未及死，不可不勉力趋战！"郑丘缓曰："张侯之言是也！死生命耳！"郤克乃援桴连击，解张策马，冒矢而进。郑丘缓左手执笠，以卫郤克，右手奋戈杀敌。左右一齐击鼓，鼓声震天。晋军只道本阵已得胜，争先驰逐，势如排山倒海，齐军不能当，大败而奔。韩厥见郤克伤重，曰："元帅且暂息，某当力追此贼！"言毕，招引本部驱车来赶，齐军纷纷四散，顷公绕华不注山而走。韩厥遥望金舆，尽力逐之。逢丑父顾邴夏曰："将军急急出围，以取救兵，某当代将军执辔！"邴夏下车去了。晋兵到者益多，围华不注山三匝，逢丑父谓顷公曰："事急矣！主公快将锦袍绣甲脱下，与臣穿之，假作主公。主公可穿臣之衣，执辔于旁，以误晋人之目。倘有不测，臣当以死代君，君可脱也！"顷公依其言。更换方毕，将及华泉，韩厥之车已到马首，韩厥见锦袍绣甲，认是齐侯，遂手揽其绊马之索，再拜稽首曰："寡君不能辞鲁、卫之请，使群臣询其罪于上国，臣厥忝在戎行，愿御君侯,以辱临于敝邑!"丑父诈称口渴不能答言,以瓢授齐侯曰:"丑父可为我取饮!"齐侯下车,假作华泉取饮,水至,又嫌其浊,更取清者。齐侯遂绕山左而遁,恰遇齐将郑周父御副车而至,曰:"邴夏已陷于晋军中矣。晋势浩大,惟此路兵稀,主公可急乘之!"乃以辔授齐侯,齐侯登车走脱。

韩厥先遣人报入晋军曰:"已得齐侯矣!"郤克大喜。及韩厥以丑父献,郤克见之曰:"此非齐侯也!"郤克曾使齐,认得齐侯,韩厥却不认得,因此被他设计赚去。韩厥怒问丑父曰:"汝是何人?"对曰:"某乃车右将军逢丑父,欲问吾君,方才往华泉取饮者就是!"郤克亦怒曰:"军法:'欺三军者,罪应死。'汝冒认齐侯,以欺我军,尚望活耶?"叱左右:"缚丑父去斩!"丑父大呼曰:"晋军听吾一言,自今无有代其君任患者,丑父免君于患,今且为戮矣!"郤克命解其缚,曰:"人尽忠于君,我杀之不祥!"使后车载之。潜渊居士有诗云:

绕山戈甲密如林,绣甲君王险被擒。
千尺华泉源不竭,不如丑父计谋深。

后人名"华不注山"为"金舆山",正以齐侯金舆驻此而得名也。

顷公既脱归本营,念丑父活命之恩,复乘轻车驰入晋军,访求丑父,出而复入者三次。国佐、高固二将闻中军已败,恐齐侯有失,各引军来救驾,见齐侯从晋军中出,大惊曰:"主公何轻千乘之尊,而自探虎穴耶?"顷公曰:"逢丑父代寡人陷于敌中,未知生死,寡人坐不安席,是以求之!"言未毕,哨马报:"晋兵分五路杀来了!"

国佐奏曰:"军气已挫,主公不可久留于此,且回国中坚守,以待楚救之至可也。"齐侯从其言,遂引大军回至临淄去了。郤克引大军,及鲁、卫、曹三国之师,长驱直入,所过关隘尽行烧毁,直抵国都,志在灭齐。

不知齐国如何应敌,再看下回分解。

第五十七回
娶夏姬巫臣逃晋,围下宫程婴匿孤

话说晋兵追齐侯,行四百五十里,至一地,名袁娄,安营下寨,打点攻城。齐顷公心慌,集诸臣问计。国佐进曰:"臣请以纪侯之甗及玉磬,行赂于晋,而请与晋平。鲁、卫二国,则以侵地还之。"顷公曰:"如卿所言,寡人之情已尽矣。再若不从,惟有战耳!"国佐领命,捧着纪甗、玉磬二物,径造晋军,先见韩厥,致齐侯之意。韩厥曰:"鲁、卫以齐之侵削无已,故寡君怜而拯之,寡君则何仇于齐乎?"国佐答曰:"佐愿言于寡君,返鲁、卫之侵地如何?"韩厥曰:"有中军主帅在,厥不敢专。"韩厥引国佐来见郤克,克盛怒以待之,国佐辞气俱恭。郤克曰:"汝国亡在且夕,尚以巧言缓我耶?倘真心请平,只依我两件事。"国佐曰:"敢问何事?"郤克曰:"一来,要萧君同叔之女为质于晋;二来,必使齐封内垄亩尽改为东西行。万一齐异日背盟,杀汝质,伐汝国,车马从西至东,可直达也。"国佐勃然发怒曰:"元帅差矣!萧君之女非他,乃寡君之母,以齐、晋匹敌言之,犹晋君之母也。那有国母为质人国的道理?至于垄亩纵横,皆顺其地势之自然,若惟晋改易,与失国何异？元帅以此相难，想不允和议了？"郤克曰："便不允汝和，汝奈我何？"国佐曰："元帅勿欺齐太甚也！齐虽褊小，其赋千乘。诸臣私赋，不下数百。今偶一挫衄，未及大亏。元帅必不允从，请收合残兵，与元帅决战于城下。一战不胜，尚可再战，再战不胜，尚可三战，若三战俱败，举齐国皆晋所有，何必质母、东亩为哉？佐从此辞矣！"委甗磬于地，朝上一揖，昂然出营去了。

季孙行父与孙良夫在幕后闻其言，出谓郤克曰："齐恨我深矣，必将致死于我。兵无常胜，不如从之！"郤克曰："齐使已去，奈何？"行父曰："可追而还也。"乃使良马驾车，追及十里之外，强拉国佐，复转至晋营。郤克使与季孙行父、孙良夫相见，乃曰："克恐不胜其事，以获罪于寡君，故不敢轻诺。今鲁、卫大夫合辞以请，克不能违也，克听子矣！"国佐曰："元帅已俯从敝邑之请，愿同盟为信：齐认朝晋，且反鲁、卫之侵地；晋认退师，秋毫无犯。各立誓书。"郤克命取牲血共歃，订盟而别，释放逢丑父复归于齐。齐顷公进逢丑父为上卿。晋、鲁、卫、曹之师皆归本国。宋儒论此盟，谓郤克恃胜而骄，出令不恭，致触国佐之怒，虽取成而还，殊不足以服齐人之心也。

晋师归献齐捷，景公嘉战鞌之功，郤克等皆益地。复作新上中下三军，以韩厥为新军元帅，赵括佐之；巩朔为新上军元帅，韩穿佐之；荀骓为新下军元帅，赵旃佐之，爵皆为卿。自是晋有六军，复兴伯业。司寇屠岸贾见赵氏复盛，忌之益深。日夜搜赵氏之短，谮于景公。又厚结栾、郤二家，以为己援。此事且搁过一边，表白在后。

齐顷公耻其兵败，吊死问丧，恤民修政，志欲报仇。晋君臣恐齐侵伐，复失伯业，乃托言齐国恭顺可嘉，使各国仍还其所侵之地。自此诸侯以晋无信义，渐渐离心。此是后话。

且说陈夏姬嫁连尹襄老，未及一年，襄老从军于邲。夏姬遂与其子黑要烝淫，及襄老战死，黑要恋夏姬之色，不往求尸，国人颇有议论。夏姬以为耻，欲借迎尸之名，谋归郑国。申公屈巫遂赂其左右，使传语于夏姬曰："申公相慕甚切，若夫人朝归郑国，申公晚即来聘矣！"又使人谓郑襄公曰："姬欲归宗国，盍往迎之？"郑襄公果然遣使来迎夏姬。楚庄王问于诸大夫曰："郑人迎夏姬何意？"屈巫独对曰："姬欲收葬襄老之尸，郑人任其事，以为可得，故使姬往迎之耳！"庄王曰："尸在晋，郑安从得之？"屈巫对曰："荀罃者，荀首之爱子也。罃为楚囚，首念其子甚切。今首新佐中军，而与郑大夫皇戌素相交厚，其必借郑皇戌居间，使讲解于楚，而以王子及襄老之尸，交易荀罃。郑君以邲之战，惧晋行讨，亦将借此以献媚于晋，此真情无疑矣！"话犹未毕，夏姬入朝辞楚王，奏闻归郑之故，言下泪珠如雨，曰："若不得尸，妾誓不反楚！"楚庄王怜而许之。

夏姬方行，屈巫遂致书于郑襄公，求聘夏姬为内子，襄公不知庄王及公子婴齐欲娶前因，以屈巫方重用于楚，欲结为姻亲，乃受其聘币，楚人无知之者。屈巫复使人至晋，通信于荀首，教他将二尸易荀罃于楚，以实其言。荀首致书皇戌，求为居间说合。庄王欲得其子公子榖臣之尸，乃归荀罃于晋，晋亦以二尸畀楚。楚人信屈巫之言为实，不疑其有他故也。及晋师伐齐，齐顷公请救于楚，值楚新丧，未即发兵。后闻齐师大败，国佐已及晋盟，楚共王曰："齐之从晋，为楚失救之故，非齐志也。寡人当为齐伐卫、鲁，以雪鞌耻。谁能为寡人达此意于齐侯者？"申公屈巫应声曰："微臣愿往！"共王曰："卿此去经由郑国，就便约郑师以冬十月之望在卫境取齐，即以此期告于齐侯可也。"

屈巫领命归家,托言往新邑收赋,先将家属及财帛,装载十余车陆续出城,自己乘轺车在后星驰往郑,致楚王师期之命。遂与夏姬在馆舍成亲,二人之乐可知矣。有诗为证:

> 佳人原是老妖精,到处偷情旧有名。
> 采战一双今作配,这回麑战定输赢。

夏姬枕畔谓屈巫曰:"此事曾禀知楚王否?"屈巫将庄王及公子婴齐欲娶之事,诉说一遍:"下官为了夫人,费下许多心机,今日得谐鱼水,生平愿足!下官不敢回楚,明日与夫人别寻安身之处,偕老百年,岂不稳便?"夏姬曰:"原来如此。夫君既不回楚,那使齐之命,如何消缴?"屈巫曰:"我不往齐国去了。方今与楚抗衡,莫如晋国,我与汝适晋可也。"次早,修下表章一通,付与从人,寄复楚王,遂与夏姬同奔晋国。

晋景公方以兵败于楚为耻,闻屈巫之来,喜曰:"此天以此人赐我也!"即日拜为大夫,赐邢地为之采邑。屈巫乃去屈姓以巫为氏,名臣,至今人称为申公巫臣,巫臣自此安居于晋。楚共王接得巫臣来表,拆而读之,略云:

> 蒙郑君以夏姬室臣,臣不肖,遂不能辞。恐君王见罪,暂寓晋国。使齐之事,望君王别遣良臣。死罪!死罪!

共王见表大怒,召公子婴齐、公子侧使观之。公子侧对曰:"楚、晋世仇,今巫臣适晋,是反叛也,不可不讨!"公子婴齐复曰:

"黑要烝母，是亦有罪，宜并讨之！"共王从其言，乃使公子婴齐领兵抄没巫臣之族，使公子侧领兵擒黑要而斩之。两族家财，尽为二将分得享用。巫臣闻其家族被诛，乃遗书于二将，略云：

> 尔以贪谗事君，多杀不辜，余必使尔等疲于道路以死！

婴齐等秘其书，不使闻于楚王。巫臣为晋画策，请通好于吴国，因以车战之法，教导吴人，留其子狐庸仕于吴为行人，使通晋、吴之信，往来不绝。自此吴势日强，兵力日盛，尽夺取楚东方之属国。寿梦遂僭爵为王。楚边境被其侵伐，无宁岁矣。后巫臣死，狐庸复屈姓，遂留仕吴，吴用为相国，任以国政。

冬十月，楚王拜公子婴齐为大将，同郑师伐卫，残破其郊。因移师侵鲁，屯于杨桥之地。仲孙蔑请赂之，乃括国中良匠及织女、针女各百人，献于楚军，请盟而退。晋亦遣使邀鲁侯同伐郑国，鲁成公复从之。周定王二十年，郑襄公坚薨，世子费嗣位，是为悼公。因与许国争田界，许君诉于楚，楚共王为许君理直，使人责郑。郑悼公怒，乃弃楚从晋。是年，郤克以箭伤失于调养，左臂遂损，乃告老，旋卒。栾书代为中军元帅。明年，楚公子婴齐帅师伐郑，栾书救之。

时晋景公以齐、郑俱服，颇有矜慢之心，宠用屠岸贾，游猎饮酒，复如灵公之日。赵同、赵括与其兄赵婴齐不睦，诬以淫乱之事，逐之奔齐，景公不能禁止。时梁山无故自崩，壅塞河流，三日不通，景公使太史卜之。屠岸贾行赂于太史，使以"刑罚不中"为言。景公曰："寡人未常过用刑罚，何为不中？"屠岸贾奏曰："所谓刑罚不中者，失入失出，皆不中也。赵盾弑灵公于桃园，载在史册。此不赦之罪，成公不加诛戮，且以国政任之，延及于今，逆臣子孙，布满朝中，何以惩戒后人乎？且臣闻赵朔、原、屏等，自恃宗族众盛，将谋叛逆，楼婴欲行谏沮，被逐出奔；栾、郤二家畏赵氏之势，隐忍不言。梁山之崩，天意欲主公声灵公之冤，正赵氏之罪耳！"景公自战邲时，已恶同、括专横，遂惑其言，问于韩厥，厥对曰："桃园之事，与赵盾何与？况赵氏自成季以来，世有大勋于晋，主公奈何听细人之言，而疑功臣之后乎？"景公意未释然，复问于栾书、郤锜。二人先受岸贾之嘱，含糊其词，不肯替赵氏分辨。景公遂信岸贾之言，以为实然，乃书赵盾之罪于版，付岸贾曰："汝好处分，勿惊国人！"

韩厥知岸贾之谋，夜往下宫，报知赵朔，使预先逃遁。朔曰："吾父抗先君之诛，遂受恶名。今岸贾奉有君命，必欲见杀，朔何敢避？但吾妻见有身孕，已在临月，倘生女不必说了，天幸生男，尚可延赵氏之祀。此一点骨血，望将军委曲保全，朔虽死犹生矣！"韩厥泣曰："厥受知于宣孟，以有今日，恩同父子。今日自愧力薄，不能断贼之头。所命之事，敢不力任？但贼臣蓄愤已久，一时发难，玉石俱焚，厥有力亦无用处。及今未发，何不将公主潜送公宫，脱此大难？后日公子长大，庶有报仇之日也！"朔曰："谨受教！"二人洒泪而别。

赵朔私与庄姬约："生女当名曰文，若生男当名曰武，文人无用，武可报仇！"独与门客程婴言之。庄姬从后门上温车，程婴护送，径入宫中，投其母成夫人去了。夫妻分别之苦，自不必说。

比及天明，岸贾自率甲士，围了下宫，将景公所书罪版，悬于大门，声言奉命讨逆，遂将赵朔、赵同、赵括、赵㫋各家老幼男

第五十七回 娶夏姬巫臣逃晋，围下宫程婴匿孤

女，尽行诛戮。胏子赵胜，时在邯郸，独免。后闻变，出奔于宋。当时杀得尸横堂户，血浸庭阶。简点人数，单单不见庄姬，岸贾曰："公主不打紧，但闻怀妊将产，万一生男，留下逆种，必生后患！"有人报说："夜半有温车入宫。"岸贾曰："此必庄姬也。"即时来奏晋侯，言："逆臣一门，俱已诛绝，只有公主走入宫中，伏乞主裁！"景公曰："吾姑乃母夫人所爱，不可问也。"岸贾又奏曰："公主怀妊将产，万一生男，留下逆种，异日长大，必然报仇，复有桃园之事，主公不可不虑！"景公曰："生男则除之。"岸贾乃日夜使人探伺庄姬生产消息。

数日后，庄姬果然生下一男，成夫人吩咐宫中假说生女。屠岸贾不信，欲使家中乳媪入宫验之。庄姬情慌，与其母成夫人商议，推说所生女已死。此时景公耽于淫乐，国事全托于岸贾，恣其所为。岸贾亦疑所生非女，且未死，乃亲率女仆遍索宫中。庄姬乃将孤儿置于裤中，对天祝告曰："天若灭绝赵宗，儿当啼；若赵氏还有一脉之延，儿则无声。"及女仆牵出庄姬，搜其宫，一无所见，裤中绝不闻啼号之声。岸贾当时虽然出宫去了，心中到底狐疑。或言："孤儿已寄出宫门去了。"岸贾遂悬赏于门："有人首告孤儿真信，与之千金！知情不言，与窝藏反贼一例，全家处斩。"又吩付宫门上出入盘诘。

却说赵盾有两个心腹门客，一个是公孙杵臼，一个是程婴。先前闻屠岸贾围了下宫，公孙杵臼约程婴同赴其难。婴曰："彼假托君命，布词讨贼，我等与之俱死，何益于赵氏？"杵臼曰："明知无益，但恩主有难，不敢逃死耳！"婴曰："姬氏有孕，若男也，吾与尔共奉之。不幸生女，死犹未晚。"及闻庄姬生女，杵臼泣曰："天果绝赵乎？"程婴曰："未可信也，吾当察之。"乃厚赂宫人，使通

信于庄姬。庄姬知程婴忠义，密书一"武"字递出。程婴私喜曰："公主果生男矣！"

及岸贾搜索宫中不得，程婴谓杵臼曰："赵氏孤在宫中，索之不得，此天幸也！但可瞒过一时耳，后日事泄，屠贼又将搜索，必须用计，偷出宫门，藏于远地，方保无虞。"杵臼沉吟了半日，问婴曰："立孤与死难，二者孰难？"婴曰："死易耳，立孤难也。"杵臼曰："子任其难，我任其易，何如？"婴曰："计将安出？"杵臼曰："诚得他人婴儿诈称赵孤，吾抱往首阳山中，汝当出首，说孤儿藏处。屠贼得伪孤，则真孤可免矣！"程婴曰："婴儿易得也，必须窃得真孤出宫，方可保全。"杵臼曰："诸将中惟韩厥受赵氏恩最深，可以窃孤之事托之。"程婴曰："吾新生一儿，与孤儿诞期相近，可以代之。然子既有藏孤之罪，必当并诛，子先我而死，我心何忍？"因泣下不止。杵臼怒曰："此大事，亦美事，何以泣为？"婴乃收泪而去。夜半，抱其子付于杵臼之手，即往见韩厥，先以"武"字示之，然后言及杵臼之谋。韩厥曰："姬氏方有疾，命我求医。汝若哄得屠贼亲往首阳山，吾自有出孤之计。"

程婴乃扬言于众曰："屠司寇欲得赵孤乎，曷为索之宫中？"屠氏门客闻之，问曰："汝知赵氏孤所在乎？"婴曰："果与我千金，当告汝。"门客引见岸贾，岸贾叩其姓氏，对曰："程氏名婴，与公孙杵臼同事赵氏。公主生下孤儿，即遣妇人抱出宫门，托吾两人藏匿。婴恐日后事露，有人出首，彼获千金之赏，我受全家之戮，是以告之。"岸贾曰："孤在何处？"婴曰："请屏左右，乃敢言。"岸贾即命左右退避，婴告曰："在首阳山深处，急往可得，不久当奔秦国矣。然须大夫自往，他人多与赵氏有旧，勿轻托也。"岸贾曰："汝但随吾往，实则重赏，虚则死罪。"婴曰："吾亦自山中来此，腹馁甚，幸赐一饭。"岸贾与之酒食，婴食毕，又催岸贾速行。

岸贾自率家甲三千，使程婴前导，径往首阳山。纡回数里，路极幽僻，见临溪有草庄数间，柴门双掩，婴指曰："此即杵臼孤儿处也。"婴先叩门，杵臼出迎，见甲士甚众，为仓皇走匿之状。婴喝曰："汝勿走，司寇已知孤儿在此，亲自来取，速速献出可也！"言未毕，甲士缚杵臼来见岸贾。岸贾问："孤儿何在？"杵臼赖曰："无有。"岸贾命搜其家，见壁室有锁甚固。甲士去锁，入其室，室颇暗，仿佛竹床之上，闻有小儿惊啼之声。抱之以出，锦绷绣褓，俨如贵家儿。杵臼一见，即欲夺之，被缚不得前，乃大骂曰："小人哉，程婴也！昔下宫之难，我约汝同死，汝说：'公主有孕，若死，谁作保孤之人！'今公主将孤儿付我二人，匿于此山，汝与我同谋做事，却又贪了千金之赏，私行出首，我死不足惜，何以报赵宣孟之恩乎？"千小人，万小人，骂一个不住。程婴羞惭满面，谓岸贾曰："何不杀之？"岸贾喝令："将公孙杵臼斩首！"自取孤儿掷之于地，一声啼哭，化为肉饼。哀哉！髯翁有诗云：

一线宫中赵氏危，宁将血胤代孤儿。
屠奸纵有弥天网，谁料公孙已售欺？

屠岸贾起身往首阳山擒捉孤儿，城中那一处不传遍，也有替屠家欢喜的，也有替赵家叹息的，那宫门盘诘，就怠慢了。韩厥却教心腹门客，假作草泽医人，入宫看病，将程婴所传"武"字，粘于药囊之上。庄姬看见，已会其意，诊脉已毕，讲几句胎前产后的套语，庄姬见左右宫人，俱是心腹，即以孤儿裹置药囊之中。那孩子啼哭起来，庄姬手抚药囊祝曰："赵武，赵武，我一门百口冤仇，在你一点血泡身上,出宫之时,切莫啼哭!"盼咐已毕,孤儿啼声顿止。走出宫门,亦无人盘问。韩厥得了孤儿,如获至宝,藏于深室,使乳妇育之,虽家人亦无知其事者。

屠岸贾回府,将千金赏赐程婴。程婴辞不愿赏。岸贾曰:"汝原为邀赏出首,如何又辞?"程婴曰:"小人为赵氏门客已久,今杀孤儿以自脱,已属非义,况敢利多金乎?倘念小人微劳,愿以此金收葬赵氏一门之尸,亦表小人门下之情于万一也。"岸贾大喜曰:"子真信义之士也!赵氏遗尸,听汝收取不禁。即以此金为汝营葬之资。"程婴乃拜而受之。尽收各家骸骨,棺木盛殓,分别葬于赵盾墓侧。事毕,复往谢岸贾。岸贾欲留用之,婴流涕言曰:"小人一时贪生怕死,作此不义之事,无面目复见晋人,从此将糊口远方矣。"程婴辞了岸贾,往见韩厥。厥将乳妇及孤儿交付程婴,婴抚为己子,携之潜入盂山藏匿,后人因名其山曰藏山,以藏孤得名也。

后三年,晋景公游于新田,见其土沃水甘,因迁其国,谓之新绛,以故都为故绛。百官朝贺,景公设宴于内宫,款待群臣,日色过晡,左右将治烛,忽然怪风一阵,卷入堂中,寒气逼人,在座者无不惊颤。须臾,风过,景公独见一蓬头大鬼,身长丈余,披发及地,自户外而入,攘臂大骂曰:"天乎!我子孙何罪,而汝杀之?我已诉闻于上帝,来取汝命!"言毕,将铜锤来打景公。景公大叫:"群臣救我!"拔佩剑欲斩其鬼,误劈自己之指,群臣不知为何,慌忙抢剑。景公口吐鲜血,闷倒在地,不省人事。

未知性命如何,且看下回分解。

第五十八回
说秦伯魏相迎医，报魏锜养叔献艺

话说晋景公被蓬头大鬼所击，口吐鲜血，闷倒在地，内侍扶入内寝，良久方醒，群臣皆不乐而散。景公遂病不能起。左右或言："桑门大巫，能白日见鬼，盍往召之？"桑门大巫奉晋侯之召，甫入寝门，便言："有鬼！"景公问："鬼状何如？"大巫对曰："蓬头披发，身长丈余，以手拍胸，其色甚怒。"景公曰："巫言与寡人所见正合，言寡人枉杀其子孙，不知此何鬼也？"大巫曰："先世有功之臣，其子孙被祸最惨者是也。"景公愕然曰："得非赵氏之祖乎？"屠岸贾在旁，即奏曰："巫者乃赵盾门客，故借端为赵氏讼冤，吾君不可听信。"景公嘿然良久，又问曰："鬼可禳否？"大巫曰："怒甚，禳之无益。"景公曰："然则寡人大限何如？"大巫曰："小人冒死直言，恐君之病，不能尝新麦也。"屠岸贾曰："麦熟只在月内，君虽病，精神犹旺，何至如此？若主公得尝新麦，汝当死罪！"不繇景公发落，叱之使出。大巫去后，景公病愈深，晋国医生入视，不识其症，不敢下药。

大夫魏锜之子魏相言于众曰："吾闻秦有名医二人，高和、高缓，得传授于扁鹊，能达阴阳之理，善攻内外之症，见为秦国太医。欲治主公之病，非此人不可，盍往请之？"众曰："秦乃吾之仇国，岂肯遣良医以救吾君哉？"魏相又曰："恤患分灾，邻国之美事。某虽不才，愿掉三寸之舌，必得名医来晋。"众曰："如此，则举朝皆拜子之赐矣！"

魏相即日束装，驰轺车星夜往秦。秦桓公问其来意，魏相奏曰："寡君不幸而沾狂病，闻上国有良医和、缓，有起死回生之术，臣特来敦请，以救寡君。"桓公曰："晋国无理，屡败我兵，吾国虽有良医，岂救汝君哉？"魏相正色曰："明公之言差矣。夫秦、晋比邻之国，故我献公与尔穆公，结婚定好，世世相亲。尔穆公始纳惠公，复有韩原之来战；继纳文公，又有汜南之背盟。不终其好，皆尔为之。文公即世，穆公又过听孟明，欺我襄公之幼弱，师出崤山，袭我属国，自取败衄。我获三帅，赦而不诛，旋违誓言，夺我王官。灵、康之世，我一侵崇，尔即伐晋。及我景公问罪于齐，明公又遣杜回兴救齐之师。败不知惩，胜不知止，弃好寻仇，莫不由秦。明公试思：晋犯秦乎？秦犯晋乎？今寡君有负兹之忧，欲借针砭于高邻，诸臣皆曰：'秦绝我甚，必不许。'臣曰：'不然。秦君屡举不当，安知不悔于厥心？此行也，将假国手以修先君之旧好。'明公若不许，则诸臣之料秦者中矣。夫邻有恤患之谊，而明公废之；医有活人之心，而明公背之。窃为明公不取也！"秦桓公见魏相言辞慷慨，分剖详明，不觉起敬曰："大夫以正见责寡人，敢不听教！"即诏太医高缓往晋。魏相谢恩，遂与高缓同出雍州，星夜望新绛而来。有诗为证：

婚媾于今作寇仇，幸灾乐祸是良谋。

若非魏相澜翻舌，安得名医到绛州？

时晋景公病甚危笃，日夜望秦医不至，忽梦有二竖子，从己鼻中跳出，一竖曰："秦高缓乃当世之名医，彼若至，用药，我等必然被伤，何以避之？"又一竖子曰："若躲在肓之上，膏之下，彼能奈我何哉？"须臾，景公大叫心膈间疼痛，坐卧不安。少顷，魏相引高缓至，入宫诊脉毕，缓曰："此病不可为矣！"景公曰："何故？"缓对曰："此病居肓之上，膏之下，既不可以灸攻，又不可以针达，即使用药之力，亦不能及，此殆天命也！"景公叹曰："所言正合吾梦，真良医矣！"厚其馈送之礼，遣归秦国。

时有小内侍江忠，伏侍景公辛苦，早间不觉失睡，梦见背负景公，飞腾于天上，醒来与左右言之。值屠岸贾入宫问疾，闻其梦，贺景公曰："天者阳明，病者阴暗；飞腾天上，离暗就明，君之疾必渐平矣！"晋侯是日亦自觉胸膈稍宽，闻言甚喜。忽报："甸人来献新麦。"景公欲尝之，命饔人取其半，舂而屑之为粥。屠岸贾恨桑门大巫言赵氏之冤，乃奏曰："前巫者言主公不能尝新麦，今其言不验矣，可召而示之。"景公从其言，召桑门大巫入宫，使岸贾责之曰："新麦在此，犹患不能尝乎？"巫者曰："尚未可知。"景公色变，岸贾曰："小臣咒诅，当斩！"即命左右牵去。大巫叹曰："吾因明于小术，以自祸其身，岂不悲哉！"左右献大巫之首，恰好饔人将麦粥来献，时日已中矣。景公方欲取尝，忽然腹胀欲泄，唤江忠："负我登厕。"才放下厕，一阵心疼，立脚不住，坠入厕中，江忠顾不得污秽，抱他起来，气已绝矣。到底不曾尝新麦，屈杀了桑门大巫，皆屠岸贾之过也。上卿栾书率百官奉世子州蒲举哀即位，是为厉公。众议江忠曾梦负公登天，后负公以出于厕，正应其梦，遂用江忠为殉葬焉。当时若不言其梦，无此祸矣，口舌害身，不可不慎也。因晋景公为厉鬼击死，晋人多有言赵门冤枉之事者，只为栾、郤二家都与屠岸贾交通相善，只有一个韩厥，孤掌难鸣，是以不敢为赵氏伸冤。

时宋共公遣上卿华元，行吊于晋，兼贺新君，因与栾书商议，欲合晋、楚之成，免得南北交争，生民涂炭。栾书曰："楚未可信也。"华元曰："元善于子重，可以任之。"栾书乃使其幼子栾鍼，同华元至楚，先与公子婴齐相见。婴齐见栾鍼年青貌伟，问于华元，知是中军元帅之子，欲试其才，问曰："上国用兵之法何如？"鍼对曰："整。"又问："更有何长？"鍼答曰："暇。"婴齐曰："人乱我整，人忙我暇，何战不胜？二字可谓简而尽矣！"由此倍加敬重，遂引见楚王，定议两国通和，守境安民，动干戈者，鬼神殛之。遂订期为盟，晋士燮、楚公子罢，共歃血于宋国西门之外。

楚司马公子侧，自以不曾与议，大怒曰："南北之不相通久矣。子重欲擅合成之功，吾必败之。"探知巫臣纠合吴子寿梦，与晋、鲁、齐、宋、卫、郑各国大夫会于钟离，公子侧遂说楚王曰："晋、吴通好，必有谋楚之情，宋、郑俱从，楚之宇下一空矣！"共王曰："孤欲伐郑，奈西门之盟何？"公子侧曰："宋、郑受盟于楚，非一日矣，惟不顾盟，是以附晋。今日之事，惟利则进，何以盟为？"共王乃命公子侧帅师伐郑。郑复背晋从楚，此周简王十年事也。

晋厉公大怒，集诸大夫计议伐郑。栾书虽则为政，而三郤擅权。那三郤？乃郤锜、郤犨、郤至。锜为上军元帅，犨为上军副将，至为新军副将。犨子郤毅，至弟郤乞，并为大夫用事。伯宗为人，正直敢言，屡向厉公言："郤氏族大势盛，宜分别贤愚，稍抑其权，以保全功臣之后。"厉公不听。三郤恨伯宗入骨，遂谮伯宗谤毁朝

第五十八回　说秦伯魏相迎医，报魏锜养叔献艺

政。厉公信之，反杀伯宗，其子伯州犁奔楚，楚用为太宰，与之谋晋。厉公素性骄侈，兼好内外嬖幸甚多。外嬖胥童、夷羊五、长鱼矫、匠丽氏等一班少年，皆拜为大夫；内嬖美姬爱婢，不计其数。日事淫乐，好谀恶直，政事不修，群臣解体。士燮见朝政日非，不欲伐郑。郤至曰："不伐郑，何以求诸侯？"栾书曰："今日失郑，鲁、宋亦将离心，温季之言是也。"楚降将苗贲皇亦劝伐郑，厉公从其言，独留荀䓨居守，遂亲率大将栾书、士燮、郤锜、荀偃、韩厥、郤至、魏锜、栾鍼等，出车六百乘，浩浩荡荡，杀奔郑国。一面使郤犨往鲁、卫各国，请兵助战。

郑成公闻晋兵势大，欲谋出降。大夫姚钩耳曰："郑地褊小，间于两大，只宜择一强者而事之，岂可朝楚暮晋，而岁岁受兵乎？"郑成公曰："然则何如？"钩耳曰："依臣之见，莫如求救于楚，楚至，吾与之夹攻，大破晋兵，可保数年之安也。"成公遂遣钩耳往楚求救。楚共王终以西门之盟为嫌，不欲起兵，问于令尹婴齐。婴齐对曰："我实无信，以致晋师，又庇郑而与之争，勤民以逞，胜不可必，不如待之！"公子侧进曰："郑人不忍背楚，是以告急。前不救齐，今又不救郑，是绝归附之望也。臣虽不才，愿提一旅，保驾前往，务要再奏'掬指'之功！"共王大悦，乃拜司马公子侧为中军元帅，令尹公子婴齐为左军，右尹公子壬夫将右军，自统亲军两广之众，望北进发，来救郑国。日行百里，其疾如风。早有哨马报入晋军，士燮私谓栾书曰："君幼不知国事，吾伪为畏楚而避之，以儆君心，使知戒惧，犹可少安。"栾书曰："畏避之名，书不敢居也。"士燮退而叹曰："此行得败为幸，万一战胜，外宁必有内忧，吾甚惧之。"

时楚兵已过鄢陵，晋兵不能前进，留屯彭祖冈，两下各安营下

寨。来日，是六月甲午大尽之日，名为晦日。晦不行兵，晋军不做准备。五鼓漏尽，天色犹未大明，忽然寨外喊声大振，守营军士忙忙来报："楚军直逼本营，排下阵势。"栾书大惊曰："彼既压我军而阵，我军不能成列，交兵恐致不利，且坚守营垒，待从容设计以破之。"诸将纷纷议论，有言选锐突阵者，有言移兵退后者。时士燮之子名匄，年才一十六岁，闻众议不决，乃突入中军，禀于栾书曰："元帅患无战地乎？此易事也。"栾书曰："子有何计？"士匄曰："传令牢把营门，军士于寨内暗暗将灶土尽皆削平，并用木板掩盖，不过半个时辰结阵有余地矣。既成列于军中，决开营垒以为战道，楚其奈我何哉？"栾书曰："井灶乃军中急务，平灶塞井，何以为食？"匄曰："先命各军预备干粮净水足支一二日，俟布阵已定，分拨老弱于营后另作井灶就之。"士燮本不欲战，见其子进计，大怒，骂曰："兵之胜负关系天命，汝童子有何知识，敢在此摇唇鼓舌？"遂拔戈逐之，众将把士燮抱住，士匄方能走脱，栾书笑曰："此童子之智，胜于范孟也。"乃从士匄之计令各寨多造干粮，然后平灶掩井摆列阵势，准备来日交兵。胡曾咏史诗云：

军中列阵本奇谋，士燮抽戈若寇仇。
岂是心机逊童子，老成忧国有深筹。

却说楚共王直逼晋营而阵，自谓出其不意，军中必然扰乱，却寂然不见动静。乃问于太宰伯州犁曰："晋兵坚垒不动，子晋人也，必知其情。"州犁曰："请王登轈车而望之。"楚王登轈车，使州犁立于其侧，王问曰："晋兵驰骋，或左或右者何也？"州犁对曰："召军吏也。"王曰："今又群聚于中军矣。"州犁曰："合而为谋也。"又

第五十八回　说秦伯魏相迎医，报魏锜养叔献艺

望曰："忽然张幕何故？"州犁曰："虔告于先君也。"又望曰："今又撤幕矣。"对曰："将发军令也。"又望曰："军中为何喧哗，飞尘不止？"对曰："彼因不得成列，将塞井平灶，为战地耳。"又望曰："车皆驾马矣，将士升车矣。"对曰："将结阵也。"又望曰："升车者何以复下？"对曰："将战而祷神也。"又望曰："中军势似甚盛，其君在乎？"对曰："栾、范之族，挟公而阵，不可轻敌也！"楚王尽知晋国之情，乃戒谕军中，打点来日交锋之事。楚之降将苗贲皇亦侍于晋侯之侧，献策曰："自令尹孙叔之死，军政无常，两广精兵，久不选换，老不堪战者多矣。且左右二帅，不相和睦，此一战楚可败也！"髯翁有诗云：

楚用州犁本晋良，晋人用楚是贲皇。
人才难得须珍重，莫把谋臣借外邦！

是日，两军各坚垒相持，未战。楚将潘党于营后试射红心，连中三矢，众将哄然赞美。适值养繇基至，众将曰："神箭手来矣！"潘党怒曰："我的箭何为不如养叔？"养繇基曰："汝但能射中红心，未足为奇；我之箭能百步穿杨！"众将问曰："何为百步穿杨？"繇基曰："曾有人将颜色认记杨树一叶，我于百步外射之，正穿此叶中心，故曰百步穿杨。"众将曰："此间亦有杨树，可试射否？"繇基曰："何为不可。"众将大喜曰："今日乃得观养叔神箭也！"乃取墨涂记杨枝一叶，使繇基于百步外射之，其箭不见落下。众将往察之，箭为杨枝挂住，其镞正贯于叶心。潘党曰："一箭偶中耳。若依我说，将三叶次第记认，你次第射中，方见高手！"繇基曰："恐未必能，且试为之。"潘党于杨树上高低不等，涂记了三叶，写个

"一""二""三"字。养繇基也认过了，退于百步之外，将三矢也记个"一""二""三"的号数，以次发之，依次而中，不差毫厘。众将皆拱手曰："养叔真神人也！"潘党虽然暗暗称奇，终不免自家要显所长，乃谓繇基曰："养叔之射，可谓巧矣。然杀人还以力胜，吾之射能贯数层坚甲，亦当为诸君试之！"众将皆曰："愿观！"潘党教随行组甲之士，脱下甲来，叠至五层。众将曰："足矣！"潘党命更迭二层，共是七层。众将想道："七层甲，差不多有一尺厚，如何射得过？"潘党教把那七层坚甲，绷于射鹄之上，也立在百步之外，挽起黑雕弓，拈着狼牙箭，左手如托泰山，右手如抱婴儿，觑得端端正正，尽力发去。扑的一声，叫道："着了！"只见箭上，不见箭落，众人上前看时，齐声喝采起来道："好箭，好箭！"原来弓劲力深，这支箭直透过七层坚甲，如钉钉物，穿的坚牢，摇也摇不动。潘党面有德色，叫军士将层甲连箭取下，欲以遍夸营中。养繇基且教："莫动！吾亦试射一箭，未知何如？"众将曰："也要看养叔神力！"繇基拈弓在手，欲射复止，众将曰："养叔如何不射？"繇基曰："只依样穿札，未为希罕，我有个送箭之法。"说罢，搭上箭，飕的射去，叫声："正好！"这支箭不上不下，不左不右，恰恰的将潘党那一支箭，兜底送出布鹄那边去了。繇基这支箭，依旧穿于层甲孔内。众将看时，无不吐舌，潘党方才心服，叹曰："养叔妙手，吾不及也！"史传上载楚王猎于荆山，山上有通臂猿，善能接矢，楚兵围之数重，王命左右发矢，俱为猿所接，乃召养繇基。猿闻繇基之名，即便啼号，及繇基到，一发而中猿心。其为春秋第一射手，名不虚传矣。潜渊有诗云：

落乌贯虱名无偶，百步穿杨更罕有。

穿札将军未足奇,强中更有强中手。

众将曰:"晋、楚相持,吾王正在用人之际,两位将军有此神箭,当奏闻吾王,美玉不可韫椟而藏!"乃命军士将箭穿层甲,抬到楚共王面前,养繇基和潘党一同过去。众将将两人先后赌射之事,细细禀知楚王:"我国有神箭如此,何愁晋兵百万?"楚王大怒曰:"将以谋胜,奈何以一箭侥幸耶?尔自恃如此,异日必以艺死!"尽收繇基之箭,不许复射,养繇基羞惭而退。

次日五鼓,两军中各鸣鼓进兵,晋上军元帅郤锜攻楚左军,与公子婴齐对敌;下军元帅韩厥攻楚右军,与公子壬夫对敌;栾书、士燮各帅本部车马,中军护驾,与楚共王和公子侧对敌。这边晋厉公是郤毅为御,栾鍼为车右将军,郤至等引新军,为后队接应。那边楚共王出阵,上午本该乘右广,那右广却是养繇基为将,共王怪繇基恃射夸嘴,不用右广,反乘了左广,却是彭名为御,屈荡为车右将军。郑成公引本国车马为后队接应。

却说厉公头带冲天凤翅盔,身披蟠龙红锦战袍,腰悬宝剑,手提方天大戟,乘着金叶包裹的戎辂,右有栾书,左有士燮,展开军门,杀奔楚阵来。谁知阵前却有一窝泥淖,黎明时候,未曾看得仔细,郤毅御车勇猛,刚刚把晋侯车轮陷于淖中,马不能走。楚共王之子熊茷,他少年好勇,领着前队,望见晋侯车陷,驱车飞赶过来。那边栾鍼忙跳下车,立于泥淖之中,尽平生气力,双手将两轮扶起,车浮马动,一步步挣出泥淖来。那边熊茷将次赶到,这里栾书的军马亦到,大喝:"小将不得无礼!"熊茷见旗上有"中军元帅"字,知是大军,吃了一惊,回车便走,被栾书追上,活捉过来。楚军见熊茷有失,一齐来救,却得士燮引兵杀出,后队郤至等俱到，楚兵恐堕埋伏，收兵回营。晋兵亦不追赶，各自归寨。哨马探听楚左军持重，晋上军不曾交战，下军战二十余合，互有杀伤，胜负未分，约定来日再战。栾书将熊茷献功，晋侯欲斩之，苗贲皇进曰："楚王闻其子被擒，明日必来亲自出战，可囚熊茷于军前，往来诱之。"晋侯曰："善。"一夜安息无话。

黎明，栾书命开营索战。大将魏锜告书曰："吾夜来梦见天上一轮明月，遂弯弓射之，正中月心，射出月中一股金光，直泻下来，慌忙退步，不觉失脚，陷于营前泥淖之内，猛然惊觉。此何兆也？"栾书详之曰："周之同姓为日，异姓为月，射月而中，必楚君矣。然泥淖乃泉壤之中，退入于泥，亦非吉兆，将军必慎之！"魏锜曰："苟能破楚，虽死何恨？"栾书遂许魏锜打阵。楚将工尹襄出头。战不数合，晋兵推出囚车，在阵上往来。楚共王见其子熊茷被囚于阵，急得心生烟火，忙叫彭名鞭马上前，来抢囚车。魏锜望见，撇了尹襄，径追楚王，架起一支箭，嗖的射去，正中楚王的左眼，潘党力战，保得楚王回车。楚王负痛拔箭，其瞳子随镞而出，掷于地下，有小卒拾而献曰："此龙睛，不可轻弃！"楚王乃纳于箭袋之中。晋兵见魏锜得利，一齐杀上，公子侧引兵抵死拒敌，救脱了楚共王。郤至围住了郑成公，赖御者将大旆藏于弓衣之内，成公亦走脱。时楚王怒甚，急唤神箭将军养繇基速来救驾，养繇基闻唤，慌忙驰到，身边并无一箭。楚王乃抽二矢付之曰："射寡人乃绿袍虬髯者，将军为寡人报仇，将军绝艺，想不费多矢也！"繇基领箭，飞车赶入晋阵，正撞见绿袍虬髯者，知是魏锜，大骂："匹夫有何本事，辄敢射伤吾主！"魏锜方欲答话，繇基发箭已到，正射中魏锜项下，伏于弓衣而死。栾书引军夺回其尸，繇基余下一矢，缴还楚王，奏曰："仗大王威灵，已射杀绿袍虬髯将矣！"共王大喜，自解锦袍赐之，并赐狼牙箭百支，军中称为"养一箭"，言不消第二箭也。有诗为证：

鞍马飞车虎下山，晋兵一见胆生寒。
万人丛里诛名将，一矢成功奏凯还。

却说晋兵追逐楚兵至紧，养繇基抽矢控弦，立于阵前，追者辄射杀之，晋兵乃不敢逼。楚将婴齐、壬夫闻楚王中箭，各来接应，混战一场，晋兵方退。栾鍼望见令尹旗号，知是公子婴齐之军，请于晋侯曰："臣前奉使于楚，楚令尹子重问晋国用兵之法，臣以'整暇'二字对，今混战未见其整，各退未见其暇，臣愿使行人持饮献之，以践昔日之言。"晋侯曰："善。"栾鍼乃使行人执酒榼，造于婴齐之军，曰："寡君乏人，命鍼持矛车右，故不得亲犒从者，使某代进一觞。"婴齐悟昔日"整暇"之言，乃叹曰："小将军可谓记事矣。"受其榼，对使饮之，谓使者曰："来日阵前，当面谢也！"行人归述其语。栾鍼曰："楚君中矢，其师尚未肯退，奈何？"苗贲皇曰："搜阅车乘，补益士卒，秣马厉兵，修阵固列，鸡鸣饱食，决一死战，何畏乎楚？"时郤犨、栾黡从鲁、卫请兵回转，言二国各起兵来助，已在二十里远近。楚谍探知，报闻楚王，楚王大惊曰："晋兵已众，鲁、卫又来，如之奈何？"即使左右召中军元帅公子侧商议。

不知后事如何，且看下回分解。

第五十九回
宠胥童晋国大乱，诛岸贾赵氏复兴

话说楚中军元帅公子侧平日好饮，一饮百觚不止，一醉竟日不醒。楚共王知其有此毛病，每出军，必戒使绝饮。今日晋、楚相持，有大事在身，涓滴不入于口。是日，楚王中箭回寨，含羞带怒。公子侧进曰："两军各已疲劳，明日且暂休息一日，容臣从容熟计，务要与主公雪此大耻。"公子侧辞回中军，坐至半夜，计未得就。有小竖名谷阳，乃公子侧贴身宠用的，见主帅愁思劳苦，客中藏有三重美酒，暖一瓯以进。公子侧嗅之，愕然曰："酒乎？"谷阳知主人欲饮，而畏左右传说，乃诡言曰："非酒，乃椒汤耳。"公子侧会其意，一吸而尽，觉甘香快嗓，妙不可言，问："椒汤还有否？"谷阳曰："还有。"谷阳只说椒汤，只顾满斝献上，公子侧枯肠久渴，口中只叫："好椒汤，竖子爱我！"斝来便吞，正不知饮了多少，颓然大醉，倒于坐席之上。楚王闻晋令鸡鸣出战，且鲁、卫之兵又到，急遣内侍往召公子侧来，共商应敌之策，谁知公子侧沉沉冥冥，已入醉乡，呼之不应，扶之不起，但闻得一阵酒臭，知是害酒，回复楚王。楚王一连遣人十来次催并，公子侧越催得急，越睡得熟。小竖谷阳泣曰："我本爱元帅而送酒，谁知反以害之。楚王知道，连我性命难保，不如逃之。"

时楚王见司马不到，没奈何，只得召令尹婴齐计议。婴齐原与公子侧不合，乃奏曰："臣逆知晋兵势盛，不可必胜，故初议不欲救郑，此来都出司马主张。今司马贪杯误事，臣亦无计可施，不如乘夜悄悄班师，可免挫败之辱。"楚王曰："虽然如此，司马醉在中军，必为晋军所获，辱国非小。"乃召养繇基曰："仗汝神箭，可拥护司马回国也。"当下暗传号令，拔寨都起，郑成公亲帅兵护送出境，只留养繇基断后。繇基思想道："等待司马酒醒，不知何时？"即命左右便将公子侧扶起，用革带缚于车上，叱令逐队前行，自己率弓弩手三百人，缓缓而退。黎明，晋军开营索战，直逼楚营，见是空幕，方知楚军已遁去矣，栾书欲追之，士燮力言不可。谍者报："郑国各处严兵固守。"栾书度郑不可得，乃唱凯而还。鲁、卫之兵，亦散归本国。

却说公子侧行五十里之程，方才酒醒，觉得身子绷急，大叫："谁人缚我？"左右曰："司马酒醉，养将军恐乘车不稳，所以如此。"乃急将革带解去。公子侧双眼尚然朦胧，问道："如今车马往那里走？"左右曰："是回去的路。"又问："如何便回？"左右曰："夜来楚王连召司马数次，司马醉不能起，楚王恐晋军来战，无人抵敌，已班师矣。"公子侧大哭曰："竖子害杀我也！"急唤谷阳，已逃去不知所之矣。楚共王行二百里，不见动静，方才放心，恐公子侧惧罪自尽，乃遣使传命曰："先大夫子玉之败，我先君不在军中；今日之战，罪在寡人，无与司马之事。"婴齐恐公子侧不死，别遣使谓公子侧曰："先大夫子玉之败，司马所知也；纵吾王不忍加诛，司马何面目复临楚军之上乎？"公子侧叹曰："令尹以大义见

责,侧其敢贪生乎?"乃自缢而死。楚王叹息不已,此周简王十一年事。髯仙有诗言酒之误事,诗云:

眇目君王资老谋,英雄谁想困糟丘?
竖儿爱我翻成害,谩说能消万事愁。

话分两头。却说晋厉公胜楚回朝,自以为天下无敌,骄侈愈甚。士燮逆料晋国必乱,郁郁成疾,不肯医治,使太祝祈神,只求早死,未几卒。子范匄嗣。时胥童巧佞便给,最得宠幸,厉公欲用为卿,奈卿无缺。胥童奏曰:"今三郤并执兵权,族大势重,举动自专,将来必有不轨之事,不如除之。若除郤氏之族,则位置多虚,但凭主公择爱而立之,谁敢不从?"厉公曰:"郤氏反状未明,诛之恐群臣不服。"胥童又奏曰:"鄢陵之战,郤至已围郑君,两下并车,私语多时,遂解围放郑君去了。其间必先有通楚事情,只须问楚公子熊茷,便知其实。"厉公即命胥童往召熊茷。胥童谓熊茷曰:"公子欲归楚乎?"茷对曰:"思归之甚,恨不能耳!"胥童曰:"汝能依我一事,当送汝归。"熊茷曰:"惟命。"胥童遂附耳言:"若见晋侯,问起郤至之事,必须如此恁般答登。"熊茷应允。胥童遂引至内朝来见,晋厉公屏去左右,问:"郤至曾与楚私通否?汝当实言,我放汝回国。"熊茷曰:"恕臣无罪,臣方敢言。"厉公曰:"正要你说实话,何罪之有?"熊茷曰:"郤氏与吾国子重,二人素相交善,屡有书信相通,言:'君侯不信大臣,淫乐无度,百姓胥怨,非吾主也,人心更思襄公。襄公有孙名周,见在京师,他日南北交兵,幸而师败,吾当奉孙周以事楚。'独此事臣素知之,他未闻也!"按:晋襄公之庶长子名谈,自赵盾立灵公,谈避居于周,在单襄公门下。后谈生下一子，因是在周所生，故名曰周。

当时灵公被弑，人心思慕文公，故迎立公子黑臀，黑臀传欢，欢传州蒲。至是，州蒲淫纵无子，人心复思慕襄公。故胥童教熊茷使引孙周，以摇动厉公之意。熊茷言之未已，胥童接口曰："怪得前日鄢陵之战，郤犨与婴齐对阵，不发一矢，其交通之情可见矣！郤至明纵郑君，又何疑焉？主公若不信，何不遣郤至往周告捷，使人窥之，若果有私谋，必与孙周私下相会。"厉公曰："此计甚当。"遂遣郤至献楚捷于周。胥童阴使人告孙周曰："晋国之政，半在郤氏，今温季来王都献捷，何不见之？他日公孙复还故国，也有个相知。"孙周以为然。郤至至周，公事已毕，孙周遂至公馆相拜，未免详叩本国之事，郤至一一告之，谈论半日而别。厉公使人探听回来，传说如此，熊茷所言，果然是实，遂有除郤氏之意，尚未发也。

一日，厉公与妇人饮酒，索鹿肉为馔甚急，使寺人孟张往市取鹿，市中适当缺乏。郤至自郊外载一鹿于车上，从市中而过。孟张并不分说，夺之以去，郤至大怒，弯弓搭箭，将孟张射死，复取其鹿。厉公闻之，怒曰："季子太欺余也！"遂召胥童、夷羊五等一班嬖人共议，欲杀郤至。胥童曰："杀郤至，则郤锜、郤犨必叛，不如并除之。"夷羊五曰："公私甲士，约可八百人，以君命夜帅以往，乘其无备，可必胜也。"长鱼矫曰："三郤家甲，倍于公宫，斗而不胜，累及君矣。方今郤至兼司寇之职，郤犨又兼士师，不如诈为狱讼，觑便刺之，汝等引兵接应可也。"厉公曰："妙哉！我使力士清沸魋助汝。"长鱼矫打听三郤是日在讲武堂议事，乃与清沸魋各以鸡血涂面，若争斗相杀者，各带利刀，扭结到讲武堂来，告诉曲直。郤犨不知是计，下坐问之。清沸魋假作禀话，捱到近身，抽刀刺犨，中其腰，扑地便倒。郤锜急拔佩刀来砍沸魋，却是长鱼矫接住，两个在堂下战将起来。郤至捉空趋出，升车而逃，沸魋把郤锜再砍一刀，眼见得不活了，便来夹攻郤犨。犨虽是武将，争奈沸魋有千斤力气的人，长鱼矫且是年少手活，一个人怎战得他两个人过，亦被沸魋攧倒。长鱼矫见走了郤至，道："不好了，我追赶他去。"也是三郤合当同日并命，正走之间，遇着胥童、夷羊五引着八百甲士来到，口中齐叫："晋侯有旨，只拿谋反郤氏，不得放走了！"郤至见不是头，回车转来，劈面撞见长鱼矫，一跃上车。郤至早已心慌，不及措手，被长鱼矫乱砍，便割了头。清沸魋把郤锜、郤犨都割了头，血淋淋的三颗首级，提入朝门。有诗为证：

　　无道君昏臣不良，纷纷嬖幸擅朝堂。
　　一朝过听谗人语，演武堂前起战场。

却说上军副将荀偃，闻本帅郤锜在演武堂遇贼，还不知何人，即时驾车入朝，欲奏闻讨贼。中军元帅栾书，不约而同，亦至朝门，正遇胥童引兵到来。书、偃不觉大怒，喝曰："我只道何人为乱，原来是你鼠辈！禁地威严，甲士谁敢近前，还不散去？"胥童也不答话，即呼于众曰："栾书、荀偃，与三郤同谋反叛，甲士与我一齐拿下，重重有赏！"甲士奋勇上前，围裹了书、偃二人，直拥至朝堂之上。厉公闻长鱼矫等干事回来，即时御殿，看见甲士纷纷，倒吃了一惊，问胥童曰："罪人已诛，众军如何不散？"胥童奏曰："拿得叛党书、偃，请主公裁决！"厉公曰："此事与书、偃无与！"长鱼矫跪至晋侯膝前，密奏曰："栾、郤同功一体之人，荀偃又是郤锜部将，三郤被诛，栾、荀二氏必不自安，不久将有为郤氏复仇之事，主公今日不杀二人，朝中不得太平！"厉公曰："一朝而杀三卿，又波及他族，寡人不忍也！"乃恕书、偃无罪，还复原职。书、偃谢恩回家。长鱼矫叹曰："君不忍二人，二人将忍于君矣！"即时逃奔西戎去了。厉公重赏甲士，将三郤尸首，号令朝门，三日方听收葬。其郤氏之族，在朝为官者，姑免死罪，尽罢归田。以胥童为上军元帅，代郤锜之位，以夷羊五为新军元帅，代郤犨之位，以清沸魋为新军副将，代郤至之位，楚公子熊茷释放回国。胥童既在卿列，栾书、荀偃羞与同事，每每称病不出，胥童恃晋侯之宠，不以为意。

一日，厉公同胥童出游于嬖臣匠丽氏之家，家在太阴山之南，离绛城二十余里，三宿不归。荀偃私谓栾书曰："君之无道，子所知也。吾等称疾不朝，目下虽得苟安，他日胥童等见疑，复诬我等以怨望之名，恐三郤之祸，终不能免，不可不虑！"栾书曰："然则何如？"荀偃曰："大臣之道，社稷为重，君为轻。今百万之众，在子掌握，若行不测之事，别立贤君，谁敢不从？"栾书曰："事可必济乎？"荀偃曰："龙之在渊，没人不可窥也；及其离渊就陆，童子得而制之。君游于匠丽氏，三宿不返，此亦离渊之龙矣，尚何疑哉？"栾书叹曰："吾世代忠于晋家，今日为社稷存亡，出此不得已之计，后世必议我为弑逆，我亦不能辞矣！"乃商议忽称病愈，欲见晋侯议事，预使牙将程滑将甲士三百人，伏于太阴山之左右。

二人到匠丽氏谒见厉公，奏言："主公弃政出游，三日不归，臣民失望，臣等特来迎驾还朝！"厉公被强不过，只得起驾。胥童前导，书、偃后随，行至太阴山下，一声炮响，伏兵齐起。程滑先将胥童砍死，厉公大惊，从车上倒跌下来，书、偃吩咐甲士将厉公拿住，屯兵于太阴山下，囚厉公于军中。栾书曰："范、韩二氏，将来恐有异言，宜假君命以召之！"荀偃曰："善！"乃使飞车二乘，分召士匄、韩厥二将。使者至士匄之家，士匄问："主公召我何事？"使者不能答。匄曰："事可疑矣！"即遣心腹左右，打听韩厥行否，韩厥先以病辞。匄曰："智者所见略同也！"栾书见匄、厥俱不至，问荀偃："此事如何？"偃曰："子已骑虎背，尚欲下耶？"栾书点头会意，是夜，命程滑献鸩酒于厉公，公饮之而薨。即于军中殡殓，葬于翼城东门之外。士匄、韩厥骤闻君薨，一齐出城奔丧，亦不问君死之故。

　　葬事既毕，栾书集诸大夫共议立君。荀偃曰："三郤之死，胥童谤谓欲扶立孙周，此乃谶也。灵公死于桃园，而襄遂绝后，天意有在，当往迎之！"群臣皆喜。栾书乃遣荀罃如京师，迎孙周为君。周是时十四岁矣，生得聪颖绝人，志略出众。见荀罃来迎，问其备细，即日辞了单襄公，同荀罃归晋。行到地名清原，栾书、荀偃、士匄、韩厥一班卿大夫，齐集迎接。孙周开言曰："寡人羁旅他邦，且不指望还乡，岂望为君乎？但所贵为君者，以命令所自出也！若以名奉之，而不遵其令，不如无君矣！卿等肯用寡人之命，只在今日，如其不然，听卿等更事他人，孤不能拥空名于上，为州蒲之续也！"栾书等俱战栗，再拜曰："群臣愿得贤君而事，敢不从命！"既退，栾书谓诸臣曰："新君非旧比也，当以小心事之！"

　　孙周进了绛城，朝于太庙，嗣晋侯之位，是为悼公。即位之次日，即面责夷羊五、清沸魋等逢君于恶之罪，命左右推出朝门斩之，其族俱逐出境外。又将厉公之死，坐罪程滑，磔之于市。吓得栾书终夜不寐，次日，即告老致政，荐韩厥以自代。未几，惊忧成疾而卒。悼公素闻韩厥之贤，拜为中军元帅，以代栾书之位。

　　韩厥托言谢恩，私奏于悼公曰："臣等皆赖先世之功，得侍君左右。然先世之功，无有大于赵氏者：衰佐文公，盾佐襄公，俱能输忠竭悃，取威定伯。不幸灵公失政，宠信奸臣屠岸贾，谋杀赵盾，出奔仅免。灵公遭兵变，被弑于桃园，景公嗣立，复宠屠岸贾，岸贾欺赵盾已死，假称赵氏弑逆，追治其罪，灭绝赵宗，臣民愤怨，至今不平。天幸赵氏有遗孤赵武尚在，主公今日赏功罚罪，大修晋政，既已正夷羊五等之罚，岂可不追录赵氏之功乎？"悼公曰："此事寡人亦闻先人言之，今赵氏何在？"韩厥对曰："当时岸贾索赵氏孤儿甚急，赵之门客曰公孙杵臼、程婴，杵臼假抱遗孤，甘就诛戮，以脱赵武；程婴将武藏匿于盂山，今十五年矣！"悼公曰："卿可为寡人召之！"韩厥奏曰："岸贾尚在朝中，主公必须秘密其事！"悼公曰："寡人知之矣！"韩厥辞出宫门，亲自驾车，往迎赵武于盂山。程婴为御，当初从故绛城而出，今日从新绛城而入，城郭俱非，感伤不已。韩厥引赵武入内宫，朝见悼公，悼公匿于宫中，诈称有疾。

明日，韩厥率百官入宫问安，屠岸贾亦在。悼公曰："卿等知寡人之疾乎？只为功劳簿上有一件事不明，以此心中不快耳！"诸大夫叩首问曰："不知功劳簿上那一件不明？"悼公曰："赵衰、赵盾，两世立功于国家，安忍绝其宗祀？"众人齐声应曰："赵氏灭族，已在十五年前，今主公虽追念其功，无人可立。"悼公即呼赵武出来，遍拜诸将。诸将曰："此位小郎君何人？"韩厥曰："此所谓孤儿赵武也。向所诛赵孤，乃门客程婴之子耳！"屠岸贾此时魂不附体，如痴醉一般，拜伏于地上，不能措一词。悼公曰："此事皆岸贾所为，今日不族岸贾，何以慰赵氏冤魂于地下？"叱左右："将岸贾绑出斩首！"即命韩厥同赵武，领兵围屠岸贾之宅，无少长皆杀之。赵武请岸贾之首，祭于赵朔之墓。国人无不称快。潜渊咏史诗曰：

>岸贾当时灭赵氏，今朝赵氏灭屠家。
>只争十五年前后，怨怨仇仇报不差！

晋悼公既诛岸贾，即召赵武于朝堂，加冠，拜为司寇，以代岸贾之职。以前田禄，悉给还之。又闻程婴之义，欲用为军正。婴曰："始吾不死者，以赵氏孤未立也。今已复官报仇矣，岂可自贪富贵，令公孙杵臼独死？吾将往报杵臼于地下！"遂自刎而亡。赵武抚其尸痛哭，请于晋侯，殡殓从厚，与公孙杵臼同葬于云中山，谓之"二义"冢。赵武服齐衰三年，以报其德。有诗为证：

>阴谷深藏十五年，裤中儿报祖宗冤。
>程婴杵臼称双义，一死何须问后先！

再说悼公既立赵武，遂召赵胜于宋，复以邯郸畀之。又大正群臣之位，贤者尊之，能者使之，录前功，赦小罪，百官济济，各称其职。且说几个有名的官员：韩厥为中军元帅，士匄副之；荀罃为上军元帅，荀偃副之；栾黡为下军元帅，士鲂副之；赵武为新军元帅，魏相副之；祁奚为中军尉，羊舌职副之；魏绛为中军司马，张老为候奄，韩无忌掌公族大夫，士渥浊为太傅，贾辛为司空，栾纠为亲军戎御，荀宾为车右将军，程郑为赞仆，铎遏寇为舆尉，籍偃为舆司马。百官既具，大修国政，蠲逋薄敛，济乏省役，振废起滞，恤鳏惠寡，百姓大悦。宋、鲁诸国闻之，莫不来朝。惟有郑成公因楚王为他射损其目，感切于心，不肯事晋。

楚共王闻厉公被弑，喜形于色，正思为复仇之举。又闻新君嗣位，赏善罚恶，用贤图治，朝廷清肃，内外归心，伯业将复兴，不觉喜变为愁，即召群臣商议，要去扰乱中原，使晋不能成伯。令尹婴齐束手无策。公子壬夫进曰："中国惟宋爵尊国大，况其国介于晋、吴之间，今欲扰乱晋伯，必自宋始。今宋大夫鱼石、向为人、鳞朱、向带、鱼府五人，与右师华元相恶，见今出奔在楚。若资以兵力，用之伐宋，取得宋邑，即以封之，此以敌攻敌之计。晋若不救，则失诸侯矣；若救宋，必攻鱼石，我坐而观其成败，亦一策也。"共王乃用其谋，即命壬夫为大将，用鱼石等为向导，统大军伐宋。

不知胜负如何，且看下回分解。

第六十回
智武子分军肆敌,偪阳城三将斗力

话说周简王十三年夏四月,楚共王用右尹壬夫之计,亲统大军,同郑成公伐宋。以鱼石等五大夫为向导,攻下彭城,使鱼石等据之。留下三百乘,屯戍其地,共王谓五大夫曰:"晋方通吴,与楚为难,而彭城乃吴、晋往来之径。今留重兵助汝,进战则可以割宋国之封,退守亦可以绝吴、晋之使。汝宜用心任事,勿负寡人之托!"共王归楚。

是冬,宋平公使大夫老佐帅师围彭城,鱼石统戍卒迎战,为老佐所败。楚令尹婴齐闻彭城被围,引兵来救。老佐恃勇轻敌,深入楚军,中箭而亡。婴齐遂进兵侵宋,宋平公大惧,使右师华元至晋告急。韩厥言于悼公曰:"昔文公之伯,自救宋始,兴衰之机,在此一举,不可以不勤也!"乃大发使,征兵于诸侯。悼公亲统大将韩厥、荀偃、栾黡等,先屯兵于台谷。婴齐闻晋兵大至,乃班师归楚。

周简王十四年,悼公帅宋、鲁、卫、曹、莒、邾、滕、薛八国之兵,进围彭城。宋大夫向戍使士卒登轈车,向城上四面呼曰:"鱼石等背君之贼,天理不容!今晋统二十万之众,踩破孤城,寸草不留。汝等若知顺逆，何不擒逆贼来降？免使无辜被戮！"如此传呼数遍，彭城百姓闻之，皆知鱼石理亏，开门以纳晋师，时楚戍虽众，鱼石等不加优恤，莫肯效力。晋悼公入城，戍卒俱奔散。韩厥擒鱼石，栾黡、荀偃擒鱼府，宋向戌擒向为人、向带，鲁仲孙蔑擒鳞朱，各解到晋悼公处献功。悼公命将五大夫斩首，安置其族于河东壶丘之地，遂移师问罪于郑。楚右尹壬夫侵宋以救郑，诸侯之师还救宋，因各散归。

是年，周简王崩，世子泄心即位，是为灵王。灵王自始生时，口上便有髭须，故周人谓之髭王。髭王元年夏，郑成公疾笃，谓上卿公子䮐曰："楚君以救郑之故，矢及于目，寡人未之敢忘。寡人死后，诸卿切勿背楚！"嘱罢遂薨。公子䮐等奉世子髡顽即位，是为僖公。

晋悼公以郑人未服，大合诸侯于戚以谋之。鲁大夫仲孙蔑献计曰："郑地之险，莫如虎牢，且楚、郑相通之要道也！诚筑城设关，留重兵以逼之，郑必从矣！"楚降将巫臣献计曰："吴与楚一水相通，自臣往岁聘吴，约与攻楚，吴人屡次侵扰楚属，楚人苦之。今莫若更遣一介，导吴伐楚，楚东苦吴兵，安能北与我争郑乎？"晋悼公两从之。时齐灵公亦遣世子光，同上卿崔杼来会所，听晋之命。悼公乃合九路诸侯兵力，大墩虎牢，增置墩台，大国抽兵千人，小国五百三百，共守其地。郑僖公果然恐惧，始行成于晋，晋悼公乃还。时中军尉祁奚年七十余矣，告老致政。悼公问曰："孰可以代卿者？"奚对曰："莫如解狐。"悼公曰："闻解狐卿之仇也，何以举之？"奚对曰："君问可，非问臣之仇也。"悼公乃召解狐，未及拜官，狐已病死。悼公复问曰："解狐之外，更有何人？"奚对曰："其次莫如午。"悼公曰："午非卿之子耶？"奚对曰："君问可，非问臣之子也。"悼公曰:"今中军尉副羊舌职亦死,卿为我并择其代。"奚对曰:"职有二子,曰赤,曰肸,二人皆贤,惟君所用。"悼公从其言,以祁午为中军尉,羊舌赤副之,诸大夫无不悦服。

话分两头。再说巫臣之子巫狐庸,奉晋侯命,如吴见吴王寿梦,请兵伐楚。寿梦许之,使世子诸樊为将,治兵于江口,早有谍人报入楚国。楚令尹婴齐奏曰:"吴师从未至楚,若一次入境,后将复来,不如先期伐之。"共王以为然。婴齐乃大阅舟师,简精卒二万人,由大江袭破鸠兹,遂欲顺流而下。骁将邓廖进曰:"长江水溜,进易退难。小将愿率一军前行,得利则进,失利亦不至于大败。元帅屯兵于郝山矶,相机观变,可以万全。"婴齐然其策,乃选组甲三百人,被练袍者三千人,皆气强力大,一可当十者,大小舟共百艘,一声炮响,船头望东进发。早有哨船探知鸠兹失事,来报世子诸樊。诸樊曰:"鸠兹既失,楚兵必乘胜东下,宜预备之。"乃使公子夷昧帅舟师数十艘,于东西梁山诱敌。公子馀祭伏兵于采石港。邓廖兵过郝山矶,望梁山有兵船,奋勇前进。夷昧略战,即佯败东走。邓廖追过采石矶,遇诸樊大军,方接战,未十余合,采石港中炮声大振,馀祭伏兵从后夹攻,前后矢发如雨点。邓廖面中三矢,犹拔箭力战。夷昧乘艨艟大舰至,舰上俱精选勇士,以大枪乱捣敌船,船多覆溺。邓廖力尽被执,不屈而死。余军得逃者,惟组甲八十,被练甲者三百人而已。婴齐惧罪,方欲掩败为功,谁知吴世子诸樊乘胜,反进兵袭楚,婴齐大败而回,鸠兹仍复归吴。婴齐羞愤成疾,未至郢都,遂卒。史臣有诗云:

乘车射御教吴人,从此东方起战尘。
组甲成擒名将死,当年错着族巫臣。

共王乃进右尹壬夫为令尹。壬夫赋性贪鄙，索赂于属国。陈成公不能堪，乃使辕侨如请服于晋，晋悼公大合诸侯于鸡泽，再会诸侯于戚，吴子寿梦亦来会好，中国之势大振。楚共王怒失陈国，归罪于壬夫，杀之，用其弟公子贞字子囊者代为令尹。大阅师徒，出车五百乘伐陈。时陈成公午已薨，世子弱嗣位，是为哀公。惧楚兵威，复归附于楚。

晋悼公闻之大怒，欲起兵与楚争陈，忽报无终国君嘉父，遣大夫孟乐至晋，献虎豹之皮百个。奏言："山戎诸国，自齐桓公征服，一向平靖。近因燕、秦微弱，山戎窥中国无伯，复肆侵掠。寡君闻晋君精明，将绍桓文之业，因此宣晋威德，诸戎情愿受盟。因此寡君遣微臣奉闻，惟赐定夺。"悼公集诸将商议，皆曰："戎狄无亲，不如伐之。昔者，齐桓公之伯，先定山戎，后征荆楚，正以豺狼之性，非兵威不能制也。"司马魏绛独曰："不可。今诸侯初合，大业未定，若兴兵伐戎，楚兵必乘虚而生事，诸侯必叛晋而朝楚。夫夷狄，禽兽也；诸侯，兄弟也。今得禽兽而失兄弟，非策也。"悼公曰："戎可和乎？"魏绛对曰："和戎之利有五：戎与晋邻，其地多旷，贱土贵货，我以货易土，可以广地，其利一也；侵掠既息，边民得安意耕种，其利二也；以德怀远，兵车不劳，其利三也；戎狄事晋，四邻震动，诸侯畏服，其利四也；我无北顾之忧，得以专意于南方，其利五也。有此五利，君何不从？"悼公大悦，即命魏绛为和戎之使，同孟乐先至无终国，与国王嘉父商议停当。嘉父乃号召山戎诸国，并至无终，歃血定盟："方今晋侯嗣伯，主盟中华，诸戎愿奉约束，捍卫北方，不侵不叛，各保宁宇，如有背盟，天地不佑！"诸戎受盟，各各欢喜，以土宜献魏绛，绛分毫不受。诸戎相顾曰："上国使臣，廉洁如此！"倍加敬重。魏绛以盟约回报悼公,悼公大悦。

时楚令尹公子贞已得陈国,又移兵伐郑。因虎牢有重兵戍守,不走氾水一路,却由许国望颍水而来。郑僖公髡顽大惧,集六卿共议。那六卿公子骈字子驷、公子发字子国、公子嘉字子孔,三位俱穆公之子,于僖公为叔祖辈;公孙辄字子耳,乃公子去疾之子;公孙虿字子蟜,乃公子偃之子,公孙舍之字子展,乃公子喜之子,三位俱穆公之孙,袭父爵为卿,为僖公为叔辈。这六卿都是尊行,素执郑政。僖公髡顽心高气傲,不甚加礼,以此君臣积不相能,上卿公子骈尤为枘凿。今日会议之际,僖公主意,欲坚守以待晋救。公子骈开言曰:"谚云'远水岂能救近火',不如从楚。"僖公曰:"从楚则晋师又至,何以当之?"公子骈对曰:"晋与楚谁怜我者?我亦何择于二国?惟强者则事之!今后请以牺牲玉帛待于境外,楚来则盟楚,晋来则盟晋。两雄并争必有大屈,强弱既分,吾因择强者而庇民焉,不亦可乎?"僖公不从其计,曰:"如驷言,郑朝夕待盟,无宁岁矣!"欲遣使求援于晋,诸大夫惧违公子骈之意,莫肯往者。僖公发愤自行,是夜宿于驿舍。公子骈使门客伏而刺之,托言暴疾,立其弟嘉为君,是为简公。使人报楚曰:"从晋皆髡顽之意,今髡顽已死,愿听盟罢兵!"楚公子贞受盟而退。

晋悼公闻郑复从楚,乃问于诸大夫曰:"今陈、郑俱叛,伐之何先?"荀罃对曰:"陈国小地偏,无益于成败之数;郑为中国之枢,自来图伯,必先服郑。宁失十陈,不可失一郑也!"韩厥曰:"子羽识见明决,能定郑者必此人,臣力衰智耄,愿以中军斧钺让之。"悼公不许,厥坚请不已,乃从之。韩厥告老致政,荀罃遂代为中军元帅,统大军伐郑。兵至虎牢,郑人请盟,荀罃许之,比及晋师反旆,楚共王亲自伐郑,复取成而归。悼公大怒,问于诸大夫曰:

"郑人反覆，兵至则从，兵撤复叛，今欲得其坚附，当用何策？"荀罃献计曰："晋所以不能收郑者，以楚人争之甚力也。今欲收郑，必先敝楚；欲敝楚，必用'以逸待劳'之策。"悼公曰："何谓'以逸待劳'之策？"荀罃对曰："兵不可以数动，数动则疲，诸侯不可以屡勤，屡勤则怨。内疲而外怨，以此御楚，臣未见其胜也。臣请举四军之众，分而为三，将各国亦分派配搭。每次只用一军，更番出入，楚进则我退，楚退则我复进，以我之一军，牵楚之全军。彼求战不得，求息又不得，我无暴骨之凶，彼有道涂之苦，我能亟往，彼不能亟来，如是而楚可疲，郑可固也！"悼公曰："此计甚善！"即命荀罃治兵于曲梁，三分四军，定更番之制。

荀罃登坛出令，坛上竖起一面杏黄色大旆，上写"中军元帅智"。他本荀氏，为何却写"智"字？因荀罃、荀偃叔侄同为大将，军中一姓，嫌无分别，罃父荀首食采于智，偃父荀庚自晋作三行时，曾为中行将军，故又以智氏、中行氏别之。自此荀罃号为智罃，荀偃号为中行偃，军中耳目，就不乱了。这都是荀罃的法度，坛下分立三军：第一军，上军元帅荀偃，副将韩起，鲁、曹、邾三国以兵从，中军副将范匄接应；第二军，下军元帅栾黡，副将士鲂，齐、滕、薛三国以兵从，中军上大夫魏颉接应；第三军，新军元帅赵武，副将魏相，宋、卫、郳三国以兵从，中军下大夫荀会接应。荀罃传令：第一次上军出征，第二次下军出征，第三次新军出征，中军兵将，分配接应，周而复始。但取盟约归报，便算有功，更不许与楚兵交战。

公子杨干乃悼公之同母弟，年方一十九岁，新拜中军戎御之职，血气方刚，未经战阵，闻得治兵伐郑，磨拳擦掌，巴不得独当一队，立刻上前厮杀，不见智罃点用，心中一股锐气，按捺不住，遂自请为先锋，愿效死力。智䓨曰："吾今日分军之计，只要速进速退，不以战胜为功。分派已定，小将军虽勇，无所用之。"杨干固请自效，荀䓨曰："既小将军坚请，权于荀大夫部下接应新军。"杨干又道："新军派在第三次出征，等待不及，求拨在第一军部下！"智䓨不从，杨干恃自家是晋侯亲弟，径将本部车卒，自成一队，列于中军副将范匄之后。司马魏绛奉将令整肃行伍，见杨干越次成列，即鸣鼓告于众曰："杨干故违将令，乱了行伍之序，论军法本该斩首，念是晋侯亲弟，姑将仆御代戮，以肃军政。"即命军校擒其御车之人斩之，悬首坛下，军中肃然。

　　杨干素骄贵自恣，不知军法。见御人被戮，吓得魂不附体，十分惧怕中，又带了三分羞、三分恼，当下驾车驰出军营，径奔晋悼公之前，哭拜于地，诉说魏绛如此欺负人，无颜见诸将之面。悼公爱弟之心，不暇致详，遂怫然大怒曰："魏绛辱寡人之弟，如辱寡人，必杀魏绛，不可纵也！"乃召中军尉副羊舌职往取魏绛。羊舌职入宫见悼公曰："绛志节之士，有事不避难，有罪不避刑，军事已毕，必当自来谢罪，不须臣往。"顷刻间，魏绛果至，右手仗剑，左手执书，将入朝待罪。至午门，闻悼公欲使人取己，遂以书付仆人，令其中奏，便欲伏剑而死。只见两位官员，喘吁吁的奔至，乃是下军副将士鲂、主候大夫张老，见绛欲自刎，忙夺其剑曰："某等闻司马入朝，必为杨公子之事，所以急趋而至。欲合词禀闻主公，不识司马为何轻生如此？"魏绛具说晋侯召羊舌大夫之意。二人曰："此乃国家公事，司马奉法无私，何必自丧其身？不须令仆上书，某等愿代为启奏！"三人同至宫门，士鲂、张老先入，请见悼公，呈上魏绛之书，悼公启而览之，略云：

君不以臣为不肖，使承中军司马之职。臣闻："三军之命，系于元帅；元帅之权，在乎命令。"有令不遵，有命不用，此河曲之所以无功，邲城之所以致败也。臣戮不用命者，以尽司马之职。臣自知上触介弟，罪当万死！请伏剑于君侧，以明君侯亲亲之谊。

悼公读罢其书，急问士鲂、张老曰："魏绛安在？"鲂等答曰："绛惧罪欲自杀，臣等力止之，见在宫门待罪。"悼公悚然起席，不暇穿履，遂跣足步出宫门，执魏绛之手，曰："寡人之言，兄弟之情也；子之所行，军旅之事也。寡人不能教训其弟，以犯军刑，过在寡人，于卿无与。卿速就职！"羊舌职在旁大声曰："君已恕绛无罪，绛宜退。"魏绛乃叩谢不杀之恩，羊舌职与士鲂、张老，同时稽首称贺曰："君有奉法之臣如此，何患伯业不就？"四人辞悼公一齐出朝。悼公回宫，大骂杨干："不知礼法，几陷寡人于过，杀吾爱将！"使内侍押往公族大夫韩无忌处，学礼三月，方许相见。杨干含羞，郁郁而去。髯翁有诗云：

军法无亲敢乱行，中军司马面如霜。
悼公伯志方磨砺，肯使忠臣剑下亡？

智䂮定分军之令，方欲伐郑，廷臣传报："宋国有文书到来。"悼公取览，乃是楚、郑二国相比，屡屡兴兵，侵掠宋境，以偪阳为东道，以此告急。上军元帅荀偃请曰："楚得陈、郑而复侵宋，意在与晋争伯也。偪阳为楚伐宋之道，若兴师先向偪阳，可一鼓而下。前彭城之围，宋向戌有功，因封之以为附庸，使断楚道，亦一策也。"智罃曰:"偪阳虽小,其城甚固,若围而不下,必为诸侯所笑!"中军副将士匄曰:"彭城之役,我方伐郑,楚则侵宋以救之;虎牢之役,我方平郑,楚又侵宋以报之。今欲得郑,非先为固宋之谋不可,偃言是也!"荀罃曰:"二子能料偪阳必可灭乎?"荀偃、士匄同声应曰:"都在小将二人身上,如若不能成功,甘当军令!"悼公曰:"伯游倡之,伯瑕助之,何忧事不济乎?"乃发第一军往攻偪阳,鲁、曹、邾三国皆以兵从。偪阳大夫妘斑献计曰:"鲁师营于北门,我伪启门出战,其师必入攻,俟其半入,下悬门以截之。鲁败,则曹、邾必惧,而晋之锐气亦挫矣!"偪阳子用其计。

却说鲁将孟孙蔑率其部将叔梁纥、秦堇父、狄虒弥等攻西门,只见悬门不闭,堇父同虒弥恃勇先进,叔梁纥继之。忽闻城上豁喇一声,将悬门当着叔梁纥头顶上放将下来,纥即投戈于地,举双手把悬门轻轻托起,后军就鸣金起来。堇父、狄虒弥二将,恐后队有变,急忙回身。城内鼓角大振,妘斑引着大队人车,尾后追逐。望见一大汉,手托悬门,以出军将。妘斑大骇,想道:"这悬门自上放下,不是千斤力气,怎抬得住?若闯出去,反被他将门放下,可不利害!"且自停车观望。叔梁纥待晋军退尽,大叫道:"鲁国有名上将叔梁纥在此。有人要出城的,趁我不曾放手,快些出去!"城中无人敢应。妘斑弯弓搭箭,方欲射之,叔梁纥把双手一掀,就势撒开,那悬门便落了闸口。纥回至本营,谓堇父、狄虒弥曰:"二位将军之命,悬于我之两腕也!"堇父曰:"若非鸣金,吾等已杀入偪阳城,成其大功矣!"狄虒弥曰:"只看明日,我要独攻偪阳,显得鲁人本事!"

至次日,孟孙蔑整队向城上搦战,每百人为一队。狄虒弥曰:"我不要人帮助,只单身自当一队足矣!"乃取大车轮一个,以坚甲蒙之，紧紧束缚，左手执以为橹，右握大戟，跳跃如飞。偪阳城上，望见鲁将施逞勇力，乃悬布于城下，叫曰："我引汝登城，谁人敢登，方见真勇！"言犹未已，鲁军队中一将出应曰："有何不敢！"此将乃秦堇父也。即以手牵布，左右更换，须臾盘至城堞。偪阳人以刀割断其布，堇父从半空中蹋将下来。偪阳城高数仞，若是别人，这一跌，纵然不死，也是重伤，堇父全然不觉。城上布又垂下，问道："再敢登么？"堇父又应曰："有何不敢！"手借布力，腾身复上，又被偪阳人断布扑地，又一大跌。才爬起来，城上布又垂下，问道："还敢不敢？"堇父声愈厉，答曰："不敢不算好汉！"挽布如前。偪阳人看见堇父再坠再登，全无畏惧，倒着了忙，急割布时，已被堇父捞着一人，望城下一摔，跌个半熟，堇父亦随布坠下，反向城上叫道："你还敢悬布否？"城上应曰："已知将军神勇，不敢复悬矣！"堇父遂取断布三截，遍示诸队，众人无不吐舌！孟孙蔑叹曰："诗云：'有力如虎。'此三将足当之矣。"

妘斑见鲁将凶猛，一个赛一个，遂不敢出战，盼咐军民竭力固守。各军自夏四月丙寅日围起，至五月庚寅，凡二十四日，攻者已倦，应者有余。忽然天降大雨，平地水深三尺，军中惊恐不安。荀偃、士匄虑水患生变，同至中军来禀智罃，欲求班师。

不知智罃肯听从否，再看下回分解。

第六十一回
晋悼公驾楚会萧鱼，孙林父因歌逐献公

话说晋及诸侯之兵，围了偪阳城二十四日，攻打不下，忽然天降大雨，平地水深三尺，荀偃、士匄二将虑军心有变，同至中军来禀智䓨曰："本意谓城小易克，今围久不下，天降大雨，又时当夏令，水潦将发，洀水在西，薛水在东，漷水在东北，三水皆与泗水相通，万一连雨不止，三水横溢，恐班师不便。不如暂归，以俟再举。"智䓨大怒，取所凭之几，向二将掷之，骂曰："老夫可曾说来，'城小而固，未易下也'，竖子自任可灭，在晋侯面前，一力承当，牵帅老夫，至于此地！攻围许久，不见尺寸之效，偶然天雨，便欲班师。来由得你，去由不得你。今限汝七日之内，定要攻下偪阳。若还无动，照军令状斩首！速去！勿再来见！"二将吓得面如土色，喏喏连声而退。谓本部军将曰："元帅立下严限，七日若不能破贼，必取吾等之首，今我亦与尔等立限，六日不能破城，先斩汝等，然后自刎，以申军法！"众将皆面面相觑。偃、匄曰："军中无戏言！吾二人当亲冒矢石，昼夜攻之，有进无退。"约会鲁、曹、邾三国，一齐并力。时水势稍退，偃、匄乘辇车，身先士卒，城上矢石如雨，

全然不避。自庚寅日攻起,至甲午日,城中矢石俱尽。荀偃附堞先登,士匄继之,各国军将,亦乘势蚁附而上。妘斑巷战而死。智䓖入城,偪阳君率群臣迎降于马首。智䓖尽收其族,留于中军。计攻城至城破之日,才五日耳。若非智䓖发怒,此举无功矣。髯翁有诗云:

仗钺登坛无地天,偏裨何事敢侵权?
一人投机三军惧,不怕隆城铁石坚。

时悼公恐偪阳难下,复挑选精兵二千人,前来助战。行至楚丘,闻智䓖已成大功,遂遣使至宋,以偪阳之地封宋向戌,向戌同宋平公亲至楚丘来见晋侯。向戌辞不受封,悼公乃归地于宋公。宋、卫二君,各设享款待晋侯。智䓖述鲁三将之勇,悼公各赐车服,乃归。悼公以偪阳子助楚,废为庶人,选其族人之贤者,以主妘姓之祀,居于霍城。其秋,荀会卒,悼公以魏绛能执法,使为新军副将,以张老为司马。

是冬,第二军伐郑,屯于牛首,复添虎牢之戍。适郑人尉止作乱,杀公子骈、公子发、公孙辄于西宫之朝。骈之子公孙夏,字子西,发之子公孙侨,字子产,各帅家甲攻贼,贼败走北宫。公孙虿亦率众来助,遂尽诛尉止之党,立公子嘉为上卿。栾黡请曰:"郑方有乱,必不能战,急攻之可拔也。"智䓖曰:"乘乱不义。"命缓其攻。公子嘉使人行成,智䓖许之。比及楚公子贞来救郑,则晋师已尽退矣。郑复与楚盟。《传》称:"晋悼公三驾服楚。"此乃"三驾"之一。周灵王九年事也。

明年夏,晋悼公以郑人未服,复以第三军伐郑。宋向戌之兵,先至东门,卫上卿孙林父帅师同邾人屯于北鄙,晋新军元帅赵武等,营于西郊之外,荀䓨帅大军自北林而西,扬兵于郑之南门,约会各路军马,同日围郑。郑君臣大惧,又遣使行成。荀䓨又许之,乃退师于宋地。郑简公亲至亳城之北,大犒诸军,与荀䓨等歃血为盟,晋、宋各军方散。此乃"三驾"之二。

楚共王大怒,使公子贞往秦借兵,约共伐郑。时秦景公之妹,嫁为楚王夫人,两国有姻好,乃使大将嬴詹帅车三百乘助战。共王亲帅大军,望荥阳进发,曰:"此番不灭郑,誓不班师!"

却说郑简公自亳城北盟晋而归,逆知楚军旦暮必至,大集群臣计议。诸大夫皆曰:"方今晋势强盛,楚不如也。但晋兵来甚缓,去甚速,两国未尝见个雌雄,所以交争不息。若晋肯致死于我,楚力不逮,必将避之,从此可专事于晋矣!"公孙舍之献策曰:"欲晋致死于我,莫如怒之。欲激晋之怒,莫如伐宋。宋与晋最睦,我朝伐宋,晋夕伐我。晋能骤来,楚必不能,我乃得有词于楚也。"诸大夫皆曰:"此计甚善!"正计议间,谍入探得楚国借兵于秦的消息来报。公孙舍之喜曰:"此天使我事晋也!"众人不解其意。舍之曰:"秦、楚交伐,郑必重困。乘其未入境,当往迎之,因导之使同伐宋国。一则免楚之患,二则激晋之来,岂非一举两得!"

郑简公从其谋,即命公孙舍之乘单车星夜南驰。渡了颍水,行不一舍,正遇楚军,公孙舍之下车拜伏于马首之前。楚共王厉色问曰:"郑反覆无信,寡人正来问罪,汝来却是何意?"舍之奏曰:"寡君怀大王之德,畏大王之威,所愿终身宇下,岂敢离邊?无奈晋人暴虐,与宋合兵,侵扰无已。寡君惧社稷颠覆,不能事君,姑与之和,以退其师。晋师既退,仍是大王贡献之邑也。恐大王未鉴敝邑之诚,特遣下臣奉迎,布其心腹。大王若能问罪于宋,寡君愿执鞭为前部，稍效犬马，以明誓不相背之意。"共王回嗔作喜曰："汝君若从寡人伐宋，寡人又何说乎？"舍之又奏曰："下臣束装之日，寡君已悉索敝赋，俟大王于东鄙，不敢后也。"共王曰："虽然如此，但秦庶长约在荥阳城下相会，须与同事方可。"舍之复奏曰："雍州辽远，必越晋过周，方能至郑。大王遣一介之使，犹可及止。以大王之威，楚兵之劲，何必借助于西戎哉？"共王悦其言，果使人辞谢秦师，遂同公孙舍之东行。及有莘之野，郑简公帅师来会，遂同伐宋国，大掠而还。

宋平公遣向戌如晋，诉告楚、郑连兵之事。悼公果然大怒，即日便欲兴师。此番又轮该第一军出征了。智罃进曰："楚之借师于秦者，正以连年奔走道路，不胜其劳也。我一岁而再伐，楚其能复来乎？此番得郑必矣！当示以强盛之形，坚其归志。"悼公曰："善。"乃大合宋、鲁、卫、齐、曹、莒、邾、滕、薛、杞、小邾各国，一齐至郑，观兵于郑之东门，一路俘获甚众。此师乃"三驾"之三也。

郑简公谓公孙舍之曰："子欲激晋之怒，使之速来。今果至矣，为之奈何？"舍之对曰："臣请一面求成于晋，一面使人请救于楚。楚兵若能亟来，必当交战，吾择其胜者而从之。若楚不能至，吾受晋盟，因以重赂结晋，晋必庇我，又何楚之足患乎？"简公以为然。乃使大夫伯骈行成于晋，使公孙良霄、太宰石㚟如楚告曰："晋师又至郑矣，从者十一国，兵势甚盛，郑亡已在旦夕。君王若能以兵威慑晋，孤之愿也；不然，孤惧社稷不保，不得不即安于晋，惟君王怜之，恕之！"楚共王大怒，召公子贞问计。公子贞曰："我兵乍归，喘息未定，岂能复发？姑让郑于晋，后取之，何患无日？"共王余怒未平，乃囚良霄、石㚟于军府，不放归国。髯仙有诗云：

楚晋争锋结世仇，晋兵迭至楚兵休。
行人何罪遭拘执？始信分军是善谋。

时晋军营于萧鱼，伯骈来至晋军，悼公召入，厉声问曰："汝以行成哄我，已非一次矣。今番莫非又是缓兵之计？"伯骈叩首曰："寡君已别遣行人先告绝于楚，敢有二心乎？"悼公曰："寡人以诚信待汝，汝若再怀反覆，将犯诸侯之公恶，岂独寡人？汝且回去，与汝君商议详确，再来回话。"伯骈又奏曰："寡君熏沐而遣下臣，实欲委国于君侯，君侯勿疑。"悼公曰："汝意既决，交盟可也。"乃命新军元帅赵武，同伯骈入城，与郑简公歃血订盟。简公亦遣公孙舍之随赵武出城，与悼公要约。

是冬十二月，郑简公亲入晋军，与诸侯同会，因请受歃。悼公曰："交盟已在前矣，君若有信，鬼神鉴之，何必再歃？"乃传令："将一路俘获郑人，悉解其缚，放归本国。禁诸军不得犯郑国分毫，如有违者，治以军法！虎牢戍兵，尽行撤去，使郑人自为守望。"诸侯皆谏曰："郑未可恃也。倘更有反覆，重复设戍难矣。"悼公曰："久劳苦诸国将士，恨无了期。今当与郑更始，委以腹心，寡人不负郑，郑其负寡人乎？"乃谓郑简公曰："寡人知尔苦兵，欲相与休息。今后从晋从楚，出于尔心，寡人不强。"简公感激流涕曰："伯君以至诚待人，虽禽兽可格，况某犹人类，敢忘覆庇？再有异志，鬼神必殛！"简公辞去。

明日，使公孙舍之献赂为谢：乐师三人，女乐十六人，歌钟三十二枚，镈磬相副，针指女工三十人，辂车、广车共十五乘，他兵车复百乘，甲兵俱备。悼公受之。以女乐八人、歌钟十二赐魏绛，曰："子教寡人和诸戎狄，以正诸华。诸侯亲附，如乐之和，愿与子同此乐也！"又以兵车三分之一，赐智罃曰："子教寡人分军敌楚，今郑人获成，皆子之功！"绛、罃二将，皆顿首辞曰："此皆仗君之灵，与诸侯之劳，臣等何力之有？"悼公曰："微二卿，寡人不能至此，卿勿固却！"乃皆拜受。于是十二国车马同日班师。悼公复遣使行聘各国，谢其向来用师之劳，诸侯皆悦。自此郑国专心归晋，不敢萌二三之念矣。史臣有诗云：

郑人反覆似猱狙，晋伯偏将诈力锄。
二十四年归宇下，方知忠信胜兵戈。

时秦景公伐晋以救郑，败晋师于栎，闻郑已降晋，乃还。

明年，为周灵王十一年，吴子寿梦病笃，召其四子诸樊、馀祭、夷昧、季札至床前，谓曰："汝兄弟四人，惟札最贤，若立之，必能昌大吴国。我一向欲立为世子，奈札固辞不肯。我死之后，诸樊传馀祭，馀祭传夷昧，夷昧传季札，传弟不传孙，务使季札为君，社稷有幸。违吾命者，即为不孝，上天不祐。"言讫而绝。诸樊让国于季札曰："此父志也！"季札曰："弟辞世子之位于父生之日，肯受君位于父死之后乎？兄若再逊，弟当逃之他国矣！"诸樊不得已，乃宣明次传之约，以父命即位。晋悼公遣使吊贺，不在话下。

又明年，为周灵王十二年，晋将智罃、士鲂、魏相相继而卒。悼公复治兵于绵山，欲使士匄将中军，匄辞曰："伯游长！"乃使中行偃代智罃之任，士匄为副。又欲使韩起将上军，起曰："臣不如赵武之贤！"乃使赵武代荀偃之任，韩起为副。栾黡将下军如故，魏绛为副。其新军尚无帅，悼公曰："宁可虚位以待人，不可以人而滥位!"乃使其军吏,率官属卒乘,以附于下军。诸大夫皆曰:"君之慎于名器如此!"乃各修其职,弗敢懈怠。晋国大治,复兴文、襄之业。未几,废新军并入三军,以守侯国之礼。

是年秋九月,楚共王审薨,世子昭立,是为康王。吴王诸樊命大将公子党帅师伐楚。楚将养繇基迎敌,射杀公子党,吴师败还。诸樊遣使告败于晋,悼公合诸侯于向以谋之。晋大夫羊舌肸进曰:"吴伐楚之丧,自取其败,不足恤也。秦、晋邻国,世有姻好,今附楚救郑,败我师于栎,此宜先报。若伐秦有功,则楚势益孤矣。"悼公以为然。使荀偃率三军之众,同鲁、宋、齐、卫、郑、曹、莒、邾、滕、薛、杞、小邾十二国大夫伐秦。晋悼公待于境上。秦景公闻晋师将至,使人以毒药数囊,沉于泾水之上流。鲁大夫叔孙豹同莒师先济,军士饮水中毒,多有死者。各军遂不肯济。郑大夫公子蛸谓卫大夫北宫括曰:"既已从人,敢观望乎?"公子蛸帅郑师渡泾,北宫括继之。于是诸侯之师皆进,营于棫林。谍报:"秦军相去不远!"荀偃令各军:"鸡鸣驾车,视我马首所向而行!"下军元帅栾黡,素不服中行偃,及闻令,怒曰:"军旅之事,当集众谋,即使偃能独断,亦宜明示进退,乌有使三军之众,视其马首者。我亦下军之帅也,我马首欲东!"遂帅本部东归,副将魏绛曰:"吾职在从帅,不敢俟中行伯矣!"亦随栾黡班师。早有人报知中行偃,偃曰:"出令不明,吾实有过。令既不行,何望成功?"乃命诸侯之师,各归本国,晋师亦还。时栾鍼为下军戎右,独不肯归,谓范匄之子范鞅曰:"今日之役,本为报秦,若无功而返,是益耻也。吾兄弟二人,并在军中,岂可一时皆返?子能与我同赴秦师乎?"范鞅曰:"子以国耻为念,鞅敢不从!"乃各引本部驰入秦军。

却说秦景公引大将嬴詹及公子无地，帅车四百乘，离棫林五十里安营，正遣人探听晋兵进止，忽见东角尘头起处，一彪车马飞来，急使公子无地率军迎敌。栾鍼奋勇上前，范鞅助之，连刺杀甲将十余人。秦军披靡欲走，望其后军无继，复鸣鼓合兵围之。范鞅曰："秦兵势大，不可当也！"栾鍼不听。嬴詹大军又到，栾鍼复手杀数人，身中七箭，力尽而死。范鞅脱甲，乘单车疾驰得免。栾黡见范鞅独归，问曰："吾弟何在？"鞅曰："已没于秦军矣！"黡大怒，拔戈直刺范鞅。鞅不敢相抗，走入中军。黡随后赶到，鞅避去。其父范匄迎谓曰："贤婿何怒之甚也？"黡妻栾祁，乃范匄之女，故以婿呼之。黡怒气勃勃，不能制，大声答曰："汝子诱吾弟同入秦师，吾弟战死，而汝子生还，是汝子杀吾弟也。汝必逐鞅，犹可恕，不然，我必杀鞅，以偿吾弟之命！"范匄曰："此事老夫不知也，今当逐之！"范鞅闻其语，遂从幕后出奔秦国。秦景公问其来意，范鞅叙述始末。景公大喜，待以客卿之礼。一日，问曰："晋君何如人？"对曰："贤君也，知人而善任。"又问："晋大夫谁最贤？"对曰："赵武有文德，魏绛勇而不乱，羊舌肸习于《春秋》，张老笃信有智，祁午临事镇定，臣父匄能识大体，皆一时之选。其他公卿，亦皆习于令典，克守其官，鞅未敢轻议也。"景公又曰："然则晋大夫中，何人先亡？"鞅对曰："栾氏将先亡。"景公曰："岂非以汰侈故乎？"范鞅曰："栾黡虽汰侈，犹可及身，其子盈必不免。"景公曰："何故？"鞅对曰："栾武子恤民爱士，人心所归，故虽有弑君之恶，而国中不以为非，戴其德也。思召公者，爱及甘棠，况其子乎？黡若死，盈之善未能及人，而武之德已远，修黡之怨者，必此时矣。"景公叹曰："卿可谓知存亡之故者也！"乃因范鞅而通于范匄，使庶长武聘晋，以修旧好，并请复范鞅之位。悼公从之，范鞅

归晋。悼公以鞅及栾盈并为公族大夫,且谕栾黡勿得修怨。自此秦、晋通和,终春秋之世,不相加兵。有诗为证:

> 西邻东道世婚姻,一旦寻仇斗日新。
> 玉帛既通兵革偃,从来好事是和亲。

是年,栾黡卒,子栾盈代为下军副将。

话分两头。却说卫献公名衎,自周简王十年,代父定公即位。因居丧不戚,其嫡母定姜,逆知其不能守位,屡屡规谏,献公不听。及在位,日益放纵,所亲者无非逸谄面谀之人,所喜者不过鼓乐田猎之事。自定公之世,有同母弟公子黑肩,怙宠专政。黑肩之子公孙剽,嗣父爵为大夫,颇有权略。上卿孙林父、亚卿宁殖,见献公无道,皆与剽结交。林父又暗结晋国为外援,将国中器币宝货,尽迁于戚,使妻子居之。献公疑其有叛心,一来形迹未著,二来畏其强家,所以含忍不发。

忽一日,献公约孙、宁二卿共午食。二卿皆朝服待命于门,自朝至午,不见使命来召,宫中亦无一人出来,二卿心疑。看看日斜,二卿饥困已甚,乃叩宫门请见。守阍内侍答曰:"主公在后囿演射,二位大夫若要相见,可自往也。"孙、宁二人心中大怒,乃忍饥径造后囿,望见献公方戴皮冠,与射师公孙丁较射。献公见孙、宁二人近前,不脱皮冠,挂弓于臂而见之,问:"二卿今日来此何事?"孙、宁二人齐声答曰:"蒙主公约共午食,臣等伺候至今,腹且馁矣。恐违君命,是以来此。"献公曰:"寡人贪射,偶尔忘之。二卿且退,俟改日再约可也。"言罢,适有鸿雁飞鸣而过,献公谓公孙丁曰:"与尔赌射此鸿。"孙、宁二人含羞而退。林父曰:"主公耽于游戏,狎近群小,全无敬礼大臣之意,我等将来必不免于祸,如何?"宁殖曰:"君无道,止自祸耳,安能祸人?"林父曰:"我意欲奉公孙剽为君,子以为何如?"宁殖曰:"此举甚当,你我相机而动便了。"言罢各别。

林父回家,饭毕,连夜径往戚邑,密唤家臣庾公差、尹公佗等,整顿家甲,为谋叛之计。遣其长子孙蒯,往见献公,探其口气。孙蒯至卫,见献公于内朝,假说:"臣父林父,偶染风疾,权且在河上调理,望主公宽宥。"献公笑曰:"尔父之疾,想因过饿所致,寡人今不敢复饿子。"命内侍取酒相待,唤乐工歌诗侑酒。太师请问:"歌何诗?"献公曰:"《巧言》之卒章,颇切时事,何不歌之?"太师奏曰:"此诗语意不佳,恐非欢宴所宜。"师曹喝曰:"主公要歌便歌,何必多言!"原来师曹善于鼓琴,献公使教其嬖妾,嬖妾不率教,师曹鞭之十下,妾泣诉于献公,献公当嬖妾之前,鞭师曹三百,师曹怀恨在心,今日明知此诗不佳,故意欲歌之,以激孙蒯之怒。遂长声而歌曰:

彼何人斯,居河之糜?
无拳无勇,职为乱阶。

献公的主意,因孙林父居于河上,有叛乱之形,故借歌以惧之。孙蒯闻歌,坐不安席,须臾辞去。献公曰:"适师曹所歌,子与尔父述之。尔父虽在河上,动息寡人必知。好生谨慎,将息病体。"孙蒯叩头,连声"不敢"而退。回戚,述于林父。林父曰:"主公忌我甚矣,我不可坐而待死。大夫蘧伯玉,卫之贤者,若得彼同事,无不济矣!"乃私至卫,往见蘧瑗曰:"主公暴虐,子所知也。恐有亡国之事，将若之何？"瑗对曰："人臣事君，可谏则谏，不可谏则去之，他非瑗所知矣！"林父度瑗不可动，遂别去。瑗即日逃奔鲁国。

林父聚徒众于丘宫，将攻献公。献公惧，遣使至丘宫，与林父讲和。林父杀之。献公使视宁殖，已戒车将应林父矣。乃召北宫括，括推病不出。公孙丁曰："事急矣！速出奔，尚可求复。"献公乃集宫甲约二百余人为一队，公孙丁挟弓矢相从，启东门而出，欲奔齐国。孙蒯、孙嘉兄弟二人，引兵追及于河泽，大杀一阵，二百余名宫甲，尽皆逃散，存者仅十数人而已。赖得公孙丁善射，矢无虚发，近者辄中箭而死，保着献公，且战且走。二孙不敢穷追而返。才回不上三里，只见庾公差、尹公佗二将引兵而至，言："奉相国之命，务取卫侯回报。"孙蒯、孙嘉曰："有一善箭者相随，将军可谨防之！"庾公差曰："得非吾师公孙丁乎？"原来尹公佗学射于庾公差，公差又学射于公孙丁，三人是一线传授，彼此皆知其能。尹公佗曰："卫侯前去不远，姑且追之。"约驰十五里，赶着了献公。因御人被伤，公孙丁在车执辔，回首一望，远远的便认得是庾公差了，谓献公曰："来者是臣之弟子，弟子无害师之事，主公勿忧。"乃停车待之。庾公差既到，谓尹公佗曰："此真吾师也。"乃下车拜见。公孙丁举手答之，麾之使去。庾公差登车曰："今日之事，各为其主。我若射，则为背师；若不射，则又为背主。我如今有两尽之道。"乃抽矢叩轮，去其镞，扬声曰："吾师勿惊！"连发四矢，前中轼，后中轸，左右中两旁，单单空着君臣二人，分明显个本事，卖个人情的意思。庾公差射毕，叫声："师傅保重！"喝教回车。公孙丁亦引辔而去。尹公佗先遇献公，本欲逞艺，因庾公差是他业师，不敢自专，回至中途，渐渐懊悔起来，谓庾公差曰："子有师弟之分，所以用情，弟子已隔一层，师恩为轻，主命为重，若无功而返，何以复吾恩主？"庾公差曰："吾师神箭，不下养繇基，尔非其敌，枉送性命！"尹公佗不信庾公之言，当下复身来追卫侯。

不知结末如何，再看下回分解。

第六十二回
诸侯同心围齐国，晋臣合计逐栾盈

　　话说尹公佗不信庾公之言，复身来追卫侯，驰二十余里，方才赶着。公孙丁问其来意，尹公佗曰："吾师庾公，与汝有师弟之恩。我乃庾公弟子，未尝受业于子，如路人耳。岂可徇私情于路人，而废公义于君父乎？"公孙丁曰："汝曾学艺于庾公，可想庾公之艺从何而来？为人岂可忘本！快快回转，免伤和气。"尹公佗不听，将弓拽满，望公孙丁便射。公孙丁不慌不忙，将辔授与献公，候箭到时，用手一绰，轻轻接住，就将来箭搭上弓弦，回射尹公佗。尹公佗急躲避时，扑的一声，箭已贯其左臂。尹公佗负痛，弃弓而走。公孙丁再复一箭，结果了尹公佗性命。吓得随行军士，弃车逃窜。献公曰："若非吾子神箭，寡人一命休矣！"公孙丁仍复执辔奔驰。又十余里，只见后面车声震动，飞也似赶来。献公曰："再有追兵，何以自脱？"正在慌急之际，后车看看相近。视之，乃同母之弟、公子鱄冒死赶来从驾，献公方才放心。遂做一路奔至齐国。齐灵公馆之于莱城。宋儒有诗谓献公不敬大臣，自取奔亡，诗曰：

第六十二回 诸侯同心围齐国，晋臣合计逐栾盈

尊如天地赫如神，何事人臣敢逐君？
自是君纲先缺陷，上梁不正下梁蹲！

孙林父既逐献公，遂与宁殖合谋迎公孙剽为君，是为殇公。使人告难于晋。晋悼公问于中行偃曰："卫人出一君复立一君，非正也，当何以处之？"偃对曰："卫衎无道，诸侯莫不闻，今臣民自愿立剽，我勿与知可也。"悼公从之。齐灵公闻晋侯不讨孙、宁逐君之罪，乃叹曰："晋侯之志惰矣！我不乘此时图伯，更待何时？"乃帅师伐鲁北鄙，围郔，大掠而还。时周灵王之十四年也。

原来齐灵公初娶鲁女颜姬为夫人，无子。其媵鬷姬生子曰光，灵公先立为太子。又有嬖妾戎子亦无子，其娣仲子生子曰牙，戎子抱牙以为己子。他姬生公子杵臼，无宠。戎子恃爱，要得立牙为太子。灵公许之，仲子谏曰："光之立也久矣，又数会诸侯，今无故而废之，国人不服，后必有悔！"灵公曰："废立在我，谁敢不服？"遂使太子光率兵守即墨。光去后，即传旨废之，更立牙为太子，使上卿高厚为太傅。寺人夙沙卫强而有智，以为少傅。鲁襄公闻齐太子光之废，遣使来请其罪。灵公不能答，反虑鲁国将来助光争国，所以与鲁为仇，首先加兵，欲以兵威胁鲁，然后杀光。此乃灵公无道之极也。鲁使人告急于晋，因悼公抱病，不能救鲁。

是冬，晋悼公薨，群臣奉世子彪即位，是为平公。鲁又使叔孙豹吊贺，且告齐患。荀偃曰："俟来春当会诸侯，若齐不赴会，讨之未晚。"周灵王十五年，晋平公元年，大合诸侯于溴梁。齐灵公不至，使大夫高厚代。荀偃大怒，欲执高厚，高厚逃归。复兴师伐鲁北鄙，围防，杀守臣臧坚。叔孙豹再至晋国求救。平公乃命大将中行偃合诸侯之兵，大举伐齐。

中行偃点军方回，是夜得一梦，梦见黄衣使者执一卷文书，来拘偃对证。偃随之行，至一大殿宇，上有王者冕旒端坐。使者命偃跪于丹墀之下。觑同跪者，乃是晋厉公、栾书、程滑、胥童、长鱼矫、三郤一班人众，偃心下暗暗惊异。闻胥童等与三郤争辩良久，不甚分明，须臾狱卒引去，止留厉公、栾书、中行偃、程滑四人。厉公诉被弑始末。栾书辩曰："下手者，程滑也。"程滑曰："主谋皆出书、偃，滑不过奉命而已，安得独归罪于我！"殿上王者降旨曰："此时栾书执政，宜坐首恶，五年之内，子孙灭绝。"厉公忿然曰："此事亦由逆偃助力，安得无罪？"即起身抽戈击偃之首。梦中觉首坠于前，偃以手捧其首，跪而戴之。走出殿门，遇梗阳巫者灵皋。皋谓曰："子首何歪也？"代为正之，觉痛极而醒，深以为异。

次日入朝，果遇见灵皋于途，乃命之登车，将夜来所梦，细述一遍。灵皋曰："冤家已至，不死何为？"偃问曰："今欲有事东方，犹可及乎？"皋对曰："东方恶气太重，伐之必克，主虽死，犹可及也。"偃曰："能克齐，虽死可矣！"乃帅师济河，会诸侯于鲁济之地。晋、宋、鲁、卫、郑、曹、莒、邾、滕、薛、杞、小邾共十二路车马，一同往齐国进发。齐灵公使上卿高厚辅太子牙守国，自帅崔杼、庆封、析归父、殖绰、郭最、寺人夙沙卫等，引着大军，屯于平阴之城。城南有防，防有门，使析归父于防门之外，深掘壕堑，横广一里，选精兵把守，以遏敌师。寺人夙沙卫进曰："十二国人心不一，乘其初至，当出奇击之，败其一军，则余军俱丧气矣。如不欲战，莫如择险要而守之，区区防门之堑，未可恃也。"齐灵公曰："有此深堑，彼军安能飞渡耶？"

却说中行偃闻齐师掘堑而守，笑曰："齐畏我矣！必不能战，当以计破之。"乃传令使鲁、卫之兵自须句取路，使邾、莒之兵自城阳取路,俱由琅琊而入。我等大兵从平阴攻进,约定在临淄城下相会。四国领计去了。使司马张君臣,凡山泽险要之处,俱虚张旗帜,布满山谷。又束草为人,蒙以衣甲,立于空车之上。将断木缚于车辕,车行木动,扬尘蔽天。力士挽大旆引车,往来于山谷之间,以为疑兵。荀偃、士匄率宋、郑之兵居中,赵武、韩起率上军,同滕、薛之兵在右,魏绛、栾盈率下军,同曹、杞、小邾之兵在左,分作三路。命车中各载木石,步卒每人携土一囊。行至防门,三路炮声相应,各将车中木石,抛于堑中,加以土囊数万,把壕堑顷刻填平,大刀阔斧,杀将进去。齐兵不能当抵,杀伤大半。析归父几为晋兵所获,仅以身免。逃入平阴城中,告诉灵公,言:"晋兵三路填堑而进,势大难敌。"灵公始有惧色,乃登巫山以望敌军。见到处山泽险要之地,都有旗帜飘扬,车马驰骤,大惊曰:"诸侯之师,何其众也。且暂避之。"问诸将:"谁人敢为后殿?"夙沙卫曰:"小臣愿引一军断后,力保主公无虞。"灵公大喜。忽有二将并出奏曰:"堂堂齐国,岂无一勇力之士?而使寺人殿其师,岂不为诸侯笑乎?臣二人情愿让夙沙卫先行。"二将者,乃殖绰、郭最也,俱有万夫不当之勇。灵公曰:"将军为殿,寡人无后顾之忧矣!"夙沙卫见齐侯不用,羞惭满面而退,只得随齐侯先走。约行二十余里,至石门山,乃是险隘去处,两边俱是大石,只中间一条路径。夙沙卫怀恨绰、最二人,欲败其功,候齐军过尽,将随行马三十余匹,杀之以塞其路,又将大车数乘,联络如城,横截山口。

再说绰、最二将领兵断后,缓缓而退。将及石门隘口,见死马纵横,又有大车拦截,不便驰驱,乃相顾曰:"此必夙沙卫衔恨于心,故意为此。"急教军士搬运死马,疏通路径。因前有车阻,遂一一要退后抬出,撇于空处,不知费了多少工夫。军士虽多,其奈路隘,有力无用。背后尘头起处,晋骁将州绰一军早到。殖绰方欲回车迎敌,州绰一箭飞来,恰射中殖绰的左肩。郭最弯弓来救,殖绰摇手止之。州绰见殖绰如此光景,亦不动手。殖绰不慌不忙,拔箭而问曰:"来将何人?能射殖绰之肩,也算好汉了!愿通姓名。"对曰:"吾乃晋国名将州绰也。"殖绰曰:"小将非别,齐国名将殖绰的便是。将军岂不闻人语云:'莫相谑,怕二绰!'我与将军以勇力齐名,好汉惜好汉,何忍自相戕贼乎?"州绰曰:"汝言虽当,但各为其主,不得不然。将军若肯束身归顺,小将力保将军不死。"殖绰曰:"得无相欺否?"州绰曰:"将军如不见信,请为立誓。若不能保全将军之命,愿与俱死。"殖绰曰:"郭最性命,今亦交付将军。"言罢,二人双双就缚。随行士卒,尽皆投降。史臣有诗云:

绰最赳赳二虎臣,相逢狭路志难伸。
覆军擒将因私怨,辱国依然是寺人。

州绰将绰、最二将解至中军献功,且称其骁勇可用。中行偃命暂囚于中军,候班师定夺。大军从平阴进发,所过城郭,并不攻掠,径抵临淄外郭之下。鲁、卫、邾、莒兵俱到。范鞅先攻雍门。雍门多芦荻,以火焚之。州绰焚申池之竹木,各军一齐俱火攻,将四郭尽行焚毁,直逼临淄城下,四面围住,喊声震地,矢及城楼。城中百姓慌乱。灵公十分恐惧,暗令左右驾车,欲开东门出走。高厚知之,疾忙上前,抽佩剑断其辔索,涕泣而谏曰:"诸军虽锐,然深入岂无后虞?不久将归矣。主公一去,都城不可守也。愿更留十日,如力竭势亏,走犹未晚。"灵公乃止。高厚督率军民,协力固守。

却说各兵围齐,至第六日,忽有郑国飞报来到,乃是大夫公孙舍之与公孙夏连名缄封，内中有机密至紧之事。郑简公发而视之，略云：

> 臣舍之、臣夏，奉命与子孔守国。不意子孔有谋叛之心，私自送款于楚，欲招引楚兵伐郑，己为内应。今楚兵已次鱼陵，旦夕将至。事在危急，幸星夜返斾，以救社稷。

郑简公大惧，即持书至晋军中，送与晋平公看了。平公召中行偃议之。偃对曰："我兵不攻不战，竟走临淄，指望乘此锐气，一鼓而下。今齐守未亏，郑国又有楚警，若郑国有失，咎在于晋，不如且归，为救郑之计。此番虽不曾破齐，料齐侯已丧胆，不敢复侵犯鲁国矣。"平公是其言，乃解围而去。郑简公辞晋先归。

诸侯行至祝阿，平公以楚师为忧，与诸侯饮酒，不乐。师旷曰："臣请以声卜之。"乃吹律歌《南风》，又歌《北风》。《北风》和平可听，《南风》声不扬，且多肃杀之声。旷奏曰："《南风》不竞，其声近死，不惟无功，且将自祸。不出三日，当有好音至矣。"师旷字子野，乃晋国第一聪明之士。从幼好音乐，苦其不专，乃叹曰："技之不精，由于多心，心之不一，由于多视。"乃以艾叶薰瞎其目，专意音乐。遂能察气候之盈虚，明阴阳之消长，天时人事，审验无差，风角鸟鸣，吉凶如见。为晋太师掌乐之官，平时为晋侯所深信，故行军必以相随。至是闻其言，乃驻军以待之，使人前途远探。未三日，探者同郑大夫公孙虿来回报，言："楚师已去。"晋平公讶问其详，公孙虿对曰："楚自子庚代子囊为令尹，欲报先世之仇，谋伐郑国。公子嘉阴与楚通，许楚兵到日，诈称迎敌，以兵出城相会。赖公孙舍之、公孙夏二人预知子嘉之谋，敛甲守城，严讥出入。子嘉不敢出会楚师。子庚涉颍水，不见内应消息，乃屯兵于鱼齿山下。值大雨雪，数日不止，营中水深尺余，军人皆择高阜处躲雨，寒甚，死者过半，士卒怨詈，子庚只得班师而回矣。寡君讨子嘉之罪，已行诛戮，恐烦军师，特遣下臣蛋连夜奔告。"平公大喜曰："子野真圣于音者矣！"乃将楚伐郑无功，遍告诸侯，各回本国。史臣有诗赞师旷云：

歌罢南风又北风，便知两国吉和凶。
音当精处通天地，师旷从来是瞽宗。

时周灵王十七年冬十二月事也。比及晋师济河，已在十八年之春矣。

中行偃行至中途，忽然头上生一疡疽，痛不可忍，乃逗遛于著雍之地。延至二月，其疡溃烂，目睛俱脱而死。坠首之梦，与梗阳巫者之言，至是俱验矣。殖绰、郭最乘偃之变，破械而出，逃回齐国去了。范匄同偃之子吴，迎丧以归。晋侯使吴嗣为大夫，以范匄为中军元帅，以吴为副将，仍以荀为氏，称荀吴。

是年夏五月，齐灵公有疾，大夫崔杼与庆封商议，使人用温车迎故太子光于即墨。庆封帅家甲，夜叩太傅高厚之门，高厚出迎，执而杀之。太子光同崔杼入宫，光杀戎子，又杀公子牙。灵公闻变大惊，呕血数升，登时气绝。光即位，是为庄公。寺人夙沙卫率其家属奔高唐，齐庄公使庆封帅师追之，夙沙卫据高唐以叛。齐庄公亲引大军围而攻之，月余不下。高唐人工偻，有勇力，沙卫用之以守东门。工偻知沙卫不能成事，乃于城上射下羽书，书中约夜半于东北角伺候大军登城。庄公犹未准信。殖绰、郭最请曰："彼既相约，必有内应。小将二人愿往，当生擒奄狗，以雪石门山阻隘之恨。"庄公曰："汝小心前往，寡人自来接应。"绰、最引军至东北角，候至夜半，城上忽放长绳下来，约有数处。绰、最各附绳而上，军士陆续登城。工偻引着殖绰竟来拿夙沙卫，郭最便去砍开城门，放齐兵入城。城中大乱，互相杀伤，约有一个更次方定。齐庄公入城，工偻同殖绰绑缚夙沙卫解到。庄公大骂："奄狗！寡人何负于汝，汝却辅少夺长？今公子牙何在！汝既为少傅，何不相辅于地下？"夙沙卫垂首无言，庄公命牵出斩之，以其肉为醢，遍赐从行诸臣。即用工偻守高唐，班师而退。

时晋上卿范匄，以前番围齐，未获取成，乃请于平公，复率大军侵齐。才济黄河，闻齐灵公凶信，乃曰："齐新有丧，伐之不仁。"即时班师。早有人报知齐国。大夫晏婴进曰："晋不伐我丧，施仁于我，我背之不义，不如请成，免两国干戈之苦。"那晏婴字平仲，身不满五尺，乃是齐国第一贤智之士。庄公亦以国家粗定，恐晋师复至，乃从婴之言，使人如晋谢罪，请盟。晋平公大合诸侯于澶渊，范匄为相，与齐庄公歃血为盟，结好而散。自此年余无事。

却说下军副将栾盈，乃栾黶之子。黶乃范匄之婿，匄女嫁黶，谓之栾祁。栾氏自栾宾、栾成、栾枝、栾盾、栾书、栾黶，至于栾盈，顶针七代卿相，贵盛无比。晋朝文武，半出其门，半属姻党。魏氏有魏舒，智氏有智起，中行氏有中行喜，羊舌氏有叔虎，籍氏有籍偃，箕氏有箕遗，皆与栾盈声势相倚，结为死党。更兼盈自少谦恭下士，散财结客，故死士多归之，如州绰、邢蒯、黄渊、箕遗，都是他部下骁将。更有力士督戎，力举千钧，手握二戟，刺无不中，是他随身心腹，寸步不离的。又有家臣辛俞、州宾等，奔走效劳者不计其数。栾黶死时，其夫人栾祁才及四旬，不能守寡。因州宾屡次入府禀事，栾祁在屏后窥之，见其少俊，遂密遣侍儿道意，因与私通。栾祁尽将室中器币，赠与州宾。盈从晋侯伐齐，州宾公然宿于府中，不复避忌。盈归闻知其事，尚碍母亲面皮，乃把他事，鞭治内外守门之吏，严稽家臣出入。栾祁一来老羞变怒，二则淫心难绝，三则恐其子害了州宾性命。因父范匄生辰，以拜寿为名，来至范府，乘间诉其父曰："盈将为乱，奈何？"范匄询其详，栾祁曰："盈尝言：'靫杀吾兄，吾父逐之，复纵之归国。不诛已幸，反加宠位。今父子专国，范氏日盛，栾氏将衰，吾宁死，与范氏誓不两立。'日夜与智起、羊舌虎等，聚谋密室，欲尽去诸大夫，而立其私党。恐我泄其消息，严敕守门之吏，不许与外家相通。今日勉强来此，异日恐不得相见。吾以父子恩深，不敢不言。"时范鞅在旁，助之曰："儿亦闻之，今果然矣。彼党羽至盛，不可不防也！"一子一女，声口相同，不由范匄不信，乃密奏于平公，请逐栾氏。

平公私问于大夫阳毕。阳毕素恶栾黡而睦于范氏，乃对曰："栾书实弑厉公，黡世其凶德，以及于盈，百姓眤于栾氏久矣。若除栾氏，以明弑逆之罪，而立君之威，此国家数世之福也！"平公曰："栾书援立先君，盈罪未著，除之无名，奈何？"阳毕对曰："书之援立先君，以掩罪也。先君忘国仇而徇私德，君又纵之，滋害将大。若以盈恶未著，宜翦除其党，赦盈而遣之。彼若求逞，诛之有名。若逃死于他方，亦君之惠也！"平公以为然，召范匄入宫，共议其事。范匄曰："盈未去而剪其党，是速之为乱也，君不如使盈往筑著邑之城，盈去，其党无主，乃可图矣。"平公曰："善。"乃遣栾盈往城著邑。盈临行，其党箕遗谏曰："栾氏多怨，主所知也，赵氏以下宫之难怨栾氏，中行氏以伐秦之役怨栾氏，范氏以范鞅之逐怨栾氏。智朔夭死，智盈尚少，而听于中行，程郑嬖于公，栾氏之势孤矣。城著非国之急事，何必使子。子盍辞之，以观君意之若何，而为之备。"栾盈曰："君命，不可辞也。盈如有罪，其敢逃死？如其无罪，国人将怜我，孰能害之？"乃命督戎为御，出了绛州，望著邑而去。

盈去三日，平公御朝，谓诸大夫曰："栾书昔有弑逆之罪，未正刑诛。今其子孙在朝，寡人耻之。将若之何？"诸大夫同声应曰："宜逐之！"乃宣布栾书罪状，悬于国门，遣大夫阳毕将兵往逐栾盈。其宗族在国中者，尽行逐出，收其栾邑。栾乐、栾鲂率其宗人，同州绰、邢蒯俱出了绛城，竟往奔栾盈去了。叔虎拉了箕遗、黄渊随后出城，城门已闭，传闻将搜治栾氏之党，乃商议各聚家丁，欲乘夜为乱，斩东门而出。赵氏有门客章铿，居与叔虎家相邻，闻其谋，报知赵武，赵武转报范匄。匄使其子范鞅，率甲士三百，围叔虎之第。

不知后事如何，且看下回分解。

第六十三回
老祁奚力救羊舌,小范鞅智劫魏舒

话说箕遗正在叔虎家中,只等黄渊到来,夜半时候,一齐发作,却被范鞅领兵围住府第,外面家丁不敢聚集,远远观望,亦多有散去者。叔虎乘梯向墙外问曰:"小将军引兵至此,何故?"范鞅曰:"汝平日党于栾盈,今又谋斩关出应,罪同叛逆,吾奉晋侯之命,特来取汝。"叔虎曰:"我并无此事,是何人所说?"范鞅即呼章铿上前,使证之。叔虎力大,扳起一块墙石,望章铿当头打去,打个正着,把顶门都打开了。范鞅大怒,教军士放火攻门。叔虎慌急了,向箕遗说:"我等宁可死里逃生,不可坐以待缚!"遂提戟当先,箕遗仗剑在后,发声喊,冒火杀出。范鞅在火光中,认得二人,教军士一齐放箭。此时火势熏灼,已难躲避,怎当得箭如飞蝗,二人纵有冲天本事,亦无用处,双双被箭射倒。军士将挠钩搭出,已自半死,绑缚车中,救灭了火。只听得车声骨骨碌碌,火炬烛天而至,乃是中军副将荀吴,率本部兵前来接应。中途正遇黄渊,亦被擒获。范、荀合兵一处,将叔虎、箕遗、黄渊,解到中军元帅范匄处。范匄曰:"栾党尚多,只擒此三人,尚未除患,当悉拘之。"乃复分路搜捕。绛州城中,闹了一夜,直至天明。范鞅拘到智起、籍偃、州宾等,荀吴拘到中行喜、辛俞,及叔虎之兄羊舌赤、弟羊舌肹,都囚于朝门之外,俟候晋平公出朝,启奏定夺。

单说羊舌赤字伯华,羊舌肹字叔向,与叔虎虽同是羊舌职之子,叔虎是庶母所生。当初叔虎之母原是羊舌夫人房中之婢,甚有美色,其夫欲之,夫人不遣侍寝。时伯华、叔向俱已年长,谏其母勿妒。夫人笑曰:"吾岂妒妇哉?吾闻有甚美者,必有甚恶。深山大泽,实生龙蛇。恐其生龙蛇,为汝等之祸,是以不遣耳。"叔向等顺父之意,固请于母,乃遣之。一宿而有孕,生叔虎。及长成,美如其母,而勇力过人。栾盈自幼与之同卧起,相爱宛如夫妇。他是栾党中第一个相厚的,所以兄弟并行囚禁。

大夫乐王鲋字叔鱼,其时方嬖幸于平公。平日慕羊舌赤、肹兄弟之贤,意欲纳交而不得。至是,闻二人被囚,特到朝门,正遇羊舌肹,揖而慰之曰:"子勿忧,吾见主公,必当力为子请。"羊舌肹嘿然不应。乐王鲋有惭色。羊舌赤闻之,责其弟曰:"吾兄弟毕命于此,羊舌氏绝矣。乐大夫有宠于君,言无不从,倘借其片语,天幸赦宥,不绝先人之宗,汝奈何不应,以失要人之意。"羊舌肹笑曰:"死生命也。若天意降祐,必由祁老大夫,叔鱼何能为哉?"羊舌赤曰:"以叔鱼之朝夕君侧,汝曰'不能',以祁老大夫之致政闲居,而汝曰'必由之',吾不知其解也!"羊舌肹曰:"叔鱼行媚者也,君可亦可,君否亦否。祁老大夫外举不避仇,内举不避亲,岂独遗羊舌氏乎?"

少顷,晋平公临朝,范匄以所获栾党姓名奏闻。平公亦疑羊舌氏兄弟三人皆在其数,问于乐王鲋曰:"叔虎之谋,赤与肹实与闻否?"乐王鲋心愧叔向,乃应曰:"至亲莫如兄弟,岂有不知?"平公乃下诸人于狱，使司寇议罪。时祁奚已告老，退居于祁。其子祁午与羊舌赤同僚相善，星夜使人报信于父，求其以书达范匄，为赤求宽。奚闻信大惊曰："赤与肸皆晋国贤臣，有此奇冤，我当亲往救之。"乃乘车连夜入都，未及与祁午相会，便叩门来见范匄。匄曰："大夫老矣，冒风露而降之，必有所谕。"祁奚曰："老夫为晋社稷存亡而来，非为别事。"范匄大惊，问曰："不知何事关系社稷，有烦老大夫如此用心！"祁奚曰："贤人，社稷之卫也。羊舌职有劳于晋室，其子赤、肸能嗣其美，一庶子不肖，遂聚而歼之，岂不可惜？昔郤芮为逆，郤缺升朝。父子之罪，不相及也，况兄弟乎？子以私怨，多杀无辜，使玉石俱焚，晋之社稷危矣！"范匄蹴然离席曰："老大夫所言甚当，但君怒未解，匄与老大夫同诣君所言之。"于是并车入朝，求见平公，奏言："赤、肸与叔虎，贤不肖不同，必不与闻栾氏之事。且羊舌之劳，不可废也。"平公大悟，宣赦。赦出赤、肸二人，使复原职。智起、中行喜、籍偃、州宾、辛俞皆斥为庶人。惟叔虎与箕遗、黄渊处斩。赤、肸二人蒙赦，入朝谢恩。事毕，羊舌赤谓其弟曰："当往祁老大夫处一谢。"肸曰："彼为社稷，非为我也，何谢焉！"竟登车归第。羊舌赤心中不安，自往祁午处请见祁奚。午曰："老父见过晋君，即时回祁去矣，未尝少留须臾也。"羊舌赤叹曰："彼固施不望报者，吾自愧不及肸之高见也！"髯翁有诗云：

尺寸微劳亦望酬，拜恩私室岂知羞？
必如奚肸才公道，笑杀纷纷货赂求！

州宾复与栾祁往来，范匄闻之，使力士刺杀州宾于家。

却说守曲沃大夫胥午，昔年曾为栾书门客。栾盈行过曲沃，胥午迎款，极其殷勤。栾盈言及城著，胥午许以曲沃之徒助之。留连三日，栾乐等报信已至，言："阳毕领兵将到！"督戎曰："晋兵若至，便与交战，未必便输与他。"州绰、邢蒯曰："专为此事，恐恩主手下乏人，吾二人特来相助。"栾盈曰："吾未尝得罪于君，特为怨家所陷耳，若与拒战，彼有辞矣。不如逃之，以俟君之见察。"胥午亦言拒战不可。即时收拾车乘，盈与午洒泪而别，出奔于楚。比及阳毕兵到著邑，邑人言："盈未曾到此，在曲沃已出奔了。"阳毕班师而归，一路宣布栾氏之罪，百姓皆知栾氏功臣，且栾盈为人好施爱士，无不叹惜其冤者。

范匄言于平公，严禁栾氏故臣，不许从栾盈，从者必死。家臣辛俞初闻栾盈在楚，乃收拾家财数车出城，欲往从之，被守门吏盘住，执辛俞以献于平公。平公曰："寡人有禁，汝何犯之？"辛俞再拜言曰："臣愚甚，不知君所以禁从栾氏者，诚何说也？"平公曰："从栾氏者无君，是以禁之。"辛俞曰："诚禁无君，则臣知免于死矣。臣闻之：'三世仕其家则君之，再世则主之。事君以死，事主以勤。'臣自祖若父，以无大援于国，世隶于栾氏，食其禄，今三世矣。栾氏固臣之君也，臣惟不敢无君，是以欲从栾氏，又何禁乎？且盈虽得罪，君逐之而不诛，得无念其先世犬马之劳，赐以生全乎？今羁旅他方，器用不具，衣食不给，或一朝填于沟壑，君之仁德，无乃不终？臣之此去，尽臣之义，成君之仁，且使国人闻之曰：'君虽危难，不可弃也。'于以禁无君者，大矣。"平公悦其言，曰："子姑留事寡人，寡人将以栾氏之禄禄子。"辛俞曰："臣固言之矣：'栾氏，臣之君也。'舍一君又事一君，其何以禁无君者？必欲见留，臣请死！"平公曰："子往矣！寡人姑听子，以遂子之志。"

辛俞再拜稽首，仍领了数车辎重，昂然出绛州城而去。史臣有诗称辛俞之忠，诗曰：

> 翻云覆雨世情轻，霜雪方知松柏荣。
> 三世为臣当效死，肯将晋主换栾盈？

却说栾盈栖楚境上数月，欲往郢都见楚王，忽转念曰："吾祖父宣力国家，与楚世仇，倘不相容，奈何？"欲改适齐，而资斧空乏，却得辛俞驱辎重来到，得济其用。遂修整车从，望齐国进发。此周灵王二十一年事也。

再说齐庄公为人，好勇喜胜，不屑居人之下，虽然受命澶渊，终以平阴之败为耻。尝欲广求勇力之士，自为一队，亲率之以横行天下。由是于卿大夫士之外，别立"勇爵"，禄比大夫，必须力举千斤，射穿七札者，方与其选。先得殖绰、郭最，次又得贾举、邴师、公孙傲、封具、铎甫、襄君、偻堙等，共是九人。庄公日日召至宫中，相与驰射击刺，以为笑乐。

一日，庄公视朝，近臣报道："今有晋大夫栾盈被逐，来奔齐国。"庄公喜曰："寡人正思报晋之怨，今其世臣来奔，寡人之志遂矣！"欲遣人往迎之。大夫晏婴出奏曰："不可！不可！小所以事大者，信也。吾新与晋盟，今乃纳其逐臣，倘晋人来责，何以对之？"庄公大笑曰："卿言差矣！齐、晋匹敌，岂分小大？昔之受盟，聊以纾一时之急耳，寡人岂终事晋，如鲁、卫、曹、邾者耶？"遂不听晏婴之言，使人迎栾盈入朝。盈谒见，稽首哭诉其见逐之由。庄公曰："卿勿忧，寡人助卿一臂，必使卿复还晋国！"栾盈再拜称谢。庄公赐以大馆，设宴相款。州绰、邢蒯侍于栾盈之旁。庄公见其身大貌伟,问其姓名,二人以实告。庄公曰:"向日平阴之役,擒我殖绰、郭最者非尔耶?"绰、蒯叩首谢罪。庄公曰:"寡人慕尔久矣!"命赐酒食,因谓盈曰:"寡人有求于卿,卿不可辞!"盈对曰:"苟可以应君命者,即发肤无所爱!"庄公曰:"寡人无他求,欲暂乞二勇士为伴耳!"栾盈不敢拒,只得应允,怏怏登车,叹曰:"幸彼未见督戎,不然,亦为所夺矣!"

庄公得州绰、邢蒯,列于"勇爵"之末。二人心中不服。一日,与殖绰、郭最同侍于庄公之侧,二人假意佯惊,指绰、最曰:"此吾国之囚,何得在此?"郭最应曰:"吾等昔为奄狗所误,须不比你跟人逃窜也!"州绰怒曰:"汝乃我口中之虱,尚敢跳动耶?"殖绰亦怒曰:"汝今日在我国中,也是我盘中之肉矣!"邢蒯曰:"既然汝等不能相容,即当复归吾主!"郭最曰:"堂堂齐国,难道少了你两人不成!"四人语硬面赤,各以手抚佩剑,渐有相并之意。庄公用好言劝解,取酒劳之,谓州绰、邢蒯曰:"寡人固知二卿不屑居齐人之下也!"乃更"勇爵"之名为"龙""虎"二爵,分为左右。右班"龙爵",州绰、邢蒯为首,又选得齐人卢蒲癸、王何,使列其下。左班"虎爵",则以殖绰、郭最为首,贾举等七人,依旧次序,众人与其列者,皆以为荣。惟州、邢、殖、郭四人,到底心下各不和顺。

时崔杼、庆封以援立庄公之功,位皆上卿,同执国政。庄公常造其第,饮酒作乐,或时舞剑射棚,无复君臣之隔。单说崔杼之前妻,生下二子,曰成,曰疆,数岁而妻死。再娶东郭氏,乃是东郭偃之妹,先嫁与棠公为妻,谓之棠姜,生一子,名曰棠无咎。那棠姜有美色,崔杼因往吊棠公之丧,窥见姿容,央东郭偃说合,娶为继室。亦生一子,曰明。崔杼因宠爱继室,遂用东郭偃、棠无咎为家臣，以幼子崔明托之。谓棠姜曰："俟明长成，当立为適子！"此一段话，且搁过一边。

且说齐庄公一日饮于崔杼之室，崔杼使棠姜奉酒。庄公悦其色，乃厚赂东郭偃，使之通意，乘间与之私合。来往多遍，崔杼渐渐知觉，盘问棠姜。棠姜曰："诚有之，彼挟国君之势以临我，非一妇人所敢拒也。"杼曰："然则汝何不言？"棠姜曰："妾自知有罪，不敢言耳。"崔杼嘿然久之，曰："此事与汝无干。"自此有谋弑庄公之意。

周灵王二十二年，吴王诸樊求婚于晋，晋平公以女嫁之。齐庄公谋于崔杼曰："寡人许纳栾盈，未得其便。闻曲沃守臣乃栾盈之厚交，今欲以送媵为名，顺便纳栾盈于曲沃，使之袭晋，此事如何？"崔杼衔恨齐侯，私心计较，正欲齐侯结怨于晋，待晋侯以兵来讨，然后委罪于君，弑之以为媚晋之计。今日庄公谋纳栾盈，正中其计。乃对曰："曲沃人虽为栾氏，恐未能害晋。主公必然亲率一军，为之后继。若盈自曲沃而入，主公扬言伐卫，由濮阳自南而北，两路夹攻，晋必不支。"庄公深以为然，以其谋告于栾盈。栾盈甚喜。家臣辛俞谏曰："俞之从主，以尽忠也，亦愿主之忠于晋君也！"盈曰："晋君不以我为臣，奈何？"辛俞曰："昔纣囚文王于羑里，文王三分天下，以服事殷。晋君不念栾氏之勋，黜逐吾主，糊口于外，谁不怜之？一为不忠，何所容于天地之间耶？"栾盈不听。辛俞泣曰："吾主此行，必不免。俞当以死相送！"乃拔佩刀自刎而死。史臣有赞云：

盈出则从，盈叛则死。
公不背君，私不背主。

第六十三回 老祁奚力救羊舌，小范鞅智劫魏舒

卓哉辛俞，晋之义士。

齐庄公遂以宗女姜氏为媵，遣大夫析归父送之于晋。多用温车，载栾盈及其宗族，欲送至曲沃。州绰、邢蒯请从。庄公恐其归晋，乃使殖绰、郭最代之，嘱曰："事栾将军，犹事寡人也！"行过曲沃，盈等遂易服入城，夜叩大夫胥午之门。午惊异，启门而出，见栾盈，大惊曰："小恩主安得到此？"盈曰："愿得密室言之。"午乃迎盈入于深室之中。盈执胥午之手，欲言不言，不觉泪下。午曰："小恩主有事，且共商议，不须悲泣。"盈乃收泪告曰："吾为范、赵诸大夫所陷，宗祀不守。今齐侯怜其非罪，致我于此，齐兵且踵至矣。子若能兴曲沃之甲，相与袭绛，齐兵攻其外，我等攻其内，绛可入也。然后取诸家之仇我者而甘心焉，因奉晋侯以和于齐。栾氏复兴，在此一举！"午曰："晋势方强，范、赵、智、荀诸家又睦，恐不能侥幸，徒以自贼，奈何？"盈曰："吾有力士督戎一人，可当一军。且殖绰、郭最，齐国之雄，栾乐、栾鲂，强力善射，晋虽强，不足惧也。昔我佐魏绛于下军，其孙舒每有请托，我无不周旋，彼感吾意，每思图报。若更得魏氏为内助，此事可八九矣。万一举事不成，虽死无恨！"午曰："俟来日探人心何如，乃可行也！"盈等遂藏于深室。

至次日，胥午托言梦共太子，祭于其祠，以馂余飨其官属，伏栾盈于壁后。三觞乐作，胥午命止之，曰："共太子之冤，吾等忍闻乐乎？"众皆嗟叹。胥午曰："臣子，一例也。今栾氏世有大功，同朝谮而逐之，亦何异共太子乎？"众皆曰："此事通国皆不平，不知孺子犹能返国否？"胥午曰："假如孺子今日在此，汝等何以处之？"众皆曰："若得孺子为主，愿为尽力，虽死无悔！"坐中多有

泣下者。胥午曰："诸君勿悲。栾孺子见在此！"栾盈从屏后趋出，向众人便拜。众人俱拜。盈乃自述还晋之意："若得重到绛州城中，死亦瞑目！"众人俱踊跃愿从。是日畅饮而散。

次日，栾盈写密信一封，托曲沃贾人送至绛州魏舒处。舒亦以范、赵所行太过，得此密信，即写回书，言："某衷甲以待，只等曲沃兵到，即便相迎。"栾盈大喜。胥午搜括曲沃之甲，共二百二十乘，栾盈率之。栾之族人能战者皆从，老弱俱留曲沃。督戎为先锋，殖绰、栾乐在右，郭最、栾鲂在左，黄昏起行，来袭绛都。自曲沃至绛，止隔六十余里，一夜便到。坏郭而入，直抵南门。绛人犹然不知，正是"疾雷不及掩耳"，刚刚掩上城门，守御一无所设，不消一个时辰，被督戎攻破，招引栾兵入城，如入无人之境。

时范匄在家，朝飨方彻，忽然乐王鲋喘吁而至，报言："栾氏已入南门。"范匄大惊，急呼其子范鞅敛甲拒敌。乐王鲋曰："事急矣！奉主公走固宫，犹可坚守。"固宫者，晋文公为吕、郤焚宫之难，乃于公宫之东隅，别筑此宫，以备不测。广宽十里有余，内有宫室台观，积粟甚多。轮选国中壮甲三千人守之，外掘沟堑，墙高数仞，极其坚固，故曰固宫。范匄忧国中有内应。鲋曰："诸大夫皆栾怨家，可虑惟魏氏耳。若速以君命召之，犹可得也！"范匄以为然。乃使范鞅以君命召魏舒，一面催促仆人驾车。乐王鲋又曰："事不可知，宜晦其迹。"时平公有外家之丧，范匄与乐王鲋俱衷甲加墨缞，以绖蒙其首，诈为妇人，直入宫中，奏知平公，即御公以入于固宫。

却说魏舒家在城北隅，范鞅乘轺车疾驱而往，但见车徒已列门外，舒戎装在车，南向将往迎栾盈矣。范鞅下车，急趋而进曰："栾氏为逆，主公已在固宫，鞅之父与诸大臣，皆聚于君所，使鞅来迎吾子。"魏舒未及答语，范鞅踊身一跳，早已登车，右手把剑，左手牵魏舒之带，唬得魏舒不敢做声。范鞅喝令："速行！"舆人请问："何往？"范鞅厉声曰："东行往固宫！"于是车徒转向东行，径到固宫。

未知后事何如，再看下回分解。

第六十四回
曲沃城栾盈灭族，且于门杞梁死战

却说范匄虽遣其子范鞅往迎魏舒，未知逆顺如何，心中委决不下，亲自登城而望，见一簇车徒，自西北方疾驱而至，其子与魏舒同在一车之上，喜曰："栾氏孤矣。"即开宫门纳之。魏舒与范匄相见，兀自颜色不定。匄执其手曰："外人不谅，颇言将军有私于栾氏，匄固知将军之不然也。若能共灭栾氏者，当以曲沃相劳！"舒此时已落范氏牢笼之内，只得唯唯惟命，遂同谒平公，共商议应敌之计。须臾，赵武、荀吴、智朔、韩无忌、韩起、祁午、羊舌赤、羊舌肸、张孟耀诸臣，陆续而至，皆带有车徒，军势益盛。固宫止有前后两门，俱有重关。范匄使赵、荀两家之军，协守南关二重，韩无忌兄弟，协守北关二重，祁午诸人，周围巡徼。匄与鞅父子，不离平公左右。

栾盈已入绛城，不见魏舒来迎，心内怀疑，乃屯于市口，使人哨探，回报："晋侯已往固宫，百官皆从，魏氏亦去矣！"栾盈大怒曰："舒欺我，若相见，当手刃之！"即抚督戎之背曰："用心往攻固宫，富贵与子共也！"督戎曰："戎愿分兵一半，独攻南关，恩主率诸将攻北关,且看谁人先入?"此时殖绰、郭最虽则与盈同事,然州绰、邢蒯却是栾盈带往齐国去的,齐侯作兴了他,绰、最每受其奚落。俗语云"怪树怪丫叉",绰、最与州、邢二将有些心病,原原本本未免迁怒到栾盈身上。况栾盈口口声声只夸督戎之勇,并无俯仰绰、最之意,绰、最怎肯把热气去呵他冷面,也有坐观成败的意思,不肯十分出力。栾盈所靠,只是督戎一人。当下督戎手提双戟,乘车径往固宫,要取南关。在关外阅看形势,一驰一骤,威风凛凛,杀气腾腾,分明似一位黑煞神下降。晋军素闻其勇名,见之无不胆落。赵武啧啧叹羡不已。武部下有两员骁将,叫做解雍、解肃兄弟二人,皆使长枪,军中有名。闻主将叹羡,心中不服曰:"督戎虽勇,非有三头六臂,某弟兄不揣,欲引一支兵下关,定要活捉那厮献功。"赵武曰:"汝须仔细,不可轻敌!"

二将装束齐整,飞车出关,隔堑大叫:"来将是督将军否?可惜你如此英勇,却跟随叛臣。早早归顺,犹可反祸为福。"督戎闻叫大怒,喝教军士填堑而渡。军士方负土运石,督戎性急,将双戟按地,尽力一跃,早跳过堑北。二解倒吃了一惊,挺枪来战督戎。督戎舞戟相迎,全无惧怯。解雍的驾马,早被督戎一戟打去,折了背脊,车不能动。连解肃的驾马,嘶鸣起来,也不行走。二解欺他单身,跳下车来步战。督戎两支大戟,一左一右,使得呼呼的响。解肃一枪刺来,督戎一戟拉去,戟势去重,磅的一声,那支枪折为两段。解肃撇了枪杆便走。解雍也着了忙,手中迟慢,被督戎一戟刺倒。便去追赶解肃。解肃善走,径奔北关,缒城而上。督戎赶不着,退转来要结果解雍,已被军将救入关去了。督戎气忿忿的,独自挺戟而立,叫道:"有本事的,多着几个出来,一总厮杀,省得费了工夫!"关上无人敢应。督戎守了一会,仍回本营,吩咐军士,打点明日攻关。

是夜，解雍伤重而死，赵武痛惜不已。解肃曰："明日小将再决一战，誓报兄仇，虽死不恨！"荀吴曰："我部下有老将牟登，他有二子牟刚、牟劲，俱有千斤之力，见在晋侯麾下侍卫。今夜使牟登唤来，明日同解将军出战，三人战一个，难道又输与他！"赵武曰："如此甚好！"荀吴自去吩咐牟登去了。

次早，牟刚、牟劲俱到。赵武看之，果然身材魁伟，气象狰狞，慰劳了一番，命解肃一同下关。那边督戎早把坑堑填平，直逼关下搦战。这里三员猛将，开关而出。督戎大叫："不怕死的都来！"三将并不打话，一支长枪，两柄大刀，一齐都奔督戎。督戎全无惧怯，杀得性起，跳下车来，将双戟飞舞，尽着气力，落戟去处，便有千钧之重。牟劲车轴被督戎打折，只得也跳下车来，着了督戎一戟，打得稀烂。牟刚大怒，拼命上前，怎奈戟风如箭，没处进步。老将牟登，喝叫："且歇！"关上鸣起金来，牟登亲自出关，接应牟刚、解肃进去。督戎教军士攻关，关上矢石如雨，军士多有伤损，惟督戎不动分毫，真勇将也。

赵武与荀吴连败二阵，遣人告急于范匄。范匄曰："一督戎胜他不得，安能平栾氏乎！"是夜秉烛而坐，闷闷不已。有一隶人侍侧，叩首而问曰："元帅心怀郁郁，莫非忧督戎否？"范匄视其人，姓斐名豹，原是屠岸贾手下骁将斐成之子，因坐屠党，没官为奴，在中军服役。范匄奇其言，问曰："尔若有计除得督戎，当有重赏！"斐豹曰："小人名在丹书，枉有冲天之志，无处讨个出身。元帅若于丹书上除去豹名，小人当杀督戎，以报厚德！"范匄曰："尔若杀了督戎，吾当请于晋侯，将丹书尽行焚弃，收尔为中军牙将。"斐豹曰："元帅不可失信。"范匄曰："若失信，有如红日。但不知用车徒多少?"斐豹曰:"督戎向在绛城,与小人相识,时常角力赌胜,其人恃勇性躁,专好独斗,若以车徒往,不能胜也。小人情愿单身下关,自有擒督戎之计。"范匄曰:"汝莫非去而不返?"斐豹曰:"小人有老母,今年七十八岁,又有幼子娇妻,岂肯罪上加罪,作此不忠不孝之事?如有此等,亦如红日!"范匄大喜,劳以酒食,赏兕甲一副。

次日,斐豹穿甲于内,外加练袍,札缚停当,头带韦弁,足穿麻屦,腰藏利刃,手中提一铜锤,重五十二斤,来辞范匄曰:"小人此去,杀得督戎,奏凯而回。不然,亦死于督戎之手,决不两存。"范匄曰:"我当亲往,看汝用力。"即时命驾车,使斐豹骖乘,同至南关。赵武、荀吴接见,诉以督戎如此英雄,连折二将,范匄曰:"今日斐豹单身赴敌,只看晋侯洪福。"言犹未已,关下督戎大呼搦战。斐豹在关上呼曰:"督君还认得斐大否?"豹行大,故自称斐大,乃昔年彼此所呼也。督戎曰:"斐大,汝今还敢来赌一死生么?"斐豹曰:"他人怕你,我斐豹不怕你。你把兵车退后,我与你两人,只在地下赌斗,双手对双手,兵器对兵器,不是你死我活,就是我死你活,也落得个英名传后。"督戎曰:"此论正合吾意。"遂将军士约退。这里关门开处,单单放一个斐豹出来。两个就在关下交战,约二十余合,未分胜败。斐豹诈言道:"我一时内急,可暂住手。"督戎那里肯放。斐豹先瞧见西边空处,有一带短墙,捉个空隙就走。督戎随后赶来,大喝:"走向那里去?"范匄等在关上,看见督戎往追斐豹,慌捏一把汗。谁知斐豹却是用计,奔近短墙,扑的跳将进去。督戎见斐豹进墙去了,亦逾墙而入。只道斐豹在前面,却不知斐豹隐身在一棵大树之下,专等督戎进墙,出其不意,提起五十二斤的铜锤,自后击之,正中其脑。脑浆迸裂,扑地便倒,兀自把右脚飞起，将斐豹胸前兕甲碾去一片。斐豹急拔出腰间利刃，剁下首级，复跳墙而出。关上望见斐豹手中提有血淋淋的人头，已知得胜，大开关门。解肃、牟刚引兵杀出。栾军大败，一半杀了，一半投降，逃去者十无一二。范匄仰天沥酒曰："此晋侯之福也！"即酌酒亲赐斐豹，就带他往见晋侯。晋侯赏以兵车一乘，注功绩第一。潜渊先生有诗云：

督戎神力世间无，敌手谁知出隶夫？
始信用人须破格，笑他肉食似雕瓠！

再说栾盈引大队车马，攻打北关，连接督戎捷报，盈谓其下曰："吾若有两督戎，何患固宫不破耶？"殖绰践郭最之足，郭最以目答之，各低头不语。惟有栾乐、栾鲂思欲建功，不避矢石。韩无忌、韩起因前关屡败，不敢轻出，只是严守。到第三日，栾盈得败军之报，言："督戎被杀，全军俱没。"吓得手足无措，方请殖绰、郭最商议。绰、最笑曰："督戎且失利，况我曹乎？"栾盈垂泪不已。栾乐曰："我等死生，决于今夜，当令将士毕聚北门，于三更之后悉登轈车，放火烧关，或可入也。"栾盈从其计。

晋侯喜督戎之死，置酒庆贺。韩无忌、韩起俱来献觞上寿，饮至二更方散。才回北关，点视方毕，忽然车声轰起，栾氏军马大集，轈车高与关齐，火箭飞蝗般射来，延烧关门，火势凶猛。关内军士，存札不牢，栾乐当先，栾鲂继之，乘势遂占了外关。韩无忌等退守内关，遣人飞报中军求救。范匄命魏舒往南关，替回荀吴一支军马，往北关帮助二韩。遂同晋侯登台北望，见栾兵屯于外关，寂然无声，范匄曰："此必有计。"传令内关用心防御。守至黄昏，栾兵复登轈车，仍用火器攻门。这里预备下皮帐，帐用牛皮为之，以水浸透，撑开遮蔽，火不能入。乱了一夜，两下暂息，范匄曰："贼已逼近，倘久而不退，齐复乘之，国必殆矣！"遂命其子范鞅，率斐豹引一支军，从南关转至北门，从外而攻。刻定时辰，约会二韩守关，荀吴率牟刚引一支兵，从内关杀出外关。腹背夹攻，教他两下不能相顾。使赵武、魏舒移兵屯于关外，以防南逸。调度已毕，奉晋侯登台观战。范鞅临行，请于匄曰："鞅年少望轻，愿假以中军旗鼓。"匄许之，鞅仗剑登车，建旆而行。方出南关，谓其下曰："今日之战，有进无退。若兵败，吾先自刭，必不令诸君独死！"众皆踊跃。

却说荀吴奉范匄将令，使将士饱食结束，专等时候。只见栾兵纷纷扰扰，俱退出外关，心知外兵已到。一声鼓响，关门大开，牟刚在前，荀吴在后，甲士步卒，一齐杀出。栾盈亦虑晋军内外夹攻，使栾鲂用铁叶车塞外门之口，分兵守之。荀吴之兵，不能出外。范鞅兵到，栾乐见大旆，惊曰："元帅亲至乎？"使人察之，回报曰："小将军范鞅也。"乐曰："不足虑矣。"乃张弓挟矢，立于车中，顾左右曰："多带绳索，射倒者则牵之。"驰入晋军，左射右射，发无不中。其弟栾荣同在车中，谓曰："矢可惜也！多射无名！"乐乃不射。少顷，望见一车远远而来，车中一将，韦弁练袍，形容古怪。栾荣指曰："此人名斐豹，即杀我督将军者，可以射之！"栾乐曰："俟近百步，汝当为我喝采！"言未毕，又一车从旁经过。栾乐认得车中乃是小将军范鞅，想道："若射得范鞅，却不胜如斐豹？"乃驱车逐范鞅而射之。栾乐之箭，从来百发百中，偏是这一箭射个落空。范鞅回顾，见是栾乐。大骂："反贼！死在头上，尚敢射我？"栾乐便教回车退走。他不是怕惧范鞅，因射他不着，欲回车诱他赶来，觑得亲切，好端的放箭。谁知殖绰、郭最亦在军中，忌栾乐善射，惟恐其成功，一见他退走，遂大呼曰："栾氏败矣！"御人闻呼，又错认别支兵败了，举头四望，辔乱马逸。路上有大槐根，车轮误触之而覆，把栾乐跌将出来。恰恰的斐豹赶到，用长戟钩之，断其手肘。可怜栾乐是栾族第一个战将，今日死于槐根之侧，岂非天哉！髯翁有诗云：

猿臂将军射不空，偏教一矢误英雄。
老天已绝栾家祀，肯许军中建大功。

栾荣先跳下车，不敢来救栾乐，急逃而免。殖绰、郭最难回齐国，郭最奔秦，殖绰奔卫。

栾盈闻栾乐之死，放声大哭。军士无不哀涕。栾鲂守不住门口，收兵保护栾盈，望南而奔。荀吴与范鞅合兵，从后追来。盈、鲂同曲沃之众，抵死拒敌，大杀一场，晋兵才退。盈、鲂亦身带重伤，行至南门，又遇魏舒引兵拦住。栾盈垂泪告曰："魏伯独不忆下军共事之日乎？盈知必死，然不应死于魏伯之手也！"魏舒意中不忍，使车徒分列左右，让栾盈一路。栾盈、栾鲂引着残兵，急急奔回曲沃去了。须臾，赵武军到，问魏舒曰："栾孺子已过，何不追之？"魏舒曰："彼如釜中之鱼，瓮中之鳖，自有庖人动手。舒念先人僚谊，诚不忍操刀也！"赵武心中恻然，亦不行追赶。范匄闻栾盈已去，知魏舒做人情，置之不言。乃谓范鞅曰："从盈者，皆曲沃之甲，此去必还曲沃。彼爪牙已尽，汝率一军围之，不忧不下也。"荀吴亦愿同往，范匄许之。二将帅车三百乘，围栾盈于曲沃。范匄奉晋平公复回公宫，取丹书焚之，因斐豹得脱隶籍者二十余家。范匄遂收斐豹为牙将。

话分两头。却说齐庄公自打发栾盈转身，便大选车徒，以王孙挥为大将，申鲜虞副之，州绰、邢蒯为先锋，晏氂为合后，贾举、邴师等随身扈驾，择吉出师。先侵卫地，卫人儆守，不敢出战。齐兵也不攻城，遂望帝丘而北，直犯晋界。围朝歌，三日取之。庄公登朝阳山犒军，遂分军为二队，王孙挥同诸将为前队，从左取路孟门隘；庄公自率"龙""虎"二爵为后队，从右取路共山，俱于太行山取齐。一路杀掠，自不必说。邢蒯露宿共山之下，为毒蛇所螫，腹肿而死。庄公甚惜之。不一日，两军俱至太行，庄公登山以望二绛，正议袭绛之事。闻栾盈败走曲沃，晋侯悉起大军将至，庄公曰："吾志不遂矣！"遂观兵于少水而还。守邯郸大夫赵胜，起本邑之兵追之。庄公只道大军来到，前队又已先发，仓皇奔走，只留晏氂断后。氂兵败，被赵胜斩之。

范鞅、荀吴围曲沃月余。盈等屡战不胜，城中死者过半，力尽不能守，城遂破。胥午伏剑而死，栾盈、栾荣俱被执。盈曰："吾悔不用辛俞之言，乃至于此！"荀吴欲囚栾盈，解至绛城。范鞅曰："主公优柔不断，万一乞哀而免之，是纵仇也！"乃夜使人缢杀之，并杀栾荣，尽诛灭栾氏之族。惟栾鲂绐城而遁，出奔宋国去了。鞅等班师回奏，平公命以栾氏之事，播告于诸侯。诸侯多遣人来称贺。史臣有赞云：

> 宾傅桓叔，支佐文君，
> 传盾及书，世为国桢。
> 黡一汰侈，遂坠厥勋，
> 盈虽好士，适殒其身。
> 保家有道，以诫子孙。

于是范匄告老，赵武代之为政。不在话下。

再说齐庄公以伐晋未竟其功，雄心不死，还至齐境，不肯入，曰："平阴之役，莒人欲自其乡袭齐，此仇亦不可不报也。"乃留屯于境上，大搜车乘。州绰、贾举等各赐坚车五乘，名为"五乘之宾"。贾举称临淄人华周、杞梁之勇，庄公即使人召之。周、梁二人来见，庄公赐以一车，使之同乘，随军立功。华周退而不食，谓杞梁曰："君之立'五乘之宾'，以勇故也。君之召我二人，亦以勇故也。彼一人而五乘，我二人而一乘，此非用我，乃辱我耳。盍辞之他往乎？"杞梁曰："梁家有老母，当禀命而行之。"杞梁归告其母。母曰："汝生而无义，死而无名，虽在'五乘之宾'，人孰不笑汝？汝勉之，君命不可逃也。"杞梁以母之语述于华周。华周曰："妇人不忘君命，吾敢忘乎？"遂与杞梁共车，侍于庄公。

庄公休兵数日，传令留王孙挥统大军屯扎境上，单用"五乘之宾"及选锐三千，衔枚卧鼓，往袭莒国。华周、杞梁自请为前队。庄公问曰："汝用甲乘几何？"华周、杞梁曰："臣等二人，只身谒君，亦愿只身前往。君所赐一车，已足吾乘矣！"庄公欲试其勇，笑而许之。华周、杞梁约更番为御，临行曰："更得一人为戎右，可当一队矣！"有小卒挺身出曰："小人愿随二位将军一行，不知肯提挈否？"华周曰："汝何姓名？"小卒对曰："某乃本国人隰侯重也。慕二位将军之义勇，是以乐从。"三人遂同一乘，建一旗一鼓，风驰而去。先到莒郊，露宿一夜。次早，莒黎比公知齐师将到，亲率甲士三百人巡郊，遇华周、杞梁之车，方欲盘问。周、梁瞋目大呼曰："我二人，乃齐将也，谁敢与我决斗？"黎比公吃了一惊，察其单车无继，使甲士重重围之。周、梁谓隰侯重曰："汝为我击鼓勿休！"乃各挺长戟，跳下车来，左右冲突，遇者辄死。三百甲士，被杀伤了一半。黎比公曰："寡人已知二将军之勇矣，不须死战，愿分莒国与将军共之！"周、梁同声对曰："去国归敌，非忠也；受命而弃之，非信也。深入多杀者，为将之事。若莒国之利，非臣所知！"言毕，奋戟复战。黎比公不能当，大败而走。

齐庄公大队已到，闻知二将独战得胜，使人召之还，曰："寡人已知二将军之勇矣，不必更战，愿分齐国，与将军共之！"周、梁同声对曰："君立'五乘之宾'，而吾不与焉，是少吾勇也。又以利啖我，是污吾行也。深入多杀者，为将之事，若齐国之利，非臣所知！"乃揖去使者，弃车步行，直逼且于门。黎比公令人狭道掘沟炙炭，炭火腾焰，不能进步。隰侯重曰："吾闻古之士，能立名于后世者，惟捐生也。吾能使子逾沟。"乃仗楯自伏于炭上，令二子乘之而进。华周、杞梁既逾沟，回顾隰侯重，已焦灼矣，乃向之而号。杞梁收泪，华周哭犹未止。杞梁曰："汝畏死耶？何哭之久也？"华周曰："我岂怕死者哉？此人之勇，与我同也，乃能先我而死，是以哀之。"黎比公见二将已越火沟，急召善射者百人，伏于门之左右，俟其近，即攒射之。华周，杞梁直前夺门，百矢俱发，二将冒矢突战，复杀二十七人。守城军士，环立城上，皆注矢下射。杞梁重伤先死。华周身中数十箭，力尽被执，气犹未绝，黎比公载归城中。有诗为证：

争美赳赳五乘宾，形如熊虎力千钧。
谁知陷阵捐躯者，却是单车殉义人。

却说齐庄公得使者回信，知周、梁有必死之心，遂引大队前进。至且于门，闻三人俱已战死，大怒，便欲攻城。黎比公遣使至齐军中谢曰："寡君徒见单车，不知为大国所遣，是以误犯。且大国死者三人，敝邑被杀者已百余人矣。彼自求死，非敝邑敢于加兵也。寡君畏君之威，特命下臣百拜谢罪，愿岁岁朝齐，不敢有贰。"庄公怒气方盛，不准行成。黎比公复遣使相求，欲送还华周，并归杞梁之尸，且以金帛犒军。庄公犹未许。忽传王孙挥有急报至，言："晋侯与宋、鲁、卫、郑各国之君会于夷仪，谋伐齐国，请主公作速班师。"庄公得此急信，乃许莒成。莒黎比公大出金帛为献，以温车载华周，以辇载杞梁之尸，送归齐军。惟隰侯重尸在炭中，已化为灰烬，不能收拾。庄公即日班师，命将杞梁殡于齐郊之外。庄公方入郊，适遇杞梁之妻孟姜，来迎夫尸。庄公停车，使人吊之。孟姜对使者再拜曰："梁若有罪，敢辱君吊？若其无罪，犹有先人之敝庐在。郊非吊所，下妾敢辞。"庄公大惭曰："寡人之过也！"乃为位于杞梁之家而吊焉。孟姜奉夫棺，将窆于城外。乃露宿三日，抚棺大恸，涕泪俱尽，继之以血。齐城忽然崩陷数尺，由哀恸迫切，精诚之所感也。后世传秦人范杞梁差筑长城而死，其妻孟姜女送寒衣至城下，闻夫死痛哭，城为之崩，盖即齐将杞梁之事，而误传之耳。华周归齐，伤重，未几亦死。其妻哀恸，倍于常人。按：《孟子》称"华周、杞梁之妻，善哭其夫而变国俗"，正谓此也。史臣有诗云：

忠勇千秋想杞梁，颓城悲恸亦非常。
至今齐国成风俗，嫠妇哀哀学孟姜。

按：此乃周灵王二十二年之事。

是年大水，穀水与洛水斗，黄河俱泛滥，平地水深尺余。晋侯伐齐之议遂中止。

却说齐右卿崔杼恶庄公之淫乱，巴不得晋师来伐，欲行大事，已与左卿庆封商议事成之日，平分齐国，及闻水阻，心中郁郁。庄公有近侍贾竖，尝以小事，受鞭一百。崔杼知其衔怨，乃以重赂结之，凡庄公一动一息，俱令相报。

毕竟崔杼做出甚事来，再看下回分解。

第六十五回
弑齐光崔庆专权，纳卫衎甯喜擅政

话说周灵王二十三年夏五月，莒黎比公因许齐侯岁岁来朝，是月亲自至临淄朝齐。庄公大喜，设飨于北郭，款待黎比公。崔氏府第，正在北郭。崔杼有心拿庄公破绽，诈称寒疾不能起身。诸大夫皆侍宴，惟杼不往，密使心腹叩信于贾竖。竖密报云："主公只等席散，便来问相国之病。"崔杼笑曰："君岂忧吾病哉？正以吾病为利，欲行无耻之事耳。"乃谓其妻棠姜曰："我今日欲除此无道昏君。汝若从吾之计，吾不扬汝之丑，当立汝子为适嗣；如不从吾言，先斩汝母子之首。"棠姜曰："妇人，从夫者也。子有命，焉敢不依！"崔杼乃使棠无咎伏甲士百人于内室之左右，使崔成、崔疆仗甲于门之内，使东郭偃伏甲于门之外。分拨已定，约以鸣钟为号。再使人送密信于贾竖："君若来时，须要如此恁般。"

且说庄公爱棠姜之色，心心念念，寝食不忘，只因崔杼防范稍密，不便数数来往。是日见崔杼辞病不至，正中其怀，神魂已落在棠姜身上。燕享之仪，了事而已。事毕，趋驾往崔氏问疾。阍者谬对曰："病甚重，方服药而卧。"庄公曰："卧于何处？"对曰："卧于外寝。"庄公大喜，竟入内室。时州绰、贾举、公孙傲、偻堙四人从行。贾竖曰："君之行事，子所知也，盍待于外，无混入以惊相国。"州绰等信以为然，遂俱止于门外。惟贾举不肯出，曰："留一人何害？"乃独止堂中。贾竖闭中门而入。阍者复掩大门，拴而锁之。庄公至内室，棠姜艳妆出迎。未交一言，有侍婢来告："相国口燥，欲索蜜汤。"棠姜曰："妾往取蜜即至也。"棠姜同侍婢自侧户冉冉而去。庄公倚槛待之，望而不至，乃歌曰：

室之幽兮，美所游兮。室之邃兮，美所会兮。不见美兮，忧心胡底兮！

歌方毕，闻廊下有刀戟之声。庄公讶曰："此处安得有兵？"呼贾竖不应。须臾间，左右甲士俱起。庄公大惊，情知有变，急趋后户。户已闭，庄公力大，破户而出，得一楼登之。棠无咎引甲士围楼，声声只叫："奉相国之命，来拿淫贼！"庄公倚槛谕之曰："我，尔君也！幸舍我去！"无咎曰："相国有命，不敢自专。"庄公曰："相国何在？愿与立盟，誓不相害！"无咎曰："相国病不能来也。"庄公曰："寡人知罪矣，容至太庙中自尽，以谢相国何如？"无咎又曰："我等但知拿奸淫之人，不知有君。君既知罪，即请自裁，毋徒取辱！"庄公不得已，从楼牖中跃出，登花台，欲逾墙走。无咎引弓射之，中其左股，从墙上倒坠下来。甲士一齐俱上，刺杀庄公。无咎即使人鸣钟数声。

时近黄昏，贾举在堂中侧耳而听。忽见贾竖启门，携烛而出曰："室中有贼，主公召尔。尔先入，我当报州将军等。"贾举曰："与我烛。"贾竖授烛，失手坠地，烛灭。举仗剑摸索，才入中门，遇绊索踬地。崔疆从门旁突出，击而杀之。州绰等在门外，不知门内之事。东郭偃伪为结好，邀至旁舍中，秉烛具酒肉，且劝使释剑乐饮，亦遍饮从者。忽闻宅内鸣钟，东郭偃曰："主公饮酒矣。"州绰曰："不忌相国乎？"偃曰："相国病甚，谁忌之？"有顷，钟再鸣。偃起曰："吾当入视！"偃去，甲士悉起。州绰等急简兵器，先被东郭偃使人盗去了。州绰大怒，视门前有升车石，磔以投人。偻堙适趋过，误中堙，折其一足，惧而走。公孙傲拔系马柱而舞，甲士多伤。众人以火炬攻之，须发尽燎。时大门忽启，崔成、崔疆复率甲自内而出。公孙傲以手拉崔成，折其臂。崔疆以长戈刺傲，立死，并杀偻堙。州绰夺甲士之戟，复来寻斗。东郭偃大呼："昏君奸淫无道，已受诛戮，不干众人之事，何不留身以事新主？"州绰乃投戟于地曰："吾以羁旅亡命，受齐侯知己之遇。今日不能出力，反害偻堙，殆天意也。惟当舍一命以报君宠，岂肯苟活，为齐、晋两国所笑乎？"即以头触石垣三四，石破头亦裂。邴师闻庄公之死，自刭于朝门之外。封具缢于家。铎父与襄尹相约，往哭庄公之尸，中路闻贾举等俱死，遂皆自杀。髯翁有诗云：

似虎如龙勇绝伦，因怀君宠命轻尘。
私恩只许私恩报，殉难何曾有大臣。

时王何约卢蒲癸同死，癸曰："无益也，不如逃之，以俟后图。幸有一人复国，必当相引。"王何曰："请立誓！"誓成，王何遂出奔莒国。卢蒲癸将行，谓其弟卢蒲嫳曰："君之立勇爵，以自卫也。与君同死，何益于君？我去，子必求事崔、庆而归我，我因以为君报仇。如此，则虽死不虚矣！"嫳许之。癸乃出奔晋国。卢蒲嫳遂求事庆封，庆封用为家臣。申鲜虞出奔楚，后仕楚为右尹。

时齐国诸大夫闻崔氏作乱，皆闭门待信，无敢至者。惟晏婴直造崔氏，入其室，枕庄公之股，放声大哭。既起，又踊跃三度，然后趋出。棠无咎曰："必杀晏婴，方免众谤！"崔杼曰："此人有贤名，杀之恐失人心！"晏婴遂归，告于陈须无曰："盍议立君乎？"须无曰："守有高、国，权有崔、庆，须无何能为？"婴退。须无曰："乱贼在朝，不可与共事也。"驾而奔宋。晏婴复往见高止、国夏。皆言："崔氏将至，且庆氏在，非吾所能张主也。"婴乃叹息而去。未几，庆封使其子庆舍，搜捕庄公余党，杀逐殆尽。以车迎崔杼入朝，然后使召高、国，共议立君之事。高、国让于崔、庆，庆封复让于崔杼。崔杼曰："灵公之子杵臼，年已长，其母为鲁大夫叔孙侨如之女，立之可结鲁好。"众人皆唯唯。于是迎公子杵臼为君，是为景公。

时景公年幼，崔杼自立为右相，立庆封为左相。盟群臣于太公之庙，刑牲歃血，誓其众曰："诸君有不与崔、庆同心者，有如日！"庆封继之，高、国亦从其誓。轮及晏婴，婴仰天叹曰："诸君能忠于君，利于社稷，而婴不与同心者，有如上帝！"崔、庆俱色变。高、国曰："二相今日之举，正忠君利社稷之事也。"崔、庆乃悦。时莒黎比公尚在齐国，崔、庆奉景公与黎比公为盟，黎比公乃归莒。崔杼命棠无咎敛州绰、贾举等之尸，与庄公同葬于北郭，减其礼数，不用兵甲，曰："恐其逞勇于地下也。"命太史伯以疟疾书庄公之死，太史伯不从，书于简曰："夏五月乙亥，崔杼弑其君光。"杼见之大怒，杀太史。太史有弟三人，曰仲、叔、季。仲复书如前，杼又杀之。叔亦如之，杼复杀之。季又书，杼执其简谓季曰："汝三兄皆死，汝独不爱性命乎？若更其语，当免汝。"季对曰:"据事直书,史氏之职也。失职而生,不如死。昔赵穿弑晋灵公,太史董狐以赵盾位为正卿,不能讨贼,书曰:'赵盾弑其君夷皋。'盾不为怪,知史职不可废也。某即不书,天下必有书之者。不书不足以盖相国之丑,而徒贻识者之笑,某是以不爱其死,惟相国裁之!"崔杼叹曰:"吾惧社稷之陨,不得已而为此。虽直书,人必谅我。"乃掷简还季。季捧简而出,将至史馆,遇南史氏方来,季问其故。南史氏曰:"闻汝兄弟俱死,恐遂没夏五月乙亥之事,吾是以执简而来也。"季以所书简示之,南史氏乃辞去。髯翁读史至此,有赞云:

> 朝纲纽解,乱臣接迹。
> 斧钺不加,诛之以笔。
> 不畏身死,而畏溺职。
> 南史同心,有遂无格。
> 皓日青天,奸雄夺魄。
> 彼哉谀语,羞此史册。

崔杼愧太史之笔,乃委罪贾竖而杀之。

是月,晋平公以水势既退,复大合诸侯于夷仪,将为伐齐之举。崔杼使左相庆封以庄公之死,告于晋师,言:"群臣惧大国之诛,社稷不保,已代大国行讨矣。新君杵臼,出自鲁姬,愿改事上国,勿替旧好。所攘朝歌之地,仍归上国,更以宗器若干,乐器若干为献。"诸侯亦皆有赂。平公大悦,班师而归,诸侯皆散。自此晋、齐复合。时殖绰在卫,闻州绰、刑蒯皆死,复归齐国。卫献公衎出奔在齐,素闻其勇,使公孙丁以厚币招之,绰遂留事献公。此事搁过一边。

是年，吴王诸樊伐楚，过巢攻其门，巢将牛臣隐身于短墙而射之，诸樊中矢而死。群臣守寿梦临终之戒，立其弟馀祭为王。馀祭曰："吾兄非死于巢也，以先王之言，国当次及，欲速死以传季弟，故轻生耳。"乃夜祷于天，亦求速死。左右曰："人所欲者，寿也。王乃自祈早死，不亦远于人情乎？"馀祭曰："昔我先人太王，废长立幼，竟成大业。今吾兄弟四人，以次相承，若俱考终命，札且老矣。吾是以求速也！"此段话且搁过一边。

却说卫大夫孙林父、宁殖既逐其君衎，奉其弟剽为君。后宁殖病笃，召其子宁喜谓曰："宁氏自庄、武以来，世笃忠贞。出君之事，孙子为之，非吾意也。而人皆称曰'孙宁'，吾恨无以自明，即死无颜见祖父于地下。子能使故君复位，盖吾之愆，方是吾子。不然，吾不享汝之祀矣。"喜泣拜曰："敢不勉图！"殖死，喜嗣为左相，自是日以复国为念。奈殇公剽屡会诸侯，四境无故，上卿孙林父又是献公衎的嫡仇，无间可乘。

周灵王二十四年，卫献公袭夷仪据之，使公孙丁私入帝丘城，谓宁喜曰："子能反父之意，复纳寡人，卫国之政，尽归于子，寡人但主祭祀而已。"宁喜正有遗嘱在心，今得此信，且有委政之言，不胜之喜。又思："卫侯一时求复，故以甜言相哄，倘归而悔之，奈何？公子鱄贤而有信，若得他为证明，他日定不相负。"乃为复书，密付来使，书中大约言："此乃国家大事，臣喜一人，岂能独力承当？子鲜乃国人所信，必得他到此面订，方有商量。"子鲜者，公子鱄之字也。献公谓公子鱄曰："寡人复国，全由宁氏，吾弟必须为我一行。"子鱄口虽答应，全无去意。献公屡屡促之，鱄对曰："天下无无政之君，君曰'政由宁氏'，异日必悔之，是使鱄失信于宁氏也，鱄所以不敢奉命。"献公曰："寡人今窜身一隅，犹无政也。倘先人之祀，延及子孙，寡人之愿足矣，岂敢食言，以累吾弟。"鱄对曰："君意既决，鱄何敢避事，以败君之大功？"乃私入帝丘城，来见甯喜，复申献公之约。甯喜曰："子鲜若能任其言，喜敢不任其事！"鱄向天誓曰："鱄若负此言，不能食卫之粟。"喜曰："子鲜之誓，重于泰山矣。"公子鱄回复献公去了。

甯喜以殖之遗命，告于蘧瑗。瑗掩耳而走曰："瑗不与闻君之出，又敢与闻其入乎？"遂去卫适鲁。喜复告于大夫石恶、北宫遗，二人皆赞成之。喜乃告于右宰榖，榖连声曰："不可，不可！新君之立，十二年矣，未有失德。今谋复故君，必废新君，父子得罪于两世，天下谁能容之？"喜曰："吾受先人遗命，此事断不可已。"右宰榖曰："吾请往见故君，观其为人视往日如何，而后商之。"喜曰："善。"右宰榖乃潜往夷仪，求见献公。献公方濯足，闻榖至，不及穿履，徒跣而出，喜形于面，谓榖曰："子从左相处来，必有好音矣！"榖对曰："臣以便道奉候，喜不知也。"献公曰："子第为寡人致左相，速速为寡人图成其事。左相纵不思复寡人，独不思得卫政乎？"榖对曰："所乐为君者，以政在也。政去，何以为君？"献公曰："不然，所谓君者，受尊号，享荣名，美衣玉食，崇阶华宫，乘高车，驾上驷，府库充盈，使令满前，入有嫔御姬侍之奉，出有田猎毕弋之娱，岂必劳心政务，然后为乐哉？"榖嘿然而退。复见公子鱄，榖述献公之言。鱄曰："君淹恤日久，苦极望甘，故为此言。夫所谓君者，敬礼大臣，录用贤能，节财而用之，恤民而使之，作事必宽，出言必信，然后能享荣名，而受尊号，此皆吾君之所熟闻也。"右宰榖归谓甯喜曰："吾见故君，其言粪土耳！无改于旧。"喜曰："曾见子鲜否？"榖曰："子鲜之言合道，然非君所能行也！"

喜曰:"吾恃子鲜矣,吾有先臣之遗命,虽知其无改,安能已乎?"縠曰:"必欲举事,请俟其间。"

时孙林父年老,同其庶长子孙蒯居戚,留二子孙嘉、孙襄在朝。周灵王二十五年春二月,孙嘉奉殇公之命,出使聘齐,惟孙襄居守。适献公又遣公孙丁来讨信,右宰縠谓甯喜曰:"子欲行事,此其时矣。父兄不在,襄可取也。得襄,则子叔无能为矣。"喜曰:"子言正合吾意。"遂阴集家甲,使右宰縠同公孙丁帅之以伐孙襄。孙氏府第壮丽,亚于公宫,墙垣坚厚,家甲千人,有家将雍鉏、褚带二人,轮班值日巡警。

是日,褚带当班,右宰縠兵到,褚带闭门登楼问故。縠曰:"欲见舍人,有事商议。"褚带曰:"议事何须用兵?"欲引弓射之,縠急退,帅卒攻门。孙襄亲至门上,督视把守。褚带使善射者更番迭进,将弓持满,临楼牖而立,近者辄射之,死者数人。雍鉏闻府第有事,亦起军丁来接应。两下混战,互有杀伤。右宰縠度不能取胜,引兵而回。孙襄命开门亲自驰良马追赶,遇右宰縠,以长铩挽其车。右宰縠大呼:"公孙为我速射!"公孙丁认得是孙襄,弯弓搭箭,一发正中其胸,却得雍褚二将齐上,救回去了。胡曾先生咏史诗云:

> 孙氏无成甯氏昌,天教一矢中孙襄。
> 安排兔窟千年富,谁料寒灰发火光?

右宰縠转去,回复甯喜,说孙家如此难攻,"若非公孙神箭,射中孙襄,追兵还不肯退。"甯喜曰:"一次攻他不下,第二次越难攻了。既然箭中其主,军心必乱。今夜吾自往攻之,如再无功,即当出奔,以避其祸。我与孙氏,已无两立之势矣。"一面整顿车仗,先将妻子送出郊外，恐一时兵败，脱身不及；一面遣人打听孙家动静。约莫黄昏时候，打探者回报："孙氏府第内有号哭之声，门上人出入，状甚仓皇。"宁喜曰："此必孙襄伤重而亡也！"言未毕，北宫遗忽至，言："孙襄已死，其家无主，可速攻之。"时漏下已三更，宁喜自行披挂，同北宫遗、右宰榖、公孙丁等，悉起家众，重至孙氏之门。雍鉏、褚带方临尸哭泣，闻报宁家兵又到，急忙披挂，已被攻入大门，鉏等急闭中门，奈孙氏家甲先自逃散，无人协守，亦被攻破。雍鉏逾后墙而遁，奔往戚邑去了。褚带为乱军所杀。

其时天已大明，宁喜灭孙襄之家，断襄之首，携至公宫，来见殇公，言："孙氏专政日久，有叛逆之情，某已勒兵往讨，得孙襄之首矣！"殇公曰："孙氏果谋叛，奈何不令寡人闻之？既无寡人在目，又来见寡人何事？"宁喜起立，抚剑言曰："君乃孙氏所立，非先君之命，群臣百姓，复思故君，请君避位，以成尧、舜之德！"殇公怒曰："汝擅杀世臣，废置任意，真乃叛逆之臣也。寡人南面为君，已十三载，宁死不能受辱！"即操戈以逐宁喜。喜趋出宫门。殇公举目一看，只见刀枪济济，戈甲森森，宁家之兵，布满宫外，慌忙退步。宁喜一声指麾，甲士齐上，将殇公拘住。世子角闻变，仗剑来救，被公孙丁赶上，一戟刺死。宁喜传令，囚殇公于太庙，逼使饮鸩而亡。此周灵王二十五年春二月辛卯日事也。宁喜使人迎其妻子，复归府第，乃集群臣于朝堂，议迎立故君，各官皆到。惟有太叔仪乃是卫成公之子，卫文公之孙，年六十余，独称病不至。人问其故，仪曰："新旧皆君也，国家不幸有此事，老臣何忍与闻乎？"

宁喜迁殇公之宫眷于外，扫除宫室，即备法驾，遣右宰榖、北宫遗同公孙丁往夷仪迎接献公。献公星夜驱驰，三日而至。大夫公孙免余，直至境外相见。献公感其远迎之意，执其手曰："不图今日复为君臣！"自此免余有宠。诸大夫皆迎于境内，献公自车揖之。既谒庙临朝，百官拜贺，太叔仪尚称病不朝。献公使人责之曰："太叔不欲寡人返国乎？何为拒寡人？"仪顿首对曰："昔君之出，臣不能从，臣罪一也；君之在外，臣不能怀贰心，以通内外之言，罪二也；及君求入，臣又不能与闻大事，罪三也。君以三罪责臣，臣敢逃死！"即命驾车，欲谋出奔。献公亲往留之。仪见献公，垂泪不止，请为殇公成丧，献公许之，然后出就班列。献公使甯喜独相卫国，凡事一听专决，加食邑三千室。北宫遗、右宰穀、石恶、公孙免余等，俱增秩禄。公孙丁、殖绰有从亡之劳，公孙无地、公孙臣，其父有死难之节，俱进爵大夫。其他太叔仪、齐恶、孔羁、褚师申等，俱如旧。召蘧瑗于鲁，复其位。

却说孙嘉聘齐而回，中道闻变，径归戚邑。林父知献公必不干休，乃以戚邑附晋，诉说甯喜弑君之恶，求晋侯做主，恐卫侯不日遣兵伐戚，乞赐发兵，协力守御。晋平公以三百人助之。孙林父使晋兵专戍茅氏之地。孙蒯谏曰："戍兵单薄，恐不能拒卫人，奈何？"林父笑曰："三百人不足为吾轻重，故委之东鄙。若卫人袭杀晋戍，必然激晋之怒，不愁晋人不助我也。"孙蒯曰："大人高见，儿万不及。"甯喜闻林父请兵，晋仅发三百人，喜曰："晋若真助林父，岂但以三百人塞责哉！"乃使殖绰将选卒千人，往袭茅氏。

不知胜负如何，且看下回分解。

第六十六回
杀甯喜子鱄出奔，戮崔杼庆封独相

　　话说殖绰帅选卒千人，去袭晋戍，三百人不勾一扫，遂屯兵于茅氏，遣人如卫报捷。林父闻卫兵已入东鄙，遣孙蒯同雍鉏引兵救之。探知晋戍俱已杀尽，又知殖绰是齐国有名的勇将，不敢上前拒敌，全军而返。回复林父，林父大怒曰："恶鬼尚能为厉，况人乎？一个殖绰不能与他对阵，倘卫兵大至，何以御之？汝可再往，如若无功，休见我面！"孙蒯闷闷而出，与雍鉏商议，雍鉏曰："殖绰勇敌万夫，必难取胜，除非用诱敌之计方可。"孙蒯曰："茅氏之西，有地名圉村，四围树木茂盛，中间一村人家，村中有小小土山，我使人于山下掘成陷坑，以草覆之，汝先引百人与战，诱至村口，我屯兵于山上，极口詈骂，彼怒，必上山来擒我，中吾计矣！"雍鉏如其言，帅一百人驰往茅氏，如探敌之状，一遇殖绰之兵，佯为畏惧，回头便走。殖绰恃勇，欺雍鉏兵少，不传令开营，单带随身军甲数十人，乘轻车追之。雍鉏弯弯曲曲，引至圉村，却不进村，径打斜往树林中去了。殖绰也疑心林中有伏，便教停车。只见土山之上，又屯着一簇步卒，约有二百人数，簇拥着一员将。那员将小小身材，金鍪绣甲，叫着殖绰的姓名，骂道："你是齐邦退下来的歪货！栾家用不着的弃物！今捱身在我卫国吃饭，不知羞耻，还敢出头？岂不晓得我孙氏是八代世臣，敢来触犯？全然不识高低，禽兽不如！"殖绰闻之大怒。卫兵中有人认得的指道："这便是孙相国的长子，叫做孙蒯！"殖绰曰："擒得孙蒯，便是半个孙林父了！"那土山平稳，颇不甚高。殖绰喝教："驱车！"车驰马骤，刚刚到山坡之下，那车势去得凶猛，踏着陷坑，马就牵车下去，把殖绰掀下坑中。孙蒯恐他勇力难制，预备弓弩，一等陷下，攒箭射之。可怜好一员猛将，今日死于庸人之手。正是：瓦罐不离井上破，将军多在阵前亡。有诗为证：

神勇将军孰敢当，无名孙蒯已奔忙。
只因一激成奇绩，始信男儿当自强。

孙蒯用挠钩搭起殖绰之尸，割了首级，杀散卫军，回报孙林父。林父曰："晋若责我不救戍卒，我有罪矣，不如隐其胜而以败告。"乃使雍鉏如晋告败。晋平公闻卫杀其戍卒，大怒，命正卿赵武合诸大夫于澶渊，将加兵于卫。卫献公同甯喜如晋，面诉孙林父之罪，平公执而囚之。齐大夫晏婴，言于齐景公曰："晋侯为孙林父而执卫侯，国之强臣，皆将得志矣。君盍如晋请之，寓莱之德，不可弃也。"景公曰："善。"乃遣使约会郑简公一同至晋，为卫求解。晋平公虽感其来意，然有林父先入之言，尚未肯绽口。晏平仲私谓羊舌肸曰："晋为诸侯之长，恤患补阙，扶弱抑强，乃盟主之职也。林父始逐其君，既不能讨，今又为臣而执君，为君者不亦难乎？昔文公误听元咺之言，执卫成公归于京师，周天子恶其不顺，文公愧而释之。夫归于京师，而犹不可，况以诸侯囚诸侯乎？诸君子不谏，是党臣而抑君，其名不可居也。婴惧晋之失伯，敢为子私言之。"盼乃言于赵武，固请于平公，乃释卫侯归国。尚未肯释甯喜，右宰穀劝献公饰女乐十二人，进于晋以赎喜。晋侯悦，并释喜。喜归，愈有德色，每事专决，全不禀命。诸大夫议事者，竟在甯氏私第请命，献公拱手安坐而已。

时宋左师向戌，与晋赵武相善，亦与楚令尹屈建相善。向戌聘于楚，言及昔日华元欲为晋、楚合成之事，屈建曰："此事甚善，只为诸侯各自分党，所以和议迄于无成。若使晋、楚属国互相朝聘，欢好如同一家，干戈可永息矣。"向戌以为然，乃倡议晋、楚二君相会于宋，面定弭兵交见之约。楚自共王至今，屡为吴国侵扰，边境不宁，故屈建欲好晋以专事于吴。而赵武亦因楚兵屡次伐郑，指望和议一成，可享数年安息之福。两边皆欣然乐从。遂遣使往各属国订期。晋使至于卫国，甯喜不通知献公，径自委石恶赴会。献公闻之大怒，诉于公孙免馀。免馀曰："臣请以礼责之。"免馀即往见甯喜，言："会盟大事，岂可使君不与闻？"甯喜艴然曰："子鲜有约言矣，吾岂犹臣也乎哉？"免馀回报献公曰："喜无礼甚矣。何不杀之？"献公曰："若非甯氏，安有今日？约言实出自寡人，不可悔也。"免馀曰："臣受主公特达之知，无以为报，请自以家属攻甯氏，事成则利归于君，不成则害独臣当之。"献公曰："卿斟酌而行，勿累寡人也。"免馀乃往见其宗弟公孙无地、公孙臣，曰："相国之专，子所知也，主公犹执硁硁之信，隐忍不言。异日养成其势，祸且倚于孙氏矣，奈何？"无地与臣同辞而对曰："何不杀之？"免馀曰："吾言于君，君不从也。若吾等伪为作乱，幸而成，君之福，不成，不过出奔耳！"无地曰："吾弟兄愿为先驱。"免馀请歃血为信。

时周灵王二十六年，甯喜方治春宴，无地谓免馀曰："甯氏治春宴，必不备，吾请先尝之，子为之继。"免馀曰："盍卜之？"无地曰："事在必行，何卜之有？"无地与臣悉起家众以攻甯氏。甯氏门内，设有伏机。伏机者，掘地为深窟，上铺木板，别以木为机关，触其机，则势从下发，板启而人陷。日间去机，夜则设之。是日因春宴，家属皆于堂中观优，无守门者，乃设机以代巡警。无地不知，误触其机，陷于窟中。甯氏大惊，争出捕贼，获无地。公孙臣挥戈来救。甯氏人众，臣战败被杀。甯喜问无地曰："子之此来，何人主使？"无地瞋目大骂曰："汝恃功专恣，为臣不忠，吾兄弟特为社稷诛尔。事之不成，命也。岂由人主使耶？"甯喜怒，缚无地于庭柱，鞭之至死，然后斩之。右宰榖闻甯喜得贼，夜乘车来问。甯氏方启门，免馀帅兵适至，乘之而入，先斩右宰榖于门。甯氏堂中大乱，甯喜惊忙中，遽问："作贼者何人？"免馀曰："举国之人皆在，何问姓名乎？"喜惧而走，免馀夺剑逐之，绕堂柱三周，喜身中两剑，死于柱下。免馀尽灭甯氏之家，还报献公。献公命取甯喜及右宰榖之尸，陈之于朝。公子鱄闻之，徒跣入朝，抚甯喜之尸，哭曰："非君失信，我实欺子，子死，我何面目立卫之朝乎？"呼天长号者三，遂趋出，即以牛车载其妻小，出奔晋国。献公使人留之，鱄不从。行及河上，献公复使大夫齐恶驰驿追及之，齐恶致卫侯之意，必要子鱄回国。子鱄曰："要我还卫，除是甯喜复生方可！"齐恶犹强之不已，子鱄取活雉一只，当齐恶前拔佩刀剁落雉头，誓曰："鱄及妻子，今后再履卫地，食卫粟，有如此雉！"齐恶知不可强，只得自回。子鱄遂奔晋国，隐于邯郸，与家人织屦易粟而食，终身不言一"卫"字。史臣有

诗云:

> 他乡不似故乡亲,织屦萧然竟食贫。
> 只为约言金石重,违心恐负九泉人。

齐恶回复献公,献公感叹不已,乃命收殓二尸而葬之。欲立免余为正卿,免余曰:"臣望轻,不如太叔,"乃使太叔仪为政,自此卫国稍安。

话分两头。却说宋左师向戌,倡为弭兵之会,面议交见之事。晋正卿赵武、楚令尹屈建俱至宋地。各国大夫陆续俱至。晋之属国鲁、卫、郑,从晋营于左;楚之属国蔡、陈、许,从楚营于右。以车为城,各据一偏。宋是地主,自不必说。议定,照朝聘常期,楚之属朝聘于晋,晋之属亦朝聘于楚,其贡献礼物,各省其半,两边分用。其大国齐、秦,算做敌体与国,不在属国之数,各不相见。晋属小国如邾、莒、滕、薛,楚属小国如顿、胡、沈、麇,有力者自行朝聘,无力者从附庸一例,附于邻近之国。遂于宋西门之外,歃血订盟。楚屈建暗暗传令,衷甲将事,意欲劫盟,袭杀赵武,伯州犁固谏乃止。赵武闻楚衷甲,以问羊舌肸,欲预备对敌之计。羊舌肸曰:"本为此盟以弭兵也,若楚用兵,彼先失信于诸侯,诸侯其谁服之,子守信而已,何患焉?"及将盟,楚屈建又欲先歃,使向戌传言于晋。向戌造晋军,不敢出口,其从人代述之。赵武曰:"昔我先君文公,受王命于践土,绥服四国,长有诸夏,楚安得先于晋?"向戌还述于屈建,建曰:"若论王命,则楚亦尝受命于惠王矣。所以交见者,谓楚、晋匹敌也。晋主盟已久,此番合当让楚。若仍先晋,便是楚弱于晋了,何云敌国?"向戌复至晋营言之。赵武犹未肯从。羊舌肸谓赵武曰："主盟以德不以势，若其有德，歃虽后，诸侯戴之；如其无德，歃虽先，诸侯叛之。且合诸侯以弭兵为名，夫弭兵天下之利也，争歃则必用兵，用兵则必失信，是失所以利天下之意矣。子姑让楚。"赵武乃许楚先歃，定盟而散。时卫石恶与盟，闻宁喜被杀，不敢归卫，遂从赵武留于晋国。自是晋、楚无事，不在话下。

再说齐右相崔杼，自弑庄公，立景公，威震齐国。左相庆封性嗜酒，好田猎，常不在国中。崔杼独秉朝政，专恣益甚。庆封心中阴怀嫉忌，崔杼原许棠姜立崔明为嗣，因怜长子崔成损臂，不忍出口。崔成窥其意，请让嗣于明，愿得崔邑养老，崔杼许之。东郭偃与棠无咎不肯，曰："崔，宗邑也，必以授宗子。"崔杼谓崔成曰："吾本欲以崔予汝，偃与无咎不听，奈何？"崔成诉于其弟崔疆，崔疆曰："内子之位，且让之矣，一邑尚吝不予乎？吾父在，东郭等尚然把持，父死，吾弟兄求为奴仆不能矣。"崔成曰："姑浼左相为我请之。"成、疆二人求见庆封，告诉其事。庆封曰："汝父惟偃与无咎之谋是从，我虽进言，必不听也。异日恐为汝父之害，何不除之？"成、疆曰："某等亦有此心，但力薄，恐不能济事。"庆封曰："容更商之。"成、疆去。庆封召卢蒲嫳述二子之言。卢蒲嫳曰："崔氏之乱，庆氏之利也。"庆封大悟。过数日，成、疆又至，复言东郭偃、棠无咎之恶。庆封曰："汝若能举能，吾当以甲助子。"乃赠之精甲百具，兵器如数。成、疆大喜，夜半率家众披甲执兵，散伏于崔氏之近侧。东郭偃、棠无咎每日必朝崔氏，候其入门，甲士突起，将东郭偃、棠无咎攒戟刺死。崔杼闻变大怒，急呼人使驾车。舆仆逃匿皆尽，惟圉人在厩，乃使圉人驾马，一小竖为御，往见庆封，哭诉以家难。庆封佯为不知，讶曰："崔、庆虽为二氏，实一体也,孺子敢无上至此!子如欲讨,吾当效力。"崔杼信以为诚,乃谢曰:"倘得除此二逆,以安崔宗,我使明也拜子为父。"庆封乃悉起家甲,召卢蒲嫳使率之,吩咐如此如此。卢蒲嫳受命而往。崔成、崔疆见卢蒲嫳兵至,欲闭门自守。卢蒲嫳诱之曰:"吾奉左相之命而来,所以利子,非害子也。"成谓疆曰:"得非欲除孽弟明乎?"疆曰:"容有之。"乃启门纳卢蒲嫳。嫳入门,甲士俱入。成、疆阻遏不住,乃问嫳曰:"左相之命何如?"嫳曰:"左相受汝父之诉,吾奉命来取汝头耳。"喝令甲士:"还不动手!"成、疆未及答言,头已落地。卢蒲嫳纵甲士抄掳其家,车马服器取之无遗,又毁其门户。棠姜惊骇,自缢于房。惟崔明先在外,不及于难。卢蒲嫳悬成、疆之首于车,回复崔杼。杼见二首,且愤且悲,问嫳曰:"得无震惊内室否?"嫳曰:"夫人方高卧未起。"杼有喜色,谓庆封曰:"吾欲归,奈小竖不善执辔,幸借一御者。"卢蒲嫳曰:"某请为相国御。"崔杼向庆封再三称谢,登车而别。行至府第,只见重门大开,并无一人行动,比入中堂,直望内室,窗户门闼,空空如也。棠姜悬梁,尚未解索。崔杼惊得魂不附体,欲问卢蒲嫳,已不辞而去矣。遍觅崔明不得,放声大哭曰:"吾今为庆封所卖,吾无家矣,何以生为?"亦自缢而死。杼之得祸,不亦惨乎?髯翁有诗曰:

> 昔日同心起逆戎,今朝相轧便相攻。
> 莫言崔杼家门惨,几个奸雄得善终?

崔明半夜潜至府第,盗崔杼与棠姜之尸,纳于一柩之中,车载以出,掘开祖墓之穴,下其柩,仍加掩覆,惟圉人一同做事,此外无知者。事毕，崔明出奔鲁国。庆封奏景公曰："崔杼实弑先君，不敢不讨也。"景公唯唯而已。庆封遂独相景公，以公命召陈须无复归齐国。须无告老，其子陈无宇代之。此周灵王二十六年事也。

时吴、楚屡次相攻，楚康王治舟师以伐吴。吴有备，楚师无功而还。吴王馀祭方立二年，好勇轻生，怒楚见伐，使相国屈狐庸，诱楚之属国舒鸠叛楚。楚令尹屈建帅师伐舒鸠，养繇基自请为先锋。屈建曰："将军老矣，舒鸠蕞尔国，不忧不胜，无相烦也。"养繇基曰："楚伐舒鸠，吴必救之。某屡拒吴兵，熟知军情，愿随一行，虽死不恨！"屈建见他说个"死"字，心中恻然。基又曰："某受先王知遇，尝欲以身报国，恨无其地，今须发俱改，脱一旦病死牖下，乃令尹负某矣！"屈建见其意已决，遂允其请，使大夫息桓助之。

养繇基行至离城，吴王之弟夷昧同相国屈狐庸率兵来救。息桓欲俟大军，养繇基曰："吴人善水，今弃舟从陆，且射御非其长，乘其初至未定，当急击之。"遂执弓贯矢，身先士卒，所射辄死，吴师稍却。基追之，遇狐庸于车，骂曰："叛国之贼，敢以面目见我耶？"欲射狐庸，狐庸引车而退，其疾如风。基骇曰："吴人亦善御耶？恨不早射也。"说犹未毕，只见四面铁叶车围裹将来，把基困于垓心。乘车将士，皆江南射手，万矢齐发，养繇基死于乱箭之下。楚共王曾言其恃艺必死，验于此矣。息桓收拾败军，回报屈建。建叹曰："养叔之死，乃自取也。"乃伏精兵于栖山，使别将子疆以私属诱吴交锋，才十余合遂走。狐庸意其有伏不追。夷昧登高望之，不见楚军，曰："楚已遁矣！"遂空壁逐之，至栖山之下，子疆回战，伏兵尽起，将夷昧围住，冲突不出。却得狐庸兵到，杀退楚兵，救出夷昧。吴师败归，屈建遂灭舒鸠。

明年，楚康王复欲伐吴，乞师于秦。秦景公使弟公子鍼帅兵助之。吴盛兵以守江口，楚不能入。以郑久服事晋，遂还师侵郑。楚大夫穿封戍，擒郑将皇颉于阵。公子围欲夺之，穿封戍不与。围反诉于康王，言："已擒皇颉，为穿封戍所夺。"未几，穿封戍解皇颉献功，亦诉其事。康王不能决，使太宰伯州犁断之。犁奏曰："郑囚乃大夫，非细人也，问囚自能言之。"乃立囚于庭下，伯州犁立于右，公子围与穿封戍立于左，犁拱手向上曰："此位是王子围，寡君之介弟也。"复拱手向下曰："此位为穿封戍，乃方城外之县尹也。谁实擒汝？可实言之！"皇颉已悟犁之意，有心要奉承王子围，伪张目视围，对曰："颉遇此位王子不胜，遂被获。"穿封戍大怒，遂于驾上抽戈欲杀公子围。围惊走，戍逐之不及。伯州犁追上，劝解而还，言于康王，两分其功。复自置酒，与围、戍二人讲和。今人论徇私曲庇之事，辄云："上下其手。"盖本伯州犁之事也。后人有诗叹云：

斩擒功绩辨虚真，私用机门媚贵臣。
幕府计功多类此，肯持公道是何人？

却说吴之邻国名越，子爵，乃夏王禹之后裔，自无余始封，自夏历周，凡三十余世，至于允常。允常勤于为治，越始强盛。吴忌之。馀祭立四年，始用兵伐越，获其宗人，刖其足，使为阍，守"余皇"大舟。馀祭观舟醉卧，宗人解馀祭之佩刀，刺杀馀祭。从人始觉，共杀其宗人。馀祭弟夷昧，以次嗣立，以国政任季札。札请戢兵安民，通好上国。夷昧从之，乃使札首聘鲁国，求观五代及列国之乐，札一一评品，辄当其情，鲁人以为知音。次聘齐，与晏婴相善。次聘郑，与公孙侨相善。及卫，与蘧瑗相善。遂适晋，与赵武、韩起、魏舒相善。所善皆一时贤臣，札之贤亦可知矣。

要知后事如何，且看下回分解。

第六十七回
卢蒲癸计逐庆封，楚灵王大合诸侯

话说周灵王长子名晋，字子乔，聪明天纵，好吹笙，作凤凰鸣。立为太子，年十七，偶游伊、洛，归而死。灵王甚痛之，有人报道："太子于缑岭上，跨白鹤吹笙，寄语土人曰：'好谢天子，吾从浮丘公住嵩山，甚乐也！不必怀念。'"浮丘公，古仙人也。灵王使人发其冢，惟空棺耳，乃知其仙去矣。至灵王二十七年，梦太子晋控鹤来迎，既觉，犹闻笙声在户外，灵王曰："儿来迎我，我当去矣！"遗命传位次子贵，无疾而崩。贵即位，是为景王。是年，楚康王亦薨。令尹屈建与群臣共议，立其母弟麇为王。未几，屈建亦卒，公子围代为令尹。此事叙明，且搁过一边。

再说齐相国庆封，既专国政，益荒淫自纵。一日，饮于卢蒲嫳之家，卢蒲嫳使其妻出而献酒，封见而悦之，遂与之通。因以国政交付于其子庆舍，迁其妻妾财币于卢蒲嫳之家，封与嫳妻同宿，嫳亦与封之妻妾相通，两不禁忌。有时两家妻小，合做一处，饮酒欢谑，醉后罗唣。左右皆掩口，封与嫳不以为意。嫳请召其兄卢蒲癸于鲁，庆封从之。癸既归齐，封使事其子庆舍。舍膂力兼人，癸亦有勇，且善诿，故庆舍爱之，以其女庆姜妻癸，翁婿相称，宠信弥笃。癸一心只要报庄公之仇，无同心者，乃因射猎，极口夸王何之勇。庆舍问："王何今在何处？"癸曰："在莒国。"庆舍使召之。王何归齐，庆舍亦爱之。自崔、庆造乱之后，恐人暗算，每出入必使亲近壮士执戈，先后防卫，遂以为例。庆舍因宠信卢蒲癸、王何，即用二人执戈，余人不敢近前。

旧规：公家供卿大夫每日之膳，例用双鸡。时景公性爱食鸡跖，一食数千。公卿家效之，皆以鸡为食中之上品，因此鸡价腾贵，御厨以旧额不能供应，往庆氏请益。卢蒲嫳欲扬庆氏之短，劝庆舍勿益，谓御厨曰："供膳任尔，何必鸡也？"御厨乃以鹜代之。仆辈疑鹜非膳品，又窃食其肉。

是日，大夫高虿字子尾，栾灶字子雅，侍食于景公。见食品无鸡，但鹜骨耳，大怒曰："庆氏为政，刻减公膳，而慢我至此！"不食而出。高虿欲往责庆封，栾灶劝止之。早有人告知庆封，庆封谓卢蒲嫳曰："子尾、子雅怒我矣。将若之何？"卢蒲嫳曰："怒则杀之，何惧焉！"卢蒲嫳告其兄癸，癸与王何谋曰："高、栾二家与庆氏有隙，可借助也！"何乃夜见高虿，诡言庆氏谋攻高、栾二家。高虿大怒曰："庆封实与崔杼同弑庄公，今崔氏已灭，惟庆氏在，吾等当为先君报仇！"王何曰："此何之志也！大夫谋其外，何与栾氏谋其内，事蔑不济矣。"高虿阴与栾灶商议，伺间而发。陈无宇、鲍国、晏婴等，无不知之，但恶庆氏之专横，莫肯言者。卢蒲癸与王何卜攻庆氏，卜者献繇词曰："虎离穴，彪见血。"癸以龟兆问于庆舍曰："有欲攻仇家者，卜得其兆，请问吉凶。"庆舍视兆曰："必克，虎与彪，父子也。离而见血，何不克焉？所仇者何人？"癸曰："乡里之平人耳！"庆舍更不疑惑。

秋八月，庆封率其族人庆嗣、庆遗，往东莱田猎，亦使陈无宇同往。无宇别其父须无，须无谓曰："庆氏祸将及矣。同行恐与其难，何不辞之？"无宇对曰："辞则生疑，故不敢。若诡以他故召我，可图归也！"遂从庆封出猎。去讫，卢蒲癸喜曰："卜人所谓'虎离穴'者，此其验矣！"将乘尝祭举事。陈须无知之，恐其子与于庆封之难，诈称其妻有病，使人召无宇归家。无宇求庆封卜之，暗中祷告，却通陈庆氏吉凶。庆封曰："此乃'灭身'之卦，下克其上，卑克其尊，恐老夫人之病，未得痊也！"无宇捧龟，涕泣不止。庆封怜之，乃遣归。庆嗣见无宇登车，问："何往？"曰："母病不得不归！"言毕而驰。庆嗣谓庆封曰："无宇言母病，殆诈也。国中恐有他变，夫子当速归！"庆封曰："吾儿在彼何虑？"无宇既济河，乃发梁凿舟，以绝庆封之归路，封不知也。

时八月初旬将尽矣。卢蒲癸部署家甲，匆匆有战斗之色。其妻庆姜谓癸曰："子有事而不谋于我，必不捷矣。"癸笑曰："汝妇人也，安能为我谋哉？"庆姜曰："子不闻有智妇人胜于男子乎？武王有乱臣十人，邑姜与焉，何为不可谋也？"癸曰："昔郑大夫雍纠，以郑君之密谋，泄于其妻雍姬，卒致身死君逐，为世大戒。吾甚惧之！"庆姜曰："妇人以夫为天，夫唱则妇随之，况重以君命乎？雍姬惑于母言，以害其夫，此闺阃之蟊贼，何足道哉？"癸曰："假如汝居雍姬之地，当若何？"庆姜曰："能谋则共之，即不能，亦不敢泄。"癸曰："今齐侯苦庆氏之专，与栾、高二大夫谋逐汝族，吾是以备之，汝勿泄也。"庆姜曰："相国方出猎，时可乘矣。"癸曰："欲俟尝祭之日。"庆姜曰："夫子刚愎自任，耽于酒色，怠于公事，无以激之，或不出，奈何？妾请往止其行，彼之出乃决矣。"癸曰："吾以性命托子，子勿效雍姬也。"庆姜往告庆舍曰："闻子雅、子尾将以尝祭之隙，行不利于夫子，夫子不可出也！"庆舍怒曰："二子者，譬如禽兽，吾寝处之，谁敢为难？即有之，吾亦何惧？"庆姜归报卢蒲癸，预作准备。

至期，齐景公行尝祭于太庙，诸大夫皆从，庆舍莅事，庆绳主献爵，庆氏以家甲环守庙宫。卢蒲癸、王何执寝戈，立于庆舍之左右，寸步不离。陈、鲍二家有圉人善为优戏，故意使在鱼里街上搬演。庆氏有马，惊而逸走，军士逐而得之。乃尽縶其马，解甲释兵，共往观优。栾、高、陈、鲍四族家丁，俱集于庙门之外，卢蒲癸托言小便，出外约会停当，密围太庙。癸复入，立于庆舍之后，倒持其戟，以示高虿。虿会意，使从人以闼击门扉三声，甲士蜂拥而入。庆舍惊起，尚未离坐，卢蒲癸从背后刺之，刃入于胁，王何以戈击其左肩，肩折。庆舍目视王何曰："为乱者乃汝曹乎？"以右手取俎壶投王何，何立死。卢蒲癸呼甲士先擒庆绳杀之。庆舍伤重，负痛不能忍，只手抱庙柱摇撼之，庙脊俱为震动，大叫一声而绝。景公见光景利害，大惊欲走避。晏婴密奏曰："群臣为君故，欲诛庆氏以安社稷，无他虑也。"景公方才心定，脱了祭服，登车，入于内宫。卢蒲癸为首，同四姓之甲，尽灭庆氏之党，各姓分守城门，以拒庆封，防守严密，水泄不通。

却说庆封田猎而回，至于中途，遇庆舍逃出家丁，前来告乱。庆封闻其子被杀，大怒，遂还攻西门。城中守御严紧，不能攻克，卒徒渐渐逃散。庆封惧，遂出奔鲁国。齐景公使人让鲁，不当收留作叛之臣，鲁人将执庆封以畀齐人。庆封闻而惧，复奔吴国。吴王夷昧以朱方居之，厚其禄入，视齐加富，使伺察楚国动静。鲁大夫子服何闻之，谓叔孙豹曰："庆封又富于吴，殆天福淫人乎？"叔孙豹曰："善人富，谓之赏；淫人富，谓之殃。庆氏之殃至矣，又何福焉！"庆封既奔，于是高虿、栾灶为政，乃宣崔、庆之罪于国中，陈庆舍之尸于朝以殉。求崔杼之柩不得，悬赏购之，有能知柩处来献者，赐以崔氏之拱璧。崔之圉人贪其璧，遂出首。于是发崔氏祖墓，得其柩斫之，见二尸，景公欲并陈之。晏婴曰："戮及妇人，非礼也。"乃独陈崔杼之尸于市。国人聚观，犹能识认，曰："此真崔子矣！"诸大夫分崔、庆之邑。以庆封家财俱在卢蒲嫳之室，责嫳以淫乱之罪，放之于北燕，卢蒲癸亦从之。二氏家财，悉为众人所有，惟陈无宇一无所取。庆氏之庄，有木材百余车，众议纳之陈氏。无宇悉以施之国人，由是国人咸颂陈氏之德。此周景王初年事也。

其明年，栾灶卒，子栾施嗣为大夫，与高虿同执国政。高虿忌高厚之子高止，以二高并立为嫌，乃逐高止。止亦奔北燕。止之子高竖，据卢邑以叛。景公使大夫闾丘婴帅师围卢。高竖曰："吾非叛，惧高氏之不祀也！"闾丘婴许为高氏立后，高竖遂出奔晋国。闾丘婴复命于景公，景公乃立高酀以守高傒之祀。高虿怒曰："本遣闾丘欲除高氏，去一人，立一人，何择焉？"乃潜杀闾丘婴。诸公子子山、子商、子周等，皆为不平，纷纷讥议。高虿怒，以他事悉逐之，国中侧目。未几，高虿卒，子高彊嗣为大夫。高彊年幼，未立为卿，大权悉归于栾施矣。此段话且搁过一边。

是时，晋、楚通和，列国安息。郑大夫良霄字伯有，乃公子去疾之孙，公孙辄之子，时为上卿执政。性汰侈，嗜酒，每饮辄通宵。饮时恶见他人，恶闻他事，乃窟地为室，置饮具及钟鼓于中，为长夜之饮，家臣来朝者，皆不得见。日中乘醉入朝，言于郑简公，欲遣公孙黑往楚修聘。公孙黑方与公孙楚争娶徐吾犯之妹，不欲远行，来见良霄求免。阍人辞曰："主公已进窟室，不敢报也。"公孙黑大怒，遂悉起家甲，乘夜同印段围其第，纵火焚之。良霄已醉，众人扶之上车，奔雍梁。良霄方醒，闻公孙黑攻己，大怒。居数日，家臣渐次俱到，述国中之事，言："各族结盟，以拒良氏，惟国氏、罕氏不与盟。"霄喜曰："二氏助我矣。"乃还攻郑之北门。公孙黑使其侄驷带，同印段率勇士拒之。良霄战败，逃于屠羊之肆，为兵众所杀，家臣尽死。公孙侨闻良霄死，亟趋雍梁，抚良霄之尸而哭之曰："兄弟相攻，天乎，何不幸也！"尽敛家臣之尸，与良霄同葬于斗城之村。公孙黑怒曰："子产乃党良氏耶？"欲攻之。上卿罕虎止之曰："子产加礼于死者，况生者乎？礼，国之干也，杀有礼不祥。"黑乃不攻。郑简公使罕虎为政，罕虎曰："臣不如子产。"乃使公孙侨为政。时周景王之三年也。

公孙侨既执郑政，乃使都鄙有章，上下有服，田有封洫，庐井有伍，尚忠俭，抑泰侈。公孙黑乱政，数其罪而杀之。又铸《刑书》以威民，立乡校以闻过。国人乃歌诗曰：

> 我有子弟，子产诲之。
> 我有田畴，子产殖之。
> 子产而死，谁其嗣之？

一日，郑人出北门，恍惚间遇见良霄，身穿介胄提戈而行，曰："带与段害我，我必杀之！"其人归述于他人，遂患病。于是国中风吹草动，便以为良霄来矣，男女皆奔走若狂，如避戈矛。未几驷带病卒。又数日，印段亦死。国人大惧，昼夜不宁。公孙侨言于郑君，以良霄之子良止为大夫，主良氏之祀；并立公子嘉之子公孙泄，于是国中讹言顿息。行人游吉字子羽，问于侨曰："立后而讹言顿息，是何故也？"侨曰："凡凶人恶死，其魂魄不散，皆能为厉。若有所归依,则不复然矣。吾立祀为之归也。"游吉曰:"若然,立良氏可矣,何以并立公孙泄?岂虑子孔亦为厉乎?"侨曰:"良霄有罪,不应立后。若因为厉而立之,国人皆惑于鬼神之说,不可以为训。吾托言于存七穆之绝祀,良、孔二氏并立,所以除民之惑也!"游吉乃叹服。

再说周景王二年,蔡景公为其世子般娶楚女芈氏为室。景公私通于芈氏。世子般怒曰:"父不父,则子不子矣。"乃伪为出猎,与心腹内侍数人,潜伏于内室。景公只道其子不在,遂入东宫,径造芈氏之室。世子般率内侍突出,砍杀景公,以暴疾讣于诸侯,遂自立为君,是为灵公。史臣论般以子弑父,千古大变。然景公淫于子妇,自取悖逆,亦不能无罪也。有诗叹云:

新台丑行污青史,蔡景如何复蹈之?
逆刃忽从宫内起,因思急子可怜儿!

蔡世子般虽以暴疾讣于诸侯,然弑逆之迹,终不能掩。自本国传扬出来,各国谁不晓得?但是时盟主偷惰,不能行诛讨之法耳。

其年秋,宋宫中夜失火,夫人乃鲁女伯姬也。左右见火至,禀夫人避火。伯姬曰:"妇人之义,傅母不在,宵不下堂。火势虽迫,岂可废义?"比及傅母来时,伯姬已焚死矣。国人皆为叹息。时晋平公以宋有合成之功,怜其被火,乃大合诸侯于澶渊,各出财币以助宋。宋儒胡安国论此事,以为不讨蔡世子弑父之罪,而谋恤宋灾,轻重失其等矣。此平公所以失霸也。

周景王四年,晋、楚以宋之盟,故将复会于虢。时楚公子围代屈建为令尹。围乃共王之庶子,年齿最长,为人桀骜不恭,耻居人下，恃其才器，阴畜不臣之志，欺熊麇微弱，事多专决。忌大夫蔿掩之忠直，诬以谋叛，杀之而并其室。交结大夫蔿罢、伍举为腹心，日谋篡逆。尝因出田郊外，擅用楚王旌旗，行至芋邑，芋尹申无宇数其僭分，收其旌旗于库，围稍戢。至是，将赴虢之会，围请先行聘于郑，欲娶丰氏之女。临行，谓楚王熊麇曰："楚已称王位，在诸侯之上，凡使臣乞得用诸侯之礼，庶使列国知楚之尊。"熊麇许之。公子围遂僭用国君之仪，衣服器用，拟于侯伯，用二人执戈前导。将及郑郊，郊人疑为楚王，惊报国中。郑君臣俱大骇，星夜匍匐出迎，及相见，乃公子围也。公孙侨恶之，恐其一入国中，或生他变，乃使行人游吉辞以城中舍馆颓坏，未及修葺，乃馆于城外。公子围使伍举入城，议婚丰氏，郑伯许之。既行聘，筐篚甚盛。临娶时，公子围忽萌袭郑之意，欲借迎女为名，盛饰车乘，乘机行事。公孙侨曰："围之心不可测，必去众而后可。"游吉曰："吉请再往辞之。"于是游吉往见公子围曰："闻令尹将用众迎，敝邑褊小，不足以容从者，请除地于城外，以听迎妇之命。"公子围曰："君辱贶寡大夫围，赐以丰氏之婚，若迎于野外，何以成礼？"游吉曰："礼，军容不入国，况婚姻乎？令尹若必用众，以壮观瞻，请去兵备。"伍举密言于围曰："郑人知备我矣，不如去兵。"乃使士卒悉弃弓矢，垂橐而入，迎丰氏于馆舍，遂赴会所。

晋赵武及宋、鲁、齐、卫、陈、蔡、郑、许各国大夫，俱已先在。公子围使人言于晋曰："楚、晋有盟于前，今此番寻好，不必再立誓书，重复歃血。但将盟宋旧约，表白一番，令诸君勿忘足矣！"祁午谓赵武曰："围之此言，恐晋争先也。前番让楚先晋，今番晋合先楚。若读旧书，楚常先矣。子以为何如？"赵武曰："围之在会，缉蒲为王宫，威仪与楚王无二。其志不惟外亢，将有内谋，不如姑且听之，以骄其志。"祁午曰："虽然，前番子木衷甲赴会，幸而不发，今围更有甚焉，吾子宜为之备。"赵武曰："所以寻好者，寻弭兵之约也。武知有守信而已，不知其他。"既登坛，公子围请读旧书，加于牲上，赵武唯唯。既毕事，公子围遂归。诸大夫皆知围之将为楚君也。史臣有诗云：

任教贵倨称公子，何事威仪效楚王？
列国尽知成跋扈，郏敖燕雀尚怡堂！

赵武心中终以读旧书先楚为耻，恐人议论，将守信之语，向各国大夫再三分剖，说了又说。及还过郑，鲁大夫叔孙豹同行，武复言之。豹曰："相君谓弭兵之约，可终守乎？"武曰："吾等偷食，朝夕图安，何暇问久远？"豹退谓郑大夫罕虎曰："赵孟将死矣。其语偷，不为远计，且年未五十，而谆谆焉如八九十岁老人，其能久乎？"未几，赵武卒。韩起代之为政，不在话下。

再说楚公子围归国，值熊麇抱病在宫，围入宫问疾，托言有密事启奏，遣开嫔侍，解冠缨加熊麇之颈，须臾而死。麇有二子，曰幕，曰平夏，闻变，挺剑来杀公子围，勇力不敌，俱为围所杀。麇弟右尹熊比字子干，宫厩尹熊黑肱字子晰，闻楚王父子被杀，惧祸，比出奔晋，黑肱出奔郑。公子围赴于诸侯曰："寡君麇不禄即世，寡大夫围应为后。"伍举更其辞曰："共王之子围为长。"围于是嗣即王位，改名熊虔，是为灵王。以蒍罢为令尹，郑丹为右尹，伍举为左尹，斗成然为郊尹。太宰伯州犁有公事在郏，楚王虑其不服，使人杀之。因葬楚王麇于郏，谓之郏敖。以蒍启疆代为太宰，立长子禄为世子。灵王既得志，愈加骄恣，有独霸中原之意，使伍举求诸侯于晋，又以丰氏女族微，不堪为夫人，并求婚于晋侯。晋平公新丧赵武，惧楚之强，不敢违抗，一一听之。

周景王六年，为楚灵王之二年，冬十二月，郑简公、许悼公如楚，楚灵王留之，以待伍举之报。伍举还楚复命，言："晋侯二事俱诺！"灵王大悦，遣使大征会于诸侯，约以明年春三月为会于申。郑简公请先往申地，迎待诸侯。灵王许之。至次年之春，诸国赴会者，接踵不绝，惟鲁、卫托故不至，宋遣大夫向戌代行，其他蔡、陈、徐、滕、顿、胡、沈、小邾等国君，俱亲身赴会。楚灵王大率兵车，来至申地，诸侯俱来相见。左尹伍举进曰："臣闻欲图霸者，必先得诸侯；欲得诸侯者，必先慎礼。今吾王始求诸侯于晋，宋向戌、郑公孙侨皆大夫之良，号为知礼者，不可不慎也。"灵王曰："古者合诸侯之礼何如？"伍举曰："夏启有钧台之享，商汤有景亳之命，周武有孟津之誓，成王有岐阳之蒐，康王有酆宫之朝，穆王有涂山之会，齐桓公有召陵之师，晋文公有践土之盟，此六王二公所以合诸侯者，莫不有礼，惟君所择。"灵王曰："寡人欲霸诸侯，当用齐桓公召陵之礼，但不知其礼如何？"伍举对曰："夫六王二公之礼，臣闻其名，实未之习也。以所闻齐桓公伐楚，退师召陵，楚使先大夫屈完如齐师，桓公大陈八国车乘，以众强夸示屈完，然后合诸侯与屈完盟会。今诸侯新服，吾王亦惟示以众强之势，使其怖畏，然后征会讨贰，不敢不从矣。"灵王曰："寡人欲用兵诸侯，效桓公伐楚之事，谁当先者？"伍举对曰："齐庆封弑其君，逃于吴国。吴不讨其罪，又加宠焉，处以朱方之地，聚族而居，富于其旧，齐人愤怨。夫吴，我之仇也。若用兵伐吴，以诛庆封为名，则一举而两得矣。"灵王曰："善。"

于是盛陈车乘，以恐胁诸侯，即申地为会盟。以除君是吴姬所出,疑其附吴,系之三日。徐子愿为伐吴向导,乃释之。使大夫屈申,率诸侯之师伐吴,围朱方,执齐庆封,尽灭其族。屈申闻吴人有备,遂班师,以庆封献功。灵王欲戮庆封,以徇于诸侯。伍举谏曰:"臣闻,'无瑕者可以戮人',若戮庆封,恐其反唇而稽也。"灵王不听,乃负庆封以斧钺,绑示军前,以刀按其颈,迫使自言其罪曰:"各国大夫听者,无或如齐庆封弑其君、弱其孤,以盟其大夫。"庆封遂大声叫曰:"各国大夫听者,无或如楚共王之庶子围,弑其君兄之子麇而代之,以盟诸侯。"观者皆掩口而笑。灵王大惭,使速杀之。胡曾先生咏史诗云:

乱贼还将乱贼诛,虽然势屈肯心输?
楚虔空自夸天讨,不及庄王戮夏舒!

灵王自申归楚,怪屈申从朱方班师,不肯深入,疑其有贰心于吴,杀之。以屈生代为大夫。薳罢如晋,迎夫人姬氏以归,薳罢遂为令尹。

是年冬,吴王夷昧帅师伐楚,入棘、栎、麻,以报朱方之役。楚灵王大怒,复起诸侯之师伐吴。越君允常恨吴侵掠,亦使大夫常寿过帅师来会。楚将薳启疆为先锋,引舟师先至鹊岸,为吴人所败。楚灵王自引大兵,至于罗汭。吴王夷昧使其宗弟蹶繇犒师。灵王怒而执之,将杀其血,以衅军鼓。先使人问曰:"汝来时曾卜吉凶否?"蹶繇对曰:"卜之甚吉。"使者曰:"君王将取汝血以衅军鼓,何吉之有?"蹶繇对曰:"吴所卜,乃社稷之事,岂为一人吉凶哉?寡君之遣繇犒师,盖以察王怒之疾徐,而为守御之缓急。君若欢焉,好迎使臣,使敝邑忘于儆备,亡无日矣。若以使臣衅鼓,敝邑知君之震怒，而修其武备，于以御楚有余矣。吉孰大焉！"灵王曰："此贤士也！"乃赦之归。

楚兵至吴界，吴设守甚严，不能攻入而还。灵王乃叹曰："向乃枉杀屈申矣。"灵王既归，耻其无功，乃大兴土木，欲以物力制度夸示诸侯。筑一宫名曰章华，广袤四十里。中筑高台，以望四方，台高三十仞，曰章华台，亦名三休台，以其高峻，凡登台必三次休息，始陟其巅也。其中宫室亭榭，极其壮丽，环以民居。凡有罪而逃亡者，皆召使归国，以实其宫。宫成，遣使征召四方诸侯，同来落成。

不知诸侯几位到来，且看下回分解。

第六十八回
贺虒祁师旷辨新声，散家财陈氏买齐国

话说楚灵王有一癖性，偏好细腰。不问男女，凡腰围粗大者，一见便如眼中之钉。既成章华之宫，选美人腰细者居之，以此又名曰细腰宫。宫人求媚于王，减食忍饿，以求腰细，甚有饿死而不悔者。国人化之，皆以腰粗为丑，不敢饱食。虽百官入朝，皆用软带紧束其腰，以免王之憎恶。灵王恋细腰之宫，日夕酣饮其中，管弦之声，昼夜不绝。

一日，登台作乐，正在欢宴之际，忽闻台下喧闹之声。须臾，潘子臣拥一位官员至前，灵王视之，乃芋尹申无宇也。灵王惊问其故，潘子臣奏曰："无宇不由王命，闯入王宫，擅执守卒，无礼之甚。责在于臣，故拘使来见，惟我王详夺。"灵王问申无宇曰："汝所执何人？"申无宇对曰："臣之阍人也，托使守阍，乃逾墙盗臣酒器，事觉逃窜，访之岁余不得。今窜入王宫，谬充守卒，臣是以执之。"灵王曰："既为寡人守宫，可以赦之。"申无宇对曰："天有十日，人有十等。自王以下，公、卿、大夫、士、皂、舆、僚、仆、台，递相臣服，以上制下，以下事上，上下相维，国以不乱。臣有

第六十八回　贺虒祁师旷辨新声，散家财陈氏买齐国

阍人，而臣不能行其法，使借王宫以自庇。苟得所庇，盗贼公行，又谁禁之？臣宁死不敢奉命。"灵王曰："卿言是也。"遂命以阍人畀无宇，免其擅执之罪。无宇谢恩而出。

过数日，大夫薳启疆邀请鲁昭公至，楚灵王大喜。启疆奏言："鲁侯初不肯行。臣以鲁先君成公与先大夫婴齐盟蜀之好，再三叙述，胁以攻伐之事，方始惧而束装。鲁侯习于礼仪，愿我王留心，勿贻鲁笑。"灵王问曰："鲁侯之貌如何？"启疆曰："白面长身，须垂尺余，威仪甚可观也。"灵王乃密传一令，精选国中长躯长髯，出色大汉十人，伟其衣冠，使习礼三日，命为傧相，然后接见鲁侯。鲁侯乍见，错愕不已。遂同游章华之宫。鲁侯见土木壮丽，夸奖之声不绝。灵王曰："上国亦有此宫室之美乎？"鲁侯鞠躬对曰："敝邑褊小，安敢望上国万分之一。"灵王面有骄色，遂陟章华之台。怎见得台高？有诗为证：

高台半出云，望望高不极。
草木无参差，山河同一色。

台势高峻逶迤，盘数层而上。每层俱有明廊曲槛。预选楚中美童，年二十以内者，装束鲜丽，略如妇人，手捧雕盘玉斝，唱郢歌劝酒，金石丝竹，纷然响和。既升绝顶，乐声嘹亮，俱在天际。觥筹交错，粉香相逐，飘飘乎如入神仙洞府，迷魂夺魄，不自知其在人间矣。大醉而别，灵王赠鲁侯以"大屈"之弓。"大屈"者，弓名，乃楚库所藏之宝弓也。

次日，灵王心中不舍此弓，有追悔之意，与薳启疆言之。启疆曰："臣能使鲁侯以弓还归于楚。"启疆乃造公馆，见鲁侯，佯为不

知,问曰:"寡君昨宴好之际,以何物遗君?"鲁侯出弓示之。启疆见弓,即再拜称贺。鲁侯曰:"一弓何足为贺?"启疆曰:"此弓名闻天下,齐、晋与越三国皆遣人相求,寡君嫌有厚薄,未敢轻许。今特传之于君,彼三国者,将望鲁而求之。鲁其备御三邻,慎守此宝,敢不贺乎?"鲁侯蹴然曰:"寡人不知弓之为宝,若此,何敢登受?"乃遣使还弓于楚,遂辞归。伍举闻之,叹曰:"吾王其不终乎?以落成召诸侯,诸侯无有至者,仅一鲁侯辱临,而一弓之不忍,甘于失信。夫不能舍己,必将取人,取人必多怨,亡无日矣。"此周景王十年事也。

却说晋平公闻楚以章华之宫,号召诸侯,乃谓诸大夫曰:"楚,蛮夷之国,犹能以宫室之美,夸示诸侯,岂晋而反不如耶?"大夫羊舌肸进曰:"伯者之服诸侯,闻以德,不闻以宫室。章华之筑,楚失德也,君奈何效之!"平公不听,乃于曲沃汾水之旁,起造宫室,略仿章华之制,广大不及,而精美过之,名曰虒祁之宫。亦遣使布告诸侯。髯翁有诗叹云:

章华筑怨万民愁,不道虒祁复效尤。
堪笑伯君无远计,却将土木召诸侯!

列国闻落成之命,莫不窃笑其为者。然虽如此,却不敢不遣使来贺。惟郑简公因前赴楚灵王之会,未曾朝晋。卫灵公元新嗣位,未见晋侯,所以二国之君,亲自至晋。二国中又是卫君先到。

单表卫灵公行至濮水之上,天晚宿于驿舍,夜半不能成寝,耳中如闻鼓琴之声,乃披衣起坐,倚枕而听之。其音甚微,而泠泠可辨,从来乐工所未奏,真新声也。试问左右,皆曰:"弗闻。"灵公素好音乐，有太师名涓，善制新声，能为四时之曲。灵公爱之，出入必使相从。乃使左右召师涓。师涓至，曲犹未终。灵公曰："子试听之，其状颇似鬼神。"师涓静听，良久声止。师涓曰："臣能识其略矣，更须一宿，臣能写之。"灵公乃复留一宿。夜半，其声复发，师涓援琴而习之，尽得其妙。

既至晋，朝贺礼毕，平公设宴于虒祁之台。酒酣，平公曰："素闻卫有师涓者，善为新声，今偕来否？"灵公起对曰："见在台下。"平公曰："试为寡人召之。"灵公召师涓登台。平公亦召师旷，相者扶至。二人于阶下叩首参谒。平公赐师旷坐，即令师涓坐于旷之旁。平公问师涓曰："近日有何新声？"师涓奏曰："途中适有所闻，愿得琴而鼓之。"平公命左右设几，取古桐之琴，置于师涓之前。涓先将七弦调和，然后拂指而弹，才奏数声，平公称善。

曲未及半，师旷遽以手按琴曰："且止，此亡国之音，不可奏也。"平公曰："何以见之？"师旷奏曰："殷末时，乐师名延者，与纣为靡靡之乐，纣听之而忘倦，即此声也。及武王伐纣，师延抱琴东走，自投于濮水之中。有好音者过此，其声辄自水中而出。涓之途中所闻，其必在濮水之上矣。"卫灵公暗暗惊异。平公又问曰："此前代之乐，奏之何伤？"师旷曰："纣因淫乐，以亡其国。此不祥之音，故不可奏。"平公曰："寡人所好者，新声也。涓其为寡人终之。"师涓重整弦声，备写抑扬之态，如诉如泣。平公大悦，问师旷曰："此曲名为何调？"师旷曰："此所谓《清商》也。"平公曰："《清商》固最悲乎？"师旷曰："《清商》虽悲，不如《清徵》。"平公曰："《清徵》可得而闻乎？"师旷曰："不可。古之听《清徵》者，皆有德义之君也。今君德薄，不当听此曲。"平公曰："寡人酷嗜新声，子其无辞。"

师旷不得已，援琴而鼓。一奏之，有玄鹤一群，自南方来，渐集于宫门之栋，数之得八双；再奏之，其鹤飞鸣，序立于台之阶下，左右各八；三奏之，鹤延颈而鸣，舒翼而舞，音中宫商，声达霄汉。平公鼓掌大悦，满坐生欢，台上台下，观者莫不踊跃称奇。平公命取白玉卮，满斟醇酿，亲赐师旷。旷接而饮之。平公叹曰："音至《清徵》，无以加矣！"师旷曰："更不如《清角》。"平公大惊曰："更有加于《清徵》者乎？何不并使寡人听之？"师旷曰："《清角》更不比《清徵》，臣不敢奏也。昔者黄帝合鬼神于泰山，驾象车而御蛟龙，毕方并辖，蚩尤居前，风伯清尘，雨师洒道，虎狼前驱，鬼神后随，腾蛇伏地，凤凰覆上，大合鬼神，作为《清角》。自后君德日薄，不足以服鬼神，神人隔绝。若奏此声，鬼神毕集，有祸无福。"平公曰："寡人老矣。诚一听《清角》，虽死不恨。"师旷固辞。平公起立，迫之再三。师旷不得已，复援琴而鼓。一奏之，有玄云从西方而起；再奏之，狂风骤发，裂帘幕，摧俎豆，屋瓦乱飞，廊柱俱拔。顷之，疾雷一声，大雨如注，台下水深数尺，台中无不沾湿。从者惊散，平公恐惧，与灵公伏于廊室之间。良久，风息雨止，从者渐集，扶携两君下台而去。

是夜，平公受惊，遂得心悸之病。梦中见一物，色黄，大如车轮，蹒跚而至，径入寝门。察之，其状如鳖，前二足，后一足，所至水涌。平公大叫一声曰："怪事！"忽然惊醒，怔忡不止。及旦，百官至寝门问安。平公以梦中所见，告之群臣，皆莫能解。须臾，驿使报："郑君为朝贺，已到馆驿。"平公遣羊舌肸往劳。羊舌肸喜曰："君梦可明矣！"众问其故，羊舌肸曰："吾闻郑大夫子产博学多闻，郑伯相礼，必用此人，吾当问之。"肸至馆驿致饩，兼道晋君之意，病中不能相见。时卫灵公亦以同时受惊，有微恙告归。郑简

第六十八回　贺虒祁师旷辨新声，散家财陈氏买齐国

公亦遂辞归，独留公孙侨候疾。羊舌肸问曰："寡君梦见有物如鳖，黄身三足，入于寝门，此何祟也？"公孙侨曰："以侨所闻，鳖三足者，其名曰'能'。昔禹父曰鲧，治水无功，舜摄尧政，乃殛鲧于东海之羽山，截其一足，其神化为'黄能'，入于羽渊。禹即帝位，郊祀其神，三代以来，祀典不缺。今周室将衰，政在盟主，宜佐天子，以祀百神，君或者未之祀乎？"羊舌肸以其言告于平公。平公命大夫韩起，祀鲧如郊礼。平公病稍定，叹曰："子产真博物君子也！"以莒国所贡方鼎赐之。公孙侨将归郑，私谓羊舌肸曰："君不恤民隐，而效楚人之侈，心已僻矣，疾更作，将不可为。吾所对，乃权词以宽其意也。"

其时有人早起，过魏榆地方，闻山下有若数人相聚之声，议论晋事。近前视之，惟顽石十余块，并无一人。既行过，声复如前，急回顾之，声自石出。其人大惊，述于土人。土人曰："吾等闻石言数日矣，以其事怪，未敢言也。"此语传闻于绛州。平公召师旷问曰："石何以能言？"旷对曰："石不能言，乃鬼神凭之耳。夫鬼神以民为依。怨气聚于民，则鬼神不安，鬼神不安，则妖兴。今君崇饰宫室，以竭民之财力，石言其在是乎？"平公嘿然。师旷退，谓羊舌肸曰："神怒民怨，君不久矣。侈心之兴，实起于楚。虽楚君之祸，可计日而俟也。"月余，平公病复作，竟成不起。自筑虒祁宫至薨日，不及三年，又皆在病困之中。枉害百姓，不得安享，岂不可笑。史臣有诗云：

崇台广厦奏新声，竭尽民脂怨黩盈。
物怪神妖催命去，虒祁空自费经营！

平公薨后，群臣奉世子夷嗣位，是为昭公。此是后话。

再说齐大夫高彊，自其父虿逐高止，谮杀闾丘婴，举朝皆为不平。及彊嗣为大夫，年少嗜酒，栾施亦嗜酒，相得甚欢。与陈无宇、鲍国踪迹少疏，四族遂分为二党。栾、高二人每聚饮，醉后辄言陈、鲍两家长短。陈、鲍闻之，渐生疑忌。

忽一日，高彊因醉中鞭扑小竖，栾施复助之。小竖怀恨，乃乘夜奔告陈无宇，言："栾、高欲聚家众，来袭陈、鲍二家，期在明日矣！"复奔告鲍国。鲍国信之，忙令小竖往约陈无宇，共攻栾、高。无宇授甲于家众，即时登车，欲诣鲍国之家。途中遇见高彊，亦乘车而来。彊已半醉，在车中与无宇拱手，问："率甲何往？"无宇谩应曰："往讨一叛奴耳！"亦问："子良何往？"彊对曰："吾将饮于栾氏也。"既别，无宇令舆人速骋，须臾，遂及鲍门。只见车徒济济，戈甲森森，鲍国亦贯甲持弓，方欲升车矣。二人合做一处商量，无宇述子良之言："将饮于栾氏，未知的否，可使人探之。"鲍国遣使往栾氏觇视，回报："栾、高二位大夫皆解衣去冠，蹲踞而赛饮。"鲍国曰："小竖之语妄矣！"无宇曰："竖言虽不实，然子良于途中见我率甲，问我何往，我谩应以将讨叛奴。今无所致讨，彼心必疑，倘先谋逐我，悔无及矣。不如乘其饮酒，不做准备，先往袭之。"鲍国曰："善。"两家甲士同时起行，无宇当先，鲍国押后，杀向栾家，将前后府门团团围住。栾施方持巨觥欲吸，闻陈、鲍二家兵到，不觉觥坠于地。高彊虽醉，尚有三分主意，谓栾施曰："亟聚家徒，授甲入朝，奉主公以伐陈、鲍，无不克矣。"栾施乃悉聚家众。高彊当先，栾施在后，从后门突出，杀开一条血路，径奔公宫。陈无宇、鲍国恐其挟齐侯为重，紧紧追来。高氏族人闻变，亦聚众来救。景公在宫中，闻四族率甲相攻，正不知事从何起，急命阍者紧闭虎门,以宫甲守之,使内侍召晏婴入宫。栾施、高彊攻虎门不能入,屯于门之右;陈、鲍之甲屯于门之左,两下相持。

须臾,晏婴端冕委弁,驾车而至。四家皆使人招之,婴皆不顾,谓使者曰:"婴惟君命是从,不敢自私。"阍者启门,晏婴入见。景公曰:"四族相攻,兵及寝门,何以待之?"晏婴奏曰:"栾、高怙累世之宠,专行不忌,已非一日。高止之逐,闾丘之死,国人胥怨。今又伐寝门,罪诚不宥。但陈、鲍不候君命,擅兴兵甲,亦不为无罪。惟君裁之!"景公曰:"栾、高之罪,重于陈、鲍,宜去之。谁堪使者?"晏婴对曰:"大夫王黑可使也。"景公传命,使王黑以公徒助陈、鲍攻栾、高。栾、高兵败,退于大衢。国人恶栾、高者,皆攘臂助战。高彊酒犹未醒,不能力战。栾施先奔东门,高彊从之。王黑同陈、鲍追及,又战于东门。栾、高之众渐渐奔散,乃夺门而出,遂奔鲁国。陈、鲍逐两家妻子,而分其家财。

晏婴谓陈无宇曰:"子擅命以逐世臣,又专其利,人将议子,何不以所分得者,悉归诸公。子无所利,人必以让德称子,所得多矣。"无宇曰:"多谢指教。无宇敢不从命!"于是将所分食邑及家财,尽登簿籍,献于景公。景公大悦。景公之母夫人曰孟姬,无宇又私有所献。孟姬言于景公曰:"陈无宇诛剪强家,以振公室,利归于公,其让德不可没也,何不以高唐之邑赐之?"景公从其言,陈氏始富。

陈无宇有心要做好人,言:"群公子向被高虿所逐,实出无辜,宜召而复之。"景公以为然。无宇以公命召子山、子商、子周等,凡幄幕器用,及从人之衣屦,皆自出家财,私下完备,遣人分头往迎。诸公子得归故国,已自欢喜,及见器物毕具,知是陈无宇所赐,感激无已。无宇又大施恩惠于公室,凡公子、公孙之无禄者,悉以私禄分给之。又访求国中之贫约孤寡者，私与之粟。凡有借贷，以大量出，以小量入，贫不能偿者，即焚其券。国中无不颂陈氏之德，愿为效死而无地也。史臣论：陈氏厚施于民，乃异日移国之渐，亦由君不施德，故臣下得借私恩小惠，以结百姓之心耳。有诗云：

威福君权敢上侵，辄将私惠结民心。
请看陈氏移齐计，只为当时感德深。

景公用晏婴为相国。婴见民心悉归陈氏，私与景公言之，劝景公宽刑薄敛，兴发补助，施泽于民，以挽留人心。景公不能从。

话分两头，再说楚灵王成章华之宫，诸侯落成者甚少。闻晋筑虒祁宫，诸侯皆贺，大有不平之意，召伍举商议，欲兴师以侵中原。伍举曰："王以德义召诸侯，而诸侯不至，是其罪也。以土木召诸侯，而责其不至，何以服人？必欲用兵以威中华，必择有罪者征之，方为有名。"灵王曰："今之有罪者何国？"伍举奏曰："蔡世子般弑其君父，于今九年矣。王初合诸侯，蔡君来会，是以隐忍不诛。然弑逆之贼，虽子孙犹当伏法，况其身乎？蔡近于楚，若讨蔡而兼其地，则义利两得矣。"说犹未了，近臣报："陈国有讣音到，言陈侯溺已薨，公子留嗣位。"伍举曰："陈世子偃师，名在诸侯之策。今立公子留，置偃师于何地？以臣度之，陈国必有变矣。"

毕竟陈事如何，且看下回分解。

第六十九回
楚灵王挟诈灭陈蔡，晏平仲巧辩服荆蛮

话说陈哀公名溺，其元妃郑姬生子偃师，已立为世子矣。次妃生公子留，三妃生公子胜。次妃善媚得宠，既生留，哀公极其宠爱，但以偃师已立，废之无名，乃以其弟司徒公子招为留太傅，公子过为少傅，嘱付招、过："异日偃师当传位于子留。"

周景王十一年，陈哀公病废在床，久不视朝。公子招谓公子过曰："公孙吴且长矣，若偃师嗣位，必复立吴为世子，安能及留？是负君之托也。今君病废已久，事在吾等掌握，及君未死，假以君命，杀偃师而立留，可以无悔。"公子过以为然，乃与大夫陈孔奂商议。孔奂曰："世子每日必入宫问疾三次，朝夕在君左右，命不可假也。不若伏甲于宫巷，俟其出入，乘便刺之，一夫之力耳。"过遂与招定计，以其事托孔奂，许以立留之日，益封大邑。孔奂自去阴召心腹力士，混于守门人役数内，阍人又认做世子亲随，并不疑虑。世子偃师问安毕，夜出宫门，力士灭其火，刺杀之。宫门大乱。须臾，公子招同公子过到，佯作惊骇之状，一面使人搜贼，一面倡言："陈侯病笃，宜立次子留为君。"陈哀公闻变，愤恚自缢而死。史臣

有诗云：

嫡长宜君国本安，如何宠庶起争端？
古今多少偏心父，请把陈哀仔细看。

司徒招奉公子留主丧即位，遣大夫于徵师以病薨赴告于楚。时伍举侍于灵王之侧，闻陈已立公子留为君，不知世子偃师下落，方在疑惑，忽报："陈侯第三子公子胜同侄儿公孙吴求见。"灵王召之，问其来意。二人哭拜于地，公子胜开言："嫡兄世子偃师，被司徒招与公子过设谋枉杀，致父亲自缢而死，擅立公子留为君。我等恐其见害，特来相投。"灵王诘问于徵师。徵师初犹抵赖，却被公子胜指实，无言可答。灵王怒曰："汝即招、过之党也！"喝教刀斧手，将徵师绑下斩讫。伍举奏曰："王已诛逆臣之使，宜奉公孙吴以讨招、过之罪，名正言顺，谁敢不服？既定陈国，次及于蔡，先君庄王之绩不足道也！"灵王大悦，乃出令兴师伐陈。公子留闻于徵师见杀，惧祸不愿为君，出奔郑国去了。或劝司徒招："何不同奔？"招曰："楚师若至，我自有计退之。"

却说楚灵王大兵至陈，陈人皆怜偃师之死，见公孙吴在军中，无不踊跃，咸箪食壶浆，以迎楚师。司徒招事急，使人请公子过议事。过来坐定，问曰："司徒云'有计退楚'，计将安出？"招曰："退楚只须一物，欲问汝借。"过又问："何物？"招曰："借汝头耳！"过大惊，方欲起身，招左右鞭捶乱下，将过击倒，即拔剑斩其首，亲自持赴楚军，稽首诉曰："杀世子立留，皆公子过之所为。招今仗大王之威，斩过以献，惟君赦臣不敏之罪！"灵王听其言词卑逊，心中已自欢喜。招又膝行而前，行近王座，密奏曰："昔庄王定陈之乱，已县陈矣，后复封之，遂丧其功。今公子留惧罪出奔，陈国无主，愿大王收为郡县，勿为他姓所有也。"灵王大喜曰："汝言正合吾意，汝且归国，为寡人辟除宫室，以候寡人之巡幸。"司徒招叩谢而去。公子胜闻灵王放招还国，复来哭诉，言："造谋俱出于招，其临时行事，则过使大夫孔奂为之。今乃委罪于过，冀以自解，先君先太子目不瞑于地下矣！"言罢，痛哭不已，一军为之感动。灵王慰之曰："公子勿悲，寡人自有处分。"

次日，司徒招备法驾仪从，来迎楚王入城。灵王坐于朝堂，陈国百官俱来参谒。灵王唤陈孔奂至前，责之曰："戕贼世子，皆汝行凶，不诛何以儆众！"叱左右将孔奂斩讫，与公子过二首共悬于国门。复诮司徒招曰："寡人本欲相宽，奈公论不容何？今赦汝一命，便可移家远窜东海。"招仓皇不敢措辩，只得拜辞。灵王使人押往越国安置去讫。公子胜率领公孙吴拜谢讨贼之恩。灵王谓公孙吴曰："本欲立汝，以延胡公之祀，但招、过之党尚多，怨汝必深，恐为汝害，汝姑从寡人归楚。"乃命毁陈之宗庙，改陈国为县。以穿封戍争郑囚皇颉事，不为谄媚，使守陈地，谓之陈公。陈人大失望。髯翁有诗叹云：

本兴义旅诛残贼，却爱山河立县封。
记得蹊田夺牛语，恨无忠谏似申公！

灵王携公孙吴以归，休兵一载，然后伐蔡。伍举献谋曰："蔡般怙恶已久，忘其罪矣，若往讨，彼反有词，不如诱而杀之。"灵王从其计，乃托言巡方，驻军于申地，使人致币于蔡，请灵公至申地相会。使人呈上国书，蔡侯启而读之，略云：

寡人愿望君侯之颜色,请君侯辱临于申。不腆之仪,
预以犒从者。

蔡侯将戎车起行,大夫公孙归生谏曰:"楚王为人贪而无信,今使人之来,币重而言卑,殆诱我也,君不可往。"蔡侯曰:"蔡之地不能当楚之一县,召而不往,彼若加兵,谁能抗之?"归生曰:"然则请立世子而后行。"蔡侯从之,立其子有为世子,使归生辅之监国。即日命驾至申,谒见灵王。灵王曰:"自此地一别,于今八年矣,且喜君丰姿如旧。"蔡侯对曰:"般荷上国辱收盟籍,以君王之灵,镇抚敝邑,感恩非浅。闻君王拓地商墟,方欲驰贺,使命下临,敢不趋承。"灵王即于申地行宫,设宴款待蔡侯,大陈歌舞,宾主痛饮甚乐。复迁席于他寝,使伍举劳从者于外馆。蔡侯欢饮,不觉酕醄大醉,壁衣中伏有甲士,灵王掷杯为号,甲士突起,缚蔡侯于席上。蔡侯醉中,尚不知也。灵王使人宣言于众曰:"蔡般弑其君父,寡人代天行讨,从者无罪,降者有赏,愿归者听。"原来蔡侯待下极有恩礼,从行诸臣无一人肯降者。灵王一声号令,楚军围裹将来,俱被擒获。蔡侯方才酒醒,知身被束缚,张目视灵王曰:"般得何罪?"灵王曰:"汝亲弑其父,悖逆天理,今日死犹晚矣。"蔡侯叹曰:"吾悔不用归生之言也!"灵王命将蔡侯磔死,从死者共七十人,舆隶最贱者,俱诛不赦。大书蔡侯般弑逆之罪于版,宣布国中。遂命公子弃疾统领大军,长驱入蔡。宋儒论蔡般罪固当诛,然诱而杀之,非法也。髯翁有诗云:

蔡般无父亦无君,鸣鼓方能正大伦。
莫怪诱诛非法典,楚灵原是弑君人。

第六十九回　楚灵王挟诈灭陈蔡，晏平仲巧辩服荆蛮

却说蔡世子有，自其父发驾之后，旦晚使谍者探听。忽报蔡侯被杀，楚兵不日临蔡，世子有即时纠集兵众，授兵登埤。楚兵至，围之数重。公孙归生曰："蔡虽久附于楚，然晋、楚合成，归生实与载书，不若遣人求救于晋，倘惠顾前盟，或者肯来相援。"世子有从其计，募国人能使晋者。蔡洧之父蔡略，从蔡侯于申，在被杀七十人之中。洧欲报父仇，应募而出，领了国书，乘夜缒城北走，直达晋国，来见晋昭公，哭诉其事。昭公集群臣问之，荀吴奏曰："晋为盟主，诸侯依赖以为安，既不救陈，又不救蔡，盟主之业堕矣。"昭公曰："楚虔暴横，吾兵力不逮，奈何？"韩起对曰："虽知不逮，可坐视乎？何不合诸侯以谋之？"昭公乃命韩起约诸国会于厥慭。宋、齐、鲁、卫、郑、曹各遣大夫至会所听命。韩起言及救蔡之事，各国大夫人人伸舌，个个摇首，没一个肯担当主张的。韩起曰："诸君畏楚如此，将听其蚕食乎？倘楚兵由陈、蔡渐及诸国，寡君亦不敢与闻矣。"众人面面相觑，莫有应者。

时宋国右师华亥在会，韩起独谓华亥曰："盟宋之役，汝家先右师实倡其谋，约定南北弭兵，有先用兵者，各国共伐之。今楚首先败约，加兵陈、蔡，汝袖手不发一言，非楚无信，乃尔国之欺谩也！"华亥觳觫对曰："下国何敢欺谩，得罪主盟？但蛮夷不顾信义，下国无如之何耳！今各国久弛武备，一旦用兵，胜负未卜。不若遵弭兵之约，遣一使为蔡请宥，楚必无辞。"韩起见各国大夫俱有惧楚之意，料救蔡一事鼓舞不来，乃商议修书一封，遣大夫狐父径至申城来见楚灵王。蔡洧见各国不肯发兵救蔡，号泣而去。狐父到申城，将书呈上，灵王拆书看之，略云：

　　日者，宋之盟，南北交见，本以弭兵为名；虢之会，

再申旧约，鬼神临之。寡君率诸侯恪守成言，不敢一试干戈。今陈、蔡有罪，上国赫然震怒，兴师往讨，义愤所激，聊以从权。罪人既诛，兵犹未解，上国其何说之辞？诸国大夫执政，皆走集敝邑，责寡君以拯溺解纷之义，寡君愧焉！犹惧以征发师徒，自干盟约，遣下臣起合诸大夫共此尺书，为蔡请命。倘上国惠顾前好，存蔡之宗庙，寡君及同盟，咸受君赐，岂惟蔡人！

书末，宋、齐各国大夫俱署有名字。灵王览毕笑曰："蔡城且暮且下，汝以空言解围，以三尺童子待寡人耶？汝去回复汝君，陈、蔡乃孤家属国，与汝北方无与，不劳照管！"狐父再欲哀恳，灵王遽起身入内，亦无片纸回书。狐父怏怏而回。晋君臣虽则恨楚，无可奈何。正是：

有力无心空负力，有心无力枉劳心。
若还心力齐齐到，涸海移山孰敢禁！

蔡洧回至蔡国，被楚巡军所获，解到公子弃疾帐前。弃疾胁使投降，蔡洧不从，乃囚于后军。弃疾知晋救不至，攻城益力。归生曰："事急矣！臣当拚一命，径往楚营，说之退兵。万一见听，免至生灵涂炭。"世子有曰："城中调度，全赖大夫，安可舍孤而去？"归生对曰："殿下若不相舍，臣子朝吴可使也。"世子召朝吴至，含泪遣之。朝吴出城往见弃疾，弃疾待之以礼，朝吴曰："公子重兵加蔡，蔡知亡矣，然未知罪之在也。若以先君般失德，不蒙赦宥，则世子何罪？蔡之宗社何罪？幸公子怜而察之！"弃疾曰："吾亦知蔡无灭亡之道，但受命攻城，若无功归报，必得罪矣！"朝吴曰："吴更有一言，请屏左右。"弃疾曰："汝第言之，吾左右无妨也。"朝吴曰："楚王得国非正，公子宁不知之？凡有人心，莫不怨愤。又内竭脂膏于土木，外竭筋骨于干戈，用民不恤，贪得无厌。昔岁灭陈，今复诱蔡。公子不念君仇，奉其驱使，怨黩方作，公子将分其半矣。公子贤明著誉，且有'当璧'之祥，楚人皆欲得公子为君，诚反戈内向，诛其弑君虐民之罪，人心响应，谁能为公子抗者？孰与事无道之君，敛万民之怨乎？公子倘幸听愚计，吴愿率死亡之余，为公子先驱。"弃疾怒曰："匹夫敢以巧言离间我君臣，本该斩首，姑寄汝头于颈上，传语世子，速速面缚出降，尚可保全余喘也！"叱左右牵朝吴出营。

原来当初楚共王有宠妾之子五人，长曰熊昭，即康王；次曰围，即灵王虔；三曰比，字子干；四曰黑肱，字子晳；末即公子弃疾也。共王欲于五子之中，立一人为世子，心中不决，乃大祀群神，奉璧密祷曰："请神于五人中，择一贤而有福者，使主社稷。"乃以璧密埋于太室之庭中，暗记其处，使五子各斋戒三日后，五更入庙，次第谒祖。视其拜当璧处者，即神所选立之人矣。康王先入，跨过埋璧，拜于其前。灵王拜时，手肘及于璧上。子干、子晳去璧甚远。弃疾时年尚幼，使傅母抱之入拜，正当璧纽之上。共王心知神佑弃疾，宠爱益笃。因共王薨时，弃疾年尚未长，所以康王先立。然楚大夫闻埋璧之事者，无不知弃疾之当为楚王矣。今日朝吴说及"当璧"之祥，弃疾恐此语传扬，为灵王所忌，故佯怒而遣之。

朝吴还入城中，述弃疾之语。世子有曰："国君死社稷，乃是正理，某虽未成丧嗣位，然既摄位守国，便当与此城相为存亡，岂可屈膝仇人，自同奴隶乎？"于是固守益力。自夏四月围起，直至冬十一月，公孙归生积劳成病，卧不能起。城中食尽，饿死者居半，守者疲困，不能御敌。楚师蚁附而上，城遂破。世子端坐城楼，束手受缚。弃疾入城，扶慰居民，将世子有上了囚车，并蔡洧解到灵王处报捷。以朝吴有当璧之言，留之不遣。未几，归生死，朝吴遂留事弃疾。此周景王十四年事也。

时灵王驾已回郢，梦有神人来谒，自称九冈山之神，曰："祭我，我使汝得天下。"既觉大喜，遂命驾至九冈山。适弃疾捷报到，即命取世子有充作牺牲，杀以祭神。申无宇谏曰："昔宋襄用鄫子于次睢之社，诸侯叛之。王不可蹈其覆辙！"灵王曰："此逆般之子，罪人之后，安得比于诸侯？正当六畜用之耳。"申无宇退而叹曰："王汰虐已甚，其不终乎！"遂告老归田，去讫。

蔡洧见世子被杀，哀泣三日。灵王以为忠，乃释而用之。蔡洧之父先为灵王所杀，阴怀复仇之志，说灵王曰："诸侯所以事晋而不事楚者，以晋近而楚远也。今王奄有陈、蔡，与中华接壤，若高广其城，各赋千乘，以威示诸侯，四方谁不畏服？然后用兵吴、越，先服东南，次图西北，可以代周而为天子。"灵王悦其谀言，日渐宠用。于是重筑陈、蔡之城，倍加高广，即用弃疾为蔡公，以酬其灭蔡之功。又筑东西二不羹城，据楚之要害。自以天下莫强于楚，指顾可得天下。召太卜将守龟卜之，问："寡人何日为王？"太卜曰："君既已称王矣，尚何问？"灵王曰："楚、周并立，非真王也。得天下者，方为真王耳。"太卜爇龟，龟裂。太卜曰："所占无成。"灵王掷龟于地，攘臂大呼曰："天乎，天乎！区区天下，不肯与我，生我熊虔何用？"蔡洧奏曰："事在人为耳，彼朽骨者何知。"灵王乃悦。

第六十九回 楚灵王挟诈灭陈蔡，晏平仲巧辩服荆蛮

诸侯畏楚之强，小国来朝，大国来聘，贡献之使，不绝于道。就中单表一人，乃齐国上大夫晏婴，字平仲，奉齐景公之命，修聘楚国。灵王谓群下曰："晏平仲身不满五尺，而贤名闻于诸侯。当今海内诸国，惟楚最盛，寡人欲耻辱晏婴，以张楚国之威，卿等有何妙计？"太宰薳启疆密奏曰："晏平仲善于应对，一事不足以辱之，必须如此如此。"灵王大悦。薳启疆夜发卒徒于郢城东门之旁，另凿小窦，刚刚五尺，吩咐守门军士："候齐国使臣到时，却将城门关闭，使之由窦而入。"不一时，晏婴身穿破裘，轻车羸马，来至东门。见城门不开，遂停车不行，使御者呼门。守者指小门示之曰："大夫出入此窦，宽然有余，何用启门？"晏婴曰："此狗门，非人所出入也。使狗国者，从狗门入；使人国者，还须从人门入。"使者以其言，飞报灵王。王曰："吾欲戏之，反被其戏矣。"乃命开东门，延之入城。晏子观看郢都城郭坚固，市井稠密，真乃地灵人杰，江南胜地也。怎见得？宋学士苏东坡有《咏荆门》诗为证：

游人出三峡，楚地尽平川。
北客随南度，吴樯开蜀船。
江侵平野断，风掩白沙旋。
欲问兴亡意，重城自古坚。

晏婴正在观览，忽见有车骑二乘，从大衢来，车上俱长躯长鬣，精选的出色大汉，盔甲鲜明，手握大弓长戟，状如天神，来迎晏子，欲以形晏子之短小。晏子曰："今日为聘好而来，非为攻战，安用武士？"叱退一边，驱车直进。将入朝，朝门外有十余位

官员,一个个峨冠博带,济济彬彬,列于两行。晏子知是楚国一班豪杰,慌忙下车。众官员向前逐一相见,权时分左右叙立,等候朝见。就中一后生,先开口问曰:"大夫莫非夷维晏平仲乎?"晏子视之,乃鬬韦龟之子鬬成然也,官拜郊尹。晏子答曰:"然。大夫有何教益?"成然曰:"吾闻齐乃太公所封之国,兵甲敌于秦、楚,货财通于鲁、卫。何自桓公一霸之后,篡夺相仍,宋、晋交伐,今日朝晋暮楚,君臣奔走道路,殆无宁岁?夫以齐侯之志,岂下桓公;平仲之贤,不让管子。君臣合德,乃不思大展经纶,丕振旧业,以光先人之绪,而服事大国,自比臣仆,诚愚所不解也。"晏子扬声对曰:"夫识时务者为俊杰,通机变者为英豪。夫自周纲失驭,五霸迭兴,齐、晋霸于中原,秦霸西戎,楚霸南蛮,虽曰人材代出,亦是气运使然。夫以晋文雄略,丧次被兵;秦穆强盛,子孙遂弱;庄王之后,楚亦每受晋、吴之侮。岂独齐哉?寡君知天运之盛衰,达时务之机变,所以养兵练将,待时而举。今日交聘,乃邻国往来之礼,载在王制,何谓臣仆?尔祖子文,为楚名臣,识时通变,倘子非其嫡裔耶?何言之悖也。"成然满面羞惭,缩颈而退。

须臾,左班中一士问曰:"平仲固自负识时通变之士,然崔、庆之难,齐臣自贾举以下,效节死义者无数,陈文子有马十乘,去而违之。子乃齐之世家,上不能讨贼,不下能避位,中不能致死,何恋恋于名位耶?"晏子视之,乃楚上大夫阳匄,字子瑕,乃穆王之曾孙也。晏子即对曰:"抱大节者,不拘小谅;有远虑者,岂固近谋。吾闻君死社稷,臣当从之。今先君庄公,非为社稷而死,其从死者,皆其私昵。婴虽不才,何敢厕身宠幸之列,以一死沽名哉?且人臣遇国家之难,能则图之,不能则去之。吾之不去,欲定新君,以保宗祀,非贪位也。使人人尽去,国事何赖?况君父之变,何国无之,子谓楚国诸公在朝列者,人人皆讨贼死难之士乎?"这一句话,暗指着楚熊虔弑君,诸臣反戴之为君,但知责人,不知责己。公孙瑕无言可答。

少顷,右班中又一人出曰:"平仲!汝云'欲定新君,以保宗祀',言太夸矣。崔、庆相图,栾、高、陈、鲍相并,汝依违观望其间,并不见出奇画策,无非因人成事。尽心报国者,止于此乎?"晏子视之,乃右尹郑丹字子革。晏子笑曰:"子知其一,未知其二。崔、庆之盟,婴独不与。四族之难,婴在君所。宜刚宜柔,相机而动,主于保全君国,此岂旁观者所得而窥哉?"

左班中又一人出曰:"大丈夫匡时遇主,有大才略,必有大规模。以愚观平仲,未免为鄙吝之夫矣。"晏子视之,乃太宰薳启疆也。晏子曰:"足下何以知婴鄙吝乎?"启疆曰:"大丈夫身仕明主,贵为相国,固当美服饰,盛车马,以彰君之宠锡。奈何敝裘羸马,出使外邦,岂不足于禄食耶?且吾闻平仲,少服狐裘,三十年不易,祭祀之礼,豚肩不能掩豆,非鄙吝而何?"晏子抚掌大笑曰:"足下之见,何其浅也!婴自居相位以来,父族皆衣裘,母族皆食肉,至于妻族,亦无冻馁。草莽之士,待婴而举火者,七十余家。吾家虽俭,而三族肥,身似吝,而群士足。以此彰君之宠锡,不亦大乎?"

言未毕,右班中又一人出,指晏子大笑曰:"吾闻成汤身长九尺,而作贤王;子桑力敌万夫,而为名将。古之明君达士,皆由状貌魁梧,雄勇冠世,乃能立功当时,垂名后代。今子身不满五尺,力不胜一鸡,徒事口舌,自以为能,宁不可耻?"晏子视之,乃公子真之孙囊瓦字子常,见为楚王车右之职。婴乃微微而笑,对曰:

"吾闻秤锤虽小，能压千斤；舟桨空长，终为水役。侨如身长而戮于鲁，南宫万绝力而戮于宋。足下身长力大，得无近之？婴自知无能，但有问则对，又何敢自逞其口舌耶？"囊瓦不能复对。忽报："令尹蔿罢来到。"众人俱拱立候之。伍举遂揖晏子入于朝门，谓诸大夫曰："平仲乃齐之贤士，诸君何得以口语相加？"

须臾，灵王升殿，伍举引晏子入见。灵王一见晏子，遽问曰："齐国固无人耶？"晏子曰："齐国中呵气成云，挥汗成雨，行者摩肩，立者并迹，何谓无人？"灵王曰："然则何为使小人来聘吾国？"晏子曰："敝邑出使有常典，贤者奉使贤国，不肖者奉使不肖国，大人则使大国，小人则使小国。臣小人，又最不肖，故以使楚。"楚王惭其言，然心中暗暗惊异。使事毕，适郊人献合欢橘至。灵王先以一枚赐婴，婴遂带皮而食。灵王鼓掌大笑曰："齐人岂未尝橘耶？何为不剖？"晏子对曰："臣闻'受君赐者，瓜桃不削，橘柑不剖'，今蒙大王之赐，犹吾君也。大王未尝谕剖，敢不全食？"灵王不觉起敬，赐坐命酒。

少顷，武士三四人，缚一囚从殿下而过。灵王遽问："囚何处人？"武士对曰："齐国人。"灵王曰："所犯何罪？"武士对曰："坐盗。"灵王乃顾谓晏子曰："齐人惯为盗耶？"晏子知其故意设弄，欲以嘲己，乃顿首曰："臣闻'江南有橘，移之江北，则化而为枳'，所以然者，地土不同也。今齐人生于齐不为盗，至楚则为盗，楚之地土使然，于齐何与焉？"灵王嘿然良久，曰："寡人本将辱子，今反为子所辱矣。"乃厚为之礼，遣归齐国。

齐景公嘉晏婴之功，尊为上相，赐以千金之裘，欲割地以益其封，晏子皆不受。又欲广晏子之宅，晏子亦力辞之。一日，景公幸晏子之家，见其妻，谓晏子曰："此卿之内子耶？"婴对曰："然。"

景公笑曰:"嘻!老且丑矣。寡人有爱女,年少而美,愿以纳之于卿。"婴对曰:"人以少姣事人者,以他年老恶,可相托也。臣妻虽老且丑,然向已受其托矣,安忍倍之?"景公叹曰:"卿不倍其妻,况君父乎?"于是深信晏子之忠,益隆委任。

要知后事,且看下回分解。

第七十回
杀三兄楚平王即位，劫齐鲁晋昭公寻盟

话说周景王十二年，楚灵王既灭陈、蔡，又迁许、胡、沈、道、房、申六小国于荆山之地，百姓流离，道路嗟怨。灵王自谓天下可唾手而得，日夜宴息于章华之台，欲遣使至周，求其九鼎，以为楚国之镇。右尹郑丹曰："今齐、晋尚强，吴、越未服，周虽畏楚，恐诸侯有后言也。"灵王愤然曰："寡人几忘之，前会申之时，赦徐子之罪，同于伐吴，徐旋附吴，不为尽力。今寡人先伐徐，次及吴，自江以东，皆为楚属，则天下已定其半矣。"乃使薳罢同蔡洧奉世子禄居守，大阅车马，东行狩于州来，次于颖水之尾。使司马督率车三百乘伐徐，围其城。灵王大军屯于乾溪，以为声援。时周景王之十五年，楚灵王之十一年也。

冬月，值大雪，积深三尺有余。怎见得？有诗为证：

彤云蔽天风怒号，飞来雪片如鹅毛。
忽然群峰失青色，等闲平地生银涛。
千树寒巢僵鸟雀，红炉不暖重裘薄。

此际从军更可怜,铁衣冰凝愁难着。

灵王问左右:"向有秦国所献复陶裘、翠羽被,可取来服之。"左右将裘被呈上。灵王服裘加被,头带皮冠,足穿豹舄,执紫丝鞭,出帐前看雪。有右尹郑丹来见,灵王去冠被,舍鞭,与之立而语。灵王曰:"寒甚!"郑丹对曰:"王重裘豹舄,身居虎帐,犹且苦寒,况军士单褐露踝,顶兜穿甲,执兵于风雪之中,其苦何如?王何不返驾国都,召回伐徐之师,俟来春天气和暖,再图征进,岂不两便?"灵王曰:"卿言甚善。然吾自用兵以来,所向必克,司马且晚必有捷音矣。"郑丹对曰:"徐与陈、蔡不同,陈、蔡近楚,久在宇下,而徐在楚东北三千余里,又附吴为重。王贪伐徐之功,使三军久顿于外,受劳冻之苦,万一国有内变,军士离心,窃为王危之。"灵王笑曰:"穿封戌在陈,弃疾在蔡,伍举与太子居守,是三楚也。寡人又何虑哉?"言未毕,左史倚相趋过王前,灵王指谓郑丹曰:"此博物之士也,凡《三坟》《五典》《八索》《九邱》,无不通晓,子革其善视之。"郑丹对曰:"王之言过矣。昔周穆王乘八骏之马,周行天下,祭公谋父作《祈招》之诗,以谏止王心,穆王闻谏返国,得免于祸。臣曾以此诗问倚相,相不知也。本朝之事,尚然不知,安能及远乎?"灵王曰:"《祈招》之诗如何?能为寡人诵之否?"郑丹对曰:"臣能诵之。诗曰:'祈招之愔愔,式昭德音。思我王度,式如玉,式如金。形民之力,而无醉饱之心。'"灵王曰:"此诗何解?"郑丹对曰:"愔愔者,安和之貌。言祈父所掌甲兵,享安和之福,用能昭我王之德音,比于玉之坚,金之重。所以然者,由我王能恤民力,适可而止,去其醉饱过盈之心故也。"灵王知其讽己,默然无言。良久,曰:"卿且退,容寡人思之。"是夜,灵王意欲班师，忽谍报："司马督屡败徐师，遂围徐。"灵王曰："徐可灭也。"遂留乾溪。自冬逾春，日逐射猎为乐，方役百姓筑台建宫，不思返国。

时蔡大夫归生之子朝吴，臣事蔡公弃疾，日夜谋复蔡国，与其宰观从商议。观从曰："楚王黩兵远出，久而不返，内虚外怨，此天亡之日也。失此机会，蔡不可复封矣。"朝吴曰："欲复蔡，计将安出？"观从曰："逆虔之立，三公子心皆不服，独力不及耳。诚假以蔡公之命，召子干、子晰，如此恁般，楚可得也。得楚，则逆虔之巢穴已毁，不死何为？及嗣王之世，蔡必复矣。"朝吴从其谋，使观从假传蔡公之命，召子干于晋，召子晰于郑，言："蔡公愿以陈、蔡之师，纳二公子于楚，以拒逆虔。"子干、子晰大喜，齐至蔡郊，来会弃疾。观从先归报朝吴。朝吴出郊谓二公子曰："蔡公实未有命，然可劫而取也。"子干、子晰有惧色。朝吴曰："王佚游不返，国虚无备，而蔡洧念杀父之仇，以有事为幸。鬬成然为郊尹，与蔡公相善，蔡公举事，必为内应。穿封戌虽封于陈，其意不亲附王，若蔡公召之，必来。以陈、蔡之众袭空虚之楚，如探囊取物，公子勿虑不成也。"这几句话，说透利害，子干、子晰方才放心，曰："愿终听教。"朝吴请盟，乃刑牲歃血，誓为先君郏敖报仇。口中说誓，虽则如此，誓书上却把蔡公装首，言欲与子干、子晰共袭逆虔。掘地为坎，用牲加书于上而埋之。事毕，遂以家众导子干、子晰袭入蔡城。

蔡公方朝餐，猝见二公子到，出自意外，大惊，欲起避。朝吴随至，直前执蔡公之袂曰："事已至此，公将何往！"子干、子晰抱蔡公大哭，言："逆虔无道，弑侄杀侄，又放逐我等，我二人此来，欲借汝兵力，报兄之仇，事成，当以王位属子。"弃疾仓皇无计，答曰:"且请从容商议。"朝吴曰:"二公子馁矣,有餐且共食。"子干、子晳食讫,朝吴使速行,遂宣言于众曰:"蔡公实召二公子,同与大事,已盟于郊,遣二公子先行入楚矣。"弃疾止之曰:"勿诬我。"朝吴曰:"郊外坎牲载书,岂无有见之者。公勿讳,但速速成军,共取富贵,乃为上策。"朝吴乃复号于市曰:"楚王无道,灭我蔡国,今蔡公许复封我,汝等皆蔡百姓,岂忍宗祀沦亡?可共随蔡公赶上二公子,一同入楚!"蔡人闻呼,一时俱集,各执器械,集于蔡公之门。朝吴曰:"人心已齐,公宜急抚而用之,不然有变。"弃疾曰:"汝迫我上虎背耶?计将安出?"朝吴曰:"二公子尚在郊,宜急与之合,悉起蔡众。吾往说陈公,帅师从公。"弃疾从之。

　　子干、子晳率其众与蔡公合。朝吴使观从星夜至陈,欲见陈公。路中遇陈人夏啮,乃夏征舒之玄孙,与观从平素相识,告以复蔡之意。夏啮曰:"吾在陈公门下用事,亦思为复陈之计,今陈公病已不起,子不必往见。子先归蔡,吾当率陈人为一队。"观从回报蔡公,朝吴又作书密致蔡洧,使为内应。蔡公以家臣须务牟为先锋,史猈副之,使观从为向导,率精甲先行。恰好陈夏啮亦起陈众来到。夏啮曰:"穿封戌已死,吾以大义晓谕陈人,特来助义。"蔡公大喜,使朝吴率蔡人为右军,夏啮率陈人为左军,曰:"掩袭之事,不可迟也。"乃星夜望郢都进发。蔡洧闻蔡公兵到,先遣心腹出城送款。鬪成然迎蔡公于郊外。令尹薳罢方欲敛兵设守,蔡洧开门以纳蔡师,须务牟先入,呼曰:"蔡公攻杀楚王于乾溪,大军已临城矣。"国人恶灵王无道,皆愿蔡公为王,无肯拒敌者。薳罢欲奉世子禄出奔,须务牟兵已围王宫,薳罢不能入,回家自刎而死。哀哉!胡曾先生有诗云:

漫夸私党能扶主，谁料强都已酿奸？
若遇郏敖泉壤下，一般恶死有何颜！

蔡公大兵随后俱到，攻入王宫，遇世子禄及公子罢敌，皆杀之。蔡公扫除王宫，欲奉子干为王。子干辞。蔡公曰："长幼不可废也。"子干乃即位，以子晰为令尹，蔡公为司马。朝吴私谓蔡公曰："公首倡义举，奈何以王位让人耶？"蔡公曰："灵王犹在乾溪，国未定也。且越二兄而自立，人将议我。"朝吴已会其意，乃献谋曰："王卒暴露已久，必然思归，若遣人以利害招之，必然奔溃。大军继之，王可擒也。"蔡公以为然，乃使观从往乾溪，告其众曰："蔡公已入楚，杀王二子，奉子干为王矣。今新王有令：'先归者复其田里，后归者劓之，有相从者，罪及三族，或以饮食馈献，罪亦如之。'"军士闻之，一时散其大半。

灵王尚醉卧于乾溪之台，郑丹慌忙入报。灵王闻二子被杀，自床上投身于地，放声大哭。郑丹曰："军心已离，王宜速返。"灵王拭泪言曰："人之爱其子，亦如寡人否？"郑丹曰："鸟兽犹知爱子，何况人也？"灵王叹曰："寡人杀人子多矣，人杀吾子，何足怪。"少顷，哨马报："新王遣蔡公为大将，同鬬成然率陈、蔡二国之兵，杀奔乾溪来了！"灵王大怒曰："寡人待成然不薄，安敢叛吾？宁一战而死，不可束手就缚！"遂拔寨都起，自夏口从汉水而上，至于襄州，欲以袭郢。士卒一路奔逃，灵王自拔剑杀数人，犹不能止，比到訾梁，从者才百人耳。灵王曰："事不济矣！"乃解其冠服，悬于岸柳之上。郑丹曰："王且至近郊，以察国人之向背何如。"灵王曰："国人皆叛，何待察乎。"郑丹曰："若不然，出奔他国，乞师以自救亦可！"灵王曰："诸侯谁爱我者？吾闻大福不再，徒自取辱！"

第七十回　杀三兄楚平王即位，劫齐鲁晋昭公寻盟

郑丹见不从其计，恐自己获罪，即与倚相私奔归楚。

灵王不见了郑丹，手足无措，徘徊于釐泽之间，从人尽散，只剩单身，腹中饥馁，欲往乡村觅食，又不识路径。村人也有晓得是楚王的，因闻逃散的军士传说，新王法令甚严，那个不怕，各远远闪开。灵王一连三日，没有饮食下咽，饿倒在地，不能行动，单单只有两目睁开，看着路旁，专望一识面之人，经过此地，便是救星。忽遇一人前来，认得是旧时守门之吏，比时唤作涓人，名畴。灵王叫道："畴，可救我！"涓人畴见是灵王呼唤，只得上前叩头。灵王曰："寡人饿三日矣。汝为寡人觅一盂饭，尚延寡人呼吸之命。"畴曰："百姓皆惧新王之令，臣何从得食？"灵王叹气一口，命畴近身而坐，以头枕其股，且安息片时。畴候灵王睡去，取土块为枕以代股，遂奔逃去讫。灵王醒来，唤畴不应，摸所枕，乃土块也，不觉呼天痛哭，有声无气。

须臾，又有一人乘小车而至，认得灵王声音，下车视之，果是灵王，乃拜倒在地，问曰："大王为何到此地位？"灵王流泪满面，问曰："卿何人也？"其人奏曰："臣姓申名亥，乃芋尹申无宇之子也。臣父两次得罪于吾王，王赦不诛。臣父往岁临终嘱臣曰：'吾受王两次不杀之恩，他日王若有难，汝必舍命相从。'臣牢记在心，不敢有忘，近传闻郢都已破，子干自立，星夜奔至乾溪，不见吾王，一路追寻到此，不期天遣相逢。今遍地皆蔡公之党，王不可他适，臣家在棘村，离此不远，王可暂至臣家，再作商议！"乃以干糒跪进。灵王勉强下咽，稍能起立。申亥扶之上车，至于棘村。

灵王平昔住的是章华之台，崇宫邃室，今日观看申亥农庄之家，筚门蓬户，低头而入，好生凄凉，泪流不止。申亥跪曰："吾王请宽心，此处幽僻，无行人来往，暂住数日，打听国中事情，再

作进退。"灵王悲不能语,申亥又跪进饮食。灵王只是啼哭,全不沾唇。亥乃使其亲生二女侍寝,以悦灵王之意。王衣不解带,一夜悲叹,至五更时分,不闻悲声。二女启门报其父曰:"王已自缢于寝所矣!"胡曾先生咏史诗曰:

> 茫茫衰草没章华,因笑灵王昔好奢。
> 台土未干箫管绝,可怜身死野人家。

申亥闻灵王之死,不胜悲恸,乃亲自殡殓,杀其二女以殉葬焉。后人论申亥感灵王之恩,葬之是矣。以二女殉,不亦过乎?有诗叹曰:

> 章华霸业已沉沦,二女何辜伴夕窀?
> 堪恨暴君身死后,余殃犹自及闺人。

时蔡公引着鬬成然、朝吴、夏啮众将,追灵王于乾溪,半路遇着郑丹、倚相二人,述楚王如此恁般:"今侍卫俱散,独身求死,某不忍见,是以去之。"蔡公曰:"汝今何往?"二人曰:"欲还国中耳。"蔡公曰:"公等且住我军中,同访楚王下落,然后同归可也。"蔡公引大军寻访,及于訾梁,并无踪迹。有村人知是蔡公,以楚王冠服来献,言:"三日前,于岸柳上得之!"蔡公问曰:"汝知王生死否?"村人曰:"不知。"蔡公收其冠服,重赏之而去。蔡公更欲追寻,朝吴进曰:"楚王去其衣冠,势穷力敝,多分死于沟渠,不足再究。但子干在位,若发号施令,收拾民心,不可图矣。"蔡公曰:"然则若何?"朝吴曰:"楚王在外,国人未知下落,乘此人心未定之时，使数十小卒，假称败兵，绕城相呼，言：'楚王大兵将到！'再令鬭成然归报子干，如此如此。子干、子晰皆懦弱无谋之辈，一闻此信，必惊惶自尽。明公徐徐整旅而归，稳坐宝位，高枕无忧，岂不美哉？"蔡公然之。乃遣观从引小卒百余人，诈作败兵，奔回郢都，绕城而走，呼曰："蔡公兵败被杀，楚王大兵，随后便至！"国人信以为实，莫不惊骇。须臾，鬭成然至，所言相同。国人益信，皆上城瞭望。成然奔告子干，言："楚王甚怒，来讨君擅立之罪，欲如蔡般、齐庆封故事。君须早自为计，免致受辱，臣亦逃命去矣！"言讫，奔狂而出。

子干乃召子晰言之，子晰曰："此朝吴误我也！"兄弟相抱而哭。宫外又传："楚王兵已入城！"子晰先拔佩剑，刎其喉而死。子干慌迫，亦取剑自刎。宫中大乱，宦官宫女，相惊自杀者，横于宫掖，号哭之声不绝。鬭成然引众复入，扫除尸首，率百官迎接蔡公。国人不知，尚疑来者是灵王，及入城，乃蔡公也，方悟前后报信，皆出蔡公之计。蔡公既入城，即位，改名熊居，是为平王。昔年共王曾祷于神，当璧而拜者为君，至是果验矣。国人尚未知灵王已死，人情汹汹，尝中夜讹传王到，男女皆惊起，开门外探。平王患之，乃密与观从谋，使于汉水之旁，取死尸加以灵王冠服，从上流放至下流，诈云已得楚王尸首，殡于訾梁，归报平王。平王使鬭成然往营葬事，谥曰灵王。然后出榜安慰国人，人心始定。后三年，平王复访求灵王之尸，申亥以葬处告，乃迁葬焉。此是后话。

却说司马督等围徐，久而无功，惧为灵王所诛，不敢归，阴与徐通，列营相守。闻灵王兵溃被杀，乃解围班师。行至豫章，吴公子光率师要击，败之。司马督与三百乘悉为吴所获。光乘胜取楚州来之邑，此皆灵王无道之所致也。

再说楚平王安集楚众，以公子之礼葬子干、子晳。录功用贤，以鬭成然为令尹，阳匄字子瑕为左尹，念蒍掩、伯州犁之冤死，乃以犁子郄宛为右尹，掩弟蒍射、蒍越俱为大夫，朝吴、夏啮、蔡洧俱拜下大夫之职。以公子鲂敢战，使为司马。时伍举已卒，平王嘉其生前有直谏之美，封其子伍奢于连，号曰连公。奢子尚亦封于棠，为棠宰，号曰棠君。其他蒍启疆、郑丹等一班旧臣，官职如故。欲官观从，从言其先人开卜："愿为卜尹。"平王从之。群臣谢恩，朝吴与蔡洧独不谢，欲辞官而去。平王问之，二人奏曰："本辅吾王兴师袭楚，欲复蔡国，今王大位已定，而蔡之宗祀未沾血食，臣何面目立于王之朝乎？昔灵王以贪功兼并，致失人心，王反其所为，方能令人心悦服。欲反其所为，莫如复陈、蔡之祀。"平王曰："善。"乃使人访求陈、蔡之后，得陈世子偃师之子名吴，蔡世子有之子名庐。乃命太史择吉，封吴为陈侯，是为陈惠公；庐为蔡侯，是为蔡平公，归国奉宗祀。朝吴、蔡洧随蔡平公归蔡，夏啮随陈惠公归陈。所率陈、蔡之众各从其主，厚加犒劳。前番灵王掳掠二国重器货宝，藏于楚库者，悉给还之。其所迁荆山六小国，悉令还归故土，秋毫无犯。各国君臣上下，欢声若雷，如枯木之再荣，朽骨之复活。此周景王十六年事也。髯翁有诗云：

枉竭民脂建二城，留将后主作人情。
早知故物仍还主，何苦当时受恶名。

平王长子名建，字子木，乃蔡国郧阳封人之女所生。时年已长，乃立为世子，使连尹伍奢为太师。有楚人费无极，素事平王，善于贡谀，平王宠之，任为大夫。无极请事世子，乃以为少师。以奋扬为东宫司马。平王既即位,四境安谧,颇事声色之乐。吴取州来,王不能报。无极虽为世子少师,日在平王左右,从于淫乐。世子建恶其谄佞,颇疏远之。令尹鬭成然恃功专恣,无极谮而杀之,以阳匄为令尹。世子建每言成然之冤,无极心怀畏惧,由是阴与世子建有隙。无极又荐鄢将师于平王,使为右领,亦有宠。这段情节且暂搁起。

话分两头。再说晋自筑虒祁宫之后,诸侯窥其志在苟安,皆有贰心。昭公新立,欲修复先人之业,闻齐侯遣晏婴如楚修聘,亦使人征朝于齐。齐景公见晋、楚多事,亦有意乘间图伯,欲观晋昭公之为人,乃装束如晋,以勇士古冶子从行。方渡黄河,其左骖之马,乃景公所最爱者,即令圉人于从舟取至,系于船头,亲督圉人饲料。忽大雨骤至,波涛汹涌,舟船将覆。有大鼋舒头于水面,张开巨口,抢向船头,衔左骖之马,入于深渊。景公大惊,古冶子在侧,言曰:"君勿惧也,臣请为君索之。"乃解衣裸体,拔剑跃于水中,凌波踢浪而去,载沉载浮,顺流九里,望之无迹。景公叹曰:"冶子死矣!"少顷,风浪顿息,但见水面流红,古冶子左手挽骖马之尾,右手提血沥沥一颗鼋头,浴波而出。景公大骇曰:"真神勇也,先君徒设勇爵,焉有勇士如此哉!"遂厚赏之。

既至绛州,见了晋昭公,昭公设宴享之。晋国是荀吴相礼,齐国是晏婴相礼。酒酣,晋侯曰:"筵中无以为乐,请为君侯投壶赌酒。"景公曰:"善。"左右设壶进矢,齐侯拱手让晋侯先投。晋侯举矢在手,荀吴进辞曰:"有酒如淮,有肉如坻。寡君中此,为诸侯师。"晋侯投矢,果中中壶,将余矢弃掷于地。晋臣皆伏地称:"千岁。"齐侯意殊不怿,举矢亦效其语曰:"有酒如渑,有肉如陵。寡人中此,与君代兴。"扑的投去,恰在中壶,与晋矢相并。齐侯大笑，亦弃余矢。晏婴亦伏地呼："千岁！"晋侯勃然变色。荀吴谓齐景公曰："君失言矣，今日辱贶敝邑，正以寡君世主夏盟之故。君曰'代兴'，是何言也？"晏婴代答曰："盟无常主，惟有德者居焉。昔齐失霸业，晋方代之，若晋有德，谁敢不服？如其无德，吴、楚亦将迭进，岂惟敝邑！"羊舌肸曰："晋已师诸侯矣，安用壶矢？此乃荀伯之失言也！"荀吴自知其误，嘿然不语。齐臣古冶子立于阶下，厉声曰："日昃君劳，可辞席矣！"齐侯即逊谢而出，次日遂行。羊舌肸曰："诸侯将有离心，不以威胁之，必失霸业。"晋侯以为然，乃大阅甲兵之数，总计有四千乘，甲士三十万人。羊舌肸曰："德虽不足，而众可用也。"于是先遣使如周，请王臣降临为重，因遍请诸侯，约以秋七月俱集平丘相会。诸侯闻有王臣在会，无敢不赴者。

至期，晋昭公留韩起守国，率荀吴、魏舒、羊舌肸、羊舌鲋、籍谈、梁丙、张骼、智跞等，尽起四千乘之众，望濮阳城进发。连络三十余营，遍卫地皆晋兵。周卿士刘献公挚先到，齐、宋、鲁、卫、郑、曹、莒、邾、滕、薛、杞、小邾十二路诸侯毕集，见晋师众盛，人人皆有惧色。既会，羊舌肸捧盘盂进曰："先臣赵武，误从弭兵之约，与楚通好。楚虐无信，自取陨灭。今寡君欲效践土故事，徼惠于天子，以镇抚诸夏，请诸君同歃为信！"诸侯皆俯首曰："敢不听命！"惟齐景公不应。羊舌肸曰："齐侯岂不愿盟耶？"景公曰："诸侯不服，是以寻盟。若皆用命，何以盟为？"羊舌肸曰："践土之盟，不服者何国？君若不从，寡君惟是甲车四千乘，愿请罪于城下。"说犹未毕，坛上鸣鼓，各营俱建起大旆。

景公虑其见袭，乃改辞谢曰："大国既以盟不可废，寡人敢自外耶？"于是晋侯先歃，齐、宋以下相继。刘挚王臣不使与盟，但监临其事而已。邾、莒以鲁国屡屡侵伐，诉于晋侯。晋侯辞鲁昭公于会，执其上卿季孙意如，闭之幕中。子服惠伯私谓荀吴曰："鲁地十倍邾、莒，晋若弃之，将改事齐、楚，于晋何益？且楚灭陈、蔡不救，而复弃兄弟之国乎？"荀吴然其言，以告韩起。起言于晋侯，乃纵意如奔归。自是诸侯益不直晋，晋不复能主盟矣。史臣有诗叹云：

> 侈心效楚筑虒祁，列国离心复示威。
> 壶矢有灵侯统散，山河如故事全非。

不知后事如何，且看下回分解。

第七十一回
晏平仲二桃杀三士,楚平王娶媳逐世子

话说齐景公归自平丘,虽然惧晋兵威,一时受欷,已知其无远大之谋,遂有志复桓公之业,谓相国晏婴曰:"晋霸西北,寡人霸东南,何为不可?"晏婴对曰:"晋劳民于兴筑,是以失诸侯。君欲图伯,莫如恤民!"景公曰:"恤民何如?"晏婴对曰:"省刑罚,则民不怨;薄赋敛,则民知恩。古先王春则省耕,补其不足;夏则省敛,助其不给。君何不法之?"景公乃除去烦刑,发仓廪以贷贫穷,国人感悦。于是征聘于东方诸侯。徐子不从,乃用田开疆为将,帅师伐之。大战于蒲隧,斩其将嬴爽,获甲士五百余人。徐子大惧,遣使行成于齐。齐侯乃约郯子、莒子同徐子结盟于蒲隧。徐以甲父之鼎赂之。晋君臣虽知,而不敢问。齐自是日强,与晋并霸。

景公录田开疆平徐之功,复嘉古冶子斩鼋之功,仍立"五乘之宾"以旌之。田开疆复举荐公孙捷之勇。那公孙捷生得面如靛染,目睛突出,身长一丈,力举千钧。景公见而异之,遂与之俱猎于桐山。忽然山中赶出一只吊睛白额虎来,那虎咆哮发喊,飞奔前来,径扑景公之马。景公大惊。只见公孙捷从车上跃下,不用刀枪,双

拳直取猛虎，左手揪住项皮，右手挥拳，只一顿，将那只大虫打死，救了景公。景公嘉其勇，亦使与"五乘之宾"。

公孙捷遂与田开疆、古冶子结为兄弟，自号"齐邦三杰"，挟功恃勇，口出大言，凌铄闾里，简慢公卿。在景公面前，尝以尔我相称，全无礼体。景公惜其才勇，亦姑容之。时朝中有个佞臣唤做梁丘据，专以先意逢迎，取悦于君。景公甚宠爱之。据内则献媚景公，以固其宠；外则结交三杰，以张其党。况其时陈无宇厚施得众，已伏移国之兆，那田开疆与陈氏是一族，异日声势相倚，为国家之患。晏婴深以为忧，每欲除之，但恐其君不听，反结了三人之怨。

忽一日，鲁昭公以不合于晋之故，欲结交于齐，亲自来朝。景公设宴相待。鲁国是叔孙婼相礼，齐国是晏婴相礼。三杰带剑，立于阶下，昂昂自若，目中无人。二君酒至半酣，晏子奏曰："园中金桃已熟，可命荐新，为两君寿。"景公准奏，宣园吏取金桃来献，晏子奏曰："金桃难得之物，臣当亲往临摘。"晏子领钥匙去讫。景公曰："此桃自先公时，有东海人，以巨核来献，名曰'万寿金桃'，出自海外度索山，亦名'蟠桃'。植之三十余年，枝叶虽茂，花而不实。今岁结有数颗，寡人惜之，是以封锁园门。今日君侯降临，寡人不敢独享，特取来与贤君臣共之。"鲁昭公拱手称谢。

少顷，晏子引着园吏，将雕盘献上。盘中堆着六枚桃子，其大如碗，其赤如炭，香气扑鼻，真珍异之果也。景公问曰："桃实止此数乎？"晏子曰："尚有三四枚未熟，所以只摘得六枚。"景公命晏子行酒。晏子手捧玉爵，恭进鲁侯之前。左右献上金桃，晏子致词曰："桃实如斗，天下罕有。两君食之，千秋同寿。"鲁侯饮酒毕，取桃一枚食之，甘美非常，夸奖不已。次及景公，亦饮酒一杯，取桃食讫。景公曰："此桃非易得之物，叔孙大夫贤名著于四方，今又有赞礼之功，宜食一桃。"叔孙婼跪奏曰："臣之贤，万不及相国。相国内修国政，外服诸侯，其功不小。此桃宜赐相国食之，臣安敢僭？"景公曰："既叔孙大夫推让相国，可各赐酒一杯，桃一枚。"二臣跪而领之，谢恩而起。晏子奏曰："盘中尚有二桃。主公可传令诸臣中，言其功深劳重者，当食此桃，以彰其贤。"景公曰："此言甚善。"即命左右传谕，使阶下诸臣，有自信功深劳重，堪食此桃者，出班自奏，相国评功赐桃。

公孙捷挺身而出，立于筵上，而言曰："昔从主公猎于桐山，力诛猛虎，其功若何？"晏子曰："擎天保驾，功莫大焉！可赐酒一爵，食桃一枚，归于班部。"古冶子奋然便出曰："诛虎未足为奇。吾曾斩妖鼋于黄河，使君危而复安。此功若何？"景公曰："此时波涛汹涌，非将军斩绝妖鼋，必至覆溺，此盖世奇功也！饮酒食桃，又何疑哉？"晏子慌忙进酒赐桃。只见田开疆撩衣破步而出曰："吾曾奉命伐徐，斩其名将，俘甲首五百余人。徐君恐惧，致赂乞盟。郯、莒畏威，一时皆集，奉吾君为盟主。此功可以食桃乎？"晏子奏曰："开疆之功，比于二将，更自十倍。争奈无桃可赐，赐酒一杯，以待来年。"景公曰："卿功最大，可惜言之太迟，以此无桃，掩其大功。"田开疆按剑而言曰："斩鼋、打虎，小可事耳！吾跋涉千里之外，血战成功，反不能食桃，受辱于两国君臣之间，为万代耻笑，何面目立于朝廷之上耶？"言讫，挥剑自刎而死。公孙捷大惊，亦拔剑而言曰："我等微功而食桃，田君功大，反不能食。夫取桃不让，非廉也；视人之死而不能从，非勇也。"言讫，亦自刎。古冶子奋气大呼曰："吾三人义均骨肉，誓同生死。二人已亡，吾独苟活，于心何安？"亦自刎而亡。景公急使人止之，已无及矣。鲁昭公离席而起，曰："寡人闻三臣皆天下奇勇，可惜一朝俱尽矣。"

景公闻言，嘿然变色，不悦。晏婴从容进曰："此皆吾国一勇之夫，虽有微劳，何足挂齿。"鲁侯曰："上国如此勇将，还有几人？"晏婴对曰："筹策庙堂，威加万里，负将相之才者数十人。若血气之勇，不过备寡君鞭策之用而已，其生死何足为齐轻重哉！"景公意始释然。晏子更进觞于两君，欢饮而散。三杰墓在荡阴里。后汉诸葛孔明《梁父吟》，正咏其事：

> 步出齐东门，遥望荡阴里。
> 里中有三坟，累累正相似。
> 问是谁家冢？田疆古冶子。
> 力能排南山，文能绝地纪。
> 一朝中阴谋，二桃杀三士。
> 谁能为此者？相国齐晏子！

鲁昭公别后，景公召晏婴问曰："卿于席间，张大其辞，虽然存了齐国一时体面，只恐三杰之后，难乎其继。如之奈何？"晏子对曰："臣举一人，足兼三杰之用。"景公曰："何人？"曰："有田穰苴者，文能附众，武能威敌，真大将之才也！"景公曰："得非田开疆一宗乎？"晏子对曰："此人虽出田族，然庶孽微贱，不为田氏所礼，故屏居东海之滨。君欲选将，无过于此。"景公曰："卿既知其贤，何不早闻？"晏子对曰："善仕者不但择君，兼欲择友。田疆、古冶辈血气之夫，穰苴岂屑与之比肩哉？"景公口虽唯唯，终以田陈同族为嫌，踌躇不决。

忽一日，边吏报道："晋国探知三杰俱亡，兴兵犯东阿之境。燕国亦乘机侵扰北鄙。"景公大惧，于是令晏子以缯帛诣东海之滨，聘穰苴入朝。苴敷陈兵法，深合景公之意，即日拜为将军，使帅车五百乘，北拒燕、晋之兵。穰苴请曰："臣素卑贱，君擢之闾里之中，骤然授以兵权，人心不服。愿得吾君宠臣一人，为国人素所尊重者，使为监军，臣之令乃可行也。"景公从其言，命嬖大夫庄贾，往监其军。苴与贾同时谢恩而出。至朝门之外，庄贾问穰苴出军之期，苴曰："期在明日午时，某于军门专候同行，勿过日中也。"言毕别去。

至次日午前，穰苴先至军中，唤军吏立木为表，以察日影。因使人催促庄贾。贾年少，素骄贵，恃景公宠幸，看穰苴全不在眼。况且自为监军，只道权尊势敌，缓急自由。是日亲戚宾客，俱设酒饯行，贾留连欢饮，使者连催，坦然不以为意。穰苴候至日影移西，军吏已报未牌，不见庄贾来到，遂吩咐将木表放倒，倾去漏水，竟自登坛誓众，申明约束。号令方完，日已将晡，遥见庄贾高车驷马，徐驱而至，面带酒容。既到军门，乃从容下车，左右拥卫，踱上将台。穰苴端然危坐，并不起身，但问："监军何故后期？"庄贾拱手而对曰："今日远行，蒙亲戚故旧携酒饯送，是以迟迟也。"穰苴曰："夫为将者，受命之日，即忘其家。临军约束，则忘其亲。秉枹鼓，犯矢石，则忘其身。今敌国侵凌，边境骚动，吾君寝不安席，食不甘味，以三军之众，托吾两人，冀旦夕立功，以救百姓倒悬之急，何暇与亲旧饮酒为乐哉？"庄贾尚含笑对曰："幸未误行期，元帅不须过责。"穰苴拍案大怒曰："汝倚仗君宠，怠慢军心，倘临敌如此，岂不误了大事！"即召军政司问曰："军法期而后至，当得何罪？"军政司曰："按法当斩。"庄贾闻一"斩"字，才有惧意，便要奔下将台。穰苴喝教手下，将庄贾捆缚，牵出辕门斩首。唬得庄贾滴酒全无，口中哀叫讨饶不已。左右从人，忙到齐侯处报信求救。连景公也吃一大惊，急叫梁丘据持节往谕，特免庄贾一死。盼咐乘轺车疾驱，诚恐缓不及事。那时庄贾之首，已号令辕门了。梁丘据尚然不知，手捧符节，望军中驰去。穰苴喝令阻住，问军政司曰："军中不得驰车，使者当得何罪？"答曰："按法亦当斩。"梁丘据面如土色，战做一团，口称："奉命而来，不干某事。"穰苴曰："既有君命，难以加诛。然军法不可废也！"乃毁车斩骖，以代使者之死。梁丘据得了性命，抱头鼠窜而去。于是大小三军莫不股栗。穰苴之兵未出郊外，晋师闻风遁去，燕人亦渡河北归。苴追击之，斩首万余。燕人大败，纳赂请和。班师之日，景公亲劳于郊，拜为大司马，使掌兵权。史臣有诗云：

宠臣节使且罹刑，国法无私令必行。
安得穰苴今日起，大张敌忾慰苍生。

诸侯闻穰苴之名，无不畏服。景公内有晏婴，外有穰苴，国治兵强，四境无事，日惟田猎饮酒，略如桓公任管仲之时也。

一日，景公在宫中与姬妾饮酒，至夜，意犹未畅，忽思晏子，命左右将酒具移于其家。前驱往报晏子曰："君至矣。"晏子玄端束带，执笏拱立于大门之外。景公尚未下车，晏子前迎，惊惶而问曰："诸侯得无有故乎？国家得无有故乎？"景公曰："无有。"晏子曰："然则君何为非时而夜辱于臣家？"景公曰："相国政务烦劳，今寡人有酒醴之味，金石之声，不敢独乐，愿与相国共享。"晏子对曰："夫安国家，定诸侯，臣请谋之；若夫布荐席，除簠簋者，君左右自有其人，臣不敢与闻也。"景公命回车，移于司马穰苴之家。前驱报如前。司马穰苴冠缨披甲，操戟拱立于大门之外，前迎景公之车，鞠躬而问曰："诸侯得无有兵乎？大臣得无有叛者乎？"景公曰："无有。"穰苴曰："然则昏夜辱于臣家者何也？"景公曰："寡人无他，念将军军务劳苦，寡人有酒醴之味，金石之乐，思与将军共之耳。"穰苴对曰："夫御寇敌，诛悖乱，臣请谋之。若夫布荐席，陈簠簋，君左右不乏，奈何及于介胄之士耶？"景公意兴索然。左右问曰："将回宫乎？"景公曰："可移于梁丘大夫之家。"前驱驰报亦如前。景公车未及门，梁丘据左操琴，左挈竽，口中行歌而迎景公于巷口。景公大悦，于是解衣卸冠，与梁丘据欢呼于丝竹之间，鸡鸣而返。明日，晏婴、穰苴同入朝谢罪，且谏景公不当夜饮于人臣之家。景公曰："寡人无二卿，何以治吾国？无梁丘据，何以乐吾身？寡人不敢妨二卿之职，二卿亦勿与寡人之事也。"史臣有诗云：

双柱擎天将相功，小臣便辟岂相同？
景公得士能专任，赢得芳名播海东！

是时，中原多故，晋不能谋。昭公立六年薨，世子去疾即位，是为顷公。顷公初年，韩起、羊舌肸俱卒。魏舒为政，荀跞、范鞅用事，以贪冒闻。祁氏家臣祁胜，通于邬臧之室，祁盈执祁胜。胜行赂于荀跞，跞谮于顷公，反执祁盈。羊舌食我党于祁氏，为之杀祁胜。顷公怒，杀祁盈、食我，尽灭祁、羊舌二氏之族。国人冤之。其后鲁昭公为强臣季孙意如所逐，荀跞复取货于意如，不纳昭公。于是齐景公合诸侯于鄢陵，以谋鲁难，天下俱高其义。齐景公之名，显于诸侯。此是后话。

却说周景王十九年，吴王夷昧在位四年，病笃，复申父兄之命，欲传位于季札。札辞曰："吾不受位明矣。昔先君有命，札不敢从，富贵于我如秋风之过耳，吾何爱焉？"遂逃归延陵。群臣奉夷昧之子州于为王，改名曰僚，是为王僚。诸樊之子名光，善于用兵，王僚用之为将，与楚战于长岸，杀楚司马公子鲂。楚人惧，筑城于州来以御吴。时费无极以谗佞得宠。蔡平公庐已立嫡子朱为世子，其庶子名东国，欲谋夺嫡，纳货于无极。无极先谮朝吴，逐之奔郑，及蔡平公薨，世子朱立，无极诈传楚王之命，使蔡人逐朱，立东国为君。平王问曰："蔡人何以逐朱？"无极对曰："朱将叛楚，蔡人不愿，是以逐之。"平王遂不问。无极又心忌太子建，欲离间其父子，而未有计。一日，奏平王曰："太子年长矣，何不为之婚娶？欲求婚，莫如秦国。秦，强国也，而睦于楚。两强为婚，楚势益张矣。"平王从之，遂遣费无极往聘秦国，因为世子求婚。秦哀公召群臣谋其可否。群臣皆言："昔秦、晋世为婚姻，今晋好久绝，楚势方盛，不可不许。"秦哀公遂遣大夫报聘，以长妹孟嬴许婚。今俗家小说称为无祥公主者是也。公主之号，自汉代始有之，春秋时焉有此号哉？平王复命无极领金珠彩币，往秦迎娶。无极随使者入秦，呈上聘礼。哀公大悦，即诏公子蒲送孟嬴至楚，装资百辆，从媵之妾数十余人。孟嬴拜辞其兄秦伯而行。

无极于途中察知孟嬴有绝世之色，又见媵女内有一人，仪容颇端，私访其来历，乃是齐女，自幼随父宦秦，遂入宫中，为孟嬴侍妾。无极访得备细，因宿馆驿，密召齐女谓曰："我相你有贵人之貌，有心要抬举你，做个太子正妃，汝能隐吾之计，管你将来富贵不尽。"齐女低首无言。无极先一日行，趋入宫中，回奏平王，言："秦女已到，约有三舍之远。"平王问曰："卿曾见否？其貌若何？"无极知平王是酒色之徒，正要夸张秦女之美，动其邪心，恰好平王有此一问，正中其计，遂奏曰："臣阅女子多矣，未见有如孟嬴之美者。不但楚国后宫无有其对，便是相传古来绝色，如妲己、骊姬，徒有其名，恐亦不如孟嬴之万一矣！"平王闻秦女之美，面皮通红，半晌不语，徐徐叹曰："寡人枉自称王，不遇此等绝色，诚所谓虚过一生耳！"无极请屏左右，遂密奏曰："王慕秦女之美，何不自取之？"平王曰："既聘为子妇，恐碍人伦。"无极奏曰："无害也。此女虽聘于太子，尚未入东宫，王迎入宫中，谁敢异议？"平王曰："群臣之口可钳，何以塞太子之口？"无极奏曰："臣观从媵之中，有齐女才貌不凡，可充作秦女。臣请先进秦女于王宫，复以齐女进于东宫，嘱以毋漏机关，则两相隐匿，而百美俱全矣。"平王大喜，嘱无极机密行事。无极谓公子蒲曰："楚国婚礼，与他国异，先入宫见舅姑，而后成婚。"公子蒲曰："惟命。"无极遂命辇车将孟嬴及妾媵俱送入王宫，留孟嬴而遣齐女。令宫中侍妾扮作秦媵，齐女假作孟嬴，令太子建迎归东宫成亲。满朝文武及太子，皆不知无极之诈。孟嬴问："齐女何在？"则云："已赐太子矣。"潜渊咏史诗云：

卫宣作俑是新台，蔡固奸淫长逆胎。
堪恨楚平伦理尽，又招秦女入宫来！

平王恐太子知秦女之事，禁太子入宫，不许他母子相见。朝夕与秦女在后宫宴乐，不理国政。外边沸沸扬扬，多有疑秦女之事者。无极恐太子知觉，或生祸变，乃告平王曰："晋所以能久霸天下者，以地近中原故也。昔灵王大城陈、蔡，以镇中华，正是争霸之基。今二国复封，楚仍退守南方，安能昌大其业？何不令太子出镇城父，以通北方？王专事南方，天下可坐而策也！"平王踌躇未答。无极又附耳密言曰："秦婚之事，久则事泄。若远屏太子，岂不两得其利？"平王恍然大悟，遂命太子建出镇城父。以奋扬为城父司马，谕之曰："事太子如事寡人也！"伍奢知无极之谗，将欲进谏。无极知之，复言于平王，使伍奢往城父辅助太子。太子行后，平王遂立秦女孟嬴为夫人，出蔡姬归于郧。太子到此，方知秦女为父所换，然无可奈何矣。

孟嬴虽蒙王宠爱，然见平王年老，心甚不悦。平王自知非匹，不敢问之。逾年，孟嬴生一子，平王爱如珍宝，遂名曰珍。珍周岁之后，平王始问孟嬴曰："卿自入宫，多愁叹，少欢笑，何也？"孟嬴曰："妾承兄命，适事君王。妾自以为秦、楚相当，青春两敌。及入宫庭，见王春秋鼎盛，妾非敢怨王，但自叹生不及时耳。"平王笑曰："此非今生之事，乃宿世之姻契也。卿嫁寡人虽迟，然为后则不知早几年矣。"孟嬴心感其言，细细盘问宫人。宫人不能隐瞒，遂言其故。孟嬴凄然垂泪。平王觉其意，百计媚之，许立珍为世子。孟嬴之意稍定。

费无极终以太子建为虑，恐异日嗣位为王，祸必及己，复乘间谮于平王曰："闻世子与伍奢有谋叛之心，阴使人通于齐、晋二国，许为之助，王不可不备。"平王曰："吾儿素柔顺，安有此事？"无极曰："彼以秦女之故，久怀怨望。今在城父缮甲厉兵有日矣，常言穆王行大事，其后安享楚国，子孙繁盛，意欲效之。王若不行，臣请先辞，逃死于他国，免受诛戮。"平王本欲废建而立少子珍，又被无极说得心动，便不信也信了，即欲传令废建。无极奏曰："世子握兵在外，若传令废之，是激其反也。太师伍奢是其谋主，王不如先召伍奢，然后遣兵袭执世子，则王之祸患可除矣。"平王然其计，即使人召伍奢。奢至，平王问曰："建有叛心，汝知之否？"伍奢素刚直，遂对曰："王纳子妇已过矣，又听细人之说，而疑骨肉之亲，于心何忍？"平王惭其言，叱左右执伍奢而囚之。无极奏曰："奢斥王纳妇，怨望明矣。太子知奢见囚，能不动乎？齐、晋之众，不可当也。"平王曰："吾欲使人往杀世子，何人可遣？"无极对曰："他人往，太子必将抗斗，不若密谕司马奋扬，使袭杀之。"平王乃使人密谕奋扬，曰："杀太子，受上赏；纵太子，当死。"奋扬得令，即时使心腹私报太子，教他："速速逃命，无迟顷刻！"太子建大惊。时齐女已生子名胜，建遂与妻子连夜出奔宋国。奋扬知世子已去，使城父人将自己囚系，解到郢都，来见平王，言："世子逃矣。"平王大怒曰："言出于余口，入于尔耳，谁告建耶？"奋扬曰："臣实告之。君王命臣曰：'事建如事寡人。'臣谨守斯言，不敢贰心，是以告之。后思罪及于身，悔已无及矣。"平王曰："你既私纵太子，又敢来见寡人，不畏死乎？"奋扬对曰："既不能奉王之后命，又畏死而不来，是二罪也。且世子未有叛形，杀之无名，苟君王之子得生，臣死为幸矣。"平王恻然，似有愧色，良久曰："奋扬虽违命，然忠直可嘉也。"遂赦其罪，复为城父司马。史臣有诗云：

无辜世子已偷生，不敢逃刑就鼎烹。
谗佞纷纷终受戮，千秋留得奋扬名！

平王乃立秦女所生之子珍为太子，改费无极为太师。

无极又奏曰："伍奢有二子，曰尚、曰员，皆人杰也。若使出奔吴国，必为楚患。何不使其父以免罪召之？彼爱其父，必应召而来，来则尽杀之，可免后患。"平王大喜，狱中取出伍奢，令左右授以纸笔，谓曰："汝教太子谋反，本当斩首示众，念汝祖父有功于先朝，不忍加罪。汝可写书，召二子归朝，改封官职，赦汝归田。"

伍奢心知楚王挟诈，欲召其父子同斩，乃对曰："臣长子尚，慈温仁信，闻臣召必来。少子员，少好于文，长习于武，文能安邦，武能定国，蒙垢忍辱，能成大事。此前知之士，安肯来耶？"平王曰："汝但如寡人之言，作书往召，召而不来，无与尔事。"奢念君父之命，不敢抗违，遂当殿写书，略云：

  书示尚、员二子：吾因进谏忤旨，待罪缧绁。吾王念我祖父有功先朝，免其一死，将使群臣议功赎罪，改封尔等官职。尔兄弟可星夜前来。若违命延迁，必至获罪。书到速速！

伍奢写毕，呈上平王看过，缄封停当，仍复收狱。

平王遣鄢将师为使，驾驷马，持封函印绶，往棠邑来。伍尚已回城父矣。鄢将师再至城父，见伍尚，口称："贺喜！"尚曰："父方被囚，何贺之有？"鄢将师曰："王误信人言，囚系尊公。今有群臣保举，称君家三世忠臣，王内惭过听，外愧诸侯之耻，反拜尊公为相国，封二子为侯，尚赐鸿都侯，员赐盖侯。尊公久系初释，思见二子，故复作手书，遣某奉迎。必须早早就驾，以慰尊公之望。"伍尚曰："父在囚系，中心如割，得免为幸，何敢贪印绶哉？"将师曰："此王命也，君其勿辞！"伍尚大喜，乃将父书入室，来报其弟伍员。

不知伍员肯同赴召否，且看下回分解。

第七十二回
棠公尚捐躯奔父难，伍子胥微服过昭关

　　话说伍员字子胥，监利人，生得身长一丈，腰大十围，眉广一尺，目光如电，有扛鼎拔山之勇，经文纬武之才。乃世子太师连尹奢之子，棠君尚之弟。尚与员俱随其父奢于城父。鄢将师奉楚平王之命，欲诱二子入朝，先见了伍尚，因请见员。尚乃持父手书入内，与员观看，曰："父幸免死，二子封侯，使者在门，弟可出见之。"员曰："父得免死，已为至幸。二子何功，而复封侯？此诱我也。往必见诛！"尚曰："父见有手书，岂相诳哉？"员曰："吾父忠于国家，知我必欲报仇，故使并命于楚，以绝后虑。"尚曰："吾弟乃臆度之语。万一父书果是真情，吾等不孝之罪何辞？"员曰："兄且安坐，弟当卜其吉凶。"员布卦已毕，曰："今日甲子日，时加于巳，支伤日下，气不相受。主君欺其臣，父欺其子。去且就诛，何封侯之有哉？"尚曰："非贪侯爵，思见父耳。"员曰："楚人畏吾兄弟在外，必不敢杀吾父。兄若误往，是速父之死也！"尚曰："父子之爱，恩从中出。若得一面而死，亦所甘心！"于是伍员乃仰天叹曰："与父俱诛，何益于事？兄必欲往，弟从此辞矣！"尚泣曰："弟将

何往？"员曰："能报楚者，吾即从之。"尚曰："吾之智力，远不及弟，我当归楚，汝适他国。我以殉父为孝，汝以复仇为孝。从此各行其志，不复相见矣！"伍员拜了伍尚四拜，以当永诀。

尚拭泪出见鄢将师，言："弟不愿封爵，不能强之。"将师只得同伍尚登车。既见平王，王并囚之。伍奢见伍尚单身归楚，叹曰："吾固知员之不来也！"无极复奏曰："伍员尚在，宜急捕之，迟且逃矣。"平王准奏，即遣大夫武城黑，领精卒二百人，往袭伍员。员探知楚兵来捕己，哭曰："吾父兄果不免矣！"乃谓其妻贾氏曰："吾欲逃奔他国，借兵以报父兄之仇，不能顾汝，奈何？"贾氏睁目视员曰："大丈夫含父兄之怨，如割肺肝，何暇为妇人计耶？子可速行，勿以妾为念！"遂入户自缢。伍员痛哭一场，藁葬其尸。即时收拾包裹，身穿素袍，贯弓佩剑而去。未及半日，楚兵已至，围其家，搜伍员不得，度员必东走，遂命御者疾驱追之。约行三百里，及于旷野无人之处。员乃张弓布矢，射杀御者，复注矢欲射武城黑。黑惧，下车欲走。伍员曰："本欲杀汝，姑留汝命归报楚王，欲存楚国宗祀，必留我父兄之命。若其不然，吾必灭楚，亲斩楚王之头，以泄吾恨。"武城黑抱头鼠窜，归报平王，言："伍员已先逃矣。"平王大怒，即命费无极押伍奢父子于市曹斩之。临刑，伍尚唾骂无极："谗言惑主，杀害忠良！"伍奢止曰："见危授命，人臣之职，忠佞自有公论，何以詈为？但员儿不至，吾虑楚国君臣，自今以后，不得安然朝食矣。"言罢，引颈受戮。百姓观者，无不流涕。是日天昏日暗，悲风惨冽。史臣有诗云：

惨惨悲风日失明，三朝忠裔忽遭坑。
楚庭从此皆谗佞，引得吴兵入郢城。

平王问："伍奢临刑有何怨言？"无极曰："并无他语，但言伍员不至，楚国君臣不能安食也。"平王曰："员虽走，必不远，宜更追之。"乃遣左司马沈尹戌率三千人，穷其所往。

伍员行及大江，心生一计，将所穿白袍，挂于江边柳树之上，取双履弃于江边，足换芒鞋，沿江直下。沈尹戌追至江口，得其袍履，回奏："伍员不知去向。"无极进曰："臣有一计，可绝伍员之路。"王问："何计？"无极对曰："一面出榜四处悬挂，不拘何人，有能捕获伍员来者，赐粟五万石，爵上大夫；容留及纵放者，全家处斩。诏各路关津渡口，凡来往行人，严加盘诘。又遣使遍告列国诸侯，不得收藏伍员。彼进退无路，纵一时不能就擒，其势已孤，安能成其大事哉？"平王悉从其计。画影图形，访拿伍员，各关隘十分紧急。

再说伍员沿江东下，一心欲投吴国，奈路途遥远，一时难达。忽然想起："太子建逃奔宋国，何不从之？"遂望睢阳一路而进。行至中途，忽见一簇车马前来，伍员疑是楚兵截路，不敢出头，伏于林中察之，乃故人申包胥也，与员有八拜之交，因出使他国回转，在此经过。伍员趋出，立于车左。包胥慌忙下车相见，问："子胥何故独行至此？"伍员把平王枉杀父兄之事，哭诉一遍。包胥闻之，恻然动容，问曰："子今何往？"员曰："吾闻'父母之仇，不共戴天'，吾将奔往他国，借兵伐楚，生嚼楚王之肉，车裂无极之尸，方泄此恨。"包胥劝曰："楚王虽无道，君也；子累世食其禄，君臣之分定矣。奈何以臣而仇君乎？"员曰："昔桀、纣见诛于其臣，惟无道也。楚王纳子妇，弃嫡嗣，信谗佞，戮忠良，吾请兵入郢，乃为楚国扫荡污秽，况又有骨肉之仇乎？若不能灭楚，誓不立于天地之间！"包胥曰："吾欲教子报楚，则为不忠；教子不报，又陷子于不孝。子勉之！行矣！朋友之谊，吾必不漏泄于人。然子能覆楚，吾必能存楚；子能危楚，吾必能安楚。"伍员遂辞包胥而行。不一日，到了宋国，寻见了太子建，抱头而哭，各诉平王之过恶。员曰："太子曾见宋君否？"建曰："宋国方有乱，君臣相攻，吾尚未通谒也。"

却说宋君名佐，乃宋平公嬖妾之子。平公听寺人伊戾之谮，杀太子痤而立佐。周景王十三年，平公薨，佐嗣立，是为元公。元公为人，貌丑而性柔，多私无信，恶世卿华氏之强，与公子寅、公子御戎、向胜、向行等，谋欲除去之。向胜泄其谋于向宁。宁与华向、华定、华亥相善，谋先期作乱。华亥乃伪为有疾，群臣皆来问疾。华亥执公子寅与御戎杀之，囚向胜、向行于仓廪之中。元公闻之，亟驾车亲至华氏之门，请释二向。华亥并劫元公，索要世子及亲臣为质，方从其请。元公曰："周、郑交质，自昔有之，寡人以世子质于卿家，卿之子亦应质于寡人。"华氏商议，将华亥之子无慼、华定之子启、向宁之子向罗，质于公所。元公亦召世子栾，与母弟辰、公子地，质于华亥之家。华亥始释向胜、向行，从元公还朝。

元公与夫人心念世子栾，每日必至华氏，视世子食毕方归。华亥嫌其不便，欲送世子归宫。元公甚喜。向宁不肯曰："所以质太子者，惟不信也。若质去，祸必至矣！"元公闻华亥中悔，大怒，召大司马华费遂，将师甲攻华氏。费遂对曰："世子在彼，君不念耶？"元公曰："死生有命，寡人不能忍其耻辱！"费遂曰："君意既决，老臣安敢庇其私族，以违君命哉？"即日整顿兵甲。元公遂将所质华无慼、华启、向罗，尽皆斩首，将攻华氏。华登素善于华亥，奔往告之。华亥忙集家甲迎战，兵败。向宁欲杀世子。华亥曰："得罪于君，又杀君子，人将议我！"乃尽归其质，与其党出奔陈国。

华费遂有三子，长华䝏，次华多僚，华登其第三子也。多僚与䝏素不睦，因华氏之乱，谮于元公，言："华䝏实与亥、定同谋，今自陈召之，将为内应。"元公信之，使寺人宜僚告于费遂。费遂曰："此必多僚谮言也，君既疑䝏，则请逐之。"华䝏之家臣张匄，微闻其事，讯于宜僚。宜僚不肯言。张匄拔剑在手，曰："汝若不言，吾即杀汝！"宜僚惧，尽吐其实。张匄报于华䝏，请杀多僚。华䝏曰："登出奔，已伤司马之心矣。吾兄弟复相残，何以自立？吾将避之。"

华䝏往辞其父，张匄从行。恰好费遂自朝中出，多僚为之御车。张匄一见，怒气勃发，拔佩剑砍杀多僚，劫华费遂同出卢门，屯于南里。使人至陈，招回华亥、向宁等一同谋叛。宋元公拜乐大心为大将，率兵围南里。华登如楚借兵，楚平王使薳越帅师来救华氏。伍员闻楚师将到，曰："宋不可居矣！"乃与太子建及其母子，西奔郑国。有诗为证：

千里投人未息肩，卢门金鼓又喧天。
孤臣孽子多颠沛，又向荥阳快着鞭。

楚兵来救华氏，晋顷公亦率诸侯救宋。诸侯不欲与楚战，劝宋解南里之围，纵华亥、向宁等出奔楚国。两下罢兵。此是后话。

是时，郑上卿公孙侨新卒。郑定公不胜痛悼，素知伍员乃三代忠臣之后，英雄无比；况且是时晋、郑方睦，与楚为仇，闻太子建之来，甚喜，使行人致馆，厚其廪饩。建与伍员，每见郑伯，必哭诉其冤情。郑定公曰："郑国微兵寡，不足用也。子欲报仇，何不谋之于晋？"世子建留伍员于郑，亲往晋国，见晋顷公。顷公叩其备细，送居馆驿，召六卿共议伐楚之事。那六卿：魏舒、赵鞅、韩不信、士鞅、荀寅、荀跞。时六卿用事，各不相下，君弱臣强，顷公不能自专。就中惟魏舒、韩不信有贤声，余四卿皆贪权怙势之辈，而荀寅好赂尤甚。郑子产当国，执礼相抗，晋卿畏之；及游吉代为执政，荀寅私遣人求货于吉，吉不从，由是寅有恶郑之心。至是，密奏顷公曰："郑阴阳晋、楚之间，其心不定，非一日矣，今楚世子在郑，郑必信之，世子能为内应，我起兵灭郑，即以郑封太子，然后徐图灭楚，有何不可？"顷公从其计，即命荀寅以其谋私告世子建，建欣然诺之。

建辞了晋顷公，回至郑国，与伍员商议其事。员谏曰："昔秦将杞子、杨孙谋袭郑国，事既不成，窜身无所。夫人以忠信待我，奈何谋之？此侥幸之计，必不可！"建曰："吾已许晋君臣矣。"员曰："不为晋应，未有罪也。若谋郑，则信义俱失，何以为人？子必行之，祸立至矣。"建贪于得国，遂不听伍员之谏，以家财私募骁勇，复交结郑伯左右，冀其助己。左右受其贿赂，转相要结。因晋国私遣人至建处，约会日期，其谋渐泄，遂有人密地投首。郑定公与游吉计议，召太子建游于后圃，从者皆不得入。三杯酒罢，郑伯曰："寡人好意容留太子，不曾怠慢，太子奈何见图？"建曰："从无此意。"定公使左右面质其事，太子建不能讳。郑伯大怒，喝令力士，擒建于席上，斩之，并诛左右受赂不出首者二十余人。伍员在馆驿，忽然肉跳不止，曰："太子危矣！"少顷，建从人逃回驿中，言太子被杀之事。伍员即时携建子胜出了郑城，思量无路可奔，只得往吴国逃难。髯翁有诗，单咏太子建自取杀身之祸。诗云：

亲父如仇隔釜鬵，郑君假馆反谋侵。

人情难料皆如此，冷尽英雄好义心。

再说伍员同公子胜，惧郑国来追，一路昼伏夜行，千辛万苦，不必细述。行过陈国，知陈非驻足之处。复东行数日，将近昭关。那座关在小岘山之西，两山并峙，中间一口，为庐、濠往来之冲，出了此关，便是大江，通吴的水路了，形势险隘，原设有官把守，近因盘诘伍员，特遣右司马薳越带领大军驻扎于此。伍员行至历阳山，离昭关约六十里之程，偃息深林，徘徊不进。忽有一老父携杖而来，径入林中，见伍员，奇其貌，乃前揖之，员亦答礼，老父曰："君能非伍氏子乎？"员大骇曰："何为问及于此？"老父曰："吾乃扁鹊之弟子东皋公也，自少以医术游于列国，今年老，隐居于此。数日前，薳将军有小恙，邀某往视，见关上悬有伍子胥形貌，与君正相似，是以问之。君不必讳，寒舍只在山后，请那步暂过，有话可以商量。"伍员知其非常人，乃同公子胜随东皋公而行。

约数里，有一茅庄，东皋公揖伍员而入。进入草堂，伍员再拜。东皋公慌忙答礼曰："此尚非君停足之处。"复引至堂后西偏，进一小小笆门，过一竹园，园后有土屋三间，其门如窦。低头而入，内设床几，左右开小窗透光，东皋公推伍员上座。员指公子胜曰："有小主在，吾当侧侍。"东皋公问："何人？"员曰："此即楚太子建之子，名胜。某实子胥也。以公长者，不敢隐情。某有父兄切骨之仇，誓欲图报，幸公勿泄！"东皋公乃坐胜于上，自己与伍员东西相对，谓员曰："老夫但有济人之术，岂有杀人之心哉！此处虽住一年半载，亦无人知觉。但昭关设守甚严，公子如何可过？必思一万全之策，方可无虞。"员下跪曰："先生何计能脱我难？日后必当重报！"东皋公曰："此处荒僻无人，公子且宽留，容某寻思一策，送尔君

第七十二回　棠公尚捐躯奔父难，伍子胥微服过昭关

臣过关。"员称谢。东皋公每日以酒食款待，一住七日，并不言过关之事。伍员乃谓东皋公曰："某有大仇在心，以刻为岁，迁延于此，宛如死人。先生高义，宁不哀乎？"东皋公曰："老夫思之已熟，欲待一人未至耳。"伍员狐疑不决。

是夜，寝不能寐，欲要辞了东皋公前行，恐不能过关，反惹其祸；欲待再住，又恐担搁时日，所待者又不知何人。展转寻思，反侧不安，身心如在芒刺之中。卧而复起，绕室而走，不觉东方发白。只见东皋公叩门而入，见了伍员，大惊曰："足下须鬓，何以忽然改色？得无愁思所致耶？"员不信，取镜照之，已苍然颁白矣。世传伍子胥过昭关，一夜愁白了头，非浪言也。员乃投镜于地，痛哭曰："一事无成，双鬓已斑。天乎！天乎！"东皋公曰："足下勿得悲伤，此乃足下佳兆也。"员拭泪问曰："何谓佳兆？"东皋公曰："公状貌雄伟，见者易识，今须鬓顿白，一时难辨，可以混过俗眼。况吾友，老夫已请到，吾计成矣！"员曰："先生计安在？"东皋公曰："吾友复姓皇甫，名讷，从此西南七十里龙洞山居住。此人身长九尺，眉广八寸，仿佛与足下相似。教他假扮作足下，足下却扮为仆者，倘吾友被执，纷论之间，足下便可抢过昭关矣。"伍员曰："先生之计虽善，但累及贵友，于心不安！"东皋公曰："这个不妨，自有解救之策在后，老夫已与吾友备细言之。此君亦慷慨之士，直任无辞，不必过虑！"言毕，遂使人请皇甫讷至土室中，与伍员相见。员视之，果有三分相像，心中不胜之喜。东皋公又将药汤与伍员洗脸，变其颜色。捱至黄昏，使伍员解其素服，与皇甫讷穿之。另将紧身褐衣，与员穿着，扮作仆者。芈胜亦更衣，如村家小儿之状。伍员同公子胜拜了东皋公四拜："异日倘有出头之日，定当重报！"东皋公曰："老夫哀君受冤，故欲相脱，岂望报也！"员与胜

跟随皇甫讷，连夜望昭关而行，黎明已到，正值开关。

却说楚将蒍越，坚守关门，号令："凡北人东度者，务要盘诘明白，方许过关！"关前画有伍子胥面貌查对。真个"水泄不通，鸟飞不过"。皇甫讷刚到关门，关卒见其状貌，与图形相似，身穿素缟，且有惊悸之状，即时盘住，入报蒍越。越飞驰出关，遥望之曰："是矣！"喝令左右一齐下手，将讷拥入关上。讷诈为不知其故，但乞放生。那些守关将士，及关前后百姓，初闻捉得子胥，尽皆踊跃观看。伍员乘关门大开，带领公子胜，杂于众人之中，一来扰攘之际，二来装扮不同，三来子胥面色既改，须鬓俱白，老少不同，急切无人认得，四来都道子胥已获，便不去盘诘了，遂捱捱挤挤，混出关门。正是：鲤鱼脱却金钩去，摆尾摇头再不来。有诗为证：

千群虎豹据雄关，一介亡臣已下山。
从此勾吴添胜气，郢都兵革不能闲。

再说楚将蒍越，欲将皇甫讷绑缚拷打，责令供状，解去郢都。讷辨曰："吾乃龙洞山下隐士皇甫讷也，欲从故人东皋公出关东游，并无触犯，何故见擒？"蒍越闻其声音，想道："子胥目如闪电，声若洪钟。此人形貌虽然相近，其声低小，岂途路风霜所致耶？"正疑惑间，忽报："东皋公来见。"蒍越命押在一边，延东皋公入，各序宾主而坐。东皋公曰："老汉欲出关东游，闻将军捉得亡臣伍子胥，特来称贺。"蒍越曰："小卒拿得一人，貌类子胥，而未肯招承。"东皋公曰："将军与子胥父子，共立楚朝，岂不能辨别真伪耶？"蒍越曰："子胥目如闪电，声如洪钟，此人目小而声雌，吾疑憔悴已久，失其故态耳。"东皋公曰："老汉与子胥亦有一面，请

第七十二回　棠公尚捐躯奔父难、伍子胥微服过昭关

借此人与吾辨之，便知虚实。"薳越命取原因至前，讷望见东皋公，遽呼曰："公相期出关，何不早至？累我受辱。"东皋公笑谓薳越曰："将军误矣，此吾乡友皇甫讷也，约吾同游，期定关前相会，不意他先行一程。将军不信，老夫有过关文牒在此，焉可诬为亡臣耶？"言毕，即于袖中取出文牒，呈与薳越观看。越大惭，亲释其缚，命酒压惊曰："此乃小卒识认不真，万勿见怪。"东皋公曰："此将军为朝廷执法，老夫何怪之有？"薳越又取金帛相助，为东游之资，二人称谢下关。薳越号令将士坚守如故。

再说伍员过了昭关，心中暗喜，放步而行。走了不上数里，遇着一人，伍员认得他姓左名诚，见为昭关击柝小吏。他原是城父人，曾跟随伍家父子射猎，所以识认颇真。见伍员，大惊曰："朝廷索公子甚急，公子如何过关？"伍员曰："主公知我有一颗夜光之珠，问我取索，此珠已落人手，将往取之，适才禀过薳将军，蒙他释放来的。"左诚不信曰："楚王有令：'纵放公子者，全家处斩！'某请同公子暂回关上，问明了主将，方才可行。"伍员曰："若见主将，我说美珠已交付与你，恐汝难于分剖，不如做个人情放我，他日好相见也。"左诚知伍员英勇，不敢相抗，遂纵之东行，回到关上，隐过其事不提。

伍员疾行，至于鄂渚，遥望大江，茫茫浩浩，波涛万顷，无舟可渡。伍员前阻大水，后虑追兵，心中十分危急。忽见有渔翁乘船，从下流泝水而上。员喜曰："天不绝我命也！"乃急呼曰："渔父渡我！渔父速速渡我！"那渔父方欲拢船，见岸上又有人行动，乃放声歌曰："日月昭昭乎侵已驰，与子期乎芦之漪。"伍员闻歌会意，即望下流沿江趋走，至于芦洲，以芦荻自隐。少顷，渔翁将船拢岸，不见了伍员，复放声歌曰："日已夕兮，予心忧悲，月已驰

兮，何不渡为？"伍员同芈胜从芦丛中钻出，渔翁急招之。二人践石登舟，渔翁将船一篙点开，轻挥兰桨，飘飘而去。不勾一个时辰，达于对岸。渔翁曰："夜来梦将星坠于吾舟，老汉知必有异人问渡，所以荡桨出来，不期遇子。观子容貌，的非常人，可实告我，勿相隐也。"伍员遂告姓名。渔翁嗟呀不已，曰："子面有饥色，吾往取食啖子，子姑少待。"渔翁将舟系于绿杨下，入村取食，久而不至。员谓胜曰："人心难测，安知不聚徒擒我？"乃复隐于芦花深处。

少顷，渔翁取麦饭、鲍鱼羹、盎浆，来至树下，不见伍员，乃高唤曰："芦中人，芦中人，吾非以子求利者也！"伍员乃出芦中而应。渔翁曰："知子饥困，特为取食，奈何相避耶？"伍员曰："性命属天，今属于丈人矣。忧患所积，中心皇皇，岂敢相避？"渔翁进食，员与胜饱餐一顿，临去，解佩剑以授渔翁，曰："此先王所赐，吾祖父佩之三世矣。中有七星，价值百金，以此答丈人之惠。"渔翁笑曰："吾闻楚王有令：'得伍员者，赐粟五万石，爵上大夫。'吾不图上卿之赏，而利汝百金之剑乎？且'君子无剑不游'，子所必需，吾无所用也。"员曰："丈人既不受剑，愿乞姓名，以图后报！"渔翁怒曰："吾以子含冤负屈，故渡汝过江，子以后报啖我，非丈夫也！"员曰："丈人虽不望报，某心何以自安？"固请言之。渔翁曰："今日相逢，子逃楚难，吾纵楚贼，安用姓名为哉？况我舟楫活计，波浪生涯，虽有名姓，何期而会？万一天遣相逢，我但呼子为'芦中人'，子呼我为'渔丈人'，足为志记耳。"员乃欣然拜谢，方行数步，复转身谓渔翁曰："倘后有追兵来至，勿泄吾机。"只因转身一言，有分丧了渔翁性命。

要知后事，且看下回分解。

第七十三回
伍员吹箫乞吴市，专诸进炙刺王僚

话说渔丈人已渡伍员，又与饮食，不受其剑。伍员去而复回，求丈人秘密其事，恐引追兵前至，有负盛意。渔翁仰天叹曰："吾为德于子，子犹见疑。倘若追兵别渡，吾何以自明？请以一死绝君之疑。"言讫，解缆开船，拔舵放桨，倒翻船底，溺于江心。史臣有诗云：

> 数载逃名隐钓纶，扁舟渡得楚亡臣。
> 绝君后虑甘君死，千古传名渔丈人。

至今武昌东北通淮门外，有解剑亭，当年子胥解剑赠渔父处也。伍员见渔丈人自溺，叹曰："我得汝而活，汝为我而死，岂不哀哉！"

伍员与芈胜遂入吴境，行至溧阳，馁而乞食。遇一女子，方浣纱于濑水之上，筥中有饭。伍员停足问曰："夫人可假一餐乎？"女子垂头应曰："妾独与母居，三十未嫁，岂敢售餐于行客哉？"伍员曰："某在穷途，愿乞一饭自活，夫人行赈恤之德，又何嫌乎？"女子抬头看见伍员状貌魁伟，乃曰："妾观君之貌，似非常人，宁以小嫌，坐视穷困？"于是发其箪，取盎浆，跪而进之。胥与胜一餐而止。女子曰："君似有远行，何不饱食？"二人乃再餐，尽其器。临行谓女子曰："蒙夫人活命之恩，恩在肺腑。某实亡命之夫，倘遇他人，愿夫人勿言。"女子凄然叹曰："嗟乎，妾侍寡母三十未嫁，贞明自矢，何期馈饭，乃与男子交言。败义堕节，何以为人！子行矣！"伍员别去，行数步，回头视之，此女抱一大石，自投濑水中而死。后人有赞云：

> 溧水之阳，系绵之女，
> 惟治母餐，不通男语。
> 矜此旅人，发其筐筥，
> 君腹虽充，吾节已窳。
> 捐此孱躯，以存壶矩，
> 濑流不竭，兹人千古！

伍员见女子投水，感伤不已，咬破指头，沥血书二十字于石上，曰：

> 尔浣纱，我行乞；我腹饱，尔身溺。十年之后，千金报德！

伍员题讫，复恐后人看见，掬土以掩之。

过了溧阳，复行三百余里，至一地，名吴趋。见一壮士，碓颡而深目,状如饿虎,声若巨雷,方与一大汉厮打。众人力劝不止。门内有一妇人唤曰:"专诸不可!"其人似有畏惧之状,即时敛手归家。员深怪之,问于旁人曰:"如此壮士,而畏妇人乎?"旁人告曰:"此吾乡勇士,力敌万人,不畏强御,平生好义,见人有不平之事,即出死力相为。适才门内唤声,乃其母也。所唤专诸,即此人姓名。素有孝行,事母无违,虽当盛怒,闻母至即止。"员叹曰:"此真烈士矣!"

次日,整衣相访。专诸出迎,叩其来历。员具道姓名,并受冤始末。专诸曰:"公负此大冤,何不求见吴王,借兵报仇?"员曰:"未有引进之人,不敢自媒。"专诸曰:"君言是也,今日下顾荒居,有何见谕?"员曰:"敬子孝行,愿与结交。"专诸大喜,乃入告于母,即与伍员八拜为交。员长于诸二岁,呼员为兄,员请拜见专诸之母。专诸复出其妻子相见,杀鸡为黍,欢如骨肉。遂留员、胜二人宿了一夜。次早,员谓专诸曰:"某将辞弟入都,觅一机会,求事吴王。"专诸曰:"吴王好勇而骄,不如公子光亲贤下士,将来必有所成。"员曰:"蒙弟指教,某当牢记。异日有用弟之处,万勿见拒!"专诸应诺。三人分别。

员、胜相随前进,来到梅里。城郭卑隘,朝市粗立,舟车嚷嚷,举目无亲,乃藏芈胜于郊外,自己被发佯狂,跣足涂面,手执斑竹箫一管,在市中吹之,往来乞食。其箫曲第一叠云:

伍子胥,伍子胥,跋涉宋、郑身无依,千辛万苦凄复悲!父仇不报,何以生为?

第二叠云:

伍子胥，伍子胥，昭关一度变须眉，千惊万恐凄复悲！兄仇不报，何以生为？

第三叠云：

伍子胥，伍子胥，芦花渡口溧阳溪，千生万死及吴陲，吹箫乞食凄复悲！身仇不报，何以生为？

市人无有识者。时周景王二十五年，吴王僚之七年也。

再说吴公子姬光，乃吴王诸樊之子。诸樊薨，光应嗣位，因守父命，欲以次传位于季札，故馀祭、夷昧以次相及。及夷昧薨后，季札不受国，仍该立诸樊之后，争奈王僚贪得不让，竟自立为王。公子光心中不服，潜怀杀僚之意，其如群臣皆为僚党，无与同谋，隐忍于中。乃求善相者曰被离，举为吴市吏，嘱以谘访豪杰，引为己辅。

一日，伍员吹箫过于吴市，被离闻箫声甚哀，再一听之，稍辨其音。出见员，乃大惊曰："吾相人多矣，未见有如此之貌也！"乃揖而进之，逊于上坐。伍员谦让不敢。被离曰："吾闻楚杀忠臣伍奢，其子子胥出亡外国，子殆是乎？"员踢躇未对。被离又曰："吾非祸子者，吾见子状貌非常，欲为子求富贵地耳。"伍员乃诉其实。早有侍人知其事，报知王僚。僚召被离引员入见。被离一面使人私报姬光得知，一面使伍员沐浴更衣，一同入朝，进谒王僚。王僚奇其貌，与之语，知其贤，即拜为大夫之职。次日，员入谢，道及父兄之冤，咬牙切齿，目中火出。王僚壮其气，意复怜之，许为兴师复仇。

第七十三回　伍员吹箫乞吴市，专诸进炙刺王僚

姬光素闻伍员智勇，有心收养他，闻先谒王僚，恐为僚所亲用，心中微愠，乃往见王僚曰："光闻楚之亡臣伍员，来奔我国，王以为何如人？"僚曰："贤而且孝。"光曰："何以见之？"僚曰："勇壮非常，与寡人筹策国事，无不中窾，是其贤也。念父兄之冤，未曾须臾忘报，乞师于寡人，是其孝也。"光曰："王许以复仇乎？"僚曰："寡人怜其情，已许之矣。"光谏曰："万乘之主，不为匹夫兴师。今吴、楚构兵已久，未见大胜，若为子胥兴师，是匹夫之恨，重于国耻也。胜则彼快其愤，不胜则我益其辱，必不可！"王僚以为然，遂罢伐楚之议。伍员闻光之入谏，曰："光方有内志，未可说以外事也。"乃辞大夫之职不受。光复言于王僚曰："子胥以王不肯兴师，辞职不受，有怨望之心，不可用之。"僚遂疏伍员，听其辞去，但赐以阳山之田百亩。员与胜遂耕于阳山之野。姬光私往见之，馈以米粟布帛，问曰："子出吴、楚之境，曾遇有才勇之士，略如子胥者乎？"员曰："某何足道，所见有专诸者，真勇士也！"光曰："愿因子胥得交于专先生。"员曰："专诸去此不远，当即召之，明旦可入谒也。"光曰："既是才勇之士，某即当造请，岂敢召乎？"乃与伍员同车共载，直造专诸之家。专诸方在街坊磨刀，为人屠豕，见车马纷纷，方欲走避，伍员在车上呼曰："愚兄在此。"专诸慌忙停刀，候伍员下车相见。员指公子光曰："此吴国长公子，慕吾弟英雄，特来造见。弟不可辞。"专诸曰："某闾巷小民，有何德能，敢烦大驾。"遂揖公子光而进。筚门蓬户，低头而入。公子光先拜，致生平相慕之意，专诸答拜。光奉上金帛为贽，专诸固让，伍员从旁力劝，方才肯受。自此专诸遂投于公子光门下。光使人日馈粟肉，月给布帛，又不时存问其母，专诸甚感其意。

一日，问光曰："某村野小人，蒙公子豢养之恩，无以为报，

倘有差遣，惟命是从。"光乃屏左右，述其欲刺王僚之意。专诸曰："前王夷昧卒，其子分自当立，公子何名而欲害之？"光备言祖父遗命，以次相传之故："季札既辞，宜归適长，適长之后，即光之身也。僚安得为君哉？吾力弱不足以图大事，故欲借助于有力者。"专诸曰："何不使近臣从容言于王侧，陈前王之命，使其退位？何必私备剑士，以伤先王之德？"光曰："僚贪而恃力，知进之利，不能退让，若与之言，反生忌害。光与僚势不两立。"专诸奋然曰："公子之言是也。但诸有老母在堂，未敢以死相许。"光曰："吾亦知尔母老子幼，然非尔无与图事者。苟成其事，君之子母，即吾子母也，自当尽心养育，岂敢有负于君哉？"专诸沉思良久，对曰："凡事轻举无功，必图万全。夫鱼在千仞之渊，而入渔人之手者，以香饵在也。欲刺王僚，必先投王之所好，乃能亲近其身。不知王所好何在？"光曰："好味。"专诸曰："味中何者最甘？"光曰："尤好鱼炙。"专诸曰："某请暂辞。"公子光曰："壮士何往？"专诸曰："某往学治味，庶可近吴王耳。"专诸遂往太湖学炙鱼，凡三月，尝其炙者，皆以为美。然后复见姬光，光乃藏专诸于府中。髯翁有诗云：

刚直人推伍子胥，也因献媚进专诸。
欲知弑械从何起？三月湖边学炙鱼。

姬光召伍子胥，谓："专诸已精其味矣，何以得近吴王？"员对曰："夫鸿鹄所以不可制者，以羽翼在也。欲制鸿鹄，必先去其羽翼。吾闻公子庆忌，筋骨如铁，万夫莫当，手能接飞鸟，步能格猛兽，王僚得一庆忌，且夕相随，尚且难以动手。况其母弟掩馀、烛庸并握兵权，虽有擒龙搏虎之勇，鬼神不测之谋，安能济事。公子欲除王僚，必先去此三子，然后大位可图。不然，虽幸而成事，公子能安然在位乎？"光俯思半响，恍然曰："君言是也。且归尔田，俟有间隙，然后相议耳。"员乃辞去。

是年，周景王崩。有嫡世子曰猛，次曰匄，长庶子曰朝。景王宠爱朝，嘱于大夫宾孟，欲更立世子之位，未行而崩。刘献公挚亦卒，子刘卷字伯蚠嗣立。素与宾孟有隙，遂同单穆公劫杀宾孟，立世子猛，是为悼王。尹文公固、甘平公鳊、召庄公奂，素附子朝，三家合兵，使上将南宫极率之以攻刘卷。卷出奔扬。单旗奉王猛次于皇。子朝使其党鄩肸伐皇，肸败死。晋顷公闻王室大乱，遣大夫籍谈、荀跞帅师纳王于王城。尹固亦立子朝于京。未几，王猛病卒，单旗、刘卷复立其弟匄，是为敬王，居翟泉。周人呼匄为东王，朝为西王，二王互相攻杀，六年不决。召庄公奂卒，南宫极为天雷震死，人心耸惧。晋大夫荀跞，复率诸侯之师，纳敬王于成周，擒尹固，子朝兵溃。召奂之子嚚反攻子朝，朝出奔楚，诸侯遂城成周而还。敬王以召嚚为反覆，与尹固同斩于市，周人快之。此是后话。

且说周敬王即位之元年，吴王僚之八年也。时楚故太子建之母在郹，费无极恐其为伍员内应，劝平王诛之。建母闻之，阴使人求救于吴。吴王僚使公子光往郹取建母，行及钟离，楚将薳越帅师拒之，驰报郢都。平王拜令尹阳匄为大将，并征陈、蔡、胡、沈、许五国之师。胡子名髡，沈子名逞，二君亲自引兵，陈遣大夫夏啮，顿、胡二国亦遣大夫助战。胡、沈、陈之兵营于右，顿、许、蔡之兵营于左，薳越大军居中。姬光亦驰报吴王，王僚同公子掩馀率大军一万，罪人三千，来至鸡父下寨。两边尚未约战，适楚令尹阳匄暴疾卒，薳越代领其众。姬光言于王僚曰："楚亡大将，其军已丧气矣。诸侯相从者虽众，然皆小国，畏楚而来，非得已也。胡、沈之君，幼不习战，陈夏啮勇而无谋，顿、许、蔡三国久困楚令，其心不服，不肯尽力。七国同役而不同心，楚帅位卑无威，若分师先犯胡、沈与陈，必先奔。诸国乖乱，楚必震惧，可全败也。请示弱以诱之，而以精卒持其后。"王僚从其计，乃为三阵，自率中军，姬光在左，公子掩馀在右，各饱食严阵以待。先遣罪人三千，乱突楚之右营。

时秋七月晦日，兵家忌晦，故胡子髡、沈子逞及陈夏啮，俱不做整备。及闻吴兵到，开营击之。罪人原无纪律，或奔或止。三国以吴兵散乱，彼此争功追逐，全无队伍。姬光帅左军乘乱进击，正遇夏啮，一戟刺于马下。胡、沈二君心慌，夺路欲走，公子掩馀右军亦到，二君如飞禽入网，无处逃脱，俱为吴军所获。军士死者无数，生擒甲士八百余人。姬光喝教将胡、沈二君斩首，却纵放甲士，使奔报楚之左军，言："胡、沈二君及陈大夫俱被杀矣！"许、蔡、顿三国将士，吓得心胆堕地，不敢出战，各寻走路。王僚合左右二军，如泰山一般倒压下来。中军薳越未及成阵，军士散其大半。吴兵随后掩杀，杀得尸横遍野，流血成渠，薳越大败，奔五十里方脱。姬光直入郧阳，迎取楚夫人以归。蔡人不敢拒敌。薳越收拾败兵，止存其半，闻姬光单师来郧阳取楚夫人，乃星夜赴之。比及楚军至蔡，吴兵已离郧阳二日矣。薳越知不可追，仰天叹曰："吾受命守关，不能缉获亡臣，是无功也。既丧七国之师，又失君夫人，是有罪也。无一功而负二罪，何面复见楚王乎？"遂自缢而死。

楚平王闻吴师势大，心中甚惧，用囊瓦为令尹，以代阳匄之位。瓦献计谓郢城卑狭，更于其东辟地，筑一大城，比旧高七尺，广二十余里，名旧城为纪南城，以其在纪山之南也；新城仍名郢，徙都居之；复筑一城于西，以为右臂，号曰麦城。三城似品字之形，联络有势,楚人皆以为瓦功。沈尹戍笑曰:"子常不务修德政,而徒事兴筑,吴兵若至,虽十郢城何益哉?"囊瓦欲雪鸡父之耻,大治舟楫,操演水军。三月,水手习熟,囊瓦率舟师,从大江直逼吴疆,耀武而还。吴公子光闻楚师犯边,星夜来援,比至境上,囊瓦已还师矣。姬光曰:"楚方耀武而还,边人必不为备。"乃潜师袭巢,灭之,并灭钟离,奏凯而归。

楚平王闻二邑被灭,大惊,遂得心疾,久而不愈。至敬王四年,疾笃,召囊瓦及公子申,至于榻前,以太子珍嘱之而薨。囊瓦与郄宛商议曰:"太子珍年幼,且其母乃太子建所聘,非正也。子西长而好善,立长则名顺,建善则国治,诚立子西,楚必赖之。"郄宛以囊瓦之言,告于公子申。申怒曰:"若废太子,是彰君王之秽行也。太子秦出,其母已立为君夫人,可谓非嫡嗣乎?弃嫡而失大援,外内恶之。令尹欲以利祸我,其病狂乎?再言及,吾必杀之!"囊瓦惧,乃奉珍主丧即位,改名曰轸,是为昭王。囊瓦仍为令尹,伯郄宛为左尹,鄢将师为右尹,费无极以师傅旧恩,同执国政。

却说郑定公闻吴人取楚夫人以归,乃使人赍珠玉簪珥追送之,以解杀建之恨。楚夫人至吴,吴王赐宅西门之外,使芈胜奉之。伍员闻平王之死,捶胸大哭,终日不止。公子光怪而问曰:"楚王乃子仇人,闻死当称快,胡反哭之?"员曰:"某非哭楚王也,恨吾不能枭彼之头,以雪吾恨,使得终于牖下耳!"光亦为嗟叹。胡曾先生有诗曰:

父兄冤恨未曾酬,已报淫狐获首丘。
手刃不能偿夙愿,悲来霜鬓又添秋。

伍员自恨不能及平王之身，报其仇怨，一连三夜无眠，心中想出一个计策来，谓姬光曰："公子欲行大事，尚无间可乘耶？"光曰："昼夜思之，未得其便。"员曰："今楚王新殁，朝无良臣，公子何不奏过吴王，乘楚丧乱之中，发兵南伐，可以图霸。"光曰："倘遣吾为将，奈何？"员曰："公子误为坠车而得足疾者，王必不遣。然后荐掩馀、烛庸为将，更使公子庆忌结连郑、卫，共攻楚国，此一网而除三翼，吴王之死在目下矣。"光又问曰："三翼虽去，延陵季子在朝，见我行篡，能容我乎？"员曰："吴、晋方睦，再令季子使晋，以窥中原之衅。吴王好大而疏于计，必然听从。待其远使归国，大位已定，岂能复议废立哉？"光不觉下拜曰："孤之得子胥，乃天赐也！"

次日，以乘丧伐楚之利，入言于王僚，僚欣然听之。光曰："此事某应效劳，奈因坠车损其足胫，方就医疗，不能任劳。"僚曰："然则何人可将？"光曰："此大事，非至亲信者，不可托也。王自择之。"僚曰："掩馀、烛庸可乎？"光曰："得人矣。"光又曰："向来晋、楚争霸，吴为属国，今晋既衰微，而楚复屡败，诸侯离心，未有所归，南北之政，将归于东。若遣公子庆忌往收郑、卫之兵，并力攻楚；而使延陵季子聘晋，以观中原之衅；王简练舟师，以拟其后，霸可成也！"王僚大喜，使掩馀、烛庸帅师伐楚，季札聘于晋国，惟庆忌不遣。

单说掩馀、烛庸引师二万，水陆并进，围楚潜邑。潜邑大夫坚守不出，使人入楚告急。时楚昭王新立，君幼臣逸，闻吴兵围潜，举朝慌急无措。公子申进曰："吴人乘丧来伐，若不出兵迎敌，示之以弱，启其深入之心。依臣愚见，速令左司马沈尹戌率陆兵一万救潜，再遣左尹郤宛率水军一万，从淮汭顺流而下，截住吴兵之后，使他首尾受敌，吴将可坐而擒矣。"昭王大喜，遂用子西之计，调遣二将，水陆分道而行。

却说掩馀、烛庸正围潜邑，谍者报："救兵来到。"二将大惊，分兵一半围城，一半迎敌。沈尹戍坚壁不战，使人四下将樵汲之路，俱用石子垒断。二将大惊。探马又报："楚将䢵宛引舟师从淮汭塞断江口。"吴兵进退两难，乃分作两寨，为犄角之势，与楚将相持，一面遣人入吴求救。姬光曰："臣向者欲征郑、卫之兵，正为此也。今日遣之，尚未为晚。"王僚乃使庆忌纠合郑、卫，四公子俱调开去了，单留姬光在国。

伍员乃谓光曰："公子曾觅利匕首乎？欲用专诸，此其时矣。"光曰："然，昔越王允常，使欧冶子造剑五枚，献其三枚于吴，一曰'湛卢'，二曰'磐郢'，三曰'鱼肠'。'鱼肠'，乃匕首也，形虽短狭，砍铁如泥。先君以赐我，至今宝之，藏于床头，以备非常。此剑连夜发光，意者神物欲自试，将饱王僚之血乎？"遂出剑与员观之，员夸奖不已。即召专诸以剑付之。专诸不待开言，已知光意，慨然曰："王信可杀也。二弟远离，公子出使，彼孤立耳，无如我何，但死生之际，不敢自主，候禀过老母，方敢从命。"专诸归视其母，不言而泣。母曰："诸何悲之甚也？岂公子欲用汝耶？吾举家受公子恩养，大德当报，忠孝岂能两全，汝必亟往，勿以我为念。汝能成人之事，垂名后世，我死亦不朽矣！"专诸犹依依不舍，母曰："吾思饮清泉，可于河下取之。"专诸奉命汲泉于河，比及回家，不见老母在堂，问其妻，妻对曰："姑适言困倦，闭户思卧，戒勿惊之。"专诸心疑，启牖而入，老母自缢于床上矣。髯仙有诗云：

愿子成名不惜身，肯将孝子换忠臣。

世间尽为贪生误，不及区区老妇人。

专诸痛哭一场，收拾殡殓，葬于西门之外。谓其妻曰："吾受公子大恩，所以不敢尽死者，为老母也。今老母已亡，吾将赴公子之急，我死，汝母子必蒙公子恩眷，勿为我牵挂。"言毕，来见姬光，言母死之事。光十分不过意，安慰了一番，良久，然后复论及王僚之事。专诸曰："公子盍设享以请吴王？王若肯来，事八九济矣。"光乃入见王僚曰："有庖人从太湖来，新学炙鱼，味甚鲜美，异于他炙，请王辱临下舍而尝之！"王僚好的是鱼炙，遂欣然许诺："来日当过王兄府上，不必过费。"光是夜预伏甲士于窟室之中，再命伍员暗约死士百人，在外接应。于是大张饮具。

次早，复请王僚。僚入宫，告其母曰："公子光具酒相延，得无有他谋乎？"母曰："光心气怏怏，常有愧恨之色，此番相请，谅无好意，何不辞之？"僚曰："辞则生隙，若严为之备，又何惧哉！"于是被猣猊之甲三重，陈设兵卫，自王宫起，直至光家之门，街衢皆满，接连不断。僚驾及门，光迎入拜见。既入席安坐，光侍坐于旁。僚之亲戚近信布满堂阶，侍席力士百人，皆操长戟，带利刀，不离王之左右。庖人献馔，皆从庭下搜简更衣，然后膝行而前，十余力士握剑夹之以进。庖人置馔，不敢仰视，复膝行而出。光献觞致敬，忽作跐足，伪为痛苦之状，乃前奏曰："光足疾举发，痛彻心髓，必用大帛缠紧，其痛方止。幸王宽坐须臾，容裹足便出。"僚曰："王兄请自方便！"光一步一颠，入内潜进窟室中去了。少顷，专诸告进鱼炙，搜简如前。谁知这口鱼肠短剑，已暗藏于鱼腹之中。力士挟专诸膝行至于王前，用手擘鱼以进，忽地抽出匕首，径椎王僚之胸，手势去得十分之重，直贯三层坚甲，透出背脊。王僚大叫一声，登时气绝。侍卫力士一拥齐上，刀戟并举，将专诸剁做肉泥。堂中大乱。

姬光在窟室中知已成事，乃纵甲士杀出。两下交斗，这一边知专诸得手，威加十倍，那一边见王僚已亡，势减三分，僚众一半被杀，一半奔逃，其所设军卫，俱被伍员引众杀散。奉姬光升车入朝，聚集群臣，将王僚背约自立之罪，宣布国人明白："今日非光贪位，实乃王僚之不义也。光权摄大位，待季子返国，仍当奉之。"乃收拾王僚尸首，殡殓如礼。又厚葬专诸，封其子专毅为上卿。封伍员为行人之职，待以客礼而不臣。市吏被离举荐伍员有功，亦升大夫之职。散财发粟，以赈穷民，国人安之。

姬光心念庆忌在外，使善走者觇其归期，姬光自率大兵，屯于江上以待之。庆忌中途闻变，即驰去。姬光乘驷马追之。庆忌弃车而走，其行如飞，马不能及。光命集矢射之，庆忌挽手接矢，无一中者。姬光知庆忌必不可得，乃诫西鄙严为之备，遂还吴国。

又数日，季札自晋归，知王僚已死，径往其墓，举哀成服。姬光亲诣墓所，以位让之，曰："此祖父诸叔之意也。"季札曰："汝求而得之，又何让为？苟国无废祀，民无废主，能立者即吾君矣。"光不能强，乃即吴王之位，自号为阖闾。季札退守臣位，此周敬王五年事也。札耻争国之事，老于延陵，终身不入吴国，不与吴事。时人高之。及季札之死，葬于延陵，孔子亲题其碑曰："有吴延陵季子之墓。"史臣有赞云：

贪夫殉利，笾豆见色。

春秋争弑，不顾骨肉。

孰如季子，始终让国。

堪愧僚光，无惭泰伯。

宋儒又论季札辞国生乱，为贤名之玷。有诗云：

只因一让启群争，辜负前人次及情。
若使延陵成父志，苏台麋鹿岂纵横？

且说掩馀、烛庸困在潜城，日久救兵不至，正在踌躇脱身之计，忽闻姬光弑主夺位，二人放声大哭，商议道："光既行弑夺之事，必不相容。欲要投奔楚国，又恐楚不相信。正是'有家难奔，有国难投'，如何是好？"烛庸曰："目今困守于此，终无了期。且乘夜从僻路逃奔小国，以图后举。"掩馀曰："楚兵前后围裹，如飞鸟入笼，焉能自脱？"烛庸曰："吾有一计，传令两寨将士，诈称来日欲与楚兵交锋，至夜半，与兄微服密走，楚兵不疑。"掩馀然其言。两寨将士秣马蓐食，专候军令布阵。掩馀与烛庸同心腹数人，扮作哨马小军，逃出本营。掩馀投奔徐国，烛庸投奔钟吾。及天明，两寨皆不见其主将，士卒混乱，各抢船只奔归吴国，所弃甲兵无数，皆被郤宛水军所获。诸将欲乘吴之乱，遂伐吴国。郤宛曰："彼乘我丧非义，吾奈何效之！"乃与沈尹戌一同班师，献吴俘。楚昭王以郤宛有功，以所获甲兵之半赐之，每事谘访，甚加敬礼。费无极忌之益深，乃生一计，欲害郤宛。

毕竟费无极用何计策，且看下回分解。

第七十四回
囊瓦惧谤诛无极，要离贪名刺庆忌

话说费无极心忌伯郤宛，与鄢将师商量出一个计策来，诈谓囊瓦曰："子恶欲设享相延，托某探相国之意，未审相国肯降重否？"囊瓦曰："彼若见招，岂有不赴之理？"无极又谓郤宛曰："令尹向吾言，欲饮酒于吾子之家，未知子肯为治具否，托吾相探。"郤宛不知是计，应曰："某位居下僚，蒙令尹枉驾，诚为荣幸。明日当备草酌奉候，烦大夫致意。"无极曰："子享令尹，以何物致敬？"郤宛曰："未知令尹所好何在？"无极曰："令尹最好者，坚甲利兵也。所以欲饮酒于公家者，以吴之俘获半归于子，故欲借观耳。子尽出所有，吾为子择之。"郤宛果然将楚平王所赐，及家藏兵甲，尽出以示无极。无极取其坚利者，各五十件，曰："足矣，子帷而置诸门，令尹来必问，问则出以示之。令尹必爱而玩之，因以献焉。若他物，非所好也。"郤宛信以为然，遂设帷于门之左，将甲兵置于帷中，盛陈肴核，托费无极往邀囊瓦。

囊瓦将行，无极曰："人心不可测也。吾为子先往，探其设享之状，然后随行。"无极去少顷，跟跄而来，喘吁未定，谓囊瓦曰：

"某几误相国,子恶今日相请,非怀好意,将不利于相国也。适见帷兵甲于门,相国误往,必遭其毒!"囊瓦曰:"子恶素与我无隙,何至如此?"无极曰:"彼恃王之宠,欲代子为令尹耳,且吾闻子恶阴通吴国,救潜之役,诸将欲遂伐吴国,子恶私得吴人之赂,以为乘乱不义,遂强左司马班师而回。夫吴乘我丧,我乘吴乱,正好相报,奈何去之!非得吴赂,焉肯违众轻退?子恶若得志,楚国危矣!"囊瓦意犹未信,更使左右往视,回报:"门幕中果伏有甲兵。"囊瓦大怒,即使人请鄢将师至,诉以郤宛欲谋害之事。将师曰:"郤宛与阳令终、阳完、阳佗、晋陈三族合党,欲专楚政,非一日矣。"囊瓦曰:"异国匹夫,乃敢作乱,吾当手刃之!"遂奏闻楚王,令鄢将师率兵甲以攻伯氏。伯郤宛知为无极所卖,自刎而死,其子伯嚭惧祸,逃出郊外去了。

囊瓦命焚伯氏之居,国人莫肯应者。瓦益怒,出令曰:"不焚伯氏,与之同罪!"众人尽知郤宛是个贤臣,谁肯焚烧其宅,被囊瓦逼迫不过,各取禾藁一把在手,投于伯氏门外而走。瓦乃亲率家众,将前后门围住,放起大火。可怜左尹府第一区,登时化为灰烬,连郤宛之尸,亦烧毁无存。尽灭伯氏之族。复拘阳令终、阳完、阳佗、晋陈,诬以通吴谋叛,皆杀之,国中无不称冤者。

忽一日,囊瓦于月夜登楼,闻市上歌声,朗然可辨。瓦听之,其歌云:

莫学郤大夫,忠而见诛;身既死,骨无余。楚国无君,惟费与鄢,令尹木偶,为人作茧。天若有知,报应立显!

瓦急使左右察其人不得。但见市廛家家祀神,香火相接,问:

"神何姓名？"答曰："即楚忠臣伯郤宛也，无罪枉杀，冀其上诉于天耳。"左右还报囊瓦，瓦乃访之朝中。公子申等皆言："郤宛无通吴之事。"瓦心中颇悔。

沈尹戌闻郊外赛神者，皆咒诅令尹，乃来见囊瓦曰："国人胥怨矣！相国独不闻乎？夫费无极，楚之慝人也，与鄢将师共为蒙蔽。去朝吴，出蔡侯朱，教先王为灭伦之事，致太子建身死外国，冤杀伍奢父子，今又杀左尹，波及阳、晋二家。百姓怨此二人，入于骨髓，皆云相国纵其为恶，怨詈咒诅，遍于国中。夫杀人以掩谤，仁者犹不为，况杀人以兴谤乎？子为令尹，而纵慝愿以失民心，他日楚国有事，寇盗兴于外，国人叛于内，相国其危哉！与其信慝以自危，孰若除慝以自安耶？"囊瓦瞿然下席，曰："是瓦之罪也。愿司马助吾一臂，诛此二贼！"沈尹戌曰："此社稷之福，敢不从命！"沈尹戌即使人扬言于国中曰："杀左尹者，皆费、鄢二人所为。令尹已觉其奸，今往讨之，国人愿从者皆来！"言犹未毕，百姓争执兵先驱。囊瓦乃收费无极、鄢将师，数其罪，枭之于市。国人不待令尹之命，将火焚两家之宅，尽灭其党。于是谤诅方息。史臣有诗云：

不焚伯氏焚鄢费，公论公心在国人。
令尹早同司马计，谗言何至害忠臣？

又有一诗，言鄢、费二人一生害人，还以自害，慝口作恶，亦何益哉？诗云：

顺风放火去烧人，忽地风回烧自身。
毒计奸谋浑似此，恶人几个不遭屯？

再说吴王阖闾元年,乃周敬王之六年也。阖闾访国政于伍员,曰:"寡人欲强国图霸,如何而可?"伍员顿首垂泪而对曰:"臣,楚国之亡虏也,父兄含冤,骸骨不葬,魂不血食,蒙垢受辱,来归命于大王,幸不加戮,何敢与闻吴国之政?"阖闾曰:"非夫子,寡人不免屈于人下。今幸蒙一言之教,得有今日,方且托国于子,何故中道忽生退志?岂以寡人为不足耶?"伍员对曰:"臣非以大王为不足也。臣闻'疏不间亲,远不间近'。臣岂敢以羁旅之身,居吴国谋臣之上乎?况臣大仇未报,方寸摇摇,自不知谋,安能谋国?"阖闾曰:"吴国谋臣,无出子右者,子勿辞。俟国事稍定,寡人为子报仇,惟子所命!"伍员曰:"王所谋者,何也?"阖闾曰:"吾国僻在东南,险阻卑湿,又有海潮之患,仓库不设,田畴不垦,国无守御,民无固志,无以威示邻国,为之奈何?"伍员对曰:"臣闻治民之道,在安居而理;夫霸王之业,从近制远。必先立城郭,设守备,实仓廪,治兵革,使内有可守,而外可以应敌。"阖闾曰:"善,寡人委命于子,子为寡人图之。"

伍员乃相土形之高卑,尝水味之咸淡,乃于姑苏山东北三十里得善地,造筑大城,周回四十七里,陆门八,象天八风,水门八,法地八聪。那八门:南曰盘门、蛇门,北曰齐门、平门,东曰娄门、匠门,西曰阊门、胥门。盘门者,以水之盘曲也;蛇门者,以在巳方,生肖属蛇也;齐门者,以齐国在其北也;平门者,水陆地相称也;娄门者,娄江之水所聚也;匠门者,聚匠作于此也;阊门者,通阊阖之气也;胥门者,向姑胥山也。越在东南,正在巳方,故蛇门之上,刻有木蛇,其首向内,示越之臣服于吴也。南向复筑小城,周围十里,南北西俱有门,惟东不开门,欲以绝越之光明也。吴地在东为辰方,生肖属龙,故小城南门上为两鲵,以象龙角。城郭既成，迎阖闾自梅里徙都于此。城中前朝后市，左祖右社，仓廪府库，无所不备。大选民卒，教以战阵射御之法。别筑一城于凤凰山之南，以备越寇，名南武城。

阖闾以"鱼肠"为不祥之物，函封不用。筑冶城于牛首山，铸剑数千，号曰"扁诸"。又访得吴人干将，与欧冶子同师，使居匠门，别铸利剑。干将乃采五山之铁精，六合之金英，候天伺地，妙选时日，天地下降，百神临观，聚炭如丘，使童男童女三百人，装炭鼓橐。如是三月，而金铁之精不销。干将不知其故，其妻莫邪谓曰："夫神物之化，须人气而后成。今子作剑三月不就，得无待人而成乎？"干将曰："昔吾师为冶不化，夫妻俱入炉中，然后成物，至今即山作冶，必麻绖草衣祭炉，然后敢发。今吾铸剑不成，亦若是耶？"莫邪曰："师能烁身以成神器，吾何难效之？"于是莫邪沐浴断发剪爪，立于炉旁，使男女复鼓橐，炭火方烈，莫邪自投于炉。顷刻销铄，金铁俱液，遂泻成二剑。先成者为阳，即名"干将"；后成者为阴，即名"莫邪"。阳作龟文，阴作漫理。干将匿其阳，止以莫邪献于吴王。王试之石，应手而开。今虎丘"试剑石"是也。王赏之百金。其后吴王知干将匿剑，使人往取，如不得剑，即当杀之。干将取剑出观，其剑自匣中跃出，化为青龙，干将乘之，升天而去，疑已作剑仙矣。使者还报，吴王叹息，自此益宝"莫邪"。"莫邪"留吴，不知下落。直至六百余年之后，晋朝张华丞相见牛斗之间有紫气，闻雷焕妙达象纬，召而问之。焕曰："此宝剑之精，在豫章丰城。"华即补焕为丰城令。焕既到县，掘狱屋基，得一石函，长逾六尺，广三尺，开视之，内有双剑。以南昌西山之土拭之，光芒艳发。以一剑送华，留一剑自佩之。华报曰："详观剑文，乃'干将'也，尚有'莫邪'，何为不至？虽然，神物终当合耳。"其后，焕同华佩剑过延平津，剑忽跃出入水，急使人入水求之，惟见两龙张鬣相向，五色炳耀，使人恐惧而退。以后二剑更不出现，想神物终归天上矣。今丰城县有剑池，池前石函，土瘗其半，俗呼石门，即雷焕得剑处。此乃"干将""莫邪"之结末也。后人有《宝剑铭》云：

五山之精，六气之英；
炼为神器，电烨霜凝。
虹蔚波映，龙藻龟文；
断金切玉，威动三军。

话说吴王阖闾既宝"莫邪"，复募人能作金钩者，赏以百金。国人多有作钩来献者。有钩师贪王之重赏，将二子杀之，取其血以衅金，遂成二钩，献于吴王。越数日，其人诣宫门求赏。吴王曰："为钩者众，尔独求赏，尔之钩何以异于人乎？"钩师曰："臣利王之赏，杀二子以成钩，岂他人可比哉？"王命取钩，左右曰："已混入众钩之中，形制相似，不能辨识。"钩师曰："臣请观之。"左右悉取众钩，置于钩师之前，钩师亦不能辨。乃向钩呼二子之名曰："吴鸿、扈稽，我在于此，何不显灵于王前也？"叫声未绝，两钩忽飞出，贴于钩师之胸。吴王大惊曰："尔言果不谬矣！"乃以百金赏之。遂与"莫邪"俱佩服于身。其时楚伯嚭出奔在外，闻伍员已显用于吴，乃奔吴，先谒伍员。员与之相对而泣，遂引见阖闾。阖闾问曰："寡人僻处东海，子不远千里，远辱下土，将何以教寡人乎？"嚭曰："臣之祖父，效力于楚再世矣。臣父无罪，横被焚戮。臣亡命四方，未有所属。今闻大王高义，收伍子胥于穷厄，故不远千里，束身归命，惟大王死生之！"阖闾恻然，使为大夫，与伍员同议国事。吴大夫被离私问于伍员曰："子何见而信嚭乎？"员曰："吾之怨正与嚭同。谚云：'同疾相怜，同忧相救。'惊翔之鸟，相随而集；濑下之水，因复俱流。子何怪焉？"被离曰："子见其外，未见其内也。吾观嚭之为人，鹰视虎步，其性贪佞，专功而擅杀，不可亲近。若重用之，必为子累。"伍员不以为然，遂与伯嚭俱事吴王。后人论被离既识伍员之贤，又识伯嚭之佞，真神相也。员不信其言，岂非天哉？有诗云：

能知忠勇辨奸回，神相如离亦异哉！
若使子胥能预策，岂容麋鹿到苏台？

话分两头。再说公子庆忌逃奔于艾城，招纳死士，结连邻国，欲待时乘隙，伐吴报仇。阖闾闻其谋，谓伍员曰："昔专诸之事，寡人全得子力。今庆忌有谋吴之心，饮食不甘味，坐不安席，子更为寡人图之。"伍员对曰："臣不忠无行，与大王图王僚于私室之中。今复图其子，恐非皇天之意。"阖闾曰："昔武王诛纣，复杀武庚，周人不以为非。皇天所废，顺天而行。庆忌若存，王僚未死，寡人与子成败共之，宁可以小不忍而酿大患？寡人更得一专诸，事可了矣。子访求谋勇之士，已非一日，亦有其人否乎？"伍员曰："难言也，臣所厚有一细人，似可与谋者。"阖闾曰："庆忌力敌万人，岂细人所能谋哉？"员对曰："是虽细人，实有万人之勇。"阖闾曰："其人为谁？子何以知其勇？试为寡人言之。"伍员遂将勇士姓名出处备细说来，正是：

说时华岳山摇动，话到长江水逆流。
只为子胥能举荐，要离姓字播春秋。

伍员曰："其人姓要名离，吴人也。臣昔曾见其折辱壮士椒丘䜣，是以知其勇。"阖闾曰："折辱之事如何？"员对曰："椒丘䜣者，东海上人也，有友人仕于吴而死，䜣至吴奔其丧。车过淮津，欲饮马于津。津吏曰：'水中有神，见马即出取之，君勿饮也。'䜣曰：'壮士在此，何神敢干我哉！'乃使从者解骖，饮于津水，马果嘶而入水。津吏曰：'神取马去矣！'椒丘䜣大怒，袒裼持剑入水，求神决战。神兴涛鼓浪，终不能害。三日三夜，椒丘䜣从水中出，一目为神所伤，遂眇。至吴行吊，坐于丧席。䜣恃其与水神决战之勇，以气凌人，轻傲于士大夫，言词不逊。时要离与䜣对坐，忽然有不平之色，谓䜣曰：'子见士大夫而有傲色，得无以勇士自居耶？吾闻勇士之斗也，与日战不移表，与鬼神战不旋踵，与人战不违声，宁死不受其辱。今子与神斗于水，失马不能追，又受眇目之羞，形残名辱，不与并命，而犹恋恋于余生，此天地间最无用之物，且不当以面目见人，况傲士乎？'椒丘䜣被詈，顿口无言，含愧出席而去。要离至晚还舍，诫其妻曰：'我辱勇士椒丘䜣于大家之丧，恨怨郁积，今夜必来杀我，以报其耻。吾当僵卧室中，以待其来，慎勿闭门。'妻知要离之勇，从其言。椒丘䜣果于夜半挟利刃，径造要离之舍，见门扉不掩，堂户大开，直趋其室，见一人垂手放发，临窗僵卧。观之，乃要离也。见䜣来，直挺不动，亦无惧意。䜣以剑承要离之颈，数之曰：'汝有当死者三，汝知之乎？'离曰：'不知。'䜣曰：'汝辱我于大家之丧，一死也；归不关闭，二死也；见我而不起避，三死也。汝自求死，勿以我为怨。'要离曰：'我无三死之过,尔有三不肖之愧,尔知之乎?'诉曰:'不知。'要离曰:'吾辱尔于千人之众,尔不敢酬一言,一不肖也;入门不咳,登堂无声,有掩袭之心,二不肖也;以剑承吾之颈,尚敢大言,三不肖也。尔有三不肖,而反责我,不可鄙哉?'椒丘䜣乃收剑叹曰:'吾之勇,自计世人莫有及者,离乃加吾之上,真乃天下勇士!吾若杀之,岂不贻笑于人?然不能杀汝,亦难以勇称于世矣!'乃投剑于地,以头触牖而死。方其在丧席之时,臣亦与坐,故知其详。岂非有万人之勇乎?"阖闾曰:"子为我召之。"伍员乃往见要离:"吴王闻吾子高义,愿一见颜色。"离惊曰:"吾乃吴下小民,有何德能,敢奉吴王之诏?"伍员再申言吴王愿见之意,要离乃随伍员入谒。

阖闾初闻伍员夸要离之勇,意必魁伟非常。及见离,身材仅五尺余,腰围一束,形容丑陋,大失所望,心中不悦,问曰:"子胥称勇士要离,乃子乎?"离曰:"臣细小无力,迎风则伏,负风则僵,何勇之有。然大王有所遣,不敢不尽其力。"阖闾嘿然不应。伍员已知其意,奏曰:"夫良马不在形之高大,所贵者力能任重,足能致远而已。要离形貌虽陋,其智术非常。非此人不能成事,王勿失之!"阖闾乃延入后宫赐坐。要离进曰:"大王意中所患,得非亡王之公子乎?臣能杀之。"阖闾笑曰:"庆忌骨腾肉飞,走逾奔马,矫捷如神,万夫莫当,子恐非其敌也!"要离曰:"善杀人者,在智不在力。臣能近庆忌,刺之如割鸡耳。"阖闾曰:"庆忌明智之人,招纳四方亡命,岂肯轻信国中之客,而近子哉?"要离曰:"庆忌招纳亡命,将以害吴。臣诈以负罪出奔,愿王戮臣妻子,断臣右手。庆忌必信臣而近之矣。如是而后可图也。"阖闾愀然不乐曰:"子无罪,吾何忍加此惨祸于子哉?"要离曰:"臣闻:'安妻子之乐,不尽事君之义,非忠也;怀室家之爱,不能除君之患,非义也。'臣得以忠义成名，虽举家就死，其甘如饴矣！"伍员从旁进曰："要离为国忘家，为主忘身，真千古之豪杰！但于功成之后，旌表其妻孥，不没其绩，使其扬名后世足矣。"阖闾许之。

次日，伍员同要离入朝，员荐要离为将，请兵伐楚。阖闾骂曰："寡人观要离之力，不及一小儿，何能胜伐楚之任哉？况寡人国事粗定，岂堪用兵？"要离进曰："不仁哉王也！子胥为王定吴国，王乃不为子胥报仇乎？"阖闾大怒曰："此国家大事，岂野人所知，奈何当朝责辱寡人！"叱力士执要离断其右臂，因于狱中，遣人收其妻子。伍员叹息而出，群臣皆不知其由。过数日，伍员密谕狱吏宽要离之禁，要离乘间逃出。阖闾遂戮其妻子，焚弃于市。宋儒论此事，以为杀一不辜而得天下，仁人不肯为之，今乃无故戮人妻子，以求售其诈谋，阖闾之残忍极矣。而要离与王无生平之恩，特以贪勇侠之名，残身害家，亦岂得为良士哉？有诗云：

只求成事报吾君，妻子无辜枉杀身。
莫向他邦夸勇烈，忍心害理是吴人！

要离奔出吴境，一路上逢人诉冤，访得庆忌在卫，遂至卫国求见。庆忌疑其诈，不纳。要离乃脱衣示之。庆忌见其右臂果断，方信为实，乃问曰："吴王既杀汝妻子，刑汝之躯，今来见我何为？"离曰："臣闻吴王弑公子之父，而夺大位，今公子连结诸侯，将有复仇之举，故臣以残命相投。臣能知吴国之情，诚以公子之勇，用臣为向导，吴可入也。大王报父仇，臣亦少雪妻子之恨！"庆忌犹未深信。

未几，有心腹人从吴中探事者归报，要离妻子果焚弃于市上，庆忌遂坦然不疑。问要离曰："吾闻吴王任子胥、伯嚭为谋主，练兵选将，国中大治。吾兵微力薄，焉能泄胸中之气乎？"离曰："伯嚭乃无谋之徒，何足为虑？吴臣止一子胥，智勇足备，今亦与吴王有隙矣。"庆忌曰："子胥乃吴王之恩人，君臣相得，何云有隙？"要离曰："公子但知其一，未知其二。子胥所以尽心于阖闾者，欲借兵伐楚，报其父兄之仇。今平王已死，费无极亦亡，阖闾得位，安于富贵，不思与子胥复仇。臣为子胥进言，致触王怒，加臣惨戮，子胥之心怨吴王亦明矣。臣之幸脱囚系，亦赖子胥周全之力。子胥嘱臣曰：'此去必见公子，观其志向何如，若肯为伍氏报仇，愿为公子内应，以赎窟室同谋之罪。'公子不乘此时发兵向吴，待其君臣复合，臣与公子之仇，俱无再报之日矣！"言罢大哭，以头拟柱，欲自触死。庆忌急止之曰："吾听子！吾听子！"遂与要离同归艾城，任为腹心，使之训练士卒，修治舟舰。三月之后，顺流而下，欲袭吴国。

庆忌与要离同舟，行至中流，后船不相接属。要离曰："公子可亲坐船头，戒饬舟人。"庆忌来至船头坐定，要离只手执短矛侍立。忽然江中起一阵怪风，要离转身立于上风，借风势以矛刺庆忌，透入心窝，穿出背外。庆忌倒提要离，溺其头于水中，如此三次，乃抱要离置于膝上，顾而笑曰："天下有如此勇士哉，乃敢加刃于我！"左右持戈戟欲攒刺之，庆忌摇手曰："此天下之勇士也，岂可一日之间，杀天下勇士二人哉？"乃诫左右："勿杀要离，可纵之还吴，以旌其忠。"言毕，推要离于膝下，自以手抽矛，血流如注而死。

不知要离性命如何，且看下回分解。

第七十五回
孙武子演阵斩美姬，蔡昭侯纳质乞吴师

话说庆忌临死，诫左右勿杀要离，以成其名。左右欲释放要离。要离不肯行，谓左右曰："吾有三不容于世，虽公子有命，吾敢偷生乎？"众问曰："何谓三不容于世？"要离曰："杀吾妻子而求事吾君，非仁也；为新君而杀故君之子，非义也；欲成人之事，而不免于残身灭家，非智也。有此三恶，何面目立于世哉？"言讫，遂投身于江。舟人捞救出水，要离曰："汝捞我何意？"舟人曰："君返国，必有爵禄，何不俟之？"要离笑曰："吾不爱室家性命，况于爵禄？汝等以吾尸归，可取重赏。"于是夺从人佩剑，自断其足，复刎喉而死，史臣有赞云：

> 古人一死，其轻如羽；不惟自轻，并轻妻子。
> 阖门毕命，以殉一人；一人既死，吾志已伸。
> 专诸虽死，尚存其胤；伤哉要离，死无形影！
> 岂不自爱？遂人之功；功遂名立，虽死犹荣。
> 击剑死侠，酿成风俗；至今吴人，趋义如鹄。

第七十五回　孙武子演阵斩美姬，蔡昭侯纳质乞吴师

又有诗单道庆忌力敌万人，死于残疾匹夫之手，世人以勇力恃者可戒矣。诗云：

庆忌骁雄天下少，匹夫一臂须臾了。
世人休得逞强梁，牛角伤残鼷鼠饱。

众人收要离肢体，并载庆忌之尸，来投吴王阖闾。阖闾大悦，重赏降卒，收于行伍。以上卿之礼，葬要离于阊门城下，曰："藉子之勇，为吾守门。"追赠其妻子。与专诸同立庙，岁时祭祀。以公子之礼，葬庆忌于王僚之墓侧。大宴群臣。伍员泣奏曰："王之祸患皆除，但臣之仇何日可复？"伯嚭亦垂泪请兵伐楚。阖闾曰："俟明旦当谋之。"

次早，伍员同伯嚭复见阖闾于宫中。阖闾曰："寡人欲为二卿出兵，谁人为将？"员、嚭齐声曰："惟王所用，敢不效命！"阖闾心念："二子皆楚人，但报己仇，未必为吴尽力。"乃嘿然不言，向南风而啸，顷之，复长叹。伍员已窥其意，复进曰："王虑楚之兵多将广乎？"阖闾曰："然。"员曰："臣举一人，可保必胜。"阖闾欣然问曰："卿所举何人？其能若何？"员对曰："姓孙名武，吴人也。"阖闾闻说是吴人，便有喜色。员复奏曰："此人精通韬略，有鬼神不测之机，天地包藏之妙，自著《兵法》十三篇，世人莫知其能，隐于罗浮山之东。诚得此人为军师，虽天下莫敌，何论楚哉？"阖闾曰："卿试为寡人召之。"员对曰："此人不轻仕进，非寻常之比，必须以礼聘之，方才肯就。"阖闾从之，乃取黄金十镒、白璧一双，使员驾驷马，往罗浮山取聘孙武。

员见武，备道吴王相慕之意。乃相随出山，同见阖闾。阖闾降

阶而迎，赐坐，问以兵法。孙武将所著十三篇，次第进上。阖闾令伍员从头朗诵一遍，每终一篇，赞不容已。那十三篇：一曰《始计》篇，二曰《作战》篇，三曰《谋攻》篇，四曰《军形》篇，五曰《兵势》篇，六曰《虚实》篇，七曰《军争》篇，八曰《九变》篇，九曰《行军》篇，十曰《地形》篇，十一曰《就地》篇，十二曰《火攻》篇，十三曰《用间》篇。

阖闾顾伍员曰："观此《兵法》，真通天彻地之才也。但恨寡人国小兵微，如何而可？"孙武对曰："臣之《兵法》，不但可施于卒伍，虽妇人女子，奉吾军令，亦可驱而用之。"阖闾鼓掌而笑曰："先生之言，何迂阔也！天下岂有妇人女子，可使其操戈习战者？"孙武曰："王如以臣言为迂，请将后宫女侍，与臣试之。令如不行，臣甘欺罔之罪。"

阖闾即召宫女三百，令孙武操演。孙武曰："得大王宠姬二人，以为队长，然后号令方有所统。"阖闾又宣宠姬二人，名曰右姬、左姬至前，谓武曰："此寡人所爱，可充队长乎？"孙武曰："可矣。然军旅之事，先严号令，次行赏罚，虽小试，不可废也。请立一人为执法，二人为军吏，主传谕之事；二人值鼓；力士数人，充为牙将，执斧锧刀戟，列于坛上，以壮军容。"阖闾许于中军选用。孙武吩咐宫女，分为左右二队，右姬管辖右队，左姬管辖左队，各披挂持兵，示以军法：一不许混乱行伍，二不许言语喧哗，三不许故违约束。明日五鼓，皆集教场听操。王登台而观之。

次日五鼓，宫女二队俱到教场，一个个身披甲胄，头戴兜鍪，右手操剑，左手握盾。二姬顶盔束甲，充做将官，分立两边，伺候孙武升帐。武亲自区画绳墨，布成阵势。使传谕官将黄旗二面，分授二姬，令执之为前导。众女跟随队长之后，五人为伍，十人为总，各要步迹相继,随鼓进退,左右回旋,寸步不乱。传谕已毕,令二队皆伏地听令。少顷,下令曰:"闻鼓声一通,两队齐起;闻鼓声二通,左队右旋,右队左旋;闻鼓声三通,各挺剑为争战之势。听鸣金,然后敛队而退。"众宫女皆掩口嬉笑。鼓吏禀:"鸣鼓一通。"宫女或起或坐,参差不齐。孙武离席而起曰:"约束不明,申令不信,将之罪也。"使军吏再申前令。鼓吏复鸣鼓。宫女咸起立,倾斜相接,其笑如故。孙武乃揎起双袖,亲操枹以击鼓,又申前令。二姬及宫女无不笑者。孙武大怒,两目忽张,发上冲冠,邃唤:"执法何在?"执法者前跪。孙武曰:"约束不明,申令不信,将之罪也。既已约束再三,而士不用命,士之罪矣。于军法当如何?"执法曰:"当斩!"孙武曰:"士难尽诛,罪在队长。"顾左右:"可将女队长斩讫示众!"左右见孙武发怒之状,不敢违令,便将左右二姬绑缚。

阖闾在望云台上看孙武操演,忽见绑其二姬,急使伯嚭持节驰救之,令曰:"寡人已知将军用兵之能,但此二姬侍寡人巾栉,甚适寡人之意,寡人非此二姬,食不甘味,请将军赦之!"孙武曰:"军中无戏言。臣已受命为将,将在军,虽君命不得受。若徇君命而释有罪,何以服众?"喝令左右:"速斩二姬!"枭其首于军前。于是二队宫女,无不股栗失色,不敢仰视。孙武于队中再取二人,为左右队长。再申令击鼓,一鼓起立,二鼓旋行,三鼓合战,鸣金收军,左右进退,回旋往来,皆中绳墨,毫发不差,自始至终,寂然无声。乃使执法往报吴王曰:"兵已整齐,愿王观之,惟王所用。虽使赴汤蹈火,亦不敢退避矣。"髯翁有诗咏孙武试兵之事云:

强兵争霸业,试武耀军容。
尽出娇娥辈,犹如战斗雄。

> 戈挥罗袖卷，甲映粉颜红。
> 掩笑分旗下，含羞立队中。
> 闻声趋必肃，违令法难通。
> 已借妖姬首，方知上将风。
> 驱驰赴汤火，百战保成功。

阖闾痛此二姬，乃厚葬之于横山，立祠祭之，名曰爱姬祠。因思念爱姬，遂有不用孙武之意。伍员进曰："臣闻：'兵者，凶器也。'不可虚谈。诛杀不果，军令不行。大王欲征楚而伯天下，思得良将，夫将以果毅为能，非孙武之将，谁能涉淮逾泗，越千里而战者乎？夫美色易得，良将难求，若因二姬而弃一贤将，何异爱莠草而弃嘉禾哉？"阖闾始悟，乃封孙武为上将军，号为军师，责成以伐楚之事。

伍员问孙武曰："兵从何方而进？"孙武曰："大凡行兵之法，先除内患，然后方可外征。吾闻王僚之弟掩馀在徐，烛庸在钟吾，二人俱怀报怨之心。今日进兵，宜先除二公子，然后南伐。"伍员然之。奏过吴王，王曰："徐与钟吾皆小国，遣使往索逋臣，彼不敢不从。"乃发二使，一往徐国取掩馀，一往钟吾取烛庸。徐子章羽不忍掩馀之死，私使人告之，掩馀逃去。路逢烛庸亦逃出，遂相与商议，往奔楚国。楚昭王喜曰："二公子怨吴必深，宜乘其穷而厚结之。"乃居于舒城，使之练兵以御吴。阖闾怒二国之违命，令孙武将兵伐徐，灭之。徐子章羽奔楚。遂伐钟吾，执其君以归。复袭破舒城，杀掩馀、烛庸。阖闾便欲乘胜入郢。孙武曰："民劳未可骤用也。"遂班师。于是伍员献谋曰："凡以寡胜众，以弱胜强者，必先明于劳逸之数。晋悼公三分四军，以敝楚师，卒收萧鱼之绩，惟

第七十五回　孙武子演阵斩美姬，蔡昭侯纳质乞吴师

自逸而以劳予人也。楚执政皆贪庸之辈，莫肯任患，请为三师以扰楚。我出一师，彼必皆出，彼出则我归，彼归则我复出，使彼力疲而卒惰，然后猝然乘之，无不胜矣。"阖闾以为然。乃三分其军，迭出以扰楚境，楚遣将来救，吴兵即归，楚人苦之。

吴王有爱女名胜玉，因内宴，庖人进蒸鱼，王食其半，而以其余赐女。女怒曰："王乃以剩鱼辱我，我何用生为？"退而自杀，阖闾悲之，厚为殓具，营葬于国西阊门之外。凿池积土，所凿之处，遂成太湖，今女坟湖是也。又斫文石以为椁，金鼎、玉杯、银尊、珠襦之宝，府库几倾其半，又取磐郢名剑，皆以送女。乃舞白鹤于吴市之中，令万民随而观之，因令观者皆入隧门送葬，隧道内设有伏机，男女既入，遂发其机，门闭，实之以土，男女死者万人。阖闾曰："使吾女得万人为殉，庶不寂寞也。"至今吴俗殡事，丧亭上制有白鹤，乃其遗风。杀生送死，阖闾之无道极矣！史臣有诗云：

> 三良殉葬共非秦，鹤市何当杀万人？
> 不待夫差方暴骨，阖闾今日已无民。

话分两头。却说楚昭王卧于宫中，既醒，见枕畔有寒光，视之，得一宝剑。及旦，召相剑者风胡子入宫，以剑示之。风胡子观剑大惊曰："君王何从得此？"昭王曰："寡人卧觉，得之于枕畔。不知此剑何名？"风胡子曰："此名'湛卢'之剑，乃吴中剑师欧冶子所铸。昔越王铸名剑五口，吴王寿梦闻而求之，越王乃献其三，曰'鱼肠''磐郢''湛卢'。鱼肠以刺王僚，磐郢以送亡女，惟湛卢之剑在焉。臣闻此剑乃五金之英，太阳之精，出之有神，服之有威。然人君行逆理之事，其剑即出。此剑所在之国，其国祚必绵远

昌炽。今吴王弑王僚自立，又坑杀万人，以葬其女，吴人悲怨，故湛卢之剑，去无道而就有道也。"昭王大悦，即佩于身，以为至宝，宣示国人，以为天瑞。

阖闾失剑，使人访求之。有人报："此剑归于楚国！"阖闾怒曰："此必楚王赂吾左右而盗吾剑也！"杀左右数十人。遂使孙武、伍员、伯嚭率师伐楚，复遣使征兵于越。越王允常未与楚绝，不肯发兵。孙武等拔楚六、潜二邑，因后兵不继，遂班师。阖闾怒越之不同于伐楚，复谋伐越。孙武谏曰："今年岁星在越，伐之不利。"阖闾不听，遂伐越，败越兵于槜李，大掠而还。孙武私谓伍员曰："四十年之后，越强而吴尽矣！"伍员默记其言。此阖闾五年事也。

其明年，楚令尹囊瓦率舟师伐吴，以报潜、六之役。阖闾使孙武、伍员击之，败楚师于巢，获其将芈繁以归。阖闾曰："不入郢都，虽败楚兵，犹无功也。"员对曰："臣岂须臾忘郢都哉！顾楚国天下莫强，未可轻敌。囊瓦虽不得民心，而诸侯未恶，闻其索赂无厌，不久诸侯有变，乃可乘矣。"遂使孙武演习水军于江口。伍员终日使人探听楚事。忽一日，报："有唐、蔡二国遣使臣通好，已在郊外。"伍员喜曰："唐、蔡皆楚属国，无故遣使远来，必然与楚有怨，天使吾破楚入郢也！"

原来楚昭王为得了湛卢之剑，诸侯毕贺，唐成公与蔡昭侯亦来朝楚。蔡侯有羊脂白玉佩一双，银貂鼠裘二副，以一裘一佩献于楚昭王，以为贺礼，自己佩服其一。囊瓦见而爱之，使人求之于蔡侯。蔡侯爱此裘佩，不与囊瓦。唐侯有名马二匹，名曰"肃霜"，肃霜乃雁名，其羽如练之白，高首而长颈，马之形色似之，故以为名。后人复加"马"旁，曰"骕骦"，乃天下希有之马也。唐侯以此马驾车来楚，其行速而稳。囊瓦又爱之，使人求之于唐侯。唐侯亦不与。二君朝礼既毕,囊瓦即谮于昭王曰:"唐、蔡私通吴国,若放归,必导吴伐楚,不如留之。"乃拘二君于馆驿,各以千人守之,名为护卫,实则监押。其时昭王年幼,国政皆出于囊瓦。二君一住三年,思归甚切,不得起身。唐世子不见唐侯归国,使大夫公孙哲至楚省视,知其见拘之故。奏曰:"二马与一国孰重?君何不献马以求归?"唐侯曰:"此马希世之宝,寡人惜之。且不肯献于楚王,况令尹乎?且其人贪而无厌,以威劫寡人,寡人宁死,决不从之!"公孙哲私谓从者曰:"吾主不忍一马,而久淹于楚,何其重畜而轻国哉!我等不如私盗骕骦,献于令尹。倘得主公归唐,吾辈虽坐盗马之罪,亦何所恨!"从者然之,乃以酒灌醉圉人,私盗二马献于囊瓦曰:"吾主以令尹德尊望重,故令某等献上良马,以备驱驰之用。"囊瓦大喜,受其所献。次日,入告昭王曰:"唐侯地褊兵微,谅不足以成大事,可赦之归国。"昭王遂放唐成公出城。唐侯既归,公孙哲与众从者,皆自系于殿前待罪。唐侯曰:"微诸卿献马于贪夫,寡人不能返国,此寡人之罪,二三子勿怨寡人足矣!"各厚赏之。今德安府随州城北,有骕骦陂,因马过此得名也。唐胡曾先生有诗云:

行行西至一荒陂,因笑唐公不见机。
莫惜骕骦输令尹,汉东宫阙早时归。

又髯仙有诗云:

三年拘系辱难堪,只为名驹未售贪。
不是便宜私窃马,君侯安得离荆南?

蔡侯闻唐侯献马得归，亦解裘佩以献瓦。瓦复告昭王曰："唐、蔡一体，唐侯既归，蔡不可独留也。"昭王从之。蔡侯出了郢都，怒气填胸，取白璧沉于汉水，誓曰："寡人若不能伐楚，而再南渡者，有如大川！"及返国、次日，即以世子元为质于晋，借兵伐楚。晋定公为之诉告于周。周敬王命卿士刘卷，以王师会之，宋、齐、鲁、卫、陈、郑、许、曹、莒、邾、顿、胡、滕、薛、杞、小邾子连蔡，共是十七路诸侯，个个恨囊瓦之贪，皆以兵从。晋士鞅为大将，荀寅副之，诸军毕集于召陵之地。荀寅自以为蔡兴师，有功于蔡，欲得重货，使人谓蔡侯曰："闻君有裘佩以遗楚君臣，何独敝邑而无之？吾等千里兴师，专为君侯，不知何以犒师也？"蔡侯对曰："孤以楚令尹瓦贪冒不仁，弃而投晋，惟大夫念盟主之义，灭强楚以扶弱小，则荆襄五千里，皆犒师之物也，利孰大焉。"荀寅闻之甚愧。

其时周敬王十四年之春三月，偶然大雨连旬，刘卷患疟，荀寅遂谓士鞅曰："昔五伯莫盛于齐桓，然驻师召陵，未尝少损于楚，先君文公仅一胜之，其后构兵不已。自交见以后，晋、楚无隙，自我开之不可。况水潦方降，疾疟方兴，恐进未必胜，退为楚乘，不可不虑。"士鞅亦是个贪夫，也思蔡侯酬谢，未遂其欲，托言雨水不利，难以进兵，遂却蔡侯之质，传令班师。各路诸侯见晋不做主，各散回本国。髯仙有诗云：

> 冠裳济济拥兵车，直捣荆襄力有余。
> 谁道中原无义士，也同囊瓦索苞苴。

蔡侯见诸军解散，大失所望。归过沈国，怪沈子嘉不从伐楚，

第七十五回　孙武子演阵斩美姬，蔡昭侯纳质乞吴师

使大夫公孙姓袭灭其国，虏其君杀之，以泄其愤。楚囊瓦大怒，兴师伐蔡，围其城。公孙姓进曰："晋不足恃矣，不如东行求救于吴。子胥、伯嚭诸臣与楚有大仇，必能出力。"蔡侯从之，即令公孙姓约会唐侯，共投吴国借兵，以其次子公子乾为质。伍员引见阖闾曰："唐、蔡以伤心之怨，愿为先驱。夫救蔡显名，破楚厚利，王欲入郢，此机不可失也！"阖闾乃受蔡侯之质，许以出兵，先遣公孙姓归报。阖闾正欲调兵，近臣报道："今有军师孙武自江口归，有事求见。"阖闾召入，问其来意。孙武曰："楚所以难攻者，以属国众多，未易直达其境也。今晋侯一呼，而十八国群集，内中陈、许、顿、胡皆素附于楚，亦弃而从晋，人心怨楚，不独唐、蔡，此楚势孤之时矣。"阖闾大悦，使被离、专毅辅太子波居守，拜孙武为大将，伍员、伯嚭副之，亲弟公子夫概为先锋，公子山专督粮饷，悉起吴兵六万，号为十万，从水路渡淮，直抵蔡国。囊瓦见吴兵势大，解围而走，又恐吴兵追赶，直渡汉水，方才屯扎，连打急报至郢都告急。

再说蔡侯迎接吴王，泣诉楚君臣之恶。未几唐侯亦到，二君愿为左右翼，相从灭楚。临行，孙武忽传令军士登陆，将战舰尽留于淮水之曲。伍员私问舍舟之故，孙武曰："舟行水逆而迟。使楚得徐为备，不可破矣。"员服其言。大军自江北陆路走章山，直趋汉阳。楚军屯于汉水之南，吴兵屯于汉水之北。囊瓦日夜愁吴军济汉，闻其留舟于淮水，心中稍安。楚昭王闻吴兵大举，自召诸臣问计。公子申曰："子常非大将之才，速令左司马沈尹戌领兵前往，勿使吴人渡汉。彼远来无继，必不能久。"昭王从其言，使沈尹戌率兵一万五千，同令尹协力拒守。

沈尹戌来至汉阳，囊瓦迎入大寨。戌问曰："吴兵从何而来，

如此之速！"瓦曰："弃舟于淮汭，从陆路自豫章至此。"戌连笑数声曰："人言孙武用兵如神，以此观之，真儿戏耳！"瓦曰："何谓也？"戌曰："吴人惯习舟楫，利于水战，今乃舍舟从陆，但取便捷，万一失利，更无归路，吾所以笑之。"瓦曰："彼兵见屯汉北，何计可破？"戌曰："吾分兵五千与子，子沿汉列营，将船只尽拘集于南岸，再令轻舟旦夕往来于江之上下，使吴军不得掠舟而渡。我率一军从新息抄出淮汭，尽焚其舟，再将汉东隘道用木石磊断，然后令尹引兵渡汉江，攻其大寨，我从后而击之。彼水陆路绝，首尾受敌，吴君臣之命，皆丧于吾手矣。"囊瓦大喜曰："司马高见，吾不及也。"于是沈尹戌留大将武城黑统军五千，相助囊瓦，自引一万人望新息进发。

不知后来胜败如何，且看下回分解。

第七十六回
楚昭王弃郢西奔，伍子胥掘墓鞭尸

　　话说沈尹戌去后，吴、楚夹汉水而军，相持数日。武城黑欲献媚于令尹，进言曰："吴人舍舟从陆，违其所长，且又不识地理，司马已策其必败矣。今相持数日，不能渡江，其心已怠，宜速击之。"瓦之爱将史皇亦曰："楚人爱令尹者少，爱司马者多，若司马引兵焚吴舟，塞隘道，则破吴之功，彼为第一也。令尹官高名重，屡次失利，今又以第一之功让于司马，何以立于百僚之上？司马且代子为政矣。不如从武城将军之计，渡江决一胜负为上。"囊瓦惑其言，遂传令三军，俱渡汉水，至小别山列成阵势。史皇出兵挑战，孙武使先锋夫概迎之。夫概选勇士三百人，俱用坚木为大棒，一遇楚兵，没头没脑乱打将去。楚兵从未见此军形，措手不迭，被吴兵乱打一阵，史皇大败而走。囊瓦曰："子令我渡江，今才交兵便败，何面目来见我？"史皇曰："战不斩将，攻不擒王，非兵家大勇。今吴王大寨扎在大别山之下，不如今夜出其不意，往劫之，以建大功。"囊瓦从之。遂挑选精兵万人，披挂衔枚，从间道杀出大别山后。诸军得令，依计而行。

却说孙武闻夫概初战得胜，众皆相贺。武曰："囊瓦乃斗筲之辈，贪功侥幸，今史皇小挫，未有亏损，今夜必来掩袭大寨，不可不备。"乃令夫概、专毅各引本部，伏于大别山之左右，但听哨角为号，方许杀出。使唐、蔡二君分两路接应。又令伍员引兵五千，抄出小别山，反劫囊瓦之寨，却使伯嚭接应。孙武又使公子山保护吴王，移屯于汉阴山，以避冲突。大寨虚设旌旗，留老弱数百守之。号令已毕。

时当三鼓，囊瓦果引精兵，密从山后抄出，见大寨中寂然无备，发声喊，杀入军中，不见吴王，疑有埋伏，慌忙杀出。忽听得哨角齐鸣，专毅、夫概两军左右突出夹攻，囊瓦且战且走，三停兵士折了一停。才得走脱，又闻炮声大震，右有蔡侯，左有唐侯，两下截住。唐侯大叫："还我肃霜马，免汝一死！"蔡侯又叫："还我裘佩，饶汝一命！"囊瓦又羞又恼，又慌又怕。正在危急，却得武城黑引兵来，大杀一阵，救出囊瓦。约行数里，一起守寨小军来报："本营已被吴将伍员所劫，史将军大败，不知下落。"囊瓦心胆俱裂，引着败兵，连夜奔驰，直到柏举，方才驻足。良久，史皇亦引残兵来到，余兵渐集，复立营寨。囊瓦曰："孙武用兵，果有机变。不如弃寨逃归，请兵复战。"史皇曰："令尹率大兵拒吴，若弃寨而归，吴兵一渡汉江，长驱入郢，令尹之罪何逃？不如尽力一战，便死于阵上，也留个香名于后。"囊瓦正在踌躇，忽报："楚王又遣一军来接应。"囊瓦出寨迎接，乃大将薳射也。射曰："主上闻吴兵势大，恐令尹不能取胜，特遣小将带军一万，前来听命。"因问从前交战之事，囊瓦备细详述了一遍，面有惭色。薳射曰："若从沈司马之言，何至如此？今日之计，惟有深沟高垒，勿与吴战，等待司马兵到，然后合击。"囊瓦曰："某因轻兵劫寨，所以反被其劫。若两阵

第七十六回　楚昭王弃郢西奔，伍子胥掘墓鞭尸

相当，楚兵岂遽弱于吴哉！今将军初到，乘此锐气，宜决一死战。"薳射不从。遂与囊瓦各自立营，名虽互为犄角，相去有十余里。囊瓦自恃爵高位尊，不敬薳射，薳射又欺囊瓦无能，不为之下，两边各怀异意，不肯和同商议。吴先锋夫概探知楚将不和，乃入见吴王曰："囊瓦贪而不仁，素失人心。薳射虽来赴援，不遵约束。三军皆无斗志，若追而击之，可必全胜。"阖闾不许。夫概退曰："君行其令，臣行其志，吾将独往，若幸破楚军，郢都可入也。"晨起，率本部兵五千，竟奔囊瓦之营。孙武闻之，急调伍员引兵接应。

却说夫概打入囊瓦大寨，瓦全不准备，营中大乱。武城黑舍命敌住。瓦不及乘车，步出寨后，左胛已中一箭，却得史皇率本部兵到，以车载之，谓瓦曰："令尹可自方便，小将当死于此。"囊瓦卸下袍甲，乘车疾走，不敢回郢，竟奔郑国逃难去了。髯翁有诗云：

披裘佩玉贺名驹，只道千年住郢都。
兵败一身逃难去，好教万口笑贪夫！

伍员兵到，史皇恐其追逐囊瓦，乃提戟引本部杀入吴军，左冲右突，杀死吴兵将二百余人。楚兵死伤，数亦相当，史皇身被重伤而死。武城黑战夫概不退，亦被夫概斩之。薳射之子薳延，闻前营有失，报知其父，欲提兵往救。薳射不许，自立营前弹压，令军中："乱动者斩！"囊瓦败军皆归于薳射，点视尚有万余，合成一军，军势复振。薳射曰："吴军乘胜掩至，不可当也。及其未至，整队而行，退至郢都，再作区处。"乃令大军拔寨都起，薳延先行，薳射亲自断后。夫概探得薳射移营，尾其后追之，及于清发。楚兵方收集船只，将谋渡江。吴兵便欲上前奋击，夫概止之曰："困兽犹斗，况

人乎？若逼之太急，将致死力，不如暂且驻兵，待其半渡，然后击之。已渡者得免，未渡者争先，谁肯死斗？胜之必矣！"乃退二十里安营。中军孙武等俱到，闻夫概之言，人人称善。阖闾谓伍员曰："寡人有弟如此，何患郢都不入。"伍员曰："臣闻被离曾相夫概，言其毫毛倒生，必有背国叛主之事，虽则英勇，不可专任。"阖闾不以为然。

再说蘉射闻吴兵来追，方欲列阵拒敌，又闻其复退，喜曰："固知吴人怯，不敢穷追也！"乃下令五鼓饱食，一齐渡江，刚刚渡及十分之三，夫概兵到，楚军争渡大乱。蘉射禁止不住，只得乘车疾走，军士未渡者，都随着主将乱窜。吴军从后掩杀，掠取旗鼓戈甲无数。孙武命唐、蔡二君各引本国军将，夺取渡江船只，沿江一路接应。蘉射奔至雍澨，将卒饥困，不能奔走，所喜追兵已远，暂且停留，埋锅造饭。饭才熟，吴兵又到，楚兵将不及下咽，弃食而走，留下现成熟饭，反与吴兵受用。吴兵饱食，复尽力追逐。楚兵自相践踏，死者更多。蘉射车踬，被夫概一戟刺死。其子蘉延亦被吴兵围住，延奋勇冲突，不能得出。忽闻东北角喊声大振，蘉延曰："吴又有兵到，吾命休矣！"

原来那支兵，却是左司马沈尹戌行至新息，得囊瓦兵败之信，遂从旧路退回，却好在雍澨遇着吴兵围住蘉延。戌遂将部下万人，分作三路杀入。夫概恃其屡胜，不以为意，忽见楚三路进兵，正不知多少军马，没抵敌一头处，遂解围而走。沈尹戌大杀一阵，吴兵死者千余人。沈尹戌正欲追杀，吴王阖闾大军已到，两下扎营相拒。沈尹戌谓其家臣吴句卑曰："令尹贪功，使吾计不遂，天也！今敌患已深，明日吾当决一死战。幸而胜，兵不及郢，楚国之福。万一战败，以首托汝，勿为吴人所得。"又谓蘉延曰："汝父已殁于敌，汝不可以再死，宜亟归，传语子西，为保郢计。"薳延下拜曰："愿司马驱除东寇，早建大功！"垂泪而别。

明日，两下列阵交锋。沈尹戌平昔抚士有方，军卒用命，无不尽力死斗。夫概虽勇，不能取胜，看看欲败，孙武引大军杀来，右有伍员、蔡侯，左有伯嚭、唐侯，强弓劲弩在前，短兵在后，直冲入楚军，杀得七零八落。戌死命杀出重围，身中数箭，僵卧车中，不能复战，乃呼吴句卑曰："吾无用矣，汝可速取吾首，去见楚王。"句卑犹不忍，戌尽力大喝一声，遂瞑目不视。句卑不得已，用剑断其首，解裳裹而怀之，复掘土掩盖其尸，奔回郢都去了。吴兵遂长驱而进。史官有赞云：

> 楚谋不臧，贼贤升佞。
> 伍族既捐，郤宗复尽。
> 表表沈尹，一木支厦。
> 操敌掌中，败于贪瓦。
> 功隳身亡，凌霜暴日。
> 天祐忠臣，归元于国。

话说薳延先归，见了昭王，哭诉囊瓦败奔，其父被杀之事。昭王大惊，急召子西、子期等商议，再欲出军接应。随后吴句卑亦到，呈上沈尹戌之首，备述兵败之由："皆因令尹不用司马之计，以至如此！"昭王痛哭曰："孤不能早用司马，孤之罪也！"因大骂囊瓦："误国奸臣，偷生于世，犬豕不食其肉。"句卑曰："吴兵日逼，大王须早定保郢之计。"昭王一面召沈诸梁领回父首，厚给葬具，封诸梁为叶公。一面议弃城西走。子西号哭谏曰："社稷陵寝尽在郢都，王若弃去，不可复入矣！"昭王曰："所恃江汉为险，今已失其险，吴师且夕将至，安能束手受擒乎？"子期奏曰："城中壮丁，尚有数万，王可悉出宫中粟帛，激励将士，固守城堞。遣使四出，往汉东诸国，令合兵入援。吴人深入我境，粮饷不继，岂能久哉？"昭王曰："吴因粮于我，何患乏食？晋人一呼，顿、胡皆往；吴兵东下，唐、蔡为导，楚之宇下，尽已离心，不可恃也。"子西又曰："臣等悉师拒敌，战而不胜，走犹未晚。"昭王曰："国家存亡，皆在二兄，当行则行，寡人不能与谋矣。"言罢，含泪入宫。子西与子期计议，使大将斗巢引兵五千，助守麦城，以防北路；大将宋木，引兵五千，助守纪南城，以防西北路；子西自引精兵一万，营于鲁洑江，以扼东渡之路。惟西路川江，南路湘江，俱是楚地，地方险远，非吴入楚之道，不必置备。子期督令王孙繇於、王孙圉、钟建、申包胥等，在内巡城，十分严紧。

再说吴王阖闾聚集诸将，问入郢之期。伍员进曰："楚虽屡败，然郢都全盛，且三城联络，未易拔也。西去鲁洑江，乃入楚之径路，必有重兵把守，必须从北打大宽转，分军为三，一军攻麦城，一军攻纪南城，大王率大军直捣郢都，彼疾雷不及掩耳，顾此失彼，二城若破，郢不守矣。"孙武曰："子胥之计甚善。"乃使伍员同公子山引兵一万，蔡侯以本国之师助之，去攻麦城；孙武同夫概引兵一万，唐侯以本国之师助之，去攻纪南城；阖闾同伯嚭等，引大军攻郢城。

且说伍员东行数日，谍者报："此去麦城，止一舍之远，有大将斗巢引兵守把。"员命屯住军马，换了微服，小卒二人跟随，步出营外，相度地形。来至一村，见村人方牵驴磨麦，其人以棰击驴，驴走磨转，麦屑纷纷而下。员忽悟曰："吾知所以破麦城矣！"当下回营，暗传号令："每军士一名，要布袋一个，内皆盛土，又要草一束，明日五鼓交割，如无者斩！"至次日五更，又传一令："每车要带乱石若干，如无者斩！"比及天明，分军为二队，蔡侯率一队往麦城之东，公子乾率一队往麦城之西，吩咐各将所带石土、草束筑成小城，以当营垒。员身自规度，督率军士用力，须臾而就。东城狭长，以象驴形，名曰"驴城"；西城正圆，以象磨形，名曰"磨城"。蔡侯不解其意，员笑曰："东驴西磨，何患'麦'之不下耶？"鬭巢在麦城闻知吴兵东西筑城，急忙引兵来争，谁知二城已立，屹如坚垒。鬭巢先至东城，城上旌旗布满，铎声不绝，鬭巢大怒，便欲攻城。只见辕门开处，一员少年将军引兵出战。鬭巢问其姓名，答曰："吾乃蔡侯少子姬乾也！"鬭巢曰："孺子非吾敌手，伍子胥安在？"姬乾曰："已取汝麦城去矣。"鬭巢愈怒，挺着长戟，直取姬乾。姬乾奋戈相迎，两下交锋，约二十余合，忽有哨马飞报："今有吴兵攻打麦城，望将军速回！"鬭巢恐巢穴有失，急鸣金收军，军伍已乱，姬乾乘势掩杀一阵，不敢穷追而返。

鬭巢回至麦城，正遇伍员指挥军马围城。鬭巢横戈拱手曰："子胥别来无恙？足下先世之冤，皆由无极，今谗人已诛，足下无冤可报矣。宗国三世之恩，足下岂忘之乎？"员对曰："吾先人有大功于楚，楚王不念，冤杀父兄，又欲绝吾之命，幸蒙天祐，得脱于难。怀之十九年，乃有今日。子如相谅，速速远避，勿撄吾锋，可以相全。"鬭巢大骂："背主之贼，避汝不算好汉！"便挺戟来战伍员，员亦持戟相迎。略战数合，伍员曰："汝已疲劳，放汝入城，明日再战。"鬭巢曰："来日决个死敌！"两下各自收军。城上看见自家人马，开门接应入城去了。至夜半，忽然城上发起喊来，报道："吴兵已入城矣！"

原来伍员军中多有楚国降卒，故意放䢵巢入城，却教降卒数人，一样妆束，杂在楚兵队里混入，伏于僻处，夜半于城上放下长索，吊上吴军。比及知觉，城上吴军已有百余，齐声呐喊，城外大军应之，守城军士乱窜，䢵巢禁约不住，只得乘轺车出走。伍员也不追赶，得了麦城，遣人至吴王处报捷。潜渊有诗云：

西磨东驴下麦城，偶因触目得功成。
子胥智勇真无敌，立见荆蛮右臂倾。

话说孙武引兵过虎牙山，转入当阳阪，望见漳江在北，水势滔滔，纪南地势低下，西有赤湖，湖水通纪南及郢都城下。武看在肚里，心生一计，命军士屯于高阜之处，各备畚锸，限一夜之间，要掘开深壕一道，引漳江之水，通于赤湖，却筑起长堤，坝住江水。那水进无所泄，平地高起二三丈，又遇冬月，西风大发，即时灌入纪南城中。守将宋木只道江涨，驱城中百姓奔郢都避水。那水势浩大，连郢都城下，一望如江湖了。孙武使人于山上砍竹造筏，吴军乘筏薄城。城中方知此水乃吴人决漳江所致，众心惶惧，各自逃生。楚王知郢都难守，急使箴尹固具舟西门，取其爱妹季芈，一同登舟。子期在城上，正欲督率军士捍水，闻楚王已行，只得同百官出城保驾，单单走出一身，不复顾其家室矣。郢都无主，不攻自破。史官有诗云：

虎踞方城阻汉川，吴兵迅扫若飞烟。
忠良弃尽谗贪售，不怕隆城高入天。

孙武遂奉阖闾入郢都城，即使人掘开水坝，放水归江，合兵以守四郊。伍员亦自麦城来见。阖闾升楚王之殿，百官拜贺已毕，然后唐、蔡二君亦入朝致词称庆。阖闾大喜，置酒高会。是晚，阖闾宿于楚王之宫，左右得楚王夫人以进。阖闾欲使侍寝，意犹未决。伍员曰："国尚有之，况其妻乎？"王乃留宿，淫其妾媵殆遍。左右或言："楚王之母伯嬴，乃太子建之妻，平王以其美而夺之。今其齿尚少，色未衰也。"阖闾心动，使人召之，伯嬴不出。阖闾怒，命左右："牵来见寡人。"伯嬴闭户，以剑击户而言曰："妾闻诸侯者，一国之教也。礼，男女居不同席，食不共器，所以示别。今君王弃其表仪，以淫乱闻于国人，未亡人宁伏剑而死，不敢承命。"阖闾大惭，乃谢曰："寡人敬慕夫人，愿识颜色，敢及乱乎？夫人休矣！"使其旧侍为之守户，诫从人不得妄入。伍员求楚昭王不得，乃使孙武、伯嚭等，亦分据诸大夫之室，淫其妻妾以辱之。唐侯、蔡侯同公子山往搜囊瓦之家，裘佩尚依然在笥，肃霜马亦在厩中，二君各取其物，俱转献于吴王。其他宝货金帛，充牣室中，恣左右运取，狼藉道路。囊瓦一生贪贿，何曾受用？公子山欲取囊瓦夫人，夫概至，逐山而自取之。是时君臣宣淫，男女无别，郢都城中，几于兽群而禽聚矣。髯翁有诗云：

行淫不避楚君臣，但快私心渎大伦。
只有伯嬴持晚节，清风一线未亡人！

伍员言于吴王，欲将楚宗庙尽行拆毁。孙武进曰："兵以义动，方为有名。平王废太子建而立秦女之子，任用谗贪，内戮忠良，而外行暴于诸侯，是以吴得至此。今楚都已破，宜召太子建之子芈胜，立之为君，使主宗庙，以更昭王之位。楚人怜故太子无辜，必然相安，而胜怀吴德，世世贡献不绝。王虽赦楚，犹得楚也。如此，则名实俱全矣！"阖闾贪于灭楚，遂不听孙武之言，乃焚毁其宗庙。唐、蔡二君各辞归本国去讫。

阖闾复置酒章华之台，大宴群臣，乐工奏乐，群臣皆喜，惟伍员痛哭不已。阖闾曰："卿报楚之志已酬矣，又何悲乎？"员含泪而对曰："平王已死，楚王复逃。臣父兄之仇，尚未报万分之一也。"阖闾曰："卿欲何如？"员对曰："乞大王许臣掘平王之冢墓，开棺斩首，方可泄臣之恨。"阖闾曰："卿为德于寡人多矣，寡人何爱于枯骨，不以慰卿之私耶？"遂许之。

伍员访知平王之墓，在东门外地方室丙庄寥台湖，乃引本部兵往。但见平原衰草，湖水茫茫，并不知墓之所在，使人四下搜觅，亦无踪影。伍员乃捶胸向天而号曰："天乎，天乎！不令我报父兄之怨乎？"忽有老父至前，揖而问曰："将军欲得平王之冢何故？"员曰："平王弃子夺媳，杀忠任佞，灭吾宗族，吾生不能加兵其颈，死亦当戮其尸，以报父兄于地下！"老父曰："平王自知多怨，恐人发掘其墓，故葬于湖中。将军必欲得棺，须涸湖水而求之，乃可见也。"因登寥台，指示其处。员使善没之士，入水求之，于台东果得石椁。乃令军士各负沙一囊，堆积墓旁，壅住流水。然后凿开石椁，得一棺甚重，发之，内惟衣冠及精铁数百斤而已。老叟曰："此疑棺也，真棺尚在其下。"更去石板下层，果然有一棺。员令毁棺，拽出其尸，验之，果楚平王之身也。用水银殓过，肤肉不变。员一见其尸，怨气冲天，手持九节铜鞭，鞭之三百，肉烂骨折，于是左足践其腹，右手抉其目，数之曰："汝生时枉有目珠，不辨忠佞，听信谗言，杀吾父兄，岂不冤哉！"遂断平王之头，毁其衣衾棺木，同骸骨弃于原野。髯翁有赞云：

> 怨不可积，冤不可极。极冤无君长，积怨无存殁。匹夫逃死，僇及朽骨。泪血洒鞭，怨气昏日。孝意夺忠，家仇及国。烈哉子胥，千古犹为之饮泣！

伍员既挞平王之尸，问老叟曰："子何以知平王葬处及其棺木之诈？"老叟曰："吾非他人，乃石工也。昔平王令吾石工五十余人，砌造疑冢，恐吾等泄漏其机，冢成之后，将诸工尽杀冢内，独老汉私逃得免。今日感将军孝心诚切，特来指明，亦为五十余冤鬼，稍偿其恨耳。"员乃取金帛厚酬老叟而去。

再说楚昭王乘舟西涉沮水，又转而南渡大江，入于云中。有草寇数百人，夜劫昭王之舟，以戈击昭王。时王孙繇於在旁，以背蔽王，大喝曰："此楚王也，汝欲何为？"言未毕，戈中其肩，流血及踵，昏倒于地。寇曰："吾辈但知有财帛，不知有王，且令尹大臣尚且贪贿，况小民乎？"乃大搜舟中金帛宝货之类。箴尹固急扶昭王登岸避之。昭王呼曰："谁为我护持爱妹，勿令有伤！"下大夫钟建背负季芈，以从王于岸。回顾群盗放火焚舟，乃夜走数里。至明旦，子期同宋木、鬬辛、鬬巢陆续踪迹而至。鬬辛曰："臣家在鄖，去此不及四十里，吾王且勉强到彼，再作区处。"

少顷，王孙繇於亦至，昭王惊问曰："子负重伤，何以得免？"繇於曰："臣负痛不能起，火及臣身，忽若有人推臣上岸，昏迷中闻其语曰：'吾乃楚之故令尹孙叔敖也。传语吾王，吴师不久自退，社稷绵远。'因以药敷臣之肩，醒来时血止痛定，故能及此。"昭王曰："孙叔产于云中，其灵不泯。"相与嗟叹不已。鬬巢出干糒同食，箴尹固解匏瓢汲水以进。昭王使鬬辛觅舟于成臼之津。辛望见一舟东来，载有妻小，察之，乃大夫蓝尹亹也。辛呼曰："王在此，可以载之。"蓝尹亹曰："亡国之君，吾何载焉！"竟去不顾。鬬辛伺候良久，复得渔舟，解衣以授之，才肯舣舟拢岸。王遂与季芈同渡，得达郧邑。鬬辛之仲弟鬬怀，闻王至，出迎。辛令治馔，鬬怀进食，屡以目视昭王。鬬辛疑之，乃与季弟巢亲侍王寝。至夜半，闻淬刀声，鬬辛开门出看，乃鬬怀也，手执霜刃，怒气勃勃。辛曰："弟淬刃欲何为乎？"怀曰："欲弑王耳！"辛曰："汝何故生此逆心？"怀曰："昔吾父忠于平王，平王听费无极谗言而杀之。平王杀我父，我杀平王之子，以报其仇，有何不可？"辛怒骂曰："君犹天也，天降祸于人，人敢仇乎？"怀曰："王在国，则为君；今失国，则为仇。见仇不杀，非人也！"辛曰："古者，怨不及嗣。王又悔前人之失，录用我兄弟，今乘其危而弑之，天理不容。汝若萌此意，吾先斩汝。"鬬怀挟刃出门而去，恨恨不已。昭王闻户外叱喝之声，披衣起窃听，备闻其故，遂不肯留郧。鬬辛、鬬巢与子期商议，遂奉王北奔随国。

却说子西在鲁洑江把守，闻郢都已破，昭王出奔，恐国人遣散，乃服王服，乘王舆，自称楚王，立国于脾泄，以安人心。百姓避吴乱者，依之以居。已而闻王在随，晓谕百姓，使知王之所在，然后至随，与王相从。伍员终以不得楚昭王为恨，言于阖闾曰："楚王未得，楚未可灭也。臣愿率一军西渡，踪迹昏君，执之以归。"阖闾许之。伍员一路追寻，闻楚王在随，竟往随国，致书随君，要索取楚王。

毕竟楚王如何得免，且看下回分解。

第七十七回
泣秦庭申包胥借兵，退吴师楚昭王返国

话说伍员屯兵于随国之南鄙，使人致书于随侯，书中大约言："周之子孙在汉川者，被楚吞噬殆尽。今天祐吴国，问罪于楚君，若出楚珍，与吴为好，汉阳之田，尽归于君，寡君与君世为兄弟，同事周室。"随侯看毕，集群臣计议，楚臣子期面貌与昭王相似，言于随侯曰："事急矣，我伪为王而以我出献，王乃可免也！"随侯使太史卜其吉凶，太史献繇曰：

平必陂，往必复。故勿弃，新勿欲。西邻为虎，东邻为肉。

随侯曰："楚故而吴新，鬼神示我矣。"乃使人辞伍员曰："敝邑依楚为国，世有盟誓，楚君若下辱，不敢不纳。然今已他徙矣，惟将军察之。"伍员以囊瓦在郑，疑昭王亦奔郑，且郑人杀太子建，仇亦未报，遂移兵伐郑，围其郊。时郑贤臣游吉新卒，郑定公大惧，归咎囊瓦，瓦自杀，郑伯献瓦尸于吴军，说明楚王实未至郑。

吴师犹不肯退，必欲灭郑，以报太子之仇。诸大夫请背城一战，以决存亡。郑伯曰："郑之士马孰若楚？楚且破，况于郑乎？"乃出令于国中曰："有能退吴军者，寡人愿与分国而治。"悬令三日。时鄂渚渔丈人之子，因避兵亦逃在郑城之中，闻吴国用伍员为主将，乃求见郑君，自言："能退吴军。"郑定公曰："卿退吴兵，用车徒几何？"对曰："臣不用一寸之兵，一斗之粮，只要与臣一桡，行歌道中，吴兵便退。"郑伯不信，然一时无策，只得使左右以一桡授之："果能退吴，不吝上赏。"渔丈人之子縋城而下，直入吴军，于营前叩桡而歌曰：

芦中人，芦中人，腰间宝剑七星文，不记渡江时，麦饭鲍鱼羹？

军士拘之，来见伍员。其人歌"芦中人"如故，员下席惊问曰："足下是何人？"举桡而对曰："将军不见吾手中所操乎？吾乃鄂渚渔丈人之子也！"员恻然曰："汝父因吾而死，正思报恩，恨无其路。今日幸得相遇，汝歌而见我，意何所须？"对曰："别无所须也，郑国惧将军兵威，令于国中：'有能退吴军者，与之分国而治。'臣念先人与将军有仓卒之遇，今欲从将军乞赦郑国。"员乃仰天叹曰："嗟乎！员得有今日，皆渔丈人所赐，上天苍苍，岂敢忘也。"即日下令解围而去。渔丈人之子回报郑伯，郑伯大喜，乃以百里之地封之，国人称之曰"渔大夫"。至今溱、洧之间，有丈人村，即所封地也。髯翁有诗云：

密语芦洲隔死生，桡歌强似楚歌声。

第七十七回　泣秦庭申包胥借兵，退吴师楚昭王返国

三军既散分茅土，不负当时江上情。

伍员既解郑国之围，还军楚境，各路分截守把，大军营于麇地，遣人四出招降楚属，兼访求昭王甚急。

却说申包胥自郢都破后，逃避在夷陵石鼻山中，闻子胥掘墓鞭尸，复求楚王，乃遣人致书于子胥，其略曰：

子故平王之臣，北面事之。今乃僇辱其尸，虽云报仇，不已甚乎？物极必反，子宜速归。不然，胥当践复楚之约。

伍员得书，沉吟半晌，乃谓来使曰："某因军务倥偬，不能答书，借汝之口，为我致谢申君：忠孝不能两全，吾日暮途远，故倒行而逆施耳。"使者回报包胥，包胥曰："子胥之灭楚必矣！吾不可坐而待之！"想起楚平王夫人乃秦哀公之女，楚昭王乃秦之甥，要解楚难，除是求秦。乃昼夜西驰，足踵俱开，步步流血，裂裳而裹之。奔至雍州，来见秦哀公曰："吴贪如封豕，毒如长蛇，久欲荐食诸侯，兵自楚始。寡君失守社稷，逃于草莽之间，特命下臣，告急于上国，乞君念甥舅之情，代为兴兵解厄。"秦哀公曰："秦僻在西陲，兵微将寡，自保不暇，安能为人？"包胥曰："楚秦连界，楚遭兵而秦不救，吴若灭楚，次将及秦，君之存楚，亦以固秦也。若秦遂有楚国，不犹愈于吴乎？倘能抚而存之，不绝其祀，情愿世世北面事秦。"秦哀公意犹未决，曰："大夫姑就馆驿安下，容孤与群臣商议。"包胥对曰："寡君越在草莽，未得安居，下臣何敢就馆自便乎？"

时秦哀公沉湎于酒，不恤国事。包胥请命愈急，哀公终不肯发

兵。于是，包胥不脱衣冠，立于秦庭之中，昼夜号哭，不绝其声。如此七日七夜，水浆一勺不入其口。哀公闻之，大惊曰："楚臣之急其君，一至是乎？楚有贤臣如此，吴犹欲灭之，寡人无此贤臣，吴岂能相容哉？"为之流涕，赋《无衣》之诗以旌之。诗曰：

岂曰无衣？与子同袍！
王于兴师，与子同仇。

包胥顿首称谢，然后始进壶飧。秦哀公命大将子蒲、子虎帅车五百乘，从包胥救楚。包胥曰："吾君在随望救，不啻如大旱之望雨，胥当先往一程，报知寡君。元帅从商谷而东，五日可至襄阳，折而南，即荆门。而胥以楚之余众，自石梁山南来，计不出二月，亦可相会。吴恃其胜，必不为备，军士在外，日久思归，若破其一军，自然瓦解。"子蒲曰："吾未知路径，必须楚兵为导，大夫不可失期。"包胥辞了秦帅，星夜至随，来见昭王，言："臣请得秦兵。已出境矣。"昭王大喜，谓随侯曰："卜人所言：'西邻为虎，东邻为肉。'秦在楚之西，而吴在其东，斯言果验矣！"时薳延、宋木等，亦收拾余兵，从王于随。子西、子期并起随众，一齐进发。秦师屯于襄阳，以待楚师。包胥引子西、子期等与秦帅相见。楚兵先行，秦兵在后，遇夫概之师于沂水。子蒲谓包胥曰："子率楚师先与吴战，吾当自后会之。"包胥便与夫概交锋。夫概恃勇，看包胥有如无物，约斗十余合，未分胜败。子蒲、子虎驱兵大进，夫概望见旗号有秦字，大惊曰："西兵何得至此？"急急收军，已折大半。子西、子期等乘胜追逐五十里方止。

夫概奔回郢都，来见吴王，盛称秦兵势锐，不可抵当。阖闾有惧色。孙武进曰："兵，凶器，可暂用而不可久也。且楚土地尚广，人心未肯服吴，臣前请王立芈胜以抚楚，正虞今日之变耳。为今之计，不如遣使与秦通好，许复楚君，割楚之东鄙，以益吴疆，君亦不为无利也。若久恋楚宫，与之相持，楚人愤而力，吴人骄而惰，加以虎狼之秦，臣未保其万全。"伍员知楚王必不可得，亦以武言为然，阖闾将从之。伯嚭进曰："吾兵自离东吴，一路破竹而下，五战拔郢，遂夷楚社。今一遇秦兵，即便班师，何前勇而后怯耶？愿给臣兵一万，必使秦兵片甲不回。如若不胜，甘当军令！"阖闾壮其言，许之。

孙武与伍员力止不可交兵，伯嚭不从，引兵出城。两军相遇于军祥，排成阵势。伯嚭望见楚军行列不整，便教鸣鼓，驰车突入，正遇子西，大骂："汝万死之余，尚望寒灰再热耶？"子西亦骂："背国叛夫！今日何颜相见？"伯嚭大怒，挺戟直取子西，子西亦挥戈相迎，战不数合，子西诈败而走。伯嚭追之，未及二里，左边沈诸梁一军杀来，右边薳延一军杀来，秦将子蒲、子虎引生力军，从中直贯吴阵，三路兵将吴兵截为三处。伯嚭左冲右突，不能得脱。却得伍员兵到，大杀一阵，救出伯嚭。一万军马，所存不上二千人。伯嚭自囚，入见吴王待罪。孙武谓伍员曰："伯嚭为人矜功自任，久后必为吴国之患。不如乘此兵败，以军令斩之。"伍员曰："彼虽有丧师之罪，然前功不小。况敌在目前，不可斩一大将。"遂奏吴王赦其罪。

秦兵直逼郢都。阖闾命夫概同公子山守城，自引大军屯于纪南城，伍员、伯嚭分屯磨城、驴城，以为犄角之势，与秦兵相持。又遣使征兵于唐、蔡。楚将子西谓子蒲曰："吴以郢为巢穴，故坚壁相持。若唐、蔡更助之，不可敌矣。不若乘间加兵于唐，唐破则蔡人必惧而自守,吾乃得专力于吴。"子蒲然其计,于是子蒲同子期分兵一支,袭破唐城,杀唐成公,灭其国。蔡哀公惧,不敢出兵助吴。

却说夫概自恃有破楚之首功,因沂水一败,吴王遂使协守郢都,心中郁郁不乐,及闻吴王与秦相持不决,忽然心动,想道:"吴国之制,兄终弟及,我应嗣位。今王立子波为太子,我不得立矣。乘此大兵出征,国内空虚,私自归国,称王夺位,岂不胜于久后相争乎?"乃引本部军马,偷出郢都东门,渡汉而归,诈称:"阖闾兵败于秦,不知所往,我当次立。"遂自称吴王。使其子扶臧悉众据淮水,以遏吴王之归路。吴世子波与专毅闻变,登城守御,不纳夫概。夫概乃遣使由三江通越,说其进兵,夹攻吴国,事成割五城为谢。

再说阖闾闻秦兵灭唐,大惊,方欲召诸将计议战守之事,忽公子山报到,言:"夫概不知何故,引本部兵私回吴国去了!"伍员曰:"夫概此行,其反必矣。"阖闾曰:"将若之何?"伍员曰:"夫概一勇之夫,不足为虑。所虑者,越人或闻变而动耳。王宜速归,先靖内乱。"阖闾于是留孙武、子胥退守郢都,自与伯嚭以舟师顺流而下。既渡汉水,得太子波告急信,言:"夫概造反称王,又结连越兵入寇,吴都危在旦夕。"阖闾大惊曰:"不出子胥所料也。"遂遣使往郢都,取回孙武、伍员之兵,一面星夜驰归,沿江传谕将士:"去夫概来归者,复其本位,后到者诛。"淮上之兵,皆倒戈来归。扶臧奔回谷阳。夫概欲驱民授甲,百姓闻吴王尚在,俱走匿。夫概乃独率本部出战。阖闾问曰:"我以手足相托,何故反叛?"夫概对曰:"汝弑王僚,非反叛耶?"阖闾怒,教伯嚭:"为我擒贼。"战不数合,阖闾麾大军直进,夫概虽勇,争奈众寡不敌,大败而走。扶臧具舟于江,以渡夫概,逃奔宋国去了。阖闾抚定居民,回至吴都,太子波迎接入城，打点拒越之策。

却说孙武得吴王班师之诏，正与伍员商议，忽报："楚军中有人送书到。"伍员命取书看之，乃申包胥所遣也。书略云：

> 子君臣据郢三时，而不能定楚，天意不欲亡楚，亦可知矣。子能践覆楚之言，吾亦欲酬复楚之志。朋友之义，相成而不相伤，子不竭吴之威，吾亦不尽秦之力。

伍员以书示孙武曰："夫吴以数万之众，长驱入楚，焚其宗庙，堕其社稷，鞭死者之尸，处生者之室，自古人臣报仇，未有如此之快者。且秦兵虽败我余军，于我未有大损也。《兵法》：'见可而进，知难则退。'幸楚未知吾急，可以退矣。"孙武曰："空退为楚所笑，子何不以芈胜为请？"伍员曰："善。"乃复书曰：

> 平王逐无罪之子，杀无罪之臣，某实不胜其愤，以至于此。昔齐桓公存邢立卫，秦穆公三置晋君，不贪其土，传诵至今。某虽不才，窃闻兹义。今太子建之子胜，糊口于吴，未有寸土，楚若能归胜，使奉故太子之祀，某敢不退避，以成吾子之志。

申包胥得书，言于子西。子西曰："封故太子之后，正吾意也。"即遣使迎芈胜于吴。沈诸梁谏曰："太子已废，胜为仇人，奈何养仇以害国乎？"子西曰："胜，匹夫耳。何伤？"竟以楚王之命召之，许封大邑。楚使既发，孙武与伍员遂班师而还。凡楚之府库宝玉，满载以归，又迁楚境户口万家，以实吴空虚之地。

伍员使孙武从水路先行,自己从陆路打从历阳山经过,欲求东皋公报之,其庐舍俱不存矣,再遣使于龙洞山问皇甫讷,亦无踪迹。伍员叹曰:"真高士也!"就其地再拜而去。至昭关,已无楚兵把守,员命毁其关。复过溧阳濑水之上,乃叹曰:"吾尝饥困于此,向一女子乞食,女子以盎浆及饭饲我,遂投水而亡。吾曾留题石上,未知在否?"使左右发土,其石字宛然不磨。欲以千金报之,未知其家,乃命投金于濑水中,曰:"女子如有知,明吾不相负也!"行不一里,路旁一老妪,视兵过而哭泣。军士欲执之,问曰:"妪何哭之悲也?"妪曰:"吾有女守居三十年不嫁,往年浣纱于濑,遇一穷途君子,而辄饭之,恐事泄,自投濑水。闻所饭者,乃楚亡臣伍君也。今伍君兵胜而归,不得其报,自伤虚死,是以悲耳。"军士乃谓妪曰:"吾主将正伍君也,欲报汝千金,不知其家,已投金于水中,盍往取之!"妪遂取金而归。至今名其水为投金濑。髯仙有诗云:

投金濑下水渐渐,犹忆亡臣报德时。
三十年来无匹偶,芳名已共子胥垂。

越子允常闻孙武等兵回吴国,知武善于用兵,料难取胜,亦班师而回,曰:"越与吴敌也。"遂自称为越王。不在话下。

阖闾论破楚之功,以孙武为首。孙武不愿居官,固请还山。王使伍员留之。武私谓员曰:"子知天道乎?暑往则寒来,春还则秋至。王恃其强盛,四境无虞,骄乐必生。夫功成不退,将有后患。吾非徒自全,并欲全子。"员不谓然。武遂飘然而去,赠以金帛数车,俱沿路散于百姓之贫者,后不知其所终。史臣有赞云:

第七十七回　泣秦庭申包胥借兵，退吴师楚昭王返国

孙子之才，彰于伍员。
法行二嫔，威振三军。
御众如一，料敌若神。
大伸于楚，小挫于秦。
智非偏拙，谋不尽行。
不受爵禄，知亡知存。
身出道显，身去名成。
书十三篇，兵家所尊。

阖闾乃立伍员为相国，亦仿齐仲父、楚子文之意，呼为子胥而不名。伯嚭为太宰，同预国政。更名阊门曰破楚门。复垒石于南界，留门使兵守之，以拒越人，号曰石门关。越大夫范蠡亦筑城于浙江之口，以拒吴，号曰固陵，言其可固守也。此周敬王十五年事。

话分两头。再说子西与子期重入郢城，一面收葬平王骸骨，将宗庙社稷重新草创，一面遣申包胥以舟师迎昭王于随。昭王遂与随君定盟，誓无侵伐。随君亲送昭王登舟，方才回转。昭王行至大江之中，凭栏四望，想起来日之苦，今日重渡此江，中流自在，心中甚喜。忽见水面一物，如斗之大，其色正红，使水手打捞得之，遍问群臣，皆莫能识。乃拔佩刀砍开，内有瓤似瓜，试尝之，甘美异常，乃遍赐左右曰："此无名之果，可识之，以俟博物之士也。"

不一日，行至云中，昭王叹曰："此寡人遇盗之处，不可以不识。"乃泊舟江岸，使斗辛督人夫筑一小城于云梦之间，以便行旅投宿。今云梦县有地名楚王城，即其故址。子西、子期等离郢都五十里，迎接昭王。君臣交相慰劳。既至郢城，见城外白骨如麻，城中宫阙，半已残毁，不觉凄然泪下。遂入宫来见其母伯嬴，子母相向

而泣，昭王曰："国家不幸，遭此大变，至于庙社凌夷，陵墓受辱，此恨何时可雪？"伯嬴曰："今日复位，宜先明赏罚，然后抚恤百姓，徐俟气力完足，以图恢复可也。"昭王再拜受教。是日，不敢居寝，宿于斋宫。

次日，祭告宗庙社稷，省视坟墓，然后升殿，百官称贺。昭王曰："寡人任用匪人，几至亡国，若非卿等，焉能重见天日。失国者，寡人之罪；复国者，卿等之功也！"诸大夫皆稽首谢不敢。昭王先宴劳秦将，厚犒其师，遣之归国。然后论功行赏，拜子西为令尹，子期为左尹。以申包胥乞师功大，欲拜为右尹。申包胥曰："臣之乞师于秦，为君也，非为身也。君既返国，臣志遂矣，敢因以为利乎？"固辞不受，昭王强之，包胥乃挈其妻子而逃。妻曰："子劳形疲神，以乞秦师，而定楚国，赏其分也，又何逃乎？"包胥曰："吾始为朋友之义，不泄子胥之谋，使子胥破楚，吾之罪也。以罪而冒功，吾实耻之！"遂逃入深山，终身不出。昭王使人求之不得，乃旌表其闾曰"忠臣之门"。以王孙繇於为右尹，曰："云中代寡人受戈，不敢忘也！"其他沈诸梁、钟建、宋木、鬬辛、鬬巢、蒍延等，俱进爵加邑。亦召鬬怀欲赏。子西曰："鬬怀欲行弑逆之事，罪之为当，况可赏乎？"昭王曰："彼欲为父报仇，乃孝子也。能为孝子，何难为忠臣？"亦使为大夫。蓝尹亹求见昭王，王思成臼不肯同载之恨，将执而诛之，使人谓曰："尔弃寡人于道路，今敢复来，何也？"蓝尹亹对曰："囊瓦惟弃德树怨，是以败于柏举，王奈何效之？夫成臼之舟，孰若郢都之宫之安？臣之弃王于成臼，以儆王也。今日之来，欲观大王之悔悟与否。王不省失国之非，而记臣不载之罪，臣死不足惜，所惜者楚宗社耳！"子西奏曰："亹之言直，王宜赦之，以无忘前败。"昭王乃许亹入见，使复为大夫如故。群臣见昭王度量宽洪，莫不大悦。昭王夫人自以失身阖闾，羞见其夫，自缢而死。

时越方与吴构难，闻楚王复国，遣使来贺，因进其宗女于王，王立为继室。越姬甚有贤德，为王所敬礼。王念季芈相从患难，欲择良婿嫁之。季芈曰："女子之义，不近男人。钟建常负我矣，是即我夫也，敢他适乎？"昭王乃以季芈嫁钟建，使建为司乐大夫。又思故相孙叔敖之灵，使人立祠于云中祭之。子西以郢都残破，且吴人久居，熟其路径，复择都地筑城建宫，立宗庙社稷，迁都居之，名曰新郢。昭王置酒新宫，与群臣大会。饮酒方酣，乐师扈子恐昭王安今之乐，忘昔之苦，复蹈平王故辙，乃抱琴于王前奏曰："臣有《穷蚁》之曲，愿为大王鼓之！"昭王曰："寡人愿闻。"扈子援琴而鼓，声甚凄怨。其词曰：

> 王耶王耶何乖劣？不顾宗庙听谗孽！
> 任用无极多所杀，诛夷忠孝大纲绝。
> 二子东奔适吴越，吴王哀痛助切怛。
> 垂涕举兵将西伐，子胥伯嚭孙武决。
> 五战破郢王奔发，留兵纵骑虏荆阙。
> 先王骸骨遭发掘，鞭辱腐尸耻难雪。
> 几危宗庙社稷灭，君王逃死多跋涉。
> 卿士凄怆民泣血，吴军虽去怖不歇。
> 愿王更事抚忠节，勿为谗口能谤亵！

昭王深知琴曲之情，垂涕不已。扈子收琴下阶，昭王遂罢宴。自此早朝晏罢，勤于国政，省刑薄敛，养士训武，修复关隘，严兵固守。芈胜既归，楚昭王封为白公胜，筑城名白公城，遂以白为氏，聚其本族而居。夫概闻楚王不念旧怨，自宋来奔。王知其勇，封之堂溪，号为堂溪氏。子西以祸起唐、蔡，唐已灭而蔡尚存，乃请伐蔡报仇。昭王曰："国事粗定，寡人尚未敢劳民也。"

　　按：《春秋传》楚昭王十年出奔，十一年返国，直至二十年，方才用兵灭顿，掳顿子牂；二十一年灭胡，掳胡子豹，报其从晋侵楚之仇；二十二年围蔡，问其从吴入郢之罪，蔡昭侯请降，迁其国于江、汝之间。中间休息民力近十年，所以师辄有功。楚国复兴，终符"湛卢"之祥，"萍实"之瑞也。

　　要知后事，且看下回分解。

第七十八回
会夹谷孔子却齐，堕三都闻人伏法

话说齐景公见晋不能伐楚，人心星散，代兴之谋愈急，乃纠合卫、郑，自称盟主。鲁昭公前为季孙意如所逐，景公谋纳之，意如固拒不从，昭公改而求晋，晋荀跞得意如贿赂，亦不果纳。昭公客死。意如遂废太子衍及母弟务人，而援立庶子宋为君，是为定公。因季氏与荀跞通贿，遂事晋而不事齐。齐侯大怒，用世臣国夏为将，屡侵鲁境，鲁不能报。未几，季孙意如卒，子斯立，是为季康子。

说起季、孟、叔三家，自昭公在国之日，已三分鲁国，各用家臣为政，鲁君不复有公臣。于是家臣又窃三大夫之权，展转恣肆，凌铄其主。今日季孙斯、孟孙无忌、叔孙州仇，虽然三家鼎立，邑宰各据其城，以为己物，三家号令不行，无可奈何。季氏之宗邑曰费，其宰公山不狃；孟氏之宗邑曰成，其宰公敛阳；叔氏之宗邑曰郈，其宰公若藐。这三处城垣，皆三家自家增筑，极其坚厚，与曲阜都城一般。那三个邑宰中，惟公山不狃尤为强横，更有家臣一人，姓阳名虎字货，生得鸢肩巨颡，身长九尺有余，勇力过人，智谋百出。季斯起初任为腹心，使为家宰，后渐专季氏之家政，擅作威福，季氏反为所制，无可奈何。季氏内为陪臣所制，外受齐国侵凌，束手无策。时又有少正卯者，为人博闻强记，巧辩能言，通国号为"闻人"，三家倚之为重。卯面是背非，阴阳其说，见三家则称颂其佐君匡国之功，见阳虎等又托为强公室抑私家之说，使之挟鲁侯以令三家，挑得上下如水火，而人皆悦其辨给，莫悟其奸。

内中单说孟孙无忌，乃仲孙貜之子，仲孙蔑之孙。貜在位之日，慕鲁国孔仲尼之名，使其子从之学礼。那孔仲尼名丘，其父叔梁纥尝为郰邑大夫，即偪阳手托悬门之勇士也。纥娶于鲁之施氏，多女而无子，其妾生一子曰孟皮，病足成废人，乃求婚于颜氏。颜氏有五女，俱未聘，疑纥年老，谓诸女曰："谁愿适郰大夫者？"诸女莫对，最幼女曰徵在，出应曰："女子之义，在家从父，惟父所命，何问焉？"颜氏奇其语，即以徵在许婚。既归纥，夫妇忧无子，共祷于尼山之谷。徵在升山时，草木之叶皆上起；及祷毕而下，草木之叶皆下垂。是夜，徵在梦黑帝见召，嘱曰："汝有圣子，若产，必于空桑之中。"觉而有孕。一日，恍惚若梦，见五老人列于庭，自称"五星之精"，狎一兽，似小牛而独角，文如龙鳞，向徵在而伏，口吐玉尺，上有文曰："水精之子，继衰周而素王。"徵在心知其异，以绣绂系其角而去。告于叔梁纥，纥曰："此兽必麒麟也。"及产期，徵在问："地有名空桑者乎？"叔梁纥曰："南山有空窦，窦有石门而无水，俗名亦呼空桑。"徵在曰："吾将往产于此。"纥问其故，徵在乃述前梦，遂携卧具于空窦中。其夜，有二苍龙自天而下，守于山之左右，又有二神女擎香露于空中，以沐徵在，良久乃去。徵在遂产孔子。石门中忽有清泉流出，自然温暖，浴毕，泉即涸。今曲阜县南二十八里，俗呼女陵山，即空桑也。孔子生有异相，牛唇虎掌，鸳肩龟脊，海口辅喉，顶门状如反字。父纥曰："此

第七十八回　会夹谷孔子却齐，堕三都闻人伏法

儿秉尼山之灵。"因名曰丘，字仲尼。仲尼生未几而纥卒，育于徵在。既长，身长九尺六寸，人呼为"长人"。有圣德，好学不倦，周游列国，弟子满天下，国君无不敬慕其名，而为权贵当事所忌，竟无能用之者。是时，适在鲁国。无忌言于季斯曰："欲定内外之变，非用孔子不可。"季斯召孔子，与语竟日，如在江海中，莫窥其际。季斯起更衣，忽有费邑人至，报曰："穿井者得土缶，内有羊一只，不知何物。"斯欲试孔子之学，嘱使勿言，既入座，谓孔子曰："或穿井于土中得狗，此何物也？"孔子曰："以某言之，此必羊也，非狗也。"斯惊问其故。孔子曰："某闻山之怪曰夔、魍魉，水之怪曰龙、罔象，土之怪曰羵羊。今得之穿井，是在土中，其为羊必矣。"斯曰："何以谓之羵羊？"孔子曰："非雌非雄，徒有其形。"斯乃召费人问之，果不成雌雄者，于是大惊曰："仲尼之学，果不可及。"乃用为中都宰。

此事传闻至楚，楚昭王使人致币于孔子，询以渡江所得之物。孔子答使者曰："是名萍实，可剖而食也。"使者曰："夫子何以知之？"孔子曰："某曾问津于楚，闻小儿谣曰：'楚王渡江得萍实，大如斗，赤如日，剖而尝之甜如蜜。'是以知之。"使者曰："可常得乎？"孔子曰："萍者，浮泛不根之物，乃结而成实，虽千百年不易得也。此乃散而复聚，衰而复兴之兆，可为楚王贺矣。"使者归告昭王，昭王叹服不已。孔子在中都大治，四方皆遣人观其政教，以为法则。鲁定公知其贤，召为司空。

周敬王十九年，阳虎欲乱鲁而专其政，知叔孙辄无宠于叔孙氏，而与费邑宰公山不狃相厚，乃与二人商议，欲以计先杀季孙，然后并除仲叔，以公山不狃代斯之位，以叔孙辄代州仇之位，己代孟孙无忌之位。虎慕孔子之贤，欲招致门下，以为己助。使人讽之

来见，孔子不从，乃以蒸豚馈之。孔子曰："虎诱我往谢而见我也。"令弟子伺虎出外，投刺于门而归，虎竟不能屈。孔子密言于无忌曰："虎必为乱，乱必始于季氏，子预为之备，乃可免也。"无忌伪为筑室于南门之外，立栅聚材，选牧圉之壮勇者三百人为佣，名曰兴工，实以备乱；又语成宰公敛阳，使缮甲待命，倘有报至，星夜前来赴援。

是年秋八月，鲁将行禘祭。虎请以禘之明日享季孙于蒲圃。无忌闻之曰："虎享季孙，事可疑矣。"乃使人驰告公敛阳，约定日中率甲由东门至南门，一路观变。至享期，阳虎亲至季氏之门，请季斯登车。阳虎在前为导，虎之从弟阳越在后，左右皆阳氏之党。惟御车者林楚世为季氏门下之客，季斯心疑有变，私语林楚曰："汝能以吾车适孟氏乎？"林楚点头会意。行至大衢，林楚遽挽辔南向，以鞭策连击其马，马怒而驰。阳越望见，大呼："收辔！"林楚不应，复加鞭，马行益急。阳越怒，弯弓射楚不中，亦鞭其马，心急鞭坠。越拾鞭，季氏之车已去远矣。季斯出南门，径入孟氏之室，闭其栅，号曰："孟孙救我！"无忌使三百壮士，挟弓矢伏于栅门以待。须臾，阳越至，率其徒攻栅。三百人从栅内发矢，中者辄倒，阳越身中数箭而死。

且说阳货行及东门，回顾不见了季孙，乃转辕复循旧路，至大衢，问路人曰："见相国车否？"路人曰："马惊，已出南门矣。"语未毕，阳越之败卒亦到，方知越已射死，季孙已避入孟氏新宫。虎大怒，驱其众急往公宫，劫定公以出朝。遇叔孙州仇于途，并劫之。尽发公宫之甲与叔孙氏家众，共攻孟氏于南门。无忌率三百人力拒之。阳虎命以火焚栅，季斯大惧。无忌使视日方中，曰："成兵且至，不足虑也。"言未毕，只见东角上一员猛将，领兵呼哨而至，大叫:"勿犯吾主!公敛阳在此!"阳虎大怒,便奋长戈,迎住公敛阳厮杀。二将各施逞本事,战五十余合,阳虎精神愈增,公敛阳渐渐力怯。叔孙州仇遽从后呼曰:"虎败矣!"即率其家众,前拥定公西走,公徒亦从之。无忌引壮士开栅杀出,季氏之家臣苫越亦帅甲而至。阳虎孤寡无助,倒戈而走,入谨阳关据之。三家合兵以攻关,虎力不能支,命放火焚莱门。鲁师避火却退,虎冒火而出,遂奔齐国。见景公,以所据谨阳之田献之,欲借兵伐鲁。大夫鲍国进曰:"鲁方用孔某,不可敌也。不如执阳虎而归其田,以媚孔某。"景公从之,乃囚虎于西鄙。虎以酒醉守者,乘辎车逃奔宋国。宋使居于匡,阳虎虐用匡人,匡人欲杀之。复奔晋国,仕于赵鞅为臣。不在话下。宋儒论阳虎以陪臣而谋贼其家主,固为大逆,然季氏放逐其君,专执鲁政,家臣从旁窃视,已非一日,今日效其所为,乃天理报施之常,不足怪也。有诗云:

> 当时季氏凌孤主,今日家臣叛主君。
> 自作忠奸还自受,前车音响后车闻。

又有言:鲁自惠公之世,僭用天子礼乐,其后三桓之家,舞《八佾》,歌《雍》彻,大夫目无诸侯,故家臣亦目无大夫,悖逆相仍,其来远矣。诗云:

> 九成干戚舞团团,借问何人启僭端?
> 要使国中无叛逆,重将礼乐问周官。

齐景公失了阳虎,又恐鲁人怪其纳叛,乃使人致书鲁定公,说明阳虎奔宋之故,就约鲁侯于齐、鲁界上夹谷山前,为乘车之会,以通两国之好,永息干戈。定公得书,即召三家商议。孟孙无忌曰:"齐人多诈,主公不可轻往。"季孙斯曰:"齐屡次加兵于我,今欲修好,奈何拒之?"定公曰:"寡人若去,何人保驾?"无忌曰:"非臣师孔某不可!"定公即召孔子,以相礼之事属之。乘车已具,定公将行,孔子奏曰:"臣闻'有文事者,必有武备',文武之事,不可相离。古者,诸侯出疆,必具官以从,宋襄公会盂之事可鉴也。请具左右司马,以防不虞。"定公从其言,乃使大夫申句须为右司马,乐颀为左司马,各率兵车五百乘,远远从行,又命大夫兹无还率兵车三百乘,离会所十里下寨。

既至夹谷,齐景公先在,设立坛位,为土阶三层,制度简略。齐侯幕于坛之右,鲁侯幕于坛之左。孔子闻齐国兵卫甚盛,亦命申句须、乐颀紧紧相随。时齐大夫黎弥以善谋称,自梁丘据死后,景公特宠信之。是夜,黎弥叩幕请见,景公召入,问:"卿有何事,昏夜来此?"黎弥奏曰:"齐、鲁为仇,非一日矣。止为孔某贤圣,用事于鲁,恐其他日害齐,故为今日之会耳。臣观孔某为人,知礼而无勇,不习战伐之事。明日主公会礼毕后,请奏四方之乐以娱鲁君,乃使莱夷三百人假做乐工,鼓噪而前,觑便拿住鲁侯,并执孔某。臣约会车乘,从坛下杀散鲁众,那时鲁国君臣之命,悬于吾手,凭主公如何处分,岂不胜于用兵侵伐耶?"景公曰:"此事可否,当与相国谋之。"黎弥曰:"相国素与孔某有交,若通彼得知,其事必不行矣,臣请独任!"景公曰:"寡人听卿,卿须仔细!"黎弥自去暗约莱兵行事去了。

次早,两君集于坛下,揖让而登。齐是晏婴为相,鲁是孔子为相,两相一揖之后,各从其主,登坛交拜,叙太公、周公之好,交

第七十八回　会夹谷孔子却齐，堕三都闻人伏法

致玉帛酬献之礼。既毕，景公曰："寡人有四方之乐，愿与君共观之。"遂传令先使莱人上前，奏其本土之乐。于是坛下鼓声大振，莱夷三百人，杂执旍旄、羽被、矛戟、剑楯，蜂拥而至，口中呼哨之声，相和不绝。历阶之半，定公色变，孔子全无惧意，趋立于景公之前，举袂而言曰："吾两君为好会，本行中国之礼，安用夷狄之乐？请命有司去之。"晏子不知黎弥之计，亦奏景公曰："孔某所言，乃正礼也。"景公大惭，急麾莱夷使退。黎弥伏于坛下，只等莱夷动手，一齐发作，见齐侯打发下来，心中甚愠，乃召本国优人，吩咐："筵席中间召汝奏乐，要歌《敝笱》之诗，任情戏谑。若得鲁君臣或笑或怒，我这里有重赏。"原来那诗乃文姜淫乱故事，欲以羞辱鲁国。黎弥升阶奏于齐侯曰："请奏宫中之乐，为两君寿。"景公曰："宫中之乐，非夷乐也，可速奏之。"黎弥传齐侯之命，倡优侏儒二十余人，异服涂面，装女扮男，分为二队，拥至鲁侯面前，跳的跳，舞的舞，口中齐歌的都是淫词，且歌且笑。孔子按剑张目，觑定景公奏曰："匹夫戏诸侯者，罪当死。请齐司马行法！"景公不应，优人戏笑如故。孔子曰："两国既已通好，如兄弟然，鲁国之司马，即齐之司马也。"乃举袖向下麾之，大呼："申句须、乐颀何在？"二将飞驰上坛，于男女二队中，各执领班一人，当下斩首，余人惊走不迭。景公心中骇然。鲁定公随即起身。黎弥初意还想于坛下邀截鲁侯，一来见孔子有此手段，二来见申、乐二将英雄，三来打探得十里之外，即有鲁军屯扎，遂缩颈而退。

会散，景公归幕，召黎弥责之曰："孔某相其君，所行者皆是古人之道，汝偏使寡人入夷狄之俗。寡人本欲修好，今反成仇矣。"黎弥惶恐谢罪，不敢对一语。晏子进曰："臣闻：'小人知其过，谢之以文；君子知其过，谢之以质。'今鲁有汶阳之田三处，其一曰

谨，乃阳虎所献不义之物；其二曰郓，乃昔年所取以寓鲁昭公者；其三曰龟阴，乃先君顷公时仗晋力索之于鲁者。那三处皆鲁故物，当先君桓公之日，曹沫登坛劫盟，单取此田。田不归鲁，鲁志不甘，主公乘此机以三田谢过，鲁君臣必喜，而齐、鲁之交固矣。"景公大悦，即遣晏子致三田于鲁。此周敬王二十四年事也。史臣有诗云：

纷然鼓噪起莱戈，无奈坛前片语何？
知礼之人偏有勇，三田买得两君和。

又诗单赞齐景公能虚心谢过，所以为贤君，几于复霸。诗云：

盟坛失计听黎弥，臣谏君从两得之。
不惜三田称谢过，显名千古播华夷。

这汶阳田原是昔时鲁僖公赐与季友者，今日名虽归鲁，实归季氏。以此季斯心感孔子，特筑城于龟阴，名曰谢城，以旌孔子之功。言于定公，升孔子为大司寇之职。

时齐之南境，忽来一大鸟，约长三尺，黑身白颈，长喙独足，鼓双翼舞于田间，野人逐之不得，飞腾望北而去。季斯闻有此怪，以问孔子。孔子曰："此鸟名曰'商羊'，生于北海之滨，天降大雨，商羊起舞，所见之地，必有淫雨为灾。齐、鲁接壤，不可不预为之备。"季斯预戒汶上百姓，修堤盖屋。不三日，果然天降大雨，汶水泛溢，鲁民有备无患。其事传布齐邦，景公益以孔子为神。自是孔子博学之名，传播天下，人皆呼为"圣人"矣！有诗为证：

第七十八回　会夹谷孔子却齐，堕三都闻人伏法

五典三坟漫究详，谁知萍实辨商羊？
多能将圣由天纵，赢得芳名四海扬。

季斯访人才于孔子之门，孔子荐仲由、冉求可使从政，季氏俱用为家臣。忽一日，季斯问于孔子曰："阳虎虽去，不狃复兴，何以制之？"孔子曰："欲制之，先明礼制。古者臣无藏甲，大夫无百雉之城，故邑宰无所凭以为乱。子何不堕其城，撤其武备？上下相安，可以永久。"季斯以为然，转告于孟、叔二氏。孟孙无忌曰："苟利家国，吾岂恤其私哉！"时少正卯忌孔子师徒用事，欲败其功，使叔孙辄密地送信于公山不狃。不狃欲据城以叛，知孔子素为鲁人所敬重，亦思借助，乃厚致礼币，遗以书曰：

鲁自三桓擅政，君弱臣强，人心积愤。不狃虽为季宰，实慕公义，愿以费归公为公臣，辅公以锄强暴，俾鲁国复见周公之旧。夫子倘见许，愿移驾过费，面决其事。不胜路稿，伏惟不鄙。

孔子谓定公曰："不狃若叛，未免劳兵。臣愿轻身一往，说其回心改过，何如？"定公曰："国家多事，全赖夫子主持，岂可去寡人左右耶？"孔子遂却其书币。不狃见孔子不往，遂约会成宰公敛阳，郈宰公若藐，同时起兵为逆。阳与藐俱不从。

却说郈邑马正侯犯，勇力善射，为郈人所畏服，素有不臣之志，遂使圉人刺藐杀之，自立为郈宰，发郈众登城为拒命之计。州仇闻郈叛，往告无忌。无忌曰："吾助子一臂，当共灭此叛奴。"于是孟、叔二家连兵往讨，遂围郈城。侯犯悉力拒战，攻者多死，不

能取胜。无忌教州仇求援于齐。

时叔氏家臣驷赤在郈城中，伪附侯犯，侯犯亲信之。赤谓犯曰："叔氏遣使如齐乞师矣。齐、鲁合兵，不可当也。子何不以郈降齐？齐外虽亲鲁，内实忌之，得郈可以逼鲁，齐必大喜，而倍以他地酬子。总之得地，而可去危以就安，又何不利之有？"侯犯曰："此计甚善！"即遣人乞降于齐，以郈邑献之。齐景公召晏婴问曰："叔孙氏乞兵伐郈，侯犯又以郈来降，寡人将何适从？"晏子对曰："方与鲁讲好，岂可受其叛臣之献乎？助叔孙氏为是。"景公笑曰："郈乃叔孙私邑，于鲁侯无与。况叔孙氏君臣自相鱼肉，鲁之不幸，实齐之幸也。寡人有计在此，当两许其使以误之。"乃使司马穰苴屯兵于界上，以观其变，若侯犯能御叔孙，更分兵据郈，迎侯犯归于齐国；若叔孙胜了侯犯，便说助攻郈城，临时便宜行事。此是齐景公的奸雄处。

却说驷赤见侯犯遣使往齐去了，复谓犯曰："齐新与鲁侯为会，助鲁助郈，未可定也。宜多置兵甲于门，万一事变不测，可以自卫。"侯犯乃一勇之夫，信为好语，遂选精甲利兵，留于门下。驷赤将羽书射于城外，鲁兵拾得，献于州仇。州仇发书看之，书中言："臣赤已安排逆犯十有七八，不日城中当有内变，主君不须挂念。"州仇大喜，报知无忌，严兵以待。数日后，侯犯使者自齐回，言："齐侯已许下矣，愿以他邑相偿。"驷赤入贺侯犯而出，使人宣言于众曰："侯氏将迁郈民以附齐，使者回言齐师将至，奈何？"一时人情汹汹，多有造驷赤处问信者。赤曰："吾亦闻之，齐新与鲁好，不便得地，将迁尔户口，以实聊、摄之虚耳！"自古道："安土重迁。"说了离乡背井，那一个不怕的？众人听说，互相传语，各有怨心。忽一夜，驷赤探知侯犯饮酒方酣，遂命心腹数十人，绕城大呼曰："齐师已至城外矣，吾等速治行李，三日内便要起身。"因继以哭。郈众大惊，俱集于侯氏之门，此时老弱惟有涕泣，那壮者无不咬牙切齿，愤恨侯犯。忽见门内藏甲甚多，正适其用，大家抢得穿着起来，各执兵器，发声喊，将侯犯家四面围住。连守城之兵都反了侯氏，与众助兴了。驷赤亟入告侯犯曰："郈众不愿附齐，满城俱变。子更有甲兵否？吾请率而攻之。"犯曰："甲兵俱被众掠取矣。今日之事，免祸为上。"驷赤曰："吾舍命送子。"遂出谓众曰："汝等让一路，容侯氏出奔，侯氏出，齐师亦不至矣。"众人依言，放开一路。驷赤当先，侯犯在后，家属尚有百余人，车十余乘，驷赤直送出东门。因引鲁兵入于郈城，安抚百姓。无忌请追侯犯，驷赤曰："臣已许之免祸矣。"乃纵之不追，遂堕郈城三尺，即用驷赤为郈宰。侯犯奔齐师，穰苴知鲁师已定郈，乃班师还齐。州仇、无忌亦回鲁国。

公山不狃初闻侯犯据郈以叛，叔、仲二家往讨，喜曰："季氏孤矣，乘虚袭鲁，国可得也。"遂尽驱费众，杀至曲阜，叔孙辄为内应，开门纳之。定公急召孔子问计，孔子曰："公徒弱，不足用也。臣请御君以往季氏。"遂驱车至季氏之宫，宫内有高台，坚固可守，定公居之。少顷，司马申句须、乐颀俱至。孔子命季斯尽出其家甲，以授司马，使伏于台之左右，而使公徒列于台前。公山不狃同叔孙辄商议曰："我等此举，以扶公室抑私家为名，不奉鲁侯为主，季氏不可克也。"乃齐叩公宫，索定公不得，盘桓许久，知已往季氏，遂移兵来攻。与公徒战，公徒皆散走。忽然左右大噪，申句须、乐颀二将领着精甲杀至。孔子扶定公立于台上，谓费人曰："吾君在此，汝等岂不知顺逆之理？速速解甲，既往不咎。"费人知孔子是个圣人，谁敢不听，俱舍兵拜伏台下。公山不狃、叔孙辄势穷，遂出奔吴国去了。

叔孙州仇回鲁,言及郈都已堕。季斯亦命堕了费城,复其初制。无忌亦欲堕成都,成宰公敛阳问计于少正卯。卯曰:"郈、费因叛而堕,若并堕成,何以别于叛臣乎?汝但云:'成乃鲁国北门之守,若堕成,齐师侵我北鄙,何以御之?'坚持其说,虽拒命不为叛也。"阳从其计,使其徒穿甲而登城,谢叔孙氏曰:"吾非为叔孙氏守,为鲁社稷守也。恐齐兵旦暮猝至,无守御之具,愿捐此性命,与城俱碎,不敢动一砖一土。"孔子笑曰:"阳不辨此语,必闻人教之耳。"

季斯嘉孔子定费之功,自知不及万分之一,使摄行相事,每事谘谋而行。孔子有所陈说,少正卯辄变乱其词,听者多为所惑。孔子密奏于定公曰:"鲁之不振,由忠佞不分、刑赏不立也。夫护嘉苗者,必去莠草。愿君勿事姑息,请出太庙中斧钺,陈于两观之下。"定公曰:"善。"明日,使群臣参议成城不堕利害,但听孔子裁决。众人或言当堕,或言不当堕。少正卯欲迎合孔子之意,献堕成六便。何谓六便?一,君无二尊;二,归重都城形势;三,抑私门;四,使跛扈家臣无所凭借;五,平三家之心;六,使邻国闻鲁国兴革当理,知所敬重。孔子奏曰:"卯误矣!成已作孤立之势,何能为哉?况公敛阳忠于公室,岂跛扈之比?卯辩言乱政,离间君臣,按法当诛。"群臣皆曰:"卯乃鲁闻人,言或不当,罪不及死。"孔子复奏曰:"卯言伪而辩,行僻而坚,徒有虚名惑众,不诛之无以为政。臣职在司寇,请正斧钺之典。"遂命力士缚卯于两观之下,斩之。群臣莫不变色,三家心中亦俱凛然。史臣有诗云:

养高华士太公诛,孔子偏将少正除。

> 不是圣人开正眼，世间尽读两人书。

自少正卯诛后，孔子之意始得发舒，定公与三家皆虚心以听之。孔子乃立纲陈纪，教以礼义，养其廉耻，故民不扰而事治。三月之后，风俗大变。市中鬻羔豚者，不饰虚价；男女行路，分别左右，不乱；遇路有失物，耻非己有，无肯拾取者；四方之客，一入鲁境，皆有常供，不至缺乏，宾至如归。国人歌之曰："衮衣章甫，来适我所；章甫衮衣，慰我无私。"此歌诗传至齐国，齐景公大惊曰："吾国必为鲁所并矣！"

不知景公如何计较，且看下回分解。

第七十九回
归女乐黎弥阻孔子,栖会稽文种通宰嚭

话说齐侯自会夹谷归后,晏婴病卒。景公哀泣数日,正忧朝中乏人,复闻孔子相鲁,鲁国大治,惊曰:"鲁相孔子必霸,霸必争地,齐为近邻,恐祸之先及,奈何?"大夫黎弥进曰:"君患孔子之用,何不沮之!"景公曰:"鲁方任以国政,岂吾所能沮乎?"黎弥曰:"臣闻治安之后,骄逸必生。请盛饰女乐,以遗鲁君,鲁君幸而受之,必然怠于政事,而疏孔子。孔子见疏,必弃鲁而适他国,君可安枕而卧矣。"景公大悦,即命黎弥于女闾之中,择其貌美年二十以内者共八十人,分为十队,各衣锦绣,教之歌舞。其舞曲名《康乐》,声容皆出新制,备态极妍,前所未有。教习已成,又用良马一百二十匹,金勒雕鞍,毛色各别,望之如锦,使人致献鲁侯。使者张设锦棚二处,于鲁南门之外,东棚安放马群,西棚陈列女乐,先致国书于定公。公发书看之,书曰:

  杵臼顿首启鲁贤侯殿下:孤向者获罪夹谷,愧未忘心。幸贤侯鉴其谢过之诚,克终会好。日以国之多虞,聘问缺

然。兹有歌婢十群，可以侑欢；良马三十驷，可以服车。敬致左右，聊申悦慕，伏惟存录！

且说鲁相国季斯安享太平，忘其所自，侈乐之志，已伏胸中。忽闻齐馈女乐，如此之盛，不胜艳慕。即时换了微服，与心腹数人乘车潜出南门往看。那乐长方在演习，歌声遏云，舞态生风，一进一退，光华夺目，如游天上睹仙姬，非复人间思想所及。季斯看了多时，又阅其容色之美，服饰之华，不觉手麻脚软，目眈口呆，意乱神迷，魂消魄夺。鲁定公一日三宣，季斯为贪看女乐，竟不赴召。

至次日，方入宫来见定公，定公以国书示之。季斯奏曰："此齐君美意，不可却也。"定公亦有想慕之意，便问："女乐何在，可试观否？"季斯曰："见列高门之外，车驾如往，臣当从行，但恐惊动百官，不如微服为便。"于是君臣皆更去法服，各乘小车，驰出南门，竟到西棚之下。早有人传出："鲁君易服亲来观乐了。"使者吩咐女子用心献技，那时歌喉转娇，舞袖增艳，十队女子更番迭进，真乃盈耳夺目，应接不暇，把鲁国君臣二人，喜得手舞足蹈，不知所以。有诗为证：

一曲娇歌一块金，一番妙舞一盘琛。
只因十队女人面，改尽君臣两个心。

从人又夸东棚良马，定公曰："只此已是极观，不必又问马矣。"

是夜，定公入宫，一夜不寐，耳中犹时闻乐声，若美人之在枕畔也。恐群臣议论不一，次早独宣季斯入宫，草就答书，书中备述感激之意，不必尽述。又将黄金百镒，赠与齐使。将女乐收入宫中，以三十人赐季斯，其马付于圉人喂养。定公与季斯新得女乐，各自受用，日则歌舞，夜则枕席，一连三日不去视朝听政。

孔子闻知此事，凄然长叹。时弟子仲子路在侧，进曰："鲁君怠于政事，夫子可以行矣。"孔子曰："郊祭已近，倘大礼不废，国犹可为也。"及祭之期，定公行礼方毕，即便回宫，仍不视朝，并胙肉亦无心分给，主胙者叩宫门请命，定公诿之季孙，季孙又诿之家臣。孔子从祭而归，至晚，不见胙肉颁到，乃告子路曰："吾道不行，命也夫！"乃援琴而歌曰："彼妇之口，可以出走；彼女之谒，可以死败。优哉游哉，聊以卒岁！"歌毕，遂束装去鲁。子路、冉有亦弃官从孔子而行，自此鲁国复衰。史臣有诗云：

几行红粉胜钢刀，不是黎弥巧计高。
天运凌夷成瓦解，岂容鲁国独甄陶？

孔子去鲁适卫，卫灵公喜而迎之，问以战阵之事。孔子对曰："丘未之学也。"次日遂行。过宋之匡邑，匡人素恨阳虎，见孔子之貌相似，以为阳虎复至，聚众围之。子路欲出战，孔子止之曰："某无仇于匡，是必有故，不久当自解。"乃安坐鸣琴。适灵公使人追还孔子，匡人乃知其误，谢罪而去。孔子复还卫国，主于贤大夫蘧瑗之家。

且说灵公之夫人曰南子，宋女也，有美色而淫。在宋时，先与公子朝相通，朝亦男子中绝色，两美相爱，过于夫妇。既归灵公，生蒯聩，已长，立为世子，而旧情不断。时又有美男子曰弥子瑕，素得君之宠爱,尝食桃及半,以其余,推入灵公之口。灵公悦而啖之,夸于人曰:"子瑕爱寡人甚矣,一桃味美,不忍自食,而分啖寡人。"群臣无不窃笑。子瑕恃宠弄权,无所不至。灵公外嬖子瑕,而内惧南子,思以媚之,乃时时召宋朝与夫人相会,丑声遍传,灵公不以为耻。蒯聩深恨其事,使家臣戏阳速因朝见之际,刺杀南子,以灭其丑。南子觉之,诉于灵公。灵公逐蒯聩,聩奔宋,转又奔晋。灵公立蒯聩之子辄为世子。及孔子再至,南子请见之,知孔子为圣人,倍加敬礼。

忽一日,灵公与南子同车而出,使孔子为陪乘。过街市,市人歌曰:"同车者色耶?从车者德耶?"孔子叹曰:"君之好德不如好色。"乃去卫适宋。与弟子习礼于大树之下。宋司马桓𩵄亦以男色得宠于景公,方贵幸用事,忌孔子之来,遂使人伐其树,欲求孔子杀之。孔子微服去宋适郑,将适晋,至河,闻赵鞅杀贤臣窦犨、舜华,叹曰:"鸟兽恶伤其类,况人乎?"复返卫。未几,卫灵公卒,国人立辄为君,是为出公。蒯聩亦借晋援,与阳虎袭戚据之。是时,卫父子争国,晋助蒯聩,齐助辄,孔子恶其逆理,复去卫适陈,又将适蔡。楚昭王闻孔子在陈、蔡之间,使人聘之。陈、蔡大夫相议,以为楚用孔子,陈、蔡危矣,乃相与发兵围孔子于野。孔子绝粮三日,而弦歌不辍。今开封府陈州界有地名桑落,其地有台,名曰厄台,即孔子当时绝粮处。宋刘敞有诗云:

四海栖栖一旅人,绝粮三日死生邻。
自是天心劳木铎,岂关陈蔡有愚臣。

忽一晚,有异人长九尺余,皂衣高冠,披甲持戈,向孔子大叱，声动左右。子路引出与战于庭，其人力大，子路不能取胜。孔子从旁谛视良久，谓子路曰："何不探其胁？"子路遂探其胁，其人力尽手垂，败而仆地，化为大鲇鱼。弟子怪之。孔子曰："凡物老而衰，则群精附焉。杀之则已，何怪之有？"命弟子烹之以充饥，弟子皆喜曰："天赐也！"楚使者发兵以迎孔子。孔子至楚，昭王大喜，将以千社之地封孔子。令尹子西谏曰："昔文王在丰，武王在镐，地仅百里，能修其德，卒以代殷。今孔子之德不下文、武，弟子又皆大贤，若得据土壤，其代楚不难矣！"昭王乃止。孔子知楚不能用，乃复还卫。卫出公欲任以国政，孔子拒之。鲁相国季孙肥亦来召其门人冉有，孔子因而返鲁。鲁以大夫告老之礼待之。于是诸弟子中，子路、子羔仕于卫，子贡、冉有、有若、宓子贱仕于鲁。这都是后话，叙明留作话柄。

再说吴王阖闾自败楚之后，威震中原，颇事游乐。乃大治宫室，建长乐宫于国中，筑高台于姑苏山。山在城西南三十里，一名姑胥山。于胥门外为径九曲，以通山路。春夏则治于城外，秋冬则治于城中。忽一日，想起越人伐吴之恨，谋欲报之。忽闻齐与楚交通聘使，怒曰："齐、楚通好，此我北方之忧也！"欲先伐齐，后及越。相国子胥进曰："交聘乃邻国之常，未必助楚害吴，不可遽兴兵旅。今太子波元妃已殁，未有继室，王何不遣使求婚于齐？如其不从，伐之未晚。"阖闾从之，使大夫王孙骆往齐，为太子波求婚。

时景公年已老耄，志气衰颓，不能自振。宫中止一幼女未嫁，不忍弃之吴地。无奈朝无良臣，边无良将，恐一拒吴命，兴师来伐，如楚国之受祸，悔之何及。大夫黎弥亦劝景公结婚于吴，勿激其怒。景公不得已，以女少姜许婚。王孙骆回复吴王，王复遣纳币于齐，迎齐女归国。景公爱女畏吴，两念交迫，不觉流泪出涕，叹曰："若平仲、穰苴一人在此，孤岂忧吴人哉！"谓大夫鲍牧曰："烦卿为寡人致女于吴，此寡人之爱女，嘱吴王善视之！"临行，亲扶少姜登车，送出南门而返。鲍牧奉少姜至吴，敬致齐侯之命，因慕子胥之贤，深相结纳，不在话下。

话说少姜年幼，不知夫妇之乐，与太子波成婚之后，一心只想念父母，日夜号泣。太子波再三抚慰，其哀不止，遂抑郁成病。阖闾怜之，乃改造北门城楼，极其华焕，更其名曰望齐门，令少姜日游其上。少姜凭栏北望，不见齐国，悲哀愈甚，其病转增。临绝命，嘱太子波曰："妾闻虞山之巅，可见东海，乞葬我于此，倘魂魄有知，庶几一望齐国也！"波奏闻其父，乃葬于虞山顶上。今常熟县虞山有齐女墓，又有望海亭是也。有张洪《齐女坟》诗为证，诗曰：

> 南风初劲北风微，争长诸姬复娶齐。
> 越境定须千两送，半途应拭万行啼。
> 望乡不惮登台远，埋恨惟嫌起冢低。
> 蔓草垂垂犹泣露，倩谁滴向故乡泥？

太子波忆念齐女，亦得病，未几，卒。

阖闾欲于诸公子中择可立者，意犹未定，欲召子胥决之。太子波前妃生子名夫差，年已二十六岁矣，生得昂藏英伟，一表人材。闻其祖阖闾择嗣，乃先趋见子胥曰："我嫡孙也，欲立太子，舍我其谁？此在相国一言耳。"子胥许之。少顷，阖闾使人召子胥，商议立储之事，子胥曰："立子以嫡，则乱不生。今太子虽不禄，有嫡孙夫差在。"阖闾曰："吾观夫差，愚而不仁，恐不能奉吴之统。"子胥曰："夫差信以爱人，敦于礼义，父死子代，经之明文，又何疑焉？"阖闾曰："寡人听子，子善辅之。"遂立夫差为太孙。夫差至子胥家，稽首称谢。

周敬王二十四年，阖闾年老，性益躁，闻越王允常薨，子勾践新立，遂欲乘丧伐越。子胥谏曰："越虽有袭吴之罪，然方有大丧，伐之不祥，宜少待之。"阖闾不听，留子胥与太孙夫差守国，自引伯嚭、王孙骆、专毅等，选精兵三万，出南门望越国进发。越王勾践亲自督师御之，诸稽郢为大将，灵姑浮为先锋，畴无余、胥犴为左右翼。与吴兵相遇于槜李，相距十里，各自安营下寨。两下挑战，不分胜负。阖闾大怒，遂悉众列陈于五台山，戒军中毋得妄动，俟越兵懈怠，然后乘之。勾践望见吴阵上队伍整齐，戈甲精锐，谓诸稽郢曰："彼兵势甚振，不可轻敌，必须以计乱之。"乃使大夫畴无余、胥犴督敢死之士，左五百人，各持长枪；右五百人，各持大戟，一声呐喊，杀奔吴军。吴阵上全然不理，阵脚都用弓弩手把住，坚如铁壁。冲突三次，俱不能入，只得回转。勾践无可奈何，诸稽郢密奏曰："罪人可使也。"勾践悟。

次日，密传军令，悉出军中所携死罪者，共三百人，分为三行，俱袒衣注剑于颈，安步造于吴军，为首者前致辞曰："吾主越王不自量力，得罪于上国，致辱下讨。臣等不敢爱死，愿以死代越王之罪。"言毕，以次自刭。吴兵从未见如此举动，甚以为怪，皆注目而观之，互相传语，正不知其何故。越军中忽然鸣鼓，鼓声大振，畴无余、胥犴帅死士二队，各拥大楯，持短兵，呼哨而至。吴兵心忙，队伍遂乱。勾践统大军继进，右有诸稽郢，左有灵姑浮，冲开吴阵。王孙骆舍命与诸稽郢相持，灵姑浮奋长刀左冲右突，寻人厮杀，正遇吴王阖闾，灵姑浮将刀便砍，阖闾望后一闪，刀砍中右足，伤其将指，一屦坠于车下，却得专毅兵到，救了吴王，专毅身被重伤。王孙骆知吴王有失,不敢恋战,急急收兵,被越兵掩杀一阵,死者过半。阖闾伤重,即刻班师回寨,灵姑浮取吴王之屦献功。勾践大悦。

却说吴王因年老不能忍痛,回至七里之外,大叫一声而死。伯嚭护丧先行,王孙骆引兵断后,徐徐而返。越兵亦不追赶。史臣有诗论阖闾用兵不息,致有此祸。诗曰:

> 破楚凌齐意气豪,又思吞越起兵刀。
> 好兵终在兵中死,顺水叮咛莫放篙。

吴太孙夫差迎丧以归,成服嗣位。卜葬于破楚门外之海涌山,发工穿山为穴,以专诸所用鱼肠之剑殉葬,其他剑甲六千副,金玉之玩,充牣其中。既葬,尽杀工人以殉。三日后,有人望见葬处,有白虎蹲踞其上,因名曰虎丘山,识者以为埋金之气所现。后来秦始皇使人发阖闾之墓,凿山求剑无所得,其凿处遂成深涧,今虎丘剑池是也。专毅伤重亦死,附葬于山后,今亦不知其处矣。夫差既葬其祖,立长子友为太子,使侍者十人更番立于庭中,每自己出入经由,必大声呼其名而告曰:"夫差!尔忘越王杀尔之祖乎?"即泣而对曰:"唯,不敢忘!"欲以儆惕其心。命子胥、伯嚭练水兵于太湖,又立射棚于灵岩山以训射,俟三年丧毕,便为报仇之举。此周敬王二十四年事也。

是时,晋顷公失政,六卿树党争权,自相鱼肉。荀寅与士吉射相睦,结为婚姻,韩不信,魏曼多忌之。荀跞有宠臣曰梁婴父,跞欲以为卿。婴父恃荀跞之爱,谋逐荀寅而代其位。故荀跞亦与范氏、中行氏相恶。上卿赵鞅有族子名午,封于邯郸。午之母,荀寅之娣，故寅呼午为甥。先年，卫灵公与齐景公合谋叛晋，晋赵鞅帅师伐卫，卫惧，贡户口五百家谢罪，鞅留于邯郸，谓之"卫贡"。未几，鞅欲迁五百家以实晋阳，午恐卫人不服，未即奉命。鞅怒午之抗己，遂诱午至晋阳，执而杀之。荀寅怒赵鞅私杀其甥，因与士吉射商议，欲共伐赵氏，为邯郸午报仇。

赵氏有谋臣曰董安于，时为赵氏守晋阳城，闻二氏之谋，特至绛州，告于赵鞅曰："范、中行方睦，一旦作乱，恐不可制，主君宜先为之备。"赵鞅曰："晋国有令，始祸必诛，待其先发而后应之可也。"董安于曰："与其多害百姓，宁我独死，若有事，安于当之。"鞅不可，安于乃私具甲兵，以伺其变。荀寅、士吉射倡言于众曰："董安于治兵，将以害我。"于是连兵以伐赵氏，围其宫。却得董安于有备，引兵杀开一条血路，保护赵鞅奔晋阳城。恐二氏来攻，建垒自守。荀跞谓韩不信、魏曼多曰："赵氏六卿之长，寅与吉射不由君命而擅逐之，政其归二家矣。"韩不信曰："盍以始祸为罪，而并逐之？"三人遂同请于定公，各率家甲，奉定公以伐二家。寅、吉射悉力拒战，不能取胜。吉射谋劫定公，韩不信遽使人呼于市中曰："范、中行氏谋反，来劫其君矣！"国人信其言，各执兵器，来救定公。三家借国人之众，杀败范、中行之兵。寅、吉射奔于朝歌以叛。

韩不信告于定公曰："范、中行实为首祸，今已逐矣，赵氏世有大功于晋，宜复鞅位。"定公言无不从，遂召鞅于晋阳，复其爵禄。梁婴父欲代荀寅为卿，荀跞言于赵鞅，鞅问董安于，安于曰："晋惟政出多门，故祸乱不息，若立婴父，是乃又置一荀寅也！"鞅乃不从。婴父怒，知为董安于所阻，谓荀跞曰："韩、魏党于赵，智氏之势孤矣。赵氏所恃者，其谋臣董安于也，何不去之？"跞问曰：

"去之何策？"婴父曰："安于私具甲兵，以激成范、中行之变，若论始祸，还是安于为首。"荀跞如婴父之言，以责赵鞅。鞅惧。董安于曰："臣向者固以死自期矣，臣死而赵氏安，是死贤于生也。"乃退而自缢。赵鞅乃陈其尸于市，使人告于荀跞曰："安于已伏罪矣。"荀跞乃与赵鞅结盟，各无相害。鞅私祀董安于于家庙之中，以答其劳。

寅、吉射久据朝歌，诸侯叛晋者，皆欲借之以害晋。赵鞅屡次兴师攻之，齐、鲁、郑、卫遣使输粟助兵，以救二氏，鞅不能克。直至周敬王三十年，赵鞅合韩、魏、智三家之兵，攻下朝歌，寅、吉射奔邯郸，再奔柏人。未几，柏人城复破，其党范皋夷、张柳朔俱战死。豫让为荀跞子荀甲所获，甲子荀瑶请而活之，遂为智氏之臣。寅、吉射逃奔齐国去讫。可怜荀林父五传至寅，士蔿七传至吉射，祖宗俱晋室股肱之臣也，子孙贪横，遂至灭宗，岂不哀哉！晋六卿自此只有赵、韩、魏、智四卿矣。此是后话。髯仙有诗云：

六卿相并或存亡，总是私门作主张。
四氏瓜分谋愈急，不如留却范中行。

且说周敬王二十六年春二月，吴王夫差除丧已久，乃告于太庙，兴倾国之兵，使子胥为大将，伯嚭副之，从太湖取水道攻越。越王勾践集群臣计议，出师迎敌。大夫范蠡字少伯，出班奏曰："吴耻丧其君，誓矢图报者，三年于兹矣。其志愤，其力齐，不可当也。宜敛兵为坚守之计。"大夫文种字会，奏曰："以愚见，莫若卑词谢罪，以乞其和，俟其兵退而后图之。"勾践曰："二卿言守言和，皆非至计。夫吴，吾世仇也，伐而不战，以我不能军矣。"乃悉起国中丁壮，共三万人，迎于椒山之下。初合战，吴兵稍却，杀伤约百十人。勾践趋利直进，约行数里，正遇夫差大军，两下布阵大战。夫差立于船头，亲自秉枹击鼓，以激厉将士，勇气十倍。忽北风大起，波涛汹涌，子胥、伯嚭各乘余皇大舰，顺风扬帆而下，俱用强弓劲弩，箭如飞蝗般射来，越兵迎风，不能抵敌，大败而走，吴兵分三路逐之。越将灵姑浮舟覆溺水而死，胥犴中箭亦亡，吴兵乘胜追逐，杀死不计其数。勾践奔至固城自保，吴兵围之数重，绝其汲道。夫差喜曰："不出十日，越兵俱渴死矣。"

谁知山顶之上，自有灵泉，泉有嘉鱼，勾践命取鱼数百头，以馈吴王，吴王大惊。勾践留范蠡坚守，自帅残兵，乘间奔会稽山，点阅甲楯之数，才剩得五千余人。勾践叹曰："自先君至于孤，三十年来未尝有此败也！悔不听范、文二大夫之言，以至如此。"吴兵攻固城益急，子胥营于右，伯嚭营于左。范蠡告急，一日三至，越王大恐，文种献谋曰："事急矣，及今请成，犹可及也。"勾践曰："吴不许成，奈何？"文种对曰："吴有太宰伯嚭者，其人贪财好色，忌功嫉能，与子胥同朝，而志趣不合。吴王畏事子胥，而昵于嚭。若私诣太宰之营，结其欢心，与定行成之约，太宰言于吴王，无不听。子胥虽知而阻之，亦无及矣。"勾践曰："卿见太宰，以何为赂？"种对曰："军中所乏者，女色耳。诚得美女而献之，天若祚越，嚭当见听。"勾践乃连夜遣使至都城，命夫人选宫中之有色者得八人，盛其容饰，加以白璧二十双，黄金千镒，夜造太宰之营求见。

太宰嚭初欲拒绝，姑使人探其来状，闻有所赍献，乃召入。嚭倨坐以待之。文种跪而致词曰："寡君勾践，年幼无知，不能善事大国，以致获罪。今寡君已悔恨无及，愿举国请为吴臣，而恐王见咎不纳，知太宰以巍巍功德，外为吴之干城，内作王之心膂，寡君使下臣种，先叩首于辕门，借重一言，收寡君于宇下。不腆之仪，聊效薄贽，自此当源源而来矣。"乃以贿单呈上。嚭犹作色谓曰："越国旦暮且破灭矣，凡越所有，何患不归吴？而以此区区者啖我为耶？"种复进曰："越兵虽败，然保会稽者，尚有精卒五千，堪当一战，战而不捷，将尽焚库藏之积，窜身异国，以图楚王之事，安得遽为吴有耶？即使吴尽有之，然大半归于王宫，太宰同诸将不过瓜分一二。孰若主越之成，寡君非委身于王，实委身于太宰也，春秋贡献，未入王宫，先入宰府，是太宰独擅全越之利，诸将不得与焉。况困兽犹斗，背城一战，尚有不可测之事乎。"这一席话，说入伯嚭之心，不觉点头微笑。文种又指单上所开美人曰："此八人者，皆出自越宫，若民间更有美于此者，寡君若生还越国，当竭力搜求，以备太宰扫除之数。"伯嚭起立曰："大夫舍右营而趋左，以某无乘危害人之意也。某来朝当引子先见吾王，以决其议。"遂尽收所献，留种于营中，叙宾主之礼。

次早，同造中军，来见夫差。伯嚭先入，备道越王勾践使文种请成之意。夫差勃然曰："越与寡人有不共戴天之恨，安得允其成哉？"嚭对曰："王不记孙武之言乎？'兵凶器，可暂用而不可久也。'越虽得罪于吴，然其下吴者已至矣，其君请为吴臣，其妻请为吴妾，越国之宝器珍玩，尽扫以贡于吴宫，所乞于王者，仅存宗祀一线耳。夫受越之降，厚实也；赦越之罪，显名也。名实俱收，吴可以伯。必欲穷兵力以诛越，彼勾践将焚宗庙，杀妻子，沉金玉于江，率死士五千人，致死于吴，得无有所伤于王之左右乎？与其杀是人，孰若得是国之为利？"夫差曰："今文种安在？"嚭对曰："见在幕外候宣。"夫差乃命种入见。种膝行而前,复申前说,加以卑逊。夫差曰:"汝君请为臣妾,能从寡人入吴否?"种稽首曰:"既为臣妾,死生在君,敢不服事于左右。"嚭曰:"勾践夫妇愿来吴国,吴名虽赦越,实已得之矣,王又何求焉?"夫差乃许其成。

早有人到右营报知子胥。子胥急趋至中军,见伯嚭同文种立于王侧。子胥怒气盈面,问吴王曰:"王已许越和乎?"王曰:"已许之矣。"子胥连叫曰:"不可,不可!"吓得文种倒退几步,静听其说。子胥谏曰:"越与吴邻,有不两立之势,若吴不灭越,越必灭吴。夫秦、晋之国,我攻而胜之,得其地,不能居,得其车,不能乘。如攻越而胜之,其地可居,其舟可乘,此社稷之利,不可弃也。况又有先王大仇,不灭越,何以谢立庭之誓乎?"夫差语塞不能对,惟以目视伯嚭。伯嚭前奏曰:"相国之言误矣。先王建国,水陆并封,吴、越宜水,秦、晋宜陆,若以其地可居,其舟可乘,谓吴、越必不能共存,则秦、晋、齐、鲁皆陆国也,其地亦可居,其车亦可乘,彼四国者,亦将并而为一乎?若谓先王大仇,必不可赦,则相国之仇楚者更甚,何不遂灭楚国而遽许其和耶?今越王夫妇皆愿服役于吴,视楚仅纳芈胜更不相同。相国自行忠厚之事,而欲王居刻薄之名,忠臣不如是也!"夫差喜曰:"太宰之言有理,相国且退,俟越国贡献至日,当分赠汝。"气得子胥面如土色,叹曰:"吾悔不听被离之言,与此佞臣同事。"口中恨恨不绝,只得步出幕府,谓大夫王孙雄曰:"越十年生聚,再加以十年之教训,不过二十年,吴宫为沼矣。"雄意殊未深信。子胥含愤,自回右营。

夫差命文种回复越王,再到吴军申谢。夫差问越王夫妇入吴之期,文种对曰:"寡君蒙大王赦而不诛,将暂假归国,悉敛其玉帛子女,以贡于吴,愿大王稍宽其期,其或负心失信,安能逃大王之诛乎?"夫差许诺,遂约定五月中旬,夫妇入臣于吴,遂遣王孙雄押文种同至越国,催促起程。太宰伯嚭屯兵一万于吴山以候之,如过期不至,灭越归报。夫差引大军先回。

毕竟越王如何入吴,且看下回分解。

第八十回
夫差违谏释越，勾践竭力事吴

话说越大夫文种蒙吴王夫差许其行成，回报越王，言："吴王已班师矣，遣大夫王孙雄随臣到此，催促起程，太宰屯兵江上，专候我王过江。"越王勾践不觉双眼流泪。文种曰："五月之期迫矣，王宜速归，料理国事，不必为无益之悲。"越王乃收泪。回至越都，见市井如故，丁壮萧然，甚有惭色。留王孙雄于馆驿，收拾库藏宝物，装成车辆，又括国中女子三百三十人，以三百人送吴王，三十人送太宰。时尚未有行动之日，王孙雄连连催促。勾践泣谓群臣曰："孤承先人余绪，兢兢业业，不敢怠荒，今夫椒一败，遂至国亡家破，千里而作俘囚，此行有去日，无归日矣！"群臣莫不挥涕。文种进曰："昔者汤因于夏台，文王系于羑里，一举而成王；齐桓公奔莒，晋文公奔翟，一举而成伯。夫艰苦之境，天之所以开王伯也。王善承天意，自有兴期，何必过伤，以自损其志乎？"勾践于是即日祭祀宗庙。

王孙雄先行一日，勾践与夫人随后进发，群臣皆送至浙江之上。范蠡具舟于固陵，迎接越王，临水祖道，文种举觞王前，祝曰：

第八十回　夫差违谏释越，勾践竭力事吴

皇天祐助，前沉后扬。
祸为德根，忧为福堂。
威人者灭，服从者昌。
王虽淹滞，其后无殃。
君臣生离，感动上皇。
众夫哀悲，莫不感伤。
臣请荐脯，行酒三觞！

勾践仰天叹息，举杯垂涕，默无所言。范蠡进曰："臣闻，'居不幽者志不广，形不愁者思不远'，古之圣贤，皆遇困厄之难，蒙不赦之耻，岂独君王哉？"勾践曰："昔尧任舜、禹而天下治，虽有洪水，不为人害。寡人今将去越入吴，以国属诸大夫，大夫何以慰寡人之望乎？"范蠡谓同列曰："吾闻，'主忧臣辱，主辱臣死'，今主上有去国之忧，臣吴之辱，以吾浙东之士，岂无一二豪杰，与主上分忧辱者乎？"于是诸大夫齐声曰："谁非臣子，惟王所命！"勾践曰："诸大夫不弃寡人，愿各言尔志，谁可从难，谁可守国？"文种曰："四境之内，百姓之事，蠡不如臣；与君周旋，临机应变，臣不如蠡。"范蠡曰："文种自处已审，主公以国事委之，可使耕战足备，百姓亲睦。至于辅危主，忍垢辱，往而必反，与君复仇者，臣不敢辞。"于是诸大夫以次自述。太宰苦成曰："发禁之令，明君之德，统烦理剧，使民知分，臣之事也。"行人曳庸曰："通使诸侯，解纷释疑，出不辱命，入不被尤，臣之事也。"司直皓进曰："君非臣谏，举过决疑，直心不挠，不阿亲戚，臣之事也。"司马诸稽郢曰："望敌设阵，飞矢扬兵，贪进不退，流血滂滂，臣之事也。"司农皋如曰："躬亲抚民，吊死存疾，食不二味，蓄陈储新，臣之事

也。"太史计倪曰："候天察地,纪历阴阳,福见知吉,妖出知凶,臣之事也。"勾践曰："孤虽入于北国,为吴穷虏,诸大夫怀德抱术,各显所长,以保社稷,孤何忧焉!"乃留众大夫守国,独与范蠡偕行,君臣别于江口,无不流涕。勾践仰天叹曰："死者,人之所畏,若孤之闻死,胸中绝无怵惕。"遂登船径去。送者皆哭拜于江岸下,越王终不返顾。有诗为证:

> 斜阳山外片帆开,风卷春涛动地回。
> 今日一樽沙际别,何时重见渡江来?

越夫人乃据舷而哭,见乌鹊啄江渚之虾,飞去复来,意甚闲适,因哭而歌之,曰:

> 仰飞鸟兮乌鸢,凌玄虚兮翩翩。
> 集洲渚兮优恣,奋健翮兮云间。
> 啄素虾兮饮水,任厥性兮往还。
> 妾无罪兮负地,有何辜兮谴天?
> 风飘飘兮西往,知再返兮何年?
> 心缀缀兮若割,泪泫泫兮双悬!

越王闻夫人怨歌,心中内恸,强笑以慰夫人之心曰:"孤之六翮备矣,高飞有日,复何忧哉!"

越王既入吴界,先遣范蠡见太宰伯嚭于吴山,复以金帛女子献之。嚭问曰:"文大夫何以不至?"蠡曰:"为吾主守国,不得偕来也。"嚭遂随范蠡来见越王,越王深谢其覆庇之德。嚭一力担承,许以返国，越王之心稍安。伯嚭引军押送越王，至于吴下，引入见吴王。勾践肉袒伏于阶下，夫人亦随之，范蠡将宝物女子，开单呈献于下，越王再拜稽首曰："东海役臣勾践，不自量力，得罪边境。大王赦其深辜，使执箕帚，诚蒙厚恩，得保须臾之命，不胜感戴，勾践谨叩首顿首。"夫差曰："寡人若念先君之仇，子今日无生理。"勾践复叩首曰："臣实当死，惟大王怜之。"时子胥在旁，目若熛火，声如雷霆，乃进曰："夫飞鸟在青云之上，尚欲弯弓而射之，况近集于庭庑乎？勾践为人机险，今为釜中之鱼，命制庖人，故诌词令色，以求免刑诛，一旦稍得志，如放虎于山，纵鲸于海，不复可制矣。"夫差曰："孤闻诛降杀服，祸及三世。孤非爱越而不诛，恐见咎于天耳。"太宰嚭曰："子胥明于一时之计，不知安国之道，吾王诚仁者之言也。"子胥见吴王信伯嚭之佞言，不用其谏，愤愤而退。夫差受越贡献之物，使王孙雄于阖闾墓侧，筑一石室，将勾践夫妇贬入其中，去其衣冠，蓬首垢衣，执养马之事。伯嚭私馈食物，仅不至于饥饿。吴王每驾车出游，勾践执马箠步行车前，吴人皆指曰："此越王也！"勾践低首而已。有诗为证：

> 堪叹英雄值坎坷，平生意气尽销磨。
> 魂离故苑归应少，恨满长江泪转多。

勾践在石室二月，范蠡朝夕侍侧，寸步不离。忽一日，夫差召勾践入见，勾践跪伏于前，范蠡立于后。夫差谓范蠡曰："寡人闻：'哲妇不嫁破亡之家，名贤不官灭绝之国。'今勾践无道，国已将亡，子君臣并为奴仆，羁囚一室，岂不鄙乎？寡人欲赦子之罪，子能改过自新，弃越归吴，寡人必当重用。去忧患而取富贵，子意何如?"时越王伏地流涕,惟恐范蠡之从吴也。只见范蠡稽首而对曰:"臣闻:'亡国之臣,不敢语政;败军之将,不敢语勇。'臣在越不忠不信,不能辅越王为善,致得罪于大王,幸大王不即加诛,得君臣相保,入备扫除,出给趋走。臣愿足矣,尚敢望富贵哉?"夫差曰:"子既不移其志,可仍归石室。"蠡曰:"谨如君命。"夫差起,入宫中。勾践与范蠡趋入石室,越王服犊鼻,着樵头,斫剉养马。夫人衣无缘之裳,施左关之襦,汲水除粪洒扫。范蠡拾薪炊爨,面目枯槁。夫差时使人窥之,见其君臣力作,绝无几微怨恨之色,终夜亦无愁叹之声,以此谓其无志思乡,置之度外。

一日,夫差登姑苏台,望见越王及夫人端坐于马粪之旁,范蠡操箠而立于左,君臣之礼存,夫妇之仪具。夫差顾谓太宰嚭曰:"彼越王不过小国之君,范蠡不过一介之士,虽在穷厄之地,不失君臣之礼,寡人心甚敬之。"伯嚭对曰:"不惟可敬,亦可怜也。"夫差曰:"诚如太宰之言,寡人目不忍见,倘彼悔过自新,亦可赦乎?"嚭对曰:"臣闻'无德不复',大王以圣王之心,哀孤穷之士,加恩于越,越岂无厚报?愿大王决意。"夫差曰:"可命太史择吉日,赦越王归国。"伯嚭密遣家人以五鼓投石室,将喜信报知勾践。勾践大喜,告于范蠡,蠡曰:"请为王占之,今日戊寅,以卯时闻信,戊为囚日,而卯复克戊。其繇曰:'天网四张,万物尽伤,祥反为殃。'虽有信,不足喜也。"勾践闻言,喜变为忧。

却说子胥闻吴王将赦越王,急入见曰:"昔桀囚汤而不诛,纣囚文王而不杀,天道还反,祸转成福,故桀为汤所放,商为周所灭。今大王既囚越君,而不行诛,诚恐夏、殷之患至矣!"夫差因子胥之言,复有杀越王之意,使人召之。伯嚭复先报勾践,勾践大惊,又告于范蠡。蠡曰:"王勿惧也,吴王囚王已三年矣,彼不忍于三年，而能忍于一日乎？去必无恙。"勾践曰："寡人所以隐忍不死者，全赖大夫之策耳。"乃入城来见吴王。候之三日，吴王并不视朝。伯嚭从宫中出，奉吴王之命，使勾践复归石室。勾践怪问其故，伯嚭曰："王惑子胥之言，欲加诛戮，所以相召。适王感寒疾不能起，某入宫问疾，因言：'禳灾宜作福事，今越王匍匐待诛于阙下，怨苦之气，上干于天，王宜保重，且权放还石室，待疾愈而图之。'王听某之言，故遣君出城耳。"勾践感谢不已。

勾践居石室，忽又三月，闻吴王病尚未愈，使范蠡卜其吉凶。蠡布卦已成，对曰："吴王不死，至己巳日当减，壬申日必全愈。愿大王请求问疾，倘得入见，因求其粪而尝之，观其颜色，再拜称贺，言病起之期，至期若愈，必然心感大王，而赦可望矣。"勾践垂泪言曰："孤虽不肖，亦曾南面为君，奈何含污忍辱，为人尝泄便乎？"蠡对曰："昔纣囚西伯于羑里，杀其子伯邑考，烹而饷之，西伯忍痛而食子肉。夫欲成大事者，不矜细行。吴王有妇人之仁，而无丈夫之决，已欲赦越，忽又中变，不如此何以取其怜乎？"勾践即日投太宰府中，见伯嚭曰："人臣之道，主疾则臣忧，今闻主公抱疴不瘳，勾践心孤失望，寝食不安，愿从太宰问疾，以伸臣子之情。"嚭曰："君有此美意，敢不转达。"伯嚭入见吴王，曲道勾践相念之情，愿入问疾。夫差在沉困之中，怜其意而许之。

嚭引勾践入于寝室，夫差强目视曰："勾践亦来见孤耶？"勾践叩首奏曰："囚臣闻龙体失调，如摧肝肺，欲一望颜色而无由也。"言未毕，夫差觉腹涨欲便，麾使出。勾践曰："臣在东海，曾事医师，观人泄便，能知疾之瘥剧。"乃拱立于户下。侍人将余桶近床，扶夫差便讫，将出户外。勾践揭开桶盖，手取其粪，跪而尝之。左右皆掩鼻。勾践复入叩首曰："囚臣敢再拜敬贺大王，王之疾，至己巳日有瘳，交三月壬申全愈矣。"夫差曰："何以知之？"勾践曰："臣闻于医师：'夫粪者，谷味也，顺时气则生，逆时气则死。'今囚臣窃尝大王之粪，味苦且酸，正应春夏发生之气，是以知之。"夫差大悦曰："仁哉，勾践也！臣子之事君父，孰肯尝粪而决疾者！"时太宰嚭在旁，夫差问曰："汝能乎？"嚭摇首曰："臣虽甚爱大王，然此事亦不能。"夫差曰："不但太宰，虽吾太子亦不能也。"即命勾践离其石室，就便栖止，"待孤疾瘳，即当遣伊还国。"勾践再拜谢恩而出，自此僦居民舍，执牧养之事如故。

夫差病果渐愈，一一如勾践所刻之期。心念其忠，既出朝，命置酒于文台之上，召勾践赴宴。勾践佯为不知，仍前囚服而来。夫差闻之，即令沐浴，改换衣冠。勾践再三辞谢，方才奉命。更衣入谒，再拜稽首。夫差慌忙扶起，即出令曰："越王仁德之人，焉可久辱？寡人将释其囚役，免罪放还，今日为越王设北面之坐，群臣以客礼事之。"乃揖让使就客坐，诸大夫皆列坐于旁。子胥见吴王忘仇待敌，心中不忿，不肯入坐，拂衣而出。伯嚭进曰："大王以仁者之心，赦仁者之过，臣闻：'同声相和，同气相求。'今日之坐，仁者宜留，不仁者宜去。相国刚勇之夫，其不坐，殆自惭乎？"夫差笑曰："太宰之言当矣！"酒三行，范蠡与越王俱起进觞，为吴王寿，口致祝辞，曰：

皇王在上，恩播阳春，
其仁莫比，其德日新。
於乎休哉，传德无极，
延寿万岁，长保吴国。
四海咸承，诸侯宾服，

> 觞酒既升，永受万福。

吴王大悦，是日尽醉方休，命王孙雄送勾践于客馆："三日之内，孤当送尔归国。"

至次早，子胥入见吴王曰："昨日大王以客礼待仇人，果何见也？勾践内怀虎狼之心，外饰温恭之貌，大王爱须臾之谀，不虑后日之患，弃忠直而听谗言，溺小仁而养大仇。譬如纵毛于炉炭之上，而幸其不焦；投卵于千钧之下，而望其必全，岂可得耶？"吴王怫然曰："寡人卧疾三月，相国并无一好言相慰，是相国之不忠也；不进一好物相送，是相国之不仁也。为人臣不仁不忠，要他何用？越王弃其国家，千里来归寡人，献其货财，身为奴婢，是其忠也；寡人有疾，亲为尝粪，略无怨恨之心，是其仁也。寡人若徇相国私意，诛此善士，皇天必不佑寡人矣！"子胥曰："王何言之相反也？夫虎卑其势，将有击也；狸缩其身，将有取也。越王入臣于吴，怨恨在心，大王何得知之？其下尝大王之粪，实上食大王之心。王若不察，中其奸谋，吴必为擒矣！"吴王曰："相国置之勿言，寡人意已决！"子胥知不可谏，遂郁郁而退。

至第三日，吴王复命置酒于蛇门之外，亲送越王出城。群臣皆捧觞饯行，惟子胥不至。夫差谓勾践曰："寡人赦君返国，君当念吴之恩，勿记吴之怨。"勾践稽首曰："大王哀臣孤穷，使得生还故国，当生生世世，竭力报效。苍天在上，实鉴臣心，如若负吴，皇天不佑！"夫差曰："君子一言为定，君其遂行，勉之，勉之！"勾践再拜跪伏，流涕满面，有依恋不舍之状。夫差亲扶勾践登车，范蠡执御，夫人亦再拜谢恩，一同升辇，望南而去。时周敬王二十九年事也。史臣有诗云：

越王已作釜中鱼，岂料残生出会稽。
可笑夫差无远虑，放开罗网纵鲸鲵。

勾践回至浙江之上，望见隔江山川重秀，天地再清，乃叹曰："孤自意永辞万民，委骨异域，岂期复得返国而奉祀乎？"言罢，与夫人相向而泣，左右皆感动流泪。文种早知越王将至，率守国群臣，城中百姓，拜迎于浙水之上，欢声动地。勾践命范蠡卜日到国，蠡屈指曰："异哉，王之择日也，无如来日最吉，王宜疾趋以应之。"于是策马飞舆，星夜还都。告庙临朝，都不必叙。

勾践心念会稽之耻，欲立城于会稽，迁都于此，以自警惕，乃专委其事于范蠡。蠡乃观天文，察地理，规造新城，包会稽山于内。西北立飞翼楼于卧龙山，以象天门；东南伏漏石窦，以象地户。外郭周围，独缺西北，扬言"已臣服于吴，不敢壅塞贡献之道"，实阴图进取之便。城既成，忽然城中涌出一山，周围数里，其象如龟，天生草木盛茂。有人认得此山，乃琅玡东武山，不知何故，一夕飞至。范蠡奏曰："臣之筑城，上应天象，故天降'昆仑'，以启越之伯也。"越王大喜，乃名其山曰怪山，亦曰飞来山，亦曰龟山。于山巅立灵台，建三层楼，以望灵物。制度俱备，勾践自诸暨迁而居之，谓范蠡曰："孤实不德，以至失国亡家，身为奴隶，苟非相国及诸大夫赞助，焉有今日？"蠡曰："此乃大王之福，非臣等之功也。但愿大王时时勿忘石室之苦，则越国可兴，而吴仇可报矣。"勾践曰："敬受教！"于是以文种治国政，以范蠡治军旅，尊贤礼士，敬老恤贫，百姓大悦。

越王自尝粪之后，常患口臭。范蠡知城北有山，出蔬菜一种，其名曰蕺，可食，而微有气息，乃使人采蕺，举朝食之，以乱其

第八十回　夫差违谏释越，勾践竭力事吴

气。后人因名其山曰蕺山。勾践迫欲复仇，乃苦身劳心，夜以继日。目倦欲合，则攻之以蓼；足寒欲缩，则渍之以水。冬常抱冰，夏还握火，累薪而卧，不用床褥。又悬胆于坐卧之所，饮食起居，必取而尝之。中夜潜泣，泣而复啸。会稽二字，不绝于口。以丧败之余，生齿亏减，乃着令使壮者勿娶老妻，老者勿娶少妇，女子十七不嫁，男子二十不娶，其父母俱有罪。孕妇将产，告于官，使医守之，生男赐以壶酒一犬，生女赐以壶酒一豚。生子三人，官养其二，生子二人，官养其一。有死者，亲为哭吊。每出游，必载饭与羹于后车。遇童子，必铺而啜之，问其姓名。遇耕时，躬身秉耒。夫人自织，与民间同其劳苦，七年不收民税，食不加肉，衣不重采。惟问候之使，无一月不至于吴。复使男女入山采葛，作黄丝细布，欲献吴王。尚未及进，吴王嘉勾践之顺，使人增其封。于是东至句甬，西至檇李，南至姑蔑，北至平原，纵横八百余里，尽为越壤。勾践乃治葛布十万匹，甘蜜百坛，狐皮五双，晋竹十艘，以答封地之礼。夫差大悦，赐越王羽毛之饰。子胥闻之，称疾不朝。

　　夫差见越已臣服不贰，遂深信伯嚭之言。一日，问伯嚭曰："今日四境无事，寡人欲广宫室以自娱，何地相宜？"嚭奏曰："吴都之下，崇台胜境，莫若姑苏，然前王所筑，不足以当巨览。王不若重将此台改建，令其高可望百里，宽可容六千人，聚歌童舞女于上，可以极人间之乐矣。"夫差然之，乃悬赏购求大木。文种闻之，进于越王曰："臣闻：'高飞之鸟，死于美食；深泉之鱼，死于芳饵。'今王志在报吴，必先投其所好，然后得制其命。"勾践曰："虽得其所好，岂遂能制其命乎？"文种对曰："臣所以破吴者有七术：一曰捐货币，以悦其君臣；二曰贵籴粟槁，以虚其积聚；三曰遗美女，以惑其心志；四曰遗之巧工良材，使作宫室，以罄其财；五曰遗之谀

臣,以乱其谋;六曰强其谏臣使自杀,以弱其辅;七曰积财练兵,以承其弊。"勾践曰:"善哉!今日先行何术?"文种对曰:"今吴王方改筑姑苏台,宜选名山神材,奉而献之。"越王乃使木工三千余人,入山伐木,经年无所得。工人思归,皆有怨望之心,乃歌《木客之吟》曰:

朝采木,暮采木,朝朝暮暮入山曲,穷岩绝壑徒往复。
天不生兮地不育,木客何辜兮,受此劳酷?

每深夜长歌,闻者凄绝。忽一夜,天生神木一双,大二十围,长五十寻,在山之阳者曰梓,在山之阴者曰楠。木工惊睹,以为目未经见,奔告越王。群臣皆贺曰:"此大王精诚格天,故天生神木,以慰王衷也。"勾践大喜,亲往设祭而后伐之,加以琢削磨砻,用丹青错画为五采龙蛇之文,使文种浮江而至,献于吴王曰:"东海贱臣勾践,赖大王之力,窃为小殿,偶得巨材,不敢自用,敢因下吏献于左右。"夫差见木材异常,不胜惊喜。子胥谏曰:"昔桀起灵台,纣起鹿台,穷竭民力,遂致灭亡。勾践欲害吴,故献此木,王勿受之。"夫差曰:"勾践得此良材,不自用而献于寡人,乃其好意,奈何逆之?"遂不听,乃将此木建姑苏之台。三年聚材,五年方成,高三百丈,广八十四丈,登台望彻二百里。旧有九曲径以登山,至是更广之。百姓昼夜并作,死于疲劳者,不可胜数。有梁伯龙诗为证:

千仞高台面太湖,朝钟暮鼓宴姑苏。
威行海外三千里,霸占江南第一都。

越王闻之，谓文种曰："子所云：'遗之巧匠良材，使作宫室，以尽其财。'此计已行，今崇台之上，必妙选歌舞以充之，非有绝色，不足侈其心志。子其为寡人谋之。"文种对曰："兴亡之数，定于上天，既生神木，何患无美女。但搜求民间，恐惊动人心。臣有一计，可阅国中之女子，惟王所择。"

不知文种说出甚计，且看下回分解。

第八十一回
美人计吴宫宠西施，言语科子贡说列国

话说越王勾践欲访求境内美女，献于吴王，文种献计曰："愿得王之近竖百人，杂以善相人者，使挟其术，遍游国中，得有色者，而记其人地，于中选择，何患无人。"勾践从其计。半年之中，开报美女，何止二十余人。勾践更使人复视，得尤美者二人，因图其形以进。那二人是谁？西施、郑旦。那西施乃苎萝山下采薪者之女，其山有东西二村，多施姓者，女在西村，故以西施别之。郑旦亦在西村，与施女毗邻。临江而居，每日相与浣纱于江，红颜花貌，交相映发，不啻如并蒂之芙蓉也。勾践命范蠡各以百金聘之，服以绮罗之衣，乘以重帷之车。国人慕美人之名，争欲识认，都出郊外迎候，道路为之壅塞。范蠡乃停西施、郑旦于别馆，传谕："欲见美人者，先输金钱一文。"设柜收钱，顷刻而满。美人登朱楼，凭栏而立，自下望之，飘飘乎天仙之步虚矣。美人留郊外三日，所得金钱无算，悉辇于府库，以充国用。勾践亲送美人别居土城，使老乐师教之歌舞，学习容步，俟其艺成，然后敢进吴邦。时周敬王三十一年，勾践在位之七年也。

第八十一回　美人计吴宫宠西施，言语科子贡说列国

先一年，齐景公杵臼薨，幼子荼嗣立。是年，楚昭王轸薨，世子章嗣立。其时楚方多故，而晋政复衰，齐自晏婴之死，鲁因孔子之去，国俱不振，独吴国之强，甲于天下。夫差恃其兵力，有荐食山东之志，诸侯无不畏之。就中单说齐景公，夫人燕姬有子而夭，诸公子庶出者凡六人，阳生最长，荼最幼。荼之母鬻姒贱而有宠，景公因母及子，爱荼特甚，号为安孺子。景公在位五十七年，年已七十余岁，不肯立世子，欲待安孺子长成，而后立之，何期一病不起，乃属世臣国夏、高张使辅荼为君。大夫陈乞素与公子阳生相结，恐阳生见诛，劝使出避。阳生遂与其子壬及家臣阚止，同奔鲁国。景公果使国、高二氏逐群公子，迁于莱邑。景公薨，安孺子荼既立，国夏、高张左右秉政。陈乞阳为承顺，中实忌之，遂于诸大夫面前诡言："高、国有谋，欲去旧时诸臣，改用安孺子之党。"诸大夫信之，皆就陈乞求计。陈乞因与鲍牧倡首，率诸大夫家众，共攻高、国，杀高张，国夏出奔莒国。于是鲍牧为右相，陈乞为左相，立国书、高无平以继二氏之祀。安孺子年才数岁，言动随人，不能自立。

陈乞有心要援立公子阳生，阴使人召之于鲁。阳生夜至齐郊，留阚止与其子壬于郊外，自己单身入城，藏于陈乞家中。陈乞假称祀先，请诸大夫至家，共享祭余，诸大夫皆至。鲍牧别饮于他所，最后方到。陈乞候众人坐定，乃告曰："吾新得精甲，请共观之。"众皆曰："愿观。"于是力士负巨囊自内门出，至于堂前。陈乞手自启囊，只见一个人，从囊中伸头出来，视之，乃公子阳生也，众人大惊。陈乞扶阳生出，南向立，谓诸大夫曰："立子以长，古今通典。安孺子年幼，不堪为君，今奉鲍相国之命，请改事长公子。"鲍牧睁目言曰："吾本无此谋，何得相诬？欺我醉耶？"阳生向鲍牧揖

曰："废兴之事，何国无之？惟义所在，大夫度义可否，何问谋之有无？"陈乞不待言终，强拉鲍牧下拜。诸大夫不得已，皆北面稽首。陈乞同诸大夫歃血定盟。车乘已具，齐奉阳生升车入朝，御殿即位，是为悼公。即日迁安孺子于宫外，杀之。悼公疑鲍牧不欲立己，访于陈乞。乞亦忌牧位在己上，遂阴谮牧与群公子有交，不诛牧，国终不靖。于是悼公复诛鲍牧，立鲍息，以存鲍叔牙之祀。陈乞独相齐国。国人见悼公诛杀无辜，颇有怨言。

再说悼公有妹，嫁与邾子益为夫人。益傲慢无礼，与鲁不睦。鲁上卿季孙斯言于哀公，引兵伐邾，破其国，执邾子益，囚于负瑕。齐悼公大怒曰："鲁执邾君，是欺齐也。"遂遣使乞师于吴，约同伐鲁。夫差喜曰："吾欲试兵山东，今有名矣！"遂许齐出师。鲁哀公大惧，即释放邾子益复归其国，使人谢齐。齐悼公使大夫公孟绰辞于吴王，言："鲁已服罪，不敢劳大王之军旅。"夫差怒曰："吴师行止，一凭齐命，吴岂齐之属国耶？寡人当亲至齐国，请问前后二命之故。"叱公孟绰使退。鲁闻吴王怒齐，遂使人送款与吴，反约吴王同伐齐国。夫差欣然即日起师，同鲁伐齐，围其南鄙。齐举国惊惶，皆以悼公无端召寇，怨言益甚。时陈乞已卒，子陈恒秉政，乘国人不顺，谓鲍息曰："子盍行大事，外解吴怨，而内以报家门之仇？"息辞以不能。恒曰："吾为子行之。"乃因悼公阅师，进鸩酒，毒杀悼公，以疾讣于吴军曰："上国膺受天命，寡君得罪，遂遘暴疾，上天代大王行诛，幸赐矜恤，勿陨社稷，愿世世服事上国。"夫差乃班师而退，鲁师亦归。国人皆知悼公死于非命，因畏爱陈氏，无敢言者。陈恒立悼公之子壬，是为简公。简公欲分陈氏之权，乃以陈恒为右相，阚止为左相。昔人论齐祸皆启于景公。诗曰：

第八十一回　美人计吴宫宠西施，言语科子贡说列国

从来溺爱智逾昏，继统如何乱弟昆。
莫怨强臣与强寇，分明自己酿凶门。

时越王教习美女三年，技态尽善，饰以珠幌，坐以宝车，所过街衢，香风闻于远近。又以美婢旋波、夷光等六人为侍女，使相国范蠡进之吴国。夫差自齐回吴，范蠡入见，再拜稽首曰："东海贱臣勾践，感大王之恩，不能亲率妻妾，伏侍左右，遍搜境内，得善歌舞者二人，使陪臣纳之王宫，以供洒扫之役。"夫差望见，以为神仙之下降也，魂魄俱醉。子胥谏曰："臣闻：'夏亡以妺喜，殷亡以妲己，周亡以褒姒。'夫美女者，亡国之物，王不可受！"夫差曰："好色，人之同心，勾践得此美女不自用，而进于寡人，此乃尽忠于吴之证也，相国勿疑。"遂受之。二女皆绝色，夫差并宠爱之，而妖艳善媚，更推西施为首，于是西施独夺歌舞之魁，居姑苏之台，擅专房之宠，出入仪制，拟于妃后。郑旦居吴宫，妒西施之宠，郁郁不得志，经年而死。夫差哀之，葬于黄茅山，立祠祀之。此是后话。

且说夫差宠幸西施，令王孙雄特建馆娃宫于灵岩之上，铜沟玉槛，饰以珠玉，为美人游息之所，建响屧廊。何为响屧，屧乃鞋名，凿空廊下之地，将大瓮铺平，覆以厚板，令西施与宫人步屧绕之，铮铮有声，故名响屧，今灵岩寺圆照塔前小斜廊，即其址也。高启《馆娃宫》诗云：

馆娃宫中馆娃阁，画栋侵云峰顶开。
犹恨当时高未极，不能望见越兵来。

王禹偁有《响屟廊》诗云：

廊坏空留响屟名，为因西子绕廊行。
可怜伍相终尸谏，谁记当时曳履声？

山上有玩花池，玩月池，又有井，名吴王井，井泉清碧。西施或照泉而妆，夫差立于旁，亲为理发。又有洞名西施洞，夫差与西施同坐于此。洞外石有小陷，今俗名西施迹。又尝与西施鸣琴于山巅，今有琴台。又令人种香于香山，使西施与美人泛舟采香。今灵岩山南望，一水直如矢，俗名箭泾，即采香泾故处。又有采莲泾，在郡城东南，吴王与西施采莲处。又于城中开凿大濠，自南直北，作锦帆以游，号锦帆泾。高启诗云：

吴王在日百花开，画船载乐洲边来。
吴王去后百花落，歌吹无闻洲寂寞。
花开花落年年春，前后看花应几人？
但见枝枝映流水，不知片片堕行尘！
年年风雨荒台畔，日暮黄鹂肠欲断。
岂惟世少看花人，从来此地无花看！

又城南有长洲苑，为游猎之所。又有鱼城养鱼，鸭城畜鸭，鸡陂畜鸡，酒城造酒。又尝与西施避暑于西洞庭之南湾，湾可十余里，三面皆山，独南面如门阙。吴王曰："此地可以消夏。"因名消夏湾。张羽又有《苏台歌》云：

第八十一回　美人计吴宫宠西施，言语科子贡说列国

馆娃宫中百花开，西施晓上姑苏台。
霞裙翠袂当空举，身轻似展凌风羽。
遥望三江水一杯，两点微茫洞庭树。
转面凝眸未肯回，要见君王射麋处。
城头落日欲栖鸦，下阶戏折棠梨花。
隔岸行人莫倚盼，干将莫邪光粲粲。

夫差自得西施，以姑苏台为家，四时随意出游，弦管相逐，流连忘返。惟太宰嚭、王孙雄常侍左右，子胥求见，往往辞之。

越王勾践闻吴王宠幸西施，日事游乐，复与文种谋之。文种对曰："臣闻'国以民为本，民以食为天'，今岁年谷歉收，粟米将贵，君可请贷于吴，以救民饥。天若弃吴，必许我贷。"勾践即命文种以重币贿伯嚭，使引见吴王。吴王召见于姑苏台之宫，文种再拜请曰："越国洿下，水旱不调，年谷不登，人民饥困，愿从大王乞太仓之谷万石，以救目前之馁，明年谷熟，即当奉偿。"夫差曰："越王臣服于吴，越民之饥即吴民之饥也，吾何爱积谷，不以救之？"时子胥闻越使至，亦随至苏台，得见吴王，及闻许其请谷，复谏曰："不可，不可，今日之势，非吴有越，即越有吴，吾观越王之遣使者，非真饥困而乞籴也，将以空吴之粟也。与之不加亲，不与未成仇，王不如辞之。"吴王曰："勾践因于吾国，却行马前，诸侯莫不闻知。今吾复其社稷，恩若再生，贡献不绝，岂复有背叛之虞乎？"子胥曰："吾闻越王早朝晏罢，恤民养士，志在报吴，大王又输粟以助之，臣恐麋鹿将游于姑苏之台矣。"吴王曰："勾践业已称臣，乌有臣而伐君者？"子胥曰："汤伐桀，武王伐纣，非臣伐君乎？"伯嚭从旁叱之曰："相国出言太甚，吾王岂桀纣之比耶？"因

奏曰："臣闻葵丘之盟，遏籴有禁，为恤邻也。况越吾贡献之所自出乎？明岁谷熟，责其如数相偿，无损于吴，而有德于越，何惮而不为也？"夫差乃与越粟万石，谓文种曰："寡人逆群臣之议，而输粟于越，年丰必偿，不可失信。"文种再拜稽首曰："大王哀越而救其饥馁，敢不如约。"文种领谷万石，归越。越王大喜，群臣皆呼："万岁。"勾践即以粟颁赐国中之贫民，百姓无不颂德。

次年，越国大熟，越王问于文种曰："寡人不偿吴粟，则失信；若偿之，则损越而利吴矣。奈何？"文种对曰："宜择精粟，蒸而与之，彼爱吾粟，而用以布种，吾计乃得矣。"越王用其计，以熟谷还吴，如其斗斛之数。吴王叹曰："越王真信人也。"又见其谷粗大异常，谓伯嚭曰："越地肥沃，其种甚嘉，可散与吾民植之。"于是国中皆用越之粟种，不复发生，吴民大饥，夫差犹认以为地土不同，不知粟种之蒸熟也。文种之计亦毒矣。此周敬王三十六年事也。

越王闻吴国饥困，便欲兴兵伐吴。文种谏曰："时未至也，其忠臣尚在。"越王又问于范蠡，蠡对曰："时不远矣，愿王益习战以待之。"越王曰："攻战之具，尚未备乎？"蠡对曰："善战者，必有精卒，精卒必有兼人之技，大者剑戟，小者弓弩，非得明师教习，不得尽善。臣访得南林有处女，精于剑戟；又有楚人陈音，善于弓矢，王其聘之。"越王分遣二使，持重币往聘处女及陈音。

单说处女不知名姓，生于深林之中，长于无人之野，不由师傅，自然工于击刺。使者至南林，致越王之命，处女即随使北行。至山阴道中，遇一白须老翁，立于车前，问曰："来者莫非南林处女乎？有何剑术，敢受越王之聘？愿请试之。"处女曰："妾不敢自隐，惟公指教。"老翁即挽林内之竹，如摘腐草，欲以刺处女；竹折，末堕于地，处女即接取竹末，以刺老翁。老翁忽飞上树，化为白猿，长啸一声而去。使者异之。处女见越王，越王赐坐，问以击刺之道，处女曰："内实精神，外示安佚，见之如好妇，夺之似猛虎，布形候气，与神俱往，捷若腾兔，追形还影，纵横往来，目不及瞬。得吾道者，一人当百，百人当万。大王不信，愿得试之。"越王命勇士百人，攒戟以刺处女，处女连接其戟而投之。越王乃服。使教习军士，军士受其教者三千人。岁余，处女辞归南林。越王再使人请之，已不在矣。或曰："天欲兴越亡吴，故遣神女下授剑术，以助越也。"

再说楚人陈音，以杀人避仇于越。蠡见其射必命中，言于越王，聘为射师。王问音曰："请闻弓弩何所而始？"陈音对曰："臣闻弩生于弓，弓生于弹，弹生于古之孝子。古者人民朴实，饥食鸟兽，渴饮雾露，死则裹以白茅，投于中野。有孝子不忍见其父母为禽兽所食，故作弹以守之。时为之歌曰：'断木续竹，飞土逐肉。'至神农皇帝兴，弦木为弧，剡木为矢，以立威于四方。有弧父者，生于楚之荆山。生不见父母，自为儿时，习用弓矢，所射无脱。以其道传于羿，羿传于逢蒙，逢蒙传于琴氏，琴氏以为诸侯相伐，弓矢不能制服，乃横弓着臂，施机设枢，加之以力，其名曰弩。琴氏传之楚三侯，楚由是世世以桃弓棘矢，备御邻国。臣之前人，受其道于楚，五世于兹矣。弩之所向，鸟不及飞，兽不及走，惟王试之。"越王亦遣士三千，使音教习于北郊之外。音授以连弩之法，三矢连续而去，人不能防。三月尽其巧。陈音病死，越王厚葬之，名其山曰陈音山。此是后话。髯仙诗云：

击剑弯弓总为吴，卧薪尝胆泪几枯。
苏台歌舞方如沸，遑问邻邦事有无。

子胥闻越王习武之事，乃求见夫差，流涕而言曰："大王信越之臣顺，今越用范蠡日夜训练士卒，剑戟弓矢之艺无不精良。一旦乘吾间而入，吾国祸不支矣。王如不信，何不使人察之？"夫差果使人探听越国，备知处女、陈音之事，回报夫差。夫差谓伯嚭曰："越已服矣，复治兵欲何为乎？"嚭对曰："越蒙大王赐地，非兵莫守。夫治兵，乃守国之常事，王何疑焉？"夫差终不释然，遂有兴兵伐越之意。

话分两头。再说齐国陈氏世得民心，久怀擅国之志。及陈恒嗣位，逆谋愈急，惮高、国之党尚众，思尽去之，乃奏于简公曰："鲁邻国而共吴伐齐，此仇不可忘也。"简公信其言。恒因荐国书为大将，高无㔻、宗楼副之，大夫公孙夏、公孙挥、闾丘明等皆从。悉车千乘，陈恒亲送其师，屯于汶水之上，誓欲灭鲁方还。

时孔子在鲁，删述《诗》《书》。一日，门人琴牢字子张，自齐至鲁，来见其师。孔子问及齐事，知齐兵在境上，大惊曰："鲁乃父母之国，今被兵，不可不救！"因问群弟子："谁能为某出使于齐，以止伐鲁之兵者？"子张、子石俱愿往。孔子不许。子贡离席而问曰："赐可以去乎？"孔子曰："可矣。"子贡即日辞行。至汶上，求见陈恒。恒知子贡乃孔门高弟，此来必有游说之语，乃预作色以待之。子贡坦然而入，旁若无人。恒迎入相见，坐定，问曰："先生此来，为鲁作说客耶？"子贡曰："赐之来，为齐非为鲁也。夫鲁，难伐之国，相国何为伐之？"陈恒曰："鲁何难伐也？"子贡曰："其城薄以卑，其池狭以浅，其君弱，大臣无能，士不习战，故曰'难伐'。为相国计，不如伐吴。吴城高而池广，兵甲精利，又有良将守，此易攻耳。"恒勃然曰："子所言难易，颠倒不情，恒所不解。"子贡曰："请屏左右，为相国解之。"恒乃屏去从人，前席请教。子贡曰:"赐闻:'忧在外者攻其弱,忧在内者攻其强。'赐窃窥相国之势,非能与诸大臣共事者也,今破弱鲁以为诸大臣之功,而相国无与焉,诸大臣之势日盛,而相国危矣!若移师于吴,大臣外困于强敌,而相国专制齐国,岂非计之最便乎?"陈恒色顿解,欣然问曰:"先生之言,彻恒肺腑。然兵已在汶上,若移而向吴,人将疑我,奈何?"子贡曰:"但按兵勿动,赐请南见吴王,使救鲁而伐齐,如是而战吴,不患无词。"陈恒大悦,乃谓国书曰:"吾闻吴将伐齐,吾兵姑驻此,未可轻动,打探吴人动静,须先败吴兵,然后伐鲁。"国书领诺,陈恒遂归齐国。

再说子贡星夜行至东吴,来见吴王夫差,说曰:"吴、鲁连兵伐齐,齐恨入骨髓。今其兵已在汶上,将以伐鲁,其次必及吴,大王何不伐齐以救鲁?夫败万乘之齐,而收千乘之鲁,威加强晋,吴遂霸矣。"夫差曰:"前者齐许世世服事吴国,寡人以此班师,今朝聘不至,寡人正欲往问其罪,但闻越君勤政训武,有谋吴之心,寡人欲先伐越国,然后及齐未晚。"子贡曰:"不可,越弱而齐强,伐越之利小,而纵齐之患大。夫畏弱越而避强齐,非勇也;逐小利而忘大患,非智也。智勇俱失,何以争霸?大王必虑越国,臣请为大王东见越王,使亲櫜鞬以从下吏何如?"夫差大悦曰:"诚如此,孤之愿也!"

子贡辞了吴王,东行至越。越王勾践闻子贡将至,使候人预为除道,郊迎三十里,馆之上舍,鞠躬而问曰:"敝邑僻处东海,何烦高贤远辱?"子贡曰:"特来吊君。"勾践再拜稽首曰:"孤闻'祸与福为邻',先生下吊,孤之福矣,请闻其说。"子贡曰:"臣今者见吴王,说以救鲁而伐齐,吴王疑越谋之,其意欲先加诛于越。夫无报人之志,而使人疑之者,拙也;有报人之志,而使人知之者,危也!"勾践愕然长跪曰:"先生何以救我?"子贡曰:"吴王骄而好佞,宰嚭专而善谀,君以重器悦其心,以卑辞尽其礼,亲率一军,从于伐齐,彼战而不胜,吴自此削矣;若战而胜,必侈然有霸诸侯之心,将以兵临强晋,如此,则吴国有间,而越可乘也。"勾践再拜曰:"先生之来,实出天赐,如起死人而肉白骨,孤敢不奉教!"乃赠子贡以黄金百镒,宝剑一口,良马二匹。子贡固辞不受。还见吴王,报曰:"越王感大王生全之德,闻大王有疑,意甚悚惧,旦暮遣使来谢矣!"夫差使子贡就馆,留五日,越果遣文种至吴,叩首于吴王之前曰:"东海贱臣勾践,蒙大王不杀之恩,得奉宗祀,虽肝脑涂地,未能为报。今闻大王兴大义,诛强救弱,故使下臣种,贡上前王所藏精甲二十领,屈卢之矛、步光之剑,以贺军吏。勾践请问师期,将悉四境之内,选士三千人,以从下吏。勾践愿披坚执锐,亲受矢石,死无所惧。"夫差大悦,乃召子贡谓曰:"勾践果信义人也,欲率选士三千,以从伐齐之役,先生以为可否?"子贡曰:"不可。夫用人之众,又役及其君,亦太过矣,不如许其师而辞其君。"夫差从之。

子贡辞吴,复北往晋国,见晋定公,说曰:"臣闻:'无远虑者,必有近忧。'今吴之战齐有日矣,战而胜,必与晋争伯,君宜修兵休卒以待之。"晋侯曰:"谨受教。"比及子贡反鲁,齐兵已为吴所败矣。

不知吴如何败齐,再看下回分解。

第八十二回
杀子胥夫差争歃,纳蒯聩子路结缨

话说周敬王三十六年春,越王勾践使大夫诸稽郢帅兵三千,助吴攻齐。吴王夫差遂征九郡之兵,大举伐齐。预遣人建别馆于句曲,遍植秋梧,号曰梧宫,使西施移居避暑,俟胜齐回日,即于梧宫过夏方归。吴兵将发,子胥又谏曰:"越在,我心腹之病也;若齐,特疥癣耳。今王兴十万之师,行粮千里,以争疥癣之患,而忘大毒之在腹心,臣恐齐未必胜,而越祸已至也。"夫差怒曰:"孤发兵有期,老贼故出不祥之语,阻挠大计,当得何罪?"意欲杀之,伯嚭密奏曰:"此前王之老臣,不可加诛。王不若遣之往齐约战,假手齐人。"夫差曰:"太宰之计甚善。"乃为书数齐伐鲁慢吴之罪,命子胥往见齐君,冀其激怒而杀子胥也。

子胥料吴必亡,乃私携其子伍封同行,至临淄,致吴王之命。齐简公大怒,欲杀子胥。鲍息谏曰:"子胥乃吴之忠臣,屡谏不入,已成水火,今遣来齐,欲齐杀之,以自免其谤。宜纵之使归,令其忠佞自相攻击,而夫差受其恶名矣。"简公乃厚待子胥,报以战期,定于春末。子胥原与鲍牧相识,故鲍息谏齐侯勿杀子胥也。鲍息私叩吴事，子胥垂泪不言，但引其子伍封，使拜鲍息为兄，寄居于鲍氏，今后只称王孙封，勿用伍姓。鲍息叹曰："子胥将以谏死，故预谋存祀于齐耳。"不说子胥父子分离之苦。

再说吴王夫差择日于西门出军，过姑苏台午膳，膳毕，忽然睡去，得其异梦。既觉，心中恍惚，乃召伯嚭告曰："寡人昼寝片时，所梦甚多。梦入章明宫，见两釜炊而不熟；又有黑犬二只，一嗥南，一嗥北；又有钢锹二把，插于宫墙之上；又流水汤汤，流于殿堂；后房非鼓非钟，声若锻工；前园别无他植，横生梧桐。太宰为寡人占其吉凶。"伯嚭稽首称贺曰："美哉！大王之梦，应在兴师伐齐矣。臣闻，章明者，破敌成功，声朗朗也；两釜炊而不熟者，大王德盛，气有余也；两犬嗥南嗥北者，四夷宾服，朝诸侯也；两锹插宫墙者，农工尽力，田夫耕也；流水入殿堂者，邻国贡献，财货充也；后房声若锻工者，宫女悦乐，声相谐也；前园横生梧桐者，桐作琴瑟，音调和也。大王此行，美不可言！"夫差虽喜其谀，而心中终未快然。复告于王孙骆，骆对曰："臣愚昧，不能通微。城西阳山有一异士，唤做公孙圣，此人多见博闻，大王心上狐疑，何不召而决之？"夫差曰："子即为我召来。"骆承命，驰车往迎公孙圣。

圣闻其故，伏地涕泣，其妻从旁笑曰："子性太鄙，希见人主，卒闻宣召，涕泪如雨。"圣仰天长叹曰："悲哉！非汝所知，吾曾自推寿数，尽于今日，今将与汝永别，是以悲耳。"骆催促登车，遂相与驰至姑苏之台。夫差召而见之，告以所梦之详。公孙圣曰："臣知言而必死，然虽死不敢不言。怪哉！大王之梦，应在兴师伐齐也。臣闻：'章者，战不胜，走章皇也；明者，去昭昭，就冥冥也。两釜炊而不熟者，大王败走，不火食也。黑犬嗥南嗥北者，黑为阴类，走阴方也。两锹插宫墙者，越兵入吴，掘社稷也。流水入殿堂者，波涛漂没，后宫空也。后房声若锻工者，宫女为俘，长叹息也。前园横生梧桐者，桐作冥器，待殉葬也。愿大王罢伐齐之师，更遣太宰嚭解冠肉袒，稽首谢罪于勾践，则国可安而身可保矣。"伯嚭从旁奏曰："草野匹夫，妖言肆毁，合加诛戮！"公孙圣睁目大骂曰："太宰居高官，食重禄，不思尽忠报主，专事谄谀，他日越兵灭吴，太宰独能保其首领乎？"夫差大怒曰："野人无识，一味乱言，不诛必然惑众！"顾力士石番："可取铁锤击杀此贼！"圣乃仰天大呼曰："皇天，皇天，知我之冤！忠而获罪，身死无辜，死后不愿葬埋，愿撇我在阳山之下，后作影响，以报大王也。"夫差已击杀圣，使人投其尸于阳山之下，数之曰："豺狼食汝肉，野火烧汝骨，风扬汝骸，形销影灭，何能为声响哉！"伯嚭捧觞趋进曰："贺大王，妖孽已灭，愿进一觞，兵便可发矣。"史臣有诗云：

妖梦先机已兆凶，骄君尚恋伐齐功。
吴庭多少文和武，谁似公孙肯尽忠。

夫差自将中军，太宰嚭为副，胥门巢将上军，王子姑曹将下军，兴师十万，同越兵三千，浩浩荡荡，望山东一路进发。先遣人约会鲁哀公合兵攻齐。子胥于中途复命，称病先归，不肯从师。

却说齐将国书屯兵汶上，闻吴、鲁连兵来伐，聚集诸将商议迎敌。忽报："陈相国遣其弟陈逆来到。"国书同诸将迎入中军，叩问："子行此来何意？"陈逆曰："吴兵长驱，已过赢、博，国家安危，在于呼吸。相国恐诸君不肯用力，遣小将至此督战。今日之事，有进无退，有死无生，军中只许鸣鼓，不许鸣金。"诸将皆曰："吾等誓决一死敌！"国书传令，拔寨都起，往迎吴军。至于艾陵，吴将胥门巢上军先到。国书问："谁人敢冲头阵？"公孙挥欣然愿往，率领本部车马，疾驱而出。胥门巢急忙迎敌，两下交锋，约三十余合，不分胜败。国书一股锐气，按纳不住，自引中军夹攻，军中鼓声如雷，胥门巢不能支，大败而走。国书胜了一阵，意气愈壮，令军士临阵，各带长绳一条，曰："吴俗断发，当以绳贯其首。"一军若狂，以为吴兵旦暮可扫也。

胥门巢引败兵来见吴王，吴王大怒，欲斩巢以徇。巢奏曰："臣初至不知虚实，是以偶挫，若再战不胜，甘伏军法！"伯嚭亦力劝解。夫差叱退，以大将展如代领其军。适鲁将叔孙州仇引兵来会，夫差赐以剑甲各一具，使为向导，离艾陵五里下寨。国书使人下战书，吴王批下："来日决战。"次早，两下各排阵势，夫差命叔孙州仇打第一阵，展如打第二阵，王子姑曹打第三阵，使胥门巢率越兵三千，往来诱敌，自与伯嚭引大军屯于高阜，相机救援，留越将诸稽郢于身旁观战。

却说齐军列阵方完，陈逆令诸将各具含玉，曰："死即入殓！"公孙夏、公孙挥使军中皆歌送葬之词，誓曰："生还者，不为烈丈夫也！"国书曰："诸君以必死自励，何患不胜乎？"两阵对圆，胥门巢先来搦战。国书谓公孙挥曰："此汝手中败将，可便擒之。"公孙挥奋戟而出，胥门巢便走，叔孙州仇引兵接住公孙挥厮杀，胥门巢复身又来，国书恐其夹攻，再使公孙夏出车，胥门巢又走，公孙夏追之，吴阵上大将展如引兵便接住公孙夏厮杀，胥门巢又回车帮战。恼得齐将高无平、宗楼性起，一齐出阵，王子姑曹挺身独战二将，全无惧怯。两军各自奋力，杀伤相抵，国书见吴兵不退，亲自执桴鸣鼓，悉起大军，前来助战。吴王在高阜处看得亲切，见齐兵十分奋勇，吴兵渐渐失了便宜，乃命伯嚭引兵一万，先去接应。国书见吴兵又至,正欲分军迎敌,忽闻金声大震,钲铎皆鸣。齐人只道吴兵欲退,不防吴王夫差自引精兵三万,分为三股,反以鸣金为号,从刺斜里直冲齐阵,将齐兵隔绝三处。展如、姑曹等闻吴王亲自临阵,勇气百倍,杀得齐军七零八落。展如就阵上擒了公孙夏,胥门巢刺杀公孙挥于车中,夫差亲射宗楼,中之。闾丘明谓国书曰:"齐兵将尽矣!元帅可微服遁去,再作道理。"国书叹曰:"吾以十万强兵,败于吴人之手,何面目还朝?"乃解甲冲入吴军,为乱军所杀。闾丘明伏于草中,亦被鲁将州仇搜获。夫差大胜齐师,诸将献功,共斩上将国书、公孙挥二人,生擒公孙夏、闾丘明二人,即斩首讫,只单走了高无平、陈逆二人,其他擒斩不计其数,革车八百乘,尽为吴所有,无得免者。

夫差谓诸稽郢曰:"子观吴兵强勇,视越何如?"郢稽首曰:"吴兵之强,天下莫当,何论弱越!"夫差大悦,重赏越兵,使诸稽郢先回报捷。齐简公大惊,与陈恒、阚止商议,遣使大贡金币,谢罪请和。夫差主张齐、鲁复修兄弟之好,各无侵害。二国俱听命受盟,夫差乃歌凯而回。史臣有诗曰:

艾陵白骨垒如山,尽道吴王奏凯还。
壮气一时吞宇宙,隐忧谁想伏吴关?

夫差回至句曲新宫,见西施谓曰:"寡人使美人居此者,取相见之速耳。"西施拜贺且谢,时值新秋,桐阴正茂,凉风吹至,夫差与西施登台饮酒甚乐。至夜深,忽闻有众小儿和歌之声,夫差听之。歌曰:

> 桐叶冷，吴王醒未醒？
> 梧叶秋，吴王愁更愁。

夫差恶之，使人拘群儿至宫，问："此歌谁人所教？"群儿曰："有一绯衣童子，不知何来，教我为歌，今不知何往矣。"夫差怒曰："寡人天之所生，神之所使，有何愁哉？"欲诛众小儿，西施力劝乃止。伯嚭进曰："春至而万物喜，秋至而万物悲，此天道也。大王悲喜与天同道，何所虑乎？"夫差乃悦，在梧宫三日，即起驾还吴。

吴王升殿，百官迎贺。子胥亦到，独无一言。夫差乃让之曰："子谏寡人不当伐齐，今得胜而回，子独无功，宁不自羞？"子胥攘臂大怒，释剑而对曰："天之将亡人国，先逢其小喜，而后授之以大忧。胜齐不过小喜也，臣恐大忧之即至也！"夫差愠曰："久不见相国，耳边颇觉清净，今又来絮聒耶？"乃掩耳瞑目，坐于殿上。顷间，忽睁眼直视久之，大叫："怪事！"群臣问曰："王何所见？"夫差曰："吾见四人相背而倚，须臾四分而走；又见殿下两人相对，北向人杀南向人，诸卿曾见之否？"群臣皆曰："不见。"子胥奏曰："四人相背而走，四方离散之象也；北向人杀南向人，为下贼上，臣弑君。王不知儆省，必有身弑国亡之祸。"夫差怒曰："汝言太不祥，孤所恶闻。"伯嚭曰："四方离散，奔走吴庭；吴国霸王，将有代周之事，此亦下贼其上，臣犯其君也！"夫差曰："太宰之言，足启心胸。相国耄矣，有不足采。"

过数日，越王勾践率群臣亲至吴邦来朝，并贺战胜，吴庭诸臣，俱有馈赂。伯嚭曰："此奔走吴庭之应也。"吴王置酒于文台之上，越王侍坐，诸大夫皆侍立于侧。夫差曰："寡人闻之：'君不忘有功之臣，父不没有力之子。'今太宰嚭为寡人治兵有功，吾将赏为上卿；越王孝事寡人，始终不倦，吾将再增其国，以酬助伐之功。于众大夫之意如何？"群臣皆曰："大王赏功酬劳，此霸王之事也。"于是子胥伏地涕泣曰："呜呼哀哉，忠臣掩口，谗夫在侧，邪说谀辞，以曲为直，养乱畜奸，将灭吴国，庙社为墟，殿生荆棘。"夫差大怒曰："老贼多诈，为吴妖孽，乃欲专权擅威，倾覆吾国，寡人以前王之故，不忍加诛，今退自谋，无劳再见。"子胥曰："老臣若不忠不信，不得为前王之臣，譬如龙逢逢桀，比干逢纣，臣虽见诛，君亦随灭，臣与王永辞，不复见矣。"遂趋出，吴王怒犹未息。伯嚭曰："臣闻子胥使齐，以其子托于齐臣鲍氏，有叛吴之心，王其察之。"夫差乃使人赐子胥以"属镂"之剑。子胥接剑在手，叹曰："王欲吾自裁也！"乃徒跣下阶，立于中庭，仰天大呼曰："天乎，天乎！昔先王不欲立汝，赖吾力争，汝得嗣位。吾为汝破楚败越，威加诸侯。今汝不用吾言，反赐我死，我今日死，明日越兵至，掘汝社稷矣！"乃谓家人曰："吾死后，可抉吾之目，悬于东门，以观越兵之入吴也。"言讫，自刎其喉而绝。使者取剑还报，述其临终之嘱。夫差往视其尸，数之曰："胥，汝一死之后，尚何知哉？"乃自断其头，置于盘门城楼之上；取其尸，盛以鸱夷之器，使人载去，投于江中，谓曰："日月炙汝骨，鱼鳖食汝肉，汝骨变形灰，复何所见？"尸入江中，随流扬波，依潮来往，荡激崩岸。土人惧，乃私捞取，埋之于吴山。后世因改称胥山，今山有子胥庙。陇西居士有古风一篇云：

> 将军自幼称英武，磊落雄才越千古。
> 一旦蒙谗杀父兄，湘流誓济吞荆楚。
> 贯弓亡命欲何之？荥阳睢水空栖迟。

昭关锁钥愁无翼,鬓毛一夜成霜丝。
浣女沉溪渔丈死,箫声吹入吴人耳。
鱼肠作合定君臣,复为强兵进孙子。
五战长驱据楚宫,君王含泪逃云中。
掘墓鞭尸吐宿恨,精诚贯日生长虹。
英雄再振匡吴业,夫椒一战栖强越。
釜中鱼鳖宰夫手,纵虎归山还自啮。
姑苏台上西施笑,谀臣称贺忠臣吊。
可怜两世辅吴功,到头翻把属镂报!
鸱夷激起钱塘潮,朝朝暮暮如呼号。
吴越兴衰成往事,忠魂千古恨难消!

夫差既杀子胥,乃进伯嚭为相国。欲增越之封地,勾践固辞乃止。于是勾践归越,谋吴益急。夫差全不在念,意益骄恣。乃发卒数万,筑邗城,穿沟,东北通射阳湖,西北使江淮水合,北达于沂,西达于济。太子友知吴王复欲与中国会盟,欲切谏,恐触怒,思以讽谏感悟其父。清旦怀丸持弹从后园而来,衣履俱湿,吴王怪而问之。友对曰:"孩儿适游后园,闻秋蝉鸣于高树,往而观之,望见秋蝉趋风长鸣,自谓得所,不知螳螂超枝缘条,曳腰耸距,欲捕蝉而食之;螳螂一心只对秋蝉,不知黄雀徘徊绿阴,欲啄螳螂;黄雀一心只对螳螂,不知孩儿挟弹持弓,欲弹黄雀。孩儿一心只对黄雀,又不知旁有空坎,失足堕陷,以此衣履俱沾湿,为父王所笑。"吴王曰:"汝但贪前利,不顾后患,天下之愚,莫甚于此。"友对曰:"天下之愚,更有甚者。鲁承周公之后,有孔子之教,不犯邻国,齐无故谋伐之,以为遂有鲁矣,不知吴悉境内之士,暴师千里而攻之,吴国大败齐师,以为遂有齐矣,不知越王将选死士,出三江之口,入五湖之中,屠我吴国,灭我吴宫。天下之愚,莫甚于此。"吴王怒曰:"此伍员之唾余,久已厌闻,汝复拾之,以挠我大计耶?再多言,非吾子也。"太子友悚然辞出。夫差乃使太子友同王子地、王孙弥庸守国,亲帅国中精兵,由邗沟北上,会鲁哀公于橐皋,会卫出公于发阳,遂约诸侯,大会于黄池,欲与晋争盟主之位。

越王勾践闻吴王已出境,乃与范蠡计议,发习流二千人,俊士四万,君子六千人,从海道通江以袭吴。前队畴无余先及吴郊,王孙弥庸出战,不数合,王子地引兵夹攻,畴无余马蹶被擒。次日,勾践大军齐到。太子友欲坚守,王孙弥庸曰:"越人畏吴之心尚在,且远来疲敝,再胜之,必走;即不胜,守犹未晚。"太子友感其言,乃使弥庸出师迎敌,友继其后。勾践亲立于行阵,督兵交战。阵方合,范蠡、泄庸两翼呼噪而至,势如风雨。吴兵精勇惯战者,俱随吴王出征,其国中皆未教之卒;那越国是数年训练就的精兵,弓弩剑戟十分劲利,又范蠡、泄庸俱是宿将,怎能抵当?吴兵大败,王孙弥庸为泄庸所杀,太子友陷于越军,冲突不出,身中数箭,恐被执辱,自刎而亡。越兵直造城下,王子地把城门牢闭,率民夫上城把守,一面使人往吴王处告急。勾践乃留水军屯于太湖,陆营屯于胥闾之间,使范蠡焚姑苏之台,火弥月不息,其余皇大舟,悉徙于湖中。吴兵不敢复出。

再说吴王夫差与鲁、卫二君同至黄池,使人请晋定公赴会,晋定公不敢不至。夫差使王孙骆与晋上卿赵鞅议载书名次之先后。赵鞅曰:"晋世主夏盟,又何让焉?"王孙骆曰:"晋祖叔虞乃成王之弟,吴祖太伯乃武王之伯祖,尊卑隔绝数辈。况晋虽主盟,会宋会虢已出楚下,今乃欲踞吴之上乎?"于是彼此争论,连日不决。忽王子地密报至，言："越兵入吴，杀太子，焚姑苏台，见今围城，势甚危急。"夫差大惊。伯嚭拔剑砍杀使者，夫差问曰："尔杀使人何意？"伯嚭曰："事之虚实，尚未可知，留使者泄漏其语，齐、晋将乘危生事，大王安得晏然而归乎？"夫差曰："尔言是也，然吴、晋争长未定，又有此报，孤将不会而归乎？抑会而先晋乎？"王孙骆进曰："二者俱不可，不会而归，人将窥我之急；若会而先晋，我之行止将听命于晋。必求主会，方保无虞。"夫差曰："欲主会，计将安出？"王孙骆密奏曰："事在危急，请王鸣鼓挑战，以夺晋人之气。"夫差曰："善。"

　　是夜出令，中夜士皆饱食秣马，衔枚疾驱，去晋军才一里，结为方阵，百人为一行，一行建一大旗，百二十行为一面。中军皆白舆、白旗、白甲、白羽之矰，望之如白茅吐秀，吴王亲自仗钺，秉素旄，中阵而立；左军面左，亦百二十行，皆赤舆、赤旗、丹甲、朱羽之矰，一望若火，太宰嚭主之；右军面右，亦百二十行，皆黑舆、黑旗、玄甲、乌羽之矰，一望如墨，王孙骆主之。带甲之士，共三万六千人。黎明阵定，吴王亲执桴鸣鼓，军中万鼓皆鸣，钟声、铎声、丁宁、錞于，一时齐扣，三军哗吟，响震天地。晋军大骇，不知其故，乃使大夫董褐至吴军请命。夫差亲对曰："周王有旨，命寡人主盟中夏，以缝诸姬之阙。今晋君逆命争长，迁延不决，寡人恐烦使者往来，亲听命于藩篱之外，从与不从，决于此日。"董褐还报晋侯，鲁、卫二君皆在坐。董褐私谓赵鞅曰："臣观吴王口强而色惨，中心似有大忧，或者越人入其国都乎？若不许其先，心逞其毒于我，然而不可徒让也，必使之去王号以为名。"赵鞅言于晋侯，使董褐再入吴军，致晋侯之命曰："君以王命宣布于诸侯，寡君敢不敬奉！然上国以伯肇封，而号曰吴王，谓周室何？君若去王号而称公,惟君所命。"

夫差以其言为正,乃敛兵就幕,与诸侯相见,称吴公先歃,晋侯次之,鲁、卫以次受歃。会毕,即班师从江淮水路而回。于途中连得告急之报,军士已知家国被袭,心胆俱碎,又且远行疲敝,皆无斗志。吴王犹率众与越相持,吴军大败。夫差惧,谓伯嚭曰:"子言越必不叛,故听子而归越王。今日之事,子当为我请成于越,不然,子胥属镂之剑犹在,当以属子。"伯嚭乃造越军,稽首于越王,求赦吴罪,其犒军之礼,悉如越之昔日。范蠡曰:"吴尚未可灭也,姑许成,以为太宰之惠。吴自今亦不振矣。"勾践乃许吴成,班师而归。此周敬王三十八年事也。

明年,鲁哀公狩于大野,叔孙氏家臣鉏商获一兽,麇身牛尾,其角有肉,怪而杀之,以问孔子。孔子观之曰:"此麟也!"视其角,赤绂犹在,识其为颜母昔日所系,叹曰:"吾道其终穷矣!"使弟子取而埋之。今巨野故城东十里有土台,广轮四十余步,俗呼为获麟堆,即麟葬处。孔子援琴作歌曰:

明王作兮麟凤游,今非其时欲何求?麟兮麟兮我心忧。

于是取《鲁史》,自鲁隐公元年,至哀公获麟之岁,共二百四十二年之事,笔削而成《春秋》,与《易》《诗》《书》《礼》《乐》号为"六经"。

是年,齐右相陈恒知吴为越所破,外无强敌,内无强家,单单只碍一阚止,乃使其族人陈逆、陈豹等攻杀阚止。齐简公出奔,陈恒追而弑之,尽灭阚氏之党。立简公弟骜,是为平公。陈恒独相。孔子闻齐变,斋三日,沐浴而朝哀公,请兵伐齐,讨陈恒弑君之罪。哀公使告三家，孔子曰："臣知有鲁君，不知有三家。"陈恒亦惧诸侯之讨，乃悉归鲁、卫之侵地，北结好于晋之四卿，南行聘于吴、越，复修陈桓子之政，散财输粟以赡贫乏，国人悦服。乃渐除鲍、晏、高、国诸家及公族子姓，而割国之大半，为己封邑。又选国中女子长七尺以上者，纳于后房，不下百人，纵其宾客出入不禁，生男子七十余人，欲以自强其宗。齐都邑大夫宰，莫非陈氏。此是后话。

再说卫世子蒯聩在戚，其子出公辄率国人拒之，大夫高柴谏不听。蒯聩之姊嫁于大夫孔圉，生子曰孔悝，嗣为大夫，事出公，执卫政。孔氏小臣曰浑良夫，身长而貌美，孔圉卒，良夫通于孔姬。孔姬使浑良夫往戚，问候其弟蒯聩。蒯聩握其手言曰："子能使我入国为君，使子服冕乘轩，三死无与。"浑良夫归，言于孔姬。孔姬使良夫以妇人之服，往迎蒯聩。昏夜，良夫与蒯聩同为妇装，勇士石乞、孟黡为御，乘温车，诡称婢妾，溷入城中，匿于孔姬之室。孔姬曰："国家之事，皆在吾儿掌握，今饮于公宫，俟其归，当以威劫之，事乃有济耳。"使石乞、孟黡、浑良夫皆被甲怀剑以俟，伏蒯聩于台上。须臾，孔悝自朝带醉而回，孔姬召而问曰："父母之族，孰为至亲？"悝曰："父则伯叔，母则舅氏而已。"孔姬曰："汝既知舅氏为母至亲，何故不纳吾弟？"孔悝曰："废子立孙，此先君遗命，悝不敢违也！"遂起身如厕。孔姬使石乞、孟黡候于厕外，俟悝出厕，左右帮定，曰："太子相召。"不由分说，拥之上台，来见蒯聩。孔姬已先在侧，喝曰："太子在此，孔悝如何不拜！"悝只得下拜。孔姬曰："汝今日肯从舅氏否？"悝曰："惟命。"孔姬乃杀豭，使蒯聩与悝歃血定盟。孔姬留石乞、孟黡守悝于台上，而以悝命召聚家甲，使浑良夫帅之袭公宫。出公辄醉而欲寝，闻乱，使左

第八十二回　杀子胥夫差争歃，纳蒯瞆子路结缨

右往召孔悝。左右曰："为乱者，正孔悝也！"辄大惊，即时取宝器，驾轻车，出奔鲁国。群臣不愿附蒯瞆者，皆四散逃窜。

仲子路为孔悝家臣，时在城外，闻孔悝被劫，将入城来救。遇大夫高柴自城中出，曰："门已闭矣。政不在子，不必与其难也！"子路曰："由已食孔氏之禄，敢坐视乎？"遂疾趋及门，门果闭矣。守门者公孙敢谓子路曰："君已出奔，子何入为？"子路曰："吾恶夫食人之禄，而避其难者，是以来也。"适有人自内而出，子路乘门开，遂入城，径至台下，大呼曰："仲由在此，孔大夫可下台矣！"孔悝不敢应。子路欲取火焚台。蒯瞆惧，使石乞、孟黡二人持戈下台，来敌子路。子路仗剑来迎，怎奈乞、黡双戟并举，攒刺子路，又砍断其冠缨。子路身负重伤，将死，曰："礼，君子死不免冠。"乃整结其冠缨而死。孔悝奉蒯瞆即位，是为庄公。立次子疾为太子，以浑良夫为卿。

时孔子在卫，闻蒯瞆之乱，谓众弟子曰："柴也其归乎！由也其死乎！"弟子问其故，孔子曰："高柴知大义，必能自全。由好勇轻生，昧于取裁，其死必矣。"说犹未了，高柴果然奔归，师弟相见，且悲且喜。卫之使者接踵而至，见孔子曰："寡君新立，敬慕夫子，敢献奇味。"孔子再拜而受，启视则肉醢，孔子遽命覆之，谓使者曰："得非吾弟子仲由之肉乎？"使者惊曰："然也。夫子何以知之？"孔子曰："非此，卫君必不以见颁也。"遂命弟子埋其醢，痛哭曰："某尝恐由不得其死，今果然矣！"使者辞去。未几，孔子遂得疾不起，年七十有三岁。时周敬王四十一年，夏四月己丑也。史臣有赞云：

尼丘诞圣，阙里生德。

> 七十升堂，四方取则。
> 行诛两观，摄相夹谷。
> 叹凤遽衰，泣麟何促。
> 九流仰镜，万古钦躅！

弟子营葬于北阜之曲，冢大一顷，鸟雀不敢栖止其树。累朝封大成至圣文宣王，今改为大成至圣先师，天下俱立文庙，春秋二祭，子孙世袭为衍圣公不绝。不在话下。

再说卫庄公蒯聩疑孔悝为出公辄之党，醉以酒而逐之，孔悝奔宋。庄公为府藏俱空，召浑良夫计议："用何计策，可复得宝器？"浑良夫密奏曰："亡君亦君之子也，何不召之？"

不知庄公曾召出公否，且看下回分解。

第八十三回
诛芈胜叶公定楚，灭夫差越王称霸

话说卫庄公蒯聩因府藏宝货俱被出公辄取去，谋于浑良夫，良夫曰："太子疾与亡君，皆君之子，君何不以择嗣召之？亡君若归，器可得也。"有小竖闻其语，私告于太子疾。疾使壮士数人，载豭从己，乘间劫庄公，使歃血立誓，勿召亡君，且必杀浑良夫。庄公曰："勿召辄易耳，业与良夫有盟在前，免其三死，奈何？"太子疾曰："请俟四罪，然后杀之！"庄公许诺。未几，庄公新造虎幕，召诸大夫落成。浑良夫紫衣狐裘而至，袒裘，不释剑而食。太子疾使力士牵良夫以退。良夫曰："臣何罪？"太子疾数之曰："臣见君有常服，侍食必释剑。尔紫衣，一罪也；狐裘，二罪也；不释剑，三罪也。"良夫呼曰："有盟免三死。"疾曰："亡君以子拒父，大逆不孝，汝欲召之，非四罪乎？"良夫不能答，俯首受刑。他日，庄公梦厉鬼被发北面而噪曰："余为浑良夫，叫天无辜！"庄公觉，使卜大夫胥弥赦占之，曰："不害也。"既辞出，谓人曰："冤鬼为厉，身死国危，兆已见矣。"遂逃奔宋。

蒯聩立二年，晋怒其不朝，上卿赵鞅帅师伐卫。卫人逐庄公，庄公奔戎国。戎人杀之，并杀太子疾。国人立公子般师。齐陈恒帅师救卫，执般师立公子起。卫大夫石圃逐起，复迎出公辄为君。辄既复国，逐石圃。诸大夫不睦于辄，逐辄奔越。国人立公子黔，是为悼公。自是卫臣服于晋，国益微弱，依赵氏。此段话搁过不提。

再说白公胜自归楚国，每念郑人杀父之仇，思以报之。只为伍子胥是白公胜的恩人，子胥前已赦郑，况郑服事昭王，不敢失礼，故胜含忍不言。及昭王已薨，令尹子西、司马子期奉越女之子章即位，是为惠王。白公胜自以故太子之后，冀子西召己，同秉楚政。子西竟不召，又不加禄，心怀怏怏。及闻子胥已死，曰："报郑此其时矣！"使人请于子西曰："郑人肆毒于先太子，令尹所知也。父仇不报，无以为人。令尹倘哀先太子之无辜，发一旅以声郑罪，胜愿为前驱，死无所恨。"子西辞曰："新王方立，楚国未定，子姑待我。"白公胜乃托言备吴，使心腹家臣石乞筑城练兵，盛为战具。复请于子西，愿以私卒为先锋伐郑，子西许之。尚未出师，晋赵鞅以兵伐郑，郑请救于楚。子西帅师救郑，晋兵乃退。子西与郑定盟班师，白公怒曰："不伐郑而救郑，令尹欺我甚矣！当先杀令尹，然后伐郑。"召其宗人白善于澧阳，善曰："从子而乱其国，则不忠于君；背子而发其私，则不仁于族。"遂弃禄，筑圃灌园终其身。楚人因名其圃曰"白善将军药圃"。

白公闻白善不来，怒曰："我无白善，遂不能杀令尹耶？"即召石乞议曰："令尹与司马各用五百人，足以当之否？"石乞曰："未足也。市南有勇士熊宜僚者，若得此人，可当五百人之用。"白公乃同石乞造于市南，见熊宜僚。宜僚大惊曰："王孙贵人，奈何屈身至此？"白公曰："某有事，欲与子谋之。"遂告以杀子西之事。宜僚摇首曰："令尹有功于国而无仇于僚，僚不敢奉命。"白公怒，拔剑

第八十三回　诛芈胜叶公定楚，灭夫差越王称霸

指其喉曰："不从，先杀汝。"宜僚面不改色，从容对曰："杀一宜僚，如去蝼蚁，何以怒为？"白公乃投剑于地，叹曰："子真勇士，吾聊试子耳。"即以车载回，礼为上宾，饮食必共，出入必俱。宜僚感其恩，遂以身许白公。

及吴王夫差会黄池时，楚国畏吴之强，戒饬边人，使修儆备。白公胜托言吴兵将谋袭楚，乃反以兵袭吴边境，颇有所掠，遂张大其功，只说："大败吴师，得其铠仗兵器若干，欲亲至楚庭献捷，以张国威。"子西不知其计，许之。白公悉出自己甲兵，装作卤获百余乘，亲率壮士千人，押解入朝献功。惠王登殿受捷，子西、子期侍立于旁。白公胜参见已毕，惠王见阶下立着两筹好汉，全身披挂，问："是何人？"胜答曰："此乃臣部下将士石乞、熊宜僚，伐吴有功者。"遂以手招二人。二人举步，方欲升阶，子期喝曰："吾王御殿，边臣只许在下叩头，不得升阶！"石乞、熊宜僚那肯听从，大踏步登阶，子期使侍卫阻之，熊宜僚用手一拉，侍卫东倒西歪，二人径入殿中，石乞拔剑来砍子西，熊宜僚拔剑来砍子期。白公大喝："众人何不齐上！"壮士千人，齐执兵器，蜂拥而登。白公绑住惠王，不许转动，石乞生缚子西，百官皆惊散。子期素有勇力，遂拔殿戟，与宜僚交战。宜僚弃剑，前夺子期之戟，子期拾剑，以劈宜僚，中其左肩，宜僚亦刺中子期之腹，二人兀自相持不舍，搅做一团，死于殿庭。子西谓胜曰："汝糊口吴邦，我念骨肉之亲，召汝还国，封为公爵，何负于汝而反耶？"胜曰："郑杀吾父，汝与郑讲和，汝即郑也。吾为父报仇，岂顾私恩哉？"子西叹曰："悔不听沈诸梁之言也。"白公胜手剑斩子西之头，陈其尸于朝。石乞曰："不弑王，事终不济。"胜曰："孺子者何罪？废之可也。"乃拘惠王于高府，欲立王子启为王。启固辞，遂杀之。石乞又劝胜自立，胜曰：

"县公尚众，当悉召之。"乃屯兵于太庙。大夫管修率家甲往攻白公，战三日，修众败被杀。圉公阳乘间使人掘高府之墙为小穴，夜潜入，负惠王以出，匿于昭夫人之宫。

叶公沈诸梁闻变，悉起叶众，星夜至楚。及郊，百姓遮道迎之，见叶公未曾甲胄，讶曰："公胡不胄？国人望公之来，如赤子之望父母，万一盗贼之矢，伤害于公，民何望焉？"叶公乃披挂戴胄而进。将近都城，又遇一群百姓，前来迎接，见叶公戴胄，又讶曰："公胡胄？国人望公之来，如凶年之望谷米，若得见公之面，犹死而得生也，虽老稚，谁不为公致死力者？奈何掩蔽其面，使人怀疑，无所用力乎？"叶公乃解胄而进。叶公知民心附己，乃建大旆于车。箴尹固因白公之召，欲率私属入城，既见大旗上"叶"字，遂从叶公守城。兵民望见叶公来到，大开城门，以纳其众。叶公率国人攻白公胜于太庙，石乞兵败，扶胜登车，逃往龙山，欲适他国。未定，叶公引兵追至，胜自缢而死，石乞埋尸于山后。叶公兵至，生擒石乞，问："白公何在？"对曰："已自尽矣！"又问："尸在何处？"石乞坚不肯言，叶公命取鼎镬，扬火沸汤，置于乞前，谓曰："再不言，当烹汝！"石乞自解其衣，笑曰："事成贵为上卿，事不成则就烹，此乃理之当然也，吾岂肯卖死骨以自免乎？"遂跳入镬中，须臾糜烂。胜尸竟不知所在。石乞虽所从不正，亦好汉也。叶公迎惠王复位。时陈国乘楚乱，以兵侵楚，叶公请于惠王，帅师伐陈，灭之。以子西之子宁嗣为令尹，子期之子宽嗣为司马，自己告老归叶。自此楚国危而复安。此周敬王四十二年事也。

是年，越王勾践探听得吴王自越兵退后，荒于酒色，不理朝政，况连岁凶荒，民心愁怨，乃复悉起境内士卒，大举伐吴。方出郊，于路上见一大蛙，目睁腹涨，似有怒气，勾践肃然，凭轼而起，左右问曰："君何敬？"勾践曰："吾见怒蛙如欲斗之士，是以敬之。"军中皆曰："吾王敬及怒蛙，吾等受数年教训，岂反不如蛙乎？"于是交相劝勉，以必死为志。国人各送其子弟于郊境之上，皆泣涕诀别，相语曰："此行不灭吴，不复相见！"勾践复诏于军曰："父子俱在军中者，父归；兄弟俱在军中者，兄归；有父母无昆弟者，归养；有疾病不能胜兵者，以告，给医药糜粥。"军中感越王爱才之德，欢声如雷。行及江口，斩有罪者以申军法，军心肃然。

吴王夫差闻越兵再至，亦悉起士卒，迎敌于江上。越兵屯于江南，吴兵屯于江北。越王将大军分为左右二阵，范蠡率右军，文种率左军，君子之卒六千人，从越王为中阵。明日，将战于江中。乃于黄昏左侧，令左军衔枚，溯江而上五里，以待吴兵，戒以夜半鸣鼓而进。复令右军衔枚，逾江十里，只等左军接战，右军上前夹攻，各用大鼓，务使鼓声震闻远近。吴兵至夜半，忽闻鼓声震天，知是越军来袭，仓皇举火，尚未看得明白，远远的鼓声又起，两军相应，合围拢来。夫差大惊，急传令分军迎战。不期越王潜引私卒六千，金鼓不鸣，于黑暗中径冲吴中军。此时天色尚未明，但觉前后左右中央尽是越军，吴兵不能抵当，大败而走。勾践率三军紧紧追之，及于笠泽，复战，吴师又败。一连三战三北，名将王子姑曹、胥门巢等俱死，夫差连夜遁回，闭门自守。勾践从横山进兵，即今越来溪是也，筑一城于胥门之外，谓之越城，欲以困吴。

越王围吴多时，吴人大困。伯嚭托疾不出，夫差乃使王孙骆肉袒膝行而前，请成于越王，曰："孤臣夫差异日得罪于会稽，夫差不敢逆命，得与君王结成以归。今君王举兵而诛孤臣，孤臣意者亦望君王如会稽之赦罪。"勾践不忍其言，意欲许之。范蠡曰："君王早朝晏罢，谋之二十年，奈何垂成而弃之？"遂不准其行成。吴使往返七次，种、蠡坚执不肯。遂鸣鼓攻城，吴人不能复战。种、蠡商议欲毁胥门而入，其夜望见吴南城上有伍子胥头，巨若车轮，目若耀电，须发四张，光射十里，越将士无不畏惧，暂且屯兵。至夜半，暴风从南门而起，疾雨如注，雷轰电掣，飞石扬沙，疾于弓弩，越兵遭者不死即伤，船索俱解，不能连属。范蠡、文种情急，乃肉袒冒雨，遥望南门，稽颡谢罪。良久，风息雨止，种、蠡坐而假寐，以待天明。梦见子胥乘白马素车而至，衣冠甚伟，俨如生时，开言曰："吾前知越兵必至，故求置吾头于东门，以观汝之入吴。吴王置吾头于南门，吾忠心未绝，不忍汝从吾头下而入，故为风雨，以退汝军。然越之有吴，此乃天定，吾安能止哉？汝如欲入，更从东门，我当为汝开道，贯城以通汝路。"二人所梦皆同，乃告于越王，使士卒开渠，自南而东，将及蛇、匠二门之间，忽然太湖水发，自胥门汹涌而来，波涛冲击，竟将罗城荡开一大穴，有鱄鲸无数，随涛而入。范蠡曰："此子胥为我开道也！"遂驱兵入城。其后因穴为门，名曰"鱄鲸门"，因水多葑草，又名葑门，其水名葑溪。此乃子胥显灵古迹也。

夫差闻越兵入城，伯嚭已降，遂同王孙骆及其三子，奔于阳山。昼驰夜走，腹馁口饥，目视昏眩，左右捋得生稻，剥之以进。吴王嚼之，伏地掬饮沟中之水，问左右曰："所食者，何物也？"左右对曰："生稻。"夫差曰："此公孙圣所言，'不得火食走章皇'也。"王孙骆曰："饱食而去，前有深谷，可以暂避。"夫差曰："妖梦已准，死在旦夕，暂避何为？"乃止于阳山，谓王孙骆曰："吾前戮公孙圣，投于此山之巅，不知尚有灵响否？"骆曰："王试呼之。"夫差乃大呼曰："公孙圣！"山中亦应曰："公孙圣！"三呼而三应，夫差心中恐惧，乃迁于干隧。勾践率千人追至，围之数重。夫差作书,系于矢上,射入越军。军人拾取呈上,种、蠡二人同启,视其词曰:"吾闻'狡兔死而良犬烹',敌国如灭,谋臣必亡,大夫何不存吴一线,以自为余地?"文种亦作书系矢而答之曰:"吴有大过者六,戮忠臣伍子胥,大过一也;以直言杀公孙圣,大过二也;太宰谀佞,而听用之,大过三也;齐、晋无罪,数伐其国,大过四也;吴、越同壤而侵伐,大过五也;越亲戕吴之前王,不知报仇,而纵敌贻患,大过六也。有此六大过,欲免于亡,得乎?昔天以越赐吴,吴不肯受;今天以吴赐越,越其敢违天之命?"夫差得书,读至第六款大过,垂泪曰:"寡人不诛勾践,忘先王之仇,为不孝之子,此天之所以弃吴也!"王孙骆曰:"臣请再见越王而哀恳之。"夫差曰:"寡人不愿复国,若许为附庸,世世事越,固所愿矣。"

骆至越军,种、蠡拒之不得入。勾践望见吴使者泣涕而去,意颇怜之,使人谓吴王曰:"寡人念君昔日之情,请置君于甬东,给夫妇五百家,以终王之世。"夫差含泪而对曰:"君王幸赦吴,吴亦君之外府也。若覆社稷,废宗庙,而以五百家为?臣,孤老矣,不能从编氓之列,孤有死耳!"越使者去,夫差犹未肯自裁。勾践谓种、蠡曰:"二子何不执而诛之。"种、蠡对曰:"人臣不敢加诛于君,愿主公自命之。天诛当行,不可久稽!"勾践乃仗"步光"之剑,立于军前,使人告吴王曰:"世无万岁之君,总之一死,何必使吾师加刀于王耶?"夫差乃太息数声,四顾而望,泣曰:"吾杀忠臣子胥、公孙圣,今自杀晚矣!"谓左右曰:"使死者有知,无面目见子胥、公孙圣于地下,必重罗三幅,以掩吾面!"言罢,拔佩剑自刎。王孙骆解衣以覆吴王之尸,即以组带自缢于旁。勾践命以侯礼葬于阳山,使军士每人负土一篑,须臾,遂成大冢。流其三子于龙尾山。后人名其里为吴山里。诗人张羽有诗叹曰:

荒台独上故城西,辇路凄凉草木悲。
废墓已无金虎卧,坏墙时有夜乌啼。
采香径断来麋鹿,响屟廊空变黍离。
欲吊伍员何处所?淡烟斜月不堪题!

杨诚斋《苏台吊古》诗云:

插天四塔云中出,隔水诸峰雪后新。
道是远瞻三百里,如何不见六千人?

胡曾先生咏史诗云:

吴王恃霸逞雄才,贪向姑苏醉绿醅。
不觉钱塘江上月,一宵西送越兵来。

元人萨都剌诗云:

阊门杨柳自春风,水殿幽花泣露红。
飞絮年年满城郭,行人不见馆娃宫。

唐人陆龟蒙咏西施云:

半夜娃宫作战场,血腥犹杂宴时香。
西施不及烧残蜡,犹为君王泣数行。

第八十三回　诛芈胜叶公定楚，灭夫差越王称霸

再说越王入姑苏城，据吴王之宫，百官称贺，伯嚭亦在其列，恃其旧日周旋之恩，面有德色。勾践谓曰："子，吴太宰也，寡人敢相屈乎？汝君在阳山，何不从之？"伯嚭惭而退。勾践使力士执而杀之，灭其家，曰："吾以报子胥之忠也！"勾践抚定吴民，乃以兵北渡江淮，与齐、晋、宋、鲁诸侯，会于舒州，使人致贡于周。

时周敬王已崩，太子名仁嗣位，是为元王。元王使人赐勾践衮冕、圭璧、彤弓、弧矢，命为东方之伯。勾践受命，诸侯悉遣人致贺。其时楚灭陈国，惧越兵威，亦遣使修聘。勾践割淮上之地以与楚，割泗水之东、地方百里以与鲁，以吴所侵宋地归宋。诸侯悦服，尊越为霸。

越王还吴国，遣人筑贺台于会稽，以盖昔日被栖之耻。置酒吴宫文台之上，与群臣为乐。命乐工作《伐吴》之曲，乐师引琴而鼓之。其词曰：

> 吾王神武蓄兵威，欲诛无道当何时？大夫种蠡前致词：吴杀忠臣伍子胥，今不伐吴又何须？良臣集谋迎天禧，一战开疆千里余。恢恢功业勒常彝，赏无所吝罚不违。君臣同乐酒盈卮。

台上群臣大悦而笑，惟勾践面无喜色。范蠡私叹曰："越王不欲功归臣下，疑忌之端已见矣！"次日，入辞越王曰："臣闻'主辱臣死'。向者，大王辱于会稽，臣所以不死者，欲隐忍成越之功也。今吴已灭矣，大王倘免臣会稽之诛，愿乞骸骨，老于江湖。"越王恻然，泣下沾衣，言曰："寡人赖子之力，以有今日，方思图报，奈何弃寡人而去乎？留则与子共国，去则妻子为戮！"蠡曰："臣

则宜死,妻子何罪?死生惟王,臣不顾矣!"是夜,乘扁舟出齐女门,涉三江,入五湖。至今齐门外有地名蠡口,即范蠡涉三江之道也。次日,越王使人召范蠡,蠡已行矣,越王愀然变色,谓文种曰:"蠡可追乎?"文种曰:"蠡有鬼神不测之机,不可追也。"种既出,有人持书一封投之,种启视,乃范蠡亲笔。其书曰:

子不记吴王之言乎?狡兔死,走狗烹;敌国破,谋臣亡。越王为人,长颈鸟喙,忍辱妒功,可与共患难,不可与共安乐。子今不去,祸必不免。

文种看罢,欲召送书之人,已不知何往矣。种怏怏不乐,然犹未深信其言,叹曰:"少伯何虑之过乎?"

过数日,勾践班师回越,携西施以归。越夫人潜使人引出,负以大石,沉于江中,曰:"此亡国之物,留之何为?"后人不知其事,讹传范蠡载入五湖,遂有"载去西施岂无意,恐留倾国误君王"之句。按:范蠡扁舟独往,妻子且弃之,况吴宫宠妃,何敢私载乎?又有言范蠡恐越王复迷其色,乃以计沉之于江,此亦谬也。罗隐有诗辨西施之冤云:

家国兴亡自有时,时人何苦咎西施!
西施若解亡吴国,越国亡来又是谁?

再说越王念范蠡之功,收其妻子,封以百里之地,复使良工铸金,象范蠡之形,置之座侧,如蠡之生也。

却说范蠡自五湖入海,忽一日,使人取妻子去,遂入齐,改名曰鸱夷子皮,仕齐为上卿。未几,弃官隐于陶山,畜五牝,生息获利千金,自号曰陶朱公。今所传《致富奇书》,云是陶朱公之遗术也。其后吴人祀范蠡于吴江,与晋张翰、唐陆龟蒙为"三高祠"。宋人刘寅有诗云:

> 人谓吴痴信不虚,建崇越相果何如?
> 千年亡国无穷恨,只合江边祀子胥。

勾践不行灭吴之赏,无尺土寸地分授,与旧臣疏远,相见益稀。计倪佯狂辞职,曳庸等亦多告老,文种心念范蠡之言,称疾不朝。越王左右有不悦文种者,谮于王曰:"种自以功大赏薄,心怀怨望,故不朝耳。"越王素知文种之才能,以为灭吴之后,无所用之,恐其一旦为乱,无人可制,欲除之,又无其名。其时鲁哀公与季、孟、仲三家有隙,欲借越兵伐鲁,以除去三家,乃借朝越为名,来至越国。勾践心虞文种,故不为发兵,哀公遂死于越。

再说越王忽一日往视文种之疾,种为病状,强迎王入。王乃解剑而坐,谓曰:"寡人闻之,'志士不忧其身之死,而忧其道之不行'。子有七术,寡人行其三,而吴已破灭,尚有四术,安所用之?"种对曰:"臣不知所用也。"越王曰:"愿以四术,为我谋吴之前人于地下可乎?"言毕,即升舆而去,遗下佩剑于座。种取视之,剑匣有"属镂"二字,即夫差赐子胥自刎之剑也。种仰天叹曰:"古人云:'大德不报。'吾不听范少伯之言,乃为越王所戮,岂非愚哉?"复自笑曰:"百世而下,论者必以吾配子胥,亦复何恨!"遂伏剑而死。越王知种死,乃大喜,葬种于卧龙山。后人因名其山曰种山。葬一年,海水大发,穿山胁,冢忽崩裂。有人见子胥同文种前后逐浪而去。今钱塘江上，海潮重叠，前为子胥，后乃文种也。髯翁有《文种赞》曰：

> 忠哉文种，治国之杰。
> 三术亡吴，一身殉越。
> 不共蠡行，宁同胥灭。
> 千载生气，海潮叠叠。

勾践在位二十七年而薨，周元王之七年也。其后子孙，世称为霸。

话分两头。却说晋国六卿，自范、中行二氏灭后，止存智、赵、魏、韩四卿。智氏、荀氏因与范氏同出于荀吴，欲别其族，乃循智罃之旧，改称智氏。时智瑶为政，号为智伯。四家闻田氏弑君专国，诸侯莫讨，于是私自立议，各择便据地，以为封邑。晋出公之邑反少于四卿，无可奈何。

就中单表赵简子名鞅，有子数人，长子名伯鲁，其最幼者，名无恤，乃贱婢所生。有善相人者，姓姑布名子卿，至于晋，鞅召诸子使相之。子卿曰："无为将军者。"鞅叹曰："赵氏其灭矣！"子卿曰："吾来时遇一少年在途，相从者皆君府中人，此得非君之子耶？"鞅曰："此吾幼子无恤，所出甚贱，岂足道哉？"子卿曰："天之所废，虽贵必贱；天之所兴，虽贱必贵。此子骨相，似异诸公子，吾未得详视也，君可召之。"鞅使人召无恤至，子卿望见，遽起拱立曰："此真将军矣！"鞅笑而不答。他日悉召诸子，叩其学问，无恤有问必答，条理分明，鞅始知其贤。乃废伯鲁而立无恤为適子。

一日，智伯怒郑之不朝，欲同赵鞅伐郑。鞅偶患疾，使无恤代将以往。智伯以酒灌无恤，无恤不能饮，智伯醉而怒，以酒罍投无恤之面，面伤出血。赵氏将士俱怒，欲攻智伯，无恤曰："此小耻，吾姑忍之。"智伯班师回晋，反言无恤之过，欲鞅废之，鞅不从。无恤自此与智伯有隙。赵鞅病笃，谓无恤曰："异日晋国有难，惟晋阳可恃，汝可识之。"言毕，遂卒。无恤代立，是为赵襄子。此乃周贞定王十一年之事。

时晋出公愤四卿之专，密使人乞兵于齐、鲁，请伐四卿。齐田氏、鲁三家反以其谋告于智伯。智伯大怒，同韩康子虎、魏桓子驹、赵襄子无恤，合四家之众，反伐出公。出公出奔于齐。智伯立昭公之曾孙骄为晋君，是为哀公。自此晋之大权，尽归于智伯瑶。瑶遂有代晋之志，召集家臣商议。

毕竟智伯成败如何，且看下回分解。

第八十四回
智伯决水灌晋阳，豫让击衣报襄子

话说智伯名瑶，乃智武子跞之孙，智宣子徐吾之子。徐吾欲建嗣，谋于族人智果曰："吾欲立瑶何如？"智果曰："不如宵也。"徐吾曰："宵才智皆逊于瑶，不如立瑶。"智果曰："瑶有五长过人，惟一短耳：美须长大过人，善射御过人，多技艺过人，强毅果敢过人，智巧便给过人，然而贪残不仁，是其一短。以五长凌人，而济之以不仁，谁能容之？若果立瑶，智宗必灭！"徐吾不以为然，竟立瑶为适子。智果叹曰："吾不别族，惧其随波而溺也！"乃私谒太史，求改氏谱，自称辅氏。及徐吾卒，瑶嗣位，独专晋政，内有智开、智国等肺腑之亲，外有绪疵、豫让等忠谋之士，权尊势重，遂有代晋之志。召诸臣密议其事，谋士绪疵进曰："四卿位均力敌，一家先发，三家拒之。今欲谋晋室，先削三家之势。"智伯曰："削之何道？"绪疵曰："今越国方盛，晋失主盟，主公托言兴兵与越争霸，假传晋侯之命，令韩、赵、魏三家各献地百里，率其赋以为军资。三家若从命割地，我坐而增三百里之封，智氏益强，而三家日削矣。有不从者，矫晋侯之命，率大军先除灭之。此'食果去

第八十四回　智伯决水灌晋阳，豫让击衣报襄子

皮'之法也。"智伯曰："此计甚妙。但三家先从那家割起？"绤疵曰："智氏睦于韩、魏，而与赵有隙，宜先韩次魏，韩、魏既从，赵不能独异也。"智伯即遣智开至韩虎府中，虎延入中堂，叩其来意，智开曰："吾兄奉晋侯之命，治兵伐越，令三卿各割采地百里入于公家，取其赋以充公用。吾兄命某致意，愿乞地界回复。"韩虎曰："子且暂回，某来日即当报命。"智开去，韩康子虎召集群下谋曰："智瑶欲挟晋侯以弱三家，故请割地为名。吾欲兴兵先除此贼，卿等以为何如？"谋士段规曰："智伯贪而无厌，假君命以削吾地，若用兵，是抗君也，彼将借以罪我，不如与之。彼得吾地，必又求之于赵、魏，赵、魏不从，必相攻击，吾得安坐而观其胜负。"韩虎然之。次日，令段规画出地界百里之图，亲自进于智伯。智伯大喜，设宴于蓝台之上，以款韩虎。饮酒中间，智伯命左右取画一轴，置于几上，同虎观之，乃鲁卞庄子刺三虎之图，上有题赞云：

> 三虎啖羊，势在必争。
> 其斗可俟，其倦可乘。
> 一举兼收，卞庄之能。

智伯戏谓韩虎曰："某尝稽诸史册，列国中与足下同名者，齐有高虎，郑有罕虎，今与足下而三矣。"时段规侍侧，进曰："礼，不呼名，惧触讳也。君之戏吾主，毋乃甚乎？"段规生得身材矮小，立于智伯之旁，才及乳下，智伯以手拍其顶曰："小儿何知，亦来饶舌，三虎所啖之余，得非汝耶！"言毕，拍手大笑。段规不敢对，以目视韩虎。韩佯醉，闭目应曰："智伯之言是也。"即时辞去。智国闻之，谏曰："主公戏其君而侮其臣，韩氏之恨必深，若不备之，

祸且至矣。"智伯瞋目大言曰："我不祸人足矣，谁敢兴祸于我？"智国曰："蚋蚁蜂虿，犹能害人，况君相乎？主公不备，异日悔之何及？"智伯曰："吾将效下庄子一举刺三虎。蚋蚁蜂虿，我何患哉？"智国叹息而出。史臣有诗云：

> 智伯分明井底蛙，眼中不复置王家。
> 宗英空进兴亡计，避害谁如辅果嘉？

次日，智伯再遣智开求地于魏桓子驹，驹欲拒之，谋臣任章曰："求地而与之，失地者必惧，得地者必骄，骄则轻敌，惧则相亲，以相亲之众，待轻敌之人，智氏之亡可待矣。"魏驹曰："善。"亦以万家之邑献之。智伯乃遣其兄智宵，求蔡、皋狼之地于赵氏。赵襄子无恤衔其旧恨，怒曰："土地乃先世所传，安敢弃之！韩、魏有地自予，吾不能媚人也。"智宵回报，智伯大怒，尽出智氏之甲，使人邀韩、魏二家，共攻赵氏，约以灭赵氏之日，三分其地。韩虎、魏驹一来惧智伯之强，二来贪赵氏之地，各引一军，从智伯征进。智伯自将中军，韩军在右，魏军在左，杀奔赵府中，欲擒赵无恤。赵氏谋臣张孟谈预知兵到，奔告无恤曰："寡不敌众，主公速宜逃难。"无恤曰："逃在何处方好？"张孟谈曰："莫如晋阳，昔董安于曾筑公宫于城内，又经尹铎经理一番，百姓受尹铎数十年宽恤之恩，必能效死。先君临终有言：'异日国家有变，必往晋阳。'主公宜速行，不可迟疑。"无恤即率家臣张孟谈、高赫等，望晋阳疾走。智伯勒二家之兵以追无恤。

却说无恤有家臣原过，行迟落后，于中途遇一神人，半云半雾，惟见上截金冠锦袍，面貌亦不甚分明，以青竹二节授之，嘱曰：

"为我致赵无恤。"原过追上无恤，告以所见，以竹管呈之。无恤亲剖其竹，竹中有朱书二行："告赵无恤，余霍山之神也，奉上帝命，三月丙戌，使汝灭智氏。"无恤令秘其事。行至晋阳，晋阳百姓感尹铎仁德，携老扶幼，迎接入城，驻扎公宫。无恤见百姓亲附，又见晋阳城堞高固，仓廪充实，心中稍安。即时晓谕百姓，登城守望。点阅军器，戈戟钝敝，箭不满千，愀然不乐，谓张孟谈曰："守城之器，莫利于弓矢，今箭不过数百，不够分给，奈何？"孟谈曰："吾闻董安于之治晋阳也，公宫之墙垣，皆以荻蒿楛楚聚而筑之。主公何不发其墙垣，以验虚实？"无恤使人发其墙垣，果然都是箭杆之料。无恤曰："箭已足矣，奈无金以铸兵器何？"孟谈曰："闻董安于建宫之时，堂室皆练精铜为柱，卸而用之，铸兵有余也。"无恤再发其柱，纯是练过的精铜，即使冶工碎柱，铸为剑戟刀枪，无不精利，人情益安。无恤叹曰："甚哉，治国之需贤臣也！得董安于而器用备，得尹铎而民心归。天祚赵氏，其未艾乎？"

再说智、韩、魏三家兵到，分作三大营，连络而居，把晋阳围得铁桶相似。晋阳百姓，情愿出战者甚众，齐赴公宫请令。无恤召张孟谈商之。孟谈曰："彼众我寡，战未必胜，不如深沟高垒，坚闭不出，以待其变。韩、魏无仇于赵，特为智伯所迫耳。两家割地，亦非心愿，虽同兵而实不同心，不出数月，必有自相疑猜之事，安能久乎？"无恤纳其言，亲自抚谕百姓，示以协力固守之意。军民互相劝勉，虽妇女童稚，亦皆欣然愿效死力。有敌兵近城，辄以强弩射之，三家围困岁余，不能取胜。智伯乘小车周行城外，叹曰："此城坚如铁瓮，安可破哉？"正怀闷间，行至一山，见山下泉流万道，滚滚望东而逝，拘土人问之，答曰："此山名曰龙山，山腹有巨石如瓮，故又名悬瓮山。晋水东流，与汾水合，此山乃发源之处也。"智伯曰:"离城几何里?"土人曰:"自此至城西门,可十里之遥。"智伯登山以望晋水,复绕城东北,相度了一回,忽然省悟曰:"吾得破城之策矣!"即时回寨,请韩、魏二家商议,欲引水灌城。韩虎曰:"晋水东流,安能决之使西乎?"智伯曰:"吾非引晋水也。晋水发源于龙山,其流如注,若于山北高阜处,掘成大渠,预为蓄水之地,然后将晋水上流坝断,使水不归于晋川,势必尽注新渠。方今春雨将降,山水必大发,俟水至之日,决堤灌城,城中之人,皆为鱼鳖矣。"韩、魏齐声赞曰:"此计妙哉!"智伯曰:"今日便须派定路数,各司其事,韩公守把东路,魏公守把南路,须早夜用心,以防奔突。某将大营移屯龙山,兼守西北二路,专督开渠筑堤之事。"韩、魏领命辞去。智伯传下号令,多备锹锸,凿渠于晋水之北,次将各处泉流下泻之道尽皆坝断,复于渠之左右筑起高堤,凡山坳泄水之处,都有堤坝。那泉源泛溢,奔激无归,只得望北而走,尽注新渠,却将铁枋闸板渐次增添,截住水口,其水便有留而无去,有增而无减了。今晋水北流一支,名智伯渠,即当日所凿也。一月之后,果然春雨大降,山水骤涨,渠高顿与堤平。智伯使人决开北面,其水从北溢出,竟灌入晋阳城来。有诗为证:

向闻洪水汩山陵,复见壅泉灌晋城。
能令阳侯添胆大,便教神禹也心惊。

时城中虽被围困,百姓向来富庶,不苦冻馁,况城基筑得十分坚厚,虽经水浸,并无剥损。过数日,水势愈高,渐渐灌入城中,房屋不是倒塌,便是淹没,百姓无地可栖,无灶可爨,皆构巢而居,悬釜而炊。公宫虽有高台,无恤不敢安居,与张孟谈不时乘竹

第八十四回　智伯决水灌晋阳，豫让击衣报襄子

筏，周视城垣。但见城外水声淙淙，一望江湖，有排山倒峡之势，再加四五尺，便冒过城头了。无恤心下暗暗惊恐，且喜守城军民昼夜巡警，未尝疏怠，百姓皆以死自誓，更无二心。无恤叹曰："今日方知尹铎之功矣！"乃私谓张孟谈曰："民心虽未变，而水势不退，倘山水再涨，阖城俱为鱼鳖，将若之何？霍山神其欺我乎？"孟谈曰："韩、魏献地，未必甘心，今日从兵，迫于势耳。臣请今夜潜出城外，说韩、魏之君，反攻智伯，方脱此患。"无恤曰："兵围水困，虽插翅亦不能飞出也。"孟谈曰："臣自有计，吾主不必忧虑。主公但令诸将多造船筏，利兵器，倘徼天之幸，臣说得行，智伯之头，指日可取矣。"无恤许之。

孟谈知韩康子屯兵于东门，乃假扮智伯军士，于昏夜缒城而出，径奔韩家大寨，只说："智元帅有机密事，差某面禀。"韩虎正坐帐中，使人召入。其时军中严急，凡进见之人，俱搜简干净，方才放进，张孟谈既与军士一般打扮，身边又无夹带，并不疑心。孟谈既见韩虎，乞屏左右，虎命从人闪开，叩其所以，孟谈曰："某非军士，实乃赵氏之臣张孟谈也。吾主被围日久，亡在旦夕，恐一旦身死家灭，无由布其腹心，故特遣臣假作军士，夜潜至此，求见将军，有言相告。将军容臣进言，臣敢开口，如不然，臣请死于将军之前。"韩虎曰："汝有话但说，有理则从。"孟谈曰："昔日六卿和睦，同执晋政，自范氏、中行氏不得众心，自取覆灭，今存者，惟智、韩、魏、赵四家耳。智伯无故欲夺赵氏蔡、皋狼之地，吾主念先世之遗，不忍遽割，未有得罪于智伯也。智伯自恃其强，纠合韩、魏欲攻灭赵氏。赵氏亡，则祸必次及于韩、魏矣。"韩虎沉吟未答，孟谈又曰："今日韩、魏所以从智伯而攻赵者，指望城下之日，三分赵氏之地耳。夫韩、魏不尝割万家之邑，以献智伯乎？世传疆

宇，彼尚垂涎而夺之，未闻韩、魏敢出一语相抗也，况他人之地哉？赵氏灭，则智氏益强，韩、魏能引今日之劳，与之争厚薄乎？即使今日三分赵地，能保智氏异日之不复请乎？将军请细思之！"韩虎曰："子之意欲如何？"孟谈曰："依臣愚见，莫若与吾主私和，反攻智伯，均之得地，而智氏之地多倍于赵，且以除异日之患，三君同心，世为唇齿，岂不美哉！"韩虎曰："子言亦似有理，俟吾与魏家计议。子且去，三日后来取回复。"孟谈曰："臣万死一生，此来非同容易，军中耳目，难保不泄，愿留麾下三日，以待尊命。"韩虎使人密召段规，告以孟谈所言。段规受智伯之侮，怀恨未忘，遂深赞孟谈之谋。韩虎使孟谈与段规相见，段规留孟谈同幕而居，二人深相结纳。

次日，段规奉韩虎之命，亲往魏桓子营中，密告以赵氏有人到军中讲话，如此恁般："吾主不敢擅便，请将军裁决。"魏驹曰："狂贼悖嫚，吾亦恨之，但恐缚虎不成，反为所噬耳。"段规曰："智伯不能相容，势所必然。与其悔于后日，不如断于今日。赵氏将亡，韩、魏存之，其德我必深，不犹愈于与凶人共事乎？"魏驹曰："此事当熟思而行，不可造次。"段规辞去。

到第二日，智伯亲自行水，遂治酒于悬瓮山，邀请韩、魏二将军，同视水势。饮酒中间，智伯喜形于色，遥指着晋阳城，谓韩、魏曰："城不没者，仅三版矣。吾今日始知水之可以亡人国也。晋国之盛，表里山河，汾、浍、晋、绛，皆号巨川。以吾观之，水不足恃，适足速亡耳。"魏驹私以肘撑韩虎，韩虎蹑魏驹之足，二人相视，皆有惧色。须臾席散，辞别而去。絺疵谓智伯曰："韩、魏二家必反矣。"智伯曰："子何以知之？"絺疵曰："臣未察其言，已观其色。主公与二家约，灭赵之日，三分其地，今赵城旦暮必破，二家无得地之喜,而有虑患之色,是以知其必反也。"智伯曰:"吾与二氏方欢然同事,彼何虑焉?"絺疵曰:"主公言水不足恃,适速其亡,夫晋水可以灌晋阳,汾水可以灌安邑,绛水可以灌平阳,主公言及晋阳之水,二君安得不虑乎?"

至第三日,韩虎、魏驹亦移酒于智伯营中,答其昨日之情。智伯举觞未饮,谓韩、魏曰:"瑶素负直性,能吐不能茹。昨有人言,二位将军有中变之意,不知果否?"韩虎、魏驹齐声答曰:"元帅信乎?"智伯曰:"吾若信之,岂肯面询于将军哉?"韩虎曰:"闻赵氏大出金帛,欲离间吾三人,此必逸臣受赵氏之私,使元帅疑我二家,因而懈于攻围,庶几脱祸耳。"魏驹亦曰:"此言甚当。不然,城破在迩,谁不愿剖分其土地,乃舍此目前必获之利,而蹈不可测之祸乎?"智伯笑曰:"吾亦知二位必无此心,乃絺疵之过虑也。"韩虎曰:"元帅今日虽然不信,恐早晚复有言者,使吾两人忠心无以自明,宁不堕逸臣之计乎?"智伯以酒酹地曰:"今后彼此相猜,有如此酒。"虎、驹拱手称谢。是日饮酒倍欢,将晚而散。絺疵随后入见智伯曰:"主公奈何以臣之言,泄于二君耶?"智伯曰:"汝又何以知之?"絺疵曰:"适臣遇二君于辕门,二君端目视臣,已而疾走。彼谓臣已知其情,有惧臣之心,故遑遽如此。"智伯笑曰:"吾与二子酹酒为誓,各不相猜,子勿妄言,自伤和气。"絺疵退而叹曰:"智氏之命不长矣!"乃诈言暴得寒疾,求医治疗,遂逃奔秦国去讫。髯翁有诗咏絺疵云:

韩魏离心已见端,絺疵远识讵能瞒?
一朝托疾飘然去,明月清风到处安。

再说韩虎、魏驹从智伯营中归去，路上二君定计，与张孟谈歃血订约："期于明日夜半，决堤泄水，你家只看水退为信，便引城内军士，杀将出来，共擒智伯。"孟谈领命入城，报知无恤。无恤大喜，暗暗传令，结束停当，等待接应。至期，韩虎、魏驹暗地使人袭杀守堤军士，于西面掘开水口，水从西决，反灌入智伯之寨。军中惊乱，一片声喊起，智伯从睡梦中惊醒起来，水已及于卧榻，衣被俱湿，还认道巡视疏虞，偶然堤漏，急唤左右快去救水塞堤。须臾，水势益大。却得智国、豫让率领水军，驾筏相迎，扶入舟中。回视本营，波涛滚滚，营垒俱陷，军粮器械，飘荡一空，营中军士尽从水中浮沉挣命。智伯正在凄惨，忽闻鼓声大震，韩、魏两家之兵各乘小舟，趁着水势杀来，将智家军乱砍，口中只叫："拿智瑶来献者重赏！"智伯叹曰："吾不信絺疵之言，果中其诈。"豫让曰："事已急矣！主公可从山后逃匿，奔入秦邦请兵，臣当以死拒敌。"智伯从其言，遂与智国掉小舟转出山背。

谁知赵襄子也料智伯逃奔秦国，却遣张孟谈从韩、魏二家追逐智军，自引一队伏于龙山之后，凑巧相遇。无恤亲缚智伯，数其罪斩之。智国投水溺死。豫让鼓励残兵，奋勇迎战，争奈寡不敌众，手下渐渐解散，及闻智伯已擒，遂变服逃往石室山中。智氏一军尽没。无恤查是日，正三月丙戌日也。天神所赐竹书，其言验矣。

三家收兵在于一处，将各路坝闸，尽行拆毁，水复东行，归于晋川。晋阳城中之水，方才退尽。无恤安抚居民已毕，谓韩、魏曰："某赖二公之力，保全残城，实出望外。然智伯虽死，其族尚存，斩草留根，终为后患。"韩、魏曰："当尽灭其宗，以泄吾等之恨。"无恤即同韩、魏回至绛州，诬智氏以叛逆之罪，围其家，无论男女少长尽行屠戮，宗族俱尽。惟智果已出姓为辅氏，得免于难，到此

第八十四回　智伯决水灌晋阳，豫让击衣报襄子

方知果之先见矣。韩、魏所献地各自收回，又将智氏食邑，三分均分，无一民尺土，入于公家。此周贞定王十六年事也。

无恤论晋阳之功，左右皆推张孟谈为首，无恤独以高赫为第一。孟谈曰："高赫在围城之中，不闻画一策，效一劳，而乃居首功，受上赏，臣窃不解。"无恤曰："吾在厄困中，众俱慌错，惟高赫举动敬谨，不失君臣之礼，夫功在一时，礼垂万世，受上赏，不亦宜乎？"孟谈愧服。无恤感山神之灵，为之立祠于霍山，使原过世守其祀。又憾智伯不已，漆其头颅为溲便之器。豫让在石室山中，闻知其事，涕泣曰："士为知己者死，吾受智氏厚恩，今国亡族灭，辱及遗骸，吾偷生于世，何以为人？"乃更姓名，诈为囚徒服役者，挟利匕首，潜入赵氏内厕之中，欲候无恤如厕，乘间刺之。无恤到厕，忽然心动，使左右搜厕中，牵豫让出见无恤，无恤乃问曰："子身藏利器，欲行刺于吾耶？"豫让正色答曰："吾智氏亡臣，欲为智伯报仇耳。"左右曰："此人叛逆宜诛。"无恤止之曰："智伯身死无后，而豫让欲为之报仇，真义士也，杀义士者不祥。"令放豫让还家，临去，复召问曰："吾今纵子，能释前仇否？"豫让曰："释臣者，主之私恩；报仇者，臣之大义。"左右曰："此人无礼，纵之必为后患。"无恤曰："吾已许之，可失信乎？今后但谨避之可耳。"即日归治晋阳，以避豫让之祸。

却说豫让回至家中，终日思报君仇，未能就计。其妻劝其再仕韩、魏，以求富贵，豫让怒，拂衣而出。思欲再入晋阳，恐其识认不便，乃削须去眉，漆其身为癞子之状，乞丐于市中。妻往市跟寻，闻呼乞声，惊曰："此吾夫之声也！"趋视，见豫让，曰："其声似而其人非。"遂舍去。豫让嫌其声音尚在，复吞炭变为哑喉，再乞于市。妻虽闻声，亦不复讶。有友人素知豫让之志，见乞者行动，心

疑为让，潜呼其名，果是也，乃邀至家中进饮食，谓曰："子报仇之志决矣，然未得报之术也。以子之才，若诈投赵氏，必得重用，此时乘隙行事，唾手而得，何苦毁形灭性，以求济其事乎？"豫让谢曰："吾既臣赵氏，而复行刺，是贰心也。今吾漆身吞炭，为智伯报仇，正欲使人臣怀贰心者，闻吾风而知愧耳。请与子诀，勿复相见。"遂奔晋阳城来，行乞如故，更无人识之者。

赵无恤在晋阳观智伯新渠，已成之业，不可复废，乃使人建桥于渠上，以便来往，名曰赤桥。赤乃火色，火能克水，因晋水之患，故以赤桥厌之。桥既成，无恤驾车出观。豫让预知无恤观桥，复怀利刃，诈为死人，伏于桥梁之下。无恤之车，将近赤桥，其马忽悲嘶却步，御者连鞭数策，亦不前进。张孟谈进曰："臣闻'良骥不陷其主'，今此马不渡赤桥，必有奸人藏伏，不可不察。"无恤停车，命左右搜简，回报："桥下并无奸细，只有一死人僵卧。"无恤曰："新筑桥梁，安得便有死尸？必豫让也。"命曳出视之，形容虽变，无恤尚能识认，骂曰："吾前已曲法赦子，今又来谋刺，皇天岂佑汝哉？"命牵去斩之。豫让呼天而号，泪与血下。左右曰："子畏死耶？"让曰："某非畏死，痛某死之后，别无报仇之人耳。"无恤召回问曰："子先事范氏，范氏为智伯所灭，子忍耻偷生，反事智伯，不为范氏报仇。今智伯之死，子独报之甚切，何也？"豫让曰："夫君臣以义合，君待臣如手足，则臣待君如腹心；君待臣如犬马，则臣待君如路人。某向事范氏，止以众人相待，吾亦以众人报之；及事智伯，蒙其解衣推食，以国士相待，吾当以国士报之。岂可一例而观耶？"无恤曰："子心如铁石不转，吾不复赦子矣！"遂解佩剑，责令自裁。豫让曰："臣闻，'忠臣不忧身之死，明主不掩人之义'，蒙君赦宥，于臣已足，今日臣岂望再活？但两计不成，愤无所泄，请君脱衣与臣击之，以寓报仇之意，臣死亦瞑目矣！"无恤怜其志，脱下锦袍，使左右递与豫让。让挚剑在手，怒目视袍，如对无恤之状，三跃而三砍之，曰："吾今可以报智伯于地下矣！"遂伏剑而死。至今此桥尚存，后人改名为豫让桥。

无恤见豫让自刎，心甚悲之，即命收葬其尸。军士提起锦袍，呈与无恤，无恤视所砍之处，皆有鲜血点污，此乃精诚之所感也。无恤心中惊骇，自是染病。

不知性命何如，且看下回分解。

第八十五回
乐羊子怒馔中山羹，西门豹乔送河伯妇

话说赵无恤被豫让三击其衣，连打三个寒噤，豫让死后，无恤视衣砍处，皆有血迹，自此患病，逾年不痊。无恤生有五子，因其兄伯鲁为己而废，欲以伯鲁之子周为嗣。而周先死，乃立周之子浣为世子。无恤临终，谓世子赵浣曰："三卿灭智氏，地土宽饶，百姓悦服，宜乘此时，约韩、魏三分晋国，各立庙社，传之子孙，若迟疑数载，晋或出英主，揽权勤政，收拾民心，则赵氏之祀不保矣！"言讫而瞑。赵浣治丧已毕，即以遗言告于韩虎。时周考王之四年。晋哀公薨，子柳立，是为幽公。韩虎与魏、赵合谋，只以绛州、曲沃二邑为幽公俸食，余地皆三分入于三家，号曰三晋。幽公微弱，反往三家朝见，君臣之分倒置矣。

再说齐相国田盘，闻三晋尽分公家之地，亦使其兄弟宗人，尽为齐都邑大夫，遣使致贺于三晋，与之通好。自是列国交际，田、赵、韩、魏四家，自出名往来，齐、晋之君拱手如木偶而已。

时周考王封其弟揭于河南王城，以续周公之官职。揭少子班，别封于巩，因巩在王城之东，号曰东周公，而称河南曰西周公。此

东西二周之始。考王薨,子午立,是为威烈王。威烈王之世,赵浣卒,子赵籍代立。而韩虔嗣韩,魏斯嗣魏,田和嗣田,四家相结益深,约定彼此互相推援,共成大事。

威烈王二十三年,有雷电击周之九鼎,鼎俱摇动。三晋之君,闻此私议曰:"九鼎乃三代传国之重器,今忽震动,周运其将终矣。吾等立国已久,未正名号,乘此王室衰微之际,各遣使请命于周王,求为诸侯,彼畏吾之强,不敢不许,如此,则名正言顺,有富贵之实,而无篡夺之名,岂不美哉?"于是各遣心腹之使,魏遣田文,赵遣公仲连,韩遣侠累,各赍金帛及土产之物,贡献于威烈王,乞其册命。威烈王问于使者曰:"晋地皆入于三家乎?"魏使田文对曰:"晋失其政,外离内叛,三家自以兵力征讨叛臣,而有其地,非攘之于公家也。"威烈王又曰:"三晋既欲为诸侯,何不自立?乃复告于朕乎?"赵使公仲连对曰:"以三晋累世之强,自立诚有余,所以必欲禀命者,不敢忘天子之尊耳。王若册封三晋之君,俾世笃忠贞,为周藩屏,于王室何不利焉?"威烈王大悦,即命内史作策命,赐籍为赵侯,虔为韩侯,斯为魏侯,各赐黼冕、圭璧全副。

田文等回报,于是赵、韩、魏三家,各以王命宣布国中,赵都中牟,韩都平阳,魏都安邑,立宗庙社稷,复遣使遍告列国。列国亦多致贺,惟秦国自弃晋附楚之后,不通中国,中国亦以夷狄待之,故独不遣贺。未几,三家废晋靖公为庶人,迁于纯留,而复分其余地。晋自唐叔传至靖公,凡二十九世,其祀遂绝。髯翁有诗叹云:

六卿归四四归三,南面称侯自不惭。

利器莫教轻授柄，许多昏主导奸贪。

又有诗讥周王不当从三晋之命，导人叛逆。诗云：

王室单微似赘瘤，怎禁三晋不称侯？
若无册命终成窃，只怪三侯不怪周。

却说三晋之中，惟魏文侯斯最贤，能虚心下士。时孔子高弟卜商，字子夏，教授于西河，文侯从之受经。魏成荐田子方之贤，文侯与之为友。成又言："西河人段干木，有德行，隐居不仕。"文侯即命驾车往见，干木闻车驾至门，乃窬后垣而避之。文侯叹曰："高士也！"遂留西河一月，日日造门请见，将近其庐，即凭轼起立，不敢偕坐。干木知其诚，不得已而见之，文侯以安车载归，与田子方同为上宾。四方贤士闻风来归，又有李克、翟璜、田文、任座一班谋士，济济在朝。当时人才之盛，无出魏右。秦人屡次欲加兵于魏，畏其多贤，为之寝兵。文侯尝与虞人期定午时，猎于郊外，其日早朝，值天雨，寒甚，赐群臣酒，君臣各饮，方在浃洽之际，文侯问左右曰："时及午乎？"答曰："时午矣。"文侯遽命撤酒，促舆人速速驾车适野。左右曰："雨，不可猎矣，何必虚此一出乎？"文侯曰："吾与虞人有约，彼必相候于郊，虽不猎，敢不亲往以践约哉？"国人见文侯冒雨而出，咸以为怪，及闻赴虞人之约，皆相顾语曰："我君之不失信于人如此。"于是凡有政教，朝令夕行，无敢违者。

却说晋之东有国名中山，姬姓，子爵，乃白狄之别种，亦号鲜虞。自晋昭公之世，叛服不常，屡次征讨，赵简子率师围之，始请和,奉朝贡。及三晋分国,无所专属,中山子姬窟,好为长夜之饮,以日为夜,以夜为日,疏远大臣,狎昵群小,黎民失业,灾异屡见。文侯谋欲伐之,魏成进曰:"中山西近赵,而南远于魏,若攻而得之,未易守也,"文侯曰:"若赵得中山,则北方之势愈重矣。"翟璜奏曰:"臣举一人,姓乐名羊,本国榖丘人也。此人文武全才,可充大将之任。"文侯曰:"何以见之?"翟璜对曰:"乐羊尝行路,得遗金,取之以归,其妻唾之曰:'志士不饮盗泉之水,廉者不受嗟来之食。此金不知来历,奈何取之,以污素行乎?'乐羊感妻之言,乃抛金于野,别其妻而出,游学于鲁、卫。过一年来归,其妻方织机,问夫:'所学成否?'乐羊曰:'尚未也。'妻取刀断其机丝。乐羊惊问其故,妻曰:'学成而后可行,犹帛成而后可服。今子学尚未成,中道而归,何异于此机之断乎?'乐羊感悟,复往就学,七年不返。今此人见在本国,高自期许,不屑小仕,何不用之?"文侯即命翟璜以辂车召乐羊,左右阻之曰:"臣闻乐羊长子乐舒,见仕中山,岂可任哉?"翟璜曰:"乐羊,功名之士也。子在中山,曾为其君招乐羊,羊以中山君无道不往。主公若寄以斧钺之任,何患不能成功乎?"文侯从之。

乐羊随翟璜入朝见文侯,文侯曰:"寡人欲以中山之事相委,奈卿子在彼国何?"乐羊曰:"丈夫建功立业,各为其主,岂以私情废公事哉?臣若不能破灭中山,甘当军令!"文侯大喜曰:"子能自信,寡人无不信子!"遂拜为元帅,使西门豹为先锋,率兵五万,往伐中山。姬窟遣大将鼓须,屯兵楸山,以拒魏师。乐羊屯兵于文山,相持月余,未分胜负。乐羊谓西门豹曰:"吾在主公面前,任军令状而来,今出兵月余,未有寸功,岂不自愧?吾视楸山多楸树,诚得一胆勇之士,潜师而往,纵火焚林,彼兵必乱,乱而乘之,无不胜矣。"西门豹愿往。

其时八月中秋，中山子姬窟遣使赍羊酒到楸山，以劳鼓须。鼓须对月畅饮，乐而忘怀。约至三更，西门豹率兵壮衔枚突至，每人各持长炬一根，俱枯枝扎成，内灌有引火药物，四下将楸木焚烧。鼓须见军中火起，延及营寨，带醉率军士救火，只见哔哔啪啪，遍山皆着，没救一头处。军中大乱，鼓须知前营有魏兵，急往山后奔走，正遇乐羊亲自引兵从山后袭来，中山兵大败，鼓须死战得脱，奔至白羊关，魏兵紧追在后，鼓须弃关而走。乐羊长驱直入，所向皆破。

鼓须引败兵见姬窟，言乐羊勇智难敌。须臾，乐羊引兵围了中山。姬窟大怒。大夫公孙焦进曰："乐羊者，乐舒之父，舒仕于本国。君令舒于城上说退父兵，此为上策。"姬窟依计，谓乐舒曰："尔父为魏将攻城，如说得退兵，当封汝大邑。"乐舒曰："臣父前不肯仕中山，而仕于魏，今各为其主，岂臣说之可行哉？"姬窟强之。乐舒不得已，只得登城大呼，请其父相见。乐羊披挂登于辇车，一见乐舒，不等开口，遽责曰："君子不居危国，不事乱朝。汝贪于富贵，不识去就，吾奉君命吊民伐罪，可劝汝君速降，尚可相见！"乐舒曰："降不降在君，非男所得专也。但求父暂缓其攻，容我君臣从容计议。"乐羊曰："吾且休兵一月，以全父子之情。汝君臣可早早定议，勿误大事！"乐羊果然出令，只教软困，不去攻城。姬窟恃着乐羊爱子之心，决不急攻，且图延缓，全无主意。过了一月，乐羊使人讨取降信，姬窟又叫乐舒求宽，乐羊又宽一月，如此三次。西门豹进曰："元帅不欲下中山乎，何以久而不攻也？"乐羊曰："中山君不恤百姓，吾故伐之，若攻之太急，伤民益甚。吾之三从其情，不独为父子之情，亦所以收民心也。"

却说魏文侯左右见乐羊新进,骤得大用,俱有不平之意,及闻其三次辍攻,遂谮于文侯曰:"乐羊乘屡胜之威,势如破竹,特因乐舒一语,三月不攻,父子情深,亦可知矣。主公若不召回,恐劳师费财,无益于事。"文侯不应,问于翟璜,璜曰:"此必有计,主公勿疑。"自此群臣纷纷上书,有言中山将分国之半与乐羊者,有言乐羊谋与中山共攻魏国者,文侯俱封置箧内,但时时遣使劳苦,预为治府第于都中,以待其归。乐羊心甚感激,见中山不降,遂率将士尽力攻击。中山城坚厚,且积粮甚多,鼓须与公孙焦昼夜巡警,拆城中木石,为捍御之备,攻至数月,尚不能破。恼得乐羊性起,与西门豹亲立于矢石之下,督令四门急攻。鼓须方指挥军士,脑门中箭而死。城中房屋墙垣,渐已拆尽。公孙焦言于姬窟曰:"事已急矣!今日止有一计,可退魏兵。"窟问:"何计?"公孙焦曰:"乐舒三次求宽,羊俱听之,足见其爱子之情矣。今攻击至急,可将乐舒绑缚,置于高竿,若不退师,当杀其子,使乐舒哀呼乞命,乐羊之攻,必然又缓。"姬窟从其言。乐舒在高竿上大呼:"父亲救命!"乐羊见之,大骂曰:"不肖子!汝仕于人国,上不能出奇运策,使其主有战胜之功;下不能见危委命,使君决行成之计。尚敢如含乳小儿,以哀号乞怜乎?"言毕,架弓搭矢,欲射乐舒。舒叫苦下城,见姬窟曰:"吾父志在为国,不念父子之情。主公自谋战守,臣请死于君前,以明不能退兵之罪。"公孙焦曰:"其父攻城,其子不能无罪,合当赐死。"姬窟曰:"非乐舒之过也。"公孙焦曰:"乐舒死,臣便有退兵之计。"姬窟遂以剑授舒,舒自刎而亡。公孙焦曰:"人情莫亲于父子,今将乐舒烹羹以遗乐羊,羊见羹必然不忍,乘其哀泣之际,无心攻战,主公引一军杀出,大战一场,幸而得胜,再作计较。"姬窟不得已而从之,命将乐舒之肉烹羹,并其首送于乐羊曰："寡君以小将军不能退师，已杀而烹之，谨献其羹。小将军尚有妻孥，元帅若再攻城，即当尽行诛戮。"乐羊认得是其子首，大骂曰："不肖子！事无道昏君，固宜取死。"即取羹对使者食之，尽一器，谓使者曰："蒙汝君馈羹，破城日面谢。吾军中亦有鼎镬，以待汝君也。"使者还报。姬窟见乐羊全无痛子之心，攻城愈急，恐城破见辱，遂入后宫自缢。公孙焦开门出降，乐羊数其谗谄败国之罪，斩之。抚慰居民已毕，留兵五千，使西门豹居守。尽收中山府藏宝玉，班师回魏。

魏文侯闻乐羊成功，亲自出城迎劳曰："将军为国丧子，实孤之过也。"乐羊顿首曰："臣义不敢顾私情，以负主公斧钺之寄。"乐羊朝见毕，呈上中山地图，及宝货之数，群臣称贺。文侯设宴于内台之上，亲捧觞以赐乐羊。羊受觞饮之，足高气扬，大有矜功之色。宴毕，文侯命左右挈二箧，封识甚固，送乐羊归第。左右将二箧交割。乐羊想道："箧内必是珍珠金玉之类，主公恐群臣相妒，故封识赠我。"命家人抬进中堂，启箧视之，俱是群臣奏本，本内尽说乐羊反叛之事。乐羊大惊曰："原来朝中如此造谤，若非吾君相信之深，不为所惑，怎得成功？"次日，入朝谢恩，文侯议加上赏，乐羊再拜辞曰："中山之灭，全赖主公力持于内，臣在外稍效犬马，何力之有？"文侯曰："非寡人不能任卿，非卿亦不能副寡人之任也。然将军劳矣，盍就封安食乎？"即以灵寿封羊，称为灵寿君，罢其兵权。翟璜进曰："君既知乐羊之能，奈何不使将兵备边，而纵其安闲乎？"文侯笑而不答。璜出朝以问李克，克曰："乐羊不爱其子，况他人哉，此管仲所以疑易牙也。"翟璜乃悟。

文侯思中山地远，必得亲信之人为守，乃保无虞，乃使其世子击为中山君。击受命而出，遇田子方乘敝车而来，击慌忙下车，拱立道旁致敬。田子方驱车直过，傲然不顾。击心怀不平，乃使人牵其车索，上前曰："击有问于子，富贵者骄人乎？贫贱者骄人乎？"子方笑曰："自古以来，只有贫贱骄人，那有富贵骄人之理？国君而骄人，则不保社稷；大夫而骄人，则不保宗庙。楚灵王以骄亡其国，智伯瑶以骄亡其家。富贵之不足恃明矣！若夫贫贱之士，食不过藜藿，衣不过布褐，无求于人，无欲于世。惟好士之主，自乐而就之，言听计合，勉为之留。不然，则浩然长往，谁能禁焉？武王能诛万乘之纣，而不能屈首阳之二士，盖贫贱之足贵如此。"太子击大惭，谢罪而去。文侯闻子方不屈于世子，益加敬礼。

时邺都缺守，翟璜曰："邺介于上党、邯郸之间，与韩、赵为邻，必得强明之士以守之，非西门豹不可。"文侯即用西门豹为邺都守。豹至邺城，见闾里萧条，人民稀少，召父老至前，问其所苦。父老皆曰："苦为河伯娶妇。"豹曰："怪事，怪事，河伯如何娶妇？汝为我详言之。"父老曰："漳水自沽岭而来，由沙城而东，经于邺，为漳河。河伯即清漳之神也。其神好美妇，岁纳一夫人，若择妇嫁之，常保年丰岁稔，雨水调均。不然，神怒，致水波泛溢，漂溺人家。"豹曰："此事谁人倡始？"父老曰："此邑之巫觋所言也。俗畏水患，不敢不从。每年里豪及廷掾与巫觋共计，赋民钱数百万，用二三十万，为河伯娶妇之费，其余则共分用之。"豹问曰："百姓任其瓜分，宁无一言乎？"父老曰："巫觋主祝祷之事，三老、廷掾有科敛奔走之劳，分用公费，固所甘心。更有至苦，当春初布种，巫觋遍访人家女子，有几分颜色者，即云'此女当为河伯夫人'。不愿者，多将财帛买免，别觅他女。有贫民不能买免，只得将女与之。巫觋治斋宫于河上，绛帷床席铺设一新，将此女沐浴更衣，居于斋宫之内。卜一吉日，编苇为舟，使女登之，浮于河，流数十里，乃灭。人家苦此烦费，又有爱女者，恐为河伯所娶，携女远窜，所以城中益空。"豹曰："汝邑曾受漂溺之患否？"父老曰："赖岁岁娶妇，不曾触河神之怒。但漂溺虽免，奈本邑土高路远，河水难达，每逢岁旱，又有干枯之患。"豹曰："神既有灵，当嫁女时，吾亦欲往送，当为汝祷之。"

及期，父老果然来禀。西门豹具衣冠亲往河上。凡邑中官属、三老、豪户、里长、父老，莫不毕集，百姓远近皆会，聚观者数千人。三老、里长等引大巫来见，其貌甚倨，豹观之，乃一老女子也。小巫女弟子二十余人，衣裳楚楚，悉持巾栉、炉香之类，随侍其后。豹曰："劳苦大巫，烦呼河伯妇来，我欲视之。"老巫顾弟子使唤至。豹视女子，鲜衣素袜，颜色中等。豹谓巫妪及三老、众人曰："河伯贵神，女必有殊色，方才相称。此女不佳，烦大巫为我入报河伯，但传太守之语：'更当别求好女，于后日送之。'"即使吏卒数人，共抱老巫，投之于河，左右莫不惊骇失色。豹静立俟之，良久曰："妪年老不干事，去河中许久，尚不回话，弟子为我催之。"复使吏卒抱弟子一人，投于河中。少顷，又曰："弟子去何久也？"复使弟子一人催之，又嫌其迟，更投一人。凡投弟子三人，入水即没。豹曰："是皆女子之流，传语不明，烦三老入河，明白言之。"三老方欲辞，豹喝："快去，即取回覆。"吏卒左牵右拽，不由分说，又推河中，逐波而去。旁观者皆为吐舌，豹簪笔鞠躬，向河恭敬以待。约莫又一个时辰，豹曰："三老年高，亦复不济，须得廷掾、豪长者往告。"那廷掾、里豪吓得面如土色，流汗浃背，一齐皆叩头求哀，流血满面，坚不肯起。西门豹曰："且俟须臾。"众人战战兢兢，又过一刻，西门豹曰："河水滔滔，去而不返，河伯安在？枉杀民间女子，汝曹罪当偿命。"众人复叩头谢曰："从来都被巫妪所欺，非某等之罪也！"豹曰："巫妪已死，今后再有言河伯娶妇者，即令其人为媒，往报河伯。"于是廷掾、里豪、三老干没财赋，悉追出散还民间，又使父老即于百姓中，询其年长无妻者，以女弟子嫁之，巫风遂绝。百姓逃避者，复还乡里。有诗为证：

河伯何曾见娶妻，愚民无识被巫欺。
一从贤令除疑网，女子安眠不受亏。

豹又相度地形，视漳水可通处，发民凿渠各十二处，引漳水入渠，既杀河势，又腹内田亩，得渠水浸灌，无旱干之患，禾稼倍收，百姓乐业。今临漳县有西门渠，即豹所凿也。文侯谓翟璜曰："寡人听子之言，使乐羊伐中山，使西门豹治邺，皆胜其任，寡人赖之。今西河在魏西鄙，为秦人犯魏之道，卿思何人可以为守？"翟璜沉思半晌，答曰："臣举一人，姓吴名起，此人大有将才，今自鲁奔魏，主公速召而用之，若迟，则又他适矣。"文侯曰："起非杀妻以求为鲁将者乎？闻此人贪财好色，性复残忍，岂可托以重任哉？"翟璜曰："臣所举者，取其能为君成一日之功，若素行不足计也。"文侯曰："试为寡人召之。"

不知吴起如何在魏立功，且看下回分解。

第八十六回
吴起杀妻求将，驺忌鼓琴取相

话说吴起，卫国人，少居里中，以击剑无赖，为母所责，起自啮其臂出血，与母誓曰："起今辞母，游学他方，不为卿相，拥节旄，乘高车，不入卫城与母相见。"母泣而留之，起竟出北门不顾。往鲁国，受业于孔门高弟曾参，昼研夜诵，不辞辛苦。有齐国大夫田居至鲁，嘉其好学，与之谈论，渊渊不竭，乃以女妻之。起在曾参之门岁余，参知其家中尚有老母，一日，问曰："子游学六载，不归省觐，人子之心安乎？"起对曰："起曾有誓词在前：'不为卿相，不入卫城。'"参曰："他人可誓，母安可誓也？"由是心恶其人。未几，卫国有信至，言起母已死，起仰天三号，旋即收泪，诵读如故。参怒曰："吴起不奔母丧，忘本之人。夫水无本则竭，木无本则折，人而无本，能令终乎？起非吾徒矣！"命弟子绝之，不许相见。起遂弃儒学兵法，三年学成，求仕于鲁。鲁相公仪休常与论兵，知其才能，言于穆公，任为大夫。起禄入既丰，遂多买妾婢，以自娱乐。

时齐相国田和谋篡其国，恐鲁与齐世姻，或讨其罪，乃修艾陵之怨，兴师伐鲁，欲以威力胁而服之。鲁相国公仪休进曰："欲却齐兵，非吴起不可。"穆公口虽答应，终不肯用。及闻齐师已拔成邑，休复请曰："臣言吴起可用，君何不行？"穆公曰："吾固知起有将才，然其所娶乃田宗之女，夫至爱莫如夫妻，能保无观望之意乎？吾是以踌躇而不决也。"公仪休出朝，吴起已先在相府候见，问曰："齐寇已深，主公已得良将否？今日不是某夸口自荐，若用某为将，必使齐兵只轮不返。"公仪休曰："吾言之再三，主公以子婚于田宗，以此持疑未决。"吴起曰："欲释主公之疑，此特易耳。"乃归家问其妻田氏曰："人之所贵有妻者，何也？"田氏曰："有外有内，家道始立，所贵有妻，以成家耳。"吴起曰："夫位为卿相，食禄万钟，功垂于竹帛，名留于千古，其成家也大矣，岂非妇之所望于夫者乎？"田氏曰："然。"起曰："吾有求于子，子当为我成之。"田氏曰："妾妇人，安得助君成其功名？"起曰："今齐师伐鲁，鲁侯欲用我为将，以我娶于田宗，疑而不用，诚得子之头，以谒见鲁侯，则鲁侯之疑释，而吾之功名可就矣。"田氏大惊，方欲开口答话，起拔剑一挥，田氏头已落地。史臣有诗云：

一夜夫妻百夜恩，无辜忍使作冤魂？
母丧不顾人伦绝，妻子区区何足论。

于是以帛裹田氏头，往见穆公，奏曰："臣报国有志，而君以妻故见疑，臣今斩妻之头，以明臣之为鲁不为齐也。"穆公惨然不乐，曰："将军休矣！"少顷，公仪休入见，穆公谓曰："吴起杀妻以求将，此残忍之极，其心不可测也。"公仪休曰："起不爱其妻，而爱功名，君若弃之不用，必反而为齐矣。"穆公乃从休言，即拜吴起为大将,使泄柳、申详副之,率兵二万,以拒齐师。起受命之后,在军中与士卒同衣食,卧不设席,行不骑乘。见士卒裹粮负重,分而荷之;有卒病疽,起亲为调药,以口吮其脓血。士卒感起之恩,如同父子,咸摩拳擦掌,愿为一战。

却说田和引大将田忌、段朋长驱而入,直犯南鄙,闻吴起为鲁将,笑曰:"此田氏之婿,好色之徒,安知军旅事耶?鲁国合败,故用此人也!"及两军对垒,不见吴起挑战,阴使人觇其作为。见起方与军士中之最贱者,席地而坐,分羹同食。使者还报,田和笑曰:"将尊则士畏,士畏则战力。起举动如此,安能用众?吾无虑矣。"再遣爱将张丑,假称愿与讲和,特至鲁军,探起战守之意。起将精锐之士藏于后军,悉以老弱见客,谬为恭谨,延入礼待。丑曰:"军中传闻将军杀妻求将,果有之乎?"起觳觫而对曰:"某虽不肖,曾受学于圣门,安敢为此不情之事?吾妻自因病亡,与军旅之命适会其时。君之所闻,殆非其实。"丑曰:"将军若不弃田宗之好,愿与将军结盟通和。"起曰:"某书生,岂敢与田氏战乎?若获结成,此乃某之至愿也!"起留张丑于军中,欢饮三日,方才遣归,绝不谈及兵事。临行再三致意,求其申好。丑辞去,起即暗调兵将,分作三路,尾其后而行。田和得张丑回报,以起兵既弱,又无战志,全不挂意。忽然辕门外鼓声大振,鲁兵突然杀至,田和大惊,马不及甲,车不及驾,军中大乱。田忌引步军出迎,段朋急令军士整顿车乘接应,不提防泄柳、申详二军,分为左右,一齐杀入,乘乱夹攻,齐军大败,杀得僵尸满野,直追过平陆方回。鲁穆公大悦,进起上卿。

田和责张丑误事之罪,丑曰:"某所见如此,岂知起之诈谋哉。"田和乃叹曰:"起之用兵,孙武、穰苴之流也,若终为鲁用,齐必不安。吾欲遣一人至鲁，暗与通和，各无相犯，子能去否？"丑曰："愿舍命一行，将功折罪。"田和乃购求美女二人，加以黄金千镒，令张丑诈为贾客携至鲁，私馈吴起。起贪财好色，见即受之，谓丑曰："致意齐相国，使齐不侵鲁，鲁何敢加齐哉？"张丑既出鲁城，故意泄其事于行人，遂沸沸扬扬，传说吴起受贿通齐之事。穆公曰："吾固知起心不可测也。"欲削起爵究罪。起闻而惧，弃家逃奔魏国，主于翟璜之家。适文侯与璜谋及守西河之人，璜遂荐吴起可用。文侯召起见之，谓起曰："闻将军为鲁将有功，何以见辱敝邑？"起对曰："鲁侯听信谗言，信任不终，故臣逃死于此。慕君侯折节下士，豪杰归心，愿执鞭马前。倘蒙驱使，虽肝脑涂地，亦无所恨。"文侯乃拜起为西河守。起至西河，修城治池，练兵训武，其爱恤士卒，一如为鲁将之时，筑城以拒秦，名曰吴城。

时秦惠公薨，太子名出子嗣位。惠公乃简公之子，简公乃灵公之季父，方灵公之薨，其子师隰年幼，群臣乃奉简公而立之。至是三传，及于出子，而师隰年长，谓大臣曰："国，吾父之国也，吾何罪而见废？"大臣无辞以对，乃相与杀出子而立师隰，是为献公。吴起乘秦国多事之日，兴兵袭秦，取河西五城，韩、赵皆来称贺。文侯以翟璜荐贤有功，欲拜为相国，访于李克。克曰："不如魏成，"文侯点头。克出朝，翟璜迎而问曰："闻主公欲卜相，取决于子，今已定乎？何人也？"克曰："已定魏成。"翟璜忿然曰："君欲伐中山，吾进乐羊；君忧邺，吾进西门豹；君忧西河，吾进吴起。吾何以不若魏成哉？"李克曰："成所举卜子夏、田子方、段干木，非师即友。子所进者，君皆臣之。成食禄千钟，什九在外，以待贤士；子禄食皆以自赡。子安得比于魏成哉？"璜再拜曰："鄙人失言，请侍门下为弟子。"自此魏国将相得人，边鄙安集，三晋之中，惟魏最强。

齐相国田和见魏之强，又文侯贤名重于天下，乃深结魏好，遂迁其君康公贷于海上，以一城给其食，余皆自取。使人于魏文侯处，求其转请于周，欲援三晋之例，列于诸侯。周威烈王已崩，子安王名骄立，势愈微弱，时乃安王之十三年，遂从文侯之请，赐田和为齐侯，是为田太公。自陈公子完奔齐，事齐桓公为大夫，凡传十世，至和而代齐有国，姜氏之祀遂绝。不在话下。

时三晋皆以择相得人为尚，于是相国之权最重。赵相公仲连，韩相侠累。就中单说侠累，微时，与濮阳人严仲子名遂，为八拜之交。累贫而遂富，资其日用，复以千金助其游费。侠累因此得达于韩，位至相国。侠累既执政，颇著威重，门绝私谒。严遂至韩，谒累冀其引进，候月余不得见。遂自以家财赂君左右，得见烈侯，烈侯大喜，欲贵重之。侠累复于烈侯前言严遂之短，阻其进用。严遂闻之大恨，遂去韩，遍游列国，欲求勇士刺杀侠累，以雪其恨。

行至齐国，见屠牛肆中，一人举巨斧砍牛，斧下之处，筋骨立解，而全不费力，视其斧，可重三十余斤，严遂异之。细看其人，身长八尺，环眼虬须，颧骨特耸，声音不似齐人，遂邀与相见，问其姓名来历，答曰："某姓聂名政，魏人也，家在轵之深井里。因贱性粗直，得罪乡里，移老母及姊，避居此地，屠牛以供朝夕。"亦询严遂姓字。遂告之，匆匆别去。次早，严遂具衣冠往拜，邀至酒肆，具宾主之礼，酒至三酌，遂出黄金百镒为赠，政怪其厚，遂曰："闻子有老母在堂，故私进不腆，代吾子为一日之养耳。"聂政曰："仲子为老母谋养，必有用政之处，若不明言，决不敢受！"严遂将侠累负恩之事，备细说知，今欲如此恁般。聂政曰："昔专诸有言：'老母在，此身未敢许人。'仲子别求勇士，某不敢虚尊赐。"

遂曰："某慕君之高义，愿结兄弟之好，岂敢夺若养母之孝，而求遂其私哉？"聂政被强不过，只得受之，以其半嫁其姊罃，余金日具肥甘奉母。岁余，老母病卒，严遂复往哭吊，代为治丧。丧葬既毕，聂政曰："今日之身，乃足下之身也，惟所用之，不复自惜！"仲子乃问报仇之策，欲为具车骑壮士，政曰："相国至贵，出入兵卫，众盛无比，当以奇取，不可以力胜也。愿得利匕首怀之，伺隙图事。今日别仲子前行，更不相见，仲子亦勿问吾事。"

政至韩，宿于郊外，静息三日，早起入城，值侠累自朝中出，高车驷马，甲士执戈，前后拥卫，其行如飞。政尾至相府，累下车，复坐府决事，自大门至于堂阶，皆有兵仗。政遥望堂上，累重席凭案而坐，左右持牒禀决者甚众。俄顷，事毕将退，政乘其懈，口称："有急事告相国。"从门外攘臂直趋，甲士挡之者，皆纵横颠踬。政抢至公座，抽匕首以刺侠累。累惊起，未及离席，中心而死。堂上大乱，共呼："有贼！"闭门来擒聂政。政击杀数人，度不能自脱，恐人识之，急以匕首自削其面，抉出双眼，还自刺其喉而死。早有人报知韩烈侯，烈侯问："贼何人？"众莫能识，乃暴其尸于市中，悬千金之赏，购人告首，欲得贼人姓名来历，为相国报仇。如此七日，行人往来如蚁，绝无识者。此事直传至魏国轵邑，聂姊罃闻之，即痛哭曰："必吾弟也！"便以素帛裹头，竟至韩国，见政横尸市上，抚而哭之，甚哀。市吏拘而问曰："汝于死者何人也？"妇人曰："死者为吾弟聂政，妾乃其姊罃也，聂政居轵之深井里，以勇闻，彼知刺相国罪重，恐累及贱妾，故抉目破面以自晦其名。妾奈何恤一身之死，忍使吾弟终泯没于人世乎？"市吏曰："死者既是汝弟，必知作贼之故，何人主使，汝若明言，吾请于主上，贷汝一死。"罃曰："妾如爱死，不至此矣。吾弟不惜身躯，诛千乘之国相，代人报仇，妾不言其名，是没吾弟之名也；妾复泄其故，是又没吾弟之义也！"遂触市中井亭石柱而死。市吏报知韩烈侯，烈侯叹息，令收葬之。以韩山坚为相国，代侠累之任。

烈侯传子文侯，文侯传哀侯。韩山坚素与哀侯不睦，乘间弑哀侯。诸大臣共诛杀山坚，而立哀侯子若山，是为懿侯。懿侯子昭侯，用申不害为相。不害精于刑名之学，国以大治。此是后话。

再说周安王十五年，魏文侯斯病笃，召太子击于中山。赵闻魏太子离了中山，乃引兵袭而取之，自此魏与赵有隙。太子击归，魏文侯已薨，乃主丧嗣位，是为武侯，拜田文为相国。吴起自西河入朝，自以功大，满望拜相，及闻已相田文，忿然不悦。朝退，遇田文于门，迎而谓曰："子知起之功乎。今日请与子论之。"田文拱手曰："愿闻。"起曰："将三军之众，使士卒闻鼓而忘死，为国立功，子孰与起？"文曰："不如。"起曰："治百官，亲万民，使府库充实，子孰与起？"文曰："不如。"起又曰："守西河而秦兵不敢东犯，韩、赵宾服，子孰与起？"文又曰："不如。"起曰："此三者，子皆出我之下，而位加吾上，何也？"文曰："某叨窃上位，诚然可愧，然今日新君嗣统，主少国疑，百姓不亲，大臣未附，某特以先世勋旧，承乏肺腑，或者非论功之日也。"吴起俯首沉思，良久曰："子言亦是，然此位终当属我。"有内侍闻二人论功之语，传报武侯。武侯疑吴起有怨望之心，遂留起不遣，欲另择人为西河守。吴起惧见诛于武侯，出奔楚国。

楚悼王熊疑素闻吴起之才，一见即以相印授之。起感恩无已，慨然以富国强兵自任，乃请于悼王曰："楚国地方数千里，带甲百余万，固宜雄压诸侯，世为盟主。所以不能加于列国者，养兵之道失也。夫养兵之道，先阜其财，后用其力。今不急之官，布满朝署；疏远之族，糜费公廪。而战士仅食升斗之余，欲使捐躯殉国，不亦难乎？大王诚听臣计，汰冗官，斥疏族，尽储廪禄，以待敢战之士。如是而国威不振，则臣请伏妄言之诛！"悼王从其计。群臣多谓起言不可用，悼王不听。于是使吴起详定官制，凡削去冗官数百员，大臣子弟不得夤缘窃禄。又公族五世以上者，令自食其力，比于编氓；五世以下，酌其远近，以次裁之。所省国赋数万。选国中精锐之士，朝夕训练，阅其材器，以上下其廪食，有加厚至数倍者，士卒莫不竞劝。楚遂以兵强，雄视天下。三晋、齐、秦咸畏之，终悼王之世，不敢加兵。及悼王薨，未及殡敛，楚贵戚大臣子弟失禄者，乘丧作乱，欲杀吴起。起奔入宫寝，众持弓矢追之，起知力不能敌，抱王尸而伏。众攒箭射起，连王尸也中了数箭。起大叫曰："某死不足惜，诸臣衔恨于王，僇及其尸，大逆不道，岂能逃楚国之法哉！"言毕而绝。众闻吴起之言，惧而散走。太子熊臧嗣位，是为肃王。月余，追理射尸之罪，使其弟熊良夫率兵，收为乱者，次第诛之，凡灭七十余家。髯翁有诗叹云：

满望终身作大臣，杀妻叛母绝人伦。
谁知鲁魏成流水，到底身躯丧楚人。

又有一诗，说吴起伏王尸以求报其仇，死尚有余智也。诗云：

为国忘身死不辞，巧将贼矢集王尸。
虽然王法应诛灭，不报公仇却报私。

话分两头。却说田和自为齐侯，凡二年而薨，和传子午，午传子因齐。当因齐之立，乃周安王之二十三年也。因齐自恃国富兵强，见吴、越俱称王，使命往来，俱用王号，不甘为下，僭称齐王，是为齐威王。魏侯闻齐称王，曰："魏何以不如齐？"于是亦称魏王，即孟子所见梁惠王也。

再说齐威王既立，日事酒色，听音乐，不修国政。九年之间，韩、魏、鲁、赵悉起兵来伐，边将屡败。忽一日，有一士人，叩阍求见，自称："姓驺名忌，本国人，知琴。闻王好音，特来求见。"威王召而见之，赐之坐，使左右置几，进琴于前。忌抚弦而不弹，威王问曰："闻先生善琴，寡人愿闻至音，今抚弦而不弹，岂琴不佳乎？抑有不足于寡人耶？"驺忌舍琴，正容而对曰："臣所知者，琴理也，若夫丝桐之声，乐工之事，臣虽知之，不足以辱王之听也。"威王曰："琴理如何，可得闻乎？"驺忌对曰："琴者，禁也，所以禁止淫邪，使归于正。昔伏羲作琴，长三尺六寸六分，象三百六十六日也；广六寸，象六合也；前广后狭，象尊卑也；上圆下方，法天地也；五弦，象五行也；大弦为君，小弦为臣。其音以缓急为清浊，浊者宽而不弛，君道也；清者廉而不乱，臣道也。一弦为宫，次弦为商，次为角，次为徵，次为羽。文王、武王各加一弦，文弦为少宫，武弦为少商，以合君臣之恩也。君臣相得，政令和谐，治国之道，不过如此。"威王曰："善哉，先生既知琴理，必审琴音，愿先生试一弹之。"驺忌对曰："臣以琴为事，则审于为琴；大王以国为事，岂不审于为国哉？今大王抚国而不治，何异臣之抚琴而不弹乎？臣抚琴而不弹，无以畅大王之意；大王抚国而不治，恐无以畅万民之意也。"威王愕然曰："先生以琴谏寡人，寡人闻命矣！"遂留之右室。明日，沐浴而召之，与之谈论国事。驺忌劝威王节饮远色，核名实，别忠佞，息民教战，经营霸王之业。威王大悦，即拜驺忌为相国。

时有辩士淳于髡，见驺忌唾手取相印，心中不服，率其徒往见驺忌。忌接之甚恭，髡有傲色，直入踞上坐，谓忌曰："髡有愚志，愿陈于相国之前，不识可否？"忌曰："愿闻。"淳于髡曰："子不离母，妇不离夫。"忌曰："谨受教，不敢远于君侧。"髡又曰："棘木为轮，涂以猪脂，至滑也，投于方孔则不能运转。"忌曰："谨受教，不敢不顺人情。"髡又曰："弓干虽胶，有时而解；众流赴海，自然而合。"忌曰："谨受教，不敢不亲附于万民。"髡又曰："狐裘虽敝，不可补以黄狗之皮。"忌曰："谨受教，请选择贤者，毋杂不肖于其间。"髡又曰："辐毂不较分寸，不能成车；琴瑟不较缓急，不能成律。"忌曰："谨受教，请修法令而督奸吏。"淳于髡默然，再拜而退。既出门，其徒曰："夫子始见相国，何其倨，今再拜而退，又何屈也？"淳于髡曰："吾示以微言凡五，相国随口而应，悉解吾意，此诚人才，吾所不及。"于是游说之士，闻驺忌之名，无敢入齐者。

驺忌亦用淳于髡之言，尽心图治，常访问："邑守中谁贤谁不肖？"同朝之人，无不极口称阿大夫之贤，而贬即墨大夫者。忌述于威王，威王于不意中，时时问及左右，所对大略相同，乃阴使人往察二邑治状，从实回报，因降旨召阿、即墨二守入朝。即墨大夫先到，朝见威王，并无一言发放，左右皆惊讶，不解其故。未几，阿邑大夫亦到，威王大集群臣，欲行赏罚。左右私心揣度，都道："阿大夫今番必有重赏，即墨大夫祸事到矣！"众文武朝见事毕，威王召即墨大夫至前，谓曰："自子之官即墨也，毁言日至，吾使人视即墨，田野开辟，人民富饶，官无留事，东方以宁，由子专意治邑，不肯媚吾左右，故蒙毁耳，子诚贤令。"乃加封万家之邑。又召阿大夫谓曰："自子守阿，誉言日至，吾使人视阿，田野荒芜，人民冻馁。昔日赵兵近境,子不往救,但以厚币精金贿吾左右,以求美誉,守之不肖,无过于汝。"阿大夫顿首谢罪,愿改过。威王不听,呼力士使具鼎镬。须臾,火猛汤沸,缚阿大夫投鼎中。复召左右平昔常誉阿大夫毁即墨者,凡数十人,责之曰:"汝在寡人左右,寡人以耳目寄汝,乃私受贿赂,颠倒是非,以欺寡人,有臣如此,要他何用?可俱就烹。"众皆泣拜哀求,威王怒犹未息,择其平日尤所亲信者十余人,次第烹之,众皆股栗。有诗为证:

权归左右主人依,毁誉由来倒是非。
谁似烹阿封即墨,竟将公道颂齐威。

于是选贤才改易郡守,使檀子守南城以拒楚,田盼守高唐以拒赵,黔夫守徐州以拒燕,种首为司寇,田忌为司马,国内大治,诸侯畏服。威王以下邳封驺忌,曰:"成寡人之志者,吾子也。"号曰成侯,驺忌谢恩毕,复奏曰:"昔齐桓、晋文,五霸中为最盛,所以然者,以尊周为名也。今周室虽衰,九鼎犹在,大王何不如周,行朝觐之礼,因假王宠,以临诸侯,桓、文之业,不足道矣!"威王曰:"寡人已僭号为王,今以王朝王,可乎?"驺忌对曰:"夫称王者,所以雄长乎诸侯,非所以压天子也。若朝王之际,暂称齐侯。天子必喜大王之谦德,而宠命有加矣。"威王大悦,即命驾往成周,朝见天子。时周烈王之六年,王室微弱,诸侯久不行朝礼,独有齐侯来朝,上下皆鼓舞相庆。烈王大搜宝藏为赠,威王自周返齐,一路颂声载道,皆称其贤。

且说当时天下,大国凡七:齐、楚、魏、赵、韩、燕、秦。那七国地广兵强,大略相等。余国如越,虽则称王,日就衰弱。至于宋、鲁、卫、郑，益不足道矣。自齐威王称霸，楚、魏、韩、赵、燕五国皆为齐下，会聚之间，推为盟主。惟秦僻在西戎，中国摈弃，不与通好。秦献公之世，上天雨金三日，周太史儋私叹曰："秦之地，周所分也，分五百余岁当复合，有霸王之君出焉，以金德王天下。今雨金于秦，殆其瑞乎？"及献公薨，子孝公代立，以不得列于中国为耻，于是下令招贤，令曰："宾客群臣，有能出奇计强秦者，授以尊官，封之大邑。"

不知有甚贤臣应诏而来，且听下回分解。

第八十七回
说秦君卫鞅变法，辞鬼谷孙膑下山

话说卫人公孙鞅原是卫侯之支庶，素好刑名之学，因见卫国微弱，不足展其才能，乃入魏国，欲求事相国田文。田文已卒，公叔痤代为相国，鞅遂委身于痤之门。痤知鞅之才，荐为中庶子，每有大事，必与计议。鞅谋无不中，痤深爱之，欲引居大位，未及而痤病。惠王亲往问疾，见痤病势已重，奄奄一息，乃垂泪而问曰："公叔恙，万一不起，寡人将托国于何人？"痤对曰："中庶子卫鞅，其年虽少，实当世之奇才也。君举国而听之，胜痤十倍矣！"惠王默然，痤又曰："君如不用鞅，必杀之，勿令出境。恐见用于他国，必为魏害。"惠王曰："诺。"既上车，叹曰："甚矣，公叔之病也，乃使我托国于卫鞅，又曰：'不用则杀之。'夫鞅何能为？岂非昏愦之语哉？"惠王既去，公叔痤召卫鞅至床头，谓曰："吾适言于君如此。欲君用子，君不许，吾又言，若不用当杀之，君曰'诺'。吾向者先君而后臣，故先以告君，后以告子。子必速行，毋及祸也！"鞅曰："君既不能用相国之言而用臣，又安能用相国之言而杀臣乎？"竟不去。大夫公子卬与鞅善，复荐于惠王，惠王竟不能用。

至是，闻秦孝公下令招贤，鞅遂去魏入秦，求见孝公之嬖臣景监。监与论国事，知其才能，言于孝公。公召见，问以治国之道。卫鞅历举羲、农、尧、舜为对，语未及终，孝公已睡去矣。明日，景监入见，孝公责之曰："子之客，妄人耳！其言迂阔无用，子何为荐之？"景监退朝，谓卫鞅曰："吾见先生于君，欲投君之好，庶几重子。奈何以迂阔无用之谈，渎君之听耶？"鞅曰："吾望君行帝道，君不悟也。愿更一见而说之。"景监曰："君意不怿，非五日之后，不可言也。"

过五日，景监复言于孝公曰："臣之客，语尚未尽，自请复见，愿君许之。"孝公复召鞅。鞅备陈夏禹画土定赋，及汤武顺天应人之事。孝公曰："客诚博闻强记，然古今事异，所言尚未适于用。"乃麾之使退。景监先候于门，见卫鞅从公宫出，迎而问曰："今日之说何如？"鞅曰："吾说君以王道，犹未当君意也。"景监对曰："人主得士而用，如弋人治缴，旦暮望其获禽耳。岂能舍目前之效，而远法帝王哉？先生休矣！"鞅曰："吾向者未察君意，恐其志高，而吾之言卑，故且探之，今得之矣。若使我更得见君，不忧不入。"景监曰："先生两进言，而两拂吾君，吾尚敢饶舌以干君之怒哉？"明日，景监入朝谢罪，不敢复言卫鞅。景监归舍，鞅问曰："子曾为我复言于君否乎？"监曰："未曾。"鞅曰："惜乎！君徒下求贤之令，而不能用才，鞅将去矣。"景监曰："先生何往？"鞅曰："六王扰扰，岂无好贤之主胜于秦君者哉？即不然，岂无委曲进贤胜于吾子者哉？鞅将求之。"景监曰："先生且从容，更待五日，吾当复言。"

又过五日，景监入侍孝公，孝公方饮酒，忽见飞鸿过前，停杯而叹。景监进曰:"君目视飞鸿而叹,何也?"孝公曰:"昔齐桓公有言:'吾得仲父,犹飞鸿之有羽翼也。'寡人下令求贤,且数月矣,而无一奇才至者。譬如鸿雁,徒有冲天之志,而无羽翼之资,是以叹耳。"景监答曰:"臣客卫鞅,自言有帝、王、伯三术,向者述帝、王之事,君以为迂远难用,今更有伯术欲献,愿君省须臾之暇,请毕其词。"孝公闻"伯术"二字,正中其怀,命景监即召卫鞅。鞅入,孝公问曰:"闻子有伯道,何不早赐教于寡人乎?"鞅对曰:"臣非不欲言也,但伯者之术,与帝王异。帝王之道,在顺民情;伯者之道,必逆民情。"孝公勃然按剑变色曰:"夫伯者之道,安在其必逆人情哉!"鞅对曰:"夫琴瑟不调,必改弦而更张之。政不更张,不可为治。小民狃于目前之安,不顾百世之利,可与乐成,难于虑始。如仲父相齐,作内政而寄军令,制国为二十五乡,使四民各守其业,尽改齐国之旧,此岂小民之所乐从哉?及乎政成于内,敌服于外,君享其名,而民亦受其利,然后知仲父为天下才也。"孝公曰:"子诚有仲父之术,寡人敢不委国而听子!但不知其术安在?"卫鞅对曰:"夫国不富,不可以用兵;兵不强,不可以摧敌。欲富国莫如力田,欲强兵莫如劝战。诱之以重赏,而后民知所趋;胁之以重罚,而后民知所畏。赏罚必信,政令必行,而国不富强者,未之有也。"孝公曰:"善哉,此术寡人能行之。"鞅对曰:"夫富强之术,不得其人不行;得其人而任之不专,不行;任之专而惑于人言,二三其意,又不行。"孝公又曰:"善。"卫鞅请退,孝公曰:"寡人正欲悉子之术,奈何遽退?"鞅对曰:"愿君熟思三日,以定可否,然后臣敢尽言。"鞅出朝,景监又咎之曰:"赖君再三称善,不乘此罄吐其所怀,又欲君熟思三日,无乃为要君耶?"鞅曰:"君意未坚,不如此,恐中变耳。"

至明日，孝公使人来召卫鞅，鞅谢曰："臣与君言之矣，非三日后不敢见也。"景监又劝令勿辞，鞅曰："吾始与君约而遂自失信，异日何以取信于君哉？"景监乃服。至第三日，孝公使人以车来迎，卫鞅复入见，孝公赐坐请教，其意甚切。鞅乃备述秦政所当更张之事，彼此问答，一连三日三夜，孝公全无倦色。遂拜卫鞅为左庶长，赐第一区，黄金五百镒，谕群臣："今后国政，悉听左庶长施行，有违抗者，与逆旨同！"群臣肃然。

卫鞅于是定变法之令，将条款呈上孝公，商议停当。未及张挂，恐民不信，不即奉行。乃取三丈之木，立于咸阳市之南门，使吏守之，令曰："有能徙此木于北门者，予以十金。"百姓观者甚众，皆中怀疑怪，莫测其意，无敢徙者。鞅曰："民莫肯徙，岂嫌金少耶？"复改令，添至五十金。众人愈疑。有一人独出曰："秦法素无重赏，今忽有此令，必有计议，纵不能得五十金，亦岂无薄赏！"遂荷其木，竟至北门立之。百姓从而观者如堵。吏奔告卫鞅，鞅召其人至，奖之曰："尔真良民也，能从吾令！"随取五十金与之，曰："吾终不失信于尔民矣。"市人互相传说，皆言左庶长令出必行，预相诫谕。次日，将新令颁布，市人聚观，无不吐舌。此周显王十年事也。

只见新令上云：

一、定都。秦地最胜，无如咸阳，被山带河，金城千里，今当迁都咸阳，永定王业。

一、建县。凡境内村镇，悉并为县，每县设令、丞各一人，督行新法，不遵者，轻重议罪。

一、辟土。凡郊外旷土，非车马必由之途及田间阡陌，责令附近居民开垦成田，俟成熟之后，计步为亩，照常输租。六尺为一步，二百四十步为一亩。步过六尺为欺，没田入官。

一、定赋。凡赋税悉照亩起科，不用井田什一之制，凡田皆属于官，百姓不得私尺寸。

一、本富。男耕女织，粟帛多者，谓之良民，免其一家之役；惰而贫者，没为官家奴仆。弃灰于道，以惰农论。工商则重征之。民有二男，即令分异，各出丁钱。不分异者，一人出两课。

一、劝战。官爵以军功为叙，能斩一敌首，即赏爵一级。退一步者即斩。功多者受上爵，车服任其华美不禁。无功者虽富室，止许布褐乘犊。宗室以军功多寡为亲疏，战而无功，削其属籍，比于庶民。凡有私下争斗者，不论曲直，并皆处斩。

一、禁奸。五家为保，十家相连，互相觉察，一家有过，九家同举。不举者，十家连坐，俱腰斩。能首奸者，与克敌同赏。告一奸，得爵一级。私匿罪人者，与罪人同。客舍宿人，务取文凭辨验，无验者不许容留。凡民一人有罪，并其室家没官。

一、重令。政令既出，不问贵贱，一体遵行，有不遵者，戮以徇。

新令既出，百姓议论纷纷，或言不便，或言便。鞅悉令拘至府中，责之曰："汝曹闻令，但当奉而行之。言不便者，梗令之民也；言便者，亦媚令之民也。此皆非良民！"悉籍其姓名，徙于边境为戍卒。大夫甘龙、杜挚私议新法，斥为庶人。于是道路以目相视，不敢有言。卫鞅乃大发徒卒，筑宫阙于咸阳城中，择日迁都。太子驷不愿迁，且言变法之非。卫鞅怒曰："法之不行，自上犯之，太子君嗣，不可加刑；若赦之，则又非法。"乃言于孝公，坐其罪于师傅，将太傅公子虔劓鼻，太师公孙贾鲸面。百姓相谓曰："太子违令，且不免刑其师傅，况他人乎？"鞅知人心已定，择日迁都。雍州大姓徙居咸阳者，凡数千家。分秦国为三十一县，开垦田亩，增税至百余万。卫鞅常亲至渭水阅囚，一日诛杀七百余人，渭水为之尽赤，哭声遍野，百姓夜卧，梦中皆战。于是道不拾遗，国无盗贼，仓禀充足，勇于公战，而不敢私斗。秦国富强，天下莫比，于是兴师伐楚，取商、於之地，武关之外，拓地六百余里。周显王遣使册命秦为方伯，于是诸侯毕贺。

是时，三晋惟魏称王，有吞并韩、赵之意，闻卫鞅用于秦国，叹曰："悔不听公叔痤之言也！"时卜子夏、田子方、魏成、李克等俱卒，乃捐厚币，招来四方豪杰。邹人孟轲字子舆，乃子思门下高弟。子思姓孔名伋，孔子嫡孙。孟轲得圣贤之传于子思，有济世安民之志，闻魏惠王好士，自邹至魏。惠王郊迎，礼为上宾，问以利国之道。孟轲曰："臣游于圣门，但知有仁义，不知有利。"惠王迂其言，不用，轲遂适齐。潜渊有诗云：

仁义非同功利谋，纷争谁肯用儒流。
子舆空挟图王术，历尽诸侯话不投！

却说周之阳城，有一处地面，名曰鬼谷。以其山深树密，幽不可测，似非人之所居，故云鬼谷。内中有一隐者，但自号曰鬼谷子，相传姓王名栩，晋平公时人，在云梦山与宋人墨翟一同采药修道。那墨翟不畜妻子，发愿云游天下，专一济人利物，拔其苦厄，救其危难。惟王栩潜居鬼谷，人但称为鬼谷先生。其人通天彻地，有几家学问，人不能及。那几家学问：一曰数学：日星象纬，在其掌中，占往察来，言无不验；二曰兵学：六韬三略，变化无穷，布阵行兵，鬼神不测；三曰游学：广记多闻，明理审势，出词吐辩，万口莫当；四曰出世学：修真养性，服食导引，却病延年，冲举可俟。

那先生既知仙家冲举之术，为何屈身世间？只为要度几个聪明弟子，同归仙境，所以借这个鬼谷栖身。初时偶然入市，为人占卜，所言吉凶休咎，应验如神。渐渐有人慕学其术，先生只看来学者资性，近着那一家学问，便以其术授之。一来成就些人才，为七国之用；二来就访求仙骨，共理出世之事。他住鬼谷，也不计年数，弟子就学者不知多少，先生来者不拒，去者不追。就中单说同时几个有名的弟子：齐人孙宾，魏人庞涓、张仪，洛阳人苏秦。宾与涓结为兄弟，同学兵法；秦与仪结为兄弟，同学游说，各为一家之学。

单表庞涓学兵法三年有余，自以为能，忽一日，为汲水偶然行至山下，听见路人传说魏国厚币招贤，访求将相。庞涓心动，欲辞先生下山，往魏国应聘，又恐先生不放，心下踌躇，欲言不言。先生见貌察情，早知其意，笑谓庞涓曰："汝时运已至，何不下山，求取富贵？"庞涓闻先生之言，正中其怀，跪而请曰："弟子正有此意，未审此行可得意否？"先生曰："汝往摘山花一支，吾为汝占之。"庞涓下山，寻取山花。此时正是六月炎天，百花开过，没有山花。庞涓左盘右转，寻了多时，止觅得草花一茎，连根拔起，欲待呈与师父，忽想道："此花质弱身微，不为大器。"弃掷于地，又去寻觅了一回,可怪绝无他花,只得转身将先前所取草花,藏于袖中,回复先生曰:"山中没有花。"先生曰:"既没有花,汝袖中何物?"涓不能隐,只得取出呈上。其花离土,又先经日色,已半萎矣。先生曰:"汝知此花之名乎?乃马兜铃也,一开十二朵,为汝荣盛之年数。采于鬼谷,见日而萎。鬼旁着委,汝之出身,必于魏国。"庞涓暗暗称奇。先生又曰:"但汝不合见欺,他日必以欺人之事,还被人欺,不可不戒。吾有八字,汝当记取:遇羊而荣,遇马而瘁。"庞涓再拜曰:"吾师大教,敢不书绅!"临行,孙宾送之下山,庞涓曰:"某与兄有八拜之交,誓同富贵,此行倘有进身之阶,必当举荐吾兄,同立功业。"孙宾曰:"吾弟此言果实否?"涓曰:"弟若谬言,当死于万箭之下!"宾曰:"多谢厚情,何须重誓!"两下流泪而别。

孙宾还山,先生见其泪容,问曰:"汝惜庞生之去乎?"宾曰:"同学之情,何能不惜?"先生曰:"汝谓庞生之才,堪为大将否?"宾曰:"承师教训已久,何为不可?"先生曰:"全未,全未。"宾大惊,请问其故,先生不言。至次日,谓弟子曰:"我夜间恶闻鼠声,汝等轮流值宿,为我驱鼠。"众弟子如命。其夜,轮孙宾值宿,先生于枕下,取出文书一卷,谓宾曰:"此乃汝祖孙武子《兵法》十三篇,昔汝祖献于吴王阖闾,阖闾用其策,大破楚师;后阖闾惜此书,不欲广传于人,乃置以铁柜,藏于姑苏台屋楹之内。自越兵焚台,此书不传。吾向与汝祖有交,求得其书,亲为注解,行兵秘密,尽在其中,未尝轻授一人。今见子心术忠厚,特以付子。"宾曰:"弟子少失父母,遭国家多故,宗族离散,虽知祖父有此书,实未传领。吾师既有注解,何不并传之庞涓,而独授于宾也?"先生曰:"得此书者,善用之为天下利,不善用之为天下害。涓非佳士，岂可轻付哉？"宾乃携归卧室，昼夜研诵。三日之后，先生遽向孙宾索其原书，宾出诸袖中，缴还先生，先生逐篇盘问，宾对答如流，一字不遗。先生喜曰："子用心如此，汝祖为不死矣！"

再说庞涓别了孙宾，一径入魏国，以兵法干相国王错，错荐于惠王。庞涓入朝之时，正值庖人进蒸羊于惠王之前，惠王方举箸，涓私喜曰："吾师言'遇羊而荣'，斯不谬矣！"惠王见庞涓一表人物，放箸而起，迎而礼之。庞涓再拜，惠王扶住，问其所学，涓对曰："臣学于鬼谷先生之门，用兵之道，颇得其精。"因指画敷陈，倾倒胸中，惟恐不尽。惠王问曰："吾国东有齐，西有秦，南有楚，北有韩、赵、燕，皆势均力敌，而赵人夺我中山，此仇未报。先生何以策之？"庞涓曰："大王不用微臣则已，如用微臣为将，管教战必胜，攻必取，可以兼并天下，何忧六国哉？"惠王曰："先生大言，得无难践乎？"涓对曰："臣自揣所长，实可操六国于掌中，若委任不效，甘当伏罪！"惠王大悦，拜为元帅，兼军师之职。涓子庞英、侄庞葱、庞茅俱为列将。涓练兵训武，先侵卫、宋诸小国，屡屡得胜。宋、鲁、卫、郑诸君，相约联翩来朝。适齐兵侵境，涓复御却之，遂自以为不世之功，不胜夸诩。

时墨翟遨游名山，偶过鬼谷探友，一见孙宾，与之谈论，深相契合，遂谓宾曰："子学业已成，何不出就功名，而久淹山泽耶？"宾曰："吾有同学庞涓，出仕于魏，相约得志之日，必相援引，吾是以待之。"墨翟曰："涓见为魏将，吾为子入魏，以察涓之意。"墨翟辞去，径至魏国，闻庞涓自恃其能，大言不惭，知其无援引孙宾之意。乃自以野服求见魏惠王。惠王素闻墨翟之名，降阶迎入，叩以兵法。墨翟指说大略，惠王大喜，欲留任官职，墨翟固辞曰:"臣山野之性,不习衣冠。所知有孙武子之孙,名宾者,真大将才,臣万分不及也。见今隐于鬼谷,大王何不召之?"惠王曰:"孙宾学于鬼谷,乃是庞涓同门,卿谓二人所学孰胜?"墨翟曰:"宾与涓,虽则同学,然宾独得乃祖秘传,虽天下无其对手,况庞涓乎?"

墨翟辞去,惠王即召庞涓问曰:"闻卿之同学有孙宾者,独得孙武子秘传,其才天下无比,将军何不为寡人召之?"庞涓对曰:"臣非不知孙宾之才,但宾是齐人,宗族皆在于齐;今若仕魏,必先齐而后魏,臣是以不敢进言。"惠王曰:"士为知己者死,岂必本国之人,方可用乎?"庞涓对曰:"大王既欲召孙宾,臣即当作书致去。"庞涓口虽不语,心下踌躇:"魏国兵权,只在我一人之手,若孙宾到来,必然夺宠。既魏王有命,不敢不依,且待来时,生计害他,阻其进用之路,却不是好?"遂面修书一封,呈上惠王,惠王用驷马高车,黄金白璧,遣人带了庞涓之书,一径望鬼谷来聘取孙宾。宾拆书看之,略曰:

> 涓托兄之庇,一见魏王,即蒙重用。临岐援引之言,铭心不忘。今特荐于魏王,求即驱驰赴召,共图功业。

孙宾将书呈与鬼谷先生。先生知庞涓已得时大用,今番有书取用孙宾,竟无一字问候其师,此乃刻薄忘本之人,不足计较。但庞涓生性骄妒,孙宾若去,岂能两立?欲待不容他去,又见魏王使命郑重,孙宾已自行色匆匆,不好阻当,亦使宾取山花一支,卜其休咎。此时九月天气,宾见先生几案之上,瓶中供有黄菊一支,遂拔以呈上,即时复归瓶中。先生乃断曰:"此花见被残折,不为完好;

但性耐岁寒，经霜不落。虽有残害，不为大凶。且喜供养瓶中，为人爱重。瓶乃范金而成，钟鼎之属，终当威行霜雪，名勒鼎钟矣。但此花再经提拔，恐一时未能得意，仍旧归瓶。汝之功名，终在故土。吾为汝增改其名，可图进取。"遂将孙宾"宾"字，左边加"月"为"膑"。按字书，"膑"乃"刖刑"之名，今鬼谷子改"孙宾"为"孙膑"，明明知有刖足之事，但天机不肯泄漏耳，岂非异人哉？髯翁有诗云：

山花入手知休咎，试比蓍龟倍有灵。
却笑当今卖卜者，空将鬼谷画占形。

临行，又授以锦囊一枚，吩咐："必遇至急之地，方可开看。"孙膑拜辞先生，随魏王使者下山，登车而去。

苏秦、张仪在旁，俱有欣羡之色，相与计议来禀，亦欲辞归，求取功名。先生曰："天下最难得者聪明之士，以汝二人之质，若肯灰心学道，可致神仙，何若要碌碌尘埃，甘为浮名虚利所驱逐也？"秦、仪同声对曰："夫良材不终朽于岩下，良剑不终秘于匣中。日月如流，光阴不再。某等受先生之教，亦欲乘时建功，图个名扬后世耳。"先生曰："你两人中肯留一人与我作伴否？"秦、仪执定欲行，无肯留者。先生强之不得，叹曰："仙才之难如此哉！"乃为之各占一课，断曰："秦先吉后凶，仪先凶后吉。秦说先行，仪当晚达。吾观孙、庞二子，势不相容，必有吞噬之事。汝二人异日宜互相推让，以成名誉，勿伤同学之情。"二人稽首受教。先生又取书二本，分赠二人。秦、仪观之，乃太公《阴符篇》也，曰："此书弟子久已熟诵，先生今日见赐，有何用处？"先生曰："汝虽熟诵，未得其精。此去若未能得意，只就此篇探讨，自有进益。我亦从此逍遥海外，不复留于此谷矣。"秦、仪既别去，不数日，鬼谷子亦浮海为蓬岛之游，或云已仙去矣。

不知孙膑应聘下山后来如何，且看下回分解。

第八十八回
孙膑佯狂脱祸，庞涓兵败桂陵

　　话说孙膑行至魏国，即寓于庞涓府中。膑谢涓举荐之恩，涓有德色。膑又述鬼谷先生改宾为膑之事，涓惊曰："膑非佳语，何以改易？"膑曰："先生之命，不敢违也！"次日，同入朝中，谒见惠王，惠王降阶迎接，其礼甚恭。膑再拜奏曰："臣乃村野匹夫，过蒙大王聘礼，不胜惭愧！"惠王曰："墨子盛称先生独得孙武秘传，寡人望先生之来，如渴思饮，今蒙降重，大慰平生！"遂问庞涓曰："寡人欲封孙先生为副军师之职，与卿同掌兵权，卿意如何？"庞涓对曰："臣与孙膑同窗结义，膑乃臣之兄也，岂可以兄为副？不若权拜客卿，候有功绩，臣当让爵，甘居其下。"惠王准奏，即拜膑为客卿，赐第一区，亚于庞涓。客卿者，半为宾客，不以臣礼加之，外示优崇，不欲分兵权于膑也。自此孙、庞频相往来。庞涓想道："孙子既有秘授，未见吐露，必须用意探之。"遂设席请酒，酒中因谈及兵机，孙子对答如流，及孙子问及庞涓数节，涓不知所出，乃佯问曰："此非孙武子《兵法》所载乎？"膑全不疑虑，对曰："然也。"涓曰："愚弟昔日亦蒙先生传授，自不用心，遂至遗忘。今日借观，不敢忘报。"膑曰:"此书经先生注解详明,与原本不同,先生止付看三日,便即取去,亦无录本。"涓曰:"吾兄还记得否?"膑曰:"依稀尚存记忆。"涓心中巴不得便求传授,只是一时难以骤逼。

过数日,惠王欲试孙膑之能,乃阅武于教场,使孙、庞二人各演阵法。庞涓布的阵法,孙膑一见,即便分说此为某阵,用某法破之。孙膑排成一阵,庞涓茫然不识,私问于孙膑。膑曰:"此即'颠倒八门阵'也。"涓曰:"有变乎?"膑曰:"攻之则变为'长蛇阵'矣。"庞涓探了孙膑说话,先报惠王曰:"孙子所布,乃'颠倒八门阵',可变'长蛇'。"已而,惠王问于孙膑,所对相同。惠王以庞涓之才,不弱于孙膑,心中愈喜。只有庞涓回府,思想:"孙子之才大胜于吾,若不除之,异日必为欺压。"心生一计,于相会中间,私叩孙子曰:"吾兄宗族俱在齐邦,今兄已仕魏国,何不遣人迎至此间,同享富贵?"孙膑垂泪言曰:"子虽与吾同学,未悉吾家门之事也。吾四岁丧母,九岁丧父,育于叔父孙乔身畔,叔父仕于齐康公为大夫。及田太公迁康公于海上,尽逐其故臣,多所诛戮。吾宗族离散,叔与从兄孙平、孙卓挈吾避难奔周,因遇荒岁,复将吾佣于周北门之外,父子不知所往。吾后来年长,闻邻人言鬼谷先生道高,而心慕之,是以单身往学。又复数年,家乡杳无音信,岂有宗族可问哉?"庞涓复问曰:"然则兄长亦还忆故乡坟墓否?"膑曰:"人非草木,能忘本原?先生于吾临行,亦言'功名终在故土',今已作魏臣,此话不须提起矣。"庞涓探了口气,佯应曰:"兄长之言甚当,大丈夫随地立功,何必故乡也?"约过半年,孙膑所言,都已忘怀了。

一日,朝罢方回,忽有汉子似山东人语音,问人曰:"此位是孙客卿否。"膑随唤入府,叩其来历。那人曰:"小子姓丁名乙,临淄人氏，在周客贩，令兄有书托某送到鬼谷，闻贵人已得仕魏邦，迂路来此。"说罢，将书呈上。孙膑接书在手，拆而观之，略云：

> 愚兄平、卓字达贤弟宾亲览，吾自家门不幸，宗族荡散，不觉已三年矣。向在宋国为人耕牧，汝叔一病即世，异乡零落，苦不可言。今幸吾王尽释前嫌，招还故里，正欲奉迎吾弟，重立家门。闻吾弟就学鬼谷，良玉受琢，定成伟器。兹因某客之便，作书报闻。幸早为归计，兄弟复得相见。

孙膑得书，认以为真，不觉大哭。丁乙曰："承贤兄吩咐，劝贵人早早还乡，骨肉相聚。"孙膑曰："吾已仕于魏，此事不可造次。"乃款待丁乙酒饭，付以回书，前面亦叙思乡之语，后云："弟已仕魏，未可便归，俟稍有建立，然后徐为首丘之计。"送丁乙黄金一锭为路费。丁乙接了回书，当下辞去。

谁知来人不是什么丁乙，乃是庞涓手下心腹徐甲也。庞涓套出孙膑来历姓名，遂伪作孙平、孙卓手书，教徐甲假称齐商丁乙，投见孙子。孙子兄弟自少分别，连手迹都不分明，遂认以为真了。庞涓诓得回书，遂仿其笔迹，改后数句云："弟今身仕魏国，但故土难忘，心殊悬切，不日当图归计，以尽手足之欢。倘或齐王不弃微长，自当尽力。"于是入朝私见惠王，屏去左右，将伪书呈上，言："孙膑果有背魏向齐之心，近日私通齐使，取有回书，臣遣人邀截于郊外，搜得在此。"惠王看毕曰："孙膑心悬故土，岂以寡人未能重用，不尽其才耶？"涓对曰："膑祖孙武子为吴王大将，后来仍旧归齐。父母之邦，谁能忘情？大王虽重用膑，膑心已恋齐，必不能为魏尽力。且膑才不下于臣，若齐用为将，必然与魏争雄，此大王异日之患也，不如杀之。"惠王曰："孙膑应召而来，今罪状未明，遽然杀之，恐天下议寡人之轻士也。"涓对曰："大王之言甚善。臣当劝谕孙膑，倘肯留魏国，大王重加官爵，若其不然，大王发到微臣处议罪，微臣自有区处。"

庞涓辞了惠王，往见孙子，问曰："闻兄已得千金家报，有之乎？"膑是忠直之人，全不疑虑，遂应曰："果然。"因备述书中要他还乡之意。庞涓曰："弟兄久别思归，人之至情，兄长何不于魏王前暂给一二月之假，归省坟墓，然后再来？"膑曰："恐主公见疑，不允所请。"涓曰："兄试请之，弟当从旁力赞。"膑曰："全仗贤弟玉成。"是夜，庞涓又入见惠王，奏曰："臣奉大王之命，往谕孙膑，膑意必不愿留，且有怨望之语。若目下有表章请假，主公便发其私通齐使之罪。"惠王点头。

次日，孙膑果然进上一通表章，乞假月余，还齐省墓。惠王见表大怒，批表尾云："孙膑私通齐使，今又告归，显有背魏之心，有负寡人委任之意，可削其官秩，发军师府问罪。"军政司奉旨，将孙膑拿到军师府来见庞涓，涓一见佯惊曰："兄长何为至此！"军政司宣惠王之命。庞涓领旨讫，问膑曰："吾兄受此奇冤，愚弟当于王前力保。"言罢，命舆人驾车，来见惠王，奏曰："孙膑虽有私通齐使之罪，然罪不至死，以臣愚见，不若刖而黥之，使为废人，终身不能退归故土，既全其命，又无后患，岂不两全？微臣不敢自专，特来请旨！"惠王曰："卿处分最善。"庞涓辞回本府，谓孙膑曰："魏王十分恼怒，欲加兄极刑。愚弟再三保奏，恭喜得全性命，但须刖足黥面，此乃魏国法度，非愚弟不尽力也。"孙膑叹曰："吾师云，'虽有残害，不为大凶'。今得保首领，此乃贤弟之力，不敢忘报！"庞涓遂唤刀斧手，将孙膑绑住，剔去双膝盖骨。膑大叫一声，昏绝倒地，半响方苏。又用针刺面，成"私通外国"四字，以墨涂之。庞涓假意啼哭，以刀疮药敷膑之膝，用帛缠裹，使人抬至书馆，好言抚慰，好食将息。约过月余，孙膑疮口已合，只是膝盖既去，两腿无力，不能行动，只好盘足而坐。髯翁有诗云：

易名膑字祸先知，何待庞涓用计时？
堪笑孙君太忠直，尚因全命感恩私！

孙膑已成废人，终日受庞涓三餐供养，甚不过意。庞涓乃求膑传示鬼谷子注解孙武兵书，膑慨然应允，涓给以木简，要他缮写。膑写未及十分之一，有苍头名唤诚儿，庞涓使伏侍孙膑。诚儿见孙子无辜受枉，反有怜悯之意。忽庞涓召诚儿至前，问孙膑缮写日得几何，诚儿曰："孙将军为两足不便，长眠短坐，每日只写得二三策。"庞涓怒曰："如此迟慢，何日写完？汝可与我上紧催促。"诚儿退问涓近侍曰："军师央孙君缮写，何必如此催迫？"近侍曰："汝有所不知，军师与孙君外虽相恤，内实相忌，所以全其性命，单为欲得兵书耳，缮写一完，便当绝其饮食。汝切不可泄漏！"诚儿闻知此信，密告孙子。孙子大惊："原来庞涓如此无义，岂可传以《兵法》？"又想："若不缮写，他必然发怒，吾命且夕休矣！"左思右想，欲求自脱之计，忽然想着："鬼谷先生临行时，付我锦囊一个，嘱云：'到至急时，方可开看。'今其时矣。"遂将锦囊启视，乃黄绢一幅，中间写着"诈疯魔"三字。膑曰："原来如此。"

当日晚餐方设，膑正欲举箸，忽然昏愦，作呕吐之状，良久发怒，张目大叫曰："汝何以毒药害我？"将瓶瓯悉拉于地，取写过木简,向火焚烧,扑身倒地,口中含糊骂詈不绝。诚儿不知是诈,慌忙奔告庞涓。涓次日亲自来看,膑痰涎满面,伏地呵呵大笑,忽然大哭。庞涓问曰:"兄长为何而笑,为何而哭?"膑曰:"吾笑者笑魏王欲害我命,吾有十万天兵相助,能奈我何?吾哭者哭魏邦没有孙膑,无人作大将也!"说罢,复睁目视涓,磕头不已,口中叫:"鬼谷先生,乞救我孙膑一命!"庞涓曰:"我是庞某,休得错认了。"膑牵住庞涓之袍,不肯放手,乱叫:"先生救命!"庞涓命左右扯脱,私问诚儿曰:"孙子病症是几时发的?"诚儿曰:"是夜来发的。"涓上车而去,心中疑惑不已。恐其佯狂,欲试其真伪,命左右拖入猪圈中,粪秽狼藉,膑被发覆面,倒身而卧。再使人送酒食与之,诈云:"吾小人哀怜先生被刖,聊表敬意,元帅不知也。"孙子已知是庞涓之计,怒目狰狞,骂曰:"汝又来毒我耶?"将酒食倾翻地下。使者乃拾狗食及泥块以进,膑取而啖之。于是还报庞涓,涓曰:"此真中狂疾,不足为虑矣。"自此纵放孙膑,任其出入。膑或朝出晚归,仍卧猪圈之内,或出而不返,混宿市井之间。或谈笑自若,或悲号不已。市人认得是孙客卿,怜其病废,多以饮食遗之。膑或食或不食,狂言诞语,不绝于口,无有知其为假疯魔者。庞涓却吩咐地方,每日侵晨具报孙膑所在,尚不能置之度外也。髯翁有诗叹云:

纷纷七国斗干戈,俊杰乘时归网罗。
堪恨奸臣怀嫉忌,致令良友诈疯魔。

时墨翟云游至齐,客于田忌之家。其弟子禽滑从魏而至,墨翟问:"孙膑在魏得意何如?"禽滑亲将孙子被刖之事,述于墨翟。翟叹曰:"吾本欲荐膑,反害之矣!"乃将孙膑之才及庞涓妒忌之事,转述于田忌。田忌言于威王曰:"国有贤臣,而令见辱于异国,大不可也!"威王曰:"寡人发兵以迎孙子如何?"田忌曰:"庞涓不容膑仕于本国,肯容仕于齐国乎?欲迎孙子,须是如此恁般,密载以归,可保万全。"威王用其谋,即令客卿淳于髡假以进茶为名,至魏欲见孙子。淳于髡领旨,押了茶车,捧了国书,竟至魏国。禽滑装做从者随行。到魏都见了魏惠王,致齐侯之命。惠王大喜,送淳于髡于馆驿。禽滑见膑发狂,不与交言,半夜私往候之。膑背靠井栏而坐,见禽滑张目不语,滑垂涕曰:"孙卿困至此乎?识禽滑否?吾师言孙卿之冤于齐王,齐王甚相倾慕,淳于公此来,非为贡茶,实欲载孙卿入齐,为卿报刖足之仇耳。"孙膑泪流如雨,良久言曰:"某已分死于沟渠,不期今日有此机会。但庞涓疑虑太甚,恐不便挈带,如何?"禽滑曰:"吾已定下计策,孙卿不须过虑。俟有行期,即当相迎。"约定只在此处相会,万勿移动。

次日,魏王款待淳于髡,知其善辩之士,厚赠金帛。髡辞了魏王欲行,庞涓复置酒长亭饯行。禽滑先于是夜将温车藏了孙膑,却将孙膑衣服与厮养王义穿着,披头散发,以泥土涂面,装作孙膑模样。地方已经具报,庞涓以此不疑。淳于髡既出长亭,与庞涓欢饮而别,先使禽滑驱车速行,亲自押后。过数日,王义亦脱身而来。地方但见肮脏衣服,撒做一地,已不见孙膑矣,即时报知庞涓。涓疑其投井而死,使人打捞尸首不得,连连挨访,并无影响,反恐魏王见责,戒左右只将孙膑溺死申报,亦不疑其投齐也。

再说淳于髡载孙膑离了魏境,方与沐浴,既入临淄,田忌亲迎于十里之外。言于威王,使乘蒲车入朝。威王叩以兵法,即欲拜官。孙膑辞曰:"臣未有寸功,不敢受爵。庞涓若闻臣用于齐,又起妒嫉之端，不若姑隐其事，俟有用臣之处，然后效力何如？"威王从之，乃使居田忌之家，忌尊为上客。膑欲偕禽滑往谢墨翟，他师弟二人已不别而行了。膑叹息不已，再使人访孙平、孙卓信息，杳然无闻，方知庞涓之诈。

齐威王暇时，常与宗族诸公子驰射赌胜为乐，田忌马力不及，屡次失金。一日，田忌引孙膑同至射圃观射，膑见马力不甚相远，而田忌三棚皆负，乃私谓忌曰："君明日复射，臣能令君必胜。"田忌曰："先生果能使某必胜，某当请于王，以千金决赌。"膑曰："君但请之。"田忌请于威王曰："臣之驰射屡负矣，来日愿倾家财，一决输赢，每棚以千金为采。"威王笑而从之。

是日，诸公子皆盛饰车马，齐至场圃，百姓聚观者数千人。田忌问孙子曰："先生必胜之术安在？千金一棚，不可戏也。"孙膑曰："齐之良马聚于王厩，而君欲与次第角胜，难矣。然臣能以术得之。夫三棚有上中下之别，试以君之下驷，当彼上驷；而取君之上驷，与彼中驷角；取君之中驷，与彼下驷角。君虽一败，必有二胜。"田忌曰："妙哉！"乃以金鞍锦鞯，饰其下等之马，伪为上驷，先与威王赌第一棚，马足相去甚远，田忌复失千金。威王大笑，田忌曰："尚有二棚，臣若全输，笑臣未晚。"及二棚、三棚，田忌之马果皆胜，多得采物千金。田忌奏曰："今日之胜，非臣马之力，乃孙子所教也。"因述其故。威王叹曰："即此小事，已见孙先生之智矣。"由是益加敬重，赏赐无算。不在话下。

再说魏惠王既废孙膑，责成庞涓恢复中山之事。庞涓奏曰："中山远于魏而近于赵，与其远争，不如近割。臣请为君直捣邯郸，以报中山之恨。"惠王许之。庞涓遂出车五百乘伐赵，围邯郸。邯郸守臣丕选连战俱败，上表赵成侯。成侯使人以中山赂齐求救。齐威王已知孙子之能，拜为大将，膑辞曰："臣刑余之人，而使主兵，显齐国别无人才，为敌所笑，请以田忌为将。"威王乃用田忌为将，孙膑为军师，常居辎车之中，阴为画策，不显其名。田忌欲引兵救邯郸，膑止之曰："赵将非庞涓之敌，比我至邯郸，其城已下矣。不如驻兵于中道，扬言欲伐襄陵，庞涓必还，还而击之，无不胜也。"忌用其谋。

时邯郸候救不至，丕选以城降涓，涓遣人报捷于魏王。正欲进兵，忽闻齐遣田忌乘虚来袭襄陵，庞涓惊曰："襄陵有失，安邑震动，吾当还救根本。"乃班师。离桂陵二十里，便遇齐兵。原来孙膑早已打听魏兵到来，预作准备，先使牙将袁达引三千人截路搦战。庞涓族子庞葱前队先到，迎住厮杀，约战二十余合，袁达诈败而走。庞葱恐有计策，不敢追赶，却来禀知庞涓。涓叱曰："谅偏将尚不能擒取，安能擒田忌乎？"即引大军追之。将及桂陵，只见前面齐兵排成阵势，庞涓乘车观看，正是孙膑初到魏国时摆的"颠倒八门阵"。庞涓心疑，想道："那田忌如何也晓此阵法？莫非孙膑已归齐国乎？"当下亦布队成列。只见齐军中闪出大将田旗号，推出一辆戎车，田忌全装披挂，手执画戟，立于车中，田婴挺戈立于车右，田忌口呼："魏将能事者，上前打话。"庞涓亲自出车，谓田忌曰："齐、魏一向和好，魏、赵有怨，何与齐事？将军弃好寻仇，实为失计！"田忌曰："赵以中山之地献于吾主，吾主命吾帅师救之。若魏亦割数郡之地，付于吾手，吾当即退。"庞涓大怒曰："汝有何本事，敢与某对阵！"田忌曰："你既有本事，能识我阵否？"庞涓曰："此乃'颠倒八门阵'，吾受之鬼谷子，汝何处窃取一二，反来问我？我国中三岁孩童，皆能识之。"田忌曰："汝既能识，敢打此阵否？"庞涓心下踌躇，若说不打，丧了志气，遂厉声应曰：

"既能识，如何不能打！"庞涓吩咐庞英、庞葱、庞茅曰："记得孙膑曾讲此阵，略知攻打之法，但此阵能变长蛇，击首则尾应，击尾则首应，击中则首尾皆应，攻者辄为所困。我今去打此阵，汝三人各领一军，只看此阵一变，三队齐进，使首尾不能相顾，则阵可破矣。"

庞涓吩咐已毕，自帅选锋五千人，上前打阵。才入阵中，只见八方旗色，纷纷转换，认不出那一门是休、生、伤、杜、景、死、惊、开了，东冲西撞，戈甲如林，并无出路，只闻得金鼓乱鸣，四下呐喊，竖的旗上，俱有军师"孙"字。庞涓大骇曰："刖夫果在齐国，吾堕其计矣！"正在危急，却得庞英、庞葱两路兵杀进，单单救出庞涓，那五千选锋，不剩一人。问庞茅时，已被田婴所杀。共损军二万余人，庞涓甚是伤感。原来八卦阵本按八方，连中央戊己，共是九队车马，其形正方，比及庞涓入来打阵，抽去首尾二军为二角，以遏外救，止留七队车马，变为圆阵，以此庞涓迷惑。后来唐朝卫国公李靖，因此作六花阵，即从此圆阵布出。有诗为证：

八阵中藏不测机，传来鬼谷少人知。
庞涓只晓长蛇势，那识方圆变化奇。

按：今堂邑县东南有地名古战场，乃昔日孙、庞交兵之处也。

却说庞涓知孙膑在军中，心中惧怕，与庞英、庞葱商议，弃营而遁，连夜回魏国去了。田忌与孙膑探知空营，奏凯回齐。此周显王十七年之事。魏惠王以庞涓有取邯郸之功，虽然桂陵丧败，将功准罪。齐威王遂宠任田忌、孙膑，专以兵权委之。驺忌恐其将来代己为相，密与门客公孙阅商量，欲要夺田忌、孙膑之宠。恰好庞涓使人以千金行赂于驺忌之门，要得退去孙膑。驺忌正中其怀，乃使公孙阅假作田忌家人，持十金，于五鼓叩卜者之门，曰："我奉田忌将军之差，欲求占卦。"卦成，卜者问："何用？"阅曰："我将军，田氏之宗也，兵权在握，威震邻国，今欲谋大事，烦为断其吉凶。"卜者大惊曰："此悖逆之事，吾不敢与闻！"公孙阅嘱曰："先生即不肯断，幸勿泄！"公孙阅方才出门，驺忌差人已至，将卜者拿住，说他替叛臣田忌占卦。卜者曰："虽有人来小店，实不曾占。"驺忌遂入朝，以田忌所占之语，告于威王，即引卜者为证。威王果疑，每日使人伺田忌之举动。田忌闻其故，遂托病辞了兵政，以释齐王之疑，孙膑亦谢去军师之职。明年，齐威王薨，子辟疆即位，是为宣王。宣王素知田忌之冤与孙膑之能，俱召复故位。

再说庞涓初时闻齐国退了田忌、孙膑不用，大喜曰："吾今日乃可横行天下也！"是时，韩昭侯灭郑国而都之，赵相国公仲侈如韩称贺，因请同起兵伐魏，约以灭魏之日，同分魏地。昭侯应允，回言："偶值荒馑，俟来年当从兵进讨。"庞涓访知此信，言于惠王曰："闻韩谋助赵攻魏，今乘其未合，宜先伐韩，以沮其谋。"惠王许之，使太子申为上将军，庞涓为大将，起倾国之兵，向韩国进发。

不知胜负如何，且看下回分解。

第八十九回
马陵道万弩射庞涓,咸阳市五牛分商鞅

话说庞涓同太子申起兵伐韩,行过外黄,有布衣徐生请见太子。太子问曰:"先生辱见寡人,有何见谕?"徐生曰:"太子此行,将以伐韩也,臣有百战百胜之术于此,太子欲闻之否?"申曰:"此寡人所乐闻也。"徐生曰:"太子自度富有过于魏,位有过于王者乎?"申曰:"无以过矣!"徐生曰:"今太子自将而攻韩,幸而胜,富不过于魏,位不过于王也。万一不胜,将若之何?夫无不胜之害,而有称王之荣,此臣所谓百战百胜者也。"申曰:"善哉!寡人请从先生之教,即日班师。"徐生曰:"太子虽善吾言,必不行也。夫一人烹鼎,众人啜汁。今欲啜太子之汁者甚众,太子即欲还,其谁听之?"徐生辞去。太子出令欲班师。庞涓曰:"大王以三军之寄,属于太子,未见胜败,而遽班师,与败北何异?"诸将皆不欲空还。太子申不能自决,遂引兵前进,直造韩都。韩昭侯遣人告急于齐,求其出兵相救。

齐宣王大集群臣,问以:"救韩与不救,孰是孰非?"相国驺忌曰:"韩、魏相并,此邻国之幸也,不如勿救。"田忌、田婴皆

曰："魏胜韩，则祸必及于齐，救之为是。"孙膑独嘿然无语。宣王曰："军师不发一言，岂救与不救，二策皆非乎？"孙膑对曰："然也。夫魏国自恃其强，前年伐赵，今年伐韩，其心亦岂须臾忘齐哉？若不救，是弃韩以肥魏，故言不救者非也。魏方伐韩，韩未敝而吾救之，是吾代韩受兵，韩享其安，而我受其危，故言救者亦非也。"宣王曰："然则何如？"孙膑对曰："为大王计，宜许韩必救，以安其心。韩知有齐救，必悉力以拒魏，魏亦必悉力以攻韩。吾俟魏之敝，徐引兵而往，攻敝魏以存危韩，用力少而见功多，岂不胜于前二策耶？"宣王鼓掌称善，遂许韩使，言："齐救旦暮且至。"韩昭侯大喜，乃悉力拒魏，前后交锋五六次，韩皆不胜，复遣使往齐，催趱救兵。齐复用田忌为大将，田婴副之，孙子为军师，率车五百乘救韩。田忌又欲望韩进发，孙膑曰："不可，不可！吾向者救赵，未尝至赵；今救韩，奈何往韩乎？"田忌曰："军师之意，将欲如何？"孙膑曰："夫解纷之术，在攻其所必救。今日之计，惟有直走魏都耳！"田忌从之，乃令三军齐向魏邦进发。

庞涓连败韩师，将逼新都，忽接本国警报，言："齐兵复寇魏境，望元帅作速班师。"庞涓大惊，即时传令去韩归魏，韩兵亦不追赶。孙膑知庞涓将至，谓田忌曰："三晋兵素悍勇而轻齐，齐号为怯，善战者因其势而利导之。《兵法》云：'百里而趋利者蹶上将，五十里而趋利者军半至。'吾军远入魏地，宜诈为弱形以诱之。"田忌曰："诱之如何？"孙膑曰："今日当作十万灶，明后日以渐减去，彼见军灶顿减，必谓吾兵怯战，逃亡过半，将兼程逐利，其气必骄，其力必疲，吾因以计取之！"田忌从其计。

再说庞涓兵望西南而行，心念韩兵屡败，正好征进，却被齐人侵扰，毁其成功，不胜之忿。及至魏境，知齐兵已前去了。遗下安营之迹,地甚宽广,使人数其灶,足有十万,惊曰:"齐兵之众如此,不可轻敌也。"明日又至前营,查其灶仅五万有余。又明日,灶仅三万。涓以手加额曰:"此魏王之洪福矣。"太子申问曰:"军师未见敌形,何喜形于色?"涓答曰:"某固知齐人素怯,今入魏地才三日,士卒逃亡已过半了,尚敢操戈相角乎?"太子申曰:"齐人多诈,军师须十分在意!"庞涓曰:"田忌等今番自来送死,涓虽不才,愿生擒忌等,以雪桂陵之耻。"当下传令,选精锐二万人,与太子申分为二队,倍日并行,步军悉留在后,使庞葱率领徐进。孙膑时刻使人探听庞涓消息,回报:"魏兵已过沙鹿山,不分早夜,兼程而进。"孙膑屈指计程,日暮必至马陵。那马陵道在两山中间,溪谷深隘,堪以伏兵。道旁树木丛密,膑只拣绝大一株留下,余树尽皆砍倒,纵横道上以塞其行,却将那大树向东树身砍白,用黑煤大书六字云:"庞涓死此树下。"上面横书四字云:"军师孙示。"令部将袁达、独孤陈各选弓弩手五千,左右埋伏,吩咐:"但看树下火光起时,一齐发弩!"再令田婴引兵一万,离马陵三里埋伏,只待魏兵已过,便从后截杀。分拨已定,自与田忌引兵远远屯扎,准备接应。

再说庞涓一路打听齐兵过去不远,恨不能一步赶着,只顾催趱。来到马陵道时,恰好日落西山。其时十月下旬,又无月色,前军回报:"有断木塞路,难以进前。"庞涓叱曰:"此齐兵畏吾蹑其后,故设此计也。"正欲指麾军士搬木开路,忽抬头看见树上砍白处,隐隐有字迹,但昏黑难辨,命小军取火照之。众军士一齐点起火来。庞涓于火光之下,看得分明,大惊曰:"吾中刖夫之计矣!"急教军士:"速退!"说犹未绝,那袁达、独孤陈两支伏兵,望见火光,万弩齐发,箭如骤雨,军士大乱。庞涓身带重伤,料不能脱,叹曰："吾恨不杀此刖夫，遂成竖子之名！"即引佩剑自刎其喉而绝。庞英亦中箭身亡，军士射死者，不计其数。史官有诗云：

> 昔日伪书奸似鬼，今宵伏弩妙如神。
> 相交须是怀忠信，莫学庞涓自陨身！

昔庞涓下山时，鬼谷曾言："汝必以欺人之事，还被人欺。"庞涓用假书之事，欺孙膑而刖之，今日亦受孙膑之欺，堕其减灶之计。鬼谷又言："遇马而瘁。"果然死于马陵。计庞涓仕魏至身死，刚十二年，应花开十二朵之兆。果见鬼谷之占，纤微必中，神妙不测。

时太子申在后队，闻前军有失，慌忙屯扎住不行，不提防田婴一军反从后面杀到，魏兵心胆俱裂，无人敢战，各自四散逃生。太子申势孤力寡，被田婴生擒，缚置车中。田忌和孙膑统大军接应，杀得魏军尸横遍野，轻重军器尽归于齐。田婴将太子申献功，袁达、独孤陈将庞涓父子尸首献功。孙膑手斩庞涓之头，悬于车上。齐军大胜，奏凯而还。其夜太子申惧辱，亦自刎而死。孙膑叹息不已。大军行至沙鹿山，正逢庞葱步军，孙膑使人挑庞涓之头示之，步军不战而溃。庞葱下车叩头乞命，田忌欲并诛之，孙膑曰："为恶者止庞涓一人，其子且无罪，况其侄乎？"乃将太子申及庞英二尸交付庞葱，教他回报魏王："速速上表朝贡，不然，齐兵再至，宗社不保。"庞葱喏喏连声而去。此周显王二十八年事也。

田忌等班师回国，齐宣王大喜，设宴相劳，亲为田忌、田婴、孙膑把盏。相国驺忌自思昔日私受魏赂，欲陷田忌之事，未免于心有愧，遂称病笃，使人缴还相印。齐宣王遂拜田忌为相国，田婴为

第八十九回　马陵道万弩射庞涓，咸阳市五牛分商鞅

将军，孙膑军师如故，加封大邑。孙膑固辞不受，手录其祖孙武《兵书》十三篇，献于宣王曰："臣以废人，过蒙擢用，今上报主恩，下酬私怨，于愿足矣。臣之所学，尽在此书，留臣亦无用，愿得闲山一片，为终老之计。"宣王留之不得，乃封以石闾之山。孙膑住山岁余，一夕忽不见，或言鬼谷先生度之出世矣，此是后话。武成王庙有《孙子赞》云：

> 孙子知兵，翻为盗憎。
> 刖足衔冤，坐筹运能。
> 救韩攻魏，雪耻扬灵。
> 功成辞赏，遁迹藏名。
> 揆之祖武，何愧典型！

再说齐宣王将庞涓之首，悬示国门，以张国威。使人告捷于诸侯，诸侯无不耸惧。韩、赵二君尤感救兵之德，亲来朝贺。宣王欲与韩、赵合兵攻魏，魏惠王大恐，亦遣使通和，请朝于齐。齐宣王约会三晋之君，同会于博望城，韩、赵、魏无敢违者。三君同时朝见，天下荣之。宣王遂自恃其强，耽于酒色，筑雪宫于城内，以备宴乐。辟郊外四十里为苑囿，以备狩猎。又听信文学游说之士，于稷门立左右讲室，聚游客数千人，内如驺衍、田骈、接舆、环渊等七十六人，皆赐列第，为上大夫，日事议论，不修实政。嬖臣王驩等用事，田忌屡谏不听，郁郁而卒。

一日，宣王宴于雪宫，盛陈女乐，忽有一妇人，广额深目，高鼻结喉，驼背肥项，长指大足，发若秋草，皮肤如漆，身穿破衣，自外而入，声言："愿见齐王。"武士止之曰："丑妇何人，敢见大

王？"丑妇曰："吾乃齐之无盐人也，覆姓钟离，名春，年四十余，择嫁不得，闻大王游宴离宫，特来求见，愿入后宫，以备洒扫。"左右皆掩口而笑曰："此天下强颜之女也！"乃奏知宣王。宣王召入，群臣侍宴者，见其丑陋，亦皆含笑。宣王问曰："我宫中妃侍已备，今妇人貌丑，不容于乡里，以布衣欲干千乘之君，得无有奇能乎？"钟离春对曰："妾无奇能，特有隐语之术。"宣王曰："汝试发隐术，为孤度之。若言不中用，即当斩首。"钟离春乃扬目炫齿，举手再四，拊膝而呼曰："殆哉，殆哉！"宣王不解其意，问于群臣，群臣莫能对。宣王曰："春来前，为寡人明言之。"春顿首曰："大王赦妾之死，妾乃敢言。"宣王曰："赦尔无罪。"春曰："妾扬目者，代王视烽火之变；炫齿者，代王惩拒谏之口；举手者，代王挥谄佞之臣；拊膝者，代王拆游宴之台。"宣王大怒曰："寡人焉有四失？村妇妄言！"喝令斩之。春曰："乞申明大王之四失，然后就刑。妾闻秦用商鞅，国以富强，不日出兵函关，与齐争胜，必首受其患。大王内无良将，边备渐弛，此妾为王扬目而视之。妾闻：'君有诤臣，不亡其国；父有诤子，不亡其家。'大王内耽女色，外荒国政，忠谏之士，拒而不纳，妾所以炫齿为王受谏也。且王驩等阿谀取容，蔽贤窃位；驺衍等迂谈阔论，虚而无实。大王信用此辈，妾恐其有误社稷，所以举手为王挥之。王筑宫筑囿，台榭陂池，殚竭民力，虚耗国赋，所以拊膝为王拆之。大王四失，危如累卵，而偷目前之安，不顾异日之患。妾冒死上言，倘蒙采听，虽死何恨！"宣王叹曰："使无钟离氏之言，寡人不得闻其过也！"即日罢宴，以车载春归宫，立为正后。春辞曰："大王不纳妾言，安用妾身？请从理国为急，用贤为先。"于是宣王招贤下士，疏远嬖佞，散遣稷下游说之徒，以田婴为相国，以邹人孟轲为上宾，齐国大治。即以无盐之

第八十九回 马陵道万弩射庞涓，咸阳市五牛分商鞅

邑封春家，号春为无盐君。此是后话。

话分两头。却说秦相国卫鞅闻庞涓之死，言于孝公曰："秦、魏比邻之国，秦之有魏，犹人有腹心之疾，非魏并秦，即秦并魏，其势不两存明矣。魏今大破于齐，诸侯叛之，可乘此时伐魏，魏不能支，必然东徙。然后秦据河山之固，东向以制诸侯，此帝王之业也！"孝公以为然，使卫鞅为大将，公子少官副之，帅兵五万伐魏。师出咸阳，望东进发。警报已至西河，守臣朱仓告急文书一日三发。惠王大集群臣，问御秦之计。公子卬进曰："鞅昔日在魏时，与臣相善，臣尝举荐于大王，大王不听。今日臣愿领兵前往，先与讲和，如若不许，然后固守城池，请救韩、赵。"群臣皆赞其策。惠王即拜公子卬为大将，亦率兵五万，来救西河，进屯吴城。那吴城是吴起守西河时所筑，以拒秦者，坚固可守。公子卬正欲修书，遣人往秦寨通问卫鞅，欲其罢兵。守城将士报道："今有秦相国差人下书，见在城外。"公子卬命缒城而上，发书看之，书曰：

> 鞅始与公子相得甚欢，不异骨肉；今各事其主，为两国之将。何忍治兵，自相鱼肉？鄙意欲与公子相约，各去兵车，释甲胄，以衣冠之会，相见于玉泉山，乐饮而罢。免使两国肝脑涂地，使千秋而下，称吾两人之交情，同于管、鲍，公子如肯俯从，幸示其期。

公子卬读毕大喜曰："吾意正欲如此。"遂厚待使者，答以书曰：

> 相国不忘凤昔之好，举齐桓故事，以衣裳易兵车，安秦、魏之民，明管、鲍之谊，此卬志也。三日之内，惟相

国示期，敢不听命。

卫鞅得了回书，喜曰："吾计成矣。"复使人入城订定日期，言："秦兵前营已撤，打发先回，只等会过元帅，便拔寨都起。"复以旱藕、麝香遗之曰："此二物秦地所产。旱藕益人，麝香辟邪，聊志旧情，永以为好。"公子卬谓卫鞅爱己，益信其无他，答书谢之。卫鞅假传军令，使前营尽撤，公子少官率领先行，却暗暗吩咐，一路只说射猎充食，在狐岐山、白雀山等处，四散埋伏。期定是日午末未初，齐到玉泉山下，只听山上放炮为号，便一齐杀入，将来人尽数拿住，不许走漏一人。

至期，侵晨，卫鞅先使人报入城中，言："相国先往玉泉山伺候，随行不满三百人。"公子卬十分相信，亦以辎车载酒食，并乐工一部，乘车赴会，人数与卫鞅相当。卫鞅在山下相迎。公子卬见人从既少，且无军器，坦然不疑。相见之间，各叙昔日交情，并及今日通和之意，魏国从人无不欢喜，两边俱有酒席。公子卬是地主，先替卫鞅把盏，三献三酬，奏乐三次，卫鞅使军吏席上报时，即命撤了魏国筵席，另用本国酒馔。两个侍酒的，都是秦国有名的勇士，一个唤做乌获，力举千钧；一个唤做任鄙，手格虎豹。卫鞅才举初杯相劝，以目视左右，便去山顶上放起一声号炮，山下亦放炮相应，声震陵谷。公子卬大惊曰："此炮何来？相国莫非见欺否？"卫鞅笑曰："暂欺一次，尚容告罪。"公子卬心慌，便欲奔逃，却被乌获紧紧帮住，转动不得。任鄙指挥左右拿人，公子少官率领军士拘获车仗人等，真个是滴水不漏。卫鞅吩咐将公子卬上了囚车，先递回秦国报捷，却将所获随行人从，解其束缚，赐酒压惊，仍用原来车仗，教他："只说主帅赴会回来，赚开城门，另有重赏，如若不从，即时斩首。"那一行从人都是小辈，谁不怕死，尽皆依允。却教乌获假作公子卬坐于车中，任鄙作护送使臣，单车随后。城上认得是自家人从，即时开门。那两员勇将一齐发作，将城门一拳一脚，打个粉碎，关阖不得，军士上前者，都被打倒。背后卫鞅亲率大军，飞也似赶来。城中军民乱窜，卫鞅纵军士乱杀一阵，遂占了吴城。朱仓闻知主帅被虏，度西河难守，弃城而遁。卫鞅长驱而入，直逼安邑。

惠王大惧，使大夫龙贾往秦军行成。卫鞅曰："魏王不能用吾，吾故出仕秦国。蒙秦王尊为卿相，食禄万钟，今以兵权交付，若不灭魏，有负重托。"龙贾曰："吾闻，'良鸟恋旧林，良臣怀故主'。魏王虽不能用足下，然父母之邦，足下安得无情？"卫鞅沉思半晌，谓龙贾曰："若要我班师，除非将河西之地，尽割于秦方可。"龙贾只得应诺，回奏惠王。惠王从之，即令龙贾奉河西地图，献于秦军买和。卫鞅按图受地，奏凯而归，公子卬遂降于秦。魏惠王以安邑地近于秦，难守，遂迁都大梁去讫，自此称为梁国。

秦孝公嘉卫鞅之功，封为列侯，以前所取魏地商、於等十五邑，为鞅食邑，号为商君。后世称为商鞅为此也。鞅谢恩归第，谓家臣曰："吾以卫之支庶，挟策归秦，为秦更治，立致富强。今又得魏地七百里，封邑十五城，大丈夫得志，可谓极矣。"宾客齐声称贺，内有一士厉声而前曰："千人诺诺，不如一士谔谔。尔等居商君门下，岂可进谄而陷主乎？"众人视之，乃上客赵良也。鞅曰："先生谓众人之谄，试言吾之治秦，与五羖大夫孰贤？"良曰："五羖大夫之相穆公也，三置晋君，并国二十，使其主为西戎伯主；及其自奉，暑不张盖，劳不坐乘，死之日百姓悲哭，如丧考妣。今君相秦八载，法令虽行，刑戮太惨，民见威而不见德，知利而不知义。太子恨君刑其师傅，怨入骨髓，民间父兄子弟久含怨心。一旦秦君晏驾，君之危若朝露，尚可贪商、於之富贵，而自夸大丈夫乎？君何不荐贤人以自代？辞禄去位，退耕于野，尚可望自全也。"商君默然不乐。

后五月，秦孝公得疾而薨，群臣奉太子驷即位，是为惠文公。商鞅自负先朝旧臣，出入傲慢。公子虔初被商鞅劓鼻，积恨未报，至是与公孙贾同奏于惠文公曰："臣闻：'大臣太重者国危，左右太重者身危。'商鞅立法治秦，秦邦虽治，然妇人童稚皆言商君之法，莫言秦国之法。今又封邑十五，位尊权重，后必谋叛。"惠文公曰："吾恨此贼久矣。但以先王之臣，反形未彰，故姑容旦夕。"乃遣使者收商鞅相印，退归商、於。鞅辞朝，具驾出城，仪仗队伍，犹比诸侯，百官饯送，朝署为空。公子虔、公孙贾密告惠文公，言："商君不知悔咎，僭拟王者仪制，如归商、於，必然谋叛。"甘龙、杜挚证成其事。惠文公大怒，即令公孙贾引武士三千追赶商鞅，枭首回报。公孙贾领命出朝。当时百姓连街倒巷，皆怨商君，一闻公孙贾引兵追赶，攘臂相从者，何止数千余人。商鞅车驾出城，已百余里，忽闻后面喊声大振，使人探听，回报："朝廷发兵追赶。"商鞅大惊，知是新王见责，恐不免祸，急卸衣冠下车，扮作卒隶逃亡。走至函关，天色将昏，往旅店投宿。店主索照身之帖，鞅辞无有。店主曰："商君之法，不许收留无帖之人，犯者并斩，吾不敢留。"商鞅叹曰："吾设此法，乃自害其身也。"乃冒夜前行，混出关门，径奔魏国。魏惠王恨商鞅诱虏公子卬，割其河西之地，于是欲囚商鞅以献秦。鞅复逃回商、於，谋起兵攻秦，被公孙贾追至缚归。惠文公历数其罪，吩咐将鞅押出市曹，五牛分尸。百姓争啖其肉，须臾而尽，于是尽灭其族。可怜商鞅变立新法，使秦国富强，今日受车裂之祸，岂非过刻之报乎？此周显王三十一年事也。髯翁有诗云：

> 商於封邑未经年，五路分尸亦可怜。
> 惨刻从来凶报至，劝君熟读省刑篇。

自商鞅之死，百姓歌舞于道，如释重负。六国闻之，亦皆相庆。甘龙、杜挚先被革职，今皆复官。拜公孙衍为相国。衍劝惠文公西并巴蜀，称王以号召天下，要列国悉如魏国割地为贺，如有违者，即发兵伐之。惠文公遂称王，遣使者遍告列国，都要割地为贺。诸侯俱犹豫未决。惟楚威王熊商，任用昭阳，新败越兵，杀越王无疆，尽有越地，地广兵强，与秦为敌。秦使至楚，被楚王叱咤而去。于是洛阳苏秦挟"兼并"之策，以说秦王。

不知苏秦如何说秦，且看下回分解。

第九十回
苏秦合从相六国，张仪被激往秦邦

话说苏秦、张仪自从辞了鬼谷子下山，张仪自往魏国去了。苏秦回至洛阳家中。老母在堂，一兄二弟，兄已先亡，惟寡嫂在，二弟乃苏代、苏厉也。一别数年，今日重会，举家欢喜，自不必说。过了数日，苏秦欲出游列国，乃请于父母，变卖家财，为资身之费。母、嫂及妻俱力阻之，曰："季子不治耕获，力工商，求什一之利，乃思以口舌博富贵，弃见成之业，图未获之利，他日生计无聊，岂可悔乎？"苏代、苏厉亦曰："兄如善于游说之术，何不就说周王，在本乡亦可成名，何必远出？"苏秦被一家阻挡，乃求见周显王，说以自强之术。显王留之馆舍。左右皆素知苏秦出于农贾之家，疑其言空疏无用，不肯在显王前保举。

苏秦在馆舍羁留岁余，不能讨个进身，于是发愤回家，尽破其产，得黄金百镒，制黑貂裘为衣，治车马仆从，遨游列国，访求山川地形，人民风土，尽得天下利害之详。如此数年，未有所遇。闻卫鞅封商君，甚得秦孝公之心，乃西至咸阳。而孝公已薨，商君亦死，乃求见惠文王。惠文王宣秦至殿，问曰："先生不远千里而来敝邑，有何教诲？"苏秦奏曰："臣闻大王求诸侯割地，意者欲安坐而并天下乎？"惠文王曰："然。"秦曰："大王东有关、河，西有汉中，南有巴蜀，北有胡貉，此四塞之国也，沃野千里，奋击百万，以大王之贤，士民之众，臣请献谋效力，并诸侯，吞周室，称帝而一天下，易如反掌。岂有安坐而能成事者乎？"惠文王初杀商鞅，心恶游说之士，乃辞曰："孤闻'毛羽不成，不能高飞'，先生所言，孤有志未逮，更俟数年，兵力稍足，然后议之。"苏秦乃退，复将古三王五霸攻战而得天下之术，汇成一书，凡十余万言，次日献上秦王。秦王虽然留览，绝无用苏秦之意。再谒秦相公孙衍，衍忌其才，不为引进。

苏秦留秦复岁余，黄金百镒，俱已用尽，黑貂之裘亦敝坏，计无所出，乃货其车马仆从以为路资，担囊徒步而归。父母见其狼狈，辱骂之。妻方织布，见秦来，不肯下机相见。秦饿甚，向嫂求一饭，嫂辞以无柴，不肯为炊。有诗为证：

富贵途人成骨肉，贫穷骨肉亦途人。

试看季子貂裘敝，举目虽亲尽不亲。

秦不觉堕泪，叹曰："一身贫贱，妻不以我为夫，嫂不以我为叔，母不以我为子，皆我之罪也！"于是简书箧中，得太公《阴符》一篇，忽悟曰："鬼谷先生曾言：'若游说失意，只须熟玩此书，自有进益。'"乃闭户探讨，务穷其趣，昼夜不息。夜倦欲睡，则引锥自刺其股，血流遍足。既于《阴符》有悟，然后将列国形势细细揣摩，如此一年，天下大势，如在掌中。乃自慰曰："秦有学如此，以说人主，岂不能出其金玉锦绣，取卿相之位者乎？"遂谓其弟代、厉曰："吾学已成，取富贵如寄。弟可助吾行资，出说列国。倘有出身之日，必当相引。"复以《阴符》为弟讲解。代与厉亦有省悟，乃各出黄金，以资其行。

秦辞父母妻嫂，欲再往秦国，思想："当今七国之中，惟秦最强，可以辅成帝业，可奈秦王不肯收用。吾今再去，倘复如前，何面复归故里？"乃思一摈秦之策，必使列国同心协力，以孤秦势，方可自立。于是东投赵国。时赵肃侯在位，其弟公子成为相国，号奉阳君。苏秦先说奉阳君，奉阳君不喜。秦乃去赵，北游于燕，求见燕文公，左右莫为通达。居岁余，资用已尽，饥饿于旅邸。旅邸之人哀之，贷以百钱，秦赖以济。适值燕文公出游，秦伏谒道左。文公问其姓名，知是苏秦，喜曰："闻先生昔年以十万言献秦王，寡人心慕之，恨未得能读先生之书。今先生幸惠教寡人，燕之幸也。"遂回车入朝，召秦入见，鞠躬请教。苏秦奏曰："大王列在战国，地方二千里，兵甲数十万，车六百乘，骑六千匹，然比于中原，曾未及半。乃耳不闻金戈铁马之声，目不睹覆车斩将之危，安居无事，大王亦知其故乎？"燕文公曰："寡人不知也。"秦又曰："燕所以不被兵者，以赵为之蔽耳。大王不知结好于近赵，而反欲割地以媚远秦，不愚甚耶？"燕文公曰："然则如何？"秦对曰："依臣愚见，不若与赵从亲，因而结连列国，天下为一，相与协力御秦，此百世之安也。"燕文公曰："先生合从以安燕国，寡人所愿，但恐诸侯不肯为从耳。"秦又曰："臣虽不才，愿面见赵侯，与定从约。"燕文公大喜，资以金帛路费，高车驷马，使壮士送秦至赵。

适奉阳君赵成已卒，赵肃侯闻燕国送客来至，遂降阶而迎曰："上客远辱，何以教我？"苏秦奏曰："秦闻天下布衣贤士，莫不高贤君之行义，皆愿陈忠于君前，奈奉阳君妒才嫉能，是以游士裹足而不进,卷口而不言。今奉阳君捐馆舍,臣故敢献其愚忠。臣闻'保国莫如安民,安民莫如择交'。当今山东之国,惟赵为强。赵地方二千余里,带甲数十万,车千乘,骑万匹,粟支数年。秦之所最忌害者,莫如赵。然而不敢举兵伐赵者,畏韩、魏之袭其后也。故为赵南蔽者,韩、魏也。韩、魏无名山大川之险,一旦秦兵大出,蚕食二国,二国降,则祸次于赵矣。臣尝考地图,列国之地,过秦万里;诸侯之兵,多秦十倍。设使六国合一,并力西向,何难破秦?今为秦谋者,以秦恐吓诸侯,必须割地求和。夫无故而割地,是自破也。破人与破于人,二者孰愈?依臣愚见,莫如约列国君臣会于洹水,交盟定誓,结为兄弟,联为唇齿,秦攻一国,则五国共救之,如有败盟背誓者,诸侯共伐之。秦虽强暴,岂敢以孤国与天下之众争胜负哉?"赵肃侯曰:"寡人年少,立国日浅,未闻至计。今上客欲纠诸侯以拒秦,寡人敢不敬从!"乃佩以相印,赐以大第,又以饰车百乘,黄金千镒,白璧百双,锦绣千匹,使为"从约长"。苏秦乃使人以百金往燕,偿旅邸人之百钱。正欲择日起行,历说韩、魏诸国,忽赵肃侯召苏秦入朝,有急事商议,苏秦慌忙来见肃侯。肃侯曰:"适边吏来报:'秦相国公孙衍出师攻魏,擒其大将龙贾,斩首四万五千,魏王割河北十城以求和,衍又欲移兵攻赵。'将若之何?"苏秦闻言,暗暗吃惊:"秦兵若到赵,赵君必然亦效魏求和,'合从'之计不成矣!"正是人急计生,且答应过去,另作区处。乃故作安闲之态,拱手对曰:"臣度秦兵疲敝,未能即至赵国,万一来到,臣自有计退之。"肃侯曰:"先生且暂留敝邑,待秦兵果然不到,方可远离寡人耳。"这句话正中苏秦之意,应诺而退。

苏秦回至府第,唤门下心腹,唤做毕成,至于密室,吩咐曰:"吾有同学故人,名曰张仪,字余子,乃大梁人氏,我今予汝千金,汝可扮作商贾，变姓名为贾舍人，前往魏邦，寻访张仪。倘相见时，须如此如此。若到赵之日，又须如此如此。汝可小心在意。"贾舍人领命，连夜望大梁而行。

话分两头。却说张仪自离鬼谷归魏，家贫，求事魏惠王不得，后见魏兵屡败，乃挈其妻去魏游楚，楚相国昭阳留之为门下客。昭阳将兵伐魏，大败魏师，取襄陵等七城，楚威王嘉其功，以"和氏之璧"赐之。何谓"和氏之璧"？当初楚厉王之末年，有楚人卞和得玉璞于荆山，献于厉王。王使玉工相之，曰："石也！"厉王大怒，以卞和欺君，刖其左足。及楚武王即位，和复献其璞，玉工又以为石，武王怒，刖其右足。及楚文王即位，卞和又欲往献，奈双足俱刖，不能行动，乃抱璞于怀，痛哭于荆山之下，三日三夜，泣尽继之以血。有晓得卞和的，问曰："汝再献再刖，可以止矣。尚希赏乎？又何哭为？"和曰："吾非为求赏也。所恨者，本良玉而谓之石，本贞士而谓之欺，是非颠倒，不得自明，是以悲耳！"楚文王闻卞和之泣，乃取其璞，使玉人剖之，果得无瑕美玉，因制为璧，名曰"和氏之璧"。今襄阳府南漳县荆山之巅有池，池旁有石室，谓之抱玉岩，即卞和所居，泣玉处也。楚王怜其诚，以大夫之禄给卞和，终其身。此璧乃无价之宝，只为昭阳灭越败魏，功劳最大，故以重宝赐之。昭阳随身携带，未尝少离。

一日，昭阳出游于赤山，四方宾客从行者百人。那赤山下有深潭，相传姜太公曾钓于此。潭边建有高楼，众人在楼上饮酒作乐，已及半酣，宾客慕"和璧"之美，请于昭阳，求借观之。昭阳命守藏竖于车箱中取出宝椟至前，亲自启钥，解开三重锦袱，玉光烁烁，照人颜面。宾客次第传观，无不极口称赞。正赏玩间，左右言："潭中有大鱼跃起。"昭阳起身凭栏而观，众宾客一齐出看，那大鱼又跃起来，足有丈余，群鱼从之跳跃。俄焉云兴东北，大雨将至。昭阳吩咐："收拾转程。"守藏竖欲收"和璧"置椟，已不知传递谁手，竟不见了。乱了一回，昭阳回府，教门下客捱查盗璧之人，门下客曰："张仪赤贫，素无行，要盗璧除非此人。"昭阳亦心疑之，使人执张仪笞掠之，要他招承。张仪实不曾盗，如何肯服，笞至数百，遍体俱伤，奄奄一息。昭阳见张仪垂死，只得释放。旁有可怜张仪的，扶仪归家。其妻见张仪困顿模样，垂泪而言曰："子今日受辱，皆由读书游说所致，若安居务农，宁有此祸耶？"仪张口向妻使视之，问曰："吾舌尚在乎。"妻笑曰："尚在。"仪曰："舌在，便是本钱，不愁终困也。"于是将息半愈，复还魏国。

贾舍人至魏之时，张仪已回魏半年矣。闻苏秦说赵得意，正欲往访，偶然出门，恰遇贾舍人休车于门外，相问间，知从赵来，遂问："苏秦为赵相国，信果真否？"贾舍人曰："先生何人，得无与吾相国有旧耶，何为问之？"仪告以同学兄弟之情，贾舍人曰："若是，何不往游，相国必当荐扬。吾贾事已毕，正欲还赵，若不弃嫌微贱，愿与先生同载。"张仪欣然从之。既至赵郊，贾舍人曰："寒家在郊外，有事只得暂别，城内各门俱有旅店，安歇远客，容卑人过几日相访。"张仪辞贾舍人下车，进城安歇。

次日，修刺求谒苏秦，秦预诫门下人不许为通，候至第五日，方得投进名刺。秦辞以事冗，改日请会。仪复候数日，终不得见，怒欲去。地方店主人拘留之，曰："子已投刺相府，未见发落，万一相国来召，何以应之？虽一年半载，亦不敢放去也。"张仪闷甚，访贾舍人何在，人亦无知者。又过数日，复书刺往辞相府。苏秦传命："来日相见。"仪向店主人假借衣履停当，次日侵晨往候。苏秦预先排下威仪，阖其中门，命客从耳门而入。张仪欲登阶，左右止之曰：

"相国公谒未毕，客宜少待。"仪乃立于庑下，睨视堂前官属拜见者甚众，已而，禀事者又有多人。良久，日将昃，闻堂上呼曰："客今何在？"左右曰："相君召客。"仪整衣升阶，只望苏秦降坐相迎，谁知秦安坐不动。仪忍气进揖，秦起立，微举手答之，曰："余子别来无恙？"仪怒气勃勃，竟不答言。左右禀进午餐，秦复曰："公事匆冗，烦余子久待，恐饥馁，且草率一饭，饭后有言。"命左右设坐于堂下，秦自饭于堂上，珍馐满案，仪前不过一肉一菜，粗粝之餐而已。张仪本待不吃，奈腹中饥甚，况店主人饭钱先已欠下许多，只指望今日见了苏秦，便不肯荐用，也有些金资赍发，不想如此光景。正是："在他矮檐下，谁敢不低头？"出于无奈，只得含羞举箸，遥望见苏秦杯盘狼藉，以其余肴分赏左右，比张仪所食，还盛许多。仪心中且羞且怒。食毕，秦复传言："请客上堂。"张仪举目观看，秦仍旧高坐不起。张仪忍气不过，走上几步，大骂："季子，我道你不忘故旧，远来相投，何意辱我至此！同学之情何在？"苏秦徐徐答曰："以余子之才，只道先我而际遇了，不期穷困如此，吾岂不能荐于赵侯，使子富贵？但恐子志衰才退，不能有为，贻累于荐举之人。"张仪曰："大丈夫自能取富贵，岂赖汝荐乎？"秦曰："你既能自取富贵，何必来谒？念同学情分，助汝黄金一笏，请自方便。"命左右以金授仪。仪一时性起，将金掷于地下，愤愤而出。苏秦亦不挽留。

仪回至旅店，只见自己铺盖，俱已移出在外。仪问其故，店主人曰："今日足下得见相君，必然赠馆授餐，故移出耳！"张仪摇头，口中只说："可恨，可恨！"一头脱下衣履，交还店主人，店主人曰："莫非不是同学，足下有些妄扳么？"张仪扯住主人，将往日交情及今日相待光景，备细述了一遍。店主人曰："相君虽然倨傲，但位尊权重，礼之当然，送足下黄金一笏，亦是美情，足下收了此金，也可打发饭钱，剩些作归途之费，何必辞之？"张仪曰："我一时使性，掷之于地，如今手无一钱，如之奈何？"

正说话间，只见前番那贾舍人走入店门，与张仪相见，道："连日少候，得罪。不知先生曾见过苏相国否？"张仪将怒气重复吊起，将手往店案上一拍，骂道："这无情无义的贼，再莫提他！"贾舍人曰："先生出言太重，何故如此发怒？"店主人遂将相见之事，代张仪叙述一遍。"今欠帐无还，又不能作归计，好不愁闷！"贾舍人曰："当初原是小人撺掇先生来的，今日遇而不遇，却是小人带累了先生，小人情愿代先生偿了欠帐，备下车马，送先生回魏。先生意下何如？"张仪曰："我亦无颜归魏了，欲往秦邦一游，恨无资斧。"贾舍人曰："先生欲游秦，莫非秦邦还有同学兄弟么？"张仪曰："非也，当今七国中，惟秦最强，秦之力可以困赵。我往秦，幸得用事，可报苏秦之仇耳！"贾舍人曰："先生若往他国，小人不敢奉承，若欲往秦，小人正欲往彼探亲，依旧与小人同载，彼此得伴，岂不美哉？"张仪大喜曰："世间有此高义，足令苏秦愧死！"遂与贾舍人为八拜之交。贾舍人替张仪算还店钱，见有车马在门，二人同载，望西秦一路而行。路间为张仪制衣装、买仆从，凡仪所须不惜财费。及至秦国，复大出金帛，赂秦惠文王左右，为张仪延誉。

时惠文王方悔失苏秦，闻左右之荐，即时召见，拜为客卿，与之谋诸侯之事。贾舍人乃辞去，张仪垂泪曰："始吾困厄至甚，赖子之力，得显用秦国，方图报德，何遽言去耶？"贾舍人笑曰："臣非能知君，知君者，乃苏相国也。"张仪愕然良久，问曰："子以资斧给我，何言苏相国耶？"贾舍人曰："相国方倡'合从'之约，虑秦伐赵败其事，思可以得秦之柄者，非君不可，故先遣臣伪为贾人，招君至赵，又恐君安于小就，故意怠慢，激怒君。君果萌游秦之意。相君乃大出金资付臣，吩咐恣君所用，必得秦柄而后已。今君已用于秦，臣请归报相君。"张仪叹曰："嗟乎！吾在季子术中，而吾不觉，吾不及季子远矣。烦君多谢季子，当季子之身，不敢言'伐赵'二字，以此报季子玉成之德也。"

贾舍人回报苏秦，秦乃奏赵肃侯曰："秦兵果不出矣。"于是拜辞往韩。见韩宣惠公曰："韩地方九百余里，带甲数十万，然天下之强弓劲弩皆从韩出。今大王事秦，秦必求割地为贽，明年将复求之。夫韩地有限，而秦欲无穷，再三割则韩地尽矣。俗谚云：'宁为鸡口，勿为牛后。'以大王之贤，挟强韩之兵，而有'牛后'之名，臣窃羞之。"宣惠公蹴然曰："愿以国听于先生，如赵王约。"亦赠苏秦黄金百镒。苏秦乃过魏，说魏惠王曰："魏地方千里，然而人民之众，车马之多，无如魏者，于以抗秦有余也。今乃听群臣之言，欲割地而臣事秦，倘秦求无已，将若之何？大王诚能听臣，六国纵亲，并力制秦，可使永无秦患。臣今奉赵王之命，来此约从。"魏惠王曰："寡人愚不肖，自取败辱。今先生以长策下教寡人，敢不从命！"亦赠金帛一车。苏秦复造齐国，说齐宣王曰："臣闻临淄之涂，车毂击，人肩摩，富盛天下莫比。乃西面而谋事秦，宁不耻乎？且齐地去秦甚远，秦兵必不能及齐，事秦何为？臣愿大王从赵约，六国和亲，互相救援。"齐宣王曰："谨受教。"苏秦乃驱车西南说楚威王曰："楚地五千余里，天下莫强，秦之所患莫如楚。楚强则秦弱，秦强则楚弱。今列国之士，非从则衡。夫'合从'则诸侯将割地以事楚，'连衡'则楚将割地以事秦，此二策者，相去远矣！"楚威王曰："先生之言，楚之福也。"

第九十回　苏秦合从相六国，张仪被激往秦邦

秦乃北行回报赵肃侯，行过洛阳，诸侯各发使送之，仪仗旌旄，前遮后拥，车骑辎重连接二十里不绝，威仪比于王者。一路官员，望尘下拜。周显王闻苏秦将至，预使人扫除道路，设供帐于郊外以迎之。秦之老母，扶杖旁观，啧啧惊叹；二弟及妻嫂侧目不敢仰视，俯伏郊迎。苏秦在车中谓其嫂曰："嫂向不为我炊，今又何恭之过也？"嫂曰："见季子位高而金多，不容不敬畏耳！"苏秦喟然叹曰："世情看冷暖，人面逐高低。吾今日乃知富贵之不可少也！"于是以车载其亲属，同归故里，起建大宅，聚族而居，散千金以赡宗党。今河南府城内有苏秦宅遗址，相传有人掘之，得金百锭，盖当时所埋也。秦弟代、厉羡其兄之贵盛，亦习《阴符》，学游说之术。

苏秦住家数日，乃发车往赵。赵肃侯封为武安君，遣使约齐、楚、魏、韩、燕五国之君，俱到洹水相会。苏秦同赵肃侯预至洹水，筑坛布位，以待诸侯。燕文公先到，次韩宣惠公到。不数日，魏惠王、齐宣王、楚威王陆续俱到。苏秦先与各国大夫相见，私议坐次。论来楚、燕是个老国，齐、韩、赵、魏都是更姓新国，但此时战争之际，以国之大小为叙，楚最大，齐次之，魏次之，次赵，次燕，次韩。内中楚、齐、魏已称王，赵、燕、韩尚称侯，爵位相悬相叙不便。于是苏秦建议，六国一概称王，赵王为约主，居主位，楚王等以次居客位，先与各国会议停当。至期，各登盟坛，照位排立。苏秦历阶而上，启告六王曰："诸君山东大国，位皆王爵，地广兵多，足以自雄。秦乃牧马贱夫，据咸阳之险，蚕食列国，诸君能以北面之礼事秦乎？"诸侯皆曰："不愿事秦，愿奉先生明教。"苏秦曰："合从摈秦之策，向者已悉陈于诸君之前矣，今日但当刑牲歃血，誓于神明，结为兄弟，务期患难相恤！"六王皆拱手曰："谨

受教。"秦遂捧盘,请六王以次歃血,拜告天地及六国祖宗:"一国背盟,五国共击!"写下誓书六通,六国各收一通,然后就宴。赵王曰:"苏秦以大策奠安六国,宜封高爵,俾其往来六国,坚此从约。"五王皆曰:"赵王之言是也!"于是六王合封苏秦为"从约长",兼佩六国相印,金牌宝剑,总辖六国臣民,又各赐黄金百镒,良马十乘。苏秦谢恩,六王各散归国,苏秦随赵肃侯归赵。此乃周显王三十六年事也。史官有诗云:

> 相要洹水誓明神,唇齿相依骨肉亲。
> 假使合从终不解,何难协力灭孤秦?

是年,魏惠王、燕文王俱薨,魏襄王、燕易王嗣立。不知后事如何,且看下回分解。

第九十一回
学让国燕哙召兵，伪献地张仪欺楚

话说苏秦既合从六国，遂将从约写一通，投于秦关，关吏送与秦惠文王观之。惠文王大惊，谓相国公孙衍曰："若六国为一，寡人之进取无望矣，必须画一计，散其从约，方可图大事。"公孙衍曰："首从约者，赵也，大王兴师伐赵，视其先救赵者，即移兵伐之，如是，则诸侯惧而从约可散矣。"

时张仪在座，意不欲伐赵，以负苏秦之德，乃进曰："六国新合，其势未可猝离也。秦如伐赵，则韩军宜阳，楚军武关，魏军河外，齐涉清河，燕悉锐师以助战，秦师拒斗不暇，何暇他移哉？夫近秦之国无如魏，而燕在北最远，大王诚遣使以重赂求成于魏，以疑各国之心，而与燕太子结婚，如此，则从约自解矣。"惠文王称善，乃许魏还襄陵等七城以讲和。魏亦使人报秦之聘，复以女许配秦太子。

赵王闻之，召苏秦责之曰："子倡为从约，六国和亲，相与摈秦。今未逾年，而魏、燕二国皆与秦通，从约之不足恃明矣。倘秦兵猝然加赵，尚可望二国之救乎？"苏秦惶恐谢曰："臣请为大王出使燕国，必有以报魏也。"秦乃去赵适燕，燕易王以为相国。时易王新即位，齐宣王乘丧伐之，取十城。易王谓苏秦曰："始先君以国听子，六国和亲。今先君之骨未寒，而齐兵压境，取我十城，如洹水之誓何？"苏秦曰："臣请为大王使齐，奉十城以还燕。"燕易王许之。苏秦见齐宣王曰："燕王者，大王之同盟，而秦王之爱婿也。大王利其十城，不惟燕怨齐，秦亦怨齐矣，得十城而结二怨，非计也。大王听臣计，不如归燕之十城，以结燕、秦之欢，齐得燕、秦，于以号召天下不难矣。"宣王大悦，乃以十城还燕。

易王之母文夫人，素慕苏秦之才，使左右召秦入宫，因与私通。易王知之而不言。秦惧，乃结好于燕相国子之，与联儿女之姻，又使其弟苏代、苏厉与子之结为兄弟，欲以自固。燕夫人屡召苏秦，秦益惧，不敢往，乃说易王曰："燕、齐之势，终当相并。臣愿为大王行反间于齐。"易王曰："反间如何？"秦对曰："臣伪为得罪于燕，而出奔齐国，齐王必重用臣。臣因败齐之政，以为燕地。"易王许之，乃收秦相印。秦遂奔齐。齐宣王重其名，以为客卿。秦因说宣王以田猎钟鼓之乐。宣王好货，因使厚其赋敛；宣王好色，因使妙选宫女。欲俟齐乱，而使燕乘之。宣王全然不悟，相国田婴，客卿孟轲极谏，皆不听。宣王薨，子湣王地立。初年颇勤国政，娶秦女为王后，封田婴为薛公，号靖郭君。苏秦客卿，用事如故。

话分两头。再说张仪闻苏秦去赵，知从约将解，不与魏襄陵七邑之地。魏襄王怒，使人索地于秦。秦惠王使公子华为大将，张仪副之，帅师伐魏，攻下蒲阳。仪请于秦王，复以蒲阳还魏，又使公子繇质于魏，与之结好，张仪送之。魏襄王深感秦王之意，张仪因说曰："秦王遇魏甚厚，得城不取，又纳质焉，魏不可无礼于秦，宜谋所以谢之。"襄王曰："何以为谢？"张仪曰："土地之外，非秦所欲也。大王割地以谢秦，秦之爱魏必深。若秦、魏合兵以图诸侯，大王之取偿于他国者，必十倍于今之所献也。"襄王感其言，乃献少梁之地以谢秦，又不敢受质。秦王大悦，因罢公孙衍，用张仪为相。

时楚威王已薨，子熊槐立，是为怀王。张仪乃遣人致书怀王，迎其妻子，且言昔日盗璧之冤。楚怀王面责昭阳曰："张仪贤士，子何不进于先君，而迫之使为秦用也？"昭阳嘿然甚愧，归家发病死。怀王惧张仪用秦，复申苏秦"合从"之约，结连诸侯。而苏秦已得罪于燕，去燕奔齐。张仪乃见秦王，辞相印，自请往魏。惠文王曰："君舍秦往魏何意？"仪对曰："六国溺于苏秦之说，未能即解，臣若得魏柄，请令魏先事秦，以为诸侯之倡。"惠文王许之。仪遂投魏，魏襄王果用为相国，仪因说曰："大梁南邻楚，北邻赵，东邻齐，西邻韩，而无山川之险可恃，此四分五裂之道也，故非事秦，国不得安。"魏襄王计未定，张仪阴使人招秦伐魏，大败魏师，取曲沃。髯翁有诗云：

> 仕齐却为燕邦去，相魏翻因秦国来。
> 虽则从横分两路，一般反覆小人才。

襄王怒，益不肯事秦，谋为"合从"，仍推楚怀王为"从约长"。于是苏秦益重于齐。

时齐相国田婴病卒，子田文嗣为薛公，号为孟尝君。田婴有子四十余人，田文乃贱妾之子。以五月五日生，初生时，田婴戒其妾弃之勿育，妾不忍弃，乃私育之。既长五岁，妾乃引见田婴，婴怒其违命，文顿首曰："父所以见弃者何故？"婴曰："世人相传五月五日为凶日，生子者长与户齐，将不利于父母。"文对曰："人生受命于天，岂受命于户耶？若必受命于户，何不增而高之？"婴不能答，然暗暗称奇。及文长十余岁，便能接应宾客，宾客皆乐与之游，为之延誉，诸侯使者至齐，皆求见田文。于是田婴以文为贤，立为適子，遂继薛公之爵，号孟尝君。孟尝君既嗣位，大筑馆舍，以招天下之士。凡士来投者，不问贤愚，无不收留，天下亡人有罪者皆归之。孟尝君虽贵，其饮食与诸客同。一日，待客夜食，有人蔽其火光，客疑饭有二等，投筯辞去，田文起坐，自持饭比之，果然无二。客叹曰："以孟尝君待士如此，而吾过疑之，吾真小人矣。尚何面目立其门下？"乃引刀自刭而死。孟尝君哭临其丧甚哀，众客无不感动。归者益众，食客尝满数千人。诸侯闻孟尝君之贤，且多宾客，皆尊重齐，相戒不敢犯其境，正是：

虎豹踞山群兽远，蛟龙在水怪鱼藏。
堂中有客三千辈，天下人人畏孟尝。

再说张仪相魏三年，而魏襄王薨，子哀王立。楚怀王遣使吊丧，因征兵伐秦，哀王许之。韩宣惠王、赵武灵王、燕王哙皆乐于从兵。楚使者至齐，齐湣王集群臣问计，左右皆曰："秦甥舅之亲，未有仇隙，不可伐。"苏秦主"合从"之约，坚执以为可伐。孟尝君独曰："言可伐与不可伐，皆非也。伐则结秦之仇，不伐则触五国之怒。以臣愚计，莫如发兵而缓其行，兵发则不与五国为异同，行缓则可观望为进退。"湣王以为然，即使孟尝君帅兵二万以往。孟尝君方出齐郊，遽称病延医疗治，一路耽搁不行。

却说韩、赵、魏、燕四王，与楚怀王相会于函谷关外，刻期进攻。怀王虽为"从约长"，那四王各将其军，不相统一。秦守将樗里疾大开关门，陈兵索战，五国互相推诿，莫敢先发。相持数日，樗里疾出奇兵，绝楚饷道，楚兵乏食，兵士皆哗，樗里疾乘机袭之，楚兵败走，于是四国皆还。孟尝君未至秦境，而五国之师已撤矣，此乃孟尝君之巧计也。孟尝君回齐，齐湣王叹曰："几误听苏秦之计！"乃赠孟尝君黄金百斤为食客费，益爱重之。苏秦自愧以为不及。楚怀王恐齐、秦交合，乃遣使厚结于孟尝君，与齐申盟结好，两国聘使往来不绝。

自齐宣王之世，苏秦专贵宠用，左右贵戚多有妒者。及湣王时，秦宠未衰。今日湣王不用苏秦之计，却依了孟尝君，果然伐秦失利，孟尝君受多金之赏，左右遂疑湣王已不喜苏秦矣，乃募壮士怀，利匕首，刺苏秦于朝。匕首入秦腹，秦以手按腹而走，诉于湣王。湣王命擒贼，贼已逸去不可得。苏秦曰："臣死之后，愿大王斩臣之头，号令于市曰：'苏秦为燕行反间于齐，今幸诛死，有人知其阴事来告者，赏以千金！'如是，则贼可得也。"言讫，拔去匕首，血流满地而死。湣王依其言，号令苏秦之头于齐市中。须臾，有人过其头下，见赏格，自夸于人曰："杀秦者，我也。"市吏因执之以见湣王，王令司寇以严刑鞫之，尽得主使之人，诛灭凡数家。史官论苏秦虽身死，犹能用计自报其仇，可为智矣！而身不免见刺，岂非反覆不忠之报乎？

苏秦死后，其宾客往往泄苏秦之谋，言："秦为燕而仕齐。"湣王始悟秦之诈，自是与燕有隙，欲使孟尝君将兵伐燕。苏代说燕王，纳质子以和齐，燕王从之，使苏厉引质子来见湣王。湣王恨苏秦不已，欲囚苏厉。苏厉呼曰："燕王欲以国依秦，臣之兄弟陈大王之威德，以为事秦不如事齐，故使臣纳质请平，大王奈何疑死者之心，而加生者之罪乎？"湣王悦，乃厚待苏厉。厉遂委质为齐大夫。苏代留仕燕国。史官有《苏秦赞》曰：

> 季子周人，师事鬼谷。
> 揣摩既就，《阴符》伏读。
> 合从离横，佩印者六。
> 晚节不终，燕齐反覆。

再说张仪见六国伐秦无成，心中暗喜，及闻苏秦已死，乃大喜曰："今日乃吾吐舌之时矣。"遂乘间说魏哀王曰："以秦之强，御五国而有余，此其不可抗明矣。本倡'合从'之议者苏秦，而秦且不保其身，况能保人国乎？夫亲兄弟共父母者，或因钱财争斗不休，况异国哉？大王犹执苏秦之议，不肯事秦，倘列国有先事秦者，合兵攻魏，魏其危矣。"哀王曰："寡人愿从相国事秦，诚恐秦不见纳，奈何？"张仪曰："臣请为大王谢罪于秦，以结两国之好。"哀王乃饰车从，遣张仪入秦求和。于是秦、魏通好，张仪遂留秦，仍为秦相。

再说燕相国子之身长八尺，腰大十围，肌肥肉重，面阔口方，手绰飞禽，走及奔马。自燕易王时，已执国柄，及燕王哙嗣位，荒于酒色，但贪逸乐，不肯临朝听政，子之遂有篡燕之意。苏代、苏厉与子之相厚，每对诸侯使者扬其贤名。燕王哙使苏代如齐，问候质子，事毕归燕，燕王哙问曰："闻齐有孟尝君，天下之大贤也，齐王有此贤臣，遂可以霸天下乎？"代对曰："不能。"哙问曰："何故不能？"代对曰："知孟尝君之贤，而任之不专，安能成霸？"哙曰："寡人独不得孟尝君为臣耳，何难专任哉？"苏代曰："今相国子之明习政事，是即燕之孟尝君也。"哙乃使子之专决国事。

第九十一回　学让国燕哙召兵，伪献地张仪欺楚

忽一日，哙问于大夫鹿毛寿曰："古之人君多矣，何以独称尧、舜？"鹿毛寿亦是子之之党，遂对曰："尧、舜所以称圣者，以尧能让天下于舜，舜能让天下于禹也。"哙曰："然则禹何为独传于子？"鹿毛寿曰："禹亦尝让天下于益，但使代理政事，而未尝废其太子，故禹崩之后，太子启竟夺益之天下。至今论者谓禹德衰，不及尧、舜，以此之故。"燕王曰："寡人欲以国让于子之，事可行否？"鹿毛寿曰："王如行之，与尧、舜何以异哉？"哙遂大集群臣，废太子平，而禅国于子之。子之佯为谦逊，至于再三，然后敢受。乃郊天祭地，服衮冕，执圭，南面称王，略无惭色。哙反北面列于臣位，出就别宫居住。苏代、鹿毛寿俱拜上卿。将军市被心中不忿，乃帅本部军士往攻子之，百姓亦多从之。两下连战十余日，杀伤数万人，市被终不胜，为子之所杀。鹿毛寿言于子之曰："市被所以作乱者，以故太子平在也。"子之因欲收太子平。太傅郭隗与平微服共逃于无终山避难，平之庶弟公子职出奔韩国，国人无不怨愤。

齐湣王闻燕乱，乃使匡章为大将，率兵十万，从渤海进兵。燕人恨子之入骨，皆箪食壶浆，以迎齐师，无有持寸兵拒战者。匡章出兵，凡五十日，兵不留行，直达燕都，百姓开门纳之。子之之党见齐兵众盛，长驱而入，亦皆耸惧奔窜。子之自恃其勇，与鹿毛寿率兵拒战于大衢，兵士渐散，鹿毛寿战死，子之之身负重伤，犹格杀百余人，力竭被擒。燕王哙自缢于别宫。苏代奔周。匡章因毁燕之宗庙，尽收燕府库中宝货，将子之置囚车中，先解去临淄献功。燕地三千余里，大半俱属于齐，匡章留屯燕都，以徇属邑。此周赧王元年事也。齐湣王亲数子之之罪，凌迟处死，以其肉为醢，遍赐群臣。子之为王才一岁有余，痴心贪位，自取丧灭，岂不愚哉？

燕人虽恨子之，见齐王意在灭燕，众心不服，乃共求故太子

平，得之于无终山，奉以为君，是为昭王。郭隗为相国。时赵武灵王不忿齐之并燕，使大将乐池迎公子职于韩，欲奉立为燕王，闻太子平已立，乃止。郭隗传檄燕都，告以恢复之义，各邑已降齐者，一时皆叛齐为燕。匡章不能禁止，遂班师回齐。昭王仍归燕都，修理宗庙，志复齐仇，乃卑身厚币，欲以招来贤士，谓相国郭隗曰："先王之耻，孤早夜在心，若得贤士，可与共图齐事者，孤愿以身事之，惟先生为孤择其人。"郭隗曰："古之人君，有以千金使涓人求千里之马，途遇死马，旁人皆环而叹息，涓人问其故，答曰：'此马生时，日行千里，今死，是以惜之。'涓人乃以五百金买其骨，囊负而归。君大怒曰：'此死骨何用，而废弃吾多金耶？'涓人答曰：'所以费五百金者，为千里马之骨故也。此奇事，人将竞传，必曰："死马且得重价，况活马乎？"马今至矣。'不期年，得千里之马三匹。今王欲致天下贤士，请以隗为马骨，况贤于隗者，谁不求价而至哉？"于是昭王特为郭隗筑宫，执弟子之礼，北面听教，亲供饮食，极其恭敬。复于易水之旁，筑起高台，积黄金于台上，以奉四方贤士，名曰招贤台，亦曰黄金台。于是燕王好士，传布远近。剧辛自赵往，苏代自周往，邹衍自齐往，屈景自卫往，昭王悉拜为客卿，与谋国事。元刘因有《黄金台》诗云：

> 燕山不改色，易水无剩声。
> 谁知数尺台，中有万古情！
> 区区后世人，犹爱黄金名。
> 黄金亦何物，能为贤重轻？
> 周道日东渐，二老皆西行。
> 养民以致贤，王业自此成。

第九十一回　学让国燕哙召兵，伪献地张仪欺楚

话分两头。再说齐湣王既胜燕，杀燕王哙与子之，威震天下，秦惠文王患之。而楚怀王为"从约长"，与齐深相结纳，置符为信。秦王欲离齐、楚之党，召张仪问计。仪奏曰："臣凭三寸不烂之舌，南游于楚，伺便进言，必使楚王绝齐而亲于秦。"惠文王曰："寡人听子。"张仪乃辞相印游楚。知怀王有嬖臣，姓靳名尚，在王左右，言无不从，乃先以重贿纳交于尚，然后往见怀王。怀王重张仪之名，迎之于郊，赐坐而问曰："先生辱临敝邑，有何见教？"张仪曰："臣之此来，欲合秦、楚之交耳！"楚怀王曰："寡人岂不愿纳交于秦哉？但秦侵伐不已，是以不敢求亲也。"张仪对曰："今天下之国虽七，然大者无过楚、齐，与秦而三耳。秦东合于齐则齐重，南合于楚则楚重，然寡君之意，窃在楚而不在齐，何也？以齐为婚姻之国，而负秦独深也，寡君欲事大王，虽仪亦愿为大王门阑之厮。而大王与齐通好，犯寡君之所忌，大王诚能闭关而绝齐，寡君愿以商君所取楚商、於之地六百里，还归于楚，使秦女为大王箕帚妾，秦、楚世为婚姻兄弟，以御诸侯之患。惟大王纳之！"怀王大悦曰："秦肯还楚故地，寡人又何爱于齐？"群臣皆以楚复得地，合词称贺，独一人挺然出奏曰："不可，不可！以臣观之，此事宜吊不宜贺！"楚怀王视之，乃客卿陈轸也，怀王曰："寡人不费一兵，坐而得地六百里，群臣贺，子独吊，何故？"陈轸曰："王以张仪为可信乎？"怀王笑曰："何为不信？"轸曰："秦所以重楚者，以有齐也。今若绝齐，则楚孤矣，秦何重于孤国，而割六百里之地以奉之耶？此张仪之诡计也。倘绝齐而张仪负王，不与王地，齐又怨王，而反附于秦，齐、秦合而攻楚，楚亡可待矣！臣所谓宜吊者，为此也。王不如先遣一使随张仪往秦受地，地入楚而后绝齐未晚。"大夫屈平进曰："陈轸之言是也，张仪反覆小人，决不可信！"嬖臣靳尚

曰："不绝齐，秦肯与我地乎？"怀王点头曰："张仪不负寡人明矣，陈子闭口勿言，请看寡人受地。"遂以相印授张仪，赐黄金百镒，良马十驷，命北关守将勿通齐使，一面使逢侯丑随张仪入秦受地。

张仪一路与逢侯丑饮酒谈心，欢若骨肉。将近咸阳，张仪诈作酒醉，失足坠于车下，左右慌忙扶起，仪曰："吾足胫损伤，急欲就医。"先乘卧车入城，表奏秦王，留逢侯丑于馆驿。仪闭门养病不入朝，逢侯丑求见秦王不得，往候张仪，只推未愈。如此三月，丑乃上书秦王，述张仪许地之言，惠文王复书曰："仪如有约，寡人必当践之，但闻楚与齐尚未决绝，寡人恐受欺于楚，非得张仪病起，不可信也。"逢侯丑再往张仪之门，仪终不出，乃遣人以秦王之言，还报怀王。怀王曰："秦犹谓楚之绝齐未甚耶？"乃遣勇士宋遗假道于宋，借宋符直造齐界，辱骂湣王。湣王大怒，遂遣使西入秦，愿与秦共攻楚国。张仪闻齐使者至，其计已行，乃称病愈入朝，遇逢侯丑于朝门，故意讶曰："将军胡不受地，乃尚淹吾国耶？"丑曰："秦王专候相国面决，今幸相国玉体无恙，请入言于王，早定地界，回覆寡君。"张仪曰："此事何须关白秦王耶，仪所言者，乃仪之俸邑六里，自愿献于楚王耳。"丑曰："臣受命于寡君，言商、於之地六百里，未闻只六里也。"张仪曰："楚王殆误听乎，秦地皆百战所得，岂肯以尺土让人，况六百里哉？"

逢侯丑还报怀王，怀王大怒曰："张仪果是反覆小人，吾得之，必生食其肉！"遂传旨发兵攻秦。客卿陈轸进曰："臣今日可以开口乎？"怀王曰："寡人不听先生之言，为狡贼所欺，先生今日有何妙计？"陈轸曰："大王已失齐助，今复攻秦，未见利也。不如割两城以赂秦，与之合兵而攻齐，虽失地于秦，尚可取偿于齐。"怀王曰："本欺楚者，秦也，齐何罪焉？合兵而攻齐，人将笑我。"即日拜屈匄为大将，逢侯丑副之，兴兵十万，取路天柱山西北而进，径袭蓝田。秦王命魏章为大将，甘茂为副，起兵十万拒之。一面使人征兵于齐，齐将匡章亦率师助战。屈匄虽勇，怎当二国夹攻，连战俱北。秦、齐之兵追至丹阳，屈匄聚残兵复战，被甘茂斩之。前后获首级八万有余，名将逢侯丑等死者七十余人，尽取汉中之地六百里，楚国震动。韩、魏闻楚败，亦谋袭楚。楚怀王大惧，乃使屈平如齐谢罪，使陈轸如秦军，献二城以求和。魏章遣人请命于秦王，惠文王曰："寡人欲得黔中之地，请以商、於地易之，如允便可罢兵。"魏章奉秦王之命，使人言于怀王。怀王曰："寡人不愿得地，愿得张仪而甘心焉！如上国肯以张仪畀楚，寡人情愿献黔中之地为谢。"

不知秦王肯放张仪入楚否，且看下回分解。

第九十二回
赛举鼎秦武王绝脰，莽赴会楚怀王陷秦

话说楚怀王恨张仪欺诈，愿自献黔中之地，只要换张仪一人。左右忌嫉张仪者，皆曰："以一人而易数百里之地，利莫大焉。"秦惠文王曰："张仪吾股肱之臣，寡人宁不得地，何忍弃之？"张仪自请曰："微臣愿往。"惠文王曰："楚王含盛怒以待先生，往必见杀，故寡人不忍遣也。"张仪奏曰："杀臣一人，而为秦得黔中之地，臣死有余荣矣。况未必死乎？"惠文王曰："先生何计自脱？试为寡人言之。"张仪曰："楚夫人郑袖，美而有智，得王之宠。臣昔在楚时，闻楚王新幸一美人，郑袖谓美人曰：'大王恶人以鼻气触之，子见王必掩其鼻。'美人信其言。楚王问于郑袖曰：'美人见寡人辄掩鼻，何也？'郑袖曰：'嫌大王体臭，故恶闻之。'楚王大怒，命劓美人之鼻。袖遂专宠。又有嬖臣靳尚媚事郑袖，内外用事，而臣与靳尚相善，臣自料能借其庇，可以不死。大王但诏魏章等留兵汉中，遥为进取之势，楚必然不敢杀臣矣！"秦王乃遣仪行。

仪既至楚国，怀王即命使者执而囚之，将择日告于太庙，然后行诛。张仪别遣人打靳尚关节，靳尚入言于郑袖曰："夫人之宠不终

矣，奈何！"郑袖曰："何故？"靳尚曰："秦不知楚王之怒张仪，故遣使楚。今闻楚王欲杀仪，秦将还楚侵地，使亲女下嫁于楚，以美人善歌者为媵，以赎张仪之罪。秦女至，楚王必尊而礼之，夫人虽欲擅宠，得乎？"郑袖大惊曰："子有何计可止其事？"靳尚曰："夫人若为不知者，而以利害言于大王，使出张仪还秦，事宜可已。"郑袖乃中夜涕泣，言于怀王曰："大王欲以地易张仪，地未入秦，而张仪先至，是秦之有礼于大王也。秦兵一举而席卷汉中，有吞楚之势，若杀张仪以怒之，必将益兵攻楚，我夫妇不能相保，妾中心如刺，饮食不甘者累日矣。且人臣各为其主，张仪天下智士，其相秦国久，与秦偏厚，何怪其然？大王若厚待仪，仪之事楚，亦犹秦也。"怀王曰："卿勿忧，容寡人从长计议。"靳尚复乘间言曰："杀一张仪，何损于秦？而又失黔中数百里之地。不如留仪，以为和秦之地。"怀王意亦惜黔中之地，不肯与秦，于是出张仪，因厚礼之。张仪遂说怀王以事秦之利，怀王即遣张仪归秦，通两国之好。

屈平出使齐国而归，闻张仪已去，乃谏曰："前大王见欺于张仪，仪至，臣以为大王必烹食其肉；今赦不诛，又欲听其邪说，率先事秦。夫匹夫犹不忘仇雠，况君乎？未得秦欢，而先触天下之公愤，臣窃以为非计也。"怀王悔，使人驾轺车追之，张仪已星驰出郊二日矣。张仪既还秦，魏章亦班师而归。史臣有诗云：

张仪反覆为嬴秦，朝作俘囚暮上宾。
堪笑怀王如木偶，不从忠计听谗人。

张仪谓秦王曰："仪万死一生，得复见大王之面。楚王诚畏秦甚，虽然，不可使臣失信于楚，大王诚割汉中之半，以为楚德，与为婚姻。臣请借楚为端，说六国连袂以事秦。"秦王许之，遂割汉中五县，遣人往楚修好，因求怀王之女为太子荡妃，复以秦女许妻怀王之少子兰。怀王大喜，以为张仪果不欺楚也。秦王念张仪之劳，封以五邑，号武信君，因具黄金白璧，高车驷马，使以"连衡"之术，往说列国。

张仪东见齐湣王，曰："大王自料土地孰与秦广？甲兵孰与秦强？从人为齐计者，皆谓齐去秦远，可以无患。此但狃目前，不顾后患。今秦、楚嫁女娶妇，结昆弟之好，三晋莫不悚惧，争献地以事秦。大王独与秦为仇，秦驱韩、魏攻齐之南境，悉赵兵渡黄河，以乘临淄、即墨之敝，大王虽欲事秦，尚可得乎？今日之计，事秦者安，背秦者危。"齐湣王曰："寡人愿以国听于先生。"乃厚赠张仪。仪复西说赵王曰："敝邑秦王有敝甲凋兵，愿与君会于邯郸之下，使微臣先闻于左右。大王所恃者，苏秦之约耳。秦背燕逃齐，又以反诛，一身不保，而人犹信之，误矣！今秦、楚结婚，齐献鱼盐之地，韩、魏称东藩之臣，是五国为一也。大王欲以孤赵抗五国之锋，万无一幸！故臣为大王计，莫如事秦。"赵王许诺。

仪复北往燕国，说燕昭王曰："大王所最亲者，莫如赵。昔赵襄子尝以其姊为代王夫人，襄子欲并代国，约与代王为好会，令工人制为长柄金斗，方宴，厨人进羹，反斗柄以击代王，破胸而死，遂袭据代国。其姊闻之，泣而呼天，因摩笄以自刺。后人因号其山曰摩笄山。夫亲姊犹欺之以取利，况他人哉？今赵王已割地谢过于秦，将入朝秦王于渑池，一旦驱赵而攻燕，则易水长城，非大王之有也。"燕昭王恐惧，愿献恒山之东五城以和秦。

张仪"连衡"之说既行，将归报秦，未至咸阳，秦惠文王已病薨，太子荡即位，是为武王。齐湣王初听张仪之说，以为三晋皆已献地事秦，故不敢自异。及闻仪说齐之后，方往说赵，以仪为欺，大怒。又闻秦惠文王之薨，乃使孟尝君致书列国，约共背秦复为"合从"。疑楚已结婚于秦，恐其不从，先欲伐之。楚怀王遣其太子横为质于齐，齐兵乃止。湣王自为从约长，连结诸侯，约能得张仪者，赏以十城。秦武王生性粗直，自为太子时素恶张仪之多诈。群臣先忌仪宠者，至是皆谮谮之。仪惧祸，乃入见武王曰："仪有愚计，愿效于左右。"武王曰："君计安出？"张仪曰："闻齐王甚憎仪，仪之所在必兴师伐之，仪愿辞大王，东往大梁，齐之伐梁，必矣。梁、齐兵连而不解，大王乃乘间伐韩，通三川以窥周室，此王业也。"武王以为然，乃具革车三十乘，送张仪入大梁。魏哀王用为相国，以代公孙衍之位。衍乃去魏入秦。

齐湣王知仪相魏，果然大怒，兴师伐魏。魏哀王大惧，谋于张仪。仪乃使其舍人冯喜，伪为楚客，往见湣王曰："闻大王甚憎张仪，信乎？"湣王曰："然。"冯喜曰："大王如憎仪，愿无伐魏也。臣适从咸阳来，闻仪去秦时，与秦王有约，言'齐王恶仪，仪所在必兴师伐之'。故秦王具车乘，送仪于魏，欲以挑齐、魏之斗。齐、魏兵连而不解，秦乃得乘间而图事于北方。王今伐魏，中仪计，王不如无伐，使秦不信张仪，仪虽在魏，亦无能为矣。"湣王遂罢兵不伐魏，魏哀王益厚张仪。逾年，张仪病卒于魏。是岁，齐无盐后死。

却说秦武王长大多力，好与勇士角力为戏。乌获、任鄙自先世已为秦将，武王复宠任之，益其禄秩。有齐人孟贲字说，以力闻，水行不避蛟龙，陆行不避虎狼，发怒吐气，声响动天。尝于野外见两牛相斗，孟贲从中以手分之，一牛伏地，一牛犹触不止。贲怒，左手按牛头，以右手拔其角，角出牛死。人畏其勇，莫敢与抗。闻秦王招致天下勇力之士，乃西渡黄河。岸上人待渡者甚众，常日以次上船，贲最后至，强欲登船先渡。船人怒其不逊，以楫击其头曰："汝用强如此，岂孟说耶？"贲瞋目而视，发植目裂，举声一喝，波涛顿作，舟中之人，惶惧颠倒，尽扬播入于河。贲振桡顿足，一去数丈，须臾过岸，竟入咸阳，来见武王。武王试知其勇，亦拜大官，与乌获、任鄙并见宠任。时周赧王六年，秦武王之二年也。

秦以六国皆有相国之名，不屑与同，乃特置丞相，左右各一人，以甘茂为左丞相，樗里疾为右丞相，魏章忿其不得相位，奔梁国去了。武王思张仪之言，谓樗里疾曰："寡人生于西戎，未睹中原之盛，若得通三川，一游巩、洛之间，虽死无恨。二卿谁能为寡人伐韩乎？"樗里疾曰："王之伐韩，欲攻宜阳以通三川之道也。宜阳路险而远，劳师费财，梁、赵之救将至，臣窃以为不可。"武王复问于甘茂，茂曰："臣请为王使梁，约共伐韩。"武王大喜，使甘茂往说梁王，梁王许秦助兵。

甘茂初与樗里疾相左，恐从中阻挠其事，先遣副使向寿回报秦王，言："魏已听命矣，然虽如此，劝王勿伐韩为便。"秦武王疑其言，乃亲往迎甘茂，至息壤，与甘茂相遇，武王曰："相国许为寡人约魏攻韩，今魏人听命，相国又曰'勿伐韩为便'，何也？"甘茂曰："夫越千里之险，以攻劲韩之大邑，此不可以岁月计也。昔曾参居费，鲁人有与曾参同姓名者杀人，人奔告其母曰：'曾参杀人。'其母方织，应曰：'吾子不杀人。'织如故。未几，又一人奔告曰：'曾参杀人。'其母停梭而思，曰：'吾子必无此事。'复织如故。少顷，又一人奔告曰：'杀人者，果曾参也！'其母投杼下机，逾墙走匿。夫以曾参之贤，其母信之，然而三人言杀人，而慈母亦疑矣。今臣之贤不及曾参，王之信臣未必如曾参之母，而谤臣杀人者，恐不止三人，臣恐大王之投杼也。"武王曰："寡人不听人言也，请与

第九十二回　赛举鼎秦武王绝胫，莽赴会楚怀王陷秦　　961

子盟。"于是君臣歃血为誓，藏誓书于息壤，遂发兵五万，使甘茂为大将，向寿副之。

兵至宜阳，围其城五月，宜阳守臣固守不能拔。右相樗里疾言于武王曰："秦师老矣，不撤回，恐有变。"武王召甘茂班师。甘茂乃为书一函，以谢武王。武王启函视之，书中惟"息壤"二字，武王悟曰："甘茂固尝言之，是寡人之过也。"更益兵五万，使乌获往助甘茂。韩王亦使大将公叔婴率师救宜阳，大战于城下。乌获持铁戟一双，重一百八十斤，独入韩军，军士皆披靡，莫敢御者。甘茂与向寿各率一军，乘势并进，韩兵大败，斩首七万有余。乌获一跃登城，手攀城堞，堞毁，获堕于石上，折肋而死。秦兵乘之，遂拔宜阳。韩王恐惧，乃使相国公仲侈持宝器入秦乞和。武王大喜，许之。诏甘茂班师，留向寿安戢宜阳地方，使右丞相樗里疾先往三川开路，随后引任鄙、孟贲一班勇士起程，直入洛阳。

周赧王遣使郊迎，亲具宾主之礼。秦武王谢弗敢见，知九鼎在太庙之旁室，遂往观之，见九位宝鼎一字排列，果然整齐。那九鼎是禹王收取九州的贡金，各铸成一鼎，载其本州山川人物，及贡赋田土之数，足耳俱有龙文，又谓之"九龙神鼎"。夏传于商，为镇国之重器。及周武王克商，迁之于洛邑。迁时用卒徒牵挽，舟车负载，分明是九座小铁山相似，正不知重多少斤两。武王周览了一回，赞叹不已。鼎腹有荆、梁、雍、豫、徐、扬、青、兖、冀等九字分别。武王指雍字一鼎叹曰："此雍州，乃秦鼎也。寡人当携归咸阳耳。"因问守鼎吏曰："此鼎曾有人能举之否？"吏叩首对曰："自有鼎以来，未曾移动。闻人传说每位有千钧之重，谁人能举？"武王遂问任鄙、孟贲曰："二卿多力，能举此鼎否？"任鄙知武王恃力好胜，辞曰："臣力止可胜百钧，此鼎十倍之重，臣不能胜。"孟贲攘臂而前曰："臣请试之，若不能举，休得见罪。"即命左右取青丝为巨索，宽宽的系于鼎耳之上，孟贲将腰带束紧，揎起双袖，用两支铁臂，套入丝络，狠狠的喝一声："起！"那鼎离起约有半尺，仍还于地。用力过猛，眼珠迸出，目眦流血。武王笑曰："卿大费力！既然卿能举起此鼎，寡人难道不如？"任鄙谏曰："大王万乘之躯，不可轻试。"武王不听，即时卸下锦袍玉带，束缚腰身，更用大带扎缚其袖。任鄙拖袖固谏，武王曰："汝自不能，乃妒寡人耶？"鄙遂不敢复言。武王大踏步向前，亦将双臂套入丝络，想道："孟贲止能举起，我偏要行动数步，方可夸胜。"乃尽生平神力，屏一口气，喝声："起！"那鼎亦离地半尺，方欲转步，不觉力尽失手，鼎坠于地，正压在武王右足上，趷札一声，将胫骨压个平断。武王大叫："痛哉！"登时闷绝。左右慌忙扶归公馆，血流床席，痛极难忍，捱至夜半而薨。武王自言："得游巩洛，虽死无恨。"今日果然死于洛阳，前言岂非谶乎？周赧王闻变大惊，急备美棺，亲往视殓，哭吊尽礼。樗里疾奉其丧以归。武王无子，迎其异母弟稷嗣位，是为昭襄王。樗里疾讨举鼎之罪，磔孟贲，族灭其家；以任鄙能谏，用为汉中太守。疾复宣言于朝曰："通三川者，甘茂之谋也。"甘茂惧为疾所害，遂奔魏国，后死于魏。

再说秦昭襄王闻楚送质子于齐，疑其背秦而向齐，乃使樗里疾为大将，兴兵伐楚。楚使大将景快迎战，兵败被杀。楚怀王恐惧，昭襄王乃遣使遗怀王书，略云：

> 始寡人与王约为兄弟，结为婚姻，相亲久矣。王弃寡人而纳质于齐，寡人诚不胜其愤，是以侵王之边境，然非寡人之情也。今天下大国，惟楚与秦，吾两君不睦，何以

令于诸侯？寡人愿与王会于武关，面相订约，结盟而散，还王之侵地，复遂前好，惟王许之。王如不从，是明绝寡人也，寡人不能以兵退矣。

怀王览书，即召群臣计议曰："寡人欲勿往，恐激秦之怒；欲往，恐被秦之欺，二者孰善？"屈原进曰："秦，虎狼之国也。楚之见欺于秦，非一二次矣。王往必不归。"相国昭睢曰："灵均乃忠言也。王其勿行，速发兵自守，以防秦兵之至。"靳尚曰："不然，楚惟不能敌秦，故兵败将死，舆地日削，今欢然结好，而复拒之，倘秦王震怒，益兵伐楚，奈何？"怀王之少子兰，娶秦女为妇，以为婚姻可恃，力劝王行，曰："秦、楚之女，互相嫁娶，亲莫过于此，彼以兵来，尚欲请和，况欢然求为好会乎？上官大夫所言最当，王不可不听。"怀王因楚兵新败，心本畏秦，又被靳尚、子兰二人撺掇不过，遂许秦王赴会，择日起程，只有靳尚相随。

秦昭王使其弟泾阳君悝，乘王车羽旄，侍卫毕具，诈为秦王，居武关；使将军白起引兵一万，伏于关内，以劫楚王；使将军蒙骜引兵一万，伏于关外，以备非常。一面遣使者为好语前迎楚王，往来不绝。楚怀王信之不疑，遂至武关之下，只见关门大开，秦使者复出迎曰："寡君候大王于关内三日矣，不敢辱车从于草野，请至敝馆，成宾主之礼。"怀王已至秦国，势不容辞，遂随使者入关。怀王刚刚进了关门，一声炮响，关门已紧闭矣。怀王心疑，问使者曰："闭关何太急也？"使者曰："此秦法也，战争之世，不得不然。"怀王问："尔王何在？"对曰："先在公馆伺候车驾。"即叱御者速驰。约行二里许，望见秦王侍卫排列公馆之前，使者盼咐停车。馆中一人出迎，怀王视之，虽然锦袍玉带，举动却不象秦王。怀王心下踌踌,未肯下车。那人鞠躬致词曰:"大王勿疑,臣实非秦王,乃王弟泾阳君也,请大王至馆,自有话讲。"怀王只得就馆,泾阳君与怀王相见,方欲就坐,只听得外面一片声喊起,秦兵万余围住公馆。怀王曰:"寡人赴秦王之约,奈何以兵见困耶?"泾阳君曰:"无伤也,寡君适有微恙,不能出门,又恐失信于君王,故使微臣悝奉迎君王,屈至咸阳,与寡君一会,以些少军卒,为君侍卫,万勿推辞。"那时不由楚王做主,拥之登车,留蒙骜一军于关上,泾阳君陪乘,白起领兵四下拥卫,西望咸阳而去。靳尚逃归楚国。怀王叹曰:"悔不听昭雎、屈平之言,乃为靳尚所误!"流泪不已。

怀王既至咸阳,昭襄王大集群臣及诸侯使者于章台之上,秦王南面上坐,使怀王北面参谒,如藩臣礼。怀王大怒,抗声大言曰:"寡人信婚姻之好,轻身赴会,今君王假称有疾,诱寡人至于咸阳,复不以礼相接,此何意也?"昭襄王曰:"向者蒙君许我黔中之地,已而不果;今日相屈,欲遂前约耳。倘君王朝许割地,暮即送王归楚矣!"怀王曰:"秦纵欲得地,亦当善言,何必诡计如此?"昭襄王曰:"不如此,君必不从。"怀王曰:"寡人愿割黔中矣。请与君王为盟,以一将军随寡人至楚受地,何如?"昭襄王曰:"盟不可信也,必须先遣使回楚,将地界交割分明,方与王饯行耳。"秦之群臣皆前劝怀王,怀王益怒曰:"汝诈诱我至此,复强要我以割地,寡人死即死耳,不受汝胁也!"昭襄王乃留怀王于咸阳城中,不放回国。

再说靳尚逃回,报与昭雎,如此恁般:"秦王欲得楚黔中之地,拘留在彼。"昭雎曰:"吾王在秦不得还,而太子又质于齐,倘齐人与秦合谋,复留太子,则楚国无君矣!"靳尚曰:"公子兰见在,何不立之?"昭雎曰:"太子之立已久,今王犹在秦,遽弃其命,舍嫡立庶，异日王幸归国，何以自解？吾今诈讣于齐，以请太子，齐必信从。"靳尚曰："吾不能为君御难，此行当效微劳耳！"昭睢即遣靳尚使齐，诈称楚王已薨，迎太子奔丧嗣位。齐潛王谓其相国孟尝君田文曰："楚国无君，吾欲留太子，以求淮北之地，何如？"孟尝君曰："不可。楚王固非一子，吾留太子，而彼以地来赎，可也；倘彼别立一人为王，我无尺寸之利，而徒抱不义之名，将安用之？"潛王以为然，乃以礼归太子横于楚。横即楚王位，是为顷襄王。子兰、靳尚用事如故。遣使告于秦曰："赖社稷神灵，国已有王矣。"秦王空留怀王，不可得地，乃大惭怒，使白起为将，蒙骜副之，帅师十万攻楚，取十五城而归。楚怀王留秦岁余，秦守者久而懈怠，怀王变服，逃出咸阳，欲东归楚国。秦王发兵追之，怀王不敢东行，遂转北路，间道走赵。

不知赵国肯纳怀王否，且看下回分解。

第九十三回
赵主父饿死沙丘宫，孟尝君偷过函谷关

话说赵武灵王身长八尺八寸，龙颜鸟噣，广鬓虬髯，面黑有光，胸开三尺，气雄万夫，志吞四海。即位五年，娶韩女为夫人，生子曰章，立为太子。至十六年，因梦美人鼓琴，心慕其貌，次日向群臣言之。大夫胡广自言其女孟姚，善于琴，武灵王召见于大陵之台，容貌宛如梦中所见，因使鼓琴，大悦之，纳于宫中，谓之吴娃，生子曰何。及韩后薨，竟立吴娃为后，废太子章，而立何为太子。武灵王自念赵国北边于燕，东边于胡，西边于林胡、楼烦，与赵为邻，而秦止一河之隔，居四战之地，恐日就微弱，乃身自胡服，革带皮靴，使民皆效胡俗，窄袖左衽，以便骑射，国中无贵贱，莫不胡服者，废车乘马，日逐射猎，兵以益强。武灵王亲自帅师略地，至于常山，西极云中，北尽雁门，拓地数百里，遂有吞秦之志。欲取路云中，自九原而南，竟袭咸阳。以诸将不可专任，不若使其子治国事，而出其身经略四方，乃使群臣大朝于东宫，传位于太子何，是为惠王。武灵王自号曰主父，主父者，犹后世称太上皇也。使肥义为相国，李兑为太傅，公子成为司马，封长子章以安

阳之地，号安阳君，使田不礼为之相。此周赧王十七年事也。

主父欲窥秦之山川形势，及观秦王之为人，乃诈称赵国使者赵招，赍国书来告立君于秦国，携工数人，一路图其地形。竟入咸阳，来谒秦王，昭襄王问曰："汝王年齿几何？"对曰："尚壮。"又问曰："既在壮年，何以传位于子？"对曰："寡君以嗣位之人，多不谙事，欲及其身，使娴习之。寡君虽为主父，然国事未尝不主裁也。"昭襄王曰："汝国亦畏秦乎？"对曰："寡君不畏秦，不胡服习骑射矣。今驰马控弦之士，十倍昔年，以此待秦，或者可终徼盟好。"昭襄王见其应对凿凿，甚相敬重。使者辞出就馆，昭襄王睡至中夜，忽思赵使者形貌魁梧轩伟，不似人臣之相，事有可疑，辗转不寐。天明，传旨宣赵招相见，其从人答曰："使人患病，不能入朝，请缓之。"过三日，使者尚不出，昭襄王怒，遣吏迫之。吏直入舍中，不见使者，止获从人，自称真赵招，乃解到昭襄王面前。王问："汝既是真赵招，使者的系何人？"对曰："实吾王主父也。主父欲睹大王威容，故诈称使者而来，今已出咸阳三日矣，特命臣招待罪于此。"昭襄王大惊，顿足曰："主父大欺吾也！"即使泾阳君同白起领精兵三千，星夜追之。至函谷关，守关将士言："赵国使者，于三日前已出关矣。"泾阳君等回复秦王，秦王心跳不宁者数日，乃以礼遣赵招还国。髯翁有诗云：

分明猛虎踞咸阳，谁敢潜窥函谷关？
不道龙颜赵主父，竟从堂上认秦王。

次年，主父复出巡云中，自代而西，收兵于楼烦，筑城于灵寿，以镇中山，名赵王城。吴娃亦于肥乡筑城，号夫人城。是时，赵之强甲于三晋。其年，楚怀王自秦来奔，惠王与群臣计议，恐触秦怒，且主父远在代地，不敢自专，遂闭关不纳。怀王计穷，欲南奔大梁，秦兵追及之，复与泾阳君俱至咸阳。怀王愤甚，呕血斗余，遂发病，未几而薨。秦乃归其丧于楚。楚人怜怀王为秦所欺，客死于外，百姓往迎丧者，无不痛哭，如悲亲戚。诸侯咸恶秦之无道，复为"合从"以摈秦。

楚大夫屈原痛怀王之死，由子兰、靳尚误之，今日二人，仍旧用事，君臣贪于苟安，绝无报秦之志，乃屡屡进谏，劝顷襄王进贤远佞，选将练兵，以图雪怀王之耻。子兰悟其意，使靳尚言于顷襄王曰："原自以同姓不得重用，心怀怨望，且每向人言大王忘秦仇为不孝，子兰等不主张伐秦为不忠。"顷襄王大怒，削屈原之职，放归田里。原有姊名媭，已远嫁，闻原被放，乃归家，访原于夔之故宅。见原被发垢面，形容枯槁，行吟于江畔，乃喻之曰："楚王不听子言，子之心已尽矣！忧思何益？幸有田亩，何不力耕自食，以终余年乎？"原重遵姊意，乃秉耒而耕。里人哀原之忠者，皆为助力。月余，姊去，原叹曰："楚事至此，吾不忍见宗室之亡灭！"忽一日晨起，抱石自投汨罗江而死。其日乃五月五日。里人闻原自溺，争棹小舟出江拯救，已无及矣。乃为角黍投于江中以祭之，系以彩线，恐为蛟龙所攫食也。又龙舟竞渡之戏，亦因拯救屈原而起，至今自楚至吴，相沿成俗。屈原所耕之田，获米如白玉，因号曰"玉米田"。里人私为原立祠，名其乡曰姊归乡，今荆州府有归州，亦因姊归得名也。至宋元丰中，封原为清烈公，兼为其姊立庙，号姊归庙，后复加封原为忠烈王。髯翁有《过忠烈王庙》诗，云：

峨峨庙貌立江旁，香火争趋忠烈王。

第九十三回　赵主父饿死沙丘宫，孟尝君偷过函谷关

佞骨不知何处朽，龙舟岁岁吊沧浪。

再说赵主父出巡云中，回至邯郸，论功行赏，赐通国百姓酒铺五日。是日，群臣毕集称贺。主父使惠王听朝，自己设便坐于旁，观其行礼，见何年幼，服衮冕南面为王，长子章魁然丈夫，反北面拜舞于下，兄屈于弟，意甚怜之。朝既散，主父见公子胜在侧，私谓曰："汝见安阳君乎？虽随班拜舞，似有不甘之色。吾分赵地为二，使章为代王，与赵相并，汝以为何如？"赵胜对曰："王昔日已误矣。今君臣之分已定，复生事端，恐有争变。"主父曰："事权在我，又何虑哉？"主父回宫，夫人吴娃见其色变，问曰："今日朝中有何事？"主父曰："吾见故太子章，以兄朝弟，于理于顺，欲立为代王，胜又言其不便，吾是以踌躇而未决也。"吴娃曰："昔晋穆侯生二子，长曰仇，弟曰成师，穆侯薨，子仇嗣立，都于翼，封其弟成师于曲沃，其后曲沃益强，遂尽灭仇之子孙，并吞翼国。此主父所知也，成师为弟，尚能戕兄，况以兄而临弟，以长而临少乎？吾母子且为鱼肉矣！"主父感其言，遂止。

有侍人旧曾服事故太子章于东宫者，闻知主父商议之事，乃私告于章。章与田不礼计之，不礼曰："主父分王二子，出自公心，特为妇人所阻耳。王年幼，不谙事，诚乘间以计图之，主父亦无如何也。"章曰："此事惟君留意，富贵共之！"太傅李兑与肥义相善，密告曰："安阳君强壮而骄，其党甚众，且有怨望之心。田不礼刚狠自用，知进而不知退。二人为党，行险侥幸，其事不远。子任重而势尊，祸必先及，何不称病，传政于公子成，可以自免。"肥义曰："主父以王属义，尊为相国，谓义可托安危也。今未见祸形，而先自避，不为荀息所笑乎？"李兑叹曰："子今为忠臣，不得复为智

士矣。"因泣下，久之，别去。肥义思李兑之言，夜不能寐，食不下咽，展转踌躇未得良策，乃谓近侍高信曰："今后若有召吾王者，必先告我。"高信曰："诺。"

忽一日，主父与王同游于沙丘，安阳君章亦从行。那沙丘有台，乃商纣王所筑，有离宫二所，主父与王各居一宫，相去五六里，安阳君之馆适当其中。田不礼谓安阳君曰："王出游在外，其兵众不甚集，若假以主父之命召王，王必至。吾伏兵于中途，要而杀之，因奉主父以抚其众，谁敢违者？"章曰："此计甚妙！"即遣心腹内侍，伪为主父使者，夜召惠王曰："主父卒然病发，欲见王面，幸速往！"高信即走告相国肥义，义曰："王素无病，事可疑也。"乃入谓王曰："义当以身先之，俟无他故，王乃可行。"又谓高信曰："紧闭宫门，慎勿轻启。"

肥义与数骑随使者先行，至中途，伏兵误以为王，群起尽杀之。田不礼举火验视，乃肥义也。田不礼大惊曰："事已变矣！及其机未露，宜悉众乘夜袭王，幸或可胜。"于是奉安阳君以攻王。高信因肥义吩咐，已预作准备，田不礼攻王宫不能入。至天明，高信使从军乘屋发矢，贼多伤死者，矢尽，乃飞瓦下掷之。田不礼命取巨石系于木，以撞宫门，哗声如雷。惠王正在危急，只听得宫外喊声大举，两队军马杀来，贼兵大败，纷纷而散。原来是公子成、李兑在国中商议，恐安阳君乘机为乱，各率一支军前来接应，正遇着贼围王宫，解救了此难。安阳君兵败，谓田不礼曰："今当如何？"不礼曰："急走主父处涕泣哀求，主父必然相庇，吾当力拒追兵。"章从其言，乃单骑奔主父宫中，主父果然开门匿之，殊无难色。田不礼驱残兵再与成、兑交战，众寡不敌，不礼被兑斩之。兑度安阳君无处托身，必然往投主父，乃引兵前围主父之宫。打开宫门，李兑仗剑当先开路,公子成在后,入见主父,叩头曰:"安阳君反叛,法所不宥,愿主父出之。"主父曰:"彼未尝至吾宫中,二卿可他觅也。"兑、成再四告禀,主父并不松口。李兑曰:"事已至此,当搜简一番,即不得贼,谢罪未晚。"公子成曰:"君言是也。"乃呼集亲兵数百人,遍搜宫中,于复壁中得安阳君,牵之以出。李兑邃拔剑击断其头。公子成曰:"何急也!"兑曰:"若遇主父,万一见夺,抗之则非臣礼,从之则为失贼,不如杀之。"公子成乃服。

李兑提安阳君之首,自宫内出,闻主父泣声,复谓公子成曰:"主父开宫纳章,心已怜之矣。吾等以章故,围主父之宫,搜章而杀之,无乃伤主父之心,事平之后,主父以围宫加罪,吾辈族灭矣。王年幼不足与计,吾等当自决也!"乃盼咐军士:"不许解围。"使人诈传惠王之令曰:"在宫人等,先出者免罪,后出者即系贼党,夷其族!"从官及内侍等,闻王令,争先出宫,单单剩得主父一人。主父呼人,无一应者,欲出,则门已下钥矣。一连围了数日,主父在宫中饿甚,无从取食,庭中树有雀巢,乃探其卵生啖之,月余饿死。髯仙有诗叹曰:

> 胡服行边靖虏尘,雄心直欲并西秦。
> 吴娃一脉能贻祸,梦里琴声解误人。

主父既死,外人未知。李兑等尚不敢入,直待三月有余,方才启钥入视,主父尸身已枯瘪矣。公子成奉惠王往沙丘宫,视殓发丧,葬于代地。今灵邱县以葬武灵王得名也。惠王回国,以公子成为相国,李兑为司寇。未几,公子成卒,惠王以公子胜曾阻主父分王之谋,乃用为相国,封以平原,号为平原君。

平原君亦好士，有孟尝君之风，既贵，益招致宾客，坐食者常数千人。平原君之府第有画楼，置美人于上。其楼俯临民家，民家之主人有躄疾，晓起蹒跚而出汲，美人于楼上望见，大笑。少顷，躄者造平原君之门，请见。公子胜揖而进之，躄者曰："闻君之喜士，士所以不远千里集于君之门者，以君贵士而贱色也。臣不幸有累瘫之病，不良于行。君之后宫，乃临而笑臣，臣不甘受妇人之辱，愿得笑臣者之头！"胜笑应曰："诺。"躄者去，平原君笑曰："愚哉，此竖也！以一笑之故，遂欲杀吾美人乎？"平原君门下有个常规，主客者，每月一进客籍，稽客之多少，料算钱谷出入之数。前此客有增无减，至是日渐引去，岁余客减半。公子胜怪之，乃鸣钟大会诸客，问曰："胜所以待诸君者，未尝敢失礼，乃纷纷引去，何也？"客中一人前对曰："君不杀笑躄之美人，众皆怫然，以君爱色而贱士，所以去耳，臣等不日亦将辞矣。"平原君大惊，引罪曰："此胜之过也。"即解佩剑，令左右斩楼上美人之头，自造躄者之门，长跪请罪，躄者乃喜。于是门下皆称颂平原君之贤，宾客复聚如初。时人为三字语，云：

食我饱，衣我温，息其馆，游其门。
齐孟尝，赵平原，佳公子，贤主人。

时秦昭襄王闻平原君斩美人谢躄之事，一日与向寿述之，嗟叹其贤。向寿曰："尚不及齐孟尝君之甚也。"秦王曰："孟尝君如何？"向寿曰："孟尝君自其父田婴存日，即使主家政，接待宾客。宾客归之如云，诸侯咸敬慕之，请于田婴以为世子。及嗣为薛公，宾客益盛，衣食与己无二，供给繁费，为之破产。士从齐来者，人人以为孟尝君亲己,无有间言。今平原容美人笑矍而不诛,直待宾客离心,乃斩头以谢,不亦晚乎?"秦王曰:"寡人安得一见孟尝君,与之同事哉?"向寿曰:"王如欲见孟尝君,何不召之!"秦王曰:"彼齐相国也,召之安肯来乎?"向寿曰:"王诚以亲子弟为质于齐,以请孟尝君,齐信秦,不敢不遣。王得孟尝君即以为相,齐亦必相王之亲子弟。秦、齐互相,其交必合,然后共谋诸侯不难矣!"秦王曰:"善。"乃以泾阳君悝为质于齐,"愿易孟尝君来秦,使寡人一见其面,以慰饥渴之想。"

宾客闻秦召,皆劝孟尝君必行。时苏代适为燕使于齐,谓孟尝君曰:"今代从外来,见土偶人与木偶人相与语,木偶人谓土偶人曰:'天方雨,子必败矣,奈何?'土偶人笑曰:'我生于土,败则仍还于土耳;子遭雨漂流,吾不知其所底也!'秦虎狼之国,楚怀王犹不返,况君乎?若留君不遣,臣不知君之所终矣!"孟尝君乃辞秦不欲行。匡章言于湣王曰:"秦之效质而求见孟尝君,欲亲齐也。孟尝君不往,失秦欢矣。虽然留秦之质,犹为不信秦也。王不如以礼归泾阳君于秦,而使孟尝君聘秦,以答秦之礼。如是则秦王必听信孟尝君,而厚于齐。"湣王以为然,谓泾阳君曰:"寡人行将遣相国文行聘于上国,以候秦王之颜色,岂敢烦贵人为质?"即备车乘送泾阳君还秦,而使孟尝君行聘于秦。

孟尝君同宾客千余人,车骑百余乘,西入咸阳,谒见秦王。秦王降阶迎之,握手为欢,道平生相慕之意。孟尝君有白狐裘,毛深二寸,其白如雪,价值千金,天下无双,以此为私礼,献于秦王。秦王服此裘入宫,夸于所幸燕姬,燕姬曰:"此裘亦常有,何以足贵?"秦王曰:"狐非数千岁色不白,今之白裘,皆取狐腋下一片,补缀而成,此乃纯白之皮,所以贵重,真无价之珍也。齐乃山东大国，故有此珍服耳。"时天气尚暖，秦王解袭付主藏吏，吩咐珍藏，以俟进御。择日将立孟尝君为丞相，樗里疾忌孟尝君见用，恐夺其相权，乃使其客公孙奭说秦王曰："田文，齐族也，今相秦，必先齐而后秦。夫以孟尝君之贤，其筹事无不中，又加以宾客之众，而借秦权以阴为齐谋，秦其危矣。"秦王以其言问于樗里疾，疾对曰："奭言是也！"秦王曰："然则遣之乎？"疾对曰："孟尝君居秦月余，其宾客千人，尽已得秦巨细之事，若遣之归齐，终为秦害，不如杀之。"秦王惑其言，命幽孟尝君于馆舍。

泾阳君在齐时，孟尝君待之甚厚，日具饮食，临行，复馈以宝器数事，泾阳君甚德之。至是，闻秦王之谋，私见孟尝君言其事，孟尝君惧而问计，泾阳君曰："王计尚未决也。宫中有燕姬者，最得王心，所言必从。君携有重宝，吾为君进于燕姬，求其一言，放君还国，则祸可免矣。"孟尝君以白璧二双，托泾阳君献于燕姬求解。燕姬曰："妾甚爱白狐裘，闻山东大国有之，若有此裘，妾不惜一言，不愿得璧也。"泾阳君回报孟尝君，孟尝君曰："只有一裘，已献秦王，何可复得？"遍问宾客："有能复得白狐裘者否？"众皆束手莫对，最下坐有一客，自言："臣能得之。"孟尝君曰："子有何计得裘？"客曰："臣能为狗盗。"孟尝君笑而遣之。客是夜装束如狗，从窦中潜入秦宫库藏，为狗吠声，主藏吏以为守狗，不疑。客伺吏睡熟，取身边所藏钥匙，逗开藏柜，果得白狐裘，遂盗之以出，献于孟尝君。孟尝君使泾阳君转献燕姬，燕姬大悦。值与王夜饮方欢，遂进言曰："妾闻齐有孟尝君，天下之大贤也。孟尝君方为齐相，不欲来秦，秦请而致之，不用则已矣，乃欲加诛？夫请人国之相，而无故诛之，又有戮贤之名，妾恐天下贤士，将裹足而避秦。"秦王曰："善。"明日御殿，即命具车马，给驿券，放孟尝君还齐。孟尝君曰："吾侥幸燕姬之一言，得脱虎口，万一秦王中悔，吾命休矣。"客有善为伪券者，为孟尝君易券中名姓，星驰而去。至函谷关，夜方半，关门下钥已久，孟尝君虑追者或至，急欲出关。关开闭俱有常期，人定即闭，鸡鸣始开。孟尝君与宾客咸拥聚关内，心甚惶迫，忽闻鸡鸣声自客队中出，孟尝君怪而视之，乃下客一人，能效鸡声音，于是群鸡尽鸣。关吏以为天且晓，即起验券开关，孟尝君之众，复星驰而去。谓二客曰："吾之得脱虎口，乃狗盗鸡鸣之力也。"众宾客自愧无功，从此不敢怠慢下坐之客。髯翁有赞曰：

明珠弹雀，不如泥丸。
白璧疗饥，不如壶餐。
狗吠裘得，鸡鸣关启，
虽为圣贤，不如彼鄙。
细流纳海，累尘成冈，
用人惟器，勿陋孟尝。

樗里疾闻孟尝君得放归国，即趋入朝，见昭襄王曰："王即不杀田文，亦宜留以为质，奈何遣之？"秦王大悔，即使人驰急传追孟尝君，到函谷关，索出客籍阅之，无齐使田文姓名，使者曰："得无从间道，尚未至乎？"候半日，杳无影响。乃言孟尝君状貌及宾客车马之数，关吏曰："若然，则今早出关者是矣。"使者曰："还可追否？"关吏曰："其驰如飞，今已去百里之远，不可追也。"使者乃还报秦王，王叹曰："孟尝君有鬼神不测之机，果天下贤士也！"后秦王索狐白裘于主藏吏不得，及见燕姬服之，因叩其故，知其为孟尝君之客所盗，复叹曰："孟尝君门下，如通都之市，无物不有，吾秦国未有其比。"竟以裘赐燕姬，不罪主藏吏。

不知孟尝君归国如何，且看下回分解。

第九十四回
冯谖弹铗客孟尝，齐王纠兵伐桀宋

话说孟尝君自秦逃归，道经于赵，平原君赵胜出迎于三十里外，极其恭敬。赵人素闻人传说孟尝之名，未见其貌，至是争出观之，孟尝君身材短小，不逾中人，观者或笑曰："始吾慕孟尝君，以为天人，必魁然有异，今观之，但渺小丈夫耳。"和而笑者复数人。是夜，凡笑孟尝君者皆失头，平原君心知孟尝门客所为，不敢问也。

再说齐湣王既遣孟尝君往秦，如失左右手，恐其遂为秦用，深以为忧。乃闻其逃归，大喜，仍用为相国。宾客归者益众，乃置为客舍三等，上等曰"代舍"，中等曰"幸舍"，下等曰"传舍"。代舍者，言其人可以自代也，上客居之，食肉乘舆；幸舍者，言其人可任用也，中客居之，但食肉不乘舆；传舍者，脱粟之饭，免其饥馁，出入听其自便，下客居之。前番鸡鸣狗盗及伪券有功之人，皆列于代舍。所收薛邑俸入，不足以给宾客，乃出钱行债于薛，岁收利息，以助日用。

一日，有一汉子，状貌修伟，衣敝褐，蹑草屦，自言姓冯，名谖，齐人，求见孟尝君。孟尝君揖之与坐，问曰："先生下辱，有以教文乎？"谖曰："无也，窃闻君好士，不择贵贱，故不揣以贫身自归耳。"孟尝君命置传舍。十余日，孟尝君问于传舍长曰："新来客何所事？"传舍长答曰："冯先生贫甚，身无别物，止存一剑，又无剑囊，以蒯缑系之于腰间，食毕，辄弹其剑而歌曰：'长铗归来兮，食无鱼。'"孟尝君笑曰："是嫌吾食俭也。"乃迁之于幸舍，食鱼肉，仍使幸舍长候其举动："五日后来告我。"居五日，幸舍长报曰："冯先生弹剑而歌如故，但其辞不同矣，曰：'长铗归来兮，出无车。'"孟尝君惊曰："彼欲为我上客乎？其人必有异也。"又迁之代舍，复使代舍长伺其歌否。谖乘车日出夜归，又歌曰："长铗归来兮，无以为家。"代舍长诣孟尝君言之，孟尝君蹙额曰："客何无餍之甚乎？"更使伺之，谖不复歌矣。居一年有余，主家者来告孟尝君："钱谷只勾一月之需。"孟尝君查贷券，民间所负甚多，乃问左右曰："客中谁能为我收债于薛者。"代舍长进曰："冯先生不闻他长，然其人似忠实可任，向者自请为上客，君其试之。"孟尝君请冯谖与言收债之事，冯谖一诺无辞，遂乘车至薛，坐于公府。

薛民万户，多有贷者，闻薛公使上客来征息，时输纳甚众，计之得息钱十万。冯谖将钱多市牛酒，预出示："凡负孟尝君息钱者，勿论能偿不能偿，来日悉会府中验券。"百姓闻有牛酒之犒，皆如期而来。冯谖一一劳以酒食，劝使酣饱，因而旁观，审其中贫富之状，尽得其实。食毕，乃出券与合之，度其力饶，虽一时不能，后可相偿者，与为要约，载于券上；其贫不能偿者，皆罗拜哀乞宽期。冯谖命左右取火，将贫券一笥，悉投火中烧之，谓众人曰："孟尝君所以贷钱于民者，恐尔民无钱以为生计，非为利也。然君之食客数千，俸食不足，故不得已而征息以奉宾客。今有力者更为期约，无力者焚券蠲免，君之施德于尔薛人，可谓厚矣。"百姓皆叩头欢呼曰："孟尝君真吾父母也！"

早有人将焚券事报知孟尝君，孟尝君大怒，使人催召谖。谖空手来见，孟尝君假意问曰："客劳苦，收债毕乎？"谖曰："不但为君收债，且为君收德！"孟尝君色变，让之曰："文食客三千人，俸食不足，故贷钱于薛，冀收余息，以助公费。闻客得息钱，多具牛酒，与众乐饮，复焚券之半，犹曰'收德'，不知所收何德也？"谖对曰："君请息怒，容备陈之。负债者多，不具牛酒为欢，众疑，不肯齐赴，无以验其力之饶乏。力饶者为期约。其乏者虽严责之，亦不能偿，久而息多，则逃亡耳。区区之薛，君之世封，其民乃君所与共安危者也。今焚无用之券，以明君之轻财而爱民，仁义之名，流于无穷。此臣所谓为君收德者矣。"孟尝君迫于客费，心中殊不以为然，然已焚券，无可奈何，勉为放颜，揖而谢之。史臣有诗云：

逢迎言利号佳宾，焚券先虞触主嗔。
空手但收仁义返，方知弹铗有高人。

却说秦昭襄王悔失孟尝君，又见其作用可骇，想道："此人用于齐国，终为秦害！"乃广布谣言，流于齐国，言："孟尝君名高天下，天下知有孟尝君，不知有齐王，不日孟尝君且代齐矣！"又使人说楚顷襄王曰："向者六国伐秦，齐兵独后，因楚王自为从约长，孟尝君不服，故不肯同兵；及怀王在秦，寡君欲归之，孟尝君使人劝寡君勿归怀王，以太子见质于齐，欲秦杀怀王，彼得留太子以要地于齐，故太子几不得归，而怀王竟死于秦。寡君之得罪于楚，皆孟尝君之故也。寡君以楚之故，欲得孟尝君而杀之，会逃归不获，今复为齐相专权,且暮篡齐,秦、楚自此多事矣。寡君愿悔前之祸,与楚结好,以女为楚王妇,共备孟尝君之变,幸大王裁听。"楚王感其言,竟通和于秦,迎秦王之女为夫人,亦使人布流言于齐。齐湣王疑之,遂收孟尝君相印,黜归于薛。宾客闻孟尝君罢相,纷纷散去。惟冯谖在侧,为孟尝君御车。未至薛,薛百姓扶老携幼相迎,争献酒食,问起居。孟尝君谓谖曰:"此先生所谓为文收德者也!"冯谖曰:"臣意不止于此,倘借臣以一乘之车,必令君益重于国,而俸邑益广。"孟尝君曰:"惟先生命。"过数日,孟尝君具车马及金币,谓冯谖曰:"听先生所往。"

冯谖驾车,西入咸阳,求见昭襄王,说曰:"士之游秦者,皆欲强秦而弱齐;其游齐者,皆欲强齐而弱秦。秦与齐势不两雄,其雄者,乃得天下。"秦王曰:"先生何策可使秦为雄而不为雌乎?"冯谖曰:"大王知齐之废孟尝君否?"秦王曰:"寡人曾闻之,而未信也。"冯谖曰:"齐之所以重于天下者,以有孟尝君之贤也,今齐王惑于逸毁,一旦收其相印,以功为罪,孟尝君怨齐必深。乘其怀怨之时,而秦收之以为用,则齐国之阴事,以将尽输于秦,用以谋齐,齐可得也,岂特为雄而已哉? 大王急遣使,载重币,阴迎孟尝君于薛,时不可失,万一齐王悔悟而复用之,则两国之雌雄未可定矣。"时樗里疾方卒,秦王急欲得贤相,闻谖言大喜,乃饰良车十乘、黄金百镒,命使者以丞相之仪从迎孟尝君。冯谖曰:"臣请为大王先行报孟尝君,使之束装,毋淹来使。"

冯谖疾驱至齐,未暇见孟尝君,先见齐王,说曰:"齐、秦之互为雌雄,王所知也,得人者为雄,失人者为雌。今臣闻道路之言,秦王幸孟尝君之废,阴遣良车十乘、黄金百镒,迎孟尝君为相。倘孟尝君西入相秦,反其为齐谋者以为秦谋,则雄在秦,而临淄、即墨危矣！"湣王色动，问曰："然则如何？"冯谖曰："秦使旦暮且至薛，大王乘其未至，先复孟尝君相位，更广其邑封，孟尝君必喜而受之。秦使者虽强，岂能不告于王，而擅迎人之相国哉？"湣王曰："善。"然口虽答应，意未深信，使人至境上，探其虚实，只见车骑纷纷而至，询之，果秦使也。使者连夜奔告湣王，湣王即命冯谖持节迎孟尝君，复其相位，益封孟尝君千户。秦使者至薛，闻孟尝君已复相齐，乃转辕而西。

孟尝君既复相位，前宾客去者复归，孟尝君谓冯谖曰："文好客无敢失礼，一日罢相，客皆弃文而去。今赖先生之力，得复其位，诸客有何面目复见文乎？"冯谖答曰："夫荣辱盛衰，物之常理。君不见大都之市，平旦则侧肩争门而入，日暮为墟矣，为所求不在焉。夫富贵多士，贫贱寡交，事之常也，君又何怪乎？"孟尝君再拜曰："敬闻命矣。"乃待客如初。

是时，魏昭王与韩釐王奉周王之命，合从伐秦。秦使白起将兵迎之，大战于伊阙，斩首二十四万，虏韩将公孙喜，取武遂地二百里；遂伐魏，取河东地四百里。昭襄王大喜，以七国皆称王，不足为异，欲别立帝号，以示贵重，而嫌于独尊，乃使人言于齐湣王曰："今天下相王，莫知所归，寡人意欲称西帝，以主西方，尊齐为东帝，以主东方，平分天下，大王以为何如？"湣王意未决，问于孟尝君，孟尝君曰："秦以强横见恶于诸侯，王勿效之。"逾一月，秦复遣使至齐，约共伐赵。适苏代自燕复至，湣王先以并帝之事，请教于代，代对曰："秦不致帝于他国，而独致于齐，所以尊齐也。却之，则拂秦之意；直受之，则取恶于诸侯。愿王受之而勿称，使秦称之，而西方之诸侯奉之；王乃称帝，以王东方未晚也。使秦称之，而诸侯恶之，王因以为秦罪。"湣王曰："敬受教。"又问："秦约伐赵，其事何如？"苏代曰："兵出无名，事故不成。赵无罪而伐之，得地则为秦利，齐无与焉。今宋方无道，天下号为桀宋，王与其伐赵，不如伐宋，得其地可守，得其民可臣，而又有诛暴之名，此汤武之举也。"湣王大悦，乃受帝号而不称，厚待秦使，而辞其伐赵之请。秦昭襄王称帝才二月，闻齐仍称王，亦去帝号不敢称。

话分两头。却说宋康王乃宋辟公辟兵之子，剔成之弟。其母梦徐偃王来托生，因名曰偃。生有异相，身长九尺四寸，面阔一尺三寸，目如巨星，面有神光，力能屈伸铁钩。于周显王四十一年，逐其兄剔成而自立。立十一年，国人探雀巢，得鷃卵，中有小鹯，以为异事，献于君偃。偃召太史占之，太史布卦奏曰："小而生大，此反弱为强，崛起霸王之象。"偃喜曰："宋弱甚矣，寡人不兴之，更望何人？"乃多检壮丁，亲自训练，得劲兵十万余，东伐齐，取五城；南败楚，拓地三百余里；西又败魏军，取二城；灭滕，有其地。因遣使通好于秦，秦亦遣使报之。自是宋号强国，与齐、楚、三晋相并。偃遂称为宋王，自谓天下英雄，无与为比。欲速就霸王之业，每临朝，辄令群臣齐呼万岁，堂上一呼，堂下应之，门外侍卫亦俱应之，声闻数里。又以革囊盛牛血，悬于高竿，挽弓射之，弓强矢劲，射透革囊，血雨从空乱洒，使人传言于市曰："我王射天得胜。"欲以恐吓远人。又为长夜之饮，以酒强灌群臣，而阴使左右以热水代酒自饮，群臣量素洪者，皆潦倒大醉，不能成礼，惟康王惺然。左右献谀者，皆曰："君王酒量如海，饮千石不醉也。"又多取妇人为淫乐，一夜御数十女，使人传言："宋王精神兼数百人，从不倦怠。"以此自炫。

一日，游封父之墟，遇见采桑妇甚美，筑青陵之台以望之。访其家，乃舍人韩凭之妻息氏也。王使人喻凭以意，使献其妻。凭与妻言之，问其愿否。息氏作诗以对曰：

南山有鸟，北山张罗。
鸟自高飞，罗当奈何？

宋王慕息氏不已，使人即其家夺之。韩凭见息氏升车而去，心中不忍，遂自杀。宋王召息氏共登青陵之台，谓之曰："我宋王也，能富贵人，亦能生杀人，况汝夫已死，汝何所归？若从寡人，当立为王后。"息氏复作诗以对曰：

鸟有雌雄，不逐凤凰。
妾是庶人，不乐宋王。

宋王曰："卿今已至此，虽欲不从寡人，不可得也！"息氏曰："容妾沐浴更衣，拜辞故夫之魂，然后侍大王巾栉耳。"宋王许之。息氏沐浴更衣讫，望空再拜，遂从台上自投于地。宋王急使人揽其衣，不及，视之气已绝矣，简其身畔，于裙带得书一幅，书云："死后，乞赐遗骨与韩凭合葬一冢，黄泉感德！"宋王大怒，故为二冢，隔绝埋之，使其东西相望，而不相亲。埋后三日，宋王还国。忽一夜，有文梓木生于二冢之旁，旬日间木长三丈许，其枝自相附结成连理。有鸳鸯一对，飞集于枝上，交颈悲鸣。里人哀之曰："此韩凭夫妇之魂所化也！"遂名其树曰"相思树"。髯仙有诗叹云：

相思树上两鸳鸯，千古情魂事可伤！
莫道威强能夺志，妇人执性抗君王。

群臣见宋王暴虐，多有谏者。宋王不胜其渎，乃置弓矢于座侧，凡进谏者，辄引弓射之，尝一日间射杀景成、戴乌、公子勃等三人，自是举朝莫敢开口，诸侯号曰桀宋。

时齐湣王用苏代之说，遣使于楚、魏，约共攻宋，三分其地。兵既发，秦昭王闻之，怒曰："宋新与秦欢，而齐伐之，寡人必救宋，无再计。"齐湣王恐秦兵救宋，求于苏代。代曰："臣请西止秦兵，以遂王伐宋之功。"乃西见秦王曰："齐今伐宋矣，臣敢为大王贺。"秦王曰："齐伐宋，先生何以贺寡人乎？"苏代曰："齐王之强暴，无异于宋，今约楚、魏攻宋，其势必欺楚、魏，楚、魏受其欺必向西而事秦，是秦损一宋以饵齐，而坐收楚、魏之二国也，王何不利焉？敢不贺乎？"秦王曰："寡人欲救宋何如？"代答曰："桀宋犯天下之公怒，天下皆幸其亡，而秦独救之，众怒且移于秦矣。"秦王乃罢兵不救宋。

齐师先至宋郊，楚、魏之兵亦陆续来会，齐将韩聂、楚将唐昧、魏将芒卯，三人做一处商议。唐昧曰："宋王志大气骄，宜示弱以诱之。"芒卯曰："宋王淫虐，人心离怨，我三国皆有丧师失地之耻，宣传檄文，布其罪恶，以招故地之民，必有反戈而向宋者。"韩聂曰："二君之言皆是也。"乃为檄数桀宋十大罪：

一、逐兄篡位，得国不正；

二、灭滕兼地，恃强凌弱；

三、好攻乐战，侵犯大国；

四、革囊射天，得罪上帝；

五、长夜酣饮，不恤国政；

六、夺人妻女，淫荡无耻；

第九十四回　冯谖弹铗客孟尝，齐王纠兵伐桀宋

七、射杀谏臣，忠良结舌；

八、僭拟王号，妄自尊大；

九、独媚强秦，结怨邻国；

十、慢神虐民，全无君道。

檄文到处，人心耸惧，三国所失之地，其民不乐附宋，皆逐其官吏，登城自守，以待来兵。于是所向皆捷，直逼睢阳。

宋王偃大阅车徒，亲领中军，离城十里结营，以防攻突。韩聂先遣部下将闾丘俭，以五千人挑战，宋兵不出，闾丘俭使军士声洪者数人，登轈车朗诵桀宋十罪。宋王偃大怒，命将军卢曼出敌。略战数合，闾丘俭败走，卢曼追之，俭尽弃其车马器械，狼狈而奔。宋王偃登垒，望见齐师已败，喜曰："败齐一军，则楚、魏俱丧气矣！"乃悉师出战，直逼齐营。韩聂又让一阵，退二十里下寨，却教唐昧、芒卯二军左右取路，抄出宋王大营之后。

次日，宋王偃只道齐兵已不能战，拔寨都进，直攻齐营。闾丘俭打着韩聂旗号，列阵相持。自辰至午，合战三十余次。宋王果然英勇，手斩齐将二十余员，兵士死者百余人。宋将卢曼亦死于阵。闾丘俭复大败而奔，委弃车仗器械无数，宋兵争先掠取，忽有探子报道："敌兵袭攻睢阳城甚急，探是楚、魏二国军马。"宋王大怒，忙教整队回军。行不上五里，刺斜里一军突出，大叫："齐国上将韩聂在此，无道昏君，还不速降？"宋王左右将戴直、屈志高，双车齐出。韩聂大展神威，先将屈志高斩于车下，戴直不敢交锋，保护宋王，且战且走。回至睢阳城下，守将公孙拔认得自家军马，开门放入。三国合兵攻打，昼夜不息。忽见尘头起处，又有大军到来，乃是齐湣王恐韩聂不能成功，亲帅大将王蠋、太史敫等，引大军

三万前来，军势益壮。宋军知齐王亲自领兵，人人丧胆，个个灰心，又兼宋王不恤士卒，昼夜驱率男女守瞭，绝无恩赏，怨声籍籍。戴直言于王偃曰："敌势猖狂，人心已变，大王不如弃城，权避河南，更图恢复。"宋王此时一片图王定霸之心，化为秋水，叹息了一回，与戴直半夜弃城而遁。公孙拔遂竖起降旗，迎湣王入城。湣王安抚百姓，一面令诸军追逐宋王。宋王走至温邑，为追兵所及，先擒戴直斩之，宋王自投于神农涧中，不死，被军士牵出斩首，传送睢阳。齐、楚、魏遂共灭宋国，三分其地。

楚、魏之兵既散，湣王曰："伐宋之役，齐力为多，楚、魏安得受地？"遂引兵衔枚尾唐眛之后，袭败楚师于重丘，乘胜逐北，尽收取淮北之地。又西侵三晋，屡败其军。楚、魏恨湣王之负约，果皆遣使附秦，秦反以为苏代之功矣。

湣王既兼有宋地，气益骄恣，使嬖臣夷维往合卫、鲁、邹三国之君，要他称臣入朝。三国惧其侵伐，不敢不从。湣王曰："寡人残燕灭宋，辟地千里，败梁割楚，威加诸侯。鲁、卫尽已称臣，泗上无不恐惧，且晚提一旅兼并二周，迁九鼎于临淄，正号天子，以令天下，谁敢违者？"孟尝君田文谏曰："宋王偃惟骄，故齐得而乘之，愿大王以宋为戒。夫周虽微弱，然号为共主，七国攻战，不敢及周，畏其名也。大王前去帝号不称，天下以此多齐之让。今忽萌代周之志，恐非齐福。"湣王曰："汤放桀，武王伐纣，桀、纣非其主乎？寡人何不如汤、武？惜子非伊尹、太公耳！"于是复收孟尝君相印。孟尝君惧诛，乃与其宾客走大梁，依公子无忌以居。

那公子无忌乃是魏昭王之少子，为人谦恭好士，接人惟恐不及。尝朝膳，有一鸠为鹞所逐，急投案下，无忌蔽之，视鹞去，乃纵鸠。谁知鹞隐于屋脊，见鸠飞出，逐而食之。无忌自咎曰："此鸠避患而投我，乃竟为鹯所杀，是我负此鸠也。"竟日不进膳。令左右捕鹯，共得百余头，各置一笼以献。无忌曰："杀鸠者止一鹯，吾何可累及他禽。"乃按剑于笼上，祝曰："不食鸠者，向我悲鸣，我则放汝。"群鹯皆悲鸣。独至一笼，其鹯低头不敢仰视，乃取而杀之，遂开笼放其余鹯。闻者叹曰："魏公子不忍负一鸠，忍负人乎？"由是士无贤愚，归之如市，食客亦三千余人，与孟尝君、平原君相亚。

魏有隐士，姓侯名嬴，年七十余，家贫，为大梁夷门监者，无忌闻其素行修洁，且好奇计，里中尊敬之，号为侯生。于是驾车往拜，以黄金二十镒为贽。侯生谢曰："嬴安贫自守，不妄受人一钱。今且老矣，宁为公子而改节乎？"无忌不能强，欲尊礼之，以示宾客，乃置酒大会。是日，魏宗室将相诸贵客毕集堂中，坐定，独虚左第一席。无忌命驾亲往夷门，迎侯生赴会。侯生登车，无忌揖之上坐，生略不谦逊，无忌执辔在旁，意甚恭敬。侯生又谓无忌曰："臣有客朱亥，在市屠中，欲往看之，公子能枉驾同一往否？"无忌曰："愿与先生偕往。"即命引车枉道入市。及屠门，侯生曰："公子暂止车中，老汉将下看吾客。"侯生下车，入亥家，与亥对坐肉案前，絮语移时，侯生时时睨视公子，公子颜色愈和，略无倦怠。时从骑数十余，见侯生絮语不休，厌之，多有窃骂者。侯生亦闻之，独视公子色终不变。乃与朱亥别，复登车，上坐如故。无忌以午牌出门，比回府，已申未矣。

诸贵客见公子亲往迎客，虚左以待，正不知甚处有名的游士，何方大国的使臣，俱办下一片敬心伺候，及久不见到，各各心烦意懒，忽闻报说："公子迎客已至。"众贵客敬心复萌，俱起坐出迎，睁眼相看。及客到，乃一白须老者，衣冠敝陋，无不骇然。无忌引侯生遍告宾客，诸贵客闻是夷门监者，意殊不以为然。无忌揖侯生就首席，侯生亦不谦让。酒至半酣，无忌手捧金卮为寿于侯生之前，侯生接卮在手，谓无忌曰："臣乃夷门抱关吏也，公子枉驾下辱，久立市中，毫无怠色，又尊臣于诸贵之上，于臣似为过分，然所以为此，欲成公子下士之名耳。"诸贵宾皆窃笑。席散，侯生遂为公子上客。侯生因荐朱亥之贤，无忌数往候见，朱亥绝不答拜，无忌亦不以为怪。其折节下士如此。

今日孟尝君至魏，独依无忌，正合着古语"同声相应，同气相求"八个字，自然情投意合。孟尝君原与赵平原君公子胜交厚，因使无忌结交于赵胜。无忌将亲姊嫁于平原君为夫人。于是魏、赵通好，而孟尝君居间为重。

齐湣王自孟尝君去后，益自骄矜，日夜谋代周为天子。时齐境多怪异：天雨血，方数百里，沾人衣，腥臭难当；又地坼数丈，泉水涌出；又有人当关而哭，但闻其声，不见其形。由是百姓惶惶，朝不保夕。大夫狐咺、陈举先后进谏，且请召还孟尝君。湣王怒而杀之，陈尸于通衢，以杜谏者。于是王蠋、太史敫等，皆谢病弃职，归隐乡里。

不知湣王如何结果，且看下回分解。

第九十五回
说四国乐毅灭齐，驱火牛田单破燕

话说燕昭王自即位之后，日夜以报齐雪耻为事，吊死问孤，与士卒同甘苦，尊礼贤士，四方豪杰，归者如市。有赵人乐毅，乃乐羊之孙，自幼好讲兵法。当初乐羊封于灵寿，子孙遂家焉。赵主父沙丘之乱，乐毅挈家去灵寿，奔大梁，事魏昭王，不甚信用。闻燕王筑黄金台，招致天下贤士，欲往投之，乃谋出使于燕。见燕昭王，说以兵法。燕王知其贤，待以客礼，乐毅谦让不敢当，燕王曰："先生生于赵，仕于魏，在燕固当为客。"乐毅曰："臣之仕魏，以避乱也，大王若不弃微末，请委质为燕臣。"燕王大喜，即拜毅为亚卿，位于剧辛诸人之上。乐毅悉召其宗族居燕，为燕人。

其时齐国强盛，侵伐诸侯。昭王深自韬晦，养兵恤民，待时而动。及湣王逐孟尝君，恣行狂暴，百姓弗堪；而燕国休养多年，国富民稠，士卒乐战。于是昭王进乐毅而问曰："寡人衔先人之恨，二十八年于兹矣。常恐一旦溘先朝露，不及剚刃于齐王之腹，以报国耻，终夜痛心。今齐王骄暴自恃，中外离心，此天亡之时。寡人欲起倾国之兵，与齐争一旦之命，先生何以教之？"乐毅对曰："齐国地大人众，士卒习战，未可独攻也。王必欲伐之，必与天下共图之。今燕之比邻，莫密于赵，王宜首与赵合，则韩必从。而孟尝君相魏，方恨齐，宜无不听。如是，而齐可攻也。"燕王曰："善。"乃具符节，使乐毅往说赵国。

平原君赵胜为言于惠文王，王许之。适秦国使者在赵，乐毅并说秦使者以伐齐之利。使者还报秦王。秦王忌齐之盛，惧诸侯背秦而事齐，于是复遣使者报赵，愿共伐齐之役。剧辛往说魏王，见孟尝君，孟尝君果主发兵，复为约韩与共事，俱与订期。于是燕王悉起国中精锐，使乐毅将之。秦将白起、赵将廉颇、韩将暴鸢、魏将晋鄙各率一军，如期而至。于是燕王命乐毅并护五国之兵，号为乐上将军，浩浩荡荡，杀奔齐国。齐湣王自将中军，与大将韩聂迎战于济水之西。乐毅身先士卒，四国兵将无不贾勇争奋，杀得齐兵尸横原野，流血成渠。韩聂被乐毅之弟乐乘所杀。诸军乘胜逐北，湣王大败，奔回临淄，连夜使人求救于楚，许尽割淮北之地为赂。一面检点军民，登城设守。秦、魏、韩、赵乘胜，各自分路收取边城，独乐毅自引燕军，长驱深入，所过宣谕威德，齐城皆望风而溃，势如破竹，大军直逼临淄。湣王大惧，遂与文武数十人，潜开北门而遁。行至卫国，卫君郊迎称臣。既入城，让正殿以居之，供具甚敬。湣王骄傲，待卫君不以礼。卫诸臣意不能平，夜往掠其辎重，湣王怒，欲俟卫君来见，责以捕盗。卫君是日竟不朝见，亦不复给廪饩。湣王甚愧，候至日昃，饿甚，恐卫君图己，与夷维数人连夜逃去。从臣失主，一时皆四散奔走。

湣王不一日逃至鲁关，关吏报知鲁君。鲁君遣使者出迎，夷维谓曰："鲁何以待吾君？"对曰："将以十太牢待子之君。"夷维曰："吾君，天子也。天子巡狩，诸侯辟宫，朝夕亲视膳于堂下，天子食已,乃退而听朝,岂止十牢之奉而已!"使者回复鲁君,鲁君大怒,闭关不纳。复至邹,值邹君方死,湣王欲入行吊。夷维谓邹人曰:"天子下吊,主人必背其殡棺,立西阶,北面而哭,天子乃于阼阶上,南面而吊之。"邹人曰:"吾国小,不敢烦天子下吊。"亦拒之不受。湣王计穷。夷维曰:"闻莒州尚完,何不往?"乃奔莒州,金兵城守,以拒燕军。乐毅遂破临淄,尽收取齐之财物祭器,并查旧日燕国重器前被齐掠者,大车装载,俱归燕国。燕昭王大悦,亲至济上,大犒三军,封乐毅于昌国,号昌国君。燕昭王返国,独留乐毅于齐,以收齐之余城。

齐之宗人有田单者,有智术,知兵,湣王不能用,仅为临淄市掾。燕王入临淄,城中之人纷纷逃窜。田单与同宗逃难于安平,尽截去其车轴之头,略与毂平,而以铁叶裹轴,务令坚固。人皆笑之。未几,燕兵来攻安平,城破,安平人复争窜,乘车者捱挤,多因轴头相触,不能疾驱,或轴折车覆,皆为燕兵所获。惟田氏一宗,以铁笼坚固,且不碍,竟得脱,奔即墨去讫。

乐毅分兵略地,至于画邑,闻故太傅王蠋家在画邑,传令军中,环画邑三十里不许入犯。使人以金币聘蠋,欲荐于燕王。王蠋辞老病,不肯往。使者曰:"上将军有令:'太傅来,即用为将,封以万家之邑;不行,且引兵屠邑。'"蠋仰天叹曰:"忠臣不事二君,烈女不更二夫。齐王疏斥忠谏,故吾退而耕于野。今国破君亡,吾不能存,而又劫吾以兵,吾与其不义而存,不若全义而亡!"遂自悬其头于树上,举身一奋,颈绝而死。乐毅闻之叹息,命厚葬之,表其墓曰"齐忠臣王蠋之墓"。

乐毅出兵六个月,所攻下齐地共七十余城,皆编为燕之郡县,惟莒州与即墨坚守不下。毅乃休兵享士,除其暴令,宽其赋役,又为齐桓公、管夷吾立祠设祭，访求逸民，齐民大悦。乐毅之意，以为齐止二城，在掌握之中，终不能成大事，且欲以恩结之，使其自降，故不极其兵力。此周赧王三十一年事也。

却说楚顷襄王见齐使者来请救兵，许尽割淮北之地，乃命大将淖齿，率兵二十万，以救齐为名，往齐受地，谓淖齿曰："齐王急而求我，卿往彼可相机而行，惟有利于楚，可以便宜从事。"淖齿谢恩而出，率兵从齐湣王于莒州。湣王德淖齿，立以为相国，大权皆归于齿。齿见燕兵势盛，恐救齐无功，获罪二国，乃密遣使私通乐毅，欲弑齐王，与燕中分齐国，使燕人立己为王。乐毅回报曰："将军诛无道，以自立功名，桓、文之业，不足道也，所请惟命。"淖齿大悦，乃大陈兵于鼓里，请湣王阅兵。湣王既至，遂执而数其罪曰："齐有亡征三，雨血者，天以告也；地坼者，地以告也；有人当阙而哭，人以告也。王不知省戒，戮忠废贤，希望非分。今全齐尽失，而偷生于一城，尚欲何为？"湣王俯首不能答。夷维拥王而哭，淖齿先杀夷维，乃生擢王筋，悬于屋梁之上，三日而后气绝。湣王之得祸，亦惨矣哉！淖齿回莒州，欲觅王世子杀之，不得齿乃为表奏燕王，自陈其功，使人送于乐毅，求其转达。是时莒州与临淄，阴自相通，往来无禁。

却说齐大夫王孙贾，年十二岁，丧父，止有老母。湣王怜而官之。湣王出奔，贾亦从行，在卫相失，不知湣王下处，遂潜自归家。其老母见之，问曰："齐王何在？"贾对曰："儿从王于卫，王中夜逃出，已不知所之矣。"老母怒曰："汝朝去而晚回，则吾倚门而望；汝暮出而不还，则吾倚闾而望。君之望臣，何异母之望子？汝为齐王之臣，王昏夜出走，汝不知其处，尚何归乎？"贾大愧，复辞老母，踪迹齐王，闻其在莒州，趋往从之。比至莒州，知齐王已为淖齿所杀，贾乃袒其左肩，呼于市中曰："淖齿相齐而弑其君，为臣不忠。有愿与吾诛讨其罪者，依吾左袒！"市人相顾曰："此人年幼，尚有忠义之心，吾等好义者，皆当从之。"一时左袒者，四百余人。时楚兵虽众，皆分屯于城外。淖齿居齐王之宫，方酣饮，使妇人奏乐为欢。兵士数百人，列于宫外。王孙贾率领四百人，夺兵士器仗，杀入宫中，擒淖齿剁为肉酱，因闭城坚守。楚兵无主，一半逃散，一半投降于燕国。

再说齐世子法章，闻齐王遇变，急更衣为穷汉，自称临淄人王立，逃难无归，投太史敫家为佣工，与之灌园，力作辛苦，无人知其为贵介者。太史敫有女，年及笄，偶游园中，见法章之貌，大惊曰："此非常人，何以屈辱于此？"使侍女叩其来历。法章惧祸，坚不肯吐。太史女曰："白龙鱼服，畏而自隐，异日富贵，不可言也！"时时使侍女给其衣食，久益亲近。法章因私露其迹于太史女，女遂与订夫妇之约，因而私通，举家俱不知也。时即墨守臣病死，军中无主，欲择知兵者，推戴为将，而难其人。有人知田单铁笼得全之事，言其才可将，乃共拥立为将军。田单身操版锸，与士卒同操作，宗族妻妾皆编于行伍之间。城中人畏而爱之。

再说齐诸臣四散奔逃，闻王蠋死节之事，叹曰："彼已告者，尚怀忠义之心，我辈见立齐朝，坐视君亡国破，不图恢复，岂得为人？"乃共走莒州，投王孙贾，相与访求世子。岁余，法章知其诚，乃出自言曰："我实世子法章也。"太史敫报知王孙贾，乃具法驾迎之即位，是为襄王。告于即墨，相约为犄角，以拒燕兵。乐毅围之，三年不克，乃解围退九里，建立军垒，令曰："城中民有出樵采者，听之，不许擒拿，其有困乏饥饿者食之，寒者衣之。"欲使感恩悦附。不在话下。

且说燕大夫骑劫颇有勇力，亦喜谈兵，与太子乐资相善。觊得兵权，谓太子曰："齐王已死，城之不拔者，惟莒与即墨耳。乐毅能于六月间，下齐七十余城，何难于二邑？所以不肯即拔者，以齐人未附，欲徐以恩威结齐，不久当自立为齐王矣。"太子乐资述其言于昭王，昭王怒曰："吾先王之仇，非昌国君不能报，即使真欲王齐，于功岂不当耶？"乃笞乐资二十，遣使持节至临淄，即拜乐毅为齐王。毅感泣，以死自誓，不受命。昭王曰："吾固知毅之本心，决不负寡人也。"昭王好神仙之术，使方士炼金石为神丹，服之，久而内热发病，遂薨，太子乐资嗣位，是为惠王。田单每使细作入燕窥觇事情，闻骑劫谋代乐毅，及燕太子被笞之事，叹曰："齐之恢复，其在燕后王乎！"及燕惠王立，田单使人宣言于燕国曰："乐毅久欲王齐，以受燕先王厚恩不忍背，故缓攻二城，以待其事。今新王即位，且与即墨连和，齐人所惧，惟恐他将来，则即墨残矣。"燕惠王久疑乐毅，及闻流言与骑劫之言相合，因信为然，乃使骑劫往代乐毅，而召毅归国。毅恐见诛，曰："我赵人也。"遂弃其家，西奔赵国。赵王封乐毅于观津，号望诸君。

骑劫既代将，尽改乐毅之令，燕军俱愤怨不服。骑劫住垒三日，即率师往攻即墨，围其城数匝，城中设守愈坚。田单晨起谓城中人曰："吾夜来梦见上帝告我云：齐当复兴，燕当即败。不日当有神人为我军师，战无不克。"有一小卒悟其意，趋近单前，低语曰："臣可以为师否？"言毕，即疾走，田单急起持之，谓人曰："吾梦中所见神人，即此是也。"乃为小卒易衣冠，置之幕中上坐，北面而师事之。小卒曰："臣实无能。"田单曰："子勿言。"因号为"神师"。每出一约束，必禀命于神师而行，谓城中人曰："神师有令，凡食者必先祭其先祖于庭，当得祖宗阴力相助。"城中人从其教。飞鸟见庭中祭品，悉翔舞下食，如此早暮二次。燕军望见，以为怪异，闻有神君下教，因相与传说，谓齐得天助，不可敌，敌之违天，皆无战心。单复使人扬乐毅之短曰："昌国君太慈，得齐人不杀，故城中不怕，若劓其鼻而置之前行，即墨人苦死矣！"骑劫信之，将降卒尽劓其鼻。城中人见降者割鼻，大惧，相戒坚守，惟恐为燕人所得。田单又扬言："城中人家坟墓皆在城外，倘被燕人发掘，奈何？"骑劫又使兵卒尽掘城外坟墓，烧死人，暴骸骨。即墨人从城上望见，皆涕泣，欲食燕人之肉，相率来军门，请出一战，以报祖宗之仇。田单知士卒可用，乃精选强壮者五千人，藏匿于民间，其余老弱同妇女轮流守城。遣使送款于燕军，言："城中食尽，将以某日出降。"骑劫谓诸将曰："我比乐毅何如？"诸将皆曰："胜毅多倍。"军中悉踊跃呼："万岁！"田单又收民间金得千镒，使富家私遗燕将，嘱以城下之日，求保全家小。燕将大喜，受其金，各付小旗，使插于门上，以为记认。全不准备，呆呆的只等田单出降。单乃使人收取城中牛共千余头，制为绛缯之衣，画以五色龙文，披于牛体，将利刃束于牛角，又将麻苇灌下膏油，束于牛尾，拖后如巨帚，于约降前一日，安排停当。众人皆不解其意。田单椎牛具酒，候至日落黄昏，召五千壮卒饱食，以五色涂面，各执利器，跟随牛后。使百姓凿城为穴，凡数十处，驱牛从穴中出，用火烧其尾帚。火热渐迫牛尾，牛怒，直奔燕营，五千壮卒衔枚随之。

燕军信为来日受降入城，方夜，皆安寝，忽闻驰骤之声，从梦中惊起。那寻炬千余，光明照耀，如同白日，望之皆龙文五采，突奔前来，角刃所触，无不死伤，军中扰乱。那一伙壮卒，不言不语，大刀阔斧，逢人便砍，虽只五千个人，慌乱之中，恰像几万一般。况且向来听说神师下教，今日神头鬼脸，不知何物。田单又亲率城中人鼓噪而来，老弱妇女皆击铜器为声，震天动地，一发胆都吓破了，脚都吓软了，那个还敢相持！真个人人逃窜，个个奔忙，自相蹂踏，死者不计其数。骑劫乘车落荒而走，正遇田单，一戟刺死。燕军大败。此周赧王三十六年事也。史官有诗云：

火牛奇计古今无，毕竟机乘骑劫愚。
假使金台不易将，燕齐胜负竟何如？

田单整顿队伍，乘势追逐，战无不克。所过城邑，闻齐兵得胜，燕将已死，尽皆叛燕而归齐。田单兵势日盛，掠地直逼河上，抵齐北界，燕所下七十余城，复归于齐。众军将以田单功大，欲奉为王。田单曰："太子法章自在莒州，吾疏族，安敢自立？"于是迎法章于莒。王孙贾为法章御车，至于临淄，收葬湣王，择日告庙临朝。襄王谓田单曰："齐国危而复安，亡而复存，皆叔父之功也。叔父知名始于安平，今封叔父为安平君，食邑万户。"王孙贾拜爵亚卿。迎太史女为后，是为君王后。那时太史敫方知其女先以身许法章，怒曰："汝不取媒而自嫁，非吾种也！"终身誓不复相见，齐襄王使人益其官禄，皆不受。惟君王后岁时遣人候省，未尝缺礼。此是后话。

时孟尝君在魏，让相印于公子无忌，魏封无忌为信陵君。孟尝君退居于薛，比于诸侯，与平原君、信陵君相善。齐襄王畏之，复遣使迎为相国，孟尝君不就。于是与之连和通好，孟尝君往来于齐、魏之间。其后，孟尝君死，无子，诸公子争立。齐、魏共灭薛，分其地。

再说燕惠王自骑劫兵败，方知乐毅之贤，悔之无及，使人遗毅书谢过，欲招毅还国。毅答书不肯归。燕王恐赵用乐毅以图燕，乃复以毅子乐间袭封昌国君，毅从弟乐乘为将军，并贵重之。毅遂合燕、赵之好，往来其间，二国皆以毅为客卿。毅终于赵。时廉颇为赵大将，有勇，善用兵，诸侯皆惮之。秦兵屡侵赵境，赖廉颇力拒，不能深入，秦乃与赵通好。

不知后事如何，且看下回分解。

第九十六回
蔺相如两屈秦王，马服君单解韩围

却说赵惠文王宠用一个内侍，姓缪名贤，官拜宦者令，颇干预政事。忽一日，有外客以白璧来求售，缪贤爱其玉色光润无瑕，以五百金得之，以示玉工。玉工大惊曰："此真和氏之璧也。楚相昭阳因宴会偶失此璧，疑张仪偷盗，捶之几死，张仪以此入秦。后昭阳悬千金之赏，购求此璧，盗者不敢出献，竟不可得。今日无意中落于君手，此乃无价之宝，须什袭珍藏，不可轻示于人也。"缪贤曰："虽然，良玉何以遂为无价？"玉工曰："此玉置暗处，自然有光，能却尘埃，辟邪魅，名曰'夜光之璧'；若置之座间，冬月则暖，可以代炉，夏月则凉；百步之内，蝇蚋不入。有此数般奇异，他玉不及，所以为至宝。"缪贤试之，果然，乃制为宝椟，藏于内笥。早有人报知赵王，言："缪中侍得和氏璧。"赵王问缪贤取之，贤爱璧不即献，赵王怒，因出猎之便，突入贤家，搜其室，得宝椟，收之以去。缪贤恐赵王治罪诛之，欲出走，其舍人蔺相如牵衣问曰："君今何往？"贤曰："吾将奔燕。"相如曰："君何以受知于燕王，而轻身往投也？"缪贤曰："吾昔年尝从大王与燕王相会于境上，燕王私握吾手曰:'愿与君结交。'以此相知,故欲往。"相如谏曰:"君误矣。夫赵强而燕弱,而君得宠于赵王,故燕王欲与君结交,非厚君也,因君以厚于赵王也。今君得罪于王,亡命走燕,燕畏赵王之讨,必将束缚君以媚于赵王,君其危矣!"缪贤曰:"然则如何?"相如曰:"君无他大罪,惟不早献璧耳。若肉袒负斧锧,叩首请罪,王必赦君。"缪贤从其计,赵王果赦贤不诛。贤重相如之智,以为上客。

再说玉工偶至秦国,秦昭襄王使之治玉,玉工因言及和氏之璧,今归于赵。秦王问:"此璧有甚好处?"玉工如前夸奖。秦王想慕之甚,思欲一见其璧。时昭襄王之母舅魏冉为丞相,进曰:"王欲见和璧,何不以酉阳十五城易之?"秦王讶曰:"十五城,寡人所惜也,奈可易一璧哉?"魏冉曰:"赵之畏秦久矣。大王若以城易璧,赵不敢不以璧来,来则留之。是易城者名也,得璧者实也。王何患失城乎?"秦王大喜,即为书致赵王,命客卿胡伤为使。书略曰:

寡人慕和氏璧有日矣,未得一见。闻君王得之,寡人不敢轻请,愿以酉阳十五城奉酬,惟君王许之。

赵王得书,即召大臣廉颇等商议。欲予秦,恐其见欺,璧去城不可得;欲勿予,又恐触秦之怒。诸大臣或言不宜与,或言宜与,纷纷不决。李克曰:"遣一智勇之士,怀璧以往,得城则授璧于秦,不得城仍以璧归赵,方为两全。"赵王目视廉颇,颇俯首不语。宦者令缪贤进曰:"臣有舍人姓蔺名相如,此人勇士,且有智谋,若求使秦,无过此人。"赵王即命缪贤召蔺相如至。相如拜谒已毕,赵王问曰:"秦王请以十五城易寡人之璧,先生以为可许否?"相如曰:"秦强赵弱,不可不许。"赵王曰:"倘璧去城不可得,如何?"相如对曰："秦以十五城易璧，价厚矣，如是赵不许璧，其曲在赵。赵不待入城而即献璧，礼恭矣，如是而秦不予城，其曲在秦。"赵王曰："寡人欲求一人使秦，保护此璧，先生能为寡人一行乎？"相如曰："大王必无其人，臣愿奉璧以往。若城入于赵，臣当以璧留秦；不然，臣请完璧归赵。"赵王大喜，即拜相如为大夫，以璧授之。

相如奉璧西入咸阳。秦昭襄王闻璧至，大喜，坐章台之上，大集群臣，宣相如入见。相如留下宝椟，只用锦袱包裹，两手捧定，再拜奉上秦王。秦王于是展开锦袱观看，但见纯白无瑕，宝光闪烁，雕镂之处，天成无迹，真希世之珍矣！秦王饱看了一回，啧啧叹息，因付左右群臣递相传示，群臣看毕，皆罗拜称："万岁！"秦王命内侍重将锦袱包裹，传与后宫美人玩之，良久送出，仍归秦王案上。蔺相如从旁伺候，良久并不见说起偿城之话，相如心生一计，乃前奏曰："此璧有微瑕，臣请为大王指之。"秦王命左右以璧传与相如。相如得璧在手，连退数步，靠在殿柱之上，睁开双目，怒气勃不可遏，谓秦王曰："和氏之璧，天下之至宝也！大王欲得璧，发书至赵，寡君悉召群臣计议，群臣皆曰：'秦自负其强，以空言求璧，恐璧往城不可得，不如勿许。'臣以为：'布衣之交，尚不相欺，况万乘之君乎？奈何以不肖之心待人，而得罪于大王？'于是寡君乃斋戒五日，然后使臣奉璧拜送于庭，敬之至也。今大王见臣，礼节甚倨，坐而受璧，左右传观，复使后宫美人玩弄，亵渎殊甚，以此知大王无偿城之意矣。臣所以复取璧也。大王必欲迫臣，臣头今与璧俱碎于柱，宁死不使秦得璧。"于是持其璧睨柱，欲以击柱。秦王惜璧，恐其碎之，乃谢曰："大夫无然，寡人岂敢失信于赵。"即召有司取地图来，秦王指示，从某处至某处共十五城予赵。相如心中暗想："此乃秦王欲诳取璧，非真情。"乃谓秦王曰："寡君不敢爱希世之宝，以得罪于大王，故临遣臣时，斋戒五日，遍召群臣，拜而遣之。今大王亦宜斋戒五日，陈设车辂文物，具左右威仪，臣乃敢上璧。"秦王曰："诺。"乃命斋戒五日，送相如于公馆安歇。相如抱璧至馆，又想道："我曾在赵王面前夸口：'秦若不偿城，愿完璧归赵。'今秦王虽然斋戒，倘得璧之后，仍不偿城，何面目回见赵王？"乃命从者穿粗褐衣，装作贫人模样，将布袋缠璧于腰，从径路窃走，附奏于赵王曰："臣恐秦欺赵，无意偿城，谨遣从者归璧大王。臣待罪于秦，死不辱命。"赵王曰："相如果不负所言矣！"

再说秦王假说斋戒，实未必然。过五日，升殿陈设礼物，令诸侯使者皆会，共观受璧，欲以夸示列国。使赞礼引赵国使臣上殿，蔺相如从容徐步而入，谒见已毕，秦王见相如手中无璧，问曰："寡人已斋戒五日，敬受和璧，今使者不持璧来，何故？"相如奏曰："秦自穆公以来，共二十余君，皆以诈术用事，远则杞子欺郑，孟明欺晋；近则商鞅欺魏，张仪欺楚。往事历历，从无信义。臣今者惟恐见欺于王，以负寡君，已令从者怀璧从间道还赵矣。臣当死罪。"秦王怒曰："使者谓寡人不敬，故寡人斋戒受璧，使者以璧归赵，是明欺寡人也。"叱左右前缚相如。相如面不改色，奏曰："大王请息怒，臣有一言。今日之势，秦强赵弱，但有秦负赵之事，决无赵负秦之理。大王真欲得璧，先割十五城予赵，随一介之使，同臣往赵取璧，赵岂敢得城而留璧，负不信之名，以得罪于大王哉？臣自知欺大王之罪，罪当万死。臣已寄奏寡君，不望生还矣。请就鼎镬之烹，令诸侯皆知秦以欲璧之故，而诛赵使，曲直有所在矣！"秦王与群臣面面相觑，不能吐一语。诸侯使者旁观，皆为相如危惧。左右欲牵相如去，秦王喝住，谓群臣曰："即杀相如，璧未可得，徒负不义之名，绝秦、赵之好。"乃厚待相如，礼而归之。髯翁读史至此，论秦人攻城取邑，列国无可奈何，一璧何足为重？相如之意，只恐被秦王欺赵得璧，便小觑了赵国，将来难以立国，倘索地索贡，不可复拒，故于此显个力量，使秦王知赵国之有人也。

蔺相如既归，赵王以为贤，拜上大夫。其后秦竟不予赵城，赵亦不与秦璧。秦王心中终不释然于赵，复遣使约赵王于西河外渑池之地，共为好会。赵王曰："秦以会欺楚怀王，锢之咸阳，至今楚人伤心未已。今又来约寡人为会，得无以怀王相待乎？"廉颇与蔺相如计议曰："王若不行，示秦以弱。"乃共奏曰："臣相如愿保驾前往，臣颇愿辅太子居守。"赵王喜曰："相如且能完璧，况寡人乎？"平原君赵胜奏曰："昔宋襄公以乘车赴会，为楚所劫。鲁君与齐会于夹谷，具左右司马以从。今保驾虽有相如，请精选锐卒五千扈从，以防不虞，再用大军离三十里屯扎，方保万全。"赵王曰："五千锐卒，何人为将？"赵胜对曰："臣所知田部吏李牧者，真将才也！"赵王曰："何以见之？"赵胜对曰："李牧为田部吏，取租税，臣家过期不纳，牧以法治之，杀臣司事者九人。臣怒责之，牧谓臣曰：'国之所恃者，法也。今纵君家而不奉公，则法削，法削则国弱。而诸侯加兵，赵且不保其国，君安得保其家乎？以君之贵，奉公如法，法立而国强，长保富贵，岂不善耶？'此其识虑非常，臣是以知其可将也。"赵王即用李牧为中军大夫，使率精兵五千扈从同行，平原君以大军继之。廉颇送至境上，谓赵王曰："王入虎狼之秦，其事诚不测。今与王约，度往来道路，与夫会遇之礼毕，为期不过三十日耳，若过期不归，臣请如楚国故事，立太子为王，以绝秦人之望。"赵王许诺。遂至渑池，秦王亦到，各归馆驿。

至期，两王以礼相见，置酒为欢。饮至半酣，秦王曰："寡人窃闻赵王善于音乐，寡人有宝瑟在此，请赵王奏之。"赵王面赤，然不敢辞。秦侍者将宝瑟进于赵王之前，赵王为奏《湘灵》一曲，秦王称善不已。鼓毕，秦王曰："寡人闻赵之始祖烈侯好音，君王真得家传矣。"乃顾左右，召御史使载其事。秦御史秉笔取简，书曰："某年月日，秦王与赵王会于渑池，令赵王鼓瑟。"蔺相如前进曰："赵王闻秦王善于秦声，臣谨奉盆缶，请秦王击之，以相娱乐。"秦王怒，色变不应。相如即取盛酒瓦器，跪请于秦王之前。秦王不肯击，相如曰："大王恃秦之强乎？今五步之内，相如得以颈血溅大王矣！"左右曰："相如无礼！"欲前执之。相如张目叱之，须发皆张，左右大骇，不觉倒退数步。秦王意不悦，然心惮相如，勉强击缶一声。相如方起，召赵御史亦书于简曰："某年月日，赵王与秦王会于渑池，令秦王击缶。"秦诸臣意不平，当筵而立，请于赵王曰："今日赵王惠顾，请王割十五城为秦王寿。"相如亦请于秦王曰："礼尚往来，赵既进十五城于秦，秦不可不报，亦愿以秦之咸阳为赵王寿。"秦王曰："吾两君为好，诸君不必多言。"乃命左右，更进酒献酬，假意尽欢而罢。秦客卿胡伤等密劝拘留赵王及蔺相如，秦王曰："谍者言：'赵设备甚密。'万一其事不济，为天下笑。"乃益敬重赵王，约为兄弟，永不侵伐，使太子安国君之子，名异人者，为质于赵。群臣皆曰："约好足矣，何必送质。"秦王笑曰："赵方强，未可图也，不送质，则赵不相信。赵信我，其好方坚，我乃得专事于韩矣。"群臣乃服。

赵王辞秦王而归，恰三十日。赵王曰："寡人得蔺相如，身安于泰山，国重于九鼎。相如功最大，群臣莫及。"乃拜为上相，班在廉颇之右。廉颇怒曰："吾有攻城野战之大功，相如徒以口舌微劳，位居吾上，且彼乃宦者舍人，出身微贱，吾岂甘为之下乎？今见相如，必击杀之。"相如闻廉颇之言，每遇公朝，托病不往，不肯与颇会。舍人俱以相如为怯，窃议之。偶一日，蔺相如出外，廉颇亦出，相如望见廉颇前导，忙使御者引车避匿旁巷中去，俟廉颇车过方出。舍人等益忿，相约同见相如，谏曰："臣等抛井里，弃亲戚，来君之门下者，以君为一时之丈夫，故相慕悦而从之。今君与廉将军同列，班况在右，廉君口出恶言，君不能报，避之于朝，又避之于市，何畏之甚也？臣等窃为君羞之，请辞去。"相如固止之曰："吾所以避廉将军者有故，诸君自不察耳。"舍人等曰："臣等浅近无知，乞君明言其故。"相如曰："诸君视廉将军孰若秦王？"诸舍人皆曰："不若也。"相如曰："夫以秦王之威，天下莫敢抗，而相如廷叱之，辱其群臣。相如虽驽，独畏一廉将军哉？顾吾念之，强秦所以不敢加兵于赵者，徒以吾两人在也。今两虎共斗，势不俱生，秦人闻之，必乘间而侵赵。吾所以强颜引避者，国计为重，而私仇为轻也。"舍人等乃叹服。未几，蔺氏之舍人与廉氏之客，一日在酒肆中，不期而遇，两下争坐。蔺氏舍人曰："吾主君以国家之故，让廉将军。吾等亦宜体主君之意，让廉氏客。"于是廉氏益骄。

河东人虞卿游赵，闻蔺氏舍人述相如之语，乃说赵王曰："王今日之重臣，非蔺相如、廉颇乎？"王曰："然。"虞卿曰："臣闻前代之臣，师师济济，同寅协恭，以治其国。今大王所恃重臣二人，而使自相水火，非社稷之福也。夫蔺氏愈益让，而廉氏不能谅其情。廉氏愈益骄，而蔺氏不敢折其气。在朝则有事不共议，为将则有急不相恤，臣窃为大王忧之。臣请合廉、蔺之交，以为大王辅。"赵王曰："善。"

虞卿往见廉颇，先颂其功，廉颇大喜。虞卿曰："论功则无如将军矣，论量则还推蔺君。"廉颇勃然曰："彼懦夫以口舌取功名，何量之有哉？"虞卿曰："蔺君非懦士也，其所见者大。"因述相如对舍人之言，且曰："将军不欲托身于赵则已，若欲托身于赵，而两大臣一让一争，恐盛名之归，不在将军也。"廉颇大惭曰："微先生之言，吾不闻过，吾不及蔺君远矣。"因使虞卿先道意于相如，颇肉袒负荆，自造于蔺氏之门，谢曰："鄙人志量浅狭，不知相国能宽容至此，死不足赎罪矣。"因长跪庭中。相如趋出引起曰："吾二人比肩事主，为社稷臣，将军能见谅，已幸甚，何烦谢为。"廉颇曰："鄙性粗暴，蒙君见容，惭愧无地。"因相持泣下。相如亦泣。廉颇曰："从今愿结为生死之交，虽刎颈不变。"颇先下拜，相如答拜。因置酒筵款待，极欢而罢。后世称刎颈之交，正谓此也。无名子有诗云：

引车趋避量诚洪，肉袒将军志亦雄。
今日纷纷竞门户，谁将国计置胸中？

赵王赐虞卿黄金百镒，拜为上卿。

是时，秦大将军白起击破楚军，收郢都，置南郡。楚顷襄王败走，东保于陈。大将魏冉复攻取黔中，置黔中郡，楚益衰削。乃使太傅黄歇侍太子熊完，入质于秦以求和。白起等复攻魏，至于大梁，梁遣大将暴鸢迎战，败绩，斩首四万。魏献三城以和。秦封白起为武安君。未几，客卿胡伤复攻魏，败魏将芒卯，取南阳，置南阳郡，秦王以赐魏冉，号为穰侯。复遣胡伤帅师二十万伐韩，围阏与。韩釐王遣使求救于赵。赵惠文王聚集群臣商议："韩可救与否？"蔺相如、廉颇、乐乘皆言："阏与道险且狭，救之不便。"平原君赵胜曰："韩、魏唇齿相蔽，不救则还戈即向赵矣！"赵奢嘿然无言。赵王独问之，奢对曰："道险且狭，譬如两鼠斗于穴中，将勇者胜。"赵王乃选军五万，使奢帅之救韩。出邯郸东门三十里，传令立壁垒下寨。安插已定，又出令曰："有言及军事者斩！"闭营高卧，军中寂然。秦军鼓噪勒兵，声如震霆，阏与城中，屋瓦皆为振动。军吏一人来报，秦兵如此凶猛。赵奢以为犯令，立斩之以徇。留二十八日不行，日使人增垒浚沟，为自固计。

秦将胡伤闻有赵兵来救，不见其来，再使谍人探听，报云："赵果有救兵，乃大将赵奢也，出邯郸城三十里，即立垒下寨不进。"胡伤未信，更使亲近左右直入赵军，谓赵奢曰："秦攻阏与，旦暮且下矣，将军能战，即速来！"赵奢曰："寡君以邻邦告急，遣某为备，某何敢与秦战乎？"因具酒食厚款之，使周视壁垒。秦使者还报胡伤。胡伤大喜曰："赵兵去国才三十里，而坚壁不进，乃增垒自固，已无战情，阏与必为吾有矣。"遂不为御赵之备，一意攻韩。

赵奢既遣秦使，约三日，度其可至秦军，遂出令选骑兵善射惯战者万人为前锋，大军在后，衔枚卷甲，昼夜兼行，二日一夜及韩境，去阏与城十五里，复立军垒。胡伤大怒，留兵一半围城，悉起老营之众，前来迎敌。赵营军士许历书一简，上为"请谏"二字，跪于营前。赵奢异之，命刊去前令，召入曰："汝欲何言？"许历曰："秦人不意赵师卒至，此其来气盛，元帅必厚集其阵，以防冲突，不然必败。"赵奢曰："诺。"即传令列阵以待。许历又曰："《兵法》：'得地利者胜。'阏与形势惟北山最高，而秦将不知据守，此留以待元帅也，宜速据之。"赵奢又曰："诺。"即命许历引军万人，屯据北山岭上，凡秦兵行动，一望而知。

胡伤兵到，便来争山。山势崎岖，秦兵胆大的，有几个上前，都被赵军飞石击伤。胡伤咆哮大怒，指挥军将四下寻路，忽闻鼓声大振,赵奢引军杀到,胡伤命分军拒敌。赵奢将射手万人分为二队,左右各五千人,向秦军乱射。许历驱万人,从山顶上趁势杀下,喊声如雷,前后夹攻,杀得秦军如天崩地裂,没处躲闪,大败而奔。胡伤马蹶坠下,几为赵兵所获,却遇兵尉斯离引军刚到,抵死救出。赵奢追至五十里,秦军屯扎不住,只得望西逃奔,遂解阏与之围。韩釐王亲自劳军,致书称谢赵王。赵王封奢为马服君,位与蔺相如、廉颇相并,赵奢荐许历之才,以为国尉。

赵奢子赵括,自少喜谈兵法,家传《六韬》《三略》之书,一览而尽,尝与父奢论兵,指天画地,目中无人,虽奢亦不能难也。其母喜曰:"有子如此,可谓将门出将矣!"奢蹴然不悦曰:"括不可为将。赵不用括,乃社稷之福耳。"母曰:"括尽读父书,其谈兵自以为天下莫及,子曰'不可为将',何故?"奢曰:"括自谓天下莫及,此其所以不可为将也。夫兵者,死地,战战兢兢,博咨于众,犹惧有遗虑;而括易言之。若得兵权,必果于自用,忠谋善策,无由而入,其败必矣。"母以奢之语告括,括曰:"父年老而怯,宜有是言也。"后二岁,赵奢病笃,谓括曰:"兵凶战危,古人所戒,汝父为将数年,今日方免败衄之辱,死亦瞑目。汝非将才,切不可妄居其位,自坏家门。"又嘱括母曰:"异日若赵王召括为将,汝必述吾遗命辞之,丧师辱国,非细事也!"言讫而终。赵王念奢之功,以括嗣马服君之职。

未知后事如何,且看下回分解。

第九十七回
死范雎计逃秦国，假张禄延辱魏使

话说大梁人范雎字叔，有谈天说地之能，安邦定国之志。欲求事魏王，因家贫，不能自通，乃先投于中大夫须贾门下，用为舍人。当初，齐湣王无道，乐毅纠合四国一同伐齐，魏亦遣兵助燕。及田单破燕复齐，齐襄王法章即位，魏王恐其报复，同相国魏齐计议，使须贾至齐修好。贾使范雎从行。齐襄王问于须贾曰："昔我先王与魏同兵伐宋，声气相投；及燕人残灭齐国，魏实与焉。寡人念先王之仇，切齿腐心。今又以虚言来诱寡人，魏反复无常，使寡人何以为信？"须贾不能对，范雎从旁代答曰："大王之言差矣。先寡君之从于伐宋，以奉命也。本约三分宋国，上国背约，尽收其地，反加侵虐，是齐之失信于敝邑也。诸侯畏齐之骄暴无厌，于是昵就燕人。济西之战，五国同仇，岂独敝邑？然敝邑不为已甚，不敢从燕于临淄，是敝邑之有礼于齐也。今大王英武盖世，报仇雪耻，光启前人之绪，寡君以为桓、威之烈必当再振，可以上盖湣王之愆，垂休无穷，故遣下臣贾来修旧好。大王但知责人，不知自反，恐湣王之覆辙，又见于今矣。"齐襄王愕然起谢曰："是寡人之过也。"

第九十七回 死范睢计逃秦国，假张禄延辱魏使

即问须贾："此位何人？"须贾曰："臣之舍人范睢也。"齐王顾盼良久，乃送须贾于公馆，厚其廪饩。使人阴说范睢曰："寡君慕先生人才，欲留先生于齐，当以客卿相处，万望勿弃。"范睢辞曰："臣与使者同出，而不与同入，不信无义，何以为人？"齐王益爱重之，复使人赐范睢黄金十斤及牛酒。睢固辞不受，使者再四致齐王之命，坚不肯去，睢不得已，乃受牛酒而还其金，使者叹息而去。

早有人报知须贾，须贾召范睢问曰："齐使者为何而来？"范睢曰："齐王以黄金十斤及牛酒赐臣，臣不敢受，再四相强，臣止留其牛酒。"须贾曰："所以赐子者何故？"范睢曰："臣不知，或者以臣在大夫之左右，故敬大夫以及臣耳。"须贾曰："赐不及使者而独及子，必子与齐有私也。"范睢曰："齐王先曾遣使，欲留臣为客卿。臣峻拒之。臣以信义自矢，岂敢有私哉。"须贾疑心益甚。

使事既毕，须贾同范睢还魏。贾遂言于魏齐曰："齐王欲留舍人范睢为客卿，又赐以黄金、牛酒，疑以国中阴事告齐，故有此赐也。"魏齐大怒，乃会宾客，使人擒范睢，即席讯之。睢至，伏于阶下。魏齐厉声问曰："汝以阴事告齐乎？"范睢曰："怎敢。"魏齐曰："汝若无私于齐，齐王安用留汝？"睢曰："留果有之，睢不从也。"魏齐曰："然则黄金、牛酒之赐，子何受之？"睢曰："使者十分相强，睢恐拂齐王之意，勉受牛酒，其黄金十斤，实不曾收。"魏齐咆哮大喝曰："卖国贼！还要多言！即牛酒之赐，亦岂无因？"呼狱卒缚之，决脊一百，使招承通齐之语。范睢曰："臣实无私，有何可招？"魏齐益怒曰："为我笞杀此奴，勿留祸种！"狱卒鞭笞乱下，将牙齿打折，睢血流被面，痛极难忍，号呼称冤。宾客见相国盛怒之下，莫敢劝止。魏齐教左右一面用巨觥行酒，一面教狱卒加力，自辰至未，打得范睢遍体皆伤，血肉委地，咭喇一响，胁骨亦

断，睢大叫失声，闷绝而死。

> 可怜信义忠良士，翻作沟渠枉死人。
> 传语上官须仔细，莫将屈棒打平民！

潜渊居士又有诗云：

> 张仪何曾盗楚璧？范叔何曾卖齐国？
> 疑心盛气总难平，多少英雄受冤屈！

左右报曰："范睢气绝矣。"魏齐亲自下视，见范睢断胁折齿，身无完肤，直挺挺在血泊中不动，齐指骂曰："卖国贼死得好！好教后人看样！"命狱卒以苇薄卷其尸，置之坑厕间，使宾客便溺其上，勿容他为干净之鬼。看看天晚，范睢命不该绝，死而复苏，从苇薄中张目偷看，只有一卒在旁看守。范睢微叹一声。守卒闻之，慌忙来看。范睢谓曰："吾伤重至此，虽暂醒，决无生理。汝能使我死于家中，以便殡殓，家有黄金数两，尽以相谢。"守卒贪其利，谓曰："汝仍作死状，吾当入禀。"魏齐与宾客皆大醉，守卒禀曰："厕间死人腥臭甚，合当发出。"宾客皆曰："范睢虽然有罪，相国处之亦已足矣。"魏齐曰："可出之于郊外，使野鸢饱其余肉也。"言罢，宾客皆散，魏齐亦回内宅。守卒捱至黄昏人静，乃私负范睢至其家。睢妻小相见，痛苦自不必说。范睢命取黄金相谢，又卸下苇薄，付与守卒，使弃野外，以掩人之目。守卒去后，妻小将血肉收拾干净，缚裹伤处，以酒食进之。范睢徐谓其妻曰："魏齐恨我甚，虽知吾死，尚有疑心，我之出厕，乘其醉耳，明日复求吾尸不得，必及吾家，吾不得生矣。吾有八拜兄弟郑安平，在西门之陋巷，汝可乘夜送我至彼，不可泄漏。俟月余，吾创愈当逃命于四方也。我去后，家中可发哀，如吾死一般，以绝其疑。"其妻依言，使仆人先往报知郑安平。郑安平即时至睢家看视，与其家人同携负以去。次日，魏齐果然疑心范睢，恐其复苏，使人视其尸所在。守卒回报："弃野外无人之处，今惟苇薄在，想为犬豕衔去矣。"魏齐复使人瞯其家，举哀带孝，方始坦然。

再说范睢在郑安平家，敷药将息，渐渐平复。安平乃与睢共匿于具茨山。范睢更姓名曰张禄，山中人无知其为范睢者。过半岁，秦谒者王稽奉昭襄王之命，出使魏国，居于公馆。郑安平诈为驿卒，伏侍王稽，应对敏捷。王稽爱之，因私问曰："汝知国有贤人未出仕者乎？"安平曰："贤人何容易言也。向有一范睢者，其人智谋之士，相国箠之至死。"言未毕，王稽叹曰："惜哉！此人不到我秦国，不得展其大才。"安平曰："今臣里中有张禄先生，其才智不亚于范睢，君欲见其人否？"王稽曰："既有此人，何不请来相会？"安平曰："其人有仇家在国中，不敢昼行。若无此仇，久已仕魏，不待今日矣。"王稽曰："夜至不妨，吾当候之。"

郑安平乃使张禄亦扮做驿卒模样，以深夜至公馆来谒。王稽略叩以天下大势，范睢指陈了了，如在目前。王稽喜曰："吾知先生非常人，能与我西游于秦否？"范睢曰："臣禄有仇于魏，不能安居，若能挈行，实乃至愿。"王稽屈指曰："度吾使事毕，更须五日，先生至期，可待我于三亭冈无人之处，当相载也。"过五日，王稽辞别魏王，群臣俱饯送于郊外，事毕俱别。王稽驱车至三亭冈上，忽见林中二人趋出，乃张禄、郑安平也。王稽大喜，如获奇珍，与张禄同车共载，一路饮食安息，必与相共，谈论投机，甚相亲爱。不一日,已入秦界,至湖关,望见对面尘头起处,一群车骑自西而来。范雎问曰:"来者谁人?"王稽认得前驱,曰:"此丞相穰侯,东行郡邑耳。"原来穰侯名魏冉,乃是宣太后之弟,宣太后芈氏,楚女,乃昭襄王之母。昭襄王即位时,年幼未冠,宣太后临朝决政,用其弟魏冉为丞相,封穰侯;次弟芈戎亦封华阳君,并专国用事。后昭襄王年长,心畏太后,乃封其弟公子悝为泾阳君,公子市为高陵君,欲以分芈氏之权。国中谓之"四贵",然总不及丞相之尊也。丞相每岁时,代其王周行郡国,巡察官吏,省视城池,较阅车马,抚循百姓,此是旧规。今日穰侯东巡,前导威仪,王稽如何不认得。范雎曰:"吾闻穰侯专秦权,妒贤嫉能,恶纳诸侯宾客。恐其见辱,我且匿车箱中以避之。"须臾,穰侯至,王稽下车迎谒。穰侯亦下车相见,劳之曰:"谒君国事劳苦。"遂共立于车前,各叙寒温。穰侯曰:"关东近有何事?"王稽鞠躬对曰:"无有。"穰侯目视车中曰:"谒君得无与诸侯宾客俱来乎?此辈仗口舌游说人国,取富贵,全无实用。"王稽又对曰:"不敢。"

穰侯既别去,范雎从车箱中出,便欲下车趋走。王稽曰:"丞相已去,先生可同载矣。"范雎曰:"臣潜窥穰侯之貌,眼多白而视邪,其人性疑而见事迟,向者目视车中,固已疑之,一时未即搜索,不久必悔,悔必复来,不若避之为安耳。"遂呼郑安平同走。王稽车仗在后,约行十里之程,背后马铃声响,果有二十骑从东如飞而来,赶着王稽车仗,言:"吾等奉丞相之命,恐大夫带有游客,故遣复行查看,大夫勿怪。"因遍索车中,并无外国之人,方才转身。王稽叹曰:"张先生真智士,吾不及也。"乃命催车前进,再行五六里,遇着了张禄、郑安平二人,邀使登车,一同竟入咸阳。髯翁有诗咏范雎去魏之事云:

第九十七回　死范雎计逃秦国，假张禄延辱魏使

料事前知妙若神，一时智术少俦伦。
信陵空养三千客，却放高贤遁入秦。

王稽朝见秦昭襄王，复命已毕，因进曰："魏有张禄先生，智谋出众，天下奇才也。与臣言秦国之势，危于累卵，彼有策能安之，然非面对不可，臣故载与俱来。"秦王曰："诸侯客好为大言，往往如此，姑使就客舍。"乃馆于下舍，以需召问。逾年不召。

忽一日，范雎出行市上，见穰侯方征兵出征，范雎私问曰："丞相征兵出征，将伐何国？"有一老者对曰："欲伐齐纲、寿也！"范雎曰："齐兵曾犯境乎？"老者曰："未曾。"范雎曰："秦与齐东西悬绝，中间隔有韩、魏，且齐不犯秦，秦奈何涉远而伐之？"老者引范雎至僻处，言曰："伐齐非秦王之意，因陶山在丞相封邑中，而纲、寿近于陶，故丞相欲使武安君为将，伐而取之，以自广其封耳。"范雎回舍，遂上书于秦王，略曰：

羁旅臣张禄，死罪，死罪！奏闻秦王殿下：臣闻"明主立政，有功者赏，有能者官，劳大者禄厚，才高者爵尊"，故无能者不敢滥职，而有能者亦不得遗弃。今臣待命于下舍，一年于兹矣。如以臣为有用，愿借寸阴之暇，悉臣之说；如以臣为无用，留臣何为？夫言之在臣，听之在君。臣言而不当，请伏斧锧之诛未晚。毋以轻臣故，并轻举臣之人也。

秦王已忘张禄，及见其书，即使人以传车召至离宫相见。秦王犹未至，范雎先到，望见秦王车骑方来，佯为不知，故意趋入永

巷，宦者前行逐之，曰："王来。"范雎谬言曰："秦独有太后、穰侯耳，安得有王？"前行不顾。正争嚷间，秦王随后至，问宦者："何为与客争论？"宦者述范雎之语，秦王亦不怒，遂迎之入于内宫，待以上客之礼，范雎逊让。秦王屏去左右，长跪而请曰："先生何以幸教寡人？"范雎曰："唯唯。"少顷，秦王又跪请如前，范雎又曰："唯唯。"如此三次，秦王曰："先生卒不幸教寡人，岂以寡人为不足语耶？"范雎对曰："非敢然也，昔者吕尚钓于渭滨，及遇文王，一言而拜为尚父，卒用其谋，灭商而有天下。箕子、比干身为贵戚，尽言极谏，商纣不听，或奴或诛，商遂以亡。此无他，信与不信之异也。吕尚虽疏，而见信于文王，故王业归于周，而尚亦享有侯封，传之世世；箕子、比干虽亲，而不见信于纣，故身不免死辱，而无救于国。今臣羁旅之臣，居至疏之地，而所欲言者，皆兴亡大计，或关系人骨肉之间。不深言，则无救于秦；欲深言，则箕子、比干之祸随于后。所以王三问而不敢答者，未卜王心之信不信何如耳。"秦王复跪请曰："先生，是何言也？寡人慕先生大才，故屏去左右，专意听教，事凡可言者，上及太后，下及大臣，愿先生尽言无隐。"秦王这句话，因是进永巷时，闻宦者述范雎之言，"秦止有太后、穰侯，不闻有王"之语，心下疑惑，实落的要请教一番；这边范雎犹恐初见之时，万一语不投机，便绝了后来进言之路，况且左右窃听者多，恐其传说，祸且不测，故且将外边事情，略说一番，以为引火之煤。乃对曰："大王以尽言命臣，臣之愿也！"遂下拜，秦王亦答拜。然后就坐开言曰："秦地之险，天下莫及，其甲兵之强，天下亦莫敌，然兼并之谋不就，伯王之业不成，岂非秦之大臣，计有所失乎？"秦王侧席问曰："请言失计何在？"范雎曰："臣闻穰侯将越韩、魏而攻齐，其计左矣。齐去秦甚远，有韩、魏以间

第九十七回　死范雎计逃秦国，假张禄延辱魏使

之。王少出师，则不足以害齐；若多出师，则先为秦害。昔魏越赵而伐中山，即克其地，旋为赵有，何者？以中山近赵而远魏也。今伐齐而不克，为秦大辱；即伐齐而克，徒以资韩、魏，于秦何利焉？为大王计，莫如远交而近攻。远交以离人之欢，近攻以广我之地，自近而远，如蚕食叶，天下不难尽矣。"秦王又曰："远交近攻之道何如？"范雎曰："远交莫如齐、楚，近攻莫如韩、魏。既得韩、魏，齐、楚能独存乎？"秦王鼓掌称善，即拜范雎为客卿，号为张卿，用其计东伐韩、魏，止白起伐齐之师不行。

魏冉与白起一相一将，用事日久，见张禄骤然得宠，俱有不悦之意。惟秦王深信之，宠遇日隆，每每中夜独召计事，无说不行。范雎知秦王之心已固，请间，尽屏左右，进说曰："臣蒙大王过听，引与共事，臣虽粉骨碎身，无以为酬。虽然，臣有安秦之计，尚未敢尽效于王也。"秦王跪问曰："寡人以国托于先生，先生有安秦之计，不以此时辱教，尚何待乎？"范雎曰："臣前居山东时，闻齐但有孟尝君，不闻有齐王；闻秦但有太后、穰侯、华阳君、高陵君、泾阳君，不闻有秦王。夫制国之谓王，生杀予夺，他人不敢擅专。今太后恃国母之尊，擅行不顾者四十余年；穰侯独相秦国，华阳辅之，泾阳、高陵各立门户，生杀自由，私家之富十倍于公。大王拱手而享其空名，不亦危乎？昔崔杼擅齐，卒弑庄公；李兑擅赵，终戕主父。今穰侯内仗太后之势，外窃大王之威，用兵则诸侯震恐，解甲则列国感恩。广置耳目，布王左右，臣见王之独立于朝，非一日矣。恐千秋万岁而后，有秦国者，非王之子孙也！"秦王闻之，不觉毛骨悚然，再拜谢曰："先生所教，乃肺腑至言，寡人恨闻之不早。"遂于次日收穰侯魏冉相印，即使就国。穰侯取牛车于有司，徙其家财，千有余乘，奇珍异宝，不计其数，皆秦内库所未有者。

明日，秦王复逐华阳、高陵、泾阳三君于关外，安置太后于深宫，不许与闻政事。遂以范雎为丞相，封以应城，号为应侯。秦人毕谓张禄为丞相，无人知为范雎，惟郑安平知之，雎戒以勿得泄漏，安平亦不敢言。时秦昭襄王之四十一年，乃周赧王之四十九年也。

是时，魏昭王已薨，子安釐王即位，闻知秦王新用张禄丞相之谋，欲伐魏国，急集群臣计议。信陵君无忌曰："秦兵不加魏者数年矣，今无故兴师，明欺我不能相持也，宜严兵固圉以待之。"相国魏齐曰："不然。秦强魏弱，战必无幸。闻丞相张禄乃魏人也，岂无香火之情哉？倘遣使赍厚币，先通张相，后谒秦王，许以纳质讲和，可保万全。"安釐王初即位，未经战伐，乃用魏齐之策，使中大夫须贾出使于秦。须贾奉命，竟至咸阳，下于馆驿。范雎知之，喜曰："须贾至此，乃吾报仇之日矣！"遂撤去鲜衣，装作寒酸落魄之状，潜出府门，来到馆驿，徐步而入，谒见须贾。须贾一见，大惊曰："范叔固无恙乎？吾以汝被魏相打死，何以得命在此？"范雎曰："彼时将吾尸首掷于郊外，次早方苏，适遇有贾客过此，闻呻吟声，怜而救之。苟延一命，不敢回家，因间关来至秦国，不期复见大夫之面于此。"须贾曰："范叔岂欲游说于秦乎？"雎曰："某昔日得罪魏国，亡命来此，得生为幸，尚敢开口言事耶？"须贾曰："范叔在秦，何以为生？"雎曰："为佣糊口耳。"须贾不觉动了哀怜之意，留之同坐，索酒食赐之。时值冬天，范雎衣敝，有战栗之状，须贾叹曰："范叔一寒如此哉？"命取一绨袍与穿。范雎曰："大夫之衣，某何敢当？"须贾曰："故人何必过谦！"范雎穿袍，再四称谢。因问："大夫来此何事？"须贾曰："今秦相张君方用事，吾欲通之，恨无其人。孺子在秦久，岂有相识，能为我先容于张君者哉？"范雎曰："某之主人翁与丞相善，臣尝随主人翁至于相府，丞相好谈

第九十七回　死范雎计逃秦国，假张禄延辱魏使

论，反覆之间主人不给，某每助之一言。丞相以某有口辩，时赐酒食，得亲近。君若欲谒张君，某当同往。"须贾曰："既如此，烦为订期。"范雎曰："丞相事忙，今日适暇，何不即去？"须贾曰："吾乘大车驾驷马而来，今马损足，车轴折，未能即行。"范雎曰："吾主人翁有之，可假也。"范雎归府，取大车驷马至馆驿前，报须贾曰："车马已备，某请为君御。"须贾欣然登车，范雎执辔。街市之人望见丞相御车而来，咸拱立两旁，亦或走避。须贾以为敬己，殊不知其为范雎也。既至府前，范雎曰："大夫少待于此，某当先入，为大夫通之。若丞相见许，便可入谒。"范雎径进府门去了。

　　须贾下车，立于门外，候之良久，只闻府中鸣鼓之声，门上喧传："丞相升堂。"属吏舍人奔走不绝，并不见范雎消息。须贾因问守门者曰："向有吾故人范叔，入通相君，久而不出，子能为我召之乎？"守门者曰："君所言范叔，何时进府？"须贾曰："适间为我御车者是也。"门下人曰："御车者乃丞相张君，彼私到驿中访友，故微服而出，何得言范叔乎？"须贾闻言，如梦中忽闻霹雳，心坎中突突乱跳，曰："吾为范雎所欺，死期至矣。"常言道："丑媳妇少不得见公婆。"只得脱袍解带，免冠徒跣，跪于门外，托门下人入报，但言："魏国罪人须贾在外领死。"良久，门内传丞相召入。须贾愈加惶悚，俯首膝行，从耳门而进，直至阶前，连连叩首，口称："死罪。"范雎威风凛凛，坐于堂上，问曰："汝知罪么？"须贾俯伏应曰："知罪。"范雎曰："汝罪有几？"须贾曰："擢贾之发，以数贾之罪，尚犹未足。"范雎曰："汝罪有三：吾先人邱墓在魏，吾所以不愿仕齐，汝乃以吾有私于齐，妄言于魏齐之前，致触其怒，汝罪一也；当魏齐发怒，加以笞辱，至于折齿断胁，汝略不谏止，汝罪二也；及我昏愦，已弃厕中，汝复率宾客而溺我。昔仲尼不为已

甚，汝何太忍乎？汝罪三也。今日至此，本该断头沥血，以酬前恨，汝所以得不死者，以绨袍恋恋，尚有故人之情，故苟全汝命，汝宜知感！"须贾叩头称谢不已，范雎麾之使去，须贾匍匐而出。于是秦人始知张禄丞相，乃魏人范雎，假托来秦。

次日，范雎入见秦王，言："魏国恐惧，遣使乞和，不须用兵，此皆大王威德所致。"秦王大喜。范雎又奏曰："臣有欺君之罪，求大王怜恕，方才敢言。"秦王曰："卿有何欺？寡人不罪。"范雎奏曰："臣实非张禄，乃魏人范雎也。自少孤贫，事魏中大夫须贾为舍人。从贾使齐，齐王私馈臣金，臣坚却不受，须贾谮于相国魏齐，将臣捶击至死。幸而复苏，改名张禄，逃奔入秦，蒙大王拔之上位。今须贾奉使而来，臣真姓名已露，便当仍旧，伏望吾王怜恕。"秦王曰："寡人不知卿之受冤如此。今须贾既到，便可斩首，以快卿之愤。"范雎奏曰："须贾为公事而来，自古两国交兵，不斩来使，况求和乎？臣岂敢以私怨而伤公议？且忍心杀臣者，魏齐，不全关须贾之事。"秦王曰："卿先公后私，可谓大忠矣。魏齐之仇，寡人当为卿报之。来使从卿发落。"范雎谢恩而退，秦王准了魏国之和。

须贾入辞范雎，雎曰："故人至此，不可无一饭之敬。"使舍人留须贾于门中，吩咐大排筵席，须贾暗暗谢天道："惭愧，惭愧，难得丞相宽洪大量，如此相待，忒过礼了。"范雎退堂。须贾独坐门房中，有军牢守着，不敢转动。自辰至午，渐渐腹中空虚，须贾想道："我前日在馆驿中，见成饮食相待。今番答席，故人之情，何必过礼？"少顷，堂上陈设已完。只见府中发出一单，遍邀各国使臣及本府有名宾客。须贾心中想道："此是请来陪我的了，但不知何国何人，少停坐次亦要斟酌，不好一概僭妄。"须贾方在踌躇间，只见各国使人及宾客纷纷而到，径上堂阶。管席者传板报道："客齐。"

第九十七回　死范雎计逃秦国，假张禄延辱魏使

范雎出堂相见，叙礼已毕，送盏定位，两庑下鼓乐交作，竟不呼召须贾。须贾那时又饥又渴，又苦又愁，又羞又恼，胸中烦懑，不可形容。三杯之后，范雎开言："还有一个故人在此，适才倒忘了。"众客齐起身道："丞相既有贵相知，某等礼合伺候。"范雎曰："虽则故人，不敢与诸公同席。"乃命设一小坐于堂下，唤魏客到，使两黥徒夹之以坐，席上不设酒食，但置炒熟料豆，两黥徒手捧而喂之，如喂马一般。众客甚不过意，问曰："丞相何恨之深也？"范雎将旧事诉说一遍，众客曰："如此亦难怪丞相发怒。"须贾虽然受辱，不敢违抗，只得将料豆充饥。食毕，还要叩谢。范雎瞋目数之曰："秦王虽然许和，但魏齐之仇，不可不报。留汝蚁命，归告魏王，速斩魏齐头送来，将我家眷送入秦邦，两国通好。不然，我亲自引兵来屠大梁，那时悔之晚矣。"唬得须贾魂不附体，喏喏连声而出。

不知魏国可曾斩魏齐头来献，且看下回分解。

第九十八回
质平原秦王索魏齐，败长平白起坑赵卒

　　话说须贾得命，连夜奔回大梁，来见魏王，述范雎吩咐之语。那送家眷是小事，要斩相国之头，干碍体面，难于启齿。魏王踌躇未决。魏齐闻知此信，弃了相印，连夜逃往赵国，依平原君赵胜去了。魏王乃大饰车马，将黄金百镒，采帛千端，送范雎家眷至咸阳，又告明："魏齐闻风先遁，今在平原君府中，不干魏国之事。"范雎乃奏闻秦王，秦王曰："赵与秦一向结好，渑池会上结为兄弟，又将王孙异人为质于赵，欲以固其好也。前秦兵伐韩，围阏与，赵遣李牧救韩，大败秦兵，寡人向未问罪。今又擅纳丞相之仇人，丞相之仇，即寡人之仇。寡人决意伐赵，一则报阏与之恨，二者索取魏齐。"乃亲帅师二十万，命王龁为大将，伐赵，拔三城。

　　是时，赵惠文王方薨，太子丹立，是为孝成王。孝成王年少，惠文太后用事，闻秦兵深入，甚惧。时蔺相如病笃告老，虞卿代为相国，使大将廉颇帅师御敌，相持不决。虞卿言于惠文太后曰："事急矣！臣请奉长安君为质于齐以求救。"太后许之。原来惠文王之太后乃齐湣王之女，其年齐襄王新薨，太子建即位，年亦少，君王后

太史氏用事，两太后姑嫂之亲，亲情和睦。长安君又是惠文太后最爱之少子，往质于齐，君王后如何不动心？于是即命田单为大将，发兵十万，前来救赵。

秦将王齕言于秦王曰："赵多良将，又有平原君之贤，未易攻也。况齐救将至，不如全师而归。"秦王曰："不得魏齐，寡人何面见应侯乎？"乃遣使谓平原君曰："秦之伐赵，为取魏齐耳。若能献出魏齐，即当退兵。"平原君对曰："魏齐不在臣家，大王无误听人言也。"使者三往，平原君终不肯认。秦王心中闷闷不悦，欲待进兵，又恐齐、赵合兵，胜负难料；欲待班师，魏齐如何可得？再四踌躇，生出一个计策来，乃为书谢赵王，略曰：

寡人与君，兄弟也。寡人误闻道路之言，魏齐在平原君所，是以兴兵索之。不然，岂敢轻涉赵境？所取三城，谨还归于赵。寡人愿复前好，往来无间。

赵王亦遣使答书，谢其退兵还城之意。田单闻秦师已退，亦归齐去讫。秦王回至函谷关，复遣人以一缄致平原君赵胜。胜拆书看之，略曰：

寡人闻君之高义，愿与君为布衣之交。君幸过寡人，寡人愿与君为十日之饮。

平原君将书来见赵王，赵王集群臣计议，相国虞卿进曰："秦，虎狼之国也。昔孟尝君入秦，几乎不返。况彼方疑魏齐在赵，平原君不可往。"廉颇曰："昔蔺相如怀和氏璧单身入秦，尚能完归赵国，秦不欺赵。若不往，反起其疑。"赵王曰："寡人亦以此为秦王美意，不可违也！"遂命赵胜同秦使西入咸阳。

秦王一见，欢若平生，日日设宴相待。盘桓数日，秦王因极欢之际，举卮向赵胜曰："寡人有请于君，君若见诺，乞饮此酌。"胜曰："大王命胜，何敢不从？"因引卮尽之。秦王曰："昔周文王得吕尚以为太公，齐桓公得管夷吾以为仲父，今范君亦寡人之太公、仲父也。范君之仇魏齐，托在君家，君可使人归取其头，以毕范君之恨，即寡人受君之赐。"赵胜曰："臣闻之：'贵而为友者，为贱时也；富而为友者，为贫时也。'夫魏齐，臣之友也，即使真在臣所，臣亦不忍出之，况不在乎？"秦王变色曰："君必不出魏齐，寡人不放君出关。"赵胜曰："关之出与不出，事在大王。且王以饮相召，而以威劫之，天下知曲直之所在矣。"秦王知平原君不肯负魏齐，遂与之俱至咸阳，留于馆舍。使人遗赵王书，略曰：

> 王子弟平原君在秦，范君之仇魏齐在平原君之家。魏齐头旦至，平原君夕返。不然，寡人且举兵临赵，亲讨魏齐，又不出平原君于关，惟王谅之。

赵王得书大恐，谓群臣曰："寡人岂为他国亡臣，易吾国之镇公子？"乃发兵围平原君家，索取魏齐。平原君宾客多与魏齐有交，乘夜纵之逃出，往投相国虞卿。虞卿曰："赵王畏秦，甚于豺虎，此不可以言语争也。不如仍走大梁，信陵君招贤纳士，天下亡命者皆归之，又且平原君之厚交，必然相庇。虽然，君罪人不可独行，吾当与君同往。"即解相印，为书以谢赵王，与魏齐共变服为贱者，逃出赵国。既至大梁，虞卿乃伏魏齐于郊外，慰之曰："信陵君慷慨丈夫，我往投之，必立刻相迎，不令君久待也。"虞卿徒步至信陵君之门，以刺通。主客者入报，信陵君方解发就沐，见刺，大惊曰："此赵之相国，安得无故至此？"使主客者辞以主人方沐，暂请入坐，因叩其来魏之意。虞卿情急，只得将魏齐得罪于秦始末，及自家捐弃相印，相随投奔之意，大略告诉一番。主客者复入言之。信陵君心中畏秦，不欲纳魏齐，又念虞卿千里相投一段意思，不好直拒，事在两难，犹豫不决。虞卿闻信陵君有难色，不即出见，大怒而去。信陵君问于宾客曰："虞卿之为人何如？"时侯生在旁，大笑曰："何公子之暗于事也？虞卿以三寸舌取赵王相印，封万户侯，及魏齐穷困而投虞卿，虞卿不爱爵禄之重，解绶相随，天下如此人有几？公子犹未定其贤否耶？"信陵君大惭，急挽发加冠，使舆人驾车疾驱郊外追之。

再说魏齐悬悬而望，待之良久，不见消息，想曰："虞卿言信陵君慨慷丈夫，一闻必立刻相迎，今久而不至，事不成矣。"少顷，只见虞卿含泪而至曰："信陵君非丈夫也，乃畏秦而却我。吾当与君间道入楚。"魏齐曰："吾以一时不察，得罪于范叔，一累平原君，再累吾子，又欲子间关跋涉，乞残喘于不可知之楚，我安用生为？"即引佩剑自刎，虞卿急前夺之，喉已断矣。虞卿正在悲伤，信陵君车骑随到，虞卿望见，遂趋避他所，不与相见。信陵君见魏齐尸首，抚而哭之曰："无忌之过也！"

时赵王不得魏齐，又走了相国虞卿，知两人相随而去，非韩即魏，遣飞骑四出追捕。使者至魏郊，方知魏齐自刎，即奏知魏王，欲请其头，以赎平原君归国。信陵君方命殡殓魏齐尸首，意犹不忍。使者曰："平原君与君一体也，平原之爱魏齐，与君又一心也。魏齐若在，臣何敢言？今惜已死无知之骨，而使平原君长为秦虏，君其安乎？"信陵君不得已，乃取其首，用匣盛之，交封赵使，而葬其尸于郊外。髯翁有诗咏魏齐云：

无端辱士听须贾，只合损生谢范雎。
残喘累人还自累，咸阳函首恨教迟！

虞卿既弃相印，感慨世情，遂不复游宦，隐于白云山中，著书自娱，讥刺时事，名曰《虞氏春秋》。髯翁亦有诗云：

不是穷愁肯著书，千秋高尚记虞兮。
可怜有用文章手，相印轻抛徇魏齐！

赵王将魏齐之首，星夜送至咸阳，秦王以赐范雎。范雎命漆其头为溺器，曰："汝使宾客醉而溺我，今令汝九泉之下，常含我溺也。"秦王以礼送平原君还赵，赵用为相国，以代虞卿之位。范雎又言于秦王曰："臣布衣下贱，幸受知于大王，备位卿相，又为臣报切齿之仇，此莫大之恩也。但臣非郑安平，不能延命于魏；非王稽，不能获进于秦。愿大王贬臣爵秩，加此二臣，以毕臣报德之心，臣死无所恨！"秦王曰："丞相不言，寡人几忘之！"即用王稽为河东守，郑安平为偏将军。于是专用范雎之谋，先攻韩、魏，遣使约好于齐、楚。范雎谓秦王曰："吾闻齐之君王后贤而有智，当往试之。"乃命使者以玉连环献于君王后曰："齐国有人能解此环者，寡人愿拜下风。"君王后命取金锤在手，即时击断其环，谓使者曰："传语秦王，老妇已解此环讫矣。"使者还报，范雎曰："君王后果女中之杰，不可犯也。"于是与齐结盟，各无侵害，齐国赖以安息。

第九十八回　质平原秦王索魏齐，败长平白起坑赵卒

　　单说楚太子熊完为质于秦，秦留之十六年不遣。适秦使者约好于楚，楚使者朱英与俱至咸阳报聘。朱英因述楚王病势已成，恐遂不起，太傅黄歇言于熊完曰："王病笃而太子留于秦，万一不讳，太子不在榻前，诸公子必有代立者，楚国非太子有矣，臣请为太子谒应侯而请之。"太子曰："善。"黄歇遂造相府说范雎曰："相君知楚王之病乎。"范雎曰："使者曾言之。"黄歇曰："楚太子久于秦，其与秦将相无不交亲者，倘楚王薨而太子得立，其事秦必谨。相君诚以此时归之于楚，太子之感相君无穷也。若留之不遣，楚更立他公子，则太子在秦，不过咸阳一布衣耳。况楚人惩于太子之不返，异日必不复委质事秦。夫留一布衣，而绝万乘之好，臣窃以为非计也。"范雎首肯曰："君言是也。"即以黄歇之言，告于秦王，秦王曰："可令太子傅黄歇先归问疾，病果笃，然后来迎太子。"黄歇闻太子不得同归，私与太子计议曰："秦王留太子不遣，欲如怀王故事，乘急以求割地也。楚幸而来迎，则中秦之计；不迎，则太子终为秦虏矣。"太子跪请曰："太傅计将若何？"黄歇曰："以臣愚见，不如微服而逃。今楚使者报聘将归，此机不可失也。臣请独留，以死当之。"太子泣曰："事若成，楚国当与太傅共之。"黄歇私见朱英，与之通谋，朱英许之。太子熊完乃微服为御者，与楚使者朱英执辔，竟出函谷关，无人知觉。

　　黄歇守旅舍，秦王遣归问疾，黄歇曰："太子适患病，无人守视，俟病稍愈，臣即当辞朝矣。"过半月，度太子已出关久，乃求见秦王，叩首谢罪曰："臣歇恐楚王一旦不讳，太子不得立，无以事君，已擅遣之，今出关矣。歇有欺君之罪，请伏斧锧。"秦王大怒曰："楚人乃多诈如此！"叱左右囚黄歇，将杀之。丞相范雎谏曰："杀黄歇不能复还太子，而徒绝楚欢，不如嘉其忠而归之。楚

王死，太子必嗣位；太子嗣位，歇必为相。楚君臣俱感秦德，其事秦必矣。"秦王以为然，乃厚赐黄歇，遣之归楚。史臣有诗云：

更衣执辔去如飞，险作咸阳一布衣。
不是春申有先见，怀王余涕又重挥。

歇归三月，而楚顷襄王薨，太子熊完立，是为考烈王。进太傅黄歇为相国，以淮北地十二县封春申君。黄歇曰："淮北地边齐，请置为郡，以便城守，臣愿远封江东。"考烈王乃改封黄歇于故吴之地。歇修阖闾故城，以为都邑。浚河于城内，四纵五横，以通太湖之水。改破楚门为昌门。时孟尝君虽死，而赵有平原君，魏有信陵君，方以养士相尚。黄歇慕之，亦招致宾客，食客常数千人。平原君赵胜常遣使至春申君家，春申君馆之于上舍。赵使者欲夸示楚人，用玳瑁为簪，以珠玉饰刀剑之宝。及见春申君客三千余人，其上客皆以明珠为履，赵使大惭。春申君用宾客之谋，北兼邹、鲁之地，用贤士荀卿为兰陵令，修举政法，练习兵士，楚国复强。

话分两头。再说秦昭襄王已结齐、楚，乃使大将王龁帅师伐韩，从渭水运粮，东入河洛，以给军饷。拔野王城。上党往来路绝，上党守臣冯亭与其吏民议曰："秦据野王，则上党非韩有矣。与其降秦，不如降赵。秦怒赵得地，必移兵于赵；赵受兵，必亲韩。韩、赵同患，可以御秦。"乃遣使持书并上党地图，献于赵孝成王。时孝成王之四年，周赧王之五十三年也。赵王夜卧得一梦，梦衣偏裻之衣，有龙自天而下，王乘之，龙即飞去，未至于天而坠，见两旁有金山、玉山二座，光辉夺目。王觉，召大夫赵禹，以梦告之。赵禹对曰："偏衣者，合也；乘龙上天，升腾之象；坠地者，得地也；

金玉成山者，货材充溢也。大王目下必有广地增财之庆，此梦大吉。"赵王喜，复召筮史敢占之。敢对曰："偏衣者，残也；乘龙上天，不至而坠者，事多中变，有名无实也；金玉成山，可观而不可用也。此梦不吉，王其慎之！"赵王心惑赵禹之言，不以筮史为然。迨后三日，上党太守冯亭使者至赵，赵王发书观之，略曰：

> 秦攻韩急，上党将入于秦矣。其吏民不愿附秦，而愿附赵，臣不敢违吏民之欲，谨将所辖十七城，再拜献之于大王，惟大王辱收之。

赵王大喜曰："禹所言广地增财之庆，今日验矣！"平阳君赵豹谏曰："臣闻无故之利，谓之祸殃。王勿受也。"赵王曰："人畏秦而怀赵，是以来归，何谓无故？"赵豹对曰："秦蚕食韩地，拔野王，绝上党之道，不令相通，自以为掌握中物，坐而得之，一旦为赵所有，秦岂能甘心哉？秦力其耕，而赵收其获，此臣所谓'无故之利'也。且冯亭所以不入地于秦，而入之于赵者，将嫁祸于赵，以舒韩之困也。王何不察耶？"赵王不以为然，再召平原君赵胜决之。胜对曰："发百万之众，而攻人国，逾年历岁，未得一城。今不费寸兵斗粮，得十七城，此莫大之利，不可失也。"赵王曰："君此言，正合寡人之意。"乃使平原君率兵五万，往上党受地，封冯亭以三万户，号华陵君，仍为守。其县令十七人，各封以三千户，皆世袭称侯。冯亭闭门而泣，不与平原君相见。平原君固请之，亭曰："吾有三不义，不可以见使者。为主守地不能，一不义也；不由主命，擅以地入赵，二不义也；卖主地以得富贵，三不义也。"平原君叹曰："此忠臣也！"候其门，三日不去。冯亭感其意，乃出见，犹垂涕不止，愿交割地面，别选良守。平原君再三抚慰曰："君之心事，胜已知之。君不为守，无以慰吏民之望。"冯亭乃领守如故，竟不受封。平原君将别，冯亭谓曰："上党所以归赵者，以力不能独抗秦也。望公子奏闻赵王，大发士卒，急遣名将，为御秦计。"平原君回报赵王。赵王置酒贺得地，徐议发兵，未决。秦大将王龁进兵围上党，冯亭坚守两月，赵援兵犹未至，乃率其吏民奔赵。时赵王拜廉颇为上将，率兵二十万来援上党，行至长平关，遇冯亭，方知上党已失，秦兵日近。乃就金门山下，列营筑垒，东西各数十，如列星之状。别分兵一万，使冯亭守光狼城；又分兵二万，使都尉盖负、盖同分领之，守东西二部城；又使裨将赵茄远探秦兵。

却说赵茄领军五千，哨探出长平关外，约二十里，正遇秦将司马梗，亦行探来到。赵茄欺司马梗兵少，直前搏战。正在交锋，秦第二哨张唐兵又到，赵茄心慌手慢，被司马梗一刀斩之，乱杀赵兵。廉颇闻前哨有失，传谕各垒用心把守，勿与秦战，且使军士掘地深数丈以注水，军中都不解其意。王龁大军已到，距金门山十里下寨，先分军攻二部城。盖负、盖同出战皆败没。王龁乘胜攻光狼城，司马梗奋勇先登，大军继之。冯亭复败走，奔金门山大营，廉颇纳之。秦兵又来攻垒，廉颇传令："出战者，虽胜亦斩。"王龁攻之不入，乃移营逼之，去赵营仅五里，挑战几次，赵兵终不出。王龁曰："廉颇老将，其行军持重，未可动也。"偏将王陵献计曰："金门山下有流涧，名曰杨谷，秦、赵之军共取汲于此涧，赵垒在涧水之南，而秦垒踞其西，水势自西而流于东南，若绝断此涧，使水不东流，赵人无汲，不过数日军必乱，乱而击之，无不胜矣。"王龁以为然，使军士将涧水筑断。至今杨谷名为绝水，为此也。谁知廉颇预掘深坎，注水有余，日用不乏。秦、赵相持四个月，王龁不得一战，无可奈何，遣使入告于秦王。秦王召应侯范雎计议。范雎曰："廉颇更事久，知秦军强，不轻战，彼以秦兵道远，不能持久，欲以老我而乘其隙。若此人不去，赵终未可入也。"秦王曰："卿有何计，可以去廉颇乎？"范雎屏左右言曰："要去廉颇，须用反间之计，如此恁般，非费千金不可。"秦王大喜，即以千金付范雎。乃使其心腹门客从间道入邯郸，用千金贿赂赵王左右，布散流言曰："赵将惟马服君最良，闻其子赵括勇过其父，若使为将，诚不可当。廉颇老而怯，屡战俱败，失亡赵卒三四万，今为秦兵所逼，不日将出降矣。"

赵王先闻赵茄等被杀，连失三城，使人往长平催颇出战。廉颇主坚壁之谋，不肯出战。赵王已疑其怯，及闻左右反间之言，信以为实，遂召赵括问曰："卿能为我击秦军乎？"括对曰："秦若使武安君为将，尚费臣筹画，如王龁不足道矣。"赵王曰："何以言之？"赵括曰："武安君数将秦军，先败韩、魏于伊阙，斩首二十四万；再攻魏，取大小六十一城；又南攻楚，拔鄢、郢，定巫、黔；又复攻魏，走芒卯，斩首十三万；又攻韩，拔五城，斩首五万；又斩赵将贾偃，沉其卒二万人于河。战必胜，攻必取，其威名素著，军士望风而栗。臣若与对垒，胜负居半，故尚费筹画。如王龁新为秦将，乘廉颇之怯，故敢于深入；若遇臣，如秋叶之遇风，不足当迅扫也。"赵王大悦，即拜赵括为上将，赐黄金彩帛，使持节往代廉颇，复益劲军二十万。括阅军毕，车载金帛，归见其母。母曰："汝父临终遗命，戒汝勿为赵将，汝今日何不辞之？"括曰："非不欲辞，奈朝中无如括者。"母乃上书谏曰："括徒读父书，不知通变，非将才，愿王勿遣。"赵王召其母至，亲叩其说。母对曰："括父奢为将，所得赏赐，尽以与军吏；受命之日，即宿于军中，不问及家事，与士卒同甘苦；每事必博咨于众，不敢自专。今括一旦为将，东乡而朝，军吏无敢仰视。所赐金帛，悉归私家。为将岂宜如此？括父临终，尝戒妾曰：'括若为将，必败赵兵。'妾谨识其言，愿王别选良将，切不可用括。"赵王曰："寡人意决，汝勿复言。"母曰："王既不听妾言，倘兵败，妾一家请无连坐。"赵王许之。赵括遂引军出邯郸，望长平进发。

再说范雎所遣门客犹在邯郸，备细打听，尽知赵括向赵王所说之语，赵王已拜为大将，择日起程，遂连夜奔回咸阳报信。秦王与范雎计议曰："非武安君不能了此事也。"乃更遣白起为上将，王龁副之，传令军中秘密其事："有人泄漏武安君为将者斩。"

再说赵括至长平关，廉颇验过符节，即将军籍交付赵括，独引亲军百余人，回邯郸去讫。赵括将廉颇约束，尽行更改，军垒合并成大营。时冯亭在军中，固谏不听。括又以自己所带将士易去旧将，严谕："秦兵若来，各要奋勇争先；如遇得胜，便行追逐，务使秦军一骑不返。"白起既入秦军，闻赵括更易廉颇之令，先使卒三千人出营挑战。赵括辄出万人来迎，秦军大败奔回。白起登壁上望赵军，谓王龁曰："吾知所以胜之矣。"赵括胜了一阵，不禁手舞足蹈，使人至秦营下战书。白起使王龁批："来日决战。"因退军十里，复营于王龁旧屯之处。赵括喜曰："秦兵畏我矣。"乃椎牛飨士，传令："来日大战，定要生擒王龁，与诸侯做个笑话。"白起安营已定，大集诸将听令，使将军王贲、王陵率万人列阵，与赵括更迭交战，只要输不要赢，引得赵兵来攻秦壁，便算一功；再唤大将司马错、司马梗二人，各引兵一万五千，从间道绕出赵军之后，绝其粮道；又遣大将胡伤引兵二万，屯于左近，只等赵人开壁出逐秦军，即便杀出，要将赵军截为二段；又遣大将蒙骜、王翦各率轻骑五千，伺候

第九十八回　质平原秦王索魏齐，败长平白起坑赵卒

接应。白起与王龁坚守老营。正是：安排地网天罗计，待捉龙争虎斗人。

再说赵括吩咐军中，四鼓造饭，五鼓结束，平明列阵前进。行不五里，遇见秦兵，两阵对圆，赵括使先锋傅豹出马，秦将王贲接战，约三十余合，王贲败走，傅豹追之。赵括复遣王容率军帮助，又遇秦将王陵，略战数合，王陵又败。赵括见赵兵连胜，自率大军来追。冯亭又谏曰："秦人多诈，其败不可信也，元帅勿追。"赵括不听，追奔十余里，及于秦壁。王贲、王陵绕营而走，秦壁不开。赵括传令一齐攻打，连打数日，秦军坚守不可入。赵括使人催取后军，移营齐进，只见赵将苏射飞骑而来，报曰："后营被秦将胡伤引兵冲出遏住，不得前来。"赵括大怒曰："胡伤如此无礼，吾当亲往。"使人探听秦军行动，回报道："西路军马不绝，东路无人。"赵括麾军从东路而转。行不上二三里，大将蒙骜一军从刺斜里杀出，大叫："赵括你中了我武安君之计，还不投降。"赵括大怒，挺戟欲战蒙骜，偏将王容出曰："不劳元帅，容某建功。"王容便接住蒙骜交锋。王翦一军又至，赵兵折伤颇众。赵括料难取胜，鸣金收军，就便择水草处安营。冯亭又谏曰："军气用锐，今我兵虽失利，苟能力战，尚可脱归本营，并力拒敌。若在此安营，腹背受困，将来不可复出。"赵括又不听，使军士筑成长垒，坚壁自守。一面飞奏赵王求援，一面催取后队粮饷。谁知运粮之路，又被司马错、司马梗引兵塞断。白起大军遮其前，胡伤、蒙骜等大军截其后，秦军每日传武安君将令，招赵括投降。赵括此时方知白起真在军中，唬得心胆俱裂。

再说秦王得武安君捷报，知赵括兵困长平，亲命驾来至河内，尽发民家壮丁，凡年十五以上，皆令从军，分路掠取赵人粮草，遏

绝救兵。赵括被秦兵围困，凡四十六日，军中无粮，士卒自相杀食，赵括不能禁止。乃将军将分为四队，傅豹一队向东，苏射一队向西，冯亭一队向南，王容一队向北，吩咐四队，一齐鸣鼓，夺路杀出，如一路打通，赵括便招引三路齐走。谁知武安君白起又预选射手，环赵垒埋伏，凡遇赵垒中出来者，不拘兵将便射。四队军马，冲突三四次，俱被射回。又过一月，赵括不胜其愤，精选上等锐卒五千人，俱穿重铠，乘坐骏马，赵括握戟当先，傅豹、王容紧帮在后，冒围突出。王翦、蒙骜二将齐上，赵括大战数合，不能透围，复身欲归长平，马蹶坠地，中箭而亡。赵军大乱，傅豹、王容俱死，苏射引冯亭共走，冯亭曰："吾三谏不从，今至于此，天也。又何逃乎？"乃自刎而亡。苏射奔脱，往胡地去讫。

白起竖起招降旗，赵军皆弃兵解甲，投拜呼："万岁！"白起使人揭赵括之首，往赵营招抚。营中军士尚二十余万，闻主帅被杀，无人敢出拒战，亦皆愿降。甲胄器械，堆积如山，营中辎重，悉为秦有。白起王龁计议曰："前秦已拔野王，上党在掌握中，其吏民不乐为秦，而愿归赵，今赵卒先后降者，总合来将近四十万之众，倘一旦有变，何以防之？"乃将降卒分为十营，使十将以统之，配以秦军二十万，各赐以牛酒，声言："明日武安君将汰选赵军，凡上等精锐能战者，给以器械，带回秦国，随征听用；其老弱不堪，或力怯者，俱发回赵。"赵军大喜。是夜，武安君密传一令于十将："起更时分，但是秦兵，都要用白布一片裹首。凡首无白布者，即系赵人，当尽杀之。"秦兵奉令，一齐发作，降卒不曾准备，又无器械，束手受戮。其逃出营门者，又有蒙骜、王翦等引军巡逻，获住便砍。四十万军一夜俱尽，血流淙淙有声，杨谷之水皆变为丹，至今号为丹水。武安君收赵卒头颅，聚于秦垒之间，谓之头颅山。因以为台，其台崔嵬桀起，亦号白起台，台下即杨谷也。后来大唐玄宗皇帝巡幸至此，凄然长叹，命三藏高僧设水陆七昼夜，超度坑卒亡魂，因名其谷曰省冤谷，此是后话。史臣有诗云：

> 高台百尺尽头颅，何止区区万骨枯？
> 矢石无情缘斗胜，可怜降卒有何辜！

通计长平之战，前后斩虏首共四十五万人，连王龁先前投下降卒，并皆诛戮，止存年少者二百四十人未杀，放归邯郸，使宣扬秦国之威。

不知赵国存亡何如，且看下回分解。

第九十九回
武安君含冤死杜邮，吕不韦巧计归异人

话说赵孝成王初时接得赵括捷报，心中大喜，已后闻赵军困于长平，正欲商量遣兵救援，忽报："赵括已死，赵军四十余万尽降于秦，被武安君一夜坑杀，止放二百四十人还赵。"赵王大惊，群臣无不悚惧。国中子哭其父，父哭其子，兄哭其弟，弟哭其兄，祖哭其孙，妻哭其夫，沿街满市，号痛之声不绝。惟赵括之母不哭，曰："自括为将时，老妾已不看作生人矣。"赵王以赵母有前言，不加诛，反赐粟帛以慰之。又使人谢廉颇。赵国正在惊惶之际，边吏又报道："秦兵攻下上党，十七城皆已降秦，今武安君亲率大军前进，声言欲围邯郸。"赵王问群臣："谁能止秦兵者？"群臣莫应。平原君归家，遍问宾客，宾客亦无应者。

适苏代客于平原君之所，自言："代若至咸阳，必能止秦兵不攻赵。"平原君言于赵王，赵王大出金币，资之入秦。苏代往见应侯范雎，雎揖之上坐，问曰："先生何为而来？"苏代曰："为君而来。"范雎曰："何以教我？"苏代曰："武安君已杀马服子乎？"雎应曰："然。"代曰："今且围邯郸乎？"雎又应曰："然。"代曰：

第九十九回　武安君含冤死杜邮，吕不韦巧计归异人

"武安君用兵如神，身为秦将，所收夺七十余城，斩首近百万，虽伊尹、吕望之功，不加于此。今又举兵而围邯郸，赵必亡矣。赵亡，则秦成帝业，秦成帝业，则武安君为佐命之元臣，如伊尹之于商，吕望之于周。君虽素贵，不能不居其下也。"范雎愕然前席曰："然则如何？"苏代曰："君不如许韩、赵割地以和于秦。夫割地以为君功，而又解武安君之兵柄，君之位则安于泰山矣。"范雎大喜。明日即言于秦王曰："秦兵在外日久，已劳苦，宜休息。不如使人谕韩、赵，使割地以求和。"秦王曰："惟相国自裁。"于是范雎复大出金帛，以赠苏代之行，使之往说韩、赵。韩、赵二王惧秦，皆听代计。韩许割垣雍一城，赵许割六城，各遣使求和于秦。秦王初嫌韩止一城太少，使者曰："上党十七县，皆韩物也。"秦王乃笑而受之，召武安君班师。

　　白起连战皆胜，正欲进围邯郸，忽闻班师之诏，知出于应侯之谋，乃大恨。自此白起与范雎有隙。白起宣言于众曰："自长平之败，邯郸城中一夜十惊，若乘胜往攻，不过一月可拔矣，惜乎应侯不知时势，主张班师，失此机会。"秦王闻之，大悔曰："起既知邯郸可拔，何不早奏？"乃复使起为将，欲使伐赵。白起适有病不能行，乃改命大将王陵。陵率军十万伐赵，围邯郸城。赵王使廉颇御之。颇设守甚严，复以家财募死士，时时夜缒城往砍秦营，王陵兵屡败。时武安君病已愈，秦王欲使代王陵。武安君奏曰："邯郸实未易攻也。前者大败之后，百姓震恐不宁，因而乘之，彼守则不固，攻则无力，可克期而下。今二岁余矣，其痛已定，又廉颇老将，非赵括比。诸侯见秦之方和于赵，而复攻之，皆以秦为不可信，必将合从而来救，臣未见秦之胜也。"秦王强之行，白起固辞。秦王复使应侯往请。武安君怒应侯前阻其功，遂称疾。秦王问应侯曰："武安

君真病乎？"应侯曰："病之真否未可知，然不肯为将，其志已坚。"秦王怒曰："起以秦别无他将，必须彼耶？昔长平之胜，初用兵者王龁也，龁何遽不如起？"乃益兵十万，命王龁往代王陵。王陵归国，免其官。

王龁围邯郸，五月不能拔，武安君闻之，谓其客曰："吾固言邯郸未易攻，王不听吾言，今竟如何？"客有与应侯客善者，泄其语，应侯言于秦王，必欲使武安君为将。武安君遂伪称病笃，秦王大怒，削武安君爵土，贬为士伍，迁于阴密，立刻出咸阳城中，不许暂停。武安君叹曰："范蠡有言：'狡兔死，走狗烹。'吾为秦攻下诸侯七十余城，故当烹矣。"于是出咸阳西门，至于杜邮，暂歇，以待行李。应侯复言于秦王曰："白起之行，其心怏怏不服，大有怨言，其托病非真，恐适他国为秦害。"秦王乃遣使赐以利剑，令自裁。使者至杜邮，致秦王之命。武安君持剑在手，叹曰："我何罪于天，而至此！"良久曰："我固当死。长平之役，赵卒四十余万来降，我挟诈一夜尽坑之，彼诚何罪？我死固其宜矣！"乃自刭而死。时秦昭襄王之五十年十一月，周赧王之五十八年也。

秦人以白起死非其罪，无不怜之，往往为之立祠。后至大唐末年，有天雷震死牛一只，牛腹有"白起"二字。论者谓白起杀人太多，故数百年后，尚受畜生雷震之报。杀业之重如此，为将者可不戒哉？

秦王既杀白起，复发精兵五万，令郑安平将之，往助王龁，必攻下邯郸方已。赵王闻秦益兵来攻，大惧，遣使分路求救于诸侯。平原君赵胜曰："魏，吾姻家，且素善，其救必至。楚大而远，非以合从说之不可，吾当亲往。"于是约其门下食客，欲得文武备具者二十人同往。三千余人内，文者不武，武者不文，选来选去，止

第九十九回　武安君含冤死杜邮，吕不韦巧计归异人

得一十九人，不足二十之数。平原君叹曰："胜养士数十年于兹矣，得士之难如此哉？"有下坐客一人，出言曰："如臣者，不识可以备数乎？"平原君问其姓名，对曰："臣姓毛名遂，大梁人，客君门下三年矣。"平原君笑曰："夫贤士处世，譬如锥之处于囊中，其颖立露。今先生处胜门下三年，胜未有所闻，是先生于文武一无所长也。"毛遂曰："臣今日方请处囊中耳。使早处囊中，将突然尽脱而出，岂特露颖而已哉？"平原君异其言，乃使凑二十人之数。即日辞了赵王，望陈都进发。

既至，先通春申君黄歇，歇素与平原君有交，乃为之转通于楚考烈王。平原君黎明入朝，相见礼毕，楚王与平原君坐于殿上，毛遂与十九人俱叙立于阶下。平原君从容言及合从却秦之事。楚王曰："合从之约，始事者赵，后听张仪游说，其约不坚。先怀王为从约长，伐秦不克；齐湣王复为从约长，诸侯背之。至今列国以'从'为讳，此事如团沙，未易言也。"平原君曰："自苏秦倡合从之议，六国约为兄弟，盟于洹水，秦兵不敢出函谷关者十五年。其后，齐、魏受犀首之欺，欲其伐赵；怀王受张仪之欺，欲其伐齐，所以从约渐解。使三国坚守洹水之誓，不受秦欺，秦其奈之何哉？齐湣王名为合从，实欲兼并，是以诸侯背之，岂合从之不善哉？"楚王曰："今日之势，秦强而列国俱弱，但可各图自保，安能相为？"平原君曰："秦虽强，分制六国则不足；六国虽弱，合制秦则有余。若各图自保，不思相救，一强一弱，胜负已分，恐秦师之日进也。"楚王又曰："秦兵一出而拔上党十七城，坑赵卒四十余万，合韩、赵二国之力，不能敌一武安君。今又进逼邯郸，楚国僻远，能及于事乎？"平原君曰："寡君任将非人，致有长平之失。今王陵、王齕二十余万之众，顿于邯郸之下，先后年余，不能损赵之分毫，若救兵一集，

可以大挫其锋,此数年之安也。"楚王曰:"秦新通好于楚,君欲寡人合从救赵,秦必迁怒于楚,是代赵而受怨矣。"平原君曰:"秦之通好于楚者,欲专事于三晋,三晋既亡,楚其能独立哉?"楚王终有畏秦之心,迟疑不决。毛遂在阶下顾视日晷,已当午矣,乃按剑历阶而上,谓平原君曰:"从之利害,两言可决。今自日出入朝,日中而议犹未定,何也?"楚王怒问曰:"彼何人?"平原君曰:"此臣之客毛遂。"楚王曰:"寡人与汝君议事,客何得多言?"叱之使去。毛遂走上几步,按剑而言曰:"合从乃天下大事,天下人皆得议之。吾君在前,叱者何也?"楚王色稍舒,问曰:"客有何言?"毛遂曰:"楚地五千余里,自文、武称王,至今雄视天下,号为盟主。一旦秦人崛起,数败楚兵,怀王囚死。白起小竖子,一战再战,鄢、郢尽没,被逼迁都。此百世之怨,三尺童子,犹以为羞,大王独不念乎?今日合从之议,为楚,非为赵也。"楚王曰:"唯唯。"遂曰:"大王之意已决乎?"楚王曰:"寡人意已决矣。"毛遂呼左右,取歃血盘至,跪进于楚王之前曰:"大王为从约长,当先歃,次则吾君,次则臣毛遂。"于是从约遂定。毛遂歃血毕,左手持盘,右手招十九人曰:"公等宜共歃于堂下,公等所谓因人成事者也!"楚王既许合从,即命春申君将八万人救赵。平原君归国,叹曰:"毛先生三寸之舌,强于百万之师。胜阅人多矣,乃今于毛先生而失之。胜自今不敢复相天下士矣!"自是以遂为上客。正是:

> 橹檣空大随人转,秤锤虽小压千斤。
> 利锥不与囊中处,文武纷纷十九人。

时魏安釐王遣大将晋鄙帅兵十万救赵。秦王闻诸侯救至,亲至

第九十九回　武安君含冤死杜邮，吕不韦巧计归异人

邯郸督战，使人谓魏王曰："秦攻邯郸，且暮且下矣。诸侯有敢救者，必移兵先击之！"魏王大惧，遣使者追及晋鄙军，戒以勿进。晋鄙乃屯于邺下。春申君亦屯兵于武关，观望不进。此段事权且放过。

话分两头。却说秦王孙异人，自秦、赵会渑池之后，为质于赵。那异人乃安国君之次子。安国君名柱，字子傒，昭襄王之太子也。安国君有子二十余人，皆诸姬所出，非適子。所宠楚妃，号为华阳夫人，未有子。异人之母曰夏姬，无宠又早死，故异人质赵，久不通信。当王龁伐赵，赵王迁怒于质子，欲杀异人。平原君谏曰："异人无宠，杀之何益？徒令秦人借口，绝他日通和之路。"赵王怒犹未息，乃安置异人于丛台，命大夫公孙乾为馆伴，使出入监守，又削其廪禄。异人出无兼车，用无余财，终日郁郁而已。

时有阳翟人姓吕，名不韦，父子为贾，平日往来各国，贩贱卖贵，家累千金。其时适在邯郸，偶于途中望见异人，生得面如傅粉，唇若涂朱，虽在落寞之中，不失贵介之气。不韦暗暗称奇，指问旁人曰："此何人也？"答曰："此乃秦王太子安国君之子，质于赵国，因秦兵屡次犯境，我王几欲杀之。今虽免死，拘留丛台，资用不给，无异穷人。"不韦私叹曰："此奇货可居也！"乃归问其父曰："耕田之利几倍？"父曰："十倍。"又问："贩卖珠玉之利几倍？"父曰："百倍。"又问："若扶立一人为王，掌握山河，其利几倍？"父笑曰："安得王而立之？其利千万倍，不可计矣！"不韦乃以百金结交公孙乾，往来渐熟，因得见异人，佯为不知，问其来历，公孙乾以实告。

一日，公孙乾置酒请吕不韦，不韦曰："座间别无他客，既是秦国王孙在此，何不请来同坐？"公孙乾从其命，即请异人与不韦

相见，同席饮酒。至半酣，公孙乾起身如厕，不韦低声而问异人曰："秦王今老矣。太子所爱者华阳夫人，而夫人无子。殿下兄弟二十余人，未有专宠，殿下何不以此时求归秦国，事华阳夫人，求为之子。他日有立储之望！"异人含泪对曰："某岂望及此？但言及故国，心如刀刺，恨未有脱身之计耳。"不韦曰："某家虽贫，请以千金为殿下西游，往说太子及夫人，救殿下还朝，如何？"异人曰："若如君言，倘得富贵，与君共之。"言甫毕，公孙乾到，问曰："吕君何言？"不韦曰："某问王孙以秦中之玉价，王孙辞我以不知也。"公孙乾更不疑惑，命酒更酌，尽欢而散。

自此不韦与异人时常相会，遂以五百金密付异人，使之买嘱左右，结交宾客。公孙乾上下俱受异人金帛，串做一家，不复疑忌。

不韦复以五百金市买奇珍玩好，别了公孙乾，竟至咸阳。探得华阳夫人有姊，亦嫁于秦，先买嘱其家左右，通话于夫人之姊，言："王孙异人在赵，思念太子夫人，有孝顺之礼，托某转送。这些小之仪，亦是王孙奉候姨娘者。"遂将金珠一函献上。姊大喜，自出堂，于帘内见客，谓不韦曰："此虽王孙美意，有劳尊客远涉。今王孙在赵，未审还想故土否？"不韦答曰："某与王孙公馆对居，有事罄与某说，某尽知其心事，日夜思念太子夫人，言自幼失母，夫人便是他嫡母，欲得回国奉养，以尽孝道。"姊曰："王孙向来安否？"不韦曰："因秦兵屡次伐赵，赵王每每欲将王孙来斩，喜得臣民尽皆保奏，幸存一命，所以思归愈切。"姊曰："臣民何故保他？"不韦曰："王孙贤孝无比，每遇秦王太子及夫人寿诞，及元旦朔望之辰，必清斋沐浴，焚香西望拜祝，赵人无不知之。又且好学重贤，交结诸侯宾客，遍于天下，天下皆称其贤孝，以此臣民尽行保奏！"不韦言毕，又将金玉宝玩，约值五百金，献上曰："王孙不得归侍太子夫人，有薄礼权表孝顺，相求王亲转达。"姊命门下客款待不韦酒食，遂自入告于华阳夫人。夫人见珍玩，以为："王孙真念我。"心中甚喜。夫人姊回复吕不韦，不韦因问姊曰："夫人有子几人？"姊曰："无有。"不韦曰："吾闻'以色事人者，色衰而爱弛'，今夫人事太子甚爱而无子，及此时宜择诸子中贤孝者为子，百岁之后，所立子为王，终不失势。不然，他日一旦色衰爱弛，悔无及矣。今异人贤孝，又自附于夫人，自知中男不得立，夫人诚拔以为適子，夫人不世世有宠于秦乎？"姊复述其言于华阳夫人，夫人曰："客言是也。"一夜，与安国君饮正欢，忽然涕泣。太子怪而问之，夫人曰："妾幸得充后宫，不幸无子，君诸子中惟异人最贤，诸侯宾客来往，俱称誉之不容口，若得此子为嗣，妾身有托。"太子许之。夫人曰："君今日许妾，明日听他姬之言，又忘之矣。"太子曰："夫人倘不相信，愿刻符为誓。"乃取玉符，刻"適嗣异人"四字，而中剖之，各留其半，以此为信。夫人曰："异人在赵，何以归之？"太子曰："当乘间请于王也。"

时秦昭襄王方怒赵，太子言于王，王不听。不韦知王后之弟阳泉君方贵幸，复贿其门下，求见阳泉君，说曰："君之罪至死，君知之乎？"阳泉君大惊曰："吾何罪？"不韦曰："君之门下无不居高官，享厚禄，骏马盈于外厩，美女充于后庭；而太子门下，无富贵得势者。王之春秋高矣，一旦山陵崩，太子嗣位，其门下怨君必甚，君之危亡可待也！"杨泉君曰："为今之计当如何？"不韦曰："鄙人有计，可以使君寿百岁，安于泰山，君欲闻否？"杨泉君跪请其说。不韦曰："王年高矣，而子傒又无適男，今王孙异人贤孝闻于诸侯，而弃在于赵，日夜引领思归。君诚请王后言于秦王，而归异人，使太子立为適子。是异人无国而有国，太子之夫人无子而有子,太子与王孙之德王后者,世世无穷,君之爵位可长保也。"杨泉君下拜曰:"谨谢教。"即日以不韦之言告于王后。王后因为秦王言之,秦王曰:"俟赵人请和,吾当迎此子归国耳。"太子召吕不韦问曰:"吾欲迎异人归秦为嗣,父王未准,先生有何妙策?"不韦叩首曰:"太子果立王孙为嗣,小人不惜千金家业,赂赵当权,必能救回。"太子与夫人俱大喜,将黄金三百镒付吕不韦,转付王孙异人为结客之费。王后亦出黄金二百镒,总付不韦。夫人又为异人制衣服一箱,亦赠不韦黄金共百镒。预拜不韦为异人太傅,使传语异人:"只在旦夕,可望相见,不必忧虑。"不韦辞归,回至邯郸,先见父亲,说了一遍。父亲大喜。次日,即备礼谒见公孙乾,然后见王孙异人,将王后及太子夫人一段说话,细细详述,又将黄金五百镒及衣服献上。异人大喜,谓不韦曰:"衣服我留下,黄金烦先生收去,倘有用处,但凭先生使费,只要救得我归国,感恩不浅。"

再说不韦向取下邯郸美女,号为赵姬,善于歌舞,知其怀娠两月,心生一计,想道:"王孙异人回国,必有继立之分。若以此姬献之,倘然生得一男,是我嫡血,此男承嗣为王,嬴氏的天下,便是吕氏接代,也不枉了我破家做下这主生意。"遂请异人和公孙乾来家饮酒,席上珍馐百味,笙歌两行,自不必说。酒至半酣,不韦开言:"卑人新纳一小姬,颇能歌舞,欲令奉劝一杯,勿嫌唐突。"即命二青衣丫鬟,唤赵姬出来。不韦曰:"汝可拜见二位贵人。"赵姬轻移莲步,在氍毹上叩了两个头。异人与公孙乾慌忙作揖还礼。不韦令赵姬手捧金卮,向前为寿。杯到异人,异人抬头看时,果然标致。怎见得?

云鬓轻挑蝉翠,蛾眉淡扫春山。朱唇点一颗樱桃,皓

第九十九回　武安君含冤死杜邮，吕不韦巧计归异人

齿排两行白玉。微开笑靥，似褒姒欲媚幽王；缓动金莲，拟西施堪迷吴主。万种娇容看不尽，一团妖冶画难工。

赵姬敬酒已毕，舒开长袖，即在甋觥上舞一个大垂手、小垂手，体若游龙，袖如素蜺，宛转似羽毛之从风，轻盈与尘雾相乱。喜得公孙乾和异人目乱心迷，神摇魂荡，口中赞叹不已。赵姬舞毕，不韦命再斟大觥奉劝，二人一饮而尽。赵姬劝酒完了，入内去讫。宾主复互相酬劝，尽量极欢。公孙乾不觉大醉，卧于坐席之上。异人心念赵姬，借酒装面，请于不韦曰："念某孤身质此，客馆寂寥，欲与公求得此姬为妻，足满平生之愿。未知身价几何？容当奉纳。"不韦佯怒曰："我好意相请，出妻献妾，以表敬意。殿下遂欲夺吾所爱，是何道理？"异人跼蹐无地，即下跪曰："某以客中孤苦，妄想要先生割爱，实乃醉后狂言，幸勿见罪。"不韦慌忙扶起曰："吾为殿下谋归，千金家产尚且破尽，全无吝惜。今何惜一女子？但此女年幼害羞，恐其不从，彼若情愿，即当奉送，备铺床拂席之役。"异人再拜称谢，候公孙乾酒醒，一同登车而去。

其夜，不韦向赵姬言曰："秦王孙十分爱你，求你为妻，你意若何？"赵姬曰："妾既以身事君，且有娠矣，奈何弃之，使事他姓乎？"不韦密告曰："汝随我终身，不过一贾人妇耳。王孙将来有秦王之分，汝得其宠，必为王后。天幸腹中生男，即为太子，我与你便是秦王之父母，富贵俱无穷矣。汝可念夫妇之情，曲从吾计，不可泄漏。"赵姬曰："君之所谋者大，妾敢不奉命。但夫妻恩爱，何忍割绝？"言讫泪下。不韦抚之曰："汝若不忘此情，异日得了秦家天下，仍为夫妇，永不相离，岂不美哉？"二人遂对天设誓，当夜同寝，恩情倍常，不必细述。

次日，不韦到公孙乾处，谢夜来简慢之罪。公孙乾曰："正欲与王孙一同造府，拜谢高情，何反劳枉驾？"少顷，异人亦到，彼此交谢。不韦曰："蒙殿下不嫌小妾丑陋，取侍巾栉，某与小妾再三言之，已勉从尊命矣。今日良辰，即当送至寓所陪伴。"异人曰："先生高义，粉骨难报。"公孙乾曰："既有此良姻，某当为媒。"遂命左右备下喜筵。不韦辞去，至晚，以温车载赵姬与异人成亲。髯翁有诗云：

新欢旧爱一朝移，花烛穷途得意时。
尽道王孙能夺国，谁知暗赠吕家儿？

异人得了赵姬，如鱼似水，爱眷非常。约过一月有余，赵姬遂向异人曰："妾获侍殿下，天幸已怀胎矣。"异人不知来历，只道自己下种，愈加欢喜。那赵姬先有了两月身孕，方嫁与异人，嫁过八个月，便是十月满足，当产之期，腹中全然不动，因怀着个混一天下的真命帝王，所以比常不同，直到十二个月周年，方才产下一儿。产时红光满室，百鸟飞翔。看那婴儿，生得丰准长目，方额重瞳，口中含有数齿，背项有龙鳞一搭，啼声洪大，街市皆闻。其日，乃秦昭襄王四十八年正月朔旦。异人大喜曰："吾闻应运之主，必有异征，是儿骨相非凡，又且生于正月，异日必为政于天下。"遂用赵姬之姓，名曰赵政。后来政嗣为秦王，兼并六国，即秦始皇也。当时吕不韦闻得赵姬生男，暗暗自喜。至秦昭襄王五十年，赵政已长成三岁矣。时秦兵围邯郸甚急，不韦谓异人曰："赵王倘复迁怒于殿下，奈何？不如逃奔秦国，可以自脱。"异人曰："此事全仗先生筹画。"不韦乃尽出黄金共六百斤，以三百斤遍贿南门守城将军，

第九十九回　武安君含冤死杜邮，吕不韦巧计归异人

托言曰："某举家从阳翟来，行贾于此，不幸秦寇生发，围城日久，某思乡甚切，今将所存资本，尽数分散各位，只要做个方便人情，放我一家出城，回阳翟去，感恩不浅。"守将许之。复以百斤献于公孙乾，述己欲回阳翟之意，反央公孙乾与南门守将说个方便。守将和军卒都受了贿赂，落得做个顺水人情。不韦预教异人将赵氏母子，密寄于母家。是日，置酒请公孙乾，说道："某只在三日内出城，特具一杯话别。"席间将公孙乾灌得烂醉，左右军卒，俱大酒大肉，恣其饮啖，各自醉饱安眠。至夜半，异人微服混在仆人之中，跟随不韦父子行至南门，守将不知真假，私自开钥，放他出城而去。论来王龁大营，在于西门，因南门是走阳翟的大路，不韦原说还乡，所以只讨南门。三人共仆从结队连夜奔走，打大弯转欲投秦军。至天明，被秦国游兵获住。不韦指异人曰："此秦国王孙，向质于赵，今逃出邯郸，来奔本国，汝辈可速速引路。"游兵让马匹与三人骑坐，引至王龁大营。王龁问明来历，请入相见，即将衣冠与异人更换，设宴管待。王龁曰："大王亲在此督战，行宫去此不过十里。"乃备车马，转送入行宫。秦昭襄王见了异人，不胜之喜，曰："太子日夜想汝，今天遣吾孙脱于虎口也，便可先回咸阳，以慰父母之念。"异人辞了秦王，与不韦父子登车，竟至咸阳。

不知父子相见如何，且看下回分解。

第一百回
鲁仲连不肯帝秦,信陵君窃符救赵

话说吕不韦同着王孙异人,辞了秦王,竟至咸阳。先有人报知太子安国君,安国君谓华阳夫人曰:"吾儿至矣。"夫人并坐中堂以待之。不韦谓异人曰:"华阳夫人乃楚女,殿下既为之子,须用楚服入见,以表依恋之意。"异人从之,当下改换衣装,来至东宫,先拜安国君,次拜夫人,泣涕而言曰:"不肖男久隔亲颜,不能侍养,望二亲恕儿不孝之罪。"夫人见异人头顶南冠,足穿豹舄,短袍革带,骇而问曰:"儿在邯郸,安得效楚人装束?"异人拜禀曰:"不孝男日夜思想慈母,故特制楚服,以表忆念。"夫人大喜曰:"妾,楚人也,当自子之!"安国君曰:"吾儿可改名曰子楚。"异人拜谢,安国君问子楚:"何以得归?"子楚将赵王先欲加害,及赖得吕不韦破家行贿之事,细述一遍。安国君即召不韦,劳之曰:"非先生,险失我贤孝之儿矣!今将东宫俸田二百顷,及第宅一所,黄金五十镒,权作安歇之资,待父王回国,加官赠秩。"不韦谢恩而出。子楚就在华阳夫人宫中居住。不在话下。

再说公孙乾直至天明酒醒,左右来报:"秦王孙一家不知去向。"使人去问吕不韦,回报:"不韦亦不在矣。"公孙乾大惊曰:"不韦言三日内起身,安得夜半即行乎?"随往南门诘问。守将答曰:"不韦家属出城已久,此乃奉大夫之命也。"公孙乾曰:"可有王孙异人否?"守将曰:"但见吕氏父子及仆从数人,并无王孙在内。"公孙乾跌足叹曰:"仆从之内,必有王孙,吾乃堕贾人之计矣!"乃上表赵王,言:"臣乾监押不谨,致质子异人逃去,臣罪无所辞。"遂伏剑自刎而亡。髯翁有诗叹曰:

> 监守晨昏要万全,只贪酒食与金钱。
> 醉乡回后王孙去,一剑须知悔九泉。

秦王自王孙逃回秦国,攻赵益急。赵君再遣使求魏进兵,客将军新垣衍献策曰:"秦所以急围赵者有故。前此与齐湣王争强为帝,已而复归帝不称,今湣王已死,齐益弱,惟秦独雄,而未正帝号,其心不慊,今日用兵侵伐不休,其意欲求为帝耳。诚令赵发使尊秦为帝,秦必喜而罢兵,是以虚名而免实祸也。"魏王本心惮于救赵,深以其谋为然,即遣新垣衍随使者至邯郸,以此言奏知赵王。赵王与群臣议其可否,众议纷纷未决,平原君方寸已乱,亦漫无主裁。

时有齐人鲁仲连者,年十二岁时曾屈辩士田巴,时人号为"千里驹"。田巴曰:"此飞兔也,岂止千里驹而已!"及年长,不屑仕宦,专好远游,为人排难解纷。其时适在赵国围城之中,闻魏使请尊秦为帝,勃然不悦,乃求见平原君曰:"路人言君将谋帝秦,有之乎?"平原君曰:"胜乃伤弓之鸟,魄已夺矣,何敢言事,此魏王使将军新垣衍来赵言之耳!"鲁仲连曰:"君乃天下贤公子,乃委命于梁客耶?今新垣衍将军何在?吾当为君责而归之!"

平原君因言于新垣衍。衍虽素闻鲁仲连先生之名，然知其舌辩，恐乱其议，辞不愿见，平原君强之，遂邀鲁仲连俱至公馆，与衍相见。衍举眼观看仲连，神清骨爽，飘飘乎有神仙之度，不觉肃然起敬，谓曰："吾观先生之玉貌，非有求于平原君者也，奈何久居此围城之中，而不去耶？"鲁仲连曰："连无求于平原君，窃有请于将军也。"衍曰："先生何请乎？"仲连曰："请助赵而勿帝秦。"衍曰："先生何以助赵？"仲连曰："吾将使魏与燕助之，若齐、楚固已助之矣。"衍笑曰："燕则吾不知；若魏，则吾乃大梁人也，先生又乌能使吾助赵乎？"仲连曰："魏未睹秦称帝之害也，若睹其害，则助赵必矣！"衍曰："秦称帝，其害如何？"仲连曰："秦乃弃礼义而上首功之国也，恃强挟诈，屠戮生灵。彼并为诸侯，而犹若此；倘肆然称帝，益济其虐。连宁蹈东海而死，不忍为之民也。而魏乃甘为之下乎？"衍曰："魏岂甘为之下哉？譬如仆者，十人而从一人，宁智力不若主人哉？诚畏之耳！"仲连曰："魏自视若仆耶？吾将使秦王烹醢魏王矣！"衍怫然曰："先生又恶能使秦王烹醢魏王乎？"仲连曰："昔者九侯、鄂侯、文王，纣之三公也。鬼侯有女而美，献之于纣。女不好淫，触怒纣，纣杀女而醢鬼侯。鄂侯谏之，并烹鄂侯。文王闻之窃叹，纣复拘之于羑里，几不免于死。岂三公之智不如纣耶？天子之行于诸侯，固如是也。秦肆然称帝，必责魏入朝，一旦行九侯、鄂侯之诛，谁能禁之？"新垣衍沉思未答，仲连又曰："不特如此。秦肆然称帝，又必将变易诸侯之大臣，夺其所憎，而树其所爱，又将使其子女谗妾为诸侯之室，魏王安能晏然而已乎？即将军又何以保其爵禄乎？"新垣衍乃蹶然而起，再拜谢曰："先生真天下士也，衍请出复吾君，不敢再言帝秦矣！"秦王闻魏使者来议帝秦事，甚喜，缓其攻以待之。及闻帝议不成，魏使已去，叹曰："此围城中有人,不可轻视。"乃退屯于汾水,戒王龁用心准备。

再说新垣衍去后,平原君又使人至鄴下求救于晋鄙。鄙以王命为辞,平原君乃为书让信陵君无忌曰:"胜所以自附为婚姻者,以公子高义,能急人之困耳。今邯郸旦暮降秦,而魏救不前,岂胜平生所以相托之意乎?令姊忧城破,日夜悲泣。公子纵不念胜,独不念姊耶?"信陵君得书,数请魏王求救晋鄙进兵。魏王曰:"赵自不肯帝秦,乃仗他人力却秦耶?"终不许。信陵君又使宾客辩士百般巧说,魏王只是不从。信陵君曰:"吾义不可以负平原君,吾宁独赴赵,与之俱死。"乃具车骑百余乘,遍约宾客,欲直犯秦军,以徇平原君之难,宾客愿从者千余人。行过夷门,与侯生辞别。侯生曰:"公子勉之。臣年老不能从行,勿怪,勿怪。"信陵君屡目侯生,侯生并无他语。信陵君怏怏而去,约行十余里,心中自念:"吾所以待侯生者,自谓尽礼。今吾往奔秦军,行就死地,而侯生无一言半辞为我谋,又不阻我之行,甚可怪也。"乃约住宾客,独引车还见侯生。宾客皆曰:"此半死之人,明知无用,公子何必往见。"信陵君不听。

却说侯生立在门外,望见信陵君车骑,笑曰:"嬴固策公子之必返矣。"信陵君曰:"何故?"侯生曰:"公子遇嬴厚,公子入不测之地,而臣不送,必恨臣,是以知公子必返。"信陵君乃再拜曰:"始无忌自疑有所失于先生,致蒙见弃,是以还请其故耳。"侯生曰:"公子养客数十年,不闻客出一奇计,而徒与公子犯强秦之锋,如以肉投饿虎,何益之有?"信陵君曰:"无忌亦知无益,但与平原君交厚,义不独生。先生何以策之?"侯生曰:"公子且入坐,容老臣徐计。"乃屏去从人,私叩曰:"闻如姬得幸于王,信乎?"信陵君曰:"然。"侯生曰:"嬴又闻如姬之父,昔年为人所杀,如姬言于王，欲报父仇，求其人，三年不得。公子使客斩其仇头，以献如姬，此事果否？"信陵君曰："果有此事。"侯生曰："如姬感公子之德，愿为公子死，非一日矣。今晋鄙之兵符在王卧内，惟如姬力能窃之。公子诚一开口，请于如姬，如姬必从。公子得此符，夺晋鄙军，以救赵而却秦，此五霸之功也！"信陵君如梦初觉，再拜称谢。乃使宾客先待于郊外，而独身回车至家，使所善内侍颜恩，以窃符之事，私乞于如姬。如姬曰："公子有命，虽使妾蹈汤火，亦何辞乎？"是夜，魏王饮酒酣卧，如姬即盗虎符授颜恩，转致信陵君之手。信陵君既得符，复往辞侯生，侯生曰："将在外，君命有所不受。公子即合符，而晋鄙不信，或从便宜，复请于魏王，事不谐矣。臣之客朱亥，此天下力士，公子可与俱行。晋鄙见从甚善，若不听，即令朱亥击杀之。"信陵君不觉泣下。侯生曰："公子有畏耶？"信陵君曰："晋鄙老将无罪，倘不从，便当击杀，吾是以悲，无他畏也。"于是与侯生同诣朱亥家，言其故，朱亥笑曰："臣乃市屠小人，蒙公子数下顾，所以不报者，谓小礼无所用。今公子有急，正亥效命之日也。"侯生曰："臣义当从行，以年老不能远涉，请以魂送公子。"即自刭于车前。信陵君十分悲悼，乃厚给其家，使为殡殓。自己不敢留滞，遂同朱亥登车望北而去。髯仙有诗云：

魏王畏敌诚非勇，公子损生亦可嗤。
食客三千无一用，侯生奇计仗如姬。

却说魏王于卧室中失了兵符，过了三日之后，方才知觉，心中好不惊怪。盘问如姬，只推不知。乃遍搜宫内，全无下落。却教颜恩将宫娥内侍，凡值内寝者，逐一拷打。颜恩心中了了，只得假意

第一百回　鲁仲连不肯帝秦，信陵君窃符救赵

推问。又乱了一日，魏王忽然想着：公子无忌屡次苦苦劝我救晋鄙进兵，他手下宾客鸡鸣狗盗者甚多，必然是他所为。使人召信陵君，回报："四五日前，已与宾客千余，车百乘出城，传闻救赵去矣。"魏王大怒，使将军卫庆率军三千，星夜往追信陵去讫。

再说邯郸城中盼望救兵，无一至者，百姓力竭，纷纷有出降之议，赵王患之。有传舍吏子李同，说平原君曰："百姓日乘城为守，而君安享富贵，谁肯为君尽力乎？君诚能令夫人以下，编于行伍之间，分功而作，家中所有财帛，尽散以给将士，将士在危苦之乡，易于感恩，拒秦必甚力。"平原君从其计，募得敢死之士三千人，使李同领之，绐城而出，乘夜斫营，杀秦兵千余人。王龁大惊，亦退三十里下寨。城中人心稍定。李同身带重伤，回城而死。平原君哭之恸，命厚葬之。

再说信陵君无忌行至邺下，见晋鄙曰："大王以将军久暴露于外，遣无忌特来代劳。"因使朱亥捧虎符与晋鄙验之，晋鄙接符在手，心下踌躇，想道："魏王以十万之众托我，我虽固陋，未有败衄之罪，今魏王无尺寸之书，而公子徒手捧符，前来代将，此事岂可轻信！"乃谓信陵君曰："公子暂请消停几日，待某把军伍造成册籍，明日交付何如？"信陵君曰："邯郸势在垂危，当星夜赴救，岂得复停时刻！"晋鄙曰："实不相瞒，此军机大事，某还要再行奏请，方敢交军。"说犹未毕，朱亥厉声喝曰："元帅不奉王命，便是反叛了。"晋鄙方问得一句："汝是何人？"只见朱亥袖中出铁锤，重四十斤，向晋鄙当头一击，脑浆迸裂，登时气绝。信陵君握符谓诸将曰："魏王有命，使某代晋鄙将军救赵，晋鄙不奉命，今已诛死。三军安心听令，不得妄动。"营中肃然。比及卫庆追至邺下，信陵君已杀晋鄙，将其军矣。卫庆料信陵君救赵之志已决，便欲辞去。

信陵君曰："君已至此，看我破秦之后，可还报吾王也。"卫庆只得先打密报，回复魏王，遂留军中。

信陵君大犒三军，复下令曰："父子俱在军中者，父归；兄弟俱在军中者，兄归；独子无兄弟者，归养；有疾病者，留就医药。"是时告归者约十分之二，得精兵八万人，整齐步伍，申明军法。信陵君率宾客，身为士卒先，进击秦营。王龁不意魏兵卒至，仓卒拒战，魏兵贾勇而前，平原君亦开城接应，大战一场。王龁折兵一半，奔汾水大营。秦王传令解围而去。郑安平以二万人别营于东门，为魏兵所遏，不能归，叹曰："吾原是魏人。"乃投降于魏，春申君闻秦师已解，亦班师而归。韩王乘机复取上党。此秦昭襄王之五十年，周赧王五十八年之事也。

赵王亲携牛酒劳军，向信陵君再拜曰："赵国亡而复存，皆公子之力，自古贤人，未有如公子者也。"平原君负弩矢，为信陵君前驱，信陵君颇有自功之色。朱亥进曰："人有德于公子，公子不可忘；公子有德于人，公子不可不忘也。公子矫王命，夺晋鄙军以救赵，于赵虽有功，而于魏未为无罪。公子乃自以为功乎？"信陵君大惭曰："无忌谨受教。"

比入邯郸城，赵王亲扫除宫室以迎信陵君，执主人之礼甚恭，揖信陵君就西阶，信陵君谦让不敢当客，踽踽然细步循东阶而上。赵王献觞为寿，颂公子存赵之功。信陵君踧踖逊谢曰："无忌有罪于魏，无功于赵。"宴毕归馆，赵王谓平原君曰："寡人欲以五城封魏公子，见公子谦让之至，寡人自愧，遂不能出诸口。请以鄗为公子汤沐之邑，烦为致之。"平原君致赵王之命，信陵君辞之再四，方才敢受。信陵君自以得罪魏王，不敢归国，将兵符交付将军卫庆，督兵回魏，而身留赵国。其宾客之留魏者，亦弃魏奔赵，依信陵君。赵王又欲封鲁仲连以大邑，仲连固辞，赠以千金，亦不受，曰："与其富贵而诎于人，宁贫贱而得自由也。"信陵君与平原君共留之，仲连不从，飘然而去，真高士矣。史臣有赞云：

> 卓哉鲁连，品高千载。
> 不帝强秦，宁蹈东海！
> 排难辞荣，逍遥自在。
> 视彼仪秦，相去十倍。

时赵有处士毛公者，隐于博徒；有薛公者，隐于卖浆之家。信陵君素闻其贤名，使朱亥传命访之，二人匿不肯见。忽一日，信陵君踪迹二人，知毛公在薛公之家，不用车马，单使朱亥一人跟随，微服徒步，假作买浆之人，直造其所，与二人相见。二人方据垆共饮，信陵君遂直入，自通姓名，叙向来倾慕之意。二人走避不及，只得相见。四人同席而饮，尽欢方散。自此以后，信陵君时时与毛、薛二公同游。平原君闻之，谓其夫人曰："向者吾闻令弟天下豪杰，公子中无与为比，今乃日逐从博徒卖浆者同游，交非其类，恐损名誉。"夫人见信陵君，述平原君之言，信陵君曰："吾向以为平原君贤者，故宁负魏王，夺兵来救。今平原所与宾客，徒尚豪举，不求贤士也。无忌在国时，常闻赵有毛公、薛公，恨不得与之同游。今日为之执鞭，尚恐其不屑于我，平原君乃以为羞，何云好士乎？平原君非贤者，吾不可留。"即日命宾客束装，欲适他国。平原君闻信陵君束装，大惊，谓夫人曰："胜未敢失礼于令弟，为何陡然弃我而去？夫人知其故乎？"夫人曰："吾弟以君非贤，故不愿留耳。"因述信陵君之语。平原君掩面叹曰："赵有二贤人，信陵君且知之，而吾不知，吾不及信陵君远矣，以彼形此，胜乃不得比于人类。"乃亲造馆舍，免冠顿首，谢其失言之罪。信陵君然后复留于赵。平原君门下士闻知其事，去而投信陵君者大半。四方宾客来游赵者，咸归信陵，不复闻平原君矣。髯翁有诗云：

卖浆纵博岂嫌贫，公子豪华肯辱身。
可笑平原无远识，却将富贵压贤人！

再说魏王接得卫庆密报，言："公子无忌果窃兵符，击杀晋鄙，代领其众，前行救赵，并留臣于军中，不遣归国。"魏王怒甚，便欲收信陵君家属，又欲尽诛其宾客之在国者。如姬乃跪而请曰："此非公子之罪，乃贱妾之罪，妾当万死。"魏王咆哮大怒，问曰："窃符者乃汝乎？"如姬曰："妾父为人所杀，大王为一国之主，不能为妾报仇，而公子能报之。妾感公子深恩，恨无地自效。今见公子以念姊之故，日夜哀泣，贱妾不忍，故擅窃虎符，使发晋鄙之军，以成其志。妾闻：'同室相斗者，被发缨冠而往救之。'赵与魏犹同室也，大王忘昔日之义，而公子赴同室之急，倘幸而却秦全赵，大王威名扬于远近，义声腾于四海，妾虽碎尸万段，亦何所恨乎？若收信陵君家属，诛其宾客，信陵兵败，甘服其罪；倘其得胜，将何以处之？"魏王沉吟半晌，怒气稍定，问曰："汝虽窃符，必有传送之人。"如姬曰："递送者，颜恩也。"魏王命左右缚颜恩至，问曰："汝何敢送兵符于信陵？"恩曰："奴婢不曾晓得什么兵符。"如姬目视颜恩曰："向日我着你送花胜与信陵夫人，这盒内就是兵符了。"颜恩会意，乃大哭曰："夫人吩咐，奴婢焉敢有违？那时只说送花胜去，盒子重重封固，奴婢岂知就里？今日屈死奴婢也！"如姬亦泣曰："妾有罪自当，勿累他人。"魏王喝教将颜恩放绑，下于狱中，如姬贬入冷宫，一面使人探听信陵君胜负消息，再行定夺。

约过了二月有余，卫庆班师回朝，将兵符缴上，奏道："信陵君大败秦军，不敢还国，已留身赵都，多多拜上大王：'改日领罪。'"魏王问交兵之状，卫庆备细述了一遍，群臣皆罗拜称贺，呼："万岁！"魏王大喜，即使左右召如姬于冷宫，出颜恩于狱，俱恕其罪。如姬参见谢恩毕，奏曰："救赵成功，使秦国畏大王之威，赵王怀大王之德，皆信陵君之功也。信陵君乃国之长城，家之宗器，岂可弃之于外邦？乞大王遣使召回本国，一以全亲亲之情，一以表贤贤之义。"魏王曰："彼免罪足矣，何得云功乎？"但吩咐："信陵君名下应得邑俸，仍旧送去本府家眷支用，不准迎归。"自是魏、赵俱太平无话。

再说秦昭襄王兵败归国，太子安国君率王孙子楚出迎于郊，齐奏吕不韦之贤。秦王封为客卿，食邑千户。秦王闻郑安平降魏，大怒，族灭其家。郑安平乃是丞相应侯范雎所荐，秦法凡荐人不效者，与所荐之人同罪，郑安平降敌，既已族诛，范雎亦该连坐了，于是范雎席藁待罪。

不知性命如何，且看下回分解。

第一百一回
秦王灭周迁九鼎，廉颇败燕杀二将

话说郑安平以兵降魏，应侯范雎是个荐主，法当从坐，于是席藁待罪。秦王曰："任安平者，本出寡人之意，与丞相无干。"再三抚慰，仍令复职。群臣纷纷议论。秦王恐范雎心上不安，乃下令国中曰："郑安平有罪，族灭勿论，如有再言其事者，即时斩首！"国人乃不敢复言。秦王赐范雎食物，比常有加，应侯甚不过意，欲说秦王灭周称帝，以此媚之。于是使张唐为大将伐韩，欲先取阳城，以通三川之路。

再说楚考烈王闻信陵君大破秦军，春申君黄歇无功，班师而还，叹曰："平原合从之谋，非妄言也，寡人恨不得信陵君为将，岂忧秦人哉！"春申君有惭色，进曰："向者合从之议，大王为长。今秦兵新挫，其气已夺，大王诚发使约会列国，并力攻秦；更说周王奉以为主，挟天子以声诛讨，五伯之功，不足道矣。"楚王大喜，即遣使如周，以伐秦之谋告赧王。赧王已闻秦王欲通三川，意在伐周，今日伐秦，正合着《兵法》"先发制人"之语，如何不从？楚王乃与五国定从约，刻期大举。

第一百一回　秦王灭周迁九鼎，廉颇败燕杀二将

时周赧王一向微弱，虽居天子之位，徒守空名，不能号令。韩、赵分周地为二，以雒邑之河南王城为西周，以巩附成周为东周，使两周公治之。赧王自成周迁于王城，依西周公以居，拱手而已。至是，欲发兵攻秦，命西周公签丁为伍，仅得五六千人，尚不能给车马之费。于是访国中有钱富民，借贷以为军资，与之立券，约以班师之日，将所得卤获，出息偿还。西周公自将其众，屯于伊阙，以待诸侯之兵。时韩方被兵，自顾不暇；赵初解围，余畏未息；齐与秦和好，不愿同事；惟燕将乐闲、楚将景阳二支兵先到，俱列营观望。秦王闻各国人心不一，无进取之意，益发兵助张唐攻下阳城，别遣将军嬴樛，耀兵十万于函谷关之外。燕、楚之兵约屯三月有余，见他兵不集，军心懈怠，遂各班师。西周公亦引兵归。赧王出兵一番，徒费无益。富民俱执券索偿，日攒聚宫门，哗声直达内寝。赧王惭愧，无以应之，乃避于高台之上。后人因名其台曰"避债台"。

却说秦王闻燕、楚兵散，即命嬴樛与张唐合兵，取路阳城，以攻西周。赧王兵粮两缺，不能守御，欲奔三晋。西周公进曰："昔太史儋言：'周、秦五百岁而合，有伯王者出。'今其时矣。秦有混一之势，三晋不日亦为秦有，王不可以再辱，不如捧土自归，犹不失宋、杞之封也。"赧王无计可施，乃率群臣子姓，哭于文、武之庙，三日，捧其所存舆图，亲诣秦军投献，愿束身归咸阳。嬴樛受其献，共三十六城，户三万。西周所属地已尽，惟东周仅存。嬴樛先使张唐护送赧王君臣子孙入秦奏捷，自引军入洛阳城，经略地界。赧王谒见秦王，顿首谢罪。秦王意怜之，以梁城封赧王，降为周公，比于附庸。原日西周公降为家臣，东周公贬爵为君，是为东周君。赧王年老，往来周、秦，不胜劳苦，既至梁城，不逾月病死。秦王命除其国，又命嬴樛发洛阳丁壮，毁周宗庙，运其祭器，并要搬运九

鼎，安放咸阳。周民不愿役秦者，皆逃奔巩城，依东周君以居，亦见人心之不肯忘周矣。将迁鼎之前一日，居民闻鼎中有哭泣之声。及运至泗水，一鼎忽从舟中飞沉于水底，嬴樛使人没水求之，不见有鼎，但见苍龙一条，鳞鬣怒张，顷刻波涛顿作，舟人恐惧，不敢触之。嬴樛是夜梦周武王坐于太庙，召樛至，责之曰："汝何得迁吾重器，毁吾宗庙！"命左右鞭其背三百。嬴樛梦觉，即患背疽，扶病归秦，将八鼎献上秦王，并奏明其状。秦王查阅所失之鼎，正豫州之鼎也。秦王叹曰："地皆入秦，鼎独不附寡人乎？"欲多发卒徒，更往取之。嬴樛谏曰："此神物有灵，不可复取。"秦王乃止。嬴樛竟以疽死。秦王以八鼎及祭器，陈列于秦太庙之中，郊祀上帝于雍州，布告列国，俱要朝贡称贺，不来宾者伐之。韩桓惠王首先入朝，稽首称臣。齐、楚、燕、赵皆遣国相入贺。独魏国使者，尚未见到。秦王命河东守王稽引兵袭魏。王稽素与魏通，私受金钱，遂泄其事。魏王惧，遣使谢罪，亦使太子增为质于秦，委国听令。自此六国，俱宾服于秦。时秦昭襄王之五十二年也。

秦王究通魏之事，召王稽诛之。范雎益不自安。一日，秦王临朝叹息。范雎进曰："臣闻'主忧则臣辱，主辱则臣死'，今大王临朝而叹，由臣等不职之故，不能为大王分忧，臣敢请罪。"秦王曰："夫物不素具，不可以应卒。今武安君诛死，而郑安平背叛，外多强敌，而内无良将，寡人是以忧也。"范雎且惭且惧，不敢对而出。

时有燕人蔡泽者，博学善辩，自负甚高，乘敝车游说诸侯，无所遇。至大梁，遇善相者唐举，问曰："吾闻先生曾相赵国李兑，言：'百日之内，持国秉政。'果有之乎？"唐举曰："然。"蔡泽曰："如仆者，先生以为何如？"唐举熟视而笑，谓曰："先生鼻如蝎虫，肩高于项，魋颜蹙眉，两膝挛曲，吾闻'圣人不相'，殆先生乎？"

蔡泽知唐举戏之，乃曰："富贵吾所自有，吾所不知者寿耳。"唐举曰："先生之寿，从今以往者四十三年。"蔡泽笑曰："吾饭粱啮肥，乘车跃马，怀黄金之印，结紫绶于腰，揖让人主之前者，四十三年足矣，尚何求乎？"及再游韩、赵，不得意，返魏，于郊外遇盗，釜甑皆为夺去，无以为炊，息于树下，复遇唐举。举戏曰："先生尚未富贵耶？"蔡泽曰："方且觅之。"唐举曰："先生金水之骨，当发于西。今秦丞相应侯，用郑安平、王稽皆得重罪，应侯惭惧之甚，必急于卸担。先生何不一往，而困守于此？"蔡泽曰："道远难至，奈何？"唐举解囊中，出数金赠之。蔡泽得其资助，遂西入咸阳。谓旅邸主人曰："汝饭必白粱，肉必甘肥，俟吾为丞相时，当厚酬汝。"主人曰："客何人，乃望作丞相耶？"泽曰："吾姓蔡名泽，乃天下雄辩有智之士，特来求见秦王。秦王若一见我，必然悦我之说，逐应侯而以吾代之，相印立可悬于腰下也。"主人笑其狂，为人述之。应侯门客闻其语，述于范雎。范雎曰："五帝三代之事，百家之说，吾莫不闻，众口之辩，遇我而屈，彼蔡泽者，恶能说秦王而夺吾相印乎？"乃使人往旅邸召蔡泽。主人谓泽曰："客祸至矣。客宣言欲代应侯为相，今应府相召，先生若往，必遭大辱。"蔡泽笑曰："吾见应侯，彼必以相印让我，不须见秦王也。"主人曰："客太狂，勿累我。"

蔡泽布衣蹑屩，往见范雎。雎踞坐以待之。蔡泽长揖不拜。范雎亦不命坐，厉声诘之曰："外边宣言，欲代我为丞相者是汝耶？"蔡泽端立于旁曰："正是。"范雎曰："汝有何辞说，可以夺吾爵位？"蔡泽曰："吁！君何见之晚也。夫四时之序，成功者退，将来者进。君今日可以退矣。"范雎曰："吾不自退，谁能退之？"蔡泽曰："夫人生百体坚强，手足便利，聪明圣智，行道施德于天下，岂非世所敬慕为贤豪者与？"范雎应曰："然。"蔡泽又曰："既已得志于天下，而安乐寿考，终其天年，簪缨世禄，传之子孙，世世不替，与天地相终始，岂非世所谓吉祥善事者与？"范雎曰："然。"蔡泽曰："若夫秦有商君，楚有吴起，越有大夫种，功成而身不得其死，君亦以为可愿否？"范雎心中暗想："此人谈及利害，渐渐相逼，若说不愿，就堕其说术之中了。"乃佯应之曰："有何不可愿也。夫公孙鞅事孝公，尽公无私，定法以治国中，为秦将，拓地千里；吴起事楚悼王，废贵戚以养战士，南平吴、越，北却三晋；大夫种事越王，能转弱为强，并吞劲吴，为其君报会稽之怨。虽不得其死，然大丈夫杀身成仁，视死如归，功在当时，名垂后世，何不可愿之有哉？"此时范雎虽然嘴硬，却也不安于坐，起立而听之。蔡泽对曰："主圣臣贤，国之福也；父慈子孝，家之福也。为孝子者，谁不愿得慈父？为贤臣者，谁不愿得明君？比干忠而殷亡，申生孝而国乱，身虽恶死，而无济于君父，何也？其君父非明且慈也。商君、吴起、大夫种亦不幸而死耳，岂求死以成后世之名哉？夫比干剖而微子去，召忽戮而管仲生。微子、管仲之名，何至出比干、召忽之下乎？故大丈夫处世，身名俱全者，上也；名可传而身死者，其次也；惟名辱而身全，斯为下耳。"这段话说得范雎胸中爽快，不觉离席，移步下堂，口中称："善。"蔡泽又曰："君以商君、吴起、大夫种杀身成仁为可愿也，然孰与闳夭之事文王、周公之辅成王乎？"范雎曰："商君等弗如也。"蔡泽曰："然则今王之信任忠良，惇厚故旧，视秦孝公、楚悼王奚若？"范雎沉吟少顷，曰："未知何如。"蔡泽曰："君自量功在国家，算无失策，孰与商君、吴起、大夫种？"范雎又曰："吾弗如。"蔡泽曰："今王之亲信功臣，既不能有过于秦孝公、楚悼王、越王勾践，而君之功绩，又不若商君、吴起、大夫种,然而君之禄位过盛,私家之富倍于三子,如是而不思急流勇退,为自全计,彼三子者,且不能免祸,而况于君乎?夫翠鹄、犀象,其处势非不远于死,而竟以死者,感于饵也。苏秦、智伯之智,非不足以自庇,而竟以死者,惑于贪利不止也。君以匹夫徒步知遇秦王,位为上相,富贵已极,怨已雠而德已报矣,犹然贪恋势利,进而不退,窃恐苏秦、智伯之祸,在所不免。语云:'日中必移,月满必亏。'君何不以此时归相印,择贤者而荐之?所荐者贤,而荐贤之人益重,君名为辞荣,实则卸担。于是乎寻川岩之乐,享乔松之寿,子孙世世长为应侯,孰与据轻重之势,而蹈不可知之祸哉?"范雎曰:"先生自谓雄辩有智,今果然也,雎敢不受命。"于是乃延之上坐,待以客礼,遂留于宾馆,设酒食款待。

次日入朝,奏秦王曰:"客新有从山东来者,曰蔡泽,其人有王伯之才,通时达变,足以寄秦国之政。臣所见之人甚众,更无其匹,臣万不及也。臣不敢蔽贤,谨荐之于大王。"秦王召蔡泽见于便殿,问以兼并六国之计。蔡泽从容条对,深合秦王之意,即日拜为客卿。范雎因谢病,请归相印。秦王不准。雎遂称病笃不起。秦王乃拜蔡泽为丞相,以代范雎,封刚成君。雎归老于应。

话分两头。却说燕自昭王复国,在位三十三年,传位于惠王。惠王在位七年,传于武成王。武成王在位十四年,传于孝王。孝王在位二年,传于燕王喜。喜即位,立其子丹为太子。燕王喜之四年,秦昭襄王之五十六年也。是岁,赵平原君赵胜卒,以廉颇为相国,封信平君。燕王喜以赵国接壤,使其相国栗腹往吊平原君之丧,因以五百金为赵王酒资,约为兄弟。栗腹冀赵王厚贿,赵王如常礼相待,栗腹意不怿,归报燕王曰:"赵自长平之败,壮者皆死,其孤尚幼,且相国新丧,廉颇已老,若出其不意,分兵伐之,赵可灭也。"燕王感其言，召昌国君乐闲问之，闲对曰："赵东邻燕，西接秦境，南错韩、魏，北连胡貊，四野之地，其民习兵，不可轻伐。"燕王曰："吾以三倍之众而伐一，何如？"乐闲曰："未可。"燕王曰："以五倍伐一，何如？"乐闲不应。燕王怒曰："汝以父坟墓在赵，不欲攻赵？"乐闲曰："王如不信，臣请试之。"群臣阿燕王之意，皆曰："天下焉有五而不能胜一者？"大夫将渠独切谏曰："王且勿言众寡，而先言曲直。王方与赵交欢，以五百金为赵王寿，使者还报，而即攻之，不信不义，师必无功。"燕王不以为然。使栗腹为大将，乐乘佐之，率兵十万攻鄗；使庆秦为副将，乐闲佐之，率兵十万攻代；燕王亲率兵十万为中军，在后接应。方欲升车，将渠手揽王绶，垂泪言曰："即伐赵，愿大王勿亲往，恐震惊左右。"燕王怒，以足蹴将渠。渠即抱王足而泣曰："臣之留大王者，忠心也。王若不听，燕祸至矣！"燕王愈怒，命囚将渠于狱，俟凯旋日杀之。三军分路而进，旌旗蔽野，杀气腾空，满望踏平赵土，大拓燕疆。

赵王闻燕兵将至，集群臣问计，相国廉颇进曰："燕谓我丧败之余，士伍不充，若大赉国中，使民十五岁以上者，悉持兵佐战，军声一振，燕气自夺。栗腹喜功，原无将略，庆秦无名小子，乐闲、乐乘以昌国君之故，往来燕、赵，不为尽力。燕军可立破也！"乃荐雁门李牧，其才可将。赵王用廉颇为大将，引兵五万，迎栗腹于鄗；用李牧为副将，引兵五万，迎庆秦于代。

却说廉颇兵至房子城，知栗腹在鄗，乃尽匿其丁壮于铁山，但以老弱列营。栗腹探知，喜曰："吾固知赵卒不堪战也！"乃率众急攻鄗城。鄗城人知救兵已至，坚守十五日不下。廉颇率大军赴之，先出疲卒数千人挑战。栗腹留乐乘攻城，亲自出阵，只一合，赵军不能抵当，大败而走。栗腹指麾将士，追逐赵军，约六七里，伏兵齐起，当先一员大将，驰车而出，大叫："廉颇在此！来将早早受缚！"栗腹大怒，挥刀迎敌。廉颇手段高强，所领俱是选的精卒，一可当百。不数合，燕军大败，廉颇生擒栗腹。乐乘闻主将被擒，解围欲走，廉颇使人招之，乐乘遂奔赵军。恰好李牧救代得胜，斩了庆秦，遣人报捷。乐闲率余众保于清凉山，廉颇使乐乘以书招闲，闲亦降赵。燕王喜知两路兵俱败没，遂连夜奔回中都。廉颇长驱直入，筑长围以困之，燕王遣使乞和。乐闲谓廉颇曰："本倡伐赵之谋者，栗腹也。大夫将渠有先几之明，苦谏不听，被羁在狱。若欲许和，必须要燕王以将渠为相国，使他送款方可。"廉颇从其说。

燕王出于无奈，即召将渠于狱中，授相印。将渠辞曰："臣不幸言而中，岂可幸国之败以为利哉？"燕王曰："寡人不听卿言，自取辱败，今将求成于赵，非卿不可。"将渠乃受相印，谓燕王曰："乐乘、乐闲虽身投于赵，然其先世有大功于燕，大王宜归其妻子，使其不忘燕德，则和议可速成矣。"燕王从之。将渠乃如赵军，为燕王谢罪，并送还乐闲、乐乘家属。廉颇许和，因斩栗腹之首，并庆秦之尸，归之于燕，即日班师还赵。赵王封乐乘为武襄君，乐闲仍称昌国君如故。以李牧为代郡守。时剧辛为燕守蓟州，燕王以剧辛素与乐毅同事昭王，使为书以招二乐。乐乘、乐闲以燕王不听忠言，竟留于赵。将渠虽为燕相，不出燕王之意，未及半载，托病辞印，燕王遂用剧辛代之。此段话且搁过一边。

再说秦昭襄王在位五十六年，年近七十，至秋得病而薨。太子安国君柱立，是为孝文王。立赵女为王后，子楚为太子。韩王闻秦王之丧，首先服衰绖入吊，视丧事，如臣子之礼。诸侯皆遣将相大臣来会葬。孝文王除丧之三日，大宴群臣，席散回宫而死。国人皆疑客卿吕不韦欲子楚速立为王，乃重贿左右，置毒药于酒中，秦王中毒而死。然心惮不韦，无敢言者。于是不韦同群臣奉子楚嗣位，是为庄襄王。奉华阳夫人为太后，立赵姬为王后。子赵政为太子，去赵字，单名政。蔡泽知庄襄王深德吕不韦，欲以为相，乃托病以相印让之。不韦遂为丞相，封文信侯，食河南洛阳十万户。不韦慕孟尝、信陵、平原、春申之名，耻其不如，亦设馆招致宾客，凡三千余人。

再说东周君闻秦连丧二王，国中多事，乃遣宾客往说诸国，欲合从以伐秦。丞相吕不韦言于庄襄王曰："西周已灭，而东周一线若存，自谓文武之子孙，欲以鼓动天下，不如尽灭之，以绝人望。"秦王即用不韦为大将，率兵十万伐东周，执其君以归，尽收巩城等七邑。周自武王己酉受命，终于东周君壬子，历三十七王，共八百七十三年，而祀绝于秦。有歌诀为证：

> 周武成康昭穆共，懿孝夷厉宣幽终，
> 以上盛周十二主，二百五十二年逢。
> 东迁平桓庄釐惠，襄顷匡定简灵继，
> 景悼敬元贞定哀，思考威烈安烈序。
> 显子慎靓赧王亡，东周廿六凑成双，
> 系出喾子后稷弃，太王王季文王昌。
> 首尾三十有八主，八百七十年零四，
> 卜年卜世数过之，宗社灵长古无二。

秦王乘灭周之盛，复遣蒙骜袭韩，拔成皋、荥阳，置三川郡，地界直逼大梁矣。秦王曰："寡人昔质于赵，几为赵王所杀，此仇不可不报！"乃再遣蒙骜攻赵，取榆次等三十七城，置太原郡。遂南定上党，因攻魏高都不拔，秦王复遣王齕将兵五万助战。魏兵屡败。如姬言于魏王曰："秦所以急攻魏者，欺魏也。所以欺魏者，以信陵君不在也。信陵君贤名闻于天下，能得诸侯之力。大王若使人卑辞厚币，召之于赵，使其合从列国，并力御秦，虽有蒙骜等百辈，何敢正眼视魏哉？"魏王势在危急，不得已从其计，遣颜恩为使，持相印，益以黄金彩币，往赵迎信陵君。遗以书，略曰：

公子昔不忍赵国之危，今乃忍魏国之危乎？魏急矣，寡人举国引领以待公子之归也，公子幸勿计寡人之过。

信陵君虽居赵国，宾客探信，往来不绝，闻魏将遣使迎己，恨曰："魏王弃我于赵，十年于兹矣。今事急而召我，非中心念我也！"乃悬书于门下："有敢为魏王通使者死！"宾客皆相戒，莫敢劝其归者。颜恩至魏半月，不得见公子。魏王复遣使者催促，音信不绝。颜恩欲求门下客为言，俱辞不敢通。欲候信陵君出外，于路上邀之。信陵君为回避魏使，竟不出门。颜恩无可奈何。

毕竟信陵君肯归魏否，且看下回分解。

第一百二回
华阴道信陵败蒙骜，胡卢河庞煖斩剧辛

　　话说颜恩欲见信陵君不得，宾客不肯为通，正无奈何，适博徒毛公和卖浆薛公来访公子。颜恩知为信陵君上客，泣诉其事，二公曰："君第戒车，我二人当力劝之。"颜恩曰："全仗，全仗。"二公入见信陵君曰："闻公子车驾将返宗邦，吾二人特来奉送。"信陵君曰："哪有此事？"二公曰："秦兵围魏甚急，公子不闻乎？"信陵君曰："闻之。但无忌辞魏十年，今已为赵人，不敢与闻魏事矣。"二公齐声曰："公子是何言也？公子所以重于赵，名闻于诸侯者，徒以有魏也。即公子之能养士，致天下宾客者，亦借魏力也。今秦攻魏日急，而公子不恤，设使秦一旦破大梁，夷先王之宗庙，公子纵不念其家，独不念祖宗之血食乎？公子复何面目寄食于赵也！"言未毕，信陵君蹴然起立，面发汗，谢曰："先生责无忌甚正，无忌几为天下罪人矣。"即日命宾客束装，自入朝往辞赵王。赵王不舍信陵君归去，持其臂而泣曰："寡人自失平原，倚公子如长城，一朝弃寡人而去，寡人谁与共社稷耶？"信陵君曰："无忌不忍先王宗庙见夷于秦，不得不归。倘邀君之福，社稷不泯，尚有相见之日。"

第一百二回　华阴道信陵败蒙骜，胡卢河庞煖斩剧辛

赵王曰："公子向以魏师存赵，今公子归赴国难，寡人敢不悉赋以从！"乃以上将军印授公子，使将军庞煖为副，起赵军十万助之。信陵君既将赵军，先使颜恩归魏报信，然后分遣宾客，致书于各国求救。燕、韩、楚三国俱素重信陵之人品，闻其为将，莫不喜欢，悉遣大将引兵至魏，听其节制。燕将将渠、韩将公孙婴、楚将景阳，惟齐国不肯发兵。

却说魏王正在危急，颜恩报说："信陵君兼将燕、赵、韩、楚之师，前来救魏。"魏王如渴时得浆，火中得水，喜不可言，使卫庆悉起国中之师，出应公子。时蒙骜围郏州，王龁围华州，信陵君曰："秦闻吾为将，必急攻。郏、华东西相距五百余里，吾以兵缀蒙骜之兵于郏，而率奇兵赴华，若王龁兵败，则蒙骜亦不能自固矣。"众将皆曰："然。"乃使卫庆以魏师合楚师，筑为连垒，以拒蒙骜。虚插信陵君旗号，坚壁勿战。而身帅赵师十万，与燕、韩之兵，星驰华州。信陵君集诸将计议曰："少华山东连太华，西临渭河，秦以舟师运粮，俱泊渭水，而少华木多荆杞，可以伏兵。若以一军往渭劫粮，王龁必悉兵来救，吾伏兵于少华，邀而击之，无不胜矣。"即命赵将庞煖引一支军往渭河，劫其粮艘；使韩将公孙婴、燕将将渠各引一支军，声言接应劫粮之兵，只在少华山左右伺候，共击秦军。信陵君亲率精兵三万，伏于少华山下。

庞煖引军先发，早有伏路秦兵报入王龁营中，言："魏信陵君为将，遣兵径往渭口。"王龁大惊曰："信陵善于用兵，今救华，不接战，而劫渭口之粮，是欲绝我根本也。吾当亲往救之。"遂传令："留兵一半围城，余者悉随吾救渭。"将近少华山，山中闪出一队大军，打着"燕相国将渠"旗号。王龁传令列成阵势，便接住将渠交锋。战不数合，又是一队大军到来，打着"韩大将公孙婴"旗号，

王龁急分兵迎敌。军士报道："渭河粮船，被赵将庞煖所劫。"王龁道："事已如此，且只顾厮杀。若杀退燕、赵二军，又作计较。"三国之兵，搅做一团，自午至酉，尚未鸣金。信陵君度秦兵已疲，引伏兵一齐杀出，大叫："信陵君亲自领兵在此！秦将早早来降，免污刀斧！"王龁虽是个惯战之将，到此没有三头六臂，如何支持得来？况秦兵素闻信陵君威名，到此心胆俱裂，人人惜命，个个奔逃。王龁大败，折兵五万有余，又尽丧其粮船，只得引残兵败将，向路南而遁，进临潼关去讫。信陵君引得胜之兵，仍分三队，来救郑州。

却说蒙骜谍探信陵君兵往华州，乃将老弱立营，虚建"大将蒙"旗帜，与魏、楚二军相持。尽驱精锐衔枚疾走，望华州一路迎来，指望与王龁合兵。谁知信陵君已破走了王龁，恰好在华阴界上相遇。信陵君亲冒矢石，当先冲敌，左有公孙婴，右有将渠，两下大杀一阵。蒙骜折兵万余，鸣金收军。当下扎住大寨，整顿军马，打点再决死敌。这边魏将卫庆、楚将景阳，探知蒙骜不在军中，攻破秦营老弱，解了郑州之围，也望华阴一路追袭而来。正遇蒙骜列阵将战，两下夹攻，蒙骜虽勇，怎当得五路军马，腹背受敌，又大折一阵，急急望西退走。信陵君率诸军，直追至函谷关下，五国扎下五个大营，在关前扬威耀武。如此月余，秦兵紧闭关门，不敢出应。信陵君方才班师。各国之兵，亦皆散回本国。史臣论此事，以为信陵君之功，皆毛公、薛公之功也。有诗云：

兵马临城孰解围？合从全仗信陵归。
当时劝驾谁人力？却是埋名两布衣！

第一百二回　华阴道信陵败蒙骜，胡卢河庞煖斩剧辛

魏安釐王闻信陵君大破秦军，奏凯而回，不胜之喜，出城三十里迎接。兄弟别了十年，今日相逢，悲喜交集，乃并驾回朝。论功行赏，拜为上相，益封五城，国中大小政事，皆决于信陵君。赦朱亥擅杀晋鄙之罪，用为偏将。此时信陵君之威名，震动天下。各国皆具厚币，求信陵君兵法。信陵君将宾客平日所进之书，纂括为二十一篇，阵图七卷，名曰《魏公子兵法》。

却说蒙骜与王龁领着败兵，合做一处，来见秦庄襄王，奏曰："魏公子无忌合从五国，兵多将广，所以臣等不能取胜，损兵折将，罪该万死。"秦王曰："卿等屡立战功，开疆拓土，今日之败，乃是众寡不敌，非卿等之罪也。"刚成君蔡泽进曰："诸国所以合从者，徒以公子无忌之故。今王遣一使修好于魏，且请无忌至秦面会，俟其入关，即执而杀之，永绝后患，岂不美哉？"秦王用其谋，遣使至魏修好，并请信陵君。冯谖曰："孟尝、平原皆为秦所羁，幸而得免，公子不可复蹈其辙。"信陵君亦不愿行，言于魏王，使朱亥为使，奉璧一双以谢秦。秦王见信陵君不至，其计不行，心中大怒。蒙骜密奏秦王曰："魏使者朱亥即锤击晋鄙之人也，此魏之勇士，宜留为秦用。"秦王欲封朱亥官职，朱亥坚辞不受。秦王益怒，令左右引朱亥置虎圈中。圈有斑斓大虎，见人来即欲前攫。朱亥大喝一声："畜生何敢无礼！"迸开双睛，如两个血盏，目眦尽裂，迸血溅虎。虎蹲伏股慄，良久不敢动。左右乃复引出。秦王叹曰："乌获、任鄙不是过矣！若放之归魏，是与信陵君添翼也。"愈欲迫降之，亥不从，命拘于驿舍，绝其饮食。朱亥曰："吾受信陵君知遇，当以死报之！"乃以头触屋柱，柱折而头不破，于是以手自探其喉，绝咽而死。真义士哉！

秦王既杀朱亥，复谋于群臣曰："朱亥虽死，信陵君用事如故，

寡人意欲离间其君臣，诸卿有何良策？"刚成君蔡泽进曰："昔信陵君窃符救赵，得罪魏王，魏王弃之于赵，不许相见，后因秦兵围急，不得已而召之。虽然纠连四国，得成大功，然信陵君有震主之嫌，魏王岂无疑忌之意？信陵君锤杀晋鄙，鄙死，宗族宾客怀恨必深。大王若捐金万斤，密遣细作至魏，访求晋鄙之党，奉以多金，使之布散流言，言：'诸侯畏信陵君之威，皆欲奉之为魏王，信陵君不日将行篡夺之事。'如此，则魏王必疏无忌而夺其权。信陵君不用事，天下诸侯，亦皆解体。吾因而用兵，无足为吾难矣。"秦王曰："卿计甚善。然魏既败吾军，其太子增犹质吾国，寡人欲囚而杀之，以泄吾恨，何如？"蔡泽对曰："杀一太子，魏复立一太子，何损于魏？不若借太子使为反间于魏。"秦王大悟，待太子增加厚，一面遣细作持万金往魏国行事，一面使其宾客皆与太子增往来相善，因而密告太子曰："信陵君在外十年，交结诸侯，诸侯之将相莫不敬且惮之。今为魏大将，诸侯兵皆属焉，天下但知有信陵君，不知有魏王也。虽吾秦国，亦畏信陵君之威，欲立为王，与之连和。信陵君若立，必使秦杀太子，以绝民望，即不然，太子亦将终老于秦矣。奈何？"太子增涕泣求计，客曰："秦方欲与魏通和，太子何不致一书于魏王，使其请太子归国。"太子增曰："虽请之，秦安肯释我而归耶？"客曰："秦王之欲奉信陵，非其本意，特畏之耳。若太子愿以国事秦，固秦之愿也，何患请而不从哉？"太子增乃为密书，书中备言诸侯归心信陵，秦亦欲拥立为王等语，后乃叙己求归之意，将书付客，托以密致魏王。于是秦王乃修书二封，一封致魏王归朱亥之丧，托言病死；一封奉贺信陵君，另有金币等物。

却说魏王因晋鄙宾客布散流言，固已心疑；及秦使捧国书来，欲与魏息兵修好。叩其来意，都是敬慕信陵之语；又接得太子增家

第一百二回　华阴道信陵败蒙骜，胡卢河庞煖斩剧辛

信，心中愈加疑惑。使者再将书、币送信陵府中，故意泄漏其语，使魏王闻之。

却说信陵君闻秦使讲和，谓宾客曰："秦非有兵戎之事，何求于魏？此必有计。"言未毕，阍人报秦使者在门，言："秦王亦有书奉贺。"信陵君曰："人臣义无私交，秦王之书、币，无忌不敢受。"使者再三致秦王之意，信陵君亦再三却之。恰好魏王遣使来到，要取秦王书来看。信陵君曰："魏王既知有书，若说吾不受，必不肯信。"遂命驾车将秦王书、币，原封不动，送上魏王，言："臣已再三辞之，不敢启封。今蒙王取览，只得呈上，但凭裁处。"魏王曰："书中必有情节，不启不明。"乃发书观之，略曰：

> 公子威名播于天下，天下侯王莫不倾心于公子者。指日当正位南面，为诸侯领袖，但不知魏王让位当在何日，引领望之，不胜之忱，预布贺忱，惟公子勿罪。

魏王览毕，付与信陵君观看。信陵君奏曰："秦人多诈，此书乃离间我君臣，臣所以不受者，正虑书中不知何语，恐堕其术中耳。"魏王曰："公子既无此心，便可于寡人面前，作书复之。"即命左右取纸笔，付信陵君作回书。略云：

> 无忌受寡君不世之恩，糜首莫酬，南面之语，非所以训人臣也。蒙君辱贶，昧死以辞。

书付秦使，并金币带回。魏王亦遣使谢秦，并言："寡君年老，欲请太子增回国。"秦王许之。太子增既回魏，复言信陵君不可专

任。信陵君虽则于心无愧,度魏王心中芥蒂,终未释然,遂托病不朝,将相印、兵符俱缴还魏王,与宾客为长夜之饮,多近妇女,日夜为乐,惟恐不及。史臣有诗云:

> 侠气凌今古,威名动鬼神。
> 一身全赵魏,百战却嬴秦。
> 镇国同坚础,危词似吠狺。
> 英雄无用处,酒色了残春。

再说秦庄襄王在位三年,得疾,丞相吕不韦入问疾,因使内侍以缄书密致王后,追述往日之誓。后旧情未断,遂召不韦与之私通。不韦以医药进王,王病一月而薨。不韦扶太子政即位,此时年仅一十三岁。尊庄襄后为太后,封其母弟成蟜为长安君。国事皆决于不韦,比于太公,号为尚父。不韦父死,四方诸侯宾客来吊者如市,车马填塞道路,视秦王之丧,愈加众盛。正是权倾中外,威振诸侯。不在话下。

秦王政元年,吕不韦知信陵君退废,始复议用兵。使大将蒙骜同张唐伐赵,攻下晋阳。三年,再遣蒙骜同王龁攻韩,韩使公孙婴拒之。王龁曰:"吾一败于赵,再败于魏,蒙秦王赦而不诛,此行当以死报。"遂帅其私属千人,直犯韩营,龁力战而死。韩兵乱,蒙骜乘之,大败韩师,杀公孙婴,取韩十二城以归。自信陵君废,而赵、魏之好亦绝。赵孝成王使廉颇伐魏,围繁阳,未克,而孝成王薨。太子偃嗣位,是为悼襄王。时廉颇已克繁阳,乘胜进取。而大夫郭开素以谄佞为廉颇所嫉,常因侍宴面叱之。郭开衔怨在心,潜于悼襄王,言:"廉颇已老,不任事,伐魏久而无功。"乃使武襄君

第一百二回　华阴道信陵败蒙骜，胡卢河庞煖斩剧辛

乐乘往代廉颇。廉颇怒曰："吾自事惠文王为将，于今四十余年，未有挫失。乐乘何人，而能代我？"遂勒兵攻乘，乘惧走归国。廉颇遂奔魏，魏王虽尊为客将，疑而不用。廉颇由是遂居大梁。

秦王政四年十月，蝗虫从东方来，蔽天，禾稼不收，疫病大作。吕不韦与宾客议令百姓纳粟千石，拜爵一级。后世纳粟之例，自此而起。是年，魏信陵君伤于酒色，得疾而亡。冯谖哭泣过哀，亦死。宾客自刭从死者百余人，足见信陵君之能得士矣。明年，魏安釐王亦薨，太子增嗣位，是为景湣王。

秦知魏新丧君，又信陵君已死，思报败绩之仇，遣大将蒙骜攻魏，拔酸枣等二十城，置东郡。未几，又拔朝歌，又攻下濮阳。卫元君乃魏王之婿，东走野王，阻山而居。景湣王叹曰："使信陵君尚在，当不令秦兵纵横至此也。"于是遣使与赵通好。赵悼襄王亦患秦侵伐无已，方欲使人往纠列国，重寻信陵、平原二君合从之约，忽边吏报道："今有燕国拜剧辛为大将，领兵十万，来犯北界。"那剧辛原是赵人，先在赵时，原与庞煖有交，后来庞煖仕赵，剧辛投奔燕昭王，昭王用为蓟郡守，及燕王喜被赵将廉颇围困都城，赖将渠讲和而罢，深以为耻。将渠相燕，原出于赵人所命，非燕王之意，虽则助信陵君战秦有功，到底君臣之间未能十分相信。将渠为相岁余，即托病归其印绶。燕王乃召剧辛于蓟，用为相国，共图报赵之事。奈心惮廉颇，不敢动掸。今日廉颇奔魏，庞煖为将，剧辛意颇轻之，乃迎合燕王之意，奏曰："庞煖庸才，非廉颇之比。况秦兵已拔晋阳，赵人疲敝，乘衅攻之，栗腹之耻可雪也。"燕王大悦曰："寡人正有此意，相国能为寡人一行乎？"剧辛曰："微臣熟知地利，若蒙见委，定当生擒庞煖，献于大王之前。"燕王大悦，遂使剧辛将兵十万伐赵。赵王闻报，即召庞煖计议。煖曰："剧辛自恃宿将，

必有轻敌之心。今李牧见守代郡，使引军南行，从庆都一路来，以断其后，臣以一军迎战，彼腹背受敌，可成擒矣。"赵王从计而行。

却说剧辛渡易水，取路中山，直犯常山地界，兵势甚锐。庞煖帅大军屯于东垣，深沟高垒，以待其来。剧辛曰："我军深入，若彼坚壁不战，成功无日矣。"问帐下："谁敢挑战？"骁将栗元，乃栗腹之子，欲报父仇，欣然愿往。剧辛曰："更得一人帮助方可。"末将武阳靖请行。剧辛给锐卒万人，使犯赵师。庞煖使乐乘、乐闲张两翼以待，而亲率军迎战。两下交锋，约二十余合，一声炮响，两翼并进，俱用强弓劲弩乱射燕军。武阳靖中箭而亡，栗元不能抵当，回车便走。庞煖同二将从后掩杀，一万锐卒，折去三千有余。剧辛大怒，急催大军亲自接应，庞煖已自还营去了。剧辛攻垒不能入，乃使人下书，约明日于阵前，单车相见。庞煖允之，两下各自准备。

至次日，彼此列成阵势，盼咐："不许施放冷箭！"庞煖先乘单车立于阵前，请剧将军会面。剧辛亦乘单车而出。庞煖在车中欠身曰："且喜将军齿发无恙。"剧辛曰："忆昔别君去赵，不觉距今已四十余年，某已衰老，君亦苍颜。人生如白驹过隙，信然也！"庞煖曰："将军向以昭王礼士，弃赵奔燕，一时豪杰景附，如云之从龙，风之从虎。今金台草没，无终墓木已拱，苏代、邹衍相继去世，昌国君亦归吾国，燕之气运亦可知矣！老将军年逾六十，孤立于衰王之庭，犹贪恋兵权，持凶器而行危事，欲何为乎？"剧辛曰："某受燕王三世厚恩，粉骨难报，趁吾余年，欲为国家雪栗腹之耻！"庞煖曰："栗腹无故攻吾鄗邑，自取丧败，此乃燕之犯赵，非赵之犯燕也！"两下在军前反覆酬答，庞煖忽大呼曰："有人得剧辛之首者，赏三百金！"剧辛曰："足下何轻吾太甚，吾岂不能取君之首耶？"庞煖曰："君命在身，各尽其力可耳！"剧辛大怒，把令旗一

第一百二回　华阴道信陵败蒙骜，胡卢河庞煖斩剧辛

麾，栗元便引军杀出。这里乐乘、乐闲双车接战，燕军渐失便宜。剧辛驱军大进，庞煖亦以大军迎之，两下混杀一场，燕军比赵损折更多。天晚，各鸣金收兵。

剧辛回营，闷闷不悦，欲待回军，又在燕王面前夸了大口，欲待不回，又难取胜，正自踌躇，忽有守营军士报道："赵国遣人下书，见在辕门之外，未敢擅投。"剧辛命取书到，其书再三缄封甚固，发而观之，略曰：

代州守李牧，引军袭督亢，截君之后，君宜速归，不然无及。某以昔日交情，不敢不告。

剧辛曰："庞煖欲摇动我军心耳！纵使李牧兵至，吾何惧哉？"命以书还其使人，来日再决死战。赵使者已去，栗元进曰："庞煖之言，不可不信，万一李牧果引军袭吾之后，腹背受敌，何以处之？"剧辛笑曰："吾亦虑及于此，适才所言，稳住军心。汝今密传军令，虚扎营寨，连夜撤回，吾亲自断后，以拒追兵。"栗元领计去了。谁知庞煖探听燕营虚设，同乐乘、乐闲分三路追来。剧辛且战且走，行至龙泉河，探子报道："前面旌旗塞路，闻说是代郡军马。"剧辛大惊曰："庞煖果不欺我！"遂不敢北进，引兵东行，欲取阜城一路，奔往辽阳。庞煖追及，大战于胡卢河。剧辛兵败，叹曰："吾何面目为赵囚乎？"自刎而亡。此燕王喜十三年，秦王政之五年也。髯翁有诗叹云：

金台应骋气昂昂，共翼昭王复旧疆。
昌国功名今在否？独将白首送沙场！

栗元被乐闲擒而斩之。获首二万余，余俱奔溃或降，赵兵大胜。庞煖约会李牧一齐征进，取武遂、方城之地。燕王亲诣将渠之门，求其为使，伏罪乞和。庞煖看将渠面情，班师奏凯而回。李牧仍守代郡去讫。赵悼襄王效迎庞煖，劳之曰："将军武勇若此，廉、蔺犹在赵也！"庞煖曰："燕人已服，宜及此时合从列国，并力图秦，方保无虞。"

　　不知合从事如何，且看下回分解。

第一百三回
李国舅争权除黄歇，樊於期传檄讨秦王

话说庞煖欲乘败燕之威，合从列国，为并力图秦之计。除齐附秦外，韩、魏、楚、燕各出锐师，多者四五万，少亦二三万，共推春申君黄歇为上将。歇集诸将议曰："伐秦之师屡出，皆以函谷关为事，秦人设守甚严，未能得志，即我兵亦素知仰攻之难，咸有畏缩之心。若取道蒲坂，由华州而西，径袭渭南，因窥潼关，《兵法》所谓'出其不意'也。"诸将皆曰："然。"遂分兵五路，俱出蒲关，望骊山一路进发，直攻渭南。不克，围之。

秦丞相吕不韦使将军蒙骜、王翦、桓齮、李信、内史腾各将兵五万人，五支军兵，分应五国。不韦自为大将，兼统其军，离潼关五十里分为五屯，如列星之状。王翦言于不韦曰："以五国悉锐，攻一城而不克，其无能可知矣。三晋近秦，习与秦战，而楚在南方，其来独远，且自张仪亡后，三十余年不相攻伐，诚选五营之锐，合以攻楚，楚必不支。楚之一军破，余四军将望风而溃矣。"不韦以为然，于是使五屯设垒建帜如常，暗地各抽精兵一万，约以四鼓齐起，往袭楚寨。

时李信以粮草稽迟，欲斩督粮牙将甘回，众将告求得免，但鞭背百余。甘回挟恨，夜奔楚军，以王翦之计告之。春申君大惊，欲驰报各营，恐其不及，遂即时传令，拔寨俱起，夜驰五十余里，方敢缓缓而行。比及秦兵到时，楚寨已撤矣。王翦曰："楚兵先遁，必有泄吾谋者。计虽不成，然兵已至此，不可空回。"遂往袭赵寨。壁垒坚固，攻不能入。庞煖仗剑立于军门，有敢擅动者即斩。秦兵乱了一夜，至天明，燕、韩、魏俱合兵来救，蒙骜等方才收兵。庞煖怪楚兵不至，使人探之，知其先撤。叹曰："合从之事，今后休矣！"诸将皆请班师，于是韩、魏之兵先回本国。庞煖怒齐独附秦，挟燕兵伐之，取饶安一城而返。

再说春申君奔回郢城，四国各遣人来问曰："楚为从长，奈何不告而先回，敢请其故？"考烈王责让黄歇，歇惭惧不容。时有魏人朱英，客于春申君之门，知楚方畏秦，乃说春申君曰："人皆以楚强国，及君而弱，英独谓不然。先君之时，秦去楚甚远，西隔巴蜀，南隔两周，而韩、魏又眈眈乎拟其后，是以三十年无秦患。此非楚之强，其势然也。今两周已并于秦，而秦方修怨于魏，魏旦暮亡，则陈、许为通道，恐秦、楚之争，从此方始。君之责让，正未已也。何不劝楚王东徙寿春，去秦较远，绝长淮以自固，可以少安。"黄歇然其谋，言于考烈王，乃择日迁都。按：楚先都郢，后迁于郢，复迁于陈，今又迁于寿春，凡四迁矣。史臣有诗云：

周为东迁王气歇，楚因屡徙霸图空。
从来避敌为延敌，莫把迁岐托古公。

再说考烈王在位已久，尚无子息，黄歇遍求妇人宜子者以进，终不孕。有赵人李园，亦在春申君门下为舍人，有妹李嫣色美，欲进于楚王，恐久后以无子失宠，心下踌躇："必须将妹先献春申君，待其有娠，然后进于楚王，幸而生子，异日得立为楚王，乃吾甥也。"又想："吾若自献其妹，不见贵重，还须施一小计，要春申君自来求我。"于是给五日假归家，故意过期，直待第十日方至。黄歇怪其来迟，李园对曰："臣有女弟名嫣，颇有姿色，齐王闻之，遣使来求。臣与其使者饮酒数日，是以失期。"黄歇想道："此女名闻齐国，必是个美色。"遂问曰："已受其聘否？"对曰："方且议之，聘尚未至也。"黄歇曰："能使我一见乎？"园曰："臣在君门下，即吾女弟，谁非君妾婢之流，敢不如命？"乃盛饰其妹，送至春申君府中。黄歇一见大喜，是夜即赐李园白璧二双，黄金三百镒，留其妹侍寝。未三月，即便怀孕。李园私谓其妹嫣曰："为妾与为夫人孰贵？"嫣笑曰："妾安得比夫人？"园又曰："然则为夫人与为王后孰贵？"嫣又笑曰："王后贵盛。"李园曰："汝在春申君府中，不过一宠妾耳。今楚王无子，幸汝有娠，倘进于楚王，他日生子为王，汝为太后，岂不胜于妾乎？"遂教以说词，使于枕席之间，如此这般，春申君必然听从。李嫣一一领记。夜间侍寝之际，遂进言于黄歇曰："楚王之贵幸君，虽兄弟不如也。今君相楚二十余年，而王未有子，千秋百岁后，将更立兄弟。兄弟于君无恩，必将各立其所亲幸之人，君安得长有宠乎？"黄歇闻言，沉思未答。嫣又曰："妾所虑不止于此也。君贵，用事久，多失礼于王之兄弟；兄弟诚立，祸且及身，岂特江东封邑不可保而已哉？"黄歇愕然曰："卿言是也，吾虑不及此。今当奈何？"李嫣曰："妾有一计，不惟免祸，而且多福。但妾负愧，难于自吐。又恐君不我听，是以妾未敢言。"黄歇曰："卿为我画策，何为不听？"李嫣曰："妾今自觉有孕矣，他人莫知也。幸妾侍君未久，诚以君之重，而进妾于楚王，王必幸妾。妾赖天佑生男，异日必为嫡嗣，则是君之子为王也，楚国尽可得，孰与身临不测之罪乎？"黄歇如梦初觉，如醉初醒，喜曰："天下有智妇人，胜于男子。卿之谓矣！"

次日，即召李园告之以意，密将李嫣出居别舍。黄歇入言于楚王曰："臣所闻李园妹名嫣者有色，相者皆以为宜子，当贵。齐王方遣人求之，王不可不先也。"楚王即命内侍宣取李嫣入宫。嫣善媚，楚王大宠爱之。及产期，双生二男，长曰捍，次曰犹。楚王喜不可言，遂立李嫣为王后，长子捍为太子。李园为国舅，贵幸用事，与春申君相并。园为人多诈术，外奉春申君益谨，而中实忌之。及考烈王二十五年，病久不愈。李园想起其妹怀娠之事，惟春申君知之，他日太子为王，不便相处，不如杀之，以灭其口。乃使人各处访求勇力之士，收置门下，厚其衣食，以结其心。朱英闻而疑之，曰："李园多蓄死士，必为春申君故也。"乃入见春申君曰："天下有无妄之福，有无妄之祸，又有无妄之人，君知之乎？"黄歇曰："何谓'无妄之福'？"朱英曰："君相楚二十余年矣，名为相国，与楚王无二。今楚王病久不愈，一旦宫车晏驾，少主嗣位，而君辅之，如伊尹、周公，俟王之年长，而反其政。若天与人归，遂南面即真，此所谓'无妄之福'也。"黄歇曰："何谓'无妄之祸'？"朱英曰："李园，王之舅也，而君位在其上，外虽柔顺，内实不甘，且同盗相妒，势所必至也。闻其阴蓄死士，为日已久，何所用之？楚王一薨，李园必先入据权，而杀君以灭口。此所谓'无妄之祸'也。"黄歇曰："何谓'无妄之人'？"朱英曰："李园以妹故，宫中声息，朝夕相通，而君宅于城外，动辄后时。诚以郎中令相处，某得领袖诸郎，李园先入，臣为君杀之。此所谓'无妄之人'也。"黄歇掀髯大

第一百三回　李国舅争权除黄歇，樊於期传檄讨秦王

笑曰："李园弱人耳，又事我素谨，安有此事！足下得无过虑乎？"朱英曰："君今日不用吾言，悔之晚矣。"黄歇曰："足下且退，容吾察之。如有用足下之处，即来相请。"朱英去三日，不见春申君动静，知其言不见用，叹曰："吾不去，祸将及矣！鸱夷子皮之风可追也。"乃不辞而去，东奔吴下，隐于五湖之间。髯翁有诗云：

红颜带子入王宫，盗国奸谋理不容。
天启春申无妄祸，朱英焉得令郎中？

朱英去十七日，而考烈王薨。李园预与宫殿侍卫相约："一闻有变，当先告我。"至是闻信，先入宫中，吩咐秘不发丧，密令死士伏于棘门之内。捱至日没，方使人徐报黄歇。黄歇大惊，不谋于宾客，即刻驾车而行。方进棘门，两边死士突出，口呼："奉王后密旨，春申君谋反宜诛！"黄歇知事变，急欲回车，手下已被杀散。遂斩黄歇之头，投于城外，将城门紧闭，然后发丧。拥立太子捍嗣位，是为楚幽王，时年才六岁。李园自立为相国，独专楚政。奉李嫣为王太后。传令尽灭春申君之族，收其食邑。哀哉，自李园当国，春申君宾客尽散，群公子皆疏远不任事。少主寡后，国政日紊，楚自此不可为矣。

话分两头。再说吕不韦愤五国之攻秦，谋欲报之，曰："本造谋者，赵将庞煖也。"乃使蒙骜同张唐督兵五万伐赵。三日后，再令长安君成蟜同樊於期率兵五万为后继。宾客问于不韦曰："长安君年少，恐不可为大将。"不韦微笑曰："非尔所知也！"

且说蒙骜前军出函谷关，取路上党，径攻庆都，结寨于都山，长安君大军营于屯留，以为声援。赵使相国庞煖为大将，扈辄副

之，率军十万拒敌，许庞煖便宜行事。庞煖曰："庆都之北，惟尧山最高，登尧山可望彼山，宜往据之。"使扈辄引军二万先行。比至尧山，先有秦兵万人，在彼屯扎，被扈辄冲上杀散，就于山头下寨。蒙骜使张唐引军二万，前来争山，庞煖大军亦到，两边于山下列成阵势，大战一场。扈辄在山头用红旗为号，张唐往东，旗便往东指，张唐往西，旗便从西指。赵军只望红旗指处，围裹将来。庞煖下令："有人擒得张唐者，封以百里之地。"赵军无不死战。张唐奋尽平生之勇，不能透出重围，却得蒙骜军到，接应出来，同回都山大寨。庆都知救兵已到，守御益力。蒙骜等不能取胜，遣张唐往屯留，催取后队军兵。

却说长安君成蟜，年方十七岁，不谙军务，召樊於期议之。於期素恶不韦纳妾盗国之事，请屏去左右，备细与成蟜叙述一遍，言："今王非先王骨血，惟君及是適子。文信侯今日以兵权托君，非好意也。恐一旦事泄，君与今王为难，故阳示恩宠，实欲出君于外。文信侯出入宫禁，与王太后宣淫不禁，夫妻父子聚于一窟，所忌者独君耳。若蒙骜兵败无功，将借此以为君罪，轻则削籍，重则刑诛。嬴氏之国，化为吕氏，举国人皆知其必然，君不可不为之计。"成蟜曰："非足下说明，某不知也。为今计当奈何？"樊於期曰："今蒙骜兵困于赵，急未能归，而君手握重兵，若传檄以宣淫人之罪，明宫闱之诈，臣民谁不愿奉適嗣以主社稷者？"成蟜忿然按剑作色曰："大丈夫死则死耳，宁能屈膝为贾人子下乎？惟将军善图之。"樊於期伪向使者言："大军即日移营，多致意蒙将军，用心准备。"使者去后，樊於期草就檄文，略曰：

长安君成蟜布告中外臣民知悉：传国之义，適统为尊；覆宗之恶，阴谋为甚。文信侯吕不韦者，以阳翟之贾人，窥咸阳之主器。今王政，实非先王之嗣，乃不韦之子也。始以怀娠之妾，巧惑先君，继以奸生之儿，遂蒙血胤。恃行金为奇策，邀反国为上功。两君之不寿有由，是可忍也？三世之大权在握，孰能御之！朝岂真王，阴已易嬴而为吕；尊居假父，终当以臣而篡君。社稷将危，神人胥怒！某叨为嫡嗣，欲讫天诛。甲胄干戈，载义声而生色；子孙臣庶，念先德以同驱。檄文到日，磨厉以须；车马临时，市肆勿变！

樊於期将檄文四下传布。秦人多有闻说吕不韦进妾之事者，及见檄内怀娠奸生等语，信其为实。虽然畏文信侯之威，不敢从兵，却也未免观望之意。时彗星先见东方，复见北方，又见西方，占者谓国中当有兵起，人心为之摇动。樊於期将屯留附县丁壮悉编军伍，攻下长子、壶关，兵势益盛。张唐知长安君已反，星夜奔往咸阳告变。秦王政见檄文大怒，召尚父吕不韦计议。不韦曰："长安君年少，不辨为此，此乃樊於期所为也。於期有勇无谋，兵出即当就擒，不必过虑。"乃拜王翦为大将，桓齮、王贲为左右先锋，率军十万，往讨长安君。

再说蒙骜与庞煖相恃，等待长安君接应不到，正疑讶间，接得檄文，如此恁般。大惊曰："吾与长安君同事，今攻赵无功，而长安君复造反，吾安得无罪？若不反戈以平逆贼，何以自解？"乃传令班师，将军马分为三队，亲自断后，缓缓而行。庞煖探听秦军移动，预选精兵三万，使扈辄从间道伏于太行山林木深处，嘱曰："蒙骜老将，必亲自断后，待秦兵过且尽，从后邀击，方保全胜。"蒙骜见前军径去无碍，放心前行。一声炮响，伏兵突出，蒙骜便与扈辄交战。良久，庞煖兵从后追及，秦兵前去者，已无斗志，遂大溃。蒙骜身带重伤，犹力战杀数十人，复亲射庞煖中其胁。赵军围之数重，乱箭射之，矢如猬毛。可惜秦国一员名将，今日死于太行山之下。庞煖得胜，班师回赵，箭疮不痊，未几亦死。此事搁过不题。

再说张唐、王翦等兵至屯留。成蟜大惧，樊於期曰："王子今日乃骑虎之势，不得复下。况三城之兵，不下十五万，背城一战，未卜胜负，何惧之有？"乃列阵于城下以待。王翦亦列阵相对，谓樊於期曰："国家何负于汝，乃诱长安君造逆耶？"樊於期在车上欠身答曰："秦政乃吕不韦奸生之子，谁不知之？吾等世受国恩，何忍见嬴氏血食为吕氏所夺？长安君先王血胤，所以奉之。将军若念先王之祀，一同举义，杀向咸阳，诛淫人，废伪主，扶立长安君为王，将军不失封侯之位，同享富贵，岂不美哉？"王翦曰："太后怀娠十月，而生今王，其为先君所出无疑。汝乃造谤，污蔑乘舆，为此灭门之事，尚自巧言虚饰，摇惑军心。拿住之时，碎尸万段。"樊於期大怒，瞋目大呼，挥长刀直入秦军。秦军见其雄猛，莫不披靡。樊於期左冲右突，如入无人之境。王翦麾军围之，凡数次，皆斩将溃围而出，秦兵损折极多。是日天晚，各自收军。

王翦屯兵于伞盖山，思想："樊於期如此骁勇，急切难收，必须以计破之。"乃访帐下："何人与长安君相识？"有末将杨端和，乃屯留人，自言："曾在长安君门下为客。"王翦曰："我修书一封与汝，汝可送与长安君，劝他早图归顺，无自取死。"杨端和曰："小将如何入得城去？"王翦曰："俟交锋之时，乘其收军，汝可效敌军打扮，混入城中，只看攻城至急，便往见长安君，必然有变。"端和领计。王翦当下修书，缄讫，付与端和自去伺候行事。再召桓齮引一军攻长子城,王贲引一军攻壶关城,王翦自攻屯留,三处攻打,使他不能接应。樊於期谓成𫊸曰:"今乘其分军之时,决一胜负,若长子、壶关不守,秦兵势大,更难敌矣!"成𫊸年幼畏懦,涕泣言曰:"此事乃将军倡谋,但凭主裁,勿误我事。"樊於期抽选精兵万余,开门出战。王翦佯让一阵,退军十里,屯于伏龙山。於期得胜入城,杨端和已混入去了,因他原是本城之人,自有亲戚处安歇。不在话下。

成𫊸问樊於期曰:"王翦军马不退如何?"於期答曰:"今日交锋,已挫其锐,明日当悉兵出战,务要生擒王翦,直入咸阳,扶立王子为君,方遂吾志。"

不知胜负如何,且看下回分解。

第一百四回
甘罗童年取高位，嫪毒伪腐乱秦宫

话说王翦退军十里，吩咐深沟高垒，分守险厄，不许出战；却发军二万，往助桓齮、王贲，催他早早收功。樊於期连日悉锐出战，秦兵只是不应。於期以王翦为怯，正想商议分兵往救长子、壶关二处，忽哨马报道："二城已被秦兵攻下！"於期大惊，乃立屯于城外，以安长安君之意。

却说桓齮、王贲闻王翦移营伏龙山，引兵来见，言："二城俱已收复，分兵设守，诸事停妥。"王翦大喜曰："屯留之势孤矣，只擒得樊於期，便可了事。"言未毕，守营卒报道："今有将军辛胜，奉秦王之命来到，已在营外。"王翦迎入帐中，问其来意。辛胜曰："一者，以军士劳苦，命赍犒赏颁赐；二者，秦王深恨樊於期，传语将军：'必须生致其人，手剑斩首，以快其恨！'"王翦曰："将军此来，正有用处。"遂将来物犒赏三军，然后发令，使桓齮、王贲各引一军，分作左右埋伏，却教辛胜引五千人马，前去搦战，自己引大军准备攻城。

再说成蟜闻长子、壶关二城不守，使人急召樊於期入城商议。

樊於期曰："只在旦晚，与决一战，若战而不胜，当与王子北走燕、赵，连合诸侯，共诛伪主，以安社稷。"成蟜曰："将军小心在意。"樊於期复还本营，哨马报："秦王新遣将军辛胜，今来索战。"樊於期曰："无名小卒，吾先除之。"遂率军开营出迎，略战数合，辛胜倒退，樊於期恃勇前进，约行五里，桓齮、王贲两路伏兵杀出，於期大败，急收军回，王翦兵已布满城下。於期大奋神威，杀开一条血路，城中开门接应入去了。王翦合兵围城，攻打甚急。樊於期亲自巡城，昼夜不倦。

杨端和在城中，见事势甚危，乘夜求见长安君成蟜，称："有机密事求见。"成蟜见是旧日门下之客，欣然唤入。端和请屏左右，告曰："秦之强，君所知也，虽六国不能取胜，君乃欲以孤城抗之，必无幸矣。"成蟜曰："樊於期言：'今王非先王所出。'导我为此，非吾初意也。"端和曰："樊於期恃匹夫之勇，不顾成败，欲以君行侥幸之事。今传檄郡县，无有应者，而王将军攻围甚急，城破之后，君何以自全乎？"成蟜曰："吾欲奔燕、赵，合从诸国，足下以为可否？"端和曰："合从之事，赵肃侯、齐湣王、魏信陵、楚春申俱曾为之，方合旋散，其不可成明矣。六国谁非畏秦者？君所在之国，秦遣一介责之，必将缚君以献，君尚可望活乎？"成蟜曰："足下为吾计当如何？"端和曰："王将军亦知君为樊於期所诱，有密书一封，托致于君。"遂将书呈上。成蟜发而观之，略曰：

> 君亲则介弟，贵则侯封，奈何听无稽之言，行不测之事，自取丧灭，岂不惜哉？首难者樊於期，君能斩其首，献于军前，束手归罪，某当保奏，王必恕君。若迟回不决，悔无及矣！

成蟜看毕，流泪而言曰："樊将军忠直之士，何忍加诛？"端和叹曰："君所谓妇人之仁也！若不见从，臣当辞去。"成蟜曰："足下且暂劳作伴，不可远离，所言俟从容再议。"端和曰："愿君勿泄吾言也。"

　　次日，樊於期驾车来见成蟜曰："秦兵势盛，人情惶惧，城且暮不保，愿同王子出避燕、赵，更作后图。"成蟜曰："吾宗族俱在咸阳，今远避他国，知其纳否？"樊於期曰："诸国皆苦秦暴，何愁不纳？"正话间，外报："秦兵在南门索战。"樊於期催并数次曰："王子今不行，后将不可出矣。"成蟜犹豫不决，樊於期只得绰刀登车，驰出南门，复与秦兵交锋。杨端和劝成蟜登城观战，只见樊於期鏖战良久，秦兵益进，於期不能抵当，奔回城下，高叫："开门！"杨端和仗剑立于成蟜之旁，厉声曰："长安君已全城归降矣！樊将军请自便。有敢开门者斩！"袖中出一旗，旗上有个"降"字。左右皆端和亲戚，便将降旗竖起，不由成蟜做主。成蟜惟垂泣而已。樊於期叹口气曰："孺子不足辅也！"秦兵围於期数重，因秦王之命，欲生致於期，不敢施放冷箭。於期复杀开一条血路，遥望燕国而去。王翦追之不及。杨端和使成蟜开门，以纳秦兵，将成蟜幽于公馆，遣辛胜往咸阳报捷，兼请长安君发落。秦太后脱笄代长安君请罪，求免其死，且转乞吕不韦言之。秦王政怒曰："反贼不诛，骨肉皆将谋叛矣！"遂遣使命王翦即枭斩成蟜于屯留，凡军吏从蟜者，皆取斩。合城百姓，尽迁于临洮之地。一面悬赏格购樊於期："有能擒献者，赏以五城。"使者至屯留，宣秦王之命。成蟜闻不蒙赦，自缢于馆舍。翦仍枭其首，悬于城门。军吏死者凡数万人，百姓迁徙，城中一空。此秦王政七年事也。髯翁有诗云：

非种侵苗理合锄，万全须看势何如。
屯留困守终无济，罪状空传一纸书。

是时，秦王政年已长成，生得身长八尺五寸，英伟非常，质性聪明，志气超迈，每事自能主张，不全由太后、吕不韦做主。既定长安君之乱，乃谋复蒙骜之仇，集群臣议伐赵。刚成君蔡泽进曰："赵者，燕之世仇也。燕之附赵，非其本心。某请出使于燕，使燕王效质称臣，以孤赵之势，然后同燕伐赵，我因以广河间之地，此莫大之利也。"秦王以为然，即遣蔡泽往燕。泽说燕王曰："燕、赵皆万乘之国也，一战而栗腹死，再战而剧辛亡，大王忘两败之仇，而与赵共事，西向以抗强秦，胜则利归于赵，不胜则祸归于燕，是为燕计者过也。"燕王曰："寡人非甘心于赵，其奈力不敌何？"蔡泽曰："今秦王欲修五国合从之怨，臣窃以为燕与赵世仇，其从兵殆非得已，大王若遣太子为质于秦，以信臣之言，更请秦之大臣一人，以为燕相，则燕、秦之交固于胶漆，合两国之力，于以雪耻于赵不难矣。"燕王听其言，遂使太子丹为质于秦，因请大臣一人，以为燕相。吕不韦欲遣张唐，使太史卜之，大吉。张唐托病不肯行，不韦驾车亲自往请，张唐辞曰："臣屡次伐赵，赵怨臣深矣。今往燕，必经赵过，臣不可往。"不韦再三强之，张唐坚执不从。

不韦回府中，独坐堂上纳闷。门下客有甘罗者，乃是甘茂之孙，时年仅十二岁，见不韦有不悦之色，进而问曰："君心中有何事？"不韦曰："孺子何知，而来问我？"甘罗曰："所贵门下士者，谓其能为君分忧任患也。君有事而不使臣得闻，虽欲效忠无地矣。"不韦曰："吾向者令刚成君使燕，燕太子丹已入质矣；今欲使张卿相燕，占得吉，而彼坚不肯行，吾所以不快者此耳。"甘罗曰："此小事，何不早言？臣请行之。"不韦怒，连叱曰："去，去！我亲往请之而不得，岂小子所能动耶？"甘罗曰："昔项橐七岁为孔子师，今臣生十二岁，长于橐五年，试臣而不效，叱臣未晚。奈何轻量天下之士，遽以颜色相加哉？"不韦奇其言，改容谢之曰："孺子能令张卿行者，事成当以卿位相屈。"

甘罗欣然辞去，往见张唐。唐虽知为文信侯门客，见其年少，轻之，问曰："孺子何以见辱？"甘罗曰："特来吊君耳！"张唐曰："某有何事可吊？"甘罗曰："君之功，自谓比武安君何如？"唐曰："武安君南挫强楚，北威燕、赵，战胜攻取，破城堕邑，不计其数，某功不及十之一也。"甘罗曰："然则应侯之用于秦也，视文信侯孰专？"张唐曰："应侯不及文信侯之专。"甘罗曰："君明知文信侯之权重于应侯乎？"张唐曰："何为不知？"甘罗曰："昔应侯欲使武安君攻赵，武安君不肯行。应侯一怒，而武安君遂出咸阳，死于杜邮。今文信侯自请君相燕，而君不肯行，此武安君所以不容于应侯者，而谓文信侯能容君乎？君之死期不远矣。"张唐悚然有惧色，谢曰："孺子教我。"乃因甘罗以请罪于不韦，即日治装，将行。甘罗谓不韦曰："张唐听臣之说，不得已而往燕，然中情不能不畏赵也。愿假臣车五乘，为张唐先报赵。"不韦已知其才，乃入言于秦王曰："有甘茂之孙甘罗，年虽少，然名家之子孙，甚有智辩。今者张唐称病，不肯相燕，甘罗一说而即行。复请先报赵王，惟王遣之！"秦王宣甘罗入见，身才五尺，眉目秀美如画，秦王已自喜欢，问曰："孺子见赵王何以措词？"甘罗对曰："察其喜惧，相机而进。言若波兴，随风而转，不可以预定也。"秦王给以良车十乘，仆从百人，从之使赵。

赵悼襄王已闻燕、秦通好，正怕二国合计谋赵，忽报秦使者来到，喜不可言，遂出郊二十里，迎接甘罗，及见其年少，暗暗称奇，问曰："向为秦通三川之路者亦甘氏，于先生为何人？"甘罗曰："臣祖也。"赵王曰："先生年几何？"对曰："十二岁。"赵王曰："秦廷年长者，不足使乎？何以及先生？"甘罗曰："秦王用人，各因其任。年长者任以大事，年幼者任以小事。臣年最幼，故为使于赵耳。"赵王见其言辞磊落，又暗暗称奇，问曰："先生下辱敝邑，有何见教？"甘罗曰："大王闻燕太子丹入质于秦乎？"赵王曰："闻之。"甘罗又曰："大王闻张唐相燕乎？"赵王曰："亦闻之。"甘罗曰："夫燕太子丹入质于秦，是燕不欺秦也；张唐相燕，是秦不欺燕也。燕、秦不相欺，而赵危矣。"赵王曰："秦所以亲燕者何意？"甘罗曰："秦之亲燕，欲相与攻赵，而广河间之地也。大王不如割五城献秦，以广河间，臣请言于寡君，止张唐之行，绝燕之好，而与赵为欢。夫以强赵攻弱燕，而秦不为救，此其所得，岂止五城而已哉？"赵王大悦，赐甘罗黄金百镒，白璧二双，以五城地图付之，使还报秦王。秦王喜曰："河间之地，赖孺子而广矣。孺子之智，大于其身。"乃止张唐不遣，张唐亦深感之。赵闻张唐不行，知秦不助燕，乃命庞煖、李牧合兵伐燕，取上谷三十城，赵得十九城，而以十一城归秦。秦王封甘罗为上卿，复以向时所封甘茂田宅赐之。今俗传甘罗十二为丞相，正谓此也。有诗为证：

片言纳地广河间，上谷封疆又割燕。
许大功劳出童子，天生智慧岂因年？

又有诗云：

甘罗早达子牙迟，迟早穷通各有时。
请看春花与秋菊，时来自发不愆期。

燕太子丹在秦，闻秦之背燕而与赵，如坐针毡，欲逃归，又恐不得出关，乃求与甘罗为友，欲资其谋，为归燕之计。忽一夕，甘罗梦紫衣吏持天符来，言："奉上帝命，召归天上。"遂无疾而卒。高才不寿，惜哉！太子丹遂留于秦矣。

话分两头。却说吕不韦以阳伟善战，得宠于庄襄后，出入宫闱，素无忌惮。及见秦王年长，英明过人，始有惧意，奈太后淫心愈炽，不时宣召入甘泉宫。不韦怕一旦事发，祸及于己，欲进一人以自代，想可以称太后之意者，而难其人。闻市人嫪大，其阳具有名，里中淫妇人争事之。秦语呼人之无士行者曰毒，因称为嫪毒。偶犯淫罪，不韦曲赦之，留为府中舍人。秦俗，农事毕，国中纵倡乐三日，以节其劳，凡百戏任人陈设，有一长一艺，人所不能者，全在此日施逞。吕不韦以桐木为车轮，使嫪毒以其阳具穿于桐轮之中，轮转而具不伤，市人皆大笑。太后闻其事，私问于不韦，似有欣羡之意。不韦曰："太后欲见其人乎？臣请乘间进之。"太后笑而不答，良久曰："君戏言耶，此外人安得入内？"不韦曰："臣有一计在此，使人发其旧罪，下之腐刑，太后行重赂于行刑者，诈为阉割，然后以宦者给事宫中，乃可长久。"太后大悦曰："此计甚妙！"乃以百金授不韦。不韦密召嫪毒，告之以故。毒性淫，欣然自以为奇遇矣。不韦果使人发其他淫罪，论以腐刑，因以百金分赂主刑官吏，取驴阳具及他血，诈作阉割，拔其须眉。行刑者故意将驴阳传示左右，尽以为嫪毒之具，传闻者莫不骇异。嫪毒既诈腐如宦者状，遂杂于内侍之中以进。太后留侍宫中，夜令侍寝，试之，大畅所欲，以为胜不韦十倍也。明日，厚赐不韦，以酬其功。不韦乃幸得自脱。

太后与嫪毐相处如夫妇。未几，怀妊，太后恐生产时不可隐，诈称病，使嫪毐行金赂卜者，使诈言宫中有祟，当避西方二百里之外。秦王政颇疑吕不韦之事，亦幸太后稍远去，绝其往来，乃曰："雍州去咸阳西二百余里，且往时宫殿俱在，太后宜居之。"于是太后徙雍城，嫪毐为御而往。既去咸阳，居雍故宫，名曰大郑宫。嫪毐与太后益相亲不忌，两年之中，连生二子，筑密室藏而育之。太后私与毐约，异日王崩，以其子为后。外人颇有知者，但无人敢言。太后奏称嫪毐代王侍养有功，请封以土地。秦王奉太后之命，封毐为长信侯，予以山阳之地。毐骤贵，愈益恣肆，太后每日赏赐无算，宫室舆马、田猎游戏任其所欲，事无大小，皆决于毐。毐蓄家僮数千人，宾客求宦达，愿为舍人者，复千余人。又贿结朝贵为己党，趋权者争附之，声势反过于文信侯矣。

秦王政九年春，彗星见，其长竟天，太史占之曰："国中当有兵变也。"按：秦襄公立鄜畤以祀白帝，后德公迁都于雍，遂于雍立郊天之坛，秦穆公又立宝夫人祠，岁岁致祭，遂为常规，后来虽再迁咸阳，此规不废。太后居于雍城，秦王政每岁以郊祀之期，至雍朝见太后。因举祀典，自有祈年宫驻驾。是年复当其期，适有彗星之变。临行，使大将王翦耀兵于咸阳三日，同尚父吕不韦守国；桓齮引兵三万，屯于岐山，然后起驾。

时秦王已二十二岁，犹未冠，太后命于德公之庙，行冠礼，佩剑，赐百官大酺五日。太后亦与秦王宴于大郑故宫。也是嫪毐享福太过，合当生出事来。毐与左右贵臣赌博饮酒，至第四日，嫪毐与中大夫颜洩连博失利，饮酒至醉，复求覆局。洩亦醉，不从。嫪毐直前扭颜洩，批其颊。洩不让，亦摘去嫪毐冠缨。毐怒甚，瞋目大叱曰："吾乃今王之假父也，尔婢人子，何敢与我抗乎？"颜泄惧，走出，恰遇秦王政从太后处饮酒出宫。颜泄伏地叩头，号泣请死。秦王政是有心机之人，不发一言，但令左右扶至祈年宫，然后问之。颜泄将嫪毐批颊，及自称假父之语，述了一遍，因奏："嫪毐实非宦者，诈为腐刑，私侍太后，见今产下二子，在于宫中，不久谋篡秦国。"秦王政闻之，大怒，密以兵符往召桓齮，使引兵至雍。

有内史肆、佐弋竭二人，素受太后及嫪毐金钱，与为死党，知其事，急奔嫪毐府中告之。毐已酒醒，大惊，夜叩大郑宫，求见太后，诉以如此这般："今日之计，除非乘桓齮兵未到，尽发宫骑卫卒及宾客舍人，攻祈年宫，幸如攻破，我夫妻尚可相保。"太后曰："宫骑安肯听吾令乎？"嫪毐曰："愿借太后玺，假作御宝用之。托言：'祈年宫有贼，王有令，召宫骑齐往救驾。'宜无不从。"太后是时主意亦乱，曰："惟尔行之。"遂出玺付毐。毐伪作秦王御书，加以太后玺文，遍召宫骑卫卒，本府宾客舍人，自不必说。乱至次日午牌，方才取齐。嫪毐与内史肆、佐弋竭分将其众，围祈年宫。秦王政登台，问各军犯驾之意。答曰："长信侯传言行宫有贼，特来救驾。"秦王曰："长信侯便是贼，宫中有何贼耶？"宫骑卫卒等闻之，一半散去，一半胆大的，便反戈与宾客舍人相斗。秦王下令："有生擒嫪毐者，赐钱百万；杀之而以其首献者，赐钱五十万；得逆党一首者，赐爵一级。舆隶下贱，赏格皆同。"于是宦者及牧圉诸人，皆尽死出战。百姓传闻嫪毐造反，亦来持梃助力。宾客舍人死者数百人。嫪毐兵败，夺路斩开东门出走，正遇桓齮大兵，活活的束手就缚，并内史肆、佐弋竭等皆被擒。付狱吏拷问得实，秦王政乃亲往大郑宫搜索，得嫪毐奸生二子于密室之中，使左右置于布囊中扑杀之。太后暗暗心痛，不敢出救，惟闭门流涕而已。秦王竟不朝谒其母，归祈年宫。以太史占星有验，赐钱十万。狱吏献嫪毐招词，言："毐伪腐入宫，皆出文信侯吕不韦之计。其同谋死党，如内史肆、佐弋竭等，凡二十余人。"秦王命车裂嫪毐于东门之外，夷其三族；肆、竭等皆枭首示众；诸宾客舍人从叛格斗者，皆诛死；即不预谋乱者，亦远迁于蜀地，凡迁四千余家。太后用玺党逆，不可为国母，减其禄奉，迁居于棫阳宫。此乃离宫之最小者。以兵三百人守之，凡有人出入，必加盘诘。太后此时，如囚妇矣，岂不丑哉？

秦王政平了嫪毐之乱，回驾咸阳。尚父吕不韦惧罪，伪称疾，不敢出谒。秦王欲并诛之，问于群臣。群臣多与交结，皆言："不韦扶立先王，有大功于社稷；况嫪毐未尝面质，虚实无凭，不宜从坐。"秦王乃赦不韦不诛，但免相，收其印绶。桓齮擒反贼有功，加封进级。

是年夏四月，天发大寒，降霜雪，百姓多冻死。民间皆议："秦王迁谪太后，子不认母，故有此异。"大夫陈忠进谏曰："天下无无母之子，宜迎归咸阳，以尽孝道，庶几天变可回。"秦王大怒，命剥去其衣，置其身于蒺藜之上，而捶杀之，陈其尸于阙下，榜曰："有以太后事来谏者，视此！"秦臣相继来谏者不止。

不知可能感悟秦王否，且看下回分解。

第一百五回
茅焦解衣谏秦王，李牧坚壁却桓齮

　　话说秦大夫陈忠死后，相继而谏者不止，秦王辄戮之，陈尸阙下，前后凡诛杀二十七人，尸积成堆。时齐王建来朝于秦，赵悼襄王亦至，相与置酒咸阳宫甚欢，及见阙下死尸，问其故，莫不叹息，私议秦王之不孝也。时有沧州人茅焦，适游咸阳，寓旅店，同舍偶言及此事，焦愤然曰："子而囚母，天地反覆矣！"使主人具汤水："吾将沐浴，明早叩阍入谏秦王。"同舍笑曰："彼二十七人者，皆王平日亲信之臣，尚且言而不听，死不旋踵，岂少汝一布衣耶？"茅焦曰："谏者自二十七人而止，则秦王遂不听矣，若二十七人而不止，王之听不听，未可知也。"同舍皆笑其愚。次早五鼓，向主人索饭饱食，主人牵衣止之，茅焦绝衣而去。同寓者度其必死，相与剖分其囊。

　　茅焦来至阙下，伏尸大呼曰："臣齐客茅焦，愿上谏大王！"秦王使内侍出问曰："客所谏者何事？得无涉王太后语耶？"茅焦曰："臣正为此而来。"内侍还报曰："客果为太后事来谏也。"秦王曰："汝可指阙下积尸告之。"内侍谓茅焦曰："客不见阙下死人累累耶？何不畏死若是？"茅焦曰："臣闻天有二十八宿，降生于地，则为正人，今死者已有二十七人矣，尚缺其一，臣所以来者，欲满其数耳。古圣贤谁人不死，臣又何畏哉？"内侍复还报，秦王大怒曰："狂夫故犯吾禁！"顾左右："炊镬汤于庭，当生煮之，彼安得全尸阙下，为二十七人满数乎？"于是秦王按剑而坐，龙眉倒竖，口中沫出，怒气勃勃不可遏，连呼："召狂夫来就烹！"内侍往召茅焦。茅焦故意踽踽作细步，不肯急趋。内侍促之速行，茅焦曰："我见王即死矣！缓吾须臾何害？"内侍怜之，乃扶掖而前。茅焦至阶下，再拜叩头奏曰："臣闻之：'有生者不讳其死，有国者不讳其亡，讳亡者不可以得存，讳死者不可以得生。'夫死生存亡之计，明主之所究心也。不审大王欲闻之否？"秦王色稍降，问曰："汝有何计，可试言之。"茅焦对曰："夫忠臣不进阿顺之言，明主不蹈狂悖之行。主有悖行而臣不言，是臣负其君也；臣有忠言而君不听，是君负其臣也。大王有逆天之悖行，而大王不自知；微臣有逆耳之忠言，而大王又不欲闻。臣恐秦国从此危矣！"秦王悚然良久，色愈降，乃曰："子所言何事？寡人愿闻之。"茅焦曰："大王今日不以天下为事乎？"秦王曰："然。"茅焦曰："今天下之所以尊秦者，非独威力使然，亦以大王为天下之雄主，忠臣烈士，毕集秦庭故也。今大王车裂假父，有不仁之心；囊扑两弟，有不友之名；迁母于棫阳宫，有不孝之行；诛戮谏士，陈尸阙下，有桀、纣之治。夫以天下为事，而所行如此，何以服天下乎？昔舜事嚚母尽道，升庸为帝；桀杀龙逄，纣戮比干，天下叛之。臣自知必死，第恐臣死之后，更无有继二十八人之后，而复以言进者。怨谤日腾，忠谋结舌，中外离心，诸侯将叛，惜哉！秦之帝业垂成，而败之自大王也。臣言已毕，请就烹！"乃起立解衣趋镬。秦王急走下殿，左手扶住茅焦，右手麾左右曰:"去汤镬!"茅焦曰:"大王已悬榜拒谏,不烹臣,无以立信。"秦王复命左右收起榜文,又命内侍与茅焦穿衣,延之坐,谢曰:"前谏者但数寡人之罪,未尝明悉存亡之计,天使先生开寡人之茅塞,寡人敢不敬听!"茅焦再拜进曰:"大王既俯听臣言,请速备驾,往迎太后。阙下死尸,皆忠臣骨血,乞赐收葬!"秦王即命司里收取二十七人之尸,各具棺椁,同葬于龙首山,表曰"会忠墓"。是日秦王亲自发驾,往迎太后,即令茅焦御车,望雍州进发。南屏先生读史诗云:

二十七人尸累累,解衣趋镬有茅焦。
命中不死终须活,落得忠名万古标。

车驾将到棫阳宫,先令使者传报。秦王膝行而前,见了太后,叩头大哭。太后亦垂泪不已。秦王引茅焦谒见太后,指曰:"此吾之颖考叔也。"是晚,秦王就在棫阳宫歇宿。次日,请太后登辇前行,秦王后随,千乘万骑,簇拥如云,路观者无不称颂秦王之孝。回到咸阳,置酒甘泉宫中,母子欢饮。太后别置酒以宴茅焦,谢曰:"使吾母子复得相会,皆茅君之力也。"秦王乃拜茅焦为太傅,爵上卿,又恐不韦复与宫闱相通,遣出都城,往河南本国居住。

列国闻文信侯就国,各遣使问安,争欲请之,处以相位,使者络绎于道。秦王恐其用于他国,为秦之害,乃手书一缄,以赐不韦,略曰:

君何功于秦,而封户十万?君何亲于秦,而号称尚父?秦之施于君者厚矣!嫪毐之逆,由君始之。寡人不忍加诛，听君就国。君不自悔祸，又与诸侯使者交通，非寡人所以宽君之意也。其与家属徙居蜀郡，以郫之一城，为君终老。

吕不韦接书读讫，怒曰："吾破家扶立先王，功孰与我？太后先事我而得孕，王我所出也，亲孰与我？王何相负之甚也！"少顷，又叹曰："吾以贾人子，阴谋人国，淫人之妻，杀人之君，灭人之祀，皇天岂容我哉？今日死晚矣！"遂置鸩于酒中，服之而死。门下客素受其恩者，相与盗载其尸，偷葬于北邙山下，与其妻合冢。今北邙道西有大冢，民间传称吕母冢，盖宾客讳言不韦葬处也。

秦王闻不韦已死，求其尸不得，乃尽逐其宾客。因下令大索国中，凡他方游客，不许留居咸阳；已仕者削其官，三日内皆要逐出境外；容留之家一体治罪。有楚国上蔡人李斯，乃名贤荀卿之弟子，广有学问，向游秦国，事吕不韦为舍人。不韦荐其才能于秦王，拜为客卿。今日逐客令下，李斯亦在逐中，已被司里驱出咸阳城外。斯于途中写就表章，托言机密事，使邮传上之秦王。略曰：

臣闻："太山不让土壤，故能成其高；河海不择细流，故能就其深；王者不却众庶，故能成其德。"昔穆公之霸也，西取繇余于戎，东得百里奚于宛，迎蹇叔于宋，求丕豹、公孙枝于晋；孝公用商鞅，以定秦国之法；惠王用张仪，以散六国之从；昭王用范雎，以获兼并之谋。四君皆赖客以成其功，客亦何负于秦哉？大王必欲逐客，客将去秦而为敌国之用，求其效忠谋于秦者，不可得矣。

秦王览其书，大悟，遂除逐客之令，使人驰车往追李斯，及于骊山之下。斯乃还入咸阳，秦王命复其官，任用如初。

李斯因说秦王曰："昔秦穆公兴霸之时，诸侯尚众，周德未衰，故未可行兼并之术。自孝公以来，周室卑微，诸侯相并，仅存六国，秦之役属诸侯，非一代矣。夫以秦之强，大王之贤，扫荡诸国，如拂灶尘。乃不及此时汲汲图功，坐待诸侯复强，相聚合从，悔之何及！"秦王曰："寡人欲并吞六国，计将安出？"李斯曰："韩近秦而弱，请先取韩，以惧诸国。"秦王从其计，使内史腾为将，率师十万攻韩。

时韩桓惠王已薨，太子安即位。有公子非者，善于刑名法律之学，见韩之削弱，数上书于韩王安，韩王不能用。及秦兵伐韩，韩王惧，公子非自负其才，欲求用于秦国，乃自请于韩王，愿为使聘秦，以求息兵。韩王从之。公子非西见秦王，言韩王愿纳地为东藩。秦王大喜。非因说之曰："臣有计可以破天下之从，而遂秦兼并之谋。大王用臣之谋，若赵不举，韩不亡，楚、魏不臣，齐、燕不附，愿斩臣之头，以徇于国，为人臣不忠者之戒。"因献其所著《说难》《孤愤》《五蠹》《说林》等书，五十余万言。秦王读而善之，欲用为客卿，与议国事。李斯忌其才，谮于秦王曰："诸侯公子各亲其亲，岂为他人用哉？秦攻韩，韩王急而遣非入秦，安知不如苏秦反间之计，非不可任也！"秦王曰："然则逐之乎？"李斯曰："昔魏公子无忌、赵公子平原，皆曾留秦，秦不用，纵之还国，卒为秦患。非有才，不如杀之，以翦韩之翼！"秦王乃囚韩非于云阳，将史藁杀之。非曰："吾何罪？"狱吏曰："一栖不两雄，当今之世，有才者非用即诛，何必罪乎？"非乃慷慨赋诗曰：

《说》果难，《愤》何已？《五蠹》未除，《说林》何取？膏以香消，麝以脐死。

是夜，非以冠缨自勒其喉而死。韩王闻非死，益惧，请以国内附称臣。秦王乃诏内史腾罢兵。

秦王一日与李斯议事，夸韩非之才，惜其已死，李斯乃进曰："臣举一人，姓尉名缭，大梁人也，深通兵法，其才胜韩非十倍。"秦王曰："其人安在？"李斯曰："今在咸阳，然其人自负甚高，不可以臣礼屈也。"秦王乃以宾礼召之。尉缭见秦王，长揖不拜。秦王答礼，置之上座，呼为先生。尉缭因进说曰："夫列国之于强秦，譬犹郡县也，散则易尽，合则难攻。夫三晋合而智伯亡，五国合而齐湣走，大王不可不虑。"秦王曰："欲使散而不复合，先生计将安出？"尉缭对曰："今国家之计，皆决于豪臣，豪臣岂尽忠智？不过多得财物为乐耳。大王勿爱府库之藏，厚赂其豪臣，以乱其谋，不过亡三十万金，而诸侯可尽。"秦王大悦，尊尉缭为上客，与之抗礼，衣服饮食尽与己同，时时造其馆，长跪请教。尉缭曰："吾细察秦王为人，丰准长目，鹞膺豺声，中怀虎狼之心，残刻少恩。用人时轻为人屈，不用亦轻弃人。今天下未一，故不惜屈身于布衣，若得志，天下皆为鱼肉矣！"一夕，不辞而去。馆吏急报秦王。秦王如失臂手，遣轺车四出追还，与之立誓，拜为太尉，主兵事，其弟子皆拜大夫。于是大出内帑金钱，分遣宾客使者奔走列国，视其宠臣用事者，即厚赂之，探其国情。

秦王复问尉缭以并兼次第。尉缭曰："韩弱易攻，宜先，其次莫如赵、魏。三晋既尽，即举兵而加楚。楚亡，燕、齐又安往乎？"秦王曰："韩已称藩，而赵王尝置酒咸阳宫，未有加兵之名，奈何？"尉缭曰："赵地大兵强，且有韩、魏为助，未可一举而灭也。韩内附称藩，则赵失助之半矣。王若患伐赵无名，请先加兵于魏。赵王有宠臣郭开者，贪得无厌，臣遣弟子王敖往说魏王，使赂郭开而请救于赵王，赵必出兵。吾因以为赵罪，移兵击之。"秦王曰："善。"乃命大将桓齮，率兵十万，出函谷关，声言伐魏。复遣尉缭弟子王敖往魏，付以黄金五万斤，恣其所用。王敖至魏，说魏王曰："三晋所以能抗强秦者，以唇齿互为蔽也。今韩已纳地称藩，而赵王亲诣咸阳，置酒为欢，韩、赵连袂而事秦，秦兵至魏，魏其危矣。大王何不割邺城以赂赵，而求救于赵？赵如发兵守邺，是赵代魏为守也。"魏王曰："先生度必得之赵王乎？"王敖谬言曰："赵之用事者郭开，臣素与相善，自能得之。"魏王从其言，以邺郡三城地界，并国书付与王敖，使往赵国求救。

王敖先以黄金三千斤交结郭开，然后言三城之事。郭开受魏金，谓悼襄王曰："秦之伐魏，欲并魏也；魏亡，则及于赵矣。今彼割邺郡之三城以求救，王宜听之。"悼襄王使扈辄率师五万，往受其地。秦王遂命桓齮进兵攻邺，扈辄出兵拒之，大战于东崓山，扈辄兵败，桓齮乘胜追逐，遂拔邺，连破九城。扈辄兵保于宜安，遣人告急于赵王。赵王聚群臣共议，众皆曰："昔年惟廉颇能御秦兵，庞氏、乐氏亦称良将，今庞煖已死，而乐氏亦无人矣，惟廉颇尚在魏国，何不召之？"郭开与廉颇有仇，恐其复用，乃潜于赵王曰："廉将军年近七旬，筋力衰矣，况前有乐乘之隙，若召而不用，益增怨望。大王姑使人觇视，倘其未衰，召之未晚。"赵王惑其言，遣内侍唐玖以貔貅名甲一副，良马四匹劳问，因而察之。

郭开密邀唐玖至家，具酒相饯，出黄金二十镒为寿。唐玖讶其太厚，自谦无功，不敢受。郭开曰："有一事相烦，必受此金，方敢启齿。"玖乃收其金,问:"郭大夫有何见谕?"郭开曰:"廉将军与某素不相能,足下此去,倘彼筋力衰颓,自不必言。万一尚壮,亦求足下增添几句,只说老迈不堪,赵王必不复召,此即足下之厚意也。"唐玖领令,竟往魏国,见了廉颇,致赵王之命。廉颇问曰:"秦兵今犯赵乎?"唐玖曰:"将军何以料之?"廉颇曰:"某在魏数年,赵王无一字相及,今忽有名甲、良马之赐,必有用某之处,是以知之。"唐玖曰:"将军不恨赵王耶?"廉颇曰:"某方日夜思用赵人,况敢恨赵王也?"及留唐玖同食,故意在他面前施逞精神,一饭斗米俱尽,啖肉十余斤,狼餐虎咽吃了一饱。因披赵王所赐之甲,一跃上马,驰骤如飞,复于马上舞长戟数回,乃跳下马,谓唐玖曰:"某何如少年时?烦多多拜上赵王,尚欲以余年报效。"唐玖明明看见廉颇精神强壮,奈私受了郭开贿赂,回到邯郸,谓赵王曰:"廉将军虽然年老,尚能食肉善饭,然有脾疾,与臣同坐,须臾间遗矢三次矣。"赵王叹曰:"战斗时岂堪遗矢?廉颇果老矣。"遂不复召,但益发军以助扈辄。时赵悼襄王之九年,秦王政之十一年也。

其后楚王闻知廉颇在魏,使人召之。颇复奔楚为楚将,以楚兵不如赵,郁郁不得志而死。哀哉!史臣有诗云:

> 老成名将说廉颇,遗矢谗言奈若何?
> 请看吴亡宰嚭死,郭开何事取金多!

时王敖犹在赵,谓郭开曰:"子不忧赵亡耶?何不劝王召廉颇也?"郭开曰:"赵之存亡,一国事也。若廉颇,独我之仇,岂可使复来赵国?"王敖知其无为国之心,复探之曰:"万一赵亡,君将焉往?"郭开曰:"吾将于齐、楚之间,择一国而托身焉。"王敖曰:

"秦有并吞天下之势，齐、楚犹赵、魏也。为君计，不如托身于秦。秦王恢廓大度，屈己下贤，于人无所不容。"郭开曰："子魏人，何以知秦王之深也？"王敖曰："某之师尉缭子，见为秦太尉，某亦仕秦为大夫。秦王知君能得赵权，故命某交欢于子，所奉黄金，实秦王之赠也。若赵亡，君必来秦，当以上卿授子。赵之美田宅，惟君所欲。"郭开曰："足下果肯相荐，倘有见谕，无不奉承。"王敖复以黄金七千斤，付开曰："秦王以万金见托，欲交结赵国将相，今尽以付君，后有事，当相求也，"郭开大喜曰："开受秦王厚赠，若不用心图报，即非人类。"王敖乃辞郭开归秦，以所余金四万斤反命曰："臣以一万金了郭开，以一郭开了赵也。"秦王知赵不用廉颇，更催桓齮进兵。赵悼襄王忧惧，一疾而薨。

悼襄王適子名嘉。赵有女娼，善歌舞，悼襄王悦之，留于宫中，与之生子，名迁。悼襄王爱娼，因及迁，乃废適子嘉而立庶子迁为太子，使郭开为太傅。迁素不好学，郭开又导以声色狗马之事，二人相得甚欢。及悼襄王已薨，郭开奉太子迁即位，以三百户封公子嘉，留于国中。郭开为相国用事。桓齮乘赵丧，袭破赵军于宜安，斩扈辄，杀十万余人，进逼邯郸。赵王迁自为太子时，闻代守李牧之能，乃使人乘急传，持大将军印召牧。牧在代，有选车千五百乘，选骑万三千匹，精兵五万余人。留车三百乘，骑三千，兵万人守代，其余悉以自随，屯于邯郸城外，单身入城，谒见赵王。赵王问以却秦之术，李牧奏曰："秦乘累胜之威，其锋甚锐，未易挫也。愿假臣便宜，无拘文法，方敢受命。"赵王许之，又问："代兵堪战乎？"李牧曰："战则未足，守则有余。"赵王曰："今悉境内劲卒，尚可十万，使赵葱、颜聚各将五万，听君节制。"李牧拜命而行，列营于肥累，置壁垒，坚守不战。日椎牛享士，使分队较射。军士日受赏赐，自求出战，牧终不许。桓齮曰："昔廉颇以坚壁拒王龁，今李牧亦用此计也。"仍分兵一半，往袭甘泉市。赵葱请救之，李牧曰："彼攻而我救，是致于人也，兵家所忌。不如往攻其营，彼方有事甘泉市，其营必虚，又见我坚壁已久，不为战备。若袭破其营，则桓齮之气夺矣。"遂分兵三路，夜袭其营。营中不意赵兵猝至，遂大溃败。杀死有名牙将十余员，士卒无算。败兵奔往甘泉市，报知桓齮。桓齮大怒，悉兵来战。李牧张两翼以待之，代兵奋勇当先。交锋正酣，左右翼并进，桓齮不能抵当，大败，走归咸阳。赵王以李牧有却秦之功，曰："牧乃吾之白起也！"亦封为武安君，食邑万户。秦王政怒桓齮兵败，废为庶人。复使大将王翦、杨端和各将兵分道伐赵。

不知胜负如何，且看下回分解。

第一百六回
王敖反间杀李牧，田光刎颈荐荆轲

话说赵王迁五年，代中地震，墙屋倾倒大半，平地裂开百三十步，邯郸大旱。民间有童谣曰："秦人笑，赵人号。以为不信，视地生毛。"明年，地果生白毛，长尺余。郭开蒙蔽，不使赵王闻之。时秦王再遣大将王翦、杨端和分道伐赵。王翦从太原一路进兵，杨端和从常山一路进兵。复遣内史腾引军十万，屯于上党，以为声援。时燕太子丹为质于秦，见秦兵大举伐赵，知祸必及于燕，阴使人致书于燕王，使为战守之备，又教燕王诈称有疾，使人请太子归国。燕王依其计，遣使到秦。秦王政曰："燕王不死，太子未可归也，欲归太子，除是乌头白，马生角，方可！"太子丹仰天大呼，怨气一道，直冲霄汉，乌头皆白，秦王犹不肯遣。太子丹乃易服毁面，为人佣仆，赚出函谷关，星夜往燕国去讫。今真定府定州南有台名闻鸡台，即太子丹逃秦时，闻鸡早发处也。秦王方图韩、赵，未暇讨燕丹逃归之罪。

再说赵武安君李牧，大军屯于灰泉山，连营数里，秦两路车马，皆不敢进。秦王闻此信，复遣王敖至王翦军中。王敖谓翦曰：

"李牧北边名将,未易取胜。将军姑与通和,但勿定约,使命往来之间,某自有计。"王翦果使人往赵营讲和,李牧亦使人报之。王敖至赵,再打郭开关节,言:"李牧与秦私自讲和,约破赵之日,分王代郡。若以此言进于赵王,使以他将易去李牧。某言于秦王,君之功劳不小。"郭开已有外心,遂依王敖说话,密奏赵王。赵王阴使左右往察其情,果见李牧与王翦信使往来,遂信以为实然,谋于郭开,郭开奏曰:"赵葱、颜聚见在军中,大王诚遣使持兵符,即军中拜赵葱为大将,替回李牧,只说'用为相国',牧必不疑。"赵王从其言,遣司马尚持节至灰泉山军中,宣赵王之命。李牧曰:"两军对垒,国家安危,悬于一将,虽有君命,吾不敢从!"司马尚私告李牧曰:"郭开谮将军欲反,赵王入其言,是以相召,言拜相者,欺将军之言也。"李牧忿然曰:"开始谮廉颇,今复谮吾,吾当提兵入朝,先除君侧之恶,然后御秦可也。"司马尚曰:"将军称兵犯阙,知者以为忠,不知者反以为叛,适令谗人借为口实。以将军之才,随处可立功名,何必赵也!"李牧叹曰:"吾尝恨乐毅、廉颇为赵将不终,不意今日乃及自己!"又曰:"赵葱不堪代将,吾不可以将印授之。"乃悬印于幕中,中夜微服遁去,欲往魏国。赵葱感郭开举荐之恩,又怒李牧不肯授印,乃遣力士急捕李牧,得于旅人之家,乘其醉,缚而斩之,以其首来献。可怜李牧一时名将,为郭开所害,岂不冤哉?史臣有诗云:

却秦守代著威名,大厦全凭一木撑。
何事郭开贪外市,致令一旦坏长城!

司马尚不敢复命,窃妻孥奔海上去讫。赵葱遂代李牧挂印为大将,颜聚为副。代兵素服李牧,见其无辜被害,不胜愤怒,一夜间逾山越谷,逃散俱尽,赵葱不能禁也。

却说秦兵闻李牧死,军中皆酌酒相贺。王翦、杨端和两路军马,刻期并进。赵葱与颜聚计议,欲分兵往救太原、常山二处,颜聚曰:"新易大将,军心不安,若合兵犹足以守,一分则势弱矣。"言未毕,哨马报:"王翦攻狼孟甚急,破在旦夕。"赵葱曰:"狼孟一破,彼将长驱井陉,合攻常山,而邯郸危矣,不得不往救之。"遂不听颜聚之谏,传令拔寨俱起。

王翦觇探明白,预伏兵大谷,遣人于高阜瞭望,只等赵葱兵过一半,放起号炮,伏兵一齐杀出,将赵兵截做两段,首尾不能相顾。王翦引大军倾江倒峡般杀来,赵葱迎敌,兵败,为王翦所杀。颜聚收拾败军,奔回邯郸。秦兵遂拔狼孟,由井陉进兵,攻取下邑。杨端和亦收取常山余地,进围邯郸。秦王政闻两路兵俱已得胜,因命内史腾移兵往韩受地。韩王安大惧,尽献其城,入为秦臣。秦以韩地为颍川郡。此韩王安之九年,秦王政之十七年也。韩自武子万受邑于晋,三世至献子厥,始执晋政。厥三传至康子虎,始灭智氏。虎再传至景侯虔,始为诸侯。虔六传至宣惠王,始称王。四传至王安,而国入于秦。自韩虔六年,至宣惠王九年秋,凡为侯共八十年;自宣惠王十年,至王安九年国灭,凡为王九十四年。自此,六国只存其五矣!史臣有赞云:

> 万封韩原,贤裔惟厥,
> 计全赵孤,阴功不泄。
> 始偶六卿,终分三穴,
> 纵约不守,稽首秦阙。

韩非虽使，无救亡灭！

再说秦兵围邯郸，颜聚悉兵拒守，赵王迁恐惧，欲遣使邻邦求救。郭开进曰："韩王已入臣，燕、魏方自保不暇，安能相救？以臣愚见，秦兵势大，不如全城归顺，不失封侯之位。"王迁欲听之，公子嘉伏地痛哭曰："先王以社稷宗庙传于王，何可弃也？臣愿与颜聚竭力效死，万一城破，代郡数百里，尚可为国，奈何束手为人俘囚乎？"郭开曰："城破则王为虏，岂能及代哉？"公子嘉拔剑在手，指郭开曰："覆国逸臣，尚敢多言，吾必斩之！"赵王劝解方散。

王迁回宫，无计可施，惟饮酒取乐而已。郭开欲约会秦兵献城，奈公子嘉率其宗族宾客，帮助颜聚加意防守，水泄不漏，不能通信。其时岁值连荒，城外民人逃尽，秦兵野无所掠，惟城中广有积粟，食用不乏，急切不下。乃与杨端和计议，暂退兵五十里外，以就粮运。城中见秦兵退去，防范稍弛，日启门一次，通出入。郭开乘此隙遣心腹出城，将密书一封，送入秦寨。书中大意云："某久有献城之意，奈不得其便。然赵王已十分畏惧，倘得秦王大驾亲临，某当力劝赵王行衔璧舆榇之礼。"王翦得书，即遣人驰报秦王。秦王亲帅精兵三万，使大将李信扈驾，取太原路，来到邯郸，复围其城，昼夜攻打。城上望见大旆有"秦王"字，飞报赵王。赵王愈恐。郭开曰："秦王亲提兵至此，其意不破邯郸不已，公子嘉、颜聚辈不足恃也，愿大王自断于心。"赵王曰："寡人欲降秦，恐见杀如何？"郭开曰："秦不害韩王，岂害大王哉？若以和氏之璧，并邯郸地图出献，秦王必喜。"赵王曰："卿度可行，便写降书。"郭开写就降书，又奏曰："降书虽写，公子嘉必然阻挡。闻秦王大营在西门，大王假以巡城为名，乘驾到彼，竟自开门送款，何愁不纳？"

赵王一向昏迷，惟郭开之言是听，到此危急之际，益无主持，遂依其言。颜聚方在北门点视，闻报赵王已出西门，送款于秦，大惊。公子嘉亦飞骑而至，言："城上奉赵王之命，已竖降旗，秦兵即刻入城矣。"颜聚曰："吾当以死据住北门，公子收敛公族，火速到此，同奔代地，再图恢复。"公子嘉从其计，即率其宗族数百人，同颜聚奔出北门，星夜往代。颜聚劝公子嘉自立为代王，以令其众。表李牧之功，复其官爵，亲自设祭，以收代人之心。遣使东与燕合，屯军于上谷，以备秦寇。代国赖以粗定。不在话下。

再说秦王政准赵王迁之降，长驱入邯郸城，居赵王之宫。赵王以臣礼拜见，秦王坐而受之，故臣多有流涕者。明日，秦王弄和氏之璧，笑谓群臣曰："此先王以十五城易之而不得者也。"于是秦王出令，以赵地为巨鹿郡，置守；安置赵王于房陵；封郭开为上卿。赵王方悟郭开卖国之罪，叹曰："使李牧在此，秦人岂得食吾邯郸之粟耶？"那房陵四面有石室，如房屋一般。赵王居石室之中，闻水声淙淙，问左右。对曰："楚有四水，江、汉、沮、漳，此名沮水，出房山达于汉江。"赵王凄然叹曰："水乃无情之物，尚能自达于汉江，寡人羁囚在此，望故乡千里，岂能到哉！"乃作山水之讴云：

> 房山为宫兮，沮水为浆。不闻调琴秦瑟兮，惟闻流水之汤汤！水之无情兮，犹能自致于汉江。嗟余万乘之主兮，徒梦怀乎故乡！夫谁使余及此兮？乃谗言之孔张！良臣淹没兮，社稷沦亡。余听不聪兮，敢怨秦王？

终夜无聊，每一发讴，哀动左右，遂发病不起。代王嘉闻王迁

第一百六回　王敖反间杀李牧，田光刎颈荐荆轲

死，谥为幽谬王。有诗为证：

> 吴主丧邦由佞嚭，赵王迁死为贪开。
> 若教贪佞能疏远，万岁金汤永不颓。

秦王班师回咸阳，暂且休兵养士。郭开积金甚多，不能携带，乃俱窖于邯郸之宅第。事既定，自言于秦王，请休假回赵，搬取家财。秦王笑而许之。既到邯郸，发窖取金，载以数车，中途为盗所杀，取金而去。或云："李牧之客所为也。"呜呼！得金卖国，徒杀其身，愚哉！

再说燕太子丹逃回燕国，恨秦王甚，乃散家财，大聚宾客，谋为报秦之举。访得勇士夏扶、宋意，皆厚待之。有秦舞阳，年十三，白昼杀仇人于都市，市人畏不敢近。太子赦其罪，收致于门下。秦将樊於期得罪奔燕，匿深山中，至是闻太子好客，亦出身自归。丹待为上宾，于易水之东，筑一城以居之，名曰樊馆。太傅鞠武谏曰："秦虎狼之国，方蚕食诸侯，即使无隙，犹将生事，况收其仇人以为射的，如批龙之逆鳞，其伤必矣。愿太子速遣樊将军入匈奴以灭口。请西约三晋，南连齐、楚，北结匈奴，然后乃可徐图也。"太子丹曰："太傅之计，旷日弥久，丹心如焚炙，不能须臾安息，况樊将军穷困来归，是丹哀怜之交也。丹岂以强秦之故，而远弃樊将军于荒漠？丹有死，不能矣，愿太傅更为丹虑之！"鞠武曰："夫以弱燕而抗强秦，如以毛投炉，无不焚也；以卵投石，无不碎也。臣智浅识寡，不能为太子画策。所识有田光先生，其人智深而勇沉，且多识异人。太子必欲图秦，非田光先生不可。"太子丹曰："丹未得交于田先生，愿因太傅而致之。"鞠武曰："敬诺。"鞠武即驾车往田

光家中，告曰："太子丹敬慕先生，愿就而决事，愿先生勿却。"田光曰："太子，贵人也，岂敢屈车驾哉？即不以光为鄙陋，欲共计事，光当往见，不敢自逸。"鞠武曰："先生不惜枉驾，此太子之幸也。"遂与田光同车，造太子宫中。太子丹闻田光至，亲出宫迎接，执辔下车，却行为导，再拜致敬，跪拂其席。田光年老，偻行登上坐，旁观者皆窃笑。太子丹屏左右，避席而请曰："今日之势，燕、秦不两立，闻先生智勇足备，能奋奇策，救燕须臾之亡乎？"田光对曰："臣闻：'骐骥盛壮之时，一日而驰千里；及其衰老，驽马先之。'今鞠太傅但知臣盛壮之时，不知臣已衰老矣。"太子丹曰："度先生交游中，亦有智勇如先生少壮之时，可代为先生持筹者乎？"田光摇首曰："大难，大难。虽然，太子自审门下客，可用者有几人？光请相之。"太子丹乃悉召夏扶、宋意、秦舞阳至，与田光相见。田光一一相过，问其姓名，谓太子曰："臣窃观太子客，俱无可用者，夏扶血勇之人，怒则面赤；宋意脉勇之人，怒则面青；秦舞阳骨勇之人，怒则面白。夫怒形于面，而使人觉之，何以济事？臣所知有荆卿者，乃神勇之人，喜怒不形，似为胜之。"太子丹曰："荆卿何名？何处人氏？"田光曰："荆卿者，名轲，本庆氏，齐大夫庆封之后也。庆封奔吴，家于朱方，楚讨杀庆封，其族奔卫，为卫人。以剑术说卫元君，元君不能用。及秦拔魏东地，并濮阳为东郡，而轲复奔燕，改氏曰荆，人呼为荆卿。性嗜酒，燕人高渐离者，善击筑，轲爱之，日与饮于燕市中。酒酣，渐离击筑，荆卿和而歌之，歌罢辄涕泣而叹，以为天下无知己。此其人沉深有谋略，光万不如也。"太子丹曰："丹未得交于荆卿，愿因先生而致之。"田光曰："荆卿贫，臣每给其酒资，是宜听臣之言。"太子丹送田光出门，以自己所乘之车奉之，使内侍为御。光将上车，太子嘱曰："丹所言,国之大事也,愿先生勿泄于他人。"田光笑曰:"老臣不敢。"

田光上车,访荆轲于酒市中。轲与高渐离同饮半酣,渐离方调筑。田光闻筑音,下车直入,呼荆卿。渐离携筑避去。荆轲与田光相见,邀轲至其家中,谓曰:"荆卿尝叹天下无知己,光亦以为然。然光老矣,精衰力耗,不足为知己驱驰,荆卿方壮盛,亦有意一试其胸中之奇乎?"荆轲曰:"岂不愿之,但不遇其人耳。"田光曰:"太子丹折节重客,燕国莫不闻之。今者不知光之衰老,乃以燕、秦之事谋及于光。光与卿相善,知卿之才,荐以自代,愿卿即过太子宫。"荆轲曰:"先生有命,轲敢不从?"田光欲激荆轲之志,乃抚剑叹曰:"光闻之:'长者为行,不使人疑。'今太子以国事告光,而嘱光勿泄,是疑光也。光奈何欲成人之事,而受其疑哉?光请以死自明,愿足下急往报于太子。"遂拔剑自刎而死。

荆轲方悲泣,而太子复遣使来视:"荆先生来否?"荆轲知其诚,即乘田光来车,至太子宫。太子接待荆轲,与田光无二。既相见,问:"田先生何不同来?"荆轲曰:"光闻太子有私嘱之语,欲以死明其不言,已伏剑死矣!"太子丹抚膺恸哭曰:"田先生为丹而死,岂不冤哉?"良久收泪。纳轲于上座,太子丹避席顿首,轲慌忙答礼,太子丹曰:"田先生不以丹为不肖,使丹得见荆卿,天与之幸,愿荆卿勿见鄙弃。"荆轲曰:"太子所以忧秦者,何也?"丹曰:"秦譬犹虎狼,吞噬无厌,非尽收天下之地,臣海内之王,其欲未足。今韩王尽已纳地为郡县矣。王翦大兵复破赵,虏其王。赵亡,次必及燕。此丹之所以卧不安席,临食而废箸者也。"荆轲曰:"以太子之计,将举兵与角胜负乎?抑别有他策耶?"太子丹曰:"燕小弱,数困于兵,今赵公子嘉自称代王,欲与燕合兵拒秦。丹恐举国之众,不当秦之一将。虽附以代王,未见其势之盛也。魏、齐素附于秦，而楚又远不相亲。诸侯畏秦之强，无肯合从者。丹窃有愚计，诚得天下之勇士，伪使于秦，诱以重利，秦王贪得，必相近，因乘间劫之，使悉反诸侯侵地，如曹沫之于齐桓公，则大善矣；倘不从，则刺杀之。彼大将握重兵，各不相下，君亡国乱，上下猜疑，然后连合楚、魏，共立韩、赵之后，并力破秦，此乾坤再造之时也，惟荆卿留意焉！"荆轲沉思良久，对曰："此国之大事也，臣驽下，恐不足当任使！"太子丹前顿首固请曰："以荆卿高义，丹愿委命于卿，幸毋让！"荆轲再三谦逊，然后许诺。于是尊荆轲为上卿，于樊馆之右，复筑一城，名曰荆馆，以奉荆轲。太子丹日造门下问安，供以太牢，间进车骑、美女，恣其所欲，惟恐其意之不适也。

轲一日与太子游东宫，观池水，有大龟出池旁，轲偶拾瓦投龟，太子丹捧金丸进之以代瓦。又一日共试骑，太子凡有马日行千里，轲偶言马肝味美，须臾，庖人进肝，所杀即千里马也。丹又言及秦将樊於期得罪秦王，见在燕国，荆轲请见之，太子治酒于华阳之台，请荆轲与樊於期相会。出所幸美人奉酒，复使美人鼓琴娱客。荆轲见其两手如玉，赞曰："美哉，手也！"席散，丹使内侍以玉盘送物于轲，轲启视之，乃断美人之手，自明于轲，无所吝惜。轲叹曰："太子遇轲厚，乃至此乎！当以死报之！"

不知荆轲如何报恩，且看下回分解。

第一百七回
献地图荆轲闹秦庭，论兵法王翦代李信

话说荆轲平日常与人论剑术，少所许可，惟心服榆次人盖聂，自以为不及，与之深结为友。至是，轲受燕太子丹厚恩，欲西入秦劫秦王，使人访求盖聂，欲邀请至燕，与之商议。因盖聂游踪未定，一时不能够来到。太子丹知荆轲是个豪杰，旦暮敬事，不敢催促。忽边人报道："秦王遣大将王翦，北略地至燕南界。代王嘉遣使相约，一同发兵，共守上谷以拒秦。"太子丹大惧，言于荆轲曰："秦兵旦暮渡易水，足下虽欲为燕计，岂有及哉？"荆轲曰："臣思之熟矣。此行倘无以取信于秦王，未可得近也。夫樊将军得罪于秦，秦王购其首，黄金千斤，封邑万家，而督亢膏腴之地，秦人所欲，诚得樊将军之首，与督亢之地图，奉献秦王，彼必喜而见臣，臣乃得有以报太子。"丹曰："樊将军穷困来归，何忍杀之？若督亢地图，所不敢惜！"荆轲知太子丹不忍，乃私见樊於期曰："将军得祸于秦，可谓深矣，父母宗族皆为戮殁，今闻购将军之首，金千斤，邑万家。将军将何以雪其恨乎？"樊於期仰天太息，流涕而言曰："某每一念及秦政，痛彻心髓。愿与之俱死，恨未有其地耳。"荆轲曰：

"今有一言，可以解燕国之患，报将军之仇者，将军肯听之乎？"於期亟问曰："计将安出？"荆轲踌躇不语，於期曰："荆卿何以不言？"轲曰："计诚有之，但难于出口。"於期曰："苟报秦仇，虽粉骨碎身，某所不恤，又何出口之难乎？"荆轲曰："某之愚计，欲前刺秦王，而恐其不得近也。诚得将军之首以献于秦，秦王必喜而见臣，臣左手把其袖，右手斫其胸，则将军之仇报，而燕亦得免于灭亡之患矣。将军以为何如？"樊於期卸衣偏袒，奋臂顿足，大呼曰："此臣之日夜切齿腐心而恨其无策者也，今乃得闻明教。"即拔佩剑刎其喉，喉绝而颈未断，荆轲复以剑断之。有诗为证：

闻说奇谋喜欲狂，幽魂先已赴咸阳。
荆卿若遂屠龙计，不枉将军剑下亡。

荆轲使人飞报太子曰："已得樊将军首矣。"太子丹闻报，驰车至，伏尸而哭极哀，命厚葬其身，而以其首置木函中。荆轲曰："太子曾觅利匕首乎？"太子丹曰："有赵人徐夫人匕首，长一尺八寸，甚利，丹以百金得之，使工人染以毒药，曾以试人，若出血沾丝缕，无不立死，装以待荆卿久矣。未知荆卿行期何日？"荆轲曰："臣有所善客盖聂未至，欲俟之以为副。"太子丹曰："足下之客，如海中之萍，未可定也。丹之门下，有勇士数人，惟秦舞阳为最，或可以副行乎？"荆轲见太子十分急切，乃叹曰："今提一匕首，入不测之强秦，此往而不返者也。臣所以迟迟，欲俟吾客，本图万全，太子既不能待，请行矣！"于是太子丹草就国书，只说献督亢之地并樊将军之首，俱付荆轲。以千金为轲治装，秦舞阳为副使同行。

临发之日，太子丹与相厚宾客知其事者，俱白衣素冠，送至易

第一百七回　献地图荆轲闹秦庭，论兵法王翦代李信

水之上，设宴饯行。高渐离闻荆轲入秦，亦持豚肩、斗酒而至。荆轲使与太子丹相见，丹命入席同坐。酒行数巡，高渐离击筑，荆轲和而歌，为变徵之声。歌曰：

风萧萧兮易水寒，壮士一去兮不复还。

声甚哀惨，宾客及随从之人，无不涕泣，有如临丧。荆轲仰面呵气，直冲霄汉，化成白虹一道，贯于日中，见者惊异。轲复慷慨为羽声。歌曰：

探虎穴兮入蛟宫，仰天嘘气兮成白虹。

其声激烈雄壮，众莫不瞋目奋励，有如临敌。于是太子丹复引卮酒，跪进于轲。轲一吸而尽，牵舞阳之臂，腾跃上车，催鞭疾驰，竟不反顾。太子丹登高阜以望之，不见而止，凄然如有所失，带泪而返。晋处士陶靖节有诗曰：

燕丹善养士，志在报强嬴。
招集百夫良，岁暮得荆卿。
君子死知己，提剑出燕京。
素骥鸣广陌，慷慨送我行。
雄发指危冠，猛气冲长缨。
饮饯易水上，四座列群英。
左席击悲筑，右席唱高声。
萧萧哀风逝，淡淡寒波生。

> 商音更流涕，羽奏壮士惊。
> 心知去不归，且有后世名。

荆轲既至咸阳，知中庶子蒙嘉有宠于秦王，先以千金赂之，求为先容。蒙嘉入奏秦王曰："燕王怖大王之威，不敢举兵，以逆军吏，愿举国为内臣，比于诸侯之列，给贡职如郡县，以奉守先人之宗庙。恐惧不敢自陈，谨斩樊於期之首，及献燕督亢之地图，燕王亲自函封，拜送使者于庭。今上卿荆轲见在馆驿候旨，惟大王命之。"秦王闻樊於期已诛，大喜，乃朝服，设九宾之礼，召使者至咸阳宫相见。

荆轲藏匕首于袖，捧樊於期头函，秦舞阳捧督亢舆地图匣，相随而进。将次升阶，秦舞阳面白如死人，似有振恐之状。侍臣曰："使者色变为何？"荆轲回顾舞阳而笑，上前叩首谢曰："一介秦舞阳，乃北番蛮夷之鄙人，生平未尝见天子，故不胜震慑悚惧，易其常度。愿大王宽宥其罪，使得毕使于前。"秦王传旨，止许正使一人上殿。左右叱舞阳下阶。秦王命取头函验之，果是樊於期之首。问荆轲："何不早杀逆臣来献？"荆轲奏曰："樊於期得罪天子，窜伏北漠，寡君悬千金之赏，购求得之，欲生致于大王，诚恐中途有变，故断其首，冀以稍纾大王之怒。"荆轲辞语从容，颜色愈和，秦王不疑。

时秦舞阳捧地图匣，俯首跪于阶下，秦王谓荆轲曰："取舞阳所持地图来，与寡人观之。"荆轲从舞阳手中，取过图函，亲自呈上。秦王展图，方欲观看，荆轲匕首已露，不能掩藏，当下未免着忙，左手把秦王之袖，右手执匕首刺其胸，未及身，秦王大惊，奋身而起，袖绝脱。那时五月初旬天气，所穿罗縠单衣，故易裂也。

第一百七回　献地图荆轲闹秦庭，论兵法王翦代李信

王座旁设有屏风，长八尺，秦王超而过之，屏风仆地。荆轲持匕首在后紧追，秦王不能脱身，绕柱而走。原来秦法，群臣侍殿上者，不许持尺寸之兵，诸郎中宿卫之官执兵戈者，皆陈列于殿下，非奉宣召，不敢擅自入殿。今仓卒变起，不暇呼唤，群臣皆以手共搏轲。轲勇甚，近者辄仆。有侍医夏无且，亦以药囊击轲，轲奋臂一挥，药囊俱碎。虽然荆轲勇甚，群臣没奈他何，却也亏着要打发众人，所以秦王东奔西走，不曾被荆轲拿住。秦王所佩宝剑，名"鹿卢"，长八尺，欲拔剑击轲，剑长，靶不能脱。有小内侍赵高急唤曰："大王何不背剑而拔之？"秦王悟，依其言，把剑推在背后，前边便短，容易拔出。秦王勇力不弱于荆轲，匕首尺余，止可近刺，剑长八尺，可以远击，秦王得剑在手，其胆便壮，遂直前来砍荆轲，断其左股。荆轲扑身倒于左边铜柱之旁，不能起立，乃举匕首以掷秦王。秦王闪开，那匕首在秦王耳边过去，直刺之右边铜柱之中，火光迸出。秦王复以剑击轲，轲以手接剑，三指俱落。连被八创，荆轲倚柱而笑，向秦王箕踞骂曰："幸哉汝也！吾欲效曹沫故事，以生劫汝，反诸侯侵地，不意事之不就，被汝幸免，岂非天乎？然汝恃强力，吞并诸侯，享国亦岂长久耶？"左右争上前攒杀之。秦舞阳在殿下，知荆轲动手，也要向前，却被郎中等众人击杀。此秦王政二十年事也。可惜荆轲受了燕太子丹多时供养，特地入秦，一事无成，不惟自害其身，又枉害了田光、樊於期、秦舞阳三人性命，断送燕丹父子，岂非剑术之不精乎？髯翁有诗云：

独提匕首入秦都，神勇其如剑术疏。
壮士不还谋不就，樊君应与觅头颅！

秦王心战目眩，呆坐半日，神色方才稍定。往视荆轲，轲双目圆睁，宛如生人，怒气勃勃。秦王惧，命取荆轲、秦舞阳之尸，及樊於期之首，同焚于市中；燕国从者皆枭首，分悬国门。遂起驾还内宫。宫中后妃闻变，俱前来问安，因置酒压惊称贺。有一胡姬，乃赵王宫人，秦王破赵，选入宫，善琴有宠，列在妃位。秦王使鼓琴解闷。胡姬援琴而奏之，其声曰：

罗縠单衣兮可裂而绝，八尺屏风兮可超而越。
鹿卢之剑兮可负而拔，嗟彼凶狡兮身亡国灭！

秦王爱其敏捷，赐缯绮一箧，是夜尽欢，因宿于胡姬之宫。后来胡姬生子，即胡亥也，是为二世皇帝。此是后话。

次早，秦王视朝，论功行赏，首推夏无且，以黄金二百镒赐之，曰："无且爱我，以药囊投荆轲也。"次唤小内侍赵高曰："'背剑而拔之'，赖汝教我。"亦赐黄金百镒。群臣中手搏荆轲者，视有伤轻重加赏。殿下郎中人等击杀秦舞阳者，亦俱有赐。蒙嘉误为荆轲先容，凌迟处死，灭其家。蒙骜先已病死，其子蒙武，见为裨将，以不知情，特赦之。秦王怒气未息，乃益发兵，使王贲将之，助其父王翦攻燕。

燕太子丹不胜其愤，悉众迎战于易水之西，燕兵大败，夏扶、宋意皆战死，丹奔蓟城，鞫武被杀。王翦合兵围之，十月城破。燕王喜谓太子丹曰："今日破国亡家，尽由于汝！"丹对曰："韩、赵之灭，岂亦丹罪耶？今城中精兵，尚有二万，辽东负山阻河，犹足固守，父王宜速往！"燕王喜不得已，登车开东门而出。太子丹尽驱其精兵，亲自断后，护送燕王东行，退保辽东，都平壤。王翦攻

第一百七回　献地图荆轲闹秦庭，论兵法王翦代李信

下蓟城，告捷于咸阳。王翦积劳成病，一面上表告老。秦王曰："太子丹之仇寡人不能忘，然王翦诚老矣！"使将军李信代领其众，以追燕王父子。召王翦归，赐予甚厚。翦谢病，老于频阳。

燕王闻李信兵至，遣使求救于代王嘉。嘉乃报燕王书，略曰：

> 秦所以急攻燕者，以怨太子丹故也。王能杀丹以谢于秦，秦怒必解，燕之社稷，幸得血食。

燕王喜犹豫未忍，太子丹惧诛，乃与其宾客自匿于桃花岛。李信屯兵首山，使人持书数太子丹之罪。燕王喜大惧，佯召太子丹计事，以酒灌醉，缢杀之，然后断其首。燕王喜哭之恸。时夏五月，忽然天降大雪，平地深二尺五寸，寒凛如严冬，人谓太子丹怨气所致也。

燕王将太子丹之首，函送李信军中，为书谢罪。李信驰奏秦王，且言："五月大雪，军人苦寒多病，求暂许班师。"秦王谋于尉缭，尉缭奏曰："燕栖于辽，赵栖于代，譬之游魂，不久自散。今日之计，宜先下魏，次及荆楚，二国既定，燕、代可不劳而下。"秦王曰："善。"乃诏李信收兵回国。再命王贲为大将，引军十万，出函谷关攻魏。

时魏景湣王已薨，太子假立三年矣。自秦攻燕时，魏王假增筑大梁之城，内外俱浚深沟，预修守备。使人结好齐王，说以利害，言："魏与齐乃唇齿之国，唇亡则齿寒，魏亡，则祸必及于齐。愿同心协力，互相救援。"齐自君王后薨，其弟后胜为相国用事，多受秦黄金，力言："秦必不负齐，今若与魏合从，必触秦怒。"齐王建惑其言，遂辞魏使。王贲连战皆胜，进围大梁。值天道多雨，王贲

乘油幕车，访求水势，知黄河在城之西北，而汴河从荥阳发源来，亦经由城西而过，乃命军士于西北开渠，引二河之水，筑堤壅其下流。军士冒雨兴工，王贲亲自持盖催督。及渠成，雨一连十日不止，水势浩大，贲命决堤通沟，内外沟俱泛溢。城被浸三日，颓坏者数处，秦兵遂乘之而入。魏王假方与群臣议书降表，为王贲所虏，上囚车，与宫属俱送至咸阳。假中途病死。王贲尽取魏地，为三川郡。并收野王地，废卫君角为庶人。按：魏自晋献公之世，毕万受封，万生芒季，芒季生武子犨，犨佐晋文公成霸，犨复四传至桓子侈，灭范氏、中行氏、智氏，侈生文侯斯，与韩、赵三分晋国，凡七传而至王假，国灭，共有国二百年。史臣赞云：

毕公之苗，因国为姓，
嗣裔繁昌，世戴忠正。
文始建侯，武益强盛，
惠王好战，大梁不竞。
信陵养士，神气稍振，
景湣式微，再传而陨。

时秦王政二十二年事也。

是年，秦王用尉缭之策，复谋伐楚，问于李信曰："将军度伐楚之役，用几何人而足？"李信对曰："不过用二十万人。"复召老将王翦问之，翦对曰："信以二十万人攻楚，必败。以臣愚见，非六十万人不可。"秦王私念曰："老人固宜怯，不如李将军壮勇。"遂罢王翦不用，命李信为大将，蒙武副之，率兵二十万伐楚。李信攻平舆，蒙武攻寝丘。信年少骁勇，一鼓攻下平舆城，于是引兵而西，攻下申城，遣人持书，约蒙武会于城父，欲合兵以捣邾城。

话分两头。却说楚自李园杀春申君黄歇，立幽王悍，悍即黄歇与李氏所生之子也。幽王立十年而薨，无子。其时李园亦卒，群臣乃立宗人公子犹，是为哀王。哀王立二月，而其庶兄负刍袭杀哀王，遂自立为王。负刍在位三年，闻秦兵深入楚地，乃拜项燕为大将，率兵二十余万，水陆并进。探知李信兵出申城，自率大军迎于西陵，使副将屈定设七伏于鲁台山诸处。李信恃勇前进，遇项燕，两下交锋，战酣之际，七路伏兵俱起，李信不能抵敌，大败而走。项燕逐之，凡三日三夜不息，杀都尉七人，军士死者无算。李信率残兵退保冥陁，项燕复攻破之。李信弃城而遁。项燕追及平舆，尽复故地。蒙武未到城父，闻李信兵败，亦退入赵界，遣使告急。秦王大怒，尽削李信官邑，亲自命驾造频阳来见王翦，问曰："将军策李信以二十万人攻楚必败，今果辱秦军矣。将军虽病，能为寡人强起，将兵一行乎？"王翦再拜谢曰："老臣罢病悖乱，心力俱衰，惟大王更择贤将而任之。"秦王曰："此行非将军不可，将军幸勿却。"王翦曰："大王必不得已而用臣，非六十万人不可。"秦王曰："寡人闻：'古者大国三军，次国二军，小国一军，军不尽行，未尝缺乏。'五霸威加诸侯，其制国不过千乘，以一乘七十五人计之，从未及十万之额。今将军必用六十万，古所未有也。"王翦对曰："古者约日而阵，皆阵而战，步伐俱有常法，致武而不重伤，声罪而不兼地，虽干戈之中，寓礼让之意，故帝王用兵，从不用众。齐桓公作内政，胜兵不过三万人，犹且更番而用。今列国兵争，以强凌弱，以众暴寡，逢人则杀，遇地则攻，报级动曰数万，围城动经数年。是以农夫皆操戈刃，童稚亦登册籍，势所必至，虽欲用少而不可得。况楚国地尽东南，号令一出，百万之众可具，臣谓六十万，尚恐不相当，岂复能减于此哉？"秦王叹曰："非将军老于兵，不能透彻至此，寡人听将军矣！"遂以后车载王翦入朝，即日拜为大将，以六十万授之，仍用蒙武为副。临行，秦王亲至坝上设饯。王翦引卮，为秦王寿曰："大王饮此，臣有所请。"秦王一饮而尽，问曰："将军何言？"王翦出一简于袖中，所开写咸阳美田宅数处，求秦王："批给臣家。"秦王曰："将军若成功而回，寡人方与将军共富贵，何忧于贫？"王翦曰："臣老矣，大王虽以封侯劳臣，譬如风中之烛，光耀几时？不如及臣目中，多给美田宅，为子孙业，世世受大王之恩耳。"秦王大笑，许之。既至函谷关，复遣使者求园池数处。蒙武曰："老将军之请乞，不太多乎？"王翦密告曰："秦王性强厉而多疑，今以精甲六十万畀我，是空国而托我也。我多请田宅园池，为子孙业，所以安秦王之心耳。"蒙武曰："老将军高见，吾所不及。"

不知王翦伐楚如何，且看下回分解。

第一百八回
兼六国混一舆图，号始皇建立郡县

话说王翦代李信为大将，率军六十万，声言伐楚。项燕守东冈以拒之，见秦兵众多，遣使驰报楚王，求添兵助将。楚王复起兵二十万，使将军景骐将之，以助项燕。

却说王翦兵屯于天中山，连营十余里，坚壁固守，项燕日使人挑战，终不出。项燕曰："王翦老将，怯战固其宜也。"王翦休士洗沐，日椎牛设飨，亲与士卒同饮食。将吏感恩，愿为效力，屡屡请战，辄以醇酒灌之。如此数月，士卒日间无事，惟投石、超距为戏。按范蠡《兵法》，投石者，用石块重十二斤，立木为机发之，去三百步为胜，不及者为负，其有力者，能以手飞石，则多胜一筹；超距者，横木高七八尺，跳跃而过，以此赌胜。王翦每日使各营军吏，默记其胜负，知其力之强弱。外益收敛为自守之状，不许军人以楚界樵采。获得楚人，以酒食劳之放还。相持岁余，项燕终不得一战，以为王翦名虽伐楚，实自保耳，遂不为战备。

王翦忽一日大享将士，言："今日与诸君破楚。"将士皆磨拳擦掌，争先奋勇。乃选骁勇有力者，约二万人，谓之壮士，别为一军，为冲锋。而分军数道，吩咐楚军一败，各自分头略地。项燕不意王翦猝至，仓皇出战。壮士奋力多时，不胜技痒，大呼陷阵，一人足敌百人。楚兵大败，屈定战死。项燕与景骐率败兵东走，翦乘胜追逐，再战于永安城，复大败之。遂攻下西陵，荆襄大震。王翦使蒙武分军一半，屯于鄂渚，传檄湖南各郡，宣布秦王威德。自率大军径趋淮南，直捣寿春，一面遣人往咸阳报捷。项燕往淮上募兵未回，王翦乘虚急攻，城遂破。景骐自刎于城楼，楚王负刍被虏。秦王政发驾亲至樊口受俘，责负刍以弑君之罪，废为庶人，命王翦合兵鄂渚，以收荆襄。于是湖湘一带郡县，望风惊溃。

再说项燕募得二万五千人，来至徐城，适遇楚王之同母弟昌平君逃难奔来，言："寿春已破，楚王掳去，不知死活。"项燕曰："吴、越有长江为限，地方千余里，尚可立国。"乃率其众渡江，奉昌平君为楚王，居于兰陵，缮兵城守。

再说王翦已定淮北、淮南之地，谒秦王于鄂渚。秦王夸奖其功，然后言曰："项燕又立楚王于江南，奈何？"王翦曰："楚之形势，在于江淮，今全淮皆为吾有，彼残喘仅存，大兵至，即就缚耳，何足虑哉。"秦王曰："王将军年虽老，志何壮也！"明日，秦王驾回咸阳，仍留王翦兵，使平江南。

王翦令蒙武造船于鹦鹉洲，逾年船成，顺流而下，守江军士不能御，秦兵遂登陆。留兵十万屯黄山，以断江口。大军自朱方进围兰陵，四面列营，军声震天。凡夫椒山、君山、荆南山诸处，兵皆布满，以绝越中救兵。项燕悉城中兵，战于城下。初合，秦兵稍却，王翦驱壮士分为左右二队，各持短兵，大呼突入其阵。蒙武手斩裨将一人，复生擒一人，秦兵勇气十倍。项燕复大败，奔入城中，筑门固守。王翦用云梯仰攻，项燕用火箭射之，烧其梯。蒙武曰："项燕釜中之鱼也,若筑垒与城齐,周围攻急,我众彼寡,守备不周,不一月,其城必破。"王翦从其计,攻城愈急。昌平君亲自巡城,为流矢所中,军士扶回行宫,夜半身死。项燕泣曰:"吾所以偷生在此,为芈氏一脉未绝也,今日尚何望乎?"乃仰天长号者三,引剑自刎而死。城中大乱。秦兵遂登城启门,王翦整军而入,抚定居民,遂率大军南下。至于锡山,军士埋锅造饭,掘地得古碑,上刻有十二字,云:

有锡兵,天下争。

无锡宁,天下清。

王翦召土人问之,言:"此山乃惠山之东峰,自周平王东迁于洛,此山遂产铅锡,因名锡山,四十年来,取用不竭。近日出产渐少。此碑亦不知何人所造。"王翦叹曰:"此碑出露,天下从此渐宁矣!岂非古人先窥其定数,故埋碑以示后乎?今后当名此地为无锡。"今无锡县名,实始于此。

王翦兵过姑苏,守臣以城降,遂渡浙江,略定越地。越王子孙自越亡以后,散处甬江、天台之间,依海而居,自称君长,不相统属。至是,闻秦王威德,悉来纳降。王翦收其舆图户口,飞报秦王,并定豫章之地,立九江、会稽二郡。楚祝融之祀遂绝。此秦王政二十四年事也。

按:楚自周桓王十六年,武王熊通始强大称王,自此岁岁并吞小国,五传至庄王旅始称霸,又五传至昭王珍,几为吴灭,又六传至威王商,兼有吴越,于是江淮尽属于楚,几占天下之半。怀王槐任用奸臣靳尚,见欺于秦,始渐衰弱。又五传到负刍,而国并于秦。

史臣有赞云：

> 鬻熊之嗣，肇封于楚，
> 通王旅霸，大开南土。
> 子围篡嫡，商臣弑父，
> 天祸未悔，凭奸自怙。
> 昭困奔亡，怀迫囚苦，
> 襄烈遂衰，负刍为虏。

王翦灭楚，班师回咸阳，秦王赐黄金千镒。翦告老，仍归频阳。秦王乃拜其子王贲为大将，攻燕王于辽东。秦王命之曰："将军若平辽东，乘破竹之势，便可收代，无烦再举。"王贲兵渡鸭绿江，围平壤城，破之，虏燕王喜，送入咸阳，废为庶人。

按：燕自召公肇封，九世至惠侯，而周厉王奔彘；八传至庄公，而齐桓公伐山戎，为燕辟地五百里，燕始强大；又十九传至文公，而苏秦说以合从之术，其子易王始称王，列于七国；易王传哙，为齐所灭；哙子昭王复国，又四传至喜而国亡。史臣有赞云：

> 召伯治陕，甘棠怀德，
> 易王僭号，齿于六国。
> 哙以懦亡，平以强获，
> 一谋不就，辽东并失。
> 传四十三，年八九伯，
> 姬姓后亡，召公之泽。

第一百八回　兼六国混一舆图，号始皇建立郡县

　　王贲既灭燕，遂移师西攻代。代王嘉兵败，欲走匈奴，贲追及于猫儿庄，擒而囚之。嘉自杀。尽得云中、雁门之地。此秦王政二十五年事。

　　按：赵自造父仕周，世为周大夫，幽王无道，叔带奔晋，事晋文侯，始建赵氏；五世至赵夙，事献公；再传至赵衰，事文公；衰子盾事襄、成、景三公；晋主霸，赵氏世为霸佐，盾子朔中绝，朔子武复立；又二传至简子鞅，鞅传襄子无恤，与韩、魏三分晋国；无恤传其侄桓子浣，浣传子籍，始称侯，谥烈；六传到武灵王而胡服；又四传至王迁被虏，而公子嘉自立为代王，守赵祀，嘉王代六年而国灭。自此六国遂亡其五，惟齐尚在。史臣有赞云：

> 赵氏之世，与秦同祖；
> 周穆平徐，乃封造父。
> 带始事晋，夙初有土；
> 武世晋卿，籍为赵主。
> 胡服虽强，内乱外侮；
> 颇牧不用，王迁囚虏。
> 云中六载，余焰一吐！

　　王贲捷书至咸阳，秦王大喜，赐王贲手书，略曰：

> 将军一出而平燕及代，奔驰二千余里，方之乃父，劳苦功高，不相上下。虽然，自燕而齐，归途南北便道也。齐在，譬如人身尚缺一臂。愿以将军之余威，震电及之。将军父子，功于秦无两。

王贲得书，遂引兵取燕山，望河间一路南行。

却说齐王建听相国后胜之言，不救韩、魏，每灭一国，反遣使入秦称贺。秦复以黄金厚赂使者，使者归，备述秦王相待之厚。齐王以为和好可恃，不修战备。及闻五国尽灭，王建内不自安，与后胜商议，始发兵守其西界，以防秦兵掩袭，却不提防王贲兵过吴桥，直犯济南。齐自王建即位，四十四年，不被兵革，上下安于无事，从不曾演习武艺。况且秦兵强暴，素闻传说，今日数十万之众，如泰山般压将下来，如何不怕？何人敢与他抵对？王贲由历下、淄川，径犯临淄，所过长驱直捣，如入无人之境。临淄城中，百姓乱奔乱窜，城门不守。后胜束手无计，只得劝王建迎降。王贲兵不血刃，两月之间尽得山东之地。秦王闻捷，传令曰："齐王建用后胜计，绝秦使，欲为乱，今幸将士用命，齐国就灭。本当君臣俱戮，念建四十余年恭顺之情，免其诛死，可与妻子迁于共城，有司日给斗粟，毕其余生，后胜就本处斩首。"

王贲奉命诛后胜，遣吏卒押送王建，安置共城。惟茅屋数间，在太行山下，四围皆松柏，绝无居人。宫眷虽然离散，犹数十口，只斗粟不敷，有司又不时给。王建止一子，尚幼，中夜啼饥。建凄然起坐，闻风吹松柏之声，想起："在临淄时，何等富贵！今误听奸臣后胜，至于亡国，饥饿穷山，悔之何及！"遂泣下不止，不数日而卒。宫人俱逃，其子不知所终。传言谓王建因饿而死，齐人闻而哀之，因为歌曰：

松耶柏耶？饥不可为餐。谁使建极耶？嗟任人之匪端！

后人传此为"松柏之歌",盖咎后胜之误国也。

按:齐始祖陈定,乃陈厉公佗之子,于周庄王十五年,避难奔齐,遂仕齐,讳陈为田氏;数传至田桓子无宇,又再传至僖子乞,以厚施得民心,田氏日强;乞子恒弑齐君,又三传至太公和,遂篡齐称侯;又三传至威王而益强,称王号;又四传至王建而国亡矣。史臣有赞云:

> 陈完避难,奔于太姜。
> 物莫两盛,妫替田昌。
> 和始擅命,威遂称王。
> 孟尝延客,田单救亡。
> 相胜利贿,认贼为祥。
> 哀哉王建,松柏苍苍。

时秦王政之二十六年也。时六国悉并于秦,天下一统。秦王以六国曾并称王号,其名不尊,欲改称帝,昔年亦曾有东西二帝之议,不足以传后世,威四夷,乃采上古君号,惟三皇五帝,功德在三王之上,惟秦德兼三皇,功迈五帝,遂兼二号称"皇帝"。追尊其父庄襄王为太上皇。又以为周公作谥法,子得议父,臣得议君,为非礼,今后除谥法不用。"朕为始皇帝,后世以数计之,二世,三世,以至于百千万世,传之无穷。"天子自称曰"朕",臣下奏事称"陛下"。召良工琢和氏之璧为传国玺,其文曰:"受命于天,既寿永昌。"又推终始五德之传,以为周得火德,惟水能灭火,秦应水德之运,衣服旌旗皆尚黑。水数六,故器物尺寸,俱用六数。以十月朔为正月,朝贺皆于是月。"正""政"音同,皇帝御讳不可犯,改"正"字音为"征"。征者，非吉祥之事，然出自始皇之意，人不敢言。

尉缭见始皇意气盈满，纷更不休，私叹曰："秦虽得天下，而元气衰矣，其能永乎？"与弟子王敖一夕遁去，不知所往。始皇问群臣曰："尉缭弃朕而去，何也？"群臣皆曰："尉缭佐陛下定四海，功最大，亦望裂土分封，如周之太公、周公。今陛下尊号已定，而论功之典不行，彼失意，是以去耳。"始皇曰："周室分茅之制，尚可行乎？"群臣皆曰："燕、齐、楚、代，地远难周，不置王无以镇之。"李斯议曰："周封国数百，同姓为多，其后子孙自相争杀无已。今陛下混一海内，皆为郡县，虽有功臣，厚其禄俸，无尺土一民之擅，绝兵革之原，岂非久安长治之术哉？"始皇从其议，乃分天下为三十六郡。那三十六郡：内史郡、汉中郡、北地郡、陇西郡、上郡、太原郡、河东郡、上党郡、云中郡、雁门郡、代郡、三川郡、邯郸郡、南阳郡、颍川郡、齐郡（即琅琊郡）、薛郡（即泗水郡）、东郡、辽西郡、辽东郡、上谷郡、渔阳郡、巨鹿郡、右北平郡、九江郡、会稽郡、鄣郡、闽中郡、南海郡、象郡、桂林郡、巴郡、蜀郡、黔中郡、南郡、长沙郡。

是时，北边有胡患，故渔阳、上谷等郡，辖地最少，设戍镇守；南方水乡安靖，故九江、会稽等郡，辖地最多，皆出李斯调度。每郡置守、尉一人，监御史一人。收天下甲兵，聚于咸阳销之，铸金人十二，每人重千石，置宫庭中，以应"临洮长人"之瑞。徙天下豪富于咸阳，共二十万户。又于咸阳北坂，仿六国宫室，建造离宫六所。又作阿房之宫。进李斯为丞相，赵高为郎中令。诸将帅有功者，如王贲、蒙武等，各封万户，其他或数千户，俱准其所入之赋，官为给之。于是焚书坑儒，游巡无度。筑万里长城以拒胡，百姓嗷嗷，不得聊生。及二世，暴虐更甚，而陈胜、吴广之徒群起而亡之矣。史臣有《列国歌》曰：

> 东迁强国齐郑最，荆楚渐横开桓文。
> 楚庄宋襄和秦穆，迭为王霸得专征。
> 晋襄景悼称世霸，平哀齐景思代兴。
> 晋楚两衰吴越进，阖闾勾践何纵横。
> 秦秋诸国难尽数，几派源流略可寻。
> 鲁卫晋燕曹郑蔡，与吴姬姓同宗盟。
> 齐由吕尚宋商裔，禹后杞越颛顼荆。
> 秦亦颛裔陈祖舜，许始太岳各有生。
> 及交战国七雄起，韩赵魏氏晋三分。
> 魏与韩皆周同姓，赵先造父同嬴秦。
> 齐吕改田即陈后，黄歇代楚熊暗倾。
> 宋亡于齐鲁入楚，吴越交胜总归荆。
> 周鼎既迁合从散，六国相随渐属秦。

髯仙读《列国志》，有诗云：

> 卜世虽然八百年，半由人事半由天。
> 绵延过历缘忠厚，陵替随波为倒颠。
> 六国媚秦甘北面，二周失祀恨东迁。
> 总观千古兴亡局，尽在朝中用佞贤。

出 品 人：许　永
责任编辑：李幼萍
特邀编辑：黎福安
封面设计：海　云
内文排版：百　朗
印制总监：蒋　波
发行总监：田峰峥

投稿信箱：cmsdbj@163.com
发　　行：北京创美汇品图书有限公司
发行热线：010-59799930

创美工厂　　创美工厂
官方微博　　微信公众号